한국속담대사전

남북한 속담을 집대성한

한국속담대사전

박영원 · 양재찬 편저

머리말

오늘날을 종교, 군사, 경제의 힘이 세계를 지배하던 시대를 지나 문화의 시대라고들 합니다. 문화야말로 피를 흘리지 않고 증오하지 않으며 세계를 하나로 끌어안을 수 있는, 다시 말해서 세계화 시대를 이끌어갈 수 있는 가장 강력한 힘이라고 할 수 있을 것입니다.

이러한 문화의 시대, 세계화 시대에, 우리에게는 절대 잊어서는 안 될 소중한 것이 있습니다. 5천 년간 지켜 내려온 우리의 전통문화의 가치가 그것입니다. 아무리 세계화 시대가 되었다고 해도 우리가 한국인이란 사실에는 변함이 없습니다. 한국인으로 태어나 세계인으로 살면서 우리의 고유 전통과 역사 및 문화와 풍속을 알지 못한다면 자신이 한국인이란 사실을 증명할 방법이 없습니다. 스스로의 정체성이 혼란스러운 민족은 문화의 힘으로 세계 속에 우뚝 설 수 없습니다. 최근 몇 년간 '한류'라는 이름으로 케이팝이나 한국 드라마, 영화 등이 전 세계인들의 사랑을 받고 있습니다. 그러나 한편에서는 한류가 일시적 유행에 그칠지도 모른다는 우려의 목소리도 있습니다. 한류가 문화의 힘이 뒷받침되지 못한, 그저 말초신경만 자극하는 오락거리에 지나지 않는다면 그 수명이 오래갈 리 없기 때문입니다. 그러기에 전통이 중요하고 우리가 우리의 고유 문화를 이해하는 일이 그만큼 필수적일 수밖에 없습니다. 문화산업도 전통의 기반 위에서만 세계를 향해 꽃을 피울 수 있습니다.

어느 민족이든 한 민족이 오랫동안 사용해 온 그들의 언어 속에는 그들의 문화와 풍습, 공통된 정서와 가치관이 그대로 담겨 있습니다. 언어를 그 민족의 얼을 담는 그릇이라고 하는 이유가 바로 그 때문입니다. 그중에서도 일상에서 관용적으로 쓰이는 속담과 한자성어는 선인들의 생활 체험이 그대로 녹아 있는 지혜의 결정체라고 해도 좋습니다. 익살과 해학, 날카로운 풍자가 반짝이는 짤막한 한마디에는 중언부언 늘어놓는 천 마디 말보다 더 강한 촌철살인의 교훈이 담겨 있기 때문입니다.

사회가 변천함에 따라 언어도 변화한다지만, 옛 속담과 성어의 가치는 오늘날은 물론, 미래에도 빛을 잃지 않을 것입니다. 우리 민족이나 선인들의 유전자 깊이 뿌리를 내린 삶의 지혜에서 나온 소중한 문화유산인 동시에, 세태의 변화에 따라 끊임없이 생성되고, 변천하며 발전하는 생명력을 지니고 있기 때문입니다.

10여 년 전, 우리는 『한국속담·성어백과사전』(1·2)이라는 표제로 두 권의 책을 세상에 내놓은 바 있습니다. 이번에는 그중 '속담편'을 따로 떼어 『한국속담대사전』으로 새롭게 발행합니다. 기존의 책에 누락되었던 속담을 더 찾아 보충하고, 북한에 전해지고 있는 속담들까지 추가했습니다. 기존의 어느 속담 사전과 비교해도 뒤지지 않는 방대한 대사전이라고 자부합니다.

그러나 언어가 변화하는 만큼, 사전 역시 끊임없는 개정이 필요하기 때문에 그에 따른 자료수집과 보완작업은 앞으로도 계속할 것임을 약속드립니다.

2015년 8월

편저자 박영원·양재찬 씀

일러두기

1. 각 속담은 '가・나・다…'순으로 나열하되, 해당 어구의 '첫음절 자음(ㄱ, ㄲ…)→중성(ㅏ, ㅑ…)→종성(ㄱ, ㄲ…)'의 순서에 따랐다.

2. 문장 중 독음이 아니고 뜻을 나타내는 한자(漢字) 및 관련된 한자성어는 〔 〕 속에 넣었다.

   보기 : '눈〔目〕', '달리는 말에 채찍질〔走馬加鞭〕' 등

3. 의미가 같게 활용되는 일부 속담들은 '⇒'표를 이용하여 하나의 속담 쪽으로 몰아 묶어 설명하였으며 '신명 중고딕'으로 표기하였다.

   보기 : 가까운 집 며느리일수록 흉이 많다 : ⇒ 이웃집 며느리 흉도 많다.

4. 내용과 관련된 참고사항은 '*'표를 하고, '오이체'로 표기하였다.

5. 속담 중 참고문헌에 따라 조금씩 달리 표현된 것은 (   ) 속에 넣어 함께 제시하였다. 단, 속담 첫 시작이 다른 것은 초성 순서에 따라 분류하였다.

   보기 ① : 가갸 뒷다리(뒷자)도 모른다.

   ② : '친구 따라 강남 간다'와 '벗 따라 강남 간다'.

6. 북한 속담의 경우에는 북한의 현실 표기법에 준하였으며, 해당 속담의 끝에 '북'이라 표시하였다.

   보기 : 량반이 금관자 내세우듯 북.

가갸 뒷자리도 모른다

~

끼니 없는 놈에게 점심 의논

가갸 뒷다리(뒷자)도 모른다 : 문자를 해독하지 못하는 무식한 사람이나 사리에 어두운 사람을 놀림조로 이르는 말.

가게 기둥에 입춘서(주련) : 추하고 보잘것없는 곳에 '立春大吉'은 어울리지 않는다는 뜻으로, 제 격에 맞지 아니함을 이르는 말. 개 발에 주석 편자.

가까운 길 버리고 먼 길로 간다 : 어떤 일을 할 때, 편하고 빠른 방법이 있는데도 어리석고 좋지 않은 방법으로 함을 비유하여 이르는 말.

가까운 남(이웃)이 먼 일가보다 낫다 : 이웃끼리 서로 친하게 지내다 보면 먼 곳에 있는 일가보다 더 친하게 되어 서로 도우며 살게 됨을 이르는 말. 먼 사촌보다 가까운 이웃이 낫다. 먼 일가와 가까운 이웃. 지척의 원수가 천 리의 벗보다 낫다.

가까운 데를 가도 점심을 싸 가지고 가거라 : 어떤 일이든 준비를 단단히 하여 실수가 없게 하라는 말. 십 리 길에 점심 싸기.

가까운 데 집은 깎이고 먼 데 절은 비친다 : 가까운 데 것은 눈에 익어서 좋게 보이지 않고 먼 데 것은 훌륭해 보인다는 말.

가까운 무당보다 먼 데 무당이 더 용하다(영하다) : ⇒ 가까운 무당 영치 않다.

가까운 무당 영(靈)치 않다 : 잘 아는 사람보다 새로 만난 사람을 더 중히 여김을 이르는 말. 가까운 무당보다 먼 데 무당이 더 용하다(영하다).

가까운 산이 멀리 보이면 날씨가 좋고, 먼 산이 가까이 보이면 비가 온다 : 맑은 날에는 지면이 열을 많이 받으므로 대류(對流)와 난류(亂流)가 발생되어 시야가 흐려져 가까운 산도 멀리 보이게 되고, 저기압이 다가오면 대류와 난류가 발생되지 않으므로 시야를 방해하지 않아 먼 산도 가까이 보인다는 말. 가까운 산이 멀리 보이면 날씨가 좋다. 먼 산이 가까이 보이면 비가 오고, 가까운 산이 멀리 보이면 날씨가 좋다.

가까운 산이 멀리 보이면 날씨가 좋다 : 가까운 산이 멀리 보이면 날씨가 좋고, 먼 산이 가까이 보이면 비가 온다.

가까운 제 눈썹 못 본다〔燈下不明〕: 먼 데 것은 잘 보면서 가까운 것은 잘 못 봄을 이르는 말.

가까운 집 며느리일수록 흉이 많다 : ⇒ 이웃집 며느리 흉도 많다.

가까이 앉아야 정이 두터워진다(가깝다) 북 **:** 사람은 서로 가까이 있으면서 자주 접촉해야 정이 더 깊어진다는 말.

가깝던 사람이 원수 된다 : 친하지 않던 사람이 서운한 짓을 하면 당연할 수도 있지만, 친근한 사람이 서운한 짓을 하면 원수지간이 되기 쉽다는 말.

가꾸지 않는 곡식 잘되는 법이 없다 북 **:** 공들여 가꾸지 않고 버려 둔 곡식이 잘되는 일이 없듯이, 사람도 바르게 가르치고 잘 이끌지 않으면 제구실을 못 한다는 말.

가나다라도 모른다 북 **:** ⇒ 가갸 뒷다리(뒤자)도 모른다.

가난과 거지는 사촌 간이다 북 **:** 가난이 극도에 이르면 결국에 가서는 얻어먹으러 나서는 길밖에 없음을 이르는 말.

가난 구제는 나라님도 못 한다〔貧家之賙 天下其憂〕: 남의 가난한 살림을 구제하여 주기는 끝이 없어서 국가의 힘으로도 못 한다는 말. 가난 구제는 나라도 어렵다. 가난은 나라도 못 당한다.

가난 구제는 나라도 어렵다 : ⇒ 가난 구제는 나라님도 못 한다.

가난 구제는 지옥 늧이라 : 가난한 사람을 구제하는 것은 지옥에 떨어질 징조라는 뜻으로, 그 일이 결국 자기에게 해롭게 되고 고생거리가 되니 아예 가난한 사람을 구제할 생각도 하지 말라는 것을 비유하여 이르는 말.

가난도 비단 가난 : 아무리 가난해도 몸을 함부로 가지지 않고 지체와 체통을 더럽히지 않는다는 말.

가난도 스승이다 : 가난하면 잘살아 보려고 열심히 노력하게 됨을 이르는 말.

가난도 암가난 수가난이 있다북 **:** 가난한 살림에는 여자가 살림을 잘 못하는 탓으로 못살게 되는 암가난과, 남자가 똑똑하지 못하여 살림이 쪼들리는 수가난이 있다는 말.

가난뱅이 조상 안 둔 부자 없고, 부자 조상 안 둔 가난뱅이 없다 : 대대로 잘사는 집안도 없고 대대로 가난하게 사는 집안도 없음. 즉 가난뱅이도 부자 될 때가 있고, 부자도 가난뱅이 될 때가 있음을 이르는 말.

가난은 나라도 못 당한다 : ⇒ 가난 구제는 나라님도 못 한다.

가난이 소 아들만도(아들보다) 못하다북 **:** 가난하여 받는 천대와 멸시는 소 새끼들의 처지보다도 못하다는 뜻으로, 가난한 처지나 신세를 한탄하여 이르는 말.

가난이 소 아들이라 : 소처럼 죽도록 일해도 가난에서 벗어날 수 없음을 이르는 말.

가난이 싸움 붙인다북 **:** 가난한 탓으로 사람들의 관계가 나빠지거나 다툼이 생김을 이르는 말.

가난이 싸움이다 : 모든 싸움의 원인이 가난에 있다는 말.

가난이 우환북 **:** 살림살이가 가난한 탓으로 근심·걱정이 생기게 된다는 말.

가난이 원수 : 가난하기 때문에 억울한 경우나 고통을 당하게 되니 가난이 원수같이 느껴진다는 말.

가난이 죄다 : 가난 때문에 범죄를 저지르게 되거나, 불행과 고통을 당하게 된다는 말.

가난이 질기다 : ① ⇒ 굶어 죽기는 정승하기보다 어렵다. ② 아무리 애써도 가난이 들러붙어서 좀처럼 어려운 생활에서 헤어나지 못함을 비유하여 이르는 말북.

가난한 사람 걱정은 결국 돈 한 가지 없다는 걱정이다북 **:** 가난한 사람에게서 걱정이란 결국 돈이 없는 데서 생기는 걱정뿐이라는 말.

가난한 사람은 허리띠가 량식북 **:** 가난한 사람은 배가 고파도 당장에 먹을 것이 없으니 자연히 허리띠만 자꾸 졸라매게 된다는 말로, 가난한 사람들의 어려운 생활을 비유하여 이르는 말.

가난한 사람의 한 등불이 백만장자의 일만 등불보다 낫다북 **〔貧者一燈〕:** 가난한 사람이 남을 위하여 어떤 좋은 일을 하거나 내놓는 것이 비록 보잘것없고 적다 하여도 부자들이 많이 내는 것보다 귀중하다는 말.

가난한 상주 방갓 대가리 같다 : ① 머리가 모시처럼 희게 되었다는 말로, 세월이 많이 흘렀음을 이르는 말. ② 사람의 우스꽝스러운 몰골을 이르는 말. ③ 물건이 탐탁하지 못하고 어색해 보이며 보잘것없을 때 이르는 말.

가난한 양반 씻나락 주무르듯 (한다) : 한없이 주물럭거리고만 있다는 뜻으로, 선뜻 결정을 내리지 못하고 있는 모양을 이르는 말.
＊씻나락—'볍씨'의 경상·전라 방언.

가난한 양반 향청에 들어가듯 : ① 행색이 떳떳하지 못하고 머뭇거리면서 쩔쩔매는 모습을 비유하여 이르는 말 ② 하기 싫은 일을 마지못하여 기운 없이 함을 비유하여 이르는 말.

가난한 집 신주 굶듯 : 줄곧 굶기만 함을 이르는 말.

가난한 집에 자식이 많다 : 가난한 집일수록 먹을 것이 없는데도 자식이 많다는 뜻으로, 이래저래 부담되는 것이 많음을 이르는 말.

가난한 집에서 효자 난다 : 집안이 가난하면

가족끼리 서로 위하므로 효자가 많이 난다는 말.

가난한 집 제사(제삿날, 젯날) 돌아오듯 : 살아가기도 어려운 가난한 집안에 제삿날이 자꾸 돌아와서 그것을 치르느라 매우 어려려움을 겪는다는 뜻으로, 힘든 일이 자주 닥쳐옴을 비유하여 이르는 말.

가난할 때 사귄 친구 : 몹시 가난할 때 사귄 친구라야 진정한 친구라는 뜻으로 쓰이는 말.

가난할수록 기와집 짓는다 : 가난한 사람이 잘 보이려고 허세를 부리거나, 또는 가난한 사람이 어떻게든 잘 살아 보려고 용단을 내어 큰일을 함을 이르는 말.

가는〔去〕 길에 여우가 지나가면 사망(死亡)이 있다 : 길을 가다 여우가 지나가는 것을 보면 누군가가 죽는다는 것을 이르는 말.

가는 날이 생일 : ⇒ 가는(가던) 날이 장날이라.

가는(가던) 날이 장날이라 : 우연히 갔다가 우연히 재미를 보았을 때 하는 말. 가는 날이 생일. 오는 날이 장날.

가는 년이 물 길어다 놓고 갈까 : 이미 일이 다 틀어져 그만두는 터에 뒷일을 생각하고 돌아다볼 리 만무함을 비유하여 이르는 말. 가는 년이 보리방아 찧어 놓고 가랴. 가는 며느리가 보리방아 찧어 놓고 가랴. 나가는 년이 세간 사랴.

가는 년이 보리방아 찧어 놓고 가랴 : ⇒ 가는 년이 물 길어다 놓고 갈까.

가는 떡이 있어야 오는 떡이 있다 : ⇒ 가는 말이 고와야 오는 말이 곱다.

가는 떡이 커야 오는 떡이 크다 : ⇒ 가는 말이 고와야 오는 말이 곱다.

가는 떡이 하나면 오는 떡도 하나다 : 내가 남에게 어떻게 하느냐에 따라 남도 나에게 똑같이 함을 이르는 말.

가는 말에도 채를 치랬다 : ⇒ 닫는 말에 채질한다.

가는 말에 채찍질〔走馬加鞭〕 : ⇒ 닫는 말에 채질한다.

가는 말이 고와야 오는 말이 곱다〔去言美 來言美〕 : 자기가 먼저 남에게 잘 대해 주어야 남도 자기에게 잘 대해 준다는 말. 가는 떡이 있어야 오는 떡이 있다. 가는 정이 있어야 오는 정이 있다. 엑 하면 떽 한다. 진정도 품앗이라 북.

가는 며느리가 보리방아 찧어 놓고 가랴 : ⇒ 가는 년이 물 길어다 놓고 갈까.

가는 방망이 오는 홍두깨 : ① 자기가 한 일보다 더 가혹한 갚음을 받게 됨을 비유하여 이르는 말. ② 남에게 해치려고 하다가 제가 도리어 더 큰 화를 입게 됨을 비유하여 이르는 말.

가는 배가 순풍이면 오는 배는 역풍이다 : 무슨 일이든 한 번 좋은 때가 있으면 한 번은 나쁜 때도 있다는 말. 오는 배가 순풍이면 가는 배는 역풍이다.

가는〔細〕 베 놓겠다 : 가늘고 고운 베를 짜겠다는 뜻으로, 솜씨도 없고 무딤을 비웃어 이르는 말.

가는〔去〕 세월 오는〔來〕 백발 : 세월이 가면 나이를 먹고 늙는다는 말.

가는 손님은 뒤꼭지가 예쁘다 : 살림이 가난하여 손님 접대를 못 하는데 손님이 그 처지를 알고 속히 떠나 줘서 고맙다는 말.

가는 정이 있어야 오는 정이 있다 : ⇒ 가는 말이 고와야 오는 말이 곱다.

가는 토끼 잡으려다 오는 토끼 놓친다 : ⇒ 산돼지를 잡으려다가 집돼지까지 잃는다①.

가는 토끼 잡으려다 잡은 토끼 놓친다 : ⇒ 산돼지를 잡으려다가 집돼지까지 잃는다.

가늘게 먹고 가는 똥 싸라 : 너무 욕심을 부리다가는 봉변을 당하기 쉬우니 제힘에 맞게 적당히 취하라는 것을 비유하여 이르는 말.

가늘게 먹고 가늘게 살아라 : 검소하게 먹으

면서 소박하게 살라는 뜻으로, 분수에 맞지 않게 호화로운 생활을 추구하거나 분에 넘치는 행동을 하지 말 것을 비유하여 이르는 말.

가늘게 흐르는 개울(물)도 바다로 간다 : 작은 개울도 꾸준히 흘러서 바다로 가듯, 무슨 일이든 꾸준히 노력하면 크게 이룰 수 있음을 이르는 말.

가다가 중지하면 안 가느니만 못하다 : 어떤 일이든 도중에 중지하면 애초에 시작하지 않은 것만 못함을 이르는 말.

가라고 가랑비 오고 있으라고 이슬비 온다 : 옛날에 처가살이하는 사위가 날받이한 날 가랑비가 와서 갈까 말까 망설이는 것을 본 장모가 보기 싫은 사위를 보내기 위하여 "가라고 가랑비가 오네." 하였더니, 부엌에 있던 아내는 "있으라고 이슬비 오네요." 하며 가지 못하게 말렸다는 데서 유래된 말로서, 상황을 자기에게 유리하게 해석한다는 말.

가락꼬치 아니면 송곳 : 날카로워서 잘 꿰뚫는다는 뜻으로, 판단이 아주 정확함을 비유하여 이르는 말.

가락 바로잡는 집에 가져다가 세워 놨다 와도 좀 낫다 : 휜 물렛가락을 가락 고치는 집에 가져다 놓았다가 다시 가져오기만 하여도 휜 것이 바로잡힌 것처럼 느껴진다는 뜻으로, 좋은 환경의 영향을 조금만 받아도 정신적으로 위안이 됨을 비유하여 이르는 말. 가락집에 가락을 세웠다만 가져와도 낫다[북].

가락집에 가락을 세웠다만 가져와도 낫다 [북] **:** ⇒ 가락 바로잡는 집에 가져다가 세워 놨다 와도 좀 낫다.

가랑니가 더 문다 : 같잖고 시시한 것이 더 괴롭히거나 애를 먹임을 비유하여 이르는 말.

가랑비가 오면 방 안에는 굵은 비가 온다 : 지붕이 썩어서 빗물이 새는 집에는 가랑비가 와도 빗방울이 모여 구멍을 따라 떨어지게 되므로 방 안에는 굵은 물방울이 떨어지게 된다는 말.

가랑비에 옷 젖는다 : 작은 손해라도 거듭되면 피해가 크다는 말.

가랑비에 옷 젖는 줄 모른다 : 아무리 사소한 것이라도 거듭되면 무시하지 못할 정도로 된다는 말.

가랑이가 찢어지게 가난하다 : 몹시 가난함을 비유하여 이르는 말.

가랑이가 찢어진다 : 살림살이가 몹시 궁색하거나, 하는 일이 힘에 겹고 몹시 바쁨을 비유하여 이르는 말.

가랑잎에 꿩 새끼 숨듯 한다 : 아주 약삭빠른 행동을 비유하여 이르는 말.

가랑잎에 떨어진 좁쌀알 찾기[북] **:** 쌓이고 쌓인 가랑잎 속으로 떨어진 좁쌀알을 찾기란 매우 어려운 데서, 찾아내기가 몹시 어려움을 비유하여 이르는 말.

가랑잎에 불붙듯(달리듯) : 바싹 마른 가랑잎에 불을 지르면 걷잡을 수 없이 잘 탄다는 뜻으로, 성미가 조급하고 도량이 좁은 사람이 걸핏하면 발끈 화냄을 비유하여 이르는 말.

가랑잎으로 눈을 가리고 아웅한다 : ⇒ 눈 가리고 아웅①.

가랑잎으로 눈 가리기 : 자기의 허물을 숨기려고 애를 쓰거나, 또는 그렇게 애를 써도 일이 뜻대로 되지 않음을 이르는 말.

가랑잎으로 똥 싸 먹겠다 : 잘살던 사람이 갑자기 궁핍해져서 어찌할 수 없는 신세가 됨을 비유하여 이르는 말.

가랑잎으로 보지 가리기다 : ① 도저히 되지도 않을 소견 없는 짓을 한다는 말. ② 무슨 일을 하나 마나 하게 하는 것은 아무 소용이 없다는 말.

가랑잎으로 하문(下門)을 가린다 : 이성 간의

욕정에 대한 형식적 억제를 비유하여 이르는 말.

가랑잎이 바스락하니까 솔잎도 바스락한다 : 줏대 없이 남의 흉내만 내거나, 자기의 분수에 맞지 않는 짓을 함을 비유하여 이르는 말.

가랑잎이 솔잎더러 바스락거린다고 한다 : 더 바스락거리는 가랑잎이 솔잎더러 바스락거린다고 나무란다는 뜻으로, 자기의 허물은 생각하지도 않고 남의 허물만 나무라는 경우를 비유하여 이르는 말. 겨울바람이 봄바람보고 춥다 한다②.

가래장부는 동네 존위도 모른다㊗ : 가랫장부는 뒤에 서 있는 마을 어른도 몰라보고 떠받든다는 뜻으로, 장부꾼 뒤에 쓸데없이 서 있지 말라는 말. 가래장부는 본고을 좌수도 몰라본다㊗.

가래장부는 본고을 좌수도 몰라본다㊗ : ⇒ 가래장부는 동네 존위도 모른다㊗.

가래줄은 남의 줄이 끊어져야 좋다㊗ : ① 가래질할 때 제가 잡은 줄이 끊어지면 자기는 그것을 고치느라고 수고를 해야 하지만 남의 줄이 끊어지면 남이 그것을 고치는 사이에 자기가 쉬게 되니 좋다는 말. ② 힘을 합쳐 함께 하는 일에서 다른 사람한테는 수고를 끼치고 자기는 이득을 보는 일이 생김을 이르는 말.

가래질도 세 사람이 한마음이 되어야 한다㊗ : 세 사람이 하는 가래질도 서로 마음이 맞아야 잘된다는 뜻으로, 무슨 일에나 그것을 하는 사람들이 서로 단합하여야 성과를 낸다는 말.

가래 터 종놈 같다 : 가래질하는 마당의 종놈처럼 무뚝뚝하고 거칠며 도무지 예의범절이라고는 모름을 이르는 말.

가려운 데를 긁어 준다 : 다른 사람의 어려운 사정을 알고 보살펴 줌을 이르는 말.

가로 뛰고 세로 뛰고 : 감정이 북받쳐 이리저리 날뜀을 이르는 말.

가로 지나 세로 지나 : 이렇게 되거나 저렇게 되거나 그게 그것이라는 말.

가루 가지고 떡 못 만들랴 : 누구나 당연히 할 수 있음을 핀잔 투로 하는 말.

가루눈이 내리면 추워진다 : 상공의 온도가 아주 낮을 때는 가루눈이 만들어지므로 가루눈이 내리면 날씨가 추워진다는 말. 눈발이 잘게 오면 춥다.

가루눈이 오면 춥고 함박눈이 오면 포근하다 : 상공의 온도가 5℃ 이상이면 함박눈이 만들어지므로 함박눈이 내리면 따뜻해지고, 온도가 아주 낮을 때는 가루눈이 내리므로 추워진다는 말. 눈발이 크면 따뜻하고 눈발이 잘면 춥다.

가루는 칠수록 고와지고 말은 할수록 거칠어진다 : 가루는 체에 칠수록 고와지지만 말은 길어질수록 시비가 붙을 수 있고 마침내는 말다툼까지 가게 되니 말을 삼가라는 말.

가루 팔러 가니 바람이 불고 소금 팔러 가니 이슬비 온다 : 일이 뜻대로 되지 않고 엇나감을 비유하여 이르는 말.

가르친 사위〔櫨木櫃〕: 사람이 못나고 어리석은 데다가 남이 시키는 대로만 하는 융통성이 없는 사람을 비유하여 이르는 말. 노목궤라.

가림은 있어야 의복이라 한다 : 가려야 할 데을 가려야 비로소 의복이라 할 수 있다는 뜻으로, 제가 맡은 구실을 온전히 다 해야만 그에 마땅한 대우를 받음을 비유하여 이르는 말.

가마가 검기로 밥도 검을까 : 가마가 검다고 하여 가마 안의 밥까지 검겠느냐는 뜻으로, 겉이 좋지 않다고 하여 속도 좋지 않을 것이라고 경솔하게 판단하지 말라는 말. 가마솥이 검기로 밥도 검을까. 겉이 검기로 속도 검을까.

가마가 많으면 모든 것이 헤프다 : 일이나 살림을 여기저기 벌여 놓으면 결국 낭비가 많아진다는 말.

가마가 솥더러 검정아 한다 : ⇒ 가마 밑이 노구솥 밑을 검다 한다.

가마목에 엿을 놓았나㈜ **:** 손님으로 왔다가 빨리 집으로 돌아가려고 서두르는 사람에게 부뚜막에 두고 온 엿이 녹을까 봐 걱정이 되어 빨리 돌아가려고 하느냐고 놀림조로 이르는 말. * 가마목—'아랫목' 또는 '부뚜막'을 일컫는 북한어.

가마목의 소금도 집어 넣어야(쳐야만) 짜다㈜ **:** ⇒ 부뚜막의 소금도 집어 넣어야 짜다.

가마 밑이 노구솥 밑을 검다 한다 : 더 시꺼먼 가마솥 밑이 덜 시꺼먼 노구솥 밑을 보고 도리어 검다고 흉본다는 뜻으로, 남 못지않은 잘못이나 결함이 있는 사람이 제 흉은 모르고 남의 잘못이나 결함만을 흉봄을 비유하여 이르는 말. 가마가 솥더러 검정아 한다. 가마솥 밑이 노구솥 밑을 검다 한다.

가마 속의 콩도 삶아야 먹지 : 아무리 쉬운 일이라도 노력을 들여야 효력을 나타냄을 비유하여 이르는 말. 가마솥의 콩도 삶아야 먹는다.

가마솥 밑이 노구솥 밑을 검다 한다 : ⇒ 가마 밑이 노구솥 밑을 검다 한다.

가마솥에 든 고기 : 꼼짝없이 죽게 된 신세를 비유하여 이르는 말.

가마솥의 콩도 삶아야 먹는다 : ⇒ 가마 속의 콩도 삶아야 먹지.

가마솥이 검기로 밥도 검을까 : ⇒ 가마가 검기로 밥도 검을까.

가마 안의 팥이 풀어져도 그 안에 있다 : ⇒ 팥이 풀어져도 솥 안에 있다.

가마 타고 시집가기는 (다) 틀렸다 : 제 격식대로 하기는 틀렸다는 말. 가마 타고 시집가기는 콧집이 망그러졌다.

가마 타고 시집가기는 콧집이 망그러졌다 : ⇒ 가마타고 시집가기는 (다) 틀렸다.

가마 타고 옷고름 단다 : ⇒ 말 태우고 버선 깁는다.

가만바람이 고목(枯木) 꺾고 모기 다리 쇠씹한다 : ⇒ 가만한 바람이 대목을 꺾는다㈜.

가만바람이 대목(大木)을 꺾고, 모기 소리에 소가 놀란다㈜ **:** ⇒ 가만한 바람이 대목을 꺾는다㈜.

가만한 바람이 대목을 꺾는다㈜ **:** 작고 약한 것이라고 업신여기지 말라는 말. 가만람이 고목 꺾고 모기 다리 쇠씹한다. 가만바람이 대목을 꺾고 모기 소리에 소가 놀란다㈜.

가만히 먹으라니까 뜨겁다고 한다 : 비밀로 하자는 것이 손발이 맞지 않아 드러나게 됨을 이르는 말. 무섭다니까 바스락거린다.

가만히 있으면 무식이나 면한다 : 잘 알지도 못하면서 아는 체 떠들면 무식함이 드러나니 모르면 가만히 있으라는 말.

가면(假面)이 천 리(-다)㈜ **:** 탈을 쓰고 얼굴을 가리면 가까이 있어도 서로의 사이가 천 리나 떨어져 있는 것처럼 여겨진다는 뜻으로, 직접 얼굴을 대하게 되는 것이 아니면 낯간지러운 일도 서슴없이 하게 됨을 이르는 말.

가문[旱] 날에 빗방울 안 떨어지는 날이 없다 : 가뭄이 계속되면서 비는 시원히 오지 않고 몇 방울 떨어지기만 한다는 말.

가문 논에 물꼬 빼기 : 가뭄으로 논에 물이 줄었는데 얼마 남지 않은 물마저 빼 버려 농사를 폐농하도록 하듯이, 못되게 심술을 부린다는 말.

가문 논에 물대기다 : ① 오랫동안 고대하던 비가 와서 모를 심게 되어 기쁘다는 말. ② 가문 논에 물이 필요하다는 말.

가문 논에 물 들어가는 것과 자식 입에 밥 들

어가는 것이 기쁘다 : 농민으로서 가장 기쁜 일은 마른논에 물 들어가는 것과 봄에 양식이 떨어지지 않고 배부르게 먹는 것이라는 말.

가문(家門) 덕에 대접받는다 : 좋은 가문에 태어난 덕분에 변변치 못한 사람이 대우받음을 이르는 말.

가문을 흐리게 한다 : 문중이나 집안의 명예를 욕되게 함을 이르는 말.

가문〔旱〕 해 참깨는 풍년 든다 : 참깨는 건성식물(乾性植物)이라 다습한 땅에서는 잘되지 않으므로 가문 해에 풍년이 든다는 말.

가물 그루터기는 있어도 장마 그루터기는 없다 : ⇒ 가물 끝은 있어도 장마 끝은 없다.

가물 끝은 있어도 장마 끝은 없다 : 가뭄은 아무리 심하여도 얼마간의 거둘 것이 있지만 큰 장마가 진 뒤에는 아무것도 거둘 것이 없다는 뜻으로, 가뭄에 의한 재난보다 장마로 인한 재난이 더 무서움을 비유하여 이르는 말. 가물 그루터기는 있어도 장마 그루터기는 없다. 가뭄 끝은 있어도 장마(홍수) 끝은 없다. 석 달 가뭄 끝은 있어도 한 달 장마 끝은 없다. 장마 끝은 없어도 가물 끝은 있다.

가물 때 도랑 친다 : 가물 때 도랑을 쳐야 일도 수월하고 가뭄에 도랑물도 댈 수 있으며 장마 때는 수해도 방지할 수 있듯이, 무슨 일이나 예견성 있게 미리미리 하는 것이 이롭다는 말. 가물에 도랑 친다[북]①. 가뭄에 도랑 친다. 가뭄(가물)에 돌 친다.

가물에 단비 : 가뭄이 들어 곡식이 다 마를 때에 기다리던 비가 온다는 뜻으로, 기다리고 바라던 일이 마침내 이루어짐을 이르는 말.

가물에 도랑 친다[북] : ① ⇒ 가물 때 도랑 친다. ② 한창 가물 때 애쓰며 도랑을 치느라고 분주하게 군다는 뜻으로, 아무 보람도 없는 헛된 일을 하느라고 부산스레 굶을 비유하여 이르는 말.

가물에 콩(씨) 나듯 : 가뭄에는 심은 콩이 제대로 싹이 트지 못하여 드문드문 난다는 뜻으로, 어떤 일이나 물건이 어쩌다 하나씩 드문드문 있는 경우를 비유하여 이르는 말.

가물치가 뛰면 옹달치도 뛴다[북] : ⇒ 숭어가 뛰니까 망둥이도 뛴다. * 옹달치―아주 작은 물고기라는 뜻을 지닌 북한어.

가물치가 첨벙하니 메사구도 첨벙한다[북] : ⇒ 숭어가 뛰니까 망둥이도 뛴다. * 메사구―'메기'의 함경 방언.

가물치를 먹으면 젖이 많이 난다 : 젖이 적은 어머니는 가물치를 먹으면 젖이 많이 나게 된다는 말.

가뭄 끝에 오는 비다 : ① 가뭄으로 농작물의 피해가 많을 때 오는 반가운 단비라는 말. ② 애타게 바라던 일이 멋처럼 이루어져 기쁨을 나타내는 말. 삼춘 고한 가문 날에 감우 오니 즐거운 일. 삼춘 고한 가문 날에 단비 내린다. 황금비가 내린다.

가뭄 끝은 먹어도 비 온 끝은 못 먹는다 : ⇒ 가뭄에는 씨가 서도 장마에는 씨도 없다.

가뭄 끝은 있어도 장마(홍수) 끝은 없다 : ⇒ 가물 끝은 있어도 장마 끝은 없다.

가뭄 때 개구리가 울면 비가 온다 : 개구리류는 저기압이 되면 울게 된다는 말.

가뭄 때 개미가 거동하면 비가 온다 : 개미는 저기압이 되면 저지대에서 이동하게 된다는 말.

가뭄 때 거미 떼가 지나가면 비가 온다 : 기압 변화에 민감한 거미가 집 안으로 피난을 가는 것은 비가 올 징조라는 말. 가뭄 때 거미가 떼 지어 이동하면 비가 온다.

가뭄 때 거미가 떼 지어 이동하면 비가 온다 : ⇒ 가뭄 때 거미 떼가 지나가면 비가 온다.

가뭄 때 기우제(산신제)를 지내면 비가 온다 : ⇒ 가뭄에는 기우제를 지내면 비가 온다.

가뭄 때 달무리가 있으면 비가 온다 : ⇒ 가뭄 때 햇무리나 달무리가 생기면 비가 온다.

가뭄 때 어린아이가 투레질하면 비가 온다 : 어린아이는 아직 폐의 기능이 제대로 발달하지 못한 상태여서 기압이 낮고 산소가 부족하면 입술로 투레질을 하게 된다는 말.

가뭄 때 햇무리가 생기면 비가 온다 : ⇒ 가뭄 때 햇무리나 달무리가 생기면 비가 온다.

가뭄 때 햇무리나 달무리가 생기면 비가 온다 : 햇무리나 달무리는 저기압이 가까이 올 때 발생하여 48시간 이내에 비가 내리게 된다는 말. 가뭄 때 달무리가 있으면 비가 온다. 가뭄 때 햇무리가 생기면 비가 온다.

가뭄 없는 농사다 : ① 수리 안전답이라 매년 농사를 잘 하게 된다는 말. ② 무슨 일을 안심하고 할 수 있다는 말.

가뭄에는 기우제(祈雨祭)를 지내면 비가 온다 : 옛날에 가물게 되면 그 지방 전통에 따라 하늘이나 산신령이나 용왕에게 비를 내려 주도록 제사를 드려 비가 오도록 하였다는 말. 가뭄 때 기우제(산신제)를 지내면 비가 온다.

가뭄에는 사돈네 논물도 도둑질한다 : 가물 때에는 체면도 염치도 없이 물을 댄다는 말.

가뭄에는 산신(山神)을 지내면 비가 온다 : 옛날에는 가물게 되면 그 지방 전통에 따라 하늘이나 산신령 또는 용왕에게 비를 내려 달라고 제사를 드린 데서 유래된 말.

가뭄에는 씨가 서도 장마에는 씨도 없다 : 가뭄에는 토양 습도에 의한 작물의 발아와 생육이 가능하나 장마 중에는 과습(過濕)과 수해(水害)로 생육 중인 작물체가 습해를 받아 없어지며 파종한 종자가 썩는 등, 홍수 피해가 가뭄 피해보다 더 크다는 말. 가뭄 끝은 먹어도, 비 온 끝은 못 먹는다. 삼 년 가뭄에는 반찬거리가 있으나, 삼 년 장마에는 아무것도 없다. 칠 년 가뭄에는 종자가 있지만, 삼 년 장마에는 종자가 없다.

가뭄에는 처녀가 솥뚜껑을 이고 사방에 절을 하면 비가 온다 : 가뭄에는 처녀까지 동원하여 기우제를 지내어 비가 오게 하였다는 말.

가뭄에 도랑 친다 : ⇒ 가물 때 도랑 친다.

가뭄(가물)에 돌 친다 : ⇒ 가물 때 도랑 친다.

가뭄에 비 바라듯 한다 : ⇒ 대한 칠 년 비 바라듯.

가뭄에 빗방울 안 떨어지는 날 없다 : 가뭄에는 비가 올 듯 올 듯 하면서 오지 않고 애만 태운다는 말.

가뭄에 씨앗 나듯 한다 : ⇒ 가뭄에 콩 나듯 한다.

가뭄에 콩 나듯 한다〔旱時太出〕 : 수가 너무 적은 것을 비유할 때 쓰는 말. 가뭄에 씨앗 나듯 한다.

가뭄에 탄 곡식이 단비를 만난 격이다 : ① 가문에 죽게 된 곡식이 단비가 와서 되살아나게 되었다는 말. ② 곤경에 빠졌던 사람이 구원을 받아 활기를 찾게 되었음을 비유하여 이르는 말.

가뭄철 물웅덩이의 올챙이 신세 : 가뭄으로 말라 버려 곧 밑바닥이 드러나고야 말 물웅덩이 속에서 우글거리는 올챙이 신세라는 뜻으로, 머지않아 죽거나 파멸할 운명에 놓인 가련한 신세를 비유하여 이르는 말.

가보 쪽 같은 양반 : 노름에서 아홉 끗을 차지한 것과 같이 세상살이에서도 끗수를 가장 많이 차지한다는 뜻으로, 세도가 대단한 양반을 비유하여 이르는 말. *가보–노름에서 아홉 끗을 이르는 말. 일본어 kabu에서 유래된 말.

가빈(家貧)에 사양처(思良妻)라 : 집이 가난할 때에 비로소 아내의 진가를 판단할 수 있다는 말.

가사(家事)에는 규모가 제일이라 : 살림을 잘 하려면 무엇보다 규모가 있어야 한다는 말.

가슴에 불이 붙다 : 가슴에 불이라도 붙은 듯이 감정이 격해짐을 비유하여 이르는 말.

가슴이 두 근 반 세 근 반 한다 : 놀람이나 불안감 등으로 가슴이 두근댐을 익살조로 이르는 말.

가슴이 화룡선(畵龍扇) 같다 : 궁중에서 쓰던 용 그림의 부채처럼 사람의 도량이 크고 속이 넓음, 또는 그런 사람을 뜻하는 말.

가시나 못된 게 과부 중매 선다 : 제 앞도 못 가리는 주제에 남의 일을 해 주려고 덤빈다는 말. * 가시나—'계집아이'의 경상 방언.

가시나무에 가시 난다 : ⇒ 콩 심은 데 콩 나고 팥 심은 데 팥 난다.

가시나무에 목을 맨다(북) **:** ⇒ 가지 나무에 목을 맨다.

가시나무에 연줄 걸리듯 : ① 인정에 얽혀 이러지도 저러지도 못함을 이르는 말. ② 친인척 관계가 얼키설키 걸려 있는 모양.

가시내가 오랍아 하면 머슴애도 오랍아 한다(북) **:** ⇒ 계집애가 오랍아 하니 사내도 오랍아 한다. * 가시내—'계집아이'의 경상·전라 방언. 또는 '계집아이'를 속되게 이르는 말.

가시 돋은 꽃이 더 곱다(북) **:** 그저 순하고 얌전하기만 한 여자보다도 성미가 만만찮은 여자가 더 좋게 느껴짐을 비유하여 이르는 말.

가시 무서워 장 못 담그랴 : ⇒ 구더기 무서워 장 못 담글까.

가시물그릇에서 숟가락 얻기(북) **:** ⇒ 살강 밑에서 숟가락 얻었다. * 가시물그릇—'개수통(음식 그릇을 씻을 때 쓰는, 물을 담는 통)'의 북한어.

가시아비 돈 떼어먹은 놈처럼 : 남에게 폐를 끼치고도 미안해하지 않는 태도를 비유하여 이르는 말. * 가시아비—'장인(丈人—아내의 아버지)'를 낮잡아 이르는 말.

가시어미 눈멀 사위 : 사위가 오면 국을 끓여 주느라 연기와 김으로 눈이 멀 지경이라는 뜻으로, 국을 매우 좋아하는 사람을 이르는 말. * 가시어미—'장모(丈母—아내의 아버지)'를 낮잡아 이르는 말.

가시어미 장 떨어지자 사위가 국 싫다 한다 : 처갓집에 장이 떨어져서 국을 끓일 수 없게 되었는데 마침 사위가 국은 싫어서 먹지 않겠다고 한다는 뜻으로, 어떤 일이 서로 공교롭게도 때맞추어 일어남을 비유하여 이르는 말.

가오리 코에 닻 놓았다 : 배를 정박시킬 때는 바다 밑이 평탄한 곳에 닻을 놓아야 바람이나 조류에 안전하다는 말.

가을 곡식은 볼 것 없이 베야 한다 : 가을 곡식은 제철만 되면 익었다 설었다 따지지 말고 수확해야 한다는 말.

가을 곡식은 재촉하지 않는다 : 가을 곡식은 다 된 곡식이기 때문에 서두르지 말고 적기에 수확하도록 하라는 말.

가을 곡식은 찬이슬에 영근다 : 가을철에 이슬이 내리게 되면 날씨가 쾌청하여 곡식들이 잘 영근다는 말.

가을 곡식을 아껴야 봄 양식이 된다 : 곡식이 넉넉한 가을에 아껴 먹어야 양식을 저축하여 춘궁을 면할 수 있다는 말. 가을 식은 밥이 봄 양식이다. 가을 죽은 봄 양식이다. 가을 찬밥은 봄 양식이다.

가을 낙지 봄 조개 : ⇒ 봄 조개 가을 낙지①.

가을 낙지요 봄 조기다 : ① 낙지는 가을에 맛이 있고, 조기는 봄에 맛이 있다는 말. 봄 조기 가을 낙지. ② 제철을 만나야 제구실을 한다는 말.

가을날 더운 것과 노인 근력 좋은 것은 못 믿는다〔秋熱老健〕 : ⇒ 가을 날씨 좋은 것과 늙은이 근력 좋은 것은 못 믿는다.

가을 날씨 좋은 것과 늙은이 근력 좋은 것은 못 믿는다 : 가을 날씨는 변하기가 쉽고, 늙은이의 근력은 좋다가도 갑자기 약해진다는 말. 가을날 더운 것과 노인 근력 좋은 것은 못 믿는다. 겨울 날씨와 늙은이 근력 좋은 것은 못 믿는다. 봄추위와 늙은이 건강㊐. 봄추위와 늙은이 근력은 오래가지 못한다.

가을 날씨 좋은 것은 못 믿는다 : 늦가을 날씨는 변화가 많으므로 믿기가 어렵다는 말. 겨울 날씨 좋은 건 못 믿는다.

가을 날씨와 계집의 마음은 못 믿는다 : ① 가을 날씨는 변덕스럽다는 말. ② 여자의 마음은 약해서 변하기 쉽다는 말. 겨울 날씨와 여자의 마음은 믿을 수 없다.

가을 날씨와 남자의 마음은 모른다 : 가을 날씨는 수시로 변하기 쉬우며, 남자의 마음이 굳다고 하지만 여자와의 관계에 있어서는 변하기가 쉽다는 말.

가을 날씨와 사람의 마음은 모른다 : 가을 날씨가 잘 변하듯이, 사람의 마음은 환경의 변화에 따르기가 쉽다는 말.

가을날이 무덥고 비가 오면 큰비에 큰 바람이 있다 : 9월 초순에 날이 무덥고 비가 오면 태풍까지 동반하게 된다는 뜻으로, 가을에 무덥고 비가 오면 폭풍우가 온다는 말. 가을에 무덥고 비가 오면 폭풍우가 온다.

가을 닭띠는 잘 산다 : 닭띠로서 가을에 태어난 사람은 잘 산다 하여 이르는 말.

가을 더위와 노인의 건강 : 끝장이 가까워 기운이 쇠하고 오래가지 못하는 것을 비유하여 이르는 말.

가을 들이 딸네 집보다 낫다 : 일손이 모자라는 가을에는 일만 해 주면 현물로 곡식을 받을 수 있으므로 잘 먹게 된다는 말.

가을 들판에는 대부인 마님도 나막 신짝을 든 채 나선다 : 가을 추수 때는 일손이 모자랄 정도로 바빠서 대부인 마님까지 들녘으로 나온다는 말. 가을에는 대부인 마누라도 나무 신짝 가지고 나온다.

가을 들판에는 송장도 덤빈다 : ⇒ 가을 메는 부지깽이도 덤빈다.

가을 들판이 어설픈 친정보다 낫다 : 가을철 밭에는 먹을 것이 많다는 말. 가을에 밭에 가면 가난한 친정에 가는 것보다 낫다.

가을 마당에 빗자루 몽당이를 들고 춤을 추어도 농사 밑이 어둑하다 : 가을 타작을 하여 줄 것은 주고 갚을 것은 갚고 빈손에 빗자루 하나만 들게 되어도 농사일이 든든한 것이라는 말.

가을 머슴군 비질하듯㊐ : 가을걷이를 하고 낟알을 털어도 머슴에게는 별로 잇속이 없으므로 쓰레질도 흥 없이 된다는 뜻으로, 일을 성의 없이 대강 해치움을 비유하여 이르는 말.

가을 메(杵)는 부지깽이도 덤빈다 : 가을철에는 곡식이 많아 절구가 쉴 새 없이 번잡하므로 부지깽이도 메 노릇을 해 보려고 덤빈다는 말. 가을 들판에는 송장도 덤빈다. 가을에는 부지깽이도 덤벙인다. 가을철에는 부지깽이도 저 혼자 뛴다. 가을철에는 죽은 송장도 꿈지럭거린다. 추수 때는 돌부처도 꿈적인다.

가을 멸구는 나락 벼늘도 먹는다 : 여름 멸구의 피해보다도 가을 멸구의 피해가 더 크다는 말. *나락 벼늘—'낟가리'(벼 깍짓)의 경남 방언.

가을 무 껍질이 두꺼우면 겨울이 춥다 : ⇒ 무 뿌리가 길면 겨울이 춥다.

가을 무 꽁지가 길면 겨울이 춥다 : ⇒ 무 뿌리가 길면 겨울이 춥다.

가을 물은 소 발자국에 괸 물도 먹는다 : 가을 물은 매우 맑고 깨끗하다는 말.

가을바람에 낙엽 지듯 한다 : 많은 일들이 동시에 잘못되어 감을 비유하여 이르는 말.

가을바람은 노새 귀를 뚫는다(秋風貫驢耳) : 가을바람은 노새 귀를 뚫을 정도로 세게 분다는 말.

가을바람은 총각 바람, 봄바람은 처녀 바람 : 가을철에는 남자가, 봄철에는 여자가 바람기가 나기 쉽다는 말.

가을바람의 새털 : 꿋꿋하지 못함을 이르는 말.

가을바람이 불면 곡식은 혀를 빼물고 자란다 : 가을철이 되면 곡식들이 보다 빨리 자라며 영근다는 말.

가을밭에 가는 것이 친정에 가는 것보다 낫다 : ⇒ 가을에 밭에 가면 가난한 친정에 가는 것보다 낫다.

가을밭에 가면 가난한 친정 가는 것보다 낫다 北 **:** ⇒ 가을에 밭에 가면 가난한 친정에 가는 것보다 낫다.

가을밭은 안 갈아엎는다(갈아엎지 않는다) : 가을 밭농사가 끝난 후의 밭은 그대로 두는 것이 좋다는 말.

가을밭을 밟으면 떡이 세 개요 봄밭을 밟으면 빰이 세 개다 北 **:** 추수가 끝난 밭은 밟아 주는 것이 좋고, 봄에 녹아서 부푼 밭은 밟으면 안 된다는 것을 비유하여 이르는 말.

가을볕에는 딸을 쬐이고, 봄볕에는 며느리를 쬐인다 : 며느리보다는 딸을 더 생각한다는 말. 봄볕은 며느리를 쬐이고, 가을볕은 딸을 쬐인다.

가을 부채는 시세가 없다〔秋風扇〕 : 때가 지난 것은 그 가치가 없음을 이르는 말.

가을비가 갑자일(甲子日)에 오면 벼이삭에 싹이 난다〔秋雨甲子 禾頭生茸〕 : 가을비가 갑자일에 오기 시작하면 벼이삭에 싹이 날 정도로 많이 오게 된다는 말.

가을비가 잦으면 굴이 여문다 : 가을비가 잦으면 영양염류(營養鹽類)가 많아지게 되므로 굴의 육량(肉量)이 늘어 소출이 많아지게 된다는 말.

가을비가 잦으면 춥지 않다 : 가을비가 잦으면 고기압이 발달되지 못하므로 추워지지 않는다는 말.

가을비는 떡비다 : ⇒ 봄비는 일 비고 여름비는 잠 비고 가을비는 떡 비고 겨울비는 술 비다.

가을비는 떡 비요 겨울비는 술 비다 : ⇒ 봄비는 일 비고 여름비는 잠 비고 가을비는 떡 비고 겨울비는 술 비다.

가을비는 많이 오지 않는다 : 우리나라의 강우량은 여름철에 집중되어 있어서 가을에 오는 비는 많이 오지 않는다는 말. 가을비는 빗자루로도 피한다. 가을비는 영감 나룻 밑에서도 피한다. 가을비는 오래 오지 않는다. 가을비는 장인 나룻 밑에서도 피한다(긋는다).

가을비는 빗자루로도 피한다 : ⇒ 가을비는 많이 오지 않는다.

가을비는 영감 나룻 밑에서도 피한다 : ⇒ 가을비는 많이 오지 않는다.

가을비는 오래 오지 않는다 : ⇒ 가을비는 많이 오지 않는다.

가을비는 올 적마다 추워진다 : 가을비는 한 번 올 적마다 기온이 내려가면서 추워진다는 말.

가을비는 장인 나룻 밑에서도 피한다(긋는다) : ⇒ 가을비는 많이 오지 않는다.

가을비는 추워야 온다 : 여름비는 무더워야 오지만, 가을비는 추워져야 온다는 말.

가을비 하루가 추수 열흘을 늦춘다 : 가을 추수철에 비가 하루 오게 되면 볏단을 건조시켜서 추수를 해야 하기 때문에 10여 일이 늦어진다는 말. 가을비 한 번에 열흘 추수가 늦어진다.

가을비 한 번에 열흘 추수가 늦어진다 : ⇒ 가을비 하루가 추수 열흘을 늦춘다.

가을 상추는 문 걸어 잠그고 먹는다 : 가을 상추는 특별히 맛이 좋다는 말.

가을 식은 밥이 봄 양식이다 : ⇒ 가을 곡식을 아껴야 봄 양식이 된다.

가을 아욱국은 계집 내쫓고 먹는다 : 가을엔 아욱국이 특별히 맛이 좋음을 이르는 말. 가을 아욱국은 문 걸고 먹는다. 가을 아욱국은 사위만 준다.

가을 아욱국은 문 걸고 먹는다 : ⇒ 가을 아욱국은 계집 내쫓고 먹는다.

가을 아욱국은 사위만 준다 : ⇒ 가을 아욱국은 계집 내쫓고 먹는다.

가을 안개는 쌀 안개다 : 가을에 벼가 패서 영글 때 안개가 끼면 결실이 좋아 수확량이 증가된다는 말.

가을 안개는 쌀 안개, 봄 안개는 죽 안개 : 가을 안개는 벼를 잘 영글게 하여 수확량을 증가시키고 봄 안개는 보리에 병해를 주어 수확을 줄이게 한다는 말. 봄 안개는 죽 안개, 가을 안개는 밥 안개.

가을 안개는 천 석을 보태 준다 : 가을 안개는 벼를 잘 영글게 하여 수확량을 증가시켜 풍년이 들게 된다는 말. 가을 안개에는 풍년 든다. 벼 여물 때 안개 끼면 풍년 든다.

가을 안개는 천 석을 올리고, 봄 안개는 천 석을 내린다 : 가을 안개는 벼가 익는 것을 촉진시켜 잘 영글게 하지만, 봄 안개는 햇볕을 차단하여 식물의 발육을 방해하므로 해를 끼친다는 말. 봄 안개는 천 석을 깎고(감하고), 가을 안개는 천 석을 보태 준다. 가을 안개에는 곡식이 늘고, 봄 안개에는 곡삭이 준다.

가을 안개에는 곡식이 늘고, 봄 안개에는 곡식이 준다 : ⇒ 가을 안개는 천 석을 올리고, 봄 안개는 천 석을 내린다.

가을 안개에는 풍년 든다 : ⇒ 가을 안개는 천 석을 보태 준다.

가을에 내 아비 제(祭)도 못 지내거든 봄에 의붓아비 제 지낼까 : 소중한 일도 못 할 처지에 어찌 형식적인 일까지 참섭할 수 있겠느냐는 말. 가을에 못 지낸 제사를 봄에는 지낼까. 봄에 의붓아비 제 지낼까.

가을에는 대부인 마누라도 나무 신짝 가지고 나온다 : ⇒ 가을 들판에는 대부인 마님도 나막 신짝을 든 채 나선다.

가을에는 부지깽이도 덤벙인다 : ⇒ 가을 메는 부지깽이도 덤빈다.

가을에는 손톱 발톱도 다 먹는다 : 가을이 되면 입맛이 좋아지는 계절이라 음식을 많이 먹게 된다는 말.

가을에 떨어지는 도토리는 먼저 먹는 것이 임자이다Ⓑ **:** 임자 없는 물건은 누구든 먼저 차지하는 사람의 것이 된다는 말.

가을에 못 지낸 제사를 봄에는 지낼까 : ⇒ 가을에 내 아비 제도 못 지내거든 봄에 의붓아비 제 지낼까.

가을에 무 꽁지가 길면 겨울이 춥다 : ⇒ 무 뿌리가 길면 겨울이 춥다.

가을에 무덥고 비가 오면 폭풍우가 온다 : ⇒ 가을날이 무덥고 비가 오면 큰비에 큰 바람이 있다.

가을에 밭에 가면 가난한 친정에 가는 것보다 낫다 : 가을밭에는 먹을 것이 많다는 말. 가을 들판이 어설픈 친정보다 낫다. 가을밭에 가는 것이 친정에 가는 것보다 낫다. 가을밭에 가면 가난한 친정 가는 것보다 낫다Ⓑ.

가을에 천둥 번개가 잦으면 양반이 많이 죽는다 : 여름철에 많아야 할 천둥 번개가 가을에 많다는 것은 하늘의 이변이므로, 정치를 잘못한 귀족들이 천벌을 받게 된다는 말.

가을에 핀 연꽃이다 : 여름에 피는 연꽃이 때에 맞지 않게 가을에 피듯이, 시기를 모르고 일을 열심히 함을 이르는 말.

가을이냐고 봄이다 : 가을이 되었으나 흉년이 들어 추수할 것이 없다는 말.

가을이 와도 가을 같지 않다(秋來不似秋) : 흉년이 들어 가을이 와도 가을답지가 않고 식량 곤란을 받는다는 말.

가을일은 미련한 놈이 잘한다 : 가을 농촌의 일은 매우 바쁘므로 꾀를 부리지 말고 닥치는 대로 해치워야 성과가 있다는 말.

가을장마가 더 무섭다 : 여름 장마보다 가을

장마가 농작물에 피해를 더 준다는 말.

가을장마에 다 된 곡식 썩인다 : 벼 베고 타작할 무렵에 장마가 지면 들판에 있는 곡식을 썩히게 된다는 말.

가을장마에 이삭 싹 난다〔穀頭生再〕: 가을에 늦장마가 지게 되면 들녘에 베어 놓은 벼가 싹이 나게 된다는 말.

가을 전어(錢魚) 머리에는 깨가 한 되다 : 전어는 산란기인 봄에서 여름까지는 맛이 없지만, 가을철부터는 체내에 지방질이 차면서 맛이 들기 시작하여 늦가을에는 별미가 있다는 말.

가을 죽(粥)은 봄 양식이다 : ⇒ 가을 곡식을 아껴야 봄 양식이 된다.

가을 중 싸대듯 (한다) : 가을에 행각승(行脚僧)이 동냥 다니듯 바빠서 분주히 싸다니는 것을 비유하여 이르는 말.

가을 중의 시주(施主) 바가지 같다 : 무엇이 가득하게 담긴 것을 비유하여 이르는 말.

가을 찬밥은 봄 양식이다 : ⇒ 가을 곡식을 아껴야 봄 양식이 된다.

가을철에는 부지깽이도 저 혼자 뛴다 : ⇒ 가을 메는 부지깽이도 덤빈다.

가을철에는 죽은 송장도 꿈지럭거린다 : ⇒ 가을 메는 부지깽이도 덤빈다.

가을 추수 때는 고사떡을 해 먹어야 길하다 : 가을에 추수를 하게 되면 신에게 감사의 고사를 지내야 길하다는 말.

가을 하늘과 큰 어미 얼굴은 검어도 좋다 : 가을 하늘에는 구름이 끼어도 바람이 서풍이라 비가 오지 않으니 걱정이 없고, 저를 미워하는 큰어머니의 얼굴은 보기 흉하게 검어도 좋다는 말.

가자니 태산(泰山)이요 돌아서자니 숭산(嵩山)이라〔進退維谷 · 進退兩難〕: 앞에도 높은 산이고 뒤에도 높은 산이라는 뜻으로, 이러지도 저러지도 못할 난처한 지경에 처함을 비유하여 이르는 말.

가자미 물때 모른다 : 가자미는 비교적 이동 감각이 둔한 고기이기 때문에, 간만의 차가 심한 지역에서는 썰물이 빨리 나는 것을 미처 모르고 있다가 갯벌에 갇혀서 잡힘을 이르는 말.

가장비(假張飛) 같다 : 외모가 우악스럽게 생긴 사람을 비유하여 이르는 말.

가재걸음 친다 : 모든 일이 진보하지 못하고 퇴보만 함을 이르는 말. 가재 뒷걸음치듯 한다. 게걸음 친다.

가재는 게 편〔類類相從 · 草綠同色〕: 모양이나 형편이 서로 비슷하거나 인연이 있는 것끼리 서로 잘 어울리며 사정을 보아주고 감싸 줌을 비유하여 이르는 말. 가재는 게 편이요, 초록은 동색(한 색)이라. 검둥개 돼지 편. 검정개는 돼지 편. 검정개 한패(한편). 게는 가재 편이다. 소리개는 매 편 북. 솔개는 매 편(-이라고). 이리가 짖으니 개가 꼬리(-를) 흔든다.

가재는 게 편이요 초록은 동색(한 색)이라 : ⇒ 가재는 게 편.

가재 뒷걸음치듯 한다 : ⇒ 가재걸음 친다.

가재 물 짐작하듯 : 미리 예측을 잘함을 이르는 말.

가재재에 비 묻거든 우케 멍석 치워라 : 가재재에 비가 오기 시작하면 벼를 말리는 우케 멍석을 치워 비설거지부터 하라는 말.
* 가재재—전남 지방에 있는 재〔嶺〕 이름.
* 우케—찧기 위해 말리는 벼.

가정오랑캐 맞듯 : 행패를 부리다가 매를 되게 맞는 오랑캐같이, 매를 몹시 맞음을 이르는 말. * 가정오랑캐—청나라 사신이 올 때 따라온 하인을 낮잡아 이르는 말.

가정이 맹어호라〔苛政猛於虎〕: 가혹한 정치는 백성에게 미치는 해독(害毒)이 호랑이보다 심하다는 말.

가져다 주어도 미운 놈 있고 가져가도 고운 놈 있다 : 자기에게 이익을 주는데도 미운 사람이 있는가 하면 자기에게 손해를 주는데도 고운 사람이 있다는 말.

가죽이 있어야 털이 나지 : 무엇이든 바탕이(재료가) 있어야 이룰 수 있다는 말. 껍질 없는 털이 있을까. 껍질 없는 털가죽이 없다 뷱.

가죽 잎이 사발만큼 자라면 목화를 간다 : 목화의 파종은 가죽나무 잎이 사발 크기로 자랐을 때가 적기(適期)라는 말.

가지 나무에 목을 맨다 : 몹시 딱하거나 서러워서 목맬 나무의 크고 작음을 가리지 않고 죽으려 한다는 말.

가지 따 먹고 외수(外數)한다 : 남의 밭에 가 가지를 따 먹고 남을 속인다는 뜻으로, 사람의 눈을 피하여 나쁜 짓을 하고는 시치미를 떼면서 딴전 부림을 비유하여 이르는 말. * 외수—속임수.

가지 많은 나무에(나무가) 바람 잘 날이 없다 : 자식을 많이 둔 어버이는 근심이 끊일 날이 없다는 말. 가지 많은 나무가 잠잠할 적 없다.

가지 많은 나무가 잠잠할 적 없다 : ⇒ 가지 많은 나무에(나무가) 바람 잘 날이 없다.

가지 잎은 길에 버려 여러 사람이 밟아야 잘 연다 : 가지는 통풍이 잘 되도록 하기 위하여 아래 잎을 따는 것이고, 길에 버리는 것은 사람들이 보고 가서 이내 가지 잎을 따라는 데서 유래된 말.

가진 놈의 겹철릭 : 필요 이상의 물건을 겹쳐서 가지고 있음을 이르는 말. * 겹철릭—겹겹이 포개어 놓은 철릭(무관이 입던 공복)

가진 놈이 더 무섭다 : 재물이 많은 사람일수록 적게 가진 사람보다 인색하다는 말.

가진 돈이 없으면 망건 꼴이 나쁘다 : 지닌 돈이 없으면 겉모양도 초라해 보이고 마음이 떳떳하지 못하다는 말.

각관 기생 열녀 되랴 : 관청에 등록되어 놀이판에 불려 다니는 기생이 열녀가 될 수 없다는 뜻으로, 사람의 타고난 바탕은 바꿀 수 없음을 비유하여 이르는 말.

각담 밑에 구렝이 있고 북데기 속에 알이 있다 뷱 : ⇒ 북데기 속에 벼알이 있다[②]. * 각담—논밭의 돌이나 풀 따위를 추려 한쪽에 나지막이 쌓아 놓은 무더기. * 구렝이—'구렁이'의 북한어.

각전(各廛) 시전(市廛) 통비단 감듯 : 장사치가 솜씨 있게 통비단을 감듯 한다는 뜻으로, 무엇을 줄줄 익숙하게 잘 감음을 비유하여 이르는 말. 육모얼레에 연줄 감듯.

각전의 난전(亂廛) 몰듯 : ⇒ 난전 몰리듯. * 육주비전 각전에서 그곳의 물건을 몰래 훔쳐다가 파는 난전을 무섭게 몰아치듯 한다는 데서 유래된 말.

간다 간다 하면서 아이 셋 낳고 간다 : 모든 일에 용단을 내리지 못함을 비유하여 이르는 말.

간 빼 먹고 등쳐 먹다 : 남을 놀라게 하여 정신없이 만들어 놓고 그 재물을 빼앗음을 이르는 말.

간에 가 붙고 염통에 가 붙는다 : ⇒ 간에 붙었다 쓸개(염통)에 붙었다 한다.

간에 가 붙었다 쓸개에 가 붙었다 한다 : ⇒ 간에 붙었다 쓸개(염통)에 붙었다 한다.

간에 기별(奇別)도 안 간다 : 음식을 흡족하게 먹지 못했음을 비유하여 이르는 말. 간에도 차지 않는다.

간에도 차지 않는다 : ⇒ 간에 기별도 안 간다.

간에 붙었다 쓸개(염통)에 붙었다 한다 : 자기에게 조금이라도 이익이 되면 지조 없이 이편에 붙었다 저편에 붙었다 함을 이르는 말. 간에 가 붙고 염통에 가 붙는다. 간에 가 붙었다 쓸개에 가 붙었다 한다. 간에 붙었다 콩팥에 붙었다 한다. 쓸개에 가 붙고 간에 가 붙는다.

간에 붙었다 콩팥에 붙었다 한다 : ⇒ 간에 붙었다 쓸개(염통)에 붙었다 한다.

간이 뒤집혔나 허파에 바람이 들었나 : 아무 이유도 없이 웃기만 하는 사람이나, 행동이 허랑한 사람을 나무라는 말.

간이라도 빼어(뽑아) 먹이겠다 : 무엇이든 다 내어 줄 것 같음을 이르는 말.

간이 콩알만 해졌다 : 매우 놀람을 비유하여 이르는 말.

간장국에 마르다 : 오래 찌들어서 바짝 마르고 단단함을 이르는 말.

간장에 전 놈이 초장에 죽으랴 : 단단히 단련된 자가 그 정도를 무서워하겠느냐는 말.

간장이 시고 소금이 곰팡 난다 : 절대 불가능한 일을 이르는 말.

갈고리 맞은 고기 : 위급한 경우를 당하여 어찌할 바를 모르는 경우를 이르는 말.

갈까마귀가 제집으로 급히 모이면 비가 온다 : 저기압일 때 갈까마귀가 제집으로 모이면 비가 온다는 말.

갈매기가 낮게 날면 비가 온다 : 날짐승들은 기압 변화를 감촉하고 먹이 준비를 위하여 부산하게 움직인다는 뜻으로, 기압골이 접근하면 갈매기가 낮게 날기 때문에 어장을 거두라는 말.

갈매기가 낮게 날면 어장을 걷어라 : 기압골이 접근하면 갈매기가 낮게 날므로 어장을 거두라는 말.

갈매기가 목욕을 하면 비가 온다 : 바닷가 사람들의 경험에 의한 것으로, 갈매기가 목욕을 하면 비가 온다는 말.

갈매기는 솥 짊어지고 다닌다 : 갈매기가 그물을 끌어올릴 때 날쌔게 고기를 물고 가듯이, 만선하고 돌아온 선주들 집을 돌아다니며 거저 고기를 얻어 가는 염치없는 사람을 두고 이르는 말.

갈매기도 제집이 있다 : ⇒ 까막까치도 집이 있다.

갈매기 떼 있는 곳에 고기 떼 있다 : 갈매기는 고기 떼가 모인 곳을 찾아다니기 때문에 갈매기가 모이는 곳에 고기 떼가 있다는 말.

갈모 형제라〔笠帽兄弟〕: 갈모의 모양이 위는 뾰족하고 아래는 넓은 데서, 아우가 형보다 나은 경우를 비유하여 이르는 말.

갈바람에 곡식이 혀를 빼물고 자란다 : 가을이 오려고 서풍이 불기 시작하면 곡식이 빨리 자라 익는다는 말.

갈수록 태산(수미산 · 심산)이라 : 갈수록 더 어려운 지경에 처하게 됨을 이르는 말. 산 넘어 산이다. 산은 오를수록 높고 물은 건널수록 깊다. 재는 넘을수록 높고(험하고) 물은 건널수록 깊다.

갈이를 잘 하면 비료 한 번 더 준 폭 된다 : 논갈이나 밭갈이를 깊게 해야 작물의 생육이 좋아 수확을 증가시킬 수 있음을 비유하여 이르는 말.

갈치가 갈치 꼬리 문다 : ⇒ 망둥이 제 동무 잡아먹는다.

감〔柿〕 고장 인심 : 옛날 감 고장은 인심이 좋아서 지나가는 사람이 감 몇 개 따 먹는 것은 묵인하였다는 데서 나온 말로, 인심이 매우 두터움을 비유하여 이르는 말.

감기 고뿔도 남을 안 준다 : 감기까지도 남을 안 줄 정도로 몹시 인색함을 이르는 말. 감기 고뿔도 남 준다면 섭섭하다.

감기 고뿔도 남 준다면 섭섭하다 : ⇒ 감기 고뿔도 남을 안 준다.

감기 고뿔도 제가끔 앓으랬다[북] **:** 감기조차도 따로따로 앓으라는 뜻으로, 좋은 일이건 궂은일이건 간에 각자가 저마다 독자적으로 해야 할 필요가 있음을 이르는 말. 고뿔도 제가끔 앓으랬다(앓랬다)[북].

감기는 밥상머리에 내려앉는다 : ① 감기를 앓다가도 밥상을 받으면 앓던 사람 같지 않게 잘 먹는다는 말. ② 감기가 들면 어떻게든 먹어야 빨리 낫는다는 말. 감기는 밥상머리에서 물러간다(물러앉는다).

감기는 밥상머리에서 물러간다(물러앉는다) : ⇒ 감기는 밥상머리에 내려앉는다.

감기에 목화씨를 빻아서 달여 먹으면 낫는다 : 감기에는 목화씨를 빻아서 달여 놓고 수시로 마시면 낫는다는 말.

감꼬치 빼 먹듯 한다 : 있는 재물을 하나씩 하나씩 축내며 살아감을 비유하여 이르는 말.

감꽃 피면 파종하고 못자리 한다 : 감꽃이 피기 시작하면 목화씨도 뿌리고 못자리도 해야 한다는 말.

감꽃 필 때 물 잡으면 폐농한다 : 감꽃이 필 때 물을 잡아서 오래 두었다가 모심기를 하면 토양에 거름기가 다 유실되어 모가 잘 자라지 못하므로 흉작이 된다는 말.

감꽃 필 때 씻나락 담근다 : 현재 신품종은 감꽃 필 때면 씻나락 담그는 것이 늦지만 옛날 재래종은 이 무렵이 적기라는 말.
* 씻나락—'볍씨(못자리에 뿌리는 벼의 씨)'의 경상·전라 방언.

감나무 가지에 새가 앉아 안 보이면 못자리가 늦다 : 못자리는 감나무 잎이 트기 시작할 때가 적기이지, 만약 잎이 펴서 새가 안 보일 때는 이미 그 시기가 늦었다는 말.

감나무는 고욤나무에 접을 붙여야 한다 : 감나무의 접은 고욤나무 뿌리에 좋은 감나무 순을 접목해야 좋은 감이 열리듯이, 결혼도 서로 인물이나 학식·집안 등이 비슷한 사람끼리 만나야 행복하게 살 수 있음을 비유하여 이르는 말.

감나무 밑에 누워도 삿갓 미사리를 대어라 : 의당 자기에게 올 이익이라도 서둘러서 노력하지 않으면 안 된다는 말. * 미사리—삿갓·방갓·전모 따위의 밑에 대어 머리에 쓰게 된 둥근 테두리. 누워 먹는 팔자라도 삿갓 밑을 도려야 한다.

감나무 밑에 누워 홍시(연시) (입 안에) 떨어지기를 기다린다(바란다)〔守株待兎〕: 노력 없이 어떤 일이 이루어지기를 한없이 기다린다는 말. 홍시 떨어지면 먹으려고 감나무 밑에 가서 입 벌리고 누웠다.

감나무 밑에서도 먹는 수업(修業)을 하여라 : 좋은 환경에서도 스스로 노력하지 않으면 안 된다는 말.

감나무에 올라가야 홍시도 따 먹는다 : 무슨 일이든 저절로 되기만 기다리지 말고 직접 노력을 해야 이루어진다는 말.

감〔柿〕 내고 배 낸다 : 제 뜻대로 주선함을 비유하여 이르는 말. 장 내고 소금 낸다.

감도 전지(剪枝)가 있어야 딴다 : 감을 따려면 감 따는 전지가 있어야 하듯이, 무슨 일을 하려면 도구가 있어야 능률을 올릴 수 있다는 말.

감때사납다 : 얼굴이 우악스럽고 고집이 세게 생긴 사람을 이르는 말.

감사(監司)가 행차하면 사또만 죽어난다 : ⇒ 사또 행차엔 비장이 죽어난다.

감사 덕분에 비장(裨將) 나리 호사한다 : 남의 덕분에 호사한다는 말.

감〔柿〕씨에서는 고욤나무가 난다 : 감씨를 심으면 감나무가 나지 않고 고욤나무가 나듯이, 훌륭한 사람 가운데도 못난 자식이 있다는 말.

감옥(監獄)에 십 년을 있으면 바늘로 파옥한다㊉ **:** 감옥살이 10년이면 바늘을 가지고도 옥을 깨쳐 뛰쳐나오게 된다는 뜻으로, 사람이 역경에 처하여 그것을 극복하려고 오래 애쓰면 보잘것없는 작은 물건을 가지고도 큰일을 성사시킬 수 있음을 비유하여 이르는 말. 삼 년 감옥살이에 감옥을 바늘로 깨뜨린다㊉.

감〔柿〕은 볕에 익는다 : 감은 가을볕이 좋아

야 잘 익어서 맛도 달다는 말.

감은 잔가지째 따야 한다 : 감은 햇가지에서 열리므로 딸 때는 잔가지째 꺾어야 다음 해 햇가지에서 감이 열리게 된다는 말.

감은 켜켜이 놓는다 : 홍시는 터질 위험성이 있으므로 짚 한 켜 깔고 감 한 켜를 나란히 놓는 방법으로 여러 켜를 쌓아 저장하듯이, 무슨 일이든 질서 있게 잘 처리해야 함을 이르는 말.

감은 팔 년이면 연다 : 감나무는 접을 붙이고 8년이 지나면 감이 열리게 된다는 말.

감은 해 갈아 연다 : 감은 전짓대로 햇순을 꺾어서 따므로 풍년 든 해 햇순을 많이 꺾으면 다음 해는 감이 적게 열리듯이 해를 갈아 열게 된다는 말.

감자는 썩어도 먹는다 : 감자 썩은 것은 물에 담가 두었다가 녹말을 만들어 먹는다는 말.

감자로 못 하는 음식 없다 : 감자로 밥 · 떡 · 국수 등 각종 음식을 만들듯이, 쌀과 보리보다 용도가 넓다는 말.

감자바위다 : 깊은 산골에서 감자만 먹고 사는 두멧사람이라는 말. 강원도 감자바위다.

감자밭에서 바늘을 찾는다 : 매우 찾기 어려움을 비유하거나, 헛수고로 돌아갈 일을 비유하여 이르는 말.

감자 썩은 건 먹어도 고구마 썩은 건 못 먹는다 : 감자 썩은 건 녹말을 만들어 먹을 수 있지만, 고구마 썩은 것은 먹지 못한다는 말.

감자 씨는 비 맞으면 부정 탄다 : 감자씨는 통감자를 쪼갠 것으로, 쪼갠 면에 수분이 가신 뒤에 심어야 썩지 않고 발아가 잘 되므로 비를 맞히면 안 된다는 말.

감자 씨는 재에 버무려야 한다 : 통감자를 쪼갠 감자씨는 심을 때 재로 버무리면 쪼갠 면에 수분을 제거하는 동시에 거름도 되기 때문에 발아가 잘 된다는 말.

감자 씨는 크게 끊어야 한다 : 감자씨를 통감자에서 쪼갤 때 잘게 쪼개지 말고 크게 쪼개야 발아가 실하게 되어 수확을 많이 하게 된다는 말.

감자 양식은 헤프다 : 감자를 주식으로 하게 되면 다른 곡식류에 비하여 헤프다는 말.

감자 잎에 노루 고기를 싸 먹겠다㊀ **:** 감자가 한창 자라는 여름에 때 아닌 눈이 내려서 먹이를 찾으러 마을로 온 노루를 잡아먹을 수 있겠다는 뜻으로, 때 아닌 철에 눈이 내리는 경우를 이르는 말.

감장강아지라면 다 제집 강아지인가 : ⇒ 장거리에서 수염 난 건 모두 네 할아비냐.

감장강아지로 돼지 만든다 : 비슷한 것으로 대신해서 남을 속이려 함을 이르는 말.

감출 줄은 모르고 훔칠 줄만 안다 : ⇒ 하나만 알고 둘은 모른다.

감투가 커도 귀가 짐작이라 : 헐렁하고 큰 감투도 귓바퀴에서 멈출 수 있듯이, 어떤 사물의 내용을 어느 정도 자신 있게 짐작할 수 있다는 말.

갑갑한 놈이 송사(訟事)한다 : ⇒ 목마른 놈(사람)이 우물(샘) 판다.

갑갑한 놈이 우물 판다 : ⇒ 목마른 놈(사람)이 우물(샘) 판다.

갑술(甲戌) 병정(丙丁) 흉년인가 : 병자호란(丙子胡亂)을 전후하여 갑술년 · 병자년 · 정축년에 심한 흉년이 들었기 때문에 유래된 말로, 매우 심한 흉년을 이르는 말.

갑인년 흉년에도 먹다 남은 것이 물이다 : ① 아무리 흉년이라도 물마저 말라 버리는 일은 없다는 말. ② 물 한 모금도 얻어먹기 어려운 경우에 하는 말.

갑자생이 무엇이 적은고 : 스스로 나이 든 것을 자제하면서 어리석은 짓을 함을 나무라는 말.

갑작사랑 영이별〔急歎歎 離別端〕: 갑자기 이루어진 사랑은 이내 식어서 아주 헤어져 버리기 쉽다는 말.

값도 모르고 싸다 한다 : 속 내용도 잘 모르면서 이러니저러니 참견하려 듦을 이르는 말. 값도 모르고 쌀자루 내민다. 금도 모르면서 싸다 한다. 금새도 모르고 싸다 한다㊙. 남의 처녀 나이도 모르고 숙성하다고 한다.

값도 모르고 쌀자루 내민다 : ⇒ 값도 모르고 싸다 한다.

값싼 갈치자반 : ⇒ 값싼 비지떡.

값싼 갈치자반이 맛은 좋다 : 값이 싸면서도 맛이 좋은 것은 갈치자반이라는 말.

값싼 것이 갈치자반 : ⇒ 값싼 비지떡.

값싼 것이 보리술이다 : 보리로 만든 막걸리는 맛이 시금털털하기 때문에 술 중에서 값이 가장 싸다는 말.

값싼 비지떡 : 값이 싼 물건은 품질도 그만큼 나쁘게 마련이라는 말. 값싼 갈치자반. 값싼 것이 갈치자반. 싼 것이(게) 비지떡(갈치자반).

갓난아이가 거품을 물면 비가 온다 : ⇒ 갓난아이가 투레질하면 비가 온다.

갓난아이가 투레질하면 비가 온다 : 갓난아이들은 심폐 기능이 약하기 때문에 약간의 공기 변화에도 민감하게 반응을 한다는 말. 갓난아이가 거품을 물면 비가 온다. 어린아이가 투레질하면 비가 온다. 젖먹이가 거품을 물면 비가 온다.

갓〔今〕 마흔에 첫 버선(보살)〔四十初襪〕 : 오래 기다리던 일이 뒤늦게 나이 들어서야 이루어졌을 때 이르는 말. 사십에 첫 버선.

갓〔冠〕방 인두 달 듯 : 갓 만드는 데의 인두가 언제나 뜨겁게 달아 있는 것처럼, 저 혼자 애태우며 어쩔 줄 몰라함을 이르는 말.

갓 사러 갔다가 망건 산다 : ① 사려고 하던 물건이 없어서 그와 비슷하거나 전혀 다른 물건을 샀다는 말. ② 목적을 바꾸어 남의 권고를 따름을 이르는 말.

갓 쓰고 망신 : 한껏 점잖을 빼고 있는데 망신을 당하여 더욱 무참하게 되었음을 이르는 말.

갓 쓰고 박치기해도 제멋(-이다) : 어떤 짓을 하거나 제 마음대로 하게 내버려둔다는 말. 저모립 쓰고 물구나무를 서도 제멋(-이다).

갓 쓰고 자전거 탄다 : 전혀 격에 어울리지 않는 옷차림새를 놀림조로 이르는 말.

갓〔今〕 이사 와서 팥죽을 쑤어 먹으면 부자 된다 : 이사를 가서 먼저 팥죽을 쑤어 이웃 사람들과 나누어 먹으면 복을 받게 된다는 말. 이사 간 날 팥죽을 쑤어 먹어야 길하다.

갓〔冠〕장이 헌 갓 쓰고 무당 남 빌려 굿하고 : 제가 제 일을 처리하지 못하는 경우를 이르는 말.

강가에 메밀꽃 핀 것을 보면 좋다 : 강가에 심은 메밀이 가뭄을 타지 않아 탐스럽게 꽃이 피는 것을 보면 기분이 좋다는 말.

강가 전답은 사지도 말랬다 : 옛날 제방 시설이 잘 되어 있지 않은 강가의 논밭은 수해의 위험성이 많으므로 아예 사지를 말라는 말. 큰 냇물 가에 있는 논밭은 사지 말랬다.

강 건너 불 구경〔袖手傍觀〕 : 어떤 일에 관여하지 않고 방치(放置)하거나, 또는 관여하고 싶어도 관여할 수 없는 상황을 이르는 말. 건넛산 쳐다보듯 한다. 남의 굿 보듯㊙. 남의 굿 보기.

강경(江景) 장에 조깃배가 들어왔나 : 충청남도 강경장에는 봄철이 되면 조깃배가 들어와서 몹시 소란스러웠음을 비유하여 이르는 말.

강계(江界) 색시면 다 미인인가 : ⇒ 경주 돌이면 다 옥석인가.

강남(江南) 갔던 제비가 빨리 돌아오면 풍년 든다 : 제비가 예년보다 일찍 오는 것은 해동이 빠름을 의미하고, 따라서 일조일이 길어져 풍년이 든다는 말.

강남 갔던 제비도 돌아오면 반갑다 : 날짐승도 오랜만에 다시 만나면 반갑듯, 인정은 변하지 않는다는 말.

강남 장사 : 이익을 가장 잘 도득(賭得)함을 비유하여 이르는 말.

강릉(江陵) 최 부자는 임연수어 쌈으로 망했다 : 옛날 강릉에 최 부자가 있었는데 임연수어 껍질로 쌈을 싸 먹다가 망했다는 말로, 임연수어의 껍질 쌈이 맛이 좋다는 말.

강물도 쓰면 준다 : 무엇이든 많다고 해서 마구 쓰지 말라는 말. 시냇물도 퍼 쓰면 준다.

강물에서 깐 연어도 바다에서 자라면 연어가 되고, 강에서 자라면 열목어가 된다 : 같은 연어 새끼라도 바다에서 자란 것은 연어가 되고 강에서 자란 것은 열목어가 되듯이, 사람도 자라난 환경에 따라 착하게도 되고 악하게도 됨을 비유하여 이르는 말.

강물이 돌 굴리나(굴리지 못한다) : 좀처럼 움직이지 않거나, 움직일 수 없음을 이르는 말.

강아지가 살찌면 집안이 길하다 : 강아지가 살이 찌도록 잘 기르는 집은 살림도 잘하므로 길하다는 말.

강아지가 쇠뼈다귀 물고 다니듯 한다 : 먹지도 못할 것을 가지고 쓸데없이 애만 씀을 비유하여 이르는 말.

강아지 깎아(갉아) 먹던 송곳 자루 같다 : 들쭉날쭉한 자국이 보기 흉하게 드러나 있음을 이르는 말. 쥐 뜯어 먹은 것 같다.

강아지 나누어 가듯 한다 : 옛날에는 개가 새끼를 낳게 되면 이웃 사람이 거저 한 마리씩 부탁한 순서로 강아지를 골라 가듯이, 무슨 물건을 사이좋게 나누어 가거나, 단번에 무엇을 나누어 치운다는 말. 개새끼 나누듯 한다.

강아지 낳을 때 보면 부정 탄다 : 개가 새끼를 낳을 때는 지켜보지 말고 조용한 분위기를 만들어 주어야 한다는 말. 개가 새끼 낳는 것을 보면 부정 탄다.

강아지는 길들일 탓이다 : 강아지는 어렸을 때 길을 잘 들여야 하듯이, 사람도 어렸을 때 잘 가르쳐야 한다는 말.

강아지는 나면서 짖는다 : 강아지는 나면서 짖듯이, 무슨 일을 배우지 않고도 선천적으로 잘 한다는 말. 개 새끼는 나는 족족 짖는다. 개 새끼는 물지 않는 종자 없다. 개 새끼는 짖고 고양이 새 끼는 할퀸다. 개 새끼치고 물지 않는 종자 없다.

강아지는 방에서 키워도 개가 된다 : 천성이 나쁜 사람은 아무리 잘 가르쳐도 본성을 고치지 못한다는 말.

강아지는 옆집에 주지 않는다 : 옛날에는 강아지를 사고팔지 않고 친한 집에 나누어 주었는데, 만일 옆집에 주게 되면 준 뒤에도 늘 와서 놀기 때문에 귀찮다는 말.

강아지도 닷새면 주인을 안다 : ⇒ 개도 주인을 알아본다.

강아지 똥도 똥이다 : ⇒ 강아지 똥은 똥이 아닌가①.

강아지 똥은 똥이 아닌가 : ① 약간의 차이는 있다 하더라도 그 본질은 다 같음을 비유하여 이르는 말. 강아지 똥도 똥이다. 파리똥도 똥이다. 파리똥은 똥이 아니랴. ② 나쁜 짓을 조금 했다고 하여 안 했다고 발뺌을 할 수는 없음을 비유하여 이르는 말. 적은 것은 똥 아닌가. 지린 것은 똥 아닌가.

강아지 메주 먹듯 한다 : 강아지가 메주를 잘 먹듯이, 어떤 음식을 매우 좋아한다는 말.

강아지에게 메주 멍석 맡긴 것 같다 : 사물이 믿지 못하는 사람에게 넘어갔을 때에 마음이 놓이지 않음을 이르는 말.

강아지풀도 모르는 놈이 조밭 맨다 : 잡초와 곡식도 분별하지 못하면서 김을 매게 되면 도리어 피해가 크듯이, 무슨 일이든지 모르고 하게 되면 손해만 본다는 말.

강아지풀을 가꾸면 곡식을 해친다 : ① 조와 강아지풀이 비슷하다고 해서 조밭에 있는 강아지풀을 뽑지 않으면 수확이 크게 감소된다는 말. ② 악한 사람을 처벌하지 않고 두면 선한 사람이 피해를 보게 된다는 말.

강아지풀을 미워하는 것은 그것이 곡식을 해치기 때문이다〔惡莠恐其亂苗〕 : ① 밭에 나 있는 강아지풀을 뽑는 것은 곡식을 해치기 때문이라는 말. ② 인간 사회에서 악한 사람을 미워하는 것은 사회에 해독을 끼치기 때문이라는 말.

강원도 감자바위다 : ⇒ 감자바위다.

강원도 삼척 : 방바닥이 몹시 차다는 말. *'삼척'은 '삼청'의 잘못으로, 옛날 금군삼청(禁軍三廳)의 방에는 불을 때지 않아 매우 찼다는 데서 유래된 말. 강원도 안 가도 삼척.

강원도 안 가도 삼척 : ⇒ 강원도 삼척.

강원도 참사(參事) : 공직에 있는 사람이 좌천됨을 이르는 말.

강원도 포수 : 예전에 강원도에는 맹수가 많아 포수들이 사냥을 나갔다가 그들에게 잡혀 먹히는 경우가 많았다는 데서 유래된 말로, 집을 나간 후 오랫동안 소식 없이 돌아오지 않는 사람을 이르는 말. 지리산 포수.

강원도 호박엿이다 : 강원도에서 생산된 호박엿이 맛있다는 말.

강장하(强將下)에 무약병(無弱兵)이라 : 강한 장수 밑에는 약한 병사가 없다는 말.

강진(康津) 원님 대합 자랑하듯 한다 : 전라남도 강진에서 생산되는 대합은 맛도 좋고 양적으로도 많이 생산되어 옛날부터 유명하였음을 이르는 말.

강철이(强鐵－) 가을㊗ **:** ⇒ 강철이 간 데는 가을도 봄이라①.

강철이 간 데는 가을도 봄이라〔强鐵去處 雖秋如春〕 : ① 아주 심한 흉년을 이르는 말. 강철이 가을㊗. 강철이 지나간 가을이다. ② 운이 나빠서 하는 일마다 실패를 거듭함을 이르는 말. *강철이－지나가기만 하면 초목이 다 말라 죽는다는 상상상(想像上)의 용(龍).

강철(鋼鐵)이 달면 더욱 뜨겁다 : 웬만해서는 화를 낼 것 같지 않은 사람이 한 번 성나면 무섭다는 말.

강철이 지나간 가을이다〔强鐵之秋〕 : ⇒ 강철이 간 데는 가을도 봄이라①.

강태공 위수변에 주문왕 기다리듯 : 때를 기다리는 모양을 비유하여 이르는 말. *강태공－주(周)나라 무왕(武王)을 도와 천하를 평정하여 제(齊)나라의 시조가 된 인물.

강태공의 곧은 낚시질 : 큰 뜻을 품고 때가 오기를 기다리며 하는 일없이 나날을 보냄을 비유하여 이르는 말.

강태공이 세월 낚듯 한다 : 무슨 일을 더디고 느리게 함을 비유한 말.

강한 말은 매 놓은 기둥에 상한다 : 너무 구속하면 좋지 않은 결과를 가져옴을 비유하여 이르는 말.

강화 도련님인가 우두커니 앉아 있다 : 사람이 아무것도 하는 일없이 한가로이 앉아 나날을 보내는 것을 비유하여 이르는 말.

갖바치 내일모레 : 약속한 날짜를 자꾸 미룸을 이르는 말. *갖바치－가죽신을 만드는 사람. 고리백장 내일모레. 피장이 내일 모레.

갖바치에 풀무는 있으나 마나 : 남에게 요긴한 물건일지라도 자기에게는 아무 소용이 없다는 말. 미장이에 호미는 있으나 마나.

갖은 놈의 겹철릭 : 필요 이상의 물건을 겹쳐서 가짐을 이르는 말. *겹철릭－겹겹이 포개어 입은 철릭(옛말 무관이 입던 공복).

갖은 황아라 : 여러 가지를 다 가지고 다니는 황아장수란 뜻으로, 나쁜 성격이나 질병 따위를 많이 지녔음을 이르는 말.

갗에서 좀 난다 : ① 가죽을 쏠아 먹는 좀이

가죽에서 생긴다는 뜻으로, 화근이 그 자체에 있음을 비유하여 이르는 말. ② 가죽에 좀이 나서 가죽을 다 먹게 되면 결국 좀도 살 수 없게 된다는 뜻으로, 형제간이나 동류끼리의 싸움은 양편에 다 해로울 뿐임을 비유하여 이르는 말. *갗-'가죽'의 옛말. 쌀에서 좀 난다㊔.

같은 값이면 검정 송아지 : ⇒ 같은 값이면 다홍치마.

같은 값(새경)이면 과부 집 머슴살이 : ⇒ 같은 값이면 다홍치마.

같은 값이면 다홍치마〔同價紅裳〕: 같은 값이면 품질이 좋은 것을 가진다는 말. 같은 값이면 검정 송아지. 같은 값(새경)이면 과부 집 머슴살이. 같은 값이면 처녀. 이왕이면 창덕궁.

같은 값이면 처녀 : ⇒ 같은 값이면 다홍치마.

같은 깃의 새는 같이 모인다〔類類相從〕: 동류끼리 잘 어울리게 된다는 말.

같은 떡도 남의 것이 커 보인다 : 같은 물건인데도 남이 가진 것이 더 돋보인다는 말.

같은 떡도 맏며느리 주는 것이 더 크다 : 맏며느리는 집안의 중요한 사람이라는 말.

같은 말도 툭 해서 다르고 탁 해서 다르다 : ⇒ 말이란 아 해 다르고 어 해 다르다.

같은 말이라도 아 다르고 어 다르다 : ⇒ 말이란 아 해 다르고 어 해 다르다.

같은 배를 탄 사람끼리는 서로 돕는다〔同舟相救〕: 같은 처지에 놓인 사람들끼리는 서로 돕는다는 말. 같은 병을 앓는 사람끼리는 서로 돕는다.

같은 병을 앓는 사람끼리는 서로 돕는다〔同病相憐〕: ⇒ 같은 배를 탄 사람끼리는 서로 돕는다.

같은 손가락에도 길고 짧은 것이 있다 : 아무리 같은 조건에 있다고 하더라도 조금씩은 서로 차이가 있게 마련이라는 것을 비유하여 이르는 말. 손가락도 길고 짧다.

같은 업자끼리는 원수가 된다 : 같은 직업을 가진 사람들은 서로 경쟁 관계이기 때문에 다투어 원수가 되기 쉬움을 이르는 말.

같은 자리에서 서로 딴 꿈을 꾼다〔同床異夢〕: 겉으로는 같이 행동하는 듯이 하면서 속으로는 딴생각함을 비유하여 이르는 말. 잠은 같이 자도 꿈은 다른 꿈을 꾼다. 한자리에 누워서 서로 딴 꿈을 꾼다.

같이 우물 파고 혼자 먹는다 : 욕심이 많은 사람을 이르는 말.

같잖은 투전에 돈만 잃었다 : 장난삼아 한 노름에서 많은 돈을 잃었음을 이르는 말.

개가 개를 낳는다고 : ⇒ 개가 개를 낳지.

개(犬)가 개를 낳지 : 개가 개 새끼를 낳는다는 뜻으로, 못난 어버이에게서 못난 자식이 나지 별수 없음을 비유하여 이르는 말. 개가 개를 낳고. 그 아비에 그 아들.

개가 거름 무더기에서 똥 누면 집안이 잘된다 : 주인이 부지런하게 모아 둔 거름 더미에 개까지 거름을 보태 주는 것은 집안이 잘될 징조라는 말.

개가 겨를 먹다가 나중에는 쌀도 먹는다 : ⇒ 바늘 도둑이 소 도둑 된다.

개가 그림 떡 바라보듯 한다 : 개가 그림의 떡을 바라봐도 아무 소용이 없듯이, 허망한 일은 기대해도 아무 소득이 없음을 비유하여 이르는 말.

개가 꼬리를 사람 보고 흔드나 먹이 보고 흔들지 : 개가 꼬리를 흔드는 것은 먹이를 주는 사람이기 때문에 흔드는 것이지 먹이를 안 주는 사람에게도 흔드는 것은 아니듯이, 사람도 자기와 이해관계가 있어야 친절하게 대한다는 것을 비유하여 이르는 말.

개가 날풀을 뜯어 먹으면 비가 온다 : 초식동물이 아닌 개가 날풀을 뜯어 먹는 것은 날구지를 하는 것이라는 말.

개가 높은 곳을 오르면 큰비가 온다 : 개가 노적가리나 담과 같은 높은 곳에 오르게 되면 큰비가 온다는 말.

개가 대문 앞의 흙을 파면 큰 주인이 죽는다 : 개가 대문 앞의 흙을 발로 파는 것은 큰 주인이 죽을 흉조라고 제주 지방에서 전래된 말. 개가 땅을 파면 바깥주인이 죽는다.

개가 땅을 파면 바깥주인이 죽는다 : ⇒ 개가 대문 앞의 흙을 파면 큰 주인이 죽는다.

개가 땅을 파면 집안에 우환이 생긴다 : 개가 땅을 파면 집안에 복잡한 사건이나 환자가 생기므로 파지 못하도록 하라는 말.

개가 똥을 가리랴 : 개는 똥을 가리지 않고 먹듯이, 굶주린 사람은 아무 음식이나 닥치는 대로 먹는다는 말.

개가 똥을 마다하겠다 : 개가 똥을 마다할 리가 없듯이, 자기가 좋아하는 것을 거절할 리가 없다는 말.

개가 똥을 마다할까(마다한다) : 본디 좋아하던 것을 짐짓 싫다고 거절할 때 이를 비꼬는 말. 고양이가 쥐를 마다한다. 까마귀가 메밀(고욤, 보리, 오디)을 마다한다(마다할까). 까마귀 오디를 나무랄 때가 있다㊗.

개가 룡상(龍床)에 앉은 격㊗ : 개가 임금이 앉는 용상에 앉은 것과 같다는 뜻으로, 용렬하고 자격도 없는 사람이 고관대작 자리를 차지함을 비유하여 이르는 말.

개가 마루 밑을 파면 흉년이 든다 : 개가 마루 밑을 파면 그해 흉년이 들므로 이런 일이 없도록 하라는 말.

개가 미치면 사람을 가리지 않고 문다 : 개가 미치면 아무나 마구 물듯이, 못된 사람은 아무에게나 함부로 버릇없이 덤빔을 비유하여 이르는 말.

개가 미치면 주인도 문다 : 개가 미치면 주인도 물듯이, 사람도 배은(背恩)하면 은인(恩人)도 해친다는 말.

개가 미친다고 소까지 미치겠나 : 개가 미친다고 소까지 미칠 수는 없듯이, 남이 하는 일을 따라 할 수는 없다는 말.

개가 벼룩 씹듯 : 잔소리를 자꾸 되풀이할 때 이르는 말.

개가 보릿겨 먹다가 나중에는 쌀 먹는다 : 처음에는 작은 잘못을 하다가 버릇이 되면 점점 큰 잘못도 거침없이 하게 된다는 말. ⇒ 바늘 도둑이 소 도둑 된다.

개가 부엌 바닥을 파면 안주인이 해롭다 : 개가 안주인의 작업장인 부엌 바닥을 파는 것은 좋지 못한 징조라는 말.

개가 새끼 낳는 것을 보면 부정 탄다 : ⇒ 강아지 낳을 때 보면 부정 탄다.

개가 앞뜰에서 짖으면 큰 경사가 있다 : 개가 앞뜰에서 짖는 것은 길한 징조이고, 뒤뜰에서 짖는 것은 도둑을 알리는 신호라는 말.

개가 약과 먹듯 한다 : ① 개가 약과가 어떤 것인지도 모르고 먹듯이 참맛도 모르고 그저 먹는다는 말. ② 내용도 모르고 글을 건성으로 읽는다는 말.

개가 약과 먹은 것 같다 : ⇒ 개 머루(약과) 먹듯①.

개가 오래 묵으면 도섭한다 : 개가 늙으면 도섭을 하므로 오래 기르지 말라는 말. * 도섭 –'아양(귀염을 받으려고 알랑거리는 말)'의 평북 방언.

개가 울면 초상난다 : 개가 울면 동네에 초상이 날 징조라는 말.

개가 웃을 일이다 : 말 같지도 않은 같잖은 일을 비유하여 이르는 말.

개가 잘 짖는다고 해서 좋은 개는 아니다 : 개가 무조건 잘 짖는다고 해서 좋은 것이 아니라 짖어야 할 때를 알아서 해야 좋은 개이듯이, 사람도 말만 잘한다고 훌륭한 사람이 아니라 행동을 잘해야 함을 비유하여 이르는 말.

개가 제 방귀에 놀란다 : 개가 제 방귀에 놀

라듯이, 하찮은 일에 경솔한 행동을 함을 비유하여 이르는 말.

개가 쥐 잡고 먹기는 고양이가 먹는다 : ⇒ 재주는 곰이 넘고 돈은 되놈이 번다.

개가 지붕에 오르면 흉사 난다 : 마루 밑에서 사는 개가 지붕에 오른다는 것은 엉뚱한 짓을 하는 것이므로 불길한 징조라는 말. 개가 지붕에 올라가면 가운이 기운다. 개가 지붕에 올라가서 짖으면 그 집주인이 해롭다. 개가 집 안에서 나가면 재수가 없다.

개가 지붕에 올라가면 가운(家運)이 기운다 : ⇒ 개가 지붕에 오르면 흉사 난다.

개가 지붕에 올라가서 짖으면 그 집주인이 해롭다 : ⇒ 개가 지붕에 오르면 흉사 난다.

개가 집 안에서 나가면 재수가 없다 : ⇒ 개가 지붕에 오르면 흉사 난다.

개가 짖어도 행렬은 간다㊍ **:** 비록 하찮은 것이 방해를 한다 하더라도 거기에 상관없이 일이 예정대로 진행됨을 이르는 말.

개가 콩엿 사 먹고 버드나무에 올라간다 : 우매한 사람이 불가능한 일을 능히 하겠다고 장담함을 비유하여 이르는 말.

개가 풀을 뜯어 먹으면 가문다 : 초식동물이 아닌 개가 풀을 뜯어 먹는 것은 가물 징조라는 말.

개 갈 다리 돈 붙는다 : 갯벌에 자주 드나들면 자연히 돈벌이가 생긴다는 말. *개 갈 다리 –개흙이 묻어서 갯벌에 다시 가야 할 다리.

개(犬)같이 벌어서 정승같이 산다(먹는다, 쓴다) : 돈을 벌 때는 천한 일을 했어도 돈을 번 뒤에는 품위 있게 살면 된다는 말. 돈은 더럽게 벌어도 깨끗이 쓰면 된다.

개고기는 언제나 제맛이다 : 타고난 성미는 속이기가 어렵다는 말.

개 고양이 보듯 : ⇒ 고양이 개 보듯.

개구리(蛙)가 겨울잠을 땅속 깊이 들어가 자면 겨울이 춥고, 얕게 들어가 자면 따뜻하다 : 개구리는 지온(地溫)에 대한 촉감이 예민하기 때문에 추위에 따라 겨울잠 자리의 심도가 결정되므로, 이것을 보면 그해 겨울의 추위를 짐작할 수 있다는 데서 유래된 말.

개구리가 얕게 월동하면 겨울이 따뜻하다 : 개구리는 겨울 동안 땅속에서 동면을 하는데 날씨가 따뜻하면 땅속 얕은 곳에서 월동을 한다는 뜻으로, 농사에서는 겨울 작물의 웃자람에 대비해야 한다는 말.

개구리가 올챙이 적 생각 못 한다 : 출세하고 나면 어려웠던 지난날을 생각지 않음을 비유하여 이르는 말. 올챙이 적 생각은 못 하고 개구리 된 생각만 한다.

개구리가 요란스럽게 울면 비가 온다 : 기압 변화에 예민한 개구리가 운다는 것은 비가 올 것을 예고해 주는 것이라는 말. 개구리가 울면 낚시질 가지 말랬다.

개구리가 울면 낚시질 가지 말랬다 : ⇒ 개구리가 요란스럽게 울면 비가 온다.

개구리가 집 안으로 기어들면 큰비가 온다 : 기류와 습도에 민감한 개구리가 은신처를 찾아 집 안으로 들어오면 큰비가 온다는 말.

개구리 낯짝에 물 붓기 : 물에 사는 개구리의 낯에 물을 끼얹어 보았자 개구리가 놀랄 일이 아니라는 뜻으로, 어떤 자극을 주어도 그 자극이 조금도 먹혀들지 아니하거나 어떤 처사를 당하여도 태연함을 이르는 말. 개구리 대가리에 찬물 끼얹기.

개구리 대가리에 찬물 끼얹기 : ⇒ 개구리 낯짝에 물 붓기.

개구리도 옴쳐야 뛴다 : ⇒ 개구리 움츠리는(주저앉는) 뜻은 멀리 뛰자는 뜻이다①.

개구리 돌다리 건느듯㊍ **:** 개구리가 껑충껑충 뛰어서 돌다리를 건너가듯 한다는 뜻으로, 일손이 깐깐하지 못하고 건성건성 하는 모양을 비유하여 이르는 말.

개구리 삼킨 뱀의 배 : 보기와는 다르게 고집이 강한 사람을 비유하여 이르는 말. 꿋꿋하기는 개구리 삼킨 뱀.

개구리 얕게 월동하면 겨울이 따뜻하다 : 개구리는 땅속에서 동면을 하는데 날씨가 따뜻하면 땅속 얕은 곳에서 월동한다는 뜻으로, 농사에서는 겨울 작물의 웃자람에 대비해야 한다는 말.

개구리에게 헤엄 가르칠 걱정한다 : 쓸데없는 걱정을 함을 비유하여 이르는 말.

개구리와 겸상한다 : 모심기 때 들녘 나무 그늘에서 곁두리나 점심을 먹다 보면 개구리와 마주 바라보고 먹을 때도 있다는 말.

개구리 울지 않는 논은 값이 떨어진다 : 개구리가 울지 않는 논은 물이 없는 봉답이므로 값이 싼 논이라는 말.

개구리 움츠리는(주저앉는) 뜻은 멀리 뛰자는 뜻이다〔蛙惟踽矣 乃能躍矣〕: ① 어떤 일이든 목적을 이루기 위해서는 준비 과정이 있어야 한다는 말. ② 어떤 큰일을 하기 위한 준비 태세가 언뜻 보기에는 못나고 어리석어 보일 수 있음을 비유하여 이르는 말. ③ 아무리 평범한 행동이라도 다 목적이 있음을 비유하여 이르는 말. 두꺼비 엎디는 뜻은 덮치자는 뜻이라㈱.

개〔犬〕구멍에 망건 치기 : 남이 빼앗을까 봐 겁을 먹고 막고 있다가 막던 그 물건까지 잃음을 비유하여 이르는 말.

개구멍으로 통량갓(統凉－) 굴려 내다 : 개나드나드는 조그만 개구멍으로 크고 값비싼 통량갓을 상하지 않게 굴려 뽑아낸다는 뜻으로, 교묘한 수단으로 남을 잘 속여 먹는 것을 욕하여 이르는 말. ＊통량갓－통량(경남 통영에서 만든 갓의 양태)을 단 좋은 갓.

개구멍으로 통량갓 굴려 낼 놈 : ⇒ 쥐구멍으로 통영갓을 굴려 낼 놈.

개귀에 방울 : ⇒ 개 발에 주석 편자.

개귀의 비루를 털어 먹어라 : 하는 짓이 다랍고 치사스러운 사람을 두고 이르는 말. ＊비루－개나 말, 나귀 따위의 피부가 헐고 털이 빠지는 병.

개 그림 떡 바라듯 : 행여나 하는 기대를 가지고 지켜보았으나 소용없는 짓이라는 말.

개 기르다 발뒤꿈치 물린다 : 좋지 않은 사람을 가까이하다 보면 해를 입는다는 말.

개 꼬락서니(꼬라지) 미워서 낙지 산다 : 개가 즐겨 먹는 뼈다귀가 들어 있지 아니한 낙지를 산다 함이니, 자기가 미워하는 사람이 좋아하는 일을 일부러 하지 아니한다는 말.

개꼬리가 개 몸뚱이를 흔든다 : 개 몸뚱이가 꼬리를 흔들어야 할 텐데 반대로 꼬리가 몸뚱이를 흔들듯이, 미워하는 사람이 좋아하는 것은 하지 않는다는 말.

개꼬리는 먹이를 탐내서 흔든다 : 누구에게나 반가운 척하는 사람의 이면에는 야심이 숨겨져 있다는 말.

개 꼬리 삼 년 굴뚝에 묻어도 황모 안 된다 : ⇒ 개 꼬리 삼 년 땅에 묵어도(묻어도, 두어도) 황모 되지 않는다.

개 꼬리 삼 년 땅에 묵어도(묻어도, 두어도) 황모 되지 않는다 : 본바탕이 좋지 아니한 것은 어떻게 하여도 그 본질이 좋아지지 아니함을 비유하여 이르는 말. 개 꼬리 삼 년 굴뚝에 묻어도 황모 안 된다. 센 개 꼬리 시궁창에 삼 년 묻었다 보아도 센 개 꼬리다. 오그라진 개 꼬리 대봉통에 삼 년 두어도 아니 펴진다. 흰 개 꼬리 굴뚝에 삼 년 두어도 흰 개 꼬리다. 흰 개 꼬리 삼 년을 시궁창에 묻었다 봐도 흰 개 꼬리다.

개 꼬리에 담비 꼬리를 이은 것 같다 : 개 꼬리에 좋은 담비 꼬리를 이어 놓은 것 같다는 말로, 나쁜 것과 좋은 것을 함께 섞어 놓으면 다 같이 나쁜 것이 된다는 말.

개 꼬리에 흰 털이 많으면 주인이 해롭다 : 개 꼬리에 흰 털이 많은 개는 주인에게 해를 입힌다는 말.

개 꼬리 잡고 선소리 한다(하겠군) : 참을성이 없는 사람을 조롱하여 이르는 말. *선소리—이치에 맞지 않은 서툰 말.

개 꾸짖듯 한다 : 체면을 조금도 돌보지 않고 마구 꾸짖는다는 말.

개 눈에는 도둑만 보인다 : 도둑을 지키는 개는 도둑을 잘 식별할 수 있듯이, 누구나 자기 직업과 연관되는 일은 잘 알게 된다는 말.

개 눈에는 똥만 보인다 : 평소에 자신이 좋아하거나 관심을 가지고 있는 것이 눈에 잘 뜨임을 놀림조로 이르는 말.

개는 개끼리 좋아한다〔類類相從〕 : 서로 같은 처지에 있는 사람끼리는 다정스러워진다는 말.

개는 겨를 나무라고, 겨는 개를 나무란다 : 잘못된 책임을 서로 상대방에게 전가한다는 말.

개는 구린내를 따라다닌다 : 개는 똥이 먹이이므로 구린내만 찾아다니듯이, 사람은 누구나 이해관계가 있는 일에 관심을 가지게 된다는 말.

개는 꼬리를 치고 나서 밥을 먹는다〔先棹尾後知味〕 : ① 음식을 얻어먹을 때는 인사를 먼저 하고 먹는다는 말. ② 무슨 일을 할 때는 먼저 계획을 세우고 하라는 말.

개는 믿어도 상전 양반은 못 믿는다 : ① 개는 거짓말을 못 하지만 사람은 거짓말을 하기 때문에 믿을 수가 없다는 말. ② 신분이 높은 사람이라도 거짓말을 하게 되면 개만도 못하다는 말.

개는 밥 주는 주인을 닮는다 : 개는 밥 주는 주인이 시키는 대로 하듯이, 사람도 윗사람을 닮게 된다는 말. 개는 안주인을 닮는다.

개는 안주인을 닮는다 : ⇒ 개는 밥 주는 주인을 닮는다.

개는 안주인을 따르고, 소는 바깥주인을 따른다 : ⇒ 소는 바깥주인을 따르고, 개는 안주인을 따른다.

개는 오 년 먹이지 않고 닭은 삼 년 먹이지 않는다 : 개는 5년 이상, 닭은 3년 이상 먹이면 고기가 질겨서 맛도 없어질 뿐 아니라 불길하다는 말. 개 오 년, 닭 삼 년.

개는 오 년을 먹이지 않는다 : 옛날부터 개는 5년 이상 기르면 불길하다 하여 5년 이내에 잡아먹으라는 말.

개는 입이 따뜻해야 하고 사람은 발이 따뜻해야 한다 : 개는 입이 따뜻해야 잠을 자고, 사람은 발이 따뜻해야 잠을 자게 된다는 말.

개는 제 발톱만큼만 먹어도 산다 : 개는 밥을 적게 주어도 똥을 먹기 때문에 잘 산다는 말.

개는 제 주둥이에 똥 묻은 것이 더러운 줄 모른다 : 더러운 것 속에서 살면 그 더러움을 모르게 된다는 말.

개는 흰둥이를 기르고 소는 검정이를 기르랬다 : 개고기는 흰 개의 고기가 맛이 있고, 쇠고기는 검은 소의 고기가 맛이 있다는 말.

개 닭 보듯 : ⇒ 소 닭 보듯 (닭 소 보듯).

개 대가리에 관(옥관자) : ⇒ 개 발에 주석 편자.

개도 개는 잡아먹지 않는다 : 개도 개는 잡아먹지 않는데, 하물며 사람이 사람을 죽여서야 되겠느냐는 말.

개도 급하면 담을 뛰어 넘는다 : 개도 급하면 높은 담도 뛰어넘듯이, 사람도 비상시에는 숨은 힘이 난다는 말.

개도 기르면 은혜를 안다 : ⇒ 개도 은혜는 잊지 않는다.

개도 기름을 먹고는 짖지 않는다㈜ **:** 개도 도적이 던져 준 기름덩이를 먹으면 짖지 않는다는 뜻으로, 뇌물을 받아먹으면 사정을 봐주지 않을 수 없게 되고 할 말을 못하게 됨을 이르는 말.

개도 기름을 먹으면 짖지 않는다 : 개도 기름

을 훔쳐 먹으면 양심의 가책을 받아 도둑을 보고도 짖지 않는다는 말.

개도 꼬리를 흔들며 제 잘못을 안다 : 개도 잘못된 짓을 하였을 때는 꼬리를 흔들며 주인에게 사죄하는데, 하물며 사람이 자신의 잘못을 깨닫지 못한다면 개만도 못하다는 말.

개도 나갈 구멍을 보고 쫓으랬다 : ① 개를 쫓되 살길은 터 주어야 피해를 입지 아니한다는 뜻으로, 어떤 대상을 호되게 몰아치는 경우에 궁지에서 빠져나갈 여지를 주어야지 그렇지 아니하면 오히려 저항에 부딪치게 됨을 이르는 말. ② 어떤 일을 남에게 좀 무리하게 시키더라도 그의 능력을 살펴서 해야 함을 비유하여 이르는 말.

개도 닷새가 되면 주인을 안다 : ⇒ 개도 주인을 알아본다.

개도 도망갈 구멍이 없으면 물고 덤빈다 : 아무리 약한 사람이라도 막다른 지경에 이르면 대항하게 된다는 말. 개도 막다른 골목에 들면 범을 문다.

개도 뒤 본 자리는 덮는다 : 개도 똥을 누고 나서는 흙으로 덮는다는 말이니, 자기가 벌인 일은 자기가 뒷마무리를 해야 한다는 말.

개도 막다른 골목에 들면 범을 문다 : ⇒ 개도 도망갈 구멍이 없으면 물고 덤빈다.

개도 먹는 개는 때리지 않는다 : 개가 잘못을 저질렀어도 먹을 때는 때리지 않듯이, 사람도 음식을 먹고 있을 때는 잘못이 있다 하더라도 먹고 난 다음에 나무라야 한다는 말.

개도 먹으라는 똥은 잘 안 먹는다 : 개도 먹으라는 똥은 잘 안 먹듯이, 사람도 남이 시키는 일은 잘 하려고 들지 않음을 비유하여 이르는 말.

개도 먹을 때는 안 때린다 : ⇒ 개도 먹는 개는 때리지 않는다.

개도 무는(사나운) 개를 돌아본다 : ① 같은 개끼리도 사나운 개를 두려워하듯이, 사람 사이에서도 영악하고 사나운 사람에게는 해를 입게 될 것을 두려워하여 도리어 잘 대함을 비유하여 이르는 말. ② ⇒ 무는 개를 돌아본다.

개도 미치면 주인을 문다 : 사람이 악하게 되면 자기의 은인도 해친다는 말.

개도 벼룩을 물어 잡을 때가 있다 : 무슨 일을 하다 보면 불가능하던 일을 뜻밖에 이룰 수 있다는 말.

개도 부지런해야 더운 똥을 얻어먹는다 : 잘살려면 부지런해야 함을 비유하여 이르는 말. 거지도 부지런하면 더운밥을 얻어먹는다.

개도 빗자루로 안 때린다 : 사람을 때려도 더러운 것을 쓰는 빗자루로는 때리지 말라는 말.

개도 사나운 개는 피해 간다 : 사나운 사람과는 상대하지 않는다는 말.

개도 사흘만 기르면 주인을 안다 : ⇒ 개도 제 주인은 안다.

개도 세 번 보면 꼬리를 친다 : 개도 세 번만 보면 정이 들듯이, 사람도 여러 번 안면이 있게 되면 정이 든다는 말.

개도 손〔客〕 들 날 있다 : ① 개에게도 손님이 올 날이 있다는 뜻으로, 어려운 처지에 있는 사람일지라도 반가운 사람을 만나 기쁨을 나눌 수 있는 기회가 있음을 비유하여 이르는 말. 거지도 손 볼 날이 있다. ② 나들이할 때 옷가지 등의 준비가 없음을 스스로 한탄하여 이르는 말.

개도 싸다니면 몽둥이에 맞는다 : 개도 가만히 있지 않고 돌아다니다가는 몽둥이를 맞듯이, 사람도 쓸데없이 돌아다니다 보면 화를 당할 수 있다는 말.

개도 안 짖고 도적맞는다 : 미처 손쓸 사이도 없이 감쪽같이 잃어버림을 비유하여 이르는 말.

개도 얻어맞은 골목에는 가지 않는다 : 개도

한 번 맞았던 곳에는 가지 않듯이, 사람도 화를 당한 곳에는 가지 않는다는 말.

개도 올가미가 있어야 잡는다 : ① 생산 도구가 있어야 상품도 생산할 수 있다는 말. ② 장사도 밑천이 있어야 할 수 있다는 말.

개도 은혜는 잊지 않는다 : 개도 주인의 은혜를 잊지 않고 잘 복종하는데, 하물며 사람이 남의 은혜를 갚지 않아서야 되겠느냐는 말. 개도 기르면 은혜를 안다. 개도 제 주인은 물지 않는다.

개도 자리 보고 똥 싼다 : 무슨 일을 할 때는 주위 환경을 잘 보고 이에 알맞도록 해야 한다는 말.

개도 제 밥그릇을 차면 문다 : 개도 제 밥 먹는 것을 방해하면 사람에게 덤비듯이, 약자라도 자기 소유권을 침해받았을 때는 방관하지 않는다는 말.

개도 제 주인은 물지 않는다 : ⇒ 개도 은혜는 잊지 않는다.

개도 제 주인은 안다 : 개도 제 주인의 은혜는 잊지 않듯이 사람도 남의 은혜를 잊어서는 안 된다는 말. 개도 사흘만 기르면 주인을 안다.

개도 제 주인을 보면 꼬리 친다 : ⇒ 개도 주인을 알아본다.

개도 제 주인을 보면 반가워 한다 : ⇒ 개도 주인을 알아본다.

개도 제 털을 아낀다 : 제 몸을 아끼지 않는 사람에게 충고하여 이르는 말.

개도 족보가 있다(-고) : 개도 좋은 씨가 있거늘, 하물며 사람이 가문을 무시해서야 되겠느냐는 말.

개도 주인을 알아본다 : 짐승인 개도 자기를 돌봐 주는 주인을 안다는 뜻으로, 배은망덕한 사람을 꾸짖어 이르는 말. 강아지도 닷새면 주인을 안다. 개도 닷새가 되면 주인을 안다. 개도 사흘만 기르면 주인을 안다. 개도 제 주인을 보면 꼬리 친다. 개도 제 주인을 보면 반가워한다. 개 새끼도 주인을 보면 꼬리 친다.

개도 텃세한다 : 어디에서나 먼저 자리잡은 사람이 나중에 온 사람에게 선뜻 자리를 내주지 않음을 비유하여 이르는 말. 닭도 텃세한다. 닭쌈에도 텃세한다. 닭이 텃세하듯 북. 병아리 텃세하듯 북.

개도 하루 겨 세 홉의 녹(祿)은 있다 : 사람은 어떻게 해서든 세 끼 밥은 먹게 됨을 비유하여 이르는 말.

개도 하루에 똥 세 자루는 타고 난다 : 개도 저 먹을 것은 타고 나는데, 하물며 만물의 영장인 사람이 굶주려서야 되겠느냐는 말.

개들이 몰려서 뛰놀면 큰 바람이 분다 : 개는 날씨가 좋으면 제집에 조용히 누워 있지만, 바람이 거세게 불려고 하면 몰려서 뛰논다는 말.

개 등에 등겨 털어 먹겠다 : ① 먹을 것을 밝히는 사람을 조롱하는 말. ② 하는 짓이 다랍고 치사스럽다는 말.

개 등에 올라타면 사타구니가 저린다 : 개 등에 올라타면 해로우니 올라타지 말라는 말. 개 등에 올라타면 옷 복이 없어진다.

개 등에 올라타면 옷 복이 없어진다 : ⇒ 개 등에 올라타면 사타구니가 저린다.

개떡같이 주무르다 : 제 마음대로 함부로 다룸을 이르는 말.

개떡 먹기 : ⇒ 약과(-를) 먹기(-라).

개똥도 약에 쓰려면 귀하다 : ⇒ 개똥도 약에 쓰려면 없다.

개똥도 약에 쓰려면 없다 : 아무리 흔한 것일지라도 정작 소용이 있어서 찾으면 없다는 말. 개똥도 약에 쓰려면 귀하다. 고양이 똥도 약에 쓰려면 없다북. 까마귀 똥도 약에 쓰려면 오백 냥이라. 까마귀 똥도 약이라니까 물에 깔긴다. 까마귀 똥도 열닷(오백) 냥 하면 물에 깔긴다. 쇠똥도 약에 쓰려면 없다.

개똥도 약에 쓴다 : 아무리 하찮은 물건이라도 요긴하게 쓰일 때가 있음을 비유하여 이르는 말. 소똥도 약에 쓸 때가 있다.

개똥 밟은 얼굴 : 좋지 아니한 일을 만나 일그러진 얼굴을 비유하여 이르는 말.

개똥밭에 굴러도 이승이 좋다(낫다) : 아무리 천하고 고생스럽게 살더라도 죽는 것보다 사는 것이 낫다는 말. 거꾸로 매달아도 사는 것(세상)이 낫다. 땡감을 따 먹어도 이승이 좋다. 말똥에 굴러도 이승이 좋다.

개똥밭에도 이슬 내릴 날이 있다 : ⇒ 쥐구멍에도 볕 들 날 있다.

개똥밭에서 인물 난다 : ⇒ 개천에서 용 난다.

개똥 보듯 : 별 관심 없이 보는 것을 비유하여 이르는 말.

개똥불이 높이 날면 센바람은 불지 않는다 : 개똥불(반딧불)이 높이 날 정도로 바람이 약하게 불기 때문에, 출어하는 어민들은 이런 때를 즐긴다는 말.

개똥이라도 씹은 듯 : ⇒ 똥 주워 먹은 곰 상판대기.

개똥이 무서워 피하나 더러워 피하지 : ⇒ 똥이 무서워 피하나 더러워 피하지.

개똥참외는 먼저 맡는 이가 임자라 : 임자 없는 물건은 먼저 발견한 사람이 차지하게 마련이라는 말.

개똥참외도 가꿀 탓이다㉿ **:** 평범한 사람도 잘 가르치면 훌륭한 인물이 될 수 있음을 비유하여 이르는 말.

개똥참외도 임자가 있다㉿ **:** 어떤 물건이든 다 임자가 있음을 비유하여 이르는 말.

개 떼 모이듯 : 권세 있는 데로 붙좇아 모여드는 모양을 이르는 말.

개를 기르다 다리를 물렸다 : ⇒ 기르던 개에게 다리를 물렸다.

개를 기르다 보면 미친개가 되어 물기도 한다 : 은덕을 베풀어 준 사람 가운데 더러 배은망덕(背恩忘德)하는 이도 있다는 말.

개를 따라가면 측간(뒷간)으로 간다〔較狗如厠〕 : 나쁜 친구를 사귀면 자신도 모르게 좋지 아니한 곳으로 가게 됨을 비유하여 이르는 말.

개를 십 년 이상 기르면 악귀(惡鬼)가 되어 주인을 해친다 : 개를 10년 이상 기르면 노쇠하여 신음 소리를 내므로 해로운 징조라는 말.

개를 친하면 옷에 흙칠을 한다 : ⇒ 어린애 친하면 코 묻은 밥 먹는다.

개만도 못한 놈이다 : 사람 구실을 못하는 못된 사람을 나무라는 말. 개보다 못한 놈.

개머루(약과) 먹듯〔西瓜皮舐〕 : ① 참맛도 모르면서 바삐 먹어 치우는 것을 이르는 말. ② 무슨 일을 차근차근히 하지 않고 건성건성 해치움을 이르는 말. ③ 뜻도 모르면서 아는 체함을 이르는 말.

개 목에 방울(−이라) : ⇒ 개 발에 주석 편자.

개 못된 것은 들에 가서 짖는다 : 집을 지켜야 할 개가 집을 지키지 아니하고 들에 나가 짖듯이, 사람도 못된 사람은 쓸데없는 짓을 잘 한다는 말. 개 못된 것은 짖을 데 가서 안 짖고, 장에 가서 짖는다.

개 못된 것은 짖을 데 가서 안 짖고, 장에 가서 짖는다 : ⇒ 개 못된 것은 들에 가서 짖는다.

개 못된 것이 부뚜막에 올라간다 : 못된 개가 도적은 지키지 않고 더러운 발로 부뚜막에 올라간다는 뜻으로, 제구실도 다하지 못하는 사람이 못된 짓만 함을 이르는 말.

개미가 개미집 구멍을 막으면 비가 온다〔蟻封穴雨〕 : ⇒ 개미가 떼 지어 이사를 하면 비가 온다.

개미가 거동하면 비가 온다 : 개미가 떼 지어 이사를 하면 비가 온다.

개미가 담을 쌓으면 비가 온다 : 개미가 떼 지어 이사를 하면 비가 온다.

개미가 떼 지어 이사를 하면 비가 온다 : 개미는 습기 감지 능력이 매우 뛰어나 저기압 상태가 되면 비가 올 것을 예감하고 안전지대로 옮겨가는 습성이 있으므로, 개미가 집단으로 대이동하는 것을 보고 비가 올 것을 예측한다는 말. 개미가 개미집 구멍을 막으면 비가 온다. 개미가 거동하면 비가 온다. 개미가 담을 쌓으면 비가 온다. 개미가 부산하게 집을 옮기면 장마 진다. 개미가 역사하면 비가 온다.

개미가 부산하게 집을 옮기면 장마 진다 : ⇒ 개미가 떼 지어 이사를 하면 비가 온다.

개미가 역사(役事)하면 비가 온다 : ⇒ 개미가 떼 지어 이사를 하면 비가 온다.

개미가 절구통 물고 나간다 : ① 약하고 작은 사람이 힘에 겨운 일을 하거나 무거운 것을 가지고 갈 때 이르는 말. ② 작은 힘이라도 여러 사람이 합하면 큰일을 이룰 수 있다는 말. 개미가 절구통 물고 가는 격㊀.

개미가 절구통을 물고 가는 격㊀ : ⇒ 개미가 절구통 물고 나간다.

개미가 정자나무 건드린다 : ⇒ 대부등에 곁낫질이라.

개미가 큰 바윗돌을 굴리려고 하는 셈 : 제힘으로는 도저히 당해 낼 수 없는 대상에게 감히 대드는 무모한 짓을 비유하여 이르는 말.

개미구멍으로 공든 탑이 무너진다〔螳螂拒轍 · 螳螂之系〕 : ⇒ 개미구멍이 둑을 무너뜨린다.

개미구멍이 둑을 무너뜨린다 : 작은 결점이라 하여 등한히 하면 그것이 점점 더 커져서 나중에는 큰 손실을 가져오게 됨을 비유적으로 이르는 말. 개미구멍으로 공든 탑이 무너진다. 개미구멍 하나가 큰 제방 둑을 무너뜨린다. 공든 탑도 개미구멍으로 무너진다. 큰 동뚝도 개미구멍으로 무너진다. 큰 둑도 개미구멍으로 무너진다. 큰 방죽도 개미구멍으로 무너진다. 큰 배도 작은 구멍에서 물이 새어들면 가라앉는다.

개미구멍 하나가 큰 제방 둑을 무너뜨린다 : ⇒ 개미구멍이 둑을 무너뜨린다.

개미 금탑(金塔) 모으듯 (한다)〔如蟻輸垤〕 : 부지런히 재물 같은 것을 조금씩 모으는 것을 비유하여 이르는 말.

개미는 닷새 안에 비 올 것을 안다 : 개미는 일기 변화에 민감하기 때문에 저기압의 이동으로 비가 올 것을 미리 안다는 말. 개미도 비 오는 날을 안다.

개미는 작아도 탑을 쌓는다 : 보잘것없고 힘없는 자라도 꾸준히 노력하고 정성을 들이면 훌륭한 일을 이룰 수 있다는 말.

개미도 비 오는 날을 안다 : ⇒ 개미는 닷새 안에 비 올 것을 안다.

개미 메 나르듯 : 극히 적게 운반하나 나중에는 많이 쌓인다는 말.

개미에게 불알 물렸다 : ⇒ 개미에게 보지 물린다.

개미에게 보지 물린다 : 산에나 들에서 오줌을 누다가 개미에게 음부를 물리듯이, 하찮은 것한테 망신을 당함을 이르는 말. 개미에게 불알 물렸다.

개미 역사(役事)하듯 : ① 매우 큰 공사에 숱한 사람이 달라붙어 해 나감을 비유하여 이르는 말. ② 큰 대상에 새까맣게 달라붙어 사면팔방으로 공격하여 들어감을 비유하여 이르는 말.

개미 쳇바퀴 돌듯 : ⇒ 다람쥐 쳇바퀴 돌듯.

개미 한 잔등이만큼 걸린다 : 극히 작게 걸림을 뜻하는 말.

개〔犬〕 바위 지나가는 격 : 지나간 자국을 남기지 않아 찾을 길이 없음을 비유하여 이르는 말.

개 발싸개 같다 : 보잘것없거나 아무런 가치가 없음을 이르는 말.

개 발에 놋대갈(버선, 토시 짝) : ⇒ 개 발에 주석 편자.

개 발에 땀 난다 : 개 발에는 땀이 나는 것이 아닌데 어쩌다가 개 발에도 땀이 나듯이, 무슨 일이 의외로 잘되었다는 말.

개 발에 주석 편자 : 옷차림이나 지닌 물건 따위가 제 격에 맞지 않거나 어울리지 않음을 비유하여 이르는 말. 가게 기둥에 입춘서(주련). 개 귀에 방울. 개 대가리에 관(옥관자). 개목에 방울(-이라). 개 발에 놋대갈(버선, 토시짝). 개에게 남바위다. 개에(개에게) 호패.

개 발에 진드기 끼듯 한다(하였다) : 붙지 않아야 할 곳에 지저분하고 더러운 것이 많이 붙어 있음을 이르는 말.

개 발에 진드기 떼서 내치듯 : 개 발에 잔뜩 달라붙어서 애를 먹이던 진드기를 단번에 떼어 버리듯 한다는 뜻으로, 귀찮게 달라붙어 애를 먹이던 것을 시원스럽게 떼어 버리는 것처럼 행동함을 이르는 말.

개밥 갖다 주고도 워리 해야 먹는다 : 남에게 도움을 줄 때는 어중간하게 하지 말고 받아들일 수 있게 하라는 말.

개밥에 달걀 : 분에 넘치고 격에 맞지 않는 기구나 격식을 이르는 말.

개밥에 도토리〔狗飯橡實〕: 개는 도토리를 먹지 아니하기 때문에 밥 속에 있어도 따돌리듯, 여럿 속에 끼지 못하는 사람을 비유하여 이르는 말.

개 밥통에 구슬이다(진주다) : ① 개 밥통에 구슬은 개와 무관하듯이, 귀한 보물도 임자가 없으면 값이 없다는 말. ② 서로 무관한 존재를 이르는 말. 개 밥통에 토란 굴러다니듯 한다.

개 밥통에 토란 굴러다니듯 한다 : ⇒ 개 밥통에 구슬이다(진주다).

개 방귀(방기) 같다 : 있는지 조차 알 수 없을 정도로 작고 시시함을 이르는 말.
＊방기—방귀

개 방귀만치도 안 여긴다 : 사람 대접을 개 방귀만큼도 여기지 않고 멸시한다는 말.

개 벼룩 씹듯 한다 : 개가 씹히지 않는 벼룩을 자꾸 씹듯이, 한 번 한 말이나 잔소리를 자꾸 해대는 사람을 비유하여 이르는 말. 개 입에 벼룩 씹듯.

개보다 못한 놈 : ⇒ 개만도 못한 놈이다.

개 보름 쇠듯 한다〔上元犬〕: 다 잘 먹고 지내는 명절 같은 날에 제대로 먹지도 못하고 지냄을 비유하여 이르는 말.

개 복에도 먹고 산다 : 개 같이 하잘것없는 것도 복을 받을 경우가 있다는 말.

개뼈다귀에 은(銀) 올린다 : 아무 쓸데없는 데에 비용을 들여 장식(裝飾)함을 비꼬아 이르는 말.

개살구가 먼저 익는다 : ⇒ 개살구 지레 터진다.

개살구도 맛들일 탓 : 시고 떫은 개살구도 맛을 붙이면 좋아하게 된다는 말이니, 궂은 일도 재미를 붙이면 좋아질 수 있음을 뜻하거나, 사람의 취미가 제각기 다른 것도 그 성질 나름임을 비유하여 이르는 말. 떫은 배도 씹어 볼 만하다. 신 배도 맛 들일 탓. 쓴 배(개살구, 외)도 맛 들일 탓[①].

개살구 지레 터진다 : 맛없는 개살구가 참살구보다 먼저 익어 터진다는 뜻으로, 되지 못한 사람이 오히려 잘난 체하며 뽐내거나 남보다 먼저 나섬을 비유하여 이르는 말. 개살구가 먼저 익는다. 지레 터진 개살구.

개 새끼 끌고 다니듯북 **:** 이리저리로 마구 끌고 다니는 모습을 비유하여 이르는 말.

개 새끼 나누듯 한다 : ⇒ 강아지 나누어 가듯 한다.

개 새끼는 나는 족족 짖는다 : ⇒ 강아지는 나면서 짖는다.

개 새끼 낳는 것을 보면 부정 탄다 : 개도 새끼를 낳을 때는 안정된 분위기를 만들어 주어야 하므로 사람들이 참견하지 못하도록 하라는 말.

개 새끼는 도둑 지키고, 닭 새끼는 홰를 친다 : 사람은 저마다 분수와 소임이 따로 있다는 말.

개 새끼는 물지 않는 종자 없다 : ⇒ 강아지는 나면서 짖는다.

개 새끼는 짖고 고양이 새끼는 할퀸다 : ⇒ 강아지는 나면서 짖는다.

개 새끼도 주인을 보면 꼬리를 친다 : ⇒ 개도 주인을 알아본다.

개 새끼 밉다니까 우쭐대며 똥 싼다㊗ **:** 얄미운 놈이 잘난 체하며 못되게 구는 꼴을 비속하게 이르는 말.

개 새끼치고 물지 않는 종자 없다 : ⇒ 강아지는 나면서 짖는다.

개소리괴소리 같다 : 조리에 맞지 않게 마구 지껄여대는 것을 욕되게 이르는 말.

개 쇠 발괄 누가 알고 : 개와 소의 발괄을 누가 아느냐 함이니, 조리(條理) 없이 하는 말은 아무도 이해할 수 없다는 말. * 발괄—억울한 사정을 글이나 말로 하소연함.

개숫물에 밥풀 하나만 떠도 하늘에 벌을 받는다 : 옛사람들은 밥풀 하나라도 함부로 버리면 하늘에서 벌을 내린다고 믿은 데서 유래된 말로, 밥풀 하나라도 버리지 말고 아끼라는 말.

개싸움에 물 끼얹는다 : ① 시끄러운 개싸움에 물을 끼얹어 더욱 시끄럽듯이, 사람이나 주위가 매우 소란할 때를 비유하여 이르는 말. ② 시끄러운 개싸움에 물을 끼얹으면 조용해지듯, 같잖은 일로 싸우는 것을 말리려면 보통 방법으로는 되지 않는다는 말.

개싸움에는 모래가 제일이다 : 맞붙어 싸우는 사람을 말려도 듣지 않을 때 흙을 끼얹으며 하는 말.

개 씹에 덧게비 : 관계 없는 일에 덧게비처럼 덩달아 덤벼 나섬을 이르는 말.
* 덧게비—이미 있는 것에 덧대거나 덧보탬.

개 씹에 덧게비 끼듯 한다 : 무슨 일을 하는 데 방해물이 있어서 지장이 있다는 말.

개 씹에 보리알 끼이듯 : 좁은 곳에 많은 수가 밀집되어 있음을 비유하여 이르는 말. 개털에 벼룩 끼듯(싸대듯) 한다. 씹에 가랑니 꾀듯 한다. 헌 머리에 이 박이듯.

개 씹으로 난 놈이다 : 하는 행동이 사람답지 못한 짓만 하는 사람을 욕하는 말.

개 씹으로 낳아도 너보다 낫겠다 : 사람 구실을 못하는 사람을 핀잔하는 말.

개 씹으로 낳은 것은 다 강아지다 : 개가 낳은 새끼는 다 강아지이듯이, 못된 어미가 낳은 자식은 다 못된 사람이 되기 쉽다는 말.

개암 까먹기(까먹듯) : 물건을 저축하지 않고 생기는 대로 모두 써 버리는 일을 비유하여 이르는 말. * 개암—개암나무의 열매. 모양은 도토리 비슷하며 껍데기는 노르스름하고 속살은 젖빛이며 맛은 밤 맛과 비슷하나 더 고소하다.

개암나무 잎이 떨어지지 않을 때 내린 눈은 녹아 없어진다 : 잎이 아직 안 떨어진 것은 아직 기온이 따뜻하다는 증거이므로 눈이 내려도 곧 녹아 버린다는 말.

개에게 남바위다 : ⇒ 개 발에 주석 편자.

개에게 된장 덩어리 지키게 하는 격 : 개가 된장 덩어리가 고깃덩인 줄 알고 덤벼들듯, 믿지 못할 사람에게 재물을 맡겨서 일을 망치는 경우를 비유하여 이르는 말. 개에게 메주 멍석을 맡긴 격이다.

개에게 메스꺼움 : 아무리 더러워도 개는 메스꺼움을 느끼지 못하듯, 남의 시비곡절을 분간하지도 못하고 함부로 판단 내림을 비유하여 이르는 말.

개에게 메주 멍석을 맡긴 격이다 : ⇒ 개에게 된장 덩어리 지키게 하는 격.

개에게 주어도 아깝지 않다 : 먹기 싫은 음식은 개에게 주어도 아까울 것이 없듯이 불필요한 물건은 남을 주어도 아깝지 않다는 말.

개에(개에게) 호패(號牌) : ⇒ 개 발에 주석 편자.

개 오 년, 닭 삼 년 : ⇒ 개는 오 년 먹이지 않고 닭은 삼 년 먹이지 않는다.

개와 원숭이다〔犬猿之間〕 : 서로 사이가 매우 나쁨을 비유하여 이르는 말.

개와 친하면 옷에 흙칠만 한다 : ⇒ 어린애 친하면 코 묻은 밤 먹는다.

개울에 고기가 많은 해는 풍년이 든다 : 물이 많아야 고기가 모이듯 물이 흔하면 벼농사가 잘되어 풍년이 든다는 말 .

개울 치고 가재 잡는다〔一擧兩得 · 一石二鳥〕 : ⇒ 도랑 치고 가재 잡는다②.

개의 등겨를 털어 먹는다 : ⇒ 벼룩의 간을(선지를) 내먹는다.

개 입에 벼룩 씹듯 : ⇒ 개 벼룩 씹듯 한다.

개 입에서 개 말 나온다 : 입버릇이 나쁜 사람에게서는 좋은 말이 나오지 않는다는 말.

개 입에서 상아 날까 : 본성이 나쁜 것은 고칠 수가 없다는 말.

개 잡아먹고 동네 인심 잃고, 닭 잡아먹고 이웃 인심 잃는다 : 좋은 음식을 하여 이웃 간에 나누어 먹더라도, 많다 적다 또는 주었다 안 주었다 하며 구설을 듣게 되기 쉬우니, 색다른 음식을 하여 나누어 먹기 어려움을 이르는 말.

개 잡아먹고 찬물 먹으면 해롭다 : 개고기를 먹고 난 뒤에는 찬물을 먹지 말고 더운물을 먹으라는 말.

개 잡은 포수(북) **:** 쓸데없는 일을 해 놓고서 우쭐거리거나 멋쩍게 노는 꼴을 놀림조로 이르는 말.

개장수도 올가미가 있어야 한다 : 무슨 일에나 거기에 필요한 준비와 기구가 있어야 한다는 말.

개 주자니 아깝고 저 먹자니 싫다 : 아주 인색한 사람을 이르는 말.

개 죽 쑤어 줄 것 없고, 생쥐 볼가심할 것 없다 : ⇒ 고양이 죽 쑤어 줄 것 없고.

개창자에 보위(補胃)시킨다 : 하찮은 것에 돈을 많이 들임을 이르는 말.

개천아 네 그르냐, 눈먼 봉사 내 그르다 : ⇒ 소경 개천 나무란다.

개천에 나도 제 날 탓이다 : 미천한 집안에 태어나더라도 저만 잘하면 훌륭한 사람이 될 수 있다는 말.

개천에 내다 버릴 종 없다 : ⇒ 사람과 쪽박(그릇)은 있는 대로 쓴다(쓰인다).

개천에 든 소 : ⇒ 도랑에 든 소.

개천에서 선녀가 난다(북) **:** ⇒ 개천에서 용 난다.

개천에서 용 난다〔未有窪溝 而産神虯〕 : 영물(靈物)인 용이 더럽고 자그마한 내에서 났다는 뜻으로, 미천(微賤)한 집안이나 변변하지 못한 부모에게서 훌륭한 인물이 나는 경우를 이르는 말. 개똥밭에서 인물 난다. 개천에서 선녀가 난다(북). 시궁에서 용 난다. 시궁창에서 용이 났다.

개천 치다 금을 줍는다 : 큰 힘을 들이지 않고 우연히 횡재를 하거나 큰 성과를 거두게 된 경우를 이르는 말.

개 콧구멍으로 안다 : 상대할 가치도 없는 시시한 것으로 친다는 말.

개털에 벼룩 끼듯(싸대듯) 한다 : ⇒ 개 씹에 보리알 끼이듯.

개털이다 : 쓸모없는 물건을 비유하여 이르는 말.

개 팔아 두 냥 반 : 개를 팔아 두 냥 반을 받았으니 양반(兩班)은 한 냥 반밖에 되지 않아 개 한 마리 값만도 못하다는 뜻으로, 못난 양반을 조롱하여 이르는 말. 양반인가 두 냥 반인가.

개 팔자가 상팔자다 : ① 놀고 있는 개가 부럽다는 뜻으로, 분주하거나 고생스러울 때 넋두리로 하는 말. ② 제 팔자가 하도 나쁘니 차라리 개 팔자가 더 좋겠다고 넋두리로 하는 말.

개 풀무거리 먹듯 한다 : 음식을 가리지 않고 되는대로 먹음을 이르는 말.

개하고 똥 다투랴 : 본성이 포악(暴惡)한 사람은 더불어 교계(交計)할 수 없음을 이르는 말.

개 한 마리가 헛 짖으면 동네 개가 다 따라 짖는다〔犬吠形 百犬吠聲〕: 개 한 마리가 어떤 형체를 보고 짖으면 백 마리의 개가 그 소리를 듣고 따라 짖는다는 뜻으로, 한 사람이 잘못하면 여러 사람이 피해를 입게 된다는 말.

개 핥은 죽사발 같다 : ① 아무것도 남기지 않고 깨끗하다는 말. ② 매우 인색해서 다른 사람이 아무것도 얻어 갈 것이 없다는 말. ③ 사내 얼굴이 미끈함을 낮잡아 이르는 말.

개 호랑이가 물어 간 것만큼 시원하다 : 미운 개를 버리지도 못하던 중 호랑이가 물어가서 속이 시원하다는 뜻으로, 꺼림칙한 것이 없어져 개운하고 시원할 때 이르는 말.

객주가 망하려니 짚단만 들어온다 : 객줏집의 영업이 안되려니까 손님은 안 들어오고 부피만 크고 이익이 안 되는 짚단만 들어온다는 뜻으로, 일이 잘 안 되려면 해롭고 귀찮은 일만 생긴다는 말. 마방집이 망하려면 당나귀만 들어온다. 마판이 안되려면 당나귀 새끼만 모여든다. 어장이 안되려니까 해파리만 끓고, 집안이 망하려니까 생쥐가 춤을 춘다. 여각이 망하려니 나귀만 든다.

객주집 칼도마 같다 : 객줏집의 칼도마는 손님을 치르느라고 많이 써서 가운데 부분이 움푹 패었다는 뜻으로, 이마와 턱이 나오고 눈 아래가 움푹 들어간 얼굴을 놀림조로 이르는 말.

객지 생활 삼 년에 골이 빈다 : 객지에서 남이 아무리 잘해 준다 해도 고생이 되므로 허울만 남게 됨을 이르는 말.

갯고랑을 베게 되었다 : 갯고랑을 베개 삼아 비참하게 한 데에서 죽을 지경에 이르렀음을 욕되게 이르는 말.

갯뉘가 치면 바람이 곧 온다 : 파도는 주로 바람에 의해 생기는 것이므로 파도가 일기 시작하면 거친 바람이 불게 된다는 말. *갯뉘—파도.

갯바닥이 울면 비가 온다 : 저기압이 되면 기류가 안정되어 공기 밀도 차이가 없어지므로 바닷소리가 가까이 들린다는 말.

갯밭 무같이 굵는다 : 갯밭에는 무가 잘되니 아이들이 건강하게 무럭무럭 자람을 이르는 말.

거꾸로 매달아도 사는 것(세상)이 낫다 : ⇒ 개똥밭에 굴러도 이승이 좋다(낫다).

거둥길 닦아 놓으니까 깍정이가 먼저 지나간다 : ⇒ 길 닦아 놓으니까 깍정이가(거지가, 미친년이) 먼저 지나간다. *거둥길(擧動—)—임금이 거동하는 길.

거둥에 망아지 새끼 따라다니듯〔隨絲蜘蛛〕: 필요도 없는 사람이 쓸데없이 여기저기 귀찮게 따라다님을 비유하여 이르는 말. 낮일할 때 찬 초갑. 이사할 때 강아지 따라다니듯.

거들거리는 소는 받지 않는다 : 사람을 들이받을 듯이 거들거리는 소는 뜨지 않고 조용히 지켜보는 소가 들이받는다는 말.

거듭 풍년 들기는 어렵다 : 한 해 풍년이 들면 한 해는 흉년이 드는 것이 보통이지 연거푸 풍년만 들기는 어렵다는 말.

거렁이 밥주머니 : ⇒ 승냥이 똥이라.

거름 더미는 쌀더미다 : ⇒ 거름은 농작물의 보약이다.

거름보다도 호미(괭이)질이다 : ⇒ 곡식은 거름보다 호미에 큰다.

거름은 농작물의 보약이다 : 곡식에는 거름을 만족스럽게 주어야 수확을 더 많이 얻을 수 있다는 말. 거름 더미는 쌀더미다. 거름 한 짐이 곡식 한 짐이다. 곡식은 걸운 대로 거둔다.

거름 한 짐이 곡식 한 짐이다 : ⇒ 거름은 농작물의 보약이다.

거리(巨履) 소리(小履) 동가(同價)라 : 옛날에 신의 크기에 관계없이 한 값이었던 데서 나온 말로, 물건이 크고 작음에 관계없이 값이 같음을 이르는 말.

거머리논에 개똥밭이다 : 논은 거머리가 있는 논이라야 물이 넉넉할 뿐 아니라 비옥하며, 밭은 개똥이 많은 밭이라야 비옥하다는 뜻으로, 논이나 밭이 기름지다는 말.

거멀논만 찾고 개똥밭만 찾는다 : 좋은 논과 좋은 밭만 찾듯이, 남의 사정은 모르고 뚱딴지같은 소리만 하는 사람을 이르는 말.

* 거멀논－거머리가 많고 수리가 잘 된 논.

* 개똥밭－거름을 안 해도 곡식이 잘되는 밭.

거문고 인 놈이 춤을 추면 칼 쓴 놈도 춤을 춘다〔琵琶者舞　枷者亦舞〕 : 자기는 도저히 할 만한 처지가 아닌데도 남이 하는 짓을 덩달아 흉내 내다가 웃음거리가 됨을 비유하여 이르는 말. 비단 올이 춤을 추니 베올도 춤을 춘다.

거미가 줄을 치면 날씨가 좋다 : 거미는 저기압일 때는 줄을 치지 않다가 고기압 상태일 때 줄을 치기 때문에 거미가 집을 지으면 날씨가 좋다는 말.

거미는 작아도 줄만 잘 친다 : ⇒ 제비는 작아도 강남을 간다.

거미도 줄을 쳐야 벌레를 잡는다 : 모든 일은 준비가 있어야 결실을 얻을 수 있다는 말. 잎거미도 줄을 쳐야 벌레를 잡는다.

거미 새끼 풍기듯 : ⇒ 거미 새끼 흩어지듯.

거미 새끼 흩어지듯 : 알에서 막 나온 거미 새끼들이 흩어진다는 뜻으로, 많은 사람이나 물건이 일시에 흩어짐을 비유하여 이르는 말. 거미 새끼 풍기듯.

거미 알 까듯(슬듯) : 동식물이 많이 번식하거나, 사물이 어수선하게 흩어져 있음을 이르는 말.

거미줄도 줄은 줄이다 : 미약하나마 명실(名實)을 갖추었다는 말.

거미줄 따르듯 : 밀접한 관계가 있어서 서로 떨어지지 아니하고 따라다님을 이르는 말.

거미줄에 목을 맨다 : ⇒ 송편으로 목을 따 죽지.

거미줄로 방귀 동이듯 : 지극히 약한 거미줄로 형체도 없는 방귀를 동여맨다는 뜻으로, 어떤 일에 실속 없이 건성으로만 하는 체하는 모양을 이르는 말.

거미줄에 아침 이슬이 맺히면 갠다 : 아침에 이슬이 맺힌 것은 습기가 많다거나 안개가 낀다는 말인데, 이런 날은 낮이 되면 맑게 마련이라는 말.

거북의 잔등이에 털을 긁는다〔龜背上刮毛 · 緣木求魚〕 : 아무리 구하여도 얻지 못할 것이 뻔한 것을 구하려고 애쓰는 어리석은 행동을 비유하여 이르는 말.

거북의 털〔兎角龜毛〕 : 거북은 털이 없다는 점에서, 도저히 구할 수 없는 물건을 비유하여 이르는 말.

거북이도 제 살던 바윗돌을 떠나면 오래 살지 못한다 : 오래 산다고 하는 거북조차도 제가 살던 바윗돌을 떠나면 오래 살지 못한다는 뜻으로, 사람은 제가 나서 자란 고향 땅을 등지면 제 명(命)대로 살아가기가 힘듦을 비유하여 이르는 말.

거저먹기는 논두렁 콩이다 : 공휴지인 논두렁에 콩을 심으면 가외의 소득을 얻을 수 있다는 말.

거적문에 (국화) 돌쩌귀 : ⇒ 돼지우리에 주석 자물쇠(천반자).

거적문에 드나들던 버릇 : 문을 드나들 때 닫지 않는 버릇을 이르는 말.

거적문이 문이더냐 의붓아비 아비더냐 : 의붓아비는 아버지로 여길 것이 못 된다는 말.

거적 쓴 놈 내려온다 : 몹시 졸려서 눈꺼풀이 내려 감긴다는 말.

거지가 꿀 얻어먹기 : 매우 이루어지기 어려운 일을 이르는 말.

거지가 도승지(都承旨)를 불쌍타 한다 : 자기가 불행한 처지에 있음에도 불구하고 자기보다 나은 사람을 동정한다는 말.

거지가 동냥바가지 자랑하듯 한다 : ① 누구나 자기 나름대로 자랑할 것이 있다는 말. ② 자랑감이 못 되는 것을 자랑한다는 말.

거지가 말 얻은 것 : ① 자기 한 몸도 주체하기 곤란하거든 하물며 이에 말까지 얻었다 함이니, 괴로운 중에 더욱 괴로운 일이 생겼음을 이르는 말. ② 자기 분수에 넘치는 것을 얻어가지고 자랑함을 비웃는 말. 비렁뱅이 비단 얻은 것(격).

거지가 밥술이나 먹게 되면 거지 밥 한 술 안 준다 : 가난하게 살던 사람이 좀 형편이 나아지면 도리어 어려운 사람을 생각할 줄 모른다는 말.

거지가 빨래하면 눈이 온다 : 겨울 날씨가 포근하면 거지가 빨래를 하게 되고, 이렇게 날씨가 포근하면 눈도 오게 된다는 말.

거지가 하늘을 불쌍히 여긴다 : ⇒ 비렁뱅이가 하늘을 불쌍히 여긴다.

거지끼리 동냥 바가지 깬다 : 대수롭지 않은 어떤 결과를 놓고 그 공을 따지며 제각기 더 많이 차지하려고 다툴 때 이르는 말. 거지끼리 자루 찢는다. 비렁뱅이 자루 찢기[①].

거지끼리 자루 찢는다 : ⇒ 거지끼리 동냥 바가지 깬다.

거지는 고마운 줄을 모른다 : 항상 도움만 받고 사는 사람은 상대방의 도움을 당연한 것으로 생각하고 그 고마움을 모른다는 말.

거지는 논두렁 밑에 있어도 웃음이 있다 : 비록 가난하더라도 마음먹기에 따라 정신적 행복은 얼마든지 있을 수 있다는 말.

거지는 모닥불에 살찐다 : 아무리 어려운 사람이라도 무엇이나 한 가지는 재미가 있다는 말.

거지도 부지런하면 더운 밥을 얻어먹는다 : ⇒ 개도 부지런해야 더운 똥을 얻어먹는다.

거지도 손 볼 날이 있다 : ⇒ 개도 손 들 날 있다[①].

거지도 쌀밥 먹을 날이 있다 : 거지도 얻어먹다 보면 쌀밥을 얻어먹을 적이 있듯이, 고생하던 사람도 잘살게 될 때가 있다는 말.

거지도 입어야 빌어먹는다[북] **:** ① 아무리 거지라 해도 남루한 옷이나마 걸쳐야 돌아다니며 빌어먹을 수가 있다는 뜻으로, 생활에서는 입는 문제가 중요함을 이르는 말. ② 남에게 빌어먹는 거지도 옷차림이 좋으면 대접받기가 한결 낫다는 뜻으로, 옷차림이 중요함을 이르는 말.

거지도 흉년이 들까 두려워한다 : 흉년이 들면 누구나 곤란을 받게 되므로 거지라 하더라도 흉년은 두려워한다는 말.

거지발싸개 같다 : 더럽고 지저분한 것을 이르는 말.

거지 밥주머니 : 한곳에 여러 가지를 정돈하지 않고 넣어 둠을 비유하여 이르는 말.

거지 술안주 같다 : 시시하고 보잘것없는 음식을 이르는 말.

거지 옷(베 두루마기) 해 입힌 셈 친다 : ① 거지에게 자선을 베풀어 새 옷을 한 벌 입혀 준 셈 친다는 뜻으로, 대가(對價)나 보답을 바라지 않고 자비를 베풀어 줌을 이르는 말. ② 마음에 없는 사람에게 무엇을 주었거나, 뜻하지 않은 손해를 보았을 때 자기 위안 삼아 이르는 말.

거지 자루 기울 새 없다 : 가난한 살림이라도 생활해 나가려면 바쁘고 짬이 없다는 말.

거지 자루 크면 자루대로 다 줄까 : 그릇이 크니 많이 달라고 할 때, 그렇게 못 준다는 뜻으로 하는 말.

거지 제 쪽박 깨기 : 도리어 자기 손해만 자초하는 짓을 이르는 말.

거지 턱을 쳐 먹어라 : 지나치게 인색하고 하는 짓이 다라워 남의 것만 얻어먹으려고 하는 사람을 욕하는 말.

거짓말도 잘만 하면 논(오려 논) 닷마지기보다 낫다 : 거짓말도 잘 하면 처세(處世)에 도움이 된다는 말.

거짓말도 해 버릇하면 는다 : 나쁜 짓도 하면 할수록 늘게 되니 하지 말라는 말.

거짓말 사흘 안 간다 : ⇒ 거짓말은 십 리를 못 간다.

거짓말은 도둑놈 될 장본 : 거짓말을 하는 버릇은 도둑질의 시초라는 말.

거짓말은 십 리를 못 간다 : 거짓말은 오래가지 못하고 곧 탄로난다는 말. 거짓말 사흘 안 간다.

거짓말이 외삼촌보다 낫다 : 거짓말도 잘만 하면 경우에 따라서는 큰 도움이 된다는 말.

거짓말쟁이는 참말을 해도 믿지 않는다 : 자기 자신이 거짓말을 잘 하니까, 남들이 진실을 말해도 믿지를 않는다는 말.

거짓말하고 뺨 맞는 것보다 낫다 : 사실을 사실대로 정직하게 말해야 자기에게 이롭다는 말.

거친 세 벌은 먹어도, 꼼꼼 애벌은 못 먹는다 : 밭은 거칠게 세 번 맨 곡식은 먹어도 꼼꼼하게 한 번을 늦게 매 준 것은 수확이 크게 감소된다는 말.

걱정도 팔자 : 필요 없는 걱정을 한다는 말이니, 자기와 관계도 없는 남의 일에 참견하는 것을 비웃는 말.

걱정이 반찬이면 상발이 무너진다 : 쓸데없이 걱정만 하고 식사도 제대로 하지 않는 사람을 이르는 말.

건너다보니 절터라 : 남의 것을 자기가 얻고자 하나 뜻대로 할 수 없음을 이르는 말.

건너다보니 절터요, 찌그르르하니 입맛 : 아이들이 먹을 것을 주지 않나 하여 입맛을 다신다는 말.

건너 술막〔酒幕〕 꾸짖기 : 직접 당사자의 잘못을 꾸짖지 않고 다른 사람의 잘못을 끌어다가 그것을 꾸짖는다는 말.

건넛산 보고 꾸짖기 : 남을 헐뜯거나 욕할 때, 그 사람 앞에서 말하지 않고 간접으로 들으라는 듯이 하는 말.

건넛산 쳐다보듯 한다〔袖手傍觀〕 : ⇒ 강 건너 불구경(-하듯).

건대(巾臺) 놈 풋농사 짓기다 : ① 힘들여 한 일이 공 없게 됨을 이르는 말. ② 시작은 남보다 잘 되고 빠르더라도 결국에 가서는 패퇴(敗退)하고 마는 경우를 이르는 말.

* 건대–낙동강의 한 지류의 지역으로, 지대가 낮고 침수가 잦아 다 된 농사도 허사가 되는 데서 유래된 말.

건더기 먹은 놈이나 국물 먹은 놈이나 : ① 잘 먹으나 못 먹으나 결국 배고파지기는 마찬가지라는 말. ② 잘산 사람이나 못산 사람이나 결국은 마찬가지라는 말.

건드리지 않은 벌이 쏠까 : 남에게 해를 끼치지 않으면 남도 나에게 해를 끼치지 않는다는 말.

건들팔월 : 건들바람처럼 덧없이 지나간다는 뜻으로, 음력 8월을 이르는 말.

건밭에 부룻대 같다 : 어떤 사물이 비옥한 밭에서 자란 부룻대처럼 큼을 비유하여 이르

는 말.

건시(乾柹)나 곶감이나 : ⇒ 곶감이나 건시나.

건재 약국에 백복령(白茯苓) : ⇒ 약방에 감초.

건전한 정신은 건전한 신체에 깃든다 : 몸이 건강해야 마음도 건전하다는 말.

건즐을 받들다 : 여자가 아내로서 남편을 받듦을 비유하여 이르는 말. * 건즐(巾櫛)—수건과 빗, 또는 세수하고 머리를 빗음.

걷기도 전에 뛰려고 한다 : 쉽고 작은 일도 해낼 수 없으면서 어렵고 큰일을 하려고 나서는 것을 비유하여 이르는 말. 기(-지)도 못하(-면서)고 뛰려(-고) 한다. 기(-지)도 못하는 게 날려 한다. 털도 아니 난 것이 날기부터 하려 한다. 푸둥지도 안 난 것이 날려 한다.

걷는 참새를 보면 그해에 대과(大科)한다 : 참새는 뛰는 습성이 있는데 걷는 것은 희귀한 일이다. 따라서 희귀한 것을 보면 등과(登科)한다는 신앙에서 온 말임.

걸레를 씹어 먹었나 : 잔소리가 아주 심함을 핀잔하여 이르는 말.

걸어가다가도 말만 보면 타고 가자 한다 : 무릇 없을 때에는 없이도 곧잘 지내다가 공연히 사람을 번거롭고 고생되게 한다는 말.

걸음아 날 살려라 : 어서 빨리 도망가야 하겠다는 말. 종짓굽아 날 살려라.

검기는 왜장 청정(淸正)이라 : 왜간장이 검은 데서 나온 말로, 빛이 검은 것을 이르는 말.

검다 희다 말이 많다 : 참견하여 잔소리를 많이 함을 이르는 말.

검다 희다 말이 없다 : ⇒ 쓰다 달다 말이 없다.

검둥개 돼지 편 : ⇒ 가재는 게 편.

검둥개 멱감(-기)듯 : ① 무슨 일이든지 보람이 나타나지 않는다는 말. ② 악인이 끝내 제 잘못을 뉘우치지 못함을 비유하는 말. * 멱감다—'목욕하다'의 전라도 사투리.

검불밭에서 수은(水銀) 찾기 : ⇒ 잔디밭에서 바늘 찾기.

검불 속에서 바늘 찾기 : ⇒ 잔디밭에서 바늘 찾기.

검은 강아지로 돼지 만든다 : 잘 넘어가지 않을 얕은 수작으로 남을 속이려 함을 이르는 말.

검은 것은 글자 흰 것은 종이 : 글자를 전혀 모르는 무식한 사람을 이르는 말.

검은 고기 맛있다(맛좋다) 한다 : ① 겉모양만 가지고 속단하지 말라는 훈계의 말. ② 피부가 검은 사람을 조롱하는 말.

검은 고양이 눈감은 듯 : 경계가 뚜렷하지 않아 분간하기 어려움을 이르는 말.

검은 구름에 백로 지나가기 : ① 정처없이 다님을 비유하여 이르는 말. ② 어떤 일을 해도 그 자취가 뚜렷이 남지 않음을 비유하여 이르는 말. ③ 많은 것 가운데에서 유난히 표시가 뚜렷함을 비유하여 이르는 말.

검은 머리 가진 짐승은 구제(救濟) 말란다 : 사람을 도와주지 말라는 뜻으로, 은혜를 갚지 않는다고 핀잔을 주는 말. 머리 검은 짐승은 남의 공을 모른다.

검은 머리 파뿌리 되도록 : 늙어서 머리가 하얗게 셀 때까지라는 뜻으로, 오래 살아 아주 늙을 때까지를 이르는 말.

검은 쇠고기가 맛은 있다 : 쇠고기의 맛은 누른 소보다 감은 소가 좋다는 말.

검은 풀 먹이면 소 죽는다 : 검은 풀은 질소 성분이 과다하므로 이런 풀을 먹이면 체내에 질산염이 축적되어 중독을 일으켜 소가 허약해지기 때문에 인산칼슘이 있는 사료가 요구됨을 이르는 말.

검정개는 돼지 편 : ⇒ 가재는 게 편.

검정개 한패(한편) : ⇒ 가재는 게 편.

검정소가 진상 간다 : 쇠고기는 검은 소가 맛이 좋다 하여 영조 26년(1750) 전라도 가파도(加波島)에 검은 소를 사육시켜 진상케 한 데서 유래된 말.

겁 많은 개가 큰 소리로 짖는다 : 겁이 많은 개가 뭇 개에게 알리기 위해서 큰 소리로 짖듯이, 겁이 많은 사람이 상대방에게 겁을 주기 위하여 큰 소리를 친다는 말.

겉가마도 안 끓는데 속가마부터 끓는다 : 제 순서를 기다리지 못하고 덤벙임을 이르는 말.

겉 다르고 속 다르다〔表裏不同〕: 말이나 행동이 겉과 속이 일치하지 않음을 이르는 말.

겉보리 돈사기가 수양딸(收養-)로 며느리 삼기보다 더 쉽다 : 겉보리는 식량 사정이 어려운 초여름에 수확하기 때문에 팔아서 돈을 만들기 쉽다는 뜻으로, 아주 하기 쉬운 일을 비유하여 이르는 말. * 돈사다-'팔다'의 충남 방언.

겉보리로 돈사기다 : 옛날 가난한 사람들은 보리뿐만 아니라 보리 겨도 식량으로 사용했기 때문에 보리쌀보다 겉보리의 매매가 더 잘되었다는 말.

겉보리를 껍질째 먹은들 시앗이야 한집에 살랴 : 아무리 고생을 할망정, 남편의 첩과 살 만큼 질투심 없는 아내는 없다는 말.

겉보리 서 말만 있으면 처가살이 하랴 : ① 여북하면 처가살이를 하겠느냐는 말. ② 처가살이는 할 것이 못 된다는 말. 등겨가 서 말만 있으면 처가살이 안 한다.

겉보리 술 막치 사람 속인다 : 겉보리 술지게미도 많이 먹으면 취하듯, 겉보기와는 달리 맹랑한 자를 두고 이르는 말.

겉보릿단 거꾸로 묶은 것 같다 : 보릿단을 이삭 쪽에서 묶은 것같이 모양이 없음을 이르는 말.

겉 볼 안이라 : 생김새만 보고서도 속 마음씨를 짐작할 수 있다는 말.

겉은 부처요 속은 짐승이다〔羊頭狗肉〕: 겉으로는 양순한 것 같으면서 마음씨는 고약한 사람을 이르는 말.

겉이 검기로 속도 검을까 : ⇒ 가마가 검기로 밥도 검을까.

게가 엄지발을 떨구고 살랴㊕ **:** 게가 집게발을 잃고는 살 수 없다는 뜻으로, 가장 긴요한 것을 잃어버리고 어찌 견뎌 낼 수 있겠느냐는 말.

게가 쥐구멍으로 들어가면 집안이 망한다 : 게가 물밑에 있는 집을 나와서 인가의 쥐구멍으로 들어가는 것은 이변이므로 집안이 망할 징조라는 말.

게〔蟹〕걸음 친다 : ⇒ 가재걸음 친다.

게꽁지만 하다 : ⇒ 두꺼비 꽁지 만하다.

게 눈 감추듯 한다 : ⇒ 마파람에 게 눈 감추듯.

게는 가재 편이다 : ⇒ 가재는 게 편.

게는 구멍이 크면 잡힌다 : 게 구멍이 크면 발견되기가 쉬우므로 잡히기가 쉽듯이, 무엇이나 분수에 맞지 않으면 실패하기가 쉽다는 말. 게도 구멍이 크면 죽는다.

게는 달이 없어야 알이 찬다 : 게는 달이 없는 어두운 밤에 먹이를 찾아다니는 야행성 동물이므로 달이 없는 시기에 잡은 것이 알도 있고 살도 많다는 말.

게는 새끼 적부터 집는다 : ⇒ 게 새끼는 나면서 집는다.

게는 제 몸 크기대로 굴을 판다 : 게는 제 몸이 겨우 들어갈 정도로 파고 들어가 방어하기에 좋도록 한다는 말.

게도 구럭도 다 잃었다(놓쳤다) : 게 잡으러 갔다가 구럭까지 잃었다는 뜻으로, 무슨 일을 하려다가 아무 소득도 얻지 못하고 도리어 손해만 봄을 이르는 말. 꿩 잃고 매 잃는 셈.

게도 구멍이 크면 죽는다 : ⇒ 게는 구멍이 크면 잡힌다.

게도 제 구멍이 아니면 들어가지 않는다 : 남의 영역을 함부로 침범하지 말라는 말.

게도 제 새끼보고는 바로 걸으라고 한다 : 비록 나쁜 짓을 하는 부모라도 제 자식에게는 착한 일을 하라고 한다는 말.

게 등에 소금 치기 : 아무리 해도 쓸데없는 짓을 이르는 말.

게를 똑바로 기어가게 할 수는 없다 : 본래의 성질을 아주 뜯어고치지는 못한다는 말.

게 먹고 설탕 먹으면 죽는다 : 게와 설탕은 상극이기 때문에 함께 먹어서는 안 된다는 말. 게장 먹고 꿀 먹으면 해롭다.

게 먹지 못할 풀이 오월에야 겨우 나온다 : 되지 못한 것이 공연히 어정거려 몹시 느리게 행동한다는 말.

게 발 물어 던지듯 : ⇒ 까마귀 게 발 던지듯.

게 새끼는 나면서 잡힌다 : 게 새끼는 어린 것도 식용으로 사용한다는 말.

게 새끼는 집고, 고양이 새끼는 할퀸다 : ⇒ 게 새끼는 나면서 집는다.

게 새끼는 나면서 집는다 : ① 타고난 천성은 어쩔 수 없다는 말. ② 본성이 흉악한 사람은 어려서부터 남을 해친다는 말. 게는 새끼 적부터 집는다. 게 새끼는 집고, 고양이 새끼는 할퀸다.

게으른 년이 삼가래 세고 게으른 놈이 책장 센다 : ① 게으른 년이 삼〔麻〕을 찢어 베를 놓다가 얼마나 했는지 헤아려 보고, 게으른 놈이 책을 읽다가 얼마나 읽었는지 헤아려 본다는 뜻으로, 게으른 사람이 일은 안 하고 빨리 그 일에서 벗어나고만 싶어 함을 이르는 말. ② 하기 싫은 일을 억지로 마지못해 하는 태도를 이르는 말. 게으른 놈(머슴·일꾼) 밭고랑 세듯. 게으른 놈이 김은 안 매고 이랑만 센다. 게으른 농사꾼 밭고랑 넘어다보듯 한다. 게으른 선비 책장 넘기기. 김매기 싫은 놈 밭고랑만 센다. 증한 에미네(녀편네, 일군) 밭고랑 세듯(북).

게으른 놈과 거지는 사촌이다 : 게으른 사람은 거지가 되기 쉽다는 말.

게으른 놈 낮잠 자기 좋고 부지런한 놈 일하기 좋은 날이다 : 여름에 부슬비가 내리는 날 게으른 사람은 비를 핑계로 낮잠 자기가 좋고, 부지런한 사람은 덥지 않아서 일하기가 좋다는 말.

게으른 놈(머슴·여편네·일꾼) 밭고랑 세듯(-한다) : ⇒ 게으른 년이 삼가래 세고 게으른 놈이 책장 센다.

게으른 놈은 저녁때 바쁘다 : 게으른 사람은 늘 놀기만 하다가 막판에 가서야 서두른다는 말. 게으른 머슴은 저녁나절이 바쁘다.

게으른 놈이 김은 안 매고 이랑만 센다 : ⇒ 게으른 년이 삼가래 세고 게으른 놈이 책장 센다.

게으른 놈 짐 많이 지기(진다) : 게으른 사람이 일하기 싫어 한 번에 많이 해치우려 하거나, 능력도 없으면서 일에 대한 욕심이 지나치게 많음을 빈정대어 이르는 말. 게으른 말 짐 탐하기(탐한다).

게으른 농사꾼 밭고랑 넘어다보듯 한다 : ⇒ 게으른 년이 삼가래 세고 게으른 놈이 책장 센다.

게으른 말 짐 탐하기(탐한다) : ⇒ 게으른 놈 짐 많이 지기(진다).

게으른 머슴은 저녁나절이 바쁘다 : ⇒ 게으른 놈은 저녁때 바쁘다.

게으른 머슴은 칠월이 바쁘다 : 다른 사람들은 7월 전에 쉬는데, 게으른 사람은 일을 하지 않고 있다가 남이 쉬는 때에 일을 한다는 말.

게으른 선비 설날에 다락에 올라가서 글 읽는다 : 게으른 자가 분주할 때 부지런한 체한다는 말.

게으른 선비 책장 넘기기(넘기듯)〔如懶儒翻冊丈〕 : ⇒ 게으른 년이 삼가래 세고 게으른 놈이 책장 센다.

게으른 여편네 아이 핑계한다 : 일하기 싫어서 아이 젖 먹이는 핑계를 한다는 말로, 꾀를 부리고 핑계하며 일은 하지 않는다는 말. 증한 에미네 아이 핑계 하듯(북).

게 잡아먹은 흔적은 있어도 소 잡아먹은 흔적은 없다 : ⇒ 소 잡은 터전은 없어도 밤 벗긴 자리는 있다.

게 잡아 물에 놓았다(넣는다) : ① 힘들여 게를 잡아 가지고는 도로 물에 놓아준다는 뜻으로, 아무런 소득 없이 헛수고만 함을 이르는 말. ② 조금 이익을 보았다가 다시 찾지 못하게 잃어버렸다는 말.

게장 먹고 꿀 먹으면 해롭다 : ⇒ 게 먹고 설탕 먹으면 죽는다.

겨 먹던 개가 나중에는 쌀도 먹는다 : ⇒ 바늘 도둑이 소 도둑 된다.

겨 먹은 개는 들켜도 쌀 먹은 개는 안 들킨다 : 작은 도둑은 잡혀도 큰 도둑은 잡히지 않는다는 말.

겨 묻은 개(돼지)가 똥 묻은 개(돼지) 나무란다 : 작은 허물을 가진 사람이 큰 허물을 가진 사람을 나무란다는 말이니, 작은 허물이라도 있는 사람은 다른 사람의 허물을 나무랄 수 없다는 말.

겨 묻은 개를 똥 묻은 개가 나무란다 : ⇒ 똥 묻은 개가 겨 묻은 개 나무란다.

겨 속에도 싸라기가 있다 : ① 겨 속에는 싸라기가 섞여 있으니, 겨를 잘 까불러서 싸라기를 회수하라는 말. ② 하찮은 것 속에도 귀중한 것이 있다는 말.

겨 속에서 쌀 찾기다 : 겨 속에서 귀한 쌀을 찾듯이, 무엇을 찾기가 매우 힘들다는 말.

겨우 여우를 피했더니 다시 범을 만났다 : 한 가지 어려운 일을 넘기자 또 다른 더 큰 어려운 일이 앞을 가로막을 때를 이르는 말.

겨울 날씨가 추워야 여름에 질병이 없다 : 겨울 날씨가 추워야 병을 전염시키는 벌레들이 번식을 못하여 질병이 감소된다는 말.

겨울 날씨와 늙은이 근력 좋은 것은 못 믿는다 : ⇒ 가을 날씨 좋은 것과 늙은이 근력 좋은 것은 못 믿는다.

겨울 날씨와 양반은 한갖 고달이 있다 : 겨울 날씨는 따뜻하다가도 갑자기 추워지며, 양반은 순한 것 같으나 성질을 내면 사납다는 말. * 한갖—한 가지. * 고달—거만을 떠는 것.

겨울 날씨와 여자의 마음은 믿을 수 없다 : ⇒ 가을 날씨와 계집의 마음은 못 믿는다.

겨울 날씨 좋은 건 못 믿는다 : ⇒ 가을 날씨 좋은 것은 못 믿는다. * 겨울 날씨는 좋다가도 돌변하여 바람이 세게 불거나 눈이 온다는 데서 유래된 말.

겨울바람이 봄바람 보고 춥다(-고) 한다 : ① 강한 사람이 약한 사람에게 엄살을 한다는 말. ② ⇒ 가랑잎이 솔잎더러 바스락거린다고 한다.

겨울밤에 금성이 선명하게 보이면 그 다음 해에 목화가 풍년 든다 : 겨울철에 금성이 뚜렷하게 보이면 다음 해 목화 농사가 풍년이 든다는 속설(俗說)에서 유래된 말.

겨울밤이 길다 해도 내 새끼끈만은 못하다 : 동지섣달 밤이 길다 해도 농군들이 밤늦게까지 꼰 새끼의 길이만큼은 못하듯이, 농부는 추운 겨울밤에도 늦도록 새끼를 꼰다는 말.

겨울밤이 맑으면 머지않아 눈 또는 비 : 하늘이 맑다고 하는 것은 이동성 고기압의 최성기에 있다는 뜻으로 머지않아 저기압이 다가온다는 말.

겨울 베옷도 안 입은 것보다 낫다 : 겨울에 베옷이라도 안 입은 것보다는 낫듯이 나쁜 물건이라도 없는 것보다는 있는 것이 낫다는 말. 굵은 베가 옷 없는 것보다 낫다. 굵은 베옷도 없는 것보다 낫다. 누더기 옷도 없는 것보다 낫다. 베옷도 안 입은 것보다 낫다.

겨울 베옷이다 : 추운 겨울에 삼베옷은 입어도 춥듯이 제구실을 못 한다는 말.

겨울 보리밭은 밟을수록 좋다 : 겨울에 날씨가 추웠다 따뜻했다 하면 보리밭에 서릿발이 생겨서 뿌리가 말라 죽게 되므로 보리를 밟아서 착근(着根)이 되도록 해야 한다는 말.

겨울비가 갑자일에 오면 소와 양이 얼어 죽는다〔冬雨甲子 牛羊凍死〕: ⇒ 동상갑에 비가 오면 우마가 동사한다.

겨울비는 많이 오지 않는다 : 겨울에는 눈이 오지 비가 오는 경우는 드물 뿐 아니라, 온다 해도 많이 오지 않는다는 말.

겨울비는 술 비다 : ⇒ 봄비는 일 비고 여름비는 잠 비고 가을비는 떡 비고 겨울비는 술 비다.

겨울 새벽에 개똥 줍는다 : 예전에는 겨울 새벽이면 농민들이 인가 근처를 돌아다니며 개똥을 주워서 거름으로 사용했음을 이르는 말.

겨울 소 값은 떨어지고 봄 소 값은 오른다 : 농한기인 겨울에는 소를 부리지 않으므로 값이 떨어지고, 봄이 되면 소를 많이 부리므로 값이 오르게 된다는 말.

겨울 소띠는 팔자가 편하다 : 봄이나 여름철에 난 소띠는 팔자가 고되지만, 겨울철에 난 소띠는 팔자가 편하다는 말.

겨울 소 팔자다 : 겨울 소는 놀면서 편하게 지내듯이, 일하지 않고 편하게 놀고먹는 사람을 비유하는 말. 그늘에 누운 여름 소 팔자다.

겨울에 꽃이 피면 풍년이 든다 : 겨울에 꽃이 피는 것은 길한 징조이기 때문에 풍년이 든다는 말.

겨울에 눈이 많이 오는 해는 목화가 풍년 든다 : 겨울에 흰 눈이 많이 오면 눈같이 흰 목화송이도 많이 핀다는 말. 눈이 많이 오는 해는 목화도 풍년 든다.

겨울에 눈이 많이 오면 보리 풍년이 든다 : ⇒ 눈이 많이 오는 것은 보리 풍년이 들 징조다.

겨울에 멸치가 많이 나는 해는 사람도 많이 죽는다 : 겨울철 멸치잡이 어장은 춥고 바람이 세어서 작업 중에 목숨을 잃는 사람이 많다는 말.

겨울에 베옷이다 : 추운 겨울에 삼베옷은 입어도 춥듯이 제구실을 못 한다는 말.

겨울에 짓는 집은 더운 집 짓고, 여름에 짓는 집은 서늘한 집 짓는다 : 주위 환경에 따라 거기에 맞게 유리한 조건을 마련하게 됨을 비유하여 이르는 말.

겨울에 천둥 치면 머리 큰 사람이 죽는다 : 겨울에 천둥이 치는 것은 하늘이 노한 때문으로 국가 요직에 있는 사람이 죽을 징조라는 말.

겨울은 따뜻해야 눈이 오고, 여름은 시원해야 비가 온다 : 겨울은 따뜻해야 저기압이 발달되어 눈이 많이 오고, 여름에는 무덥다가도 동남풍이 불어 시원해지면 비가 온다는 말.

겨울이 다 되어야 솔이 푸른 줄을 안다〔歲寒然後知松栢之後凋〕: 사람은 위급하거나 어려운 때를 당해 보아야 비로소 그 사람됨을 알 수 있다는 말. 서리가 내려야 국화의 절개를 안다①.

겨울이 따뜻하고 봄이 추우면 보리가 흉년 든다 : 겨울이 따뜻하면 보리가 웃자라게 되고, 봄 날씨가 추워지면 웃자란 보리가 동사하는 것이 많이 생겨 흉년이 든다는 말.

겨울이 따뜻하고 봄이 추우면 전염병이 퍼지고 흉년이 든다 : 계절이 뒤바뀌는 이상기후가 되면 병도 발생할 수 있을 뿐 아니라 흉년까지 들게 된다는 말. * 겨울이 따뜻하고 봄이 춥다는 것은 이상기후이기 때문에 전염병이 유행될 수 있고, 곡식들도 비정상적으로 발육하게 되므로 흉년이 든다는 말.

겨울이 지나지 않고 봄이 오랴 : 급하다고 해서 무슨 일이든 억지로 될 수 없음을 이르는 말.

겨울이 추워야 병충해가 적다 : 겨울이 혹한이

면 월동하는 해충들이 얼어 죽기 때문에 병충해가 적다는 말. 정월 초하루부터 보름까지 날씨가 좋으면 그해 병충해가 없다.

겨울이 추워야 여름도 덥다 : 겨울에 춥고 여름에 더운 것이 우리나라의 정상적인 기후임을 이르는 말.

겨울이 춥지 않으면 병충해가 심하다 : 겨울이 추워야 해충들이 동사하는데, 춥지 않으면 해충들이 죽지 않으므로 병충해가 심하다는 말. 정월 초열흘 안 일진에 술자가 들면 그해 충해가 많다.

겨울이 춥지 않으면 여름도 덥지 않다 : 겨울이 따뜻한 해는 대개 여름도 덥지 않다는 말.

겨울이 푹하면 딸 주고 소금 산다 : 겨울이 따뜻한 해는 장마로 인하여 소금이 흉년 든다는 말.

겨울철 안개에는 해동 비가 내린다 : 늦겨울에 안개가 끼면 날씨가 풀리며 해동 비가 온다는 말.

겨울철에 얼음이 두껍게 얼면 풍년 든다 : 겨울철에 얼음층이 얇으면 땅이 녹았다 얼었다 하는 과정에서 보리 뿌리가 뜨게 되므로 얼어 죽지만, 땅이 두껍게 얼면 보리 뿌리가 뜨지 않으므로 풍년이 든다는 말.

겨울철은 따뜻해야 눈이 온다 : 춘하추동 언제나 강수 현상이 있기 전에는 기온이 상승하게 되므로, 여름철에는 무더워야 비가 오고 겨울에는 따뜻해야 눈이 온다는 말.

겨울 화롯불은 어머니보다 낫다 : 추운 겨울에는 따뜻한 것이 제일 좋다는 말.

겨 주고 겨 바꾼다 : 보람(쓸데) 없는 짓을 함을 이르는 말.

결혼 날 신랑 신부가 목화씨를 가지고 가면 장수한다 : 목화를 일컫는 '무명'의 명은 명(命)과 동음이므로 명(목화)씨를 가지게 되면 수명이 길어진다는 말. *명–'목화'의 경기・경상 방언.

결혼 날 신부 장롱에 목화씨를 넣고 가면 부부가 정답게 산다 : 솜은 보온제품(保溫製品)이기 때문에 신부가 목화씨를 가지고 시집을 가면 부부간의 정이 따뜻하게 유지된다는 말.

결혼 날 혼사집 문 앞에 목화씨를 뿌리면 악귀가 침입하지 못한다 : 신랑이 신부 집에 들어갈 때 문 앞에 목화씨를 뿌리면 악귀가 침입하지 못하여 부부간에 금슬이 좋다는 말.

겻섬 털 듯 : ① 청(請)이 있어 하는 말에 그것을 들어주기는커녕, 그 이상 말을 못 하게 하느라고 가까이 오지도 못하게 겻섬을 턴다는 말. ② 무슨 일을 함부로 마구 하는 모양을 이르는 말.

경기 밥 먹고 청홍도 구실한다 : ⇒ 고양 밥 먹고 양주 구실한다.

경 다 읽고 떼어 버려야겠다 : 당면한 일이나 마치고 앞으로는 아주 인연을 끊고 싶을 때 하는 말.

경상(慶尙) 감사(監司)도 나 싫으면 만다 : ⇒ 평안 감사도 저 싫으면 그만.

경상도(慶尙道)서 죽 쑤는 놈 전라도(全羅道) 가도 죽 쑨다 : 못나고 가난한 자는 거처를 옮겨 봤자 그 타령이 그 타령이라는 말.

경신년 글강(-講) 외듯 : ① 거듭 신신당부함을 이르는 말. ② 하지 않아도 될 말을 거듭 되풀이함을 이르는 말. 무진년 글강 외듯.

경위(涇渭)가 삼칠장(三七將)이다 : 경수(涇水)는 탁(濁)하고 위수(渭水)는 맑으며, 삼칠장이란 투전(鬪錢)의 하나를 일컫는 말이다. 따라서 경위수의 맑고 흐림이나 삼칠장의 승패를 논함이 애매한 일이듯, 시비청탁(是非淸濁)이 분명치 못함을 뜻하는 말.

경을 팥다발같이 치다 : 호되게 고통을 겪는 것을 두고 이르는 말.

경자년(庚子年) 보리농사 되듯 하였다 : 경자년에 가을보리가 제대로 익지 못하여 보리의 모양을 이루지 못하였다는 뜻으로, 사람이나 사물이 잘될 듯이 보이다가 보잘것없이 되어 버림을 이르는 말.

경작(耕作)도 않고 먹고 산다〔不耕而食〕: 농촌에서 농사도 짓지 않고 고생해 가며 산다는 말.

경점(更點) 치고 문지른다: 경점 치는 군사가 경점 칠 시간이 아닌데 경점을 치고 나서 자기의 잘못을 깨달아 북이나 징을 문질러 소리가 나지 않게 하려 한다는 뜻으로, 일을 그르쳐 놓고 어찌할 바를 몰라 자기의 잘못을 얼버무리려 함을 이르는 말. *경(更)에는 북〔大鼓〕을, 점(點)에는 징〔鉦〕을 치는데, 잘못 치고 고징(鼓鉦)을 문지른다는 말.

경주(慶州) 돌이면 다 옥석(玉石)인가: ① 좋은 일 가운데도 궂은 일이 있다는 말. ② 사물을 평가할 때 이름만 가지고 판단할 수 없다는 말. 강계 색시면 다 미인인가. 누런 것이 다 금이냐. 처녀면 다 확실한가.

경주인(京主人) 집에 똥 누러 갔다가 잡혀간다: 경주인이 위에 바칠 것을 못 하고 있으면 차사(差使)가 와서 그 집에 있는 사람들을 모두 잡아가면서 똥 누러 갔던 사람까지도 잡아갔다는 뜻으로, 애매한 일로 봉변을 당함을 비유하여 이르는 말. *경주인-고려·조선 시대에, 중앙과 지방 관아의 연락 사무를 담당하기 위하여 지방 수령이 서울에 파견하던 아전 또는 향리.

경(黥)쳐 포도청(捕盜廳)이라: ⇒ 경치고 포도청 간다.

경치고 포도청 간다: 단단히 욕을 보고도 또 포도청에 잡혀가서 벌을 받는다는 뜻으로, 몹시 심한 욕을 당하거나 혹독한 형벌을 받음을 비유하여 이르는 말. 경쳐 포도청이라.

경칩(驚蟄) 지난 게로군: 벌레가 경칩이 되면 입을 떼고 울기 시작하듯이, 입을 다물고 있던 자가 말문을 열게 되었음을 이르는 말.

경칩이 되면 삼라만상(森羅萬象)이 겨울잠을 깬다: 경칩이면 해동이 시작되므로 산천초목(山川草木)들도 겨울잠을 깨면서 봄맞이 준비를 한다는 말.

곁가마가 더(먼저) 끓는다: 당사자는 가만히 있는데 옆 사람이 오히려 신이 나서 떠들거나 참견하는 경우를 비유하여 이르는 말. 곁다리를 틀다.

곁다리를 틀다: ⇒ 곁가마가 더(먼저) 끓는다.

곁방 년이 코 곤다: 제 분수도 모르고 버릇없이 굴거나, 나그네가 오히려 주인 행세를 한다는 말. 곁방살이 코 곤다.

곁방살이 코 곤다: ⇒ 곁방 년이 코 곤다.

곁방에서 불난다: 평소 눈에 거슬리던 데서 사고가 생겨 더욱 미울 때 하는 말.

곁불에 게 잡을 생각한다북: 저는 불을 켜 들지도 않고 남이 든 곁불에 게를 잡아 볼 생각을 한다는 뜻으로, 자기 자신의 노력은 들이지 않고 남의 덕으로 이익을 얻으려 하는 행동을 비유하여 이르는 말.

곁집 잔치에 낯을 낸다: 제 물건을 쓰지 않고 남의 것을 가지고 생색을 낸다는 말. 곗술에 낯내기. 남의 술로 생색낸다. 제삿술 가지고 친구 사귄다.

계란 속에서 소 잡을 공론을 한다북: ⇒ 섬 속에서 소 잡아먹겠다.

계란에도 뼈가 있다〔鷄卵有骨〕: 늘 일이 잘 안 되던 사람이 모처럼 좋은 기회를 만났건만 그 일마저 잘 안 됨을 이르는 말. 궁인모사는 계란에도 유골이라. 달걀에도 뼈가 있다. 두부에도 뼈라. 박복자는 계란에도 유골이라. 안되는 놈은 두부에도 뼈라. 재수 없는 놈은 두부에도 뼈라. 할복할 놈은 계란에도 뼈가 있다북.

계란으로 바위 치기〔螳螂拒轍〕: ⇒ 달걀로 바위(백운대, 성) 치기

계란이나 달걀이나 : 이것이나 저것이나 다 마찬가지라는 말.

계수번(契首番)을 다녔나 말도 잘 만든다 : 거짓된 일을 잘 꾸며 댐을 이르는 말.

계집 둘 가진 놈의 창자는 호랑이도 안 먹는다 : 처첩(妻妾)을 여럿 거느리고 살자면 속 썩어 편할 날이 없다는 말.

계집 때린 날 장모 온다 : ⇒ 이 아픈 날 콩밥 한다.

계집 바뀐 건 모르면서 젓가락 바뀐 건 아나 : 큰 변화는 모르면서 작은 변경을 가지고 떠듦을 핀잔하는 말.

계집아이도 외양간 치는 것은 가르쳐 시집보내랬다 : 농촌 처녀는 소 먹이는 것도 가르쳐서 시집을 보내야 한다는 말.

계집애가 오랍아 하니 사내도 오랍아 한다 : 제 주견이 없이 덮어놓고 남을 따라 행동함을 비웃는 말.

계집은 남의 것이 곱고 자식은 제 새끼가 곱다 : ① 자식에 대한 부모의 정은 더할 나위가 없음을 이르는 말. ② 남의 여자를 넘겨다보며 자기 아내에 대하여 불만을 가지는 실없는 남자의 마음을 이르는 말.

계집은 상을 들고 문지방을 넘으며 열두 가지 생각을 한다 : ① 여자는 언제나 복잡한 딴 생각을 하고 있다는 말. ② 아내가 남편에게 말할 기회가 없다가 상을 들고 들어갈 때 여러 가지 말할 것을 생각한다는 말.

계집의 독한(곡한) 마음 오뉴월에 서리 친다 : ⇒ 여자가 한을 품으면 오뉴월에도 서리가 내린다.

계집의 말은 오뉴월 서리가 싸다 : ⇒ 계집의 악담은 오뉴월에 서리 온 것 같다.

계집의 매도 너무(많이) 맞으면 아프다 : 아무리 친한 사이라도 여러 번 지나친 장난을 하면 불쾌하다는 말이니, 비록 친한 사이라도 예의를 잃지 말라는 말.

계집의 악담은 오뉴월에 서리 온 것 같다 : 여자가 앙심을 품고 하는 악담은 오뉴월에 서리를 치게 할 만큼 매섭고 독하여 사람들의 마음을 싸늘하게 만든다는 말. 계집의 말은 오뉴월 서리가 싸다.

계집의 얼굴은 눈의 안경 : 여자의 얼굴이 곱고 미운 것은 보는 사람에 따라 다르다는 말.

계집의 주둥이는 사기 접시를 뒤집어 놓는다 북 **:** 여자들의 말시비가 사기 접시까지 뒤집힐 정도로 심하다는 말.

계집이 늙으면 여우가 된다 : 여자는 나이를 먹을수록 요망스러워진다는 말.

계집 입 싼 것 : 입이 가볍고 말이 헤픈 여자는 화를 일으키는 일이 많다는 뜻으로, 아무짝에도 쓸데없고 도리어 해롭기만 하다는 말. 어린애 입 잰 것.

계 타고 논문서 잡힌다 : ⇒ 계 타고 집 판다.

계타고 집 판다 : 처음에는 이(利)를 보았다가 나중에는 그로 인하여 손해를 입는다는 말. 계 타고 논문서 잡힌다.

곗술(契-)에 낯내기〔契酒生面〕: ⇒ 곁집 잔치에 낯을 낸다.

고개는 보릿고개가 제일 높고, 새는 먹새가 제일 크다 : 이 고개가 높으니 저 고개가 높으니 해도 보릿고개가 제일 높고, 무슨 새가 크니 무슨 새가 크니 해도 먹새가 제일 크다는 말.

고개를 영남(嶺南)으로 두어라 : 고개를 영남 땅 넓은 곳으로 향하게 하라는 뜻으로, 입이 험하여 너무 심한 욕설을 하는 사람에게 이르는 말.

고개 중에서 넘기 어려운 고개가 보릿고개다 : 옛날엔 춘궁기(春窮期)인 보리가 여물 무렵이 넘기기가 가장 어려웠기 때문에 나온 말. 고개 중에서는 보릿고개가 제일 높다. 높다 높다 해도 보릿고개만치 높은 고개는 없다. 이 고개가 높으니 저 고개가 높으니 해도 보릿고개가 제일 높다. 태산보다 높은 것이 보릿고개다. 태산이 높다 한들 보릿고개만 하랴.

고개 중에서는 보릿고개가 제일 높다 : ⇒ 고개 중에서 넘기 어려운 고개가 보릿고개다.

고구마 꽃이 피면 전쟁이 일어난다 : ⇒ 고구마 꽃이 피면 천재가 일어난다.

고구마 꽃이 피면 천재(天災)가 일어난다 : 고구마는 단일식물(短日植物)이기 때문에 원산지인 열대지방에서는 낮 시간이 짧아서 꽃이 피지만, 우리나라에서는 여름철 낮 시간(14~16시간)이 길어서 꽃이 피지 않는데, 간혹 늦더위가 심하고 일조 시간이 짧은 이상기상(異狀氣象)이 생기면 고구마 꽃이 피므로 이런 기상에서는 천재(天災)도 발생할 수 있다는 말. 고구마 꽃이 피면 전쟁이 일어난다.

고구마는 노랑 고구마가 맛이 있다 : 찐고구마 색이 노란색일수록 맛이 좋다는 말.

고구마는 말복 안에만 심으면 칼자루만 하게 든다 : 고구마는 말복 전에만 심으면 다른 작물에 비하여 잘 자라고 소출도 많다는 말.

고구마는 생땅 고구마가 맛이 있다 : ⇒ 생땅 고구마가 맛은 좋다.

고구마는 하지 안에 침만 발라 심어도 산다 : 고구마는 하지 전에 삽식(揷植)을 해야 수확이 많은데, 이때 비가 안 오면 물을 조금씩 주고 삽식해도 자생력이 강하여 잘 산다는 말.

고구마 씨 비 맞으면 부정 탄다 : 고구마는 비를 맞으면 썩기 쉽다는 말.

고기가 많은 해는 농사도 풍년 든다 : 고기가 흔해서 많이 잡히는 해는 농사도 풍년이 든다는 말.

고기가 물 위로 뛰면 비가 온다 : 저기압일 때는 고기가 산소를 호흡하기 위하여 물 위로 뛰기 때문에, 이때는 비가 올 징조라는 말.

고기 값이나 하지(하여라) : ① 사세가 이미 살아 나가기 어려운 경우에 자기 육체의 값이나 하고 죽어라 함이니, 곧 개죽음을 하지 말라는 말. ② 추하게 행동하지 말고 부끄럽지 않은 일을 하라는 말.

고기 그물에 기러기(-가) 걸린다[북] **:** 남의 일로 뜻밖의 화를 당한 경우를 비유하여 이르는 말.

고기나 되었으면 남이나 먹지 : 됨됨이가 못된 자를 욕하는 말.

고기는 낚싯밥에 죽는다 : 고기는 낚싯밥을 따 먹으려다 죽듯이, 사람도 재물을 너무 탐내다가는 신세를 망치게 된다는 말.

고기는 낚을 때는 천 냥이고 먹을 때는 서 푼이다 : 고기는 먹는 재미로 잡는 것이 아니라 잡는 재미로 잡는다는 말.

고기는 대가리 쪽이 맛이 있고, 새는 꼬리 쪽이 맛이 있다 : 물고기류의 맛은 머리 쪽 고기가 맛이 있고, 새 종류는 꼬리 쪽 이 맛이 있다는 말.

고기는(고기도) 씹어야 맛을 안다 : ① 겉으로만 핥아서는 진미를 모른다는 말. ② 무엇이든 바로 알려면 실제로 겪어 보아야 한다는 말.

고기는 씹어야 맛이요 말은 해야 맛이라 : 속깊이 있는 고기의 참맛을 알려면 겉만 핥아서는 아니 되며, 말도 할 말이 있으면 시원히 다 해 버려야 좋다는 말.

고기는 안 익고 꼬챙이만 탄다 : 경영하는 일은 잘 안 되고 낭패만 본다는 말.

고기는 안 잡히고 송사리만 잡힌다 : 목적하는 바는 놓치고 쓸데없는 것만 얻게 됨을 이르는 말. 고래 그물에 새우가 걸린다.

고기도 먹어 본 사람이 많이 먹는다 : 무슨 일이든지 늘 하던 사람이 더 잘하게 된다는 말. 떡도 먹어 본 사람이 먹는다.

고기도 저 놀던 물이 좋다 : 평소에 낯익은

고향이나 익숙한 환경이 좋다는 말.

고기도 큰물에서 노는 놈이 크다 : 물고기도 큰물에서 자라는 놈일수록 더욱 크기 마련이라는 뜻으로, 사람도 좋은 환경에서 교육을 잘 받아야 훌륭한 사람으로 자라날 수 있다는 말.

고기를 잡고 나면 바리를 잊게 된다〔得魚忘筌〕 : 고기잡이 때 소중히 쓰이던 어구도 고기를 다 잡은 뒤에는 잊어버리듯이, 필요할 때 긴요하게 쓰이던 것도 쓰고 난 뒤에 그 고마움을 잊기가 쉽다는 말.

고기를 잡고자 하거든 돌아가 그물을 떠라 : ⇒ 고기 보고 기뻐만 말고 가서 그물을 떠라(뜨라).

고기를 잡으려니까 바구니 생각이 난다 : 고기잡이할 사람이 어구도 제대로 준비하지 않았다가 막상 고기잡이를 하려니까 생각이 나듯이, 무슨 일을 준비도 하지 않고 시작한다는 말.

고기를 잡으려면 물로 가야 한다 : 고기는 물에 있기 때문에 물에 가야 잡을 수 있듯이, 무슨 일을 하려면 주어진 조건을 잘 활용해야 한다는 말.

고기를 잡으려면 의붓아비 모시듯 해야 한다 : 고기는 아무렇게나 해서 잡히는 것이 아니라, 정성과 노력을 들이는 동시에 고난을 참고 이겨 내야 한다는 말.

고기 만진 손 국솥에 씻으랴 : 지나치게 인색한 사람을 빗대어 이르는 말.

고기 맛본 중 : 뒤늦게 쾌락을 맛본 사람이 제 정신을 차리지 못함을 두고 하는 말.

고기 못 잡는 선장이 배만 나무란다 : ① 고기를 못 잡았을 때 흔히 선장은 배 탓만 한다는 말. ② 자기 잘못은 모르고 남의 탓만 한다는 말.

고기 배 속에 장사지내는 신세다〔葬身魚腹〕 : 물에 빠져 죽어 고기밥이 될 신세라는 말.

고기 보고 기뻐만 말고 가서 그물을 떠라(뜨라) : 무슨 일을 하려면 사전에 그에 합당한 준비를 하라는 말. 고기를 잡고자 하거든 돌아가 그물을 떠라. 고기 보고 부러워 말고 집에 가서 그물을 뜨랬다.

고기 보고 부러워 말고 집에 가서 그물을 뜨랬다 : 고기 보고 기뻐만 말고 가서 그물을 떠라(뜨라).

고기 새끼 하나 보고 가마솥 부신다 : 성미가 급하여 지레 짐작으로 서둘러 댐을 이르는 말.

고기 씨가 작으면 그해 고기가 많다 : 정원세포(精原細胞)의 분열이 활발하고 생식소(生殖巢)의 성숙이 좋으면 고기 알 하나하나의 크기는 다소 작아도 산란량(産卵量)은 많아서 고기의 번식이 증가된다는 말.

고기 한 점이 귀신 천 마리를 쫓는다 : ⇒ 밥 한 알이 귀신 열을 쫓는다.

고깔 뒤에 군 헝겊 : 필요도 없는 것이 늘 붙어 다녀 귀찮게 구는 것을 비유하여 이르는 말.

고깔모자를 씌우다 북 **:** 일제강점기에 죄수들에게 고깔모자를 씌운 데서 유래한 말로, 사람을 죄수로 만드는 것을 간접적으로 이르는 말.

고니는 귀하고 닭은 천하게 여긴다〔貴鵠賤鷄〕 : 세상 사람들의 인정은 보기 드문 것은 귀하게 여기고 흔한 것은 천하게 여기는 경향이 있음을 비유하여 이르는 말.

고니는 미역을 감지 않아도 희다 : 천성이 착한 사람은 간섭하지 않아도 착함을 이르는 말.

고니의 날개는 물에 젖지 않는다 : 천성이 착한 사람은 나쁜 것에 물들지 않는다는 말.

고두리에 놀란 새 : 고두리살을 맞은 새처럼 놀라 어찌할 바를 모르고 두려워만 하고 있음을 이르는 말. *고두리(고두리살)—작은 새를 잡는 데 쓰는 화살.

고둥도 고기다 : 고둥도 물고기류에 속하듯이 못난 사람도 사람은 사람이라는 말.

고드름이 길게 열면 풍년 든다 : 고드름이 길게 여는 것은 눈이 많이 온 탓이므로 보리 풍년이 든다는 말.

고드름이 많고 크게 달리면 풍년 든다 : 고드름은 눈이 와야 크고 많이 달리며, 이런 해라야 보리 풍년이 든다는 말.

고드름 초장 같다 : 겉으로는 좋아 보이나 속으로는 무미(無味)함을 뜻하는 말. 또는 그와 같이 실속이 없는 일을 이르는 말.

고랑도 이랑 될 날 있다 : ⇒ 쥐구멍에도 볕 들 날 있다.

고래 그물에 새우가 걸린다 : ⇒ 고기는 안 잡히고 송사리만 잡힌다.

고래 싸움에 새우 등 터진다〔鯨戰蝦死〕 : 세력이 있거나 강한 자들의 싸움에 공연히 약한 자가 중간에 끼여 해를 입음을 비유하여 이르는 말. 독 틈에 탕관. 두꺼비 싸움에 파리 치인다㊣. 두 틈에 탕관㊣.

고려공사(高麗公事)는 사흘(삼일) : 고려(高麗)의 정령(政令)은 사흘 만에 바뀐다는 뜻으로, 착수한 일이 자주 변경됨을 비유하여 이르는 말. 잠자리 불알 대기. 조정 공론 사흘 못 간다. 중의 공사가 삼일.

고려 적 잠꼬대 (같은 소리) : 현실과 전혀 동떨어진, 말 같지 아니한 소리를 비유하여 이르는 말.

고름이 살 되랴 : 이왕 그릇된 일이 다시 잘되지는 않을 것이라는 말. 부스럼이 살 될까. 코딱지 두면 살이 되랴.

고리백장 내일 모레 : ⇒ 갖바치 내일 모레.

* 고리백장—'고리장이(고리짝 만들어 파는 사람)'를 낮잡아 이르는 말.

고리장이가 죽어도 버들가지를 물고 죽는다 : 사람의 출신과 버릇은 어쩔 수 없다는 말.

고린 장이 더디 없어진다 : 나쁜 것이 빨리 없어지지 않고 도리어 오래간다는 말.

고만이 귀신이 붙었다 : 무슨 일이나 항상 고만한 정도에만 머물러 있고, 조금이라도 잘되려고 하다가는 무슨 액운에 걸려 역시 고만한 정도에서 머무르고 만다는 말.

* 고만이—〔민속〕 재물이 늘거나 벼슬이 오는 것을 막는다고 하는 귀신. 고만이 밭에 빠졌다.

고만이 밭에 빠졌다 : ⇒ 고만이 귀신이 붙었다.

고목 넘어가듯 : 체통에 어울리지 아니하게 맥없이 쓰러짐을 비유하여 이르는 말.

고목에 꽃이 피랴 : ⇒ 마른나무에 꽃이 피랴.

고목에 꽃이 핀다 : ⇒ 죽은 나무에 꽃이 핀다①.

고목에는 새도 앉지 않는다㊣ : 다 낡아 쓸모없이 되어 버린 사람이나 사물은 아무도 돌보지 아니하게 됨을 비유하여 이르는 말.

고목에도 꽃을 피운다 : 몸은 늙었어도 계속 나라와 사회의 중요한 사람으로서 값있게 삶을 비유하여 이르는 말.

고물 모자라는 떡 없다 : 일이란 어떻게 해서든 꾸려 나가게 된다는 말.

고비에 인삼(人蔘) : ⇒ 기침에 재채기.

고뿔도 제가끔 앓으랬다(앓랬다)㊣ : ⇒ 감기 고뿔도 제가끔 앓으랬다㊣.

고삐가 길면 밟힌다〔轡長必踐〕 : ⇒ 꼬리가 길면 밟힌다.

고삐 풀린 망아지 같다 : ⇒ 굴레 벗은 말.

고사리는 귀신도 좋아한다㊣ : 예로부터 고사리는 제상을 받으러 온 귀신도 다 좋아해서 제상에 빼놓지 않고 올려놓았다는 데서, 우리나라 사람 모두가 몹시 즐겨 먹는 음식임을 비유하여 이르는 말.

고사리도 꺾을 때 꺾는다 : ① 고사리는 연할 때 꺾어야 식용이 될 수 있다는 말. ② 무슨 일이나 시기를 놓치면 안 된다는 말. 고사리도 한철이다.

고사리도 한철이다 : ⇒ 고사리도 꺾을 때 꺾는다(꺾어야 한다).

고사(告祀)에 쓰는 돼지 대가리는 웃는 상을 써야 한다 : 고사용 돼지 머리는 눈웃음을 짓는 것을 쓰면 더 길하다는 말.

고사 지낼 생각 말고 그물코 단속하랬다 : 고기를 많이 잡으려면 고사를 지내는 것보다는 그물과 어구를 잘 정비하는 것이 낫다는 말.

고산(高山) 강아지 감 꼬챙이 물고 나서듯 한다 : 감 고장인 고산의 강아지가 뼈다귀 비슷한 감 꼬챙이만 보아도 물고 나오듯, 궁한 사람이 평소에 먹고 싶던 것과 비슷한 것만 보아도 좋아함을 이르는 말.

고생 끝에 낙(樂)이 온다(있다)〔苦盡甘來〕 : 어려운 일이나 고된 일을 겪은 뒤에는 반드시 즐겁고 좋은 일이 생긴다는 말. 태산을 넘으면 평지를 본다.

고생도 벌어 할 탓 북 **:** 같은 고생을 하더라도 자기가 어떻게 처신하는가에 따라 고생이 좀 덜할 수도 있고 더할 수도 있다는 말.

고생도 해야 정도 안다 북 **:** 사람은 자기가 고생을 체험해 보아야 남의 어려운 사정도 알고 돌보아 주게 됨을 이르는 말.

고생은 주야 고생이요 호강은 주야 호강이라 : 고생하는 자는 일마다 고생스럽고, 호강하는 자는 일마다 호강스럽다는 말.

고생을 밥 먹듯 하다 : 자꾸만 고생을 하게 됨을 비유하여 이르는 말.

고생을 사서(벌어서) 한다 : ① 잘못 처신한 탓으로 하지 않아도 될 고생을 하게 됨을 이르는 말. ② 여러 가지 정황을 보고는 자기 스스로 어려운 일을 맡아서 고생을 한다는 말.

고생해 본 사람이라야 세상 물정도 안다 : 고생을 해본 사람이라야 없는 사람의 사정도 안다는 말. 굶어 본 놈이라야 남의 고생스러운 사정도 안다.

고소원이나 불감청이라〔不敢請 固所願〕 : ⇒ 불감청이언정 고소원이라.

고수관(高守寬)의 딴전이라 : 먼저 한 말을 변개(變改)할 때 안색도 바꾸지 않고 천연스럽게 함을 이르는 말. * 고수관-조선 말엽의 명창으로, 노래 부를 때 천연스럽게 변조(變調)를 잘했다 함.

고수관이 하문(下門) 속 알듯 한다 : 매사에 모르는 것이 없는 사람을 이르는 말. 순냇골 까마종이라.

고수머리 옥니박이하고는 말도 말랬다 : ⇒ 곱슬머리 옥니박이하고는 말도 말랬다.

고수머리하고는 말도 말랬다 북 **:** ⇒ 곱슬머리 옥니박이하고는 말도 말랬다.

고슴도치도 살 동무(친구)가 있다 : 어떤 사람에게나 친한 친구가 있게 마련임을 이르는 말.

고슴도치도 제 새끼가 제일 곱다고 한다 : ⇒ 고슴도치도 제 새끼가 함함하다고 한다.

고슴도치도 제 새끼가 함함하다고 한다 : ① 칭찬받을 일이 못 되더라도 칭찬해 주면 기뻐함을 이르는 말. ② 자기 자식의 나쁜 점을 모르고 도리어 자랑삼는다는 말. ③ 어버이의 눈에 자기 자식은 다 잘나 보인다는 말. 고슴도치도 제 새끼가 제일 곱다고 한다.

고슴도치 외 따(걸머) 지듯 : 고슴도치가 오이를 따서 등에 진 것 같다는 뜻으로, 빚을 많이 짊어짐을 비유하여 이르는 말.

고슴도치한테 혼난 범이 밤송이 보고도 놀란다 북 **:** ⇒ 자라 보고 놀란 가슴 소댕(솥뚜껑) 보고 놀란다.

고약으로는 속병을 고치지 못한다 북 **:** 겉에 바르는 고약으로는 몸 안의 속병을 고칠 수 없다는 뜻으로, 알맞은 대책이 아니고서는 일을 성사시킬 수 없음을 비유하여 이르는 말.

고양(高陽) 밥 먹고 양주(楊州) 구실한다 :

자기에게 당한 일은 못 하고 남의 일을 하는 것을 이르는 말. 경기 밥 먹고 청홍도 구실한다.

고양이가 반찬 맛을 알면 도적질을 하지 않고 견디지 못한다뭄 : 고양이가 반찬에 한번 맛들여 놓으면 남몰래 훔쳐 먹지 않고서는 견디지 못한다는 뜻으로, 한번 나쁜 버릇이 붙으면 고치기가 매우 힘듦을 비유하여 이르는 말.

고양이가 닭의 알 어르듯 : 일을 교묘하고 재치 있게 해 나가는 모양을 이르는 말. 고양이 달걀 굴리듯.

고양이가(는) 발톱을 감춘다 : 재주 있는 사람이 능력을 깊이 감추고 함부로 드러내지 않음을 비유하여 이르는 말.

고양이가 세수를 하면 비가 온다 : 고양이가 앞발로 얼굴을 씻으면 비가 온다는 말.

고양이가 알 낳을 노릇이다 : 터무니 없는 거짓말 같은 일이라는 말.

고양이가 얼굴은 좁아도 부끄러워할 줄은 안다뭄 : 낯짝이 없는 고양이조차도 부끄러워할 줄 아는데 어찌 사람으로서 그럴 수 있느냐는 뜻으로, 철면피한을 놀림조로 이르는 말.

고양이가 쥐를 마다한다 : ⇒ 개가 똥을 마다할까(마다한다).

고양이가 쥐 놀리듯 한다 : 힘이 센 사람이 힘없는 사람을 얕보고 놀림을 비유하여 이르는 말.

고양이 간 골에 쥐 죽은 듯 : 고양이 소리만 나도 쥐가 옴짝달싹 못하고 죽은 듯이 조용하다는 말로, 겁이 나거나 놀라서 숨을 죽이고 꼼짝 못하는 모양을 비유하여 이르는 말.

고양이 개 보듯 : 사이가 매우 나빠서 서로 으르렁거리며 해칠 기회만 찾는 모양을 이르는 말.

고양이 고막 조개 보기뭄 : 고양이가 고막 조개를 보고도 무엇인지 몰라서 보기만 한다는 뜻으로, 속내를 모르기 때문에 보기만 할 뿐 아무런 관심이나 흥미도 안 가짐을 비유하여 이르는 말.

고양이 기름 종지 노리듯 : 눈독을 들여 탐내는 모양을 이르는 말.

고양이 낙태한 상 : 잔뜩 찌푸려서 추하게 생긴 얼굴을 비유하여 이르는 말. 내 마신 고양이 상. 식혜 먹은 고양이 상(-같다). 연기 마신 고양이.

고양이 낯짝(이마빼기)만 하다 : 매우 좁음을 비유하여 이르는 말.

고양이 달걀 굴리듯 : ⇒ 고양이가 닭의 알 어르듯.

고양이 덕(德)과 며느리 덕은 알지 못한다 : 비록 현저한 공은 없을지라도 알지 못하는 가운데 자연히 그의 힘을 입게 됨을 이르는 말.

고양이 덕은 알고 며느리 덕은 모른다 : 고양이가 쥐를 잡아서 이익을 끼쳐 주는 것은 알면서도, 며느리가 자식을 낳고 집안일을 하는 것은 조금도 고맙게 여기지 않음을 이르는 말.

고양이도 유월 한 달은 덥다고 한다 : 1년 동안을 거의 춥게 지낸다는 고양이도 음력 6월만은 덥다고 할 정도로 날씨가 덥다는 말.

고양이 도장에 든 것 같다 : 덜거덕덜거덕하거나 부스럭거리는 모양을 이르는 말. 고양이 벽장에 든 것 같다뭄.

고양이 똥도 약에 쓰려면 없다뭄 : ⇒ 개똥도 약에 쓰려면 없다.

고양이 만난 쥐 : ⇒ 고양이 앞에 쥐(-걸음).

고양이 목에 방울 달기(단다)〔猫項懸鈴〕: 실행하기 어려운 것을 공연히 의논함을 이르는 말.

고양이 발에 덕석 : ① 아무도 모르게 감쪽같

이 행동함을 비유하여 이르는 말. ② 두 사람이 아주 친한 모양을 비유하여 이르는 말.

고양이 밥 먹듯 하다[북] **:** 음식을 먹는 양이 몹시 적음을 비유하여 이르는 말.

고양이 버릇이 괘씸하다 : 평소에 하는 짓이 못마땅하다는 말.

고양이 벽장에 든 것 같다[북] **:** ⇒ 고양이 도장에 든 것 같다.

고양이 보고 반찬 가게(단대기) 지키라는 격(이다) : ⇒ 고양이한테 생선을 맡기다.

고양이 뿔 외에 다 있다[북] **:** 없는 것 없이 다 있다는 말.

고양이 세수하듯 : ① 어떤 일을 하나 마나 하게 함을 이르는 말. ② 남이 하는 것을 흉내만 내고 그침을 이르는 말.

고양이 소 대가리 맡은 격[북] **:** 도저히 감당할 수 없으리만큼 매우 힘에 겨운 일을 맡음을 비유하여 이르는 말.

고양이 수파 쓴 것 같다 : 외모가 보잘것없는데 몸에 어울리지 않는 옷을 입어 더욱 흉하게 보임을 이르는 말. *수파(수파련)—잔치 때나 굿할 때에 장식으로 쓰는 종이 연꽃.

고양이 앞에 고기 반찬 : ① 자기가 좋아하는 것이면 남이 손댈 겨를도 없이 처치해 버린다는 말. ② [북] 고양이 보고 반찬 가게(단대기) 지키라는 격(-이다).

고양이 앞에 쥐(쥐걸음) : 무서운 사람 앞에서 설설 김을 이르는 말. 고양이 만난 쥐. 이리 앞의 양. 쥐가 고양이를 만난 격.

고양이에게 반찬 달란다 : 고기반찬이라면 사족을 못 쓰는 고양이에게 고기반찬을 달라고 한다는 뜻으로, 상대편에게 절실하게 필요한 것을 달라고 함을 비유하여 이르는 말. 호랑이에게 고기 달란다.

고양이와 개다 : 서로 상극 관계나 적대 관계를 비유하여 이르는 말.

고양이 우산 쓴 격 : 격에 어울리지 않는 꼴불견을 비유하여 이르는 말.

고양이 죽는 데 쥐 눈물만큼 : 고양이가 죽었다고 쥐가 눈물을 흘릴 리 없으니, 아주 없거나 있어도 매우 적을 때 이르는 말. 쥐 죽은 날 고양이 눈물.

고양이 죽 쑤어 줄 것 없고, 생쥐 볼가심할 것 없다 : 몹시 가난하여 아무것도 먹을 것이 없음을 비유하여 이르는 말. 개 죽 쑤어 줄 것 없고 생쥐 볼가심할 것 없다. 생쥐 볼가심할 것도 없다. 피죽 쑤어 줄 것 없고 생쥐 볼가심할 것 없다.

고양이 쥐 노리듯 : 무섭게 노리며 덮치려는 모양을 이르는 말.

고양이 쥐 사정 보듯 : ⇒고양이 쥐 생각(-하네).

고양이 쥐 생각(-하네) : 속으로는 해칠 생각이면서도 겉으로는 생각해 주는 척함을 이르는 말. 고양이 쥐 사정 보듯.

고양이 쥐 어르듯 : ① 상대방을 제 마음대로 가지고 노는 모양을 이르는 말. ② 당장에라도 잡아먹을 듯이 덤비는 모양을 이르는 말.

고양이 쫓던 개 : 애 쓰던 일이 실패로 돌아가거나, 같이 애쓰다가 남에게 뒤져 어쩔 도리 없이 민망하게 됨을 이르는 말.

고양이 털 낸다 : 아무리 모양을 내더라도 제 본색은 감추지 못한다는 말.

고양이한테 반찬 단지 맡긴 것 같다 : ⇒ 고양이한테 생선을 맡기다.

고양이한테 생선을 맡기다 : 고양이한테 생선을 맡기면 고양이가 생선을 먹을 것이 뻔한 일이란 뜻으로, 어떤 일이나 사물을 믿지 못할 사람에게 맡겨 놓고 마음이 놓이지 않아 걱정함을 비유하여 이르는 말. 고양이 보고 반찬 가게(단대기) 지키라는 격(-이다). 고양이한테 반찬 단지 맡긴 것 같다. 도둑고양이더러 제물 지켜 달라 한다.

고와도 내 님 미워도 내 님 : 좋으나 나쁘나

한 번 맺은 정은 이러쿵저러쿵 말할 것이 없다는 말. 미워도 내 남편 고와도 내 남편.

고욤 맛 알아 감 먹는다 : 비슷한 일의 경험을 통해서 어떤 일을 하게 됨을 이르는 말.

고욤이 작아도 감보다 달다 : 작은 것이 큰 것보다 오히려 알차고 질이 좋을 때 이르는 말.

고욤 일흔이 감 하나만 못하다 : 자질구레한 것이 아무리 많아도 큰 것 하나만 못하다는 말. 천 마리 참새가 한 마리 봉만 못하다.

고운 꽃은 열매가 열지 않는다 : ① 화려한 생활을 좋아하는 사람일수록 속은 텅 비어 실속이 없다는 말. ② 미인은 자녀가 귀하다는 말.

고운 사람 미운 데 없고, 미운 사람 고운 데 없다 : 남을 한 번 좋게 보면 계속 좋게만 보이고, 나쁘게 보면 계속 나쁘게만 보인다는 말. 미운 사람 고운 데 없고 고운 사람 미운 데 없다. 사랑하는 사람 미움이 없고 미워하는 사람 사랑이 없다.

고운 사람은 멱 씌워도 곱다 : 보기 흉하게 멱서리를 씌워도 고운 사람은 곱다는 뜻으로, 본색(本色)은 어떻게 하여도 나타난다는 말. * 멱－멱서리(짚으로 날을 촘촘히 결어서 만든 그릇의 하나).

고운 일 하면 고운 밥 먹는다 : 남을 위하여 좋은 일을 하면 그에 따른 좋은 대가와 대접을 받게 되고 모진 일을 하면 나쁜 대가를 받게 된다는 뜻으로, 모든 일이 자기가 할 탓에 달려 있음을 비유하여 이르는 말.

고운 자식 매로 키운다 : ⇒ 예쁜 자식 매로 키운다.

고운 정 미운 정 : 오래 사귀는 사이에 서로 뜻이 맞거나 혹은 맞지 않는 때도 있었으나, 그러한 고비를 모두 넘기고 깊이 든 정을 이르는 말. 미운 정 고운 정.

고운 털이 박히다 : 남달리 곱게 여길 만한 것이 있다는 말.

고인(고여 있는) 물이 썩는다 : 항상 새로워지기 위하여 노력해야 발전이 있음을 뜻하는 말. 고인 물에 이끼가 낀다.

고인 물에 이끼가 낀다 : ⇒ 고인(고여 있는) 물이 썩는다.

고자가 뭐이고 까마귀가 뭐인지 모른다북 **:** 생활에서의 아주 초보적인 사리도 모르는 사람을 놀림조로 이르는 말.

고자리 먹고 자란 호박 꼴 : 주글주글하고 뒤틀려 있는 모양을 이르는 말.

고자리 쑤시듯 하다 : 썩은 물건에 구더기가 구멍을 뚫듯이 함부로 쑤셔댐을 이르는 말.

고자쟁이가 먼저 죽는다 : 남에게 해를 입히려고 고자질을 하는 사람이 남보다도 먼저 해를 입게 된다는 말.

고자 처갓집 가듯(나들듯, 다니듯) : 아무런 이유나 목적도 없이 분주히 왕래함을 이르는 말. 내관 처가 출입하듯.

고자 힘줄 같은 소리 : 목을 누르며 빽빽이 힘을 들여 내는 소리를 이르는 말.

고쟁이를 열두 벌 입어도 보일 것은 다 보인다 : 아무리 여러 번 감싸도 정작 가릴 것은 못 가렸다는 말로서, 일을 서투르게 하면 하지 않은 것만도 못하다는 말.

고조진(高鳥盡)하여 양궁장(良弓藏)이라 : ⇒ 교토사하여 양구팽이라.

고지기 주는 것은 휘에 치면 되지북 **:** 고지기의 뒷주머니에 밀어 넣는 것은 스무 말이나 열닷 말들이 '휘'에 비겨서 말한다면 열홉들이 '되'에 불과하다는 뜻으로, 엄청나게 뜯길 수 있는 앞날의 손해를 막기 위하여 먼저 얼마간 손해를 보는 것은 손해라고 말할 수 없을 정도로 보잘것없는 것임을 비유하여 이르는 말.

고지논 매듯 한다 : ① 논은 날일로 해야 제초를 잘 하지 고지로 매면 대충대충 한다는

말. ② 무슨 일이나 도급으로 하면 빨리는 하지만 거칠다는 말. *고지논—한 마지기 농사를 심어서 수확까지 하는 데 얼마씩 값을 정하고 맡겨서 하는 일.

고지식한 놈 손해만 본다 : 고지식하고 미욱한 사람을 조소하는 말.

고집불통이면 패가망신 : 융통성 없이 고집만 내세우면 집안이 망하고 몸을 망치는 결과를 가져오게 됨을 경계하는 말.

고초일(枯焦日)에 돼지 불알을 까면 죽는다 : 고초일은 흉일(凶日)이기 때문에 돼지 불알을 까게 되면 죽으므로 이날을 피해서 하라는 말. *고초일—옛날 책력으로 오행을 풀어서 길흉을 가렸을 때 흉일에 해당되는 날.

고초일에 밭벼를 갈면 말라 죽는다 : 흉일인 고초일에 밭벼를 갈면 가뭄을 타서 말라 죽는다는 말.

고초일에 씨앗을 뿌리면 말라 죽는다 : 흉일인 고초일에 씨앗을 뿌리면 가뭄을 타서 말라 죽으므로 이날은 씨앗을 뿌리지 말라는말. 고초일을 피해서 목화씨를 파종하면 목화가 잘 자란다.

고초일을 피해서 목화씨를 파종하면 목화가 잘 자란다 : ⇒ 고초일에 씨앗을 뿌리면 말라 죽는다.

고추가 커야만 맵나(매우랴) : 덩치가 크다 하여 제구실을 다하는 것은 아님을 이르는 말.

고추 나무에 그네를 뛰고 잣 껍질로 배를 만들어 타겠다 : ① 말세가 되면 사람의 키가 작아지고 몸도 줄어들어서 고추 나무에 그네를 뛸 수 있고 잣나무 껍질로 만든 배도 탈 만하게 된다는 말. ② 불가능한 잔꾀를 부리는 사람을 두고 하는 말. 밀기름 새옹에 밥을 지어 귀이개로 퍼먹는다.

고추는 건초다 : 고추 농사는 건조한 땅에서 잘되고, 습한 땅에서는 잘 안된다는 말.

고추는 마른 고추가 더 맵다 : 뚱뚱한 사람보다 마른 사람이 더 독하다는 말.

고추는 작아도 맵다 : ⇒ 작은 고추가 더 맵다.

고추 먹은 소리 : 못마땅하게 여겨 불만스러운 투로 하는 말을 이름.

고추밭에 말달리기 : 심술이 매우 고약함을 비유하여 이르는 말. 애호박에 말뚝 박기.

고추밭을 매도 참이 있다 : 고추밭을 매는 것처럼 하찮은 일이라도 참을 주듯, 작은 일이라도 사람을 부리면 보수를 줘야 한다는 말.

고추보다 후추가 더 맵다 : ① ⇒ 작은 고추가 더 맵다. ② 뛰어난 사람보다 더 뛰어난 사람이 있음을 이르는 말.

고추잠자리 날면 찬바람 난다 : 고추잠자리는 가을철에 나타나므로 온도가 낮아지는 계절이 되었다는 말.

고추잠자리가 낮게 날면 비가 온다 : 날벌레들은 기압 변화에 민감하기 때문에 고추잠자리가 낮게 난다는 것은 저기압이 도래하였다는 것이므로 비가 오게 된다는 말.

고추장 단지가 열둘이라도, 서방님 비위를 못 맞춘다 : 성미가 까다로워서 비위 맞추기가 어렵다는 말. 반찬 항아리가 열둘이라도, 서방님 비위를 못 맞추겠다.

고추장이 밥보다 많다 : 밥을 비빌 때 밥보다 고추장이 많다는 뜻으로, 곁에 딸린 것이 주된 것보다 더 많음을 비유하여 이르는 말.

고치를 짓는 것이 누에다 : 제 본분을 다해야 명실상부(名實相符)해진다는 말.

고향을 떠나면 천하다 : 고향을 떠나 낯선 고장에 가면 고생이 심하고 외롭다 하여 이르는 말.

곡식과 사람은 가꾸기에 달렸다 : 곡식은 사람의 손이 많이 가고 부지런히 가꾸어야 잘되고 사람은 어려서부터 잘 가르치고 이끌어야 훌륭하게 된다는 말. 사람과 곡식은 가꾸기에 달렸다.

곡식과 자식은 더러워도 버리지 않는다 : 곡식

과 자식은 더러워도 버리지 말고 소중하게 관리하라는 말.

곡식도 잘된 것을 더 만져 보고 싶다 : ① 곡식도 잘된 곡식을 더 자주 만져 보고 싶게 된다는 말. ② 자식도 잘된 자식을 더 자랑하고 싶다는 말.

곡식 될 것은 떡잎부터 알아본다 : ⇒ 잘 자랄 나무는 떡잎부터 안다(알아본다).

곡식에 제비다 : 제비는 아무리 굶주려도 곡식을 먹지 않듯이, 청백한 사람은 재물을 탐내지 않는다는 말.

곡식에는 괭이질이다 : ⇒ 곡식은 거름보다 호미에 큰다.

곡식은 가꾼 대로 거둔다 : ⇒ 곡식은 농부의 피땀을 먹고 자란다.

곡식은 거름보다 호미에 큰다 : 곡식에는 거름도 중요하지만, 이보다는 호미로 풀도 매주고 땅도 일궈서 뿌리가 잘 자라도록 하고, 비가 오면 배수도 잘되도록 하는 것이 더 효과적이라는 말. 거름보다도 호미(괭이)질이다. 곡식에는 괭이질이다.

곡식은 걸운 대로 거둔다 : ⇒ 거름은 농작물의 보약이다.

곡식은 남의 것이 잘되어 보이고, 자식은 제 자식이 잘나 보인다 : ⇒ 자식은 내 자식이 커 보이고, 벼는 남의 벼가 커 보인다.

곡식은 남의 곡식이 탐스러워 보인다 : ⇒ 남의 손의 떡이 더 커 보이고 남이 잡은 일감이 헐어 보인다.

곡식은 농부의 땀을 먹고 자란다 : 곡식은 농민들이 가꾼 노력의 대가로 수확하여 먹게 된 것이므로 농민들의 고마움을 알아야 한다는 말. 곡식은 가꾼 대로 거둔다. 곡식 한 알 한 알에는 농부의 피땀이 스며 있다. 낟알 하나에 땀이 열 방울이다. 쌀 한 말에 땀이 한 섬이다. 쌀 한 알이(-은) 땀 한 방울이다. 한 알 한 알이 다 농민들의 피땀으로 이루어진 것이다.

곡식은 될수록 준다 : ① 곡식은 자꾸 되질을 할수록 준다는 말. ② 무엇이나 여기저기 옮겨 담으면 조금이라도 줄지 늘지는 않는다는 말. 곡식은 될수록 줄게 마련이다.

곡식은 될수록 줄게 마련이다 : ⇒ 곡식은 될수록 준다.

곡식은 들어왔다 나가면 이문을 주지만, 돈은 들어왔다 나가면 손해만 준다 : 곡식은 한 번 들어오면 먹을 것이 생기지만, 돈은 들어왔다 나가면 쓰게 되므로 손해를 본다는 말.

곡식은 익을(잘될)수록 고개를 숙인다 : ⇒ 벼 이삭은 익을수록 고개를 숙인다.

곡식은 주인 발자국 소리 듣고 자란다 : 곡식은 주인이 자주 돌아보고 제때에 김도 매고 거름도 알맞게 주면서 손질을 해 줄수록 다수확을 하게 된다는 말.

곡식은 찬이슬에 영근다 : 가을 곡식은 찬이슬이 내리는 백로가 지나서부터 영근다는 말.

곡식을 가지고 장난하면 곰보 색시 얻는다 : 소중한 곡식을 가지고 아이들이 함부로 장난하다가 흘려서 손실되는 일이 없도록 하기 위한 말.

곡식을 되질할 것이 없다〔五穀不升〕: 큰 흉년이 들어 곡식을 타작해도 쭉정이뿐이고 낟알이 없어서 되질해 담을 것이 없다는 말.

곡식 이삭은 익을(잘될)수록 고개를 숙인다 : ⇒ 벼 이삭은 익을수록 고개를 숙인다.

곡식 찌꺼기를 버리면 죄 받는다 : 애써 생산한 곡식은 그 찌꺼기까지도 버리지 말고 가축 사료로라도 쓰라는 말.

곡식 한 알 한 알에는 농민의 피땀이 스며 있다 : ⇒ 곡식은 농부의 땀을 먹고 자란다.

곡우(穀雨)가 넘어야 조기가 운다 : 산란 직전의 조기를 곡우철 조기·곡우살 조기·오사리 조기라 하여 일품으로 치듯이, 조기는 곡우가 지나서 잡는 것이 좋다는 말.

곡우에 비가 안 오면 논이 석 자가 갈라진다 : 4월 20일경이면 농가에서 씨앗을 파종하게 되는데 이때 비가 안 오면 파종할 씨앗이 싹이 트지 않게 되어 농사에 영향을 준다는 의미로서, 가뭄을 심하게 타게 된다는 말. 곡우에 가물면 땅이 석 자가 마른다. 곡우에 가물면 흉년 든다.

곡우에 가물면 땅이 석 자가 마른다 : ⇒ 곡우에 비가 안 오면 논이 석 자가 갈라진다.

곡우에 가물면 흉년 든다 : ⇒ 곡우에 비가 안 오면 논이 석 자가 갈라진다.

곡우에 눈이 오면 풍년이 든다 : 곡우에 눈이 오면 못자리 물로 쓰기 좋기 때문에 풍년이 들게 된다는 말.

곡우에는 못자리를 해야 한다 : 재래종 벼는 신품종보다 약 20일 정도 늦게 못자리를 하기 때문에 곡우인 4월 20일경에는 못자리를 해야 한다는 말. 곡우 전에 씻나락을 담가야 수확이 많다.

곡우에 비가 오면 풍년 든다 : 곡우에 비가 오면 재래종 벼는 신품종보다 약 20일 정도 늦게 못자리를 하였기 때문에 못자리 물로 적기이기 때문에 풍년이 들게 된다는 말. 동짓날 새벽에 닭이 열 번 이상 울면 다음 해 풍년이 들고, 열 번 이하로 울면 흉년이 든다.

곡우에 비가 오면 풍년 들고 가물면 흉년 든다 : 옛날 재래종 벼는 곡우에 못자리를 하기 때문에 이 무렵에 비가 와서 못자리도 하고 모심기 물도 마련하면 풍년이 들지만, 가물게 되면 못자리와 모심기가 늦어져서 흉년이 든다는 말.

곡우 전에 씻나락을 담가야 수확이 많다 : ⇒ 곡우에는 못자리를 해야 한다.

곤달걀이 꼬끼오 울거든 : ⇒ 병풍에 그린 닭이 홰를 치거든.

곤달걀 지고 성(城) 밑으로 못 가겠다(杞憂) : 이미 다 썩은 달걀을 지고 성 밑으로 가면서도 가다가 성벽이 무너져 달걀이 깨질까 두려워 못 간다는 뜻으로, 무슨 일을 지나치게 두려워하며 걱정함을 비유하여 이르는 말. 달걀짐 지고 돌담 모퉁이는 못 가겠다. 달걀 지고 성 밑으로 못 가겠다. 닭알 지고 돌담 모퉁이엔 가지 못하겠다㈖.

곤(곯은) 대추 삼 년 간다 : ⇒ 쭈그렁 밤송이 삼 년 간다.

곤쇠 아비 동갑(同甲)이라 : 나이가 많고 쓸모없는, 흉측한 사람을 이르는 말. *곤쇠–나이는 많아도 실없고 쓰잘 데 없는 사람.

곤자손(곤자소니)에 발기름이 끼였다 : 벼슬이 좀 높게 되거나 집안 살림이 전보다 부유해짐을 이르는 말. *곤자손(곤자소니)–소의 엉치뼈 속에 있는 지방이 많은 살덩이.

곤장(棍杖)에 대갈 바가지 : 곤장으로 매를 무수히 맞으며 지독한 곤경을 치름을 비유하여 이르는 말. 태장에 바늘 바가지.

곤장을 메고 매 맞으러 간다 : 공연한 일을 하여 스스로 화를 자초함을 비유하여 이르는 말.

곤쟁이 주고 잉어 낚는다 : ⇒ 보리밥알로 잉어 낚는다.

곧기가 뱀의 창자 같다㈖ : 지나치게 고지식하고 융통성이 없음을 놀림조로 이르는 말.

곧기는 먹줄 같다 : ① 겉으로는 곧은 체하나 속이 검다는 말. ② 마음이 매우 곧음을 비유하여 이르는 말.

곧은 나무는 가운데 선다 : 곧고 좋은 나무는 한가운데 세우게 된다는 뜻으로, 재간 있고 훌륭한 사람을 기둥으로 내세우게 됨을 이르는 말.

곧은 나무는 재목으로 쓰이고, 굽은 나무는 화목으로 쓰인다 : 모든 것은 그 씀씀이에 따라 모두 쓰일 곳이 있음을 이르는 말.

**곧은 나무 쉬(먼저) 베인다(꺾인다, 찍힌

다) : ① ⇒ 나무도 쓸 만한 것이 먼저 베인다. ② 겉으로는 강직한 듯한 사람이 의외로 약하여 잘 굴복함을 비유하여 이르는 말.

골나면 보리방아 더 잘 찧는다 : ⇒ 골난 며느리 보리방아 더 잘 찧는다.

골난 날 의붓아비 온다 : ⇒ 부아 돋는 날 의붓아비 온다.

골난 년 보리방아 찧듯 한다 : ⇒ 골난 며느리 보리방아 찧는다.

골난 며느리 보리방아 더 찧듯 한다 : 골이 나면 기분풀이를 하게 되어 기가 더 오른다는 말. 골나면 보리방아 더 잘 찧는다. 골난 년 보리방아 찧듯 한다.

골무는 시어미 죽은 넋이라 : 바느질을 하다가 빼어 놓은 골무는 금방 눈에 띄지 않고 으레 일어서서 옷이나 일감을 털어야 나온다 하여 이르는 말.

골바람이 불면 병이 성한다 : 산중에서 골바람이 불면 농작물에 병이 생길 뿐 아니라, 사람들도 병이 생기게 된다는 말.

골은 대추 삼 년 간다 : 아주 약한 사람이 곧 죽을 것만 같아도 의외로 오래 산다는 말.

골짝논에 늦거름 주면 농사 망친다 : 골짝논은 결실이 빠르기 때문에 여기에 늦거름을 주면 역효과가 난다는 말.

곪은 염통이 그냥 나을가북 **:** 이미 곪은 염통은 그냥 나을 수 없으며 터지고야 만다는 뜻으로, 잘못된 일은 아무리 감싸도 결국에는 드러나고야 만다는 것을 비유하여 이르는 말.

곯아도 젓국이 좋고 늙어도 영감이 좋다 : 싱싱하지 못하고 다 삭은 젓국이 맛있는 것처럼, 아무리 늙어도 자기 배우자가 가장 좋다는 말.

곯아 빠져도 마음은 조방(助幇)에 있다 : 제 처지는 생각하지 않고 힘에 겨운 일을 하려고 한다는 말.

곪으면 터지는 법 : 살이 곪으면 마침내 터지고 말듯이, 원한이나 갈등이 쌓이고 쌓이면 마침내 터지고야 만다는 것을 비유하여 이르는 말.

곰 가재 뒤지듯 : 곰이 개천에서 돌을 뒤져서 가재를 잡듯이, 느릿느릿하게 행동함을 이르는 말.

곰배팔이 담배 목판 끼듯 : 무슨 물건이든 꼭 끼고 있는 사람을 비유하여 이르는 말.

곰배팔이 장치 다리도 짝이 있다 : 누구에게나 천생 배필은 있는 법이라는 말.

곰배팔이 파리 잡듯북 **:** 하는 행동이 몹시 거북스럽고 어색함을 비유하여 이르는 말.

곰(-의) 설거지 하듯 : 일을 해도 보람이 없는 경우에 하는 말.

곰(-의) 재주 : 미련한 사람의 재주를 이르는 말.

곰은 쓸개 때문에 죽고 사람은 혀 때문에 죽는다 : 곰은 쓸개 때문에 죽듯이, 사람은 말 때문에 화를 당할 수 있으니 항상 말을 조심하라는 말.

곰을 잡겠다 : 사냥꾼이 곰을 잡으려고 할 때 곰의 굴 안에 연기를 잔뜩 피워서 곰을 몰아낸다는 데서, 몹시 심하게 연기를 피움을 비유하여 이르는 말.

곰의 발바닥 같다북 **:** 곰의 발바닥처럼 몹시 두껍다는 뜻으로, 고집이 매우 세고 철면피임을 비유하여 이르는 말.

곰의 발바닥도 꾀가 있다북 **:** 아무리 미련하고 우둔한 사람이라도 제 살 궁리는 함을 비유하여 이르는 말.

곰이라고 발바닥이나 핥고 살까 : ⇒ 곰이라 발바닥(-을) 핥으랴.

곰이라 발바닥(-을) 핥으랴 : 곰이라면 발바닥이라도 핥겠으나 자기는 발바닥도 핥을 수 없다는 뜻으로, 먹을 것이라고는 아무것도 없다는 말. 곰이라고 발바닥이나 핥고 살까. 곰이 제 발바닥 핥듯.

곰이 제 발바닥 핥듯 : ⇒ 곰이라 발바닥(-을) 핥으랴.

곰이 제 주인 생각하듯북 **:** 곰이 주인을 생각하여 파리를 친 것이 그만 주인을 죽이고 말았다는 데서 유래된 말로, 제 딴에는 남을 위한다고 한 일이 도리어 해를 끼치게 된 경우를 이르는 말.

곰 창(槍)날 받듯 : 우둔(愚鈍)하고 미련하여 자기에게 해가 되는 일을 스스로 함을 비유하여 이르는 말.

곱게 살면 갚음 받을 날이 있다 : 바른 양심을 가지고 진실하게 살아가다 보면 나중에는 좋은 결과를 얻게 됨을 이르는 말.

곱기만 한 꽃에는 나비가 오지 않는다 : 곱기만 하고 향기가 없는 꽃에는 벌이나 나비가 오지 않듯이, 여자도 단지 얼굴만 예쁘고 마음이 곱지 않으면 남자가 따르지 않는다는 말.

곱다고 안아 준 아기 바지에 똥 싼다 : 은혜를 입은 사람이 은혜를 베푼 사람에게 도리어 해를 입힘을 비유하여 이르는 말.

곱다니까 노란샤쯔 사 달랜다북 **:** ⇒ 곱다니까 운다북. *샤쯔-'셔츠(서양식 윗옷)'의 북한어.

곱다니까 운다북 **:** 됨됨이가 부족한 사람을 좋게 평가해 주면 우쭐하여 더욱 엉뚱하고 거슬리는 짓을 함을 비유하여 이르는 말. 곱다니까 노란샤쯔 사 달랜다북.

곱사등이 짐 지나 마나 : ⇒ 소경 잠자나 마나.

곱슬머리와 옥니박이하고는 말도 말랬다 : 곱슬머리나 옥니박이인 사람은 흔히 인색하고 각박하다 하여 이르는 말. 고수머리 옥니박이 하고는 말도 말랬다. 고수머리하고는 말도 말랬다북.

곳간(庫間)에서 인심 난다 : ⇒ 쌀독에서 인심 난다.

곳간이 차야 예절도 안다 : ⇒ 쌀광이 차야 예절도 안다.

공(空) 간 날이 장날 같으니 : 당치도 않은 곳에 희망을 둔다는 말.

공것 바라기는 무당의 서방(-이라) : 공짜를 좋아하는 사람을 두고 이르는 말.

공것 바라다가 낚시에 걸린다북 **:** 사람들이 물건을 거저 주거나 뇌물을 바치는 것은 어떤 잇속이 있어서 그러는 것이기 때문에 공연히 남에게 공것을 받아먹기 좋아하다가는 음흉한 목적을 가지고 파 놓은 함정에 빠질 수 있음을 경계하여 이르는 말.

공것 바라면 이마가 벗어진다 : ① 대머리를 놀리는 말. ② 공것을 바라지 말라고 경고하는 말. 공것 바라서 이마가 벗어졌다(-졌나).

공것 바라서 이마가 벗어졌다(-졌나) : ⇒ 공것 바라면 이마가 벗어진다.

공것은 써도 달다 한다 : 공것을 좋아함을 이르는 말.

공것이라면 간장이라도 마신다북 **:** ⇒ 공것이라면 양잿물(비상)도 먹는다(삼킨다).

공것이라면 눈도 벌겅 코도 벌겅 : 공것을 지나치게 탐냄을 비웃는 말.

공것이라면 마름쇠도 삼킨다북 **:** ⇒ 공것이라면 양잿물(비상)도 먹는다(마신다 · 삼킨다). *마름쇠-서너 개의 발 끝이 송곳처럼 뾰족한 쇠못. 도둑이나 적을 막기 위하여 흩어 두었다.

공것이라면 말똥도 밤알같이 생각한다북 **:** 공것이라면 무엇이나 욕심스럽게 차지하려 함을 비유하여 이르는 말.

공것이라면 사족을 못 쓴다 : 공것이라면 체면도 차리지 않고 날뛰는 행동을 놀림조로 이르는 말.

공것이라면 소도 잡아먹는다 : ⇒ 공것이라면 양잿물(비상)도 먹는다(마신다 · 삼킨다).

공것이라면 양잿물(비상)도 먹는다(마신다 · 삼킨다) : 욕심이 많아서 공것이라면 무엇이든지 거두어들이거나 즐긴다는 말. 공것은 써도 달다 한다. 공것이라면 간장이라도 마신다㊀. 공것이라면 눈도 벌겅 코도 벌렁. 공것이라면 마름쇠도 삼킨다㊀. 공것이라면 말똥도 밤알같이 생각한다. 공것이라면 사족을 못 쓴다. 공것이라면 소도 잡아먹는다. 공술 한 잔 보고 십 리 간다. 공짜라면 당나귀도 잡아먹는다.

공것이 비싸게 치인다 : 공것을 얻으려고 애쓰다 보면 제값 주고 사는 것보다 더 비쌀 수가 있음을 뜻하는 말.

공교(功巧)하기는 마디에 옹이라 : ⇒ 자빠져도 코가 깨어진다.

공궐(空闕) 지킨 내관의 상 : 내관이 빈 대궐을 지키니 총세(寵勢)가 없다는 말로, 그 면상(面相)이 참담하고 근심이 가득함을 이르는 말.

공기 놀리듯 한다 : 어떤 일이나 사람을 제멋대로 놀리거나 쉽게 다룸을 비유하여 이르는 말.

공달이 들면 늦모가 쓰인다 : 음력으로 벼가 패기 전에 윤달이 들면 자라는 기간이 그만큼 길어져 수확이 증가된다는 말.
* 공달—윤달.

공든 탑도 개미구멍으로 무너진다 : ⇒ 개미구멍이 둑을 무너뜨린다.

공든 탑이 무너지랴[積功之塔不墮] : 온갖 정성을 다하여 한 일은 실패하지 않는다는 말.

공복(空腹)에 인경을 침도 안 바르고 그냥 삼키려 한다 : 경위를 가리지 않는 무한한 욕심을 이르는 말.

공부는 늙어 죽을 때까지 해도 다 못 한다 : 지식을 넓히고 수준을 높이기 위해서는 일생 동안 끊임없이 배우고 학습해야 함을 강조하여 이르는 말.

공부하랬더니 개 잡이를 배웠다 : 공부를 하라고 했더니 개백정 노릇을 배웠다는 뜻으로, 일껏 좋은 일을 하라고 했더니 엉뚱하게도 나쁜 짓을 함을 비유하여 이르는 말.

공부할 시간이 없다는 사람 시간이 있어도 안 한다 : 공부하기 싫어하는 사람을 조롱하여 하는 말.

공(空)술에 술 배운다 : 술이라는 것은 처음에는 남의 권에 못 이겨 마시다가 배우게 된다는 말.

공술 한 잔 보고 십 리 간다 : ⇒ 공것이라면 양잿물(비상)도 먹는다(삼킨다).

공(公)에도 사(私)가 있다 : 공적인 일에도 개인의 사정을 보아줄 때가 있다는 뜻으로, 어찌 사사로운 일에 남의 사정을 조금도 보아주지 않느냐는 말.

공연(空然)한 제사 지내고 어물 값에 졸린다 : 공연한 짓을 하여서 쓸데없이 그 후환을 입게 된다는 말.

공연히 긁어서 부스럼 만든다 : ⇒ 긁어 부스럼.

공연히 숲을 헤쳐서 뱀을 일군다㊀ **:** ⇒ 긁어 부스럼.

공(公)은 공이고 사(私)는 사다 : 공적인 일과 사적인일은 반드시 가려야 한다는 말.

공(功)을 원수로 갚는다 : ⇒ 은혜를 원수로 갚는다.

공자(孔子)도 제 사는 골에 먼저 비 오라고 했다㊀ **:** 성인 공자도 기우제를 지낼 때에는 자신이 사는 고장에 먼저 비가 오게 해 달라고 빌었다는 뜻으로, 사람은 누구나 자기와 가까운 문제부터 해결하려고 함을 비유하여 이르는 말.

공자 앞에서 문자 쓴다 : 학식이 높은 사람 앞에서 조금 아는 사람이 많이 아는 체함을 조롱하는 말.

공자 왈 맹자 왈 (-하는 식) : ① 실천은 없이 헛된 이론만을 일삼는 태도를 비유하여 이르는 말. ② 공자·맹자를 거론하며 유학의 가르침을 아는 체함을 이르는 말. ③ 글의 내용도 이해하지 못하면서 기계적으로 말

마디나 외면서 교조주의적(敎條主義的)으로 학습하는 태도를 비유하여 이르는 말.

공작(工作) 기계(-를) 새끼 치다㊍ **:** 짐승이 새끼를 낳듯이 매개(媒介) 공작 기계가 비슷한 유형의 새로운 공작 기계를 만들어 냄을 비유하여 이르는 말.

공작(孔雀)도 날거미만 먹고 살고 수달피도 발바닥만 핥고 산다 : 아름다운 공작도 날거미를 먹고 살고 비싼 털가죽을 가진 수달피도 발바닥을 핥고 산다는 뜻으로, 음식을 이리저리 가리는 사람을 핀잔하는 말.

공작새 사이에 끼인 까마귀㊍ **:** 훌륭한 환경에 비하여 인품이나 됨됨이가 전혀 어울리지 않는 사람을 비유하여 이르는 말.

공작이 날거미를 먹고 살까 : 여북하면 아름다운 공작도 보잘것없는 날거미를 먹고 살겠느냐는 뜻으로, 공연히 뽐내고 음식을 이것저것 가리지 말고 아무것이나 먹으라는 말.

공중(空中)에 나는 기러기도 길잡이는 한 놈이 한다 : 무슨 일을 하든지 오직 한 사람의 지휘자가 이끌고 나가야지 여러 사람들이 제각기 나서서 길잡이 노릇을 하려고 해서는 안 된다는 말.

공중을 쏘아도 알관(알과녁)만 맞춘다〔射空中鵠 · 仰射空 貫革中〕: 힘들이지 않고 한 일이 아주 큰 성과를 거둘 때 하는 말.

공짜라면 당나귀도 잡아먹는다 : ⇒ 공것이라면 양잿물(비상)도 먹는다(마신다, 삼킨다).

곶감 꼬치를 먹듯 : ⇒ 곶감 꼬치에서 곶감 빼 먹듯 (한다).

곶감 꼬치에서 곶감 빼 먹듯 (한다) : 애써 모아 둔 것을 조금씩 헐어 없앰을 이르는 말. 곶감 꼬치를 먹듯. 곶감 빼 먹듯. 꼬챙이 건시 뽑아 먹듯.

곶감 빼 먹듯 : ⇒ 곶감 꼬치에서 곶감 빼 먹듯 (한다).

곶감이나 건시(乾柹)나 : 이름만 다르지 같은 과일의 같은 상태를 이르는 말. 건시나 곶감이나.

곶감이 접반이라도 입이 쓰다 : 마음에 안 맞고 언짢아 입맛이 쓸 때 하는 말.

곶감 죽을 먹고 엿 목판에 엎드러졌다 : ① 먹을 복이 연달아 터졌다는 말. ② 연달아 좋은 수가 생겼다는 말.

곶감 죽을 쑤어 먹었나 : 왜 웃느냐고 핀잔할 때 이르는 말.

과거(科擧) 전에 창부(唱婦) : 과거 시험에 합격하여 벼슬아치가 되기도 전에 기생을 데리고 노는 데 재미를 붙였다는 뜻으로, 일이 이루어지기도 전에 다 된 듯이 경솔하고 망령되게 행동함을 비꼬아 이르는 말.

과거를 아니 볼 바에야 시관(試官)이 개떡(같다) : 제게 관련이 없는 일이라면 조금도 두려워할 것이 없다는 말.

과물전(果物廛) 망신은 모과가 시킨다 : ⇒ 어물전 망신은 꼴뚜기가 시킨다.

과부(寡婦)가 말 씹하는 것을 보면 수절을 못한다 : 말의 교미(交尾)는 과부가 수절을 못할 정도로 성적 자극을 일으킨다는 말.

과부가 아이 낳고 진자리에서 꿇지듯㊍ **:** 가만히 한 일이 남에게 알려질까 두려워서 그 근거를 없애려고 서둘러 처리하는 모양을 비유하여 이르는 말.

과부가 일생을 혼자 살고 나면 한숨이 구만구천 두라㊍ **:** 과부의 생활에 남모르는 설움이 많고 고생이 막심함을 비유하여 이르는 말.

과부가 찬밥에 곯는다 : 혼자 몸이라고 먹는 것을 충실히 하지 않아서 허약해진 과부가 많다 하여 이르는 말.

과부는 은이 서 말(-이다) : ⇒ 과부는 은이 서 말이고 홀아비는 이가 서 말이다.

과부는 은이 서 말이고 홀아비는 이가 서 말이다 : 과부는 돈을 모으고 알뜰히 살아도 홀아비는 생활이 곤궁하다는 말. 과부는 은이 서말(-이다). 과부의 버선목에는 은이 가득하고, 홀아비의 버선목에는 이가 가득하다.

과부는 찬물만 먹어도 살이 찐다 : 남편 시중을 들지 않아도 되는 홀어미의 마음이 편안함을 이르는 말.

과부댁 종놈은 왕방울로 행세한다 : 실속은 없으나 공연히 한 번씩 떠들어 대는 것으로 일삼는다는 말.

과부 사정(설움 · 심정)은 과부(동무)가 안다 〔同病相憐〕 : 남의 곤란한 처지는 직접 그 일을 당해 보았거나 그와 비슷한 처지에 놓여 있는 사람이 잘 알 수 있음을 비유하여 이르는 말. 과부 사정은 홀아비가 안다. 과부 설움은 서방 잡아먹은 년이 안다. 과부설움은 홀아비가 안다. 과부의 심정은 홀아비가 알고 도적놈의 심보는 도적놈이 잘 안다.

과부 사정은 홀아비가 안다 : ⇒ 과부 사정(설움 · 심정)은 과부(동무)가 안다.

과부 설움은 서방 잡아먹은 년이 안다 : ⇒ 과부 사정(설움 · 심정)은 과부(동무)가 안다.

과부 설움은 홀아비가 안다 : ⇒ 과부 사정(설움 · 심정)은 과부(동무)가 안다.

과부 은 파먹기(팔아먹기) : 새로 돈은 벌지 못하고 저축한 돈을 축냄을 이르는 말.

과부의 대돈 오 푼 빚을 낸다 : 돈이 하도 급하고 돌려 쓸 데가 없기 때문에, 비록 이자를 주더라도 갖다 쓴다고 할 때 이르는 말.

과부의 버선목에는 은이 가득하고 홀아비의 버선목에는 이가 가득하다 : ⇒ 과부는 은이 서 말이고 홀아비는 이가 서 말이다.

과부의 심정은 홀아비가 알고, 도적놈의 심보는 도적놈이 잘 안다 : ⇒ 과부 사정(설움 · 심정)은 과부(동무)가 안다.

과부 좋은 것과 소 좋은 것은 동네에서 나가지 않는다 : 질이 좋은 것은 누구나 귀히 여겨 가지려 하니 내침을 받지 않는다는 말.

과부 중매 세 번 처녀 중매 세 번 하면 죽어 좋은 곳으로 간다 : 여자의 혼인 중매를 서는 일은 간단한 일이 아니며 책임을 져야 하는 어려운 일이므로 그만큼 좋은 일임을 비유하여 이르는 말.

과부 집 똥넉가래 내세우듯 : 변통성(變通性)이 없고 큰 호기(豪氣)만 부림을 이르는 말. 넉가래 내세우듯.

과부 집 송아지 백정 부르러 간 줄 모르고 날뛴다 : 위급한 처지에 있으면서 멋모르고 함부로 호기부림을 이르는 말.

과부 집 수캐(수코양이) 같다 : 사실무근(事實無根)한 일인데 이웃으로부터 의심을 받는다는 말.

과부 집에 가서 바깥양반 찾기 : 엉뚱한 곳에 가서 원하는 것을 찾는다는 말. 절간에 가서 참빗 찾기. 절에 가 젓국 찾는다. 절에 가서 젓국 달라 한다.

과실(果實) · 과일 망신은 모과가 (다) 시킨다 : ⇒ 어물전 망신은 꼴뚜기가 시킨다.

곽란(癨亂)에 약 지으러 보내면 좋겠다 : 행동이 몹시 우둔한 사람을 두고 역설적으로 이르는 말. * 곽란(곽기)－음식이 체하여 별안간 토하고 설사가 심한 급성 위장병.

곽란에 죽은 말 상판대기 같다 : 얼굴빛이 시푸르뎅뎅하고 검붉음을 이르는 말.

관가(官家) 돼지 배 앓는 격 : ⇒ 관 돝 배 앓기.

관가 돼지 배 앓는다 : ⇒ 관 돝 배 앓기.

관가의 조세는 범보다도 더 무섭다 북 **:** 관가의 조세 약탈이 가혹하고 심함을 비유하여 이르는 말.

관기(官妓) 모자라니 에누리 수작이다 : 쓸데없는 수작을 이르는 말.

관기 보자 하니 에누리 수작이라 : 하는 꼴이 신통치 않아 쓸데없는 짓이나 하게 생겼다는 말.

관(官) 돝 배 앓기 : 관가의 돼지는 배를 앓아도 누가 맡아 고쳐 줄 사람이 없다는 말이니, 어떤 사정을 알아주고 걱정해 주는 사람이 없어 끙끙 앓는 것을 이르는 말. 관가 돼지 배 앓는 격. 관가 돼지 배 앓는다.

관(棺) 속에 들어가도 막말은 말라 : 어떤 경우에나 말조심하라는 말.

관(館)에 들어가는 소 : 현방(懸房)으로 끌려 들어가는 소라는 뜻으로, 벌벌 떨면서 겁을 내는 사람을 비유하여 이르는 말.

관에 들어간 소가 나오는 걸 봤나 : 한 번 남의 손에 넘어간 것은 되찾기가 어렵다는 말.

관에 들어가는 소(-의) 걸음 : ⇒ 푸줏간에 들어가는 소걸음.

관(棺) 옆에서 싸움한다 : 상갓집에서 관을 옆에 두고 서로 싸움질을 한다는 뜻으로, 예의도 모르고 무엄한 짓을 함을 비유하여 이르는 말.

관찰사(觀察使) 닿는 곳에 선화당 : 관찰사가 가는 곳마다 극진한 대접을 받으며 호화롭게 지내는 것이 마치 자신의 집무실인 선화당에 있는 것과 같다는 뜻으로, 가는 곳마다 호사(豪奢)를 누리는 복된 처지를 이르는 말.

관청(官廳) 뜰에 좁쌀을 펴놓고 군수가 새를 쫓는다 : 관아(官衙)에 할 일이 없다는 말.

관청에 잡아다 놓은 닭 : 영문도 모르고 낯선 데로 끌려와서 어리둥절해 있는 사람을 이르는 말.

괄기는 인왕산 솔가지다(-라) : 성질이 관대하지 못하고 조급함을 이르는 말.

광대 끈 떨어졌다 : ① 광대가 연기를 할 때 탈의 끈이 떨어졌다는 뜻으로, 의지할 데가 없어 꼼짝을 못하게 됨을 비유하여 이르는 말. 끈 떨어진 뒤웅박(갓, 둥우리, 망석중이) (신세). 턱 떨어진 광대. ② 제구실을 다하지 못하여 아무짝에도 쓸모없게 된 신세를 비유하여 이르는 말. 부러진 송곳.

광부(狂夫)의 말도 성인(聖人)이 가려 쓴다 : 누구나 남의 말에 귀를 기울여야 한다는 말.

광양(光陽) 송장 하나(-가) 산 순천(順天) 세 사람 잡는다 : 광양 사람이 몹시 영악함을 이르는 말.

광에서 인심 난다 : ⇒ 쌀독에서 인심 난다.

광주리에 담은 밥도 엎어질 수가 있다 : 틀림없을 듯한 것도 실수하여 그르칠 수가 있음을 비유하여 이르는 말.

광주(光州) 생원(生員) 첫 서울 : 무엇이든지 처음 보면 신기하여 정신이 얼떨떨하고 어리둥절해함을 비유하여 이르는 말.

괭이 든 거지는 없어도 책 든 거지는 있다 : 가난한 사람이라도 농사만 지으면 먹고살 수 있지만, 공부만 하고 일을 하지 않으면 먹고 살 수가 없다는 말.

괭이(고양이) 새끼는 길러 놓으면 앙갚음을 한다 : 어떤 단계에 이르면 반드시 최종적인 결과가 나타나게 마련이라는 말.

괴〔猫〕 다리에 기름 바르듯 : ⇒ 구렁이 담 넘어가듯.

괴 딸 아비 : 고양이 딸의 아비라는 뜻으로, 그 내력을 도무지 알 수 없는 사람을 비유하여 이르는 말.

괴 똥같이 싼다 : 똥을 조금씩 누는 것을 비유하여 이르는 말.

괴 목에 방울 달고 뛴다 : 쥐가 고양이 목에 방울을 달고 달아난다는 뜻으로, 우둔하게 위험한 행동을 하는 것을 풍자하여 이르는 말.

괴발개발 그린다 : 글씨 쓰는 솜씨가 형편없음을 이르는 말.

괴 밥 먹듯 한다 : 음식을 이리저리 헤집어 놓고 조금만 먹음을 비유하여 이르는 말.

괴 불알 앓는 소리 : 쉴 새 없이 듣기 싫게 중얼거리는 소리를 비유하여 이르는 말.

교자(巧者)는 졸지노(拙之奴) : 재주와 지혜가 있는 사람이 도리어 어리석은 사람에게 사역(使役)당함을 이르는 말.

교천(敎川) 부자가 눈 아래로 보인다 : 벼락부자가 호기 부림을 이르는 말.

교토사(狡兎死)하여 양구팽(良狗烹)이라 : 실컷 이용당하고 일이 끝난 후에 버림받음을 비유하여 이르는 말. 줄여서 토사구팽(兎死狗烹)만으로도 쓰임. 고조진하여 양궁장이라.

구관이 명관이다(-라) : ① 그전에 일을 하던 이가 숙달되어 더 잘 한다는 뜻. ② 사람은 언제나 지나간 것을 더 좋게 여긴다는 말.

구 년 가뭄에 비를 고대하는 처지다 : 오랜 가뭄에 비를 기다리는 심정으로 몹시 기다리고 있음을 이르는 말.

구 년 농사에 삼 년 먹을 것은 남아야 한다〔九年耕必有三年之食之〕: 농민들의 소득은 영농비와 기타 지출이 66% 정도 되고 순소득이 33% 정도는 되어야 한다는 말.

구년지수(九年之水)에 볕 안 드는 날 없었고 칠년대한(七年大旱)에 비 안 오는 날 없다 : ⇒ 칠년대한에 비 안 오는 날 없었고, 구년지수에 볕 안 드는 날 없었다.

구년지수 장마 진 데 볕 나기 기다리듯 한다 : ⇒ 구 년 홍수에 볕 기다리듯.

구년지수 장마철에 볕을 보니 좋을시고 : ⇒ 석 달 장마 끝에 햇빛 본 것 같다.

구년지수 해 돋는다 : ⇒ 칠년대한 단비 온다.

구년지수 해 바라듯 : ⇒ 구 년 홍수에 볕 기다리듯.

구 년 홍수에 볕 기다리듯 : 구 년 동안 장마가 지고 큰물이 나는 가운데 햇볕 나기를 기다린다는 뜻으로, 간절히 바라고 기다린다는 말. 구년지수 장마 진 데 볕 나기 기다리듯 한다. 구년지수 해 바라듯. 장마 토끼 날씨 개기 기다리듯 한다.

구더기 될 놈 : 둔하고 어리석은 자를 욕하는 말.

구더기 무서워 장(醬) 못 담글까 : 방해가 되는 일이 있더라도 할 일은 해야 된다는 말. 가시 무서워 장 못 담그랴. 쉬파리 무서워 장 안 만들까(담글까). 장마가 무서워 호박을 못 심겠다.

구덩이를 피하려다 우물에 빠진다 : 작은 손해나 어려움을 피하려다 도리어 큰 손해나 큰 어려움을 겪게 된다는 말.

구두 신고 발등 긁기 : ⇒ 신 신고 발바닥 긁기.

구두장이 셋이면 제갈량의 꾀를 이긴다 : ⇒ 구두장이 셋이 모이면 제갈량보다 낫다.

구두장이 셋이 모이면 제갈량보다 낫다 : 여러 사람의 지혜가 어떤 뛰어난 한 사람의 지혜보다 나음을 비유하여 이르는 말. 구두장이 셋이면 제갈량의 꾀를 이긴다. 구두쟁이 셋이 모이면 재사보다 낫다㊕.

구두쟁이 셋이 모이면 재사보다 낫다㊕ : ⇒ 구두장이 셋이 모이며 제갈량보다 낫다.

구들장을 지다 : 구들방에 누워 있거나 병을 앓고 있음을 비유하여 이르는 말.

구럭엣 게(-도) 놓아주겠다(놔주겠다) : 잡아서 구럭에다 넣어 둔 게도 놓치겠다는 뜻으로, 조심성이 없어 쏟기 어려운 그릇에 담은 것도 쏟아지게 한다는 말. *구럭-새끼로 눈을 드물게 떠서 그물같이 만든 물건.

구렁이가 날구지 하면 비가 온다 : 가뭄에 구렁이가 나타나게 되면 비가 오게 된다는 말.

구렁이 담 넘어가듯 : 일을 처리하는데 태도를 명확히 하지 않고 남이 모르는 사이에 음흉하게 슬그머니 하는 모양. 괴 다리에 기름 바르듯. 메기 등에 뱀장어 넘어가듯. 쑥구렁이 담 넘어가듯㊕.

구렁이 아래턱 같다 : 옛날 돈 상평전(常平錢)을 비유하여 이르는 말.

구렁이 제 몸 추듯 : 스스로가 제 자랑만 함을 비유하여 이르는 말.

구렁이 허물을 쌀독에 넣어 두면 부자가 된다 : 구렁이를 업으로 삼으면 부자가 된다는 데서 유래된 말.

구레나룻이 대 자 오 치라도 먹어야 량반㊌ **:** 수염을 길게 기르고 점잖을 빼는 양반도 먹지 않고서는 살 수 없다는 뜻으로, 체면을 차릴 것 없이 먹는 것이 제일임을 비유하여 이르는 말.

구렝이 개구리 녹이듯㊌ **:** 구렁이가 개구리를 통째로 삼키고서는 어느새 삭여 없애듯 한다는 뜻으로, 무슨 일을 크게 힘들이지 않고 수월하게 감쪽같이 함을 비유하여 이르는 말.

구렝이 숲 속으로 사라지듯㊌ **:** 구렁이가 흔적도 없이 몸을 감추듯 한다는 뜻으로, 종적을 알 수 없게 감쪽같이 사라짐을 비유하여 이르는 말.

구르는 돌에는 이끼가 안 낀다 : 부지런하고 꾸준히 노력하는 사람은 침체되지 않고 계속 발전한다는 말.

구름 가는 대로 비가 온다〔雲行施雨〕: 비는 구름에서 내리기 때문에 구름 가는 곳을 따라서 비가 내린다는 말. 구름 가는 데 비 내린다.

구름 가는 데 비 내린다 : ⇒ 구름 가는 대로 비가 온다.

구름 가장자리가 춤추면 돌풍 : 태풍 접근 등으로 상층에 강한 바람이 불고 있기 때문이므로 점차로 지상까지 바람이 불게 된다는 말.

구름 갈 제 비가 간다 : ⇒ 바늘 가는 데 실 간다.

구름 따라 룡이 가고 바람 따라 구름 간다㊌ **:** ⇒ 바람 따라 구름 가고 구름 따라 룡이 간다㊌.

구름만 잔뜩 끼고 비는 아니 온다〔密雲不雨〕: ① 가뭄 때는 비가 꼭 올 것만 같다가도 오지 않는다는 말. ② 무슨 일이 될 듯 될 듯하면서도 아니 된다는 말.

구름 없는 하늘에 비 올까 : 필요한 조건 없이 결과가 이루어지는 법이 없음을 강조하여 이르는 말.

구름을 표하고 물건 파묻기㊌ **:** 흔적도 없이 곧 사라지고 말 구름을 표로 삼아 물건을 파묻는다는 뜻으로, 허황한 대상으로 표를 삼음을 비유하여 이르는 말.

구름이 끼어야 비도 온다〔雲集降雨〕: 구름이 끼어야 비가 오듯이, 무슨 일이든 조건이 갖추어져야 성사가 된다는 말.

구름이 높고 먼 곳에 있으면 날씨가 좋고, 구름이 낮고 가까운 곳에 있으면 날씨가 나쁠 징조이다 : 구름이 높으면 고기압이므로 날씨가 좋고, 구름이 낮으면 저기압이라 날씨가 나쁘게 된다는 말.

구름이 높은 산에서 아래로 내려오면 비가 온다 : 구름이 높은 산에서 아래로 이동한다는 것은 저기압이 포위한다는 것이므로 비가 오게 된다는 말.

구름이 높은 산에서 움직이지 않으면 비가 온다 : 구름이 높은 산에 낀 채로 있으면 머지않아 그 지방에 비가 내리게 된다는 말.

구름이 반대로 흐르면 폭풍우가 인다 : 태풍 중심에서 흘러나온 공기는 상층으로 흐르고, 태풍 중심으로 향하는 공기는 하층으로 흐르게 되므로, 구름이 서로 반대 방향으로 흐르면 폭풍우가 있게 된다는 말.

구름이 산 목을 조르면 비가 온다 : 구름이 산 중턱으로 내려오면 비가 올 징조라는 말.

구름이 상하층으로 역류하면 비가 온다 : 구름이 상하층으로 역류하면서 하늘을 덮으면 비가 오게 된다는 말.

구름이 얇게 퍼지며 천천히 움직이면 폭우가 내린다 : 구름이 얇게 퍼지며 천천히 움직이면 큰 홍수가 들 징조라는 말.

구름이 오르게 되면 비가 된다 : 지상의 수증기가 상승하면 비가 오게 된다는 말.

구름이 자꾸 끼면 비가 온다 : ① 구름이 온 하늘에 꽉 차게 되면 비가 오게 된다는 말. ② 재물도 조금씩 계속 모이면 나중에는 큰 밑천이 된다는 말.

구름 잡아 타고 하늘로 날겠다고 한다[북] **:** 하는 생각이 너무나도 터무니없는 헛된 망상임을 비유하여 이르는 말.

구름장에 치부(-했다) : ① 흘러가는 구름장에 적어 놓는다는 뜻으로, 없어질 데다 기록해 둔 경우를 비유하여 이르는 말. ② 보고 들은 것을 쉽게 잊어버림을 비유하여 이르는 말.

구린 입도 안 떼다 : 이렇다든지 저렇다든지, 무엇이든 자기 의견을 말해야 할 사람이 입을 다물고 있음을 비유하여 이르는 말.

구린 입 지린 입 : ① 자기의 의견을 이렇다든지 저렇다든지 하고 나타내는 말 또는 그렇게 말하는 입을 비유하여 이르는 말. ② 하는 말이 시시하고 더러워서 그런 말을 하는 입조차도 구리고 지리다는 말.

구막 갓에 (있는) 소금도 집어넣어야 짜다 : ⇒ 부뚜막의 소금도 집어넣어야 짜다. * 구막-'부뚜막'의 평안도 방언. * 갓[邊]-'가'의 옛말.

구만리장천(九萬里長天)이 지척 : 높고도 먼 저 세상이 곧 지척에 있으니, 사람은 언제 죽을지 모른다는 말.

구멍 보고 쐐기를 깎아라 : ⇒ 구멍 보아 가며 말뚝(쐐기) 깎는다.

구멍 보아 가며 말뚝(쐐기) 깎는다 : 무슨 일이든 조건과 사정을 보아 가며 거기에 알맞게 행동하여야 함을 비유하여 이르는 말. 구멍 보고 쐐기를 깎아라. 이불깃 봐 가며 발 편다. 이불 보아서 발 뻗는다[북].

구멍 속의 뱀이 서 발인지 너 발인지[북] **:** ⇒ 구멍에 든 뱀 (길이를 모른다)[북].

구멍에 든 뱀 (길이를 모른다)[북] **:** 아직 나타나지 않은 재능이나 감추어져 있는 사물은 그 정도를 판단하기가 매우 어려움을 비유적으로 이르는 말. 구멍 속의 뱀이 서 발인지 너 발인지[북]. 뱀의 굴이 석 자인지 넉 자인지 어찌 알랴[북].

구멍에서 나와서 구멍으로 들어가는 것이 인생이다 : 인간은 자궁에서 나와서 묘 구멍으로 들어가듯이, 구멍과 인연이 깊다는 말.

구멍은 깎을수록 커진다 : 잘못된 일을 수습하려다 더욱 어려워지는 경우를 이르는 말.

구멍을 파는 데는 칼이 끌만 못하고, 쥐 잡는 데는 천리마가 고양이만 못하다 : ① 모든 것은 제구실이 따로 있고, 쓰이는 데가 각각 다르다는 말. ② 어느 한 분야에서 뛰어난 재주를 가진 사람도 다른 분야에서는 생소할 수 있다는 말.

구복(口腹)이 원수(-라) : ① 입으로 먹고 배를 채우는 일이 원수 같다는 뜻으로, 먹고 살기 위하여 괴로운 일이나 아니꼬운 일도 참아야 한다는 말. ② 먹고살기 위하여 어쩔 수 없이 잘못을 저질렀음을 이르는 말.

구부러진 송곳 : ⇒ 끝부러진 송곳.

구새 먹은 고목 같다[북] **:** 맥을 추지 못하고 실속 없음을 비유하여 이르는 말.

구슬도 갈아야 광(빛)이 난다 : 아무리 재주가 많은 사람도 꾸준히 연마를 해야 훌륭하게 된다는 말.

구슬 없는 용 : ⇒ 날개 없는 봉황.

구슬이 서 말이라도 꿰어야 보배(-라) : 아무리 훌륭하고 좋은 것이라도 쓸모 있게 만들어 놓아야 가치가 있게 된다는 말. 또는 손쉽게 할 수 있는 일이나 좋은 기회가 있어도 이용하지 않으면 소용이 없다는 말. 보석도 꿰여야 보배[북]. 진주가 열 그릇이나 꿰어야 구슬. 청산 속에 묻힌 옥도 갈아야 빛이 난다[북].

구시월(九十月) 돌풍에는 비 한 방울에 바람이 석 섬이다 : 음력 9~10월에 부는 폭풍은 비로 인한 피해보다 폭풍으로 인한 피해가 더 크다는 말.

구시월 돌풍은 호랑이도 무서워한다 : 음력 9~10월에 부는 돌풍은 호랑이도 무서워할 정도로 매우 강하다는 말.

구시월 세단풍(細丹楓) : ① 구시월의 섬세하게 고운 단풍을 이르는 말. ② 당장 보기는 좋아도 얼마 안 가서 흉하게 될 것을 비유하여 이르는 말.

구시월에는 감서리 동지섣달에는 닭서리 : 음력 9~10월에는 남의 감나무에서 감을 따서 서리를 하고, 11~12월에는 남의 집 닭장에서 닭을 잡아서 서리를 하듯이 서리는 매달 바꾸어 가며 할 수 있다는 말.

구운 게도 다리를 떼고(매 놓고) 먹는다 : 게는 무는 것이라 혹시 구운 게도 물지 모르니 다리를 떼고 먹으라는 말로, 매사를 조심하여 착수하라는 말. 구운 게도 매어 먹어라. 삶은 게도 다리를 묶어 놓고 먹으랬다[북].

구운 게도 매어 먹어라 : ⇒ 구운 게도 다리를 떼고(매 놓고) 먹는다.

구원이 우환이라 : 남을 구원하여 준 것이 오히려 큰 우환거리가 되었다는 뜻으로, 남이 잘되도록 해 준다는 것이 그만 좋지 않은 결과를 낳은 경우에 이르는 말.

구월 구일에 비가 오면 추수를 잘 하게 된다 : 중양절(重陽節)인 9월 9일에 비가 오면 가을 날씨가 좋아서 추수를 잘 하게 된다는 말.

구월 군두 조금에 사돈네 빚 갚는다 : 음력 9월 9일 조금 무렵이면 낚시질로 고기를 많이 잡으므로 빚도 갚게 된다는 말.

구월 초하룻날 바람이 불면 다음 해 여름에 장마로 흉년이 든다 : 음력 9월 1일에 바람이 부는 것은 이듬해 장마가 져서 흉년이 들 불길한 징조라는 말.

구유 전 뜯다 : ① 구유의 가장자리 전을 뜯는다는 뜻으로, 세도 있는 사람의 도움을 받음을 자랑으로 삼는다는 말. ② 남에게 돌보아 주기를 청하는 것을 비유하여 이르는 말.

구일이 지나면 밀을 심고, 입동 전에는 보리를 심는다 : 음력 9월 9일이 지나면 밀을 심는 것이 적기이고, 입동이 다가오면 보리를 심는 것이 적기라는 말. 구일 전 밀이요, 입동 전 보리라.

구일 전 밀이요, 입동 전 보리라 : ⇒ 구일이 지나면 밀을 심고 입동 전에는 보리를 심는다.

구제(救濟)할 것은 없어도 도둑 줄 것은 있다 : 아무리 가난한 집이라도 도둑맞을 물건은 있다는 말. 동생 줄 것은 없어도 도둑 줄 것은 있다. 저녁 먹을 것은 없어도 도둑맞을 것은 있다. 쥐 먹을 것은 없어도 도둑맞을 것은 있다①. 쥐 줄 것은 없어도 도둑 줄 것은 있다.

국사당(國師堂)에 가 말하듯 : 국사당에 가서 무엇을 빌 때 말하는 것처럼 한다는 뜻으로, 옆에서 잘 알아듣지도 못하는 소리를 중얼중얼하며 길게 외운다는 말. * 국사당-서낭당(서낭신을 모신 집).

국사(國事)에도 사정이 있다 : 나라의 일에도 사정을 봐주는 경우가 있는데 어째서 조금도 남의 사정을 봐주지 않느냐고 반문할 때 이르는 말.

국상(國喪)에 죽산마(竹散馬) 지키듯 한다 : 무엇인지도 모르고 남이 시키는 대로 멀거니 서서 지켜보고 있음을 이르는 말.

국수 먹은 배 : ① 국수를 먹으면 그때는 배가 잔뜩 부르지만 얼마 안 가서 쉽게 꺼지고 만다는 뜻으로, 먹은 음식이 쉽게 꺼지는 경우를 비유하여 이르는 말. ② 실속 없이 헤픈 경우를 비유하여 이르는 말.

국수(-를) 못 하는 년이 피나무 안반만 나무란다 : ⇒ 서투른 무당이 장구만 나무란다.

국수 잘하는 솜씨가 수제비 못하랴 : ⇒ 수제비 잘하는 사람이 국수도 잘한다.

국수집 식초병 같다^북 **:** 한자리에 오랫동안 붙어 있지 못하고 자주 왔다 갔다 함을 비유하여 이르는 말.

국 쏟고 보지 데고, 탕기 깨고 서방한테 매 맞는다 : ① 신수가 사나우면 국 쏟아 못 먹게 되고, 음부까지 화상당하여 고생을 하게 되고, 탕기를 깨서 손해 보고 서방한테 매 맞아 망신하듯이, 여러 가지로 손해만 보게 된다는 말. ② 한 가지를 잘못하면 연쇄반응을 일으켜 여러 가지에 영향을 미치게 된다는 말.

국 쏟고 자지(보지, 허벅지) 덴다 : ⇒ 엎친 데 덮친 격.

국에 덴 놈 물(냉수) 보고도 분다(놀란다) : 어떤 일에 한 번 혼이 나면 그와 비슷한 것만 보아도 공연히 겁을 낸다는 말. 국에 덴 놈이 냉수를 불고 먹는다. 국에 덴 놈이 냉수를 떠 놓고 분다. 몹시 데면 회도 불어 먹는다.

국에 덴 놈이 냉수를 불고 먹는다 : ⇒ 국에 덴 놈은 물(냉수) 보고도 분다(놀란다).

국에 덴 놈이 랭수를 떠 놓고 분다^북 **:** ⇒ 국에 덴 놈은 물(냉수) 보고도 분다(놀란다).

국이 끓는지 장이 끓는지 : 일이 어떻게 되어 가는지 영문도 모른다는 말. 또는, 어떤 일에 전혀 관심을 두지 않음을 이르는 말.

국화(菊花)는 서리를 맞아도 꺾이지 않는다 : 절개나 의지가 매우 강한 사람은 어떤 시련에도 굴하지 아니하고 꿋꿋이 이겨 냄을 비유하여 이르는 말.

군말이 많으면 쓸 말이 적다 : 하지 않아도 될 말을 이것저것 많이 늘어놓으면 그만큼 쓸 말은 적어진다는 뜻으로, 말을 삼가라는 말. 말이 많으면 실언이 많다. 말이 많으면 쓸 말이 적다.

군밤 둥우리 같다 : 옷 입은 맵시가 붕긋하여 맞지 않음을 조롱하는 말.

군밤에서 싹 나거든 : 아무리 바라도 소용이 없다는 말. 용마 갈기 사이에 뿔 나거든. 층암 상에 묵은 팥 심어 싹이 날까.

군불에 밥 짓기(익히기) : 어떤 일에 곁따라 다른 일이 쉽게 이루어지거나, 또는 다른 일을 해냄을 비유하여 이르는 말.

군불 장댄가(장대처럼) 키만 크다 : 키가 큰 사람을 비유하여 이르는 말.

군사(軍事)를 쓸 줄 아는 장수는 총소리보다 북소리를 먼저 울린다^북 **:** 싸움에서 이기려면 군사 지휘를 잘해야 한다는 말.

군소가 흔한 해는 바람이 자주 분다 : 연체동물인 군소가 흔한 해는 바람이 자주 불게 되므로 고기잡이할 때 유의하라는 말. 굴맹이가 흔한 해는 바람이 자주 분다.

군자(君子)도 시속을 따른다 : 어떤 사람이든 시대적 풍습을 따라가야 한다는 말.

군자 말년에 배추씨 장사 : 남을 위하여 어질게 살아 온 사람이 말년에 가서 매우 곤란하게 살게 되었음을 이르는 말.

군작(群雀)이 어찌 대붕(大鵬)의 뜻을 알랴〔燕雀安知鴻鵠之志哉〕: 범인(凡人) 따위가 큰 인물의 뜻을 헤아려 알 리가 없다는 말. 참새 무리가 어찌 대붕의 뜻을 알랴.

군창(軍倉) 가는 배도 둘러 먹는다 : ① 곤궁한 처지가 되면 무슨 짓이라도 다 한다는 말. ② 뻔뻔스럽고 염치가 없어 제 욕심만 채우려 함을 비유하여 이르는 말.

굳은 땅에 물이 고인다(괸다) : 검소하고 절약하는 마음이 단단한 사람이라야 재산을 모을 수 있다는 말. 단단한 땅에 물이 고인다(괸다).

굴뚝 막은 덕석 (같다) : 해지고 더러운 옷을 이르는 말.

굴뚝 보고 절한다 : 빚에 쪼들리어 한밤중이나 이른 새벽에 도망가는 사람이 이웃 사

람에게 인사를 할 수 없어 하는 수 없이 굴뚝을 보고 절하고서 도망간다는 뜻으로, 무엇을 피하여 몰래 달아남을 비유하여 이르는 말. 마당 보고 절한다.

굴뚝에 (솥을 걸고) 불을 땐다북 **:** 아궁이에 때야 할 불을 굴뚝에 땐다는 뜻으로, 일의 차례를 뒤바꾸어 거꾸로 하는 것을 비유적으로 이르는 말.

굴뚝에 바람 들었나 : 굴뚝에 바람이 들면 아궁이로 연기가 나와 불 때는 사람의 눈에서 눈물이 나오므로, 왜 우느냐는 뜻으로 하는 말.

굴뚝에서 빼놓은 족제비 (같다) : 지저분하고 가냘픈 사람을 놀리어 이르는 말.

굴뚝 연기가 얇게 퍼지면 비 올 징조다 : ⇒ 연기가 옆으로 퍼지면 비가 온다.

굴러 온 돌이 박힌 돌 뺀다 : 타지(他地)에서 들어 온 사람이 본래부터 있던 사람(본토박이)을 내쫓는다는 말. 굴러 온 돌한테 발등 다친다.

굴러 온 돌한테 발등 다친다 : ⇒ 굴러 온 돌이 박힌 돌 뺀다.

굴러 온 호박 : ⇒ 호박이 넝쿨째로 굴러떨어졌다.

굴레 벗은 말 : 속박에서 벗어나 자유로이 행동하는 사람, 또는 거칠게 행동하는 사람을 이르는 말. 고삐 풀린 망아지 같다.

굴맹이가 흔한 해는 바람이 자주 분다 : ⇒ 군소가 흔한 해는 바람이 자주 분다.

굴(窟)에 든 뱀 길이를 알 수 없다 : ⇒ 굶에 든 뱀이 긴지 짧은지.

굴에 들어가야 범을 잡는다 : ⇒ 죽어 보아야 저승을 안다(알지).

굴우물에 돌 넣기 : 깊은 우물에 아무리 돌을 넣어도 차지 않는다는 뜻으로, 한(限)이 없음을 비유하는 말. *굴우물—한없이 깊은 우물.

굴우물에 말똥 썰어(쓸어) 넣듯 하다 : 음식을 가리지 않고 마구 먹음을 조롱하여 이르는 말.

굴을 파야 금을 얻는다북 **:** 목적을 이루기 위하여서는 거기에 필요한 조건을 갖추거나 노력을 하여야 함을 교훈적으로 이르는 말.

굴이 많이 잡히는 해는 목화도 풍년 든다 : 굴이 많이 잡히는 해는 목화도 풍년이 들고, 굴이 많이 안 잡히는 해는 목화도 흉년이 든다는 말.

굵은 베가 옷 없는 것보다 낫다 : ⇒ 겨울 베옷도 안 입은 것보다 낫다.

굵은 베옷도 없는 것보다 낫다 : ⇒ 겨울 베옷도 안 입은 것보다 낫다.

굶기를 (부잣집) 밥 먹듯 한다 : 자주 굶는다는 말.

굶어 보아야 세상을 안다 : 굶주릴 정도로 고생을 겪어 보아야 세상을 알게 된다는 말.

굶어 본 놈이라야 남의 고생스러운 사정도 안다 : ⇒ 고생해 본 사람이라야 세상 물정도 안다.

굶어 죽기는 정승 하기보다 어렵다 : ⇒ 가난이 질기다①.

굶어 죽어도 씻나락은 먹지 않는다 : 농가에서 다음 해 파종할 곡식의 씨는 어떤 일이 있어도 보관해야 한다는 말.

굶어 죽어도 종자는 베고 죽는다 : ⇒ 농사꾼은 굶어 죽어도 씨오쟁이는 베고 죽는다.

굶어 죽은 놈이나 배 터져 죽은 놈이나 죽기는 일반이다 : 못살던 사람이나 잘살던 사람이나 죽는 마당에서는 동일하다는 말.

굶으면 아낄 것 없어 통비단도 한 끼라 : ⇒ 비단이 한 끼라①.

굶은 개가 언 똥을 나무라겠는가북 **:** 잔뜩 굶은 똥개가 똥이 얼었다고 마다하겠느냐는 뜻으로, 사정이 급할 때는 좋고 나쁜 것을 가리지 아니하고 덤벼듦을 비유하여 이르는 말. 굶은 놈이 흰밥 조밥을 가릴가북. 배고픈 놈이 흰쌀밥 조밥 가리랴㊍.

굶은 개 부엌 들여다보듯 : 게걸스럽고 치사스럽게 남의 것을 바라는 모양을 욕되게 이르는 말.

굶은 놈이 흰밥 조밥을 가릴까㊍ : ⇒ 굶은 개가 언 똥을 나무라겠는가.

굶주린 개는 뒷간만 봐도 기뻐한다 : 굶주린 사람은 먹을 것이 있는 곳만 봐도 즐거워한다는 말.

굼드렁 타령인가 : 부부가 손을 잡고 늘 정답게 함께 다니는 모습을 이르는 말.

굼벙이 무숙이 바굼이 딱정이 거절이 오살이 잡놈이 다 모였다 : 쓸데없는 것들이 많이 모여 있음을 이르는 말.

굼벵이 구르는(떨어지는) 재주 있다 : ① 아무런 능력이 없는 사람이 남의 관심을 끌 만한 행동을 함을 놀림조로 이르는 말. ② 무능한 사람도 한 가지 재주는 있음을 비유하여 이르는 말. 굼벵이도 꾸부리는 재주가 있다. 굼벵이도 둥글 재주가 있다.

굼벵이가 담벽을 뚫는다㊍ : ① 하는 일에 진척이 없거나 매우 느림을 비유하여 이르는 말. ② 보기에는 매우 굼뜨거나 느린 것 같지만 꾸준히 계속하여 큰일을 함을 비유하여 이르는 말.

굼벵이가 지붕에서 떨어지는 것은 매미 될 셈이 있어 떨어진다 : ⇒ 굼벵이가 지붕에서 떨어질 때는 생각이 있어 떨어진다.

굼벵이가 지붕에서 떨어질 때는 생각이 있어 떨어진다 : 남 보기에는 못난 짓 같으나 제 딴에는 뚜렷한 목적이 있어 그렇게 한다는 말. 굼벵이가 지붕에서 떨어지는 것은 매미 될 셈이 있어 떨어진다.

굼벵이도 건드리면(다치면, 디디면) 꿈틀한다 : ⇒ 지렁이도 밟으면 꿈틀한다.

굼벵이도 꾸부리는 재주가 있다 : ⇒ 굼벵이 구르는 재주 있다.

굼벵이도 둥글 재주가 있다 : ⇒ 굼벵이 구르는(떨어지는) 재주 있다.

굼벵이도 제 일을 하려면(하라면) 한 길은 판다 : ⇒ 굼벵이도 제 일 하는 날은 열 번 재주를 넘는다.

굼벵이도 제 일 하는 날은 열 번 재주를 넘는다 : 미련한 사람이라도 제 일이 급하게 되면 무슨 수를 내서든지 해냄을 비유하여 이르는 말. 굼벵이 제 일을 하려면(하라면) 한 길은 판다.

굼벵이 천장(遷葬)하듯 : 굼벵이는 느린 놈이라서 천장을 하자면 오래 걸린다는 뜻으로, 어리석은 사람이 일을 지체(遲滯)하여 좀처럼 성사시키지 못함을 비유하여 이르는 말.

굾에 든 뱀이 긴지 짧은지 : 사람의 마음이나 재주가 아직 세상에 드러나지 않았기 때문에 그에 대하여 어떻다 평할 수 없음을 이르는 말. 굴에 든 뱀 길이를 알 수 없다. 굾에 든 뱀 길이를 모른다. 굾에 든 범(뱀).

굾에 든 뱀 길이를 모른다 : ⇒ 굴에 든 뱀이 긴지 짧은지.

굾에 든 범(뱀) : ⇒ 굴에 든 뱀이 긴지 짧은지.

굽도 젖도 할 수 없다(進退兩難 · 進退維谷) : 한쪽으로 굽히지도 뒤로 젖히지도 못한다는 뜻으로, 형편이 막다른 데 이르러 어찌해 볼 도리가 없다는 말.

굽은 나무가 선산(先山)을 지킨다 : 못난 듯이 보이는 것이 도리어 제구실을 함. 또는 쓸모없는 것이 도리어 소용(所用)이 된다는 말. 자손(子孫)이 빈한해지면 선산의 나무까지 팔아 버릴 수가 있으나, 등이 굽어 쓸모없는 것은 그대로 남게 된 데서 유래된 말. 꾸부렁한 나무도 선산을 지킨다.

굽은 나무는 길맛가지가 된다 : 세상에는 아무것도 버릴 것이 없다는 말. *길맛가지—① 길마에 세모로 선 'ㅅ'자 모양으로 구부러진 나무. ② 구부러진 나뭇가지 막대 가지 같은 것.

어려서 굽은 나무는 후에 안장감이다. 어린 때 굽은 낡이 쇠 길맛가지 된다.

굽은 지팡이는 그림자도 굽어 보인다(비친다) : 좋지 않은 본성은 아무리 해도 숨길 수 없다는 말.

굿 구경 간 어미 기다리듯 : ⇒ 굿에 간 어미 기다리듯.

굿 구경을 하려면 계면떡이 나오도록 : 무슨 일이든지 착수(着手)를 하면 참고 견디어 끝장을 보라는 말. * 계면떡－무당이 굿을 끝내고, 구경꾼에게 나눠 주는 떡.

굿도 볼 겸 떡도 먹을 겸 : ⇒ 꿩먹고 알 먹는다(-기).

굿 뒤에 날장구(쌍장구) 친다 : 일이 끝나거나 결정된 뒤에 쓸데없는 문제를 들고 나와서 중언부언함을 이르는 말. * 날장구－일 없이 치는 장구. 굿 뒤에 쌍장구 치고 나온다. 굿 마친(지낸) 뒷장구. 굿한 뒷장구.

굿 뒤에 쌍장구 치고 나온다 : ⇒ 굿 뒤에 날장구 친다.

굿 들은 무당, 재(齋) 들은 중 : 자기가 좋아하거나 원하던 일을 하게 되어 기뻐하는 사람을 비유하여 이르는 말.

굿 마친(지낸) 뒷장구 : ⇒ 굿 뒤에 날장구(쌍장구) 친다.

굿 못하는 무당 장구 타박한다 : 자기의 재간이 모자라는 것은 생각하지 아니하고 주어인 조건만을 탓함을 비유하여 이르는 말. 글 못한 놈 붓 고른다. 글 잘 못 쓰는 사람 붓 타박을 하고, 농사지을 줄 모르는 사람은 밭 타박을 한다. 글 잘 못 쓰는 사람은 붓 타박을 하고, 총 쏠 줄 모르는 사람은 총 타박을 한다. 농사지을 줄 모르는 농민이 땅 타발을 한다㊍.

굿 보고 떡 먹기 : ⇒ 꿩 먹고 알 먹는다(먹기).

굿 본 거위 죽는다 : 남의 일에 쓸데없이 끼어들었다가 봉변당함을 이르는 말.

굿에 간 어미 기다리듯 : 어떤 일에 희망이 있을 때 그것을 몹시 기대하는 것을 희롱하는 말. 굿 구경 간 어미 기다리듯. 어린 아들 굿에 간 어미 기다리듯.

굿이나 보고 떡이나 먹지 : 남의 일에 쓸데없는 간섭을 하지 말고 이익이나 얻으라는 말.

굿하고 싶어도 맏며느리 춤추는 꼴 보기 싫다 : 어떤 일을 하고 싶어도 미운 사람이 참여하여 기뻐할까 봐 하지 않는다는 말.

굿하다 파한 집 같다 : ⇒ 굿해 먹은 집 같다.

굿한다고 마음 놓으랴 : 정성을 들였다고 해서 그 결과를 안심할 수 없다는 말.

굿한 뒷장구 : ⇒ 굿 뒤에 날장구(쌍장구) 친다.

굿해 먹은 집 같다 : 어떤 일이 있은 뒤 갑자기 고요해짐을 이르는 말. 굿하다 파한 집 같다.

궁궐 지킨 내관의 상 : 시름에 잠긴 얼굴을 비유하여 이르는 말.

궁(宮) 도련님 : 부잣집에서 자라 고생도 모르고 세상 물정에 어두운 사람을 이르는 말.

궁둥이가 무겁다(질기다) : ⇒ 엉덩이가 무겁다.

궁둥이에서 비파 소리가 난다 : 바쁘게 쏘다닌다는 말. 치마에서 비파 소리가 난다.

궁바가지를 타고나다㊍ : 물건이 모두 바닥나거나, 밑천이 떨어져 매우 궁하고 딱한 처지에 빠짐을 비유하여 이르는 말.

궁서가 고양이를 문다〔窮鼠囓猫〕 : ⇒ 궁지에 빠진 쥐가 고양이를 문다.

궁인모사(窮人謀事)는 계란에도 유골(有骨) : ⇒ 계란에도 뼈가 있다.

궁지(窮地)에 빠진 쥐가 고양이를 문다 : 적이 막다른 길에 몰리면 죽기를 각오하고 덤벼드니, 적을 공격하더라도 피해를 입지 않으려면 적이 피할 길을 마련해 주고 공격하라는 말. 궁서가 고양이를 문다. 궁한 새가 사람을 쫓는다. 궁한 쥐가 고양이한테 대든다. 쥐가 고양이를 무는 식㊍.

궁 처지기 불 처지기 : ① 장기를 둘 때에 궁

(宮)이 면줄로 내려앉으면 막아 내기 어려워 불리하게 됨을 이르는 말. ② 궁이 면줄로 내려앉은 것과 축 처진 남자의 생식기는 정상이 아니어서 패색이 짙다는 뜻으로, 무엇이 정상 위치에서 벗어나 몹시 불리하거나 곤경에 빠지게 된 상태를 비유적으로 이르는 말. 궁 처지면 코 처진다.

궁 처지면 코 처진다 : ⇒ 궁 처치기 불 처지기.

궁하면 통한다〔困窮而通〕: 궁지에 몰리다 보면 해결되는 일도 있다는 말.

궁한 뒤에 행세를 본다 : 간난(艱難)을 당하여야 비로소 그의 본성을 알 수 있음을 비유하여 이르는 말.

궁한 새가 사람을 쫓는다 : ⇒ 궁지에 빠진 쥐가 고양이를 문다.

궁한 쥐가 고양이한테 대든다 : ⇒ 궁지에 빠진 쥐가 고양이를 문다.

궂은고기 먹은 것 같다 : 마음에 꺼림칙한 느낌이 있음을 비유하여 이르는 말.

궂은 일에는 일가만한 이가 없다 : 상사(喪事)에는 일가가 서로 도와 초상을 치러 낸다는 말.

권력(權力)은 십 년 못 간다〔權不十年〕: 권력은 오래가지 못하는 법이니, 권력을 잡았을 때 몸가짐을 잘하라는 교훈의 말.

권(勸)에 띄어 방립(方笠) 산다 : ⇒ 권에 못 이겨 방립 쓴다.

권에 못 이겨 방립 쓴다 : 남의 말이면 무엇이든 잘 듣는 자를 이르는 말. * 방립—어버이께서 돌아가셨을 때 쓰는 상립(喪笠). 권에 띄어 방립 산다.

권에 비지떡 : 남의 권에 못 이겨 어쩔 수 없이 따라서 하는 일을 비유하여 이르는 말.

궐련〔卷煙〕 마는 당지(唐紙)로 인경을 싸려 한다 : ⇒ 지궐련 마는 당지로 인경을 싸려 한다.

궤(軌)를 같이한다 : 어떤 방침이나 논리 또는 생각을 같이한다는 말.

궤(櫃) 속에 녹슨 돈은 똥도 못 산다 : 돈은 쓸 때 써야 그 값어치를 다하게 됨을 비유적으로 이르는 말.

귀가 도자전(刀子廛) 마룻구멍이라 : ⇒ 귀가 보배라. * 도자전—창칼·보석 등의 장식품을 파는 가게.

귀가 도자전이라 : ⇒ 귀가 보배라.

귀가 보배라 : 배운 것은 없으나 귀로 들어서 아는 것이 많다는 것을 농으로 하는 말. 귀가 도자전 마룻구멍이라, 귀가 도자전이라. 귀가 산홋가지라. 귓구멍이 도자전 마룻구멍이다.

귀가 산홋가지라 : ⇒ 귀가 보배라.

귀가 절벽이다 : 전혀 소리를 알아듣지 못함을 빗대어 이르는 말.

귀가 항아리만 하다 : 남이 말하는 것을 그대로 다 곧이듣거나 잘 받아들임을 비유하여 이르는 말.

귀는 크게 열고 입은 작게 열랬다 : 남의 말은 많이 들어 시비(是非)를 가리되, 말은 삼가서 하라는 말.

귀둥이가 천둥이 된다 : 귀염을 받고 자란 아이가 커서 천대받는 사람이 되는 수가 있다는 말. * 천둥이—조실부모한 고아나 남의 손에 길러진 아이.

귀때기가 떨어졌으면 이다음 와 찾지 : ① 급히 떠날 때 하는 말. ② 뭉 우물쭈물하지 말고 급히 떠나라는 말.

귀뚜라미 풍류하다(풍류한다, 풍류하겠다) : 게을러서 논에다 손을 대지 않는 것을 비꼬아 하는 말.

귀 막고 방울 도둑질한다(도적질하기)〔掩耳盜鈴〕: 얕은 수를 써서 남을 속이려 하나 거기에 속는 사람이 없음을 비유하여 이르는 말.

귀 막고 아옹 한다 : ⇒ 눈 가리고 아웅②.

귀머거리 귀 있으나 마나 : ⇒ 소경 잠자나 마나.

귀머거리 눈치 빠르다 : 귀가 먹어 듣지 못하

는 사람은 그 대신 눈치가 빨라 상황을 잘 알아차림을 이르는 말.

귀머거리 들으나 마나 : ⇒ 소경 잠자나 마나.

귀머거리 삼 년이요, 벙어리 삼 년이라〔如履薄氷〕: 여자가 출가하면 매사에 흉이 많으니 귀머거리가 되고 벙어리가 되어 한 3년 살아야 한다는 말. 눈멀어 삼 년, 귀 먹어 삼 년, 벙어리 삼 년. 색시가 시집살이 하려면 벙어리 삼 년, 귀머거리 삼 년 해야 한다. 시집살이하려면 벙어리 삼 년, 귀머거리 삼 년 해야 한다.

귀머거리 솔뿌리 캐듯㉥ **:** ⇒ 귀먹은 중 마 캐듯.

귀머거리 제 마음에 있는 소리 한다 : 귀머거리는 남의 말을 듣지 못하므로 그저 제가 생각하고 있는 말만을 한다는 뜻으로, 남의 이야기는 듣지도 않고 자기 마음에 있는 이야기만 함을 이르는 말.

귀 먹은 욕 : 자기가 듣지 못하는 곳에서 남이 하여 먹은 욕을 이르는 말.

귀 먹은 중 마 캐듯 : 남이 무슨 말을 하거나 말거나 알아듣지 못한 체하고 저 하던 일만 그대로 함을 이르는 말. 귀머거리 솔뿌리 캐듯㉥.

귀밑머리 마주 풀고 만나다 : 예식을 갖추어 결혼함을 이르는 말.

귀밑머리 풀다 : 처녀 때 땋았던 머리를 푼다는 뜻으로, 여자가 시집감을 이르는 말.

귀 소문 말고 눈 소문 하라(내라) : 실제로 보고 확인한 것이 아니면 말하지 말라는 말. 귀 장사 하지 말고 눈 장사 하라.

귀신(-을) 피하려다 호랑이(-를) 만난다 : 한 가지 재화(災禍)를 피하려다 도리어 더 큰 화(禍)를 당함을 비유하여 이르는 말.

귀신같이 먹고 장승같이 간다 : 걸음을 잘 걷는 사람을 두고 이르는 말.

귀신 같지 않은 게 사람 잡는다㉥ **:** 축에도 들지 못하는 같잖은 사람을 믿고 앓는 사람의 병을 고치려다가 그만 죽이고 만다는 뜻으로, 똑똑하지 못한 미물이 애를 먹이거나 큰 피해를 입히는 경우를 비유하여 이르는 말.

귀신 대접하여 그른 데 있느냐 : 탈이 될 만한 일에는 미리 손을 쓰는 것이 좋다는 말.

귀신도 경문(經文)에 매여 산다 : 귀신도 사람이 외는 경문에 불려 온다는 뜻으로, 아무리 권세가 등등한 사람도 기를 펴지 못하는 데가 있음을 비유하여 이르는 말.

귀신도 부적을 알아본다㉥ **:** 세상에 못하는 것이 없다는 귀신도 부적을 붙인 것을 알아보고 피한다는 뜻으로, 사람이면 누구나 위험의 표시를 다 앎을 비유하여 이르는 말.

귀신도 빌면 듣는다 : 귀신도 빌면 소원을 들어주는데, 하물며 인간이 어찌 남이 자기에게 비는데 용서하지 않을 수 있느냐는 말.

귀신도 사귈 탓 : 성품이 흉악한 사람도 사귀기에 따라서 잘 지낼 수 있다는 말.

귀신도 착한 사람을 깔본다 : 착한 사람은 속이거나 골려 주기가 쉽다는 말.

귀신 듣는 데 떡 소리 한다 : 듣고 썩 좋아할 이야기를 당사자 앞에서 함을 비유하여 이르는 말. 귀신의 귀에 떡 소리.. 주린 귀신 듣는데 떡 이야기하기.

귀신 듣는 데서 떡 소리도 못하겠다 : 무슨 말이 떨어지기가 무섭게 그것을 해 줄 것을 요구하는 경우를 이르는 말.

귀신보다 사람이 더 무섭다 : 무엇보다 사람의 증오와 음모와 살벌함이 가장 무섭다는 말.

귀신 센 집에는 말 씹도 벙긋 못한다 : 집안이 화목하지 못하고 교양이 없는 집에서는 사소한 일로도 시비를 하게 된다는 말.

귀신 씻나락 까먹는 소리 : ① 분명하지 않게 우물우물 말하는 소리를 비유하여 이르는 말. 장마 도깨비 여울 건너가는 소리를 한다. ② 조용하게 몇 사람이 수군거리는 소리를 비꼬아 이르는 말. ③ 이치에 닿지 않고 엉뚱하고 쓸데없는 말.

귀신 아홉 죽은 것 보았다는 이와 같다[북] **:** 세상에 없는 귀신이 죽은 것을 아홉이나 보았다고 하는 사람과 같다는 뜻으로, 도저히 있을 수 없는 허황한 이야기를 장담(壯談)하는 사람을 비웃는 말.

귀신에 복숭아나무 방망이 : 귀신이 복숭아나무 방망이를 무서워하듯이, 무엇이든 그것만 보면 꼼짝 못하게 되는 경우를 이르는 말.

귀신은 경문(경)에 막히고 사람은 인정에 막힌다 : 귀신은 경문에 막히지만 사람은 자기에게 사정사정하는 데에 마음이 움직여 강경한 처사를 못 함을 이르는 말. 사람은 인정에 막히고 귀신은 경문에 막힌다.

귀신은 경으로 떼고 도깨비는 방망이로 뗀다[북] **:** 말을 듣지 아니하거나 미쳐 날뛰는 놈들은 강제적인 힘으로 다스려야 함을 비유하여 이르는 말.

귀신은 속여도 그물코는 못 속인다 : 고기를 잘 잡고 못 잡는 것은 그물에 좌우되므로, 그물을 뜰 때는 정확한 치수로 고르게 떠야 한다는 말.

귀신의 귀에 떡 소리 : ⇒ 귀신 듣는 데 떡 소리 한다.

귀신이 곡한다 : ⇒ 귀신이 곡할 노릇(일).

귀신이 곡할 노릇(일) : 귀신이 곡할 만큼 신기하고 기묘할 때 이르는 말. 귀신이 곡한다.

귀신이 탄복할 노릇이다(일이다) : 너무나 묘하고 신통함을 비유하여 이르는 말. 귀신이 하품을 할 만하다.

귀신이 하품을 할 만하다 : ⇒ 귀신이 탄복할 노릇이다(일이다).

귀신 제밥 먹듯[북] **:** 음식을 매우 빨리 먹어 치우는 모양을 비유하여 이르는 말.

귀양이 홑벽에 가렸다 : 귀양 갈 곳이 먼 데 있는 것이 아니라 홑벽 하나를 사이에 두고 있다는 뜻으로, 재화(災禍)란 늘 가까운 곳에 도사리고 있으니 매사에 주의하라는 말.

귀에 걸면 귀걸이, 코에 걸면 코걸이〔耳懸鈴鼻懸鈴〕 : ① 관점에 따라 이렇게도 저렇게도 해석됨을 이르는 말. ② 자기에게 편리한 대로 이리저리 둘러 붙임. 녹비에 가로 왈(-자라).

귀에다 말뚝을 박았나 : ⇒ 귓구멍에 마늘쪽 박았나.

귀에 못이 박힌다(박인다) : 같은 말을 듣기 싫도록 되풀이해서 들음을 이르는 말.

귀여운 애한테는 매채를 주고, 미운 애한테는 엿을 준다 : ⇒ 귀한 자식 매 한 대(개) 더 때리고, 미운 자식 떡 한 개 더 준다.

귀여운 자식 매로 키운다 : ⇒ 귀한 자식 매로 키워라.

귀엽게 키운 자식에게 효자가 없다 : 자식을 너무 귀엽게 키우면 버릇이 없어 부모에 대한 은공을 모른다는 말.

귀융(구융, 구유통) 전 뜯는다 : 세도가의 도움 받는 것을 자랑스럽게 여기는 자를 뜻하는 말.

귀 작으면 앙큼하고 담대하다 : 귀가 작으면 흔히 속이 앙큼하고 담이 크다는 뜻으로 귀가 작은 사람을 놀리는 말.

귀 장사 하지 말고 눈 장사 하라 : ⇒ 귀 소문 말고 눈 소문 하라(내라).

귀 좋은 거지 있어도 코 좋은 거지 없다 : 얼굴 복판에 있는 코가 잘생겨야 상(相)이 좋다는 말.

귀천궁달(貴賤窮達)이 수레바퀴다 : ⇒ 음지가 양지 되고 양지가 음지 된다.

귀한 그릇(것은) 쉬 깨진다 : ① 흔히 물건이 좋고 값진 것일수록 쉬 부서진다는 말. ② 귀하게 태어난 사람이나 비상한 재주를 지니고 있는 사람이 더 일찍 죽는다는 말.

귀한 자식 매로 키워라 : 자식이 귀할수록 매

로 때려서라도 버릇을 잘 가르쳐야 한다는 말. 귀여운 자식 매로 키운다. 귀한 자식 매 한 대 더 때린다. 사랑하는 자식일수록 매로 다스리라.

귀한 자식 매 한 대(개) 더 때리고, 미운 자식 떡 한 개 더 준다 : ⇒ 귀여운 애한테는 매채를 주고, 미운 애한테는 엿을 준다.

귀한 자식 매 한 대 더 때린다 : ⇒ 귀한 자식 매로 키워라.

귓구멍에 마늘쪽 박았나 : 말을 잘 알아듣지 못하는 사람을 일컬어 하는 말. 귀에다 말뚝을 박았나.

귓구멍이 나팔통 같다 : 귓구멍이 크다는 말이니, 남의 말을 잘 듣는 사람을 두고 이르는 말. 귓문이 넓다.

귓구멍이 넓다 : 남의 말을 곧이 잘 듣는다는 말.

귓구멍이 도자전 마룻구멍이다 : ⇒ 귀가 보배라.

귓문이 넓다 : ⇒ 귓구멍이 나팔통 같다.

귓불만 만진다 : 무슨 일을 그 이상 어떻게 해볼 계책이 나타나지를 않아 운명만 기다린다는 말.

귤껍질 한 조각만 먹어도 동정호(洞庭湖)를 잊지 않는다 : 중국의 동정호가 귤의 명산지인 데서 유래된 말로, 작은 은혜라도 입으면 큰 은혜로 알고 잊지 않는다는 말.

그 꼴을 보느니 신 첨지의 신 꼴을 보겠다 : 어느 사람의 행동이 아니꼬워 차마 눈 뜨고 볼 수 없다는 말.

그 나물에 그 밥 : 서로 격이 어울리는 것끼리 짝이 되었을 경우를 두고 이르는 말. 그 밥에 그 나물.

그날의 액(厄)은 독 안에 앉아도 오고야 만다 : 그날의 나쁜 운수는 어떻게 해서도 피할 수 없다는 말.

그놈 죽은 날이다 : 옛날 손돌이(孫乭一)라는 사람이 음력 10월 20일 억울하게 죽었기 때문에, 그의 원한으로 매년 이날은 몹시 춥다는 전설에서 유래된 말.

그늘 밑(-의) 매미 신세(팔자) : 부지런히 일하지 아니하고 놀기만 하면서 편안히 지내는 처지를 비유하여 이르는 말.

그늘에 누운 여름 소 팔자다 : ⇒ 겨울 소 팔자다.

그늘에 핀 꽃이다 : 남에게 냉대받고 인정을 얻지 못한다는 말.

그렇게 급하면 왜 외할미 씹으로 안 나왔나 : 그렇게 급한 일이 있으면 어미한테 태어나지 말고 일찌감치 외할미한테 태어났더라면 지금 와서 서두르지 않아도 되었을 것이 아니냐면서, 급히 서두르는 사람을 조롱하는 말.

그렇게 하면 뒷간에 옻칠을 하나 : 인색하게 재물만 모으는 사람을 비꼬는 말. 기와집에 옻칠을 하고 사나.

그릇도 차면 넘친다(엎질러진다) : ⇒ 달도 차면 기운다①.

그림의 떡〔畵中之餠〕: 보기는 하여도 먹을 수가 없다는 말이니, 즉 실속이 없어 오히려 보지 않느니만 못함을 이르는 말. 보고도 못 먹는 것은 그림의 떡. 보고도 못 먹는 떡.

그림의 호랑이 : 겉으로 보기에는 무섭게 보이지만, 실제로는 아무런 힘도 없음을 이르는 말.

그물에 걸린 고기(새, 토끼) 신세 : ⇒ 그물에 든 고기(새)요 쏘아 놓은 범이라.

그물에 든 고기요, 쏘아 놓은 범이라 : 이미 잡혀 옴짝달싹 못하고 죽을 지경에 빠졌음을 비유하여 이르는 말. 그물에 걸린 고기(새, 토끼) 신세. 농 속에 갇힌 새. 도마에 오른 고기.

그물을 벗어난 새 : 매우 위급한 궁지를 빠져나와 다시 살아난 경우를 이르는 말. 그물을 벗어난 새요, 함정에서 뛰여 난 범이라[북].

그물을 벗어난 새요, 함정에서 뛰어 난 범이라㊊**:** ⇒ 그물을 벗어난 새.

그물을 쳐야 고기도 잡는다 : 무슨 일을 하려면 그에 알맞은 사전 준비를 해야 한다는 말.

그물이 삼천 코라도 벼리가 으뜸 : ① 사물이 아무리 많아도 주장되는 것이 없으면 소용없음을 비유하여 이르는 말. ② 아무리 재료가 많더라도 그것을 제대로 이용하여 결속하지 못한다면 아무런 가치도 없음을 비유하여 이르는 말. 그물이 열 자라도 벼리가 으뜸이라. 그물코가 삼천이라도 벼리가 으뜸이다.

그물이 열 자라도 벼리가 으뜸이라 : ⇒ 그물이 삼천 코라도 벼리가 으뜸.

그물이 천 코면 걸릴 날이 있다 : ① 부지런히 일하면 좋은 결과를 얻을 수 있다는 말. 그물코가 삼천이면 걸릴 날이 있다. ② 일을 여러 가지로 벌여 놓으면 어디선가 얻음이 있다는 말.

그물이 커야 큰 고기도 잡는다 : ① 큰 고기를 잡으려면 이에 알맞은 큰 그물이 있어야 한다는 말. ② 사람도 포부가 커야 큰일을 할 수 있다는 말.

그물코가 삼천이라도 벼리가 으뜸이다 : ⇒ 그물이 삼천 코라도 벼리가 으뜸.

그물코가 삼천이면 걸릴 날이 있다 : ⇒ 그물이 천 코면 걸릴 날이 있다.

그물코가 성기면 안 된다 : 그물코의 크기는 잡으려는 고기보다 작아야지 만일 크게 되면 고기가 다 빠져나가 안 잡히듯이, 법이 너무 허술하면 범죄자를 다 놓치게 된다는 말.

그물코가 촘촘하면 고기 씨를 말린다 : 그물코가 너무 촘촘하면 어린 고기까지 다 잡히게 되듯이, 법이 너무 치밀하면 국민들이 살기가 어렵다는 말.

그물코 삼천에 코코마다 한 마리다 : 그물에 고기가 가득히 잡혔다는 말.

그믐날 비가 오면 다음 달 선보름까지 온다 : 그믐날 비가 오면 다음 달 보름까지 비가 많이 온다는 말.

그믐달 보자고 초저녁부터 나선다 : 지나치게 일찍 서두름을 비유하여 이르는 말.

그믐밤 길에 등불 만난 듯㊊**:** 문제 해결의 고리나 나아갈 방향을 찾지 못하여 안타까이 헤매다 좋은 해결 방도를 찾았을 경우를 이르는 말. 그믐밤에 해 뜬 격.

그믐밤에 달이 뜨는 것과 같다 : 불가능한 일을 비유하여 이르는 말.

그믐밤에 해 뜬 격㊊**:** ⇒ 그믐밤 길에 등불 만난 듯.

그믐밤에 홍두깨 내민다(내밀듯) : ⇒ 아닌 밤중에 홍두깨 (내밀듯).

그믐 칠팔 일에 비 오면 선보름은 더 온다 : 음력 27~28일경에 시작하는 비는 다음달 15일까지 와서 장마가 진다는 뜻에서 나온 말(제주 지방에서 유래됨).

그 밥에 그 나물 : ⇒ 그 나물에 그 밥.

그 속옷이 그 속옷이다 : ⇒ 초록은 동색.

그슬린 돼지가 달아맨 돼지 타령한다 : ⇒ 똥 묻은 개가 겨 묻은 개 나무란다.

그 식이 장식(長食)이라 : 한없이 먹어 없앰을 뜻하거나, 또는 변함없이 늘 같은 모양을 이르는 말.

그 아비에 그 아들(자식)〔父傳子傳〕: 잘난 어버이에게선 잘난 자식이, 못난 어버이에게선 못난 자식이 태어난다는 말. 개가 개를 낳지(낳는다고).

그 애비에 그 아들, 그 남편에 그 녀편네㊊**:** 아들이 못된 제 아비를 닮고 아내가 제 남편을 닮아서 못된 짓을 하는 경우를 이르는 말.

그 어머니에 그 아들(딸) : 아들딸의 재능이나 행실이 자기 어머니를 닮았을 경우를 이르는 말.

그 장단 춤추기 어렵다 : ① 장단이 까다롭고 대중이 없어 그에 맞추어 춤추기가 매우 어렵다는 뜻으로, 일을 시키는 것이 명확하지 아니하고 자주 변하여 가늠할 수 없음을 비유하여 이르는 말. ② 어떤 일을 주관하는 사람이 많아 누구의 말을 따라야 할지 알 수 없음을 비유하여 이르는 말. 어느 장단에 춤추랴. 이 굿에는 춤추기 어렵다. 이날 춤추기 어렵다.

그 집 장 한 독을 다 먹어 보아야 그 집 일을 잘 안다㊊ **:** 장 한 독을 다 먹을 만큼 오래 머물러야 그 집안 사정을 잘 알 수 있다는 뜻으로, 무슨 일이나 자세히 알기 위하여서는 그 속에 깊이 파고들어야 함을 비유하여 이르는 말.

극락(極樂) 길 버리고 지옥(地獄) 길 간다 : ① 선심(善心)을 버리고 악행(惡行)만을 일삼는 것을 비유하여 이르는 말. ② 편하고 이익 되는 일은 하지 않고 위험하고 해로운 일만 함을 비유하여 이르는 말.

극성(極盛)이면 필패(必敗)라 : 극도로 성하게 되면 또한 반드시 그 끝은 좋지 않게 된다는 말.

근농(勤農)은 김을 안 보고 매고 중농(中農)은 김을 보고 매고 나농(懦農)은 풀을 보고도 매지 않는다 : 근면한 농민은 잘 보이지 않는 어린 풀까지 매고, 보통 농민은 풀을 보고 매고, 게으른 농민은 풀을 보고도 안 매듯이, 곡식이 잘되고 못되는 것은 김을 잘 매주고 못 매주는 데서 결정된다는 말.

근심에 마르고(여위고), 설음에는 살찐다㊊ **:** 드러내 놓고 슬퍼하는 것보다 속으로 은근히 근심하는 것이 더 애타고 몸도 축난다는 말. 설음에는 살찌고, 근심에는 여윈다㊊.

근원 벨 칼이 없고, 근심 없앨 약이 없다 : 부부간의 금슬이나 인간의 근심을 끊을 수 없으며 근심 걱정은 언제나 따른다 말.

근잠 먹은 끝은 있어도 멸구 먹은 끝은 없다 : 벼의 병충해에서는 근잠의 피해보다 멸구의 피해가 월등하게 크다는 말. *근잠 –벼가 잘 여물지 않는 병. 근잠 먹은 벼는 도끼 들고 나서고, 멸구 먹은 벼는 갈퀴 들고 나선다. 멸구 지나간 끝은 없다.

근잠 먹은 벼는 도끼 들고 나서고, 멸구 먹은 벼는 갈퀴 들고 나선다 : ⇒ 근잠 먹은 끝은 있어도 멸구 먹은 끝은 없다. *벼포기에서 근잠 먹은 벼는 죽지만 안 먹은 볏대는 더 굵어져 큰 이삭이 나게 되는데, 멸구가 먹은 벼는 다 죽어서 수확할 것이 없다는 데서 유래된 말.

근화일조몽〔槿花一朝夢〕 : 무궁화는 겨우 하루아침에만 영화를 누린다는 말로, 인생의 덧없음을 한탄하는 말.

글 모르는 귀신 없다 : 귀신도 글을 알고 있은 즉, 사람이라면 마땅히 글을 배워야 한다는 말.

글 못한 놈 붓 고른다〔能書不擇筆〕 : ⇒ 굿 못하는 무당 장구 타박한다.

글 속에(-도) 글 있고 말 속에(-도) 말 있다 : 말과 글은 그 속뜻을 잘 음미해 보아야 한다는 말.

글에 미친 송 생원(宋生員) : 다른 일은 돌보지 않고 다만 글만 읽고 있는 사람을 비웃는 말.

글에서 잘되고 못된 것은 내게 달렸고, 시비하고 칭찬하는 것은 남에게 있다㊊ **:** 글을 잘 짓고 못 짓는 것은 전적으로 자신의 준비 정도와 재능에 달려 있는 것이지만 그 결과에 대한 평가는 다른 사람에게 달려 있다는 뜻으로, 자신은 그저 일이 잘되도록 있는 힘을 다할 뿐, 자기가 한 일에 대하여 스스로 남 앞에서 잘되었다고 자랑하지 말라는 말.

글은 기성명(記姓名)이면 족하다 : 글은 자기

이름을 쓸 정도면 족하다는 뜻이니, 글공부를 많이 할 필요가 없다는 말. 글은 제이름 석 자나 알 면 족하다.

글은 제 이름 석 자나 알면 족하다 : ⇒ 글은 기성명이면 족하다.

글자 한 자를 써도 지묵(紙墨)은 있어야 한다 : 아무리 사소한 일을 하더라도 기본적인 사전 준비를 철저히 해야 한다는 말.

글 잘 못 쓰는 사람은 붓 타박을 하고 농사지을 줄 모르는 사람은 밭 타박을 한다 : ⇒ 굿 못하는 무당 장구 타박한다.

글 잘 못쓰는 사람은 붓 타박을 하고 총 쏠 줄 모르는 사람은 총 타박을 한다 : ⇒ 굿 못하는 무당 장구 타박한다.

글 잘 쓰는 사람은 필묵을 탓하지(가리지) 않는다〔能書不擇筆〕: 능력이 있는 사람이나 능숙한 사람은 일을 하는 데 있어서 도구가 좋지 아니하더라도 잘한다는 말.

글 잘하는 자식 낳지 말고 말 잘하는 자식 낳으랬다 : 학문에 능한 사람보다는 언변 좋은 사람이 처세에 유리함을 비유하여 이르는 말. 힘센 아이 낳지 말고 말 잘하는 아이 낳아라.

긁어 부스럼 : 공연히 건드려서 만들어낸 걱정거리를 이르는 말. 공연히 긁어 부스럼 만든다. 공연히 숲을 헤쳐서 뱀을 일군다㊗. 아무렇지도 않은 다리에 침놓기. 울려서 아이 뺨치기. 자는 벌집 건드린다.

긁은 조갑지 닳지 솥이 닳나 : 솥에 누룽지를 조개껍질로 긁어 내면 조개껍질만 닳듯, 약한 자가 센 자에게 덤벼 보았자 이로울 것이 없다는 말.

금감(金柑)이 꽃 피면 장마가 끝난다 : 제주도 장마는 6월 하순에 시작하여 7월 중하순에 끝나는 것이 보통인데, 금귤 꽃은 음력 7월 상순에 피기 시작하므로 장마가 끝남을 예측할 수 있다는 말.

금강산 구경도 먹은 후에야 한다 : ⇒ 금강산도 식후경(-이라).

금강산 그늘이 관동 팔십 리 (간다) : 위대한 것의 영향력은 아주 먼데까지 미침을 이르는 말.

금강산도 식후경(-이라) : 아무리 재미있는 일이라도 배가 불러야 흥이 나지 배가 고파서는 아무 일도 할 수 없음을 비유하여 이르는 말. 금강산 구경도 먹은 후에야 한다. 꽃구경도 식후사.

금강산도 제 가기 싫으면 그만이다 : ⇒ 평안감사도 저 싫으면 그만.

금강산 상상봉에 물 밀어 배 띄워 평지 되거든 : ⇒ 기암절벽 천층석이 눈비 맞아 썩어지거든.

금관자(金貫子) 서슬에 큰기침한다 : ⇒ 망나니 짓을 하여도 금관자 서슬에 큰기침한다.
＊금관자－정이품·종이품의 벼슬아치가 다는 금으로 만든 관자.

금년 새 다리가 명년 소 다리보다 낫다 : 앞으로 어찌 될지 모르는 큰 것보다는 비록 적지만 당장 눈앞에서 얻을 수 있는 것이 더 이롭다는 말. 내일 백 냥보다 당장(오늘) 쉰 냥이 낫다. 내일의 천자보다 오늘의 재상.

금도 모르면서 싸다 한다 : ⇒ 값도 모르고 싸다 한다.

금돈도 안팎이 있다 : 아무리 좋고 훌륭한 것이라도 안과 밖의 구별이 있다는 말.

금두(金頭) 물고기가 용(龍)에게 덤벼든다 : 제힘에 겨운 것도 모르고 함부로 남에게 덤벼들어 화를 입는다는 말.

금방망이 우려먹듯 : ⇒ 쇠뼈다귀 우려먹듯.

금방 먹을 떡에도 소를(살을) 박는다 : 아무리 급한 일이라도 밟아야 할 순서는 밟아야 하며, 갖추어야 할 격식은 갖추어야 함을 비유하여 이르는 말. ＊소－떡, 만두 등을 만들 때 맛을 내기 위하여 익히기 전에 그 속에 넣는 것.

금사망(金絲網)을 썼다 : 무엇에 얽혀서 벗어날 수가 없음을 비유하여 이르는 말. *금사망-금빛 나는 실로 얽어서 만든 그물.

금새도 모르고 싸다 한다_북 : ⇒ 값도 모르고 싸다 한다.

금석(金石)과 같다 : 교분(交分)이나 언약이 굳게 변함없음을 이르는 말.

금승말 갈기 외로 질지 바로 질지 모른다 : 아직 어린 말의 말갈기가 장차 어느 쪽으로 넘어갈는지 모르듯, 일이 앞으로 어떻게 될지 짐작할 수 없다는 말. *금승말-그해에 태어난 말.

금 없는 곳에 구리가 보배라 : 똑똑한 사람이 없는 곳에서는 못난 사람이 잘난 체한다는 말.

금이야 옥이야 : 무엇을 다루는 데 매우 애지중지(愛之重之)한다는 말.

금일 충청도 내일(명일) 경상도 : 정처 없이 방랑함을 이르는 말.

금잔디 때 수근(水根)이 터지도록 비가 오면 풍년 든다 : 금잔디 수근이 터질 정도로 비가 내리는 것은 못자리 물로 쓰기 좋기 때문에 풍년이 들 징조라는 말.

금 잘 치는 서순동(徐順同)이라 : 서순동이라는 사람이 물가를 잘 평정(平定)하였다는 데서 비롯된 말로, 물가를 잘 정하는 사람을 두고 이르는 말.

금장이 금 불리듯 : 제 마음대로 남을 다루어 부림을 이르는 말.

금정(金井) 놓아두니 여우가 지나간다 : 일이 낭패됨을 뜻하는 말. *금정-광혈(壙穴)을 뚫을 때 그 넓이를 정하기 위해 쓰는 정자(井字) 모양의 목기(木機).

금주(禁酒)에 누룩 흥정(장사) : ⇒ 주금에 누룩 장사.

금천 원이 서울 올라 다니듯 : ① 금천군의 원이 출세하여 보려고 서울의 세도가들에게 뻔질나게 찾아다니듯 한다는 뜻으로, 출세욕에 눈이 어두워 중앙의 권세 있는 자나 상부 기관에 뻔질나게 찾아다니는 모양을 비웃는 말. ② 일을 빨리 이루려고 하나 도리어 더 더디고 느리게 됨을 비유하여 이르는 말.

금 판 돈도 돈이고 똥 판 돈도 돈이다_북 : 형식이나 과정은 비록 달라도 본질에 있어서는 결과가 같은 경우를 비유하여 이르는 말.

급하기는 우물에 가 숭늉 달라겠다 : ⇒ 급하면 바늘허리에 실 매어 쓸까.

급하기는 콩마당에 서슬 치겠다_북 : ① 이제 겨우 깍지를 뗀 콩마당에 가서 두부가 되도록 간수를 친다는 뜻으로, 몹시 성미가 급함을 이르는 말. ② ⇒ 급하면 바늘허리에 실 매어 쓸까.

급하다고 갓 쓰고 똥 싸랴 : ① 아무리 급해도 예의는 지켜야 함을 비유하여 이르는 말. ② ⇒ 급하면 바늘허리에 실 매어 쓸까.

급하다고 우물 쳐들고 마시랴_북 : ⇒ 급하면 바늘허리에 실 매어 쓸까.

급하면 관세음보살을 왼다 : 중이건 속인(俗人)이건 으레 급하면 관세음보살을 외는데, 그보다는 오히려 평소에 힘쓰고 닦아서 급한 일을 당하더라도 당황하지 않게 하라는 말.

급하면 바늘허리에 실 매어 쓸까 : 일에는 일정한 순서가 있고 때가 있는 것이므로, 아무리 급해도 순서를 밟아서 일해야 함을 비유하여 이르는 말. 급하기는 우물에 가 숭늉 달라겠다. 급하기는 콩마당에 서슬치겠다 북②. 급하다고 갓 쓰고 똥 싸랴②. 급하다고 우물 쳐들고 마시랴 북. 급하면 콩마당에 간수 치랴.

급하면 부처 다리 안는다 : 평소에 부지런히 하여 급한 일을 당하더라도 당황하지 말라는 말.

급하면 업은 아이도 찾는다[북] **:** 급한 처지에 빠지면 당황해서 덤벙대게 됨을 비유하여 이르는 말.

급하면 임금 망건 사러 가는 돈이라도 쓴다 : ⇒ 나라님 망건값도 쓴다.

급하면 콩마당에 간수 치랴 : ⇒ 급하면 바늘허리에 실 매어 쓸까.

급한 길은 에워가라[북] **:** 급하다고 서두르면 도리어 실수할 수 있으므로 급할수록 앞뒤를 헤아려서 침착하게 행동하라는 말.

급한 새가 품 안으로 날아드는 것은 쫓지 않는다[북] **:** 막다른 지경에 이른 사람이 도움을 바랄 경우에는 물리쳐 버리지 않는 것이 인정임을 비유하여 이르는 말.

급히 더운 방이 쉬 식는다 : ⇒ 쉬 더운 방(구들)이 쉬 식는다.

급히 먹는 밥에 목이 멘다〔忙食噎喉〕 : 일을 급히 서두르면 실패한다는 말.

기가 하도 막혀서 막힌 둥 만 둥 : 너무 큰 변을 당하면 어안이 벙벙하여 도리어 아무렇지도 않은 듯하다는 말.

기갈 든 놈은 돌담조차도 부순다 : 사람이 몹시 굶주리면 상식으로는 도저히 생각할 수 없는 일까지도 능히 저지른다는 말.

기갈(飢渴)이 감식(甘食) : ⇒ 시장이 반찬.

기는 놈 위에 나는 놈 있다 : ⇒ 뛰는 놈 위에 나는 놈 있다.

기다리다 보면 비 오는 날도 있다 : 가뭄 때 비를 기다리다 보면 알맞게 비가 올 때도 있다는 말.

기대가 크면 실망도 크다 : 너무 크게 기대했다가 잘못되면 실망이 크다는 말이니, 처음부터 너무 큰 기대를 하지 말라는 말.

기(-지)도 못하(-면서)고 뛰려(-고) 한다 : ⇒ 걷기도 전에 뛰려고 한다.

기(-지)도 못하는 게 날려 한다 : ⇒ 걷기도 전에 뛰려고 한다.

기둥보다 서까래가 더 굵다 : 주(主)가 되는 것과 그에 따르는 것이 뒤바뀌어 사리에 어긋남을 비유하여 이르는 말. ⇒ 발보다 발가락이 더 크다.

기둥을 치면 들보가(봇장이) 운다(울린다) : ① 직접 말하지 않고 간접으로 넌지시 말하여도 알아듣는다는 말. ② 주가 되는 대상에 일격을 가하면 그와 관련된 대상들이 자연히 영향을 입게 된다는 말.

기(旗) 들고 나팔 불고 북 친다[북] **:** 혼자서 다 해내지도 못할 것을 이것저것 건드림을 비유하여 이르는 말.

기(旗) 들고 북 치기(쳤다) : 항복한다는 뜻으로, 실패하여 도저히 가망이 없음을 비유하여 이르는 말.

기러기 불렀다 : 사람이 멀리 도망했음을 뜻하는 말.

기러기는 백 년의 수(壽)를 갖는다 : 천한 새도 그만큼 오래 사는 것이니, 자신을 천하게 알고 함부로 굴면 안 된다는 말.

기르던 개에게 다리를 물렸다 : 은혜를 베푼 사람으로부터 큰 화를 입었음을 이르는 말. 개를 기르다 다리를 물렸다. 기른 개가 아들 불알 잘라 먹는다. 삼 년 먹여 기른 개가 주인 발등을 문다.

기른 개가 아들 불알 잘라 먹는다 : ⇒ 기르던 개에게 다리를 물렸다.

기름 도적해 먹은 개 눈같이 헤번덕거린다[북] **:** 개가 기름을 도둑질하여 먹고 고소한 맛에 홀려 먹을 것이 더 없나 하고 기웃거린다는 뜻으로, 남의 눈치를 살피며 불안스럽게 눈동자를 이리저리 굴리는 모양을 비유하여 이르는 말.

기름독에 빠졌다 나오다 : 어떤 사물이 기름을 칠한 것처럼 반질반질함을 비유하여 이르는 말.

기름 떡 먹기 : ⇒ 약과(-를) 먹기(-라).

기름 맛을 본 개 : ⇒ 기름 먹어 본 개(같이).

기름 먹어 본 개(같이) : 한 번 맛을 본 후로는 그 맛을 못 잊어 자꾸 그 짓을 하고 싶어 하는 모양. 기름 맛을 본 개.

기름 먹인 가죽이 부드럽다 : 뇌물(賂物)을 써서 통해 놓으면 일이 순조롭게 됨을 비유하여 이르는 말.

기름을 버리고 깨를 줍는다 : 큰 이익을 버리고 보잘것없는 작은 이익을 구함을 비유하여 이르는 말. 기름 엎지르고 깨 줍기. 재산을 잃고 쌀알 줍는다.

기름을 엎지르고 깨 줍기 : ⇒ 기름을 버리고 깨를 줍는다.

기름을 치고 부채질한다(북) **:** ⇒ 불난 데 풀무질한다.

기린은 잠자고 스라소니가 춤춘다 : 성인(聖人)은 깊숙이 들어앉아 활동을 하지 않고, 간악하고 무능한 사람이 날친다는 말.

기린이 늙으면 노마만 못하다 : 탁월한 사람도 늙어지면 기력이 쇠진하여 그 재능을 발휘하지 못한다는 말.

기쁨은 나눌수록 커지고 슬픔은 나눌수록 준다 : 많은 사람이 축하해 주면 기쁨은 커지고, 슬픔은 많은 사람이 위로해 주면 줄어든다는 말.

기생의 자릿저고리 : ① 기생의 옷은 기름때가 묻고 분 냄새가 나서 더러우니, 외모가 단정치 못하고 언행이 간사함을 조롱하는 말. ② 이름은 요란하나 실상은 전혀 쓸모없는 것을 비유하여 이르는 말.

기생 죽은 넋 : ① 다 낡아 못 쓰게 되어도 아직 볼품은 있음을 비유하여 이르는 말. ② 게을러빠지고 모양만 내는 사람을 놀림조로 이르는 말.

기생 환갑은 서른 : ① 서른 살이면 기생으로서의 생명이 다한 것이나 다름없다는 말. ② 특별한 체력이나 능력을 필요로 하는 직업에는 연령의 한계가 있다는 말.

기암절벽 천층석(千層石)이 눈비 맞아 썩어지거든 : 도무지 실현될 가능성이 없는 일임을 비유하여 이르는 말. 금강산 상상봉에 물 밀어 배 띄워 평지 되거든. 까마귀 대가리 희거든.

기역자 왼 다리도 못 그린다 : 아주 무식하다는 말.

기와집 물려준 자손은 제사를 두 번 지내야 한다 : 초가집 지붕은 이기가 귀찮고 힘든 데서 나온 말.

기와집에 옻칠하고 사나 : ⇒ 그렇게 하면 뒷간에 옻칠을 하나.

기와집이면 다 사창(社倉)인가 : 겉이 훌륭하다고 하여 그 내용도 다 훌륭하다고 볼 수는 없다는 말.

기와 한 장 아끼다가 담 돌만큼 해(害) 본다 : ⇒ 기와 한 장 아끼다가 대들보 썩힌다.

기와 한 장 아끼려다 대들보 썩힌다 : 적은 것을 아끼다가 오히려 큰 손해를 봄을 비유하여 이르는 말. 기와 한 장 아끼다가 담 돌만큼 해 본다. 좁쌀만큼 아끼려다 돌담만큼 해 본다. 한 푼 아끼려다 백 냥 잃는다.

기우제(祈雨祭)를 지내면 비가 온다 : 인디언들은 비가 올 때까지 계속해서 기우제를 지내기 때문에 유래된 말.

기우제에 쓴 돼지머리는 물속에 던져야 한다 : 기우제에 쓴 돼지는 먹지 말고 물 속에 던져서 용왕(龍王)이 먹도록 해야 비가 온다는 말.

기운이 세면 소가 왕 노릇 할까 : ⇒ 소가 크면(세면) 왕 노릇 하나.

기운이 세면 장수 노릇 하나 : ⇒ 소가 크면(세면) 왕 노릇 하나.

기적 소리가 가까이 들리면 비가 온다 : 저기압이 다가오면 음의 전도가 빨라져 평소보다 기적 소리가 똑똑히 들린다는 말. 기적 소리가 가깝게 들리면 날이 흐리고 비가 온다. 먼 곳의 소리가 가까이 들리면 비가 온다. 소리가 크고 가까이 들리면 비가 온다. 종소리가 똑똑히 들리면 비가 올 징조다.

기적 소리가 가깝게 들리면 날이 흐리고 비가 온다 : ⇒ 기적 소리가 가까이 들리면 비가 온다.

기지도 못하는 게 날려 한다 : ⇒ 걷기도 전에 뛰려고 한다.

기지도 못하면서 뛰려고 한다 : ⇒ 걷기도 전에 뛰려고 한다.

기침에 재채기(雪上加霜) : ① 어려운 일이 공교롭게 계속됨을 비유하여 이르는 말. 고비에 인삼. 눈 위에 서리 친다. 마디에 옹이. 얼어 죽고 데어 죽는다. 옹이에 마디. 하품에 딸꾹질. 하품에 폐기. ② 일마다 공교롭게도 방해가 끼어 낭패를 보게 됨을 비유하여 이르는 말. 고비에 인삼. 눈 위에 서리 친다. 마디에 옹이. 옹이에 마디. 하품에 딸꾹질. 하품에 폐기.

긴 병에 효자(孝子) 없다 : 부모가 너무 오래 앓으면 자식의 보살핌이 성실치 못할 때도 있다는 말이니, 무슨 일이든 너무 오래 하다 보면 그 일에 성의가 덜해질 때가 있음을 이르는 말. 삼 년 간병에 효자 없다. 삼 년 구병에 불효 난다. 장병에 효자 없다.

길 가다가 개가 집으로 따라오면 도둑을 맞지 않는다 : 길 가다가 낯선 개가 집으로 따라 들어오면 이 개가 도둑을 잘 지켜 준다는 말.

길가에 집 세우며 남의 말 들으려다간 집 되어 볼 날 없다㊕ **:** ⇒ 길가에 집짓기.

길가에 집 짓기〔作舍道傍〕 : ① 길가에 집을 지으면 오가는 사람들이 저마다 간섭을 하여 집을 짓지 못한다는 뜻으로, 무슨 일에 참견하는 사람이 많아서 그 일이 이루어지기 어려움을 비유하여 이르는 말. ② 주견 없이 남의 간섭이나 의견만 좇다가는 아무 일도 제대로 끝을 맺을 수 없음을 비유하여 이르는 말. 길가에 집 세우며 남의 말 들으려다간 집 되어 볼 날 없다㊕.

길가의 돌부처가 다 웃겠다 : ⇒ 돌미륵이 웃을 노릇.

길가의 조약돌처럼(조약돌 같다)㊕ **:** 오가는 사람들의 발에 밟히고 차이면서 이리 굴리고 저리 굴리는 조약돌 같은 처지라는 뜻으로, 사람다운 대우를 받지 못하고 이리저리 밀려가는 처지나 신세를 비유하여 이르는 말.

길고 짧은 것은 대 보아야 안다 : 대소(大小), 우열(優劣)은 짐작이나 말보다는 실제로 견주거나 겨루어 보아야 안다는 말. 길든 짧든 대 보아야 안다.

길 닦아 놓으니까 꺽정이가(거지가, 미친년이) 먼저 지나간다 : 정성껏 공들여 놓은 일이 그만 보람 없이 되었음을 비유하여 이르는 말. 거둥길 닦아 놓으니까 깍정이가(미친년이) 먼저 지나간다. 길 닦아 놓으니까 용천배기 지랄한다㊕. 치도하여 놓으니까 거지가 먼저 지나간다.

길 닦아 놓으니까 용천배기 지랄한다㊕ **:** 길 닦아 놓으니까 꺽정이가(거지가, 미친년이) 먼저 지나간다. * 용천배기—'문둥이(한센병 환자)'의 충청·전라 방언.

길동무가 좋으면 먼 길도 가깝다㊕ **:** 서로 마음이 통하는 사람과 함께 일하면 힘도 덜 들고 성과도 더 좋음을 비유하여 이르는 말.

길든〔長〕 짧든〔短〕 대 보아야 안다 : ⇒ 길고 짧은 것은 대(재어) 보아야 안다.

길러 준 개 주인 문 격이다 : 은덕을 베풀어 준 사람에게 도리어 해(害)를 끼침을 이르는 말.

길로 가라니까 메로 간다 : 유리하고 편리한 방법을 알려 주는데도 타인의 지시나 윗사람의 명령을 어기고 제 고집대로만 함을 이르는 말. 길로 가라면 산으로 간다.

길로 가라면 산으로 간다 : ⇒ 길로 가라니까 메로 간다.

길마 무거워 소 드러누울까 : ① 짐을 싣기 위하여 소 등에 얹는 길마가 아무리 무겁다고 한들 그것 때문에 소가 드러누울 리 없다는 뜻으로, 전혀 걱정할 필요가 없는 남의 일을 부질없이 걱정함을 비유하여 이르는 말. ② 어떤 일을 앞두고 힘이 부족할까 봐 미리 겁을 내지 말라는 말. *길마-짐을 실으려고 소의 등에 얹는 안장.

길 막힌 밭 사는 사람은 없다 : 드나드는 길이 없는 밭은 농사를 지으러 다닐 수가 없으므로 사는 사람이 없다는 말. 통로 막힌 밭 시세 없다. 통로 없는 논밭은 사지 말랬다.

길쌈바치 늙은이는 죽으면 무명 고쟁이가 아홉이고, 해녀 늙은이는 죽으면 칠 부자(七父子)가 드는 도곱수건이 하나다 : 목화 농사를 하여 길쌈하는 여자는 죽으면 옷이나 여러 벌 있지만, 해녀는 죽을 때 도곱수건조차도 성한 것이 없어 노닥노닥 기웠듯이 일평생 고생만 하다가 죽는다는 말.
*도곱수건-해녀가 바다에 들어갈 때 입는 음부를 가리는 옷.

길쌈 잘하는 첩(妾) : ① 길쌈 잘하고 부지런한 첩이 어디 있겠느냐는 뜻으로, 괴이한 현상을 비유하여 이르는 말. ② 있을 리 없는 희망을 비유하여 이르는 말.

길〔道〕 아래 돌부처 : 무슨 일에나 아무 관계없는 듯이 무심히 지켜보기만 하는 사람을 비유하여 이르는 말.

길 아래 돌부처도 돌아앉는다 : ⇒ 돌부처도 꿈적인다.

길에 돌도 연분이 있어야 찬다 : 아무리 하찮은 일이라도 인연이 있어야 이루어진다는 말.

길은 갈 탓(-이요) 말은 할 탓(-이라) : 같은 말이라도 하기에 따라 상대방에게 주는 영향이 다름을 이르는 말.

길을 두고 메로 갈까 : 쉽게 할 수 있는 것을 구태여 어렵게 할 리가 없다는 말.

길을 떠나려거든 눈썹도 빼어 놓고 가라 : 먼 길이나 여행을 떠날 때는 될 수 있는 한 짐은 간편하게 나서라는 말. 서울 가는 놈이 눈썹을 빼고 간다. 서울 갈 때는 눈썹도 빼고 간다.

길을 무서워하면 범을 만난다 : 항상 겁이 많고 무서움을 잘 타는 사람은 그만큼 실제로 무서운 일을 당하게 된다는 말.

길을 알면 앞서 가라 : 어떤 일에 자신이 있으면 서슴지 말고 먼저 행하라는 말.

길이 멀면 말의 힘을 알고 날이 오래면 사람의 마음을 안다㊀ **:** 사람은 오랫동안 함께 사귀고 지내 보아야 그가 진짜 어떤 사람인지를 알 수 있음을 비유하여 이르는 말.

길이 아니거든(-면) 가지를 말고 말이 아니거든(-면) 듣지를 말라 : 언행(言行)을 소홀히 하지 말고 정도(正道)에서 벗어나는 일은 전혀 하지 말라는 말.

길이 없으니 한 길을 걷고 물이 없으니 한 물을 먹는다 : 달리 도리가 없어 본의는 아니지만 할 수 없이 일을 같이 한다는 말.

길주(吉州) 명천(明川) 삼베다 : 옛날 함경도 길주와 명천에서 짠 삼베는 질이 좋았다는 말.

김개 겨울 가뭄에 딸 시집보낸다 : 겨울 가뭄으로 김이 흉작된 해에 딸마저 시집을 보내게 되어 매우 고생스럽다는 말. *김 재배 고장으로 시집을 가서 고생이 더 심하다는 전남 해안 지역에서 유래된 속담.

김매고 밭가는 것을 자꾸 하게 되면 농부가 된다〔積耨而爲農夫〕 : 농부가 따로 있는 것이 아니라 농사일을 자꾸 해서 능숙해지면 농부가 된다는 말.

김매기 싫은 놈 밭고랑만 센다 : ⇒ 게으른 년이 삼가래 세고 게으른 놈이 책장 센다.

김매는 데 주인은 아흔아홉 몫을 맨다 : 남을 부려서 하는 일에는 주인만 애쓴다는 말.

김발에 파래 일면 김 농사는 하나마나다 : 김발에 파래가 일면 김 엽체(葉體)의 성장이 지장을 받게 될 뿐 아니라, 파래와 혼합 성장하면 김의 품질이 저하되어 상품 가치를 상실하게 됨을 이르는 말.

김발 채묘(採苗)는 대조(大潮) 때 서둘러라 : 자연산 김발의 채묘는 여덟물(음력 3일과 18일)과 열물(음력 5일과 10일) 사이가 가장 적당하며, 특히 김 포자(胞子) 방출은 이른 새벽부터 시작하여 새벽 물이 들기 시작할 때 하는 것이 좋음을 이르는 말.

김(金) 씨가 먹고 이 씨가 취한다 : ⇒ 콩죽은 내가 먹고 배는 남이 앓는다.

김 씨가 한몫 끼지 않은 우물은 없다 : 김씨 성을 가진 사람이 많음을 이르는 말.

김〔苔〕 안개가 끼었는데 김 잘되랴 : ⇒ 김 터졌는데 김 잘되랴. *김 안개가 김 양식에 피해를 준다는 데서 나온 말.

김〔烝〕 안 나는 숭늉이 더 뜨겁다 : 물이 비등점(沸騰點)이 넘으면 김은 안 나나 뜨겁기는 극도로 뜨거우니, 사람도 공연히 떠벌리는 사람은 그리 무섭지 않고 침묵을 지키고 있는 사람이 도리어 무섭다는 말. 김 안 나는 숭늉이 덥다.

김 안 나는 숭늉이 덥다 : ⇒ 김 안 나는 숭늉이 더 뜨겁다.

김장감이 풍년이면 김장을 늦게 하고, 김장감이 흉년이면 김장을 일찍 해야 한다 : 무 배추가 흉년이면 값이 점점 오르게 되므로 김장을 일찍 하는 것이 유리하고, 반대로 풍년일 경우에는 값이 점점 떨어지게 되므로 김장을 늦게 하는 것이 유리하다는 말. 무 배추가 흉년이면 김장은 일찍 해야 하고, 무 배추가 풍년이면 김장은 늦게 해야 한다.

김장 맛은 고추 맛에 달렸다 : 김장은 좋은 고추로 양념을 해야 맛이 있다는 말.

김장 맛은 양념에 달렸다 : 김장 맛이 좋고 나쁜 것은 양념 맛이 좋고 나쁜 데서 결정이 된다는 말.

김장 배추가 물러지면 집안일이 꼬인다 : 김장 배추를 잘못 간수하면 얼어서 물러지게 되므로 잘 간수하여 얼지 않도록 하라는 말.

김장은 겨울철의 반 양식이다 : 예전에는 겨울철에 김장 하나로 반찬을 하였기 때문에 김장이 반양식이었다는 말. 김장이 반양식이다.

김장은 손끝을 불어 가면서 담아야 한다 : 김장은 늦게 해야 시지 않으므로 오래 두고 맛있게 먹을 수 있음을 뜻하는 말.

김장이 반양식이다 : ⇒ 김장은 겨울철의 반양식이다.

김칫국 먹고 수염 쓴다 : ⇒ 미꾸라짓국 먹고 용트림한다.

김칫국부터 마신다 : ⇒ 떡 줄 사람은 꿈도 안 꾸는데 김칫국부터 마신다.

김칫국 채어 먹은 거지 떨듯 한다 : 남들은 그다지 추워하지도 않는데 저 혼자 추워서 덜덜 떨고 있는 사람을 이르는 말.

김〔苔〕 터졌는데 김 잘되랴 : 겨울철 김 생산 때에 수온이 적당하지 못하면 김 작황이 나빠진다는 말. 김 안개가 끼었는데 김 잘되랴.

김 한 장에 달걀 하나다 : 김 한 장에는 달걀 한 개에 해당하는 많은 영양가가 함유되어 있다는 말.

깃발을 날리다 : 기세가 등등하거나, 우쭐대는 행동이 대단함을 이르는 말.

깃 없는 어린 새 그 몸을 보전치 못한다 : 나이가 어린아이는 부모의 보호를 받지 않으면 자라나기 어려움을 비유하여 이르는 말.

깊고 얕은 물은 건너 보아야 안다 : ⇒ 물은 건너 보아야 알고, 사람은 지내 보아야 안다.

깊던 물도 얕아지면 오던 고기도 아니 온다 : ⇒ 꽃이라도 십일홍 되면 오던 봉접도 아니 온다.

깊은 물은 가뭄을 타지 않는다 : 수원이 넉넉한 논은 가뭄을 타지 않듯이, 무엇이든 넉넉하면 곤란을 받지 않게 된다는 말.

깊은 산에서 목마르다고 하면 호랑이를 만난다 : ① 물을 찾기 어려운 깊은 산에서는 목이 마르더라도 참으라는 말. ② 형편으로 보아 실현되기 어려운 요구나 희망은 가지지 말라는 말.

까기 전 병아리는 세지 말랬다 : ⇒ 까기 전에 병아리부터 세지 마라.

까기 전에 병아리부터 세지 마라 : ① 병아리는 20일이면 부화하는데, 중간에 자주 들여다보면 어미닭을 불안하게 만들어 부화에 지장을 준다는 말. ② 일이 성사되기도 전에 결과에서 생길 이익을 따지는 것은 좋지 아니하다는 말. 까기 전 병아리는 세지 말랬다. 알까기 전에 병아리 세지 마라.

까다롭기는 옹생원 똥구멍이라 : 유별나게 까다로운 사람을 이르는 말.

까마귀가 검기로 마음(살, 속)도 검겠나 : ① 겉모양이 허술하고 누추하여도 마음까지 악할 리 없음을 비유하여 이르는 말. ② 사람을 평가할 때 겉모양만 보고 할 것이 아니라는 뜻으로 이르는 말. 까마귀가 검어도 살은 희다(아니 검다). 까마귀 겉 검다고 속조차 검은 줄 아느냐. 까마귀는 검어도 살은 희다(아니 검다).

까마귀가 검어도 살은 희다(아니 검다) : ⇒ 까마귀는 검기로 마음(살, 속)도 검겠나.

까마귀가 까마귀 눈알 빼 먹지 않는다북 **:** 송장의 눈알을 빼 먹는 까마귀조차도 같은 까마귀의 눈알은 빼 먹지 않는다는 뜻으로, 동료를 해치는 경우를 두고 비난조로 이르는 말.

까마귀가 까치보고 검다 한다북 **:** 제가 더러운 주제에 도리어 남을 더럽다고 흉본다는 뜻으로, 자기 처지는 생각하지 않고 뻔뻔스럽게 남의 흉을 봄을 비웃는 말.

까마귀가 까치집을 뺏는다 : 서로 비슷하게 생긴 것을 빙자하여 남의 것을 빼앗는다는 말.

까마귀가 떠들면 폭풍이 분다 : 까마귀가 유난히 떠들면 폭풍이 불게 된다는 말.

까마귀가 메밀(고욤 · 보리 · 오디)을 마다한다(마다할까) : ⇒ 개가 똥을 마다할까(마다한다).

까마귀 송장 먹은 소리북 **:** ⇒ 송장 먹은 까마귀 소리북.

까마귀가 아저씨 하겠다 : 손발이나 몸에 때가 너무 많이 끼어서 시꺼멓고 더러운 것을 놀림조로 이르는 말. 까마귀와 사촌.

까마귀가 알 (물어다) 감추듯 (한다) : 까마귀가 알을 물어다 감추고 나중에 어디에 두었는지 모른다는 데서 유래된 말로, 제가 둔 물건이 있는 곳을 걸핏하면 잘 잊어버리는 경우를 비유하여 이르는 말. 까마귀 떡 감추듯.

까마귀가 열두 번 울어도 까옥 소리뿐이다 : ① 까마귀가 아무리 많이 울어도 듣기 싫은 까옥 소리뿐이라는 뜻으로, 마음속이 검은 사람이 아무리 지껄여도 그 소리는 하나도 들을 것이나 이로운 것이 없음을 비유하여 이르는 말. ② 미운 사람이 하는 일은 하나부터 열까지 다 밉기만 함을 이르는 말. 까마귀 소리 열소리에 한마디 신통한 소리 없다. 까마귀 열두 가지 소리 다 잘해도 마지막에는 저 맞아 죽을 소리 한다북. 까마귀 열두 소리에 하나도 좋지 않다. 까마귀 열두 소리 하나도 들을 것 없다. 까마귀 하루에 열두 마디를 울어도 송장 먹는 소리.

까마귀가 오지 말라는 격 : 까마귀가 '까옥까옥' 우는 것을 '가오가오' 하고 우는 것으로 듣는 것처럼, 남은 아무렇지도 않은데 그의 말을 잘못 이해하고 공연히 언짢게 여김을 놀림조로 이르는 말.

까마귀 겉 검다고 속조차 검은 줄 아느냐 : ⇒ 까마귀가 검기로 마음(살, 속)도 검겠나.

까마귀 게 발 던지듯 : 볼 일을 다 보았다고 내던져져서 외롭게 된 모양을 이르는 말. 게 발 물어 던지듯.

까마귀 고기를 먹었나(먹었느냐) : 잊어버리기를 잘하는 사람을 놀리거나 나무라는 말. 까마귀 알 까먹었나㊍.

까마귀 꿩 잡을 계교㊍ : 어리석은 잔꾀를 비웃어 이르는 말.

까마귀 날자 배 떨어진다〔烏飛梨落〕: 아무 관계없이 한 일이 다른 일과 공교롭게 때가 같으므로, 어떤 관계가 있는 것처럼 의심을 받게 됨을 비유하여 이르는 말.

까마귀는 검어도 살은 희다(아니 검다) : ⇒ 까마귀가 검기로 마음(살, 속)도 검겠나.

까마귀는 미역을 감아도 희어지지 않는다 : 타고난 성품이 악한 사람은 아무리해도 착해지지 않는다는 말.

까마귀 대가리 희거든 : ① ⇒ 기암절벽 천층석이 눈비 맞아 썩어지거든. ② 기한을 정할 수 없는 경우를 이르는 말.

까마귀도 내 땅 까마귀라면 반갑다 : ⇒ 내 땅 까마귀는 검어도 귀엽다.

까마귀도 반포의 효도가 있고 비둘기도 례절을 안다㊍ : 까마귀는 자라서 어미에게 먹이를 물어다 먹인다는 반포(反哺)의 효성이 있고 비둘기도 어미와 새끼, 수컷과 암컷 사이에 엄격한 질서가 있어 예절을 지킨다고 하는데 하물며 사람으로서 어찌 은덕을 잊을 수 있겠는가 하고 이르는 말.

까마귀도 제 소리는 아름답다고 한다 : 누구나 자기 것은 좋다고 한다는 말.

까마귀 둥우리에 솔개미 들어앉는다 : ① 좁은 곳에 큰 것이 들어앉아 그 모양이 어울리지 않고 우습다는 말. ② 적당치 못한 자리에 큰 인물을 앉히는 것이 불합리함을 비유하여 이르는 말.

까마귀 떡 감추듯 : ⇒ 까마귀가 알 (물어다) 감추듯 (한다).

까마귀 떼 다니듯 : 불길한 느낌을 주는 사람들이 떼 지어 다님을 이르는 말.

까마귀 똥도 약에 쓰려면 오백 냥이라 : ⇒ 개똥도 약에 쓰려면 없다.

까마귀 똥도 약이라니까 물에 깔긴다 : ⇒ 개똥도 약에 쓰려면 없다.

까마귀 똥도 열닷(오백) 냥 하면 물에 깔긴다 : ⇒ 개똥도 약에 쓰려면 없다.

까마귀 똥 헤치듯 : 일을 잘못하는 모양을 비유하여 이르는 말.

까마귀 먹이 받아먹듯 한다〔反哺之孝〕: 늙은 부모가 자식의 효양(孝養)을 받을 때를 이르는 말.

까마귀 모르는 제사 : 반포(反哺)로 이름난 까마귀도 모르는 제사라는 뜻으로, 자손이 없는 쓸쓸한 제사를 이르는 말.

까마귀 무리에 해오라기 하나㊍ : ⇒ 꿩 무리에 학.

까마귀 뭣 뜯어 먹듯 : 남몰래 야금야금 집어다 가지는 것을 비유하여 이르는 말.

까마귀 미역 감듯(목욕하듯) : ① 까마귀는 미역을 감아도 검다는 데서 유래된 말로, 일한 자취나 보람이 드러나지 않음을 비유하여 이르는 말. ② 일을 처리함에 있어 세밀하지 못하고 거친 것을 비유하여 이르는 말.

까마귀밥이 된다 : 주인 없는 시체가 됨을 비유하여 이르는 말.

까마귀 새끼가 셋이면 흉년 든다 : 까마귀가 새끼를 많이 치면 풍년이 들고 적게 치면 흉년이 든다는 제주도 지방에서 유래된 말.

까마귀 소리 열 소리에 한마디 신통한 소리 없다 : ⇒ 까마귀가 열두 번 울어도 까옥 소리뿐이다.

까마귀 송장 먹은 소리㊖ **:** ⇒ 송장 먹은 까마귀 소리㊖.

까마귀 아래턱이 떨어질 소리 : 상대방으로부터 천만부당한 말을 들었을 경우에 어처구니없어 그런 소리 하지 말라고 이르는 말.

까마귀 안(-을) 받아먹듯 : 까마귀가 안갚음을 받는다는 데서, 늙은 부모가 자식의 지극한 효양을 받게 됨을 비유하여 이르는 말.

까마귀 알 까먹었나㊖ **:** ⇒ 까마귀 고기를 먹었나(먹었느냐).

까마귀 열두 가지 소리 다 잘해도, 마지막에는 저 맞아 죽을 소리 한다㊖ **:** ⇒ 까마귀가 열두 번 울어도 까옥 소리뿐이다.

까마귀 열두 소리에 하나도 좋지 않다 : ⇒ 까마귀가 열두 번 울어도 까옥 소리뿐이다.

까마귀 열두 소리 하나도 들을 것 없다 : ⇒ 까마귀가 열두 번 울어도 까옥 소리뿐이다.

까마귀 오디를 나무랄 때가 있다㊖ **:** ⇒ 개가 똥을 마다할까(마다한다).

까마귀와 사촌 : ⇒ 까마귀가 아저씨 하겠다.

까마귀 제 소리 하면 온다 : ⇒ 호랑이도 제 말 하면 온다②.

까마귀 제아무리 흰 칠을 하여도 백조로 될 수 없다㊖ **:** ⇒ 우마가 기린 되랴.

까마귀 짖어 범 죽으랴 : 사소한 방자가 있더라도 큰일에는 아무 영향이 없음을 비유하여 이르는 말.

까마귀 하루에 열두 마디를 울어도 송장 먹는 소리 : ⇒ 까마귀가 열두 번 울어도 까옥 소리뿐이다.

까마귀 학이 되랴 : ⇒ 우마가 기린 되랴.

까마귀 호통㊖ **:** 제가 생긴 것도 모르고 주제넘게 남에게 호통을 침을 비유하여 이르는 말.

까막까치도 집이 있다 : 하찮은 까마귀나 까치들도 다 제집이 있다는 뜻으로, 집 없는 사람의 처지를 한탄하여 이르는 말. 갈매기도 제집이 있다. 까치도 둥지가 있다㊖. 우렁이도 집이 있다.

까막까치 소리를 다 하다㊖ **:** 까마귀와 까치가 울어 대듯, 시끄럽게 할 소리, 못할 소리를 다 하는 모양을 비유하여 이르는 말.

까불기는 촉새 같다 : 몹시 촐랑거리며 까부는 사람을 비유하여 이르는 말.

까치가 물을 치면 날씨가 갠다 : 전남 여수 지역에서 사용되는 속신어(俗信語)의 일종으로 까치가 물을 치면 날씨가 좋다는 말.

까치가 집을 높게 지으면 장마 진다 : 조류들도 기상 환경 변화 감지 기능이 발달하여 본능적으로 장마를 예감하고 높은 곳으로 피신한다는 말.

까치가 칠월 열나흗날 울면 수수가 잘된다 : 음력 7월 14일 까치가 울게 되면 수수가 풍년이 든다는 말.

까치는 까치끼리㊖ **:** ⇒ 늑대는 늑대끼리, 노루는 노루끼리.

까치도 둥지가 있다㊖ **:** ⇒ 까막까치도 집이 있다.

까치 발을 볶으면 도둑질한 사람이 말라 죽는다 : 물건을 잃어버린 사람이 훔친 사람을 대강 짐작하여 상대를 떠보는 말.

까치 배 바닥(배때기) 같다㊖ **:** 흰소리나 과장된 말을 잘하는 사람을 조롱조로 하는 말. 까치 뱃바닥 같이 흰소리 한다㊖.

까치 뱃바닥 같이 흰소리 한다㊖ **:** ⇒ 까치 배 바닥(배때기) 같다㊖.

까치집 낮게 지으면 태풍이 잦다 : 까치는 기상에 민감한 조류로서 집을 높게 짓는 습성이 있다. 그러나 낮게 짓는 것은 태풍을 예견하여 바람 피해를 막으려는 것으로 볼 수 있다는 말. 까치집 문이 북쪽에 있고 낮게 지으면 태풍이 잦다. 까치집을 낮게 지으면 바람을 조심하라.

까치집 문이 북쪽에 있고 낮게 지으면 태풍이

잦다 : ⇒ 까치집 낮게 지으면 태풍이 잦다.

까치집에 비둘기 들어 있다 : 남의 집에 들어가서 주인 행세를 한다는 말.

까치집을 나무 꼭대기에 지으면 풍년 든다 : 까치는 기상에 민감하여 까치집을 보고 그 해 풍흉을 알 수 있다는 말.

까치집을 낮게 지으면 바람을 조심하라 : ⇒ 까치집 낮게 지으면 태풍이 잦다.

까치집을 높게 지으면 그해 풍해가 없다 : 까치는 기상에 민감하기 때문에 까치집을 보고 그해 풍해가 있고 없는 것을 알 수 있다는 말.

까투리 까투리 얼었다 : 어떤 물건이 꽁꽁 얼었음을 이르는 말.

까투리 북한(北韓) 다녀 온 셈이다 : ⇒ 하룻망아지 서울 다녀오듯.

깎은 밤 같다 : 젊은 남자가 말쑥하고 단정하게 차려입은 모습을 비유하여 이르는 말. 깎은 서방님(선비) 같다.

깎은 서방님(선비) 같다 : ⇒ 깎은 밤 같다.

깐깐오월 : 음력 5월은 해가 길어 지루할 정도로 더디 간다는 말. 모둔오월.

깐깐오월 미끈유월 : 음력 5오월은 해가 길어 지루할 정도로 더디 가고, 6월은 해야 할 일은 많은데 어느 틈에 훽 지나가 버림을 뜻하는 말.

깝진 녀편네 첫아이 낳기만이나 하다㈜ **:** 끙끙거리기만 하면서 일을 척척 해치우지 못함을 비유적으로 이르는 말.

깨가 쏟아진다 : 몹시 재미가 있다는 말.

깨떡 먹기 : ⇒ 약과(-를) 먹기(-라).

깨는 불을 담아 부어야 풍년이 든다 : 깨 농사는 날씨가 덥고 약간 가물어야 풍작이 된다는 말.

깨를 날로 먹으면 몸에 이가 생긴다 : 날깨를 먹으면 몸에 이가 생긴다는 말로, 날것으로 먹어서 낭비하지 말라는 말.

깨물어서 아프지 않은 손가락 없다 : 열 손가락 중 어느 하나도 깨물어서 아프지 않은 손가락이 없듯이, 자식이 아무리 많아도 부모에게는 모두 소중하다는 말.

깨소금 맛 : 몹시 통쾌하다는 말.

깨어진 그릇 (이) 맞추기 : 한번 잘못된 일은 아무리 애써도 본래의 상태로 돌아갈 수 없음을 비유하여 이르는 말.

깨어진 냄비와 꿰맨 뚜껑 : 각각 한 가지씩 허물이 있어 피차에 흉을 볼 수 없게 된 사이를 이르는 말.

깨어진 요강단지 받들듯 : 조심하여 삼가는 모양을 비유하여 이르는 말. 언 소반 받들듯.

깻묵에도 씨가 있다 : ① 언뜻 보면 없을 듯한 곳에서도 자세히 살펴보면 혹 있을 수 있음을 비유하여 이르는 말. ② ㈜ 아무리 하찮아 보이는 물건에도 제 속은 있음을 비유하여 이르는 말.

깻묵을 먹으면 호랑이가 찾아온다 : 깻묵을 먹으면 그 냄새를 맡고 호랑이가 찾아오니 먹지 말라는 말.

꺼끄렁벼 몇 섬만 하면 촌부자다 : 촌부자는 땅 몇 마지기만 있어도 부자 소리를 듣는다는 말.

꺼내 먹은 김치독 (같다)㈜ **:** ① 텅 비고 아무것도 없는 것을 비유하여 이르는 말. ② 자기 구실을 다하여 쓸모없게 된 물건을 비유하여 이르는 말.

꺽꺽 푸드덕 장끼 갈 제 아로롱 까토리 따라가듯 : 둘이 서로 붙어 다니며 떨어지지 않음을 이르는 말.

꺽저기탕에 개구리 죽는다 : 국을 끓이려고 꺽저기를 잡을 때 개구리도 잡혀 죽는다는 뜻으로, 당치도 않은 일에 억울하게 희생됨을 비유하여 이르는 말. * 꺽저기—꺽짓과의 민물고기

껍질 상치 않게 호랑이를 잡을까 : 호랑이의

외피(外皮)를 상하지 않게 생포(生捕)할 수 없다는 말로, 노력을 한 다음에야 어려운 일이었음을 알 수 있다는 말.

껍질 없는 털가죽이 없다 㓁 **:** ⇒ 가죽이 있어야 털이 나지.

껍질 없는 털이 있을까 : ⇒ 가죽이 있어야 털이 나지.

꼬기는 칠팔월 수숫잎 꼬이듯 : ① 심술이 사납고 마음이 토라진 사람을 비유하여 이르는 말. ② 의사 표시를 솔직하게 하지 않고 우물쭈물 하는 모습을 비유하여 이르는 말.

꼬리가 길면 밟힌다 : 나쁜 일을 아무리 남모르게 한다고 해도 오래 두고 여러 번 계속하면 결국에는 들키고 만다는 것을 비유하여 이르는 말. 고삐가 길면 밟힌다.

꼬리가 있어야 흔든다 㓁 **:** 아무리 마음에 있는 일이라도 꼭 필요한 수단이 없으면 할 수 없음을 비유하여 이르는 말.

꼬리 먼저 친 개가 밥은 나중 먹는다 : ⇒ 먼저 꼬리 친 개 나중 먹는다.

꼬리 흔드는 개는 맞지 않는다 : 붙임성이 있는 사람은 남에게 미움을 받지 않는다는 말.

꼬부랑 자지 제 발등에 오줌 눈다 : ①어리석은 사람은 자기에게 해로운 일만 함을 비유하여 이르는 말. ② 자기가 받은 벌이나 화는 결국 자기에게 원인이 있음을 비유하여 이르는 말.

꼬챙이 건시 뽑아 먹듯 㓁 **:** ⇒ 곶감 꼬치에서 곶감 빼(뽑아) 먹듯.

꼬챙이는 타고 고기는 설었다 : 꼭 되어야 할 것은 안 되고 되지 말아야 할 일이 된 경우를 비유하여 이르는 말.

꼭두새벽 풀 한 짐이 가을 나락 한 섬이다 : 이른 새벽에 풀 한 짐을 해서 퇴비를 만들어 거름을 하면 가을에 벼 한 섬을 더 수확할 수 있다는 말.

꼭뒤가 세 뼘 : 몹시 거만을 피우는 모양을 이르는 말.

꼭뒤에 부은 물이 발뒤꿈치로 내린다〔灌頂之水流下足底 · 灌頂之水必流于趾 · 灌頂水流至趾〕: 윗사람이 나쁜 짓을 하면 곧 그 영향이 아랫사람에게 미치게 됨을 비유하여 이르는 말. 이마에 부은 물이 발뒤꿈치에 흐른다. 정수리에 부은 물이 발뒤꿈치까지 흐른다. *꼭뒤－뒤통수의 한가운데.

꼭지가 물렸다 : 어떤 일을 할 수 있는 기회가 무르익었음을 이르는 말.

꼴 같지 않은 말〔馬〕은 이〔齒〕도 들쳐 보지 말랬다 : 외양이나 행동이 사람 같지 않은 사람하고는 아예 상대할 생각도 하지 말라는 말.

꼴뚜기장수 : 많은 재산을 탕진하고 가난하게 사는 사람을 비유하여 이르는 말.

꼴 보고 이름 짓고 체수(體數) 맞춰 옷 마른다 : ⇒ 꼴 보고 이름 짓는다.

꼴 보고 이름 짓는다 : ① 무슨 일이든 분수를 알아서 격에 맞게 해야 함을 비유하여 이르는 말. 꼴 보고 이름 짓고 체수 맞춰 옷 마른다. ② 㓁 사람을 평가할 때 그 사람의 품격과 행동을 중요하게 여긴다는 말.

꼴에 군밤(떡) 사 먹겠다 : 분수에 맞지 않게 엉뚱한 생각을 하는 경우를 놀림조로 이르는 말.

꼴에 수캐라고 다리 들고 오줌 눈다 : 되지 못한 자가 나서서 잰 체하고 수작함을 비유하여 이르는 말.

꼴을 베어 신을 삼겠다〔結草報恩〕: 결코 은혜를 잊지 않고 보답하겠다는 말.

꼴이 떡 사 먹을 꼴이라 㓁 **:** 똑똑하지 못하고 일을 망치거나 너절한 짓을 저지를 것 같은 사람을 비유하여 이르는 말.

꼿꼿하기는 개구리 삼킨 뱀 : ⇒ 개구리 삼킨 뱀의 배.

꼿꼿하기는 서서 똥 누겠다 : 고집이 세거나

성격이 너무 강직한 사람을 비유하여 이르는 말.

꽁보리밥도 제때에 못 먹는다 : 가난하여 꽁보리밥도 제대로 먹지 못하는 어려운 살림을 한다는 말.

꽁지 빠진 새(수탉) 같다 : 보기에 추레하고 우스운 모습을 뜻하는 말. 꽁지 없는 소. 뿔 빠진 암소 (같다) 북.

꽁지 없는 소 : ⇒ 꽁지 빠진 새(수탉) 같다.

꽁치는 주둥이로 망한다 : ① 꽁치는 먹이 욕심이 많아서 쉬 잡힌다는 말. ② 입놀림을 조심하라는 말.

꽃구경도 식후사(食後事) : ⇒ 금강산도 식후경(-이라).

꽃도 잎이 있어야 더 곱다 : 옷을 어울리게 입어야 더 곱게 보인다는 말.

꽃도 피면 진다 : 젊은 사람도 언젠가는 늙으니 젊었을 때 몸 관리를 잘 하라는 것을 비유하여 이르는 말.

꽃 떨어진 화분 북 **:** 한창때를 지나 쓸모없게 되어 버린 것을 비유하여 이르는 말.

꽃밭에 불지른다 : ① 풍류를 모르는 행동을 비유하여 이르는 말. ② 인정사정없는 처사를 비유하여 이르는 말. ③ 한창 행복할 때에 재액이 들이닥침을 비유하여 이르는 말.

꽃보다 떡 북 **:** 배고픈 사람에게는 아름다운 꽃보다 먹는 떡이 더 중요하다는 뜻으로, 먹는 것이 매우 중요함을 비유하여 이르는 말.

꽃 본 나비 물 본 기러기 : ① 남녀 간에 정이 깊어 떨어지지 못하는 즐거움을 비유하여 이르는 말. ② 사랑하는 사람을 만나서 기뻐하는 모습을 비유하여 이르는 말. 물 본 기러기 꽃 본 나비.

꽃 본 나비 담 넘어가랴 : 그리운 사람을 본 이상 그냥 지나쳐 가 버릴 리는 없다는 말. 물 본 기러기 산 넘어가랴.

꽃 본 나비 불을 헤아리랴 : 남녀 간의 정이 깊으면 죽음을 무릅쓰고서라도 찾아가서 함께 사랑을 나눔을 비유하여 이르는 말.

꽃샘잎샘에 설늙은이(반늙은이) 얼어 죽는다 : ⇒ 꽃샘 추위에 설늙은이 얼어 죽는다.

꽃샘추위는 꾸어다 해도 한다 : 봄에 꽃들이 필 무렵에는 반드시 한두 차례 추위가 있다는 말.

꽃샘추위에 설늙은이 얼어 죽는다 : 이른 봄 꽃이 필 즈음의 추위가 예상외로 추움을 이르는 말. 꽃샘잎샘에 설늙은이(반늙은이) 얼어 죽는다.

꽃 없는 나비 : ⇒ 날개 없는 봉황.

꽃에 불 지른다 : 풍류를 모르는 짓을 한다는 말. 또는 잔인한 일이나 몰상식한 일을 이르는 말.

꽃은 꽃이라도 호박꽃이라 : 못생긴 여자를 비유하여 이르는 말.

꽃은 목화가(목화꽃이) 제일이다 : 목화는 보기는 흉하지만 그 용도가 긴요하다는 뜻으로, 겉치레 보다는 실속이 중요함을 비유하여 이르는 말.

꽃은 웃어도 소리가 없고 새는 울어도 눈물이 없다 북 **:** ① 겉으로 표현은 안 하지만 마음 속으로는 느끼고 있음을 비유하여 이르는 말. ② 마음에 없는 행동을 함을 비유하여 이르는 말.

꽃을 탐내는 나비가 거미줄에 죽는다 : 여색을 지나치게 탐하는 남자는 화를 당하기 쉽다는 말.

꽃이 고와(좋아)야 나비가 모인다 : ① 상품이 좋아야 손님이 많이 모인다는 말. ② ⇒ 내 딸이 고와야 사위를 고르지.

꽃이라도 십일홍 되면 오던 봉접도 아니 온다 : 사람이 세도가 좋을 때는 늘 찾아오다가 그 처지가 보잘것없게 되면 찾아오지 아니함을 비유하여 이르는 말. 깊던 물도 얕아지면 오던 고기도 아니 온다. 꽃이 시들면 오던 나비도 안 온다. 나무라도 고목이 되면 오던 새도 아니 온다.

꽃이리에 바람꽃 핀다㊎ **:** 꽃들이 한창 피어나는 봄철에 바람이 몹시 부는 것을 비유하여 이르는 말.

꽃이 먼저 피고, 열매는 나중 맺는다㊎ **:** ① 먼저 원인이 있어야 거기에 따르는 결과가 있음을 비유하여 이르는 말. ② 딸을 먼저 낳고 다음에 아들을 낳는 경우를 비유하여 이르는 말.

꽃이 시들면 오던 나비도 안 온다 : ⇒ 꽃이라도 십일홍 되면 오던 봉접도 아니 온다.

꽃이 향기로워야 벌 나비도 쉬어 간다 : 꽃이 향기로워야 벌 나비도 쉬어가듯이, 사람 역시 마음이 고와야 애정이 생긴다는 말.

꽃 피자 님 온다 : 때맞추어 반가운 일이 생긴다는 말.

꽃 필 무렵에 비바람이 잦다 : 봄에 꽃들이 한창 필 무렵에는 바람도 불고 비도 잘 오고 한다는 말.

꾀꼬리가 낮은 곳으로 모이면 큰비가 온다 : 기상에 민감한 꾀꼬리는 폭풍우가 올 때가 되면 낮은 지대 숲에서 피한다는 말.

꾀 당나귀 같다㊎ **:** 잔꾀를 부려 도리어 피해를 본 당나귀같이 몸을 사리다가 혼쭐이 나는 사람을 놀림조로 이르는 말.

꾀만 있으면 용궁에 잡혀갔다가도 살아 나온다 : 지혜가 있으면 아무리 힘들고 위태로운 일을 만나도 그 일로부터 벗어날 수 있음을 비유하여 이르는 말.

꾀병에 말라 죽겠다 : ① 모든 일에 꾀만 부리는 사람을 두고 빈정거리는 말. ② 얕은 꾀를 부리다가 도리어 자신이 봉변을 당함을 이르는 말.

꾀장수가 힘장수를 이긴다㊎ **:** 단순히 힘만 센 사람이 꾀가 많은 사람을 당해 낼 수 없다는 말.

꾸러미에 단 장 들었다 : ⇒ 뚝배기보다 장맛이 좋다.

꾸부렁한 나무도 선산을 지킨다 : ⇒ 굽은 나무가 선산을 지킨다.

꾸어다 놓은 보릿자루(빗자루) : ① 여럿이 모여 이야기하는 자리에서 아무 말도 하지 않고 한 옆에 가만히 있는 사람을 비유하여 이르는 말. ② ㊎ 차지하고 있는 위치에서 자기 역할을 다하지 못하는 사람을 비유하여 이르는 말. 꾸어 온 빗자루. 전당 잡은 촛대 같고 꾸어 온 보릿자루 같다. 전당 잡힌 촛대.

꾸어 온 빗자루 : ⇒ 꾸어다 놓은 보릿자루(빗자루).

꾸어 온 조상은 자기네 자손부터 돕는다 : ① 이름난 남의 조상을 자기네 조상처럼 아무리 예우를 잘 갖추더라도 이해관계가 큰 쪽으로 기울게 되어 있음을 비유하여 이르는 말. ② ㊎ 누구나 자기에게 가까운 사람부터 돕게 됨을 비유하여 이르는 말.

꾼 값은 말 닷 되 : 한 말을 꾸어 쓰면 한 말 닷 되를 갚게 된다는 뜻으로 꾸어 쓰는 것에는 공짜가 없음을 이르는 말.

꿀 같은 말 속에 칼이 들어 있다〔口蜜腹劍〕: 듣기 좋은 말 속에는 언젠가 해가 될 요소가 들어 있다는 말. 또는 아첨하는 말을 조심하라는 말.

꿀단지 겉핥기(-는다) : ⇒ 수박 겉핥기.

꿀도 약이라면 쓰다(忠言逆耳) : 자기에게 이로운 충고를 싫어함을 비유하여 이르는 말.

꿀 먹은 개 욱대기듯 : ① 속에 있는 말을 시원히 하지 못하고 딱딱거리기만 함을 이르는 말. ② ㊎ 어떤 일을 저지른 사람을 몹시 몰아세우는 것을 비유하여 이르는 말.

꿀 먹은 벙어리〔食蜜啞〕: ⇒ 꿀 먹은 벙어리요 침 먹은 지네라.

꿀 먹은 벙어리요 침 먹은 지네라 : ① 속에 있는 생각을 나타내지 못하는 사람을 비유하여 이르는 말. ② 북 남몰래 일을 저지르고도 모르는 체 시치미를 떼는 사람을 비유하여 이르는 말.

꿀벌이 일찍 활동하면 농사철이 이르다 : 꿀벌이 일찍 활동한다는 것은 그해 해동이 예년보다 이르다는 뜻이니 그에 맞춰 농사 준비를 서두르라는 말.

꿀보다 더 단 건 진고개 사탕, 초보다 더 신 건 여편네 보지 : 꿀보다 더 단 것은 일제 때 진고개(現 明洞)에서 파는 사탕이고, 식초보다 더 신 것은 성교라는 말.

꿀보다 약과가 달다 : 주객이 전도되어 사리에 어긋남을 이르는 말.

꿀은 달아도 벌은 쏜다 : ① 좋은 것은 수고 없이 얻을 수 없다는 말. ② 어설프게 건드렸다가는 봉변을 당하게 된다는 말.

꿀은 적어도 약과(藥果)만 달면 쓴다 : ① 비록 자본은 적어도 이익만 얻으면 된다는 말. ② 수단은 다르더라도 목적만 이루면 된다는 말.

꿀이 있는 꽃이라야 벌이 찾아간다 : 어디든 자기에게 이익이 있어야 찾아간다는 말.

꿀컥 소리도 못하다 : 기가 질려 아무 소리도 내지 못함을 비유하여 이르는 말.

꿈도 꾸기 전에 해몽 : 어떻게 될지도 모르는 일을 가지고 미리부터 제멋대로 상상하고 기대한다는 말.

꿈보다 해몽이 좋다 : ① 하찮거나 언짢은 일을 그럴듯하게 돌려 생각하거나 풀이함을 비유하여 이르는 말. ② ⇒ 꿈은 아무렇게(잘못) 꾸어도 해몽만 잘하여라.

꿈에 고기를 잡으면 횡재한다 : 고기를 잡는 꿈을 꾸면 재수가 있어서 횡재를 하게 된다는 말.

꿈에 나타난 돈도 찾아 먹는다 : 매우 깐깐하고 인색하여 제 몫은 어떻게 해서든지 찾아가고야 마는 경우를 비유하여 이르는 말.

꿈에 넋두리로 안다 : 잠꼬대와 같은 소리로 취급하여 대수롭지 않게 여김을 비꼬는 말. 꿈에 네뚜리

꿈에 네뚜리 : ⇒ 꿈에 넋두리로 안다.

꿈에 떡 같은 소리북 **:** 꿈속에서 떡을 얻거나 먹었다는 허황된 소리라는 뜻으로, 하나도 들을 가치가 없는 허튼소리를 비유하여 이르는 말.

꿈에 떡 맛보듯 : ⇒ 꿈에 서방 맞은 격.

꿈에 백정을 보면 소가 죽는다 : 불길한 꿈을 꾸면 불길한 일이 생긴다는 말.

꿈에 본(얻은) 돈이다 : 아무리 좋아도 손에 넣을 수 없다는 말. 꿈에 본 천량 같다.

꿈에 본 천량 같다 : ⇒ 꿈에 본(얻은) 돈이다.

꿈에 사위 본듯 : 한 일이 무엇인지 분명치 아니함을 비유하여 이르는 말.

꿈에 서방 맞은 격 : ① 욕망을 다 채우지 못하여 어딘지 서운한 경우를 비유하여 이르는 말. ② 분명하지 못한 존재를 이르는 말. ③ 좋은 일이 생겨 소원을 이루는 듯하였으나, 일이 틀어져서 서운하게 된 경우를 비유하여 이르는 말. 꿈에 떡 맛보듯.

꿈은 아무렇게(잘못) 꾸어도 해몽만 잘 하여라 : ① 좋지 아니한 일이라도 마음먹기에 따라 좋게 생각할 수 있다는 말. ② 무슨 일이나 현상보다 본질을 잘 판단하는 것이 중요함을 비유하여 이르는 말. 꿈보다 해몽이 좋다.

꿈은 졸다가도 꾼다북 **:** 잠깐 조는 사이에도 꿈을 꾸게 되듯이, 어떤 조건이 불충분하게 마련된 환경에서도 무엇이 이루어지는 것을 비유하여 이르는 말.

꿈자리가 사납다 : 매사가 번거롭고 일이 뜻대로 잘 이루어지지 않음을 뜻하는 말.

꿩 구워 먹은 소식 : 소식이 아주 없음을 이르는 말.

꿩 구워 먹은 자리 : 어떠한 일의 흔적이 전

혀 없음을 이르는 말. 꿩 구워 먹은 자리엔 재나 있지.

꿩 구워 먹은 자리엔 재나 있지 : ⇒ 꿩 구워 먹은 자리.

꿩 놓친 매 : 애써 잡았다가 놓치고 헐떡이며 분해하는 모습을 이르는 말.

꿩 대신 닭〔雉之未捕 鷄可備數〕: 적당한 것이 없을 때 그와 비슷한 것으로 대신하는 경우를 비유하여 이르는 말. 봉 아니면 꿩이다.

꿩 떨어진 매 : 쓸모없게 된 사물을 비유하여 이르는 말.

꿩 먹고 알 먹고 둥지 털어 불 땐다 : ⇒ 꿩 먹고 알 먹는다(먹기).

꿩 먹고 알 먹는다(먹기)〔一石二鳥 · 一擧兩得〕: 한 가지 일에 두 가지 이상의 이익을 본다는 말. 굿도 볼 겸 떡도 먹을 겸. 굿 보고 떡 먹기. 꿩 먹고 알 먹고 둥지 털어 불 땐다. 알로 먹고 꿩으로 먹는다.

꿩 무리에 학[북]**〔群鷄一鶴〕:** 많은 사람들 가운데 섞여 있는 두드러진 사람을 비유하여 이르는 말. 까마귀 무리에 해오라기 하나[북].

꿩 새끼 제 길로 찾아든다 : 남의 자식 애써 키워 봤자 끝내는 저를 낳은 부모를 찾아간다는 말.

꿩은 머리만 풀에 감춘다 : 몸을 완전히 숨기지 않고 일부만 숨긴 채 숨었다고 안심하다가 발각됨을 비유하여 이르는 말.

꿩이 가을에 밭으로 빨리 내려오면 큰 눈이 온다 : 가을에 꿩이 예년보다 빨리 밭으로 내려오면 큰 눈이 올 징조라는 말.

꿩이 콩밭 생각하듯 한다 : 일에는 정신없고 먹을 것만 생각한다는 말.

꿩 잃고 매 잃는 셈 : ⇒ 게도 잃고 구럭도 다 잃었다(놓쳤다).

꿩 잡는 것이 매(-다) : ① 꿩을 잡아야 매라고 할 수 있다는 뜻으로, 방법이 어떻든 간에 목적을 이루는 것이 가장 중요함을 비유하여 이르는 말. ② 실제로 제구실을 하여야 명실상부하다는 것을 비유하여 이르는 말.

꿩 장사 후리듯(-이) : 남을 잘 이용하여 자기의 이익을 취하는 것을 비유하여 이르는 말.

꿩처럼 굴레를 벗고 쓴다 : ⇒ 약기는 쥐 새끼냐 참새 굴레도 씌우겠다.

끈 떨어진 뒤웅박(갓, 둥우리, 망석중이) (신세) : ① ⇒ 광대 끈 떨어졌다①. ② [북] 쓸데없게 된 물건을 비유하여 이르는 말.

끓는 국에 국자 휘젓는다 : ⇒ 불난 데 풀무질한다.

끓는 국에 맛 모른다 : 급한 경우를 당하면 정확한 판단을 할 수 없음을 비유하여 이르는 말. 뜨거운 국에 맛 모른다.

끓는 물에 냉수 부은 것 같다 : 여러 사람이 북적거리다가 갑자기 조용해짐을 이르는 말.

끝 부러진 송곳[북]**:** 가장 요긴한 부분이 못 쓰게 되어 쓸모없이 된 것을 비유하여 이르는 말. 구부러진 송곳.

끼니 없는 놈에게 점심 의논 : 작은 걱정을 가진 사람이 큰 걱정을 가진 사람에게 도와 달라고 하는 경우를 비유하여 이르는 말.

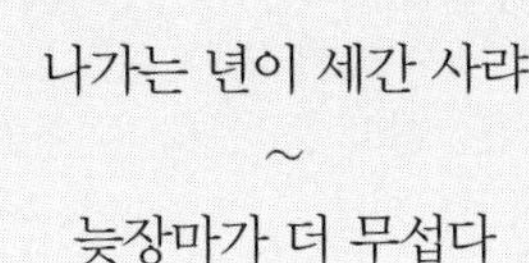

나가는 년이 세간 사랴

~

늦장마가 더 무섭다

나가는 년이 세간 사랴 : ⇒ 가는 년이 물 길어 다 놓고 갈까.

나(我) 가는 데 강철이 가는 데 : 내가 가는 곳마다 무서운 독룡인 강철이 지나간 자리처럼 초목이 싹 말라 죽어 황폐해진다는 뜻으로, 운수 사나운 자가 가는 곳마다 피해를 입힘을 비유하여 이르는 말.

나가는 포수만 보고 들어오는 포수는 못 보겠네 : 나가서 돌아오지 않는 사람을 기다리는 경우를 비유하여 이르는 말.

나가던 범이 몰려든다 : 위험한 일을 모면하여 막 마음을 놓으려던 차에 새삼스럽게 다시 위험에 처하게 된 경우를 비유하여 이르는 말.

나간 놈의 몫은 있어도 자는 놈의 몫은 없다 : ① 게으른 사람에게는 혜택이 돌아가지 아니함을 비유하여 이르는 말. ② 북 가까이 있는 사람보다도 멀리 떨어져 있는 사람을 더 생각하는 것이 사람의 인지상정임을 비유하여 이르는 말. 나간 놈 몫은 있어도 자는 사람 몫은 없다.

나간 놈의 집 북 : ⇒ 나간 놈의 집구석이라.

나간 놈의 집구석이라 : 집 안이 어수선하고 정리가 안 되어 있음을 비유하여 이르는 말. 나간 놈의 집 북.

나간 머슴이 일은 잘했다 : ① 사람은 무엇이든지 지나간 것, 잃은 것을 더 애석하게 여기거나, 현재 가지고 있는 것보다 이전 것이 더 낫다고 생각함을 비유하여 이르는 말. ② 북 있을 때 귀함을 모르다가 없어진 다음에야 아쉬움을 느끼게 되는 경우를 비유하여 이르는 말.

나간(나갔던) 며느리 효도한다 : ① 처음에 좋지 아니하게 생각하였던 사람이 뜻밖에 좋은 일을 하는 경우를 비유하여 이르는 말. ② 잘못을 저질렀던 사람이 뉘우치고 더 좋은 사람으로 변하는 경우를 비유하여 이르는 말.

나간 사람 몫은 있어도 자는 사람 몫은 없다 : ⇒ 나간 놈의 몫은 있어도 자는 놈의 몫은 없다.

나갔던 상주(喪主) 제상(祭床) 엎지른다 : 제사를 지내야 하는 상주가 제삿날을 잊어버리고 나갔다가 돌아와 제사를 지내려고 차린 상을 엎지른다는 뜻으로, 제가 해야 할 일도 제대로 못 하는 사람이 도리어 그 일에 방해가 됨을 비유하여 이르는 말.

나갔던 상주 제청(祭廳)에 달려들듯 : 제사를 지내야 하는 상주가 제삿날을 잊어버리고 나갔다가 돌아와 허둥지둥 제청으로 들어간다는 뜻으로, 마음의 준비 없이 일을 당하여 몹시 급하게 서두르는 모양을 비유하여 이르는 말.

나갔던 파리 왱왱거린다(왱댕한다) : 밖에 나갔던 사람이 집 안에 들어와 공연히 떠든다는 뜻으로, 어떤 일에 아무런 공로도 없는 자가 공연히 참견하며 떠들어 대는 경우를 비유하여 이르는 말.

나귀는 샌님만 섬긴다(섬기겠단다) : ① 보잘것없는 사람이라도 제 지조는 지키는 경우를 비유하여 이르는 말. ② 북 자기의 비위에 맞는 사람이나, 자기에게 좋게 대하는 사람만 섬기는 경우를 비유하여 이르는 말.

나귀는 샌님만 업신여긴다 : 제게 만만해 보이는 사람에게는 별 까닭도 없이 함부로 대하는 경우를 비유하여 이르는 말.

나귀 등에 짐을 지고 타나 싣고 타나 마찬가지다 : ⇒ 나귀에 짐을 지고 타나 싣고 타나

나귀를 구하매 샌님이 없고, 샌님을 구하매 나귀가 없다 : ① 무엇이든 완전히 갖추기가 힘든 경우를 비유하여 이르는 말. ② 어떤 일의 준비가 뜻대로 되지 아니하고 빗나가기만 하는 경우를 비유하여 이르는 말.

나귀 샌님 대하듯 : 본척만척하며 무표정하게

대하는 모양을 비유하여 이르는 말.

나귀 샌님 쳐다보듯 : 눈을 치뜨고 말똥말똥 쳐다보는 모습을 비유하여 이르는 말.

나귀에 짐을 지고 타나 싣고 타나 : 나귀를 타면서 자기가 가진 짐을 나귀 등에 실으면 더 무거울 것이라고 제가 지고 타지만 그것은 그대로 싣고 가는 것과 다름이 없다는 뜻으로, 이러나저러나 결과는 마찬가지임을 비유하여 이르는 말. 나귀 등에 짐을 지고 타나 싣고 타나 마찬가지다.

나그네가 (도리어) 주인 노릇 한다 : ⇒ 나그네 주인 쫓는 격.

나그네 국 맛 떨어지자(없자) 주인집에 장 떨어진다㊕ **:** 서로 이해관계나 처지가 우연히 같아진 경우를 비유하여 이르는 말. 나그네는 국을 안 먹는다 하고 주인은 고추장이 없다 한다㊕.

나그네 귀는 간짓대귀 : ① 나그네는 얻어듣는 것이 많음을 비유하여 이르는 말. ② 나그네는 주인에 대하여 신경을 쓰기 때문에 소곤소곤 하는 말도 다 들음을 비유하여 이르는 말. 나그네 귀는 석 자라.

나그네 귀는 석 자라 : ⇒ 나그네 귀는 간짓대귀.

나그네는 국을 안 먹는다 하고 주인은 고추장이 없다 한다㊕ **:** ⇒ 나그네 국 맛 떨어지자(없자) 주인집에 장 떨어진다㊕.

나그네 말죽 먹이듯㊕ **:** 반갑지 아니한 나그네가 타고 온 말에게 마지못해 죽을 먹이듯 한다는 뜻으로, 일을 건성건성 해치움을 비유하여 이르는 말.

나그네 먹던 김칫국도 먹자니 더럽고, 남 주자니 아깝다 : ⇒ 나 먹자니 싫고, 개 주자니 아깝다.

나그네 보내고 점심(點心) 한다 : ① 인색한 사람이 말로만 대접하는 체함을 비유하여 이르는 말. ② 일을 제때에 치르지 못함을 비유하여 이르는 말.

나그네 주인 쫓는 격 : 주객이 전도된 경우를 비유하여 이르는 말. 나그네가 (도리어) 주인 노릇 한다.

나(我) 낳은 뒤에야 어미 보지가 바르거나 기울거나 : 자기 일만 끝나면 그 후에야 어떻게 되든 알 바가 아니라는 말.

나는(生) 놈마다 장군(將軍) 난다 : 어떤 집안에 큰 인물이 잇따라 나는 경우를 비유하여 하는 말. 나는 놈마다 장군이다.

나는 놈마다 장군이다 : ⇒ 나는 놈마다 장군 난다.

나는(飛) 놈 위에 타는 놈 있다(飛者上有乘者·飛者上有跨者) : ⇒ 뛰는 놈 위에 나는 놈 있다.

나(我)는 바담풍 해도 너는 바람풍 해라 : 옛날 어느 서당에서 '바람 풍(風)' 자를 가르치는데 혀가 짧아서 '바담 풍'으로 발음하니 학생들도 '바담 풍'으로 외운 데서 나온 말로, 자신은 잘못된 행동을 하면서 남보고는 잘하라고 요구함을 비유하여 이르는 말.

나는(飛) 새도 깃을 쳐야 날아간다 : ① 무슨 일이든지 순서를 밟아 나가야 그 목적을 이룰 수 있음을 비유하여 이르는 말. ② 아무리 재능이 많아도 노력을 하지 않으면 그 재능을 발휘할 수 없음을 비유하여 이르는 말. 나는 새도 움직여야 난다.

나는 새도 떨어뜨린다 : 권세가 당당하여 모든 일을 제 뜻대로 휘둘러 한다는 말.

나는 새도 움직여야 난다 : ⇒ 나는 새도 깃을 쳐야 날아간다.

나는 새에게 여기 앉아라 저기 앉아라 할 수 없다 : 제 뜻대로 날아다니는 새를 이편의 생각대로 할 수는 없다는 뜻으로, 저마다 의지가 있는 사람의 자유를 구속할 수 없음을 비유하여 이르는 말.

나는 홍범도에 뛰는 차도선㊕ **:** 의병 대장이었던 홍범도나 차도선과 같이 몸이 날랜 사람을 비유하여 이르는 말.

나(我)도 덩더꿍 너도 덩더꿍 : 사람들이 서로 대립하여 조금도 양보하지 아니하고 버티고만 있음을 비유하여 이르는 말.

나도 사또 너도 사또 아전 노릇은 누가 하느냐 : 사람들이 모두 좋은 자리에만 있겠다고 하면 궂은일을 할 사람이 없음을 비유하여 이르는 말.

나라가 망하면 충신이 욕을 본다북 **:** 한 나라의 충신들은 나라와 흥망을 같이함을 이르는 말.

나라가 어지러우면 충신이 난다(國亂思忠臣) : ⇒ 집이 가난하면 효자가 나고, 나라가 어지러우면 충신이 난다.

나라가 없어 진상(進上)하나 : 나라님에게 무엇이 없어서 진상하는 것이냐는 뜻으로, 남에게 무엇을 주려는데 상대가 가지고 있다고 사양할 때 하는 말.

나라가 편해야 신하가 편하다 : 나라님이 편해야 그 밑의 신하들도 마음이 편하게 지낼 수 있다는 말.

나라 고금(雇金)도 잘라먹는다 : 사람이 지나치게 이기적이고 욕심이 사나워 뻔뻔스럽고 염치없는 짓을 함을 비유하여 이르는 말. 나라님 관지 판 돈도 자른다. 상납 돈도 잘라먹는다.

나라님 관지(官地) 판 돈도 자른다 : ⇒ 나라 고금도 잘라먹는다.

나라님 망건 값도 쓴다 : 사람이 급한 경우를 당하면 뒷일은 생각지 아니하고 당장 급한 일부터 먼저 해 놓고 봄을 비유하여 이르는 말. 급하면 임금 망건 사러 가는 돈이라도 쓴다. 나라 상감님 망건 값도 쓴다.

나라님이 약(藥) 없어 죽나(人命在天) : 목숨은 사람의 힘으로 어찌할 수 없음을 비유하여 이르는 말. 또는 약도 변변히 못 써 보고 죽게 했다고 서러워하는 사람을 위로하는 말.

나라 상감님도 늙은이는 윗자리에 모신다 : ⇒ 나라 상감님도 늙은이 대접은 한다.

나라 상감님도 늙은이 대접은 한다 : 누구나 노인은 우대해야 함을 비유하여 이르는 말. 나라 상감님도 늙은이는 윗자리에 모신다.

나라 상감님 망건 값도 쓴다 : ⇒ 나라님 망건 값도 쓴다.

나라 없는 백성은 금수보다도 못하다북 **:** ⇒ 나라 없는 백성은 상갓집 개만도 못하다북.

나라 없는 백성은 상갓집 개만도 못하다북 **:** 나라가 없는 백성의 처지가 몹시 고달프고 힘듦을 비유하여 이르는 말. 나라 없는 백성은 금수보다도 못하다북.

나라의 쌀독이 차야 나라가 잘산다 : 나라가 잘되려면 무엇보다도 식량 사정이 좋아야 함을 비유하여 이르는 말.

나락 까 먹기 게 까 먹기 : 보기와는 달리 먹어 보면 헤픈 것을 비유하여 이르는 말.

나락 뿌리는 떼어 주고 보리 뿌리는 덮어 주랬다 : 벼는 모내기한 후 첫 김매기에서 뿌리를 끊어 활력을 왕성하게 해 주며, 보리는 뿌리를 덮어 해동기에 갈사(渴死)하지 않도록 하여야 한다는 말.

나락 이삭 끝을 보고는 죽어도, 보리 이삭 끝을 보고는 죽지 않는다 : 나락 이삭은 팬 지 40일이 돼야 먹을 수 있으므로 굶어 죽는 사람이 있지만, 보리 이삭은 팬 지 20일이면 풋보리로 먹을 수 있으므로 굶어 죽지 않는다는 말.

나락은 윗녘에서 익어 내려오고, 보리는 아랫녘에서 익어 올라온다 : 벼 수확은 북쪽 지방에서 시작하여 남쪽 지방으로 내려오고, 보리 수확은 이와 반대로 남쪽에서 시작하여 북쪽으로 올라간다는 말. 벼는 북에서 베어 내려오고, 보리는 남에서 베어 올라온다. 보리는 남쪽에서 베어 올라가고, 벼는 북쪽에서 베어 내려온다. 보리는 아랫녘에서 익어 올라오고, 벼는 윗녘에서 익어 내려온다.

나루 건너 배 타기〔越津乘船〕: ① 무슨 일에나 순서가 있기 때문에 건너뛰어서는 할 수 없음을 비유하여 이르는 말. 내 건너 배 타기. ② 가까운 데 있는 것을 버리고 먼 데 있는 것을 취함을 비유하여 이르는 말.

나룻이 석 자라도 먹어야 샌님〔三尺髯 食令監 · 髯三尺 食令監〕: ⇒ 수염이 대 자라도 먹어야 양반이다.

나를(날) 잡아 잡수 한다: 마음대로 하라고 상대편에게 몸을 내어놓는다는 말.

나를 칭찬하는 자는 나의 적이다〔道吾善者 是吾賊〕: 자기를 칭찬하는 사람을 조심하라는 말.

나막신 신고 대동선(大同船) 쫓아간다: 사람이 요량 없이 터무니없는 짓을 함을 비유하여 이르는 말.

나막신 신고 돛단배 빠르다고 원망하듯㊗**:** 자기가 뒤떨어진 까닭은 깨닫지 못하고 남이 빨리 나아가는 것만 원망함을 비유하여 이르는 말.

나막신 신고 얼음지치기㊗**:** 걷는 것도 불편한 나막신을 신고 미끄러운 얼음판을 지친다는 뜻으로, 매우 불편하고 위태로운 모습으로 일에 임하는 어리석음을 비유하여 이르는 말.

나〔齡〕 많은 아저씨가 져라: 어린애하고 싸울 때는 나이 많은 이가 져야 함을 이르는 말.

나〔我〕 먹기는 싫어도 남 주기는 아깝다: ⇒ 나 먹자니 싫고, 개 주자니 아깝다.

나 먹자니 싫고, 개 주자니 아깝다〔吾厭食與犬惜〕: 자기에게 소용이 없으면서도 남에게는 주기 싫은 인색한 마음을 비유하여 이르는 말. 나그네 먹던 김칫국도 먹자니 더럽고 남 주자니 아깝다. 나 먹기는 싫어도 남 주기는 아깝다. 쉰밥 고양이 주기 아깝다. 저 먹자니 싫고 남 주자니 아깝다. 제 먹기는 싫고, 개 주기는 아깝다㊗. 제 먹기 싫은 떡 남 주기는 아깝다㊗.

나 모르는 기생은 가기생(假妓生)이라: 나를 모르는 사람은 가짜 기생이란 뜻으로, 지나치게 아는 체하거나 면식(面識)이 넓은 체하는 사람을 비유하여 이르는 말.

나 못 먹을 밥에는 재나 넣지(뿌리지): ⇒ 못 먹는 감 찔러나 본다.

나무가 묵어야 쌀이 묵는다㊗**:** ① 살림살이에서 땔감이 되는 나무가 양식과 마찬가지로 귀한 것임을 비유하여 이르는 말. ② 땔나무를 여유 있게 쌓아 두고 사는 집이라야 양식도 많은 법이라는 말.

나무가 커야 그늘(그림자)도 크다㊗**:** 훌륭한 사람일수록 그가 미치는 영향이나 혜택도 큼을 비유하여 이르는 말.

나무 거울이라: 나무로 만든 거울이니, 외형(外形)은 좋으나 실용성이 없는 물건을 비유하여 이르는 말.

나무 공이 등 맞춘 것 같다: 나무로 만든 공이의 등을 맞춘 것처럼 서로 잘 맞지 아니하고 대립되는 경우를 비유하여 이르는 말.

나무 끝의 새 같다: 오래 머물러 있지 못할 위태로운 곳에 있음을 비유하여 이르는 말.

나무는 소가 다 때고 양식은 머슴이 다 먹는다: 농촌에서는 나무가 쇠죽을 쑤기에 많이 들고, 양식은 머슴 먹이기에 많이 든다는 말.

나무는 옮기면 죽고, 사람은 (자리를) 옮겨야 산다㊗**:** 사람은 널리 활동하고 견문이 넓어야 큰일을 할 수 있음을 비유하여 이르는 말.

나무는 큰 나무의 덕을 못 보아도 사람은 큰 사람의 덕을 본다: 뛰어난 인물을 주변에 둔 사람은 알게 모르게 그의 가르침이나 혜택을 받게 되어 큰 성공을 이룬다는 말. 사람은 키 큰 덕을 입어도 나무는 키 큰 덕을 못 입는다①.

나무도 나이 들면 속이 빈다[북] **:** 무엇이나 오래되면 탈이 나거나 못 쓰게 됨을 비유하여 이르는 말.

나무도 달라서 층암절벽(層巖絶壁)에 선다(산다) : ① 어떤 생각이 있어서 남에게 의지함을 비유하여 이르는 말. ② [북] 나무도 각기 달라서 위태로운 절벽에 사는 것이 있다는 뜻으로, 모든 것이 다 같을 수는 없음을 비유하여 이르는 말.

나무 도둑과 숟가락 도둑은 가는 곳마다 있다 : 남의 산에 나무를 베는 일이나 큰일 때에 숟가락 없어지는 일은 항상 있는 일이라는 뜻으로, 작은 도둑은 늘 어디에나 있음을 비유하여 이르는 말.

나무도 쓸 만한 것이 먼저 베인다 : ① 능력 있는 사람이 먼저 뽑혀 쓰임을 비유하여 이르는 말. ② 능력 있는 사람이 일찍 죽음을 비유하여 이르는 말. 곧은 나무 쉬(먼저) 베인다(꺾인다, 찍힌다)①.

나무도 옮겨 심으면 삼 년은 뿌리를 앓는다 : ① 어떤 사건을 치르고 나면 그 뒷수습과 새로운 질서의 안정을 위한 어려움이 많음을 비유하여 이르는 말. ② 무엇이나 옮겨 놓으면 자리를 잡기까지 상당한 시일이 걸림을 비유하여 이르는 말.

나무도 크게 자라야 소를 맬 수 있다 : 무엇이든 완전해야만 쓸모가 있다는 말.

나무 될 것은 떡잎 때부터 알아본다 : ⇒ 잘 자랄 나무는 떡잎부터 안다.

나무때기 시집보낸 것 같다 : 사람이 변변치 못하여 일을 제대로 하지 못함을 비유하여 이르는 말.

나무 뚝배기 쇠 양푼 될까 : ⇒ 우마가 기린 되랴.

나무라도 고목이 되면 오던 새도 아니 온다 : ⇒ 꽃이라도 십일홍 되면 오던 봉접도 아니 온다.

나무를 많이 때면 산신령에게 미움을 받는다 : 무슨 물자든지 절약하고 아껴서 쓰면 복을 받게 된다는 말.

나무를 보고 숲을 보지 못한다〔精而不博〕 : 부분만 보고 전체는 보지 못하는 근시안적인 행동을 비유하여 이르는 말.

나무를 아껴 때면 산신령이 복을 준다 : 물자를 아껴 쓰는 사람은 복을 받는다는 말.

나무에도 돌에도 붙일 데 없다[북] **:** ⇒ 나무에도 못 대고 돌에도 못 댄다.

나무에도 못 대고 돌에도 못 댄다〔木石難得〕 : 아무 데도 의지할 곳이 없음을 비유하여 이르는 말. 나무에도 돌에도 붙일 데 없다[북]. 돌에도 나무에도 댈 데 없다[북].

나무에서 물고기를 찾는다〔緣木求魚〕 : ⇒ 산에서 물고기 잡기.

나무에 오르라 하고 흔드는 격〔登樓去梯〕 : 남을 꾀어 위험한 곳이나 불행한 경지에 빠지게 함을 비유하여 이르는 말.

나무에 잘 오르는 놈이 떨어져 죽고 헤엄 잘 치는 놈이 빠져 죽는다〔善游者溺〕 : 사람은 흔히 자기가 잘하는 일에서 실수를 하고 마침내는 그로 말미암아 큰 낭패를 보게 되는 경우가 있음을 비유하여 이르는 말. 말 잘 타는 놈 떨어져 죽고, 헤엄 잘 치는 놈 빠져 죽는다. 잘 헤는 놈 빠져 죽고, 잘 오르는 놈 떨어져 죽는다. 헤엄 잘 치는 놈 물에 빠져 죽고, 나무에 잘 오르는 놈 나무에서 떨어져 죽는다.

나무 잘 타는 잔나비 나무에서 떨어진다 : ⇒ 원숭이도 나무에서 떨어진다.

나무 접시 놋접시 될까 : ⇒ 우마가 기린 되랴.

나무칼로 귀를 베어도 모르겠다 : 어떠한 일에 정신이 몹시 집중되어 있음을 비유하여 이르는 말.

나무 한 대를 베면 열 대를 심으라 : 나무를 베면 그보다 몇 배 더 많은 나무를 심어 숲을 키워야 한다는 말.

나물 밭〔菜田〕에 똥 한 번 눈 개는 장 저 개 저 개 한다 : 나물 밭에 어쩌다 한 번 똥을 눈 개는 늘 저 개 저 개 하고 지목을 받는다는 뜻이니, 한 번 실수가 있으면 늘 남의 의심을 받게 됨을 비유하여 이르는 말.

나뭇단은 있어도 고깃단은 없다 : 나무는 단으로 묶어 보관하지만 생선은 단으로 묶어 보관할 수 없다는 말.

나뭇잎이 고르게 피면 풍년 든다 : 나뭇잎이 고르게 핀 것은 월동 기간에 온습도가 알맞게 보장된 것이므로, 이런 환경 조건에서는 풍년이 예견된다는 말.

나〔我〕 부를 노래 사돈이 부른다〔我歌査唱, 我歌將放婚家先唱〕 : ⇒ 내가 할 말을 사돈이 한다.

나 부를 노래를 사돈집에서 부른다 : ⇒ 내가 할 말을 사돈이 한다.

나비가 날기 시작하면 복어를 먹지 않는다 : 나비가 날기 시작하는 음력 2~4월에는 복어의 산란기라 독성이 더욱 강해지므로 먹지 말라는 말.

나쁜 말은 지붕마루로부터 울려 나간다[북] **:** 나쁜 일에 대한 소문은 아무리 감추려 하여도 빨리 퍼져 나감을 비유하여 이르는 말.

나쁜 사람을 가까이하면 착한 사람이 멀어진다 : 나쁜 사람을 가까이하면 자기도 나빠지기 때문에 주변의 착한 친구들이 멀리한다는 말.

나쁜 소문은 날아가고 좋은 소문은 기어간다 : 남을 칭찬하는 말보다 헐뜯는 말이 더 빨리 퍼진다는 말이니, 즉 나쁜 일일수록 숨기려 해도 금세 세상에 널리 퍼진다는 말. 나쁜 소문은 빨리 퍼진다.

나쁜 소문은 빨리 퍼진다 : ⇒ 나쁜 소문은 날아가고 좋은 소문은 기어간다.

나쁜 술 먹기는 정승 하기보다 어렵다 : 음식 가운데서 특히, 술은 알맞게 먹기가 어렵다는 말.

나쁜 풀은 빨리 자란다 : 별로 긴요하지 않은 것이 먼저 나설 때 이르는 말.

나〔我〕 아니면 남이다 : 자기 자신 외에는 아무도 마음 놓고 믿을 수 없음을 이르는 말.

나올 적에 봤다면 짚신짝으로 틀어막을걸 : 저렇게 못난 사람이라면 아예 태어나지도 못하게 짚신짝으로 틀어막을걸 잘못했다는 뜻으로, 지지리 못난 사람을 핀잔하는 말. 똥물에 튀겨 죽이려 해도 똥이 아까워 못 하겠다. 저런 걸 낳지 말고 호박이나 낳았더라면 국이나 끓여 먹지.

나의 것 맞갖지 않은 것 없고 남의 것 욕심나지 않은 것 없다[북] **:** 자기 물건들이 마음에 들면서도 남의 것을 다 가지고 싶어 한다는 뜻으로, 욕심이 매우 많음을 비유하여 이르는 말. *맞갖다–마음이나 입맛에 꼭 맞다.

나이가 들면 어린애가 된다 : ⇒ 늙으면 아이 된다.

나이가 예순 되도록 셈이 든다[북] **:** ① 사람은 환갑이 되도록 셈이 들면서 사람 구실을 하게 된다는 뜻으로, 사람은 늙어 죽을 때까지 계속해서 자신을 수양하여야 함을 비유하여 이르는 말. ② 늙어서도 아이들처럼 분수없이 행동함을 비유하여 이르는 말.

나이가 원수 : 욕망은 크나 나이가 너무 들어서 마음뿐임을 비유하여 이르는 말.

나이는 못 속인다 : 나이를 아무리 속이려고 해도 행동의 이모저모에서 그 티가 반드시 드러나고야 맒을 비유하여 이르는 말.

나이 덕이나 입지 : 다른 것으로는 남의 대접을 받을 만한 것이 없으니 나이 먹은 것으로 대접받자는 말.

나이 많은 말이 콩 마다할까 : ⇒ 늙은 말이 콩

마다할까.

나이 젊은 딸이 먼저 시집간다 : ① 나이 적은 여자가 시집가기 쉽다는 말. ② 젊은 사람이 사회에 잘 쓰인다는 말.

나이 차(-서) 미운 계집 없다 : 무엇이나 한창 필 때에는 좋게 보인다는 말.

나중 꿀 한 식기(食器) 먹기보다는 당장의 엿 한 가락이 더 달다 : 눈앞에 보이지 않는 장래의 막연한 희망보다 작더라도 당장 가질 수 있는 이로움이 더 나음을 비유하여 이르는 말. 나중에 꿀 한 식기 먹으려고 당장 엿 한 가락 안 먹을까.

나중 난 뿔이 우뚝하다〔後生角高〕: ① 나중에 생긴 것이 먼저 나은 것보다 훨씬 나음을 비유하여 이르는 말. ② 후배가 선배보다 훌륭하게 되었음을 비유하여 이르는 말. 뒤에 난 뿔이 우뚝하다. 먼저 난 머리보다 나중에 난 뿔이 더 무섭다. 후생각이 우뚝하다.

나중 달아난 놈이 먼저 달아난 놈을 비웃는다〔五十步笑百步〕: 둘 사이에 약간의 차이는 있지만 본질적으로는 서로 같음을 비유하여 이르는 말.

나중에 꿀 한 식기 먹으려고 당장 엿 한 가락 안 먹을까 : ⇒ 나중 꿀 한 식기보다 당장의 엿 한 가락이 더 달다.

나중에 들어온 놈이 아랫목 차지한다 : ① 늦게 왔지만 제일 좋은 조건을 차지하게 됨을 비유하여 이르는 말. ② 늦게 와서 주제넘게 좋은 자리를 차지하고 우쭐대는 경우를 놀림조로 이르는 말.

나중에 보자는 사람(놈·양반) 무섭지 않다 : ① 당장에 화풀이를 하지 못하고 두고 보자는 사람은 두려울 것이 없다는 말. 두고 보자는 건 무섭지 않다. ② 나중에 어떻게 하겠다고 말로만 하는 것은 아무 쓸 데가 없다는 말. 뒤에 보자는 사람(양반) 무섭지 않다.

나중에야 삼수갑산(三水甲山)을 갈지라도 : 나중에 일이 잘 안 되어 최악의 경우에 이를지라도 우선은 자기가 하고 싶은 대로 어떤 일을 행하겠다는 의지를 이르는 말.
*삼수갑산—우리나라에서 가장 험한 산골이라 이르던 삼수(三水)와 갑산(甲山). 조선 시대 귀양지의 하나였다. 내일은 삼수갑산을 가더라도.

나〔我〕 하는 일은 입쌀 한 말 들여 속곳 하나에 풀하여도 풀이 안 선다 : 자기의 일이 매사에 보람 없이 헛수고로 돌아감을 이르는 말.

나한(羅漢)에도 모래 먹는 나한이 있다 : 나한 가운데에도 공양을 받지 못하여 모래를 먹는 나한이 있다는 뜻으로, 비록 높은 지위에 있는 사람이라 할지라도 고생하는 사람이 있음을 비유하여 이르는 말.

낙동강 오리알 : 무리에서 떨어져 나오거나, 홀로 소외되어 처량하게 된 신세를 비유하여 이르는 말.

낙동강 오리알 떨어지듯 한다 : 남의 것을 떼어먹고 가뭇없이 없어짐을 이르는 말.

낙동강 잉어가 뛰니 부엌에 있는 부지깽이도 뛴다 : ⇒ 숭어가 뛰니까 망둥이도 뛴다.

낙동강 잉어가 뛰니까 사랑방 목침이 뛴다 : ⇒ 숭어가 뛰니까 망둥이도 뛴다.

낙락장송(落落長松)도 근본은 종자 : 아무리 훌륭한 사람이라도 처음은 다 같은 범인(凡人)이었는데 노력과 재질을 발휘하여 그렇게 되었다는 말.

낙망(落網)에 생선거리만 잡아도 그 철에 돈 번다 : 자가 경영 어업은 그물을 던질 적마다 찬거리만 잡아도 먹고 살 수 있다는 말.

낙숫물은 떨어지던 데 또 떨어진다 : ⇒ 제 버릇 개 줄까.

낙숫물이 댓돌을 뚫는다〔水滴芽石〕: 꾸준히 노력하면 아무리 어려운 일이라도 이룰 수 있다는 말.

낙양의 지가(紙價)를 올리다〔洛陽紙價貴〕:

저서(著書)가 호평(好評)을 받아 매우 잘 팔림을 이르는 말. * 진(晉)나라의 좌사(左思)가 「삼도부(三都賦)」를 지었을 때 낙양 사람들이 모두 다투어 이것을 베낀 까닭에 당시 낙양의 종이 값이 올랐더라는 고사(故事)에서 유래된 말.

낙엽이 늦으면 눈도 늦다 : 낙엽이 늦은 해는 대륙의 고기압이 늦게 발달하므로 첫눈도 늦게 오게 된다는 말.

낙엽이 빠르면 눈도 빠르다 : 낙엽이 빠르다는 것은 대륙의 고기압이 일찍이 발달하여 겨울형의 기압 배치가 되므로 첫눈도 빨리 오게 된다는 말.

낙엽이 지기 시작하면 고기 떼가 뭉친다 : 고기는 가을이 되어 수온이 내려가기 시작하면 겨우살이 하느라 떼 지어 다닌다는 말.

낙종(落種)하고 곡우 물 먹으면 풍년 든다 : 곡우 전에 일찍이 못자리를 하였기 때문에 풍년이 든다는 말.

낙타가 바늘구멍 찾는 격 : 아주 찾기 힘든 것을 비유하여 이르는 말.

낙태(落胎)한 고양이 상(相) : 잔뜩 찌푸려서 추하게 생긴 얼굴을 비유하여 이르는 말.

낚시를 던지다 : 어떤 목적을 달성하기 위하여 남을 꾀어내기 위한 수단을 비유하여 이르는 말.

낚시 미늘에 걸린 고기다 : 뜻밖에 횡재를 얻게 되었다는 말. * 미늘—낚시 끝 안쪽에 있는 갈고리.

낚시질을 작은 개울에서 하면 큰 고기를 잡지 못한다 : ① 큰 고기를 잡으려면 낚시질도 큰물에 가서 해야 한다는 말. ② 큰일을 하려면 그에 대한 계획도 크게 세워야 한다는 말.

낚싯바늘에 걸린 생선 : ⇒ 덫에 치인 범이요 그물에 걸린 고기라.

낚싯밥은 작아도 큰 고기만 잡는다 : 재수가 있으려면 작은 미끼로도 큰 고기를 잡을 수 있듯이, 적은 밑천으로도 성공할 수 있다는 말.

낚싯줄이 길어야 큰 고기도 잡는다 : 낚싯줄이 길어야 깊은 곳에 있는 큰 고기를 잡듯이, 어떤 일을 하려면 그 일에 알맞은 도구가 있어야 한다는 말.

난가난 든부자 : ⇒ 난거지 든부자.

난거지 : ⇒ 난거지 든부자.

난거지 든부자 : 겉보기에는 거지꼴로 가난하여 보이나 실상은 살림이 넉넉하여 부자인 사람, 또는 그런 형편을 이르는 말. 난가난든부자. 난거지. 든부자 난거지.

난(亂) 나는 해 과거(科擧) 했다 : ① 애써 한 일이 공교롭게 소용없이 됨을 이르는 말. ② 제가 한 일을 자랑삼아 이야기하나 그것은 아무 데도 흔적이 없으니 말하여도 소용이 없다고 핀잔주는 말.

난(生) 대로 있다 : 하는 행동이나 성격 따위가 어릴 때와 마찬가지로 그대로 남아 있음을 이르는 말.

난디꽃이 피면 장마가 간다 : 난디나무 꽃이 음력 7월 하순경에 피므로 이때쯤이면 7월 장마가 물러간다는 말.

난리(亂離)가 나도 얻어먹고 살겠다 : 영리하고 수단이 좋아 어떤 어려움이 있어도 살아갈 수 있는 사람을 비유하여 이르는 말.

난리가 모 뿌리로 들어간다 : 농촌에서 일이 없으면 난리 난다는 이야기만 하다가 모심을 때가 되어 바빠지면 그런 이야기가 없어진다는 뜻으로, 정작 바빠지면 바쁘다는 말도 못 하게 됨을 비유하여 이르는 말.

난리 때는 곡식 놓고 소금 지고 간다 : 난리가 나서 산중으로 피난을 갈 때는 곡식 한 섬 지고 가서 며칠을 먹는 것보다 소금을 한 짐 지고 가면, 산나물이나 풀뿌리 등을 소금에 절여 먹어 가면서 몇 달이라도 지낼 수가 있다는 말.

난리에 식량은 안 가져가도 소금은 가져가랬다 : 전쟁이 일어나 피란을 갈 때는 식량보다도 소금이 더 긴요하다는 말.

난봉자식이 마음잡아야 사흘 : ① 옳지 못한 일에 한번 빠지면 좀처럼 헤어나기 어려움을 비유하여 이르는 말. ② 잘못을 고치고 착한 사람이 되겠다고 하는 결심은 오래가지 못함을 비유하여 이르는 말.

난부자 : ⇒ 난부자 든거지.

난부자 든가난 : ⇒ 난부자 든거지.

난부자 든거지 : 겉보기에는 돈 있는 부자처럼 보이나 실제로는 집안 살림이 거지와 다름없이 가난한 사람, 또는 그런 형편을 이르는 말. 난부자. 난부자 든가난.

난신적자(亂臣賊子) 같은 놈 : 반란을 일으켜 나라를 어지럽히거나 부모님의 뜻을 거역하는 사람을 이르는 말.

난장 복어 치듯 한다 : 난장에 버린 복어를 치듯이 사람을 함부로 친다는 말.

난쟁이 교자꾼〔轎子軍〕 참여하듯 : 자기 분수에 맞지 않는 일에 주제넘게 나서는 모양을 비유하여 이르는 말. *교자꾼—가마를 메는 사람.

난쟁이끼리 키 자랑하기 : ⇒ 도토리 키 재기.

난쟁이 똥자루만 하다 : 키가 작은 사람을 조롱하여 이르는 말.

난쟁이 월천꾼 즐기듯 : ① 누구를 만나 반갑게 맞는 모양을 비유하여 이르는 말. ② 제 능력으로는 도저히 해낼 수 없는 것이 분명한데 쓸데없이 남이 하는 일을 하고 싶어 하거나 부러워하는 모양을 비유하여 이르는 말. *월천꾼—예전에 사람을 업어서 내를 건네주는 일을 직업으로 하던 사람.

난쟁이 허리춤 추키듯(추킨다) : 난쟁이가 잘록한 허리 때문에 자꾸 흘러내리는 바지를 추어올리듯이 남을 자꾸 칭찬하는 모습을 비유하여 이르는 말. 똥 싼 누덕바지 추키듯.

난쟁이 화상 같다 [북] **:** 키가 작고 못생겼거나 밉살스러운 사람을 비유하여 이르는 말.

난전(亂廛) 몰리듯 : 매우 급히 서둘러서 당하는 사람이 정신을 차릴 수 없게 됨을 이르는 말. *난전—허가 없이 길에 함부로 벌여 놓은 가게. 각전의 난전 몰듯.

난전 치듯 : 마구 단속하여 닥치는 대로 물건을 압수함을 비유하여 이르는 말.

난초(蘭草) 불붙으니 혜초(蕙草) 탄식한다 : ⇒ 여우가 죽으니까 토끼가 슬퍼한다①.

낟가리에 불 질러 놓고 손발 쬐일 놈 [북] **:** ① 남이 큰 손해를 보는 것은 아랑곳하지 않고 자기의 작은 이익만을 추구하는 사람을 비유하여 이르는 말. ② 매우 우둔하고 미련한 행동을 하는 사람을 비유하여 이르는 말.

낟알은 익을수록 고개를 숙인다 : ⇒ 벼 이삭은 익을수록 고개를 숙인다.

낟알 천대를 하(-다간)면 볼기를 맞는다 [북] **:** 땀 흘려 지은 곡식 낟알을 대수롭지 않게 여기거나 낭비하면 크게 혼날 것이라는 뜻으로, 비록 작은 낟알이지만 귀하게 여기라는 말.

낟알 하나에 땀이 열 방울이다 : ⇒ 곡식은 농부의 땀을 먹고 자란다.

날개 돋친 범 : 몹시 날쌔고 용맹스러운 기상을 비유하여 이르는 말.

날개개미가 공중에 낮게 떼 지어 날면 비가 온다 : 개미는 교미기가 되면 날개가 생겨 날아다닌다. 날개개미는 남쪽으로부터 수증기를 많이 품은 공기가 유입되는 무더운 날 저녁에 떼 지어 날아다니는데, 이 런 때는 비 오는 경우가 있다는 말.

날개 부러진 매(독수리) : 위세를 부리다가 타격을 받아 힘없게 된 사람을 비유하여 이르는 말. 허리 부러진 장수(호랑이).

날개 부러진 새 [북] **:** ① 자신이 가지고 있는 재능을 다 쓰지 못하게 된 사람을 비유하여 이르는 말. ② 행동의 기본 수단을 잃고 옴짝달싹할 수 없는 처지에 빠진 사람을 비유하여 이르는 말.

날개 없는 봉황 : 아무 쓸데 없고 보람 없게 된 처지를 이르는 말. 구슬 없는 용. 꽃 없는 나비. 물 없는 기러기. 임자 없는 용마. 줄 없는 거문고.

날고기(生-) 보고 침 안 뱉는 이 없고, 익은 고기 보고 침 안 삼키는 이 없다 : 고기는 익혀서 먹어야 맛이 있다는 말. 선 고기 보고 침 뱉고, 익은 고기 보고 침 삼킨다㊂.

날(日) 궂은 날 개 사귄 것 같다 : 귀찮은 일을 당하거나 달갑지 않은 사람이 귀찮게 따라다님을 이르는 말.

날(生) 때 궂은 아이가 죽을 때도 궂게 죽는다 : 흔히 해산할 때 힘들고 어려웠던 아이는 죽을 때도 어렵게 죽는다 하여 이르는 말.

날랜 장수 목 베는 칼은 있어도, 윤기(倫紀) 베는 칼은 없다 : 사람의 인륜 관계는 끊을래야 끊을 수 없다는 말.

날(刃)로 보나 등(背)으로 보나 : 어느 모로 보나 틀림없음을 이르는 말.

날면(飛) 기는 것이 능(能)하지 못하다 : 재능(才能)이 아무리 신통(神通)해도 혹간 능숙하지 못한 점도 있다는 말.

날(出) 문은 낮아도, 들(入) 문은 높다 : 마음에 안 맞는다고 그 집에서 뛰쳐나와 버리기는 쉽지만, 다시 되돌아 들어가기는 어렵다는 말.

날(日) 받아 놓은 색시 같다 : 바깥 출입을 안 하고 집에만 있는 사람을 이르는 말.

날(飛)벌레가 낮게 떼 지어 날면 비가 온다 : 날벌레들은 저기압이 되어 습기가 많아지면 숨을 장소를 찾아 날아다니게 되는데 이런 날이면 비가 오게 된다는 말.

날(日) 샌 올빼미 신세 : 외롭고 의지할 곳 없는 사람이나 모든 희망이 좌절된 사람을 비유하여 이르는 말.

날 샌 은혜 없다 : ⇒ 밤 잔 원수 없고 날 샌 은혜 없다.

날속한(-俗漢) 이마 씻은 물 같다㊂ : ① 날속한의 이마를 씻은 물같이 싱겁다는 뜻으로, 음식이 매우 맛이 없음을 비유하여 이르는 말. ② 사람이 싱겁고 못났음을 비유하여 이르는 말. *날속한-매우 뻔뻔하고 저속한 사람을 낮잡아 이르는 말.

날씨가 좋으면 밭을 갈고, 비가 오면 책을 읽는다(晴耕雨讀) : 날씨가 좋은 날은 부지런히 농사일을 하고, 비가 오면 공부를 한다는 말.

날아다니는 까막까치도 제 밥은 있다 : 나는 새까지도 제 먹을 것은 있는데, 하물며 사람이 먹을 것이 없어서야 되겠느냐는 말.

날(日)은 저물어 가고 갈 길은 멀다 : 아직도 해야 할 일은 많은데 자꾸만 늙어 가서 한스러움을 비유하여 이르는 말.

날은 좋아 잘 웃는다마는 동남풍(東南風)에 잇속이 건다 : ① 의지가 약하고 무슨 일에나 걸핏하면 싱겁게 잘 웃는 무능한 사람을 두고 이르는 말. ② 당장은 날씨가 좋다고 하지만, 동남풍이 부는 것으로 보아 비가 와서 배 몰고 가기가 힘들겠다는 말. 날이 좋아 웃는다마는 동남풍에 잇속이 건다.

날이 궂으려면 삭신이 쑤신다 : 신경통 앓는 사람은 저기압이 되면 삭신이 쑤시게 되므로 비가 올 것을 미리 알 수 있다는 말.

날이 못 되어 이루어졌다 : 일을 빨리 끝냈을 때 이르는 말.

날(我) 잡아 잡수 한다 : 하고 싶은 대로 하라고 상대편에게 자기 몸을 내맡기는 경우를 비유하여 이르는 말.

날(刃) 잡은 놈이 자루 잡은 놈을 당하랴 : 조건이 나쁜 사람은 자기보다 월등하게 유리한 조건에 있는 사람과는 경쟁이 안 된다는 말. 칼날 쥔 놈이 자루 쥔 놈을 당할까.

날〔日〕이 좋아 웃는다마는 동남풍에 잇속이 건다 : ⇒ 날은 좋아 잘 웃는다마는 동남풍(東南風)에 잇속이 건다.

날〔飛〕 장비(張飛) 같다 : 우악스럽게 날래고 잽싼 사람의 행동을 이르는 말.

날〔生〕 적에 봤더라면 도로 몰아넣었겠다 : 미련하고 못난 짓을 하는 사람에게 욕되게 하는 말.

날콩 씹은 상판[북] **:** 잔뜩 찡그린 얼굴을 비유하여 이르는 말. 생콩 씹은 상판[북]. 썩은 콩을 씹은 것 같다[북].

날탕패에 건달 부랑자(浮浪者) : 돈 한 푼 없는 건달패를 이르는 말.

날파람둥이라 : 주책없이 헐렁거리고 다니는 사람이라는 말.

낡은 존위(尊位) 댁네 보리밥은 잘해 : 가난한 살림에 보리밥만 지어 먹었으므로 보리밥만은 잘 짓는다 함이니, 다른 것은 못해도 무엇 한 가지만은 익숙하게 잘할 때 이르는 말.

낡은 터에서 이밥 먹던 소리 한다[북] **:** 때와 환경을 고려하지 아니하고 엉뚱한 말을 함을 비유하여 이르는 말. 났던 곳에서 흰죽 쑤어 먹던 이야기 한다[북]. 묵은 집터에서 고추장 찍어 먹던 소리를 한다[북].

남 눈 똥에 주저앉고 애매한 두꺼비 떡돌에 치인다 : ⇒ 남이 눈 똥에 주저앉는다.

남대문 본 놈과 안 본 놈이 다투면 안 본 놈이 이긴다 : ① 시비(是非)를 가릴 때 무조건 밀어붙이는 사람이 이김을 비유하는 말. ② 옳지 못한 사람이 옳은 사람을 이기는 그릇된 사회상을 풍자하는 말.

남대문입납〔南大門入納〕 : 겉봉에 주소도 이름도 없이 '남대문'이라고만 쓴 편지란 뜻으로, 주소도 이름도 모르면서 집을 찾는 일, 또는 그런 사람을 조롱하여 이르는 말.

남동풍에는 비가 오고, 북서풍에는 비가 갠다 : 남동풍은 고온다습하여 많은 비를 내리게 하고, 북서풍은 고온건조하여 날씨가 갠다는 말. 북서풍에는 날씨가 개고, 남동풍에는 비가 온다.

남동풍이 강할 때는 폭풍우 : 가을철에 태풍 접근을 시사하는 말.

남동풍이 불면 날이 흐린다 : 남동풍이 불면 태평양 저기압의 영향을 받아 비가 오게 된다는 말.

남동풍이 불면 비가 온다 : 여름철 남동풍은 태평양의 저기압 영향을 받아 고온다습하여 많은 비를 내리게 한다는 말.

남동풍이 불면 황폐해진다 : 봄, 여름철 가물었을 때, 또는 영동 지방에 해당되는 속담으로서, 남동쪽에서 불어오는 높은 온도의 바람은 식물을 말린다는 말.

남 떡 먹는데 팥고물 떨어지는 걱정한다 : 남의 일에 쓸데없이 걱정함을 비유하여 이르는 말.

남사고(南師古) 허행(虛行) : 자기 자신의 운명도 점치지 못하고 남사고가 해마다 과거 시험에 허행한 사실을 들어, 같은 점쟁이 한 사람이 남사고를 사헌부(司憲府)에 혹세무민(惑世誣民)한다고 무고(誣告)한 고사(故事)에서 나온 말로, 동료 사이에 모함하는 일을 이르는 말.

남산골 딸깍발이 : ⇒ 남산골 샌님.

남산골 샌님 : 가난하면서도 자존심이 강한 선비〔書生, 儒生〕을 놀림조로 이르는 말. 남산골 딸깍발이.

남산골 샌님(남산골 생원님)은 뒤지하고 담뱃대만 들면 나막신 신고도 동대문까지 간다 : 의관(衣冠)을 제대로 갖추지 않고 외출함을 이르는 말.

남산골 샌님(생원)이 망하여도 걸음 걷는 보수는 남는다 : 남산골 샌님이 망하여 보잘것없이 되어도 그 특유한 걸음걸이는 남는다는 말이니, 사람의 습관이란 쉽게 없어지지 않는다는 말. 놀던 계집이 결딴이 나도 엉덩이 짓은 남는다.

남산골 샌님이 신청한 고직(庫直)이 시킬 재주는 없어도 뗄 재주는 있다 : 아무 세력 없는 남산골 샌님이 고직이를 시켜 줄 수는 없어도 여론을 일으켜 못 하게 할 수는 있다는 말로, 무슨 일을 해 줄 수는 없어도 방해하여 못 하게 할 수는 있다는 뜻으로 쓰이는 말.

남산골 샌님(생원님)이 역적(逆賊) 바라듯(한다) : ⇒ 남촌 양반이 반역할 뜻을 품는다.

남산골 재앙동이(災殃童-) 샌님 : 관직〔벼슬〕도 없는 생원들이 공연히 상인(商人)들을 귀찮게 함을 비웃는 말.

남산 봉화(烽火) 들 제 인경 치고, 사대문(四大門) 열 제 순라군(巡邏軍)이 제격이라 : 두 가지가 서로 잘 어울려 격(格)에 맞는다는 말.

남산 소나무를 다 주어도 서캐조롱 장사를 하겠다 : 남산의 소나무를 다 주어도 고작 서캐조롱 장사밖에 못한다는 뜻으로, 소견이 좁고 옹졸함을 비웃는 말. *서캐조롱-여자 아이들이 액막이로 차고 다니는 조롱의 하나. 콩알만 한 호리병 모양의 나뭇조각 세 개를 같이 엮고 끝에 돈을 다는데, 위아래의 두 개는 붉게, 가운데의 것은 노랗게 물들인다.

남산에서 돌팔매질을 하면 김씨나 이씨 집 마당에 떨어진다 : 우리나라 사람의 성(姓)에 김씨와 이씨가 많다는 말.

남생이 등 맞추듯 : 서로 잘 들어맞지 않는 것을 맞추려는 모양을 비유하여 이르는 말.

남생이 등에 풀쐐기 쐼 같다 : 남생이의 등이 단단하여 풀쐐기가 쏘아도 아무렇지도 않다는 뜻으로, 작은 것이 큰 것을 건드려도 아무런 해가 되지 못함을 비유하여 이르는 말.

남생이 등에 활쏘기 : ① 매우 어려운 일을 하려고 함을 비유하여 이르는 말. ② 해를 입히려고 하나 끄떡없는 경우를 비유하여 이르는 말.

남양(南陽) 원님 굴회 마시듯 : ⇒ 마파람에 게 눈 감추듯.

남〔他人〕에게 매 맞고 개 옆구리 찬다 : 앞에서는 감히 반항하지 못하고 있다가 아무 상관도 없는 만만한 상대에게 화풀이함을 비유하여 이르는 말.

남(南)에는 논이 많고, 북(北)에는 밭이 많다〔南田北沓〕 : 우리나라는 지형적으로 남쪽은 강이 많아서 논이 많고, 북쪽은 산이 많아서 밭이 많다는 말.

남〔他人〕을 물에 넣으려면 저(제가) 먼저 물에 들어간다 : ⇒ 남 잡이가 제 잡이.

남을 위해 주는 일엔 북두칠성도 굽어본다 : ⇒ 마음 한번 잘 먹으면 북두칠성이 굽어보신다.

남의 가슴에 못을 박으면 제 가슴에 정이 박힌다 : 남에게 마음 고통을 주면 그 벌을 몇 배로 되돌려받는다는 말.

남의 개를 때린다는 게 내 개가 맞아 죽었다 북 **:** ⇒ 남 잡이가 제 잡이.

남의 걸상에 끼여 앉다 북 **:** 자기가 당연히 누려야 할 권리도 찾지 못하고 공연히 남의 눈치를 보면서 군색하게 살아감을 비유하여 이르는 말.

남의 것을 막 베어 먹듯 한다 : 남의 재물을 거리낌 없이 막 훔치거나 뺏어감을 이르는 말.

남의 고기 한 점 먹고 내 고기 열 점 준다〔他肉一點飯食 己肉十點下〕 : 남으로부터 적은 이득을 보려다가 더 큰 손해를 보게 됨을 이르는 말.

남의 고기 한 점이 내 고기 열 점보다 낫다 : 자기 것은 두고 욕심 사납게 남의 것을 공연히 탐냄을 이르는 말.

남의 곡식을 먼저 베어 먹으면 죽어서 소가 된다 : 농사를 짓는 사람은 가을이 되면 자기 곡식을 먼저 베어서 고사한 다음 먹어야 한다는 말.

남의 군불에 밥 짓는다북 : ⇒ 남의 떡에 설 쇤다.

남의 굿 보듯북 : ⇒ 강 건너 불구경(-하듯).

남의 굿 보기 : ⇒ 강 건너 불구경(-하듯).

남의 꽃은 붉게 보인다북 : ⇒ 남의 손의 떡이 커 보이고, 남이 잡은 일감이 더 헐어 보인다.

남의 농사에 콩 심어라 팥 심어라 한다 : ⇒ 남의 잔치(장, 제사)에 감 놓아라 배 놓아라 한다.

남의 누데기에 땀 낸다북 : ⇒ 남의 떡에 설 쇤다.

남의 눈에 눈물 내면 제 눈에는 피눈물이 난다 : 남을 해치려는 사람은 반드시 저부터 먼저 해를 당하게 된다는 말. 남의 눈에서 눈물 나게 하면 제 눈에서는 피가 난다.

남의 눈에서 눈물 나게 하면 제 눈에서는 피가 난다 : ⇒ 남의 눈에 눈물 내면 제 눈에는 피가 난다.

남의 다리 긁는다 : ① 기껏 한 일이 결국 남 좋은 일이 됨을 비유하여 이르는 말. 남의 다리에 행전 친다. 남의 말에 안장 지운다. 남의 발에 감발한다. 남의 발에 버선 신긴다. 남의 입에 떡 집어넣기[①]북. 잠결에 남의 다리 긁는다. ② 자기가 해야 할 일을 모른 채 엉뚱하게 다른 일을 함을 비유하여 이르는 말.

남의 다리에 행전(行纏) 친다 : ⇒ 남의 다리 긁는다.

남의 더운밥이 내 식은 밥만 못하다북 : ⇒ 남의 돈 천 냥이 내 돈 한 푼만 못하다.

남의 돈 천 냥이 내 돈 한 푼만 못 하다 : 남의 것이 아무리 좋더라도 소용없고, 보잘것없는 것이라도 제 것이라야 실속이 있다는 말. 남의 더운밥이 내 식은 밥만 못하다북. 남의 집 금송아지가 우리 집 송아지만 못하다. 내 돈 서 푼이 남의 돈 사백 냥보다 낫다.

남의 두루마기에 밤 주워 담는다 : 아무리 하여도 남 좋은 일만 한 결과가 됨을 비유하여 이르는 말.

남의 등은 봐도 제 등은 못 본다 : 남의 결점은 보기 쉬워도 자기의 결점은 보기가 어렵다는 말.

남의 등창은 제 여드름만 못하다북 : ⇒ 남의 염병이 내 고뿔만 못하다.

남의 딸이 되거들랑 시정 딸 되라 : ⇒ 남의 종이 되거들랑 서울 양반 종이 되고, 남의 딸이 되거들랑 시정(-의) 딸(-이) 되라.

남의 떡 가지고 낯을 낸다 : ⇒ 남의 떡으로 선심을 쓴다.

남의 떡 먹는 데 팥고물 떨어지는 걱정한다 : 남이 떡을 먹는 데 팥고물 떨어지는 걱정을 하듯이, 공연히 남의 일에 쓸데없는 걱정을 한다는 말.

남의 떡방아에 키를 들고 달려간다북 : 자기와 아무런 관계도 없는 일에 함부로 뛰어듦을 비유하여 이르는 말.

남의 떡에 설 쇤다 : 남의 덕택으로 형편 좋게 일을 성취한다는 뜻. 또는 자기 일을 하면서 제 물건을 쓰지 않고 다른 사람의 것을 소비한다는 말. 남의 군불에 밥 짓는다북. 남의 누데기에 땀 낸다북. 남의 떡으로 조상 제 지낸다. 남의 바지 입고 새 벤다. 남의 불에 게 잡는다. 남의 팔매에 밤 줍는다(줍기). 남이 켠 불에 게 잡기. 남 지은 글로 과거 한다. 남 켠 횃불에 조개 잡듯.

남의 떡으로 선심을 쓴다 : 남의 것으로 생색냄을 이르는 말. 남의 떡 가지고 낯을 낸다.

남의 떡으로 조상 제 지낸다 : ⇒ 남의 떡에 설 쇤다.

남의 떡함지에 넘어진다 : 염치없이 비위 좋은 짓을 함을 비유하여 이르는 말.

남의 말 내가 하면 남도 내 말 한다 : 내가 남의 흉을 보면 남도 나의 흉을 본다는 말.

남의 말 다 들으면 목에 칼 벗을 날 없다 : 남의 말대로 순종만 하면 낭패 보는 일이 많으니 자기가 들어야 할 말만 가려서 들으라는 말.

남의 말도 석 달 : 떠들썩한 소문도 시일이 지나면 흐지부지 없어진다는 말.

남의 말에 안장 지운다 : ① ⇒ 남의 다리 긁는다[①]. ② 남의 것을 마치 제 것처럼 씀을 비유하여 이르는 말.

남의 말이라면 량식 싸 지고 나선다[북] **:** ⇒ 남의 말이라면 쌍지팡이 짚고 나선다.

남의 말이라면 쌍지팡이 짚고 나선다 : 남에게 걸핏하면 시비를 잘 걸고 나서는 사람을 비유하여 이르는 말. 남의 말이라면 량식 싸 지고 나선다[북].

남의 말 하기는 식은 죽 먹기〔言他事 食冷粥〕: 남의 잘못을 말하기는 매우 쉽다는 말.

남의 머리는 깎아도 제 머리는 못 깎는다 : 남의 일을 도와주기는 쉬워도 제 일을 스스로 해결하기는 어렵다는 말.

남의 바지 입고 새〔草〕 벤다 : ⇒ 남의 떡에 설 쇤다. *새-풀〔草〕.

남의 발에 감발한다 : ⇒ 남의 다리 긁는다.

남의 발에 버선 신긴다 : ⇒ 남의 다리 긁는다.

남의 밥그릇은 높아 보이고, 자기 밥그릇은 낮아 보인다[북] **:** ⇒ 남의 손에 떡이 더 커 보이고, 남이 잡은 일감이 더 헐어 보인다.

남의 밥 보고 시래깃국 끓인다 : ⇒ 남의 밥 보고 장 떠먹는다[①].

남의 밥 보고 장 떠 먹는다 : ① 아무 상관도 없는 남의 일에 공연히 서둘러 좋아한다는 말. 남의 밥 보고 시래깃국 끓인다. ② 남의 것을 턱없이 바란다는 말.

남의 밥에는(음식엔) 가시가 있다[북] **:** 남의 덕이나 신세로 사는 것이 편치 못함을 이르는 말.

남의 밥에 든 콩이 굵어 보인다 : ⇒ 남의 손에 떡이 더 커 보이고 남이 잡은 일감이 더 헐어 보인다.

남의 밥에 쌀이 더 좋아 보인다 : ⇒ 남의 손에 떡이 더 커 보이고, 남이 잡은 일감이 더 헐어 보인다.

남의 밥은 맵고도 짜다 : 남의 집에 가서 일을 해 주며 먹고사는 것은 매우 고생스럽고 어려운 일이라는 말.

남의 밥을 먹어 봐야 부모 은덕을 안다 : 집을 떠나 객지 고생을 해 봐야 부모의 고마움을 알 수 있다는 말.

남의 밭 콩을 따도 할 말은 있다고 : ⇒ 처녀가 아이를 낳아도 할 말이 있다.

남의 배 속의 글을 옮겨 넣는 재주만 없고 못 하는 재주가 없다[북] **:** ① 아주 재간이 많음을 비유하여 이르는 말. ② 아무리 재간이 좋아도 남의 머릿속에 든 지식은 빼앗을 수 없음을 비유하여 이르는 말.

남의 복은 끌로도 못 판다 : 남이 잘되는 것을 공연히 시기하여도 그 복을 없애 버리지는 못하는 것이니, 그와 같은 생각은 하지 말라는 말.

남의 부모 공경이 제 부모 공경이다 : 남의 부모를 위하고 존경하는 것은 곧 제 부모를 존경하고 위하는 일이 된다는 뜻으로, 남의 부모도 잘 위하고 존경하라는 말.

남의 불에 게 잡는다 : ⇒ 남의 떡에 설 쇤다.

남의 빚 보증 서는 자식은 낳지도 말랬다 : 남의 빚을 보증 서는 것은 좋지 않다는 말.

남의 사돈이야 가거나 말거나 : 자기에게는 아무 이해관계가 없어 상관할 필요가 없음을 이르는 말. 남의 제상에 배 놓거나 감 놓거나.

남의 사위가 나갔다 들어갔다[북] **:** 남이 무슨 일을 하거나 자기와는 아무 상관이 없다는 말.

남의 사정 보다가 갈보 난다 : ⇒ 남의 사정 보다가 동네 시아비가 열둘이다.

남의 사정 보다가 동네 시아비가 열둘이다 : 남의 사정을 보고 동정해 주다가 제 몸을 망친다는 말로, 너무 남의 사정만 보아주어서는 안 된다는 말. 남의 사정 보다가 갈보 난다. 남의 사정 보다가 망한다.

남의 사정 보다가 망한다 : ⇒ 남의 사정 보다가 동네 시아비가 열둘이다.

남의 상사(喪事)에 머리를 푼다 : 쓸데없이 남의 일에 끼어듦을 비유하여 이르는 말.

남의 새끼 범 새끼㉮ **:** 남의 아이를 공들여 길렀는데 그 은공을 모르고 도리어 화를 입힘을 비유하여 이르는 말.

남의 생손은 제 살의 티눈만도 못하다 : ⇒ 남의 염병이 내 고뿔만 못하다.

남의 설움에 제 설움 덧짐 친다㉮ **:** 남이 서러워할 때 자기의 설움까지 함께 쏟아 더 서럽게 한다는 뜻으로, 남의 설움이 더욱 북받치게 곁에서 분수없이 굴거나 남의 설움에 덩달아서 슬퍼함을 비유하여 이르는 말.

남의 소 도망치는 것은 구경거리라고 : ⇒ 남의 소 들고 뛰는 건 구경거리.

남의 소 들고 뛰는 건 구경거리 : 자기와 아무런 이해관계가 없는 남의 불행은 구경거리로 여긴다는 말. 남의 소 도망치는 것은 구경거리라고.

남의 소에 멍에를 메워 제 밭을 간다㉮ **:** 남의 것을 가지고 자기의 이익을 채우는 염치없는 행동을 비유하여 이르는 말.

남의 속에 있는 글도 배운다 : 남의 머릿속에 있는 지식도 배우는데, 하물며 직접 하는 것을 보고 못할 리가 있겠느냐는 뜻으로, 무엇이나 남이 하는 것을 보면 그대로 따라 할 수 있음을 비유하여 이르는 말.

남의 속은 동네 존위(尊位)도 모른다 : 남의 마음속은 동네 일을 다 맡아 주관하는 동네 존위도 알 수 없다는 뜻으로, 사람의 속마음은 누구도 알 수 없음을 비유하여 이르는 말.

남의 손만 쳐다보면 나라가 망한다㉮ **:** 자국(自國)의 힘으로 나라의 살림을 해 나가지 않고 다른 나라의 덕만 입자고 하면 나라가 망한다는 말.

남의 손에 떡이 더 커 보이고, 남이 잡은 일감이 더 헐어 보인다 : 물건은 남의 것이 제 것보다 더 좋아 보이고, 일은 남의 일이 제 일보다 더 쉬워 보임을 비유하여 이르는 말. 곡식은 남의 곡식이 탐스러워 보인다. 남의 꽃은 붉게 보인다㉮. 남의 밥그릇은 높아 보이고, 자기 밥그릇은 낮아 보인다㉮. 남의 밥에 든 콩이 굵어 보인다. 남의 밥에 쌀이 더 좋아 보인다. 남의 손의 떡은 커 보인다. 내 집 쌀밥보다 이웃 보리밥 맛이 낫다. 제 떡보다 남의 떡이 더 커 보인다㉮.

남에 손의 떡은 커 보인다 : ⇒ 남에 손의 떡이 더 커 보이고, 남이 잡은 일감이 더 헐어 보인다.

남의 술로 생색낸다 : ⇒ 곁집 잔치에 낯을 낸다.

남의 술에 삼십 리 간다 : 자기는 가고 싶은 마음이 없었으나 남에게 끌려 뜻하지 않은 곳에 왔음을 이르는 말.

남의 싸움에 칼 빼기 : 남의 일에 공연히 뛰어들어 간섭하기를 좋아함을 비유하여 이르는 말.

남의 쌀밥보다 내 보리밥이 낫다 : 남의 것은 아무리 좋아도 내 것이 될 수 없으니 욕심 내지 말고 건실하게 살라는 말.

남의 아이 떡 주라는 소리는 내 아이 떡 주라는 소리(-이다)㉮ **:** 제 아이와 남의 아이가 같이 있는데 남의 아이 떡 주라고 권하는 것은 결국 제 아이에게 떡 주라고 하는 말이나 다름없다는 뜻으로, 남을 위하는 것처럼 보이지만 실제로는 자기의 이익을 채우려는 것임을 비유하여 이르는 말.

남의 아이 이름 내가 어이 짓나 : 남의 어려운 일은 나로서는 어찌 할 수 없다는 말.

남의 아이 한 번 때리나 열 번 때리나 때렸단 소리 듣기는 마찬가지라 : 좋지 않은 일은 조금 하나 많이 하나 꾸중 듣기는 마찬가지라는 말.

남의 열 아들 부럽지 않다 : 자기가 자식을 많이 둔 것이 남이 아들을 많이 둔 것보다 낫다는 말.

남의 염병이 내 고뿔만 못하다 : ① 남의 큰 걱정이나 위험보다도 자기의 작은 근심거리가 더 절박하다는 말. ② 자기 본위로만 행동하는 사람을 이르는 말. 남의 등창은 제 여드름만 못하다㊕. 남의 생손은 제 살의 티눈만도 못하다. 남의 죽음이 내 고뿔만도 못하다㊕. 내 고뿔이 남의 염병보다 더하다.

남의 옷 얻어 입으면 걸레감만 남고 남의 서방 얻어 가면 송장치레만 한다 : 남의 옷 얻어 입기와 남의 서방 얻어 살기란 할 짓이 아니라는 말.

남의 욕을 내 앞에서 하는 사람은 내 욕도 남에게 한다 : 남의 욕을 잘 하는 사람은 항상 경계해야 함을 이르는 말.

남의 일에 흥야항야한다 : ⇒ 남의 잔치(장, 제사)에 감 놓아라 배 놓아라 한다.

남의 일은 오뉴월에도 손이 시리다 : 이득 없는 남의 일은 하기 싫다는 말.

남의 일을 보아 주려거든 삼 년 내 보아 주어라 : 남을 도와주려거든 끝까지 철저히 하라는 말. *여기서 '삼 년'은 '삼년상(三年喪)'에서 유래한 말.

남의 일이라면 발벗고 나선다 : 남의 일을 자기 일처럼 잘 도와줌을 이르는 말.

남의 입에 떡 집어넣기㊕ : ⇒ 남의 다리 긁는다①.

남의 자식 고운 데 없고 내 자식 미운 데 없다 : 자기 자식은 못생겨도 잘나 보이는 부모의 애정을 이르는 말.

남의 자식 흉보지 말고 내 자식 가르쳐라 : 남을 흉보기 전에 그것을 거울삼아 제 잘못을 뉘우치고 고치라는 말.

남의 잔치(제사)에 감 놓아라 배 놓아라 한다〔他人之宴 曰梨曰柿〕: 남의 일에 부당한 간섭을 함을 이르는 말. 남의 농사에 콩 심어라 팥 심어라 한다. 남의 일에 흥야항야한다. 사돈네 제사에 가서 감 놓아라 배 놓아라 한다. 사돈집 잔치에 감 놓아라 배 놓아라 한다.

남의 잔칫상에 찬물을 끼얹는다㊕ : 남의 좋은 일에 심술궂게 방해함을 비유하여 이르는 말.

남의 장단에 엉덩춤 춘다 : ⇒ 남의 장단에 춤춘다.

남의 장단에 춤춘다 : 관계없는 남의 일에 관심을 가지거나 넋 빠진 사람을 이르는 말. 남의 장단에 엉덩춤 춘다. 남의 피리에 춤춘다. 남이 친 장단에 엉덩춤 춘다.

남의 제삿날도 우기겠다 : 억지 고집을 잘 부리는 사람을 이르는 말. 남의 친기도 우기겠다.

남의 제상에 배 놓거나 감 놓거나 : ⇒ 남의 사돈이야 가거나 말거나.

남의 종이 되거들랑 서울 양반 종이 되고, 남의 딸이 되거들랑 시정 딸 되라 : 돈 많고 잘 사는 집에 붙이거나 태어나야 복을 받을 수 있다는 말. 남의 딸이 되거들랑 시정 딸 되라.

남의 죽음이 내 고뿔만도 못하다㊕ : ⇒ 남의 염병이 내 고뿔만 못하다.

남의 짐이 가벼워 보인다 : 남이 하는 일은 힘든 일이라도 자기가 하는 일보다 쉬워 보임을 비유하여 이르는 말..

남의 집 개가 들어오면 재수가 있다 : 임자 없는 개가 저절로 들어오는 것은 재수가 있다는 말.

남의 집 개가 집 안에 들어와 짖으면 액운이 온다 : 남의 개가 집 안에 들어와 짖으면 불길하다는 말.

남의 집 금송아지가 우리 집 송아지만 못하다 : ⇒ 남의 돈 천 냥이 내 돈 한 푼만 못하다.

남의 집 불구경 않는 군자(君子) 없다 : ① 인간의 행동은 도덕적인 관념보다도 흥미적인 관점에 더 많이 지배된다는 말. ② 북 남의 불행을 옆에서 구경하며 관조적으로 대함을 비유하여 이르는 말.

남의 집 소경은 쓸어나 보는데 우리 집 소경은 쓸어도 못 본다 : ① 남들은 그렇지 아니한데 자기 집 사람은 도무지 집안 사정을 보살피거나 걱정조차도 하지 아니함을 비유하여 이르는 말. ② 북 자기 집 사람의 형편이 몹시 어려움을 비유하여 이르는 말.

남의 집 이밥보다 제집 보리밥이 낫다 : 자기가 가진 것이 비록 나쁠지라도 남의 것보다 낫다는 말.

남의 집 제사에 절하기 : 상관없는 남의 일에 참여하여 헛수고만 한다는 말.

남의 참견 말고 제 발등의 불 끄지 : 남의 일에 공연히 참견하지 말고 제 일이나 충실히 하라는 말.

남의 처녀 나이도 모르고 숙성하다고 한다 : ⇒ 값도 모르고 싸다 한다.

남의 친기(親忌)도 우기겠다 : ⇒ 남의 제삿날도 우기겠다.

남의 친환(초상)에 단지(斷指) : 남의 부모 병을 고치겠다고 손가락을 끊어 피를 내어 먹인다는 뜻으로, 남의 일에 쓸데없이 애를 태우거나 힘씀을 비유하여 이르는 말.

남의 팔매에 밤 줍는다(줍기) : ⇒ 남의 떡에 설 쇤다.

남의 피리에 춤춘다 : ⇒ 남의 장단에 춤춘다.

남의 호박에 말뚝 박기 : 남의 일이 잘되어 가는 것을 시기하여 일부러 방해함을 비유하여 이르는 말.

남의 홍패 메고 춤추기 북 **:** 남이 과거에 합격하여 탄 홍패를 메고 우쭐하여서 춤추는 노릇이라는 뜻으로, 남의 명예와 권세를 이용하여 행세함을 비유하여 이르는 말.

남의 흉이 한 가지면 내 흉은 몇 가지냐 : ⇒ 남의 흉이 한 가지면 제 흉은 열 가지.

남의 흉이 한 가지면 제 흉은 열 가지 : 자기는 더 많은 결점을 가졌으면서도 남의 한 가지 흉을 들추어 나쁘게 말함을 이르는 말. 남의 흉이 한 가지면 내 흉은 몇 가지냐.

남이 나를 저버리거든 차라리 내 먼저 남을 저버리라 : 남이 나를 배반하려 하거든 오히려 이쪽에서 먼저 그를 버리는 것이 상책이라는 말.

남이 놓은 것은 소도 못 찾는다 : 남이 놓아 둔 물건은 소처럼 큰 것일지라도 찾기 힘들다는 말.

남이 눈 똥에 주저앉는다 : 잘못은 남이 저질렀는데 애매하게 자기가 피해를 입게 됨을 비유하여 이르는 말. 남 눈 똥에 주저앉고, 애매한 두꺼비 떡돌에 치인다.

남이 떡 먹는데 팥고물 떨어지는 걱정한다 : 공연히 남의 일에 쓸데없는 걱정을 함을 이르는 말.

남이 서울 간다니 저도 간단다 : 자기 주견 없이 남이 한다고 덩달아 따라 함을 비유하여 이르는 말. 남이 은장도를 차니 나는 식칼을 낀다. 남이 장 간다고 하니 거름 지고 나선다. 남이 장에 가니 저도 덩달아 장에 간다. 남이 장에 간다고 하니 무릎에 망건 씐다. 남이 장에 간다니까 씨오쟁이 떼어지고 간다.

남이야 낮잠을 자든 말든 : ⇒ 남이야 전봇대로 이빨을 쑤시거나 말거나.

남이야 내 상전(上典) 두려워할까 : 내가 공경하고 두려워하는 사람도 남은 그리 대단하게 생각하지 않는다는 말.

남이야 뒷간에서 낚시질을 하건 말건 : ⇒ 남이야 전봇대로 이빨을 쑤시거나 말거나.

남이야 삼승(三升) 버선을 신고 못자리를 밟든 말든 : ⇒ 남이야 전봇대로 이빨을 쑤시거나 말거나.

남이야 전봇대로 이빨을 쑤시거나 말거나 : 남이야 무슨 짓을 하건 상관할 필요가 없음을 비유하여 이르는 말. 남이야 낮잠을 자든 말든. 남이야 뒷간에서 낚시질을 하건 말건. 남이야 삼승 버선을 신고 못자리를 밟든 말든. 남이야 지게 지고 제사를 지내건 말건.

남이야 지게 지고 제사를 지내건 말건 : ⇒ 남이야 전봇대로 이빨을 쑤시거나 말거나.

남이 은장도를 차니 나는 식칼을 낀다 : ⇒ 남이 서울을 간다니 저도 간단다.

남이 장 간다고 하니 거름 지고 나선다 : ⇒ 남이 서울을 간다니 저도 간단다.

남이 장에 가니 저도 덩달아 장에 간다 : ⇒ 남이 서울을 간다니 저도 간단다.

남이 장에 간다고 하니 무릎에 망건 씐다 : ⇒ 남이 서울을 간다니 저도 간단다.

남이 장에 간다니까 씨오쟁이 떼어지고 간다 : ⇒ 남이 서울을 간다니 저도 간단다. * 씨오쟁이—씨앗을 담아 두는 짚으로 엮은 물건.

남이 친 장단에 엉덩춤 춘다 : ⇒ 남의 장단에 춤춘다.

남이 켠 불에 게 잡기 : ⇒ 남의 떡에 설 쇤다.

남자가 상처하는 것은 과거할 신수라야 한다 : 남자가 상처해서 다시 장가드는 것도 하나의 복임을 비유하여 이르는 말.

남자가 셋이 모이면 없는 게 없다 : 남자 서넛이 모이면 무슨 일이든 해낼 수 있다는 말.

남자가 씨앗을 뿌리는데 여자가 군소리하면 씨앗이 안 난다 : 남자가 알아서 잘하는 일에 여자가 간섭을 하면 오히려 일이 잘못된다는 말.

남자가 죽어도 전장(戰場)에 가서 죽어라 : 남자는 모름지기 비겁하고 뜻 없는 개죽음을 하지 말라고 경고하는 말.

남자는 배짱 여자는 절개 : 남자는 두려워할 줄 모르는 담력(膽力), 여자는 자신을 지키는 깨끗한 절개가 으뜸이라는 말.

남자는 이레 굶으면 죽고 여자는 열흘 굶으면 죽는다 : 어려움에 처했을 때, 여자가 남자보다 더 잘 견딜 수 있음을 비유하여 이르는 말.

남자의 한마디 말은 천금(만금)보다 무겁다〔男兒一言重千金〕: 남자의 한마디 말은 천만금처럼 값진 것이니, 지키지 못할 약속은 하지 말라는 말.

남 잡으려다가 제가 잡힌다 : ⇒ 남 잡이가 제 잡이.

남 잡이가 제 잡이 : 남을 해치려다가 오히려 자기가 당하게 되는 경우를 이르는 말. 남을 물에 넣으려면 저(제가) 먼저 물에 들어간다. 남의 개를 때린다는 게 내 개가 맞아 죽었다㉠. 남 잡으려다가 제가 잡힌다.

남정북벌(南征北伐) 명장 믿듯 : 어떤 사람이나 일에 전적으로 기대하거나 의지함을 이르는 말.

남 지은 글로 과거(科擧) 한다 : ⇒ 남의 떡에 설 쇤다.

남쪽 바다가 울면 비가 오고, 서쪽 바다가 울면 날씨가 좋다 : 제주도에서 남쪽 바다가 운다는 것은 열대성 저기압이 제주도를 향하여 오는 것이므로 비가 오는 것이고, 서쪽 바다가 운다는 것은 중국 대륙성 고기압이 오는 것이므로 날씨가 좋다는 말.

남촌 양반이 반역할 뜻을 품는다 : 몰락하여 가난하게 사는 남촌 지방의 양반들이 반역할 뜻을 품는다는 뜻으로, 불평 많고 불우한 처지에 있는 사람들이 반역의 뜻을 품기 마련임을 비유하여 이르는 말. 남산골 샌님(생원님)이 역적 바라듯 (한다).

남 켠 횃불에 조개 잡듯 : ⇒ 남의 떡에 설 쇤다.

남편 공경하지 않는 시어미는 며느리가 남편 공경하는 것을 믿지 않는다북 **:** 자기의 행실이 바르지 못한 사람은 남이 옳은 일을 하여도 잘 믿지 못함을 비유하여 이르는 말.

남편 덕을 못 보면 자식 덕도 못 본다 : ⇒ 남편 복 없는 여자는(년은) 자식 복도 없다.

남편 복 없는 여자는(년은) 자식 복도 없다 : 시집을 잘못 가서 평생 고생만 하는 신세를 한탄하여 이르는 말. 남편 덕을 못 보면 자식 덕도 못 본다.

남편은 두레박 아내는 항아리 : 두레박으로 물을 길어다 항아리에 채우듯이, 남편이 밖에서 돈을 벌어 집에 가지고 오면 아내는 그것을 잘 모으고 간직함을 비유하여 이르는 말.

남편을 잘못 만나면 당대 원수, 아내를 잘못 만나도 당대 원수 : 결혼을 잘못하면 일생 동안 불행하다는 말.

남편 죽었다고 섧게 울던 년이 시집은 먼저 간다 : 남편이 죽자 서럽게 울며 정절을 지킬 듯이 굴던 아내가 남보다 먼저 재가한다는 뜻으로, 남들 앞에서는 끝까지 지조를 지킬 듯이 하다가 먼저 변절함을 비유하여 이르는 말.

남풍 불 때 진드기에 불을 질러야 잘 죽는다 : 남풍이 부는 따뜻한 날 불을 질러야 진드기가 풀잎으로 올라와 있기 때문에 많이 죽게 된다는 말.

남풍이 계속 불면 비가 온다 : 남풍이 계속 불게 되면 저기압 중심이 다가오고 있음을 뜻하므로 비가 올 징조라는 말.

남풍이나 동풍에는 날씨가 궂고, 서풍이나 북풍에는 날씨가 좋다 : 서쪽에 저기압 동쪽에 고기압이 있을 때 동풍이 불게 되는데, 이는 저기압이 다가오고 있다는 뜻으로 날씨가 흐리게 될 것이고, 서쪽에 고기압 동쪽에 저기압이 있으면 서풍이 불게 되는데 이는 서쪽의 고기압이 다가오고 있다는 뜻이므로 맑아질 것이라는 말.

납일(臘日) 전에 눈이 세 번 오면 (보리) 풍년 든다 : 납일 이전에 눈이 쌓이면 보리가 눈 속에서 월동하게 되므로 풍년이 든다는 말. *납일－민간이나 조정에서 조상이나 종묘 또는 사직에 제사 지내던 날. 동지 뒤의 셋째 술일(戌日) 또는 셋째 미일(未日).

납청장이(納淸場－)가 되었다 : 압박(壓迫)이나 타격(打擊)을 당한 사람이나 물건을 이르는 말. *납청장－평북 정주의 납청 시장에서 만드는 국수는 잘 쳐서 질기기다는 데서 유래된 말로, 되게 얻어맞거나 눌려서 납작해진 사람이나 물건을 비유하여 이르는 말.

낫〔鎌〕 놓고 기역자도 모른다〔目不識丁·魚魯不辨〕 : 몹시 무식한 사람을 이르는 말. 낫 놓고 기윽 자라북②.

낫 놓고 기윽 자라북 **:** ① 낫의 모양새를 보고 기역 자를 외우듯이 우리글을 한 자씩 익혀 나감을 비유하여 이르는 말. ② ⇒ 낫 놓고 기역자도 모른다.

낫 댈 곡식이 없다 : 낫으로 벨 것이 없을 정도로 흉작이 되었음을 이르는 말.

낫 빌려주었더니 내 밭곡식 베어간다 : ① 남을 동정해 주었다가 배신을 당했다는 말. ② 도둑에게 도둑질하도록 간접적으로 도와준 격이 되었음을 이르는 말.

낫으로 눈 가려운 데 긁기 : 눈이 가렵다고 위험하게 낫으로 눈을 긁는다는 뜻으로, 우둔하게 위험한 짓을 함을 비유하여 이르는 말.

낫으로 눈 가리기〔以鎌遮眼〕 : 당치 않은 행동으로 숨기려 하나 숨기지 못함을 비유하여 이르는 말. 낫으로 눈을 가린다.

낫으로 눈을 가린다〔以鎌遮眼〕 : ⇒ 낫으로 눈 가리기.

낫으로 삼밭 치듯 한다 : 낫으로 삼대를 베듯이, 무엇이 함부로 쓰러지거나 베어짐을 이르는 말.

났던 곳에서 흰죽 쑤어 먹던 이야기 한다북 **:** ⇒ 낡은 터에서 이밥 먹던 소리 한다.

낮말은 새가 듣고 밤말은 쥐가 듣는다 : ① 아무도 안 듣는 곳에서라도 말조심해야 한다는 말. ② 아무리 비밀히 한 말이라도 반드시 남의 귀에 들어가게 된다는 말. 낮말은 지게문이 듣는다북. 밤말은 쥐가 듣고 낮말은 새가 듣는다.

낮말은 지게문이 듣는다북 **:** ⇒ 낮말은 새가 듣고 밤말은 쥐가 듣는다.

낮 바람이 오래 불면 밤바람은 잔다〔晝風久夜風止〕 : 낮에 바람이 오래 불면 밤에는 바람이 불지 않는다는 말.

낮에 나서 밤에 컸나 : 하는 짓이 멍청이처럼 답답하고 모자람을 조롱하는 말.

낮에 난 도깨비 : ① 해괴망측한 사람을 비유하여 이르는 말. ② 북 본래는 밤에 돌아다니는 도깨비가 염치없이 낮에 돌아다닌다는 뜻으로, 염치가 없고 하는 짓이 미련하고 우악스러운 사람을 비유하여 이르는 말.

낮에 난 도적 : 염치없고 탐욕이 많은 사람을 가리키는 말.

낮에는 농사일을 하고 밤에는 책을 읽는다〔晝耕夜讀〕 : 밤낮을 가리지 않고 열심히 일하고 공부한다는 말.

낮에는 눈이 있고 밤에는 귀가 있다 : 낮에는 보는 사람이 많고 밤에는 듣는 사람이 있으니 항상 언행을 조심하라는 말.

낮은 땅에 물이 괸다 : 자신을 낮추고 겸손하면 다른 사람들이 가까이한다는 말.

낮일할 때 찬 초갑(草匣) : ⇒ 거둥에 망아지 새끼 따라다니듯. * 초갑(담배쌈지)—살담배나 잎담배를 넣고 다니는 주머니.

낯가죽이 두껍다〔鐵面皮〕 : 무슨 일에나 염치없고 뻔뻔스러우며 부끄러운 줄 모르는 사람을 이르는 말. 얼굴이 두껍다.

낯은 알아도 마음은 모른다 : 사람의 마음속은 알 수 없다는 말.

낯을 들고 다니는 처녀도 선을 보아야 한다 북 **:** 혼사를 결정하자면 아무리 얼굴을 들고 다니는 처녀라도 한번 만나 선을 보아야 한다는 뜻으로, 무슨 일이나 결심을 내리기 위해서는 대상을 파악하기 위해서 직접 만나 보거나 알아보아야 함을 비유하여 이르는 말.

낯익은 도끼에 발등 찍힌다 : ⇒ 믿는 도끼에 발등 찍힌다.

낯짝보다 씹 두덩치레는 했다 : 얼굴은 못생긴 여자가 성기는 매우 좋다는 말.

낳는 놈마다 장군 난다 : ① 어떤 집안에 훌륭한 인물이 잇따라 남을 비유하여 이르는 말. ② 좋은 일이 잇따라 일어남을 비유하여 이르는 말.

낳은 아이 아들 아니면 딸이지 : 양자(兩者) 중에 하나라는 말.

낳은 정보다 기른 정이 더 크다 : 길러 준 정이 낳은 정보다 크고 소중하다는 말.

내가 중이 되니 고기가 천하다 : 자기가 구할 때는 없던 것이 필요치 않게 되니까 갑자기 많아짐을 일컫는 말. 내 상주 되니 개고기도 흔하다.

내가 할 말을 사돈이 한다 : 자기가 하려고 하는 말이나, 마땅히 할 말을 도리어 남이 함을 비유하여 이르는 말. 나 부를 노래 사돈이 부른다. 나 부를 노래를 사돈집에서 부른다. 내 노래를 사돈이 부른다. 시어미 부를 노래 며느리가 먼저 부른다.

내 건너 배 타기 : ⇒ 나루 건너 배 타기①.

내 것도 내 것 네 것도 내 것 : 제 것은 물론이려니와 남의 것까지도 탐내며, 남의 것을 함부로 제 것 쓰듯 함을 이르는 말.

내 것 아니면 남의 밭머리 개똥도 안 줍는다 : 사람됨이 매우 청렴하다는 말.

내 것 없어 남의 것 먹자니 말도 많다 : ① 가난한 사람이 얻어먹고 살아가자니 눈치도 보아야 하고 말썽도 많이 생김을 비유하여 이르는 말. ② 북 무엇을 남에게 부탁하느라고 궁한 소리를 떳떳하지 못하게 함을 비유하여 이르는 말.

내 것 잃고 내 함박 깨뜨린다 : 자기의 소중한 것을 다 내주었는데도 그만 함박까지 깨뜨린다는 뜻으로, 이중의 손해를 보게 됨을 비유하여 이르는 말.

내 것 잃고 죄짓는다 : ⇒ 도둑맞고 죄 된다.

내 것 주고 매 맞는다 : ⇒ 제 것 주고 뺨 맞는다.

내 고기야 날 잡아먹어라 : 일을 크게 그르쳐 놓고 자책(自責)하는 말.

내 고뿔이 남의 염병보다 더하다 : ⇒ 남의 염병이 내 고뿔만 못하다.

내관의 새끼냐 꼬집기도 잘한다 : 공개적으로 말하지 않고 내숭스러운 방법으로 헐뜯는 사람을 비유하여 이르는 말.

내관 처가(妻家) 출입하듯 : ⇒ 고자 처갓집 가듯(나들듯, 다니듯).

내년은 풍년 든다 : 농민들은 해마다 '내년은 풍년이 들겠지' 하며 매년 기대하며 산다는 말.

내 노랑 병아리만 내(-어)라 한다 : 무리하게 강청(强請)함을 이르는 말.

내 노래를 사돈이 부른다 : ⇒ 내 할 말을 사돈이 한다.

내 논에 물 대기 : ⇒ 제 논에 물 대기.

내 님 보고 남의 님 보면 심화 난다 : 제 님이 더 훌륭하기를 바라는 뜻에서, 잘난 남의 임을 보면 마음이 편하지 않다는 말.

내닫기는 주막(酒幕)집 강아지라 : 어떤 일이 있을 때마다 잘 뛰어들어 참견하는 사람을 비꼬아 이르는 말. 내뛰기는 주막집 강아지다.

내 돈 서 푼은 알고 남의 돈 칠 푼은 모른다 : 제 것은 소중히 여기면서 남의 것은 대수롭지 않게 여기는 이기적인 사람을 비꼬는 말.

내 돈 서 푼이 남의 돈 사백 냥보다 낫다 : ⇒ 남의 돈 천 냥이 내 돈 한 푼만 못하다.

내 딸이 고와야 나비가 모인다 : ⇒ 내 딸이 고와야 사위를 고르지.

내 딸이 고와야 사위를 고르지 : 자기는 부족하고 불완전하면서 남의 완전한 것만을 구하는 것은 부당하다는 말. 꽃이 고와(좋아)야 나비가 모인다. 내 딸이 고와야 나비가 모인다. 내 물건이 좋아야 값을 받는다②.

내 땅 까마귀는 검어도 귀엽다 : 제가 오래 정들인 것은 무엇이나 다 좋다는 말. 까마귀도 내 땅 까마귀라면 반갑다.

내 떡 나 먹었거니 : 내게 잘못이 없으니 상관없다는 말.

내뛰기는 주막(酒幕)집 강아지다 : ⇒ 내닫기는 주막집 강아지라.

내[川]를 건너서 지팡이 추수하고 나서 자루 : 요긴하게 쓰일 때가 지난 물건을 이르는 말.

내리사랑은 있어도 치사랑은 없다[下愛有 上愛無] : 윗사람이 아랫사람을 사랑하는 만큼 자식이 부모를 사랑하기는 어렵다는 말. 사랑은 내리사랑. 아랫사랑은 있어도 위엣 사랑은 없다.

내[煙] 마신 고양이 상 : ⇒ 고양이 낙태한 상.

내[我] 말은 남이 하고 남 말은 남이 한다 : ① 누구나 다 남의 말하기를 좋아한다는 말. ② 북 자기와 관계되는 어떤 요구를 자기가 나서서 하기는 힘들지만 남이 해 주기는 쉽고 효과도 더 있다는 말.

내 말이 좋으니 네 말이 좋으니 하여도 달려 보아야 안다 : 실제로 시험해 보지 않고 탁

상공론(卓上空論)만 하는 것은 어리석은 짓이라는 말.

내 몸이 높아지면 아래를 살펴야 한다 : ① 윗자리에 있는 사람은 아랫사람들을 조심해야 한다는 말. ② 북 자신의 지위가 높아지면 높아질수록 아랫사람을 잘 살피고 돌보아야 한다는 말.

내 몸이 중이면 중의 행세를 하라 : 제 신분이나 분수를 지켜야 함을 비유하여 이르는 말.

내 물건은 좋다 한다 : 자기 것은 무엇이나 다 좋다고 주장하는 사람을 비꼬아 이르는 말.

내 물건이 좋아야 값을 받는다 : ① 자기가 지킬 도리를 먼저 지켜야 남에게 대우를 받는다는 말. ② 북 ⇒ 내 딸이 고와야 사위를 고르지.

내 미락 네 미락 : 책임을 지지 아니하려고 서로 미루적거린다는 말. 내 미룩 네 미룩. 네 미락 내 미락. 네 미룩 내 미룩.

내 미룩 네 미룩 : ⇒ 내 미락 네 미락.

내 미워 기른 아기 남이 괸다 : 자기가 귀찮아하고 미워하면서 기른 자식을 도리어 남들이 사랑한다는 말.

내민 손이 무안하다 : 무엇을 얻으려고 손을 내밀었다가 얻지 못한 경우나, 반대로 무엇을 받으라고 주는데도 상대편이 이를 받지 아니하여 난처할 때 이르는 말.

내 밑 들어 남 보이기 : ⇒ 제 발등에 오줌 누기.

내 발등의 불을 꺼야 아들 발등의 불을 끈다〔我上之火 兒上之火〕: 급할 때는 누구보다도 자기의 일을 제일 먼저 한다는 말.

내 밥 먹은 개가 발뒤축을 문다 : 은혜를 베푼 상대방으로부터 화를 입음을 비유하여 이르는 말. 제 밥 먹은 개가 제 발등 문다.

내 배가 부르니 종의 배고픔을 모른다〔我腹既飽 不察奴飢〕: 자기가 만족하면 남의 곤란함을 모르고 돌보아 주지 아니함을 비유하여 이르는 말. 내 배 부르면 종의 밥 짓지 말라 한다.

내 배가 불러야 남의 배도 부르다 북 **:** 우선 자기의 욕망이 실현되어야 남의 딱한 사정도 생각하게 됨을 비유하여 이르는 말.

내 배 다치랴 : 누가 감히 나를 건드리겠느냐고 배짱을 부리는 경우를 비유하여 이르는 말.

내 배 부르니 평안감사가 조카(족하) 같다 : 자기 배가 부르면 세상에 부러울 것이 없음을 비유하여 이르는 말.

내 배 부르면 종의 밥 짓지 말라 한다 : ⇒ 내 배가 부르니 종의 배고픔을 모른다.

내 복(福)에 난리야 : 바라고 있던 일이 잘되어 가다가 뜻밖에 방해물이 끼어듦을 비유하여 이르는 말.

내 상주 되니 개고기도 흔하다 : ⇒ 내가 중이 되니 고기가 천하다.

내 속 짚어 남의 말 한다 : 자기 속에 있는 생각을 미루어서 남도 그러하리라고 짐작하여 말함을 이르는 말.

내 손끝에 뜸을 떠라 : ⇒ 내 손톱에 장을 지져라.

내 손에 장을 지지겠다 : ⇒ 내 손톱에 장을 지져라.

내 손이 내 딸이라 : 남에게 시키지 않고 자기 손으로 직접 일을 하는 것이 마음에 맞게 잘됨을 비유하여 이르는 말.

내 손톱에 장(醬)을 지져라 : 손톱에 불을 달아 장을 지지게 되면 그 고통이라는 것은 이루 말할 수 없는 것인데, 그런 모진 일을 담보로 하여 자기가 옳다는 것을 장담할 때 하는 말. 내 손 끝에 뜸을 떠라. 내 손에 장을 지지겠다.

내 솥 팔아 남의 솥 사도 밑질 것 없다 : 셈이 서로 비기어 손해 볼 일이 없음을 비유하여 이르는 말.

내시 이 앓는 소리 : 내시가 거세를 하여 가

늘어진 목청으로 이앓이를 한다는 뜻으로, 맥없이 지루하게 중얼거리는 것을 비유하여 이르는 말.

내 앞도 못 닦는 것이 남의 걱정 한다 : 제 일도 스스로 처리하지 못하면서 남의 일에 간섭함을 이르는 말.

내 얼굴에 침 뱉기 : ⇒ 누워서 침 뱉기.

내외간도 돌아누우면 남이다 : 가까운 부부간의 애정도 소원(疏遠)할 수 있다는 말.

내외간 싸움은 개싸움 : ⇒ 부부 싸움은 칼로 물 베기.

내외간 싸움은 칼로 물 베기라 : ⇒ 부부 싸움은 칼로 물 베기.

내(我) 울음이 진정 울음이냐 : ① 진정에서 우러나는 일이 아니요, 다만 하는 체하는 일을 이르는 말. ② 똑똑한 정신이 없이 하는 일을 두고 이르는 말.

내 일 바빠 한댁 방아(己事之忙 大家之春促) : ① 내 일을 하기 위하여 부득이 다른 사람의 일부터 한다는 말. ② 일이 바쁠 때에는 제구(諸具)를 갖추지 못하고도 서둘러 한다는 말.

내일 백 냥보다 당장(오늘) 쉰 냥이 낫다 : ⇒ 금년 새 다리가 명년 소 다리보다 낫다.

내일은 삼수갑산(三水甲山)을 가더라도 : ⇒ 나중에야 삼수갑산을 갈지라도.

내일은 서쪽에서 해가 뜨겠다 : 말썽만 부리던 사람이 갑자기 착한 일을 하거나, 또는 뜻밖의 일을 하였음을 비유하여 이르는 말.

내일의 천자보다 오늘의 재상 : ⇒ 금년 새 다리가 명년 소 다리보다 낫다.

내전보살(內殿菩薩)이다 : 알고 있으면서도 모르는 체하며 시치미를 떼고 있는 사람을 비유하여 이르는 말.

내(我) 절 부처는 내가 위해야 한다 : ① 자기가 모시는 주인은 자기가 잘 섬겨야 남도 그를 알아봄을 비유하여 이르는 말. 제 절 부처는 제가 위하랬다(-고) ② 자기가 할 일은 남에게 미루지 말고 제힘으로 해야 됨을 비유하여 이르는 말.

내 집 쌀밥보다 이웃 보리밥 맛이 낫다 : ⇒ 남의 손에 떡이 커 보이고, 남이 잡은 일감이 더 헐어 보인다.

내 침 발라 꼰 새끼가 제일(-이다) 북 : 자기의 노력을 들여 이룩한 성과가 귀중함을 비유하여 이르는 말.

내 칼도 남의 칼집에 들면 찾기 어렵다(吾刀入他鞘 難拔) : 제 것이라도 남의 손에 들어가면 제 마음대로 하기 어렵게 됨을 비유하여 이르는 말. 제 칼도 남의 칼집에 들면 찾기 어렵다.

내 코가 석 자(吾鼻三尺) : 내 사정이 급하고 어려워서 남을 돌볼 여유가 없음을 비유하여 이르는 말. 제 코가 석 자. 제 코가 석 자 가웃이나 빠졌다 북.

내 콩이 크니 네 콩이 크니 한다 : 비슷한 것을 가지고 제 것이 낫다고 서로 다툼을 이르는 말. 네 콩이 크니 내 콩이 크니 한다.

내 탓(탈) 네 탓(탈) 수염 탓(탈) 북 : 이것은 내 탓이고 저것은 네 탓이고 그것은 수염 탓이라고 하며 여기저기 핑계를 댄다는 뜻으로, 자기의 잘못을 환경의 탓으로 돌림을 비유하여 이르는 말.

내 한 급제에 선배 비장 호사한다 : 내가 잘된 덕으로 엉뚱한 남이 호사한다는 말.

낼모레 동동 : 줄 듯 줄 듯하면서 주지 않고 애만 태움을 이르는 말.

냅기(연기)는 과부 집 굴뚝이라 : 과부 집에는 땔나무를 할 사람이 없어 마르지 않은 나무를 그대로 때므로 연기(내)가 많이 난다는 뜻으로, 다른 사람보다 몹시 곤란한 처지에 있음을 비유하여 이르는 말.

냇가 돌 닳듯 : 세상에 시달려 성격이 약아지고 모질어짐을 비유하여 이르는 말.

냇물 여울 소리가 크게 들리면 비가 온다 : 저기압에서는 평소보다 소리가 크게 들리기 때문에 여울 소리가 크게 들리면 비가 온다는 말.

냇물은 보이지도 않는데 신발부터 벗는다 : 하는 짓이 턱없이 성급함을 비유하여 이르는 말.

냉수도 불어 먹겠다 : 지나치게 조심스럽고 세심함을 비웃어 이르는 말.

냉수도 차례가 있다 : ⇒ 찬물도 위아래가 있다①.

냉수 먹고 갈비 트림한다 : ⇒ 미꾸라짓국 먹고 용트림한다①.

냉수 먹고 된 똥 눈다 : 대단치 않은 재료로 실속 있는 결과를 만들어 냄을 비유하여 이르는 말.

냉수 먹고 속 차려라 : 지각 있게 처신하지 못하는 사람에게 정신을 차리라고 비난조로 이르는 말.

냉수 먹고 이 쑤시기 : 잘 먹은 체하며 이를 쑤신다는 뜻으로, 실속은 없으면서 무엇이 있는 체 함을 이르는 말.

냉수에 뼈뜯이 : ① 냉수에다 뼈에서 뜯어낸 고기를 두었다는 뜻으로, 맛없는 음식을 비유하여 이르는 말. ② 싱거운 사람을 비유하여 이르는 말.

냉수에 이 부러진다 : 하찮은 것 때문에 당황스러운 일을 겪는다는 뜻으로, 도무지 이치에 닿지 않는 어이없는 경우를 비유하여 이르는 말.

너구리 굴 보고 피물(皮物) 돈 내어 쓴다 : 일이 되기도 전에 거기서 나올 이익부터 생각하여 돈을 앞당겨 씀을 비유하여 이르는 말. *피물 돈—짐승 가죽을 벗겨 판 돈. 땅벌집 보고 꿀 돈 내어 쓴다. 벌집 보고 꿀 돈 내어 쓴다북.

너구리도 들 굶 날 굶을 판다 : ⇒ 쥐도 들 구멍 날 구멍이 있다.

너(汝) 난 날 내 났다 : 너나 나나 별다를 것이 없다는 뜻으로, 쓸데없이 잘난 척하는 사람을 책망하는 말.

너는 용빼는 재주가 있느냐 : 뾰족한 재주도 없이 남을 흉보는 사람에게 핀잔하는 말.

너무 고르다가 눈먼 사위 얻는다 : 너무 고르다 보면 오히려 나쁜 것을 고르게 됨을 비유하여 이르는 말.

너무 뻗은 팔은 어깨로 찢긴다 : 지나치게 미리 손을 써서 남을 해치려다가는 도리어 실패하게 된다는 말.

너울 쓴 거지 : 너울 쓰고 거지 노릇을 한다는 뜻으로, 몹시 배가 고파서 체면을 차릴 수 없게 된 처지를 비유하여 이르는 말.

너(汝)의 집도 굴뚝으로 불을 때야 하겠다 : 불을 거꾸로 때야 할 집이라는 뜻으로, 일이 꼬이기만 하는 집안을 이르는 말.

너하고 말하느니 개하고 말하겠다 : 서로 대화할 상대가 못 됨을 이르는 말. 담벼락하고 말하는 셈이다.

넉가래 내세우듯 : ⇒ 과부 집 똥넉가래 내세우듯.

넉 달 가뭄에도 하루만 더 개었으면 한다 : ① 오래 가물어서 아무리 기다리던 비일지라도 무슨 일을 치르려면 그 비 오는 것을 싫어한다는 말. ② 사람은 날씨에 대하여 항상 자기 본위로 생각함을 비유하여 이르는 말.

넉 동 다 갔(났)다 : 윷놀이에서 네 말이 다 났다는 말로, 일이 다 끝이 남을 이르거나, 또는 어떤 사람의 신세가 다 됨을 비유하여 이르는 말.

넉 사 자 방(放) 맞은 듯북 **:** ① '四' 자가 언어맞아서 찌그러진 것 같다는 뜻으로, 아주 찌그러져서 어쩔 수 없게 됨을 비유하여 이르는 말. 방 맞은 넉 사 자북. ② 입을 헤벌리고 멋없이 헤벌쭉거리거나 주책없이 좋아하는 사람을 비유하여 이르는 말.
* 방(放)—총 따위를 쏘는 단위.

넉살 좋은 강화(江華) 년이다 : 체면도 염치도 돌보지 않는 사람을 조롱하여 이르는 말.

넋이야 신이야 한다 : 잔뜩 마음에 먹었던 일을 물 퍼붓듯 말하는 것을 비유하여 이르는 말.

넌덜머리가 난다 : 어떤 일에 몹시 싫증이 난다는 말.

널감을 장만하다 : ① 어떤 분야에서 죽을 때까지 끝장을 본다는 말. ② 걸핏하면 떼를 쓰려고 한다는 말.

널도깨비가 생도깨비를 잡아간다[북] **:** 관(棺)에 들어갈 정도로 골골 앓는 사람은 죽지 않고 오히려 건강한 사람이 먼저 죽었을 경우를 이르는 말. * 널도깨비—관에 붙은 도깨비란 뜻으로 '귀신'을 이르는 북한어.

널도깨비 복은 못 주어도 화는 준다[북] **:** 관에 붙은 도깨비가 사람에게 복을 주지는 못하지만 화는 줄 수 있다는 뜻으로, 사람 못된 것은 어디를 가나 해(害)만 끼치고 다녔지 이롭게 하는 일은 없다는 말.

넘어지기 전에 지팡이 짚다 : 어떤 일에 실패하거나 화를 입기 전에 대비함을 비유하여 이르는 말.

넘어지면 막대 타령이라 : ⇒ 소경이 넘어지면 막대(지팡이) 탓이다.

넘어지면 밟지 않는다 : 기운이 모자라 쓰러진 상대방에게는 더 짓밟아 고통을 주지 않음을 이르는 말.

넘어지면 코 닿을 데 : ⇒ 엎어지면 코 닿을 데.

넘어진 김에 쉬어 간다 : ⇒ 엎어진 김에 쉬어 간다.

넘어진 놈이 지팡이 탓만 한다 : 자기 잘못은 생각하지 않고 잘못된 책임을 남에게만 떠넘김을 이르는 말. 소경이 넘어지면 막대(지팡이) 탓이다.

넙치[廣魚]가 되도록 맞았다 : 무참하게 매를 맞았다는 말.

넙치 눈은 작아도 먹을 것은 잘 본다 : ⇒ 메기가 눈은 작아도 저 먹을 것은 알아본다.

네 각담이 아니면 내 쇠뿔 부러지랴 : 자기 잘못으로 생긴 손해를 남에게 넘겨씌우려고 트집 잡음을 이르는 말.

네 것 내 것 가리다 : ⇒ 네 일 내 일을 가리다.

네 것 내 것을 가리지 않다 : ⇒ 네 일 내 일을 가리지 않다.

네 것이 내 것이요, 내 것이 내 것이다 : 무엇이건 다 자기 것이라는 말.

네 다리 빼라 내 다리 박자 : ① 사람들이 꽉 들어찬 곳을 염치없이 비집고 들어가는 것을 비유하여 이르는 말. ② 자기의 요구를 실현하기 위해서 무리한 요구를 내세우는 것을 비유하여 이르는 말.

네 떡 내 먹었나 : 자기가 하여 놓고 시치미 뗌을 이르는 말.

네 떡 내 모른다 : 모르는 체하고 방관(傍觀)함을 이르는 말.

네 떡이 한 개면 내 떡이 한 개라 : ⇒ 오는 말이 고와야 가는 말이 곱다②.

네 맛도 내 맛도 없다 : 도대체 아무 맛도 없다는 말.

네 미락 내 미락 : ⇒ 내 미락 네 미락.

네 미룩 내 미룩 : ⇒ 내 미락 네 미락.

네 발 짐승도 넘어질 때가 있다 : 안전하다고 믿었던 것이 그릇될 수도 있으니 항상 조심하라는 말.

네 밥 콩이 더 크니 내 밥 콩이 더 크니 한다 : 비슷한 것을 가지고 쓸데없이 시비를 한다는 말.

네 뱃병이 아니면 무슨 병이냐 : 너의 배부른 것이나 뱃병이라고 하지 임신부가 배부른 것을 보고 무슨 병이라고 하겠느냐는 뜻으로, 비록 어떤 흠집이 사물의 전체를 가린다고 해도 그것이 작은 허물조차 되지 않음을 비유하여 이르는 말.

네 병이야 낫든 안 낫든 내 약값이나 내라 : 남을 위하여 한 일의 성부(成否)는 덮어놓고 그 보수만을 요구함을 비유하여 이르는 말.

네 뿔이 부러지냐 내 뿔이 부러지냐 : 누가 옳은지 결판이 날 때까지 한사코 겨루어 보자고 벼르는 것을 비유적으로 이르는 말.

네 쇠뿔이 아니면 내 담 무너지랴 : 타인으로 인하여 자기가 손해를 보았을 경우에 하는 말.

네 아들 형제가 내 아들 하나만 못하다㈹ **:** ① 남의 아들 둘을 데려와도 내 아들 하나만 못하게 여긴다는 뜻으로, 자기 아들이 잘났다고 여기는 부모의 심정을 비유하여 이르는 말. ② 남의 아들이 아무리 많아도 자기에게는 소용이 없다는 뜻으로, 필요한 물건이나 조건이 제게 꼭 갖추어져야 제 일이 수월하게 풀려나갈 수 있다는 것을 비유하여 이르는 말.

네 일 내 일을 가리다 : 자기 일과 남의 일을 갈라서 엄격히 자기 일만 한다는 말. 네 것 내 것 가리다.

네 일 내 일을 가리지 않다 : 자기 일과 남의 일을 가리지 않고 남의 일을 잘 도와준다는 말. 네 것 내 것을 가리지 않다.

네 콩이 크니 내 콩이 크니 한다 : ⇒ 내 콩이 크니 네 콩이 크니 한다.

녀자가 약해도 어머니 되는 데는 강하다㈹ **:** 여자가 몸은 연약하여도 자식을 낳아 기르는 데는 매우 강한 힘을 가지고 있다는 말.

녀자는 말을 안 하는 게 첫 수㈹ **:** ① 남자와 싸울 때에 아예 말을 안 하는 것이 이기는 수라는 말. ② 여자는 함부로 가볍게 입을 놀리지 말아야 함을 비유하여 이르는 말.

녀자 셋이 원한을 품으면 오뉴월 하늘이 서리를 내린다㈹ **:** ⇒ 여자가 한을 품으면 오뉴월에도 서리가 내린다.

녀자하고 도리깨는 자꾸 내돌리면 못 쓰게 된다㈹ **:** 젊은 여자가 자꾸 밖으로 나다니게 되면 행실이 나빠지고 몸을 버리기 쉽다는 말.

녀편네 말 잘 들으면 오뉴월에 팥밥 먹는다 ㈹ **:** 아내가 걱정하는 말을 잘 들으면 좋은 수가 생길 수 있음을 비유하여 이르는 말.

녀편네 셋만 모이면 접시 구멍을 뚫는다㈹ **:** ⇒ 여자가 셋이면 나무 접시가 들논다.

녀편네 자랑은 온 머저리, 자식 자랑은 반 머저리㈹ **:** ⇒ 마누라와 자식 자랑하는 놈은 팔불출이다.

노고지리가 높이 날면 날씨가 좋다 : 새들은 기상 변화에 민감한 반응을 보여 고기압이 접근하면 높게 난다는 말. 솔개가 높이 날면 날씨가 좋다.

노구 전에 엿을 붙였나 : 노구에 엿을 붙이면 곧 녹아내리니, 찾아 온 손님이 급히 돌아가려고 안달함을 비유하여 이르는 말. *노구−노구솥(놋쇠나 구리로 만든 작은 솥). 이불 밑에 엿 묻었나.

노는 씹 씻겨나 준다고 : 무엇이고 노는 것보다는 무슨 일이라도 하는 것이 낫다는 말.

노는 입에 염불(念佛)하기 : ⇒ 할 일이 없거든 오금이나 긁어라.

노닥노닥 기워도 마누라 장옷 : 지금은 낡았지만 처음에는 마누라가 나들이할 때 입던 옷이라는 뜻으로, 전에는 잘살았다는 말. 노닥노닥 기워도 비단 걸레. 노닥노닥해도 비단일세.

노닥노닥 기워도 비단 걸레 : ⇒ 노닥노닥 기워도 마누라 장옷.

노닥노닥해도 비단일세〔襤褸襤褸 猶然錦褸〕 : ⇒ 노닥노닥 기워도 마누라 장옷.

노라치 모양 헤엄은 잘 친다 : 헤엄 잘 치는

사람을 두고 이르는 말. * 노라치－누르하치(淸나라의 太祖).

노래기 족통도 없다 : 노래기의 발이 아주 작은 데서 유래된 말로, 살림이 빈곤하여 남은 것이 없음을 비유하여 이르는 말.

노래기 푸념한 데 가 시룻번이나 얻어먹어라 : ⇒ 노래기 회도 먹겠다.

노래기 회(膾)도 먹겠다 : 노래기는 악취가 심한데 그 회를 먹겠다 함은, 염치도 체면도 돌보지 않는 야비한 짓을 함을 이르는 말. 노래기 푸념한 데 가 시룻번이나 얻어먹어라. 장지네 회 쳐 먹겠다.

노래면 다 룩자배긴 줄 아니㊗ **:** 어떤 사물에 대하여 똑똑히 알지도 못하면서 제가 알고 있는 옅은 지식을 가지고 어림짐작으로 그릇되게 판단함을 핀잔하는 말.

노력은 천재를 날 수 있어도 천재는 노력을 날 수 없다 : 무슨 일을 이루는 데는 천재보다 노력이 더 필요하다는 말. * 날 수－낳을 수

노루가 아이 업고 간다㊗ **:** 노루가 아이를 업고 갈 일이란 도저히 있을 수 없다는 뜻으로, 참여하지 않아도 될 일에 참여함을 비꼬는 말.

노루가 제 방귀에 놀라듯 : ⇒ 토끼가 제 방귀에 놀란다①.

노루 꼬리가 길면 얼마나 길까 : 작은 자기 재주를 지나치게 믿는 사람을 비꼬아 이르는 말.

노루 꼬리만 하다 : 매우 짧음을 이르는 말.

노루는 잡아 놓은 노루㊗ **:** 일이 되어 가는 것으로 보아 성공이 틀림없음을 비유하여 이르는 말.

노루도 악이 나면 뒷다리를 문다㊗ **:** 아무리 순한 사람이라도 막다른 지경에 이르면 대항함을 비유하여 이르는 말.

노루 때린 막대기〔打獐杖〕 : ① 어쩌다가 노루를 때려잡은 막대기를 가지고 늘 노루를 잡으려고 한다는 뜻으로, 요행을 바라는 어리석음을 비유하여 이르는 말. ② 지난날의 방법을 가지고 덮어놓고 지금에도 적용하려는 어리석음을 비유하여 이르는 말.

노루 때린 막대기 세 번이나 국 끓여 먹는다 : 조금이라도 이용 가치가 있을까 하여 보잘것없는 것을 두고두고 되풀이하여 이용함을 비유하여 이르는 말. 노루 친 막대기 삼 년 우린다.

노루 보고 그물 짊어진다 : 무슨 일을 미리 준비하지 않고 일을 당해서야 허겁지겁 준비함을 비유하여 이르는 말. 노루 보고 신들메 맨다㊗.

노루 보고 신들메 맨다㊗ **:** ⇒ 노루 보고 그물 짊어진다. * 신들메－'들메끈(신이 벗어지지 않도록 신을 발에다 동여맨 끈)'의 북한어.

노루 보고 쫓다가 잡은 토끼 놓친다 : 지나친 욕심을 부리다가는 손해를 본다는 말.

노루 본 놈이 그물 짊어진다 : 무슨 일이나 직접 당한 사람이 맡아 하게 마련이라는 말.

노루 뼈 우리듯 우리지 말라 : 한 번 보거나 들은 이야기를 두고두고 되풀이할 때 핀잔하는 말.

노루잠에 개꿈(-이라) : 아니꼽고 같잖은 꿈 이야기나, 격에 맞지 않는 말을 함을 비유하여 이르는 말.

노루 잠자듯 : 깊이 들지 못하고 자주 깨는 잠을 비유하여 이르는 말.

노루 잡기 전에 골뭇감 마련한다 : ① 일이 이루어지기 전에 그 공(功)을 논함을 비유하여 이르는 말. ② 일을 너무 서두름을 비유하여 이르는 말.

노루 잡는 사람에 토끼가 보이나 : 큰 것을 바라보는 사람은 사소한 것을 돌아보지 않는다는 말.

노루(-를) 찾는 사냥개 같다㊗ **:** 얻어먹을 것

이 없나 하고 여기저기 비실비실 찾아다님을 비유하여 이르는 말.

노루 친 막대기 삼 년 우린다 : ⇒ 노루 때린 막대기 세 번이나 국 끓여 먹는다.

노루 피하니 범이 온다 : 일이 점점 더 어렵고 힘들게 됨을 비유하여 이르는 말. 조막돌을 피하니까 수마석을 만난다[북]. 조약돌을 피하니 수마석을 만난다.

노류장화(路柳墻花)는 사람마다 꺾으려니와 산 닭 길들이기는 사람마다 어렵다 : 창녀(娼女)는 아무나 건드릴 수 있으나, 자유로이 내어 기른 사람을 다시 길들이기는 어렵다는 말.

노름 뒤는 대어도 먹는 뒤는 안 댄다 : 노름을 하다 보면 따는 수도 있겠으나, 먹는 일은 한없는 일일뿐더러 없어지고 마는 것이어서 당해 내지 못하므로, 가난한 사람을 먹여 살리기는 매우 어렵다는 말.

노름에 미쳐 나면 여편네(처)도 팔아먹는다 : 사람이 노름에 빠지면 극도로 타락하여 노름 밑천 마련에 수단을 가리지 않음을 비유하여 이르는 말.

노름은 도깨비 살림 : 도박의 성패는 도무지 예측할 수 없어, 돈이 불어날 때는 알 수 없을 만큼 쉽게 또 크게 는다는 말.

노름은 본전에 망한다 : 노름은 잃은 본전을 되찾으려는 욕망으로 자꾸 하다 보면 더욱 깊이 빠져들게 마련이라는 말.

노목궤(櫨木櫃)라 : ⇒ 가르친 사위. *노목궤—노나무로 만든 네모진 궤라는 뜻으로 융통성이 조금도 없는 사람을 이르는 말. *딸을 둔 노인이 거망옻나무 궤를 짜서 남몰래 쌀 쉰닷 말을 넣어 두고 이것을 알아맞히는 사람을 사위로 삼기로 했는데, 그 사실을 알게 된 장사꾼이 사위가 된 후로 장인이 부르기만 하면, '노목궤, 쌀 쉰닷 말' 하는 말만 되풀이했다는 데서 유래한다.

노뭉치로 개 때리듯 : 상대편의 비위를 맞춰 가면서 슬슬 놀림을 비유하여 이르는 말.

노송나무 밑이다 : 마음이 음흉하고 우중충함을 이르는 말.

노여움은 호구별성(戶口別星)인가 : 늘 성을 잘 내는 사람을 조롱하여 이르는 말.

노인 건달 짓 하는 것 : ⇒ 돌담 배부른 것.

노인네 망령은 고기로 고치고, 젊은이 망령은 몽둥이로 고친다 : 노인들은 그저 잘 위해 드려야 하고, 아이들이 잘못했을 경우에는 엄하게 다스려 교육해야 한다는 말. 젊은 놈의 망녕은 몽둥이로 다스리랬다[북]. 젊은이 망령은 몽둥이(홍두깨)로 고친다. 젊은이 망령은 홍두깨로 고치고, 늙은이 망령은 곰국으로 고친다.

노인 뼈마디가 쑤시면 비가 온다 : 노인들은 저기압이 되면 뼈마디가 쑤시므로 비가 올 것을 미리 안다는 말.

노장은 병담(兵談)을 아니하고, 양고(良賈)는 심장(深藏)한다 : 노련한 장수는 군사에 관하여 함부로 말을 하지 않으며, 훌륭한 상인은 물건을 깊이 감추어 두고 판다는 뜻으로, 곧 어진 사람은 그 뛰어난 재주나 덕을 함부로 자랑하지 않는다는 말.

노적가리에 불 지르고 싸라기 주워 먹는다 : 큰 것을 잃고 작은 것을 얻음을 비유하여 이르는 말. *노적가리—한데에 쌓아 둔 곡식 더미. 노적 섬에 불붙여 놓고 박산 주워 먹는다.

노적 섬에 불 붙여 놓고 박산 주워 먹는다 : ⇒ 노적가리에 불 지르고 싸라기 주워 먹는다. *박산—'튀밥'의 경상도 방언.

노처녀가 시집가려니 등창이 난다 : 벼르고 벼르던 일을 하려 할 때 뜻하지 않은 방해물이 생겨서 못 한다는 말. 여든 살 난 큰아기가 시집가랬더니 차일이 없다 한다.

노처녀더러 시집가라 한다 : 물어보나 마나 좋아할 일을 공연히 묻는다는 말.

노파리가 나서 좋아한다 : 노파리는 신〔鞋〕을

뜻하는데, '신'과 동음(同音)이므로, 신이 나서 좋아한다는 말.

녹비에 가로 왈(-자라)〔耳懸鈴鼻懸鈴 熟鹿皮大典〕: ⇒ 귀에 걸면 귀걸이 코에 걸면 코걸이. 코에 걸면 코걸이 귀에 걸면 귀걸이.

녹수 갈 제 원앙 가듯: 둘의 관계가 밀접하여 서로 떨어지지 않음을 비유하여 이르는 말.

녹용 대가리 베어 가는 셈: 어떤 것 중에서 가장 중요한 핵심 부분을 가로채어 가는, 염치없는 행동을 비유하여 이르는 말.

논〔畓〕농사가 흉년이면 바다도 흉년 든다: 가뭄으로 농사가 흉년이 들면 수산물, 동식물도 생산이 감소되어 바다에도 흉년이 든다는 말.

논농사는 남의 농사다: 옛날 가난한 농민들은 벼농사를 지었다 해도 소작료 주고 빚을 갚고 나면 남는 것이 없으므로 보리와 잡곡으로 양식을 삼았음을 이르는 말. 없는 사람은 보리농사가 반농사다.

논농사는 물농사다: 벼는 물속에서 자라기 때문에 물이 넉넉해야 벼농사가 잘된다는 말. 논에는 물이 장수.

논도 있고 물도 있다: 모심을 논도 있고 물도 있어서 쉽게 모심기를 할 수 있듯이, 모든 조건이 구비되어 일이 잘될 수 있다는 말.

논두렁에 구멍 뚫기: 논두렁에 구멍을 뚫어 논물이 새어 나가게 하는 못된 짓이라는 뜻으로, 매우 심술이 사나운 짓을 비유하여 이르는 말.

논두렁에 발자국 소리가 잦아야 벼가 잘 자란다: 벼농사를 잘 하려면 제초·물 관리·시비·제충 등을 제때에 잘 하여야 하므로 부지런히 논을 돌보아야 한다는 말.

논 많은 곳에는 풍흉이 있어도 밭 많은 곳에는 풍흉이 없다: 논에는 벼만 심기 때문에 벼가 잘못되면 흉년이 들지만, 밭에는 여러 가지 곡식을 심기 때문에 어느 하나가 흉작이라도 다른 곡식에서 풍작이 되는 것이므로 흉년 드는 해가 없다는 말.

논메〔論山〕 강경(江景)에 조깃배 들어왔나: 옛날 논산과 강경에 조깃배가 들어오면 대혼잡을 이루어 요란하였다는 뜻으로, 사람들이 요란스럽게 떠듦을 비유하여 이르는 말.

논물 욕심에는 친구도 없다: 논이 가물 때 물댈 욕심은 친한 사람에게도 양보하지 않는다는 말.

논밭 없는 농민이다: 농촌에 살면서도 논밭이 없어서 농사를 짓지 못하는 극빈한 고용 농민을 이르는 말.

논밭은 다 팔아먹어도 향로(香爐) 촛대는 지닌다: ⇒ 종가는 망해도 신주보와 향로 향합은 남는다.

논밭은 밭갈이하는 농민에게 주어야 한다: 논밭은 농사일에 종사하는 농민들의 소유가 되어야 한다는 말. 토지는 밭갈이하는 사람에게 주어야 한다.

논밭이 천 년이면 팔백 번 주인이 바뀐다〔千年田土 八百主人〕: 빈부는 돌고 도는 것이기 때문에 논밭의 주인도 세월이 흐르는 동안 수없이 바뀐다는 말.

논〔畓〕에는 물이 장수: ⇒ 논농사는 물농사다.

논 열 번 다녀도 가뭄 비 한 방울만 못하다: 농사일은 아무리 잘해도 비가 제때에 오지 않으면 농사가 잘될 수 없다는 말.

논은 거머리 논을 사랬다: 논은 거머리가 있는 수리 안전답을 사야 풍흉이 없이 수확할 수 있다는 뜻. 논을 사려면 두렁을 보라. 논을 사려면 둑을 먼저 보고 사랬다.

논을 사려면 두렁을 보라: ⇒ 논은 거머리논을 사랬다.

논을 사려면 둑을 먼저 보고 사랬다: ⇒ 논은 거머리 논을 사랬다.

논 이기듯 신 이기듯 하다: 한 말을 자꾸 되풀이하는 사람을 비유하여 이르는 말. 논이기듯 한다②.

논 이기듯 한다 : ① 논은 잘 이겨야 모심기도 좋고 모도 잘 자란다는 말. ② ⇒ 논 이기듯 신 이기듯 하다.

논이 마르더라도 소 발목만 빠지면 괜찮다 : 논에는 물을 항상 가득 담아 두는 것이 아니라, 벼 생육 단계에 따라 알맞게 조절하는 것이므로 너무 물 욕심만 내지 말라는 말.

논이 있은 뒤에 물이라(북) **:** 논이 없으면 논물도 필요 없다는 뜻으로, 기본적인 것이 있어야 부차적인 것도 의의가 있음을 비유하여 이르는 말.

논이 좋으면 물이 헤프고 사람이 좋으면 돈이 헤프다 : 인정 있고 마음씨 좋은 사람은 돈을 못 번다는 말.

논 자랑 말고 모 자랑하랬다 : ① 논이 좋다고 자랑만 할 것이 아니라 모가 좋아야 농사가 잘된다는 말. ② 소문이 중요한 것이 아니라 무슨 일이나 실속이 있어야 한다는 말.

논〔遊〕 자취는 없어도 공부한 공은 남는다 : 놀지 아니하고 힘써 공부하면 훗날에 그 공적이 반드시 드러난다는 말.

논〔畓〕 팔아 굿하니 맏며느리 춤추더라 : ⇒ 빚 얻어 굿하니 맏며느리 춤춘다.

논 팔아 밭 사기다 : ① 일의 순서를 바꾼다는 말. ② 잘될 짓은 하지 않고 망할 짓만 한다는 말.

놀고먹는 밥벌레 : 하는 일 없이 매일 먹고 노는 사람을 이르는 말.

놀기 좋아 넉 동 치기 : 할 일이 없을 때는 윷놀이라도 한다는 뜻으로, 그냥 가만히 있느니 아무 소용없는 놀이라도 함을 비유하여 이르는 말. *넉 동 치기–넉 동을 다 내야만 이기기로 된 윷놀이.

놀던 계집이 결딴이 나도 엉덩이 짓은 남는다 : ⇒ 남산골 생원이 망하여도 걸음 걷는 보수는 남는다.

놀란 토끼 벼랑(벼락)바위 쳐다보듯 : 급한 상황에서 헤어날 길이 없어 말도 못한 채 눈만 껌벅이고 있는 모습을 이르는 말.

놀아도 물가에서 놀아라 : 어촌에서는 놀아도 갯가에서 놀아야 찬거리라도 잡을 수 있다는 데서 유래된 말.

농가가 풍년이 들면 인심이 절로 좋아진다 : 풍년이 들면 인심이 저절로 후해져 태평스럽게 산다는 말.

농군에게는 흙내가 고소하다 : 농민들은 땅에 농사를 지어 먹고 살기 때문에 흙에 대하여 친근감을 갖게 된다는 말.

농군은 두더지다 : ⇒ 농부는 두더지다.

농군은 땅 일궈 먹고 산다 : ⇒ 농부는 두더지다.

농군은 뱃심으로 일한다 : 농민들의 일은 고되기 때문에 배부르게 먹어야 한다는 말.

농군은 여름에 하루 쉬면 겨울에 열흘 굶는다 : 농사짓는 데 여름 시간의 귀중함을 이르는 말. 농부는 하루 쉬면 백날을 굶는다.

농담 끝에 살인 난다 : 농담이 지나치면 큰 싸움이 나서 살인을 할 수도 있으니 농담에 조심하라는 말.

농민들에게는 낮이 부족하다〔穀人不足於晝〕 : 농번기인 5~6월엔 긴긴날도 농사일에는 부족하다는 말.

농민들은 땅을 밭으로 삼고 관리는 농민을 밭으로 삼는다〔民以土爲田 吏以民爲田〕 : 농민들은 밭에 곡식을 심어 먹고살고, 관리는 농민들을 착취하여 먹고산다는 말.

농민들의 선물에는 미나리도 한몫 낀다 : ① 농민들은 자신이 정성들여 가꾼 미나리도 선물로 준다는 말. ② 없는 사람은 하찮은 물건이라도 선물용으로 쓴다는 말.

농민들이 가난하면 논밭도 황폐하게 된다〔民貧則田瘠以穢〕 : 농민이 원체 가난하면 농사일도 제대로 못 하게 되므로 농촌이 황폐해진다는 말.

농민은 땅을 분별해서 경작하여야 한다〔農分田而耕〕: 농사는 토질을 잘 알아서 그 토질에 알맞은 곡식을 재배하여야 수확이 많다는 말.

농민은 팔포대상(八包大商) 부럽지 않다: 농민들은 장사하는 사람들처럼 수익은 많지 않으나 안정된 생활을 할 수가 있다는 말.

농부가 오죽해야 씻나락을 먹을까: 곡식이라고는 씻나락밖에 없지만, 그나마 굶어 죽을 지경이라서 먹어서는 안 될 씻나락까지도 어쩔 수 없이 먹게 되었다는 말. *씻나락—'볍씨(못자리에 뿌리는 벼의 씨)'의 경상·전라 방언.

농부는 두더지다: 농부는 땅을 파서 먹고산다는 말. 농군은 두더지다. 농군은 땅 일궈먹고 산다. 땅 파먹고 사는 것이 농민이다. 밭 일궈 먹는 두더지다.

농부는 하루 쉬면 백 날을 굶는다: ⇒ 농군은 여름에 하루 쉬면 겨울에 열흘 굶는다.

농부 한 생은 무한 일이다㉿: 농부는 늙어 죽을 때까지 일생 동안 일손을 놓지 못함을 이르는 말.

농사가 잘되면 나라에 걱정이 없다: 옛날 봉건사회에서는 풍년만 들면 나라가 태평하였음을 이르는 말.

농사가 잘되면 인심도 좋아진다: 풍년이 들어 생활이 넉넉하면 인심도 후해진다는 말.

농사군은 지게가 둘이다㉿: ① 농사짓는 사람이 제집 일을 할 때는 큰 지게를 쓰고 남의 집 일을 해 줄 때에는 작은 지게를 쓴다는 뜻으로, 자기의 이익을 위하여 하는 일에는 더 힘을 내서 일하는 법임을 비유적으로 이르는 말. ② 제 일은 잘하다가도 남을 위하여 하는 일은 꾀를 부림을 비꼬는 말.

농사꾼은 굶어 죽어도 씨오쟁이는 베고 죽는다〔農夫餓死 枕厥種子〕: ① 자기가 죽고 나면 재물은 쓸데없는 것이 되고 마는 것을 모른다는 말로, 융통성 없이 어리석고 인색한 사람을 비유하여 이르는 말. ② ⇒ 굶어 죽어도 종자는 베고 죽는다. 농사꾼이 굶어 죽어도 종자는 베고 죽는다. 굶어 죽어도 씻나락은 먹지 않는다.

농사꾼이 굶어 죽어도 종자는 베고 죽는다: ⇒ 농사꾼은 굶어 죽어도 씨오쟁이는 베고 죽는다.

농사꾼이 똥 무서우면 농사 못 짓는다: 농사에는 똥이 중요한 거름인데 이것을 무서워하면 농사짓기 어렵다는 말.

농사는 곡식을 생산하는 것이다〔農者穀之所出〕: 농사란 인간이 먹고 사는 식량을 생산하는 가장 소중한 생업이라는 말.

농사는 나라의 근본이다〔農爲國本〕: 봉건사회에서는 농업이 국가의 근본이라는 말.

농사는 내가 짓고 수확은 남이 한다: 옛날 소작인들은 한 해 동안 죽도록 농사를 짓고도 가을이 되면 지주, 또는 빚쟁이에게 다 빼앗기고 자기 몫은 없었다는 말.

농사는 농민들의 생활을 후하게 하고 국가의 재정을 넉넉히 한다〔農者也所以厚民生而裕國用者也〕: 봉건사회는 농사 위주의 국가이기 때문에 농업은 절대다수인 농민들의 생활을 안정시키고, 국가의 재정을 확보하는 수단이 된다는 말.

농사는 농민들의 이득이다〔農者民之利也〕: 농업이란 농민들이 농사를 지어서 그 수확으로 산다는 말.

농사는 먹는 것이 남는 것이다: 농사를 지으면 먹고 남는 것은 없어도 먹고 살 수는 있다는 말.

농사는 명년이나 명년이나 하면서 속아 짓는다: 농민들은 내년 농사는 좀더 낫겠지 하는 희망을 가지고 해마다 속아 가면서 농사를 짓는다는 말.

**농사는 밭일에 힘써야만 가을 수확이 많다〔若

農服田力穡 乃亦有秋〕: 농사는 논밭을 부지런히 가꾸고 김매고 손질을 자주 해 주어야 가을에 수확을 많이 하게 된다는 말.

농사는 봄에 씨 뿌리고, 여름에 가꾸고, 가을에 거두고, 겨울에 저장하는 일을 제때에 해야 한다〔春耕夏耘秋收冬藏 四時不失時〕: 농사일은 봄에 씨를 뿌리고 여름에는 가꾸고 김매고 가을에는 거두어들이고 겨울에는 창고에 저장하는 일인데, 어느 일이나 시기를 놓치지 않고 제때에 하는 것이 중요하다는 말.

농사는 식량의 근본이다〔農者食之本〕: 농사지은 곡식은 모두 식량으로 소비되므로 농사일은 매우 중요하다는 말.

농사는 실기(失機)하면 안 된다: 무슨 일이나 적당한 시기를 놓치게 되면 성공하기 어렵지만, 특히 농사는 적기를 놓치게 되면 망친다는 말. 농사일은 늦춰서는 안 된다. 농사철을 어겨서는 안 된다.

농사는 천하의 근본이다〔農者天下之大本〕: 옛날 봉건사회에서는 농업이 국가의 근본이었다는 말.

농사는 하늘이 일곱 몫이고, 농부가 세 몫으로 짓는다: 벼농사는 농사꾼이 아무리 노력을 해도 비가 오지 않으면 모를 심지 못하기 때문에 하늘에 달렸다는 말.

농사를 게을리하고 생활이 사치하면 하늘도 부자로 할 수 없다〔本荒而用侈則天不能使之富〕: 농민이 농사를 게을리하여 수확이 적은 데다가 생활은 호화롭게 하여 지출이 많게 되면 하늘이 설령 돌봐 준다고 해도 잘살 수가 없다는 말.

농사를 부지런히 하고 살림을 알뜰히 하면 하늘도 가난하게 할 수 없다〔疆本而節用則天不能貧〕: 농사를 부지런히 하여 수확을 높이고 살림을 알뜰히 하면 하늘도 가난하게 만들지 못하므로 잘살게 된다는 말.

농사를 지어도 식량이 모자란다〔耕植不足以自給〕: 농사를 지어도 식량이 부족할 정도의 빈농이라는 말.

농사를 짓고 계산하면 반찬 값이 모자란다: 농사를 지은 뒤에 수지 계산을 해 보면 영농비 중에서 반찬 값이 모자랄 정도로 농사는 이득이 박하다는 말. 농사 지어 봤자 장 값이 모자란다. 농사짓고 영농비를 제하면 반찬 값이 모자란다.

농사 물정 안다니까 피는 나락 홱 뺀다: 농사일을 잘 알지도 못하는 사람이 나락이 피는 것을 피로 알고 뽑아낸다는 뜻으로, 남의 비꼼을 깨닫지 못하고 우쭐거리는 사람을 비웃는 말. 농사일 안다더니 풀은 안 뽑고 나락 이삭만 뽑는다.

농사 안된 것과 아기 궂은 것은 버리지도 못하고 키울 수도 없다: 곡식 잘못된 것과 사람 구실 못 하는 병신 자식은 이럴 수도 저럴 수도 없어서 난처하다는 말.

농사일 안다더니 풀은 안 뽑고 나락 이삭만 뽑는다: ⇒ 농사 물정 안다니까 피는 나락 홱 뺀다.

농사일은 늦춰서는 안 된다〔農事不可緩〕: ⇒ 농사는 실기하면 안 된다.

농사일은 머슴에게 물어서 하라〔耕當問奴〕: 농사일을 잘 모르거든 경험이 많은 머슴과 상의를 해서 하면 잘하게 된다는 말.

농사일은 머슴에게 물어 하고, 길쌈은 계집종에게 물어서 하라〔耕當問奴 織當問婢〕: 농사일은 경험이 많은 머슴에게 물어 가면서 하면 잘하게 되고, 길쌈은 경험이 많은 계집종과 상의를 해서 하면 잘할 수 있듯이, 무슨 일이나 그 분야의 전문가와 상의해서 하라는 말.

농사일은 한가하지 않다〔農事不閑〕: 농사일은 씨를 뿌려서 가꾸어 수확할 때까지 항상 바쁘다는 말.

농사일이 수고로운 것은 농기구가 편리하지 못한 데 있다〔農沂以勞 器不利也〕: 농사일이 힘들고 능률이 나지 않는 것은 농기계가 발달되지 못한 데 그 원인이 있으므로, 일에 알맞은 좋은 농기계를 창안하여 쓰도록 하라는 말.

농사 일찍 지은 이도 복이요, 늦게 지은 이도 복이다: 젊어서 얻는 복도 복이고 늙어서 얻는 복도 다 같은 복이라는 말.

농사지어 봤자 장 값이 모자란다: ⇒ 농사를 짓고 계산하면 반찬 값이 모자란다.

농사지은 사람은 쌀밥을 못 먹고 농사 안 지은 사람이 쌀밥을 먹는다: ① 가난하면 자기가 생산한 것을 자기가 가지지 못하게 된다는 말. ② 돈만 있으면 일을 안 하고도 호의호식할 수 있다는 말.

농사지을 줄 모르는 농민이 땅 타발을 한다 북 : ⇒ 굿 못하는 무당 장구 타박한다.

* 타발 북－무엇을 불평스레 여겨 투덜거림.

농사짓고 영농비를 제하면 반찬 값이 모자란다: ⇒ 농사를 짓고 계산하면 반찬 값이 모자란다.

농사짓는 기술이 정교하면 땅은 적어도 곡식 소출은 많다〔農之技精則其占地少而得穀多〕: 농업기술을 향상시키면 단위당 생산량을 높일 수 있으므로 농업기술을 향상시키도록 하라는 말.

농사짓는 사람은 곡식을 얻고 농사짓지 않는 사람은 얻지 못한다: 농사 짓는 사람은 가을에 추수를 하지만, 농사를 짓지 않는 사람은 추수할 것이 없으므로 농촌에서는 모두 농사를 지으라는 말.

농사철에 땅 뗀다〔臨農奪耕〕: 소작 제도가 있을 때는 악덕 지주가 농사철에 소작인의 땅을 떼는 사례가 있었음을 이르는 말.

농사철을 어겨서는 안 된다〔不違農時〕: ⇒ 농사는 실기하면 안 된다.

농 속에 갇혔던 새: 새로이 자유로운 몸이 된 사람을 이르는 말.

농 속에 갇힌 새: ⇒ 그물에 든 고기요 쏘아 놓은 범이라.

농심(農心)이 천심(天心)이다: 옛날 봉건사회에서는 인구의 약 80% 이상이 농민이었기 때문에 농민들의 뜻이 지배적이었다는 말.

농업이 없으면 농민도 없다: 농업은 농민에 의하여 영위되는 것이므로 농업과 농민은 불가분의 관계라는 말.

농우(農牛) 팔아 세금 내고, 집 헐어 불 땐다〔賣牛納稅折屋炊〕: 세금을 혹독하게 징수하여 농촌이 극도로 피폐해지면 농민들이 이농(離農)을 하게 된다는 말.

농자천하지대본이다〔農者天下之大本也〕: 농업이 세상에서 가장 으뜸이 된다는 말.

농작물은 주인 발자국 소리를 듣고 자란다: 농작물은 자주 그리고 주의 깊게 자식을 보살피듯 사랑을 갖고 돌보아야 한다는 말.

농토는 농민만이 가져야 하고 농사를 짓지 않는 사람은 농토를 가져서는 안 된다〔農者得田 不爲農者不得之〕: 논밭은 농민들이 가져야 하고, 농사를 짓지 않는 사람이 가져서는 안 된다는 말.

농토 사려고 애쓰지 말고 입을 덜랬다: 농촌 살림은 농사만 지으려고 하지 말고, 되도록 사람을 줄여서 인건비와 식량을 절감하도록 하라는 말. 땅 사려고 말고 입을 덜랬다.

높기는 과부 집 굴뚝(-이다) 북 **:** 과부 집에는 나무할 사람이 없어서 그때그때 해 오는 생나무를 때기 때문에 굴뚝을 높이 세운다는 뜻으로, 굴뚝 따위가 몹시 높음을 비유하여 이르는 말.

높다 높다 해도 보릿고개만치 높은 고개는 없다: ⇒ 고개 중에서 넘기 어려운 고개가 보릿고개다.

높새가 불면 볏잎이 겉마른다: ⇒ 동북풍에 곡

식 병난다.

높새바람에 수숫잎 틀리듯 한다 : ① 높새바람에 수숫잎이 말라비틀어진다는 뜻. ② 갑자기 병으로 말라 사지가 틀리는 것을 비유하여 이르는 말.

높새바람에 원두한이 한숨만 쉰다 : 높새바람은 고온건조 현상을 나타내기 때문에 각종 식물들이 겉마르게 되는데, 그렇게 되면 참외도 시들어 피해가 크다는 말. * 원두한이—원두(밭에 심어 기르는 오이, 참외, 수박, 박 따위를 통틀어 이르는 말)를 부치거나 놓는 사람을 홀하게 이르는 말. 동북풍에 원두한이 탄식한다.

높새바람이 불면 고기가 골치 아프다고 한다 : 북동풍은 한랭성 바람으로서 이상 해황 변화(異狀海況變化)를 일으켜 고기들의 먹이 활동을 중단시키는 동시에 무리를 분산시킨다는 말.

높새바람이 불면 날이 가문다 : 높새바람은 산맥을 넘어올 때 비를 다 내리고 기온이 상승한 후에 불어오는 바람이므로 고온건조하여 비가 오지 않는다는 말.

높새바람이 불면 잔디 끝이 마른다 : 높새바람은 고온건조 현상을 나타내기 때문에 각종 식물들이 겉마르는 피해를 주게 된다는 말.

높은 가지가 바람 더 탄다 : 높은 지위일수록 적이 많다는 말.

높은 가지가 부러지기 쉽다 : 높은 지위일수록 그 자리를 오래 지키기가 어려움을 비유하여 이르는 말.

높은 나무에는 바람이 세다 : 지위가 높아질수록 더욱 지위의 안정성이 적고 신변이 위태로워진다는 말.

높은 데 송아지 간 발자국만 있고 온 발자국은 없다 : 언제 없어졌는지도 모르게 무엇이 없어진 것을 비유하여 이르는 말.

높은 산을 피하니까 벼랑이 앞에 나선다㊂ **:** 큰 난관을 벗어나니 또 큰 난관이 앞에 가로놓여 있음을 비유하여 이르는 말.

높은 자리에 있을 때 인심 얻으랬다 : 높은 지위에 있을 때 남에게 많은 도움이나 인심을 베풀라는 말.

놓아먹이는 돼지가 검불을 물고 우리로 들어오면 비가 온다 : 밖에서 기르는 돼지가 검불을 물고 우리로 들어오면 비가 올 징조라는 말.

놓아먹인 말(망아지) : 방목(放牧)한 말이니, 곧 배움이 없어 행동이 조잡하거나 예의범절이 없는 사람을 비유하여 이르는 말.

놓치고 보니 큰 고기인 것만 같다 : ⇒ 놓친 고기가 더 크다.

놓친 가오리가 멍석 가오리다 : 지나간 일에 대한 미련이 큼을 이르는 말.

놓친 고기가 더 크다 : 현재 가지고 있는 것보다 잃어버린 것이 더 값지게 생각된다는 말. 놓치고 보니 큰 고기인 것만 같다.

놓친 고기는 생각할수록 커진다 : 성사시키지 못한 일은 미련이 남아있기 때문에 더욱 생각이 난다는 말.

뇌성벽력(雷聲霹靂)은 귀머거리라도 듣는다 : ⇒ 청천백일은 소경이라도 밝게 안다.

뇌성이 있으면 오징어가 빠진다 : 오징어는 자극을 주는 소리를 싫어하기 때문에 뇌성이 있으면 평소에 있던 수심보다도 20~25m 정도 더 깊이 도망친다는 말. 뇌성 치면 오징어가 빠진다.

뇌성 치면 오징어가 빠진다 : ⇒ 뇌성이 있으면 오징어가 빠진다.

뇌우가 오려면 시원해지며 온다 : 적란운(積亂雲)이 낄 때는 바람기가 있어 시원하였다가 번개 우레와 함께 비가 내리게 된다는 말.

뇌우 많은 해는 풍년 : ⇒ 천둥 번개가 심한 해는 풍년 든다.

누가 흥이야 항이야 하랴(興伊恒伊) : 숙종

임금 때 김수흥(金壽興)과 김수항(金壽恒) 형제의 고사(故事)인데, 아무도 그의 권세를 논하지 못했다는 데서 나온 말로, 다른 사람이 관계없이 감히 이래라저래라 할 수 없다는 말.

누구나 제 논물 먼저 대려고 한다 : 농사짓는 사람이면 누구나 다 제 논에 물을 먼저 대려는 욕심이 있다는 말.

누구나 허물없는 사람은 없다북 **:** 아무리 원만한 사람이라도 한두 가지 허물은 다 가지고 있다는 뜻으로, 대수롭지 않은 허물을 무슨 큰일처럼 말하지 말라는 말.

누구네 제삿날 기다리다가 사흘 굶은 거지 굶어 죽었다북 **:** 아무개네 제삿날만 돌아오면 굶주린 창자를 채울 수 있으리라고 기다리다가 사흘을 굶어 죽고 말았다는 뜻으로, 눈앞에 닥친 급한 일을 소홀히 하고 먼 앞날의 행운을 바라다가 낭패를 봄을 비유하여 이르는 말.

누더기 속에서 영웅(英雄) 난다 : 누덕누덕 기운 옷을 입고 자라난 사람이 후에 영웅이 된다는 뜻으로, 가난하고 천한 집에서 인물이 나왔을 때 이르는 말.

누더기 옷도 없는 것보다 낫다 : ⇒ 겨울 베옷도 안 입은 것보다 낫다.

누런 것이 다 금이냐 : ⇒ 경주 돌이면 다 옥석인가.

누른 소는 힘이 세고 검은 소는 고기맛이 좋다 : 검은 소에 비하여 누런 소가 힘이 세고, 검은 소는 고기 맛이 좋다는 말.

누린내가 나도록 때린다 : ⇒ 복날 개 패듯 한다.

누에가 뽕 먹듯이북 **:** 일을 점차적으로 하나 하나 처리해 감을 비유적으로 이르는 말.

누에가 진 뽑아내듯북 **:** ⇒ 누에가 진 뽑아내듯 한다.

누에가 진 뽑아내듯 한다 : 누에가 입에서 실을 토하여 고치를 짓듯이 무엇을 계속 뽑아낸다는 말. 누에가 진 뽑아내듯북.

누에는 고치를 짓고 스스로 자신을 묶어 놓는다〔吐絲自縛〕: 자기 자신의 자유를 스스로 구속하여 남용되지 못하도록 한다는 말.

누에는 하늘에서 온 것이므로 버려서는 안 된다 : 누에는 정성을 들여 길러야 하는 것이므로 소중히 취급하라는 말.

누에똥 갈 듯 한다 : 어떤 일을 자주 바꿈을 빗대어 이르는 말.

누에를 섶에 올리고 떡 해 놓고 빌면 좋은 고치를 얻는다 : 누에는 정성 들여 길러서 섶에 올린 다음에도 정성을 들이는 뜻에서 고사를 지내야 한다는 말.

누에를 섶에 올린 뒤에 여러 사람이 보면 집을 잘 안 짓는다 : 누에가 고치를 지을 때는 조용한 분위기를 조성하여 주어야 하므로 사람들의 출입을 금지시키라는 말.

누에를 섶에 올릴 때 지동(地動)이나 천동(天動)이 있으면 놀라서 집을 제대로 못 짓는다 : 누에가 섶에 올라 조용히 고치를 지어야 할 때 심한 진동이나 고성으로 인한 공해를 받으면 고치를 단단하게 못 짓는다는 말.

누에 부정 타듯 한다 : 누에는 부정을 잘 타기 때문에 정결하게 취급하라는 말.

누운 나무에 열매 안 연다 : 죽은 나무에 열매가 열 리 없듯이, 사람도 죽은 듯이 가만히 있으면 아무것도 되는 일이 없으므로 열심히 움직이고 일을 해야 한다는 말.

누운 소 똥 누듯 한다 : 무슨 일을 아무 힘들이지 않고 쉽게 해냄을 이르는 말.

누운 소 타기 : ⇒ 누워서 떡 먹기.

누울 자리 봐 가며 발을 뻗어라 : ① 어떤 일을 할 때 그 결과가 어떻게 되리라는 것을 생각하여 미리 살피고 이를 시작하라는 말. ② 시간과 장소를 가려 행동하라는 말. 발길도 이불깃을 봐 가면서 펴야 한다북. 발(-

을) 뻗을 자리를 보고 누우랬다. 이부자리 보고 발을 펴라.

누워 뜨는 소 : 아주 느리고 끈질긴 사람이나 그 행동을 비유하여 이르는 말.

누워먹는 팔자라도 삿갓 밑을 도려야 한다 : ⇒ 감나무 밑에 누워도 삿갓 미사리를 대어라.

누워서 감 떨어지기를 기다린다〔守株待兎〕: 기대할 수 없는 것을 기다리거나, 융통성이 없는 어리석은 행위를 이르는 말.

누워서 넘어다보는 단지에 좁쌀이 두 칠 홉만 있으면 봉화(奉化) 원(員)을 이손아 부른다 : 살림이 좀 넉넉해졌다고 거드름을 부리며 부자인 체하는 자를 두고 이르는 말.

누워서 떡 먹기〔如反掌〕: 매우 간단하고 쉬운 일을 이르는 말. 누운 소 타기. 누워서 팥떡 먹기다. 여반장이라.

누워서 떡을 먹으면 팥고물이 눈에 들어간다 : 자기 몸 편할 도리만 차려서 일을 하면 도리어 제게 해로움이 생김을 비유하여 이르는 말.

누워서 찌르는 소 : 소가 누워 있으면서도 뿔로 받는다는 뜻으로, 보기에는 맥을 놓고 있는 듯하나 매서운 데가 있는 사람을 비유하여 이르는 말.

누워서 침 뱉기 : ① 남을 해치려고 하다가 도리어 자기가 해를 입게 된다는 것을 비유하여 이르는 말. 내 얼굴에 침 뱉기. 자기 얼굴에 침 뱉기. 제 갖에 침 뱉기. 제 낯에 침 뱉기. ② ⇒ 하늘 보고 침 뱉기.

누워서 팥떡 먹기다 : ⇒ 누워서 떡 먹기.

누이네 집에 어석술 차고 간다 : 출가한 누이 집에 가면 밥을 듬뿍 퍼서 담아 주므로 어석술을 차고 가야 한다는 뜻으로, 누이 집에 가면 대접을 잘해 줌을 비유하여 이르는 말. * 어석술–한쪽이 닳아진 숟가락.

누이 믿고 장가 안 간다 : 누이와 결혼할 목적으로 다른 혼처에 눈을 뜨지 않는다는 뜻으로, 도저히 가능하지 않을 일을 하려하고 다른 방책을 세우지 않는 어리석은 짓을 비유하여 이르는 말.

누이 좋고 매부 좋다 : 어떤 일에 있어 서로 다 이롭고 좋음을 비유하여 이르는 말.

누이 찌꺼기 뒤처리는 오빠가 한다㊀ **:** 부모가 세상을 떠나면서 남기고 간 누이동생을 시집보내는 일을 오빠가 부모 대신 맡아서 한다는 뜻으로, 무슨 일을 물려받아 하게 됨을 비유하여 이르는 말.

누지 못하는 똥을 으드득 누라 한다 : 되지 않을 것을 억지로 졸라 하게 함을 비유하여 이르는 말.

눅은 데 패가(敗家)한다 : 값이 싸다고 하여 물건을 많이 사 놓으면 결국 파산(破産)한다는 뜻으로, 욕심 부리지 말고 필요한 만큼 돈을 쓰라는 말.

눈 가리고 아웅〔掩耳盜鈴〕: ① 얕은 수로 남을 속이려 함을 이르는 말. 가랑잎으로 눈을 가리고 아웅 한다. 귀 막고 아옹 한다. 눈 감고 아웅 한다. 눈 벌리고 아웅. 눈 벌리고 어비야 한다. 머리카락 뒤에서 숨바꼭질한다. ② 실제로 보람도 없을 일을 공연히 형식적으로 하는 체하며 부질없는 짓을 함을 비유하여 이르는 말.

눈〔眼〕 감고 따라간다 : 아무 생각 없이 맹목적으로 뒤따르는 것을 비유하여 이르는 말.

눈 감고 아웅한다 : ⇒ 눈 가리고 아웅②.

눈 감고 언덕 뛰기 : 아주 위험한 일을 모험적으로 한다는 말.

눈 감으면 코 베어 간다 : 세상 인심이 험악하고 사나워서 조금도 남을 믿거나 마음을 놓을 수 없다는 뜻. 눈 감으면 코 베어 먹을 세상(-인심). 눈 뜨고 코 베어 갈 세상(-인심). 눈을 떠도 코 베어 간다.

눈 감으면 코 베어 먹을 세상(-인심) : ⇒ 눈 감으면 코 베어 간다.

눈구석에 쌍가래톳 선다 : 너무나 분한 일을 당하여 어이가 없고 기가 막혀 눈에 독기가 서린다는 말.

눈(雪)덩이처럼 붇는다 : 눈덩이는 굴릴수록 잠깐 동안에 커지듯이, 재물이 잠깐 사이에 많이 늘었음을 이르는 말.

눈(眼)도 깜짝 안 한다 : 조금도 두려워하거나 놀라지 않는다는 말.

눈 뜨고 도둑맞는다 : 번연히 알면서도 어쩔 수 없이 손해를 본다는 말. 눈 뜨고 봉사질 한다.

눈 뜨고 도둑맞을 수 없다 : 뻔히 알면서 손해 볼 수 없다는 말.

눈 뜨고 봉사질 한다 : ⇒ 눈 뜨고 도둑맞는다.

눈 뜨고 코 베어 갈 세상(-인심) : ⇒ 눈 감으면 코 베어 간다.

눈(雪) 많이 오는 해는 비도 많이 온다 : 강우량이 많은 해는 여름에 비도 많이 오지만 겨울에 눈도 많이 온다는 말.

눈 많이 오는 해는 풍년이 들고, 비 많이 오는 해는 흉년 든다 : 겨울에 눈이 많이 오면 보리가 풍년이 들고, 여름에 비가 많이 오면 장마로 인하여 흉년이 든다는 말.

눈 많이 오는 해는 풍년이 든다 : 눈이 많이 오면 보리도 풍년이지만, 봄·여름에 비도 많아 벼농사도 풍년이라는 말.

눈 먹던 토끼 다르고 얼음 먹던 토끼 다르다 : ⇒ 눈 먹던 토끼 얼음 먹던 토끼 다 각각.

눈 먹던 토끼 얼음 먹던 토끼 다 각각 : 사람은 자기가 겪어 온 환경이나 경우에 따라 그 능력을 각기(各己) 달리한다는 말. 눈 먹던 토끼 다르고 얼음 먹던 토끼 다르다. 눈 집어 먹은 토끼 다르고 얼음 집어 먹은 토끼 다르다.

눈(眼)먼 개 젖 탐한다 : 제 능력 이상의 짓을 하려 함을 비유하여 이르는 말.

눈먼 고양이 갈밭 매듯 : 뚜렷한 목표가 없이 여기저기 돌아다닌다는 말. 눈먼 구렁이 갈밭에 들다. 눈먼 중 갈밭에 든 것 같다.

눈먼 고양이(구렁이) 달걀 어르듯 : 제게 소중한 것인 줄 알고 애지중지(愛之重之)함을 비유하여 이르는 말. 눈먼 구렁이 닭(꿩)의 알 어르듯.

눈먼 구렁이 갈밭에 들다 : ⇒ 눈먼 고양이 갈밭 매듯.

눈먼 구렁이 닭(꿩)의 알 어르듯 : ⇒ 눈먼 고양이(구렁이) 달걀 어르듯.

눈먼 놈이 앞장선다 : 못난이가 남보다 먼저 나댐을 비유하여 이르는 말.

눈먼 말 워낭 소리에 따라간다 : ⇒ 눈먼 망아지 방울 소리 듣고 따라간다.

눈먼 말 타고 벼랑을 간다 : 매우 위태로운 행동을 이르는 말.

눈먼 망아지 방울 소리 듣고 따라간다 : 무식한 사람이 남이 시키는 대로 무조건 따라 한다는 말. 눈먼 말 워낭 소리에 따라간다.

눈먼 소경더러 눈멀었다 하면 성낸다 : 누구나 자기의 단점을 남이 말하는 것을 싫어함을 이르는 말.

눈먼 자식이 효도한다 : ⇒ 병신 자식이 효도한다.

눈먼 자식이 효자 노릇 한다 : ⇒ 병신 자식이 효도한다.

눈먼 장님은 서울을 가도, 말 못 하는 벙어리는 서울 못 간다 : 벙어리보다는 장님이 낫다는 것을 이르는 말.

눈먼 중 갈밭에 든 것 같다 : ⇒ 눈먼 고양이 갈밭 매듯.

눈먼 탓이나 하지 개천 나무래 무엇하나 : ⇒ 소경 개천 나무란다.

눈멀어 삼 년, 귀먹어 삼 년, 벙어리 삼 년 : ⇒ 귀머거리 삼 년이요, 벙어리 삼 년이라.

눈물은 내려가고 숟가락(밥술)은 올라간다 북 : ① 아무리 슬픈 일을 당한 경우라도 굶어 죽을 수는 없어서 숟가락을 들게 됨을 비유하여 이르는 말. ② 죽은 사람에 대한 슬픔이 아무리 커도 결국 그것을 참고 견디면서 살아 나갈 길을 찾기 마련임을 비유하여 이르는 말.

눈물이 골짝 난다 : 몹시 억울하거나 야속하다는 뜻.

눈물 흘리면서 겨자 먹기 : ⇒ 울며 겨자 먹기.

눈 밖에 났다 : 신임(信任)을 잃었다는 뜻.

눈(雪)발이 잘게 오면 춥다 : ⇒ 가루눈이 내리면 추워진다.

눈발이 잘면 많이 온다 : 함박눈보다 눈발이 잘면서 오는 눈이 많이 쌓인다는 말.

눈발이 크면 따뜻하고 눈발이 잘면 춥다 : ⇒ 가루눈이 오면 춥고, 함박눈이 오면 포근하다.

눈발이 크면 오래 오지 않고 눈발이 잘면 많이 온다 : 눈이 올 때 눈발이 큰 함박눈은 많이 올 것 같아도 많이 오지 않고, 눈발이 잔 눈이 정작 많이 온다는 말.

눈(眼) 벌리고 아웅 : ⇒ 눈 가리고 아웅②.

눈 벌리고 어비야 한다 : ⇒ 눈 가리고 아웅①.

눈보다 동자(瞳子)가 더 크다 : ⇒ 발보다 발가락이 더 크다.

눈(雪) 본 대구 비 본 청어[북] **:** ⇒ 눈 본 대구요, 비 본 청어라.

눈 본 대구다 : 대구는 눈이 와야 많이 잡힌다는 말.

눈 본 대구요, 비 본 청어라 : 대구는 눈이 와야 많이 잡히고 청어는 비 올 때 많이 잡힌다는 말. 눈 본 대구 비 본 청어[북].

눈사람과 갈보는 구를수록 살찐다 : 눈사람은 굴릴수록 커지듯이, 매음부는 매음을 많이 할수록 수입이 는다는 말.

눈섭 끝에 불벼락이 떨어진 셈[북] **:** ⇒ 눈썹에 떨어진 액(-이라).

눈섭에 떨어진 병[북] **:** ⇒ 눈썹에 떨어진 액(-이라).

눈섭에 서캐 쓸가[북] **:** 털이 모였다고 해서 눈썹에 서캐가 슬 수 없다는 뜻으로, 어떤 사실에 대하여 옳다는 신념을 가짐을 비유하여 이르는 말.

눈섭 우에서 떨어지는 벼락[북] **:** ⇒ 눈썹에 떨어진 액(-이라).

눈 속에서 벼락이 떨어지듯[북] **:** ⇒ 자다가 벼락을 맞는다.

눈썹도 까딱하지 않는다 : 놀라거나 겁내는 기색이 조금도 없이 태연함을 이르는 말.

눈썹만 뽑아도 똥 나오겠다 : 조그만 괴로움도 이겨 내지 못하고 쩔쩔매는 것을 비유하여 이르는 말.

눈썹 새에 내 천 자를 누빈다 : 눈썹과 눈썹 사이에 한자(漢字) 내 천(川) 자를 그린다는 뜻으로, 기분이 언짢아서 눈살을 찌푸리거나 또는 그런 그 모습을 비유하여 이르는 말.

눈썹 싸움을 한다 : 몹시 쏟아지는 졸음을 참는다는 말.

눈썹에 떨어진 액(-이라) : 뜻밖에 큰 걱정거리가 닥쳐 매우 위급하게 된 것을 비유하여 이르는 말. 눈섭 끝에 불벼락이 떨어진 셈[북]. 눈섭에 떨어진 병[북]. 눈섭 우에서 떨어지는 벼락[북]. 눈썹에서 불이 붙는다.

눈썹에서 불이 붙는다(焦眉之急) : ⇒ 눈썹에 떨어진 액(-이라)

눈(眼) 앓는 놈 고춧가루 넣기 : ⇒ 안질에 고춧가루.

눈앞에서 자랑 말고 뒤에서 꾸짖지 마라 : 눈앞에서는 아첨하고 뒤에서는 헐뜯는 간교한 행동을 하지 말라는 말.

눈 어둡다면서 붉은 고추만 잘 딴다 : ⇒ 눈 어둡다 하더니 다홍 고추만 잘 딴다.

눈 어둡다 하더니 다홍 고추만 잘 딴다 : ① 눈이 어두워 잘 못 본다고 하면서도 붉게 잘 익은 고추만 골라 가며 잘도 딴다는 뜻으로, 마음이 음흉하고 잇속에 밝은 사람을 비유하여 이르는 말. ② 제 일만 알고 남의 일은 핑계만 대고 도와주지 않는 사람을 비유하여 이르는 말. 눈 어둡다면서 붉은 고추만 잘 딴다.

눈에 가시 : 몹시 미워하는 사람을 이르는 말.

눈〔眼〕에 눈〔雪〕이 들어가니 눈물인가 눈물인가 : 얼굴의 눈에 하늘에서 내리는 눈이 들어갔을 때, 흐르는 물이 얼굴의 눈에서 나오는 눈물인지, 하늘에서 내리는 눈이 녹은 물인지 분간하지 못하겠다는 언어유희(言語遊戲)로 하는 말.

눈에는 눈 이에는 이 : 해를 입은 만큼 앙갚음하는 것을 비유하여 이르는 말.

눈에는 풍년이요 입에는 흉년이라㊊ **:** ⇒ 눈은 풍년이나 입은 흉년이다.

눈에 딱정벌레가 왔다 갔다 한다 : 현기증이 나서 눈앞이 아찔하고 정신이 어지러움을 이르는 말.

눈에 불을 켜다 : 무엇을 찾으려고 온 정신을 집중하여 덤빔을 이르는 말.

눈에 불이 돈다 : 졸지에 얼굴을 얻어맞으면 눈에서 불이 나는 듯하다는 뜻이니, 갑자기 뜻밖의 일을 당하여 놀람을 이르는 말.

눈에 쌍심지를 켜다 : 몹시 화가 나서 두 눈을 부릅뜸을 이르는 말.

눈에 안경(眼鏡) : ⇒ 제 눈에 안경이다.

눈에 약 하려도 없다 : 눈에 약은 많은 양이 필요 없는데 그것조차도 없다는 뜻이니, 조금도 없음을 나타내는 말. 약에 쓰려도 없다.

눈에 칼을 세우다 : 화가 나서 표독스럽게 노려봄을 이르는 말.

눈에 콩깍지가 씌었다 : 앞이 가리워져 정확하게 보지 못한다는 말.

눈에 흙이 들어가다(덮이다) : 죽어 땅에 묻힌다는 말.

눈〔雪〕 오는 날 개 싸다니듯 한다 : 눈이 오면 개들이 좋아서 뛰어다니듯이, 집에 있지 않고 밖으로 나다니는 것을 좋아하는 사람을 비유하여 이르는 말.

눈 오는 날 거지 빨래한다 : 옛날에는 개울에서 빨래를 했으므로 겨울날 거지가 빨래를 한다는 건 생각할 수도 없는 일인데, 눈이 오는 날은 거지도 빨래를 할 수 있을 만큼 날씨가 포근했음을 이르는 말.

눈 온 다음날 샛서방 빨래한다 : 눈 온 다음날은 날씨가 따뜻하여 겨울 빨래를 할 수 있다는 말.

눈 온 다음날은 갠다 : 겨울에 눈이 오게 되면 그 다음날은 날씨가 좋아진다는 말.

눈 온 뒤에는 거지가 빨래를 한다 : 눈이 온 다음날은 거지가 입고 있던 옷을 빨아 입을 만큼 따뜻하다는 말. 눈 온 이튿날 거지 빨래를 한다.

눈 온 산의 양달 토끼는 굶어 죽어도, 응달 토끼는 산다 : 겨울 산에 눈이 오면 양달 토끼는 건너편 응달밖에 안 보이기 때문에 꼼짝도 않고 있지만, 응달 토끼는 양달만 보이기 때문에 눈이 녹은 것을 먼저 보고 먹이를 찾게 되므로 살듯이, 환경이 좋은 사람보다 나쁜 사람이 활동력이 더 좋다는 말.

눈 온 이튿날 거지 빨래한다 : ⇒ 눈 온 뒤에는 거지가 빨래를 한다.

눈 와야 솔이 푸른 줄 안다〔歲寒然後松柏之後凋也〕 : 어려운 상황이 되어야 그것을 이기는 것을 보고 사람의 진짜 됨됨이를 알 수 있게 된다는 말.

눈 위에 서리 친다〔雪上加霜〕 : ⇒ 기침에 재채기.

눈 위에 혹 : 몹시 미워 눈에 거슬리는 사람을 비유하여 이르는 말.

눈으로 우물 메우기 : 눈으로 우물을 메우면 눈이 녹아서 허사가 되듯이, 헛되이 애만 씀을 비유하여 이르는 말.

눈〔眼〕은 그까짓 것 하고 손은 어비 한다㊊ **:**

⇒ 눈 익고 손 설다.

눈은 그 사람의 마음을 닮는다 : ⇒ 눈은 마음의 거울.

눈은 뜨고 입은 다물어야 한다 : 보는 것은 똑똑히 보고 말은 삼가야 한다는 말.

눈은 마음의 거울 : 눈만 보아도 그 사람의 마음을 짐작할 수 있음을 비유하여 이르는 말. 눈은 그 사람의 마음을 닮는다.

눈(雪)은 올수록 좋다 : 눈이 많이 오게 되면 보리 풍년이 들기 때문에 많이 올수록 좋다는 말.

눈(眼)은 있어도 망울이 없다 : ① 있기는 있는데 가장 중요한 것이 빠져서 없는 것과 마찬가지라는 말. ② 사물을 분별하거나 꿰뚫어 볼 줄 모름을 비유하여 이르는 말.

눈은 풍년이나 입은 흉년이다 : 눈에 보이는 것은 많아도 정작 제가 먹을 것은 없다는 말. 눈에는 풍년이요 입에는 흉년이라[북].

눈을 거치다 : 글 따위를 검토하거나 분별한다는 말.

눈을 떠도 코 베어 간다 : ⇒ 눈 감으면 코 베어 간다.

눈을 떠야 별을 보지 : ① ⇒ 하늘을 보아야 별을 따지[①]. ② ⇒ 눈을 떠야 앞을 본다[북].

눈을 떠야 앞을 본다[북] : 하는 일이 너무 바빠서 시간적 여유가 없음을 비유하여 이르는 말. 눈을 떠야 별을 보지[②].

눈(雪)을 밟아서 뽀드득 소리가 나면 날씨가 춥다 : 눈을 밟아서 뽀드득 소리가 난다는 것은 날씨가 추워져 서로 엉겨 붙지 않았기 때문이므로, 이때부터는 추워진다는 말.

눈을 져다가 우물을 판다 : 눈을 가져다가 가만히 두어도 물이 될 것을 거기에 또 우묵하게 파서 물이 나게 한다는 뜻으로, 일 처리가 둔하고 미련함을 비유하여 이르는 말.

눈(眼)이 눈썹을 못 본다 : 아주 가까운 데 있는 것은 흔히 잘 알지 못한다는 말.

눈(雪)이 많이 오는 것은 보리 풍년이 들 징조다(雪豊年之兆) : 겨울철에 눈이 많이 와서 보리를 덮어 주면 방한이 되어 동사하지도 않고 수분도 넉넉하여 실하게 월동할 수 있으므로 보리 풍년이 든다는 말. 겨울에 눈이 많이 오면 보리 풍년이 든다. 동짓달에 눈이 많이 오면 풍년 든다.

눈이 많이 오는 해는 목화도 풍년 든다 : ⇒ 겨울에 눈이 많이 오는 해는 목화가 풍년 든다.

눈이 많이 오는 해는 풍년이 든다 : 눈이 많이 오면 보리도 풍년이지만, 봄여름에 비도 많이 와서 벼농사도 풍년이라는 말.

눈이면 다 제석(除夕) 눈인 줄 안다 : 눈이 온다고 다 섣달 그믐날 밤에 오는 눈인 줄 알듯이, 겉모양은 같아 보이나 내용은 다르다는 말.

눈(眼)이 보배다 : 눈썰미가 있거나 감식력이 있다는 말로, 눈이 중요한 구실을 한다는 뜻으로 이르는 말.

눈이 시퍼렇다 : 멀쩡하게 살아 있음을 이르는 말.

눈이 아니라 뜸자리다[북] : 사물을 볼 줄 모르는 사람의 눈을 비유하여 이르는 말.

눈이 아무리 밝아도 제 코는 안 보인다 : 제아무리 똑똑해도 저 자신은 잘 모른다는 말.

눈(雪)이 와야 명태는 제맛이 난다 : 명태는 눈이 오는 겨울에 잡아서 추위에 얼린 것이 맛이 좋다는 말.

눈(眼)이 저울이다 : 눈으로 짐작한 것이 저울로 단 것처럼 잘 들어맞는다는 말.

눈이 크니 얼굴도 커야지[북] : 눈이 큰 만큼 거기에 알맞게 얼굴도 커야 한다는 뜻으로, 무엇이나 다 격에 맞아야 함을 비유하여 이르는 말.

눈이 하가마가 되었다[북] : 눈이 옛날 기생의 쓰개인 하가마 모양으로 우묵하게 들어갔다는 뜻으로, 몹시 굶주리거나 앓고 나서 눈이 움푹 패어 들어간 것을 비유하여 이르는 말.

눈〔眼〕 익고 손 설다 : ① 눈에는 매우 익숙한 일인데도 막상 하려면 제 마음대로 되지 않음을 비유하여 이르는 말. ② 무슨 일이나 눈으로 보기에는 쉬운 것 같으나 실제로 하기는 힘듦을 비유하여 이르는 말. 눈은 그까짓 것 하고 손은 어비 한다㊁.

눈자리가 나게 쏘아보다㊁ : ⇒ 눈자리가 나도록 보다.

눈자리가 나도록 보다 : ① 한곳을 뚫어지게 보는 것을 비유하여 이르는 말. ② 실컷 보는 것을 비유하여 이르는 말. 눈자리가 나게 쏘아보다㊁.

눈〔雪〕 집어 먹은 토끼 다르고 얼음 집어 먹은 토끼 다르다 : ⇒ 눈 먹던 토끼 얼음 먹던 토끼가 다 각각.

눈〔眼〕 찌를 막대〔衝目之杖〕 : ① 아무리 약한 사람이라도 자기를 해치려 하는 사람을 막기에 족한 수단은 가지고 있다는 말. ② 남의 급소를 찔러 해치려고 하는 고약한 마음을 이르는 말.

눈치가 발바닥이라 : 눈치가 몹시 무디거나 없는 경우를 비유하여 이르는 말.

눈치 빠르기는 도갓집 강아지 : 매우 눈치가 빠르고 남의 동정을 잘 살피는 사람을 이르는 말. * 도갓집—같은 장사를 하는 상인들이 모여서 장사에 대한 의논을 하던 집. 도갓집 강아지 같다.

눈치가 빠르면 절에 가도 젓갈(새우젓)을 얻어먹는다 : 눈치가 있으면 어디 가도 군색한 일이 없다는 말.

눈치가 안는 암탉 잡아먹겠다 : ① 병아리를 까려고 알을 품어 안고 있는 암탉을 잡는다는 뜻으로, 무슨 엉뚱한 짓이라도 할 것 같은 사람을 비유하여 이르는 말. ② 뒷일은 조금도 고려하지 않고 당장의 편익만 생각하여 행동함을 이르는 말.

눈치가 있으면 떡이나 얻어먹지 : 둔하고 눈치 없는 사람을 두고 핀잔하여 이르는 말.

눈치는 참새 방앗간 찾기 : 눈치가 매우 빠름을 이르는 말.

눈치는 형사(刑事)다 : 눈치가 빨라 말을 하지 않아도 남의 경우를 잘 알아차리는 사람을 두고 이르는 말.

눈치를 사 먹고 다닌다㊁ : 눈치를 먹어 치웠으니 형편을 알 수 없다는 뜻으로, 눈치가 무디거나 없는 경우를 비유하여 이르는 말.

눈치 밥을 먹고 바늘방석에 앉다㊁ : 몹시 송구스럽고 난처한 처지에 있는 경우를 비유하여 이르는 말.

눈〔眼〕 코 뜰 새 없다 : 몹시 바쁨을 뜻하는 말.

눈 큰 황소 발 큰 도둑놈 : 눈이 크고 발이 큰 사람을 놀리는 말.

눈 팔아먹고 소경질한다㊁ : 한눈을 팔다가 엉뚱한 실수를 함을 비유하여 이르는 말.

눈 허리가 시어 못 보겠다 : 사람의 언행이 오만불손(傲慢不遜)하여 바르게 볼 수 없음을 이르는 말.

뉘 덕에 잔뼈가 굵었는가(-고) : ⇒ 뉘 덕으로 잔뼈가 굵었기에

뉘 덕으로 잔뼈가 굵었기에 : 남의 은덕을 입고 자라났음에도 그 은덕을 모름을 비유하여 이르는 말.

뉘 집 개가 짖어 대는 소리냐 : 자기와는 전혀 관계가 없는 일이니 멋대로 지껄이라는 말.

뉘 집 개(강아지) 이름인 줄 아나 : ⇒ 뉘집 애 이름인 줄 아나.

뉘 집 숟가락이 몇 갠지 아냐 : 어느 집에 숟가락이 몇 개나 되는지 어찌 알겠느냐는 뜻으로, 남의 집 일을 다 알 수 없고 또 알 필요도 없음을 비유하여 이르는 말.

뉘 집 애 이름인 줄 아나 : ① 자꾸 실없는

소리를 할 때 핀잔조로 이르는 말. ② 실없이 자기의 이름을 자꾸 부를 때 핀잔조로 이르는 말. 뉘 집 개(강아지) 이름인 줄 아나. 동네 강아지 이름 부르듯 한다.

뉘 집에 죽이 끓는지 밥이 끓는지 (아나) : ① 남의 집 사정을 전혀 모름을 이르는 말. ② 세상 물정에 어두움을 이르는 말.

느린 소도 성낼 적이 있다 : 성내지 않을 것 같은 사람도 화를 낼 때가 있다는 말.

느릿느릿 걸어도 황소걸음〔緩驅緩驅牡牛之步〕 : 속도는 더디지만 꾸준하여 실속 있고 믿음직스럽다는 말. 드문드문 걸어도 황소걸음. 띄엄띄엄 걸어도 황소걸음.

느티나무의 발아가 고르지 않으면 늦서리가 있다 : 발아가 고르지 못한 것은 한난 변동이 큰 때로서 특별히 발달한 이동성 고기압이 많으므로 늦서리가 생길 우려가 있다는 말.

느티나무의 싹이 일시에 나오면 홍수가 발생한다 : 봄날씨에 예년보다 비가 적당히 오면 식물은 일시에 발아한다. 이것은 북태평양 고기압이 일찍 발달했기 때문이므로 장마전선이 발달하여 큰비가 올 수가 있다는 말.

느티나무 잎이 똑같이 피면 그해는 풍년이다 : 기상 조건이 좋지 않으면 가지마다 싹트는 시기가 다르게 되는데, 봄에 나뭇잎이 똑같이 핀다는 것은 농작물의 파종과 생육에 좋은 조건이 되어 풍년을 기약할 수 있다는 말.

늑대는 늑대끼리, 노루는 노루끼리북〔類類相從〕 : 처지나 이해관계가 비슷한 사람끼리 서로 모이고 사귐을 비유하여 이르는 말. 까치는 까치끼리.

늙게 된서방 만난다 : 늙어 갈수록 신세가 더 고되어 간다는 말. 늦게 된 서방 걸린다. 다 늙어 된 서방을 만난다.

늙고 병든 몸은 눈먼 새도 안 앉는다 : 사람이 늙고 병들면 누구 한 사람 찾아 주지 않고 좋아하는 이도 없다는 말.

늙어도 기생북 : ① 비록 늙기는 하였어도 기생이란 신분은 버릴 수 없다는 뜻으로, 본질은 좀처럼 변하지 아니하고 오래 남아 있음을 비유하여 이르는 말. ② 몸에 밴 버릇이나 생활 습관 따위는 세월이 흘러도 좀처럼 변하지 아니함을 비유하여 이르는 말.

늙어도 소승 젊어도 소승 한다 : 중은 늙거나 젊거나 자기를 가리킬 때 소승이라 한다 하여 이르는 말.

늙어 봐야 늙은이 심정 안다〔同病相憐〕 : 같은 처지가 되어 봐야 남의 고충을 알게 된다는 말.

늙어서 고적한 것은 죽음보다 세 갑절 무겁다북 : 늙은이가 외롭게 혼자 사는 것보다 더 고통스럽고 막막한 것은 없다는 말.

늙으면 눈물이 헤퍼진다 : ⇒ 늙으면 설움이 많다.

늙으면 룡마도 삯마만 못하다북 : 날랜 용마도 늙으면 삯짐이나 끄는 삯말보다도 못하다는 뜻으로, 사람도 늙으면 기력이 약해지고 능력도 제대로 낼 수 없게 됨을 비유하여 이르는 말.

늙으면 설움이 많다 : 늙으면 작은 일에도 공연히 서러워지고 눈물이 많아진다는 말. 늙으면 눈물이 헤퍼진다.

늙으면 아이 된다 : 늙으면 모든 행동이 어린애와 같아진다는 말. 나이가 들면 어린애가 된다. 늙은이 아이 된다.

늙으면 욕이 많다 : ⇒ 오래 살면 욕이 많다.

늙은 개가 문 지키기 괴롭다 : 나이 많고 늙은 사람이 쉬지 않고 꼬박 일하는 것이 쉽지 않음을 비유하여 이르는 말.

늙은 고양이가 아래목을 찾는다북 : 나이 먹어 늙으면 기력이 없고 게을러져서 일에 앞장서기를 꺼리고 편안한 것을 좋아하게 됨을 비유하여 이르는 말.

늙은 당나귀 꾀 많다㈜ : ① 나이 먹어 늙으면 힘이 달리기 때문에 될수록 편하게 지내려고 꾀를 부리게 됨을 비유하여 이르는 말. ② 늙은이는 경험이 많기 때문에 묘한 꾀를 잘 냄을 비유하여 이르는 말.

늙은 당나귀 콩 달라고 조른다㈜ : 늙어 갈수록 일은 못하고 욕심만 많아짐을 비유하여 이르는 말.

늙은 당나귀 콩 실러 가자면 좋아하듯㈜ : 평소에는 일하기 싫어하다가도 자기에게 이익이 되는 일에는 반겨 나서는 모양을 비유하여 이르는 말.

늙은 말도 콩은 마다 않는다 : 말이 늙어서도 콩을 여전히 좋아하듯이, 사람도 젊어서부터 좋아하던 것은 늙어서도 좋아한다는 말.

늙은 말이 길을 안다 : 나이와 경험이 많으면 그만큼 일에 대한 이치를 잘 앎을 비유하여 이르는 말.

늙은 말이 콩 마다할까 : 어떤 것을 거절하지 않고 오히려 더 좋아함을 비유하여 이르는 말. 나이 많은 말이 콩 마다할까.

늙은 말 콩 더 달란다 : ⇒ 늙은 소 콩밭으로 간다①.

늙은 말 콩 마다하듯 : 늙은 말이 콩을 싫어할 까닭이 없는데도 싫다고 하는 것은 더 많이 달라는 것이라는 뜻으로, 오히려 더 많이 달라는 듯 갈망하는 태도를 비유하여 이르는 말.

늙은 사람 치고 병 우세하며 개 잡아먹는다 : ① 어떤 작은 것이라도 제게 유리한 핑계로 삼는다는 말. ② 늙은이나 병든 사람은 흔히 잘못하여도 용서를 받는 경우가 많다는 말.

늙은 소도 콩깍지 실러 갈 때는 잰다 : 늙은 소도 저 먹을 깍지를 실러 갈 때는 부지런하듯이, 게으른 사람도 자신을 위한 일에는 부지런하다는 말.

늙은 소 바소 견디듯㈜ : 털이 난 늙은 소가 찌르는 바소를 참고 견디듯이, 고통스러운 것을 겉으로 표현하지 않고 은근히 참아 견디는 모양을 비유하여 이르는 말. *바소 –곪은 데를 째는 침. 길이 네 치, 너비 두 푼 반가량이고 양쪽 끝에 날이 있다.

늙은 소 콩밭으로 간다 : ① 늙으면 먹는 데에 관심을 더 많이 가지게 됨을 비유적으로 이르는 말. 늙은 말 콩 더 달란다. ② 늙으면 오랜 경험을 통하여 자기에게 이로운 일만 함을 비유하여 이르는 말.

늙은 소 흥정하듯 : ① 늙은 소는 잘 팔리지 않기 때문에 흥정하는 데 시간이 오래 걸린다는 뜻으로, 일을 빨리 끝내지 못하고 시간을 질질 끎을 비유하여 이르는 말. ② 행동이 느림을 비유하여 이르는 말.

늙은 아이어미 석 자 가시 목구멍에 안 걸린다 : 늙도록 아이를 많이 낳은 어머니들은 석 자 길이나 되는 가시를 먹어도 목에 안 걸리고 넘어갈 만큼 속이 비고 궁하게 지냄을 비유하여 이르는 말.

늙은 영감 덜미 잡기 : ⇒ 빚값에 계집 뺏기.

늙은 우세하고 사람 치고, 병 우세하고 개 잡아먹는다 : ① 늙음을 구실로 하여 사람을 치고 병든 것을 구실로 하여 개를 잡아먹는다는 뜻으로, 무슨 일이든 자기에게 유리한 쪽으로 핑계삼음을 비유하여 이르는 말. ② 늙은이나 병든 사람은 잘못을 하여도 용서를 받는 경우가 많다는 말.

늙은이 가죽 두껍다 : ① 늙은이는 여러 가지 어려운 일도 잘 치름을 이르는 말. ② 늙은이는 염치없는 짓을 잘 한다는 말.

늙은이 고기국 바치듯㈜ : 늙은이가 고깃국을 몹시 먹고 싶어 자꾸 찾는다는 뜻으로, 무엇을 체면 없이 몹시 가지고 싶어 하거나 먹고 싶어 함을 비유하여 이르는 말.

늙은이 괄시는 해도 아이들 괄시는 안 한다 : 세상 물정 모르는 아이들 대접하기가 더 어려우니 잘하여야 한다는 말.

늙은이 기운 좋은 것과 가을 날씨 좋은 것은 믿을 수 없다 : 언제 변할지 모른다는 말.

늙은이도 세 살 먹은 아이 말을 귀담아 들으랬다 : ⇒ 세 살 먹은 아이 말도 귀담아 들으랬다.

늙은이 말 그른 데 없다 : 세상을 오래 산 사람의 말은 많은 경험에서 나온 말이기 때문에 대개가 옳다는 말.

늙은이 말 들어 손해 가는 일 없다 : 경험이 많은 노인의 말을 들으면 손해 보지 않는다는 말.

늙은이 무릎 세우듯 씌운다 : 빡빡 우기는 자를 두고 이르는 말.

늙은이 박대는 나라도 못 한다 : 늙은이를 사회적으로 존경해야 함을 두고 이르는 말.

늙은이 뱃가죽 같다 : 물건이 시들어 쭈글쭈글한 모양을 이르는 말.

늙은이(-의) 상투[북] **:** 다 빠지고 얼마 남지 않은 머리카락을 틀어 묶은 상투라는 뜻으로, 물건이 작음을 비유하여 이르는 말.

늙은이 아이 된다 : ⇒ 늙으면 아이 된다.

늙은이에게는 밥이 막대라[북] **:** 늙은이에게는 밥이 몸을 의지해 주는 막대와 같다는 뜻으로, 늙은이는 무엇보다도 잘 먹어야 몸을 지탱하며 살아갈 수 있음을 비유하여 이르는 말.

늙은이 잘못하면 노망으로 치고, 젊은이 잘못하면 철없다 한다 : 어떤 잘못의 원인을 개별적으로 규명하지 않고 일반적인 짐작으로 돌려 버림을 비유하여 이르는 말.

늙은이 치고 젊어서 호랑이 안 잡은 사람 없다 : 사람이 늙으면 자신의 젊은 시절을 부풀려서 자랑함을 이르는 말.

늙은이한테는 수염이 있어야 한다 : 무엇이나 격에 맞는 표식이 있어야 잘 어울림을 비유하여 이르는 말.

늙은이 호박나물에 용쓴다 : ① 도저히 힘을 쓸 수 없는 처지에 있는 사람이 힘을 쓸 듯이 자신 있게 나섬을 비유하여 이르는 말. ② 호박죽이나 호박나물이 늙은이들에게는 먹기 쉬울 뿐 아니라, 끈기가 있는 음식임을 이르는 말.

늙은이 호박죽에 힘쓴다 : 늙은이가 호박죽을 먹는 데에도 힘을 들인다는 뜻으로, 약한 사람이 가벼운 물건을 못 들고 애를 쓰는 것을 두고 이르는 말.

늙은 장수 쓸데없다[북] **:** 한때 훌륭한 능력을 가지고 있던 사람도 나이 들거나 병이 생겨 제 능력을 나타낼 수 없게 되면 보잘것없는 존재가 됨을 비유하여 이르는 말.

늙은 중이 먹을 간다 : 별로 하는 일 없이 한가하게 앉아 있다는 말.

늙은 쥐가 독 뚫는다 : 늙으면 꾀가 많이 생기고 엉큼해짐을 비유하여 이르는 말.

늙을수록 느는 건 잔소리뿐이다 : 늙어 갈수록 남의 일이나 행동에 대한 타박이 많아져 잔소리가 심해짐을 이르는 말.

능구렁이가 되었다 : 사실은 다 알면서 모르는 체함을 비유하여 이르는 말.

능다리에 승앳대 : 사람의 체구가 몹시 가늘고 키만 큼을 비유하여 이르는 말.

능라도 수박 같다 : 맛없는 음식을 이르는 말.

능소화가 피면 장마가 진다 : ⇒ 도라지꽃이 피면 장마가 진다.

늦가을에 꿩이 일찍이 밭으로 내려오면 큰눈이 온다 : 꿩은 기압 변화에 민감하므로 첫눈이 많이 올 징조가 있으면 산에서 일찍이 밭으로 내려와 먹이를 찾는다는 말.

늦가을에 중이 목화 동냥 싸대듯 한다 : 옛날 중이 월동 준비를 하기 위하여 목화 수확기인 늦가을에 농가를 다니며 부지런히 목화 동냥을 하듯이, 분주하게 사방으로 돌아다니는 사람을 비유하여 이르는 말.

늦감 맛이 더 달다 : 일찍 열린 감보다도 늦게 열린 감 맛이 더 달듯이, 과일류는 거의가 일찍 되는 것보다 늦게 되는 것이 더 맛이 좋다는 말.

늦게 된서방 걸린다 : ⇒ 늙게 된서방 만난다.

늦게 배운 도둑이 날 새는 줄 모른다 : 어떤 일에 남보다 늦게 재미를 붙인 사람이 그 일에 더 열중하게 된다는 말. 늦게 시작한 도둑이 새벽 다 가는 줄 모른다.

늦게 시작한 도둑이 새벽 다 가는 줄 모른다 : ⇒ 늦게 배운 도둑이 날 새는 줄 모른다.

늦게 심은 모가 땅내는 쉬이 맞는다 : 늦모가 올모에 비하여 발육이 잘 되었기 때문에 모심기를 하게 되면 올모보다 빨리 착근(着根)하여 자란다는 말. 늦모는 사흘이면 땅내를 맡는다.

늦게 심은 모는 자랄 시기가 없다〔稚稼不得育時〕: 모를 늦게 심으면 자랄 사이가 없어서 결실을 제대로 못 하듯이, 무슨 일이든지 시기를 놓치면 성공하기 어렵다는 말.

늦게 잡고 되게 친다 : 늦장을 부리고 있으면 나중에 급히 서둘러야 하기 때문에 도리어 더 큰 어려움을 겪게 된다는 말.

늦겨울 안개에는 해동 비가 온다 : 음력 2월 말에서 3월 초에 끼는 안개는 저기압이 다가올 징조이므로 해동 비가 온다는 말. 늦겨울에 안개가 끼면 해동 비가 온다.

늦겨울에 안개가 끼면 해동 비가 온다 : ⇒ 늦겨울 안개에는 해동 비가 온다.

늦모 가뭄에 천수답 물 바라듯 한다 : 늦모심기가 늦어지는데 가뭄은 계속되어 천수답 가진 사람의 애간장을 더욱 태운다는 말. 늦모심기 가뭄에 하늘 쳐다보듯 한다.

늦모내기 때에는 아궁이 앞의 부지깽이도 뛴다 : ⇒ 늦모내기에 죽은 중도 꿈적거린다.

늦모내기에 죽은 중도 꿈적거린다 : ① 철 늦게 하는 모내기는 되도록 빨리 끝내야 하기 때문에 몹시 바쁘다는 말. ② 무슨 일이고 몹시 바쁠 때에는 누구나 다 움직여야 한다는 말. 늦모내기 때에는 아궁이 앞의 부지깽이도 뛴다.

늦모는 사흘이면 땅내를 맡는다 : ⇒ 늦게 심은 모가 땅내는 쉬이 맡는다.

늦모는 감 우려먹으며 심는다 : 7월 중순이면 감을 우려먹을 수 있는데, 재래종 늦모는 이때까지도 심는다는 말.

늦모는 꼬챙이로 구멍을 뚫어 가며 심는다 : 늦모는 논에 물이 모자라도 심어만 놓으면 거의가 결실하게 된다는 말.

늦모는 놉구덕 · 밥구덕 · 모구덕이다 : 늦모심기는 놉 얻기도 힘들고, 밥도 많이 들고, 모도 부족하여 구하기가 어렵다는 말.

* 놉—'머슴(농가에 고용되어 일을 해 주고 대가를 받는 사내)'의 전남 방언. * 구덕—'구덩이'의 경남 · 전라도 방언.

늦모는 대추를 코에 넣어 가며 심는다 : 옛날 대추 고장인 옥천 · 보은에서는 늦모심기를 할 때, 대추를 콧구멍에 넣어서 들어갈 때까지는 모를 심었다는 데서 유래된 말.

늦모는 밤꽃 질 때까지 심는다 : 재래종의 늦모심기는 밤꽃이 질 때까지 심어도 결실할 수 있다는 말.

늦모는 밤송이를 겨드랑이에 넣어 가며 심는다 : 옛날 늦모심기의 최종 시기는 밤송이를 겨드랑이에 넣어서 따끔거리기 전까지였다는 말.

늦모는 사흘이면 땅내를 맡는다 : ⇒ 늦게 심은 모가 땅내는 쉬이 맡는다.

늦모는 손에 든 모와 (땅에) 꽂은 모가 다르다 : 늦모는 성장 속도가 빠르기 때문에 한시라도 빨리 심어야 수확이 감소되지 않는다는 말.

늦모는 자랄 여가 없이 이삭 팬다 : 알 밴 늦모는 자랄 사이도 없이 바로 이삭이 패게 되므로 수확할 것이 별로 없다는 말.

늦모는 찔레꽃 질 때까지 심는다 : 재래종 벼는 찔레꽃이 질 때까지 심는데, 그래도 대파(代播)하는 것보다 낫다는 말.

늦모는 하루가 다르다 : 늦모는 하루 차이에도 수확이 다르므로 서둘러서 심어야 한다는 말.

늦모는 호미로 심는다 : 늦게까지 물이 부족하여 모를 심지 못한 논은 호미로라도 심어 두면 장마로 인하여 정상적인 성장을 하게 된다는 말.

늦모심기 가뭄에 하늘 쳐다보듯 한다 : ⇒ 늦모 가뭄에 천수답 물 바라듯 한다.

늦모심기에는 개구리와 겸상한다 : 늦모심기는 해가 져서 개구리들이 나와 울기 시작할 때까지 일을 하게 된다는 말.

늦모심기에는 쟁기질하면서도 존다 : 늦모심기는 새벽부터 저물 때까지 연일 과로한 터라서 몹시 피로하여 졸린다는 말.

늦모심기에는 죽은 중도 꿈틀 한다 : 늦모심기에는 죽은 귀신도 도와주려고 꿈틀할 정도로 일손이 모자란다는 말.

늦모심기에는 지나가던 원님도 심어주고 간다 : 늦모를 심을 때는 지위의 고하를 막론하고 일손을 돕는다는 말. 유월 늦모는 원님도 말에서 내려 심어주고 간다.

늦모에는 골방 처녀도 나선다 : 늦모 심기 때는 매우 바쁜 시기이고 일손이 모자라기 때문에 규중처녀까지도 동원된다는 말. 만이앙 모판에는 뒷방 처녀도 나선다.

늦모에는 쟁기 꽂아 놓고 낮잠 잔다 : 늦모심기 때는 너무 피로하여 낮잠을 자게 된다는 말.

늦바람이 용마름을 벗긴다 : 늦게 불기 시작한 바람이 초가집 지붕마루에 얹은 용마름을 벗겨 갈 만큼 세다는 뜻으로, 사람도 늙은 후에 한번 바람이 나기 시작하면 걷잡을 수 없음을 비유하여 이르는 말. 사람도 늦바람이 무섭다. 저녁 바람에 곱새가 싸다닌다[북].

늦서리 오는 해 고추 풍년 든다 : 가을 날씨가 계속해서 좋고 늦서리가 오면 고추가 다 익어 풍년이 든다는 말.

늦은 밥 먹고 파장(罷場) 간다 : ⇒ 다 밝게 범두와 소리라. * 기회를 놓치고 늦게 행동을 한다는 뜻에서 유래된 말.

늦자식 농사가 메밀 농사다 : 늦게 파종해서 수확할 수 있는 곡식 중에는 메밀 농사가 가장 좋다는 말.

늦잠은 가난 잠이다 : 게으르면 가난하게 산다는 말.

늦장마가 더 무섭다 : ⇒ 장마는 늦장마가 무섭고, 사람은 늦바람이 더 무섭다. * 늦장마는 폭풍을 동반할 뿐 아니라 곡식에 대한 피해도 크다는 데서 나온 말.

다 가도 문턱 못 넘기

~

띄엄띄엄 걸어도 황소걸음

다 가도 문턱 못 넘기 : 애써 일을 하였으나 끝맺음을 못하여 보람 없이 됨을 비유하여 이르는 말.

다 늙어 된서방을 만난다 : ⇒ 늙게 된서방 만난다.

다 닳은 대갈마치라 : 많이 두드려서 닳아빠진 대갈마치란 뜻으로, 세상 풍파를 다 겪을 대로 겪어서 마음이 굳세고 어수룩한 데가 없는 사람을 비유하여 이르는 말.

다 된 고추 뿌리 건드리지 마라 : 고추는 뿌리를 얕게 뻗으므로 꽃 필 무렵 뿌리를 다치게 되면 꽃이 떨어진다는 말.

다 된 농사에 낫 들고 덤빈다 : 일이 다 끝난 뒤에 쓸데없이 참견하고 나섬을 비유하여 이르는 말.

다 된 밥에 재 뿌리기 : ⇒ 다 된죽에 코 풀기②.

다 된 죽에 코 빠졌다 : ⇒ 다 된죽에 코 풀기①.

다 된 죽에 코 풀기 : ① 거의 다 된 일을 뜻하지 않은 실수로 망침을 비유하여 이르는 말. 다 된 죽에 코 빠졌다. ② 남의 다 된 일을 악랄한 방법으로 방해하는 것을 비유하여 이르는 말. 다 된 밥에 재 뿌리기. 잘되는 밥 가마에 재를 넣는다.

다 된 흥정 파의하기 : 심술이나 실수로 다 이루어져 가는 일을 망침을 비유하여 이르는 말.

다라운 부자가 활수(闊手)한 빈자보다 낫다 : ⇒ 인색한 부자가 손쓰는 가난뱅이보다 낫다. *다랍다-① 오관(五官)에 거슬릴 정도로 매우 더럽다. ② 몹시 인색하다. *활수-무엇이든지 아끼지 않고 시원스럽게 잘 쓰는 씀씀이. 또는 그런 사람.

다람쥐 계집 얻은 것 (같다) : 힘겹고 다루기 어려운 것을 맡았음을 비유하여 이르는 말.

다람쥐도 제 굴이 있다㈱ **:** ⇒ 달팽이도 집이 있다㈱.

다람쥐 밤 까먹듯 : 욕심스럽게 잘 먹는 모양을 비유하여 이르는 말.

다람쥐 쳇바퀴 돌듯 : 끝없이 반복하나 결말이 없음을 이르거나, 일상 반복되는 의미 없는 일, 또는 아무런 진보가 없는 일을 뜻하는 말. 개미 쳇바퀴 돌듯.

다리〔脚〕가 맏아들이라 : ⇒ 발이 의붓자식(맏아들, 효도 자식)보다 낫다.

다리가 의붓자식보다 낫다 : ⇒ 발이 의붓자식(맏아들 · 효도 자식)보다 낫다.

다리〔橋〕 밑에서 욕하기 : ⇒ 다리 아래서 원을 꾸짖는다.

다리〔脚〕 부러진 거북이 같다㈱ **:** 가뜩이나 느린데 다리까지 부러져 더 굼뜨게 기어가는 거북이 같다는 뜻으로, 동작이 몹시 느림을 비유하여 이르는 말.

다리 부러진 노루 한곬(자리)에 모인다㈱ **:** 처지나 취미가 같은 사람들이 한데 모여 있음을 비유하여 이르는 말.

다리 부러진 장수 성(城) 안에서 호령한다 : ⇒ 이불 속(안)에서 활개 친다.

다리 부러진 장수 소리치는 격㈱ **:** ⇒ 이불 속(안)에서 활개 친다.

다리 부러진 장수 집 안에서 큰소리 친다㈱ **:** ⇒ 이불 속(안)에서 활개 친다.

다리뼈가 맏아들이라 : ⇒ 발이 의붓자식(맏아들 · 효도 자식)보다 낫다.

다리〔橋〕 아래서 원을 꾸짖는다〔橋下咤倅〕 : 직접 말을 못 하고 안 들리는 곳에서 불평이나 욕을 한다는 말. 다리 밑에서 욕하기. 다릿목에서 원 꾸짖기.

다리〔脚〕 아래 소리 : 말을 공손하게 하여 남에게 구걸하는 소리를 비유하여 이르는 말.

다리야 날 살려라 : 도망 칠 때 마음이 조급하여 다리가 빨리 놀려지기를 갈망하는 뜻에서 하는 말. 오금아 날 살려라.

다릿목에서 원 꾸짖기 : ⇒ 다리 아래서 원을 꾸짖는다.

다 먹은 떡북 **:** 자기의 물건이나 이익이 되는 것이 확정적임을 비유하여 이르는 말.

다 먹은 죽에 코 빠졌다 한다 : ① 맛있게 먹었으나 알고 본즉 불결하여 속이 꺼림칙함을 비유하여 이르는 말. ② 잘 먹고 나서 그 음식에 대하여 불평하는 것을 비유하여 이르는 말.

다모객(多謀客)이라 : 교묘하게 회피하기를 좋아하는 사람을 이르는 말.

다 밝게 범두와 소리라 : 범두와 소리를 하고 다니는 순라군이 밤에는 다니지 아니하고 날이 밝아서야 비로소 일어나 다닌다는 뜻으로, 때가 이미 늦었음을 비유하여 이르는 말. * 범두와―옛날에 순라군이 밤에 순회하면서 지르는 소리. 늦은 밥 먹고 파장 간다.

다 삭은 바자 틈에 누렁개 주둥이 같다 : 삭을 대로 삭아서 다치기만 하여도 구멍이 펑펑 나는 바자 틈에 난데없이 쑥 나온 누렁개의 주둥이와 같다는 뜻으로, 당찮은 일에 끼어들어 주제넘게 말참견함을 비꼬아 이르는 말. * 바자―대·갈대·수수깡 등으로 발처럼 엮거나 결은 물건. 울타리를 만드는 데 씀. 삭은 바자 구멍에 노란 개 주둥이 (내밀듯).

다섯 손가락 깨물어서 아프지 않은 손가락이 없다 : ⇒ 열 손가락 깨물어 안 아픈 손가락이 없다.

다시 긷지 아니한다고 이 우물에 똥을 눌까 : ① ⇒ 이 샘물 안 먹는다고 똥 누고 가더니, 그 물 맑기도 전에 다시 와서 먹는다. ② 자기의 지위나 지체가 월등해졌다고 전에 것을 다시 안 볼 듯이 괄시할 수는 없다는 말.

다시 보니 수원 나그네 : ⇒ 알고 보니 수원 나그네.

다심애비 떡치는 데는 가도, 친애비 도끼질하는 데는 안 간다북 **:** ⇒ 의붓아비 떡 치는 데는 가도, 친아비 도끼질하는 데는 안 간다. * 다심애비―'의붓아비'의 북한어.

다심애비 소 팔러 보낸 것 같다북 **:** ⇒ 의붓아비 소 팔러 보낸 것 같다.

다 쑤어 놓은 죽 : 잘되었든 못되었든 이미 끝나서 더 이상 어쩔 수 없게 된 것을 비유하여 이르는 말.

다 자란 고목북 **:** 더 이상 제구실을 할 수 없게 아주 늙어 버리거나 낡아 버린 것을 비유하여 이르는 말.

다 팔아도 내 땅 : ① 결국에는 제 이익이 된다는 말. ② 다 팔아서 합하여도 본래 자기 땅의 몫밖에 안 된다는 뜻으로, 큰 이익을 본 듯하나 따지고 보면 자기의 밑천밖에 안 됨을 비유하여 이르는 말.

다 퍼먹은 김칫독 : ① 앓거나 굶주려 눈이 쑥 들어간 사람을 비유하여 이르는 말. ② 쓸모없게 된 물건을 비유하여 이르는 말.

다 퍼먹은 김칫독에 빠진다 : ① 남들이 다 이(利)를 보고 물러난 뒤에 함부로 덤벼들었다가 크게 손해를 보는 것을 비유하여 이르는 말. ② 아무런 이익도 손해도 볼 것이 없음을 비유하여 이르는 말.

닭은 방울 같다 : ① 눈이 빛나고 아름다움을 이르는 말. ② 영리하고 똑똑한 어린애를 가리키는 말.

닭은 콩과 기생첩은 곁에 두고 못 참는다 : 볶은 콩이 있으면 먹고 싶어서 참지 못하여 먹게 되고, 예쁜 기생첩이 옆에 있으면 저절로 성교를 하게 된다는 말. 볶은 콩과 여자는 곁에 두고 못 참는다.

닭은 콩 먹기 : 먹지 않으려고 하면서도 먹기가 좋으니까 다 먹어 버림을 이르는 말. 볶은 콩 먹기.

닭은 콩 먹다가는 못 남긴다 : 볶은 콩은 먹다가 중간에 남겨 놓을 수 없듯이, 맛좋은 음식은 먹다가 중간에 남기지 못한다는 말.

닭은 콩 볶듯 : 성질과 행동이 조급함을 이르거나, 총소리가 연달아 남을 이르는 말.

단 가마에 눈 : 뜨겁게 단 가마에 떨어져 금반 녹아 버리는 눈이라는 뜻으로, 순식간에 사라짐을 비유하여 이르는 말.

단간방에서 이붓시애비 노는 꼴 보기 싫어 못 살겠다㈜ **:** 가뜩이나 미운 사람이 못되게 노는 꼴이 몹시 아니꼽고 보기 싫다는 것을 비유하여 이르는 말.

단골무당 머슴같이 : 무당이 춤을 추고 돌아갈 때 앞에서 돌아다니며 심부름을 하는 그 집 머슴 같다는 뜻으로, 앞에서 분주하게 왔다 갔다 함을 이르는 말.

단〔甘〕 구멍이 신 구멍만 못하다 : 아무리 맛이 좋은 음식이라도 성교하는 맛은 당할 수 없다는 말.

단〔熱〕김에 소뿔 빼듯 : ⇒ 쇠뿔도 단김에 빼랬다(빼라).

단김에 쇠뿔 뺀다 : ⇒ 쇠뿔도 단김에 빼랬다(빼라).

단〔甘〕 꿀에 덤비는 개미 떼 : 눈앞의 이익을 보고 앞뒤를 생각함이 없이 덤벼드는 것을 비유하여 이르는 말.

단단하기만 하면 벽에 물이 괴나 : ① 아무리 단단하다고 한들 벽에야 물이 고일 수 없다는 뜻으로, 여러 가지 조건이 고루 갖추어져야 일이 이루어짐을 이르는 말. ② 너무 아끼면서 돈을 모으려는 사람을 핀잔하여 이르는 말.

단단한 땅에 물이 고인다(괸다) : ⇒ 굳은 땅에 물이 고인다(괸다).

단〔甘〕 말은 병이 되고 쓴 말은 약이 된다〔忠言逆耳 利於病〕 : 듣기 좋게 아부하는 말은 조심하고, 듣기 싫더라도 충고의 말은 귀담아 들으라는 말.

단 맛 쓴 맛 다 보았다 : ⇒ 쓴 맛 단 맛 다 보았다.

단백사위 촉(蜀) 간다 : ① 무슨 일이든지 단수(單手)에 실패를 본다는 말. ② 장난삼아 한 일이 어렵게 되었다는 말. ③ 어려운 처지에 빠져 있음을 이르는 말. *단백사위—윷놀이에서 마지막 고비에 한 번 윷을 놂으로써 이기고 지는 것이 결정될 때 이편에서 던져 이기지 못하면 다른 한쪽에서 도만 나도 이기게 될 때 이편에서 쓰는 말.

단삼(單衫) 적삼 벗고 은가락지 낀다 : 격에 맞지 않는 짓을 함을 비유하여 이르는 말.

단〔熱〕 소뿔 뽑듯㈜ **:** ⇒ 쇠뿔도 단김에 빼랬다(빼라).

단솥에 물붓기 : ① 형편이 이미 기울어 도와주어도 보람이 없음을 비유하여 이르는 말. ② 조금의 여유도 없이 버쩍버쩍 없어짐을 비유하여 이르는 말.

단 쇠뿔 뽑듯 한다 : ⇒ 쇠뿔도 단김에 빼랬다(빼라).

단술〔甘酒〕 먹은 여드레 만에 취한다 : 어떤 일을 겪은 후 한참 만에야 비로소 그 영향이 나타난다는 말. 작년에 고인 눈물 금년에 떨어진다.

단술(單-)에 배부를까㈜ **:** ⇒ 첫술에 배부르랴. *단술—단 한 번 뜬 밥술.

단오(端午) 날 비가 오면 흉년이 든다 : 단옷날(음력 5월 5일)은 맑아야 풍년이 드는데 비가 오므로 흉년이 들게 된다는 말.

단오에 물 잡으면 농사는 다 짓는다 : 단오 무렵에 물을 잡아 놓으면 그 물로 두 번 김매기까지 할 수 있으므로 풍년이 들 수 있다는 말.

단오에 비가 오면 풍년 든다 : 단오(음력 5월 5일) 무렵, 재래종 벼는 모심기가 한창인 때라 이 무렵에 비가 오면 풍년이 든다는 말.

단〔甘〕 장을 달지 않다고 말을 한다 : 맛이 단 장을 놓고 달지 않다고 억지소리를 한다는 뜻으로, 뻔한 사실을 말하지 않고 딴소리로 우김을 비유하여 이르는 말.

단천(端川) 놈이 은값 떼듯 한다 : 받을 것을 사정없이 재촉하여 거두어 받음을 이르는 말. *단천-함경남도 단천군.

단칸방(單-)에 새 두고 말할까 : 한집안 식구처럼 가깝게 지내는 사이에 무슨 비밀이 있겠느냐는 말.

단판 씨름 : 단 한 번에 흥망성쇠(興亡盛衰)가 좌우됨을 이르는 말.

단풍(丹楓)도 떨어질 때에 떨어진다 : 무엇이나 제때가 있다는 말.

닫는(走) 놈의 주먹만도 못하다 : 달리는 사람의 불끈 쥔 작은 주먹만도 못하다는 뜻으로, 매우 작음을 비유하여 이르는 말.

닫는 데 발 내민다 : 어떤 일을 열중하고 있는데 남이 중간에서 그 일을 방해함을 이르는 말.

닫는 말에도 채를 친다(走馬加鞭) : ⇒ 달리는 말에 채찍질

닫는 말에 채질한다 : ⇒ 달리는 말에 채찍질.

닫는 말에 채질한다고 경상도까지 하루에 갈 것인가 : 힘껏 부지런히 하는데 무리하게 재촉한들 될 리 없다는 말.

닫는 사슴을 보고 얻은 토끼를 잃는다 : 지나치게 욕심을 부리다가 도리어 손해를 봄을 비유하여 이르는 말. 달아나는 노루 보고 얻은 토끼를 놓았다.

달걀 같은 세상 둥글둥글 살랬다 : 달걀같이 위태로운 세상에서는 모나게 살지 말고 너그럽게 둥글둥글 살아야 한다는 말. 달걀 같은 세상 호박같이 살랬다.

달걀 같은 세상 호박같이 살랬다 : ⇒ 달걀 같은 세상 둥글둥글 살랬다.

달걀 겉핥기다 : ⇒ 수박 겉핥기.

달걀과 여자는 구르면 깨진다 : 달걀은 굴리면 깨지기 쉽고, 여자가 나들이를 자주 하게 되면 바람이 난다는 말.

달걀 낟가리를 올려가며 내려가며 한다 : 달걀을 올려 쌓았다 내려 쌓았다 하듯이 위태로운 짓만 한다는 말.

달걀노른자(-위) : ⇒ 달걀로 치면 노른자다.

달걀도 굴러가다 서는 모가 있다 : ① 어떤 일이든지 끝날 때가 있다는 말. ② 좋게만 대하던 사람도 성낼 때가 있다는 말. 메밀도 굴러가다 서는 모가 있다.

달걀로 바위(백운대, 성) 치기 : 대항(對抗)해도 도저히 이길 수 없는 경우를 비유하여 이르는 말. 계란으로 바위 치기. 바위에 달걀 부딪치기. 바위에 머리 받기.

달걀로 치면 노른자다 : 달걀에서 가장 중요한 것이 노른자이듯이, 어떤 물건 중에서 제일 중요한 부분을 가리키는 말. 달걀노른자(-위). 닭 알로 치면 노란자위다㊍.

달걀 무지처럼 위태롭다(危如累卵 · 累卵之勢(危)) : 달걀을 쌓아 올린 것처럼 매우 위태롭다는 말.

달걀 섬 모시 듯(다루듯) 하다 : 물건을 달걀 담아 놓은 섬을 다루듯 조심조심 다룸을 가리키는 말. 닭알 꾸레미 모시듯㊍.

달걀 섬 지고 성 밑에는 못 가겠다 : 성이 무너져 달걀을 깰까 봐 성 밑을 못 가듯이, 지나친 근심 걱정을 한다는 말.

달걀에도 뼈가 있다 : ⇒ 계란에도 뼈가 있다. *귀하게 얻은 달걀마저 곯은 달걀이더라는 고사에서 유래한 말.

달걀에 모난 데 없고 화냥년에 순결 없다 : 달걀에는 모난 데가 없이 둥글둥글하게 생겼고, 음란한 여자에게는 순정이 있을 수 없다는 말.

달걀에 제 똥 묻은 격 : ⇒ 오리 알에 제 똥 묻은 격.

달걀에 털이 나겠다 : ① 도저히 있을 수가 없는 일이라는 말. ② 아무리 오래 기다려도 아무 소용이 없다는 말.

달걀을 보고 새벽 알리기를 바란다(見卵而求時夜) : ① 무슨 일을 성급하게 한다는 말.

② 사물을 정확히 판단하지 못하고 일을 한다는 말.

달갈을 쌓았다 무너뜨렸다 한다 : 달갈을 공연히 쌓았다 무너뜨렸다 하듯이, 매우 위태로운 행동을 이르는 말.

달걀이나 계란이나 : 이름만 다를 뿐이지 본질적으로는 동일하다는 말.

달걀짐 지고 돌담 모퉁이는 못 가겠다 : ⇒ 곤달걀 지고 성 밑으로 못 가겠다.

달걀 지고 성(城) 밑으로 못 가겠다 : ⇒ 곤달걀 지고 성 밑으로 못 가겠다.

달고 치는데 안 맞는 장사가 있나 : 아무리 강한 사람이라도 여러 사람의 합력(合力)에는 대항할 수 없다는 말.

달기는 엿집 할머니 손가락이라 : ① 엿 맛이 달다고 해서 엿집 할머니의 손가락까지 단 줄 안다는 뜻으로, 무슨 일에 마음이 혹하여 좋은 것만 보이고 나쁜 것은 안 보인다는 말. ② 어떤 음식을 좋아하여 그와 비슷하나 먹지 못할 것까지 먹을 것으로 잘못 안다는 말.

달다 쓰다 말이 없다 : ⇒ 쓰다 달다 말이 없다.

달도 차면 기운다〔花無十日紅〕 : ① 세상의 온갖 것이 한 번 번성하면 쇠하기 마련이라는 말. ② 행운이 언제까지나 계속되는 것은 아님을 비유하여 이르는 말. 그릇도 차면 넘친다(엎질러진다). 달이 둥글면 이지러지고, 그릇이 차면 넘친다. 차면 넘친다(기운다)[②]. 차오르게 되면 넘쳐난다㊒.

달 뒤에 별이 바짝 따라가면 흉년이 든다 : 달과 별 사이가 가까워지는 것은 드문 현상으로서 흉조를 나타낸다는 데서 나온 말.

달래 놓고 눈알 뺀다 : ⇒ 어르고 뺨 치기.

달리는 말에 채찍질〔走馬加鞭〕 : ① 기세가 한창 좋을 때 더 힘을 가한다는 말. ② 힘껏 하는 데도 자꾸 더 하라고 독촉함을 이르는 말. 가는 말에도 채를 치랬다. 가는 말에 채찍질. 닫는 말에도 채를 친다. 닫는 말에 채질한다.

달리는 말 위에서 산 구경하기〔走馬看山〕 : 어떤 일을 너무 빨리 대충대충 하기 때문에 일이 끝난 후에 그 내용을 자세히 알지 못함을 비유하는 말.

달리다 딸기 따 먹듯 : 음식이 양에 차지 않음을 비유하여 이르는 말.

달면 삼키고 쓰면 뱉는다〔甘呑苦吐〕 : 옳고 그름이나 신의(信義)를 돌보지 않고 자기의 이익만 꾀함을 비유하여 이르는 말. 맛이 좋으면 넘기고 쓰면 뱉는다. 쓰면 뱉고 달면 삼킨다. 추우면 다가들고 더우면 물러선다.

달무리가 생기면 비가 온다 : 달무리는 권층운(券層雲)이 나타날 때 생기는 것으로, 권층운이 하늘을 덮게 되면 온난전선(溫暖前線)이 가까이 오고 있음을 뜻하므로 비가 올 징조라는 말.

달무리가 있으면 바람이 분다 : 달무리가 있으면 비가 오므로 비와 함께 바람도 불게 된다는 말.

달무리가 작고 동남쪽으로 터지면 비가 온다 : 미세한 얼음덩이로 된 구름에 의하여 달무리가 발생된 것으로, 이 무리가 동남쪽으로 터졌다는 것은 동남풍에 의하여 이동되고 있는 것이므로 곧 비바람이 있을 징조라는 말.

달무리가 크고 서쪽으로 터지면 비가 오지 않는다 : 달무리가 서쪽으로 터진다는 말은 서풍이 있다는 것이므로, 우리나라에서는 대체로 맑은 날씨가 되는 경우가 많다는 말.

달무리나 햇무리가 있으면 비가 온다 : 무리가 있다는 것은 공기에 수증기의 결정이 많이 분포되어 있음을 뜻하므로 곧 비가 오게 된다는 말.

달무리 한 지 사흘이면 비가 온다 : 저기압의 전면에 나타나는 권층운이 하늘을 덮을 때 달무리가 나타나는 것이므로 이런 때는 머지않아 비가 오게 된다는 말.

달 밝은 밤이 흐린 낮만 못하다 : 달이 아무리 밝다고 해도 흐린 낮보다 밝지는 못하다는 뜻으로, 자식의 효도가 남편이나 아내의 사랑보다는 못함을 비유하여 이르는 말.

달밤에 김맨다 : 온종일 농사일을 하고도 밤늦게까지 김을 매는 부지런한 농민이라는 말. 달밤에는 김매고 식전에는 개똥 줍는다. 식전에는 개똥 줍고 달밤에는 김맨다.

달밤에는 김매고 식전에는 개똥 줍는다 : ⇒ 달밤에 김맨다.

달밤에 멸치 새듯 한다 : ① 멸치는 빛을 좋아하는 습성이 있으므로 그물에 잡힌 것이라도 달빛이 비치는 곳으로 도망친다는 말. ② 모임에 왔다가 슬그머니 빠져나가는 사람을 비유하여 이르는 말.

달밤에 삿갓 쓰고 나온다 : 가뜩이나 미운 사람이 더 미운 짓만 함을 비유하여 이르는 말. 못난 며느리 제사날 병난다㊂. 못난 색시 달밤에 삿갓 쓰고 나선다(다닌다). 못생긴 며느리 제삿날에 병난다. 예쁘지 않은 며느리가 삿갓 쓰고 으스름달밤에 나선다.

달 보고 짖는 개 : ① 남의 일에 대하여 잘 알지도 못하면서 떠들어 대는 사람을 비유하여 이르는 말. ② 대수롭지도 않은 일에 공연히 놀라거나 겁을 내서 떠들썩하는 싱거운 사람을 비유하여 이르는 말.

달아나는 노루 보고 얻은 토끼를 놓았다〔小貪大失〕: ⇒ 닫는 사슴을 보고 얻은 토끼를 잃는다.

달아나면 이밥 준다 : ⇒ 삼십육계 줄행랑이 제일(으뜸).

달아매인 돼지가 누운 돼지 나무란다㊂ : 잡혀서 푸줏간에 매달린 돼지가 누워 있는 돼지를 보고 무엇을 잘못한다고 꾸짖는다는 뜻으로, 더없이 어려운 처지에 있으면서도 오히려 저보다 나은 처지에 있는 사람을 흉보는 어리석은 행동을 비유하여 이르는 말.

달에 달무리처럼 안개가 끼면 비가 온다 : 밤안개가 달무리처럼 달에 끼었을 때는 비가 오게 된다는 말.

달이 둥글면 이지러지고, 그릇이 차면 넘친다 : ⇒ 달도 차면 기운다.

달이 몹시 붉으면 가문다 : 달이 붉다는 것은 하늘이 건조하다는 것을 나타내므로 이런 경우에는 비가 오지 않는다는 말.

달이 창백한 빛을 내면 비가 온다 : 달빛이 안개에 가린 것처럼 창백한 것은 구름이 깔린 상태이므로 비가 올 징조라는 말.

달이 환한 빛을 내면 날씨가 맑다 : 달이 환하다는 것은 하늘이 건조한 상태에 있기 때문에 날씨가 좋다는 말.

달팽이가 바다를 건너다니 : 도무지 불가능한 일이라 말할 거리도 안 된다는 말.

달팽이 눈이 되다 : 핀잔을 받거나 겁이 날 때에 움찔하고 기운을 펴지 못함을 비유하여 이르는 말.

달팽이도 집이 있다㊂ : 달팽이 같은 것도 집이 있는데 하물며 사람으로서 어찌 집이 없겠느냐는 말. 다람쥐도 제 굴이 있다㊂.

달팽이 뚜껑 덮는다 : 입을 꼭 다문 채 좀처럼 말을 하지 않는다는 말.

닭갈비는 먹지도 못하고 버리지도 못한다〔鷄肋〕: 닭갈비는 뼈만 가득하여 먹을 수도 없고 버리자니 아깝듯이, 무슨 일이 어정쩡하여 이러지도 못하고 저러지도 못한다는 말. 닭갈비는 버리기도 아깝다. 닭갈비다.

닭갈비는 버리기도 아깝다 : ⇒ 닭갈비는 먹지도 못하고 버리지도 못한다.

닭갈비다〔鷄肋〕: ⇒ 닭갈비는 먹지도 못하고 버리지도 못한다.

닭 길러 족제비 좋은 일 시켰다 : 애써 기른

닭을 족제비가 물어 갔다는 뜻으로, 애써 한 일이 남에게만 좋은 일이 되어 버림을 비유하여 이르는 말.

닭대가리는 되어도 쇠꼬리는 되지 마라 : ⇒ 닭의 볏이 될지언정 소의 꼬리는 되지 마라.

닭도 제 앞 모이는 긁어 먹는다 : 제 일은 제가 처리해야 된다는 말.

닭도 텃세한다 : ⇒ 개도 텃세한다.

닭도 홰에서 떨어지는 날이 있다 : ⇒ 원숭이도 나무에서 떨어진다. *홰–새장이나 닭장 속에 새나 닭이 올라앉게 가로질러 놓은 나무 막대.

닭 물 먹듯 : ① 닭이 물을 조금씩 먹듯이 무슨 일을 하다 말다 한다는 말. ② 무슨 일이나 그 내용도 모르고 건성으로 넘긴다는 말.

닭 발 그리듯 한다 : 글씨가 서툴러 닭발을 그리듯이 쓴다는 말.

닭 볏이 될망정 쇠꼬리는 되지 마라 : ⇒ 닭의 볏이 될지언정 소의 꼬리는 되지 마라.

닭 병에는 옻나무를 닭장 안에 걸어 주면 낫는다 : 닭이 병이 들었을 때는 옻나무를 베어 닭장 안에 걸어 두면 낫는다는 말.

닭 소 보듯, 소 닭 보듯 한다 : 서로 보기만 하고 아무 말도 없이 덤덤히 있음을 가리키는 말이니, 곧 상대방의 일에 아무런 관심이 없음을 이르는 말. 닭이 소 보듯 한다. 소 닭 보듯.

닭 손님으로는 아니 간다 : 닭장에 낯선 닭이 들어오면 본래 있던 닭이 달려들어 못살게 굴듯이, 손님을 반가워하지 않는 집에 가야 좋은 대접을 못 받음을 이르는 말.

닭 싸우듯 한다 : 닭은 만나기만 하면 싸우듯이, 대단치도 않은 일을 가지고 싸움만 함을 이르는 말. 닭싸움 토닥거리듯 한다.

닭싸움 토닥거리듯 한다 : ⇒ 닭 싸우듯 한다.

닭쌈에도 텃세한다 : ⇒ 개도 텃세한다.

닭알 가리를 쌓았다 무너뜨렸다(허물었다) 한다북 **:** 달걀이 잘 쌓이지 않아 쌓았다 무너뜨렸다 한다는 뜻으로, 쓸데없는 공상을 자꾸 함을 비유하여 이르는 말. 닭알낟가리를 가렸다 허물었다 한다북. 닭알낟가리를 쌓았다 헐었다 한다북. 닭알낟가리를 올려가려 내려가려 한다북.

닭알 꾸레미 모시듯북 **:** ⇒ 달걀 섬 모시듯(다루듯) 하다.

닭알낟가리를 가렸다 허물었다 한다북 **:** ⇒ 닭알 가리를 쌓았다 무너뜨렸다(허물었다) 한다.

닭알낟가리를 쌓았다 헐었다 한다북 **:** ⇒ 닭알 가리를 쌓았다 무너뜨렸다(허물었다) 한다.

닭알낟가리를 올려가려 내려가려 한다북 **:** ⇒ 닭알 가리를 쌓았다 무너뜨렸다(허물었다) 한다.

닭알 때 짓밟아 뭉개 치워야 한다북 **〔拔本塞源〕 :** 부정적인 요소는 더 커지고 자라나기 전에 아예 없애 버려야 함을 비유하여 이르는 말.

닭알로 치면 노란자위다북 **:** ⇒ 달걀로 치면 노른자다.

닭알에 묻은 똥도 제 똥 묻은 게 좋다북 **:** 비록 하찮은 것이라도 제 것이 남의 것보다 낫다는 말.

닭알인지 오리알인지 알 수 없다북 **:** 달걀과 오리알이 서로 비슷하여 분간하기 어렵다는 뜻으로, 무엇이 무엇인지 도저히 분간할 수 없다는 말.

닭알 짐을 이고 얼음판을 건느듯북 **:** 일이 잘못될까 봐 몹시 불안하고 조심스러운 상태를 비유하여 이르는 말.

닭알 장사 속구구북 **:** 현실성이 없는 헛된 공상만 하다가 얼마 안 되는 밑천까지 잃어버리는 어리석은 짓을 비유하여 이르는 말.

닭알 지고 돌담 모퉁이엔 가지 못하겠다북 **:** ⇒ 곤달걀 지고 성 밑으로 못 가겠다.

닭알 통변북 **:** 아직 닭으로는 되지 못하고 달걀 상태에 머물러 있는 통역이라는 뜻으

로, 외국 말을 겨우 조금 할 수 있는 정도를 비유하여 이르는 말.

닭은 구슬을 보리알만큼도 안 여긴다 : 아무리 좋은 물건이라도 자기에게 소용이 없는 것은 필요한 값싼 물건만도 못하다는 말.

닭은 닭 봉은 봉이다 : 닭이 아무리 좋아도 봉이 될 수 없고, 봉이 아무리 나빠도 닭이 될 수 없듯이, 본질적으로 질이 다르다는 말.

닭은 닭장에서 활개친다 : 닭은 닭장 안에서 마냥 활개를 치듯이, 남자가 집 안에서만 큰소리침을 이르는 말.

닭은 삼 년 기르지 않고, 개는 오 년 기르지 않는다 : 닭은 3년 이상 기르면 주인이 해롭고, 개는 5년 이상 기르면 주인이 해롭다는 말. 닭은 삼 년 이상 기르지 않는다. 닭을 삼 년 이상 기르면 주인을 해친다.

닭은 삼 년 이상 기르지 않는다 : ⇒ 닭은 삼 년 기르지 않고, 개는 오 년 기르지 않는다.

닭을 삼 년 이상 기르면 주인을 해친다 : ⇒ 닭은 삼 년 기르지 않고, 개는 오 년 기르지 않는다.

닭의 갈비 먹을 것 없다 : 형식만 있고 내용이 보잘것없음을 비유하여 이르는 말.

닭의 고집이다 : 닭의 고집이 세듯이 고집이 매우 센 사람을 비유하여 이르는 말.

닭의 대가리가 소꼬리보다 낫다 : ⇒ 닭의 볏이 될지언정 소의 꼬리는 되지 마라.

닭의 대가리다 : 어리석고 기억력이 좋지 못한 사람을 비유하여 이르는 말.

닭의 똥이 엿 같아도 먹지 못한다㊀ **:** 겉보기에는 비슷하게 생겼으나 실지 내용은 전혀 쓸모없는 딴 것임을 비유하여 이르는 말.

닭의 목을(모가지를) 베고 잔다㊀ **:** 닭의 목을 베고 자다가 닭과 함께 새벽 일찍 깨어난다는 뜻으로, 새벽잠이 없음을 비유하여 이르는 말.

닭의 발목을 먹었느냐㊀ **:** 닭이 발로 자꾸 땅을 헤집어 파는 것처럼 무엇을 자꾸 헤집어 놓는 사람을 핀잔하는 말.

닭의 볏이 될지언정 소의 꼬리는 되지 마라 〔寧爲鷄口 無爲牛後〕 : 크고 훌륭한 자의 뒤를 좇아다니는 것보다는 차라리 작고 보잘것없는 데서 남의 우두머리가 되는 것이 낫다는 말. 닭대가리는 되어도 쇠꼬리는 되지 말라. 닭 볏이 될망정 쇠꼬리는 되지 말라. 닭의 대가리가 소꼬리보다 낫다. 닭의 부리가 될지라도 소의 꼬리는 되지 마라. 닭의 입이 될지라도 소의 꼬리는 되지 마라. 쇠꼬리보다 닭대가리가 낫다. 영위계구언정 무위우후라. 용꼬리 되는 것보다 닭대가리 되는 것이 낫다. 용의 꼬리보다 닭의 머리가 낫다.

닭의 부리가 될지라도 소의 꼬리는 되지 마라 : ⇒ 닭의 볏이 될지언정 소의 꼬리는 되지 마라.

닭의 새끼가 맨발로 다니니까 오뉴월로 안다 : 추운 겨울에 방문을 안 닫고 들어오는 사람에게 핀잔하는 말. 닭의 새끼가 발을 벗으니 오뉴월만 여긴다.

닭의 새끼가 발을 벗으니 오뉴월만 여긴다 : ⇒ 닭의 새끼가 맨발로 다니니까 오뉴월로 안다.

닭의 새끼 봉 되랴 : ⇒ 우마가 기린 되랴.

닭의 입이 될지라도 소의 꼬리는 되지 마라 : ⇒ 닭의 볏이 될지언정 소의 꼬리는 되지 마라.

닭이 꿩 새끼 기르는 격이다 : 아무리 닭이 꿩의 새끼를 잘 길러도 조금만 크면 다 도망가듯이, 자식을 여럿 낳고도 한집에서 함께 사는 자식이 없다는 말.

닭이 높은 곳에 오르면 비가 온다 : 습기를 싫어하는 닭은 저기압이 되면 본능적으로 높은 곳을 오르게 되므로 비 올 것을 짐작할 수 있다는 말.

닭이 닭장에 늦게 오르면 풍년 든다 : 닭이 늦게까지 먹이를 주워 먹다가 닭장에 늦게 오르는 것은 풍년이 들 징조라는 말.

닭이 닭장에 일찍 오르면 흉년 든다 : 닭이 일찌감치 먹이를 주워 먹고 닭장에 오르게 되는 것은 흉년이 들 징조라는 말.

닭이 동짓날 새벽에 열 번 이상 울면 풍년 들고 열 번 이하로 울면 흉년 든다 : 동짓날(양력 12월 22일경) 새벽 닭 울음소리로 풍흉을 점친다는 말.

닭이 동짓날 새벽에 열 번 이하로 울면 흉년이 든다 : 동짓날 새벽에 닭이 열 번 이상 울지 않으면 다음 해 흉년이 들 징조라는 말.

닭이 소 보듯 한다 : ⇒ 닭 소 보듯, 소 닭 보듯 한다.

닭이 쌍둥알을 낳으면 길하다 : 닭이 한 번에 알을 두 개씩 낳거나 노른자위가 두 개인 알을 낳는 것은 집안이 잘될 징조라는 말.

닭이 알을 많이 낳으면 길하다 : 닭이 알을 많이 낳는 것은 재수가 있다는 말.

닭이 천 마리면 봉도 한 마리 있다 : ⇒ 닭이 천이면 봉이 한 마리(가 있다).

닭이 천이면 봉이 한 마리(-가 있다)〔群鷄一鶴〕: 사람이 많으면 그중에는 뛰어난 사람이 있다는 말. 닭이 천 마리면 봉도 한 마리 있다.

닭이 초저녁에 닭장에 오르면 쌀값이 오른다 : 닭이 닭장에 오르는 시각을 보고 쌀 시세를 점치는 말. 닭이 해지기 전에 닭장에 오르면 쌀값이 오른다. 닭장에 닭이 일찍 오르면 곡가가 오르고, 늦게 오르면 곡가가 떨어진다.

닭이 초저녁에 울면 집안이 망한다 : 닭은 새벽에 우는 것이 정상인데, 비정상적으로 초저녁에 울면 불길하다는 말. 저녁에 암탉이 울면 집안이 망한다. 초저녁 닭이 울면 구설이 생긴다.

닭이 텃세하듯 북 **:** ⇒ 개도 텃세한다.

닭이 한밤중에 울면 병란(兵亂)이 있다 : 닭이 새벽 3시경에 울지 않고 12시경에 우는 것은 병란이 있을 징조라는 말.

닭이 해지기 전에 닭장에 오르면 쌀값이 오른다 : ⇒ 닭이 초저녁에 닭장에 오르면 쌀값이 오른다.

닭 잡는 데 소 잡는 칼을 쓴다〔割鷄焉用牛刀〕: 닭 잡는 데 작은 칼을 쓰지 않고 큰 칼을 쓰듯이, 사소한 일을 하는데 지나친 투자를 하거나 실정에 맞지 않는 행위를 한다는 말.

닭 잡아 겪을 나그네 소 잡아 겪는다 : 어떤 일을 처음에 소홀히 하다가 나중에 큰 손해를 보게 됨을 비유하여 이르는 말. 닭 잡아 잔치할 것 소 잡아 잔치한다. 닭 잡아 할 제사 소 잡아 하게 된다. 새 잡아 잔치할 것을 소 잡아 잔치한다.

닭 잡아도 남을 것이 소 잡아도 모자란다〔殺鷄能足 殺牛不足〕: 초기에 서둘렀더라면 간단한 일을 시기를 놓쳐 큰 손해를 보면서 한다는 말.

닭 잡아먹고 오리발 내놓기 : 옳지 못한 일을 저질러 놓고 엉뚱한 수작으로 남을 속여 넘기려 하는 일을 비유하여 이르는 말.

닭 잡아먹고 이웃 인심 잃는다 : ① 제 것을 가지고도 처신을 제대로 하지 못하면 인심을 잃는다는 말. ② 음식은 이웃간에 나누어 먹어야 한다는 말.

닭 잡아 잔치할 것 소 잡아 잔치한다 : ⇒ 닭 잡아 겪을 나그네 소 잡아 겪는다.

닭 잡아 할 제사 소 잡아 하게 된다 : ⇒ 닭 잡아 겪을 나그네 소 잡아 겪는다.

닭장에 닭이 늦게 오르면 풍년 들고 일찍 오르면 흉년 든다 : 닭이 저녁 늦게 닭장에 오르면 풍년이 들고 일찍 오르면 흉년이 들 징조라는 말.

닭장에 닭이 일찍 오르면 곡가가 오르고, 늦게 오르면 곡가가 떨어진다 : ⇒ 닭이 초저녁에 닭장에 오르면 쌀값이 오른다.

닭장에 족제비 몰아 넣는다 : 닭장에 족제비

를 몰아넣어 닭을 몰살시키듯이, 남에게 못할 일을 많이 함을 이르는 말.

닭 쫓던 개 꼴이다 : 한참 애쓰던 일이 실패로 돌아가거나, 서로 경쟁하던 상대가 앞서 가게 되어 막막해짐을 이르는 말.

닭 쫓던 개 울타리 넘겨다보듯 : ⇒ 닭 쫓던 개 지붕(먼산) 바라보듯.

닭 쫓던 개의 상 : ⇒ 닭 쫓던 개 지붕(먼산) 바라보듯.

닭 쫓던 개 지붕(먼산) 바라보듯〔狗逐鷄屋只睇 · 逐鷄犬瞻籬〕: 개에게 쫓기던 닭이 지붕으로 올라가자 개가 쫓아 올라가지 못하고 지붕만 쳐다본다는 뜻으로, 애써 하던 일이 실패로 돌아가거나, 남보다 뒤떨어져 어찌할 도리가 없이 됨을 비유하여 이르는 말. 닭 쫓던 개 울타리 넘겨다보듯. 닭 쫓던 개의 상.

닭 한 마리를 잡아먹어도 인끔이 있어야 잡아먹는다㉻ **:** 닭 한 마리를 잡아먹어도 이웃 간에 신망이 있어야 말썽이 생기지 않는다는 뜻으로, 군중의 신망을 잃으면 아무것도 제대로 이룰 수 없음을 비유하여 이르는 말. *인끔―'인금(사람의 가치나 인격적 됨됨이)'의 북한어.

담배는 꽁초 맛에 피운다㉻ **:** ⇒ 담배는 꽁초 맛이 제일.

담배는 꽁초 맛이 제일㉻ **:** 무엇이든지 풍족할 때는 잘 모르나 부족하거나 없을 때에는 그 참된 맛을 더욱 느끼게 된다는 말. 담배는 꽁초 맛에 피운다.

담배는 용골대(龍骨大)로 피우네 : ⇒ 담배 잘 먹기는 용귀돌일세.

담배씨네 외손자 : 성격이 매우 잘거나 마음이 좁은 사람을 비유하여 이르는 말.

담배씨로 뒤웅박을 판다 : ① 작은 담배씨의 속을 파내고 뒤웅박을 만든다는 뜻으로, 사람이 매우 잘거나 잔소리가 심함을 비유하여 이르는 말. ② 성품이 매우 치밀하고 찬찬하여, 품이 많이 드는 세밀한 일을 잘 함을 비유하여 이르는 말.

담배 잘 먹기는 용귀돌(龍貴乭)일세 : 옛말에 나오는 용귀돌이처럼 담배를 아주 즐기는 사람을 이르는 말. 담배는 용골대로 피우네.

담뱃대로 가슴을 찌를 노릇 : ⇒ 솜뭉치로 가슴(-을) 칠 일(-이다)①.

담뱃불에 언 쥐 구워 먹는다 : 도량이 작아 아무짝에도 쓸모없는 사람을 비유하여 이르는 말. 담뱃불에 언 쥐를 쬐어가며 벗길 놈.

담뱃불에 언 쥐를 쬐어 가며 벗길 놈 : ⇒ 담뱃불에 언 쥐 구워 먹는다.

담벼락을 문이라고 내민다 : 시치미를 떼고 엉뚱한 소리를 하거나, 억지를 써서 우겨댐을 이르는 말.

담벼락하고 말하는 셈이다 : ⇒ 너하고 말하느니 개하고 말하겠다.

담양(潭陽) 갈 놈 : 담양으로 귀양살이를 갈 놈이란 뜻으로, 남을 욕하거나 업신여기어 천하게 이르는 말.

담에도 귀가 달렸다 : ⇒ 벽에도 귀가 있다.

담을 것은 많은데 광주리가 작다㉻ **:** 해야 할 일은 많은데 그것을 감당할 만한 여러 가지 준비나 역량이 부족함을 비유하여 이르는 말.

담을 쌓고 벽을 친다 : 의좋게 지내던 관계를 끊고 서로 철저하게 등지고 삶을 비유하여 이르는 말.

담을 쌓았다 헐었다 한다 : 이렇게도 궁리하여 보고 저렇게도 궁리하여 봄을 비유하여 이르는 말.

답답한 놈이 소지(所志) 쓴다 : ⇒ 목마른 놈이 우물 판다. *소지―예전에, 청원이 있을 때에 관아에 내던 서면.

답답한 놈이 송사(訟事)한다 : ⇒ 목마른 놈이 우물 판다.

닷곱에 참녜 서 홉에 참견 : 지나치게 사소한 일까지 간섭한다는 말.

닷곱 장님 : 반쯤 장님이란 뜻으로, 시력이 아주 약한 사람을 놀림조로 이르는 말.
* 닷곱은 5홉[合], 즉 한 되의 절반이니 닷곱 장님은 반(半)장님을 뜻한다.

닷 돈 보고 보리밭에 갔다가 명주 속옷 찢었다 : 작은 이익을 얻으려다가 도리어 큰 손해를 봄을 이르는 말.

닷돈 추렴[出斂]에 두 돈 오 푼을 내었나 : 여럿이 모인 자리에서 발언권을 얻지 못하거나 업신여김을 당하는 경우를 불만조로 이르는 말.

닷새를 굶어도 풍잠(風簪) 멋으로 굶는다 : 체면 때문에 곤란을 무릅씀을 비유하여 이르는 말. * 풍잠-망건의 당 앞쪽에 꾸미는 물건.

당겨 놓은 화살을 놓을 수 없다 : 이미 만반의 준비를 갖추고 시작한 일을 도중에 그만두어서는 안 된다는 말.

당구 삼 년에 폐풍월[堂狗風月] : ⇒ 서당 개 삼 년에 풍월(-을) 한다(읊는다·짓는다).

당금(唐錦) 같다 : 매우 훌륭하고 귀하다는 말.

당나귀가 법석을 부리면 비가 온다 : 당나귀가 기압 변화를 촉감하고 법석을 떤다는 데서 나온 말로, 비가 올 징조를 이르는 말.

당나귀 귀 치레 : 당나귀의 큰 귀에다 여러 가지 치레를 잔뜩 한다는 뜻으로, 당치 않은 곳에 어울리지 않게 쓸데없는 치레를 하여 오히려 겉모양을 흉하게 만듦을 비유하여 이르는 말.

당나귀 량반 쳐다보듯㊓ : 당나귀가 양반이 나타나도 굽실거리거나 반가워하는 기색이 없이 심드렁하게 쳐다본다는 뜻으로, 반기는 기색이 없이 멍하니 쳐다보고 있음을 비유하여 이르는 말.

당나귀 량반 행세를 하려 든다㊓ : ① 양반을 태우는 당나귀까지 양반 행세를 하려 든다는 뜻으로, 권세 있는 자를 믿고 우쭐대며 행세를 하려고 함을 비유하여 이르는 말. ② 분수없이 되지도 않을 일을 바라는 가소로운 짓을 비유하여 이르는 말.

당나귀 못된 것은 생원(生員)님만 업신여긴다 : 못된 사람일수록 윗사람이나 남을 격에 맞지 아니하게 깔봄을 이르는 말.

당나귀 새낀가 보다 술 때 아는 걸 보니 : 술 잘 먹는 사람이 술 먹을 때를 용하게 알아서 오는 경우를 비유하여 이르는 말.

당나귀 찬물 건너가듯 : 글을 읽을 때에 막히지 아니하고 술술 읽어 내려감을 이르는 말.

당나귀 하품한다고 한다 : 당나귀가 우는 것을 보고 귀머거리는 하품하는 줄 안다는 뜻으로, 귀머거리의 판단 능력을 조롱하는 말.

당닭의 무녀리냐 작기도 하다 : 당닭의 첫배로 난 무녀리처럼 작다는 뜻으로, 여럿 가운데서 가장 작음을 이르는 말. * 당닭-몸집이 작은 닭의 한 품종. * 무녀리[←문(門)열이]-① 태(胎)로 낳는 짐승의 맨 먼저 나온 새끼. ② 언행이 좀 모자라고 못난 사람의 비유.

당랑이 수레를 버티는 셈[螳螂拒轍] : 미약한 제 분수도 모르고 강자에게 덤벼드는 무모한 짓을 비유하여 이르는 말.

당산 나뭇잎이 한꺼번에 피면 시절이 좋다 : 당산 나뭇잎이 한꺼번에 피면 그해에 비가 알맞게 와서 모심기에 좋기 때문에 풍년이 든다는 말.

당장 먹기엔 곶감이 달다 : ① 당장 먹기 좋고 편한 것은 그때 잠시뿐이지 정작 좋고 이로운 것은 못 된다는 말. ② 나중에 가서야 어떻게 되든지 당장 하기 쉽고 마음에 드는 일을 잡고 시작함을 비유하여 이르는 말.

당차련 바지 저고리 : 더러운 의복을 이르는 말. * 당차련-'당채련(때 묻어서 반질반질해진 옷을 비유적으로 이르는 말)'의 잘못.

대가리가 터지도록 너희끼리 싸워라, 내가 알

바 없다 : 어떤 일에 자기는 상관하지 않겠다는 말.

대가리를 삶으면 귀까지 익는다 : 가장 중요한 것만 처리하고 나면 나머지 일은 따라서 해결됨을 비유하여 이르는 말.

대가리를 싸고 덤빈다 : 죽기 살기로 기를 쓰며 대듦을 이르는 말.

대가리를 잡다가 꽁지(꼬리)를 잡았다 : 큰 것을 바라다가 겨우 조그마한 것밖에 얻지 못하였음을 비유하여 이르는 말.

대가리보다 꼬리가 크다 : 주된 것보다 부차적인 것이 더 많거나 크다는 말.

대가리에 쉬 슨 놈 : 어리석고 둔한 사람을 비유하여 이르는 말.

대가리에 피도 마르지 않았다 : 아직 나이가 어림을 비유하여 이르는 말.

대감 댁 소 백정 무서운 줄 모른다 : 대감 집 소는 대감 세력을 믿고 백정을 무서워하지 않듯이, 권세를 가진 고관의 아랫사람들은 법 무서운 줄 모르고 함부로 행동한다는 말.

대감 말이 죽었다면 먹던 밥을 밀쳐놓고 가고, 대감이 죽었다면 먹던 밥 다 먹고 간다 : ⇒ 대감 죽은 데는 안 가도 대감 말 죽은 데는 간다.

대감 죽은 데는 안 가도 대감 말 죽은 데는 간다 : 세상 인심이 이악하여 자기의 이익만을 좇아 움직인다는 말. * 이악하다－자기의 이익에만 정신이 있다. 대감 말이 죽었다면 먹던 밥을 밀쳐놓고 가고 대감이 죽었다면 먹던 밥 다 먹고 간다. 정승 말(개, 당나귀) 죽은 데는 (문상을) 가도 정승 죽은 데는 (문상을) 안 간다. 호장댁네 죽은 데는 가도 호장 죽은 데는 가지 않는다.

대경주인(代京主人)을 보았나 : 경주인이 관청으로부터 벌을 받을 때 사람을 사서 대신 벌을 받게 한 데서 비롯된 말로, 집 없는 사람이 죄 없이 무수히 매를 맞고 고생함을 이르는 말.

대국(大國) 고추는 작아도 맵다 : ⇒ 작은 고추가 더 맵다.

대궐(大闕) 역사(役事)는 한이 없다 : 대궐 짓는 일과 같은 나라의 일은 끝이 없어 백성들이 늘 고생이라는 말.

대꼬챙이로 째는 소리를 한다 : 유난히 날카로운 소리를 빽 지름을 이르는 말.

대 끝에서 대가 나고 싸리끝에서 싸리가 난다 : ⇒ 콩 심은 데 콩 나고 팥 심은 데 팥 난다.

대 끝에서도 삼 년이라 : 까딱하다가는 떨어지고 마는 대나무 끝에서도 3년을 견딘다는 뜻으로, 어려운 일을 당해서도 참고 견딤을 비유하여 이르는 말.

대나무 그루에선 대나무가 난다 : ⇒ 콩 심은 데 콩 나고 팥 심은 데 팥 난다.

대나무에서 대 난다 : ⇒ 콩 심은 데 콩 나고 팥 심은 데 팥 난다.

대낮에 도깨비에 홀렸나(홀린 격) : 도무지 이해가 되지 않는 일을 당한 경우를 이르는 말.

대낮에 마른벼락 : 뜻밖의 일로 당한 화를 비유적으로 이르는 말. 마른날에 날벼락. 마른날에 벼락 맞는다. 청천 하늘에 날벼락.

대낮에 옛말하면 흉년 든다[북] **:** 한창 부지런하게 일해야 할 대낮에 한가하게 옛말이나 하고 있으면 흉년이 든다는 뜻으로, 부지런하게 열심히 일하라는 말.

대낮의 올빼미 : 어떤 사물을 보고도 알아보지 못하고 멍청하게 있는 것을 비유하여 이르는 말.

대내 한 놈의 적은 대외 백 놈의 적보다 더 무섭다[북] **:** ⇒ 백 명의 외적보다 한 명의 내적이 더 위험하다.

대대 곱사등이 : 아비의 잘못을 자식이 닮아서 낳는 족족 그러함을 이르는 말.

대동강 배 지나간 자리 : ⇒죽 떠먹은 자리(-라).

대동강에서 모래알 줍기㉻ : 아무리 애써도 보람이 없는 일을 비유하여 이르는 말.

대들보 썩는 줄 모르고 기와장 아낀다㉻ : 장차 크게 손해 볼 것을 모르고 당장 물건이 아깝거나 돈이 좀 든다고 작은 것을 아끼는 어리석은 행동을 이르는 말.

대로 한길 노래로 열라 : 큰길을 노래를 부르며 가라는 뜻으로, 낙관적인 마음으로 앞길을 개척해 나가라는 말. 대로 한길을 언제나 웃으며 즐겁게 가라㉻.

대로 한길을 언제나 웃으며 즐겁게 가라㉻ : ⇒ 대로 한길 노래로 열라.

대(大)를 살리고 소(小)를 죽이다 : 부득이한 경우에는 큰 것을 살리기 위하여 작은 것을 희생시킨다는 말.

대면(對面) 박대(薄待)는 못 한다 : 사람을 앞에 두고 욕하거나 박대하지 말라는 말.

대명전 대들보의 명매기 걸음 : ⇒ 백모래밭에 금자라 걸음. * 명매기-귀제비(제빗과의 여름 철새).

대모관자(玳瑁貫子) 같으면 되겠다 : 쓸모가 많아서 여러 방면에서 자주 찾아주는 사람이 많았으면 좋겠다는 말.

대모관자 같으면 뛰겠다 : 대모관자라도 너무 자주 끈을 매었다 풀었다 하면 그 끈이 떨어지겠다는 뜻으로, 사람을 너무 자주 부를 때 쓰는 말.

대목장에 해금통이 깨진다㉻ : 가장 요긴한 대목에 가서 일이 틀어짐을 비유하여 이르는 말.

대못박이 : 대로 만든 못은 물건을 뚫을 수 없으니, 가르칠 수도 없는 우둔한 사람을 비유하여 이르는 말.

대문 밖이 저승이라 : ① 죽는 일이 나와는 아무 관계없이 먼 곳의 일 같지만 실상은 아주 가깝다는 뜻으로, 사람의 목숨이 덧없음을 이르는 말. ② 머지않아 곧 죽게 될 것임을 비유하여 이르는 말 문턱 밑이 저승이라. 저승길이 대문 밖이다①.

대문이 가문(家門) : ① 아무리 가문이 높더라도 가난하여 집채나 대문이 작으면 위엄이 없어 보인다는 말. ② 겉보기가 훌륭하여야 남에게 위압을 준다는 말.

대문 턱 높은 집에 정강이 높은 며느리 들어온다 : ⇒ 문턱 높은 집에 무종아리 긴 며느리 생긴다.

대보름 달빛이 붉으면 그해 가문다 : 달이 붉다는 것은 하늘이 건조하다는 것을 나타내므로, 이런 경우에는 계속 날씨가 좋아 가문다는 말.

대보름 달빛이 희면 비가 오고 붉으면 가뭄이 든다 : 달빛이 희면 구름을 상징하는 것이므로 비가 많이 오고, 붉으면 불을 상징하는 것이므로 가뭄이 든다는 말.

대보름달은 맑아야 풍년이 든다 : 정월 대보름에는 맑아서 보름달을 볼 수 있어야 그해에 풍년이 든다는 말.

대보름달이 남쪽으로 기울면 해안 지방이 풍년 들고 북쪽으로 기울면 산골이 풍년 든다 : 농가(農家)에서 목영점(木影占)이라 하여 긴 막대를 세워 그림자로 풍흉(豊凶)을 점치는 풍속이 있었는데, 이에서 유래되어 보름달의 방향을 기준으로 풍흉을 점치던 말.

대보름달이 뚜렷하고 누른색이면 풍년이 든다 : 농가에서 풍년을 기원하는 '달집태우기'라는 놀이를 하면서 달을 바라보고 그 빛깔에 따라 풍흉을 점치던 말.

대보름달이 인방(寅方)에서 뜨면 평안도 황해도가 풍년 들고 진방(辰方)에서 뜨면 강원도 함경도가 풍년 든다 : 농가에서 '쥐불놀이'라 하여 풍년을 기원하는 놀이를 하면서 달이 뜨는 위치에 따라 풍흉을 점치던 말. * 인방-동동북(東東北). * 진방-동동남(東東南).

대부등(大不等) 감은 자랄 때부터 다르다㉻ :

⇒ 잘 자랄 나무는 떡잎부터 안다. ＊대부등–아름드리의 매우 굵은 나무. 또는 그런 재목.

대부등에 곁낫질이라 : 큰 아름드리 나무를 조그마한 낫으로 베려는 것과 같다는 뜻으로, 세력이 아주 큰 것에 몹시 작은 것으로 덤비려 함을 비유하여 이르는 말. 개미가 정자나무 건드린다.

대 뿌리에서 대가 난다 : ⇒ 콩 심은 데 콩 나고 팥 심은 데 팥 난다.

대사 뒤에 병풍 지고 나간다 : 남의 집 잔치에 왔다가 병풍을 지고 간다는 뜻으로, 너무도 염치없는 짓을 함을 이르는 말.

대사에 낭패 없다 : 관혼상제(冠婚喪祭)와 같은 큰일은 시작만 해 놓으면 어떻게든 치러 내게 된다는 말.

대사집 맏며느리북 **:** 대사를 치르는 집의 맏며느리는 모든 부엌일을 살펴야 하므로 정신을 차릴 수 없게 된다는 뜻으로, 몹시 바빠서 어리둥절하고 정신없는 사람을 비유하여 이르는 말.

대소한에 소 대가리가 얼어 터진다북 **:** 살아 있는 소의 대가리가 얼어서 터질 만큼 소한과 대한의 추위가 몹시 지독하다는 말.

대신(大臣) 댁 송아지 백정(白丁) 무서운 줄 모른다 : 남의 권력만 믿고 안하무인격(眼下無人格)으로 행동하거나 거만을 부리는 사람을 이르는 말. 대신 집 강아지 범 무서운 줄 모른다.

대신 집 강아지 범 무서운 줄 모른다 : ⇒ 대신 댁 송아지 백정 무서운 줄 모른다.

대장(冶匠)의 집에 식칼이 논다(冶家無食刀·鐵冶家世 食刀乏些) : 칼을 만드는 대장장이의 집에 식칼이 없다는 뜻으로, 어떠한 물건이 흔하게 있을 법한 곳에 오히려 많지 않거나 없음을 비유하여 이르는 말. ＊대장–대장장이, 야장(冶匠). 대장장이 집에 식칼이 놀고 미장이 집에 구들장 빠진 게 삼 년 간다. 대장쟁이 집에 식칼이 없고 목수 집에 칼도마가 없다북. 야장간에 식칼이 없다(놀다)북. 짚신장이 헌 신 신는다.

대장장이는 이어 늘이는 솜씨가 있어서 잘산다북 **:** 대장장이의 살림이 보기보다는 괜찮음을 비유하여 이르는 말.

대장장이 집에 식칼이 놀고, 미장이 집에 구들장 빠진 게 삼 년 간다 : ⇒ 대장의 집에 식칼이 논다.

대장쟁이 집에 식칼이 없고, 목수 집에 칼도마가 없다북 **:** ⇒ 대장의 집에 식칼이 논다.

대중(大衆)은 말없는 스승이다북 **:** 평범한 사람으로부터 창조적 지혜와 풍부한 지식과 경험을 배우게 된다는 말.

대천(大川)가 논은 사지 말랬다 : 옛날 제방 시설이 되어 있지 않았을 때, 큰 냇가의 논은 수해를 입을 위험성이 많으므로 아예 사지 말라는 말. 대천가의 논은 살 것이 아니다.

대천가의 논은 살 것이 아니다 : ⇒ 대천가 논은 사지 말랬다.

대천 바다도 건너 봐야 안다 : ⇒ 물은 건너 보아야 알고, 사람은 지내 보아야 안다.

대천 바다 육지 되어 행인이 다니거든 : 도저히 이루어질 가망이 없는 일이어서 기약할 수 없음을 이르는 말.

대추가 콧구멍에 들어가면 딸네 집에도 가지 말랬다 : 대추 열매가 코에 들어가는 시기는 모심기와 보리타작으로 농번기일 뿐 아니라, 식량도 겨우 햇보리를 먹을 때이므로 친한 사람 집에도 가지 말라는 말.

대추가 풍년 드는 해는 벼도 풍년 든다 : 대추가 풍년이 들면 벼농사도 풍년이 든다는 말.

대추꽃은 늦게 피어도 열매는 먼저 익는다 : 대추꽃은 6월 초순에 피어도 대추는 9월 중순이면 익듯이, 무슨 일을 늦게 시작해도 먼저 끝낸다는 말.

대추꽃이 피면 모심기를 시작한다 : 옛날 재

래종 벼는 지금보다 모심기를 늦게 하였기 때문에 대추 고장인 청산, 보은 지방에서는 대추꽃이 피는 것을 기준 삼아 모심기를 하였다는 말.

대추나무 방망이다 : 대추나무 방망이같이 단단하여 어렵고 힘든 일이라도 능히 참고 견딜 수 있다는 말.

대추나무에 연 걸리듯 (했다) : 여기저기에 빚이 많이 걸려 있음을 비유하여 이르는 말.

대추나무 한 그루 털어서 딸 시집보낸다 : 대추 고장인 청산·보은 지방에서는 큰 대추나무 한 그루만 털어도 딸 시집보낼 밑천이 될 정도로 수익성이 좋다는 말.

대추나 별초나 : 대추나 별초(큰 대추)나 동일한 것을 가지고 이러니저러니 시비할 것이 못 된다는 말.

대추는 들판을 보면서 열린다 : 대추나무는 들판을 보면서 벼가 풍년이 들면 대추도 풍년이 들고, 벼가 흉년이 들면 대추도 따라서 흉년이 든다는 뜻으로, 벼와 대추는 풍흉을 같이한다는 말.

대추를 보고 안 먹으면 늙는다 : 대추 고장에서는 인심이 좋아서 어느 집을 가나 주인이 대추를 먹으라고 하지 않아도 대추를 보고 안 먹으면 늙는다고 하여 으레 몇 개씩 먹는다는 말.

대추를 코에 꽂아 가며 늦모는 심는다 : 늦모는 대추가 콧구멍에 들어갈 때까지 심어도 수확이 가능하다는 말.

대추를 통째로 삼킨다 : 사물을 흐리멍덩하게 이해하고 대충 넘어가는 것을 비유하여 이르는 말.

대추 서리는 바가지 쓰고 한다 : 밤에 여러 사람이 주인 모르게 대추 서리를 할 때는 머리에 바가지를 쓰고 나무에 올라가서 머리를 흔들면 대추가 바가지에 닿아 달각거리는 소리가 나는데, 이때 소리 나는 곳에서 대추를 따면 가시에 찔리지도 않고 쉽게 많이 딸 수 있다는 말.

대추씨 같다 : 키는 작으나 성질이 야무지고 단단하여 빈틈이 없는 사람을 두고 이르는 말.

대통 맞은 병아리 같다 : 남에게 얻어맞거나 의외의 일을 당하여 정신이 멍함을 이르는 말. *대통—담뱃대 아래에 맞춘 담배 담는 부분.

대포로 참새를 쏘는 격㊍ **:** 보잘것없는 일이나 사물 때문에 엄청나게 큰 대책을 세우며 야단법석을 떠는 것을 비유하여 이르는 말.

대풍(大豊) 호시절(好時節)에 흉년 농사짓는다 : 큰 풍년이 들어 온 세상 사람들이 즐거워하는데 자기만 흉년이 들어 원통하다는 말.

대학(大學)을 가르칠라 : ① 미련한 자가 어리석은 말을 함을 비유하여 이르는 말. *농부가 촌 선생에게서 『대학』을 배우다가 답답하여 공부를 단념하고 돌아가서 밭을 가는데 소가 말을 듣지 않자 소에게 대학을 가르칠까 보다고 하였다는 데서 유래된 속담. ② ㊍ 고통을 당하게 해 주겠다는 뜻으로 이르는 말.

대한(大寒) 끝에 양춘(陽春)이 있다〔苦盡甘來〕 : ① 어렵고 괴로운 일을 겪고 나면 좋은 일도 있음을 비유하여 이르는 말. ② 세상의 일은 돌고 도는 것임을 비유하여 이르는 말.

대한에 얼어 죽은 사람은 없어도, 소한에 얼어 죽은 사람은 있다 : ⇒ 소한에 얼어 죽은 사람은 있어도, 대한에 얼어 죽은 사람은 없다.

대한이 소한의 집에 가서 얼어 죽는다 : ① 대한 때보다 소한 때가 더 추울 때 하는 말. ② 소문과 실제가 다르다는 말. 소한의 얼음 대한에 녹는다①. 소한이 대한의 집에 몸 녹이러 간다㊍. 추운 소한은 있어도 추운 대한은 없다. 춥지 않은 소한 없고 추운 대한 없다.

**대한치고 안 따뜻한 대한 없고 소한치고 안

추운 소한 없다 : 대한 추위는 풀리는 추위라 덜 춥고, 소한은 한창 추울 때라 대한보다 더 춥다는 말. 소한치고 안 추운 소한 없고 대한치고 안 따순 대한 없다. 안 추운 소한 없고 안 따순 대한 없다. 추운 대한 없고 안 추운 소한 없다.

대한(大旱) 칠 년 비 바라듯 : 7년이나 계속되는 큰 가뭄에 비 오기를 바란다는 뜻으로, 어떤 소망을 몹시 간절하게 바람을 비유하여 이르는 말. 칠 년 가뭄에 비 바라듯 한다. 칠년대한에 대우 기다리듯(바라듯). 칠년대한에 비 바라듯.

댑싸리 밑의 개팔자 : ⇒ 오뉴월 댑싸리 밑의 개 팔자.

댓구멍으로 하늘을 본다 : ⇒ 바늘구멍으로 하늘 보기.

댓새를 굶으니까 쌀자루 든 놈이 온다 : 굶다가 보면 식량이 생기는 수가 있듯이, 곤경을 참아내면 잘 풀리게 된다는 말.

댓진 먹은 뱀(배암) : 뱀이 댓진을 먹으면 죽으니, 곧 운명이 결정된 사람을 이르는 말. *댓진-니코틴.

댓진 먹은 뱀대가리, 똥지른 막대 꼬챙이 : 성격이 멋없이 꼬장꼬장한 사람을 이르는 말.

댕기 끝에 진주 : 아주 소중하고 보배로운 것을 이르는 말.

댕기는 불에 검불 집어 넣는다 : 무엇을 더하자마자 이내 소비되어 없어져 버림을 이르는 말.

더도 말고 덜도 말고 늘 한가윗날만 같아라 : 추석에는 음식이 풍성하고 즐거운 놀이로 밤낮을 지내므로, 언제나 잘 먹고 잘 입고 놀고만 지냈으면 하는 소원을 이르는 말.

더러운 것을 보고 누에를 보면 누에가 병든다 : 누에는 깨끗이 정성을 들여 키워야 하는데, 만일 부정한 것을 보고 누에를 손질하면 병이 든다는 말.

더러운 처(妻)와 악(惡)한 처가(첩이) 빈 방보다 낫다 : 아무리 나쁜 아내라도 혼자 사는 것보다 낫다는 말.

더벅머리 댕기 치레하듯 : 본바탕이 좋지 않은데 당치도 않게 겉치레를 하여 오히려 꼴만 사나운 모양을 이르는 말.

더부살이가 주인마누라 속곳 베 걱정 한다 : 남의 집에 더부살이하면서 제 옷도 변변히 못 입는 형편에 주인집 마누라의 속곳 마련할 걱정을 한다는 뜻으로, 주제넘게 남의 일에 대하여 걱정함을 비유하여 이르는 말. 더부살이 환자 걱정. 셋방살이군이 주인집 마누라 속곳 걱정한다[북]. 오뉴월 더부살이 환자 걱정한다[북]. 칠월 더부살이가 주인마누라 속곳 걱정한다.

더부살이 환자(還子) 걱정 : ⇒ 더부살이가 주인마누라 속곳 베 걱정 한다. *환자-각 고을의 사창(社倉)에서 백성에게 꾸어 주었던 곡식을 가을에 받아들이는 일. 더부살이가 주인마누라 속곳 베 걱정한다.

더운 국에 국수사리 풀어지듯[북] : 어떤 일이 쉽게 되어 감을 비유하여 이르는 말.

더운밥 먹고 식은 말 한다 : 하루 세 끼 더운밥 먹고 살면서 실없는 소리만 한다는 말. 더운밥 먹고 식은 소리 한다[북].

더운밥 먹고 식은 소리 한다[북] : ⇒ 더운밥 먹고 식은 말 한다.

더운 술을 불고 마시면 코끝이 붉어진다 : 술을 불며 마시지 말라고 이르는 말.

더운 죽에 파리 날아들듯 : 무턱대고 덤벙이다가 곤경에 빠짐을 비유하여 이르는 말.

더운 죽에 혀 데기 : ① 더운 죽에 혀를 대면 덴다는 것을 뻔히 알면서도 어리석게 혀를 댄다는 뜻으로, 그르칠 것이 뻔한 일을 하는 것을 비유하여 이르는 말. ② 대단치 않은 일에 낭패를 보아 비록 짧은 동안이나마 어찌할 바를 모르는 것을 비유하여 이

르는 말.

더워서 못 먹고 식어서 못 먹고 : 이런저런 구실과 조건을 대면서 이러쿵저러쿵 불만이 많음을 비유하여 이르는 말.

더위가 가면 그늘 덕을 잊는다 : 은혜를 모르고 감사할 줄 모르는 사람을 나무라는 말.

더위는 세 번 엎드리면〔伏〕 간다 : 초복·중복·말복 세 번만 지내 놓으면 더위가 가시고 가을이 다가와 서늘해진다는 말.

더위 먹은 소가 달을 보고 피한다Ⓑ **:** ⇒ 자라 보고 놀란 가슴 소댕(솥뚜껑) 보고 놀란다.

더위 먹은 소 달만 보아도 헐떡인다〔吳牛喘月〕 : ⇒ 자라 보고 놀란 가슴 소댕(솥뚜껑) 보고 놀란다.

덕금(德今) 어미냐 잠도 잘 잔다 : 잠이 많은 사람을 비유하여 이르는 말. *덕금어미−게을러 잠이 많은 사람을 놀리는 말.

덕석에 참새 떼 앉은 격Ⓑ **:** 소잔등을 덮어 준 덕석에 참새 떼가 되는대로 내려앉은 격이라는 뜻으로, 어중이떠중이가 모여든 모양을 비유하여 이르는 말. *덕석−겨울철에 소나 말의 등을 덮어 보온하는 일종의 덮개.

덕석이 멍석이라고 우긴다 : 어떤 사물을 사실에 맞지 않게 마구잡이로 우겨댐을 비유하여 이르는 말. 덕석이 멍석인 듯(-이).

덕석이 멍석인 듯(-이) : ⇒ 덕석이 멍석이라고 우긴다①.

덕은 덕으로 대하고 원쑤는 원쑤로 대하라Ⓑ **:** 자기를 좋게 대하는 사람에 대해서는 선의로 대하고, 자기를 해치려는 원수에 대해서는 원수로 대하여야 한다는 말.

덕을 원쑤로 갚는다Ⓑ **:** ⇒ 은혜를 원수로 갚는다.

던져 마름쇠 : ① 마름쇠는 누구나 던지면 틀림없이 꽂히고 한쪽은 위로 솟는 데서 비롯된 말로, 어떤 일에 별로 숙달치 못한 사람도 능히 할 수 있음을 비유하여 이르는 말. ② 어떻게든 정해진 경우밖에 되지 않음을 비유하여 이르는 말. *마름쇠−서너 개의 발 끝이 송곳처럼 뾰족한 쇠못. 도둑이나 적을 막기 위하여 흩어 두었다.

덜 곪은 부스럼에 아니 나는 고름 짜듯 : 상을 찌푸리는 모양을 비유하는 말.

덜미에 사잣밥(使者-)을 짊어졌다 : ⇒ 사잣밥(-을) 싸 가지고 다닌다.

덜미를 잡다(쥐다) : 꼼짝 못하게 한다는 말.

덜미(-를) 잡히다 : 못된 일을 꾸미다가 발각됨을 이르는 말.

덜 여문 씨앗은 배 안 병신과 같다〔種之竊者如胎元之有病〕 : 농사에서는 종자가 좋아야 하므로 덜 여문 씨앗을 종자로 사용해서는 안 된다는 말.

덤불이 커야 도깨비가 난다 : ⇒ 숲이 깊어야 도깨비가 나온다.

덩갈나무 회초리 나고, 바늘 간 데 실 간다 : 두 물건이나 두 사람이 붙어 다님을 뜻하는 말.

덩더꿍이(-의) 소출 : 무당이나 기생에게는 항상 살아갈 재산이 없는데 임시 수입으로 부(富)하기도 하고 궁(窮)하기도 함을 비유한 데서 나온 말로, 먹고살아갈 일정한 재산이 없는 사람이 임시의 수입으로 그때그때 돈이 생기면 흔하게 쓰고 없으면 어렵게 지냄을 가리키는 말.

덩덕새대가리 같다 : 머리가 헝클어짐을 비유하는 말.

덩덩하니 굿만 여겨 : ⇒ 덩덩하니 문 너머 굿인 줄 아느냐.

덩덩하니 문 너머 굿인 줄 아느냐 : 무엇이 얼씬만 하여도 무슨 좋은 일이나 구경거리가 있는 줄 알고 속단함을 비유하여 이르는 말. 덩덩하니 굿만 여겨.

덫에 치인 범이요 그물에 걸린 고기라 : 꼼짝없이 막다른 처지에 몰린 형세가 됨을 비유하여 이르는 말. 낚시바늘에 걸린 생선. 미끼를 삼켜 버린 물고기 북.

덮어놓고 닷 냥 금 : 내용을 살피지 않고 아무렇게나 판단하는 행동을 일컫는 말. 덮어놓고 열넉(열닷) 냥 금.

덮어놓고 열넉(열닷) 냥 금 : ⇒ 덮어놓고 닷 냥 금.

덴 데 털 안 난다 : 한 번 크게 낭패를 보면 다시 일어나기 어렵다는 말.

덴 소 날치듯 : 불에 덴 소가 이리 뛰고 저리 뛰며 날치듯 한다는 뜻으로, 물불을 가리지 못하고 함부로 날뜀을 비유하여 이르는 말.

도가(導駕) 적간(摘奸) 지나간 듯하다 : 일한 것이 시원스럽고 훤칠함을 이르는 말. * 도가-임금의 거둥 때 길을 쓸고 황토를 펴던 일. * 적간-부정한 일이 있나 없나를 살피어 캐냄.

도감포수(都監砲手) 마누라 오줌 짐작하듯 : 도감포수가 새벽에 영내(營內)에 들어갈 때 그 시각을 마누라가 오줌 누는 시간으로 짐작한다는 뜻으로, 분명하지 않은 일을 짐작으로 판단하고 믿으면 낭패하기 쉽다는 말. 도감포수의 오줌 짐작이라.

도감포수의 오줌 짐작이라 : ⇒ 도감포수 마누라 오줌 짐작하듯.

도갓집(都家-) 강아지 같다 : ⇒ 눈치가 빠르기는 도갓집 강아지.

도깨비감투 끈 같다 북 **:** 나타났다 사라졌다 하는 도깨비감투 끈 같다는 뜻으로, 어떻게 된 것인지 도무지 알 수 없는 것을 비유하여 이르는 말.

도깨비감투를 뒤집어쓰다 북 **:** 무슨 도깨비판에 걸렸는지 이름 모를 감투를 쓰게 되었다는 뜻으로, 똑똑히 알지도 못할 억울한 누명을 뒤집어씀을 비유하여 이르는 말.

도깨비 기왓장 뒤듯 : ① 집안이 망하려면 도깨비가 기왓장을 뒤져 흐트러뜨린다는 이야기에서 나온 말로, 쓸데없이 이것저것 분주하게 뒤지기만 하는 모양을 비유하여 이르는 말. ② 남 보기에 분주하게 일을 엄벙덤벙하는 모양을 이르는 말. 도깨비 수키왓장 뒤듯. 도깨비 얼음장 뒤듯(뒤지듯) 북.

도깨비놀음 : 갈피를 잡을 수 없도록 일이 괴상하게 되어 감을 이르는 말.

도깨비는 몽둥이로 조겨야 한다 북 **:** ① ⇒도깨비는 방망이로 떼고 귀신은 경으로 뗀다. ② ⇒ 미친개에게는 몽둥이가 제격.

도깨비는 방망이로 떼고 귀신은 경으로 뗀다 : 귀찮은 존재를 떼는 데는 특수한 방법이 있다는 말. 도깨비는 몽둥이로 조겨야 한다 북①.

도깨비는 복숭아 몽둥이로 쫓아야 한다 : 도깨비나 귀신은 복숭아를 싫어하기 때문에 도깨비를 쫓는 데는 복숭아나무가 제일이라는 말.

도깨비는 쳐다볼수록 커 보인다 북 **:** 무슨 일에서나 대담하지 못하고 무서워하기만 하면 더욱 무서워지기 마련임을 비유하여 이르는 말.

도깨비 달밤에 춤추듯 : 멋없이 거드럭거리는 모양을 비유하여 이르는 말.

도깨비 대동강(大洞江) 건너듯 : 사건의 진행이 눈에 띄지는 않으나 그 결과가 빨리 나타남을 이르는 말.

도깨비도 수풀이 있어야 모인다 : ⇒ 소도 언덕이 있어야 비빈다.

도깨비도 수풀이 있어야 재주를 피운다 : 아무리 재능이 있는 사람일지라도 일정한 조건이 마련되어야 그 재능을 나타낼 수 있음을 비유하여 이르는 말.

도깨비 땅 마련하듯 : 무엇을 하기는 하나 결국 아무 실속 없이 헛된 일만 하는 경우를 비유하여 이르는 말.

도깨비를 사귀었나(다) : 까닭도 모르게 재산이 부쩍부쩍 늘어가는 경우를 비유하여 이르는 말.

도깨비방망이 : ① 도깨비가 가지고 다닌다는 방망이로, 이것을 휘두르면 소원이 이루어진다고 함. ② 북 아무 목적과 방향도 없이 마구 휘두르는 방망이. ③ 북 까닭을 알 수 없는 물건을 비유하여 이르는 말.

도깨비 사귄 셈이라 : 귀찮은 자가 조금도 곁을 떠나지 않고 늘 따라다님을 이르는 말.

도깨비 살림 : 있다가도 금방 없어지고 없다가도 금방 생기는, 불안한 살림을 비유하여 이르는 말.

도깨비 수키왓장 뒤듯 : ⇒ 도깨비 기왓장 뒤듯.

도깨비 쓸개라 : 무엇이나 보잘것없이 작고 추잡한 것을 비유하여 이르는 말.

도깨비 씨름 (같다) 북 : 도깨비들이 서로 어울려 씨름하듯이, 결판 없이 서로 옥신각신만 하는 것을 비유하여 이르는 말.

도깨비 얼음장 뒤듯(뒤지듯) : ⇒ 도깨비 기왓장 뒤지듯.

도깨비에게 홀린 것 같다 : 일의 내막을 도무지 모르고 어떤 영문인지 정신을 차릴 수 없다는 말.

도깨비 음모(陰毛) 같다 : 사물이 서로 비슷함을 비유하여 이르는 말.

도깨비장난 같다 : 하는 짓이 분명하지 아니하여 갈피를 잡을 수 없음을 비유하여 이르는 말.

도깨비 헝겊 막대기 북 : 도깨비가 붙는다는, 헝겊 나부랭이가 너덜너덜한 막대기라는 뜻으로, 너절하고 하찮게 보이는 것을 비유하여 이르는 말.

도끼가 제 자루 깎지 못한다 : ⇒ 도끼가 제 자루 못 찍는다.

도끼가 제 자루 못 찍는다 : 자기의 허물을 자기가 알아서 고치기 어려움을 비유하여 이르는 말. 도끼가 제 자루 깎지 못한다.

도끼 가진 놈이 바늘 가진 놈을 못 당한다 : 도끼 같이 큰 무기를 가지고 있다 하여 상대편의 사정을 봐주다가는 도리어 바늘을 가지고 있는 사람에게 진다는 말. 바늘 가진 사람이 도끼 가진 사람 이긴다.

도끼는 날을 달아(갈아) 써도 사람은 죽으면 그만 : 물건은 다시 고쳐 쓸 수 있어도 사람의 생명은 다시 이어 살 수 없다는 말. 도끼는 무디면 갈기나 하지 사람은 죽으면 다시 오지 못한다. 도끼라 날 달아 쓸까①.

도끼는 무디면 갈기나 하지 사람은 죽으면 다시 오지 못한다 : ⇒ 도끼는 날을 달아 써도 사람은 죽으면 그만.

도끼 등에 칼날을 붙인다 : 서로 맞지 않는 것을 붙이려고 하는 헛된 짓을 비유하여 이르는 말.

도끼라 날 달아 쓸까 : ① ⇒ 도끼는 날을 달아 써도 사람은 죽으면 그만. ② 어떤 물건이 다시 쓸 수 없게 된 경우를 비유하여 이르는 말.

도끼로 제 발등 찍는다 : 남을 해칠 요량으로 한 일이 결국은 자기에게 해롭게 된 경우를 비유하여 이르는 말.

도끼를 들고 나물 캐러 간다 북 : 나물을 우둔하고 무거운 도끼를 들고 캐러 간다는 뜻으로, 격에 맞지 않는 행동을 함을 비유하여 이르는 말.

도끼를 베고 잤나 : 밤 잠을 편히 못 자고 너무 이른 아침에 일어난 경우를 비유하여 이르는 말.

도끼 삶은 물 : ① 아무 맛도 없는 것을 비유적으로 이르는 말. ② 아무런 내용도 없는 것을 비유하여 이르는 말.

도낏자루 썩는 줄 모른다 : ⇒ 신선놀음에 도낏자루 썩는 줄 모른다.

도는 개는 배 채우고, 누운 개는 옆 챈다 : 활동하면 얻는 바가 있지만, 누워서 게으름이나 피우면 옆구리나 차이기 마련이라는 말.

도둑개가 겻섬에 오른다 : 자기가 하고 싶은

것을 할 때에는 그 동작이 매우 재빠름을 비유하여 이르는 말.

도둑개 살 안 찐다 : 늘 남의 것을 탐내는 자는 재물을 모으지 못함을 비유하여 이르는 말. 도둑고양이가 살찌랴. 도적고양이가 살찌랴(북).

도둑고양이가 살찌랴 : ⇒ 도둑개 살 안 찐다.

도둑고양이가 제상에 오른다 : 못된 사람이 무엄한 짓을 함을 이르는 말.

도둑고양이더러 제물(祭物) 지켜 달라 한다 : ⇒ 고양이한테 생선을 맡기다.

도둑놈 개 꾸짖듯 : 불평이 있어도 오히려 해가 될까 봐 입속으로만 중얼거림을 이르는 말.

도둑놈 개에게 물린 셈 : 제 잘못이 있기 때문에 남에게 봉변을 당하여도 아무 말 못 함을 이르는 말.

도둑놈더러 인사불성(人事不省)이라 한다 : 크게 잘못한 사람에게 사소한 결점만을 탓하는 것은 소용없는 일이라는 말.

도둑놈도 인정이 있다 : 아무리 못된 짓을 하더라도 그중에는 인정이 있는 법이라는 말.

도둑놈 딱장받듯 : 남을 몹시 욱대김을 이르는 말. *딱장받다–도둑을 때려 가며 그 죄를 불게 하다.

도둑놈 문 열어 준 셈 : ⇒ 도둑에게 열쇠 준다.

도둑놈 볼기짝 같다 : 도둑이 관가에 잡혀가 볼기를 맞아서 멍이 든 것과 같다는 뜻으로, 얼굴 빛깔이 시푸르죽죽함을 비유하여 이르는 말.

도둑놈 부싯돌만 한 놈 : 하잘것없는 사람을 낮잡아 이르는 말.

도둑놈 소 몰듯 : 당황하여 황급히 서두르는 모양을 이르는 말. 소도적놈 소 몰듯(북).

도둑놈(-에게) 열쇠 맡긴 셈 : ⇒ 도둑에게 열쇠 준다.

도둑놈은 한 죄(罪), 잃은 놈은 열 죄 : 도둑놈은 물건을 훔친 죄 하나밖에 없으나, 잃은 사람은 간수를 잘 하지 못한 일, 공연히 남을 의심한 일 따위의 여러 가지 죄를 짓게 됨을 비유하여 이르는 말.

도둑놈의 뒤턱을 친다 : 도둑의 등을 쳐서 우려먹을 정도로 아주 못된 짓을 함을 비유하여 이르는 말.

도둑놈이 몽둥이 들고 길 위에 오른다 : ⇒ 도둑이 매를 든다.

도둑놈이 씻나락을 헤아리랴 : 장래는 생각지 않고 당장의 이(利)만 추구하는 자를 비유하여 이르는 말.

도둑놈이 제 말에 잡힌다 : 나쁜 짓을 하고 그것을 숨기려고 하나, 저도 모르는 사이에 죄를 드러내고 맒을 비유하여 이르는 말. 도둑놈이 제 발자국에 놀란다.

도둑놈이 제 발자국에 놀란다 : ⇒ 도둑이 제 말에 잡힌다.

도둑놈 허접대듯 : 무슨 잘못을 저질러 놓고 그것을 감추려고 정신없이 애씀을 비유하여 이르는 말. 언덕에 둔덕 대듯.

도둑 다 잡은 나라 없고, 피 다 뽑은 논은 없다 : ① 도둑이라고 다 잡을 수 없듯이, 논에 피도 멸종시킬 수는 없다는 말. ② 인간 사회에 도둑이 있는 것처럼 논에 피가 있는 것도 당연하다는 말. 피 다 뽑은 논 없고, 도둑 다 잡은 나라 없다. 피 다 뽑은 논은 없다.

도둑맞고 빈지(사립) 고친다 : ⇒ 소 잃고 외양간 고친다. *빈지(널빈지)–한 짝씩 끼었다 떼었다 하게 만들어진 문.

도둑맞고 사립 고친다 : ⇒ 소 잃고 외양간 고친다.

도둑맞고 죄 된다 : 도둑을 맞고는 공연히 무고한 사람까지 의심하게 됨을 비유하여 이르는 말. 내 것 잃고 죄짓는다.

도둑맞으면 어미 품도 들춰 본다 : 물건을 잃게 되면 누구나 다 의심스럽게 생각한다

는 말.

도둑에게 열쇠 준다 : 믿지 못할 사람을 신용하여 일을 맡기는 어리석음을 비유하여 이르는 말. 도둑놈 문 열어 준 셈. 도둑놈 열쇠 맡긴 셈. 도적놈에게 지게 지우는 격㊀.

도둑에도 의리가 있고 딴꾼에도 꼭지가 있다 : 비록 못된 짓을 하더라도 의리와 질서가 있어야 한다는 말. * 딴꾼―포도청(捕盜廳)에 매여 있어 포교(捕校)의 심부름을 하며 도둑을 잡는 데 거들던 사람.

도둑을 뒤로 잡지 앞으로 잡나 : 도둑은 분명한 증거를 가지고 잡아야지 의심만으로는 잡을 수 없다는 뜻으로, 확실한 증거가 없이 추측만으로는 남을 의심하거나 이렇다 저렇다 말할 수 없음을 비유하여 이르는 말.

도둑을 맞으려면 개도 안 짖는다 : ① 운수가 나쁘면 모든 것이 제대로 되지 않음을 비유하여 이르는 말. ② 일이 꼬이려면 믿을 것이나 도움 받을 데도 없다는 말. 도둑이 들려면 개도 안 짖는다. 운수가 사나우면 짖던 개도 안 짖는다.

도둑을 앞으로 잡지 뒤로는 못 잡는다 : 어떤 일을 밝힐 때는 반드시 증거가 있어야 밝힐 수 있다는 말.

도둑의 두목도 도둑이요 그 졸개도 또한 도둑이라 : 윗자리에 앉아 시키는 놈이나 그대로 따라 하는 놈이나 다 마찬가지로 나쁜 놈임을 비유하여 이르는 말.

도둑의 때는 벗어도 자식의 때는 못 벗는다 : 자식의 잘못은 부모가 어쩔 수 없이 책임져야 함을 비유하여 이르는 말.

도둑의 때는 벗어도 화냥의 때는 못 벗는다〔盜寃竟雪 淫誣難滅〕 : 부정한 품행을 삼가야 함을 비유하여 이르는 말.

도둑의 묘(墓)에 잔 부어 놓기 : 대접받을 가치가 없는 사람에게 과분한 대접을 함과 같이, 일을 잘못 처리함을 이르는 말.

도둑의 씨가 (따로) 없다 : 본래부터의 도둑은 없다는 말.

도둑의 집에도 되가 있다 : 못된 짓을 하는 사람도 인간성이 아주 없지는 않다는 뜻.

도둑의 집에 한당(汗黨)이 들었다 : 몹쓸 놈이 그보다 더 몹쓸 놈한테서 변을 당하는 경우에 이르는 말.

도둑의 찌끼는 있어도 불의 찌끼는 없다 : 화재가 무서움을 경계하여 이르는 말.

도둑이 다(모두)를 디양하면 산다 : 나쁜 일은 속이기가 어렵다는 말. * 디양하다―'속이다'의 제주 방언.

도둑이 달릴까 했더니 우뚝 선다 : ⇒ 도둑이 매를 든다.

도둑이 도둑이야 한다 : ⇒ 도둑이 포도청 간다.

도둑이 들려면 개도 안 짖는다 : ⇒ 도둑을 맞으려면 개도 안 짖는다.

도둑이 매를 든다〔賊反荷杖〕 : 잘못한 놈이 도리어 잘한 사람을 나무라는 경우에 쓰는 말. 도둑놈이 몽둥이 들고 길 위에 오른다. 도둑이 달릴까 했더니 우뚝 선다.

도둑이 없으면 법도 쓸데없다 : 도둑질이 가장 나쁘다는 말.

도둑이 제 발이 저리다 : ① 지은 죄가 있으면 자연히 마음이 조마조마하여진다는 말. ② 죄를 지은 사람은 두려움 때문에 스스로 약점을 드러낸다는 말. 도적은 제 발이 저려서 뛴다㊀.

도둑이 포도청 간다 : 지은 죄를 숨기려고 한 짓이 도리어 죄를 드러내고 맒을 비유하여 이르는 말. 도둑이 도둑이야 한다. 불낸 놈이 불이야 한다.

도둑질도 손발이 맞아야 한다 : 무슨 일이든지 서로 뜻이 잘 맞아야 성공할 수 있다는 말.

도둑질도(-은) 혼자 해 먹어라 : 무슨 일이든 여럿이 하면 말이 많아지고 손발이 맞지 않아 일을 이루기가 어려움을 뜻하는 말.

도둑질은 김 씨가 하고 오라는 이 씨가 진다 : 다른 사람이 지은 죄에 엉뚱한 사람이 억울하게 벌 받음을 이르는 말.

도둑질은 내가 하고 오라는 네가 져라 : 나쁜 짓을 해서 이익은 제가 차지하고 벌은 남에게 지운다는 말. 좋은 짓은 저희들끼리 하고, 죽은 아이 장사는 나더러 하란다.

도둑질을 하다 들켜도 변명을 한다 : ⇒ 처녀가 아이를 낳아도 할 말이 있다.

도둑질을 하더라도 사모(紗帽) 바람에 거드럭거린다 : ⇒ 망나니짓을 하여도 금관자 서슬에 큰기침한다.

도둑질을 해도 손발(눈)이 맞아야 한다 : ⇒ 두 손뼉이 맞아야 소리가 난다[①].

도둑질한 사람은 오그리고 자고, 도둑맞은 사람은 펴고 잔다 : ⇒ 때린 놈은 다릴 못 뻗고 자도, 맞은 놈은 다릴 뻗고 잔다.

도둑 한 놈을 지키는 사람 열이 못 당한다 : 도난을 방지하기란 어렵다는 말. 또는, 아무리 힘써 감시해도 남몰래 벌어지는 일은 막아내기 힘듦을 비유하여 이르는 말. 지키는 사람 열이 도둑 하나를 못 당한다[①].

도라지꽃이 피면 장마가 진다 : 도라지꽃이나 능소화꽃은 6월부터 8월 말까지 피는데, 그 시기가 장마철이라는 말. 능소화가 피면 장마 진다.

도랑 막고 고래 잡을가[북] **:** 되지도 않을 허망한 일을 분별없이 바라는 것을 비유하여 이르는 말.

도랑물이 소리를 내지 깊은 호수가 소리를 낼가[북] **:** 속에 든 것이 없는 사람일수록 더 아는 체하고 떠듦을 비유하여 이르는 말.

도랑에 든 소 : 도랑 양편에 우거진 풀을 다 먹을 수 있는 소라는 뜻으로, 이리하거나 저리하거나 풍족한 형편에 놓인 사람, 또는 그런 형편을 비유하여 이르는 말. 개천에 든 소, 두렁에 누운 소⇒ 도랑에 든 소, 두렁에 든 소.

도랑 치고 가재 잡는다〔一擧兩得 · 一石二鳥〕 : ① 한 가지 일로 두 가지 이익을 봄을 비유하여 이르는 말. ② 일의 순서가 뒤바뀌었음을 비유하는 말. 개울 치고 가재 잡는다.

도래떡이 안팎이 없다 : 둥글넓적한 도래떡은 안과 밖의 구별이 없다는 뜻으로, 두루뭉술하여 어떻다고 판단을 내리기가 어려움을 비유하여 이르는 말. *도래떡－초례상(醮禮床)에 놓는 둥글고 큼직한 흰 떡. 도래떡이 안팎이 있느냐.

도래떡이 안팎이 있느냐 : ⇒ 도래떡이 안팎이 없다.

도련님은 당나귀가 제격이다 : 자기 분수에 알맞은 물건을 써야 한다는 말.

도련님 천량 : 아직 돈을 쓸 줄 모르는 도련님의 돈이라는 뜻으로, 쓰지 않고 오붓하게 모은 돈을 비유하여 이르는 말.

도련님 풍월(風月)에 염(簾)이 있으랴 : 어리석고 서투른 사람이 하는 일이 신통할 리가 없으니 심하게 나무랄 것이 못 됨을 비유하여 이르는 말.

도령 상(喪)에 구방상(九方相) : 왕실이나 고위직의 장례에 쓰는 방상시(方相氏)를 도령의 장례에 아홉이나 갖추었다는 뜻으로, 격에 맞지 않음을 비유하여 이르는 말.

도로메기다 : ⇒ 도루묵이다.

도로(도루)아미타불이다 : 아무리 고생하고 노력해도 아무런 효과가 없음을 이르는 말.

도루묵이다 : 빈천한 사람이 뜻밖에 출세를 하였다가 다시 빈천한 옛 신분이 되었다는 말. *임진왜란 당시 선조가 피난 갔을 때 시장한 끝에 묵(메기)이라는 생선을 먹고 맛이 좋아서 은어라고 명명했는데, 환도하여 다시 먹어 보니 맛이 없었기 때문에 '도로 묵이라고 하라'는 분부로 인하여 '도루묵(도로메기)'가 되었다는 데서 유래된 말. 도로메기다.

도리깨 구멍마냥 하나밖에 쓸 것이 없다 : ⇒ 어떤 물건의 용도가 한 곳(하나)밖에 쓸모가 없다는 뜻.

도리깨 소리를 들어야 고구마 싹이 튼다 : 보리타작하는 도리깨 소리에 고구마 싹이 난다는 말은 보리 후작으로 고구마를 심는다는 말.

도마에 오른 고기〔俎上肉〕 : ⇒ 그물에 든 고기(새)요, 쏘아 놓은 범이라.

도마 위의 고기가 칼을 무서워하랴〔俎上肉不畏刀·俎上魚畏刀乎〕 : 운명이 궁극에 달하면 두려운 것이 없다는 말.

도망꾼(逃亡-)의 봇짐 : 도망하는 자가 여러 가지 물건을 싸 가지고 감에서 비롯된 말로, 물건이나 보따리가 큼을 비유하여 이르는 말.

도선(徒善)이 불여악(不如惡)이라 : 마냥 착한 것은 악한 것보다 못하다는 말.

도적개 헌 바자 찌르듯 한다[북] : 도적개가 다 삭은 바자를 넘으려고 주둥이를 박으며 구멍을 내듯 한다는 뜻으로, 체면과 양심도 없이 얻을 것이 있는가 하고 여기저기 마구 쑤시며 다니는 사람을 비난조로 이르는 말. * 바자—대, 갈대, 수수깡, 싸리 따위로 발처럼 엮거나 결어서 만든 물건. 울타리를 만드는 데 쓰인다.

도적고양이가 살찌랴[북] : ⇒ 도둑개 살 안 찐다.

도적고양이 범 물어 간 것만 하다[북] : ⇒ 미친개 범 물어 간 것 같다.

도적고양이 제상(제청)에 오른다[북] : 도적고양이가 밉살스럽게 제물을 탐내서 제상 위에 뛰어오른다는 뜻으로, 못된 자가 버릇없는 짓을 함부로 함을 비유하여 이르는 말.

도적고양이 코 세다[북] : ⇒ 도적이 코 세운다.

도적놈(-이) 눈자위 굴리듯[북] : 당황하여 어쩔 줄 몰라 하는 모습을 비유하여 이르는 말.

도적놈 도망간 뒤에 몽둥이 들고 나선다[북] : 일이 다 틀어진 뒤에야 때늦게 소용없이 몰아침을 비유하여 이르는 말.

도적놈 도망칠 구멍을 내주고 쫓는다[북] : ⇒ 쥐도 도망갈 구멍을 보고 쫓는다.

도적놈 보고 새끼 꼰다[북] : ⇒ 소 잃고 외양간 고친다(고치기).

도적놈에게 지게 지우는 격[북] : ⇒ 도둑에게 열쇠 준다.

도적놈의 기침만 하다[북] : 도둑질하는 놈은 기침도 마음대로 크게 못한다는 뜻으로, 음식이나 물건이 매우 적음을 비유하여 이르는 말.

도적맞고 욕본다 : 손해를 보고도 도리어 곤경에 빠짐을 비유하여 이르는 말.

도적은 제 발이 저려서 뛴다 : ⇒ 도둑이 제 발 저리다.

도적의 때는 아무 때건 벗는다[북] : 억울하게 누명을 쓴 것은 언젠가는 사실이 밝혀져 그 누명을 벗을 수 있게 된다는 말.

도적이 돈을 빼앗지 못하면 주인 뺨이라도 때리고 뛴다[북] : 도둑은 결코 그냥 물러서는 법이 없고 반드시 해로운 일을 하고야 만다는 것을 비유하여 이르는 말.

도적이 주인더러 밥 잡수 한다[북] : 도적이 주인처럼 제 마음대로 행동하면서 오히려 주인더러 '그 밥 잡수우' 한다는 뜻으로, 잘못을 저지른 자가 매우 뻔뻔스럽게 행동함을 비유하여 이르는 말.

도적이 코 세운다[북] : 잘못한 사람이 아무런 잘못도 없는 것처럼 행동함을 비유적으로 이르는 말. 도적고양이 코 세다.

도적질도 아는 놈이 한다[북] : 무슨 일이든지 구체적인 실정을 알지 못하면 제대로 해낼 수 없음을 비유하여 이르는 말. 도적질도 알아야 한다.

도적질도 알아야 한다[북] : ⇒ 도적질도 아는 놈이 한다.

도지개를 틀다 : 얌전히 있지 못하고 공연히 몸을 비비꼬며 움직임을 이르는 말.

도척의 개 범 물어 간 것 같다 : 미운 사람이 잘못되거나 불행해지는 것을 보고 매우 시원해하며 기뻐하는 경우에 쓰는 말. *도척–중국 춘추시대에 있었던 몹시 악한 사람의 이름으로 유하혜(柳下惠)의 아우. 9천 명의 부하를 거느리고 천하를 횡행(橫行)했다고 함.

도토리가 풍년이면 벼는 흉년 든다 : ⇒ 도토리는 들판 내다보며 연다.

도토리는 들판 내다보며 연다 : 도토리는 들농사가 흉년이 들면 식량에 보탬이 되도록 많이 열리고, 농사가 풍년이 들면 조금만 열린다는 말.

도토리는 벌방(벌)을 내려다보면서 열린다 북 **:** ① 농사가 잘되는 때에는 도토리도 많이 열림을 비유하여 이르는 말. ② 도토리는 산에서 벌을 내려다보고 벌이 풍년이면 안 열리고 벌이 흉년이면 잘 열린다는 말.

도토리 키 재기〔(以)五十步(笑)百步〕 : ① 겉으로는 차이가 조금 있어 보이나 근본적으로는 차이가 없음을 이르는 말. ② 비슷비슷하여 견주어 볼 필요가 없음을 이르는 말. 난쟁이끼리 키 자랑하기. 오른쪽 궁둥이나 왼쪽 볼기짝이나.

도투마리(-로) 잘라 넉가래 만들기 : 도투마리를 두 토막 내면 넉가래가 되는 데서 유래된 말로, 아주 하기 쉬운 일을 비유하여 이르는 말. *도투마리–베를 짤 때 날을 감아 베틀 앞 다리 너머의 채머리 위에 얹어두는 틀. *넉가래–곡식이나 눈 같은 것을 한곳에 밀어 모으는 데 쓰는 기구.

도포를 입고 논을 갈아도 제멋이다 : 사람은 저마다 저 하고 싶은 대로 하는 기질이 있다는 말.

도포 입고 논 썰기 : 격에 맞지 않아 어색하고 어울리지 않는 일을 비유하여 이르는 말.

도회 소식을 들으려면 시골로 가거라〔燈下不明〕 : 도리어 가까운 곳의 실정을 잘 모를 때 이르는 말.

독농가(篤農家)는 장마가 지거나 가물거나 농사일을 그만두지 않는다〔良農不以水旱輟耕作〕 : 독농가가 어떤 악조건에도 굴하지 않고 농사일에 열중하듯이, 전문가는 자기 사업을 버리지 않는다는 뜻.

독농가에게는 나쁜 땅이 없다 : 농사일을 열심히 하는 농부는 나쁜 토지도 좋은 땅으로 만들어 농사를 짓는다는 말.

독불장군(-은) 없다 : 혼자서 되는 일은 없다는 뜻으로, 모든 것은 타협과 협조가 필요함을 이르는 말.

독사(毒蛇)는 허물을 벗어도 독사이다 북 **:** 아무리 변색을 하여도 본색은 변하지 않음을 비유하여 이르는 말.

독사 아감지에 손(손가락)을 넣는다 : 매우 위험한 짓을 한다는 말. *아감지–'아가리'의 경상 방언.

독사의 입에서 독이 나온다 북 **:** 본바탕이 악한 사람은 결국 악한 행동만 함을 비유하여 이르는 말.

독서당(讀書堂) 개가 맹자 왈 한다 : ⇒ 서당 개 삼년에 풍월(-을) 한다(읊는다 · 짓는다).

독서백변의자통〔讀書百篇義自通〕 : ⇒ 독서백편 의자현이라.

독서백편의자현이라〔讀書百篇義自見〕 : 글을 백 번 읽으면 저절로 뜻이 통한다는 말로, 아무리 어려운 글도 많이 읽으면 그 뜻을 깨친다는 말.

독수공방(獨守空房)에 유정 낭군 기다리듯 : 무엇인가를 간절히 바라는 모양을 이르는 말. 독수공방에 정든 님 기다리듯.

독수공방에 정든 님 기다리듯 : ⇒ 독수공방에 유정 낭군 기다리듯.

독수리가 병아리 채 가듯 북 **:** 갑자기 덮쳐서 감쪽같이 채 가는 모양을 비유하여 이르는 말.

독수리는 모기를 잡아먹지 않는다㊔ **:** 자신의 위신에 어울리지 않는, 지나치게 세세한 일에는 신경을 쓰지 아니함을 비유하여 이르는 말.

독수리는 파리를 못 잡는다 : 각자 능력에 맞는 일이 따로 있다는 말.

독수리 본 닭 구구 하듯 : 독수리를 본 닭이 정신이 나가 떠드는 데서 유래된 말로, 위험이 닥쳤을 때 겁에 질려 어찌할 바를 모르는 모양을 비유하여 이르는 말.

독 안에 든 쥐 : 아무리 애를 써도 벗어날 수 없게 된 운명을 비유하거나, 자기 능력을 제대로 발휘할 수 없는 처지를 이르는 말.

독 안에 들어가도 팔자 도망은 못한다㊔ **:** 사람마다 정해진 팔자는 숙명이어서 마음대로 벗어날 수가 없음을 비유하여 이르는 말.

독 안에서 소리치기 : 평소에 남이 보지 않는 곳에서나 큰 소리를 치고 잘난 체함을 이르는 말.

독 안에서 푸념 : ① 속이 음흉하여 무슨 짓을 할지 모르겠다는 말. ② 마음이 옹졸하여 하는 짓이 답답할 때 이르는 말.

독을 보아 쥐를 못 친다 : ⇒ 쥐를 때리려 해도 접시가 아깝다.

독장사 경륜(經綸) : 무익(無益)한 심노(心怒)를 비유하여 이르는 말. 독장수 구구.

독장수 구구 : ⇒ 독 장사 경륜. ＊독장수 구구-독장수 셈(실현 가능성 없는 허황된 계산을 하거나 헛수고로 애만 씀을 이르는 말).

독장수 구구는 독만 깨뜨린다 : 실현성이 없는 허황된 계산은 도리어 손해만 가져온다는 말.

독 지고 당나귀 탄 것 같다㊔ **:** 안정감이 없이 매우 불안하고 위태로워 보이는 상황을 비유하여 이르는 말.

독 틈에도 용소(龍沼)가 있다 : 독 틈에도 깊은 물웅덩이가 있다는 뜻으로, 무슨 일에든지 남을 속이려는 수작이 있으니 조심해야 한다는 말.

독 틈에서 쥐 잡기 : 독과 독 사이에 숨어 있는 쥐를 잡으려다가 독을 깨뜨릴 수 있다는 뜻으로, 어떤 작은 성과를 내려다가 큰 손실을 볼 수 있는 위태로운 일을 함을 비유하여 이르는 말.

독 틈에 탕관(湯罐) : ⇒ 고래싸움에 새우 등 터진다.

돈궤와 보지는 남을 보이면 도적맞는다 : 돈궤를 남에게 보이는 데 두면 도적을 맞게 되고, 여성의 성기를 남자에게 보이면 빼앗기게 된다는 말.

돈 나는 모퉁이 죽는 모퉁이 : 세상에서 돈 벌기가 가장 어려운 일이라는 말.

돈 놓고는 못 웃어도 아이 놓고는 웃는다 : 많은 재물을 가진 사람은 도둑을 걱정하여 웃을 수 없으나, 아이를 가진 자는 그 재롱에 늘 웃을 수 있다는 뜻으로, 재물보다 자식이 더 소중하다는 말.

돈 다음에 나온 놈㊔ **:** 돈이 나오자 뒤따라 나온 사람이라는 뜻으로, 돈밖에 모르는 인색한 자를 욕으로 하는 말.

돈 도둑질은 안 해도 물 도둑질은 한다 : 가뭄 때 논이 마르게 되면 착한 사람이라도 이웃 논의 물을 주인 몰래 도둑질하여 대게 된다는 말. 물도둑질 않는 사람 없다.

돈 떨어지자 입맛 난다 : ⇒ 뒤주 밑이 긁히면 입맛 난다.

돈만 있으면 개도 멍첨지라 : 보잘것없는 사람도 돈만 있으면 남들이 귀하게 대해 줌을 이르는 말. 돈만 있으면 개도 흉한 짓을 한다.

돈만 있으면 개도 흉한 짓을 한다 : ⇒ 돈만 있으면 개도 멍첨지라.

돈만 있으면 귀신도 부릴 수 있다 : 돈만 가지면 세상에 못할 일이 없다는 말. 돈만 있으면 귀신도 사귄다. 돈만 있으면 두억시니도 부릴 수 있다. 돈만 있으면 두역신도 부릴 수 있다. 돈만 있으면 처녀 불알도 산다. 돈이라면 배 속의 아이도 나온다. 유전이면 사귀신이라. *두억시니–모질고 사나운 귀신.

돈만 있으면 귀신도 사귄다 : ⇒ 돈만 있으면 귀신도 부릴 수 있다. 돈만 있으면 두억시니도 부릴 수 있다.

돈만 있으면 두역신(痘疫神)도 부릴 수 있다 : ⇒ 돈만 있으면 귀신도 부릴 수 있다.

돈만 있으면 처녀 불알 산다 : ⇒ 돈만 있으면 귀신도 부릴 수 있다.

돈맛을 보면 대통 그림자를 따라간다북 **:** ⇒ 돈이라면 대통 그림자도 따라간다북.

돈 모아 줄 생각 말고 자식 글 가르쳐라 : 자식을 위하는 가장 좋은 유산은 교육을 잘 시키는 일임을 강조하는 멀. *황금도 글만 같지 못하니 가장 크고 훌륭한 유산은 식덕(識德)이라는 뜻에서 유래된 말. 황금 천 냥이 자식 교육만 못하다.

돈반(-半) 밥 먹고 열네 닢으로 사정한다 : 남에게 줄 것을 조금이라도 덜 주려고 몹시 비굴하게 군다는 말. *돈반–한 돈 반, 즉 열다섯 푼

돈 벌려면 법성포를 가랬다 : 돈을 쉽게 벌고 싶거든 전남 영광군 법성포로 조기잡이를 가라는 말.

돈 빌려주고 친구 잃는다 : 친한 사이일수록 금전거래는 조심하라는 말.

돈 없는 놈이 선가 먼저 물어본다 : ⇒ 돈 한 푼 없는 놈이 자두치떡만 즐긴다. *선가(船價)–뱃삯(배에 타거나 짐을 싣는 데 내는 돈).

돈 없는 놈이 큰 떡 먼저 든다 : ⇒ 돈 한 푼 없는 놈이 자 두치 떡만 즐긴다.

돈에 대한 사랑은 돈이 자랄수록 자란다 : 돈에 대한 애착은 돈을 가지게 될수록 점점 자라나 끝이 없게 됨을 비유하여 이르는 말. 즉 물욕은 끝이 없다는 말.

돈에 침 뱉는 놈 없다 : 사람은 누구나 돈을 소중히 여긴다는 말.

돈으로 비단은 살 수 있어도 사랑은 살 수 없다북 **:** 남녀 간의 참다운 사랑은 돈으로 살 수 없는 것임을 이르는 말.

돈은 더럽게 벌어도 깨끗이 쓰면 된다 : ⇒ 개같이 벌어서 정승같이 산다(먹는다, 쓴다).

돈은 도적맞을 수 있어도, 땅은 도깨비도 떠메고 갈 수 없다 : 땅이 가장 안전하고 없어질 걱정이 없는 재산이라는 것을 비유하여 이르는 말.

돈은 많아도 걱정 적어도 걱정 : 돈은 많아도 적어도 우환이 있을 수 있으니, 돈을 벌 때나 사용할 때 항상 지혜롭게 하라는 말.

돈은 앉아서 주고 서서 받는다 : 남에게 돈을 빌려주기는 쉬워도 받기는 어렵다는 말.

돈은 있다가도 없어지고 없다가도 생기는 법이라 : 재물은 돌고 도는 것이므로 재물을 가지고 상대를 평가하는 것은 어리석은 일이라는 말.

돈을 주면 배 속의 아이도 기어 나온다 : 돈을 가지면 무엇이든 할 수 있음을 비유하여 이르는 말.

돈이 돈을 번다〔多錢善賈〕: 돈이 많은 사람이 그 이익을 통하여 돈을 더 벌 수 있다는 말.

돈이라면 대통 그림자도 따라간다북 **:** 돈이라면 오금을 못 쓰고 행동하는 사람을 비유하여 이르는 말. 돈맛을 보면 대통 그림자를 따라간다북.

돈이라면 배 속의 아이도 나온다 : ⇒ 돈만 있으면 귀신도 부릴 수 있다.

돈이라면 호랑이 눈썹이라도 빼 온다 : 돈이 생기는 일이라면 아무리 어려운 일이라도 위

험을 무릅쓰고 행함을 비유하여 이르는 말.

돈이 많으면 장사를 잘 하고 소매가 길면 춤을 잘 춘다 : 모든 일이 잘되려면 그 소재가 좋고 풍족하여야 함을 비유하여 이르는 말.

돈이면 나는 새도 떨어진다 : 돈을 가지면 어떤 일도 할 수 있음을 이르는 말. 돈이면 지옥문도 연다.

돈이면 지옥문도 연다 : ⇒ 돈이면 나는 새도 떨어진다.

돈이 양반이라 : 돈이 있어야 의젓하게 양반 행세도 할 수 있다는 말.

돈이 없으면 적막강산(寂寞江山)이요, 돈이 있으면 금수강산(錦繡江山)이라 : 경제적으로 넉넉해야 삶을 즐길 수 있음을 이르는 말. 돈 있으면 활량, 돈 못 쓰면 건달.

돈이 자가사리 끓듯 한다 : 돈이 많음을 빙자하여 함부로 외람된 짓을 하며 못되게 구는 사람을 욕으로 이르는 말. * 자가사리-동자갯과에 속하는 민물고기.

돈이 장사(壯士)라 : 재력(財力)으로 만사를 성취시킬 수도 있으며, 존경을 받을 수도 있다는 말. 돈이 제갈량.

돈이 제갈량(諸葛亮) : ⇒ 돈이 장사라.

돈 있으면 활량, 돈 못 쓰면 건달 : ⇒ 돈이 없으면 적막강산이요, 돈이 있으면 금수강산이라. * 활량-한량(閑良).

돈 잃고 친구 잃는다 : 친척이나 친분이 두터운 사이의 돈 거래가 어려움을 이르는 말.

돈 주고 못 살 것은 기개(氣槪) : 의지와 기개가 있는 사람은 재물에 팔려 행동하지 아니함을 이르는 말. 돈 주고 못 살 것은 지개라[북]

돈 주고 못 살 것은 지개(志槪)라[북] : ⇒ 돈 주고 못 살 것은 기개.

돈 주고 병 얻는다 : 돈을 주어 가며 스스로 얻은 병이라는 뜻으로, 스스로의 잘못으로 고생하게 된 경우를 이르는 말.

돈주머니가 크다고 인심도 후하랴[북] : 돈이 많은 부자일수록 더 인색하고 인정이 없음을 비유하여 이르는 말.

돈피(獤皮)에 잣죽도 저 싫으면 그만이다 : ⇒ 평안 감사도 저 싫으면 그만이다.

돈피 옷 잣죽에 자랐느냐 : ① 생활을 매우 호사스럽게만 하려는 사람을 비유하여 이르는 말. ② 기혈(氣血)이 매우 약한 것을 비유하여 이르는 말.

돈 한 푼 없는 놈이 자두치떡만 즐긴다 : 자격을 갖추지 못한 자가 도리어 먼저 나댈 때 이르는 말. * 자두치떡-크기가 한 자 두 치나 되는 떡. 돈 없는 놈이 선가 먼저 물어본다. 돈 없는 놈이 큰 떡 먼저 든다.

돈 한 푼을 쥐면 손에서 땀이 난다 : 수전노(守錢奴)처럼 돈을 끔찍이 알고 돈밖에 모름을 이르는 말.

돋우고 뛰어야 복사뼈라 : ① 아무리 도망쳐 보아야 별수 없다는 말. ② 다 할 것같이 날뛰어야 조금밖에 못 한다는 말.

돌[石] 강변에 내놓아도 살겠다[북] : ⇒ 돌 꼭대기에 올려놓아도 굶어 죽지 않는다[북].

돌고래가 뱃전에 모여들면 비 올 징조다 : 기압 변화에 민감한 돌고래가 뱃전으로 모인다는 것은, 비 오기 전에 먹이를 찾기 위한 것이므로 비가 올 징조라는 말.

돌[石] 꼭대기에 올려놓아도 굶어 죽지 않는다[북] : 아무것도 없는 돌 꼭대기에 올려놓아도 혼자서 살아가겠다는 뜻으로, 생활력이 매우 강한 사람을 비유하여 이르는 말. 돌 강변에 내놓아도 살겠다[북].

돌다가 보아도 마름(물방아) : 물 위에 떠돌아다니는 마름은 아무리 떠돌아다녀도 마름이란 뜻으로, 같은 장소만 돌거나, 노력을 해도 발전이 없음을 비유하여 이르는 말.

돌다리도 두들겨 보고 건너라 : 잘 아는 일이라도 세심하게 주의를 하라는 말. 아는 길도 물어 가랬다. 얕은 내도 깊게 건너라. 징검다리도 두들겨 보고 건너라㊙.

돌다리도 두들겨 보고 지난다 : 지나치게 조심스럽고 세심한 사람을 두고 이르는 말.

돌담 구멍에 독사 주둥이 : 어떤 것이 흉하게 여기저기 많이 끼어 있음을 비유하여 이르는 말.

돌담 구멍에 족제비 눈깔 : ① 흔하게 많이 있음을 비유하여 이르는 말. ② 눈매가 날카로운 것을 비유하여 이르는 말.

돌담 배부른 것 : 도무지 유용한 데는 없고 해만 끼치는 존재를 비유하여 이르는 말. 노인 건달 짓 하는 것. 돌담의 부른 배는 쓸모가 없다.

돌담의 부른 배는 쓸모가 없다 : ⇒ 돌담 배 부른 것.

돌도 십 년을 보고 있으면 구멍이 뚫린다 : 무슨 일이든 정성을 들여 애써 하면 안 되는 것이 없음을 비유하여 이르는 말.

돌떡〔生日 -〕에는 수수떡을 해야 명이 길다 : 돌떡에는 수수떡〔壽壽餠〕을 해야 어린아이의 명이 길다는 말.

돌〔石〕 뚫는 화살은 없어도 돌 파는 락수는 있다㊙ : 세게 내쏘는 화살은 돌을 뚫지 못하지만, 여러 해를 두고 쉼 없이 떨어지는 낙수는 마침내 돌을 파서 움푹하게 만든다는 뜻으로, 무슨 일이나 오래도록 꾸준히 하면 결국 성공할 수 있음을 비유하여 이르는 말.

돌로 돌 때리듯 : 저쪽에서 악하게 대하면 이쪽에서도 악하게 대한다는 말.

돌로 치면 돌로 치고, 떡으로 치면 떡으로 친다 : 남이 나를 대하는 것만큼 나도 남을 그만큼밖에 대접하지 아니한다는 것을 비유하여 이르는 말. 떡으로 치면 떡으로 치고, 돌로 치면 돌로 친다. 욕은 욕으로 갚고, 은혜는 은혜로 갚는다.

돌림병에 까마귀 울음 : 불길(不吉)하여 귀에 아주 거슬리는 소리를 이르는 말. 염병에 까마귀 소리.

돌멩이 갖다 놓고 닭알 되기를 바란다㊙ : 전혀 가망이 없는 일을 행여나 하여 기대하는 경우에 놀림조로 이르는 말.

돌미륵이 웃을 노릇 : 너무나 어처구니없는 일이 생긴 경우를 비유적으로 이르는 말. 길가의 돌부처가 다 웃겠다. 돌부처가 웃다가 배꼽이 떨어지겠다. 돌부처가 웃을 노릇.

돌배도 맛들일 탓 : 처음에는 싫다가도 차츰 재미를 붙이고 정이 들면 좋아질 수 있다는 말.

돌부리를 차면 발부리만 아프다 : ⇒ 돌을 차면 발부리만 아프다.

돌부처가 웃다가 배꼽이 떨어지겠다 : ⇒ 돌미륵이 웃을 노릇.

돌부처가 웃을 노릇 : ⇒ 돌미륵이 웃을 노릇.

돌부처도 꿈적인다 : 남편이 첩을 보면 아무리 무던한 부인도 화를 낸다는 말. 길 아래 돌부처도 돌아앉는다. 시앗 싸움엔 돌부처도 돌아앉는다. 시앗을 보면 길가의 돌부처도 돌아앉는다.

돌부처보고 아이 낳아 달란다 : 도저히 실현되지 않을 대상이나 사물에게 무리한 것을 소망하는 어리석은 일을 비유하여 이르는 말.

돌아 본 마을 뀌어 본 방귀 : 무엇이나 하기 시작하면 재미가 붙어 그만둘 수 없음을 이르는 말.

돌〔石〕에도 나무에도 댈 데 없다㊙ : ⇒ 나무에도 못 대고 돌에도 못 댄다.

돌을 들면 얼굴이 붉어진다㊙ : 무거운 돌을 들면 힘을 쓰게 되어 얼굴이 붉어진다는 뜻으로, 무엇이든지 원인이 있어 그에 따른 결과가 나타남을 비유하여 이르는 말.

돌을 들어 제 발등을 깬다㊙ : 공연히 돌을 들다가 놓치는 바람에 제 발등을 깨게 된다는 뜻으로, 자기 잘못으로 일을 망치는 경우를 비유하여 이르는 말.

돌을 차면 발부리만 아프다〔岩怒蹴 傷吾足〕 : 쓸데없이 화를 내면 저만 해롭게 됨을 비유하여 이르는 말. 돌부리를 차면 발부리만 아프다.

돌이 자라도록 비가 온다 : 곡식은 말할 것도 없고 돌이 자랄 절도로 비가 계속해서 많이 온다는 말.

돌〔生日〕 전에 아우 본 아이 젖 감질나듯 북 : 첫돌이 되기 전에 동생이 생겨 어머니 젖을 빼앗기게 된 아이가 젖을 먹고 싶어 안달이 나서 안타까워하듯 한다는 뜻으로, 어떤 일이 하고 싶어서 몹시 참기 어려운 경우를 비유하여 이르는 말.

돌절구도 밑 빠질 날이 있다 : 의지나 도의심이 강한 사람이라도 실수할 때가 있다는 말.

돌〔石〕 지고 방아 찧는다 : 디딜방아를 찧을 때는 돌을 지고 하는 것이 더 쉽다는 뜻으로, 힘을 들여야 무슨 일이나 잘될 수 있음을 비유하여 이르는 말.

돌쩌귀에는 녹이 슬지 않는다 : ⇒ 홈통은 썩지 않는다.

돌쩌귀에 불이 나겠다 : ⇒ 돌쩌귀에 불이 난다.

돌쩌귀에 불이 난다 : 사람이 많이 드나든다는 말. 돌쩌귀에 불이 나겠다.

돌팔이 의사가 사람 잡는다 : 변변치 못한 지식이나 기술을 가진 사람이 일을 망침을 뜻하는 말.

돌풍에 만선 배 헛치레한다 : 아무리 만선을 했어도 돌풍을 만나면 잡은 고기를 다 버리게 된다는 말.

돌확은 새것이라야 잘 찧어지고, 씹 확은 매끈매끈 닳아야 제맛이 난다 : 돌확은 면이 두툴두툴해야 곡식이 잘 찧어지고, 성기는 성교에 능숙하게 되어야 성감이 좋다는 말.

돗자리는 갈아 댈수록 좋다 북 : 물건이 새것일수록 좋음을 비유하여 이르는 말.

동기간 싸움은 칼로 물 베기 북 : 동기간은 싸워도 화합하기 쉬움을 비유하여 이르는 말.

동남풍에는 비가 온다 : 동남풍이 불면 태평양의 저기압이 접근하게 되므로 비가 온다는 말.

동남풍에는 흐린 날씨가 된다 : 여름철에 동남풍이 불게 되면, 태평양 열대성 저기압이 다가오므로 날씨가 흐려진다는 말.

동남풍이 불면 비가 온다 : 여름철에 동남풍이 불면 태평양 열대성 저기압이 접근하여 비가 오게 된다는 말.

동냥아치 쪽박 깨진 셈 : 먹고사는 데 쓰는 유일한 기술이나 연장이 못쓰게 된 것을 비유하여 이르는 말.

동냥아치 첩도 제멋에 한다 : ⇒ 동냥자루도 제멋에 찬다.

동냥은 못 줘도 쪽박은 깨지 마라 : 남을 도와주지는 못할망정 방해는 하지 말라는 말.

동냥은 아니 주고 자루 찢는다 : ⇒ 동냥은 안 주고 쪽박만 깬다.

동냥은 안 주고 쪽박만 깬다 : 요구하는 것은 안 주고 도리어 방해만 한다는 말. 동냥은 아니 주고 자루 찢는다.

동냥은 혼자 간다 : 무엇을 얻는 일에 여럿이 가면 몫이 적어지게 마련이라는 말.

동냥자루도 마주 벌려야 들어간다 : ① 무슨 일이나 조건이 되어 있지 아니하면 일정한 결과를 바랄 수 없음을 비유하여 이르는 말. ② 간단한 일이라도 서로 협조하여야 잘됨을 비유하여 이르는 말.

동냥자루도 제멋에 찬다 : ① 모든 사람이 천시하는 동냥질도 제가 하고 싶어서 한다는 말. ② 남들이 좋다고 하는 일은 아니하고 나쁘다고 하는 일만 하는 사람을 빈정대어 이르는 말. 동냥아치 첩도 제멋에 한다. 동냥치 첩도 제멋에 취한다.

동냥자루를 찢는다 : ⇒ 자루를 찢는다.

동냥자루를 찼나 : 먹고도 곧 허기져서 또 먹을 궁리만 함을 놀림조로 이르는 말.

동냥치가 동냥치 꺼린다 : 자기가 누군가에게 무슨 일을 부탁할 때 다른 사람도 와 구하면 혹 제 일이 잘 안 될까 봐 꺼린다는 말.

동냥치 첩도 제멋에 취한다 : ⇒ 동냥자루도 제멋에 찬다.

동냥하려다가 추수(秋收) 못 본다〔小貪大失〕 : 작은 것을 탐내다가 큰 것을 놓치게 됨을 비유하여 이르는 말.

동네가 구열(俱悅)하면 소를 잡아먹고, 집단이 구열하면 닭을 잡아먹는다㊗ **:** 동네가 화목하면 말썽 없이 소를 잡아먹을 수 있고 집단이 화목하면 닭을 잡아먹을 수 있다는 뜻으로, 사람들이 단합하여 화목하게 지내는 것이 중요함을 비유하여 이르는 말. * 구열하다–함께 기뻐하다.

동네 강아지 이름 부르듯 한다 : ⇒ 뉘집 애 이름인 줄 아나.

동네 개 짖는 소리(-만 못하게 여긴다) : ⇒ 어디 개가 짖느냐 한다.

동네 늙은이 죽는 생각은 않고 팥죽 먹을 생각만 한다 : 사람 죽는 것은 생각하지 않고 사소한 사욕만 탐낸다는 뜻.

동네마다 홀아비 아들 하나씩 있다 : ⇒ 동네마다 후레아들 하나씩 있다.

동네마다 후레아들 하나씩 있다 : ① 사람이 모여 사는 곳에는 반드시 악한 사람도 섞여 있기 마련이라는 말. ② 많은 것 가운데는 나쁜 것도 있다는 말. 동네마다 홀아비 아들 하나씩 있다.

동네 무당 영하지 않다 : ⇒ 이웃집 무당 영하지 않다.

동네 북(-인가) : 이 사람 저 사람에게서 비난을 받거나, 여러 사람의 분풀이의 대상이 되는 사람을 비유하여 이르는 말.

동네 색시 믿고 장가 못 간다 : ⇒ 앞집 처녀 믿다가 장가 못 간다.

동네 송아지는 커도 송아지라고 한다 : 눈앞에 두고 늘 보는 것은 변해도 그 변함을 모른다는 말.

동네 쉬파리 모여들듯 한다 : 음식을 했을 때 사람들이 떼거리로 모여드는 모양을 비유하여 이르는 말.

동네 의원 용한 줄 모른다 : ⇒ 이웃집 무당 영하지 않다.

동녘이 번하니까 다 내 세상인 줄 안다 : 세상 물정을 모르고 무슨 일이나 다 좋게만 될 것으로 과대망상을 하고 있다는 말. 동녘이 훤하면 새벽(세상)인 줄 안다. 동쪽이 번하니 세상만 여긴다㊗. * 번하다–어두운 가운데 밝은 빛이 비치어 조금 훤하다.

동녘이 훤하면 새벽(세상)인 줄 안다 : ⇒ 동녘이 번하니까 다 내 세상인 줄 안다.

동도 서도 모른다㊗ **:** 매우 사리에 어둡거나, 어찌 된 형편인지 아무것도 알지 못하고 있는 경우를 비유하여 이르는 말.

동동팔월 : 매우 바빠 언제 지나갔는지도 모르게 빨리 지나간다는 뜻으로, 음력 8월을 이르는 말.

동떨어진 데 섰다 : 상관(相關)이 없는 일에서 오로지 이로운 것만을 첩취(輒取)한다는 말.

동무 따라 강남 간다〔追友江南〕 : ⇒ 친구 따라(친해) 강남 간다.

동무 몰래 양식(糧食) 내기 : 추렴을 내는데 동무가 모르게 낸다면 그 사실을 아무도 모른다는 뜻으로, 힘만 들이고 아무런 공이 나타나지 않음을 비유하여 이르는 말. 어두운 밤에 눈 깜짝이기. 절 모르고 시주하기①.

동무 사나워 뺨 맞는다 : 성미가 좋지 않거나 손버릇이 나쁜 친구와 함께 있다가 남에게 추궁당하는 서슬에 자기도 함께 욕을 당한다는 말.

동방(東方) 누룩 뜨듯 (떴다) : 사람의 얼굴빛이 누르께하고 기운이 없어 보이는 모양을 비유하여 이르는 말.

동방삭(東方朔)이는 백지장도 높다고 하였단다 : 동방삭이 불로장생(不老長生)한 것은 그만큼 조심스러웠기 때문이라 함이니, 매사에 조심하여 실수가 없도록 해야 한다는 말.

동방삭이 밤 깎아 먹듯 한다 : 불로장생하였다는 동방삭도 급하고 귀찮으면 밤을 반만 깎아 먹었다는 말에서 비롯된 말로, 조급하여 어떤 일을 반만 하다 마는 경우를 이르는 말.

동방삭이 인절미 먹듯 : 음식을 오래 잘 씹어 먹음을 이르는 말.

동방화촉 노도령(老-)이 숙녀 만나 즐거운 일 : ⇒ 칠십 노인 구 대 독자 생남을 한 듯.

동북풍(높새) 맞은 익모초(益母草)다 : ① 익모초 잎은 높새바람에 특히 약하여 쉬 시든다는 말. ② 건강하던 사람이 갑자기 병들어 죽게 되었다는 말.

동북풍 안개에 수숫잎 꼬이듯 한다 : 안개가 끼는 건조한 날씨에 높새바람마저 불어서 수숫잎 꼬이듯이, 어떤 일이 풀리지 않고 점점 꼬이기만 함을 이르는 말.

동북풍에 곡식 병난다 : 고온건조한 바람에 볏잎이 바짝 마르듯이 순식간에 말라비틀어짐을 이르는 말. 높새가 불면 볏잎이 겉마른다. 칠월 높새바람에 볏잎 마르듯 한다. 칠월 백중에 바람이 세면 흉년 든다.

동북풍에 만선 배 없다 : 높새바람이 불면 고기가 잡히지 않아서 만선 배로 돌아오지 못한다는 말.

동북풍에 원두한이 탄식한다 : ⇒ 높새바람에 원두한이 한숨만 쉰다.

동산에 뜬 달 보고 놀랜 강아지 짖어 댄다 북 **:** 아무렇지도 아니한 일에 공연히 놀라서 안절부절못하는 모습을 비난조로 이르는 말.

동상갑(冬上甲)에 비가 오면 우마(牛馬)가 동사(凍死)한다 : 농가에서는 추워지면 가축 관리를 잘하라는 말. *동상갑−동지가 지난 첫 갑일인 음력 12월 하순경. 겨울비가 갑자일에 오면 소와 양이 얼어 죽는다.

동상전(東床廛)에 들어갔나 : 상점에 들어가 자기가 살 물건을 얼른 말하지 않고 먼저 웃기만 함을 비유하여 이르는 말. *동상전−예전에 종로에 있던 잡화점.

동생의 말도 들어야 형의 말도 듣는다 북 **:** ① 웃어른이라고 하여 일방적으로 내리누르거나 요구만 해서는 안 된다는 말. ② 아무리 형제간이라도 의리가 있고 서로 간의 은혜 갚음이 있어야 함을 비유하여 이르는 말.

동생 줄 것은 없어도 도적(盜賊) 줄 것은 있다 : ⇒ 구제할 것은 없어도 도둑 줄 것은 있다.

동서(同壻) 시집살이는 오뉴월에 서릿발 친다 : 시집살이 중에서도 동서 밑에서 지내는 시집살이가 가장 어렵다는 말.

동서 춤추게 : 옆구리 찔러 절 받기 식으로, 자기가 춤을 추고 싶으나 체면상 그러질 못해 남에게 권함을 비유하여 이르는 말. 제가 춤추고 싶어서 동서를 권한다. 춤추고 싶은 둘째 동서 맏동서보고 춤추라 한다.

동성(同姓) 아주머니 술도 싸야 사 먹지 : ⇒ 아주머니 떡(술)도 싸야 사 먹지.

동성은 백대지친(百代之親) : 같은 종씨(宗氏)면 비록 멀더라도 역시 친척임에 틀림없다는 말.

동실령(-嶺) 소똥구리 : 보기보다는 속이 깊고 넓은 사람을 비유하여 이르는 말.

동아 속 썩는 것은 밭 임자도 모른다 : 남의 속에 깊이 있는 걱정은 아무리 가까운 사람이라도 모른다는 말.

동(東)에 번쩍 서(西)에 번쩍 : ① 금방 여기에 나타났다가 저기에 나타났다가 할만큼 바쁘게 활동함을 이르는 말. ② 정처도 없고 종잡을 수도 없이 이곳저곳을 싸돌아다님을 이르는 말.

동여맨 놈이 푼다〔結者解之〕 : 묶은 사람이 풀어야 한다는 뜻으로, 자기가 저지른 일은 자기가 해결을 하여야 한다는 말.

동의 일 하라면 서의 일 한다〔東問西答〕 : 어떤 물음이나 요구에 대하여 당치도 않은 엉뚱한 응답을 함을 이르는 말.

동정 못 다는 며느리 맹물 발라 머리 빗는다 : 일솜씨는 없는 주제에 겉치레만 꾸미려 함을 비꼬아 이르는 말. 부뚜막 땜질 못하는 며느리 이마의 털만 뽑는다.

동정호(洞庭湖) 칠백 리(里) : 대단히 광활(廣闊)함을 비유하여 이르는 말.

동정호 칠백 리를 내 당나귀 타고 간다 : 자기의 세력이 미치는 곳에서 자기 마음대로 행동함은 비유하여 이르는 말.

동정호 칠백 리 훤화(喧譁) 사설한다 : 부당한 일에 간섭하여 부당한 시비(是非)를 하는 것을 비유하여 이르는 말. *훤화－지껄여서 떠듦. 훤조(喧噪).

동지(冬至)가 시월 상하순에 들면 풍년 든다 : 동지(양력 12월 22일경)가 음력 10월 상순에 일찍 들거나 하순에 늦게 들면 풍년이 든다는 말.

동지가 시월 상하순에 들면 풍년이고 중순에 들면 흉년이다 : 동지가 음력 10월 상순 또는 하순에 드는 해는 풍년이고 중순에 드는 해는 흉년이라는 말.

동지가 시월 중순에 들면 흉년 든다 : 동지는 음력 10월 초순이나 하순에 들어야 풍년이 들고 중순에 드는 해는 흉년이 든다는 말.

동지가 지나면 푸성귀도 새 마음 든다 : 동지가 지나면 온 세상이 다 월동 준비를 하고 새해를 맞을 준비에 들어간다는 말.

동지 때 개딸기 : 동지 때에 개딸기가 있을 리 없으니, 도저히 얻을 수 없는 것을 이르는 말. 동짓달에 멍석딸기 찾는다(북).

동지섣달에 눈이 많이 오는 해는 오뉴월에 비도 많이 온다 : ⇒ 오동지 육섣달이라.

동지섣달에 눈이 와야 보리가 풍년 든다 : 겨울에 눈이 많이 오면 눈이 보리를 덮어서 보온을 하는 동시에 수분을 계속해서 공급하므로 보리가 풍년이 든다는 말.

동지섣달에 베잠방이를 입을망정 다듬이 소리는 듣기 싫다 : ① 다듬이질 소리는 매우 듣기 싫은 소리임을 이르는 말. ② 들볶이면서 대접을 받느니보다 고생스러워도 마음 편안히 지내는 것이 나음을 비유하여 이르는 말.

동지섣달에 베지기 적삼 : 철에 맞지 않는 옷이라는 말이니, 격식에서 벗어났음을 이르는 말.

동지섣달에 북풍 불면 병충해가 적다 : 찬 북풍이 불면 병해충이 얼어 죽어 이듬해에 병충해가 적다는 말.

동지에 팥죽이 쉬겠다 : 추워야 할 동짓날이 팥죽이 쉴 정도로 따뜻함을 이르는 말.

동지 지나 열흘이면 해가 소 누울 자리만큼 길어진다(북) : 동지가 지나면 낮 시간이 길어지고 밤 시간이 짧아진다는 말.

동지팥죽이 쉬면 병이 퍼진다 : 동지 때부터 대한까지 한 달 동안은 혹한기인데, 이상기후로 동짓날이 따뜻하면 병이 퍼지기 쉽다는 말.

동지 팥죽이 쉬면 보리 흉년 든다 : 혹한기인 동지 때 이상기후로 날씨가 따뜻하면 보리가 자랐다가 다 얼어 죽게 되므로 흉년이 든다는 말.

동짓날 눈이 오면 보리 풍년 든다 : 동지에 눈이 와서 보리를 덮으면 얼어 죽지 않을 뿐만 아니라, 수분을 공급받게 되므로 보리 풍년이 들게 된다는 말.

동짓날 바람이 곤방(坤方)에서 불면 여름에 크게 가문다 : 동짓날(양력 12월 12일경) 부는 바람 방향을 보고 농사의 풍흉을 점치는 방법의 하나로서, 이날 바람이 남서쪽에서 불면 다음 해 가뭄으로 흉년이 든다는 말.

동짓날 바람이 유방(酉方)에서 불면 겨울비가 많이 온다 : 동짓날 바람이 서쪽에서 불면 겨울비가 많이 온다는 말.

동짓날 새벽에 닭이 열 번 이상 울면 다음 해 풍년이 들고, 열 번 이하로 울면 흉년이 든다 : ⇒ 곡우에 비가 오면 풍년 들고 가물면 흉년 든다.

동짓날 새벽에 닭이 열 번 이상 울면 풍년 든다 : 1년 중 밤이 가장 긴 동짓날 밤에는 닭도 평소보다 더 많이 울어서 날이 새도록 하면 풍년이 든다는 말.

동짓날에 천둥 울리면 눈이 많이 온다 : 뇌우는 저기압 후면의 찬 대륙성 고기압이 강하여 전선이 발달할 때 생기므로 많은 눈이 올 가능성이 있다는 말.

동짓날 우물 무 싹이 무성하면 풍년 들고 약하면 흉년 든다 : 초겨울에 우물 안쪽에 매달아 둔 무의 싹이 무성하면 이듬해에 풍년이 들고 약하면 흉년이 든다는 말.

동짓날은 추워야 풍년이 든다 : 동지부터는 본격적인 겨울철로 접어들기 때문에 추워야 정상적인 기온이므로 풍년이 들게 된다는 말.

동짓날이 따스우면 악역(惡疫)이 번진다 : 동지 무렵부터는 본격적인 추위권으로 들어가야 하는데, 이상기후로 날씨가 따뜻하게 되면 전염병이 유행하기 쉽다는 말.

동짓날이 추우면 새해 병이 적다 : 겨울이 추우면 전염병들의 유행도 감소된다는 말. 동짓날이 추우면 이듬해 충해가 적다.

동짓날이 추우면 이듬해 충해가 적다 : ⇒ 동짓날이 추우면 새해 병이 적다.

동짓날이 추우면 호랑이가 많고, 입동날이 더우면 물고기가 많다 : ⇒ 입동날이 더우면 물고기가 많고, 동짓날이 추우면 호랑이가 많다.

동짓날이 추워야 이듬해 충해가 적다 : 동지 무렵이 추워야 월동 준비를 미처 하지 못한 해충들이 얼어 죽게 되어 병충해가 적다는 말.

동짓날이 추워야 풍년이 든다 : 동짓날이 추워야 해충들이 얼어 죽어 이듬해에 풍년이 든다는 말.

동짓날 자시(子時)에 천둥이 치면(있으면) 풍년 든다 : 동짓날 자시에 천둥이 치는 것은 양기(陽氣)가 먼저 발동되는 것이므로 길조라 풍년이 든다는 말.

동짓날 콩죽 끓여 먹으면 감기 걸린다 : 동짓날에는 팥죽을 끓여 먹어야지 콩죽을 해 먹으면 해롭다는 말.

동짓날 팥죽을 끓여 먹으면 홍역에 안 걸린다 : 동짓날 팥죽을 먹으면 홍역도 면할 수 있다는 속설에서 유래된 말.

동짓날 팥죽을 먹으면 더위를 안 탄다 : 동짓날 팥죽을 먹으면 다음 해 여름철에 더위를 이겨낼 수 있다는 말.

동짓날 팥죽이 쉬면 보리 흉년 든다 : 동지 무렵에 날씨가 따뜻하면 보리가 너무 자라서 혹한기에 동사하므로 보리 흉년이 든다는 말.

동짓달 그믐날 바람이 불면 봄추위가 심하다 : 음력 11월 마지막 날에 비가 오거나 바람이 불면, 다음 해 봄 늦추위가 심하다는 속설에서 유래된 말.

동짓달에 눈이 많이 오면 풍년 든다 : ⇒ 눈이 많이 오는 것은 보리 풍년이 들 징조다.

동짓달에 눈이 많이 와야 보리 풍년이 든다 : 음력 11월에 눈이 많이 와야 보리가 눈에 덮여서 얼어 죽지도 않고, 수분도 만족스럽게 흡수하면서 월동을 하게 되므로 풍년이 든다는 말.

동짓달에 멍석딸기 찾는다 : ⇒ 동지 때 개딸기.

동짓달 초하룻날 바람이 불면 이듬해 보리가 잘 여문다 : 음력 11월 1일 바람이 불면 겨울에 눈이 많이 온다는 속설에서 유래된 말로서, 눈이 많이 오면 보리농사는 풍년이 든다는 말.

동쪽 놀에는 냇가에 소를 매지 말랬다 : ⇒ 동쪽 놀에는 비가 온다.

동쪽 놀에는 비가 온다 : 동쪽에 놀이 끼면 동쪽 하늘은 맑지만, 서쪽에 저기압성 기류가 다가와 비가 온다는 말. 동쪽 놀에는 냇가에 소를 매지 말랬다.

동쪽에 무지개가 서면 날이 갠다 : 비가 계속 오다가도 동쪽에서 무지개가 서면 날씨가 개어 좋아진다는 말.

동쪽이 번하니 세상만 여긴다㊊ **:** ⇒ 동녘이 번하니까 다 내 세상인 줄 안다.

동쪽 하늘에서 연일 번개 치면 폭풍우 : 태풍 접근 시 그 전면에서 전선이 형성되어 발달할 때 뇌우가 발생하는 일이 많다는 말.

동태나 북어나 : 이것이나 저것이나 매한가지라는 말.

동풍 닷 냥이다 : 난봉이 나서 돈을 함부로 낭비함을 조롱하는 말.

동풍 맞은 익모초 : 무슨 일인지 알지도 못하면서 부화뇌동한다는 말.

동풍 안개 속에 수숫잎 꼬이듯 : 심술이 사납고 성깔이 순하지 못함을 비유하여 이르는 말.

동풍에 곡식이 병난다 : 한참 낟알이 익을 무렵에 때아닌 동풍이 불면 못 쓰게 된다는 말.

동풍에 원두한의 탄식 : 애써 한 일이 뜻하지 아니한 변으로 헛수고가 되고 마는 것을 한탄하는 말.

동풍에 원두한이 탄식한다 : 동풍(높새바람)은 고온건조한 현상을 가져오기 때문에 각종 식물을 겉마르게 하므로 참외도 시들게 된다는 말.

동풍은 추위를 녹인다 : 겨울철 이동성 고기압이 우리나라 북쪽을 통과한 후 불게 되는 동풍이 가져오는 푄 현상 등으로 우리나라 서쪽은 비교적 따뜻해짐을 이르는 말.

동헌(東軒)에서 원님 칭찬한다 : 명예스럽지 못한 것을 스스로 자랑함을 뜻하는 말.

돛은 바람 부는 대로 단다 : 무슨 일이나 그 형편에 따라서 알맞게 해야 한다는 말.

돝잠에 개꿈㊊ **:** ① 돼지 잠에 잡스러운 개꿈이라는 뜻으로, 별 볼 일 없는 꿈을 꾸거나 그런 꿈 이야기를 멋없이 하는 경우를 이르는 말. ② 격에 맞지 아니한 말을 주책없이 늘어놓는 경우를 비유하여 이르는 말.

돼지가 개울을 건너가면 큰비가 온다 : 돼지가 개울을 건너가는 행위는 기압 변화를 촉감하고 미리 안전한 곳으로 피난하는 것이므로 이런 경우에는 큰비가 올 징조라는 말.

돼지가 굴뚝 부근을 파면 먹을 것이 생긴다 : 돼지가 굴뚝 부근의 땅을 파면 그날 먹을 복이 있을 징조라는 말.

돼지가 기침을 하면 비가 온다 : 돼지가 미련하지만 기압 변화에는 민감하기 때문에 비 준비를 하려고 기침을 한다는 말.

돼지가 깃을 물어들이면 비가 온다 : 둔하고 미련한 사람의 직감이 들어맞음을 비유하여 이르는 말.

돼지가 동쪽을 향하여 자고 있을 때 잡은 고기는 만병의 약이다 : 돼지가 동쪽을 향해 자고 있는 것을 잡으면 그날 먹을 복이 있을 징조이니 건강이 회복될 수 있다는 말.

돼지가 떼 지어 집 안으로 들어오는 꿈은 길하고 나가는 꿈은 흉하다 : 돼지 떼가 집 안으로 들어오는 꿈은 돈이 생길 길몽이고,

반대로 돼지 떼가 집밖으로 나가는 꿈을 꾸면 손재수가 있는 흉몽이라는 말.

돼지가 병들었을 때는 박달나무 방망이와 백지에 싼 쌀을 돼지우리에 매달아 두면 낫는다 : 병든 돼지를 치료하는 민간요법 가운데 하나.

돼지가 병들었을 때는 양 귀 또는 꼬리 끝에서 피를 내면 낫는다 : 병든 돼지를 침질로 고치려고 하는 민간요법 가운데 하나.

돼지가 병들었을 때는 오곡을 종이에 싸서 우리 천장에 매달아 두면 낫는다 : 병든 돼지를 치료하는 민간요법 가운데 하나.

돼지가 새끼를 낳을 때나 병에 걸렸을 때는 우리 앞에 냉수를 떠놓는다 : 돼지가 새끼를 낳거나 병이 들었을 때는 깨끗한 냉수를 상에 받쳐서 우리 앞에 놓아두면 건강이 회복된다는 말.

돼지가 새끼를 낳을 때 수퇘지를 함께 넣어 두면 새끼를 물어 죽인다 : 돼지가 새끼를 낳을 때는 수퇘지를 다른 우리로 옮겨 조용한 분위기에서 새끼를 낳을 수 있도록 하라는 말.

돼지가 새끼를 낳을 때 짚북데기를 넣어 주면 난산을 한다 : 돼지우리에 짚북데기를 넣을 때는 새끼를 낳기 전에 넣어 주어야지, 새끼를 낳을 때 넣어 주면 난산을 하게 된다는 말.

돼지가 새끼를 암수 짝을 맞춰 낳으면 재운(財運)이 있다 : 돼지가 새끼를 암수 짝을 맞춰 낳으면 길한 징조라는 말.

돼지가 우리에서 나와 뛰놀면 바람이 분다 : 돼지도 기상 변화에는 민감하기 때문에 우리에서 나와 뛰놀면 바람이 불 징조라는 말.

돼지가 주둥이로 땅을 파면 비가 온다 : 돼지가 땅을 파는 것은 기압 변화를 알고 미리 비에 대한 대비를 하는 것이라는 말.

돼지가 짚북데기를 우리 안에 쌓아 놓으면 추워질 징조다 : 겨울 날씨가 추워질 징조가 있으면 돼지가 짚북데기를 우리 안으로 물어다 쌓는다는 말.

돼지가 한곳으로 여러 마리가 모여들면 비가 온다 : 돼지들이 기압 변화를 촉감하고 떼지어 비에 대비한다는 말.

돼지 간을 생것으로 종기 위에 얹어 놓으면 낫는다 : 종기는 생 돼지 간을 덮어 두면 잘 낫는다는 말.

돼지 값은 칠 푼이요 나뭇값은 서 돈이다 : 돼지 값보다 돼지를 삶는 장작 값이 더 비싸듯이, 기본 재료보다 간접 재료값이 더 비싸다는 말. 한 푼짜리 푸닥거리에 두부가 오 푼.

돼지같이 먹고 소같이 일한다 : 농민들이 들일을 할 때는 먹기도 많이 먹고 일도 많이 한다는 말.

돼지고기를 먹고 체한 데는 새우젓을 먹으면 낫는다 : 새우젓은 돼지고기의 단백질과 지방 분해를 촉진하므로 돼지고기에 체한 데는 새우젓이 약이라는 말.

돼지고기를 먹는 꿈을 꾸면 다음날 큰 상(賞)을 받는다 : 돼지고기를 먹는 꿈은 상 받을 길몽이라는 말.

돼지고기를 약 먹을 때 먹으면 약효가 없어진다 : 약을 먹을 때 돼지고기를 함께 먹으면 약효가 없어지므로 약을 먹을 때는 돼지고기를 먹지 말라는 말.

돼지고기와 꿀을 같이 먹으면 죽는다 : 돼지고기와 꿀은 상극이므로 함께 먹어서는 안 된다는 말.

돼지 귀가 크면 성질이 유순하다 : 귀가 크고 아래로 늘어지면 성질이 순한 돼지라는 말.

돼지 귀는 아래로 처져야 성미가 순하고, 소의 귀는 편편해야 성미가 순하다 : ⇒ 소의 귀는 편편해야 성미가 순하고, 돼지의 귀는 아래로 처져야 성미가 순하다.

돼지 귀는 아래로 처져야 성미가 순하다 : 돼

지의 귀는 아래로 축 처진 것이 성미가 순해서 기르기가 좋다는 말.

돼지 기르는 여자와 돼지가 한 날 분만하면 새끼 돼지가 죽는다 : 돼지를 기르는 안주인과 돼지가 새끼를 한 날에 낳으면 새끼 돼지가 죽게 된다는 말.

돼지 기르는 집에는 뱀이 들어오지 않는다 : 돼지가 뱀을 잡아먹기 때문에 돼지가 있는 집에는 뱀이 들어오지 않는다는 말.

돼지 꼬리를 잡았을 때 큰 소리를 칠수록 건강하다 : 돼지의 건강 상태를 진단하는 방법의 하나.

돼지 꼬리 잡고 순대 달란다[북] **:** 무슨 일이든 이루기 위하여서는 일정한 단계를 거쳐야 하는데 그것을 무시하고 성급하게 무엇을 요구함을 이르는 말.

돼지 꼬리 잡고 순대 먹자 한다[북] **:** 성미가 몹시 급한 사람을 풍자하여 이르는 말.

돼지꿈을 꾸면 재수가 있다 : 돼지꿈은 재물이 생길 길몽이라는 말.

돼지꿈을 한 번 꾸면 음식이 생기고 두 번 꾸면 옷이 생긴다 : 돼지꿈을 거듭 꾸게 되면 첫 번째 꿈에는 음식이 생기고, 두 번째 꿈에는 옷이 생길 길몽이라는 말.

돼지날〔亥日〕 돼지 불알은 까지 않는다 : 일진이 돼지날이면 돼지 불알을 까지 말라는 말.

돼지날 잡은 돼지기름은 연장에 다친 상처에 묘약이다 : 돼지날 잡은 돼지기름을 연장에 다친 상처에 바르면 잘 낫는다는 말.

돼지는 구정물 좋아한다 : 더러운 것은 더러운 것과 사귀기를 좋아한다는 말. 돼지는 흐린 물을 좋아한다.

돼지는 귀가 크고 꼬리가 길면 장생한다 : 돼지는 귀가 크고 꼬리가 긴 것이 무병하고 잘 자란다는 말.

돼지는 귀를 아래로 늘어뜨리고 털이 긴 것이 좋다 : 돼지는 큰 귀가 아래로 늘어진 데다 털이 긴 것이 잘 자란다는 말.

돼지는 두부 하는 날이 생일이다 : 두부 만드는 날 돼지가 비지를 많이 먹을 수 있기 때문에 이르는 말. 돼지 두부 한 날이다.

돼지는 먹성이 좋아야 살찐다 : 돼지는 먹성이 좋아서 아무 사료나 잘 먹으면 살이 찐다는 말.

돼지는 목청 때문에 백정 신명을 돋운다 : 백정이 돼지를 잡을 때 돼지가 울부짖는 소리에 신명이 나듯이, 남의 불쌍한 처지를 보고 즐거워함을 이르는 말.

돼지는 소금을 많이 먹으면 죽는다 : 돼지는 소금을 많이 먹으면 죽을 수 있으므로 짜게 먹이지 말라는 말.

돼지는 쉰밥을 먹여야 살찐다 : 돼지는 약간 쉰밥을 좋아한다는 말.

돼지는 앞으로만 간다 : 돼지는 앞으로만 나갈 뿐 후퇴할 줄 모르지만, 승리를 하려면 전후진을 할 줄 알아야 한다는 말.

돼지는 흐린 물을 좋아한다 : ⇒ 돼지는 구정물을 좋아한다.

돼지도 낯을 붉히겠다 : 매우 뻔뻔스러운 행동을 하는 사람을 비난하는 말.

돼지도 키워야 잡아먹는다 : 사람도 가르쳐서 키워야 제 노릇을 하게 된다는 말.

돼지 두부 한 날이다 : ⇒ 돼지는 두부 하는 날이 생일이다.

돼지 떡 같다 : 돼지 떡은 돼지죽을 뜻하니, 음식이 난잡하게 널려 있음을 비유하여 이르는 말.

돼지띠는 잘산다 : 돼지는 꿈에만 봐도 재수가 있는데, 더구나 돼지띠인 사람이라면 오죽 재복(財福)이 많겠느냐는 말.

돼지를 고사용으로 기르던 것을 식용으로 잡아먹으면 집안에 화를 입는다 : 처음부터 고사용으로 기르던 돼지를 식용으로 잡아먹으면 신이 화를 준다는 말.

돼지를 교미시키기 전에 인분 묻은 짚을 우리에 넣어 주면 새끼를 많이 낳는다 : 돼지가 발정하였을 때는 돼지우리에 인분이 묻은 짚을 넣어 준 뒤에 교미를 시키면 새끼를 많이 낳는다는 말.

돼지를 그려서 붙이겠다 : 좋은 음식을 자기 혼자만 먹겠다고 친우간(親友間)에 농으로 하는 말.

돼지를 돌 많은 곳에 방목하면 죽기 쉽다 : 돼지를 돌 많은 곳에 놓아기르면 돌독으로 죽기 쉽다는 말. 돼지를 돌 위에 두면 죽는다.

돼지를 돌 위에 두면 죽는다 : ⇒ 돼지를 돌 많은 곳에 방목하면 죽기 쉽다.

돼지를 사들이는 날은 진일(辰日)이 길하다 : 돼지는 일진이 진일인 날 사 오면 잘 자란다는 말.

돼지를 사 올 때 고사용 · 대사용 · 제수용으로 정하고 산 것을 그 용도를 바꾸어 쓰면 불길하다 : 돼지를 기를 때 고사용은 고사에 쓰고, 대사용은 대사에 쓰고, 제수용은 제수에 써야지 만일 용도를 바꾸면 불길하다는 말.

돼지를 오래 길러서 늙히면 불길하다 : 돼지는 새끼를 잘 낳는 돼지라도 5년 이상 기르면 불길하다는 말.

돼지를 '오래오래' 부르는 것은 5개월 안에 새끼를 낳으라는 뜻이다 : '오래오래'는 돼지를 부르는 소리인데, 이는 다섯 달 이내에 새끼를 낳으라는 데서 유래된 말이라는 말.

돼지를 혼례 · 제사 · 고사 등에 잡는 것은 이년 기른 것이 좋다 : 재래종 돼지 가운데 혼례용 · 제사용 · 고사용 등으로 쓰는 것은 2년을 기른 것이 가장 적당하다는 말.

돼지 멱감은 물 : 돼지 고깃국에 고기는 한 점도 없이 멀건 국물뿐이라는 말.

돼지 멱따는 소리를 한다 : 돼지 목을 딸 때 악을 쓰듯이, 듣기 싫은 소리로 고래고래 고함을 지른다는 말.

돼지 발이 짧으면 다산한다 : 발이 짧은 암돼지가 새끼를 많이 낳는다는 말.

돼지 발톱에 봉선화 물들인다 : ⇒ 돼지우리에 주석 자물쇠(천반자).

돼지 발톱에 봉숭아를 들인다 : ⇒ 돼지우리에 주석 자물쇠(천반자).

돼지 밥을 잇는 것이 네 옷을 대기보다 낫다 : 커 가는 아이의 옷이 자주 찢어지고 쉽게 떨어짐을 비유하여 이르는 말로, 돼지 밥 주듯이 옷을 자주 기워 주어야 한다는 말.

돼지 병에는 관인(官印)이 찍힌 종이를 우리에 붙여 놓으면 낫는다 : 병든 돼지를 치료하는 민간요법 가운데 하나.

돼지 병에는 쑥으로 이마에 뜸질을 하면 낫는다 : 병든 돼지를 치료하는 민간요법 가운데 하나.

돼지 불알 까는 소리를 한다 : 불알을 깔 때 돼지가 꽥꽥 소리를 지르듯이 고래고래 죽는 소리를 한다는 말.

돼지 불통은 정력제이다 : 돼지 불통은 남자들의 정력제로 효과가 좋다는 말.

돼지 비탈길 돌아가듯 한다 : 돼지가 언덕을 돌아가자면 발굽이 비틀어지듯이 어떤 일이 틀어져서 잘 안 됨을 이르는 말.

돼지 사 오는 날은 길일을 택해야 한다 : 돼지를 사 올 때는 좋은 날을 선택해서 사와야 잘 자란다는 말.

돼지 산월(産月)과 안주인 산월이 같으면 돼지 새끼를 다른 집에서 낳게 해야 주인이 해롭지 않다 : 돼지가 새끼를 낳는 달과 주인의 산월이 같을 경우에는 돼지를 다른 집으로 보내서 새끼를 낳도록 해야 서로 길하다는 말.

돼지 새끼 낳고 사흘 안에 상제가 보면 새끼를 죽인다 : 돼지 새끼를 낳은 지 3일 안에 상제가 보면 부정을 타서 새끼를 물어 죽이게 되므로 상제는 조심하라는 말.

돼지 새끼 낳은 지 사흘 안에 주인이 화재를 보고 오면 어미 돼지가 새끼 돼지를 물어 죽인다 : 돼지가 새끼를 낳은 지 3일 안에는 주인이 부정하거나 불길한 것을 보면 어미 돼지가 새끼 돼지를 죽이므로 삼가라는 말.

돼지 새끼 낳은 지 열흘 안에 우리 안에 깐 짚을 갈아 주면 새끼가 병에 걸린다 : 돼지 새끼를 낳은 지 10일 이내에는 우리 청소를 하지 말고 안정을 유지하라는 말.

돼지 새끼 낳은 지 이레 안에 주인집에서 고기를 먹으면 새끼가 잘 자라지 않는다 : 돼지 새끼 낳은 지 7일 이내에 주인이 고기류를 먹으면 돼지 새끼가 부정을 타서 생육에 지장이 있다는 말.

돼지 새끼 낳을 때 검정 옷을 입고 보면 부정 탄다 : 돼지가 새끼를 낳을 때에는 평소에 입던 흰옷을 입어야지 검정 옷을 입어 어미 돼지를 자극시키면 해롭다는 말.

돼지 새끼 낳을 때 상에 나무 태운 잿물을 떠 놓으면 순산한다 : 돼지 새끼를 낳을 때 순산을 바라고 하는 행동의 하나.

돼지 새끼 낳을 때 여러 사람이 보면 새끼를 물어 죽인다 : 돼지가 새끼를 낳을 때는 조용한 분위기를 만들어 주어야 한다는 말.

돼지 새끼 낳을 때 여자가 보면 어미 돼지가 새끼를 잡아먹는다 : 옛날에 여자는 길흉사에 일절 참견해서는 안 된다는 데서 유래된 말.

돼지 색깔 보고 잡아먹나 : ⇒ 돼지 얼굴 보고 잡아먹나.

돼지 얼굴 보고 잡아먹나 : 지엽적인 문제를 가지고 본질적인 문제를 그르쳐서는 안 된다는 말. 돼지 색깔 보고 잡아먹나.

돼지에게 뱀을 먹이면 빨리 자란다 : 돼지가 뱀을 먹으면 빨리 자라고 살찐다는 말.

돼지에게 산나물을 먹이면 살찐다 : 돼지 사료로는 산나물이 좋다는 말.

돼지에게 참외 껍질을 먹이면 기름기가 없어진다 : 돼지에게 참외 껍질을 먹이면 지방분이 없어져서 마르게 된다는 말.

돼지에 진주(-목걸이) : ① 값어치를 모르는 사람에게는 보물도 아무 소용없음을 비유하여 이르는 말. ② 격에 어울리지 않음을 이르는 말.

돼지 오줌통 몰아 놓은 것 같다 : 두툼하게 생긴 얼굴이 아름답지 못하고 허여멀겋게 생긴 사람을 조롱하는 말.

돼지와 소를 한 우리에서 기르면 돼지는 살이 찌고 소는 마른다 : ⇒ 소와 돼지를 한 우리에서 기르면 소는 마르고 돼지는 살찐다.

돼지 왼 발톱 : 평상시의 행동과 어긋난 일을 했거나, 다른 사람들과 틀린 행동을 했을 때에 이르는 말.

돼지 용쓰듯 한다 : 돼지가 용을 써 봤자 별것이 아니듯이 아무리 애를 써도 대단한 존재가 아니라는 말.

돼지우리가 건조하면 병이 생긴다 : 돼지우리는 습기가 있어야지 건조하면 돼지에게 병이 생긴다는 말.

돼지우리는 살림집 동쪽에 짓는 것이 좋다 : 돼지우리의 위치는 살림집 동쪽에 있는 것이 가장 좋다는 말.

돼지우리는 습기가 있어야 새끼를 많이 낳는다 : 돼지우리가 건조하면 새끼를 많이 낳지 않는다는 말.

돼지우리는 진방(辰方)으로 하면 새끼를 잘 낳는다 : 돼지우리는 동남방에 짓는 것이 양돈에 가장 좋다는 말. 돼지우리를 남향으로 지으면 새끼를 많이 낳는다.

돼지우리 담을 살림집에 쓰면 주인이 죽는다 : 돼지우리를 쌓는 데 썼던 돌을 집 짓는 데 쓰면 집주인이 죽는다는 말.

돼지우리를 남향으로 지으면 새끼를 많이 낳는다 : ⇒ 돼지우리는 진방으로 하면 새끼를 잘 낳는다.

돼지우리를 닭장 밑에 지으면 돼지 번식이 잘 된다 : 돼지우리와 닭장을 아래위층으로 만들면 돼지도 잘 자라고 닭도 잘된다는 말.

돼지우리를 돌로 쌓아 만들면 돼지가 잘 자라지 못한다 : 돼지는 돌을 싫어하는 동물이기 때문에 돌로 우리를 지으면 해롭다는 말.

돼지우리를 살림집보다 높은 데 지으면 집안이 안된다 : 돼지우리는 살림집보다 낮게 짓는 것이 순리이므로 이를 어기면 안 된다는 말.

돼지우리를 집 뒤에 지으면 돼지가 잘 자라지 못한다 : 돼지우리의 위치는 살림집 옆쪽으로 짓는 것이 길하므로 뒤쪽으로 짓지 말라는 말.

돼지우리 문은 북쪽으로 내야 잘 자란다 : 돼지우리는 남향으로 짓되 문은 북쪽으로 내는 것이 길하다는 말.

돼지우리에는 입춘 날 요동대길(遼東大吉)이라고 써 붙이면 무병하고 잘 큰다 : 집이나 돼지우리를 새로 지을 때면 '요동대길'이라 크게 써 붙이고 제사를 지냈다는 요동 사람들의 옛 풍습에서 유래된 말.

돼지우리에 동풍(통풍)이 잘 통하면 돼지가 살찐다 : 돼지우리는 통풍이 잘 되도록 지어 주어야 한다는 말.

돼지우리에 주석 자물쇠(천반자) : 제 격에 맞지 아니하게 지나친 치장을 함을 비유하여 이르는 말. 거적문에 (국화) 돌쩌귀. 돼지 발톱에 봉선화 물들인다. 돼지 발톱에 봉숭아를 들인다.

돼지우리에 침을 뱉으면 돼지가 마른다 : 돼지우리는 더럽더라도 침을 뱉으면 돼지가 살이 안 찐다는 말.

돼지우리 주위를 돌로 쌓으면 돼지가 병에 걸린다 : 돼지는 돌을 싫어하기 때문에 우리 주변에 돌을 쌓아 두면 해롭다는 말.

돼지우리 터에 소 외양간을 지으면 길하다 : 돼지우리 터에 소 외양간을 지으면 소가 잘 자란다는 말.

돼지우리 터에 집을 지으면 불상사가 생긴다 : 돼지우리 터에 살림집을 지으면 불길하다는 말.

돼지 유방 사이가 좁으면 젖이 적다 : 암돼지의 젖과 젖 사이가 넓을수록 젖이 많아서 새끼를 잘 기른다는 말.

돼지주둥이가 뾰족하면 살이 안 찐다 : 돼지 주둥이가 뾰족하면 먹성이 좋지 못하여 살이 안 찐다는 말.

돼지주둥이는 몽뚝해야 살이 잘 찐다 : 돼지 주둥이는 짧고 몽뚝해야 먹성이 좋아서 살이 찐다는 말.

돼지 코는 잘산다 : 돼지의 코처럼 생긴 사람은 식복(食福)이 있어 잘산다는 말.

돼지 태아를 삶아 먹으면 단독(丹毒)에 잘 듣는다 : 돼지 태 속에 든 새끼는 단독 약으로 사용된다는 말. *단독–피부 상처로 세균이 들어가서 열이 나고 얼굴이 붉어지며 붓고 통증이 나는 전염병.

돼지 피는 수은 중독 해독제로 쓰인다 : 수은 중독에는 돼지 피가 해독 효과가 있다는 말.

돼지 피 말린 것은 습진이나 종기에 잘 듣는다 : 습진이나 종기에는 말린 돼지 피 분말을 뿌리면 낫는다는 말.

되[升] 글을 가지고 말[斗] 글로 써 먹는다 : 글을 조금 배워 가지고 가장 효과적으로 써먹는다는 말.

되놈[胡人]과 겸상을 하면 재수가 없다 : 어떤 사람과 겸상하기 싫을 때 이르는 말.

되놈이 김 풍헌(風憲) 아나 : 어떤 지위(地位)에 있는 사람을 몰라보고 모욕한 경우에 쓰는 말. *풍헌–지방의 작은 벼슬아치를 이르는 말.

되는 것도 없고, 안 되는 것도 없다 : 옳은 방법으로는 안 되고, 부정한 방법으로는 되는 어지러운 세상을 이르는 말.

되는 놈은 나무하다가도 산삼을 캔다 : 제대로 되어 가는 집에서는 뜻하지 않은 일까지도 모두 잘된다는 말.

되는 집에는 가지나무에서도 수박이 열린다 : 잘되어 가는 집은 하는 일마다 좋은 결과를 맺음을 비유하여 이르는 말.

되는 집에는 암소가 세 마리, 안되는 집에는 계집이 셋 : 축첩(蓄妾)은 집안이 망하는 원인이 된다는 말.

되는 호박에 손가락질㊍ **:** 잘되어 가는 남의 일을 시기하여 훼방을 놓는 일을 비유하여 이르는 말.

되(升)로 주고 말(斗)로 받는다 : ① 조금 준 대가로 받은 것이 훨씬 크거나 많음을 이르는 말. ② 남을 조금 건드렸다가 큰 갚음을 당하는 경우를 이르는 말. 한 되 주고 한 섬 받는다.

되면 더 되고 싶다 : ⇒ 바다는 메워도 사람의 욕심은 못 채운다.

되잡아 흥이다 : 나무람을 받을 사람이 도리어 나무라는 것을 보고 일컫는 말.

되지 못한 풍잠(風簪)이 갓 밖에 얼른거린다 : 좋지 못한 물건이 흔히 잘 나타나 눈에 띄어 번쩍인다는 말. *풍잠–망건의 당 앞쪽에 꾸미는 물건.

된바람(北風)이 계속 불면 날씨가 갠다 : 북풍이 계속해서 불면 서쪽에 고기압이 있고 동쪽에 저기압이 있음을 뜻하므로 날씨가 맑아지게 된다는 말.

된서리가 내리면 비가 온다 : 날씨가 따뜻해야 된서리가 내리게 되는데, 가을 날씨가 따뜻하게 되면 저기압 상태이므로 비가 오게 된다는 말.

된장 맛으로 이불 속의 며느리를 들춰본다 : 된장찌개는 은은한 불에 정성으로 끓여야 제맛이 나듯, 남녀 간의 사랑도 은은하고 은밀해야 함을 비유하여 이르는 말.

된장에 풋고추 박히듯 : 어떤 곳에 가서 자리를 떠나지 않고 콕 들어박혀 있음을 이르는 말.

될성부른 나무는 떡잎부터 알아본다 : ⇒ 잘 자랄 나무는 떡잎부터 안다(알아본다).

두견새 울음소리가 소쩍소쩍 울면 풍년이 들고 소똥소똥 울면 흉년이 든다 : 두견새 울음소리로 풍흉을 점치는 말.

두견이 목에 피 내어 먹듯 : 남에게 억울한 일이나 못할 짓을 하여 재물을 빼앗음을 이르는 말.

두 계집 둔 놈의 똥은 개도 안 먹는다 : 첩을 둔 자의 마음은 몹시 괴로워 속이 썩는다는 말.

두고도 못 먹는 전라도 곡식㊍ **:** ⇒ 보고도 못 먹는 전라도 곡식㊍.

두고 보자는 건 무섭지 않다 : ⇒ 나중에 보자는 사람(놈·양반) 무섭지 않다①.

두꺼비가 나오면 장마 진다 : 비 올 때 두꺼비가 육지로 나와 돌아다니면 장마가 진다는 말.

두꺼비 꽁지 같다 : ⇒ 두꺼비 꽁지만 하다.

두꺼비 꽁지 만하다 : 학식이나 재능이 아주 짧음을 이르는 말. 게꽁지만 하다. 두꺼비 꽁지 같다.

두꺼비 돌에 치였다 : ⇒ 애매한 두꺼비(거북이) 돌에 치였다.

두꺼비 싸움에 파리 치인다㊍ **:** ⇒ 고래 싸움에 새우 등 터진다.

두꺼비씨름 누가 질지 누가 이길지 : 힘이 비슷하여 서로 다투어도 승부의 결말이 나지 않는다는 말. *두꺼비씨름–끝내 승부가 나지 않는 다툼이나 겨룸을 비유하여 이르는 말. 막둥이 씨름하듯.

두꺼비 엎디는 뜻은 덮치자는 뜻이라㊍ **:** ⇒

개구리 움츠리는(주저앉는) 뜻은 멀리 뛰자는 뜻이다③.

두꺼비 콩대에 올라 세상이 넓다 한다㈜ : 생각하는 것이나 하는 일이 근시안적이고 옹졸한 사람을 비유하여 이르는 말.

두꺼비 파리 잡아먹듯 : ⇒ 마파람에 게 눈 감추듯.

두 눈의 부처가 발등걸이했다 : 눈동자에 비치어 나타난 사람의 형상이 발등걸이를 했다는 뜻으로, 눈이 뒤집혔다는 말.

두더지는 나비가 못 되라는 법 있나 : 다른 사람이 상상하지 못하는 전혀 뜻밖의 상황도 일어날 수 있음을 비유하여 이르는 말.

두더지 땅굴 파듯㈜ : ① 일을 욕심스럽게 마구 해 대는 모습을 비유하여 이르는 말. ② 목적한 바를 이루기 위하여 꾸준하고 인내심 있게 노력함을 비유하여 이르는 말.

두더지처럼 땅만 일궈 먹고 산다 : 농산물은 어느 것이나 땅에서 생산되기 때문에 농민들은 일생을 두고 그 땅에서 농산물을 생산하며 산다는 말.

두더지 혼인 같다〔鼴鼠婚〕 : ① 두더지가 하늘, 일월, 구름, 바람, 석불에게 청혼하는 과정에서, 천하에 자기보다 높은 것이 없다고 하며 같은 두더지에게 청혼을 했다는 이야기에서 나온 말로, 분수에 넘치는 엉뚱한 희망을 갖는 것을 비유하여 이르는 말. ② 자기보다 훨씬 나은 사람과 혼인하려고 애쓰다가 마침내는 동류끼리 혼인하게 됨을 비유하여 이르는 말. ③ 남에게 널리 알리지 아니하고 집안사람들끼리만 모여서 하는 혼인을 비유하여 이르는 말.

두덩에 누운 소 : ⇒ 도랑에 든 소.

두 동서(同壻) 사이에 산 쇠다리 빈다 : 의가 좋은 두 사람 사이를 이르는 말.

두렁에 든 소 : ⇒ 도랑에 든 소.

두루미 꽁지 같다 : 수염이 짧게 많이 나서 더부룩한 것을 비유하여 이르는 말.

두루춘풍〔四時春風〕 : 언제나 누구를 만나도 좋게 대해 주는 사람을 이르는 말.

두만강이 녹두죽이라도 곰방술이 없어서 못 먹겠다㈜ : ⇒ 한강이 녹두죽이라도 쪽박이 없어 못 먹겠다. *곰방술—자루가 짧은 숟가락을 뜻하는 북한어.

두말할 나위 없다 : 너무나 뻔한 일이라서 다른 설명을 보탤 필요가 없다는 말.

두메로 꿩사냥 보내 놓고 : 당장 닥친 일은 어떻게든지 해 놓고 보자고 할 때 이르는 말.

두메 앉은 이방(吏房)이 조정(朝廷) 일 알 듯 : 출입 없이 집에만 있는 사람이 오히려 바깥 풍조를 잘 아는 경우를 비유하여 이르는 말.

두멧놈은 감자가 반양식이다 : 두메산골에 사는 사람은 감자를 부식이 아니라 주식으로 먹는다는 말.

두멧놈 풋농사다 : 두메 농사는 여름철에는 무성하여 잘된 것 같으나 가을이 되면 산짐승이 뜯어 먹어 별로 수확이 없듯이, 여름에는 풍작이 예상되었으나 가을 수확이 적었을 때 하는 말.

두 벌 김맬 때는 얼굴이 후끈후끈해야 벼가 잘 자란다 : 벼는 고온다습해야 잘 자라기 때문에 두 벌 김을 맬 무렵에는 논에 들어가면 후끈후끈해야 벼가 잘된다는 말.

두벌자식이 더 곱다㈜ : 아들보다 손자가 더 귀여움을 이르는 말. 두불자손 더 귀엽다㈜.

두 볼에 밤을 물다 : 마땅치 아니하거나 성이 나서 뾰로통한 얼굴 모양을 이르는 말.

두부(豆腐) 먹다 이 빠진다 : ⇒ 홍시 먹다가 이 빠진다.

두부살에 바늘뼈 : ⇒ 바늘뼈에 두부살.

두부에도 뼈라 : ⇒ 계란에도 뼈가 있다.

두불자손 더 귀엽다 : ⇒ 두벌자식이 더 곱다 ㈜. *두불자손—손자의 잘못, 또는 제주 방언.

두 소경 한 막대 짚고 걷는다 : 어리석은 두 사람이 같은 잘못을 저지르는 경우를 비유하여 이르는 말.

두 손뼉이 맞아야 소리 난다 : ① 무슨 일이든지 두 편에서 서로 뜻이 맞아야 이루어질 수 있다는 말. 도둑질을 해도 손발이 맞아야 한다. ② 서로 똑같기 때문에 말다툼이나 싸움이 된다는 말.

두 손의 떡 : 두 손에 떡을 쥐었다는 뜻이니, 어느 것을 먼저 하여야 할지 모르는 경우를 이르는 말. 양손의 떡.

두었다가 국 끓여 먹겠느냐 : 써야 할 것을 쓰지 않고 너무 아껴 두기만 함을 조롱하여 이르는 말.

두 절(寺) 개(犬) 같다 : ① 돌보아 줄 사람이 너무 많아서 서로 미루는 바람에 도리어 하나도 도움을 못 받게 됨을 이르는 말. ② 사람이 마음씨가 굳지 못하여 늘 갈팡질팡하다가 마침내는 아무 일도 이루지 못함을 이르는 말.

두 총알에 맞아 죽는다[북] **:** 배신자는 자기편과 상대편 모두에게 죄를 졌으므로 두 편 모두에게서 총알을 맞아 비참한 죽음을 맞게 된다는 말.

두 틈에 탕관[북] **:** ⇒ 고래 싸움에 새우 등 터진다.

둘러 가나 질러 가나 가면 그만 : 수단이나 방법에 관계없이 목적만 달성되면 그만이라는 말.

둘러치나 메어치나 : ⇒ 업으나 지나.

둘이 똑같아야 싸움도 하게 된다[북] **:** 양쪽의 힘이나 조건이 똑같아야 싸움이 이루어지지, 양쪽의 힘이나 조건이 너무 차이가 날 때에는 싸움이 이루어질 수 없음을 이르는 말.

둘이 먹다 하나(-가) 죽어도 모르겠다 : 음식의 맛이 대단히 좋음을 이르는 말. 셋이 먹다가 둘이 죽어도 모른다.

둘째가라면 서럽다 (섧다) : 자타(自他)가 공인(共認)하는 첫째라는 말.

둘째 며느리 삼아 보아야 맏며느리 착한 줄 안다 : ⇒ 작은며느리 보고 나서 큰며느리 무던한 줄 안다.

둠벙 망신은 미꾸라지가 시킨다 : 못난이는 언제나 옆의 사람만 망신시킨다는 말. *둠벙—'웅덩이'의 충청 방언.

둠벙에 거품 일면 선창에서 논다 : 저기압이 접근하면 수온이 상승하여 웅덩이에 침전되어 있는 유기물이 발효되어 가스를 발생하므로 거품이 일어나는 것이니, 이런 때는 출어하지 말고 선창에서 쉬라는 말.

둠벙을 파야 개구리가 뛰어들지 : 원하는 것이 있으면 먼저 그에 대한 준비를 해야 한다는 말.

둥둥하면 굿만 여긴다 : 무엇이든 듣기만 하면 선입감(先入感)대로 유추(類推)함을 이르는 말.

둥우리의 찰밥도 쏟치겠다 : 사람의 행동이 몹시 경박함을 이르는 말.

뒤로 오는 호랑이는 속여도 앞으로 오는 팔자는 못 속인다 : 이미 정하여진 팔자는 모면하기가 매우 어렵다는 말.

뒤로(-에서) 호박씨 깐다 : ⇒ 밑구멍으로 호박씨 깐다.

뒤를 돌아보고 울기보다는 앞을 바라보고 웃으랬다[북] **:** 지난날의 잘못을 뉘우치며 한숨을 지을 것이 아니라, 밝은 앞날을 내다보며 희망을 가지고 살아야 한다는 말.

뒤를 캐면 삼거웃이 안 나오는 집안이 없다 : 누구나 결점을 찾으려고 애쓴다면 허물이 없는 사람은 없다는 말. *삼거웃—삼 껍질의 끝을 다듬을 때에 긁히어 떨어진 검불.

뒤에 난 뿔이 우뚝하다(後生角高) : ⇒ 나중 난 뿔이 우뚝하다.

뒤에 보자는 사람(양반) 무섭지 않다 : ⇒ 나중에 보자는 사람(놈·양반) 무섭지 않다[2].

뒤에 볼 나무는 그루를 돋우어라〔後見之木 間斫其根〕: 앞으로 희망을 걸 대상에 대해서는 뒷일을 미리부터 깊이 생각하여 보살피라는 말. 뒤에 볼 나무는 뿌리를 높이 잘라라.

뒤에 볼 나무는 뿌리를 높이 잘라라 : ⇒ 뒤에 볼 나무는 그루를 돋우어라.

뒤에 오면 석잔〔後來三杯〕: 술자리에서 늦게 온 사람은 벌로 거푸 석 잔의 술을 마셔야 한다면서 술을 권하는 말.

뒤웅박 신고 얼음판에 선 것 같다 : 몹시 위태로워서 불안하고 조심스러움을 비유적으로 이르는 말. 뒤웅박 신은 것 같다.

뒤웅박 신은 것 같다 : ⇒ 뒤웅박 신고 얼음판에 선 것 같다.

뒤웅박 차고 바람 잡는다 : 맹랑하고 허황된 짓을 하는 사람을 비유하여 이르는 말.

뒤웅박 팔자 : 입구가 좁은 뒤웅박 속에 갇힌 팔자라는 뜻으로, 일단 신세를 망치면 거기서 헤어 나오기가 어려움을 비유하여 이르는 말.

뒤주 밑이 긁히면 입맛 난다 : 쌀이 이미 없어진 이후에 밥맛이 더 난다는 뜻으로, 무엇이 없어진 뒤에야 그것이 더 애석하게 여겨지고 더 간절하게 생각난다는 말. 돈 떨어지자 입맛 난다.

뒷간 개구리(쥐)에게 보지 물렸다 : 뒷간에 갔다가 개구리에게 성기를 물리듯이, 너무나 창피스러운 일을 당하여서 그것을 큰소리로 입 밖에 내어 말 못할 때 이르는 말. 뒷간 개구리(쥐)한테 하문을 물렸다.

뒷간 개구리(쥐)한테 하문(下門)을 물렸다 ⇒ 뒷간 개구리(쥐)한테 보지 물렸다.

뒷간과 사돈집은 멀어야 한다 : ⇒ 사돈집과 뒷간은 멀수록 좋다.

뒷간 기둥이 물방앗간 기둥을 더럽다 한다 : ⇒ 똥 묻은 개가 겨 묻은 개 나무란다.

뒷간에 갈 적 마음 다르고 올 적 마음 다르다〔如厠二心〕: 자기에게 긴할 때는 다급하게 굴다가 저 할 일을 다 하면 마음이 변함을 가리키는 말. 똥 누러 갈 적 마음 다르고 올 적 마음 다르다.

뒷간에 삽을 세워 두면 농사 안된다 : 뒷간에 삽을 세워 두면 흉년이 들어 소출이 적다는 말.

뒷간에서 냄새가 심하면 비가 온다 : 저기압으로 인하여 기류가 안정되어 낮게 깔리므로 냄새가 평소보다 심하게 난다는 뜻.

뒷간에 앉아서 개 부르듯 한다 : 자기에게 필요할 때만 찾는다는 말.

뒷간에 옻칠하고 사나 보자 : 재물을 인색하게 모으는 사람에게 뒷간까지 옻칠을 해 가며 살겠느냐는 뜻으로, 얼마나 잘사는지 두고 보겠다는 말.

뒷구멍으로 호박씨 깐다 : ⇒ 밑구멍으로 호박씨 깐다.

뒷다리를 잡히다 : 상대편에게 약점을 잡혀 벗어나지 못하게 됨을 이르는 말.

뒷독에 바람 든다 : 너무 지나치게 즐거워하면 나중에는 반드시 화를 보게 된다는 말.

뒷동산 모래 같다 : 재산이 많아 흔하게 써도 축이 안 날 정도를 이르는 말.

뒷들 논 팔아 젊은이 노름 밑천 대 준다 : 농사도 잘 안 되는 뒷들 논보다는 젊은 사람 노름 밑천을 대 주는 것이 오히려 수익성이 낫다는 말.

뒷북치다 : 뒤늦게 쓸데없이 수선 떪을 이르는 말.

뒷집 마당 벌어진 데 솔뿌리 걱정한다 : ⇒ 마당 벌어진 데 웬 솔뿌리 걱정.

뒷집 며느리 시집살이 잘하는 바람에 앞집 며느리는 절로 된다 : 주위에 잘하는 사람이 있으면 그 본을 따서 못하는 사람도 잘하게 된다는 말.

뒷집 짓고 앞집 뜯어 내린다 : ① 자기에게 방해가 되거나 손해가 된다 하여 자기보다 먼저 한 사람의 일을 못하게 한다는 말. ② 사리는 제쳐 놓고 제 욕심만 채우려 함을 이르는 말.

드나드는 개가 꿩을 문다 : 꾸준하게 열성적으로 노력하는 사람이 일을 이루고 재물을 얻을 수 있다는 말.

드는 돌에 낯 붉는다 : 무거운 돌을 들면 힘이 들어 얼굴이 붉어지는 것과 같이, 원인이 있어서 결과가 생긴다는 말. 드는 돌이 있어야 낯이 붉다.

드는 돌이 있어야 낯이 붉다 : ⇒ 드는 돌에 낯 붉는다.

드는 정은 몰라도 나는 정은 안다 : ① 정이 들 때는 드는 줄 모르게 들어도 정이 떨어져 싫어질 때는 역력히 알 수 있다는 말. ② 정이 들 때는 드는 줄 몰라도 막상 헤어질 때는 그 정이 얼마나 두터웠던가를 새삼 알게 된다는 말.

드는 좋은 몰라도 나는 좋은 안다(북) : 자기 살림에 보탬이 되는 것은 잘 의식하지 못해도 손해되는 일은 잘 의식한다는 말.

드는 줄은 몰라도 나는 줄은 안다 : 사람이나 재물이 느는 것은 눈에 잘 띄지 않아도 그것이 줄어드는 것은 곧 알아차릴 수 있다는 말.

드러난 상놈(백성)이 울 막고 살랴 : 세상이 다 아는 가난은 구태여 숨기고 남부끄럽게 여길 것이 아니라는 말.

드문드문 걸어도 황소걸음 : ⇒ 느릿느릿 걸어도 황소걸음.

드물어도 아이가 든다 : 일이 더디기는 하나 결국 이루어진다는 말.

든가난 : ⇒ 든거지 난부자.

든가난 난부자 : ⇒ 든거지 난부자.

든거지 : ⇒ 든거지 난부자.

든거지 난부자 : 사실은 가난하면서도 겉으로는 부자처럼 보이는 사람, 또는 그런 형편을 이르는 말. 든가난. 든가난 난부자. 든거지.

든부자 : ⇒ 든부자 난거지.

든부자 난가난 : ⇒ 든부자 난거지.

든부자 난거지 : 사실은 부자이면서도 겉으로는 거지처럼 보이는 사람을 이르는 말. 든부자. 든부자 난가난.

듣기 좋은 꽃노래도 한두 번이지 : ⇒ 듣기 좋은 이야기도 늘 들으면 싫다.

듣기 좋은 육자배기도 한두 번 : ⇒ 듣기 좋은 이야기도 늘 들으면 싫다.

듣기 좋은 이야기도 늘 들으면 싫다 : 아무리 좋은 일이라도 여러 번 되풀이하여 대하게 되면 싫어진다는 말. 듣기 좋은 꽃노래도 한두 번이지. 듣기 좋은 육자배기도 한두 번. 맛있는 음식도 늘 먹으면 싫다.

듣는 것이 보는 것만 못하다 : ⇒ 백 번 듣는 것이 한 번 보는 것만 못하다.

듣보기 장사 애 말라 죽는다 : 요행수를 바라느라고 몹시 애를 쓰는 사람에게 비유하여 일컫는 말. *듣보기 장사–들어박힌 장사가 아니고, 시세를 듣보아 가며 요행수를 바라고 하는 장사.

들고 나니 초롱꾼 : 초롱을 들고 나서면 초롱꾼이 되듯이, 사람은 어떤 일이라도 다 할 수 있다는 말.

들깨가 참깨보고 짧다고 한다(북) : 자신의 흉은 모르고 남의 흉만을 탓함을 비유하여 이르는 말.

들깨꽃 피면 바람꽃 없다 : 들깨꽃이 필 무렵은 8월 중순이므로 이때는 1년 중 바람이 비교적 적은 시기라는 말.

들녘 소경 머루 먹듯 : ⇒ 소경 머루 먹듯.

들어서 죽 쑨 놈은 나가도 죽 쑨다 : ① 집에서 말만 하던 놈은 나가서도 말만 하게 된다는 말. ② 집에서 하던 버릇은 집을 나가서도 버리지 못한다는 말.

들어오는 복도 문 닫는다 : 방정맞은 짓만 하며 오는 복도 마다함을 나무라는 말.

들어오는 복도 차 던진다 : 자기의 잘못으로 제게 오는 복을 잃어버리게 되는 경우를 이르는 말.

들어온 놈이 동네를 팔아먹는다 : 도중에 끼어든 사람이 전체를 망친다는 말.

들여 디딘 발 : 이미 손을 대어 시작한 일을 가리키는 말.

들으면 병이요 안 들으면 약이다 : 들어서 걱정될 일은 듣지 않는 것이 차라리 낫다는 말.

들은 귀는 천 년이요 한 입은 사흘이라 : 모진 말을 한 사람은 쉽게 잊고 말지만 그 말을 들은 사람은 쉽게 잊지 못하고 두고두고 상처를 받는다는 말.

들은 말 들은 데 버리고, 본(見) 말 본 데 버려라 : 말을 옮기지 말라는 말.

들은 이 짐작 : 옆에서 아무리 감언이설(甘言利說)로 말을 늘어놓아도 듣는 사람은 자기 나름대로 짐작을 할 것이니 말한 그대로만 될 리는 없다는 말. 열 사람이 백말을 하여도 들을 이 짐작.

들은 풍월 얻은 문자 : 정식으로 배워서 얻은 지식이 아니라, 얻어들은 지식으로 문자를 쓰는 사람을 비웃는 말.

들 적 며느리, 날 적 송아지 : 며느리는 시집올 적에만 대접을 받고 송아지는 태어날 때에만 잠시 귀염을 받는다는 뜻으로, 며느리는 출가해 온 후엔 소처럼 일만 하며 산다는 말.

들(野) 중은 소금을 먹고, 산(山) 중은 나물을 먹는다 : ① 자기와는 아무 상관 없는 일에 쓸데없이 간섭한다는 말. ② 무슨 일이든지 무리하지 말고 사정이 허락되는 대로 하라는 말.

들쥐가 부산하게 이사하면 홍수 진다 : 기압 변화에 민감한 들쥐가 고지대로 이동하는 것은 홍수가 들 징조라는 말. 쥐가 부산하게 옮기면 홍수 진다.

들지 않는 낫에 손을 벤다북 **:** 변변치 않은 자에게서 생각지 못했던 해를 입게 된 경우를 비유하여 이르는 말.

들지 않는 솜틀은 소리만 요란하다 : ⇒ 먹지 않는 씨아에서 소리만 난다.

등걸이 없는 휘추리가 있나 : 부모가 있어야 자식이 있는 것이니 부모에게 효도하라는 말.

등겨가 서 말만 있으면 처가살이 안 한다 : ⇒ 겉보리 서 말만 있으면 처가살이하랴.

등겨 먹던 개가 말경(末境)에는 쌀을 먹는다 : 처음에 등겨를 먹던 개는 나중에 쌀에까지 눈독을 들이게 된다는 뜻으로, 나쁜 짓을 처음에는 조금씩 하다가 익숙해지면 점점 더 많이 하게 된다는 말. *등겨—쌀의 껍질.

등겨 먹던 개는 들키고, 쌀 먹던 개는 안 들킨다 : 크게 나쁜 짓을 한 자는 들키지 않고, 사소한 잘못을 저지른 자가 들켜서 애매하게 남의 허물까지 뒤집어쓰게 됨을 비유하여 이르는 말. 똥 먹던 강아지는 안 들키고, 겨 먹던 강아지는 들킨다. 똥 싼 놈은 달아나고, 방귀 뀐 놈만 잡혔다.

등겻섬에 생쥐 엉기듯 : 먹을 것이 없는 데에 여러 사람이 달라붙어 있는 모양을 비유하여 이르는 말.

등계산 허리에 안개 두르면 비 올까 생각도 말라 : 등계산 허리에 안개가 끼면 비가 오지 않는다는 말. *등계산—전남 지방의 산 이름.

등곱쟁이 제사 지내듯북 **:** ① 날쌔게 일을 처리함을 비유하여 이르는 말. ② 앉은 자리에서 일을 어물어물 해치움을 비유하여 이르는 말. *등곱쟁이—등꼬부리('곱사등이'를 속되게 이르는 말)의 북한어.

등곱쟁이 허리 펼 새 없다㊀ : 어렵고 곤란한 처지에 있는 사람은 이래저래 늘 고생만 하게 됨을 비유하여 이르는 말.

등살이 꼿꼿하다 : 일이 매우 거북하여 꼼짝달싹할 수가 없다는 말.

등 시린 절 받기 싫다〔受背害拜〕 : 자기가 푸대접한 사람에게 극진한 대접을 받는 것은 등에 소름이 끼치는 것같이 기분이 좋지 아니하다는 말.

등에 풀 바른 것 같다 : 등이 빳빳하다는 뜻으로, 몸의 움직임이 자유롭지 못함을 이르는 말.

등으로 먹고 배로 먹고 : 앞뒤로 먹는다는 말이니, 이것저것 모두 필요하다는 말.

등을 쓰다듬어 준 강아지 발등 문다 : 은혜를 베풀어 준 사람으로부터 도리어 해를 당하는 경우를 비유하여 이르는 말.

등이 더우랴 배가 부르랴 : 등을 덥게 할 의복이나 배를 부르게 할 밥이 생기지 아니한다는 뜻으로, 어떤 일이 자기에게 아무런 이익이 되지 아니함을 비유하여 이르는 말.

등이 따스우면 배부르다 : 의복이 좋으면 배까지도 부르다는 말.

등잔(燈盞) 뒤가 밝다 : 좀 떨어져서 보는 것이 가까이 보는 편보다 더 잘 알 수 있다는 말.

등잔 밑이 어둡고, 이웃집이 멀다㊀ : ⇒ 등잔 밑이 어둡다.

등잔 밑이 어둡다〔燈下不明〕 : 대상에서 가까이 있는 사람이 도리어 대상에 대하여 잘 알기 어렵다는 말. 등잔 밑이 어둡고, 이웃집이 멀다㊀. 제 눈섭은 보지 못한다㊀.

등잔불에 콩 볶아 먹을 놈 : 어리석고 옹졸하여 하는 짓마다 답답한 일만 하는 사람을 낮잡아 이르는 말.

등줄기에서 노린내가 나게 두들긴다 : ⇒ 섣달 그믐날 흰떡 맞듯.

등치고 간 내먹는다 : 겉으로는 가장 위해 주는 체하면서 속으로는 해(害)를 끼친다는 뜻.

등치고 배 만진다(문지른다) : ⇒ 병 주고 약 준다.

따 놓은 당상 : ⇒ 떼어 놓은 당상.

따라지 목숨 : 자기 뜻대로 할 수 없는 부자연스러운 형편이나 신세를 이르는 말. 즉 남에게 얽매여 사는 하찮은 목숨을 이르는 말.

따벌둥지를 쑤시는 격㊀ : 가만히 있으면 아무 일도 없을 것을 공연히 건드려서 화를 입음을 비유하여 이르는 말. *따벌둥지—'땅벌둥지'의 북한어.

따벌둥지 보고 꿀돈 내여 쓴다㊀ : ① 땅벌의 둥지를 보고 거기서 꿀을 떠서 얻게 될 돈을 미리 꾸어 쓴다는 뜻으로, 될지 안 될지도 모를 일을 가지고 미리 그 이익을 당겨 씀을 비유하여 이르는 말. ② 일을 매우 서두르는 모양을 놀림조로 이르는 말.

딱따구리 부작(符作) : 무엇이든지 완벽하게 하려고 하지 않고 명색만 그럴듯하게 갖추는 것을 이르는 말.

딱딱하기는 삼 년 묵은 물박달나무 같다 : 오래된 물박달나무가 휘거나 부러지지 않듯이, 융통성이 없고 고집이 센 사람을 두고 이르는 말.

딸 덕에 부원군 : 출가한 딸의 도움으로 무슨 일을 하거나 잘 지내게 됨을 이르는 말.

딸 먹는 것은 쥐 먹는 것 같다 : ① 딸에게 드는 비용이 조금씩 자꾸 느는 것을 합쳐 보면 양이 많음을 이르는 말. ② 쥐 먹는 것을 못 먹게 할 수 없듯이, 딸에게 드는 비용은 어쩔 수 없이 써야 된다는 말.

딸 삼형제 시집보내면 좀도둑도 안 든다 : 딸은 시집보내는 비용도 많이 들고 시집간 딸들이 무엇이고 가져가는 버릇이 있기 때문에 도둑도 안 들 정도로 살림이 준다는 뜻으로, 딸이 많으면 재산이 많이 줄어든다는 말. 딸 셋을 여의면 기둥뿌리가 팬다. 딸이 셋이면 문을 열어 놓고 잔다.

딸 셋을 여의면 기둥뿌리가 팬다 : ⇒ 딸 삼형제 시집보내면 좀도둑도 안 든다.

딸 셋 치우면 기둥뿌리가 빠진다 : 딸을 여럿 시집보내고 나면 돈이 많이 들어서 살림이 어렵게 된다는 말.

딸 손자는 가을볕에 놀리고, 아들 손자는 봄볕에 놀린다 : 외손자를 친손자보다 더 귀엽게 여긴다는 말.

딸 없는 사위 : ① 실상이 없으면 거기에 딸린 것은 귀할 것이 없다는 말. ② ⇒ 불 없는(꺼진) 화로, 딸 없는(죽은) 사위.

딸에게는 고추밭을 매게 하고, 며느리에게는 감자밭을 매게 한다 : 딸에게는 힘이 들지 않는 고추밭을 매게 하고, 며느리에게는 힘이 드는 감자밭을 매게 한다는 말.

딸은 귀여운 도둑이다 : 딸도 자식이라 귀엽기는 하지만 시집보낼 때 경비가 많이 들고, 시집간 후에도 친정 것을 많이 가져간다는 데서 유래된 말.

딸은 두 번 서운하다 : 딸은 처음 날 때 아들이 아니라서 서운하고, 시집보낼 때 서운하다는 말.

딸은 산적(山賊) 도적(盜賊)이라 하네 : 딸은 출가한 후에도 친정에 와서 이것저것 다 가져가 마치 도둑과 같다는 말.

딸은 옆집에 줘도 강아지는 옆집에 못 준다 : 딸은 시집을 가면 그 집 사람이 되어 옆집이라도 돌아오지 않으나 강아지는 주인을 따르기에 옆집에 주면 늘 주인을 찾아와 산다는 데서, 키워 준 주인을 따르는 개의 습성을 이르는 말.

딸은 예쁜 도적 : 딸은 키울 때나 출가한 후에도 아들보다 더 돈이 들고 친정집 세간도 축내지만, 딸에 대한 애정이 커서 그것이 도리어 예쁘게만 보임을 이르는 말.

딸은 제 딸이 고와 보이고, 곡식은 남의 곡식이 탐스러워 보인다 : 자식은 남의 자식보다 제 자식이 나아 보이고, 물건은 남의 물건이 제 물건보다 좋아 보인다는 말.

딸을 알려면 그 어미를 보라 : 딸은 어머니를 본받게 되므로 그 어미를 보면 딸의 사람됨을 알 수 있다는 말.

딸을 주겠거던 류월 달에 벼 누런 집에 주라 북 : 유월에 벼가 누런 집에 시집을 가야 굶지 않고 잘살 수 있다는 말.

딸의 굿에 가도 전대(纏帶)가 셋(-이다) : 아무리 남을 위해서 하는 일이라도 자기의 이익을 바라게 된다는 말. 딸의 굿에를 가도 자루 아홉을 가지고 간다.

딸의 굿에를 가도 자루 아홉을 가지고 간다 : ⇒ 딸의 굿에 가도 전대가 셋(-이다).

딸의 시앗은 바늘방석에 앉히고, 며느리 시앗은 꽃방석에 앉힌다 : 딸은 귀하게 여겨 어떻게 하든지 그 시앗을 없애려 하나, 며느리에 대해서는 미워하는 마음으로 며느리가 시앗을 보고 괴로워하는 것을 도리어 통쾌하게 여긴다는 말.

딸의 집에서 가져온 고추장 : 몹시 아껴 두고 쓰는 물건을 말함.

딸의 차반 재 넘어가고, 며느리 차반 농 위에 둔다 : ① 딸은 차반을 재 너머 시집으로 가져가고 며느리는 남편에게 주려고 차반을 제 농 위에 둔다는 뜻으로, 딸이나 며느리나 부모보다는 제 남편을 더 위하고 생각한다는 말. ② 딸에게 줄 차반은 아끼지 않으면서 며느리에게 줄 차반은 아까워 농 위에 두고 망설인다는 뜻으로, 며느리보다 딸을 더 생각한다는 말. *차반-예물로 가져가거나 들어오는 좋은 음식.

딸이 셋이면 문을 열어 놓고 잔다 : ⇒ 딸 삼형제 시집보내면 좀도둑도 안 든다.

딸이 여럿이면 어미 속곳 벗는다 : 딸을 시집 보내려면 부담이 큼을 이르는 말.

딸이 하나면 과하고 반이면 모자란다 : 딸은 하나만 되어도 과하다고 여길 만큼 부모의 부담이 크다는 말.

딸자식 길러 시집보내면 륙촌이 된다북 **:** ⇒ 아들은 말 태워 놓으면 사촌 되고, 딸은 시집 보내면 륙촌 된다북.

딸자식 두면 경상도 도토리도 굴러 온다 : 딸의 중매를 서려고 별의별 사람이 다 찾아 든다는 말.

땀은 땀대로 흘리고, 농사는 풀농사만 짓는다북 **:** 부지런히 애를 쓰고 힘을 들여도 요령이나 기술이 부족하여 별 성과가 없음을 이르는 말.

땀은 벼의 거름이다〔汗滴禾下土〕: 농민이 벼농사에 땀을 많이 흘리면 흘릴수록 잘 자라서 수확이 많아진다는 말.

땀 흘린 밭에 풍년 든다북 **:** 피땀을 흘리고 애써서 일을 해야 풍년이 든다는 말.

땀 흘린 밭에 풍년 들고 피 흘린 곳에 기와집 짓는다북 **:** 힘을 들이며 애써 일해야 풍년도 오고 기와집도 생긴다는 말.

땅내가 고소하다(구수하다) : 머지않아 죽게 될 것 같다는 말. 흙내가 고소하다.

땅 넓은 줄을 모르고 하늘 높은 줄만 안다 : 키만 훌쭉하게 크고 마른 사람을 놀리는 말.

땅벌 집 보고 꿀 돈 내어 쓴다 : ⇒ 너구리 굴 보고 피물 돈 내어 쓴다.

땅 사려고 말고 입을 덜랬다 : ⇒ 농토 사려고 애쓰지 말고 입을 덜랬다.

땅심이 좋아야 곡식도 잘된다 : 노화되지 않고 비옥한 땅이라야 곡식이 잘된다는 말. 밭이 좋아야 곡식도 잘된다.

땅에서 솟았나 하늘에서 떨어졌나 : ① 전혀 기대하지 않던 것이 갑자기 나타남을 이르는 말. ② 부모나 조상을 몰라보는 사람을 나무라는 말.

땅을 열 길 파도 고리전 한 푼 생기지 않는다 : 돈은 공짜로 생기는 것이 아니므로 한 푼의 돈이라도 아껴 쓰라는 말. 땅을 열 길 파면 돈 한 푼이 생기나.

땅을 열 길 파면 돈 한 푼이 생기나 : ⇒ 땅을 열 길 파도 고리전 한 푼 생기지 않는다.

땅을 팔 노릇 : 사정이 불가능하여 할 수 없는 것을 억지로 우기며 고집을 피울 때 하는 말.

땅이 비옥하면 가지가 잘 자란다〔地肥茄大〕: 비옥한 땅은 가지가 잘 자라는 것만 보고도 알 수 있다는 말.

땅 짚고 헤엄치기〔如反掌〕: ① 일이 매우 쉽다는 말. 주먹으로 물 찧기①. ② 일이 의심할 여지없이 확실하다는 말.

땅 파다가 은(銀) 얻었다 : 대수롭지 않은 일을 하다가 뜻밖의 이익을 얻었다는 말.

땅 파먹고 사는 것이 농민이다 : ⇒ 농부는 두더지다.

때리는 사람보다 말리는 놈이 더 밉다 : ⇒ 때리는 시어머니보다 말리는 시누이가 더 밉다.

때리는 시늉하면 우는 시늉을 한다 : 서로 손발이 잘 맞는다는 말.

때리는 시어머니보다 말리는 시누이가 더 밉다 : 겉으로는 위해 주는 척하면서 뒤로는 헐뜯는 사람이 더 밉다는 말. 때리는 사람보다 말리는 놈이 더 밉다.

때리면 맞는 척이라도 해라 : ⇒ 때리면 우는 척하다.

때리면 우는 척하다 : 잘못에 대하여 충고해 주면 고집 부리지 말고 듣는 척이라도 하라는 말. 때리면 맞는 척이라도 해라.

때린 놈은 가로 가고, 맞은 놈은 가운데로 간다 : ⇒ 때린 놈은 다릴 못 뻗고 자도, 맞은 놈은 다릴 뻗고 잔다.

때린 놈은 다릴 못 뻗고 자도, 맞은 놈은 다

릴 뻗고 잔다 : 남에게 해를 입힌 사람은 마음이 불안하나, 해를 입은 사람은 오히려 마음이 편하다는 말. 도둑질한 사람은 오그리고 자고, 도둑맞은 사람은 펴고 잔다. 때린 놈은 가로 가고, 맞은 놈은 가운데로 간다. 맞은 놈은 펴고 자고, 때린 놈은 오그리고 잔다. 친 사람은 다리 오그리고 자도, 맞은 사람은 다리를 펴고 잔다.

때린 놈은 다릴 못 뻗고 잔다 : 가해자는 뒷일이 걱정되어 마음이 불안하다는 말.

때맞게 오는 비는 곡식을 잘 자라게 한다〔時雨滋苗〕 : 모든 농사에는 적기에 비만 오면 풍년이 들게 된다는 말.

때맞추어 오는 비에 곡식 자라듯 한다〔時雨之禾〕 : 제때에 알맞게 비가 오면 곡식이 잘 자라듯이, 무엇이든 쑥쑥 잘 자람을 이르는 말.

때묻은 왕사발 부시듯 : 때가 묻은 큰 사발을 물에 부시듯 소리가 요란스럽게 들린다는 뜻으로, 대수롭지 않은 일을 크게 벌임을 비유하여 이르는 말.

때 저고리 부적 : 무엇이든지 완전하게 끝맺지 못하고 이름만 번지르르함을 비유하여 이르는 말.

땔나무는 계수나무와 같이 비싸고 쌀은 구슬과 같이 비싸다〔薪桂米珠〕 : 물가가 엄청나게 올라서 땔나무 값은 달에 있는 계수나무 값처럼 비싸고, 쌀값은 백옥 값처럼 비싸서 살 수가 없다는 말.

땡감도 떨어지고 홍시도 떨어진다 : ① 땡감도 바람에 떨어지는 것이 있고, 홍시도 익어서 떨어지는 것이 있다는 말. ② 죽음에 이르러서는 젊은 사람이나 늙은 사람이나 다 마찬가지라는 말.

땡감도 우리면 단감 된다 : 떫은 땡감도 소금물에 알맞게 처리하면 단감이 되듯이, 악한 사람도 잘 교화하면 착한 사람이 될 수 있다는 말.

땡감 먹고 기름 먹으면 죽는다 : 땡감과 기름은 상극이므로 함께 먹지 말라는 말.

땡감 먹고 체한 데는 돼지고기가 약이다 : 떫은 땡감을 잘못 먹으면 체하게 되는데, 이런 때는 돼지고기를 먹으면 체증이 없어진다는 말.

땡감 먹은 상이다 : 떫은 땡감을 먹은 사람의 얼굴처럼 보기 흉한 상을 하고 있다는 말.

땡감을 따 먹어도 이승이 좋다 : ⇒ 개똥밭에 굴러도 이승이 좋다(낫다).

땡볕에서 서 마지기 피사리도 한다 : 여름 땡볕에서 하루 서 마지기 논의 피도 다 뽑는데 다른 농사일이야 못 할 것이 없다는 말.

땡전 한 푼(닢) 없다 : ⇒ 피천 한 닢 없다.

떠들기는 천안 삼거리라 : 늘 끊이지 아니하고 떠들썩한 데를 비유하여 이르는 말.

떡가루 두고 떡 못할까 : 으레 되기로 정해진 일을 하면서 자랑할 것이 무어냐고 핀잔하는 말.

떡갈나무에 회초리 나고 바늘 간 데 실이 따라간다 : 두 가지 사물의 관련성이 썩 긴밀함을 비유하여 이르는 말.

떡 고리에 손 들어간다 : 오래도록 탐내던 것을 마침내 가지게 된다는 말.

떡국이 농간(弄奸)한다 : 재질(才質)은 부족하지만 오랜 경험으로 일을 잘 감당하고 처리해 나감을 이르는 말.

떡국점이 된 눈깔 : 무엇을 찾으려고 둥글게 뜨고 희번덕거리는 눈을 속되게 이르는 말.

떡 다 건지는 며느리 없다 : 시어머니 모르게 딴 주머니를 차는 경우를 이르는 말로, 사람은 누구나 남의 눈을 속여 자기의 실속을 차리는 성향이 있다는 말.

떡도 떡같이 못해 먹고 생떡국으로 망한다 : 무슨 일을 다 해 보지도 못한 채 실패를 당하게 됨을 비유하여 이르는 말.

떡도 떡같이 못해 먹고 찹쌀 한 섬만 다 없어졌다 : 애써 한 일에 알맞은 효과나 이익도 보지 못하고 많은 비용만 허비하였다는 말.

떡도 떡 같지 않은 옥수수떡이 배 속을 괴롭힌다 : 하찮은 것이 말썽을 부린다는 말.

떡도 떡이려니와 합(盒)이 더 좋다〔餠固餠矣盒兮尤美〕 : 내용도 물론 좋지만 형식이 더 잘 되어 있다는 말.

떡 도르라면 덜 도르고, 말 도르라면 더 도른다 : 사람들이 말을 남에게 전해서 소문이 돌게 하기를 좋아한다는 말.

떡도 먹어 본 사람이 먹는다 : ⇒ 고기도 먹어 본 사람이 많이 먹는다.

떡 떼어 먹듯 : 말을 분명하게 딱 잘라 말함을 이르는 말.

떡 먹은 입 씻어 치듯 : 떡을 먹고도 안 먹은 듯이 입을 씻어 내며 시치미를 뚝 뗀다는 말.

떡방아 소리 듣고 김칫국 찾는다 : ⇒ 떡 줄 사람은 꿈도 안 꾸는데 김칫국부터 마신다.

떡보 메고 배부르다 한다북 **:** ① 어떤 상황이 이루어지자 벌써 일정한 결과를 얻은 듯이 속단함을 비유하여 이르는 말. ② 어떤 조건이 성숙되자 그 성과를 어김없이 다 얻을 수 있다고 장담하는 경우를 이르는 말.

떡 본 김에 굿한다 : ⇒ 떡 본 김에 제사지낸다.

떡 본 김에 제사 지낸다 : 무엇을 하려고 생각하던 중, 마침 필요한 것을 구한 김에 해 버린다는 말. 떡 본 김에 굿한다. 소매 긴 김에 춤춘다. 활 당기는 김에 콧물 씻는다.

떡 본 도깨비북 **:** 떡 보고 좋아서 날뛰는 도깨비처럼, 몹시 덤비면서 염치없이 달려드는 사람을 이르는 말.

떡 사 먹을 양반은 눈꼴부터 다르다 : 참으로 어떤 일을 하려는 사람은 겉으로 봐도 알 수 있다는 말.

떡 삶은 물에 중의(中衣) 데치기 : 한 가지 일에 다른 한 가지 일을 겸해서 하거나, 또는 버릴 물건을 이용해서 소득을 봄을 이르는 말. *중의–여름에 바지 대신으로 입는 홑옷. 고의(袴衣). 떡 삶은 물에 풀한다.

떡 삶은 물에 풀한다 : ⇒ 떡 삶은 물에 중의 데치기.

떡에 밥주걱 : 떡시루 앞에 밥주걱을 들고 덤비는 사람처럼, 무슨 일을 도무지 모르는 사람을 두고 이르는 말.

떡에 웃기 : 떡을 괴거나 담은 뒤에 모양을 내느라 얹은 웃기처럼, 겉보기에는 화려하나 실제로는 부차적 존재에 불과한 것을 비유하여 이르는 말. *웃기–웃기떡(흰 떡에 물을 들여 장식용으로 만든 떡).

떡으로 치면 떡으로 치고, 돌로 치면 돌로 친다 : ⇒ 돌로 치면 돌로 치고, 떡으로 치면 떡으로 친다.

떡은 치고 국수는 만다북 **:** 모든 일은 이치와 경우에 맞게 해야 함을 비유하여 이르는 말.

떡을 달라는데 돌을 준다북 **:** ① 인심이 각박함을 비유하여 이르는 말. ② 원하는 것과 전혀 다른 것으로 대함을 이르는 말.

떡이 별떡 있지 사람은 별사람 없다 : 떡의 종류는 많지만 사람은 큰 차이가 없다는 말.

떡이 생기나 밥이 생기나 : 아무런 실속이 없는 일에 열성을 다하는 사람을 빈정대어 이르는 말.

떡잎에 황이 들다북 **:** ① 원래 보잘것없는 것이 더욱 나빠짐을 이르는 말. ② 기세가 약해짐을 비유하여 이르는 말. ③ 사람이 맥을 못 추고 다 늙어 감을 비유하여 이르는 말.

떡 잘 안 되면 안반 탓한다북 **:** ⇒ 떡 할 줄 모르는 아주머니, 함지(안반) 타령만 한다북.

떡 주고 뺨 맞는다 : 남을 위하여 좋은 일을 해 주고 도리어 욕을 보거나 화를 입게 되는 경우를 비유하여 이르는 말.

떡 줄 사람은 꿈도 안 꾸는데 김칫국부터 마

신다 : 해 줄 사람은 생각지도 않는데 미리부터 다 된 일로 알고 행동한다는 말. 김칫국부터 마신다. 떡방아 소리 듣고 김칫국 찾는다. 떡 줄 사람은 생각도 않는데 김칫국부터 마신다. 떡 줄 사람은 아무 말도 없는데 김칫국부터 마신다. 앞집 떡 치는 소리 듣고 김칫국부터 마신다.

떡 줄 사람은 생각도 않는데 김칫국부터 마신다 : ⇒ 떡 줄 사람은 꿈도 안 꾸는데 김칫국부터 마신다.

떡 줄 사람은 아무 말도 없는데 김칫국부터 마신다 : ⇒ 떡줄 사람은 꿈도 안 꾸는데 김칫국부터 마신다.

떡 쥐고 쓰레기통으로 들어간다㉥ : 행운을 눈앞에 두고도 그것을 향유할 수 없는 처량한 처지를 비유하여 이르는 말.

떡 친 데 엎드러졌다 : 어떻게 하면 떡을 먹을 수 있을까를 고민하다가 일부러 떡판에 엎어지듯 한다는 뜻으로, 무엇에 골몰하여 그 생각에서 떠날 줄을 모른다는 말. 떡판에 엎드러지듯.

떡판에 엎드러지듯 : ⇒ 떡친 데 엎드러졌다.

떡 할 줄 모르는 아주머니 함지(안반) 타령만 한다㉥ : 일이 잘못되면 자기의 잘못이나 무능력을 탓하기보다는 변명만 함을 비유하여 이르는 말. 떡 잘 안 되면 안반 탓한다㉥.

떡 해 먹을 세상 : 떡을 하여 고사를 지내야 할 세상이라는 뜻으로, 뒤숭숭하고 궂은 일만 있는 세상이라는 말.

떡 해 먹을 집안 : 떡을 하여 고사를 지내야 할 집안이라는 뜻으로, 화합하지 못하고 어려운 일만 계속해서 일어나는 집안을 이르는 말.

떨어진 주머니에 어패(御牌) 들었다 : ⇒ 베주머니에 의송 들었다.

떫기는 오뉴월 산살구 같다㉥ : 사람이 사교적이지 못하고 떨떠름한 경우를 이르는 말.

떫기로 고욤 하나 못 먹으랴 : 다소 힘들어도 그만한 일이야 못하겠느냐는 말.

떫은 배도 씹어 볼 만하다 : ⇒ 개살구도 맛들일 탓.

떼가 사촌보다 낫다 : 부당한 일을 억지로 요구하거나 고집한다는 말.

떼(群) 꿩에 매 놓기 : 욕심을 많이 부리면 하나도 이루지 못함을 이르는 말.

떼어 놓은 당상 : 떼어 놓은 당상이 변하거나 다른 데로 갈 리 없다는 데서, 일이 확실하여 조금도 틀림이 없음을 이르는 말. 따 놓은 당상. 떼어 둔 당상 좀먹으랴.

떼어 둔 당상(堂上) 좀먹으랴 : ⇒ 떼어 놓은 당상.

떼장 밑이 저승이다㉥ : 죽음과 저승이 따로 먼 곳에 있는 것이 아니라는 말.

뗏말에 망아지 : ① 여럿 속에 끼어 그럴듯하게 엄벙덤벙 지내는 사람을 이르는 말. ② 여럿의 틈에 끼어 뛰어다님을 이르는 말.

뗏목 타고 바다 건넌다 : 생각이 부족한 사람이 겁 없이 위험한 짓(모험)을 하는 것을 비유하여 이르는 말.

또아리로 눈 가린다 : 가린다고 가렸으되 가장 요긴한 데를 가리지 못했음을 이르는 말. 또아리로 샅 가린다.

또아리로 샅 가린다 : ⇒ 또아리로 눈 가린다.
* 샅—사타구니(두 다리의 사이).

똑똑한 머리보다 얼떨떨한 문서가 낫다㉥ : 아무리 기억력이 좋아도 그때그때 간단히 적어 두는 것이 좋다는 말.

똑똑한 사람도 몰아주면 머저리가 된다㉥ : 아무리 똑똑한 사람도 여러 사람이 몰아내고 따돌리면 기를 펴지 못함을 이르는 말.

똥개도 백 마리면 범을 잡는다㉥ : 보잘것없는 힘이라도 여럿의 힘을 합치면 큰일을 할 수 있음을 비유하여 이르는 말.

똥구멍으로 호박(수박)씨 깐다 : ⇒ 밑구멍으

로 호박씨 깐다.

똥구멍이 찢어지게 가난하다 : 몹시 가난함을 이르는 말. 밑구멍이 찢어지게(째지게) 가난하다.

똥구멍 찔린 소 모양 : 어쩔 줄을 모르고 참지 못하여 쩔쩔 매는 모양.

똥 뀐 년이 바람맞이에 선다 : 미운 사람이 더욱 미운 짓을 함을 이르는 말.

똥 냄새가 나면 비가 온다 : 저기압이 되면 변소 냄새가 날아가지 못하고 더 심하게 풍긴다는 말.

똥 누고 간 우물도 다시 먹을 날이 있다 : ⇒ 이 샘물 안 먹는다고 똥 누고 가더니, 그 물이 막기도 전에 다시 와서 먹는다.

똥 누고 개 불러 대듯 : 필요하면 아무 때나 마구 불러 대는 것을 비유하여 이르는 말.

똥 누고 밑 아니 씻은 것 같다 : 일을 완전히 맺지 아니하여 마음이 꺼림칙하다는 말.

똥 누는 놈 주저앉히기 : 고약하고 잔인한 심사를 이르는 말.

똥 누러 가서 밥 달라고 하느냐 : 목적하던 일을 잊고 전연 딴짓을 한다는 말.

똥 누러 갈 적 마음 다르고 올 적 마음 다르다 : ⇒ 뒷간에 갈 적 마음 다르고 올 적 마음 다르다.

똥 누면 분칠하여 말려 두겠다 : 사람의 똥에 분을 칠하여 하얗게 말려 두었다가 흰 개의 흰 똥을 약으로 구하는 사람이 있으면 팔아먹겠다는 뜻으로, 악독하고 인색한 사람을 이르는 말.

똥덩이 굴리듯 : 아무 데도 소용되지 않는 물건이므로 아무렇게나 함부로 다룬다는 말.

똥 때문에 살인난다 : 보잘것없는 것을 가지고 이익을 다투다가 사고가 난다는 말.

똥 떨어진 데 섰다 : 뜻밖에 좋은 일이 생겼다는 말.

똥 마다는 개 없다 : 개가 똥을 좋아하듯이, 하찮은 것이라도 개성에 따라 좋아하는 사람이 있다는 말.

똥 마려운 계집 국거리 썰듯 : 자신의 일이 급하여 일을 아무렇게나 마구 해치움을 이르는 말.

똥 먹던 강아지는 안 들키고, 겨 먹던 강아지는 들킨다 : ⇒ 등겨 먹던 개는 들키고, 쌀 먹던 개는 안 들킨다.

똥 먹은 개 구린내 풍긴다㉿ **:** 겉으로는 아무렇지도 않으나 어디에 가도 그 본성은 드러나게 되어 있음을 이르는 말.

똥 먹은 곰의 상 : ⇒ 똥 주워 먹은 곰 상판대기.

똥 묻은 개가 겨 묻은 개 나무란다 : 자기는 더 큰 흉이 있으면서 도리어 작은 남의 흉을 본다는 말. 겨 묻은 개를 똥 묻은 개가 나무란다. 그슬린 돼지가 달아맨 돼지 타령한다. 뒷간 기둥이 물방앗간 기둥을 더럽다 한다. 똥 묻은 접시가 재 묻은 접시를 흉본다. 허청 기둥이 측간 기둥 흉본다.

똥 묻은 개 쫓듯 : 어떤 부정적인 대상이 나타났을 때 여유를 주지 않고 마구 쫓아내는 모양을 비유하여 이르는 말.

똥 묻은 속옷을 팔아서라도 : 일이 궁박(窮迫)하면 염치를 돌보지 아니하고 무슨 방법이라도 사용해 힘쓰겠다는 말. 소경의 월수를 내어서라도. 조리장수 매끼 돈을 내어서라도. 중의 망건 사러 가는 돈이라도.

똥 묻은 접시가 재 묻은 접시를 흉본다 : ⇒ 똥 묻은 개가 겨 묻은 개 나무란다.

똥물에 튀겨 죽이려 해도 똥이 아까워 못 하겠다 : ⇒ 나올 적에 봤더라면 짚신짝으로 틀어막을 걸.

똥물에 튀할(튀길) 놈 : 지지리 못나서 아무짝에도 쓸모없는 사람을 속되게 이르는 말.

똥 벌레가 제 몸 더러운 줄 모른다 : 사람이 자기 자신의 결점은 잘 모른다는 말.

똥 싸고 매화타령 한다 : 제 허물을 부끄러워

할 줄 모르고 비위 좋게 날뛴다는 말. 똥 싼 주제에 매화타령 한다.

똥 싸고 성낸다 : ⇒ 방귀 뀐 놈이 성낸다.

똥 싼 년이 핑계 없을까 : ⇒ 처녀가 아이를 낳아도 할 말이 있다.

똥 싼 놈은 달아나고, 방귀 뀐 놈만 잡혔다 : ⇒ 등겨 먹던 개는 들키고, 쌀 먹던 개는 안 들킨다.

똥 싼 놈이 성낸다 : 제 잘못은 덮어두고 도리어 큰소리를 친다는 말. 방귀 뀐 놈이 성낸다.

똥 싼 누덕바지 추키듯 : ⇒ 난쟁이 허리춤 추키듯(추킨다).

똥 싼 주제에 매화타령 한다 : ⇒ 똥 싸고 매화타령 한다.

똥은 건드릴수록 구린내만 난다 : 악한 사람을 건드리면 불유쾌한 일만 생긴다는 말. 똥은 칠수록 튀어 오른다.

똥은 말라도 구리다 : 한번 저지른 나쁜 일은 쉽게 그 흔적을 없애기가 어렵다는 말.

똥은 칠수록 튀어 오른다 : ⇒ 똥은 건드릴수록 구린내만 난다.

똥을 주물렀나 손속도 좋다 : 똥을 주무르면 재수가 있다는 데서 유래된 말로, 노름판에서 운수 좋게 돈을 잘 딴다는 뜻으로 쓰는 말.

똥이 무서워 피하나 더러워서 피하지 : 악하거나 같잖은 사람을 상대하지 아니하고 피하는 것은 그가 무서워서가 아니라 상대할 가치가 없어서 피하는 것이라는 말. 개똥이 무서워 피하나 더러워서 피하지.

똥장군은 비 오는 날 지랬다 : 비 오는 날에는 똥을 농작물에 직접 주어도 되기 때문에 일이 수월하다는 말. *똥장군/-짱-/ ―똥을 담아 나르는 오지나 나무로 된 그릇.

똥 주워 먹은 곰 상판대기 : 불쾌하여 심하게 찌푸린 얼굴을 비유하여 이르는 말. 개똥이라도 씹은 듯. 똥 먹은 곰의 상.

똥 중에 고양이 똥이 제일 구리다 : 고양이같이 간교한 성격의 인물이 제일 고약하다는 말.

똥 진 오소리 : 오소리가 너구리 굴에서 함께 살면서 너구리의 똥까지 져 나른다는 데서 유래된 말로, 남이 더러워서 하지 않는 일을 도맡아 하거나, 남의 뒤치다꺼리를 하는 사람을 놀림조로 이르는 말.

똥 찌른 막대 꼬쟁이 : ⇒ 똥 친 막대기.

똥 친 막대기 : 아주 더럽거나 천하게 되어서 아무짝에도 쓰지 못하게 된 물건이나 버림받은 사람을 이르는 말. 똥 찌른 막대 꼬쟁이.

뙈기밭 곡식이 광주리에 가득하다 : 산기슭 밭에 심은 곡식이 풍작이 될 정도로 큰 풍년이 들었다는 말.

뚝배기 깨지는 소리 : ① 음성이 곱지 못하고 탁한 것을 이르는 말. ② 잘 못하는 노래나 말을 비유하여 이르는 말.

뚝배기보다 장맛이 좋다 : 겉모양은 보잘것없으나 내용은 훨씬 훌륭함을 이르는 말. 꾸러미에 단 장 들었다. 뚝배기 봐선 장맛이 달다. 장독보다 장맛이 좋다.

뚝배기 봐선 장맛이 달다 : ⇒ 뚝배기보다 장맛이 좋다.

뚝비 맞은 강아지(개 새끼) 같다북 **:** 비를 흠뻑 맞았거나 물에 빠져 옷이 푹 젖어 몸에 달라붙어 있는 모양을 비유하여 이르는 말.

뚫어진 벙거지에 우박 맞듯 : 정신을 못 차릴 정도로 마구 쏟아짐을 비유하여 이르는 말.

뚱딴지 같다 : 전혀 생각이나 예상을 하지 못함을 이르는 말.

뛰는 놈 위에 나는 놈 있다 : 아무리 재주가 뛰어났다 하더라도 그보다 더 뛰어난 사람이 있다는 뜻으로, 스스로 뽐내는 사람을 경계하여 이르는 말. 기는 놈 위에 나는 놈이 있다. 나는 놈 위에 타는 놈 있다. 뛰는 놈이 있으면 나는 놈이 있다. 차 우에 차가 있다 ⊞. 치 위에 치가 있다.

뛰는 놈의 주먹만도 못하다 : 몹시 적음을 뜻하는 말.

뛰는 놈이 있으면 나는 놈이 있다 : ⇒ 뛰는 놈 위에 나는 놈 있다.

뛰는 토끼 잡으려다 잡은 토끼 놓친다 : 일을 자꾸 벌여만 놓다가 이미 이루어 놓은 것도 못쓰게 만듦을 비유하여 이르는 말.

뛰면 벼룩이요, 날면 파리 : 벼룩과 파리는 귀찮은 존재라, 제 뜻에 맞지 않는 자는 무슨 짓을 하나 밉게만 보인다는 말.

뛰어 보았자 부처님 손바닥 : ⇒ 뛰어야 벼룩.

뛰어야 벼룩 : 도망쳐 보았자 별수 없다는 말. 뛰어 보았자 부처님 손바닥.

뜨거운 감자다 : 감자가 먹음직스럽기는 하나 뜨거워서 먹지를 못하고 보고만 있듯이, 좋은 일을 만났으나 방해물이 있어서 손을 못 대고 있다는 말.

뜨거운 국에 맛 모른다 : ⇒ 끓는 국에 맛 모른다.

뜨거운 물에 덴 놈 숭늉 보고도 놀란다 : ⇒ 자라 보고 놀란 가슴 소댕(솥뚜껑) 보고 놀란다.

뜨겁기는, 박태보(朴泰輔)가 살았을라구 : 숙종이 인현왕후를 폐비시킬 때 박태보가 반대 상소를 하였다가 불의의 혹형을 받은 데서 나온 말로, 뜨겁기는 하지만 참으라는 말.

뜨고도 못 보는 당달봉사 : 무식해서 글을 못 읽는 눈뜬장님을 이르는 말. *당달봉사(청맹과니)—겉으로 보기에는 눈이 멀쩡하나 앞을 보지 못하는 눈.

뜨는 소가 부리기는 좋다 : 사람을 들이받는 소가 일은 잘하듯이 사람도 성미가 사나운 사람이 일은 박력 있게 잘 한다는 말.

뜨물 먹고 주정한다 : ① 공연히 취한 체하며 주정함을 이르는 말. ② 뻔히 알면서도 억지를 부리거나 거짓말을 함을 비유하여 이르는 말.

뜨물 먹은 당나귀청 : ⇒ 모주 먹은 돼지 껄때청.

뜨물에도 아이가 든다〔房事稀少 猶成子息〕: 일이 여러 날 지연되기는 해도 반드시 이루어짐을 비유하여 이르는 말.

뜨물에 빠진 바퀴 눈 같다 : 정신이 혼미(昏迷)하고 눈망울이 기운 없이 흐리멍덩함을 이르는 말.

뜬 모가 농사 장원한다 : 모는 얕게 심어야 착근(着根)도 잘 되고 발육도 빨라서 풍작이 될 수 있다는 말.

뜬 소 울 넘는다 : 동작이 매우 느린 소가 울타리를 넘는다는 뜻으로, 평소에 굼뜬 사람이 뜻밖에 장한 일을 이룸을 이르는 말.

뜬 쇠(솥)도 달면 어렵다 : 불에 둔한 쇠도 불에 달면 만지기가 어렵듯이, 성질이 유순한 사람도 한번 노하게 되면 무섭다는 말.

뜻과 같이 되니까 입맛이 변해진다 : 오래 바라던 것이 이루어지니까 싫증을 느낀다는 말.

띄엄띄엄 걸어도 황소걸음 : ⇒ 느릿느릿 걸어도 황소걸음.

ㄹ

량반 고집은 소 고집

~

륙모 진 모래를 팔모 지게 밟았다

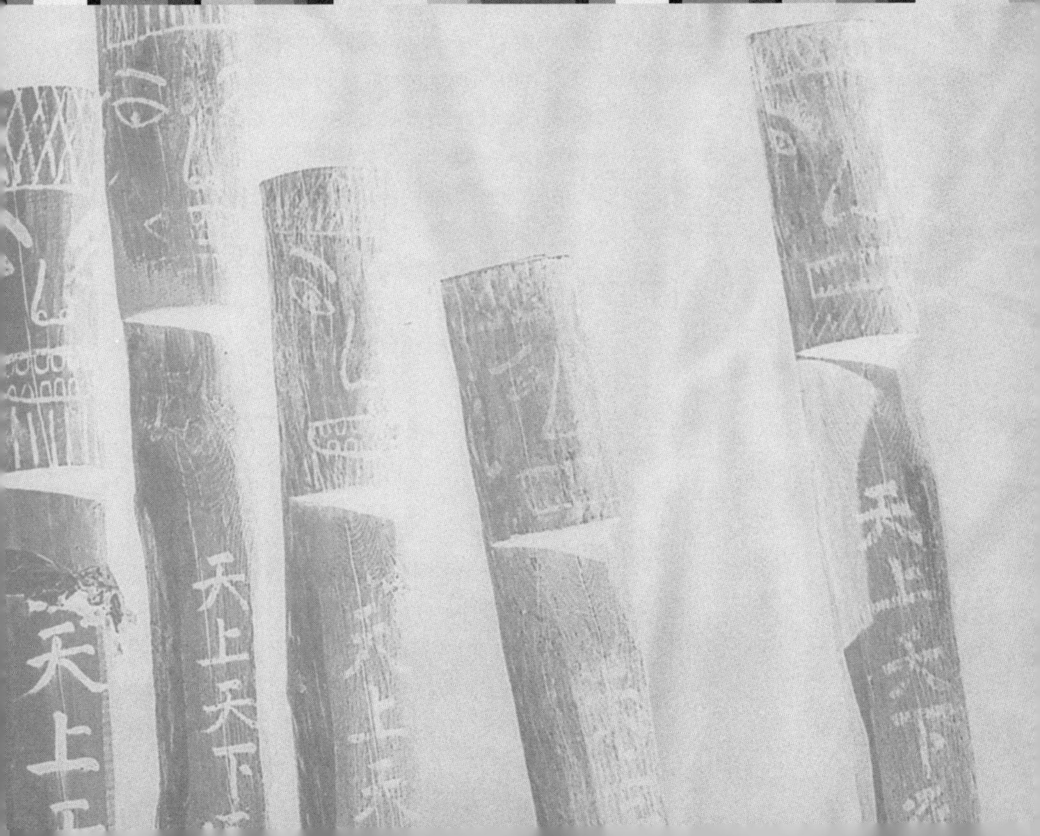

량반 고집은 소 고집(-이다) 북 : 양반은 무턱대고 제 고집만 내세운다는 뜻으로, 몹시 고집이 셈을 비유하여 이르는 말.

량반은 더러워서 범도 안 잡아먹는다 북 : 양반의 하는 짓이 더러워서 날고기를 좋아하는 범조차도 안 먹으려 한다는 뜻으로, 양반은 겉으로는 점잖은 체하나 실상은 그 속내가 몹시 더럽고 못되기 그지없음을 이르는 말.

량반이 금관자 내세우듯 북 : 양반이 높은 벼슬만 내세우며 위세를 부리듯 한다는 뜻으로, 능력도 밑천도 없는 자가 권력을 내휘두름을 비유하여 이르는 말.

량반 하나면 세 동네가 망한다 북 : ⇒ 부자 하나면 세 동네가 망한다.

량식쌀을 싸 메고 다닌다 북 : 어떤 일에나 적극적으로 나섬을 비유적으로 이르는 말.

렴치도 가죽 안에 있다 북 : 사람을 무색하게 할 정도로 너무나 염치없는 짓을 하는 경우를 비유하여 이르는 말. 렴치도 사람 믿고 산다 북.

렴치도 사람 믿고 산다 북 : ⇒ 렴치도 가죽 안에 있다 북.

룡은 룡을 낳고 봉황은 봉황을 낳는다 북 : 근본이 좋은 집안에서 훌륭한 자손이 나온다는 말.

룡의 새끼가 못 되면 미꾸라지가 된다 북 : 처음부터 온갖 재주를 마음대로 부릴 수 있는 용의 새끼가 되지 못하면 도랑에 뒹구는 미꾸라지가 되는 법이라는 뜻으로, 처음부터 훌륭한 인재가 될 길로 들어서지 못하면 보잘것없는 인물밖에 되지 못함을 비유하여 이르는 말.

룡이 개천에 떨어지면 미꾸라지가 되는 법 북 : ⇒ 용이 물 밖에 나면 개미가 침노를 한다.

룡이 없는 바다에는 메기가 꼬리를 치고, 호랑이 없는 산골에는 여우가 선생질을 한다 북 : ⇒ 호랑이 없는 골에 토끼가 왕 노릇 한다.

륙모 진 모래를 팔모 지게 밟았다 북 : ① 같은 길을 수 없이 왔다 갔다 했음을 비유하여 이르는 말. ② 발이 닳도록 많이 다녔음을 비유하여 이르는 말.

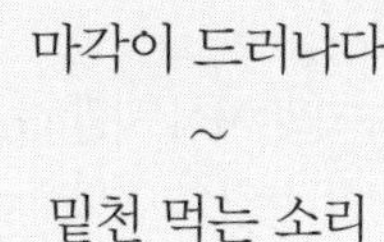

마각이 드러나다
~
밑천 먹는 소리

마각(馬脚)이 드러나다 : 숨기려 하던 정체가 드러남을 이르는 말.

마구간 냄새가 나면 비가 온다 : 저기압이 되면 마구간 냄새가 날아가지 못하고 더 심하게 풍긴다는 말.

마구 뚫은 창 : 질서나 순서도 없이 되는대로 함부로 하는 행동을 이르는 말.

마냥모 판에는 뒷방 처녀도 나선다 : 늦모내기를 할 때에는 매우 바쁘고 사람 손이 모자람을 이르는 말.

마누라와 자식 자랑하는 놈은 팔불출이다 : 마누라나 자식 자랑하는 사람을 비웃어 이르는 말. 녀편네 자랑은 온 머저리 자식 자랑은 반 머저리㊇.

마누라 자랑은 말아도 병 자랑은 하랬다 : 마누라 자랑은 어리석은 일이지만, 병이 나면 널리 알려야 경험자들로부터 고치는 방법을 알 수 있기 때문에 자랑을 하라는 말.

마늘밭 불은 이른 봄에 지른다 : 마늘밭을 덮은 짚이나 왕겨 속에는 고자리와 같은 해충 애벌레가 숨어 있으므로 이른 봄에 불을 놓아 태워 죽이기도 하지만, 불탄 재가 산성화된 흙을 중화하는 구실도 하므로 마늘의 수확량을 높일 수 있다는 말.

마당 벌어진 데 웬 솔뿌리 걱정 : 마당이 벌어졌는데 그릇이 터졌을 때 필요한 솔뿌리를 걱정한다는 뜻으로, 당치도 아니한 것으로 사건을 수습하려 하는 어리석음을 비웃는 말. 뒷집 마당 벌어진 데 솔뿌리 걱정한다. 마당 터진 데 솔뿌리 걱정한다.

마당 보고 절한다 : ⇒ 굴뚝 보고 절한다.

마당삼을 캐었다 : 힘들이지 않고 무슨 일을 쉽게 성공하였을 때 이르는 말.

마당이 환하면 비가 오고 계집 뒤가 반지르르하면 애가 든다 : 쇠약했던 아이 어머니의 몸이 다시 회복되고, 몸매가 반지르르하게 되면 또 아이를 가지게 된다는 말.

마당질 뒤의 쌀자루㊇ : 우두커니 침묵만 지키고 있는 모습을 비유하여 이르는 말.

마당 터진 데 솔뿌리 걱정한다 : ⇒ 마당 벌어진 데 웬 솔뿌리 걱정.

마디에 공이 닿아 : 상할까 아끼는 곳에 더욱 상하기 쉬운 흠이 있다는 말. *공이—절구나 방아확에 든 물건을 찧거나 빻는 기구.

마디에 옹이 : ⇒ 기침에 재채기. *옹이—나무의 몸에 박힌 가지의 밑부분.

마루가 높으면 천장이 낮다 : 한 가지가 좋아지면 한 가지는 나빠진다는 말.

마루 넘은 수레 내려가기 : 사물의 진행 속도나 형세가 건잡을 수 없이 매우 빠름을 이르는 말.

마루 밑에 볕 들 때가 있다 : 마루 밑과 같은 음침한 곳에도 볕이 들 때가 있는 것처럼, 어떤 일이나 고정불변한 것은 없음을 비유하여 이르는 말.

마루 아래 강아지가 웃을 노릇 : 어떤 일이 경우에 몹시 어긋남을 이르는 말.

마룻구멍에도 볕 들 날이 있다 : 불행하고 어려운 사람이라도 행운이 찾아올 날이 있다는 말.

마른나무 꺾듯 : 일을 단번에 쉽게 해치움을 비유하여 이르는 말.

마른나무를 태우면 생나무도 탄다 : 안되는 일도 대세(大勢)를 타면 될 수 있다는 말.

마른나무에 꽃이 피랴[枯木生花] : 별로 기대할 것이 없는 것에 희망을 걸고 있을 필요는 없음을 비유하여 이르는 말. 고목에 꽃이 피랴.

마른나무에 물 내기라 : 없는 것을 짜내려고 억지를 쓴다는 말. 마른나무에서 물 짜기.

마른나무에 물 날까 : 원인 없는 결과는 있을 수 없다는 말.

마른나무에 좀먹듯 : 건강이나 재산이 부지중에 점점 쇠하거나 없어짐을 이르는 말.

마른나무에서 물 짜기〔乾木水生〕: ⇒ 마른나무에 물 내기라.

마른날에 날벼락〔靑天霹靂〕: ⇒ 대낮에 마른벼락.

마른날에 벼락 맞는다 : ⇒ 대낮에 마른벼락.

마른논에 물 대기 : 일이 매우 힘들거나, 힘들여 해 놓아도 성과가 없는 경우를 이르는 말.

마른논에 물 들어가는 것과 자식 입에 밥 들어가는 것보다 더 보기 좋은 것은 없다 : ① 농사짓는 사람에게는 가문 논에 물 들어가는 것보다 더 기쁜 일은 없다는 말. ② 끼니를 못 잇는 어려운 사람은, 자기는 굶어도 자식이 밥을 먹는 것을 보면 매우 기쁘다는 말.

마른논에 물 잦듯 : 마른논에 물을 대면 곧 배어들어 잦아들듯이 물건이 금세 녹아 없어짐을 이르는 말.

마른 돼지가 새끼를 많이 낳는다 : 사람도 마른 여자가 아이를 많이 낳는다는 말.

마른 돼지는 잡기 전에 메밀을 먹이면 살이 찐다 : ⇒ 마른 돼지에게 메밀을 먹이면 빨리 자란다.

마른 돼지는 쥐를 먹이면 살찐다 : ⇒ 마른 돼지에게 메밀을 먹이면 빨리 자란다.

마른 돼지에게 메밀을 먹이면 빨리 자란다 : 마른 돼지를 빨리 살찌게 하는 사료로는 메밀이 가장 효과적이라는 말. 마른 돼지는 잡기 전에 메밀을 먹이면 살이 찐다. 마른 돼지는 쥐를 먹이면 살찐다.

마른땅에 말뚝 박기 : 일을 어렵고 힘들게 마구 해 나가는 경우를 비유하여 이르는 말.

마른땅에 물이 잦아들듯 : 건조한 땅이 물을 흡수하는 힘이 매우 강하듯, 무엇을 받아들이는 기세가 매우 강한 상태를 비유하여 이르는 말.

마른 말은 꼬리가 길다 : 마르고 여위면 같은 것이라도 더 길게 보인다는 말.

마른번개는 가뭄의 징조 : 오후의 번개는 열뢰(熱雷)로서 시간적으로 오래 유지되지 않아 비를 형성하지 못하면 맑게 되고 이때 마른번개로 나타난다는 말.

마른번개만 친다 : 비 오기를 고대하는 참에 비는 오지 않고 마른번개만 쳐서 애를 태운다는 말.

마른 이〔虱〕 죽이듯 한다 : 말을 할 때 하나도 숨김없이 온갖 사연을 다 말함을 뜻하는 말.

마른장마에 논바닥 갈라진다 : 장마기에 들어섰으나 비가 고르게 오지 않아, 온 데는 많이 오고 오지 않은 곳은 여전히 가뭄의 피해가 계속된다는 말.

마른 침을 삼킨다 : 몹시 걱정하거나 긴장하여 초조할 때 없는 침을 삼킴을 이르는 말.

마른하늘에 날벼락(생벼락)〔靑天霹靂〕: 뜻하지 아니한 상황에서 뜻밖에 입는 재난을 이르는 말. 마른하늘에 벼락 맞는다. 맑은 하늘에 벼락 맞겠다②.

마른하늘에 벼락 맞는다 : ⇒ 마른하늘에 날벼락(생벼락).

마름쇠도 삼킬 놈 : 몹시 탐욕스러운 사람을 이르는 말. * 마름쇠–서너 개의 발 끝이 송곳처럼 뾰족한 쇠못. 도둑이나 적을 막기 위하여 흩어 두었다.

마마(媽媽) 그릇되듯 : 천연두가 악화되었다는 뜻으로, 무슨 일의 좋지 않은 징조가 보인다는 말.

마마 손님 배송(拜送)하듯 : 행여나 가지 않을까 하여 그저 잘 보내기만 한다는 말.

마방(馬房) 집이 망하려면 당나귀만 들어온다 : ⇒ 객주가 망하려니 짚단만 들어온다.

마소 새끼는 시골로, 사람의 새끼는 서울로 : ⇒ 말은 나면 제주도로 보내고, 사람은 나면 서울로 보내라.

마을에 빗 장수가 들어오면 대추나무는 망한다 : 옛날 얼레빗은 대추나무로 만들기 때문에 얼레빗을 만드는 빗 장수가 대추 고장에 들어와서 겨우내 빗을 만들면, 그 마을 대추나무를 거의 다 베므로 대추 농사를 망치게 된다는 말.

마음씨가 고우면 옷 앞섶이 아문다 : 아름다운 마음씨는 그 겉모양에도 나타난다는 말. 마음이 바르고 고와야 옷깃이 바로 선다㊀.

마음(-에) 없는 염불 : 하고 싶지 않은 일을 마지못해 하는 것을 이르는 말.

마음에 없으면 보이지도 않는다 : ⇒ 마음에 있어야 꿈을(-도) 꾸지.

마음에 있어야 꿈을(꿈도) 꾸지 : 도무지 생각이 없으면 꿈도 안 꾸어진다는 말. 마음에 없으면 보이지도 않는다.

마음은 걸걸해도 왕골 자리에 똥 싼다 : 말로는 잘난 체 큰소리를 해도 실제로는 못난 짓만 한다는 말.

마음을 잘 가지면 죽어도 옳은 귀신이 된다 : 착한 마음씨를 지니고 살면 죽어도 유감이 없다는 말. 옳은 일을 하면 죽어도 옳은 귀신이 된다.

마음이 맞으면 삶은 도토리 한 알을 가지고도 시장 멈춤을 한다 : 가난하더라도 서로 마음이 맞으면 역경을 극복할 수 있다는 말. 의가 좋으면 세 어미 딸이 도토리 한 알을 먹어도 시장 멈춤은 한다.

마음이 뭉치면 물방울로 강철판도 구멍을 뚫을 수 있다㊀ : 사람들이 한마음 한뜻으로 뭉치고 힘을 합치면 어떤 어려운 일이라도 해낼 수 있음을 비유하여 이르는 말.

마음이 바르고 고와야 옷깃이 바로 선다㊀ : ⇒ 마음씨가 고우면 옷 앞섶이 아문다.

마음이 없으면 지게 지고 엉덩춤 춘다㊀ : 마음에 내키지 아니한 일을 성의 없이 아무렇게나 함을 비유하여 이르는 말.

마음이 열두 번씩 변사(變詐)를 한다 : 하루에도 수 없이 요변스럽게 마음이 변함을 이르는 말.

마음이 지척이면 천 리도 지척이라㊀ : 서로 정이 깊고 가까우면 멀리 떨어져 있어도 가깝게 느껴짐을 이르는 말.

마음이 천 리면 지척도 천 리라㊀ : 서로 정이 깊지 못하면 가까이 있어도 매우 멀게 느껴짐을 이르는 말.

마음이 풀어지면 하는 일이 가볍다 : 마음에 맺혔던 근심 걱정이 없어지고 부아가 풀리면 하는 일도 힘들지 않고 쉽게 된다는 말.

마음이 화합하면 부처도 곤다 : 서로 화합하면 어떤 어려운 일이든 이룰 수 있다는 말.

마음이 흔들비쭉이라 : 결심이 굳지 못하고 감정에 좌우되어 주견 없이 행동하는 사람을 비유하여 이르는 말.

마음잡아 개장사 : 방탕한 사람이 마음을 돌려 생업(生業)을 하려 하지만, 결국 오래가지 않아 헛일이 됨을 이르는 말.

마음 좋은 녀편네 동네에 시아버지가 열이다㊀ : ⇒ 인정에 겨워 동네 시아비가 아홉이라.

마음처럼 간사한 건 없다 : 사람의 마음이란 이해관계에 따라 간사스럽게 변함을 이르는 말.

마음 한 번 잘 먹으면 북두칠성(北斗七星)이 굽어보신다 : 마음을 올바르게 쓰면 신명(神明)이 돌본다는 말. 남을 위해 주는 일엔 북두칠성도 굽어본다.

마전장이 놀듯 한다 : 쉴 사이 없이 늘 빨래만 한다는 말. * 마전장이–피륙 바래는 일을 업으로 삼는 사람.

마지막 고개를 넘기기가 가장 힘들다 : 어떤 일이든지 끝을 잘 마무리하기가 가장 힘듦을 비유하여 이르는 말.

마지막 담배 한 대는 기생첩도 안 준다 : 마지막 남은 한 대의 담배는 남에게 주기가 매우 아까움을 이르는 말. 막대는 첩도 안 준다[북].

마치가 가벼우면 못이 솟는다〔椎輕釘聳〕 : 윗사람이 엄격하지 않으면 아랫사람이 순종하지 않고 도리어 반항함을 비유하여 이르는 말. 망치가 가벼우면 못이 솟는다. 망치 자루가 가벼우면 쐐기가 돋는다[북]. 방망이가 약하면 쐐기가 솟는다[북].

마파람에 게 눈 감추듯 : ① 남풍이 불면 게가 눈을 재빨리 감춘다는 말. ② 음식을 매우 빨리 먹어 버리는 모습을 비유하여 이르는 말. ③ 무슨 일을 순식간에 해치운다는 말. 게 눈 감추듯 한다. 남양 원님 굴회 마시듯. 두꺼비 파리 잡아먹듯.

마파람에 곡식이 혀를 빼물고 자란다 : 남풍이 불기 시작하면 모든 곡식들은 놀랄 만큼 빨리 자란다는 말.

마파람에 돼지 불알 놀듯 한다 : 아무런 구속 없이, 쓸데없이 흔들대는 사람을 비유하여 이르는 말.

마파람에 호박 꼭지 떨어진다 : 마파람이 불면 호박농사를 폐농하게 되듯이, 무슨 일이 처음부터 그릇되어 방해를 받는다는 말.

마파람이 불면 비가 온다 : 여름에 남풍이 계속해서 불면 저기압이 접근하여 그 중심에 들어가고 있음을 뜻하므로 비가 올 징조라는 말.

마판이 안되려면 당나귀 새끼만 모여든다 : ⇒ 객주가 망하려니 짚단만 들어온다.

막간어미(幕間－) 애 핑계 : 무슨 일을 시키거나 청했을 때 어떤 핑계라도 대서 피함을 이르는 말. * 막간어미－막간살이(큰 집에 곁달린 허름한 집에서 구차하게 살아가는 일)를 하는 여자를 낮잡아 이르는 말.

막걸리 거르려다 지게미도 못 건진다 : 큰 이익을 보려다가 도리어 손해만 봄을 이르는 말.

막내둥이 응석 받듯 : 어떠한 말이나 행동을 해도 하는 대로 두고 봄을 이르는 말.

막내딸 시집보내려면 내가 가지 : 막내딸을 시집보내는 어머니의 애석한 마음을 나타낸 말.

막내아들이 첫아들이라 : ① 막내아들이 가장 소중히 여겨진다는 말. ② 단 하나밖에 없다는 말.

막다른 골목에 든 강아지 호랑이를 문다[북] : 약한 자도 극한상황에 이르면 무서움을 모르고 마지막 힘을 다해 덤벼든다는 말.

막다른 골목에서 돌아선 개는 범보다 무섭다[북] : 매우 위태로운 처지에서 헤어나 보려고 마지막 힘을 다하여 덤비면 무서운 힘을 냄을 비유하여 이르는 말.

막다른 골목으로 쫓긴 짐승이 개구멍을 찾아 헤매듯[북] : 막다른 지경에 이른 사람이 거기서 헤어나 보려고 작은 가능성이라도 찾아 헤맨다는 말.

막다른 골이 되면 돌아선다 : 일이 막다른 지경에 이르면 또 다른 계교(計巧)가 생긴다는 말.

막대는 첩도 안 준다[북] : ⇒ 마지막 담배 한 대는 기생첩도 안 준다. * 막대－'마지막에 피우는 담배'의 북한어.

막대 잃은 장님 : 의지할 곳을 잃고 꼼짝 못하게 된 처지를 이르는 말.

막둥이 씨름하듯 : ⇒ 두꺼비씨름 누가 질지 누가 이길지.

막 밀어 열닷 냥 금[북] : 어떤 일을 구체적으로 정확히 따져 보지 아니하고 대충 한 부류로 처리하는 경우를 비유하여 이르는 말.

막손에 목이 멘다[북] : ⇒ 막술에 목이 멘다.

막술에 목이 멘다 : 지금까지 순조롭게 되어 오던 일이 마지막 단계에 이르러 탈이 난다는 말. 막손에 목이 멘다[북].

막혔던 물목이(동이) 터진 듯[북] : 많은 것이 한꺼번에 쏟아지거나, 생기거나, 혹은 자라는 모양을 비유하여 이르는 말.

만경창파에 배 밑 뚫기 : 심통 사나운 짓을 비유하여 이르는 말.

만나자 이별 : 서로 만나자마자 곧 헤어짐을 이르는 말.

만날 뗑그렁 : 생활이 풍부하여 만사에 걱정이 없음을 뜻하는 말. 맨날 뗑그렁.

만 냥의 돈인들 무슨 소용이냐 : 아무리 가치 있는 것이라도 직접 이용할 수 없는 경우에는 소용이 없다는 말.

만드리 때 북소리가 멀어지면 풍년 든다 : 논에 마지막 김매기를 하고 농악을 울리며 가게 되면 벼농사에 대한 일은 거의 마무리되었기 때문에 풍년이 든다는 말. * 만드리–'만도리(논농사에서 세 번째 하는 김매기)'의 전라도 사투리.

만득(晩得)이 북 짊어지듯 : 등에 짊어진 물건이 부피가 둥글고 크며, 보기에 불편한 형상을 이르는 말. * 만득–만득자(晩得子, 늙어서 낳은 자식).

만록총중홍일점(萬綠叢中紅一點)이다 : 모두가 푸른 가운데 한 송이 붉은 꽃이라는 뜻으로, 수많은 평범한 것 가운데 우뚝 뛰어난 것 하나를 이르거나 또는 많은 남자들 가운데 한 사람의 여자를 이르는 말.

만 리(萬里) 길도 한 걸음부터 : ⇒ 천 리 길도 한 걸음부터.

만리장성을 써 보낸다 : 편지를 매우 길게 써 보냄을 이르는 말.

만만찮기는 사돈집 안방 : ⇒ 사돈네 안방 같다.

만만한 년은 제 서방 굿도 못 본다 : 사람이 변변치 못하면 응당 제가 차지해야 할 것까지도 못 잡고 놓치게 된다는 말.

만만한 놈은 성도 없나 : 사람은 다 인격을 가지고 있는 것이니 만만하다고 업신여기지 말라는 말.

만만한 데 말뚝 박는다 : 세력이 없는 사람을 업신여기고 구박한다는 말.

만만한 싹을 봤나 : 상대방으로부터 무시당할 때 항거하는 말.

만사가 욕심대로라면 하늘에다 집도 짓겠다 북 : 무슨 일이나 욕심대로만 되지는 아니한다는 말.

만석중이를 놀린다 : 명기(名妓) 황진이(黃眞伊)가 도승(道僧) 만석중[曼釋僧]을 파계(破戒)시키고 희롱하였다는 데서 나온 말로, 남을 지나치게 희롱함을 이르는 말. 망석중이를 놀린다.

만수받이 : 번거롭고 수다스럽게 행동함을 이르는 말.

만수산(萬壽山)에 구름 모이듯 : ⇒ 청천에 구름 모이듯.

만승천자(萬乘天子)도 먹어야 한다 : 사람은 누구나 안 먹고는 못 산다는 말로, 그만큼 먹는 것이 중요하다는 말.

만이앙(晩移秧) 모판에는 뒷방 처녀도 나선다 : ⇒ 늦모에는 골방 처녀도 나선다.

만장에 호래자식(胡來子息)이 없나 : 많은 사람이 모인 가운데는 못된 놈도 있다는 말. * 호래자식–배운 것 없이 막되게 자라 교양이나 버릇이 없는 사람을 낮잡아 이르는 말.

만진중(滿塵中)의 외 장사 북 : 먼지만 가득한 땅에 참외 장수라는 뜻으로, 어지러운 환경 속에서의 귀중한 존재를 이르는 말.

만초손(慢招損)이요 겸수익(謙受益)이라 : 언제나 거만(倨慢)하면 손해를 보고, 겸손(謙遜)하면 이익을 본다는 말.

많은 밥에 침 뱉기 : 매우 심술 사나운 짓을 이르는 말.

많은 서리 내린 삼 일 뒤에는 비 : 서리가 많이 내린 것은 이동성 고기압 규모가 크기 때문이므로, 2~3일 맑은 날씨가 계속되다가 저기압이 접근하여 비가 올 확률이 높다는 말.

많이 생각하고 적게 말하고 더 적게 써라 : 말과 행동보다 생각이 앞서야 한다는 말.

맏며느리 손 큰 것 : ⇒ 지어미 손 큰 것.

말(馬) 가는 데 소(牛)도 간다(馬行處牛亦去) : 재빠른 이가 앞서 가지만 꾸준히 노력하면 늦게 가는 이도 따라갈 수 있다는 말.

말갈기가 외로 질지 바로 질지는 봐야 안다 : 예측하기가 곤란한 일은 결과를 두고 봐야 안다는 말.

말 갈 데 소 간다 : ① 안 갈 데를 간다는 말. ② 남이 할 수 있는 일이면 나도 할 수 있다는 말. 소 가는 데 말도 간다.

말 갈 데 소 갈 데 가리지 않는다 : 무슨 일이나 좋고 나쁜 것을 가리지 않고 다 한다는 말.

말 갈 데 소 갈 데 다 다녔다 : 온갖 곳을 다 쫓아 다녔다는 말.

말 같지 않은 말은 귀가 없다[북] **:** 이치에 맞지 아니한 말은 못 들은 척한다는 말.

말고기를 다 먹고 무슨 냄새 난다 한다 : 욕심을 채우고 나서 쓸데없는 불평을 하는 사람을 비유하여 이르는 말. 말고기 먹고 말 씹내 난다고 한다. 말 한 마리 다 먹고 나서 말 냄새 난다고 한다[2]. 한 마리 고기 다 먹고 말 냄새 난다 한다[북][2].

말고기를 먹으면 경기(驚氣)가 없어진다 : 말고기가 경기에는 좋은 약이 된다는 말.

말고기 먹고 말 씹내 난다고 한다 : ⇒ 말고기를 다 먹고 무슨 냄새 난다 한다.

말고기 자반이다 : ⇒ 말고기 좌판인가.

말고기 좌판인가 : 말고기를 파는 좌판은 말의 피로 붉듯이, 술을 마셔서 얼굴이 붉어진 사람을 비웃는 말. 말고기 자반이다.

말괄량이 설거지하듯 한다 : 일을 할 때 매우 거칠고 소란스러움을 비유하여 이르는 말.

말굽이 묻혀야 잘 산다 : 결혼하는 날 눈이 와서 신랑이 탄 말의 말굽이 눈에 묻혀야 잘살게 된다는 말.

말(馬) 귀가 위로 쫑긋하면 성미가 급하다 : 말 귀가 V자형이 아니고 위로 쫑긋하게 생긴 말은 성미가 사납다는 말.

말 귀에 염불(-하기다) : ⇒ 쇠귀에 경 읽기.

말 꼬리에 파리가 천 리 간다 : 남의 세력에 의지하여 기세를 편다는 말. 천리마 꼬리에 쉬파리 따라가듯.

말(言)끝에 단 장(醬) 달란다 : 상대편의 마음을 사 놓고 자기가 바라는 것을 요구한다는 말.

말(馬) 난 장(場)에 소다 : 말만 거래되는 시장에 소가 나듯이, 당치도 않은 일에 끼어든다는 말.

말(言) 단 집에 장 단 집 없다 : ⇒ 말 많은 집은 장맛도 쓰다.

말 단 집에 장이 곤다 : ⇒ 말 많은 집은 장맛도 쓰다.

말 단 집 장맛이 쓰다 : ⇒ 말 많은 집은 장맛도 쓰다.

말(馬) 달리며 산 구경하기다(走馬看山) : 사물을 자세히 보지 않고 건성으로 본다는 말. 말 타고 꽃구경[북].

말대가리 설삶아 놓은 것 같다 : ① 말대가리 설삶은 것처럼 음식이 매우 딱딱하다는 말. ② 사람이 부드럽지 못하고 매우 뻣뻣하다는 말.

말(言)도 많고 탈도 많고 삼각산에 돌도 많고 곰의 씹에 털도 많다 : 일을 하는 데 와서 잔소리도 많고 참견도 많을 때 하는 말.

말(馬)도 부끄러우면 땀을 흘린다 : 짐승도 부끄러운 짓을 하면 땀을 흘리듯이, 사람도 잘못을 저지르면 양심에 가책을 받는다는 말.

말도 사촌까지는 상피(相避)를 본다 : 짐승도 근친상간을 하지 않는데, 하물며 사람이 근친상간을 해서야 사람 노릇을 할 수 있겠느냐는 말. 말도 상피를 본다.

말도 상피를 본다 : ⇒ 말도 사촌까지는 상피를 본다.

말도 용마(龍馬)라면 좋아한다 : 말도 말 중에서 가장 좋은 용마라고 부르면 좋아하듯이, 사람도 추어주면 기뻐한다는 말.

말[言] 뒤에 말이 있다[言中有骨] : 말에는 겉으로 드러나지 아니한 속뜻이 있다는 말.

말똥도 모르고 마의(馬醫) 노릇 한다 : ⇒ 맥도 모르고 침통 흔든다.

말똥도 밤알처럼 생각한다 : 욕심에 눈이 어두워 매우 인색하게 구는 것을 놀림조로 이르는 말.

말똥도 세 번 굴러야 제자리에 선다 : 무슨 일이든지 서너 번 해 봐야 제자리가 잡힌다는 말.

말똥에 굴러도 이승이 좋다 : ⇒ 개똥밭에 굴러도 이승이 좋다(낫다).

말똥을 놓아도 손맛이라고 : 음식 맛은 그것을 만드는 솜씨에 달려 있다는 말.

말똥이 밤알 같으냐 : ⇒ 쇠똥이 지짐떡 같으냐.

말똥이 지짐떡 같아 보인다 : 굶주린 사람 눈에는 무엇이나 다 먹을 것으로만 보인다는 말. 쇠똥이 지짐떡 같다.

말뚝 베끼기 : 밑천 없이 소의 말뚝만 옮겨 매어 돈을 번다는 데서 유래된 말로, 우시장에서 흥정을 붙이고 구전을 받는 중개상을 비유하여 이르는 말.

말[言]로는 못할 말이 없다 : 실지 행동이나 책임이 뒤따르지 아니하는 말은 무슨 말이든지 다 할 수 있다는 말.

말로는 사람의 속을 모른다북 **:** 말로는 별의별 소리를 다 할 수 있으므로 말만 들어서는 그 사람의 속마음을 알 수 없다는 말.

말로는 사촌 기와집도 지어 준다북 **:** 실지의 행동이나 실천은 없이 그저 말로만 하는 것이야 무슨 말인들 못하겠느냐 하는 뜻으로 이르는 말. 말로는 천당도 짓는다북.

말로는 속여도 눈길은 속이지 못한다북 **:** 말로는 별의별 소리로 사람을 속일 수 있으나, 눈길에 나타나는 것은 속일 수 없다는 뜻으로, 사람의 마음이 눈길에 그대로 드러남을 이르는 말.

말로는 천당도 짓는다북 **:** ⇒ 말로는 사촌 기와집도 지어 준다북.

말로만 꾸려 간다북 **:** 실제 행동은 하지 아니하고 말로만 때우는 것을 이르는 말.

말[斗]로 배워 되[升]로 풀어 먹는다 : 많이 배우고 경험도 풍부하지만 그 지식과 경험을 활용, 또는 이용할 줄 모르는 사람을 비유하여 이르는 말.

말[言]로 온 공(功)을 갚는다 : ⇒ 말만 잘하면 천 냥 빚도 가린다(갚는다).

말로 온 동네(동리를) 다 겪는다 : ① 음식이나 물건으로는 힘이 벅차서 많은 사람을 대접하지 못하므로 언변으로나마 잘 대접한다는 말. ② 말로만 남을 대접하는 체한다는 말.

말만 귀양 보낸다 : 말을 하여도 상대편의 반응이 없으므로, 기껏 한 말이 소용없게 되는 경우를 이르는 말.

말만 잘하면 천 냥 빚도 가린다(갚는다) : ① 말은 일상생활에 큰 영향을 끼치는 것이니 말할 때는 조심하라는 말. ② 말을 잘하는 사람은 처세에 유리하다는 말. 말로 온 공을 갚는다.

말 많은 것은 과부 집 종년 : 말이 많은 사람을 비난하여 이르는 말.

말[馬] 많은 데서 말 못 고른다 : 좋은 말을 고를 때 몇 마리 안 되는 데서는 고르기가 쉽지만, 많은 데서는 돋보이는 말을 고르기가 어렵다는 뜻.

말[言] 많은 집은 장맛도 쓰다 : ① 집안에 잔말이 많으면 살림이 잘 안 된다는 말. ②

입으로는 그럴듯하게 말하지만 실상은 좋지 못하다는 말. 말 단 집에 장 단 집 없다. 말 단 집에 장이 곤다. 말 단 집 장맛이 쓰다.

말〔馬〕 머리에 태기(胎氣)가 있다 : 말 타고 시집갈 때 이미 수태하였다 함이니, 일이 몹시 빠르게 진행됨을 이르는 말.

말 밑으로 빠진 것은 다 망아지다 : 근본은 절대로 변하지 않음을 강조하여 이르는 말. 말 씹으로 빠진 것은 다 망아지다.

말 발이 젖어야 잘 산다 : 장가가는 신랑이 탄 말의 발이 젖을 정도로 축축하게 비가 내려야 그 부부가 잘 산다는 뜻으로, 결혼식 날에 비가 오는 것을 위로하는 말.

말 병 예방에는 마구간에 여호여룡(如虎如龍) 이라는 부적을 써 붙인다 : ⇒ 소 병 예방에는 외양간에 여호여룡이라는 부적을 써 붙인다.

말 병 예방에는 호랑이 뼈를 목에 걸어 준다 : ⇒ 소 병 예방에는 외양간에 여호여룡이라는 부적을 써 붙인다.

말복(末伏) 무렵이면 벼는 패기 시작한다 : 말복 때가 되면 재래종 벼의 이삭이 패기 시작한다는 말.

말복 전 수박이다 : 수박은 말복인 8월 초순 이전 것이라야 맛도 좋고 흔하다는 말.

말복 지나 열흘 동안 뻐꾸기가 울면 풍년 든다 : 뻐꾸기는 여름 철새로 말복을 전후하여 남쪽으로 날아가는 습성이 있는데, 말복 후에도 뻐꾸기가 날아가지 않는 것은 벼가 익는 8월의 기상이 좋기 때문으로, 벼의 성장과 이삭의 여묾이 좋아 풍년이 예상된다는 말.

말〔馬〕 살에 쇠뼈다귀다 : 피차간에 아무 관련성이 없이 얼토당토않음을 이르는 말.

말 살에 쇠 살 : 합당하지 않은 말로 지껄임을 이르는 말.

말 삼은 소 신(짚신)이라 : 말이 삼은 소의 짚신이라는 뜻으로, 일이 뒤죽박죽되어 못쓰게 되었다는 말.

말상이다 : 말 모양으로 얼굴이 길게 생긴 사람을 비유하여 이르는 말.

말〔言〕 속에 가시가 있다 : 예사롭게 하는 말 속에 자신의 불평이나 상대방을 자극하는 의미가 들어 있음을 뜻하는 말.

말 속에 뜻이 있고 뼈가 있다 : ⇒ 말 속에 말 들었다. 말 속에 드러나지 아니한 숨은 뜻이 있다는 데서 유래된 말.

말 속에 말 들었다〔言中有骨〕 : 예사로운 말이지만 그 속에 다른 뜻의 말이 들었다는 말. 말 속에 뜻이 있고 뼈가 있다. 말 속에 뼈 있다.

말 속에 뼈 있다 : ⇒ 말 속에 말 들었다.

말〔馬〕 신을 소에게 신긴다 : 말 신을 쇠발에 신기듯이, 효과가 없는 일을 한다는 말.

말 씹으로 빠진 것은 다 망아지다 : ⇒ 말 밑으로 빠진 것은 다 망아지다.

말 씹하는 건 마님도 문틈으로 구경한다 : 말이 교미(交尾)하는 것은 성적 매력이 있으므로 점잖은 사람도 숨어서 구경을 하게 된다는 말.

말〔言〕 아닌 말 : 이치나 경우에 닿지 아니하는 말을 이르는 말.

말 안 하면 귀신도 모른다 : 마음속으로만 애태울 것이 아니라, 시원스럽게 말을 하여야 한다는 말.

말〔馬〕 약 먹듯 : 먹기 싫은 약을 억지로 먹듯이, 무엇을 억지로 먹음을 이르는 말.

말 약 먹이듯 한다 : 말에게 약을 강제로 먹이듯이, 무슨 일을 강제로 하거나 시킨다는 말.

말에게 실었던 것을 벼룩 등에 실을까〔駟馬所戴 難任蚤背〕 : 힘과 능력이 없는 자에게 무거운 책임을 지울 수 없음을 비유하여 이르는 말.

말에 실었던 짐을 벼룩 등에 싣는다 : 소견이

좁아서 되지도 않을 짓만 가려 가며 한다는 말.

말 우는 데 말 가고 소 우는 데 소 간다〔類類相從〕: 말은 말끼리 소는 소끼리 놀듯이, 사람도 착한 사람은 착한 사람끼리, 악한 사람은 악한 사람끼리 친하게 된다는 말.

말 위에 말을 얹는다 : ① 욕심이 많은 사람을 두고 하는 말. ② 걱정이 겹겹이 쌓임을 이르는 말.

말〔言〕은 꾸밀 탓으로 간다 : ⇒ 말은 할 탓이다.

말〔馬〕은 끌어야 잘 가고 소는 몰아야 잘 간다 : 말이나 소도 그 성질을 잘 이용해서 부리듯이, 사람도 그 개성을 잘 살려서 일을 시켜야 성과를 거둘 수 있다는 말.

말은 나면 제주도 보내고 사람은 나면 서울로 보내라 : 망아지는 말의 고장인 제주도에서 길러야 하고, 사람은 어릴 때부터 서울로 보내어 공부를 시켜야 잘될 수 있다는 말. 마소 새끼는 시골로 사람의 새끼는 서울로. 말은 낳거든 시골로 보내고, 아이를 낳거든 공자의 문으로 보내라. 말은 낳으면 제주도로 보내고, 사람은 낳으면 서울로 보내라. 사람의 새끼는 서울로 보내고 마소 새끼는 시골(제주)로 보내라.

말은 낳거든 시골로 보내고 아이를 낳거든 공자의 문으러 보내라 : ⇒ 말은 나면 제주도 보내고, 사람은 낳으면 서울로 보내라.

말은 낳으면 제주도로 보내고 사람은 낳으면 서울로 보내라 : ⇒ 말은 나면 제주도 보내고, 사람은 낳으면 서울로 보내라.

말〔言〕은 넌지시 하는 말이 비싸다북 **:** 한마디를 해도 점잖고 깊이 있게 넌지시 하는 말이 더 무게가 있다는 것을 이르는 말.

말〔馬〕은 달려 봐야 알고, 사람은 친해 봐야 안다 : ⇒ 말은 타 봐야 알고, 사람은 친해 봐야 안다.

말은 바람을 좋아한다 : 말은 바람 부는 날 뛰어다니기를 좋아한다는 말.

말〔言〕은 바른대로 하고 큰 고기는 내 앞에 놓아라 : 거짓말을 하거나 남을 속이려 하지 말고 솔직하게 털어놓으라고 이르는 말.

말〔馬〕은 백마(白馬)를 기르고 소는 검은 소를 기르랬다 : 말은 백마가 돋보이고 소는 검은 것이 맛있다는 말.

말〔言〕은 보태고 떡은 뗀다 : 말은 전해져 갈수록 더 보태어지고, 떡은 이 손 저 손으로 돌아가는 동안에 크기가 줄어든다는 말. 말은 보태고 봉송은 던다. 말이란 발이 달리기 마련이다북.

말은 보태고 봉송(封送)은 던다 : ⇒ 말은 보태고 떡은 뗀다. *봉송—물건을 싸서 선물로 보냄. 또는 그 물건.

말〔馬〕은 빌려도 꼴값은 말 빌린 사람이 낸다 : 남의 것을 빌려서 쓰는 동안의 비용은 빌린 사람이 다 부담해야 한다는 말.

말은 세워서 기른다 : 말이 누워 있으면 병이 든 것이므로 서 있는 상태가 건강하다는 말.

말〔言〕은 쉬워도 행동은 힘들다북 **:** 무슨 일이든 말로 하기는 쉬워도 실제로 행동에 옮기기는 쉽지 아니하다는 말.

말은 앞서 할 게 아니다북 **:** 구체적인 내용이나 진실을 모른 채 함부로 앞질러 말해서는 안 됨을 이르는 말.

말은 앵무새 : 말은 그럴듯하게 잘하나 실천이 없는 사람을 이르는 말.

말은 이 죽이듯 한다 : 말을 할 때에 조금도 남김없이 자세히 다 함을 이르는 말.

말은 적을수록 좋다 : 말이 많으면 쓸데없는 말까지 많이 하게 되므로 그 결과가 좋지 못하다는 말.

말〔馬〕은 좋은 말을 타고, 하인은 못난 놈을 써야 한다 : 말은 좋은 말을 타야 잘 달릴 수 있고, 하인은 좀 어리숙한 사람을 써야 순종을 잘 한다는 말.

말(言)은 청산유수다 : 말을 그칠 줄 모르고 잘한다는 말.

말(馬)은 타 봐야 알고, 사람은 친해 봐야 안다 : 말이 좋고 나쁜 것은 타 봐야 알 수 있고, 사람은 가까이 사귀어 봐야 그 속을 안다는 말. 말은 달려 봐야 알고, 사람은 친해 봐야 안다.

말은 타 봐야 좋고 나쁜 것을 안다 : 말이 잘 달리고 못 달리는 것은 실제로 타고 달려 봐야 알듯이, 무슨 일이나 직접 체험을 해 봐야 옳게 평가할 수 있다는 말.

말(言)은 하는 데 달리지 않고 듣는 데 달렸다㊊ **:** 남의 말은 귀담아서 바르게 이해하여 들어야 함을 이르는 말.

말은 할수록 늘고 되질은 할수록 준다 : 말은 퍼질수록 보태어지고, 물건은 옮겨 갈수록 줄어든다는 말.

말은 할 탓이다 : 같은 내용의 말이라도 하기에 달렸다는 말. 말은 꾸밀 탓으로 간다.

말은 해야 맛이고 고기는 씹어야 맛이다 : 마땅이 할 말은 하여야 서로 사정이 통하게 되고 속이 시원하다는 말.

말을 살 때는 어미 말을 보고 사랬다 : 자식을 잘 알려면 그 부모를 보면 다 알 수 있다는 말.

말(言)이 고마우면 비지 사러 갔다가 두부 사 온다 : 상대편이 말을 고맙게 하면 제가 생각했던 것보다 훨씬 후하게 해 주게 된다는 말.

말(馬)이나 없으면 꼴이나 안 벤다 : 말이 없으면 꼴 베는 일이 없듯이, 말은 매우 귀찮은 존재라는 말.

말(言)이 났을 때 뿌리를 빼야 한다㊊ **:** 어떤 문제에 대하여 말이 났을 때 기세를 늦추지 말고 해치워야지 뒤로 미루어서는 안 된다는 것을 이르는 말.

말(馬)이 뛰면 움직이지 않는 털이 없다 : 말이 뛰면 온몸의 털도 움직이듯이, 나라가 어지러우면 국민들도 고생스럽다는 말.

말(言)이란 발이 달리기 마련이다㊊ **:** ⇒ 말은 보태고 떡은 뗀다.

말이란 아 해 다르고 어 해 다르다 : 말이란 같은 내용이라도 표현하는 데 따라서 아주 다르게 들린다는 말. 같은 말도 툭 해서 다르고 탁 해서 다르다. 같은 말이라도 아 다르고 어 다르다. 말이란 탁 해 다르고 툭 해 다르다.

말이란 탁 해 다르고 툭 해 다르다 : ⇒ 말이란 아 해 다르고 어 해 다르다.

말이 마음이고 마음이 말이다㊊ **:** 말이란 곧 속마음의 표현이라는 말.

말이 많으면 실언(失言)이 많다 : ⇒ 군말이 많으면 쓸 말이 적다.

말이 많으면 실패가 많다 : 말만 앞세워 많이 하다 보면 하던 일을 그르치는 경우가 있다는 말.

말이 많으면 쓸 말이 적다 : ⇒ 군말이 많으면 쓸 말이 적다.

말이 말을 만든다 : 말은 사람의 입을 거치는 동안 그 내용이 과장되고 변한다는 말.

말이 말을 물다 : 어떤 말이 연달아 계속 퍼져 나감을 이르는 말.

말(馬)이 미치면 소도 미친다㊊ **:** 남이 한다고 덩달아 따라 하는 주견 없는 사람을 비유하여 이르는 말. 말이 미친다고 소도 미친다. 소가 미치면 말도 미친다㊊.

말이 미친다고 소도 미친다 : ⇒ 말이 미치면 소도 미친다.

말(言)이 반찬 같았으면 상다리 부러지겠다 ㊊ **:** 실제 이상으로 말을 잘 꾸며 듣기 좋게 함을 비꼬아 이르는 말.

말(馬)이 새끼 낳은 지 이레 안에 간장을 남에게 주면 어미젖이 마른다 : ⇒ 소가 새끼 낳은 지 이레 안에 간장을 남에게 주면 어미젖이 마른다.

말(言)이 씨가 된다 : 늘 말하던 것이 마침내는 현실적 사실로 유발됨을 이르는 말.

말이 아니면 듣지를 말라 : 상대방의 말이 이치에 맞지 않으면 상대하지 말라는 말.

말이 앞서지 일이 앞서는 사람 본 일 없다 : 말 없이 실천하는 사람은 드물다는 말.

말이 큰 소리로 울면 맑은 날씨 : 가을날 이동성 고기압권 내에서 맑고 상쾌할 때, 동물도 기분이 상쾌하여 운다고 본 데서 나온 말.

말(馬) 잃고 마구간 (문) 고친다(失馬治廐) : ⇒ 소 잃고 외양간 고친다.

말 잃고 마구간 문 잠근다 : ⇒ 소 잃고 외양간 고친다.

말 잘 타는 놈 떨어져 죽고, 헤엄 잘 치는 놈 빠져 죽는다 : ⇒ 나무에 잘 오르는 놈이 떨어져 죽고, 헤엄 잘 치는 놈이 빠져 죽는다.

말(言) 잘하고 뺨 맞을까 : 말을 친절하고 공손하게 하면 남으로부터 해를 입지 않는다는 말.

말 잘하고 징역 가랴 : 말을 잘하면 징역 갈 것도 면한다는 뜻으로, 말의 중요성을 이르는 말.

말 잘하기는 소진(蘇秦) 장의(張儀)로군 : 구변이 썩 좋은 사람을 보고 일컫는 말. * 소진, 장의-중국 전국시대(戰國時代)의 정치가로, 오늘날에는 말 잘하는 사람을 일컬음. 소장의 혀. 소진의 혀.

말(馬) 잡은 집에 소금이 해자(解-)라 : 여럿이 말을 잡아먹을 때 주인이 소금을 거저 낸다는 뜻으로, 곧 부득이한 처지에 있어 생색 없이 무엇을 제공하게 됨을 이르는 말. * 해자-특별히 한 일 없이 공짜로 한턱 잘 얻어먹는 일. 말 죽은 집에 소금 삭는다.

말 잡은 집에 소금이 헤프다 : 자기 집에서 말을 잡게 되면 소금이 많이 소비되듯이, 무슨 일을 하면 그에 대한 비용이 들게 된다는 말.

말 죽은 데 금산 체 장수 모여들듯 : ⇒ 말 죽은 데 체 장수 모이듯.

말 죽은 데 금산 체 장수 지키듯 한다 : 금산 체 장수가 체의 원료인 말꼬리를 얻기 위하여 죽어 가는 말을 지키고 있듯이, 어떤 목적을 위하여 말없이 지키고 있는 것을 비유하여 이르는 말.

말 죽은 데 체 장수 모이듯 : 쳇불로 쓸 말총을 구하기 위하여 말이 죽은 집에 체 장수가 모인다는 뜻으로, 남의 불행은 아랑곳하지 않고 제 욕심만 채우려고 사람들이 모여드는 것을 이르는 말. 말 죽은 데 금산 체 장수 모여들듯.

말 죽은 밭에 까마귀같이 : 많은 무리가 모여 어지럽게 떠드는 모습을 이르는 말.

말 죽은 밭에 까마귀 모이듯 한다 : 이권(利權)이 있는 곳에 모리배(謀利輩)들이 모여든다는 말.

말 죽은 집에 소금 삭는다 : ⇒ 말 잡은 집에 소금이 해자라.

말(斗) 짜고 되(升) 짜듯 하다북 : 일을 세밀하고 깐깐하게 함을 이르는 말.

말 타고 꽃구경북 : ⇒ 말달리며 산 구경하기다.

말 타고 말 찾는다 : 말을 타고서 말이 없다고 찾듯이, 정신없이 하는 행동을 이르는 말.

말 타면 경마 잡히고 싶다(借廳入房, 得隴望蜀) : 사람의 욕심이란 한이 없음을 이르는 말. 말 타면 종 거느리고(두고) 싶다.

말 타면 종 거느리고(두고) 싶다(騎馬欲率奴) : ⇒ 말 타면 경마 잡히고 싶다.

말 탄 거지 : 말은 귀인이 타는 것인데 거지가 탔으니, 격에 맞지 않음을 이르는 말.

말 탄 양반 끄덕, 소 탄 녀석 끄덕 : 덩달아 남의 흉내를 냄을 이르는 말.

말 태우고 버선 깁는다 : 준비가 늦었다는 말.

가마 타고 옷고름 단다.

말하는 것을 개 방귀로 안다 : 남의 말을 시시하게 여겨 들은 척도 안 함을 이르는 말.

말하는 것을 얼음에 박 밀듯 한다㉵ **:** 말을 하는 것이 마치 얼음판 위에서 박을 밀듯이 거침이 없다는 뜻으로, 말을 아주 유창하게 잘함을 이르는 말.

말하는 것이 얼음에 박히듯 한다 : 말을 수다스럽거나 재치 있게 잘 한다는 말.

말하는 남생이 : 남생이가 토끼를 속여 용궁으로 끌고 들어갔다는 이야기에서 나온 말로, 아무도 그 하는 일을 신용하지 못한다는 말.

말하는 매실 : 보거나 듣거나 아무 실속이 없음을 이르는 말.

말하면 백 냥 금이요, 입 다물면 천 냥 금이라㉵ **:** 필요 없는 말은 되도록 하지 아니하는 것이 좋음을 이르는 말.

말 한마디가 대포알 만 개도 당한다 : 말을 잘하는 것이 큰 위력을 가질 수 있음을 비유하여 이르는 말.

말 한마디로 사람이 죽고 산다㉵ **:** 말이란 깊이 생각하여서 신중하게 하여야 한다는 말.

말 한마디로 천 냥 빚도(을) 갚는다 : 말만 잘하면 어려운 일이나 불가능한 일도 해결된다는 말. 천 냥 빚도 말로 갚는다.

말 한마디에 북두칠성이 굽어본다㉵ **:** 진실한 마음으로 말을 잘하면 보람이 크다는 것을 비유하여 이르는 말.

말 한마디에 천금이 오르내린다 : 말은 한마디 한마디가 중요하다는 말.

말〔馬〕 한 마리 다 먹고 나서 말 냄새 난다고 한다 : ① 배고플 때는 맛있게 먹고 배가 부른 다음에는 흉을 본다는 말. ② ⇒ 말고기를 다 먹고 무슨 냄새 난다고 한다.

말〔言〕한 입에 침도 마르기 전 : 무슨 말을 하고 나서 금방 제가 한 말을 뒤집어 그와 달리 행동함을 비유하여 이르는 말.

말허리를 자르다 : 상대방이 말하는 도중에 그 말을 중지시킴을 이르는 말.

맑은 물에 고기 안 논다 : ⇒ 물이 너무 맑으면 고기가 아니 모인다(산다).

맑은 샘에서 맑은 물이 난다 : 근본이 좋아야 훌륭한 후손이 나온다는 말.

맑은 쇠를 띄였다 : 어떤 일이든 그 기미를 예견한다는 말.

맑은 하늘에 벼락 맞겠다 : ① 한 짓이 너무 지나쳐서 반드시 보복을 당하리라는 것을 이르는 말. ② ⇒ 마른하늘에 날벼락(생벼락).

맛없는 국이 뜨겁기만 하다 : 사람답지 못한 자가 교만하고 까다롭게 군다는 말. 못된 음식이 뜨겁기만 하다.

맛없는 음식도 배고프면 달게 먹는다 : ⇒ 시장이 반찬.

맛이 좋으면 넘기고 쓰면 뱉는다〔甘呑苦吐〕 : ⇒ 달면 삼키고 쓰면 뱉는다.

맛있는 음식도 늘 먹으면 싫다 : ⇒ 듣기 좋은 이야기도 늘 들으면 싫다.

맛 좋고 값싼 갈치자반 : 한 가지 일이 두 가지로 이롭다는 말.

망건골에 앉았다 : 어떤 일에 얽매여 꼼짝을 못한다는 말. *망건골/-꼴/-망건을 뜨거나 고칠 때에 쓰는 골. 망건 끝에 앉았다.

망건(網巾) 관자 부러진 건 고양이 북두로나 쓰지㉵ **:** 어떤 물건이 아무짝에도 쓸모없음을 강조하여 이르는 말. *북두-마소의 등에 실은 짐을 배와 한데 얽어매는 줄.

망건 끝에 앉았다 : ⇒ 망건골에 앉았다.

망건 쓰고 귀 안 빼는 사람 있느냐 : 망건을 쓰면 누구나 조금이라도 편하게 귀를 내놓는다 함이니, 돈을 버는 일이나 먹는 일 등 즐기는 것을 싫어하는 사람은 없다는 말.

망건 쓰고 세수한다 : 세수를 하고 머리를 빗고 그다음에 망건을 쓰는 법인데, 망건을 먼저 쓰고 세수를 한다는 뜻으로, 일의 순서를 뒤바꿔어 함을 놀림조로 이르는 말. 탕건 쓰고 세수한다.

망건 쓰자 파장(罷場) : 일이 늦어져서 소기(所期)의 목적을 이루지 못하게 됨을 비유하여 이르는 말.

망건을 십 년 뜨면 문리(文理)가 난다 : 한 가지 일에 오랜 기간 열중하면 깨달음이 생김을 비유하여 이르는 말.

망건이 좋아야 값을 받는다[북] **:** 물건의 바탕이 좋아야 그 가치가 있음을 비유하여 이르는 말.

망건편자를 줍는다 : 어떤 잘못으로 인하여 매 맞고 옷을 찢기고 호소할 길 없어 남아 있는 망건편자만 줍는다는 말. * 망건편자-망건을 졸라매기 위하여 아래 시울에 붙여 말총으로 좁고 두껍게 찬 띠.

망나니짓을 하여도 금관자(金貫子) 서슬에 큰기침한다 : 나쁜 짓을 하고도 벼슬아치라는 배짱으로 도리어 남을 야단치고 뽐내며 횡포를 부린다는 말. 금관자 서슬에 큰기침한다. 도둑질을 하더라도 사모 바람에 거드럭거린다. 사모 바람에 거드럭거린다.

망둥이가 뛰니까 전라도 빗자루도 뛴다 : ⇒ 숭어가 뛰니까 망둥이도 뛴다.

망둥이가 뛰면 꼴뚜기도 뛴다 : ⇒ 숭어가 뛰니까 망둥이도 뛴다.

망둥이 제 동무 잡아먹는다 : 동류(同流)나 친척 간에 서로 싸움을 비유하여 이르는 말. 갈치가 갈치 꼬리 문다. 망둥이 제 새끼 잡아먹듯.

망둥이 제 새끼 잡아먹듯 : ⇒ 망둥이 제 동무 잡아먹는다.

망발 토 달아 놓다 : 무심 중에 자기나 또는 자기 조상에게 욕이 될 말을 한다는 말.

망석중(忘釋僧)이를 놀린다 : ⇒ 만석중이를 놀린다.

망신살이 무지갯살 뻗치듯 한다 : 더할 수 없는 큰 망신을 당하여, 많은 사람으로부터 심한 원망과 욕설을 받게 됨을 이르는 말.

망신하려면 아버지 이름자도 안 나온다 : 망신을 당하려면 내내 잘되던 일도 비뚤어진다는 말. 또는 평소에 잘 알고 있던 것도 망신을 당하려면 잊어버려 생각이 나지 않는다는 말.

망종(芒種) 가뭄은 꿔다 해도 한다 : 망종(양력 6월 5일경) 무렵에는 정기적인 가뭄이 있어서 농사에 피해를 준다는 말.

망종이 사월에 들면 보리 풍년 든다 : 망종이 음력 4월에 일찍 들면 일조시간이 길어지므로 풍년이 들 징조라는 말.

망종이 오월에 들면 보리 흉년 든다 : 망종이 되면 보리가 영그는데, 망종이 음력 5월에 들면 영그는 기간이 짧아지므로 흉년이 든다는 말.

망종 전 오심기다 : 옛날 재래종 벼는 신품종보다 20여 일 늦게 심으므로 망종 이전에 심은 것은 다 오심기로 간주하였다는 말. * 오심기-일모작을 말함.

망치가 가벼우면 못이 솟는다 : ⇒ 마치가 가벼우면 못이 솟는다.

망치로 얻어맞고 홍두깨로 친다 : 앙갚음은 제가 받은 피해보다 더 크게 하기 마련이라는 말.

망치 자루가 가벼우면 쐐기가 돋는다[북] **:** ⇒ 마치가 가벼우면 못이 솟는다.

망하는 살림 머슴 밥 많이 준다 : 집안이 패가할수록 살림을 알뜰히 하지 않고 도리어 헤프게 한다는 말.

망하다 판이 날 자식 : 망해도 그냥 망하지 않고 홀랑 거덜이 나서 망할 자식이라고 욕하는 말.

망할 놈 나면 흥할 놈 난다 : 한 사람이 망하면 그 대신 한 사람이 흥하고, 한 사람이

지면 다른 한 사람이 이기는 것은 이 세상의 이치임을 이르는 말.

맞기 싫은 매는 맞아도 먹기 싫은 음식은 못 먹는다 : ⇒ 싫은 매는 맞아도 싫은 음식은 못 먹는다.

맞는 놈이 여기 때려라 저기 때려라 한다 : 힘이 없어 당하는 자가 힘이 강한 가해자에게 이래라저래라 하는 것은 있을 수 없음을 이르는 말.

맞는 자식보다 때리는 부모의 마음이 더 아프다 : 자식을 올바르게 이끌기 위하여 매를 때리는 부모의 마음은 매를 맞는 자식의 마음보다 훨씬 아프기 마련이라는 말.

맞아 죽어도 큰 몽둥이에 맞아 죽어라[북] **:** 무슨 일이나 소소하게 처리하지 말고 이왕이면 대담하게 큰일을 하라는 뜻으로 이르는 말.

맞은 놈은 펴고 자고, 때린 놈은 오그리고 잔다 : ⇒ 때린 놈은 다릴 못 뻗고 자도, 맞은 놈은 다릴 뻗고 잔다.

맞장구치다 : 남의 말에 호응하거나 동의를 한다는 말.

매(鷹)가 꿩을 잡아 주고 싶어 잡아 주나 : 마지못해 남의 부림을 당하는 처지를 비유하여 이르는 말.

매가 새를 쫓듯 한다 : 강한 자가 약한 자를 몹시 심하게 몰아침을 비유하여 이르는 말.

매골(埋骨) 방자를 하였나 : 궁한 처지에 있는 사람을 두고 일컫는 말. *매골 방자–죽은 사람이나 짐승의 뼈를 묻어서 남을 방자하는 것. *방자–남이 못되기를 귀신에게 비는 짓.

매(鷹) 꿩 차듯 한다 : 암상이 나서 몸을 떠는 사나운 모습을 비유하여 이르는 말.

매(杖) 끝에 정든다 : 매를 맞거나 꾸지람을 들은 뒤에는 더 사이가 가까워진다는 말.

매달린 개가 누워 있는 개를 웃는다 : 남보다 못한 형편에 있으면서 오히려 자기보다 형편이 나은 남을 비웃는 것을 비유하여 이르는 말.

매(杖)도 같이 맞으면 낫다 : 괴로운 일도 여러 사람이 함께 당하면 서로 위로받게 되어 견디기가 낫다는 말.

매도 맞으려다 안 맞으면 서운하다 : 무슨 일을 하려고 하다가 못하면 섭섭하다는 말.

매도 먼저 맞는 놈이 낫다 : 어차피 당해야 할 일은 먼저 치르는 것이 낫다는 말.

매로 키운 자식이 효성 있다 : 잘되라고 매도 때리고 꾸짖어 키우면, 그 자식이 커서 그 공을 알아차려 효도를 하게 된다는 말.

매(鷹)를 꿩으로 본다 : 사나운 사람을 순한 사람으로 잘못 본다는 말.

매(杖)를 맞을 바에는 은가락지 낀 손에 맞아라[북] **:** ⇒ 빰을 맞아도 은가락지 낀 손에 맞는 것이 좋다.

매(鷹)를 소리개로 본다 : 잘난 사람을 못난 사람으로 잘못 본다는 말.

매(杖) 맞은 암캐[북] **:** 위압에 눌려 기를 펴지 못하는 사람을 비유하여 이르는 말.

매(鷹) 밥만도 못하겠다 : 음식이 아주 적은 양임을 이르는 말.

매부 밥그릇이 클사해 한다 : 처가에서 사위는 대접을 잘 받으므로 오라비 되는 이는 늘 이것을 샘하고 부러워한다는 말.

매사는 간주인(看主人)이라 : 모든 일은 주인이 처리할 일이지 손이 간섭할 일이 아니라는 말.

매사는 불여(不如) 튼튼이라 : 무슨 일이든지 튼튼히 하는 것보다 더 나은 것이 없다는 말.

매(鷹) 앞에 뜬 꿩 같다 : 막다른 위기에 처하여 있는 신세를 비유하여 이르는 말. 매한테 쫓기는 꿩[북].

매어 둔 배에서 쥐가 내려오면 해일이 온다 : 정박 중인 배에서 쥐가 뭍으로 내려오면 해일이 일어날 징조라는 말.

매(杖)에는 장사 없다 : ⇒ 매 위에 장사 있나.

매 위에 장사 있나 : 매로 때리는 데에는 견딜 사람이 없다는 말. 매에는 장사 없다.

매인 개처럼 돌아다니려고만 한다 : 그저 돌아다니려고만 할 때 이르는 말.

매(鷹) 주둥이에 오리발 같다㈜ : 아무 데도 쓸데없는 매부리에다 오리발을 갖다 놓은 것 같다는 뜻으로, 재능이 없고 쓸모없는 사람을 놀림조로 이르는 말.

매(杖) 한 대 맞지 않고 확확 다 분다 : 고문을 가하지 않았는데도 온갖 비밀을 순순히 고백함을 이르는 말.

매한테 쫓기는 꿩㈜ : ⇒ 매 앞에 든 꿩 같다.

매화꽃이 만발하지 않으면 보리농사는 망친다 : 매화가 만발하는 시기가 2월 하순에서 3월 상순이므로, 이때 매화꽃이 잘 피지 못하는 것은 늦추위가 계속되면서 가뭄으로 토양 수분이 부족한 데서 비롯된 것이니 이런 조건에서는 보리 작황도 좋을 리가 없다는 말.

매화꽃이 활짝 피면 보리 풍년 든다 : 초봄에 매화꽃이 흐드러지게 피는 것은 초봄부터 날씨와 온·습도가 알맞게 갖추어졌음을 의미하므로, 이런 해는 보리의 작황도 좋아서 풍년이 든다는 말.

매화도 한철 국화도 한철 : ① 모든 사물은 한창 때가 있다는 말. ② 한창 좋은 시절도 그때가 지나고 나면 그뿐이라는 말.

맥도 모르고 침통 흔든다 : 일의 속내를 제대로 알지도 못하면서 어떤 일을 하려고 함을 이르는 말. 말뚱도 모르고 마의 노릇 한다. 잣눈도 모르고 조복 마른다.

맨날 뗑그렁 : ⇒ 만날 뗑그렁.

맨 먼저 핀 목화송이로 귀를 막으면 귓병이 낫는다 : 균이 묻은 솜으로 귀를 막으면 귓병이 더욱 심해지지만, 갓 핀 깨끗한 목화송이로 귀를 막으면 쉬 나을 수 있다는 말.

맨 먼저 핀 목화송이를 따서 눈을 닦으면 눈병이 낫는다 : 눈을 손으로 닦으면 균이 들어가 눈병이 심해지지만, 갓 핀 깨끗한 목화송이로 눈을 닦으면 쉬 낫는다는 말.

맨발로 바위 차기 : 되지도 아니할 것을 하여 도리어 자기에게 손해만 돌아오게 하는, 어리석은 짓을 비유하여 이르는 말.

맨입에(맨입으로) 앞 교군(轎軍) 서라 한다 : 어려운 중에 또 어려운 일이 겹침을 이르는 말. *교군-가마꾼.

맨입으로 드난한다 : 할 일은 하지 아니하고 말만 늘어놓음을 이르는 말. *드난하다-임시로 남의 집 행랑에 붙어 지내며 그 집의 일을 도와주다.

맵고 차다 : 성질이 모질고 냉혹함을 이르는 말.

맵기는 과부 집 굴뚝이라 : 과부 집에서는 나무를 빼개고 말리고 할 사람이 없어서 마르지 않은 나무를 때므로 연기가 몹시 맵다는 뜻으로, 남달리 곤란한 처지를 이르는 말.

맹꽁이가 처마 밑에 들어오면 장마 진다 : 장마철에 활동하는 맹꽁이가 인가로 들어온다는 것은 장마가 질 징조라는 말.

맹꽁이 결박한 것 같다 : 키가 작고 몸이 뚱뚱한 사람이 옷을 잔뜩 입은 모양을 비유하여 이르는 말.

맹꽁이 통에 돌 들이친다 : 와글와글 시끄럽게 떠들던 것이 일시에 조용해짐을 이르는 말.

맹물 같은 소리 : 실속이 없거나 내용이 없는 소리를 이르는 말.

맹물에 조약돌(조갯돌) 삶은 맛이다 : 전혀 아무 맛도 없음을 이르는 말.

맹물에 조약돌을 삶아 먹더라도 제멋에 산다 : 보기에는 아무 재미도 없어 보이지만 다 제가 좋아서 하는 일을 이르는 말.

맹상군(孟嘗君)의 호백구(狐白裘) 믿듯 : ⇒ 유

비가 한중 믿듯. *맹상군—중국 전국시대 제(齊)나라의 공족(公族), 정치가. *호백구—여우 겨드랑이 흰 털이 있는 부분의 가죽으로만 만든 갖옷.

맹수는 함부로 발톱을 보이지 않는다 : 필요한 경우가 아니면 자신의 실력을 함부로 보여서는 안 됨을 비유하여 이르는 말.

맹자 집 개가 맹자 왈 한다 : 무식한 사람도 오랫동안 보고 들으면 자연히 견문이 생긴다는 말.

맺은 놈이 풀지〔結者解之〕: 무슨 일이든 시작한 사람이 끝을 내야 한다는 말. 문 연 놈이 문 닫는다.

머루 먹은 속 : 대강 짐작을 하고 있는 속마음을 이르는 말.

머리가 모시 바구니가 되었다 : 머리털이 하얗게 세어 늙었다는 말.

머리 간 데 끝 간 데 없다 : ① 한이 없다는 말. ② 일이 갈피를 잡을 수 없을 만큼 어지럽다는 말.

머리 검은 고양이 귀해 말라 : 머리가 검은 고양이는 귀여워하여 보아야 보람이 없고 자칫 잘못하면 할큄을 받을 수 있음을 비유하여 이르는 말.

머리 검은 짐승은 남의 공(功)을 모른다 : ⇒ 검은 머리 가진 짐승은 구제 말란다.

머리는 끝부터 가르고 말은 밑부터 한다 : 말은 시작부터 요령 있게 하여야 한다는 말.

머리 두를 데를 모른다 : 어떻게 처신해야 할지를 모른다는 말.

머리를 감추고 꼬리를 숨긴다 : 몸을 숨기기 위하여 머리는 구멍에 감추고 꼬리는 사타구니에 감춘다는 뜻으로, 사실을 명백히 드러내어 놓지 않고 감추는 모양을 비유하여 이르는 말.

머리를 깎였다 : 남에게 어떤 일을 강제로 당함을 이르는 말.

머리를 삶으면 귀까지 익는다 : 큰일을 하면 거기에 딸린 부분도 자연히 따라 하게 됨을 비유하여 이르는 말.

머리 없는 놈 댕기 치레한다 : 본바탕에 어울리지 않게 지나치게 겉만 꾸밈을 비유하여 이르는 말.

머리 우의 강권은 받아넘겨도 옆구리 인정은 물리치지 못한다㊗ **:** 권력자들이 억지로 행사하려는 힘은 거역하고 물리칠 수 있어도 사람들 사이에서 다정하게 오고 가는 인정은 물리치기 어렵다는 말.

머리 위에 무쇠 두멍이 내릴 때가 멀지 않았다 : 무쇠 두멍이 머리 위에 떨어지면 살아날 리가 없는 것이니, 죽을 날이 멀지 않았다고 저주하는 말. *두멍—물을 많이 담아 두고 쓰는 가마나 독.

머리카락 뒤에서 숨바꼭질한다 : ⇒ 눈 가리고 아웅①.

머리카락에 홈 파겠다 : ① 성격이 옹졸함을 이르는 말. ② 솜씨가 매우 정교함을 이르는 말.

머리칼을 베서 신을 삼겠다㊗ **:** ⇒ 머리털을 베어 신발을 삼다.

머리 큰 량반 발 큰 도적놈㊗ **:** 머리가 크면 양반이라 하고 발이 크면 도적놈이라 한다는 말.

머리털을 베어 신발을 삼다 : 무슨 수단을 써서라도 자기가 입은 은혜는 잊지 않고 꼭 갚겠다는 것을 비유하여 이르는 말. 머리칼을 베서 신을 삼겠다㊗.

머슴 밥도 많이 주고 닻 밥도 많이 주랬다 : 일하는 사람은 배가 불러야 일을 할 수가 있고, 배는 닻줄을 많이 주어 정박을 해야 안전하다는 말. *닻 밥—닻줄의 길이를 나타내는 말.

머슴 보고 속곳 묻는다 : ① 아무 관계도 없는 사람에게 자기에게나 요긴한 일을 엉뚱하게 물어보면 그가 알 리 없다는 말. ② 남부끄러운 줄도 모르고 생소한 사람에게 자기만의 일을 말함을 이르는 말.

머슴살이 삼 년에 주인 성 묻는다 : ⇒ 한집에 있어도 시어미 성을 모른다.

머슴살이한 사람이 머슴 꼴 못 본다 : 일을 많이 해 본 사람은 어설프게 일하는 꼴을 보지 못한다는 말.

머슴은 보리숭늉에 살찐다 : 옛날 머슴들은 1년 동안 쌀밥을 추석이나 설 같은 명절 때만 먹고 평소에는 보리밥만 먹는데, 그 보리밥 숭늉이 구수하므로 언제나 맛있게 먹는다는 말.

머슴은 삼 년마다 갈아야 한다 : 머슴을 여러 해 계속해서 두면 주인 성미를 잘 알므로 일 대신 꾀로 때우는 경우가 많기 때문에 3년에 한 번 정도 가는 것이 좋다는 말.

머슴은 일로 주인을 잡고, 주인은 밥으로 머슴을 잡으랬다 : 머슴은 일을 많이 하여 주인에게 보답하고, 주인은 음식으로 머슴에게 보답하라는 뜻.

머슴을 살아도 부잣집이 낫다 : 같은 머슴살이를 살아도 부잣집에서 살아야 의식주가 낫다는 말.

머슴을 잘못 두면 일 년 농사 폐농한다 : 농사는 농사짓는 사람에게 달려 있듯이, 무슨 일이나 그 일을 맡은 사람의 책임이 크다는 말.

머슴이 강짜한다 : 주인마누라 행실에 머슴이 강짜를 한다는 뜻으로, 관계없는 일에 주제넘게 간섭을 한다는 말. * 강짜—강샘(질투)를 속되게 이르는 말.

머슴이 머슴을 부린다 : 일을 시키려면 일머리를 아는 사람이 시켜야 한다는 말.

머슴이 삼 년 되면 주인마님을 부리려고 한다 : 아랫사람이 오래 쓰이다 보면 분에 넘치는 행동도 하게 된다는 뜻.

머슴이 주인 과부 수절을 뺏는다고 : 남녀 간에는 가까이 지내면 신분에 관계없이 친근해진다는 말.

머슴 중에 상머슴이다 : 여러 사람이 일하는 가운데에서도 가장 일을 잘하는 사람을 이르는 말.

먹고도 굶어 죽는다 : 욕심이 많은 사람을 두고 이르는 말.

먹고 싶은 것도 많겠다 : 좀 안답시고 온갖 것에 나서는 경우를 핀잔하여 이르는 말.

먹고 자는 식충이도 복을 타고났다 : 모든 사람의 운명은 날 때부터 타고난 것임을 이르는 말.

먹고 죽은 귀신은 때깔도 좋다 : 먹을 것은 먹어야 함을 강조하는 말.

먹고 죽자 해도 없다 : 몹시 귀하여 아무리 구하려 하여도 없다는 말.

먹기는 발장(撥長)이 먹고 뛰기는 말더러 뛰란다 : ⇒ 먹기는 파발이 먹고 뛰기는 역마가 뛴다. * 발장—'발군(역참에 속하여 중요한 공문서를 변방에 전하던 군졸)'의 우두머리.

먹기는 아귀같이 먹고 일은 장승같이 한다 : 많이 먹기만 하고 일을 하지 않는다는 말.

먹기는 파발(把撥)이 먹고 뛰기는 역마(驛馬)가 뛴다 : 정작 애쓴 사람은 보수를 받지 못하고 딴 사람이 받는다는 말. * 파발—조선 후기에 공문을 보내기 위해 설치한 역참. 먹기는 발장이 먹고 뛰기는 말더러 뛰란다. 먹기는 홍 중군이 먹고 뛰기는 파발 말이 뛴다.

먹기는 혼자 먹어도 일은 혼자 못한다 : 일은 협동해서 하는 편이 효과적이라는 말.

먹기는 홍 중군(洪中軍)이 먹고 뛰기는 파발 말이 뛴다 : ⇒ 먹기는 파발이 먹고 뛰기는 역마가 뛴다.

먹기 싫은 밥에 재나 뿌리지 : ⇒ 못 먹는 감 찔러나 본다.

먹기 싫은 음식은 개나 주지, 사람 싫은 것은

백년 원수 : 싫어하는 사람과 같이 지내기는 매우 어려운 일이라는 말.

먹는 개도 아니 때린다 : ⇒ 밥 먹을 때는 개도 안 때린다.

먹는 놈이 똥을 눈다 : ⇒ 소금 먹은 놈이 물 켠다.

먹는 데는 감돌이, 일에는 베돌이 : ⇒ 먹는 데는 관발이요, 일에는 송곳이라. *감돌이—사소한 이익을 탐내어 덤비는 사람을 낮잡아 이르는 말. *베돌이—일을 하는 데 어울려 하지 않고 따로 행동하는 사람.

먹는 데는 관발이요, 일에는 송곳이라 : 제 이익이 되는 일, 특히 먹는 일에는 남 먼저 덤비나, 일할 때에는 꽁무니만 뺀다는 말. 먹는 데는 감돌이, 일에는 베돌이. 먹는 데는 앞장서고, 일하는 데는 뒷장 선다.

먹는 데는 남이요, 궂은일에는 일가라 : 제 욕심을 채울 때는 남을 돌보지 아니하다가, 제가 어려운 일을 당하면 남의 도움을 바라는 얄미운 심리를 이르는 말.

먹는 데는 앞장서고, 일하는 데는 뒷장 선다 : ⇒ 먹는 데는 관발이요, 일에는 송곳이라.

먹는 떡에도 살을 박으라 한다 : 이왕 하는 일이면 잘 하라는 말.

먹는 밥이 살로 가다북 **:** 생활에 아무 걱정이나 근심이 없어 마음이 편한 경우를 이르는 말.

먹는 소가 똥을 누지 : ⇒ 소금 먹은 놈이 물 켠다.

먹는 속은 꽹매기 속이다북 **:** 꽹과리의 속이 비어서 훤하듯이, 먹는 데 대한 것을 잘 알고 찾아드는 경우를 비꼬아 이르는 말. *꽹매기—'꽹과리'의 북한어.

먹는(먹은) 죄는 꿀 종지도 하나 : 다 먹고 바닥에 꿀이 묻은 꿀 종지를 보고, 종지가 먹었다고 허물하겠느냐는 뜻으로, 먹은 것은 죄가 아니라는 말. 먹은 죄는 대 꼭지로 하나다북.

먹다가 굶어 죽겠다 : 먹을 것이 무척 적다는 말.

먹다가 보니 개떡(수제비) : 멋도 모르고 그저 좋아하다가, 알고 보니 의외로 하찮은 것이어서 실망함을 이르는 말.

먹다 남은 죽은 오래 못 간다 : 탐탁하지 않은 물건은 남아도 쓸 만한 것이 못 된다는 말.

먹다 죽은 대장부나, 밭갈이하다 죽은 소나 : 호의호식하던 사람이나 죽도록 일만 하고 고생한 사람이나 죽기는 매일반임을 이르는 말.

먹던 떡도 아니고 보던 굿도 아니다 : 익숙한 것이 아니라는 말.

먹던 술(匙)도 떨어진다 : 숟가락질은 늘 하는 일인데도 간혹 실수로 숟가락을 떨어뜨릴 수도 있다는 뜻으로, 매사에 잘 살피고 조심하여 잘못이 없도록 해야 한다는 말.

먹돌도 뚫으면 굶이 난다 : 초지일관(初志一貫)해서 꾸준히 노력하면 마침내는 목적을 성취할 수 있다는 말.

먹물 먹은 노끈이 재목을 가리지 않는다 : 사람을 가리지 말라고 타이르는 말.

먹성 좋은 소가 부리기도 좋다 : 먹성이 좋은 소라야 잘 먹어 살도 찌고 힘도 좋아서 부리기에 좋다는 말.

먹성 좋은 소가 살도 찐다 : 소는 먹성이 좋아야 살도 찌고 힘도 세어서 부리기가 좋다는 말.

먹어 보지도 않고 맛없다고 한다 : 경험도 없고 내용도 모르는 사람이 아는 체 우겨댐을 이르는 말.

먹어야 체면 : 먹을 것을 충분히 먹고 난 후에야 체면치레도 할 수 있음을 이르는 말.

먹여서 싫다는 사람(놈) 없다 : 사람마다 정도의 차이는 있으나 자기를 챙기기 마련이라는 말.

먹은 개는 짖지 않는다 : 개가 남이 주는 음식을 얻어먹으면 그 사람이 와도 짖지 않듯이, 뇌물을 먹으면 할 말도 못 하게 된다는 말.

먹은 소가 똥도 싼다 : 먹은 것이 있어야 똥도 싸듯이, 원인이 있어야 결과도 있다는 말.

먹은 소 기운을 쓴다북 **:** ⇒ 먹지 않고 잘 걷는 말이 없다북.

먹은 죄는 대 꼭지로 하나다북 **:** ⇒ 먹은(먹은) 죄는 꿀 종지도 하나.

먹은 죄는 없다 : 설령 남의 것을 훔쳐 먹었다 할지라도 그것을 죄 삼아 벌을 주지 않는다는 말.

먹을 가까이하면 검어진다[近墨者黑] : 좋지 못한 사람과 사귀게 되면 그를 닮아 악에 물들게 됨을 비유하여 이르는 말. 불에 가까이 있으면 불에 탄다.

먹을 것 없는 제사에 절만 많다 : 아무 소득도 없는 일에 공연히 수고만 많이 함을 비유하여 이르는 말. 먹지도 못하는 제사에 절만 죽도록 한다.

먹을 것을 보면 세 치를 못 본다 : 먹을 것을 눈앞에 두고는 다른 생각은 조금도 못하고 만다는 말.

먹을 것이라면 깨묵에 강아지북 **:** 먹을 일이 있는 일에 기를 쓰고 달라붙는 사람을 놀림조로 이르는 말.

먹을 때는 개도 때리지 않는다 : ⇒ 밥 먹을 때는 개도 안 때린다.

먹을수록 냠냠한다 : 먹을수록 욕심이 나서 더욱더 먹고 싶어 함을 이르는 말.

먹을 콩 났다고 덤빈다 : 어쩌다가 좋은 수가 생겼다고 덤빈다는 말.

먹을 콩으로 알고 덤빈다 : ① 먹지도 못할 것을 먹으려고 덤빈다는 말. ② 만만한 것으로 알고 차지하거나 이용하려 든다는 말.

먹자는 귀신은 먹여야 한다 : 마음이 좋지 못한 사람의 요구를 안 들어주면 피해가 더 커지므로 싫어도 들어주어야 한다는 말.

먹장 갈아 부은 듯하다 : 어떤 물건이 아주 검고 빛이 짙을 대로 짙음을 이르는 말. ＊먹장—먹의 조각.

먹줄 친 듯하다 : 무엇이 한결같이 곧고 바르다는 말.

먹지도 못하는 제사에 절만 죽도록 한다 : ⇒ 먹을 것 없는 제사에 절만 많다.

먹지 못할 버섯이 첫 삼월에 돋는다북 **:** ⇒ 못된 버섯이 삼월 달부터 난다.

먹지 못할 풀이 오월에 겨우 나온다 : 되지 못한 것이 거레는 퍽 한다는 말. ＊거레—까닭 없이 어정거려 몹시 느리게 움직이는 짓.

먹지 않고 잘 걷는 말이 없다북 **:** 힘이나 밑천을 들이지 않고는 좋은 결과를 바랄 수 없음을 비유적으로 이르는 말. 먹은 소 기운을 쓴다북.

먹지 않는 씨아에서 소리만 난다 : ① 못난 자일수록 잘난 체하고 큰 소리만 친다는 말. 들지 않는 솜틀은 소리만 요란하다. 못 먹는 씨아가 소리만 난다. ② 아무 일도 하지 않으면서 하는 체하고 떠벌리기만 한다는 말. 들지 않는 솜틀은 소리만 요란하다.

먹지 않는 종 투기 없는 아내 : 먹지 않는 머슴과 투기하지 않는 아내는 절대로 있을 수 없다는 뜻으로, 너무나 비현실적인 것을 비유하여 이르는 말. 여물 안 먹고 잘 걷는 말①.

먼 곳의 소리가 가까이 들리면 비가 온다 : ⇒ 기적 소리가 가까이 들리면 비가 온다.

먼 데 것을 얻으려고 가까운 것을 버린다 : 일의 차례를 뒤바꾼다는 말.

먼 데 나무는 번치고 곁엣 나무는 개갠다 : 먼 데 있는 사람에게는 별반 기댈 것이 없으나, 가까이 있으면 가서 부탁도 하고 귀찮게도 굴게 된다는 말. ＊번치다—'번지다'의 평안 방언. *개개다–성가시게 달라붙어 손해를 끼치다.

먼 데 단 냉이보다 가까운 데 쓴 냉이 : 먼 데 있는 친척보다 가까이 있어 사정을 잘 알아주는 남이 더 낫다는 말.

먼 데 무당이 영하다 : ① 잘 알고 있는 사람보다 새로 만난 사람을 더 가치 있게 여김을 이르는 말. ② 먼 데 있는 것이 더 좋아 보임을 이르는 말. **먼 데 점이 맞는다.**

먼 데 일가가 가까운 이웃만 못하다 : 가까이 지내는 이웃이 먼 데 사는 일가보다 낫다는 뜻으로, 이웃끼리 서로 도우며 사는 것이 중요함을 이르는 말.

먼 데 점이 맞는다 : ⇒ 먼 데 무당이 영하다.

먼 배가 가깝게 보이면 비가 온다 : ⇒ 먼 산이 가까이 보이면 비가 온다.

먼 배가 가깝게 보이면 어장 걷어라 : 먼 곳의 배가 가까이 보이면 비가 올 징조니 비가 오기 전에 대피하라는 말. 바다가 울면 갯일을 치워라.

먼 사촌보다 가까운 이웃이 낫다 : ⇒ 가까운 남이 먼 일가보다 낫다.

먼 산이 가까이 보이면 비가 오고, 가까운 산이 멀리 보이면 날씨가 좋다 : ⇒ 가까운 산이 멀리 보이면 날씨가 좋고, 먼 산이 가까이 보이면 비가 온다.

먼 산이 가까이 보이면 비가 온다 : 저기압이 다가오면 공기 중의 먼지가 적어지므로 물체가 더 선명하게 보인다는 데서 나온 말. 먼 배가 가깝게 보이면 비가 온다. 바위산이 가까이 보이면 비가 온다. 바위산이 질푸르게 보이면 비가 온다. 호반새가 울면 비가 온다.

먼 섬의 그림자가 바다에 비치면 비가 온다 : 저기압이 되면 찬 기단이 따뜻한 기단 위로 이동하여 시정(視程)이 좋아진다는 데서 유래된 말.

먼 일가와 가까운 이웃 : ⇒ 가까운 남이 먼 일가보다 낫다.

먼저 꼬리 친 개 나중 먹는다 : 어떤 일이나 먼저 서두르는 사람이 뒤떨어짐을 이르는 말. 꼬리 먼저 친 개가 밥은 나중에 먹는다.

먼저 난 머리보다 나중 난 뿔이 무섭다 : ⇒ 나중 난 뿔이 우뚝하다.

먼저 먹는 놈이 임자 : 임자 없는 물건은 먼저 차지하는 사람의 것이라는 말.

먼저 먹은 후 답답 : ① 남보다 먼저 먹고 나서 남이 먹을 때에는 답답하게 바라만 보고 있음을 이르는 말. ② 매사에 너무 욕심을 부려 급히 하면 반드시 실패한다는 말.

먼저 바꾸자고 할 때에는 도적고양이가 있기 때문이다㊕ **:** 물건을 바꾸자고 먼저 말할 때에는 자기 것이 약점이 있거나 상대편의 것보다 못하기 때문이라는 말.

먼저 방망이를 들면 홍두깨가 안긴다㊕ **:** 먼저 남을 해친 자는 반드시 더 큰 화를 입게 됨을 이르는 말.

먼저 배 탄 놈이 나중 내린다 : 서두르는 사람이 도리어 뒤떨어짐을 이르는 말.

먼 조카는 따져도 가까운 삼촌은 따지지 않는다 : 먼 친척은 어려워서 이것저것 까다롭게 재지만 삼촌은 항렬이 위이나 편한 사이이므로 대하기가 매우 스스럼없음을 이르는 말.

먼지도 쌓이면 큰 산이 된다 : ⇒ 티끌 모아 태산.

먼지 털음 한다 : 의관(衣冠)의 먼지를 턴다는 말이니, 곧 오랜만의 외출을 뜻하는 말.

멋에 치여 중 서방질(書房–) 한다 : 자기 몸을 망치면서도 흥(興)을 이기지 못해 방탕(放蕩)에 빠짐을 이르는 말.

멍군 장군 : 장기를 둘 때 승패(勝敗)가 없음을 이름이니, 양자(兩者)가 다툴 때 시비(是非)를 가리기가 어려움을 이르는 말. 멍이야 장이야. 장군 멍군. 장이야 멍이야.

멍석 구멍에 생쥐 눈 뜨듯 : 겁이 나서 몸을 숨기고 바깥을 살피는 모양을 비유하여 이르는 말.

멍이야 장이야 : ⇒ 멍군 장군.

메고 나면 상두꾼〔喪頭軍〕 들고 나면 초롱꾼〔燭籠軍〕 : ① 이미 영락(零落)한 몸이 무슨 일인들 못 하겠느냐는 말. ② 어떠한 천한 일도 부끄러워할 것이 아니며 때에 따라서는 무슨 일이라도 할 수 있다는 말.

메기가 눈은 작아도 저 먹을 것은 알아본다 : 아무리 식견이 좁은 자라도 저 살길은 다 마련하고 있다는 말. 넙치 눈은 작아도 먹을 것은 잘 본다.

메기가 물 위로 올라오면 비가 온다 : ⇒ 물고기가 물 위에서 숨을 쉬면 비가 온다.

메기 나래에 무슨 비늘이 있어㊀ **:** 본래부터 없는 것에 특별히 생겨날리 없다는 말.

메기 등에 뱀장어 넘어가듯 : ⇒ 구렁이 담 넘어가듯.

메기 아가리 큰 대로 다 못 먹는다 : 욕심대로 모두 이루어지지는 않음을 비유하여 이르는 말.

메뚜기도 유월이 한철이다 : ⇒ 뻐꾸기도 유월이 한철이라.

메밀도 굴러가다 서는 모가 있다 : ⇒ 달걀도 굴러가다 서는 모가 있다.

메밀도 흉년에는 한몫한다 : ① 가뭄으로 벼를 못 심을 때는 뒤늦게나마 메밀을 심어서 식량으로 삼는다는 말. ② 하찮은 물건도 귀해지면 제값을 받는다는 말.

메밀떡 굿에 쌍장구 치랴 : 처지와 형편에 맞지 않게 크게 일을 떠벌리면 안 된다는 말. 모밀떡 굿에 쌍장구 치랴.

메밀떡 굿에 쌍장구 친다 : 하찮은 메밀떡을 놓고 큰 굿을 하려고 하듯이, 분수에 맞지 않는 행동을 한다는 말.

메밀밭에 가서 국수를 달라겠다㊀ **:** ⇒ 우물에 가 숭늉 찾는다.

메밀 벌〔蜂〕 같다 : 남의 뒤를 졸졸 따라다니는 사람을 이르는 말.

메밀 섬에 새앙쥐 엉기듯 한다 : 메밀 섬에 쥐가 덤비듯이, 이권이 있는 곳에는 모리배가 많이 덤벼든다는 말.

메밀은 토심(土深)이 얕은 땅에서도 잘된다 : 메밀은 뿌리가 짧기 때문에 토심이 얕은 땅에서도 잘된다는 말.

메밀은 흉년 곡식이다 : 가뭄이 들어 늦모도 못 심게 되면 일조일이 짧아서 다른 곡식은 못 심어도 메밀은 심을 수 있으므로 흉년이 드는 해에 많이 심게 된다는 말.

메밀이 세 모라도 한 모는 쓰인다 : 신통찮은 사람이라도 어느 경우에는 긴요하게 쓰인다는 말.

메밀이 있으면 뿌렸으면 좋겠다 : 잡귀를 막기 위해 집 앞에 메밀을 뿌리던 민속에서 나온 말로, 왔다 간 사람이 다시는 오지 않게 했으면 좋겠다는 말.

메밀 풀떼기로 끼 에운다 : 식량이 떨어져서 메밀가루로 풀떼기를 만들어 겨우 끼니를 잇는다는 말.

메밀 한 섬 가진 놈이 흉년 들기만 기다린다 : 가뭄으로 모를 못 심게 되면 메밀을 심으므로 메밀 값이 폭등하여 이득을 많이 얻는 데서 온 말로, 남의 사정은 생각지도 않고 제 욕심만 낸다는 말.

메부엉이라고 날개질이야 못할가㊀ **:** 어리숙하고 못난 사람도 자기가 할 수 있는 재주는 부릴 줄 안다는 말.

메주가 크게 벌어지면 가문다 : 메주가 갈라지는 것은 습도가 낮기 때문이므로, 이런 때는 비가 오지 않는다는 말.

메주(-를) 먹고 술 트림한다㊀ **:** ① 못 먹고도 잘 먹은 체함을 이르는 말. ② 앞뒤가 전혀 들어맞지 않는 엉뚱한 노릇을 함을

이르는 말.

메주를 짝수로 만들면 불길하다 : 메주를 쑤어서 매달 때 짝수로 매달지 말고 홀수로 매달아야 장맛이 좋다는 말.

메주 쑤는 날 머리를 빗으면 메주에서 머리털이 난다 : 메주는 장을 만드는 원료이기 때문에 정성껏 만들어야 하는데, 머리에 빗질을 해 가며 메주를 쑤게 되면 메주의 발효가 불량하게 된다는 말.

메주에 흰 곰팡이가 많이 피면 목화 풍년이 든다 : 메주를 쑤어 틀에 박아 매단 것에서 흰 곰팡이가 많이 생기는 해에는 목화 농사가 풍년이 든다는 말.

메추라기 소 발쪽에 밟히운다㊀ **:** 너무 약삭빠르게 굴다가는 큰 낭패를 보는 일도 있음을 비유하여 이르는 말.

멧돌 잡으러 갔다가 집돌 잃었다 : ⇒ 산돼지를 잡으려다가 집돼지까지 잃는다①.

며느리가 미우면 발뒤축이 달걀 같다고 나무란다〔婦無可短 踵如鷄卵〕 : 남을 밉게 보면 좋은 것에도 허물을 하고 없는 일도 트집을 잡음을 이르는 말.

며느리가 미우면 손자까지 밉다 : 한 사람이 미우면 그에 딸린 밉지 않은 사람까지도 밉게 보인다는 말. 중이 미우면 가사도 밉다.

며느리 늙어 시어미 된다 : 과거에 남의 아래에서 겪던 고생은 생각지도 않고 도리어 아랫사람에게 심하게 대함을 비꼬는 말. 며느리 자라 시어미 되니 시어미 티를 더 잘한다. 부지깽이로 맞던 며느리가 며느리를 맞아오니 방치로 때린다㊀.

며느리들 싸움이 형제 싸움이 된다 : 며느리들 사이가 나쁘면 형제들 사이도 나빠진다는 말.

며느리 보자 손자 본다㊀ **:** 기쁜 일이 겹쳐 일어난다는 말.

며느리 사랑은 시아버지, 사위 사랑은 장모 : 며느리는 늘 시아버지에게 귀염을 받고, 사위는 장모가 귀여워함을 이르는 말. 사위 사랑은 장모, 며느리 사랑은 시아버지. 장모는 사위가 곰보라도 예뻐하고, 시아버지는 며느리가 뻐드렁니에 애꾸라도 예뻐한다.

며느리 상청에서도 떡웃지짐이 제일 : 죽은 며느리를 위하여 베푸는 상청에서도 떡 위에 놓여 있는 지짐이에 신경을 쓴다는 뜻으로, 먹는 데만 정신이 팔리어 체면 차리지 않고 맛있는 것만 골라 먹는다는 말.

며느리 샘에 발꿈치 희어 친다 : 여자가 참을성이 없고 투기가 아주 심함을 이르는 말.

며느리 시앗은 열도 귀엽고 자기 시앗은 하나도 밉다 : 흔히 아들이 첩을 얻는 것은 좋아하면서도, 제 남편이 첩을 얻어 제가 시앗을 보게 되면 못 견디어 한다는 말.

며느리 아이 낳는 건 봐도 딸 애 낳는 건 못 본다 : 자기 딸이 아이 낳는 고통은 보기에 매우 안타깝다는 말.

며느리 자라 시어미 되니 시어미 티를 더 잘한다 : ⇒ 며느리 늙어 시어머니 된다.

멱부리 암탉이다 : 멱부리 암탉이 아래를 못 보듯이, 바로 눈앞의 것도 모르는 사람을 놀림조로 이르는 말. * 멱부리—턱 밑에 털이 많이 난 닭.

멱 진 놈, 섬 진 놈 : ⇒ 섬 진 놈, 멱 진 놈. * 멱(멱서리)—짚으로 날을 촘촘히 속을 넣고 만든 그릇. 곡식을 담는 데 씀.

면례(緬禮)하는 데 뼈 감추기 : 심술궂게 방해함을 이르는 말. * 면례—무덤을 옮겨서 다시 장사를 지냄. 또는 그런 일.

멸구 많은 해 멸치도 많이 잡힌다 : 중국 양쯔강 하류에서 발생된 저기압이 우리나라로 이동할 때 멸구도 함께 날려 와, 남서해에 떨어지면 멸치의 좋은 먹이가 되므로 멸치가 많이 잡히고, 내륙 지방에 떨어지면 농산물에 큰 해를 미침을 이르는 말. 멸치가 많이 잡히면 멸구도 많다.

멸구 지나간 끝은 없다 : ⇒ 근잠 먹은 끝은 있어도 멸구 먹은 끝은 없다. *멸구는 벼 줄기 속의 액즙을 빨아 먹어 폐농할 정도로 피해를 크게 준다는 뜻.

멸치가 많이 잡히면 멸구도 많다 : ⇒ 멸구 많은 해 멸치도 많이 잡힌다.

멸치가 뼈대 없는 오징어하고는 사돈을 않는다 : 변변치 않은 가문 사람이 족보 없는 부자와는 사귀지 않는다는 말.

멸치 들었던 뒤 큰 고기 문다 : 멸치를 잡아먹는 큰 고기는 멸치 뒤를 따라다니므로 멸치 떼가 나타난 뒤에는 큰 고기가 잡힌다는 말.

멸치 한 마리 놓고 어물전 차린다 : 멸치 한 마리로 어물 장사를 하듯이 밑천 없는 장사를 하면 실패한다는 뜻. 명태 한 마리 놓고 어물전 본다.

멸치 한 마리는 어쭙잖아도 개 버릇이 사납다 : 개에게 멸치 한 마리를 주는 것은 아깝지 않지만 그로 인해 개의 버릇이 사나워질까 걱정이라는 뜻으로, 물건이 아까워서가 아니라 버릇을 고치라고 나무라는 말.

명공의 손에 잡히면 내버린 나무토막도 칼집이 된다㊍ **:** ① 능력이 많고 재간이 있는 사람은 쓸모없이 보이는 것을 가지고도 쓸모 있는 물건을 만들어 낼 줄 안다는 말. ② 위대한 인물은 보잘것없는 사람들도 다 훌륭하게 키워 낸다는 말.

명득(命得) 어미냐 욕도 잘한다 : 욕 잘하는 사람을 비웃어 이르는 말.

명문(明文) 집어 먹고 휴지(休紙) 똥 눌 놈 : 법도나 의리는커녕 염치조차 모르며 언행이 무례한 사람을 이르는 말. *명문-증서(證書).

명밭 사자 눈 어둡다 : 일이 공교롭게 궂긴 경우를 이르는 말. *명밭-목화밭.

명산대천에 불공 말고 타관 객지에 나선 사람 괄시를 마라 : 죽어서 극락 가겠다고 명산대천에 대고 불공을 드릴 생각은 하지 말고, 타관 객지에 나선 외로운 사람을 괄시하지 말고 잘 대접하며 좋은 일을 해야 극락에 갈 수 있다는 말. 명산대천에 불공 말고 타관 객지에 나선 사람 잘 대접하랬다.

명산대천에 불공 말고 타관 객지에 나선 사람 잘 대접하랬다 : ⇒ 명산대천에 불공 말고 타관 객지에 나선 사람 괄시를 마라.

명산 잡아 쓰지 말고 배은망덕하지 마라 : 명당 자리 잡아 조상의 묘를 써서 조상의 덕을 바랄 생각을 하지 말고, 남에게 나쁜 짓을 하지 않는 것이 복 받는 길이라는 말.

명심하면 명심덕이 있다 : 마음을 가다듬어 어떤 일을 하면 그만한 이익이 있다는 말.

명주(明紬) 고름 같다 : 성질이 매우 곱고 보드랍다는 말.

명주 바지에 똥싸개㊍ **:** 겉보기에는 좋으나 속은 더럽고 보잘것없는 것을 이르는 말.

명주 옷은 사촌까지 덥다(따습다) : 가까운 사람이 부귀(富貴)한 몸이 되면 그 도움이 일가에까지 미침을 이르는 말.

명주 자루에 개똥 : 겉치장은 그럴듯하나 실은 보잘것없는 사람을 이르는 말.

명 짧은 놈 턱 떨어지겠다 : 너무 오래 기다리게 되었을 때 갑갑하여 이르는 말.

명찰(名刹)에 절승(絶勝) : 뛰어난 절이 있는 곳에 뛰어난 경치가 구비되어 있다는 말로, 좋은 것을 두루 겸했다는 말.

명태는 빨랫방망이로 두드려야 하고, 여자는 가죽방망이로 두드려야 한다 : 명태는 빨랫방망이로 두드려야 부드러워지고, 여자는 성적으로 만족하면 상냥해진다는 말.

명태 대가리 하나는 놀랍지 않아도 괭이 소위가 괘씸하다 : 없어진 명태가 아깝기보다 훔쳐 간 고양이의 소행이 더 밉다는 뜻으로,

입은 손해보다도 그 저지른 짓이 더 미움을 비유하여 이르는 말.

명태하고 계집은 두들겨야 부드러워진다 : 명태는 두들겨야 부드러워지듯이, 말 안 듣는 여자는 두들겨야 말을 듣는다는 말.

명태하고 팥은 두들겨서 껍질을 벗기고, 촌놈하고 계집은 두들겨서 길들인다 : 촌놈과 계집은 무섭게 다루어야 한다는 말.

명태 만진 손 씻은 물로 사흘을 국 끓인다 : 몹시 인색한 사람의 행동을 비유하여 이르는 말.

명태 한 마리 놓고 딴전 본다 : 하고 있는 일과는 상관이 없는 엉뚱한 일을 함을 이르는 말. 또는 겉으로 벌여 놓은 일보다 더 중요한 일이 따로 있음을 이르는 말.

명태 한 마리 놓고 어물전 본다 : ⇒ 멸치 한 마리 놓고 어물전 차린다.

몇 푼짜리나 되나 : 명성(名聲)이나 지위(地位)가 대단치 않음을 뜻하는 말.

모가 모자라는 해는 풍년이 든다 : 비가 넉넉히 와서 봉천답(奉天畓)까지 모를 심게 되어 모가 부족해지는 현상은 풍년이 들 징조라는 말.

모가지가 열 개 있어도 모자란다 : 하는 짓마다 무모하고 위험함을 경고하는 말.

모과나무 심사(心思) : 모과나무처럼 뒤틀렸다는 말로, 성질이 심술궂고 마음이 순수하지 못함을 비유하여 이르는 말.

모기는 구월 구일 차례 떡 찌는 어미 보지 물고 들어간다 : 심술궂은 사람은 모기처럼 갈 때도 남에게 피해를 주고 간다는 말.

모기 다리의 피만 하다 : 분량이 아주 적음을 비유하여 이르는 말.

모기 다리에서 피 뺀다 : ⇒ 벼룩의 간을(선지를) 내먹는다②.

모기 대가리에 골을 내랴 : 불가능한 일을 하려는 경우를 비웃는 말.

모기도 낯짝이 있지 : 염치없고 뻔뻔스러움을 이르는 말.

모기도 모이면 천둥소리 난다 : 힘없고 미약한 것이라도 많이 모이면 큰 힘을 낼 수가 있다는 말.

모기떼가 공중에 떠다니면 비가 온다 : 모기가 떼 지어 날아다니면 비가 올 징조라는 말.

모기 밑구멍에 당나귀 신(腎)이 당할까 : ① 작은 구멍에 큰 물건이 부당(不當)함을 가리키는 말. ② 분에 넘치는 보수나 지위를 감당하지 못한다는 말.

모기 보고 칼(환도) 빼기(뽑기)〔見蚊拔劍, 怒蠅拔劍〕: ① 시시한 일로 소란을 피움을 비유하여 이르는 말. 중을 보고 칼을 뽑는다. ② 보잘것없는 작은 일에 어울리지 않게 엄청나게 큰 대책을 세움을 이르는 말.

모깃소리만 하다 : 소리가 매우 작고 약하여 알아들을 수가 없다는 말.

모난 돌이 정 맞는다 : ① 두각을 나타내는 사람이 남에게 미움을 받게 된다는 말. ② 강직한 사람은 남의 공박을 받는다는 말.

모내기 때는 고양이 손도 빌린다 : 모내기에는 어른 아이 할 것 없이 있는 대로 다 참여해야 할 정도로 일손이 부족하다는 말.

모내기 때 하루는 겨울의 열흘 맞잡이다 : 모를 심지 못하면 수확을 할 수 없으므로 모내기 때 하루는 매우 중요하다는 말.

모내기에는 고양이 손도 빌린다 : ⇒ 모내기 때는 고양이 손도 빌린다.

모내기 철에는 아궁 앞의 부지깽이도 뛴다 : 모내기 철에는 모든 사람이 바쁘게 뛰어다니게 됨을 비유하여 이르는 말.

모 농사가 반농사다 : ① 모 농사를 잘 해서 좋은 모를 심어야 농사가 잘된다는 말. ② 벼농사는 모만 심어 놓으면 농사의 절반은 한 것과 같다는 말.

모는 꽂아 놓으면 먹는다 : 벼 농사는 심기만

하면 수확은 하게 된다는 말. 벼는 심어만 놓으면 먹는다.

모는 보리타작 전에 심어야 한다 : 이모작을 하는 논은 보리타작을 한 뒤에 모를 심으면 모가 늦어서 수확이 감소하므로 타작 전에 심어야 한다는 말.

모둔오월 : ⇒ 깐깐오월.

모래가 싹 난다 : 절대로 있을 수 없는 일을 고집 부리는 경우를 이르는 말.

모래로 물(내) 막는다 : 수고는 하나 아무런 보람이 없는 헛일을 함을 이르는 말. 모래로 방천한다.

모래로 방천(防川)한다 : ⇒ 모래로 물(내) 막는다.

모래밭에서 무우 뽑듯㈜ **:** 아이를 순탄하게 잘 낳는 모습을 비유하여 이르는 말. * 무우—'무'의 북한어.

모래밭에 세워진 궁전㈜ **:** ⇒ 모래 위에 선 누각(집).

모래불에 오른 새우㈜ **:** ⇒ 물 밖에 난 고기㈜.

모래알도 모으면 산이 된다 : ⇒ 티끌 모아 태산.

모래 위에 물 쏟는 격(格) : 소용없는 짓을 함을 이르는 말.

모래 위에 선 누각(집)〔砂上樓閣〕: 기초가 튼튼하지 못하여 곧 허물어질 수 있는 물건이나 일을 비유하여 이르는 말. 모래밭에 세워진 궁전㈜. 모래 위에 쌓은 성.

모래 위에 쌓은 성〔砂上樓閣〕: ⇒ 모래 위에 선 누각(집).

모로 가나 기어가나 서울 남대문만 가면 그만이다 : ⇒ 모로 가도 서울만 가면 된다.

모로 가도 서울만 가면 된다 : 수단이나 방법은 어찌 되었든 목적만 이루면 된다는 말. 모로 가나 기어가나 서울 남대문만 가면 그만이다.

모로 던져 마름쇠 : 아무렇게나 하여도 실패가 없다는 말.

모르고 한 번 알고 한 번㈜ **:** ① 여러 번 속고 나면 다시는 안 속게 된다는 말. ② 다시는 되풀이하지 않겠다고 결심하는 말.

모르는 것이 부처 : ⇒ 모르면 약이요 아는 게 병. * 아무것도 모르면 불쾌감이나 노여움이 생기지 않아 부처님의 자비인욕(慈悲忍辱)의 마음과 같다는 뜻에서 나온 말.

모르면 약이요 아는 게 병〔識字憂患〕: 차라리 아무것도 모르고 있으면 마음이 편하여 좋은데, 좀 알고 있으면 도리어 걱정거리가 생겨 편치 않다는 말. 모르는 것이 부처. 무지각이 상팔자. 아는 것이 병②.

모밀떡 굿에 쌍장고(雙長鼓) 치랴 : ⇒ 메밀떡 굿에 쌍장구 치랴.

모사(謀事)는 재인(才人)이요 성사(成事)는 재천(在天) : 매사를 꾸미는 것은 사람이요 일의 성패는 하늘에 달렸다는 뜻으로, 성공을 예측하기는 곤란하나 모름지기 노력은 하여야 한다는 말.

모시 고르다 베 고른다 : ① 처음에 뜻하던 바와는 전연 다른 결과에 이름을 이르는 말. ② 좋은 것을 골라 가지려다가 도리어 좋지 못한 것을 차지하게 됨을 이르는 말.

모심기의 길일(吉日)은 신미(辛未)·계유(癸酉)·임자(壬子)·계미(癸未)·갑오(甲午)·갑진(甲辰)·을사(乙巳)·병오(丙午)·을묘(乙卯)·신유(辛酉)·갑(甲)·병(丙)·정(丁)·무(戊)·기자(己字)가 든 날이다 : 모 심기도 길한 날을 택하여 하면 벼가 병 없이 잘 자라서 다수확을 할 수 있다는 말.

모심을 때 창 받는 논은 떡시루 놓고 빌어도 안된다 : 논갈이를 깊이 하지 않고 얕게 하게 되면, 뿌리의 생장이 약하고 영양 보유 능력도 적어서 많은 수확을 올릴 수가 없다는 말.

모양내다 얼어 죽겠다 : 실속은 없이 겉보기

나 형식만 신경 쓰다가는 낭패할 수 있음을 핀잔하는 말. 몸꼴 내다 얼어 죽는다.

모양이 개잘량이라 : 명예와 체면을 형편없이 잃었음을 이르는 말. *개잘량-방석처럼 쓰기 위해 털이 붙은 채로 손질하여 만든 개가죽.

모자라는 사람에게는 세 가지 체병이 있다 북 : 똑똑하지 못한 사람은 흔히 모르면서도 아는 체하고, 없으면서도 있는 체하며, 못난 주제에 잘난 체하는 면이 있다는 말. 사람에게는 세 가지 체병이 있다.

모전(毛廛) 다리 다모(茶母)의 겨드랑이 : 모전이 있었던 서울 무교동 초입에서 차를 팔던 다모의 저고리가 짧았다는 데서 유래된 말로, 감질나게 하는 사물을 비유하여 이르는 말.

모주(母酒) 먹은 돼지 껄때청 : 컬컬하게 쉰 목소리를 비유하여 이르는 말. *모주〔밑술〕-약주를 뜨고 난 찌끼 술. 뜨물 먹은 당나귀청.

모주 먹은 돼지 벼르듯 : 좋지 않게 여기는 대상에 대하여 혼자 성을 내고 게정스럽게 몹시 벼르는 모양을 비유하여 이르는 말.

모주 장사 열 바가지 두르듯 : 내용은 빈약한데 겉으로만 많은 체한다는 뜻.

모진 년의 시어미 밥내 맡고 들어온다 : 미운 사람이 미운 짓만 골라 함을 비유하여 이르는 말.

모진 놈 옆에 있다가 벼락 맞는다 : 악한 사람을 가까이하면 반드시 그 화(禍)를 입게 됨을 비유하여 이르는 말.

모진 놈은 계집 치고 흐린 놈은 세간 친다 : 부부 싸움을 할 때, 모진 자는 계집을 때리고 흐릿한 자는 세간을 부수어 분을 푼다는 말.

모처럼 능참봉(陵參奉)을 하니까 거둥〔擧動〕이 한 달에 스물 아홉 번 : ① 오래 바라고 고대하던 일이 이루어졌으나 허울만 좋을 뿐, 수고롭기만 하고 실속이 없음을 비유하여 이르는 말. ② 운수가 나빠 일이 안되려면 일마다 낭패만 본다는 말. *능참봉-능을 맡아보는 종9품(從九品) 벼슬. *거둥-임금님의 행차. 여든에 능참봉을 하니 한 달에 거둥이 스물아홉 번이라. 칠십에 능참봉을 하니 하루에 거둥이 열아홉 번씩이라.

모처럼 태수(太守)가 되니 턱이 떨어져 : 목적한 바를 모처럼 이룬 일이 허사(虛事)가 되고 말았음을 비유하여 이르는 말.

모화관(慕華館) 동냥아치 떼쓰듯 : 경위에 어그러진 언사로 시끄럽게 떠드는 경우를 비유하여 이르는 말. *모화관-조선시대 때 중국 사신을 영접하던 곳.

목구멍 때도 못 씻었다 : 자기 양에 차지 못하게 아주 조금 먹었음을 이르는 말.

목구멍에 거미줄 쓴다 북 : 살림이 구차해서 며칠씩 끼니를 때우지 못함을 이르는 말.

목구멍에 풀칠한다〔糊口之策〕: 어렵게 살아감을 비유하여 이르는 말. 입에 풀칠한다.

목구멍의 때를 벗긴다 : 오랜만에 좋은 음식을 먹음을 이르는 말.

목구멍이 포도청(捕盜廳) : 먹고 살기 위하여 하지 못할 일까지 하게 됨을 이르는 말. 입이 포도청.

목낭청의 혼이 씌다 : 시키는 대로 하는 경우를 비유하여 이르는 말. *목낭청(睦郎廳)-「춘향전(春香傳)」에 나오는 낭청 지위(地位)에 있는 목가 성(姓)을 가진 사람이라는 뜻으로, 자기 주견(主見)이 없이 이래도 응(應)하고 저래도 응하는 사람을 조롱하여 이르는 말.

목마른 놈(사람)이 우물(샘) 판다 : 제일 급하고 일이 필요한 사람이 그 일을 서둘러 하게 되어 있다는 말. 갑갑한 놈이 송사한다. 갑갑한 놈이 우물 판다. 답답한 놈이 소지 쓴다. 답답한 놈이 송사한다.

목마른 사람에게 물소리만 듣고 목을 축이라 한다 : 말만 달콤하게 하지, 아무런 실속 있는 대책을 세워 주지 않음을 비유하여 이르는 말.

목마른 송아지 우물 들여다보듯 : ⇒ 소금 먹은 소 굴우물 들여다보듯.

목 맨 송아지 : 남의 제어(制御)를 받아 끌려다니는 처지를 비유하여 이르는 말.

목멘 개 겨 탐하듯 : 이미 목이 멘 개가 겨를 먹으면 더 심하게 멜 텐데도 불구하고 겨를 탐낸다는 뜻으로, 자기 처지를 돌보지 않고 분수에 겨운 일을 바란다는 말.

목 벤 놈 허리 베고 허리 벤 놈 목밖에 더 베겠는가 : 어떤 일을 해내고야 말 것임을 굳게 결심함을 속되게 이르는 말.

목석(木石) 같다 : 감정이 무디고 무뚝뚝함을 이르는 말.

목석도 땀날 때 있다 : 건강한 사람이라도 아플 때가 있다는 말.

목수(木手)가 많으면 기둥이 기울어진다〔衆口難防〕 : 여럿이 일하는데 의견이 너무 많으면 도리어 일을 망친다는 말. 목수가 많으면 집을 무너뜨린다. 목수 많은 집이 기울어진다.

목수가 많으면 집을 무너뜨린다 : ⇒ 목수가 많으면 기둥이 기울어진다.

목수가 해금통(奚琴筒)을 부순다 : 자기 재주만 믿고 섣불리 덤비다가 오히려 일을 망칠 수가 있다는 말. *해금통－해금의 울림통.

목수 많은 집이 기울어진다 : ⇒ 목수가 많으면 기둥이 가울어진다.

목에 핏대를 세우다 : 감정이 몹시 격해짐을 비유하여 이르는 말.

목욕하는 데 흙 뿌리기 : 심통 사나운 행동을 이르는 말.

목의 때도 못 씻는 살림 : 변변히 먹지도 못하고 구차하게 지내는 살림을 비유하여 이르는 말.

목이 말라도 도천(盜泉)의 물은 마시지 않는다 : 아무리 궁해도 불의의 재물은 취하지 않는다는 말.

목이 말라야 우물을 판다 : 미리미리 준비를 하지 않고 급박해서야 허둥지둥 일을 처리함을 이르는 말.

목잔 좀 불량해도 이태 존대 : 조선 시대에 이씨 성을 가진 사람을 높여 대접하였다는 데서 나온 말. *목자－'木' 자와 '子' 자로 된 글자(李＝木＋子)라는 데서, 곧 이(李)씨 성을 가진 사람을 이르는 말.

목 짧은 강아지(개) 겨 섬 넘어다보듯 한다 : 키 작은 사람이 목을 빼 늘이고 발돋움하여 봄을 비유하여 이르는 말.

목초(牧草)가 짧으면 소 턱이 부딪쳐 붓는다 : 목초가 짧으면 소가 풀을 뜯을 때 소 턱이 지면에 부딪쳐서 붓게 되므로 목초는 잘 키워야 한다는 말.

목탁귀(木鐸－)가 밝아야 한다 : 귀가 어두우면 먹을 밥도 못 얻어먹는다는 말. *목탁귀－모이라는 신호로 치는 목탁 소리를 듣는 귀.

목화가 풍년 드는 해에 결혼을 하면 집안이 길하다 : 목화가 풍년이 드는 해에는 옷감과 이불솜이 흔해서 혼수도 많이 하게 되므로 결혼식을 풍성히 할 수 있다는 말.

목화 농사는 불을 담아 부어야 풍년이 든다 : 목화는 가뭄에 잘 견디는 작물로서 건조된 기상 환경에서라야 작황이 좋다는 말.

목화 농사는 윤작(輪作)을 해야 잘된다 : 목화는 뿌리가 깊이 퍼지기 때문에 해마다 심으면 땅심이 약해지므로 한 해씩 다른 곡식과 걸러 심어야 잘된다는 말.

목화는 입하(立夏) 전에 파종해야 한다 : 목화 농사는 일조일이 길수록 좋기 때문에 늦어도 입하(양력 5월 5일) 전에는 심어야 한다는 말.

목화밭 배추가 맛이 좋다 : ⇒ 목화밭 배추다.

목화밭 배추다 : 목화밭에 간식한 배추는 벌레도 먹지 않고 연해서 유별나게 맛이 좋

다는 말. 목화밭 배추가 맛이 좋다.

목화밭에 똥 누면 목화가 안된다 : 목화밭은 목화를 따기 위해서 자주 출입하게 되므로 그곳에 똥을 누지 말라는 말.

목화송이 먼저 핀 것을 따서 불에 태우면 목화가 빨리 핀다 : 먼저 핀 목화송이를 불에 태우며 좋은 날씨를 기원하면 피지 않은 목화송이가 빨리 피게 된다는 말.

목화송이 비가 오면 새가 목화솜을 따간다 : ⇒ 목화송이 필 무렵에 비가 오면 새가 목화솜을 따간다.

목화송이 필 무렵에 비가 오면 새가 목화솜을 따 간다 : 늦가을에 비가 오면 날씨가 추워지므로 새들이 목화송이에서 솜을 따 간다는 말.

목화(木靴) 신고 발등 긁기〔隔靴搔癢, 隔靴爬痒〕: ⇒ 신 신고 발바닥 긁기.

목화씨 기름은 제삿날 등불에 쓰지 않는다 : 면실유는 질이 좋지 못한 기름으로, 제삿날에 들기름은 써도 목화씨 기름은 쓰지 않는 데서 생겨난 말.

목화씨를 파종하고 사흘 안에 빨래를 하면 목화씨가 잘 안 난다 : 목화는 깨끗한 것을 좋아하므로 파종한 지 3일 안에는 꺼리는 일을 하지 말라는 말.

목화 파종날에는 조밥과 떡을 해 먹어야 풍작이 된다 : 목화씨를 파종하는 날에는 조밥과 떡을 해서 고사를 지내면 풍작이 된다는 말.

목화 파종은 고초일(苦焦日)을 피해야 목화가 잘된다 : 불길한 고초일에는 무슨 일을 해도 잘 안 되는 날이므로, 목화도 이날을 피해서 파종하라는 말. ＊고초일—씨앗을 심으면 말라 버려 싹이 나지 않는다고 하는 날.

목화 파종은 두견새 울음소리를 들으며 한다 : 목화씨의 파종은 두견새가 울기 시작하는 4월 말에서 5월 초에 하면 적기라는 말.

목화 파종하는 날은 찹쌀떡을 해 먹어야 목화가 풍년 든다 : 예전에는 집안 식구들의 옷감 원료인 목화 농사가 매우 중요하였으므로, 파종하는 날 찹쌀떡을 해서 고사를 지내야 목화가 잘된다는 말.

목화 파종할 때 생선 한 마리와 밥 한 주먹을 백지로 싸서 밭에 묻으면 목화 풍년 든다 : 예전에는 목화 농사가 양곡 농사 다음으로 중요하였으므로, 목화를 파종할 때는 지신(地神)에게 물고기와 밥을 올리는 고사를 지내서 풍작이 되도록 하였다는 말.

몸 꼴 내다 얼어 죽는다 : ⇒ 모양내다 얼어 죽겠다.

몸보다 배꼽이 더 크다 : ⇒ 발보다 발가락이 더 크다.

몸살 차살한다 : 몹시 귀찮고 성가시게 행동한다는 말.

몸은 개천에 가 있어도 입은 관청에 가 있다 : 가난한 주제에 잘 먹고 지내려는 것을 보고 이르는 말.

몸이 되면 입도 되다 : 힘써 일하게 되면 먹을 것도 잘 먹게 된다는 말.

몹시 데면 회(膾)도 불어 먹는다 : ⇒ 국에 덴 놈은 물(냉수) 보고도 분다(놀란다).

못난 놈은 제 기른 짐승도 못 잡아먹고 죽는다 : 자기 앞에 차례가 온 몫이나 행운도 차지하지 못하는 어리석은 사람을 놀림조로 이르는 말.

못난 놈 잡아들이라면 없는 놈 잡아간다 : 아무리 잘났더라도 돈이 없고 궁하면 못난 사람의 대접밖에 못 받고, 못난 사람도 돈만 있으면 좋은 대접을 받는다는 말. 못 입어 잘난 놈 없고 잘 입어 못난 놈 없다.

못난 며느리 제사날 병난다㊀ **:** ⇒ 달밤에 삿갓 쓰고 나온다.

못난 색시 달밤에 삿갓 쓰고 나선다(다닌다) : ⇒ 달밤에 삿갓 쓰고 나온다.

못난이 열 명의 꾀가 잘난이 한 명의 꾀보다 낫다㉠ : 한 사람의 지혜보다 여러 사람의 지혜가 더 현명함을 이르는 말.

못난 자식이 조상 탓한다 : 스스로 노력은 하지 않고 잘못되면 모두 조상 탓으로 돌린다는 말.

못되면 조상 탓 잘되면 제 탓 : ⇒ 잘되면 제 탓(복) 못되면 조상(남) 탓.

못된 나무에 열매만 많다 : 가난한 사람이 자식만 많은 것을 가리키는 말. 못된 소나무에 솔방울만 많다.

못된 바람은 수구문(동대문 구멍)으로 들어온다 : 궂은 일이나 실패한 일의 책임은 자기에게만 돌아온다고 항변하는 말. * 수구문— 서울 동남쪽에 있던 광희문(光熙門). 성안의 시체를 반출할 수 있도록 허용된 곳이다.

못된 버섯이 삼월달부터 난다 : 좋지 못한 물건이 도리어 일찍부터 나와 돌아다닌다는 말. 먹지 못할 버섯이 첫 삼월에 돋는다㉠. 못 먹는 버섯은 삼월달부터 난다.

못된 벌레 장판방에서 모로 긴다 : ⇒ 못된 송아지 엉덩이에 뿔난다.

못된 소나무에 솔방울만 많다 : ⇒ 못된 나무에 열매만 많다.

못된 송아지 뿔부터 난다 : ⇒ 못된 송아지 엉덩이에 뿔이 난다.

못된 송아지 엉덩이에 뿔이 난다 : ① 가뜩이나 보기 싫은 자가 더 미운 짓을 할 때 이르는 말. ② 몹시 미운 사람은 그 하는 짓마저 눈에 거슬린다는 말. 못된 벌레 장판방에서 모로 긴다. 못된 송아지 뿔부터 난다. 송아지 못된 것은 엉덩이에 뿔난다. 엉덩이에 뿔이 났다.

못된 음식이 뜨겁기만 하다 : ⇒ 맛없는 국이 뜨겁기만 하다.

못된 일가 항렬(行列)만 높다 : ① 되지 못한 일가가 친족 관계의 등급만 높다는 말. ② 세상에 쓸모없는 것일수록 성(盛)함을 이르는 말. 아무것도 못하는 놈이 문벌만 높다.

못 먹는 감 찔러나 본다 : 제 것으로 만들지 못할 바에야 남도 갖지 못하게 만들자는 뒤틀린 마음을 이르는 말. 나 못 먹을 밥에는 재나 넣지(뿌리지). 먹기 싫은 밥에 재나 뿌리지. 못 먹는 밥에 재 집어넣기. 못 먹는 호박 찔러보는 심사.

못 먹는 떡 개 준다 : 남에게는 못 쓸 찌꺼기나 주는 야박한 인심을 이르는 말.

못 먹는 밥에 재 집어넣기 : ⇒ 못 먹는 감 찔러나 본다.

못 먹는 버섯은 삼월달부터 난다 : ⇒ 못된 버섯이 삼월 달부터 난다.

못 먹는 씨아가 소리만 난다 : ⇒ 먹지 않는 씨아에서 소리만 난다①.

못 먹는 잔치에 갓만 부순다 : 소득 없는 일에 손해만 남을 비유하여 이르는 말.

못 먹는 호박 찔러 보는 심사 : ⇒ 못 먹는 감 찔러나 본다.

못 먹을 감나무는 쳐다도 보지 말랬다 : ⇒ 못 오를 나무는 쳐다보지도 말아라.

못 먹을 버섯은 삼월달부터 안다㉠ : 되지 않을 것은 일찍부터 그 징조가 나타남을 비유하여 이르는 말.

못물[淵-]은 용마루도 넘어간다 : 지붕 중앙에 있는 용마루는 사람도 넘어 다녀서는 안 되는 곳이지만, 못자리 물만은 넘어가도 될 만큼 농사에서 가장 소중하다는 말.

못 믿는 도둑개같이 : 남을 까닭 없이 의심하는 사람을 이르는 말.

못살면 터 탓 : ⇒ 잘되면 제 탓(복) 못되면 조상(남) 탓.

못생긴 며느리 제삿날에 병난다 : ⇒ 달밤에 삿갓 쓰고 나온다.

못 오를 나무는 쳐다보지도 말아라 : 불가능한 일은 일찌감치 단념하라는 말. 못 먹을 감나무는 쳐다도 보지 말랬다.

못 입어 잘난 놈 없고 잘 입어 못난 놈 없다 : ⇒ 못난 놈 잡아들이라면 없는 놈 잡아간다.

못자리를 파종한 다음날 콩밥을 못자리에 뿌리면 풍년 든다 : 콩밥을 못자리에 뿌리며 고사를 지내면 풍년이 든다는 말.

못자리에 거미가 뜨면 풍년 든다 : 거미가 많이 떠다니며 해충을 잡아먹는다는 데서 나온 말.

못자리판에 돌 던지기 : 못자리판에 돌을 던지면 모가 돌에 눌려 죽게 될 뿐만 아니라 모를 찧을 때 돌이 들어서 작업에 지장을 주듯이, 남에게 피해 주는 짓을 이르는 말.

못짐 지고 가다가 매미 소리가 나면 못짐 버린다 : 매미가 울기 시작하는 7월 중순이 지나면 모를 심어도 거두어 먹지 못하게 된다는 뜻으로, 아무 소용이 없는 일을 함을 이르는 말.

몽글게 먹고 가늘게 싼다 : ⇒ 작작 먹고 가는 똥 누어라.

몽둥이 깎는 새에 도적놈 다 달아난다북 **:** ⇒ 몽치 깎자 도적(도둑)이 뛴다.

몽둥이는 주인을 미워한다 : 하인들은 흔히 제 상전에 대하여 불평을 품고 있는 수가 많음을 비유하여 이르는 말.

몽둥이 들고 포도청(捕盜廳) 담에 오른다 : 제가 지은 죄를 숨기려고 남보다 먼저 나서서 떠드는 경유를 비유하여 이르는 말.

몽둥이 맞는 미친개 소리 안 지르고 죽는 법 없다 : 스스로 죽을 줄 뻔히 아는 상황에서는 최후의 발악을 하기 마련이라는 말.

몽둥이 세게 맞아 담 안 뛰어넘을 놈 없다 : 사람은 누구나 매 맞는 것을 참지 못하여 급해지면 달아나기 마련임을 비유하여 이르는 말.

몽둥이 장만하자 도둑 든다 : 사전에 준비한 물건이 제때에 유용하게 쓰임을 이르는 말.

몽어는 몽어대로, 숭어는 숭어대로 논다〔類類相從〕 : 고기도 끼리끼리 놀듯이, 사람도 성격·취미·지연·혈연·학연 등 이러저러한 관계로 친하게 된다는 말. 문어는 문어끼리, 숭어는 숭어끼리 논다②.

몽치 깎자 도적(도둑)이 뛴다 : 준비하는 데 시간을 다 보내다 보니 목적한 바를 이루지 못했다는 말. *몽치—짧고 단단한 몽둥이. 옛날에 무기로 사용하였음. 몽둥이 깎는 새에 도적놈 다 달아난다북.

묏골 참외는 한 둥우리만 따면 한물이 된다 : 박토(薄土)에 심은 곡식은 첫물 한 번만 따면 그만이라는 말. *묏골—'산골'의 옛말. 묏골 참외 한 중우만 따면 한물이라.

묏골 참외 한 중우만 따면 한물이라 : ⇒ 묏골 참외는 한 둥우리만 따면 한물이다.

묘진일(卯辰日)에 시작하는 비는 많이 온다 : 일진에 묘자(卯字)나 진자(辰字)가 든 날에 시작하는 비는 많이 온다는 말.

무거운 절 떠나라 말고 가벼운 중 떠난다 : 보기 싫은 자가 있을 경우 내가 먼저 피한다는 말.

무게가 천 근(斤)이나 된다 : 사람됨이 묵직하여 믿음직스럽다는 말.

무곡쌀(貿穀-) 한 말에 칠 푼 오 리를 해도 오 리가 없어서 못 산다 : 하찮은 돈이라도 없으면 큰일이 낭패될 때가 있으니 한 푼의 돈이라도 소중히 여기라는 말. *무곡—이익을 보려고 몰아서 사 들인 곡식.

무궁화꽃 핀 지 백 일이면 서리 온다 : 무궁화꽃이 피기 시작하는 7월 중순경부터 100일이 되는 10월 하순경에 서리가 오게 된다는 말.

무녀리 달갈처럼 작기도 하다 : 암탉이 맨 먼저 낳은 달걀이 작듯이, 어떤 짐승이 유난히 작은 것을 비유하여 이르는 말.

무논은 가뭄을 모른다 : 수리 안전답은 가뭄

에도 물 걱정을 하지 않는다는 말. * 무논－물이 괴어 있는 논.

무는 개는 소리 없이 문다북 : 무는 개는 짖지 않고 노리고 있다가 급작스레 문다는 뜻으로, 능력 있는 사람은 아무 군말 없이 자기가 할 일을 잘 처리함을 비유하여 이르는 말.

무는 개는 이빨을 보이지 않는다〔噬犬不見其齒〕 : 남을 해치려는 사람은 사전에 그 표시를 하지 않는다는 말.

무는 개는 짖지 않는다 : 야심을 가진 사람은 외면으로 표시를 하지 않는다는 말.

무는 개를 돌아본다 : 너무 순하기만 하면 도리어 무시당하거나 관심을 끌지 못함을 비유하여 이르는 말. 개도 무는(사나운) 개를 돌아본다②.

무는 많이 먹으면 약이 되고, 참외는 많이 먹으면 병이 된다 : 무는 많이 먹으면 약이 되어 건강하지만, 참외는 많이 먹으면 배탈이 나게 된다는 말.

무는 말 아가리와 깨진 독 사슬 같다 : 무는 말의 벌린 아가리와 같고 깨진 독의 예리한 날과 같이 모질다는 뜻으로, 사람됨이 모질고 독살스러워 가까이할 수 없음을 비유하여 이르는 말.

무는 말 있는 데에 차는 말 있다 : 고약한 사람이 있는 곳에는 그와 비슷한 부류의 사람들이 모임을 비유하여 이르는 말.

무는 말이 있으면 차는 말도 있다 : 말도 여러 마리면 무는 것도 있고 차는 것도 있듯이, 사람도 여럿이면 별별 사람이 다 있다는 말.

무는 모기 앵한다북 : ① 무엇인가 일을 치를 존재는 몹시 보채거나 시끄럽게 굶을 비유하여 이르는 말. ② 자기 이익을 위해서는 자기 주견을 내놓고 시끄럽게 마구 떠들어 댐을 비유하여 이르는 말.

무는 바람 들면 못 먹는다 : 무에 바람이 들면 맛이 없어 못 먹게 된다는 말.

무는 호랑이는 뿔이 없다〔事無全備〕 : 입으로 무는 호랑이는 받는 뿔이 없다는 뜻으로, 한 가지 장점이 있으면 단점도 있듯이, 무엇이든 다 갖추기 어려움을 비유하여 이르는 말.

무당네 뒤집에서 살았나북 : 무슨 일이든지 잘 맞추어 낸다는 말.

무당의 영신(靈神)인가 : 맥없이 있다가도 어떤 일을 맡기면 기쁘게 받아들여 날뛰는 사람을 이르는 말.

무당이 제 굿 못하고, 소경이 저 죽을 날 모른다 : 남의 일은 잘 처리하여도 자기 일은 자기가 처리하기 어렵다는 말.

무당질 십 년에 목두기란 귀신은 처음 보았다 : ⇒ 세 살 적부터 무당질을 하여도 목두기 귀신은 못 보았다. * 목두기－무엇인지 모르는 귀신의 이름.

무던한 며느리 아들 맞잡이북 : 무던한 며느리는 제가 낳은 아들이나 다름없다는 말.

무드럭진 입에는 들깻묵이 제격 : 변변찮은 음식을 먹으면서 자조(自嘲)하는 농담의 말.

무른 감도 꼭지를 떼고 먹으랬다 : ⇒ 식은 죽도 불어(쉬어) 가며 먹어라.

무른 감도 쉬어 가면서 먹어라 : ⇒ 식은 죽도 불어(쉬어) 가며 먹어라.

무른 땅에 나무 박고 재고리에 말뚝 치기북 : ⇒ 무른 땅에 말뚝 박기①.

무른 땅에 낚을 박고 재 고리에 말뚝 박기 : ⇒ 무른 땅에 말뚝 박기①.

무른 땅에 말뚝 박기 : ① 몹시 하기 쉬운 일을 비유하여 이르는 말. 무른 땅에 나무 박고 재고리에 말뚝 치기북. 무른 땅에 낚을 박고 재고리에 말뚝 박기. ② 세도 있는 사람이 연약한 사람을 업신여기고 학대함을 비유하여 이르는 말.

무른 메주 밟듯북 : 아무런 어려움 없이 쉽

게 두루 돌아다니는 모양을 비유하여 이르는 말.

무릇인지 닭의 똥인지 모른다 : 알아내어 구별하기 힘듦을 이르는 말. * 무릇–백합과의 여러해살이풀.

무 먹고 트림하면 산삼 먹은 것보다 낫다 : 무는 먹은 뒤에 트림을 해야 소화가 잘 된 것이고, 소화를 잘 시키면 몸에 매우 이롭다는 말.

무명 한 자는 앞을 못 가려도 실 한 발은 앞을 가린다북 **:** 아무리 보잘것없는 것이라도 용도에 따라 각각 제 가치를 가짐을 비유하여 이르는 말.

무 밑동 같다 : 도와주는 사람이 없어 홀지고 외로운 처지임을 이르는 말.

무밥은 양념 맛으로 먹는다 : 무밥은 질펀해서 별 맛은 없지만, 양념을 맛있게 해서 비벼 먹으면 맛이 좋다는 말.

무 배추가 흉년이면 김장은 일찍 해야 하고, 무 배추가 풍년이면 김장은 늦게 해야 한다 : ⇒ 김장감이 풍년이면 김장을 늦게 하고, 김장감이 흉년이면 김장을 일찍 해야 한다.

무병이 장자(長者) : 병을 앓으면 비용이 많이 드니 앓지 않고 사는 것이 곧 부자로 사는 것임을 이르는 말.

무 뿌리가 길면 겨울이 춥다 : 겨울이 추워지는 해는 가을 무들도 겨울 준비로 뿌리가 길어진다는 말. 가을 무 껍질이 두꺼우면 겨울이 춥다. 가을 무 꽁지가 길면 겨울이 춥다. 가을에 무 꽁지가 길면 겨울이 춥다. 무에 털뿌리가 많으면 겨울이 춥다.

무섭다니까 바스락거린다 : ⇒ 가만히 먹으라니까 뜨겁다 한다.

무섭지는 않아도 똥 쌌다는 격 : 분명히 나타난 결과와 사실에 대하여 구구하게 그렇지 아니하다고 변명함을 이르는 말.

무소식이 희소식 : 소식이 없다는 것은 무사히 잘 있다는 말이니, 곧 기쁜 소식이나 다름없음을 이르는 말.

무송(武松)이 장 도감(張都監) 친다 : 대소란(大騷亂)을 뜻하는 말.

무쇠도 갈면 바늘 된다〔磨斧爲針, 磨斧作針〕: 꾸준히 노력하면 어려운 일이라도 이룰 수 있다는 말.

무쇠 두멍을 쓰고 소(沼)에 가 빠졌다 : 악한 일을 하는 사람은 스스로 화를 취한다는 말. * 두멍–물을 많이 담아 두고 쓰는 큰 가마니 독.

무슨 뾰족한 수 있나 : 어떤 일을 해결할 수 있는 방법이 없음을 뜻하는 말.

무식은 멸망이다북 **:** 무식한 것은 자기를 망칠 뿐 아니라, 나라와 민족에도 해가 됨을 이르는 말.

무식은 암흑이요, 지식은 광명이다북 **:** 무식한 사람의 앞날은 캄캄한 암흑과 같으나, 지식을 갖춘 사람의 앞날은 광명한 세상이 된다는 뜻으로, 배움의 중요성을 강조하여 이르는 말.

무식하고 돈 없는 놈 술집 담벼락에 술값 긋듯 : 외상술을 먹고 글자를 몰라 술집 담벼락에 작대기를 그어 술값을 적듯이 작대기를 자꾸 그어 감을 이르는 말.

무식하면 농사나 지으랬다 : 예전에 유식한 사람들은 벼슬을 하여 먹고살고, 무식한 사람들은 농사밖에 할 일이 없었다는 말.

무식하면 손발이 고생한다 : 모든 일을 머리를 써서 해야 고생이 덜하다는 말.

무식한 도깨비가 부작(符作)을 모른다 : 사람이 무식하면 제게 가장 중요한 것도 몰라서 그로 인하여 크게 낭패를 보게 된다는 말. * 부작–'부적(符籍)'이 변한 말.

무식한 도깨비 진언을 알랴 : 무식한 사람을 비꼬아 이르는 말.

무엇 떨어지기를 기다린다 : 요행수를 바라고

기다림을 비유하여 이르는 말.

무엇 마려운 강아지 : 대소변을 참지 못해 엉거주춤한 꼴을 하고 있음을 이르는 말.

무엇 먹은 소경 같다㈜ **:** 일을 잘못 처리하면 결과가 좋지 않음을 이르는 말.

무엇이든지 먹고자 한다 : 만사를 제쳐 놓고 먹기를 위주로 삼는다는 말.

무에 털뿌리가 많으면 겨울이 춥다 : ⇒ 무 뿌리가 길면 겨울이 춥다.

무우 농사 잘못하면 가랑무우만 생긴다㈜ **:** 일을 잘못하면 그 결과가 보잘것없음을 비유적으로 이르는 말. * 무우-'무'의 북한어.

무우 캐다 들킨 사람 같다㈜ **:** 무슨 짓을 몰래 하다가 들켜서 몹시 무안해함을 비유하여 이르는 말.

무자식이 상팔자(上八字) : 자식이 없는 것이 도리어 걱정됨이 없어 편하다는 말. 자식 없는 것이 상팔자.

무죄한 놈 뺨 치기 : ⇒ 빚값에 계집 뺏기.

무지각이 상팔자 : ⇒ 모르면 약이요 아는 게 병.

무지개가 동쪽에 뜨면 날씨가 좋고 서쪽에 뜨면 비가 온다 : 우리나라는 바람이 서쪽에서 동쪽으로 불어 가는 편서풍 지대로서 대부분의 기상현상이 서쪽에서 동쪽으로 이동하는데, 서쪽에 무지개가 생기는 것은 서쪽에 구름이 있다는 것으로서 그 구름이 조만간 동으로 이동해 올 것이므로 비가 올 확률이 높고, 반대로 동쪽에 무지개가 생기면 구름이 동쪽으로 빠져나갈 것이므로 맑은 날씨가 예상된다는 말.

무지개가 서쪽에 서면 강 건너에 소를 매지 말랬다 : 서쪽에 무지개가 뜨면 비가 내려 강물도 불어나 소를 데려오기가 힘드니까 미리 계획을 잘 세우라는 말.

무진년(戊辰年) 글강 외듯 : ⇒ 경신년 글강 외듯.

무진 년 팥방아 찧듯 한다 : 1863년 무진년에는 벼농사는 흉년이었어도 팥농사는 대풍이어서 팥 음식을 많이 먹었다는 데서 나온 말로, 방아 찧는 일을 빈번히 함을 이르는 말.

무하고 여자는 바람 들면 못 쓴다 : 무는 바람 들면 못 먹게 되고, 여자는 바람이 나면 신세를 버리게 된다는 말.

묵어도 생치(生雉)다 : 약간 상하기는 했어도 다른 고기보다는 맛이 좋은 생치라는 말.

묵은 거지보다 햇거지가 더 어렵다 : 무슨 일이든 오래 한 사람이 처음 하는 사람보다 참을성 있고 마음이 굳다는 말.

묵은 낙지 꿰듯 : 일이 아주 쉬움을 이르는 말.

묵은 낙지 캐듯 : 무슨 일을 단번에 시원스레 해치우지 아니하고 두고두고 조금씩 함을 비유하여 이르는 말.

묵은 쑥대밭에서 해 먹던 사업 방법㈜ **:** 질서와 체계가 없이 되는대로 마구 해 오던 사업 방법을 이르는 말.

묵은 장 쓰듯 : 조금도 아끼지 않고 헤프게 쓰는 모양을 비유하여 이르는 말.

묵은 집터에서 고추장 찍어 먹던 소리를 한다 ㈜ **:** ⇒ 낡은 터에서 이밥 먹던 소리 한다.

묵은 치부장(치부책) : 쓸데없는 것이라 까맣게 잊어버린 것을 비유하여 이르는 말.

묵주머니 만든다 : 묵을 거를 때 묵주머니 속에다 손을 넣어 주무름을 말하니, 곧 분쟁(紛爭)을 조절함을 비유하여 이르는 말.

문견(聞見)이 좁으면 국량 배포도 좁아진다 ㈜ **:** 사람은 지식과 경험이 많아야 함을 이르는 말.

문경(聞慶) 새재 박달나무는 홍두깨 방망이로 다 나간다 : 어떤 물건이 필요에 따라 다 쓰임을 이르는 말.

문경이 충청도 되었다가 경상도가 되었다 : 어떤 일이 이랬다저랬다 한다는 말.

문당(門當)이 호대(戶對)라 : 대대로 내려오는 집안의 사회적 신분이나 지위가 서로 상대가 될 만큼 비슷하다는 말.

문 돌쩌귀에 불나겠다 : ① 문을 자주 여닫음을 이르는 말. ② 찾아오는 사람이 많거나 사람이 계속 쉴 새 없이 드나듦을 이르는 말.

문둥이나 문둥 어미나 한 값이다 : 결국은 같은 것이라는 말.

문둥이 떼쓰듯 한다 : 마구 떼를 씀을 비유하여 이르는 말.

문둥이 버들강아지 따 먹고 배 앓는 소리 한다 : 무슨 말을 하는지 모르게 입 안으로 우물우물 말하거나 노래 부르는 사람을 비유하여 이르는 말.

문둥이 시악(恃惡) 쓰듯 한다 : 무리하게 자기주장만 하고 떼를 씀을 비유적으로 이르는 말. *시악—자기의 악한 성미를 믿음. 또는 그 성미로 부리는 악.

문둥이 자지 떼어 먹듯 : 남의 것을 무쪽같이 떼어먹기만 하고 갚을 줄 모름을 비유하여 이르는 말.

문둥이 죽이고 살인당한다 : 대수롭지 않은 일을 저질러 놓고 큰 화를 당함을 비유하여 이르는 말.

문둥이 콧구멍에 박힌 마늘씨도 파 먹겠다 : 욕심이 사납고 남의 것을 탐내어 다랍게 구는 사람을 욕하는 말.

문망(蚊虻)이 주우양(走牛羊) : 모기와 등에가 소나 양을 쫓아낸다는 뜻으로, 지극히 작은 것이 큰 것을 이겨 냄을 비유하여 이르는 말.

문 바른 집은 써도 입 바른 집은 못 쓴다 : 너무 바른 말만 하여도 남의 미움을 산다는 말.

문비를 거꾸로 붙이고 환장이[畵匠]만 나무란다 : 자기가 잘못하여 놓고 남만을 나무란다는 말. *문비—화난(火難)·사신(死神)·역신(疫神) 등의 악귀를 내쫓는 뜻으로 궁문(宮門)·협문(夾門) 또는 사가(私家) 대문에 붙이는 신장(神將)의 화상(畵像)을 그린 종이.

문서 없는 상전 : 까닭 없이 남에게 까다롭게 구는 사람을 가리키는 말.

문서 없는 종 : ① 행랑살이하는 사람을 가리키는 말. ② 아내 또는 며느리를 가리키는 말.

문선왕(文宣王) 끼고 송사한다 : 권위 있는 사람의 이름을 내세워 그 세력을 이용함을 비유적으로 이르는 말. *문선왕—공자(孔子)의 시호(諡號).

문섬의 그림자가 바다에 비치면 비가 온다 : 제주도에 있는 문섬 그림자가 평소보다 더 잘 보이게 된다는 것은, 찬 기단이 따뜻한 기단 위로 이동하여 시정이 좋아지기 때문이므로 이럴 때는 비가 올 징조라는 말.

문 앞에 있는 옥답이다[門前沃畓] : 집 앞 가까이에 있는 기름진 논을 이르는 말.

문어는 문어끼리, 숭어는 숭어끼리 논다 : ① 물고기들은 같은 무리끼리 떼 지어 다니면서 논다는 말. ② ⇒ 몽어는 몽어대로, 숭어는 숭어대로 논다.

문어 제 다리 뜯어 먹는 것(격) : ① 제 패거리끼리 서로 헐뜯고 비방함을 이르는 말. ② 자기의 밑천이나 재산을 차츰차츰 까먹음을 이르는 말. 칼치가 제 꼬리 베 먹는다㊍.

문 연 놈이 문 닫는다 : ⇒ 맺은 놈이 풀지.

문 열고 보나 문 닫고 보나 보기는 일반 : ⇒ 문틈으로 보나 열고 보나 보기는 일반.

문을 연 사람이 바로 문을 닫은 사람 : 원인에 따라 결과가 있게 마련이라는 말.

문전 나그네 흔연대접(欣然待接) : 신분이 어떤 사람이라도 자기를 찾아온 사람은 친절히 대접하라는 말.

문채(文彩)가 좋은 차복성(車福成)이라 : 옷차림과 면모가 우아한 사람을 이르는 말. *차복성—용모가 아름답고 의복이 찬란했다는 전설상의 인물.

문턱 높은 집에 무종아리 긴 며느리 생긴다 : 일이 마침 알맞게 잘되어 감을 비유하여 이르는 말. 대문턱 높은 집에 정강이 높은 며느리 들어온다. 확 깊은 집에 주둥이 긴 개가 들어온다.

문턱 밑이 저승이라 : ⇒ 대문 밖이 저승이라.

문틈에 손을 끼었다 : 진퇴(進退)가 매우 곤란한 경우를 이르는 말.

문틈으로 보나 문 열고 보나 보기는 일반 : 드러내 놓고 하나 몰래 하나 하기는 마찬가지임을 비유하여 이르는 말. 문 열고 보나 문 닫고 보나 보기는 일반.

문풍지 떨어진 데는 풀비가 제격 : 문풍지가 떨어지면 풀비로 풀칠을 하는 것이 좋다는 뜻으로, 격에 맞음을 비유하여 이르는 말.

묻은 불이 일어났다[起埋火] : 뒤탈이 안 나도록 감춘 일이 드러남을 비유하여 이르는 말.

묻지 말라 갑자생 : 물어보지 않아도 그 정도는 다 안다고 할 때 쓰는 말.

물가 모르고 아무 데나 덤빈다㊍ : 물건의 시세도 모르고 덤빈다는 뜻으로, 성질이 급한 사람의 침착하지 못한 행동을 비유하여 이르는 말.

물갈래 생기는 곳에 어장 선다 : 물갈래 현상이 생기면 어장 환경이 조성되므로 고기가 많이 잡히게 된다는 말. *물갈래-해면의 두 조류 사이에 좁은 띠같이 생기는 현상.

물갈이 논 말리면 폐농한다 : 오랫동안 물을 대 두었던 논을 말리게 되면 토양 속의 무기질이 산화되어 작물을 해친다는 말.

물거미 뒷다리 같다 : 물거미의 뒷다리가 길고 가늘다는 뜻으로, 몸이 가늘고 다리가 길어 키만 큰 사람을 비유하여 이르는 말.

물 거슬러 먹는 놈 : 강가에 사는 뱃사공 같은 사람을 경멸하는 뜻으로 이르는 말.

물 건너가는 호랑이㊍ : 호랑이가 물을 건널 때 몹시 살을 아끼며 조심한다는 뜻으로, 자기 몸을 지나치게 아끼는 사람을 비유하여 이르는 말.

물 건너 손자 죽은 사람 같다 : 큰물이 가로놓인 저 건너편에 손자가 죽어서 안타깝게 쳐다보고만 있는 사람 같다는 뜻으로, 우두커니 먼 데를 바라보고 서 있는 이를 비유하여 이르는 말.

물 건너온 범 : 한풀 꺾인 사람을 비유하여 이르는 말.

물건을 모르거든 값을 더 주라 : 값은 물건에 따라 정해지는 것이니, 좋은 것을 사려거든 비싼 것으로 사면 됨을 비유하여 이르는 말.

물건을 모르거든 금 보고 사라 : 값의 많고 적음이 그 물건의 품질이 좋고 나쁨을 나타낸다는 말.

물건 잃고 병신 발명 : 물건을 잃어버리고 나서 제가 병신이라 그렇게 됐다고 변명한다 함이니, 일을 그르쳐 놓고서 뻔뻔스럽게도 그럴듯한 변명을 하고 있음을 비꼬아 이르는 말.

물고구마는 맛이 없다 : 찐고구마는 보송보송할수록 맛이 좋고, 물기가 많은 물고구마는 맛이 없다는 말.

물고기가 물속에 놓여나다 : 본래의 영역으로 되돌아와 크게 활약할 수 있게 됨을 비유하여 이르는 말.

물고기가 물 위에서 숨을 쉬면 비가 온다 : 기압이 낮아지면 물속의 산소가 적어지므로 호흡이 곤란해지는 물고기들이 자주 수면 위로 떠오르기 때문에 유래된 말. 메기가 물 위로 올라오면 비가 온다. 미꾸라지가 물 위로 올라오면 비가 온다. 붕어가 물 위로 올라오면 비가 온다. 잉어가 물 위로 뜨면 비가 온다.

물고기가 수어(秀魚)만은 아닌데 수어(水魚)만을 물고기라고 한다 : 모든 물고기를 수어(水魚)라고 총칭하는데, 그중에서도 수어(秀魚)가 맛이 좋기 때문에 수어만을 찾는다

는 말.

물고기는 대가리 쪽이 맛이 있고, 짐승 고기는 꼬리 쪽이 맛이 있다〔魚頭肉尾〕: 물고기는 머리 쪽이 꼬리 쪽보다 맛이 있고, 짐승 고기는 반대로 꼬리 쪽이 머리 쪽보다 맛이 있다는 말. 물고기는 대가리 쪽이 맛이 있다.

물고기는 대가리 쪽이 맛이 있다〔魚頭一味〕: ⇒ 물고기는 대가리 쪽이 맛이 있고, 짐승 고기는 꼬리 쪽이 맛이 있다.

물고기는 물을 떠나 살 수 없다: 물고기가 물을 떠나서는 살 수 없듯이, 활동하는 터전이 매우 밀접한 관계에 있음을 비유하여 이르는 말.

물고기도 제 놀던 물이 좋다 한다: 물고기조차도 제가 나서 자란 곳을 못 잊어 한다는 뜻으로, 나서 자란 고향이나 익숙한 곳이 생소한 곳보다 낫다는 말.

물고기도 큰 강물에 노는 놈이 더 크다㊌: 물이 깊고 큰 강물에서 사는 물고기가 더 크다는 뜻으로, 일반적으로 규모가 큰 생활환경에서 사는 사람이 보고 듣고 배우는 것이 많으며 생각하는 바가 더 크고 넓음을 비유하여 이르는 말.

물고기에 발을 그려 붙인다㊌: 쓸데없는 군더더기를 덧붙이는 경우를 비유적으로 이르는 말.

물고 놓은 범: 굶주린 범이 먹이를 일단 물었다가 채 먹지를 못하고 놓아 버린 뒤에 속이 닳아서 펄펄 뛴다는 뜻으로, 미련이 있어서 아주 단념하지 못함을 비유하여 이르는 말.

물고 차는 상사말(相思-): 입으로는 물고 뒷발로는 차는 사나운 말이라는 뜻으로, 원기 왕성한 사람을 비유하여 이르는 말.

물과 불과 악처(惡妻)는 삼대 재액(災厄): 아내를 잘못 만나는 것이 인생의 큰 불행임을 비유하여 이르는 말.

물구지인지 닭의 똥인지: 식별하기가 어려운 물건을 비유하여 이르는 말. * 물구지-'무릇'의 평안도 방언으로, 백합과에 속하는 다년초.

물귀신같이 끌어들인다: 어떤 일에 자꾸 끌어들이려 함을 이르는 말.

물 끓이면 돼지밖에 죽을 게 없다: 어떤 여건을 준비하는 것은 결국 못되고 지탄받을 자가 축출됨을 비유하여 이르는 말.

물 난 끝은 없어도 불탄 끝은 있다: ⇒ 불난 끝은 있어도 물 난 끝은 없다.

물난리가 난다고 해야 풍년이 든다: 옛날에는 수리 시설이 발달되지 못하였기 때문에 천수답도 모심기를 할 수 있을 만큼 비가 와야 하는데, 이렇게 되자면 약간의 수해를 입게 된다는 말.

물 넘은 전어(錢魚)다: 신선도(新鮮度)가 떨어진 생선은 쓸모가 없음을 의미하는 말.

물 덤벙 술 덤벙: ⇒ 술 덤벙 물 덤벙.

물도 가다 굽이를 친다: 사람의 한평생에는 전기(轉機)가 있기 마련이라는 말.

물도 곬을 찾아야 큰 강에 든다㊌: 물도 도중에 막히지 않고 제 곬을 찾아서 흘러가야 큰 강에 이르게 된다는 뜻으로, 사람은 처음부터 교육을 잘 받고 바른길에 들어서야 옳게 발전할 수 있음을 비유하여 이르는 말.

물 도둑질 않는 사람 없다: ⇒ 돈 도둑질은 안 해도, 물 도둑질은 한다.

물 도둑질은 세상이 아는 도둑질이다: 벼농사를 짓는 사람은 논에 물이 없으면 으레 윗논 임자의 승낙 없이도 물을 대는데, 이는 수치스러운 일이 아니라는 말.

물도 씻어 먹을 사람: 맑고 깨끗한 물조차 씻어 먹을 사람이란 뜻으로, 어지러운 구석이 조금도 없고 마음과 행동이 매우 깨끗한 사람을 비유하여 이르는 말.

물도 얼음이 되면 부러진다: 성질이 너무 강

하면 실패한다는 말.

물독 뒤에서 자라났느냐 : 물독 뒤에서 자라서 멋없이 키만 호리호리하게 크다는 뜻으로, 키만 큰 사람을 비유하여 이르는 말.

물독에 땀이 흐르면 비가 온다 : 저기압이 되면 찬물이 든 그릇 표면에 따뜻한 공기가 닿아 공기 속에 함유된 수증기가 접촉하여 응결 현상이 일어나는데 이런 현상이 나타나면 비가 온다는 말.

물독에 바가지를 엎어 씌우면 배가 엎어진다 : 바닷가 어민의 부인네들이 바가지를 엎어 놓지 말라고 경계하여 이르는 말.

물독에 빠진 생쥐 같다 : 물독에 빠진 생쥐처럼 사람의 옷차림이 흠뻑 젖어 초라하게 된 모양을 비유하여 이르는 말.

물때썰때를 안다 : 밀물이 올라올 때와 썰물이 질 때를 안다는 뜻으로, 사물의 형편이나 진퇴(進退)의 시기를 잘 알고 있음을 비유하여 이르는 말. * 물때썰때—밀물 때와 썰물 때.

물라는 쥐나 물지, 씨암탉은 왜 물어 : 하라고 시킨 일은 안 하고 해서는 안 될 짓을 하는 경우를 비꼬아 이르는 말.

물라는 쥐나 물고, 씨암탉은 물지 말라 : 자기 임무 이외의 쓸데없는 일은 참견하지 말라는 말.

물러도 준치다 : 약간 맛은 변했어도 고기 맛은 역시 준치가 좋다는 말. 물어도 준치다. 썩어도 준치.

물려 드는 범을 안 잡고 어이리 : 아무리 무서워도 물려고 덤벼드는 범을 잡지 아니하고 어찌하겠느냐는 뜻으로, 상대가 싸우려고 덤벼들면 거기에 맞서 물리쳐야 함을 비유하여 이르는 말.

물 만난 오리걸음 : 물을 보고 반가워서 급히 달려가는 오리의 걸음새란 뜻으로, 보기 흉하게 어기적거리며 급히 걷는 모양을 비유하여 이르는 말.

물만밥이 목이 멘다 : 물에 말아먹어도 밥이 잘 넘어가지 않을 만큼 매우 슬픔에 겨움을 이르는 말. 물에 만 이밥이 목이 멘다.

물 먹은 배만 튕긴다 : 물만 먹고도 잘 먹은 듯이 보이려 한다는 말이니, 실속은 없으면서 겉으로는 있는 체함을 이르는 말.

물 묻은 바가지에 깨 엉겨 붙듯 : 깨가 있는 곳에 물 묻은 바가지를 놓으면 빈자리가 없이 새까맣게 깨가 엉겨 붙는다는 뜻으로, 무엇이 다닥다닥 엉겨 붙는 모양을 비유하여 이르는 말.

물 묻은 치마에 땀 묻는 걸 꺼리랴 : 물이 묻어 젖은 치마에 땀방울이 묻는 것을 새삼스레 꺼리겠느냐는 뜻으로, 이왕 크게 잘못된 처지에서 소소하게 잘못된 것을 꺼릴 필요가 없음을 비유하여 이르는 말.

물 밖에 난 고기 : ① 제 능력을 발휘할 수 없는 처지에 몰린 사람을 이르는 말. ② 운명이 이미 결정나 벗어날 수 없음을 비유하여 이르는 말. 모래불에 오른 새우㊍. 뭍에 오른 고기.

물 밖에 난 룡이 개미한테 물어 뜯긴다㊍ : 온갖 재주를 다 부린다는 용도 물 밖에 나오면 하찮은 개미한테 물어뜯긴다는 뜻으로, 아무리 크고 힘센 존재라도 자기의 생활환경이나 기반을 떠나서는 무력해짐을 비유하여 이르는 말.

물방앗간에서 고추장 찾는다 : 물방앗간에 가서 있을 리 없는 고추장을 찾는다는 뜻으로 당치 않은 곳에 가서 있을 리 없는 것을 찾고 있음을 비유하여 이르는 말.

물 보기 전에 바지부터 벗는다㊍ : 물도 보기 전에 물에 들어갈 채비로 바지를 벗는다는 뜻으로, 조급한 나머지 순서를 가리지 못하고 덤비는 행동을 비유하여 이르는 말.

물 본 기러기 꽃 본 나비 : ⇒ 꽃 본 나비 물 본 기러기.

물 본 기러기 산 넘어가랴 : ⇒ 꽃 본 나비 담 넘어가랴.

물 본 기러기 어옹(漁翁)을 두려워하랴 : 團 물을 보고 좋아서 정신없이 날아드는 기러기가 고기잡이가 있는 것을 두려워할 리 없다는 뜻으로, 좋은 일을 만난 김에 앞뒤를 생각하지 않고 하는 행동을 비유하여 이르는 말.

물불을 가리지 않는다 : 어떤 위험도 상관하지 않고 용감하게 행동함을 이르는 말.

물(부어) 샐 틈 없다〔用意周到〕 : 일이 빈틈없이 야물게 짜여 있음을 이르는 말.

물속에서 사는 고기는 물 귀한 줄을 모른다 : 물고기가 물 귀한 줄을 모르듯이, 부유한 가정에서 자란 사람은 돈이 귀한 줄을 모른다는 말.

물속에서 사는 사람은 물 귀한 줄 모른다 團 **:** ① 물건을 흔하게 다루는 사람이 그것이 귀중한 줄 모름을 비유하여 이르는 말. ② 사람이 행복하게만 살면 행복이 어떻게 이루어진 것인지 잘 모름을 비유하여 이르는 말.

물싸움에 살인난다 : 날이 가물어 논물이 귀해지면 서로 물을 대려다가 싸움이 일어나기도 하는데, 이럴 때면 살인이라도 저지를 것처럼 싸운다는 말. 봇물 싸움에 살인난다.

물 썬 때는 나비잠 자고 물 들어야 조개 잡듯 : 때를 놓치고 뒤늦게 행동하는 게으른 사람의 어리석음을 이르는 말. * 나비잠—갓난아이가 두 팔을 위로 벌리고 자는 잠. 물 썬 때는 나비잠 자다, 물 들 때는 조개 잡는다.

물 썬 때는 나비잠 자다 물 들 때는 조개 잡는다 : ⇒ 물 썬 때는 나비잠 자고 물 들어야 조개 잡듯.

물 쓰듯 한다 : 재물을 함부로 남용함을 이르는 말.

물어도 준치다 : ⇒ 물러도 준치다.

물어도 준치 썩어도 생치(生雉) : 본래 좋고 훌륭한 것은 비록 상해도 그 본질에는 변함이 없음을 비유하여 이르는 말. * 물다(무르다)—더워나 습기로 인하여 떠서 상하다.

물 없는 기러기 : ⇒ 날개 없는 봉황.

물에 뜬 검불(지푸래기) 團 **:** 어떤 영향이나 조건 때문에 한곳에 안착하여 살지 못하는 대상을 이르는 말.

물에 뜬 해파리 같다 團 **:** 몹시 간사스럽게 이리저리 피하여 다니는 사람을 놀림조로 이르는 말.

물에 만 이밥이 목이 멘다 : ⇒ 물만밥이 목이 멘다.

물에 물 탄 듯, 술에 술 탄 듯 : ⇒ 술에 술 탄 듯, 물에 물 탄 듯.

물에 물 탄 이 술에 술 탄 이 : ⇒ 술에 술 탄 듯, 물에 물 탄 듯②.

물에 빠져도 정신을 차려야 산다 : 아무리 어려운 경우에 처해 있더라도 정신을 차리고 용기를 내면 살 도리가 있음을 이르는 말.

물에 빠져도 주머니밖에 뜰 것 없다 : ⇒ 피천 한 닢 없다.

물에 빠져 죽을 팔자는 물 수(水) 자에 코 박고 죽는다 : 물에 빠져 죽을 사람은 물에서 죽듯이, 타고난 팔자는 뜯어고치지 못한다는 말. 물에 빠져 죽을 팔자는 접시 물에 코 박고 죽는다.

물에 빠져 죽을 팔자는 접시 물에 코 박고 죽는다 : ⇒ 물에 빠져 죽을 팔자는 물 수 자에 코 박고 죽는다.

물에 빠지면 지푸라기라도 잡는다(움켜쥔다) : 위급한 때를 당하면 무엇이나 닥치는 대로 잡고 의지하게 됨을 이르는 말. 물에 빠지면 짚이라도 잡는다.

물에 빠지면 짚이라도 잡는다 : ⇒ 물에 빠지면 지푸라기라도 잡는다(움켜쥔다).

물에 빠진 놈 건져 놓으니까 내 봇짐 내라 한다 : ⇒ 물에 빠진 놈 건져 놓으니까 망건값 달라 한다).

물에 빠진 놈 건져 놓으니까 망건 값 달라 한다 : 남에게 은혜를 입고서도 그 은혜를 갚기는커녕 도리어 배신함을 이르는 말. 물에 빠진 놈 건져 놓으니까 내 봇짐 내라 한다.

물에 빠진 사람이 죽을 때는 기어 나와 죽는다 : 죽는 순간까지 기를 쓰고 살려고 발버둥치는 것이 사람의 상정임을 이르는 말.

물에 빠진 생쥐 : 몸이 물에 흠뻑 젖어 있어서 몰골이 초췌(憔悴)함을 이르는 말.

물에 빠질 신수면 접시 물에도 빠져 죽는다 : 사람이 죽으려면 대수롭지 않은 일로도 죽게 됨을 이르는 말.

물에 있는 고기 금 치기 : 물에서 노는 고기를 보고 물고기의 값부터 정한다는 뜻으로, 전혀 예견할 수 없는 결과를 놓고 홍정을 하는 경우를 이르는 말.

물오른 송기(松肌) 때 벗기듯 : 물 오른 소나무의 속껍질을 벗기듯, 겉에 두르고 있는 의복이나 껍데기 따위를 말끔히 빼앗거나 벗기는 모양을 비유하여 이르는 말. 피나무 껍질 벗기듯.

물 욕심 없는 사람 없다 : 논농사를 짓는 사람이면 누구나 다 자기 논에 물을 먼저 대려는 욕심이 있다는 말.

물 위에 (뜬) 기름 : 서로 융화되지 않음을 비유하여 이르는 말.

물 위에 수결(手決) 같다 : 아무런 효력이나 결과가 없음을 이르는 말. *수결－예전에, 자기의 성명이나 직함 아래에 도장 대신에 자필로 글자를 직접 쓰던 일. 또는 그 글자.

물은 건너 보아야 알고, 사람은 지내 보아야 안다 : 사람은 겉만 보고는 알 수 없으며, 서로 오래 겪어 보아야 알 수 있음을 이르는 말. 깊고 얕은 물은 건너 보아야 안다. 대천 바다도 건너 봐야 안다.

물은 곬을 따라 흐른다[북] **:** ⇒ 물은 제 곬으로 흐른다[북].

물은 근원이 없어지면 끊어지고, 나무는 뿌리가 없어지면 죽는다 : 어떤 사물이나 그 근본이 없어지면 존재할 수 없음을 이르는 말.

물은 제 곬으로 흐른다[북] **:** 물은 제가 흘러야 할 곬을 따라 흐르기 마련이란 뜻으로, 모든 것이 사리를 따르게 마련임을 비유적으로 이르는 말. 물은 곬을 따라 흐른다[북]. 물은 한 곬으로 흐르고, 죄는 지은 대로 간다[북].

물은 트는 대로 흐른다 : 사람은 가르치는 대로 되고, 일은 주선하는 대로 된다는 말.

물은 한 곬으로 흐르고, 죄는 지은 대로 간다 : ⇒ 물은 제 곬으로 흐른다.

물은 흘러도 여울은 여울대로 있다 : 세상이 돌고 변하여도 변하지 않는 것이 있다는 말. 또는 무슨 일이 있더라도 제 본심(本心)이야 변할 리 없다는 뜻으로도 쓰임.

물은 흘러야 썩지 않는다 : ⇒ 흐르는 물은 썩지 않는다.

물을 동이 채 마신다[북] **:** 목이 마르다고 무거운 동이를 그대로 들어서 마신다는 뜻으로, 성미가 급한 사람을 비유하여 이르는 말.

물을 떠난 고기가 물을 그리워한다 : 자기 고향이나 조국을 떠나 있게 되면 고향이나 조국에 대한 그리움이 간절하여짐을 비유하여 이르는 말.

물이 가야(와야) 배가 오지 : ⇒ 바람이 불어야 배가 가지.

물이 깊어야 고기가 모인다〔淵深魚聚〕 : ⇒ 숲이 깊어야 도깨비가 나온다.

물이 깊을수록 소리가 없다 : 덕이 높고 생각이 깊은 사람일수록 잘난 체하거나 아는 체 떠벌리지 않고 겸손하다는 말.

물이 너무 많으면 고기가 없다(안 모인다)[북] **:** 고기도 제가 놀기가 적당하여야 모여들지 물이 깊고 많기만 하면 잘 모여들지 않는다는 뜻으로, 실속이 없이 누구하고나

다 좋게만 지내는 사람에게는 가까운 친구가 없음을 비유하여 이르는 말.

물이 너무 맑으면 고기가 살지 않는다〔水至淸則無魚〕: ⇒ 물이 너무 맑으면 고기가 아니 모인다(산다).

물이 너무 맑으면 고기가 아니 모인다(산다)〔水至淸則無魚 人至察則無徒〕: 사람이 지나치게 결백하면 남이 따르지 않음을 비유하여 이르는 말. 맑은 물에 고기 안 논다. 물이 너무 맑으면 고기가 살지 않는다.

물이 넓고 깊어야 큰 고기도 산다〔水廣者魚大〕: 사람도 포부가 커야 크게 발전할 수 있다는 말.

물이 넓어야 고기도 논다〔水廣魚遊〕: 고기도 활동할 수 있는 환경이 조성되어야 모이듯이, 사람도 생활할 수 있는 터전이 마련되어야 살게 된다는 말.

물이 써야 게 구멍도 보인다: 썰물 때 물이 빠져야 게 구멍을 보고 게를 잡듯이, 어떤 일을 하려면 분위기가 조성되어야 한다는 말. 물이 썬 뒤에야 게 구멍이 보인다①.

물이 썬 뒤에야 게 구멍이 보인다Ⓡ: ① ⇒ 물이 써야 게 구멍도 보인다. ② 재물이 다 없어진 뒤에야 재물이 귀한 줄 알게 됨을 비유하여 이르는 말.

물이 아니면 건너지 말고, 인정이 아니면 사귀지 말라: 인정에 의한 사귐이어야만 참된 사귐이라는 말.

물이 얕으면 돌이 보인다: 행동이 경솔하면 그 속이 빤히 보인다는 말.

물장수 삼 년에 궁둥잇짓만 남았다: 애써 고생한 보람이 없음을 비유하여 이르는 말. 물장수 삼 년에 남은 것은 물고리뿐.

물장수 삼 년에 남은 것은 물고리뿐: ⇒ 물장수 삼 년에 궁둥잇짓만 남았다.

물장수 상(床)이다: 물장수가 물을 대어 주는 집에 밥을 빌어먹을 때에 그 밥상을 물로 씻듯이 먹어 치웠다는 데서 유래된 말로, 먹고 난 밥상이 아주 깨끗하여 빈 그릇만 남았음을 비유하여 이르는 말.

물 좋고 정자 좋은 데가 있으랴: 모든 조건이 두루 갖춰진 곳이 있기 힘들다는 말.

물 주워 먹을 사이 없다: 매우 바빠서 조금도 여가가 없음을 비유하여 이르는 말.

물지는 않고 솔다: 해치려고 와락 덤비지는 않고 귀찮게 집적거림을 비유하여 이르는 말.

물 찬 제비 같고 돋아 오르는 반달 같다: 물 찬 제비처럼 날씬하고 솟아오르는 반달처럼 탐스러운 여자를 비유하여 이르는 말.

물 찬 제비다: 깨끗하고 날씬하다는 말.

물 탄 꾀가 전(全) 꾀를 속이려 한다: 얕은 꾀가 전체의 꾀를 망치게 한다는 뜻으로, 우둔한 사람이 도리어 영리한 사람을 속이려 함을 비유하여 이르는 말.

물 탐 많은 사람 농사 잘된 것 못 보았다: 벼는 생육 시기에 따라 물을 적당히 뺐다 댔다 해야 잘 자라는데, 덮어놓고 물만 가득히 대 두면 잘 자라지 못한다는 말.

물 퍼런 것도 잘 보면 여러 가지라: 그저 그렇게 보이는 물도 자세히 보면 여러 가지로 다를 수 있다는 뜻으로, 무엇이나 얼른 보아서는 비슷하게 보여도 자세히 따져 보면 꼭 같은 것이 없음을 비유하여 이르는 말.

물 퍼붓듯 한다: 성질 급한 사람이 말을 많이 그리고 빨리 함을 이르는 말.

물한식에 불단오라Ⓡ: 한식에는 비가 좀 내려야 농사에 좋고 단오에는 햇볕이 쨍쨍 내리쪼여야 농사에 좋다는 말.

뭇 닭 속의 봉황이요 새 중의 학 두루미다〔群鷄一鶴〕: 범상한 사람들 중에 뛰어난 한 사람을 이르는 말.

뭇 백성 여울 건너듯: 여럿이 왁자지껄하게 떠드는 모양을 비유하여 이르는 말.

뭇 사람에게 손가락질 받으면 병 없어도 죽는다 : 남에게 미움을 사지 말라는 말.

뭉게구름은 맑을 징조다 : 뭉게구름은 적운(積雲)의 속칭으로 일기가 좋은 날 나타는 구름이라, 조상들은 이를 보고 농사 준비를 하였다는 말.

뭉게구름이 뜨면(피면) 소나기가 온다 : 대류가 활발하여 빗방울이 성장해서 하강하다 증발되지 않으면 소나기가 된다는 말.

뭍에서 배 부린다 : 불가능한 일을 이루려는 어리석음을 이르는 말.

뭍에 오른 고기 : ⇒ 물 밖에 난 고기.

미꾸라지가 물 위로 올라오면 비가 온다 : ⇒ 물고기가 물 위에서 숨을 쉬면 비가 온다.

미꾸라지가 바닷물 흐린다〔一魚濁水〕: ⇒ 미꾸라지 한 마리가 온 웅덩이를 흐려 놓는다.

미꾸라지 모래 쑤신다 : 아무리 해도 흔적이 나지 않음을 이르는 말.

미꾸라지 밸 따듯[북] : 미끄러워서 따기가 힘든 미꾸라지의 배알을 따는 것처럼 한다는 뜻으로, 일을 건성건성 형식적으로 처리함을 비유하여 이르는 말.

미꾸라지 볼가심하다[북] : 미꾸라지가 볼가심할 만큼 아주 적은 분량이란 뜻으로, 매우 적은 양을 비유하여 이르는 말.

미꾸라지 속에도 부레풀은 있다 : 미꾸라지라도 다른 물고기와 마찬가지로 배 속에 공기주머니인 부레풀이 있다는 뜻으로, 아무리 보잘것없고 가난한 사람이라도 남이 가지고 있는 속도 있고 오기(傲氣)도 있음을 비유하여 이르는 말.

미꾸라지 용 됐다 : 미천하고 보잘것없던 사람이 크게 되었음을 비유하여 이르는 말.

미꾸라지 천 년에 용 된다 : 오랜 기간을 두고 힘써 노력하거나 수양하면 반드시 훌륭하게 될 수 있다는 말.

미꾸라지 한 마리가 온 웅덩이를 흐려 놓는다 : 미꾸라지 한 마리가 흙탕물을 일으켜서 웅덩이의 물을 온통 다 흐리게 한다는 뜻으로, 대수롭지 않은 한 사람의 좋지 않은 행동이 그 집단 전체나 여러 사람에게 나쁜 영향을 미침을 비유하여 이르는 말. 미꾸라지가 바닷물 흐린다. 미꾸라지 한 마리가 한강물을 다 흐리게 한다. 송사리 한 마리가 온 강물을 흐린다. 실뱀 한 마리가 온 바다를 흐리게 한다. 종개 한 마리가 온 강물(대동강 물)을 흐린다[북]. 한 마리 고기가 온 강물을 흐리게 한다. 한 갯물이 열 갯물 흐린다.

미꾸라지 한 마리가 한강 물을 다 흐리게 한다 : ⇒ 미꾸라지 한 마리가 온 웅덩이를 흐려 놓는다.

미꾸라지 한 마리에 물 한 동이를 붓는다 : ① 처지에 걸맞지 않게 야단스러운 대비를 빈정대어 이르는 말. ② 아무리 작은 일이라도 응당 갖춰야 할 절차와 준비는 필요함을 비유하여 이르는 말.

미꾸라짓국 먹고 용트림한다 : ① 시시한 일을 해 놓고 큰일을 한 것처럼 으스대는 것을 비유하여 이르는 말. 김칫국 먹고 수염 쓴다. 냉수 먹고 갈비 트림 한다. 잉어국 먹고 용트림한다. ② 하잘것없는 사람이 잘난 체 하는 것을 비유하여 이르는 말.

미끄러진 김에 쉬어 간다 : ⇒ 엎어진 김에 쉬어 간다.

미끼가 좋아야 고기도 낚는다 : 낚싯밥이 좋아야 고기가 잘 물듯이, 작업 조건이 유리해야 일이 잘 이루어진다는 말.

미끼가 커야 큰 고기도 잡는다 : 큰 고기는 큰 미끼로 잡듯이, 자본이 많아야 사업도 크게 할 수 있다는 말.

미끼를 삼켜 버린 물고기[북] : ⇒ 덫에 치인 범이요 그물에 걸린 고기라.

미끼 없는 낚시군[북] : 어떤 일을 하는 데 가장 요긴한 것을 갖추지 못한 사람을 비유하여 이르는 말.

미나리꽃 필 때 친정아버지 오신다 : 옛날 미나리꽃이 필 무렵이면 보릿고개라 식량이 떨어져 풀뿌리를 먹고사는 터에, 귀한 손님이 와도 대접할 것이 없어서 민망하고 애닯은 상황을 이르는 말.

미나리꽃 필 무렵에는 딸네 집에도 안 간다 : 미나리 꽃이 필 때는 보릿고개 무렵이라 식량이 없어 굶주리는 시기이므로 딸네 집에도 가지 말라는 말.

미나리 도리듯 한다 : 수확이 오붓함을 이르는 말.

미랭시(未冷尸) 김칫국 흘리듯 한다 : 목숨만 붙어 있을 뿐 사람 구실을 하지 못하는 이가 김칫국을 질질 흘리며 마시듯 한다는 뜻으로, 지저분하게 질질 흘리는 모양을 비유하여 이르는 말. * 미랭시—아직 식지 않은 송장이라는 뜻으로, 아주 늙어서 사람 구실을 못하는 사람을 이르는 말.

미려한 구름이 뜨면 가벼운 바람이 불고 날씨도 좋다 : 엷은 구름이 뜨게 되면 가벼운 바람이 불면서 날씨도 좋다는 말.

미련은 먼저 나고 슬기는 나중 난다 : 일을 그르친 뒤에야 좋은 생각이 떠오른다는 말.

미련이 담벼락을 뚫는다 : 미련한 사람이 오히려 일을 해내는 끈기가 있다는 말.

미련하기는 곰일세 : 몹시 미련한 사람을 비유하여 이르는 말.

미련한 게 간능(幹能) 맞다 : 겉으로는 미련한 듯하면서 속으로는 의뭉한 꾀가 있다는 말. * 간능—말을 잘하는 재간과 능력.

미련한 놈 가슴의 고드름은 안 녹는다 : ① 둔하고 못난 사람이 한 번 앙심을 품으면 좀처럼 누그러지지 않는다는 말. ② 북 미련한 자는 부닥친 문제를 원만히 해결할 능력이 없으므로 늘 가슴에 맺힌 것이 있고 마음이 편치 못함을 비유하여 이르는 말.

미련한 놈 똥구멍에 불 송곳이 안 들어간다 : 미련한 사람이 매우 고집이 세고 무뚝뚝하다는 말.

미련한 놈에게는 몽둥이 찜질이 약이다 : 말로 해서 깨닫지 못하는 미련한 사람은 몽둥이로 버릇을 고쳐야 한다는 말.

미련한 놈 잡아들이라 하면 가난한 놈 잡아들인다 : 돈이 없으면 잘난 이도 못난이 대접밖에는 못 받는다는 뜻으로, 배금주의에 젖은 세상인심을 비꼬는 말.

미련한 사람이 범(곰) 잡는다 북 **:** 무엇이 무서운지도 모르는 미련한 사람이 범과 같은 짐승을 잡는다는 뜻으로, 우둔한 자가 어쩌다 큰일을 함을 비유하여 이르는 말.

미련한 송아지 백정을 모른다 : 겪어 보지 않았거나 어리석어서 사리에 어두운 사람을 비유하여 이르는 말. 비 하룻강아지 범 무서운 줄 모른다.

미성(尾星)이 대국(大國)까지 뻗쳤다 : 미성이 중국까지 뻗쳤다는 뜻으로, 가늘고 긴 물건을 비유하여 이르는 말. * 미성—① 28수(宿)의 여섯째 별들. ② 혜성(彗星).

미역국 먹고 생선 가시 내랴 : 미역국을 먹고 생선 가시를 낼 수 없는데도 내놓으라는 뜻으로, 불가능한 일을 우겨댐을 비꼬아 이르는 말.

미역 짐과 애기 짐은 무거워도 안 버린다 : 미역은 해산 때 미역국으로도 쓰이게 되므로 애기처럼 소중히 다룬다는 말.

미운 강아지 우쭐거리며 똥 싼다 : 미운 강아지는 조용히 있는 것도 눈에 거슬리는데 오히려 똥을 싸면서도 우쭐거려 더욱 밉다는 뜻으로, 미운 자가 유난히도 보기 싫고 미운 짓만 골라 하고 있음을 비유하여 이르는 말.

미운 개가 주걱 들고 조왕(竈王)에 오른다 : 미운 개가 못되게도 밥주걱을 물고서 부엌

귀신을 위해 두는 조왕에 오른다는 뜻으로, 미운 것이 더욱더 미운 짓을 하는 경우를 비유하여 이르는 말. * 조왕—부엌을 맡는다는 신. 늘 부엌에 있으면서 모든 길흉을 판단한다고 한다.

미운 계집이 달밤에 삿갓 쓰고 다닌다북 **:** ⇒ 미운 중놈이 고깔 모로 쓰고 이래도 밉소 한다.

미운 년이 겸상을 한다 : 미운 사람은 보기도 싫은데 오히려 마주 보며 식사를 한다는 뜻으로, 보기 싫은 사람과 정면으로 대하게 되었음을 비유하여 이르는 말.

미운 놈 떡 하나 더 주고, 우는 놈 한 번 더 때린다 : 미운 놈은 미워한다는 것이 알려지면 뒤에 화를 입을 수 있어서 마지못해 떡 하나를 더 주지만, 우는 놈은 당장 듣기 싫어서 울음을 멈추라고 한 대 더 때리게 된다는 뜻으로, 미운 놈보다 우는 놈이 더 귀찮음을 비유하여 이르는 말.

미운 놈 떡 하나 더 준다 : ⇒ 미운 사람에게는 쫓아가 인사한다.

미운 놈 보려면 길 나는 밭 사라 : 길이 나는 밭을 사면 길 가는 사람들이 농작물을 밟고 가므로, 길이 나는 밭을 산 사람은 미운 사람들을 많이 보게 된다는 말.

미운 놈 보려면 딸 많이 낳아라 : 사위를 보려면 보기 싫은 짓도 많이 보게 된다는 말.

미운 놈 보려면 술장수 하라 : 술장수를 하면 술을 먹고 주정을 하는 미운 사람을 많이 보게 된다는 말.

미운 놈이 도리질한다북 **:** ① 미워하는 자가 꼴사납게 제 딴에는 재롱을 부린다고 갓난아이 놀음인 도리질까지 한다는 뜻으로, 밉다니까 더욱 보기 싫은 짓만 자꾸 하는 경우를 비유하여 이르는 말. ② 미운 자가 하는 짓은 다 밉게만 보임을 비유하여 이르는 말.

미운 마누라가 죽젓광이에 이 죽인다 : ⇒ 미운 중놈이 고깔 모로 쓰고 이래도 밉소 한다. * 죽젓광이—죽젓개(죽을 쑬 때에 고르게 끓게 하기 위하여 죽을 휘젓는 나무 방망이).

미운 벌레가 모로 긴다 : ⇒ 미운 중놈이 고깔 모로 쓰고 이래도 밉소 한다.

미운 사람 고운 데 없고, 고운 사람 미운 데 없다 : ⇒ 고운 사람 미운 데 없고, 미운 사람 고운 데 없다.

미운 사람에게는 쫓아가 인사한다 : 미운 사람일수록 잘해 주고 감정을 쌓지 않아야 한다는 말. 미운 놈(아이) 떡 하나 더 준다. 미운 아이 먼저 품어라. 미운 쥐도 품에 품는다.

미운 아이(놈) 떡 하나 더 준다 : ⇒ 미운 사람에게는 쫓아가 인사한다.

미운 아이 먼저 품어라 : ⇒ 미운 사람에게는 쫓아가 인사한다.

미운 애한테는 엿을 준다 : ⇒ 귀한 자식 매 한 대(개) 더 때리고 미운 자식 떡 한 개 더 준다.

미운 열 사위 없고 고운 외며느리 없다 : 사위는 열이라도 밉지 않은데 며느리는 하나인데도 곱지 않다는 뜻으로, 사위는 무조건 귀히 여기고 아끼며, 며느리는 아무리 잘해도 아껴 주지 않는 시어머니의 심리를 이르는 말.

미운 일곱 살 : 어린아이들은 일곱 살을 전후로 말썽을 많이 일으킴을 이르는 말.

미운 자식 밥 많이 먹인다 : ① 미울수록 더 친절히 하고 생각하는 체라도 하여야 그의 감정을 상하지 않고 후환도 없다는 말. ② 아이들에게 밥을 많이 먹이는 것은 좋지 않다는 말. 미운 자식 밥으로 키운다.

미운 자식 밥으로 키운다 : ⇒ 미운 자식 밥 많이 먹인다.

미운 정 고운 정 : ⇒ 고운 정 미운 정.

미운 중놈이 고깔을 모로 쓰고 이래도 밉소 한다 : 미워하는 중이 고깔을 바로 써도 미운데 오히려 모로 삐딱하게 쓰고 이렇게 멋을 부렸는데도 미운가 하고 묻는다는 뜻으로, 미운 것이 더욱더 미운 짓만 골라 함을 비유하여 이르는 말. 미운 계집이 달밤에 삿갓 쓰고 다닌다㉡. 미운 마누라 죽젓광이에 이 죽인다. 미운 벌레 모로 긴다. 밉다니까 떡 사 먹으면서 서방질한다. 밉다니까 작두로 이마를 밀어 달란다㉡. 흉한 벌레 모로 긴다.

미운 쥐도 품에 품는다 : ⇒ 미운 사람에게는 쫓아가 인사한다.

미운 털이 박혔나 : 몹시 미워하며 못살게 구는 것을 나무라는 말.

미운 파리 잡으려다가 성한 팔이 상한다 : 밉게 구는 파리를 잡으려고 치다가 그만 성한 팔을 상하게 된다는 뜻으로, 나쁜 것을 없애려고 서툴게 행동을 하다가는 오히려 귀중한 것이 상할 수 있기 때문에 모든 일을 잘 생각해서 해야 한다는 말.

미운 파리 치려다 산 파리 상한다 : 좋지 않은 사람을 치려다 도리어 그렇지 않은 사람이 누를 입는다는 말.

미운 풀이 죽으면 고운 풀도 죽는다 : 좋지 않은 것을 제거해 버리려면 적지 않은 희생도 따르게 된다는 말.

미워도 내 남편 고와도 내 남편 : ⇒ 고와도 내 님 미워도 내 님.

미장이에 호미는 있으나 마나 : ⇒ 갖바치에 풀무는 있으나 마나.

미장이의 비비송곳 같다 : 깊은 생각에 빠져 안타깝게 되풀이하며 고민함을 이르는 말.
* 비비송곳–자루를 두 손바닥으로 비벼서 구멍을 뚫는 송곳.

미주알고주알 밑두리 콧두리 캔다 : 속속들이 자세히 조사함을 이르는 말. 미주알고주알 캔다.

미주알고주알 캔다 : ⇒ 미주알고주알 밑두리 콧두리 캔다.

미지근해도 흥정은 잘 한다 : 성품은 다소 누그러지고 조금 어리석은 점이 있기는 하나, 팔고 사는 일은 잘한다는 뜻으로, 누구나 다 한 가지 재주는 기지고 있음을 비유하여 이르는 말.

미치광이 풋나물 캐듯 : 미친 사람이 널리 널려 있는 풋나물을 닥치는 대로 쥐어뜯거나 여기저기 마구 쑤시며 돌아다닌다는 뜻으로, 말하는 솜씨가 매우 거칠고 어지러움을 비유하여 이르는 말. 미친년 달래 캐듯. 미친년 방아 찧듯.

미친개가 달밤에 달을 보고 짖는다㉡ : 미친개가 달밤에 높이 솟은 달을 보고 변이 난 듯이 짖어 댄다는 뜻으로, 쓸데없이 떠들면서 보람도 없는 짓을 함을 비유하여 이르는 말.

미친개가 사람의 피를 먹으면 그 사람도 미친다 : ⇒ 미친개에게 물리면 광견병 걸린다.

미친개가 천연한 체한다 : 못되고 악독한 자가 짐짓 점잖은 체하거나, 온전하지 못한 자가 온전한 체함을 이르는 말.

미친개가 호랑이 잡는다 : 사람이 아무것도 돌아보지 않고 겁 없이 날뛰면 어떤 무서운 짓을 할지도 모른다는 말.

미친개 고기 나눠 먹듯 : 주인이 분명하지 않은 어떤 물건을 여럿이 닥치는 대로 나누어 가지는 모양을 비유하여 이르는 말.

미친개 눈엔 몽둥이만 보인다 : ① 미친개는 사방에서 몰아대며 몽둥이로 쳐서 다스리기 때문에 그 눈에는 몽둥이만이 무섭게 어른거린다는 뜻으로, 어떤 것에 몹시 혼이 난 뒤에 그와 비슷한 것을 보아도 겁을 먹고 무서워함을 비유하여 이르는 말. ② 자기가 늘 관심을 갖는 것은 눈에 잘 띔을 비유하여 이르는 말.

미친개는 때려잡아야 한다㉡ : ⇒ 미친개에게는 몽둥이가 제격.

미친개는 복숭아나무로 때려야 죽는다 : 복숭아나무에는 귀신이 붙어 있다는 전설에서 유래된 말로, 복숭아나무로 개를 때리면 잘 죽는다는 말.

미친개는 잡는 놈 차지다 : 미친개는 피해를 많이 주기 때문에 먼저 잡는 사람이 차지하게 된다는 말.

미친개는 주인도 문다 : 못된 놈은 저를 도와준 은인도 해친다는 말.

미친개 다리 틀리듯 : 무슨 일이 하는 족족 틀어짐을 비유하여 이르는 말.

미친개 마구 짖듯 한다 : 할 말 못할 말 가리지 않고 함부로 지껄여 대기만 한다는 말.

미친개 몰리듯북 **:** 미친개는 가는 곳마다 얻어맞아 몰린다는 뜻으로, 어떤 일로 인하여 이곳저곳에서 추궁을 받아 어쩔 줄을 모르는 경우를 비유하여 이르는 말.

미친개 물 본 듯북 **:** 무엇을 보고 함부로 날뛰는 모양을 이르는 말.

미친개 배때기 같다북 **:** 몹시 굶주려서 배가 홀쭉한 모양을 비유적으로 이르는 말. 사흘 굶은 승냥이 배가죽 같다북.

미친개 범 물어 간 것 같다 : 귀찮게 굴던 것이 없어져서 시원하다는 말. 도적고양이 범 물어 간 것만 하다북. 미친개 범에게 물려 간 것만큼이나 시원하다. 범이 미친개 물어 간 것 같다북.

미친개 범에게 물려 간 것만큼이나 시원하다 : ⇒ 미친 개 범 물어 간 것 같다.

미친개에게는 몽둥이가 제격북 **:** 미친개가 날뛰는 것을 막으려면 몽둥이찜질을 하는 것이 가장 알맞은 처방이라는 뜻으로, 미쳐 날뛰는 자에게는 된 매를 안겨야 함을 비유하여 이르는 말. 도깨비는 몽둥이로 조져야 한다. 미친개는 때려잡아야 한다북. 미친개에게는 몽둥이찜질이 제일북.

미친개에게는 몽둥이찜질이 제일북 **:** ⇒ 미친개에게는 몽둥이가 제격.

미친개에게 물리면 광견병(狂犬病)에 걸린다 : 미친개에게 물리면 사람도 미칠 수 있으므로 신속히 병원에 가서 응급 치료를 받아야 한다는 말. 미친개가 사람의 피를 먹으면 그 사람도 미친다.

미친개 잡은 고기 나눠 먹듯 한다 : 제 것이 아닌, 공으로 생긴 것을 나누어 먹듯이 무엇을 골고루 나누어 먹는다는 말.

미친개 친 몽둥이 삼 년 우린다 : 별로 흥미도 없는 말을 두고두고 함을 비꼬아 이르는 말.

미친개 패듯 : 미친개는 사정없이 자꾸 때린다는 뜻으로, 마구 두들겨 때리는 모양을 비유하여 이르는 말.

미친 개 풀 먹듯 : 먹기도 싫은 것을 공연히 이것저것 집어 먹어 봄을 비웃는 말.

미친 녀편네 떡 퍼 돌리듯북 **:** 정신 나간 미친 여자가 헤아림도 없이 있는 떡을 닥치는 대로 퍼서 돌리듯 한다는 뜻으로, 타산 없이 있는 대로 마구 내다 쓰거나 헤프게 쓰는 모양을 비유하여 이르는 말.

미친년 널뛰듯 : 멋도 모르고 미친 듯이 행동함을 이르는 말.

미친년 달래 캐듯 : ⇒ 미치광이 풋나물 캐듯.

미친년 방아 찧듯 : ⇒ 미치광이 풋나물 캐듯.

미친년의 속곳 가랭이 빠지듯 : 옷매무시가 단정하지 못하고 불결함을 비유하여 이르는 말.

미친년이 아이를 씻어서 죽인다 : ① 좋은 짓도 지나치게 자꾸 되풀이하면 해롭게 된다는 말. ② 쓸데없는 일을 여러 번 되풀이함을 비유하여 이르는 말.

미친놈이 날구지를 하면 비가 온다 : 저기압이 되면 미친 사람에게 정신 이상 증세가 일어나기 쉬우므로 비가 올 징조라는 말. 미친 사람이 발작하면 비가 온다.

미친 사람이 발작하면 비가 온다 : ⇒ 미친 놈이 날구지를 하면 비가 온다.

미친 중놈 집 헐기다 : 당치도 않은 일에 어수선하고 분주하게 떠드는 모양을 비유하여 이르는 말.

미친 체하고 떡판(떡모판)에 엎드러진다 : 도리(道理)를 잘 알고 있으면서도 모르는 체하고 욕심 부림을 비꼬아 이르는 말.

민물 맛 못 본 꼬막이다 : 바다에 민물의 유입량이 적으면 영양염류(營養鹽類)가 부족하여 꼬막의 생육이 나빠서 제맛이 안 난다는 말.

민심은 천심 : 백성의 마음이 곧 하늘의 마음과 같다는 뜻으로, 백성의 마음을 저버릴 수 없음을 비유하여 이르는 말. 인심은 천심.

민충이 쑥대에 올라간 듯북 **:** 민충이가 겨우 쑥대에 올라가 장한 체하듯 한다는 뜻으로, 보잘것없는 자가 별것도 아닌 일을 해 놓고 잘난 듯이 우쭐대는 모양을 비꼬는 말.
*민충이–민충잇과의 곤충. 우리나라 서북 지방에 분포한다.

민충이 쑥대에 올라 건들거려도 분수가 있다 북 **:** 보잘것없는 자가 겨우 쑥대에 올라가 잘난 체하고 우쭐거려도 정도가 있어야 한다는 것을 비유하여 이르는 말.

믿기는 신주 믿듯 : 목적하는 바 없이 매우 굳게 믿음을 이르는 말.

믿는 나무에 곰이 핀다 : 잘되려니 믿고 있던 일에 뜻밖의 파탄이 생김을 이르는 말.

믿는 도끼에 발등 찍힌다 : 잘되리라고 믿고 있던 일이 어긋나거나, 믿고 있던 사람이 배반하여 오히려 해를 입음을 비유하여 이르는 말. 낯익은 도끼에 발등 찍힌다. 믿던 발에 돌 찍힌다. 아는 도끼에 발등 찍힌다.

믿던 발에 돌 찍힌다 : ⇒ 믿는 도끼에 발등 찍힌다.

믿었던 돌에 발부리 채었다 : 단단히 믿고 있던 일이 틀어지거나, 틀림없을 사람에게 배반당했을 때 이르는 말.

믿을 것은 땅밖에 없다 : ① 농업은 심고 가꾼 대로 수확할 수 있으므로 믿을 수가 있다는 말. ② 재산 증식에는 땅을 사두는 것이 가장 안전하다는 말.

밀가루 장사하면 바람이 불고, 소금 장사하면 비가 온다 : 일이 공교롭게 매번 뒤틀어짐을 비유하여 이르는 말.

밀기름 새옹에 밥을 지어 귀이개로 퍼서 먹겠다 : ⇒ 고추나무에 그네를 뛰고, 잣 껍질로 배를 만들어 타겠다.

밀물 때가 돼야 고둥도 잡는다 : 고기는 언제나 잡히는 것이 아니라 일정한 때가 있다는 말.

밀물 때 시작하는 비는 많이 오고 썰물 때 시작하는 비는 바로 그친다 : 어부들이 밀물과 썰물 때 비가 오는 것을 보고 날씨를 판단하는 데서 나온 말.

밀물 때 시작하는 비는 많이 온다 : 입조기(入潮期)에 시작하는 비는 많이 온다는 말.

밀물에 고기 잘 문다 : 밀물 때에는 밀물을 따라 고기가 많이 몰리게 되므로 잘 잡힌다는 뜻으로 이르는 말.

밀물에 꺽저기 뛰듯북 **:** 밀물이 들어올 때 꺽저기가 뛰듯이, 똑똑하지 못한 놈이 제 세상이나 만난 것처럼 날뛰는 모양을 비꼬아 이르는 말.

밀밭도 못 지나간다 : ⇒ 밀밭만 지나가도 취한다.

밀밭만 지나가도 주정한다 : ① ⇒ 밀밭만 지나가도 취한다. ② 성미가 급하여 매우 서두름을 비유하여 이르는 말. 보리밭만 지나가도 주정한다[②].

밀밭만 지나도 취한다 : 밀은 베어서 털고 찧어야 술누룩을 만들 수 있는 것인데 밀밭만 지나가도 술을 마신 것처럼 취한다는 뜻으로, 전혀 술을 못 먹음을 비유하여 이르는 말. 밀밭도 못 지난 간다. 밀밭만 지나가도 주정한다. 보리밭만 지나가도 주정한다①.

밀양 놈 쌈하듯 : 단판에 결말을 내지 않고 옥신각신 승강이를 오래 끄는 것을 이르는 말. * 임진왜란 때 밀양에서 벌어진 싸움이 매우 오래 걸렸다고 해서 생긴 말. 밀양싸움.

밀양싸움 : ⇒ 밀양 놈 쌈하듯.

밀〔小麥〕은 중양(重陽) 전에 뿌려야 한다 : 밀 파종은 음력 9월 9일인 중양절 전에 하는 것이 적기라는 말.

밀 파종은 일진에 무자(戊字) 든 날에는 하지 않는다 : 일진에 무자(戊字)가 든 날 밀 파종을 하면 흉년이 들기 때문에 이날을 피해서 하라는 말.

밉다고 차버리면 떡고리에 자빠진다 : 미운 자에게 폭행을 가한 것이 오히려 그 자에게는 다행한 일이 되고, 자신에게는 더 분하게 될 때에 이르는 말.

밉다니까 돈 꿔 달란다㊅ **:** ⇒ 밉다니까 저고리 안 고름감 사 달란다.

밉다니까 떡 사 먹으면서 서방질한다 : ⇒ 미운 중놈이 고깔 모로 쓰고 이래도 밉소 한다.

밉다니까 마주 선다㊅ **:** 보기도 싫다니까 바득바득 마주 서며 보자고 한다는 뜻으로, 미운 사람이 더욱 밉살스럽게 노는 경우를 비유하여 이르는 말.

밉다니까 작두로 이마를 밀어 달란다㊅ **:** ⇒ 미운 중놈이 고깔 모로 쓰고 이래도 밉소 한다.

밉다니까 저고리 안 고름감 사 달란다㊅ **:** 미운 사람은 하는 짓마다 더 밉게만 보임을 비유하여 이르는 말. 밉다니까 돈 꿔 달란다㊅.

밉다 하니 업자 한다 : 미운 자가 더 미운 짓을 함을 비유하여 이르는 말.

밑구멍으로 노 꼰다 : ⇒ 밑구멍으로 호박씨 깐다.

밑구멍으로 숨 쉰다 : ⇒ 밑구멍으로 호박씨 깐다.

밑구멍으로 호박씨 깐다 : 겉으로는 점잖고 의젓하나 남이 보지 않는 곳에서는 엉뚱한 짓을 하는 경우를 비유하여 이르는 말. 뒤로(-에서) 호박씨 깐다. 뒷구멍으로 호박씨 깐다. 똥구멍으로 호박(수박)씨 깐다. 밑구멍으로 노 꼰다. 밑구멍으로 숨 쉰다. 수박씨(-를) 깐다㊅.

밑구멍은 들출수록 구린내만 난다 : 드러내면 드러낼수록 숨기고 있는 부정적인 것들이 더욱더 드러나는 경우를 비유하여 이르는 말.

밑구멍을(밑구멍이나) 씻어 준다 : 남의 뒷시중이나 뒤처리를 해 주는 경우를 비꼬아 이르는 말.

밑구멍이 웃는다 : 하도 우스워 똥구멍이 웃는다는 뜻으로, 매우 우스꽝스러운 경우를 이르는 말.

밑구멍이 찢어지게(째지게) 가난하다 : ⇒ 똥구멍이 찢어지게 가난하다.

밑도 끝도 없다 : 말의 앞뒤가 맞지 않게 이러쿵저러쿵하여 갈피를 잡을 수 없음을 이르는 말.

밑돌 빼서 윗돌 고인다〔下石上臺〕 : 기껏 한다는 짓이 밑에 있는 돌을 뽑아서 위에다 고여 나간다는 뜻으로, 일한 보람이 없는 어리석은 짓을 하는 경우를 비유하여 이르는 말.

밑 빠진 독(가마, 항아리)에 물 붓기 : 밑 빠진 독에는 아무리 물을 부어도 독이 채워질 수 없다는 뜻으로, 아무리 재물이나 공을 들여도 보람 없이 헛된 일이 되는 상태를 비유하여 이르는 말. 밑 없는 독에 물 붓기. 시루에 물 (퍼)붓기.

밑알을 넣어야 알을 내어 먹는다 : 닭의 둥지에 밑알을 넣어 두어야 닭이 알을 낳아 내어 먹을 수 있다는 뜻으로, 밑천 없이 아무리 힘을 들여도 보람 없이 헛된 일이 되는 상태를 비유하여 이르는 말. 밑알이 있어야 달걀도 낳는다.

밑알이 있어야 달걀도 낳는다 : ⇒ 밑알을 넣어야 알을 내어 먹는다.

밑 없는 독에 물 붓기 : ⇒ 밑 빠진 독(가마, 항아리)에 물 붓기.

밑이 구리다 : 숨기고 있는 잘못이나 범죄 때문에 떳떳하지 못함을 이르는 말.

밑이 무겁다(질기다) : ⇒ 엉덩이가 무겁다.

밑져야 본전 : 이리 치나 저리 치나 손해 될 것이 없다는 말.

밑천도 못 건지는 장사 : 어떤 이익을 얻자고 시작했던 것이 도리어 손해만 보게 된 경우를 이르는 말.

밑천 먹는 소리㊊ **:** 밑천을 들여서 배운 소리라는 뜻으로, 값이 있거나 수준이 있는 말이나 노랫소리를 이르는 말.

바가지 거름을 주면 농사 망친다

~

뿔 뺀 쇠 상이라

바가지 거름을 주면 농사 망친다 : 한 번에 많은 양의 거름을 주면 작물이 속성으로 자라서 허약할 뿐만 아니라, 병충해에 약해서 수확이 감소된다는 말.

바가지 긁는다 : 잔소리가 심함을 비유하여 이르는 말.

바가지를 머리에 쓰면 흉년이 든다 : 물 뜨는 바가지를 엎어서 머리에 쓰는 것은 도리에 어긋나는 짓이므로 흉년이 든다는 말.

바가지 썼다 : 손해를 보거나, 어떤 일에 책임을 지게 되었음을 이르는 말.

바가지 찼다 : 거지 신세가 되었음을 이르는 말.

바구미가 쌀을 다 먹었다 : 옛날 어떤 사람이 쌀을 아끼기 위해서 농사지은 쌀을 독에 넣어 두고 겨울 동안 객지로 돌아다니며 얻어먹다가, 봄이 되어 농사를 지으려고 집에 와서 쌀독을 보니 바구미가 쌀을 다 먹고 없었다는 데서 유래된 말로, 쌀을 오래 보관해 두려면 손질을 자주 해야 하는데 그대로 두어 바구미가 먹듯이, 덮어놓고 아낀다고 모이는 것이 아니라는 말.

바깥바람을 쐬다 : 외국에 가서 색다른 문물을 보고 체험함을 이르는 말.

바느질아치는 가위질을 더디게 한다㊀ **:** 바느질을 전문으로 하는 사람일수록 가위질만은 아주 조심스럽게 한다는 뜻으로, 경험이 많고 능숙한 사람일수록 일에 실수가 없도록 신중히 행동함을 비유하여 이르는 말.

바느질하는 사람은 썰어 버리는 솜씨가 있고 짚신 삼는 이는 골 치는 솜씨가 있어 어렵게 산다㊀ **:** 삯바느질하는 사람과 짚신 장사하는 사람의 살림이 피지 못함을 비꼬아 이르는 말.

바늘 가는 데 실 가고, 바람 가는 데 구름 간다 : ⇒ 바늘 가는 데 실 간다.

바늘 가는 데 실 간다 : 서로 밀접한 관계가 있는 것끼리는 떨어지지 아니하고 항상 따른다는 뜻. 또는, 어떤 일이 함께 일어나거나 피동적으로 일어남을 이르는 말. 구름 갈 제 비 간다. 바늘 가는 데 실 가고, 바람 가는 데 구름 간다. 바늘 따라 실 간다. 바람 간 데 범 간다. 봉 가는 데 황 간다. 실 가는 데 바늘도 간다.

바늘 가진 사람이 도끼 가진 사람 이긴다 : ⇒ 도끼 가진 놈이 바늘 가진 놈을 못 당한다.

바늘구멍으로 코끼리를 몰라 한다 : 작은 바늘구멍으로 엄청나게 큰 코끼리를 몰라 한다는 뜻으로, 전혀 가능성이 없는 일을 하라고 강요하는 경우를 비유하여 이르는 말.

바늘구멍으로 하늘 보기〔坐井觀天〕 : 조그만 바늘구멍으로 넓디넓은 하늘을 본다는 뜻으로, 전체를 포괄적으로 보지 못하는, 소견이나 견문이 좁음을 비꼬아 이르는 말. 댓구멍으로 하늘을 본다.

바늘구멍으로 황소바람 들어온다 : 추울 때에는 바늘구멍 같은 작은 구멍에도 엄청나게 세찬 바람이 들어온다는 뜻으로, 작은 것이라도 때에 따라서는 소홀히 하여서는 안 됨을 비유하여 이르는 말.

바늘 끝만 한 일을 보면 쇠공이만큼 늘어놓는다〔針小棒大〕 : 작은 일을 크게 과장하여 떠듦을 이르는 말.

바늘 끝에 알을 올려놓지 못한다 : 쉬울 듯하나 되지 않을 일을 비유하여 이르는 말.

바늘 넣고 도끼 낚는다(나온다) : 바늘을 가지고 낚시를 만들어서 물에 빠진 도끼를 낚아낸다는 뜻으로, 적은 밑천으로 큰 이득을 도모함을 비유하여 이르는 말. 바늘 주고 방아공이 낚는다㊀.

바늘 도둑이 소 도둑 된다〔針賊大牛賊, 竊鍼不休 終必竊牛〕 : 바늘을 훔치던 사람이 계속 반복하다 보면 결국은 소까지도 훔친다는 뜻으로, 작은 나쁜 짓도 자꾸 하게 되면 큰 죄를 저지르게 됨을 비유하여 이르는 말. 개가 겨를 먹다가 나중에는 쌀도 먹는다. 겨 먹던 개가 나중에는 쌀도 먹는다. 바늘 쌈지(상자)에서 도둑이 난다.

바늘 들고(쥐고) 바늘 찾는다(찾기) 북 **:** 무엇을 자기 몸에 지니고 있거나 가까이 두고 있으면서도 그런 줄 모르고 찾아 헤매는 경우를 비유하여 이르는 말.

바늘 따라 실 간다 : ⇒ 바늘 가는 데 실 간다.

바늘로 몽둥이 막는다〔螳螂拒轍〕 : 당해 낼 수 없는 힘으로 큰 것을 막으려 하는 어리석은 행동을 비꼬아 이르는 말.

바늘로 찔러도 피 나올 데가 없다 : 매우 인색하거나 빈틈이 없음을 두고 이르는 말.

바늘로 찔러도 피 한 방울 안 난다 : ① 사람이 매우 단단하고 야무지게 생겼음을 비유하여 이르는 말. ② 사람의 성격이 빈틈이 없거나 야무짐을 비유하여 이르는 말. ③ 지독한 구두쇠를 비유하여 이르는 말.

바늘만큼 시작된 싸움이 홍두깨만큼 커진다 북 **:** 처음에는 하찮은 일로 옥신각신하던 다툼이 차츰 커져서 큰 싸움으로 변하는 경우를 비유하여 이르는 말.

바늘방석에 앉은 것 같다 : 어떤 자리에 있기가 몹시 거북하고 불안스러움을 비유하여 이르는 말.

바늘보다 실이 굵다 : 바늘에 꿰야 할 실이 바늘보다 굵다는 뜻으로, 커야 할 것이 작고 작아야 할 것이 커서 사리에 어긋남을 비유하여 이르는 말.

바늘뼈에 두부살 : 바늘처럼 가는 뼈에 두부 같이 힘없는 살이란 뜻으로, 몸이 아주 연약한 사람을 비유하여 이르는 말. 두부살에 바늘뼈.

바늘 쌈지(상자)에서 도둑이 난다 : ⇒ 바늘 도둑이 소 도둑 된다.

바늘에는 소나 범(곰)이라 : 바늘에 대해서는 소나 곰처럼 다룰 줄 모른다는 뜻으로, 바느질을 할 줄 모르는 사람을 비유하여 이르는 말.

바늘 잃고 도끼 낚는다 : 작은 것을 잃고 큰 것을 얻음을 비유하여 이르는 말.

바늘 주고 방아공이 낚는다 북 **:** ⇒ 바늘 넣고 도끼 낚는다(나온다).

바닷가에 떨어진 구슬을 찾는 격 북 **:** ⇒ 바다에 떨어진 바늘을 찾는 격 북.

바닷가에서는 바다를 뜯어먹고, 산에서는 산을 뜯어먹으라 북 **:** ⇒ 산을 낀 곳에서는 산을 뜯어먹고, 바다를 낀 곳에서는 바다를 뜯어먹으라 북.

바다가 울고 산이 가깝게 보이면 비가 온다 : 바다에 파도가 거칠고 산이 가깝게 보이면 비가 올 징조라는 말.

바다가 울면 갯일을 치워라 : 높은 파도가 해안의 움푹 들어간 바위틈으로 밀려들면 기압계의 변화가 심하여 비바람이 많은 날이니 갯일을 걷어치우고 대피하라는 말.

바다가 잔잔하면 갯병이 성한다 : 수온이 높고 따뜻한 날씨가 계속되면 김〔苔〕이 생리적으로 약해져서 병해를 많이 입게 된다는 말.

바다가 잔잔하면 날씨가 좋다 : 바다가 고요하고 물결이 잔잔하면 날씨가 좋다는 말.

바다가 흉년 들면 들농사도 흉년 든다 : 바다에서 고기가 많이 잡히는 해는 곡식도 풍년이 들지만, 고기가 안 잡히는 해는 곡식도 흉년이 든다는 말.

바다 건너 먼 산이 흔들리면 바람이 분다 : 바다 건너편에 있는 산이 흔들린다는 것은 기류가 유동된다는 것을 의미하므로 곧 바람이 불게 된다는 말.

바다는 메워도 사람의 욕심은 못 채운다 : 아무리 넓고 깊은 바다라도 메울 수는 있지만, 사람의 욕심은 끝이 없어 메울 수 없다는 뜻으로, 사람의 욕심이 한이 없음을 비유하여 이르는 말. 되면 더 되고 싶다.

바다로 나가야 할 배가 산으로 올라간다북 : 물길을 따라 바다로 나가야 할 배가 엉뚱하게 산으로 올라가고 있다는 뜻으로, 방향을 바로잡지 못하고 잘못된 길을 걷고 있는 경우를 비유하여 이르는 말.

바다를 낀 곳에서는 바다를 뜯어먹고, 산을 낀 곳에서는 산을 뜯어먹으라북 : ⇒ 산을 낀 곳에서는 산을 뜯어먹고, 바다를 낀 곳에서는 바다를 뜯어먹으라북.

바다를 뜯어먹으라북 : 해양자원을 적극 개발·이용하여 나라의 경제를 발전시키고 국민 생활을 높이라는 말.

바다 안개를 만나면 호랑이보다 더 무섭다 : 항해 중에 짙은 바다 안개가 끼면 장님이 지팡이로 더듬어 걷듯이 항해해야 하기 때문에 매우 위험하다는 말.

바다에 가서 토끼 찾기 : ⇒ 산에서 물고기 잡기.

바다에 떨어진 바늘을 찾는 격북 : 넓은 바다 한가운데 떨어진 바늘을 찾으려 하듯이, 도저히 이루기 어려운 것을 이루어 보려고 애쓰는 것을 비유적으로 이르는 말. 바닷가에 떨어진 구슬을 찾는 격북.

바다에 배 지나간 흔적 : 어떤 일을 마무리했는데도 아무런 흔적이 없음을 이르는 말.

바다에서는 바다 뜯어 먹고 산다 : 어민들은 바다에서 고기를 잡기도 하고, 해조류를 뜯어서 생활하기도 한다는 말.

바다에서는 바다 뜯어 먹고 살고, 산중에서는 산 뜯어 먹고 산다 : 어민들은 바다에서 고기도 잡고 해조류와 조개류를 따서 생활을 하고, 산골 사람들은 나무도 때고 산채와 버섯 또는 산과실을 따서 생활을 한다는 말.

바다 우는 소리가 크면 비가 온다 : 섬이나 바닷가에 사는 사람들은 태풍이나 열대성 저기압이 나타날 때 '우우' 하는 바닷소리가 들리는 것으로 비 올 것을 알게 된다는 말.

바닥 다 보았다 : 금광(金鑛)에서 사용되는 말로, 맨 속까지 다 보았다 함이니, 모든 것이 다 되어 이젠 끝장이라는 말.

바닷가 개는 호랑이 무서운 줄 모른다 : ⇒ 미련한 송아지 백정을 모른다.

바닷가에서 짠 물 먹고 자란 놈이다 : 사람이 너무 쌀쌀하고 냉정함을 이르는 말.

바닷고기는 밥 도둑놈이다 : 바닷고기로 만든 맛있는 반찬은 밥을 많이 먹게 한다는 말.

바닷물 고운 것과 계집 고운 것은 탈나기 쉽다 : 고요한 바다는 파도가 일기 쉽고, 여자가 예쁘면 부정을 저지르기 쉽다는 말.

바닷물도 썰물이면 바위가 드러나고, 나무도 톱질하면 가루가 난다 : 변하지 않을 것 같던 바다도 썰물 때는 해변이 육지가 되고, 나무도 끝없이 자랄 것 같지만 베일 날이 있듯이, 세도가 당당하던 사람도 몰락할 날이 있다는 말.

바다 속의 좁쌀알 같다〔滄海一粟〕 : 넓고 넓은 바다 가운데에 뜬 조그만 좁쌀알만 하다는 뜻으로, 그 존재가 어느 무엇에도 대비가 안 될 만큼 보잘것없거나, 매우 작고 하찮은 경우를 비유하여 이르는 말.

바디 구멍에도 용수 있다 : ⇒ 바위 속에도 용수가 있다. * 바디-베틀, 가마니틀, 방직기 따위에 딸린 기구의 하나. 가늘고 얇은 대오리를 참빗 살같이 세워, 두 끝을 앞뒤로 대오리를 대고 단단하게 실로 얽어 만든다. 살의 틈마다 날실을 꿰어서 베의 날을 고르며 북의 통로를 만들어 주고 씨실을 쳐서 베를 짜는 구실을 한다.

바람 가는 데 구름 간다 : 구름은 바람이 부는 대로 떠다니듯이 어떤 일을 피동적으로 따라 한다는 말.

바람 간 데 범 간다 : ⇒ 바늘 가는데 실 간다.

바람결에 불려 왔나 떼구름에 싸여 왔나 : 뜻밖에 기다리고 기다리던 것이 홀연히 돌아옴(나타남)을 이르는 말.

바람도 늦바람이 무섭다 : ⇒ 장마는 늦장마가 더 무섭고 사람은 늦바람이 더 무섭다②.

바람도 불다가는 그친다 : ① 바람도 불 만큼 불면 그친다는 말. ② 화난 사람도 가만히 두면 점차 누그러진다는 말. ③ 무슨 일이나 고비를 지나면 약해진다는 말.

바람도 올바람이 낫다 : ① 다 같은 바람이라 하여도 일찍 부는 바람이 그래도 덜 차고 피해도 적다는 뜻으로, 이왕 겪어야 할 바에는 아무리 어렵고 괴롭더라도 남보다 먼저 겪는 것이 나음을 비유하여 이르는 말. ② 북 사람이 어차피 바람이 날 바에는 아주 젊었을 때에 나고 빨리 잦아드는 것이 나음을 비유하여 이르는 말.

바람도 지난 바람이 낫다 : 사람은 무엇이나 과거의 것을 더 좋게 여긴다는 말.

바람도 타향에서 맞는 바람이 더 차고 시리다 : 같은 고생도 제집에서 겪는 것보다는 객지에서 겪는 것이 더 힘겹고 괴로움을 비유하여 이르는 말.

바람 따라 구름 가고 구름 따라 룡이 간다 북 **:** 바람이 부는 데 따라 구름이 흘러가고 구름이 가는 데 용이 갈 수 있다는 뜻으로, 모든 현상이 밀접하게 연관되어 있다는 말. 구름 따라 룡이 가고 바람 따라 구름 간다북.

바람 따라 돛을 단다(올린다) : ① 바람이 부는 형세를 보아 가며 돛을 단다는 뜻으로, 때를 잘 맞추어서 일을 벌여 나가야 성과를 거둘 수 있음을 비유하여 이르는 말. ② 일정한 신념과 주견이 없이 기회나 형편을 엿보다 조건이 좋은 쪽을 따라 이리저리 흔들리는 모양을 비꼬아 이르는 말. 바람세에 맞추어 돛을 단다.

바람 따라 뱃머리도 돌린다 : 배는 바람 가는 방향을 최대한으로 이용하면 힘도 덜 들고 빠르고 안전하게 갈 수 있듯이, 무슨 일이나 주어진 조건을 최대한으로 이용하는 것이 성공의 비결이라는 말.

바람 먹고 구름 똥 싼다 : 형체도 없는 바람을 먹고 둥둥 떠가는 구름 똥을 싼다는 뜻으로, 허황된 짓을 하는 경우를 비꼬아 이르는 말.

바람 바른 데 탱자 열매같이 : 겉은 그럴듯하나 실속이 없는 모양을 비유하여 이르는 말.

바람 방향이 바뀌면 날씨가 나쁠 징조다 : 해륙풍의 방향이 바뀌게 되면 비가 오게 된다는 말.

바람받이에 선 촛불 : ⇒ 바람 앞의 등불.

바람벽에도 귀가 있다북 **:** 어떤 환경에서나 말을 함부로 하지 말고 조심하여야 함을 비유하여 이르는 말.

바람벽에 돌 붙여나 보지 : 바람벽에 돌을 붙이려 하여도 붙지 아니한다는 뜻으로, 되지도 아니할 일이거나 오래 견디어 나가지 못할 일이면 아예 하지도 말라는 말. * 바람벽/-뼉/ —방을 둘러 막은 둘레.

바람 부는 날 가루 팔러 가듯 : 어떤 일을 꾀함에 있어 그 기회를 잘 못 타는 것을 이르는 말.

바람 부는 대로 돛을 단다 : ① 바람이 부는 형세에 따라 돛을 단다는 뜻으로, 세상 형편 돌아가는 대로 따르고 있는 모양을 비유하여 이르는 말. 바람 부는 대로 물결치는 대로. 바람 부는 대로 산다. ② 북 때를 잘 맞추어서 일을 벌여 나가야 성과를 거둘 수 있음을 비유하여 이르는 말.

바람 부는 대로 물결치는 대로 : ⇒ 바람 부는 대로 돛을 단다①.

바람 부는 대로 산다 : ⇒ 바람 부는 대로 돛을 단다①.

바람세가 좋아야 돛을 단다북 **:** 바람이 꽤 기세 있게 불어야 돛을 단다는 뜻으로, 조건이 알맞아야 일을 벌이게 됨을 비유하여 이르는 말.

바람세에 맞추어 돛을 단다 : ⇒ 바람 따라 돛을 단다(올린다).

바람 숨결이 거칠어지면 키를 반듯이 잡으랬다 : 바람 숨결 주기와 파도 주기가 클 때는 배가 뒤집히거나 침몰될 위험성이 있으므로 항로를 갑자기 변경하지 말고 항호에 따라 전진하라는 말.

바람아 불지 마라, 대추꽃이 떨어지면 청산(靑山)·보은(報恩) 처녀 시집 못 간다 : 초여름에 강풍이 불어 대추꽃이 떨어져서 대추 흉년이 들면, 대추 고장인 충청도 청산·보은 처녀들은 시집갈 밑천이 없어져서 시집을 못 가게 된다는 말.

바람 앞의 등불〔風前燈火〕: 생명이나 어떠한 일이 매우 위태로운 상태에 있음을 이르는 말. 바람받이에 선 촛불.

바람 없는 날 바다 물결이 굼실거리면 날씨가 나빠진다 : 바람도 불지 않는데 바다의 물결이 굼실거리는 것은 바람이 일기 시작하려는 징조이므로 장차 비바람이 있게 된다는 말.

바람에 구름 밀리듯[북] **:** 어떤 현상이나 사물이 삽시간에 한쪽으로 몰리거나 흩어지는 모양을 비유하여 이르는 말.

바람은 닷새에 한 번 불고, 비는 열흘에 한 번 내린다〔五風十雨〕: 농사에 적당한 날씨로서는 바람은 5일에 한 번 불고, 비는 10일에 한 번씩 오는 것이 좋다는 말.

바람은 불다 불다 그친다 : ① 바람이 불고 싶은 대로 실컷 불다가 마침내는 저절로 그친다는 뜻으로, 성이 나서 펄펄 뛰어도 가만두면 제풀에 사그라져 조용해지는 경우를 비유하여 이르는 말. ② 모질고 사납게 굴던 현상이 일정한 고비를 지나면서 숙어들기 시작하는 경우를 비유하여 이르는 말.

바람을 넣다 : 남을 부추겨서 무슨 행동을 하려는 마음이 생기게 만든다는 말.

바람을 쐬다 : ① 기분 전환을 위하여 바깥이나 딴 곳을 걸어 다닌다는 말. ② 다른 곳의 분위기나 생활을 보고 듣고 함을 이르는 말.

바람을 올리다 : 폭풍우의 피해를 막고자 음력 2월 초하루부터 보름이나 스무날까지 밥, 나물, 떡 따위로 풍신제(風神祭)를 올려 영등할머니와 그 며느리에게 빈다는 말.

바람을 잡다 : ① 마음이 들떠 돌아다님을 이르는 말. ② 어떤 허황된 짓을 꾀하거나 그것을 부추긴다는 말. ③ 이성에 대한 들뜬 생각을 함을 이르는 말.

바람을 일으키다 : ① 사회적으로 많은 사람에게 영향을 미침을 이르는 말. ② 사회적 문제를 만들거나 소란을 일으킴을 이르는 말. ③ [북] 어떤 목표를 내세우고 그것을 이루기 위해 사회적인 운동을 벌임을 이르는 말.

바람을 차다[북] **:** ① 바람을 세차게 일으킨다는 말. ② 기세등등하게 행동을 한다는 말.

바람이 들다 : ① 무 따위가 얼었다 녹았다 하는 바람에 물기가 빠져서 푸석푸석하게 됨을 이르는 말. ② 다 되어 가는 일에 탈이 생김을 이르는 말.

바람이 몹시 불고 비가 많이 온다〔風雨大作〕: 바람이 몹시 불고 비가 많이 와서 풍수해가 생긴다는 말.

바람이 불어서 파도 잔잔한 때 없고, 하늘이 울어서 비 아니 오는 날 없다 : 바람이 불면 고요하던 물결이 파도를 치게 되고, 천둥이 치면 비가 아니 올 적이 없다는 말.

바람이 불어야 배가 가지 : 돛배는 바람을 타야 가는 만큼 바람이 불어야 갈 수 있다는 뜻으로, 기회나 경우가 맞아야 일을 제대로 이룰 수 있음을 비유하여 이르는 말. 물이 가야(와야) 배가 오지.

바람이 불지 않는데 나뭇잎이 흔들리면 비가 많이 온다 : 저기압으로 몹시 무더울 때는 약한 바람이 부는 것을 촉감으로는 못 느끼지만, 사실은 동남풍이 불어 비가 올 징조라는 말.

바람이 서늘하면 비가 오지 않는다 : 바람이 서늘하면 고기압이기 때문에 비가 오지 않는다는 말.

바람이 없으면 파도도 일지 않는다 : 옳지 못한 사람들이 없으면 근심걱정할 일이 생기지 않는다는 말.

바른말 하는 사람 귀염 못 받는다 : 남의 잘못을 따지고 곧은 이야기를 하는 사람은 모두들 꺼린다는 뜻으로, 남의 비위를 건드리는 말은 삼가라는 말.

바보 고치는 약 없다 : 날 때부터 못나고 어리석은 사람은 어쩔 수 없다는 말. 바보는 약으로 못 고친다. 바보는 죽어야 고친다.

바보는 약으로 못 고친다 : ⇒ 바보 고치는 약 없다.

바보는 죽어야 고친다 : ⇒ 바보 고치는 약 없다.

바쁘게 찧는 방아에도 손 놀 틈이 있다 : 아무리 바삐 방아를 찧어도 손으로 방아확 안의 낟알을 고루 펴 줄 만한 시간적 여유는 있다는 뜻으로, 아무리 분주한 때라도 틈을 낼 수 있음을 비유하여 이르는 말. 사침에도 용수가 있다. 세우 찧는 절구에도 손 들어갈 때 있다.

바쁘다고 물보리 가을할가북 **:** 아무리 바쁘다고 해도 아직 채 익지 아니한 풋보리를 거둬들일 수는 없다는 뜻으로, 아직 성숙되지 않은 일을 이루어 보려고 몰아쳐서는 안 됨을 비유하여 이르는 말.

바쁘면 먹을 것 있다 : 바쁠 정도로 부지런하면 먹고 살 수 있다는 말.

바쁜 살림에 늙는 줄 모른다북 **:** 바쁘게 돌아가는 살림살이에 어느새 나이를 먹는지 알지 못한다는 뜻으로, 일에 매달려 열중하면 세월 가는 줄을 모른다는 것을 비유하여 이르는 말.

바삐 찧는 쌀에 뉘가 많다 : ① 방아는 겨가 다 벗겨지도록 찧어야 하는데 거칠게 찧으면 당연히 뉘가 섞여 있게 된다는 말. ② 무슨 일이나 거칠게 하면 흠이 많다는 말.

바위를 베개 삼고 가랑잎을 이불로 삼는다북 **:** 바윗돌을 베개로 삼아 베고 가랑잎을 이불로 삼아서 덮고 잔다는 뜻으로, 고생스럽게 지내는 모양을 비유적으로 이르는 말.

바위를 차면 제 발부리만 아프다 : 자기 발로 바위를 차면 자기 발만 아프다는 뜻으로, 일시적 흥분(興奮)으로 일을 저질러 놓으면 자기에게만 손해가 온다는 말.

바위산이 가까이 보이면 비가 온다 : ⇒ 먼 산이 가까이 보이면 비가 온다.

바위산이 질푸르게 보이면 비가 온다 : ⇒ 먼 산이 가까이 보이면 비가 온다.

바위 속에도 용수가 있다 : 굳은 바위 속에서도 비집고 들어설 틈이 있다는 뜻으로, 아무런 방도가 없는 것 같아 보이는 경우라도 거기에는 반드시 어떤 해결책이 있기 마련임을 비유하여 이르는 말. 바디 구멍에도 용수가 있다.

바위에 달걀 부딪치기 : ⇒ 달걀로 바위(백운대, 성) 치기.

바위에 대못북 **:** 바위에 대나무 못을 박으려 한다는 뜻으로, 도저히 승산이 없는 것을 하는 경우를 비유하여 이르는 말.

바위에 머리 받기 : ⇒ 달걀로 바위(백운대, 성) 치기.

바지가랭이에서 비파 소리가 난다북 **:** ⇒ 바지가랭이에서 자개바람이 인다북.

바지가랭이에서 자개바람이 인다북 **:** ① 어찌나 빠르게 걷는지 무릎을 꺾을 사이도 없이 마치 바짓가랑이에 자개바람이 일어난 것처럼 걷는다는 뜻으로, 매우 빨리 걷는 모양을 이르는 말. ② 매우 바삐 진행되거나 움직이는 모양을 비유적으로 이르는 말. 바지가랭이에서 비파 소리가 난다㊀.

바지랑대로 하늘을 찌른다 : 아무리 애를 써도 보람이 없는 헛수고를 이르는 말.

바지랑대로 하늘 재기 : 빨랫줄을 받치는 바지랑대로 높은 하늘의 높이를 재려 한다는 뜻으로, 도저히 불가능한 일을 하려 함을 비유하여 이르는 말.

바지저고리로 아느냐 : 속은 없고 껍데기만 있다는 뜻으로, 멍청한 사람으로 무시당할 때 쓰는 말.

바지저고리만 다닌다 : 사람의 몸뚱이는 없고 바지저고리만 걸어 다닌다는 뜻으로, 사람이 아무 속이 없고 맺힌 데가 없이 행동함을 조롱하는 말.

바지저고리만 앉아 있다 : 정신 없는 멍청한 사람만 있다는 말.

바퀴 떼운(떨어진) 달구지 신세㊀ : 바퀴 없이는 굴러갈 수 없는 달구지에서 바퀴를 떼어 버렸다는 뜻으로, 있어야 할 것이 없어서 쓸모가 없어짐을 비유하여 이르는 말.

바퀴 모르는 음식이 없다㊀ : 바퀴벌레는 용케도 음식 있는 곳을 찾아서 모여든다는 뜻으로, 제게 조금이라도 잇속이 있는 일이면 만사 제쳐 놓고 찾아다니는 사람을 비꼬아 이르는 말.

박가하고 석가하고 면장을 하면 성을 바꾼다 : 박(朴) 면장은 방(房) 면장으로, 석(昔) 면장은 성(成) 면장으로 발음되기 때문에 하는 익살스러운 말.

박달나무 그루에 싸리나무 가지가 돋아날 수 없다㊀ : 박달나무의 그루터기에서 싸리나무가 돋아날 수 없다는 뜻으로, 건강하고 튼튼한 부모에게서 연약한 자식이 태어날 수 없음을 비유하여 이르는 말.

박달나무도 좀이 쓴다 : ① 나무의 질이 단단하여 건축 및 가구재에 쓰는 박달나무에도 좀이 쓸 때가 있다는 뜻으로, 아주 건강한 사람도 허약해지거나 앓을 때가 있음을 이르는 말. ② ㊀ 아무리 능력 있고 일을 잘하던 사람도 계속 노력하고 수양을 쌓지 아니하면 나중에는 뒤떨어지고 자신을 망치게 됨을 비유하여 이르는 말.

박물군자무불간섭(博物君子無不干涉) : 온갖 사물을 널리 잘 아는 사람은 무슨 일에나 참견하지 않는 일이 없다는 말.

박복자(薄福者)는 계란(鷄卵)에도 유골(有骨)이라 : ⇒ 계란에도 뼈가 있다.

박우물에 헤엄칠 사람㊀ : 몸을 돌려 세울 자리조차 없는 박우물에 들어가서 헤엄을 칠 만한 인물이란 뜻으로, 궁리가 좁고 옹졸한 사람을 비유하여 이르는 말. *박우물-바가지로 물을 뜰 수 있는 얕은 우물.

박을 탔다 : 무슨 일이든지 이익을 얻지 못함을 비유하여 이르는 말.

박주(薄酒) 한 잔이 차〔茶〕보다 낫다 : 손님을 접대함에 있어서는 좋지 못한 술이라도 차보다는 낫다는 말.

박쥐구실〔蝙蝠之役〕 : 박쥐의 두 마음이란 뜻으로, 생각이나 마음이 이랬다저랬다 하며 우세한 쪽에 붙는 기회주의자의 교활한 마음을 비유하여 이르는 말. 박쥐구실 새 편에 붙고 쥐 편에 붙다㊀. 박쥐의 두 마음.

박쥐구실 새 편에 붙고 쥐 편에 붙다㊀ : ⇒ 박쥐구실. *낮에는 쥐가 되고 밤에는 새가 된다는 데서 유래된 말.

박쥐의 두 마음 : ⇒ 박쥐구실.

박(薄)한 술이 차〔茶〕보다 낫다 : 없을 때는 좋지 않은 것이라도 낫게 여긴다는 말.

밖에 나가 뺨 맞고 구들 우에 누워서 이불 차기㊀ : 집 밖에서 남에게 뺨을 얻어맞고 집에 돌아와 구들 위에 이불 쓰고 누워서 그 분풀이로 발로 이불을 차고 있다는 뜻으로, 욕을 당한 그 자리에서는 꼼짝하지 못하고 있다가 엉뚱한 데서 새삼스럽게 분풀이를 함을 비유하여 이르는 말.

반가운 손님도 사흘 : 아무리 반가운 손님도 오래 머물면 짐스럽다는 말.

반나마를 부른다 : 아무 걱정 없이 '반나마 늙었으니…….' 따위의 노래를 부를 만큼 배포가 유하거나 태평하다는 말.

반달 같은 딸 있으면 온달 같은 사위 얻겠다 : 내가 가진 물건이 좋아야 받는 것도 좋음을 이르는 말.

반드럽기는 삼 년 묵은 물박달 방망이 : ① 말을 잘 안 듣고 이리저리 피하기만 하는 사람을 비유하여 이르는 말. ② 반들반들하여 쥐면 미끄러져 나갈 것 같은 것을 이르는 말.

반딧불로 별을 대적하랴 : 되지 않을 일은 아무리 억척을 부려도 이루어지지 아니한다는 말.

반반한 숫돌은 부엌에 두어도, 얽은 망은 방안에 둔다북 **:** 숫돌은 보기 좋게 반반하지만 쓰는 편리에 따라 부엌에 두고 망돌은 그와 반대로 우툴두툴 얽었지만 쓰는 편리를 보아 방 안에 두듯이, 사람이나 물건도 쓸모에 따라 놓는 자리가 다 따로 있음을 비유하여 이르는 말. *망돌—'맷돌'의 북한어.

반벙어리 축문 읽듯 : 떠듬떠듬, 또는 어물어물 입 안에서 웅얼거리는 모양을 비유하여 이르는 말.

반자가 얕다 하고 펄펄 뛰다 : 몹시 성이 나서 반자에 닿을 정도로 펄펄 뛴다는 말. *반자—지붕 밑이나 위층 바닥 밑을 편평하게 하여 치장한 각 방의 윗면.

반 잔 술에 눈물 나고, 한 잔 술에 웃음 난다 : 남에게 이왕 무엇을 주려면 흡족하게 해야지 그렇지 못하면 도리어 인심을 잃게 된다는 말.

반지빠르기는 제일이라 : 되지 못한 것이 교만스러워 아주 얄밉다는 말.

반찬단지 : 요구에 의하여 잘 베풀어 주는 사람을 비유하여 이르는 말.

반찬단지에 고양이 발 드나들듯 : 반찬단지에 고양이가 부지런히 드나든다는 뜻으로, 매우 자주 드나드는 모양을 비유하여 이르는 말. 생쥐 풀방구리 드나들듯북. 조개젓 단지에 괭이 발 드나들듯. 팥죽 단지에 새앙쥐 들랑거리듯. 풀방구리에 쥐 드나들듯.

반찬 먹은 개 : 반찬을 훔쳐 먹은 개가 꼼짝 못하고 매를 맞듯이, 아무리 구박을 받아도 아무 대항을 못 하고 어쩔 줄 모르는 처지를 비유하여 이르는 말.

반찬 먹은 고양이 잡도리하듯 : 반찬을 훔쳐 먹은 고양이를 잡아 족치듯이, 죄지은 사람을 붙잡고 야단치며 혼내는 모양을 이르는 말.

반찬 항아리가 열둘이라도 서방님 비위 못 맞추겠다 : ⇒ 고추장 단지가 열둘이라도 서방님 비위를 못 맞춘다.

반타작도 안 된다 : 가을 수확량이 평년에 비하여 절반밖에 되지 않는다는 말.

반편이 명산 폐묘한다 : 못난 것이 잘난 체하다가 명산을 모르고 폐묘한다는 뜻으로, 못난이가 가만히 있지 못하고 오히려 이러쿵저러쿵하다가 일을 그르치는 경우를 비유하여 이르는 말. 반풍수 명산 폐묘시킨다북. 반풍수 집안 망친다.

반풍수 명산 폐묘 시킨다북 **:** ⇒ 반편이 명산 폐묘한다.

반풍수 집안 망친다 : ⇒ 반편이 명산 폐묘한다.

반하(半夏)가 잘되는 해는 벼도 풍년이 든다 : 정월에서 봄철 사이에 한해의 농사를 점치는 사례에서 나온 말. *반하—뿌리는 희고 잎은 세 쪽으로 된 한약재 식물.

반하생(半夏生)에는 논밭에 들어가지 말라 : 반하생에는 모든 식물에서 독기가 발생한다는 옛말에 따라 곡식을 심은 논밭에 들어가지 말라는 말. *반하생-하지(夏至)로부터 11일째에 해당하는 7월 2일경으로 장마기임.

반하생에는 큰비가 내리기 쉽다 : 반하생에는 홍수가 일어날 염려가 있으므로, 농가에서는 홍수 대책을 세워야 된다는 말.

반하생이 지나면 콩 심지 않는다 : 반하생이 지난 뒤에는 장마가 끝나고 건조기로 접어들므로 콩이 싹트기도 어려울 뿐 아니라 시기도 늦기 때문에 심지 말라는 말.

받는 소는 소리치지 않는다 : 어떤 일을 능히 할 수 있는 사람은 공연스레 큰소리를 치지 않는다는 말.

받아 놓은 당상 : ⇒ 받아 놓은 밥상①.

받아 놓은 밥상 : ① 일이 이미 확정되었거나 확실하여 조금도 틀림이 없는 경우를 이르는 말. 받아 놓은 당상. ② 밥상을 받아 놓고 그냥 물리지도 못하고 그렇다고 먹을 수도 없다는 뜻으로, 이러지도 못하고 저러지도 못하는 경우나 처지를 비유하여 이르는 말.

받은 밥상을 찬다 : 제게 돌아온 복을 제가 내찬다는 말.

발가락의 티눈만큼도 안 여긴다 : 남을 업신여김이 심하다는 말. 발새 티눈만도 못하다.

발가벗고 달려드는 도깨비 부작을 써 붙여도 효험이 없다[북] **:** 부끄러움을 모르며 망측한 몰골을 해 가지고 달려드는 도깨비는 귀신을 쫓는 부적을 써 붙여도 통하지 아니한다는 뜻으로, 죽기 살기로 체면 없이 마구잡이로 달려드는 사람에게는 그 무엇으로도 당해 낼 수 없음을 비유하여 이르는 말.

발가벗고 달밤에 체조하다 : 분별없이 허황된 말을 떠벌리거나, 체통 없는 짓을 하는 사람을 비웃는 말.

발그림자도 아니한다 : ⇒ 발그림자를 끊는다.

발그림자를 끊는다 : 인연을 끊고 서로 왕래하지 않음을 이르는 말.

발길도 이불깃을 봐 가면서 펴야 한다[북] **:** ⇒ 누울 자리 봐 가며 발을 뻗어라.

발뒤축이 달걀 같다 : 며느리가 미우면 아무것도 아닌 것을 생트집 잡아 나무란다는 말.

발등에 떨어진 불만 보고 염통 곪는 것은 못 본다[북] **:** ⇒ 손톱 밑에 가시 드는 줄은 알아도 염통 밑에 쉬스는 줄은 모른다.

발등에 불을 먼저 꺼야 한다 : 위급한 일을 먼저 해야 한다는 말.

발등에 불이 떨어졌다 : 갑자기 피할 수 없는 재화(災禍)가 닥쳐옴을 이르는 말.

발등에 오줌 싼다 : 너무 바쁜 경우를 비유하여 이르는 말.

발만 보고도 무엇까지 보았다고 : 남의 일을 크게 과장하여 말하는 경우를 비꼬아 이르는 말.

발명이 대책이라 : 변명하는 것만이 상대방에 대하여 할 수 있는 최선의 일이라는 말.

발바닥에 털 나겠다 : 가만히 앉아 호사스럽게 지내거나 몸을 놀리기 싫어함을 비난조로 이르는 말.

발바닥을 하늘에다 붙인다[북] **:** ① 손을 땅에 붙이고 거꾸로 선다는 뜻으로, 남에게 없는 특별한 재주가 있음을 비유하여 이르는 말. ② 되지도 않을 엉뚱한 짓을 하겠다고 나섬을 비유하여 이르는 말.

발바닥이 두터우면 배가죽도 두텁다[북] **:** ① 하나를 보면 전체를 알 수 있음을 비유적으로 이르는 말. ② 발바닥이 두꺼워지도록 부지런히 일을 하게 되면 그만큼 풍족한 생활을 누리게 됨을 비유하여 이르는 말.

발바리 새끼 쫓겨 가자 미친개 뛰어든다[북] **:** 시끄럽게 구는 발바리를 쫓아 버리니 이번에는 미친개가 뛰어든다는 뜻으로, 자그마한 위험을 피하니 그보다 더 큰 위험이 다시 들이닥침을 비유하여 이르는 말.

발 벗고 나선다 : 남의 은공에 보답하거나, 어려움을 돕기 위해 자기를 망각할 정도로 열심임을 이르는 말.

발(-을) 벗고 따라가도 못 따르겠다 : 신발까지 벗고 쫓아가도 따라가지 못하겠다는 뜻으로, 능력이나 수준의 차이가 너무 심해서 경쟁 상대가 되지 못하는 경우를 비유하여 이르는 말.

발(-을) 벗고 환도(環刀) 찬다 북 **:** ① 마땅히 갖추어야 할 초보적인 방비도 갖추지 아니하고 상대방에게 덤벼들어 해 보겠다고 하는 자를 비꼬아 이르는 말. ② 아무 힘도 없는 자가 허세를 부리며 날뛰는 모양을 비꼬아 이르는 말. * 환도-예전에, 군복에 갖추어 차던 군도(軍刀).

발보다 발가락이 더 크다〔主客顚倒〕 : 발보다 거기에 붙은 발가락이 더 크다는 뜻으로, 기본이 되는 것보다 부수적인 것이 더 많거나 큰 경우를 비유하여 이르는 말. 기둥보다 서까래가 더 굵다. 눈보다 동자가 더 크다. 몸보다 배꼽이 더 크다. 배보다 배꼽이 더 크다. 아이보다 배꼽이 더 크다. 얼굴보다 코가 더 크다.

발 부러진 장수가 성안에서만 큰소리친다 : 못난 사람이 집 안에서만 큰소리침을 비유하여 이르는 말.

발(-을) 뻗을 자리를 보고 누우랬다 : ⇒ 누울 자리 봐 가며 발을 뻗어라.

발샅에 끼인 때 : 아주 미미하고 무가치하며 더러운 것을 이르는 말. 발샅의 때꼽재기. * 발샅-발새(발가락과 발가락의 사이)

발샅의 때꼽재기 : ⇒ 발샅에 끼인 때.

발새 티눈만도 못하다 : ⇒ 발가락의 티눈만큼도 안 여긴다.

발(-을) 씻고 달아난 박우물에 다시 찾아온다 북 **:** ⇒ 이 샘물 안 먹는다고 똥 누고 가더니, 그 물이 맑기도 전에 다시 와서 먹는다.

발 없는 말이 천 리(千里) 간다〔無足之言 飛于千里〕 : 말은 비록 발이 없지만 천 리 밖까지도 순식간에 퍼진다는 뜻으로, 말을 삼가야 함을 비유하여 이르는 말.

발을 뻗고 자겠다 : 어렵거나 괴롭던 일이 잘 해결되었음을 뜻하는 말.

발이 의붓자식(맏아들·효도 자식)보다 낫다 : 성한 발이 있으면 여기저기 돌아다니며 구경도 할 수 있고, 맛있는 음식도 먹을 수 있다는 말. 다리가 의붓자식보다 낫다. 다리가 맏아들이라. 다리뼈가 맏아들이라. 정강이가 맏아들보다 낫다.

발이 편하려면 버선을 크게 짓고 집안이 편하려면 계집을 하나 둬라 : 첩을 두면 집안이 편하지 못함을 비유하여 이르는 말.

발 큰 놈이 득(得)이다 : 무슨 일이든 동작이 날랜 사람이 이롭다는 말.

발 탄 강아지 같다 : 처음 걷기 시작한 강아지 같다는 말로, 아무 일도 없이 바쁜 것을 비유하여 이르는 말.

밤〔栗〕꽃은 진땅에 떨어진다 : 밤꽃은 장마기인 6월 하순에서 7월 초순에 지므로 밤꽃이 질 때는 장마철이라는 말.

밤꽃이 질 때는 장마가 시작된다 : 밤꽃이 지는 6월 하순경에는 장마전선이 남해안에서 북상하게 된다는 말.

밤꽃이 피면 모내기가 한창이다 : 밤꽃은 6월 초순경부터 피기 때문에 재래종 벼는 이 무렵에 한창 모내기를 하게 된다는 말.

밤꽃 필 때는 딸네 집에도 가지 말랬다 : 밤꽃이 피는 6월 초순은 농번기이고, 식량도 보리밖에 없을 때라 손님 접대에 어려운 시기라는 뜻으로, 이 시기에는 남의 집을 방문하는 것을 삼가라는 말.

밤꽃 필 때는 장마가 시작된다 : 밤꽃이 지는 6월 하순에는 장마기에 들어간다는 말.

밤꽃 필 때 심은 모는 풍년 든다 : 밤꽃이 필 때 모를 심으면 풍년이 든다는 말.

밤나무로 돼지우리를 지으면 돼지가 마른다 : 돼지우리를 밤나무로 지으면 돼지가 살이 안 찌므로 이에 유의하라는 말.

밤나무에서 은행이 열기를 바란다 : 불가능한 일을 바라는 경우를 비유하여 이르는 말.

밤〔夜〕낮으로 여드레를 자면 참 잠이 온다 : 잠은 잘수록 더 자고 싶어진다는 말.

밤눈 어두운 말이 워낭 소리 듣고 따라간다〔瞽馬聞鈴〕 : 맹목적으로 남이 하는 대로 따라 함을 이르는 말.

밤도적이 해빛을 무서워한다 북 **:** 밤에 도둑질을 한 도둑놈이 지은 죄가 드러날까 두려워 밝은 데를 피함을 비유하여 이르는 말.

밤말은 쥐가 듣고 낮말은 새가 듣는다 : ⇒ 낮말은 새가 듣고 밤말은 쥐가 듣는다.

밤 무지개가 서면 석 달 비가 온다 : 낮 무지개는 여름철이면 흔히 볼 수 있지만, 밤 무지개는 보기 드문 무지개로서 이것이 서면 장마가 진다는 말.

밤바다가 밝아 보이면 만선한다 : 고기의 먹이인 플랑크톤, 발광(發光) 해파리, 멸치 등에 의한 해광현상(海光現象)이 일어나면 고기 떼가 많이 모이게 되므로 고기를 많이 잡을 수 있다는 말.

밤밥 먹었다 : 아무도 모르게 밤중에 달아난 것을 가리키는 말. 저녁 두 번 먹었다.

밤〔栗〕벌레 같다 : 어린아이들의 살이 토실토실하고 살빛이 보유스름함을 비유하여 이르는 말.

밤〔夜〕비에 자란 사람 같다 : 밤 사이에 내린 비를 맞고 어둠 속에서 연약하게 자란 식물과 같다는 뜻으로, 어리석으며 야무지지 못한 사람을 비유하여 이르는 말.

밤〔栗〕 삼 년 감 팔 년이다 : 밤나무는 심어서 3년이면 밤이 열리고, 감나무는 접붙여서 8년이면 감이 열린다는 말.

밤〔夜〕새도록 문 못 들기 : 힘껏 하고도 목적을 이루지 못하거나 공(功)이 없음을 가리키는 말.

밤새도록 물레질만 하겠다 : ① 임을 기다리며 물레질만 하다가 공연히 밤을 세우겠다는 뜻으로, 할 일은 하지 않고 딴짓만 하는 경우를 비유하여 이르는 말. ② 속셈은 딴 데 있으면서도 그와 관계없는 딴 수작만 하고 있음을 이르는 말.

밤새도록 울다가 누가 죽었느냐고 한다 : ⇒ 밤새도록 통곡을 해도 어떤 마누라 초상인지 모른다.

밤새도록 통곡(痛哭)을 해도 어떤 마누라 초상(初喪)인지 모른다〔旣終夜哭 問誰不祿〕 : 어떤 일을 죽도록 하면서도 그 일이 무엇인지, 또는 왜 하는지조차 모르는 어리석음을 이르는 말. 밤새도록 울다가 누가 죽었느냐고 한다. 실컷 울고 나서 뉘 초상인가 물어본다. 종야 통곡에 부지 하마누라 상사.

밤〔栗〕 소쿠리에 생쥐 드나들듯 북 **:** ① 생쥐가 밤을 까먹느라고 그것을 담아 둔 소쿠리에 부리나케 드나들듯 한다는 뜻으로, 자주 들어갔다 나갔다 하는 모양을 비유하여 이르는 말. ② 일은 하지 않으면서 교활한 방법으로 자주 드나들면서 남의 것을 가로채 먹는 얄미운 짓을 비유하여 이르는 말. 밤항아리에 생쥐 새끼 들랑대듯 북.

밤송이를 겨드랑이에 넣어 가며 늦모는 심는다 : 재래종 벼의 늦모 심기는 밤송이를 겨드랑이에 넣어서 따끔거리지 않을 때까지는 심어도 수확할 수 있다는 말.

밤송이 우엉송이 다 끼어 보았다 : 가시가 난 밤송이나 갈퀴 모양으로 굽은 우엉의 꽃송이에도 끼어 보았다는 뜻으로, 별의별 뼈아프고 고생스러운 일은 다 겪어 보았음을 비유하여 이르는 말.

밤송이채로 먹을 사람 북 **:** 성미가 몹시 급하고 덤비는 사람을 비유하여 이르는 말.

밤〔夜〕 쌀 보기 남의 계집 보기 : ① 밤에 쌀을 보면 흠이 잘 나타나지 않아서 좋게만 보이고, 같은 여자라도 남의 아내가 더 고와 보인다는 뜻으로, 남의 것이 자기 것보다 더 좋아 보임을 비유하여 이르는 말. ② 남의 집 여자를 넘보는 남자의 그릇된 관념을 비꼬는 말. ③ 일시적인 흥분에 사로잡혀 옳고 그른 것을 똑똑히 가려보지 못하고 허튼 것에 마음이 홀려 좋게 생각하는 경우를 비꼬아 이르는 말.

밤 쌀 보기기다 : 어두운 밤에 쌀을 보면 좋은 쌀은 말할 것도 없고 나쁜 쌀도 좋게 보이듯이, 밤에 여자를 보면 다 미인으로 보인다는 말.

밤에 보아도 낫자루, 낮에 보아도 밤나무 : 무슨 물건이고 그 본색(本色)은 어디서나 드러난다는 언어유희(言語遊戲)로 쓰는 말.

밤에 패랭이 쓴 놈 보일라 : 저녁밥을 너무 일찍이 먹으면 밤중에 배가 고파 혹 패랭이 쓴 환상을 보게 될는지 모른다 함이니, 저녁을 일찍이 먹음을 보고 조롱하여 이르는 말.

밤에 피리를 불면 뱀이 온다 : 밤에 피리나 휘파람을 불지 못하게 경고하여 이르는 말.

밤〔栗〕은 낮에 봐도 밤〔夜〕이라고 : 밤〔栗〕과 밤〔夜〕은 뜻은 다르나 발음이 유사한 점에서 비롯된 언어유희의 말.

밤〔夜〕은 두만강보다 길다 북 **:** ① 밤을 지새우기가 몹시 지루하고 어려움을 비유하여 이르는 말. ② 몹시 긴 겨울밤을 비유하여 이르는 말.

밤〔栗〕은 비에 익고 감은 볕에 익는다 : 밤은 여물 때 비가 와야 잘 여물고, 감은 여물 때 볕이 나야 잘 여문다는 말. 밤은 빗물 먹고 익는다.

밤은 빗물 먹고 익는다 : ⇒ 밤은 비에 익고 감은 볕에 익는다.

밤은 익으면 저절로 벌어진다 : ① 밤은 익으면 밤송이가 저절로 벌어진다는 말. ② 여자도 처녀가 되면 성기가 발달된다는 말.

밤〔夜〕이 깊어 갈수록 새벽이 가까와 온다〔苦盡甘來〕 북 **:** 어렵고 고통스러운 환경을 오랫동안 참고 이겨 내면 마침내 새롭고 희망찬 환경이 다가옴을 비유하여 이르는 말.

밤이슬 맞는 놈 : 흔히 밤에 다니는 까닭에 이슬에 젖는다는 뜻으로, 도둑놈을 곁말로 이르는 말. 찬이슬(-을) 맞는 놈.

밤〔栗〕이 흉년 들면 곡식은 풍년 든다 : 밤은 비가 많이 오는 해에 흉년이 드는데, 이런 해는 벼농사는 풍년이 들게 된다는 말.

밤〔夜〕 자고 나서 문안하기 : 처음 만났을 때 문안 인사를 해야 하는데, 그때는 가만히 있다가 하룻밤을 자고 난 다음에 문안 인사를 한다는 뜻으로, 다 지난 일이나 말을 새삼스럽게 하는 경우를 비유하여 이르는 말.

밤 잔 원수 없고 날 샌 은혜 없다 : 밤을 자고 나면 원수같이 여기던 감정은 풀리고, 날을 새우고 나면 은혜에 대한 감정이 식어진다는 뜻으로, 은혜나 원한은 시일이 지나면 잊기 쉽다는 말. 날 샌 은혜 없다.

밤중에 황소가 울면 초상이 난다 : 밤중에 황소가 울면 그 동네에 초상이 난다는 말.

밤 천둥에는 비가 온다 : 밤에 구름이 끼고 천둥을 하게 되면 비가 온다는 말.

밤하늘에 별이 깜박이면 큰 바람이 분다 : 별빛이 깜박인다는 것은 대기층이 불안정하다는 뜻으로서, 이 상층 기류는 점차 지상에 영향을 끼치게 되므로 큰 바람이 일어날 징조라는 말.

밤하늘이 유난히 맑으면 큰 서리 : 구름 없는 맑은 밤에는 복사 냉각이 심해서 기온이 몹시 떨어지는데, 이때 지상 근처의 수증기가 응결하며 얼어 서리가 된다는 말.

밤〔栗〕 항아리에 생쥐 새끼 들랑대듯㊊ **:** ⇒ 밤 소쿠리에 생쥐 드나들듯㊊.

밤 흉년 드는 해 굶어 죽는 사람 없다 : 밤이 흉년 드는 해 곡식은 풍년이 들기 때문에 굶어 죽는 사람이 없다는 말.

밤 흉년 들면 곡식은 풍년 든다 : 밤과 벼는 생육 조건이 다르기 때문에 그 수확량이 반대로 나타난다는 말.

밥 군 것이 떡 군 것보다 못하다 : '밥 군'과 '바꾼'의 발음이 같은 데서 생긴 말로, 물건을 바꾸는 것이 좋지 않음을 이르는 말.

밥그릇만 높으면 제일인 줄 안다㊊ **:** 먹는 것밖에 모르는 미련한 사람을 비유하여 이르는 말.

밥그릇 앞에서 굶어 죽을 사람(놈)㊊ **:** 밥그릇을 앞에 놓고도 움직이기 싫어서 굶어 죽을 사람이라는 뜻으로, 몹시 게으른 사람을 비꼬아 이르는 말.

밥그릇이 높으니까 생일만큼 여긴다 : ① 밥을 제대로 얻어먹지 못하다가 어쩌다 수북이 담은 밥그릇이 차려지니까 생일상이나 받은 것처럼 여긴다는 뜻으로, 조금 나은 대접을 받고 우쭐해하는 사람을을 비꼬아 이르는 말. ② ㊊ 못사는 처지에 어쩌다가 잘 먹게 됨을 비유하여 이르는 말.

밥 많이 먹는 머슴이 일도 잘한다 : 밥은 체력이 좋은 사람이 많이 먹게 되므로 힘센 사람이 일도 잘함을 비유하여 이르는 말.

밥 먹는 것은 개도 안 때린다 : ⇒ 밥 먹을 때는 개도 안 때린다.

밥 먹을 때는 개도 안 때린다 : 비록 하찮은 짐승일지라도 밥을 먹을 때에는 때리지 않는다는 뜻으로, 음식을 먹고 있을 때에는 아무리 잘못한 것이 있더라도 때리거나 꾸짖지 말아야 한다는 말. 먹는 개도 아니 때린다. 먹을 때는 개도 때리지 않는다. 밥 먹는 것은 개도 안 때린다.

밥보다 고추장이 더 많다㊊ **:** 밥보다 밥에 곁들여 먹는 고추장이 더 많다는 뜻으로, 기본이 되는 것보다 부차적인 것이 더 많음을 비유하여 이르는 말.

밥 빌어다가 죽 쑤어 먹을 놈 : 성질이 게으른 데다가 지견(知見)마저 없는 어리석은 사람을 비유하여 이르는 말.

밥 빌어먹기는 장타령이 제일 : 체면을 버리면 못 할 것이 없다는 말.

밥 선 것은 사람 살려도 의원 선 것은 사람 죽인다 : 밥이 설익은 것은 먹어도 사람의 목숨에는 관계가 없지만, 사람의 병을 고치는 의사가 서투르면 사람의 목숨을 앗아갈 수 있다는 뜻으로, 의술이 서투른 의원을 경계하는 말.

밥술이나 먹게 되니까 수염 치장만 한다 : 가난하게 살다가 먹고 살 만치 되니까 거만을 떤다는 말.

밥 아니 먹어도 배부르다 : 기쁜 일이 생겨서 마음이 흡족하다는 말.

밥 얻어먹을 짬은 있어도 추수하는 데 갈 짬은 없다 : 게으른 사람은 밥 얻어먹을 여가는 있어도, 농번기에 일 거들어 줄 여가는 없을 정도로 몹시 게으르다는 말.

밥 우에 떡 안 준다고 그러느냐㊊ **:** 잘해 주어도 만족할 줄 모르고 불평불만을 늘어놓거나, 한없이 욕심을 부림을 비유하여 이르는 말.

밥 위에 떡〔錦上添花〕 : 경사에 경사가 겹침을 이르는 말. 비단 우에 꽃㊊.

밥은 굶어도 속이 편해야 산다 : 마음 편히 사는 것이 제일이라는 말.

밥은 열 곳에 가 먹어도 잠은 한곳에서 자랬다 : ① 아무리 여러 곳을 다니며 밥을 먹는 한이 있어도 잠자리만은 바로 가져야 한다는 뜻으로, 사람은 거처가 일정해야 함을 비유하여 이르는 말. ② ㊊ 사람은 언제나 도덕적 품성을 가져야 한다는 말.

밥은 주는 대로 먹고 일은 시키는 대로 하라 : 무슨 일이나 불평을 부리지 말고 시키는 대로 순종하라는 말.

밥을 강원도 금강산 바라보듯 한다㊗ **:** 옛날에 살림이 몹시 가난하여 남이 먹는 것을 멍청히 바라보기만 했다는 뜻으로, 자주 굶게 됨을 비유하여 이르는 말.

밥을 굶어도 조밥을 굶지 말고 흰쌀밥을 굶으라㊗ **:** 같은 값이면 통 크게 마음을 먹고 잘될 생각을 해야 한다는 말.

밥을 죽이라고 우긴다㊗ **:** 밥을 내놓고 죽이라고 우기듯이 사실과 맞지 않는 것도 굽히지 않고 우긴다는 뜻으로, 마구 고집을 부리는 행동을 비유하여 이르는 말.

밥을 치면 떡이 되고 사람을 치면 도둑이 된다 : 억울하게 도둑으로 몰아넣음을 비유하여 이르는 말.

밥이 다 된 가마는 끓지 않는다㊗ **:** 밥이 다 끓어서 물이 잦아든 가마는 끓을 것이 없다는 뜻으로, 일이 잘되거나 순조롭게 다 된 경우에는 오히려 조용한 법임을 비유하여 이르는 말.

밥이 약보다 낫다㊗ **:** 병에는 약이 좋지만 밥은 그보다 더 좋다는 뜻으로, 아무리 약이 좋다고 하더라도 건강에는 밥을 잘 먹는 것이 우선이자 기본이라는 말.

밥이 얼굴에 더덕더덕 붙었다 : 얼굴이 복 있게 잘 생겼다는 말.

밥이 지팡막대라㊗ **:** 밥이 늙은이의 지팡이나 다름없다는 뜻으로, 늙은이는 밥을 잘 먹는 것이 의지하고 다니는 지팡이보다 나음을 이르는 말.

밥이 질다 : 일을 성사시키지 못하였을 때를 이르는 말.

밥인지 죽인지는 솥뚜껑을 열어 보아야 안다㊗ **:** 일이 어떻게 될지는 결과를 보아야 알 수 있다는 뜻으로, 미리부터 이러쿵저러쿵할 필요가 없음을 비유하여 이르는 말.

밥티 두 낱 붙은 데 없이 까분다 : 매우 까분다는 말.

밥 팔아 똥 사 먹겠다 : 사람이 미련하고 부족한 것을 비꼬아 이르는 말.

밥 팔아 죽 사 먹는다㊗ **:** 큰 밑천을 들여 하찮은 소득을 얻게 됨을 비유하여 이르는 말.

밥 퍼 주고 밥 못 얻어먹는다㊗ **:** ⇒ 밥 퍼 주고 주걱으로 뺨 맞는다㊗.

밥 퍼 주고 주걱으로 뺨 맞는다㊗ **:** 남을 위하여 좋은 일을 해 주고 도리어 피해를 입음을 비유하여 이르는 말. 밥 퍼 주고 밥 못 얻어먹는다㊗.

밥 푸다 말고 주걱 남 주면 살림 빼앗긴다 : 부인네가 밥을 푸다 말고 다른 사람에게 주걱을 주면 시앗을 본다 하여 이르는 말.

밥풀 물고 새 새끼 부르듯 : 새의 먹이인 밥풀을 물고 손쉽게 새 새끼를 불러내듯 한다는 뜻으로, 어떤 일을 매우 쉽게 생각함을 이르는 말.

밥풀이 식기에 붙으면 날씨가 좋다 : 고기압으로 공기에 습기가 적어 식기에 밥풀이 말라붙으므로 날씨가 맑을 징조라는 말.

밥풀이 식기에 붙지 않으면 비 올 징조다 : 저기압으로 공기에 습기가 많으면 식기가 습도에 젖어 있기 때문에 밥풀이 들러붙지 않는 것이므로 비가 올 징조라는 말.

밥 한 그릇은 남을 공으로 주어도 거름 한 소쿠리는 남 안 준다 : 밥 한 그릇의 식량은 얼마 되지 않으나, 거름 한 소쿠리로는 많은 곡식을 증산시킬 수 있으므로 거름을 소중히 여기라는 말.

밥 한 술에 힘 되는 줄은 몰라도 글 한 자에 힘이 된다㊗ **:** 밥을 한두 끼 잘 먹었다고 크게 몸이 좋아지지는 않으나, 글을 한두 자 더 배우면 그만큼 정신적으로 성장한다는 뜻으로, 배우는 것이 힘임을 비유하여 이르는 말.

밥 한 알이 귀신 열을 쫓는다 : 귀신이 붙은 듯이 몸이 쇠약해졌을 때라도 충분히 먹고 제 몸을 돌보는 것이 건강을 회복하는 가장 빠른 길이며, 따라서 귀신도 쫓게 된다는 말. 고기 한 점이 귀신 천 마리를 쫓는다.

밥함지 옆에서도 굶어 죽겠다北 **:** 밥이 담겨 있는 밥함지를 옆에 놓고도 먹지 못하고 굶어서 죽겠다는 뜻으로, 수완이 없고 몹시 게으른 사람을 비꼬아 이르는 말. 밥그릇 앞에서 굶어 죽을 사람(놈)北. 부뚜막에 앉아 굶어 죽겠다北.

방구들 농사만 짓는다 : 방 안에만 있고 농사는 거들떠보지도 않는 삶을 비유하여 이르는 말.

방귀가 잦으면 똥 싸기 쉽다 : 어떤 현상과 연관이 있는 징조가 나타나게 되면 필경 그 현상이 생기기 마련이라는 뜻으로, 무슨 일이나 소문이 잦으면 실현되기 쉬움을 비유하여 이르는 말. 번개가 잦으면 비가 온다②. 천둥이 잦으면 비가 온다②.

방귀길 나자 보리 량식 떨어진다北 **:** 보리밥을 먹고 잘 삭이게 되자 보리 양식이 떨어졌다는 뜻으로, 일이 공교롭게 서로 엇나가며 틀어짐을 비유하여 이르는 말.

방귀 뀐 놈이 성낸다〔賊反荷杖〕: 자기가 방귀를 뀌고 오히려 남보고 성낸다는 뜻으로, 잘못을 저지른 쪽에서 오히려 남에게 성냄을 비꼬아 이르는 말. 똥 싸고 성낸다.

방귀 자라 똥 된다 : 처음에 대단하지 않게 시작하였던 것도 그 정도가 심해지면 처치할 수 없을 만큼 말썽거리가 됨을 비유하여 이르는 말.

방그물 하는 사람 똥은 개도 안 먹는다 : 손으로 그물을 끌어당기는 수망어업(手網漁業)은 심한 중노동이라서 그 사람 똥은 개도 안 먹는다는 말. 수망질하는 사람 똥은 개도 안 먹는다.

방둥이 부러진 소 사돈 아니면 못 팔아먹는다 : 방둥이가 부러져서 더 부릴 수 없게 된 소는 거절하지 못할 처지에 있는 사돈이 아니면 팔 수 없다는 뜻으로, 흠이 있는 물건을 잘 아는 사람에게 떠안김을 비유하여 이르는 말. *방둥이—길짐승의 엉덩이.

방립에 쇄자(刷子)질 : ⇒ 사모에 갓끈.

방망이가 가벼우면 주름이 잡힌다 : 다듬이질을 할 때 다듬잇방망이가 가벼우면 주름이 펴지지 않는다는 뜻으로, 통솔과 감독이 엄중하지 않으면 부실한 곳이 생김을 비유하여 이르는 말.

방망이가 약하면 쐐기가 솟는다北 **:** 마치가 가벼우면 못이 솟는다.

방망이로 맞고 홍두깨로 때린다 : 맞기는 방망이로 맞았는데 때리기는 홍두깨로 친다는 뜻으로, 자기가 받은 것보다 더 심하게 앙갚음을 함을 비유하여 이르는 말.

방 맞은 넉 사 자北 **:** ⇒ 넉 사 자 방 맞은 듯①.

방바닥에서 낙상한다〔安全事故〕: 안전한 곳에서 뜻밖의 사고가 남을 이르는 말. 장판방에서 자빠진다.

방 보아 똥 싼다 : ① 사람의 지위나 우열 따위를 보아 대우를 달리 한다는 말. ② 잘 살펴서 경우에 맞는 처사를 한다는 말. 방위 보아 똥 눈다.

방 안에 앉아 한데 소리 한다北 **:** ⇒ 방 안 풍수.

방 안에서 닭을 잡으면 해롭다 : 아무리 추워도 방 안에서 닭을 잡으면 해로우니 밖에서 잡으라는 말.

방 안 풍수 : 방 안에 앉아 있으면서 주제넘게 알지도 못하는 바깥 이야기를 늘어놓고 있다는 뜻으로, 직접 겪어 보지 못했거나 구체적인 실정을 모르는 일에 대하여 마음

대로 이러쿵저러쿵 말을 함을 비유하여 이르는 말. 방 안에 앉아 한데 소리 한다[북].

방앗간에서 울었어도 그 집 조상(弔喪) : 집 안까지 들어가지 않고 밖에 있는 방앗간에서 울었다고 하여도 그 집에 조상한 것이라는 뜻으로, 마음이 문제이지 장소나 형식이 문제가 아님을 비유하여 이르는 말.

방앗공이는 제 산 밑에서 팔아먹으랬다 : 무엇이나 산출되는 본바닥에서 팔아야 실수가 없지, 이익을 더 남기려고 멀리 가지고 가거나 하면 도리어 손해를 보게 됨을 비유하여 이르는 말.

방에 가면 더 먹을까 부엌에 가면 더 먹을까 : 남보다 더 먹기 위하여 방에 들어갈까 부엌에 들어갈까 타산한다는 뜻으로, 어느 쪽이 더 이익이 많을까 하고 잇속을 따지느라 망설임을 비유하여 이르는 말. 부엌에 가면 더 먹을까 방에 가면 더 먹을까. 이 장떡이 큰가 저 장떡이 큰가.

방에서는 매부 말이 옳고, 부엌에 가면 누이 말이 옳다 : ⇒ 안방에 가면 시어머니 말이 옳고, 부엌에 가면 며느리 말이 옳다.

방울 소리만 듣고 따라가는 눈먼 강아지[북] : 자기의 주견이 없이 남이 하자는 대로만 맹목적으로 따라가는 사람을 놀림조로 이르는 말.

방위 보아 똥 눈다 : ⇒ 방 보아 똥 싼다.

방죽을 파야 개구리가 뛰어들지 : 물이 고일 수 있는 방죽을 파 놓아야 개구리가 뛰어든다는 뜻으로, 무슨 일이나 자기가 원하는 결과를 가져오게 하려면 그에 합당한 준비를 갖추거나 노력을 해야 한다는 말.

방판수 떡자루 잡듯, 장님 북자루 잡듯 : 판수 장님이 자기가 소득(所得)한 것을 굳게 지키며 변통이 없음을 비유하여 이르는 말.

방패연(防牌鳶)의 갈개발 같다 : 갈개발은 연의 꼬리에 붙은 긴 종이를 말하는 것으로, 무엇이 길게 치렁치렁 늘어진 모양을 비유하여 이르는 말.

밭 갈고 김매기를 게을리하면 곡식을 못 거둔다〔楛耕傷稼〕 : 농사일을 게으르게 하면 곡식을 제대로 거두지 못한다는 말.

밭갈이 갈 때 빈 물동이 지고 가로질러 가면 보습이 부러진다 : 아침에 소 몰고 밭갈이 하러 가는데 물동이 인 여자가 길을 가로질러 가면 재수가 없다는 말.

밭갈이를 말하는 사람은 많은 데 쟁기를 잡는 사람은 적다〔言耕者衆 執耕者寡〕 : 농번기가 되어도 말로만 걱정하고 직접 농사일에 나서는 사람은 적듯이, 말하는 사람은 많아도 실제로 일을 하는 사람은 적음을 비유하여 이르는 말.

밭갈이하는 소가 발을 핥으면 비가 온다 : 고온다습한 저기압일 때는 산소 농도가 희박해짐에 따라 소도 피곤하여 혀로 발을 핥게 되므로 비가 올 징조라는 말.

밭 갈 줄 모르는 소 멍에 나무란다[북] : 자기의 능력이나 기술이 모자람은 생각하지 아니하고 객관적인 조건만 탓함을 비유하여 이르는 말.

밭농사가 반농사다 : 옛날에는 밭농사의 수확량이 벼농사 정도로 많아야 춘궁(春窮)을 극복할 수 있었음을 이르는 말.

밭담 터지면 소 든다 : 밭 주위에 쌓은 돌담이 무너지면 마소가 들어가므로 그런 일이 생기지 않도록 유의하라는 제주 속담.

밭도랑을 베개하고 죽을 놈 : 제집에서 고이 세상을 떠나지 못하고 여기저기 떠돌아다니며 괴로운 말기를 보내다가 죽으라는 뜻으로, 남을 저주하는 말.

밭 많은 고장엔 풍흉이 없다 : 밭에는 여러 가지 곡식을 심어서 한 가지 곡식이 흉작이 되어도 다른 곡식이 풍작이 될 수 있으므로, 흉작이면 농사를 망치는 벼농사와는 달리 식량에 곤란을 받지 않고 안정된 생활을 할 수 있다는 말.

밭매기 싫은 놈이 밭고랑만 센다 : 일하기 싫어하고 게으른 사람은 일은 않고 할 일이 얼마나 남았는가만 계산한다는 말.

밭모에 강아지풀 섞이듯 하였다〔若苗之有莠〕: 밭모에 김을 매지 않아서 강아지풀이 무성하다는 말.

밭못자리 삼 년 하면 한 해 농사가 도망간다 : 밭에다가 거듭 3년간 못자리를 하게 되면 양분을 다 빨아 먹어 밭이 토박해지므로 윤작을 하라는 말.

밭에 김을 매지 않으니 강아지풀만 무성하다〔無田甫田 有莠驕驕〕: 밭에 김을 매지 않은 채 두면 강아지풀만 잔뜩 자라고 곡식은 되지 않는다는 말.

밭에서 청개구리가 울면 조상 무덤이 떠내려간다 : 밭에서 청개구리가 울면 산에 있는 묘지가 떠내려갈 정도로 비가 많이 온다는 말.

밭에서 호랑이가 새끼 치게 되였다북 **:** ⇒ 밭에 풀이 무성하면 범이(호랑이가) 새끼 친다북.

밭에 풀이 무성하면 범이(호랑이가) 새끼 친다북 **:** ① 논밭의 김을 잘 매야 함을 이르는 말. ② 무슨 일이나 제때에 처리하지 아니하고 어지럽게 내버려 두면 나중에는 나쁜 결과가 생김을 비유하여 이르는 말. 밭에서 호랑이가 새끼 치게 되였다북. 범이 새끼를 치게 되였다북.

밭에 호랑이가 새끼를 치겠다 : 밭에 풀이 무성하여 호랑이가 새끼를 칠 정도이면 곡식 농사는 폐농임을 이르는 말.

밭을 갈려면 개울까지 낼 줄 알아야 한다 : 쟁기질을 할 때는 수해가 없도록 밭 주변에 개울까지 만들어야 한다는 말.

밭을 사도 떼밭은 사지 마라북 **:** ① 밭을 살 때 야산을 일구어 만든 떼밭을 사면 낟알도 거두지 못하고 고생만 하게 되니 사지 말라는 말. ② 무슨 일을 하든지 경솔하게 처리하지 말고 잘 분별하여 정확히 처리할 것을 비유하여 이르는 말.

밭을 사려면 변두리를 보라 : 농토를 사려면 경계선은 물론, 주변 여건도 반드시 보아야 한다는 말. 밭을 살 때는 변두리도 보고 사랬다.

밭을 살 때는 변두리도 보고 사랬다 : ⇒ 밭을 사려면 변두리를 보라.

밭이 좋아야 곡식도 잘된다 : ⇒ 땅심이 좋아야 곡식도 잘된다.

밭 일궈 먹는 두더지다 : ⇒ 농부는 두더지다.

밭 장자(長者)는 있어도 논 장자는 없다 : 밭을 가진 사람은 흉년을 모르고 살아도 논을 많이 가진 사람은 흉년을 타게 된다는 말.

밭 팔아 논 사면 좋아도 논 팔아 밭 사면 안 된다 : 밭보다 귀중한 논을 팔아서 밭을 사는 어리석은 짓은 하지 말라는 뜻으로, 살림을 차차로 늘려 나가지 아니하고 오히려 줄어들게 하면 안 된다는 것을 비유하여 이르는 말. 밭 팔아 논은 사지만 논 팔아 밭은 사지 말랬다.

밭 팔아 논 살 때는 이밥 먹자는 뜻〔賣田買畓欲喫稻飯〕: ① 있는 밭을 팔아서 논을 살 때는 논에서 나는 흰 쌀로 쌀밥을 먹어 보자는 의도였다는 뜻으로, 못한 것을 버리고 나은 것을 취할 때는 더 낫게 되기를 바라서인데, 도리어 그보다 못하게 되었음을 비유하여 이르는 말. ② 북 새로 벌여 놓은 일의 목적이 누구에게나 명백하게 있음을 비유하여 이르는 말.

밭 팔아 논은 사지만 논 팔아 밭은 사지 말랬다 : ⇒ 밭 팔아 논 사면 좋아도 논 팔아 밭 사면 안 된다.

배〔舟〕가 가라앉으려면 쥐가 도망친다 : 배가 가라앉으려고 할 때는 쥐가 먼저 알고 도망을 친다는 말.

배(腹)가 남산(앞 남산)만 하다 : ① 배가 불러 앞으로 많이 나왔다는 뜻으로, 임신부의 배가 몹시 부름을 비유하여 이르는 말. ② 되지 못하게 거만하고 떵떵거림을 놀림조로 이르는 말. 배가 등성만 하다[북].

배가 등성만 하다[북] : ⇒ 배가 남산만(앞 남산만) 하다.

배가 등에 붙다 : 먹은 것이 없어서 배가 홀쭉하고 몹시 허기지다는 말.

배가 맞다 : ① 주로 부정한 관계에서, 남녀가 남모르게 마음이 맞아 서로 몸을 허락한다는 말. ② 옳지 못하거나 떳떳하지 못한 일을 하는 데 있어 서로의 뜻이 통한다는 말.

배가 아프다 : 남이 잘되어 심술이 난다는 말.

배(舟)값 없는 나그네가 배에 먼저 오른다[북] : ① 갖추어야 할 조건을 갖추지 못한 사람이 오히려 먼저 서두름을 비난조로 이르는 말. ② 남에게 신세지는 놈이 염치없는 짓을 함을 비유하여 이르는 말. 뱃삯 없는 놈이 배에 먼저 오른다.

배(腹)고프다고 (바늘로) 허리 저리랴 : 배가 고프다고 바늘로 허리를 찔러 위협할 수 없듯이, 아무리 어려운 경우를 당해도 무리한 짓을 해서는 안 된다는 말. *저리다–두렵게 하다. 위협하다.

배고픈 놈더러 요기시키란다 : 굶주리는 있는 사람에게 다른 사람 요기를 시켜 달란다는 뜻으로, 제 앞가림도 못 하는 사람에게 어려운 일을 요구함을 비유하여 이르는 말. 시장한 사람더러 요기시키란다. *요기–시장기를 겨우 면할 정도로 조금 먹음.

배고픈 놈이 모는 잘 심는다 : 모심기 작업은 몸을 앞으로 꾸부리고 하기 때문에 배가 부른 사람보다 배가 고픈 사람이 더 잘 심는다는 말.

배고픈 놈이 흰쌀밥 조밥 가리랴[북] : ⇒ 굶은 개가 언 똥을 나무라겠는가.

배고픈 데는 밥이 약이라[북] : 배가 고파서 기운을 못 쓰는 사람에게는 밥을 먹이는 것이 제일 효과적이라는 말.

배고픈 자는 찬밥이라도 달게 먹는다[북] : ① 배가 고프면 먹다가 남겨 둔 찬밥일지라도 맛있게 먹는다는 뜻으로, 굶주린 때에는 아무것이나 다 맛이 있는 법임을 비유하여 이르는 말. ② 궁한 처지에 이르면 이것저것 가릴 형편이 못 되고 닥치는 대로 받아들이게 됨을 비유하여 이르는 말.

배고픈 호랑이가 원님을 알아보나 : 배고픈 호랑이가 원님이라고 사정을 보아주지 않는다는 뜻으로, 사람이 극히 가난하고 굶주리는 지경에 이르면 아무것도 가리지 않고 분별없는 짓까지 마구 하게 됨을 비유하여 이르는 말.

배고플 때는 찬물로 배 채운다 : 배고플 때 먹을 것이 없으면 찬물이라도 먹으면 낫다는 말.

배고플 때는 침만 삼켜도 낫다 : 굶주렸을 때는 사소한 것으로 입맛만 다셔도 안 먹은 것보다 낫다는 말.

배곯고 있을 게 있나 약과라도 먹고 있지[북] : ① 하다 못하여 약과라도 먹을 일이지 왜 배곯고 있느냐는 뜻으로, 가난한 사람들의 어려움을 모르는 자가 남의 사정도 모르고 하는 말을 놀림조로 이르는 말. ② 어떤 대책을 제때에 취하지 못하고 속수무책으로 있는 경우를 놀림조로 이르는 말.

배구멍이 톡 튀어나와 콧구멍 보고 형님 한다 : 배꼽이 코보다 높다는 뜻으로, 배가 매우 부르다는 말.

배꼽 떨어진 고장 : 태어난 고장을 비유하여 이르는 말.

배꼽 밑에 털 나다 : 어른이 됨을 비유하여 이르는 말.

배꼽에 노송(老松)나무 나거든 : 사람이 죽은 뒤 무덤 위에 소나무가 나서 노송이 된다는 뜻으로, 기약할 수 없음을 비유하여 이르는 말. 절로 죽은 고목에 꽃 피거든.

배꼽에 어루쇠를 붙인 것 같다 : 눈치가 빠르고 경우가 밝아 남의 속을 들여다보듯이 환히 안다는 말. *어루쇠—옛날의 구리 거울.

배꼽은 작아도 동지 팥죽은 잘 먹는다㊀ **:** 얼핏 보기에는 사람이 변변치 않은 것 같으나 하는 일이 녹록하지 않음을 비유하여 이르는 말.

배꼽이 하품하겠다㊀ **:** 너무 어이없고 가소로움을 비유하여 이르는 말.

배꽃이 두 번 피면 풍년 든다 : 배꽃 피는 것을 보고 풍년이 들 것인지 흉년이 들 것인지를 알 수 있다는 말.

배꽃이 많은 해는 홍수 : 배꽃 필 무렵 날씨가 좋으면 꽃이 많이 피는데, 이러한 해는 북태평양 고기압 세력이 강한 해로서 태풍이 내습하기 쉬운 경향이 있다는 말.

배나무 밑에 앉아 선 배 떨어지기를 기다린다 : 배나무 밑에 앉아서 배라도 떨어지면 가지려 기다린다는 뜻으로, 이루어지리라고 생각할 수 없는 일에 기대를 겲을 비유하여 이르는 말.

배나무에 배 열리지 감 안 열린다 : ⇒ 콩 심은 데 콩 나고 팥 심은 데 팥 난다.

배(腹)도 사람 믿고 산다㊀ **:** 음식을 한꺼번에 너무 많이 먹는 사람을 핀잔하여 이르는 말.

배(舟)도 안 만들고 깡달이부터 장만한다 : ① 배는 안 만들고 어구와 소도구만 장만하듯이, 일의 순서를 모름을 이르는 말. ② 배는 건조하지 못했으면서 어구와 소도구만 장만하고 허세를 부리는 사람을 비꼬아 이르는 말. *깡달이(깡다리)—'어구와 소도구'의 전남 해안 지방 방언.

배 떠나가자 순풍 분다 : 배가 뜨자마자 순풍을 만나서 순조롭게 가듯이, 어떤 일을 시작하자마자 주위 사람들의 도움을 받아 순조롭게 일이 잘된다는 말.

배(腹)를 내밀다 : ① 남의 요구에 응하지 않고 버틴다는 말. ② 자기밖에 없는 듯 몹시 우쭐거린다는 말.

배를 두드리다 : 생활이 풍족하거나 살림살이가 윤택하여 안락하게 지낸다는 말.

배를 불리다(채우다) : 재물이나 이득을 많이 차지하여 사리사욕(私利私慾)을 채움을 이르는 말.

배를 앓다 : 남이 잘되는 것에 심술이 나서 속을 태운다는 말.

배(舟)를 타고 장에 간다〔乘船入市〕 : 무속(巫俗)에서, 입하(立夏) 뒤의 첫 갑자일에 비가 오면 그해에 큰 장마가 져서 배를 타고 장에 가게 된다는 말.

배(腹)만 부르면 세상인 줄 안다 : ① 배불리 먹기만 하면 아무 근심 걱정을 모른다는 말. ② 돈만 있으면 제 세상인 줄 알고 제 멋대로 행동한다는 말. ③ ㊀ 사람은 먹는 것으로만 만족할 수 없음을 비유하여 이르는 말.

배(梨) 먹고 배 속으로 이를 닦는다 : ⇒ 배 먹고 이 닦기.

배 먹고 이 닦기〔一擧兩得〕 : 배를 먹으면 이까지 하얗게 닦아진다는 뜻으로, 한 가지 일에 두 가지 이로움이 있음을 비유하여 이르는 말. 배 먹고 배 속으로 이를 닦는다.

배(腹)보다 배꼽이 더 크다 : ⇒ 발보다 발가락이 더 크다.

배부르고 등(背) 따습다 : 배 부르게 먹고 등이 따습게 옷을 입는다는 뜻으로, 잘사는 생활을 비유하여 이르는 말.

배부르니까 평안 감사도 부럽지 않다 : 굶주렸던 사람이 배가 부르도록 먹으면 만족하게 됨을 비유하여 이르는 말.

배부른 고양이는 쥐를 잡지 않는다 : 먹고살 만하면 게을러져서 일을 하지 않음을 비유하여 이르는 말. 배부른 매는 사냥을 않는다.

배부른 고양이 새끼 냄새 맡아 보듯 : 무슨 일에서나 마음이 흐뭇해서 이것저것 살펴보고 만져 보고 하는 모양을 이르는 말.

배부른 놈이 잠도 많이 잔다 : 배가 고프면 잠도 잘 오지 않는다는 뜻으로, 배가 불러야 모든 게 잘된다는 말.

배부른 데 선떡 준다 : 배가 부를 때 선떡을 주면 아무 고마움을 못 느낀다는 뜻으로, 생색이 나지 않는 짓을 함을 비유하여 이르는 말. *선떡—잘 익지 아니하고 설어서 푸슬푸슬한 떡.

배부른 매는 사냥을 않는다 : ⇒ 배부른 고양이는 쥐를 잡지 않는다.

배부른 사람은 배고픈 사람 사정을 모른다 : 고생을 해 보지 않은 사람은 고생하는 사람의 사정을 모른다는 말. 배부른 상전이 배고픈 하인 사정 모른다. 배부른 상전이 하인 밥 못 하게 한다.

배부른 상전이 배고픈 하인 사정 모른다 : ⇒ 배부른 사람은 배고픈 사람 사정을 모른다.

배부른 상전이 하인 밥 못 하게 한다 : ⇒ 배부른 사람은 배고픈 사람 사정을 모른다.

배부른 자에게는 고량진미를 주어도 별맛을 모른다 : 배가 부르면 아무리 맛있는 것도 그 참맛을 모른다는 뜻으로, 늘 행복하게 사는 사람은 자기에게 있는 행복이 얼마나 큰 것인가를 잘 모른다는 것을 비유적으로 이르는 말.

배부른 흥정 : 아쉬움이 없는 느긋한 흥정을 이르는 말.

배수진(背水陣)을 친다 : 어떤 일에 실패하면 다시는 일어날 수 없다는 각오로 임하는 태도를 이르는 말.

배(梨) 썩은 것은 딸을 주고, 밤 썩은 것은 며느리 준다 : 썩은 배는 썩은 부분을 도려내고 먹을 수 있지만, 썩은 밤은 먹을 수 없는 데서 유래된 말로, 자기가 낳은 자식은 언제나 남의 자식보다 아끼게 된다는 말.

배(腹) 안엣 조부(祖父)는 있어도 배 안엣 형은 없다 : 자기보다 나이 어린 사람이 할아버지뻘은 될 수 있으나, 나이 어린 사람을 보고 형이라고 하지는 않는다는 말.

배 안의 아이 아들 아니면 딸이다 : ⇒ 밴 아이 사내 아니면 계집이지.

배에 기름이 끼다 : ⇒ 배에 기름이 오르다.

배에 기름이 오르다 : 살림이 넉넉해져서 잘 먹어 몸에 살이 오름을 이르는 말. 배에 기름이 끼다. 배에 기름이 지다.

배에 기름이 지다 : ⇒ 배에 기름이 오르다.

배(舟)에 여자가 타면 재수가 없다 : 고기잡이를 하고 있을 때 여자가 옆에 있으면 마음이 해이해질 수 있다는 데서 유래된 말.

배운 도둑질 같다 : 무엇이 버릇이 되어 자꾸 하게 됨을 이르는 말.

배움 길에는 지름길이 없다 : 학문은 순서에 따라 차근차근 해야 함을 이르는 말.

배워서 남 주나 : 배움이란 남을 위한 것이 아니라 자신을 위한 것이니 열심히 하라는 말.

배의 때를 벗다 : 형편이 나아져서 주리던 배를 채울 수 있게 됨을 이르는 말.

배(梨) 주고 속(배 속) 빌어먹는다 : 자기의 배를 남에게 주고 그 속을 얻어먹는다는 말로, 큰 이익은 남에게 빼앗기고 거기서 조그만 이익을 얻음을 이르는 말.

배(舟) 지나간 자리 : 아무 흔적도 남지 아니한 상태를 비유하여 이르는 말.

배지 아니한 아이를 낳으라 한다 : 아직 배지도 않은 아이를 낳으라고 요구한다는 뜻으로, 무리한 요구를 함을 비유하여 이르는 말. 아니 밴 아이를 자꾸 낳으란다.

배질하다 안개 걷히면 뱃사공은 돌아가신 부모 만난 것 같다 : 예전에 나침반이 없어 망망대해(茫茫大海)에서 안개를 만나면 항해도 어렵고 고기잡이도 제대로 못 하다가, 안개가 걷히면 항해도 안전하고 고기잡이도 할 수 있게 되어 매우 기쁘다는 말.

배추를 파종하고 유황을 약간 뿌리면 병충해가 없다 : 배추에 대한 병충해를 예방하려면 씨를 심은 다음에 유황을 약간 뿌려 두면 된다는 말.

배추 밑에 바람 들었다 : 배추는 무처럼 바람 드는 일이 없는데 바람이 들었다는 말이니, 곧 믿었던 사람이 나쁜 짓을 했을 때 이르는 말.

배추밭 개똥처럼 내던진다 : 배추밭에 개똥이 있으면 생배추로 먹을 수가 없기 때문에 발견되는 대로 버리듯이, 싫은 것은 미련 없이 버림을 비유하여 이르는 말.

배(舟) 팔아 돛 산다 : 낡은 돛은 배의 속력을 저하시키므로 좋은 돛으로 바꿔 달아야 고기도 많이 잡을 수 있게 된다는 말.

백 길 낭떠러지 우에 서 있다㊫**(百尺竿頭) :** 매우 위험하거나 곤란한 경지에 처해 있음을 비유하여 이르는 말.

백 날 가뭄은 싫다 안 해도, 하루 장마는 싫다 한다 : 가뭄에는 날씨가 좋기 때문에 싫다고 하지 않으나, 장마에는 비가 와서 불편하므로 싫다고 한다는 말.

백 년을 다 살아야 삼만 육천 일 : 아무리 오래 산다고 해도 인생이란 덧없이 짧다는 말.

백 년이 하루 같다 : 세월이 몹시 빠름을 이르는 말.

백년지계는 막여수인이라(百年之計 莫如樹人) : 원대한 계획으로는 사람을 기르는 것이 가장 좋다는 말.

백년하청을 기다린다(百年河淸) : 황하의 흙탕물이 맑아지기를 기다린다는 뜻으로 아무리 해도 해결될 수 없는 결과를 기다릴 때를 이르는 말.

백 놈의 개 : 무위도식(無爲徒食)하는 자를 비유하여 이르는 말.

백두산 까마귀도 심지 맛에 산다 : 아무 데든 마음 붙여 살기에 달렸음을 비유하여 이르는 말.

백두산(白頭山)이 무너지나, 동해수(東海水)가 메어지나 : ⇒ 평택이 무너지나, 아산이 깨어지나.

백로(白鷺)가 높은 곳으로 모이면 크게 가문다 : 철새들은 고기압일 때는 부력이 떨어져서 높은 곳에 앉게 되므로 날씨가 가물 징조라는 말.

백로(白露)가 지나가면 제비는 강남으로 간다 : 24절기 중 하나인 백로가 지나 날씨가 선선해지면 제비는 따뜻한 강남으로 간다는 말.

백로가 지나면 장마도 끝난다 : 백로가 지나면 가을철로 접어들게 되므로 장마도 끝이 난다는 말.

백로 안에 벼 안 팬 집에는 가지도 말랬다 : 백로 전에 벼이삭이 패지 않으면 늦되어서 먹지 못하게 된다는 말. 백로 전 미발은 못 먹는다.

백로에 비가 오면 십 리에 백 석을 감한다 : ⇒ 백로에 비가 오면 흉년이 든다.

백로에 비가 오면 흉년이 든다 : 옛날 재래종 벼는 백로 무렵 벼꽃이 한창 피므로, 백로에 비바람이 불게 되면 쭉정벼로 인해 흉년이 들 수 있다는 말. 백로에 비가 오면 십 리에 백 석을 감한다.

백로 전 미발(未發)은 못 먹는다 : ⇒ 백로 안에 벼 안 팬 집에는 가지도 말랬다.

백 리 길에는 구십 리가 반이다 : 무슨 일이든지 끝내기 전에는 반밖에 안 한 것이라 생각하고 꾸준히 하여 끝맺음을 잘 하라는 말.

백 리만 걸으면 눈섭조차 무겁다[북] **:** 먼길을 오래 걸으면 몹시 지쳐서 몸에 지닌 하찮은 것조차 무겁고 귀찮아짐을 비유하여 이르는 말.

백 마디 말보다 실천이 귀중하다[북] **:** 말을 많이 하는 것보다 실천이 더 중요하다는 말.

백만 냥 주고 집을 사면 천만 냥 주고 이웃을 사라 : 집을 살 때 주변 환경은 물론, 이웃과도 잘 지내도록 하라는 말.

백명선(白命善)의 헛문서 : 옛날에 백명선이란 사람이 거짓 문서를 꾸며 남을 속이는 일이 심하였다는 데서 유래된 말로, 남을 속이려는 거짓 서류 따위를 비유하여 이르는 말.

백(百) 명의 외적보다 한 명의 내적이 더 위험하다[북] **:** 내 안에 숨어 있는 위장한 적이나 배신자 한 명이 밖에 있는 많은 적보다 오히려 큰 해를 끼친다는 말. 대내 한 놈의 적은 대외 백 놈의 적보다 더 무섭다[북].

백(白)모래밭에 금자라 걸음 : 맵시를 내고 아양을 부리며 아장아장 걷는 여자의 걸음을 비유하여 이르는 말. 대명전 대들보의 명매기 걸음. 양지 마당에 씨암탉 걸음.

백문이 불여일견이라〔百聞不如一見〕 : ⇒ 백 번 듣는 것이 한 번 보는 것만 못하다.

백미(白米)에 뉘 섞이듯 : 많은 중에 아주 드물어서 좀처럼 찾아보기 어려움을 이르는 말.

백미에는 뉘나 섞였지 : 아무런 티가 없는 것을 비유하여 이르는 말. 봉산 참배는 물이나 있지.

백발도 내일모레 : 인생의 성쇠가 잠시임을 비유하여 이르는 말.

백 번 듣는 것이 한 번 보는 것만 못하다〔百聞不如一見〕 : 듣기만 하는 것보다 직접 보는 것이 더 낫다는 말. 듣는 것이 보는 것만 못하다. 백문이 불여일견이라. 열 번 듣는 것이 한 번 보는 것만 못하다.

백비탕(白沸湯) 수본(手本)이라 : 끓인 맹물로 쓴 보고문이라는 뜻으로, 한번 써서 내려 보낸 명령을 수시로 뒤집어엎으면서 부당하게 벼슬자리를 제 마음대로 떼고 붙이고 팔아먹는 처사를 비유하여 이르는 말. * 백비탕―아무것도 넣지 않고 맹탕으로 끓인 물. * 수본―공사(公事)에 대한 사실을 상관에게 보고하던 서류.

백 사람의 입맛을 다 맞출 수 없다[북] **:** 모든 사람들의 감정이나 욕망을 단번에 다 해결해 줄 수는 없다는 말.

백사지(白沙地)에 무엇이 있나 : 땅이 척박하여 나는 물건이 없음을 이르는 말. * 백사지―흰모래가 많아 초목이 무성치 않은 메마른 땅.

백성(百姓)의 입 막기는 내 막기보다 어렵다〔防民之口 深于防川〕 : 여론이나 소문은 막을 수 없다는 말.

백성이 있어야 관청도 있다[북] **:** 관청과 같은 통치 기구도 백성이 있는 조건에서 존재한다는 뜻으로, 백성들을 너무 못살게 굴어서는 안 된다는 것을 비유하여 이르는 말.

백성이 제 구실을 돋운다 : 선불리 나대다가 일 봐주는 사람의 미움을 덧들여서 역효과를 낸다는 말.

백송골(白松鶻)이 생치(生雉) 차듯 : 성질이 사납고 날쌘 푸른 매가 꿩을 잽싸게 잡아채듯 한다는 뜻으로, 무엇을 날쌔게 잡아채는 모양을 비유하여 이르는 말.

백(百)에서 하나를 고르다[북] **:** 백 가지나 백 개 가운데서 하나를 고른다는 뜻으로, 많은 것 가운데서 가장 중요한 알맹이를 고름을 비유하여 이르는 말.

백에 하나 : 백에 하나밖에 없다는 뜻으로, 매우 희귀함을 비유하여 이르는 말.

백옥(白玉)이 진토(塵土)에 묻힌다 : ① 유능한 사람이 재능을 드러내지 못하고 묻혀 있음을 이르는 말. ② 겉으로는 곤궁하게 보이나 본색은 변함없이 훌륭함을 이르는 말.

백을 가지고 백을 보여 주다㉯ : 현실을 기계적으로 복사하거나 그대로 옮겨 놓는 일을 비유하여 이르는 말.

백 일 붉은 꽃 없다〔花無十日紅〕 : 아무리 아름다운 꽃도 백 일이 못 가듯, 사람도 세월이 가면 늙어 죽게 되니 젊음을 헛되이 보내지 말라는 말.

백 일 장마에도 하루만 더 비가 왔으면 한다 : ① 사람은 일기에 대하여 언제나 자기 본위로 생각하거나 요구한다는 말. ② 사람은 자기 본위로 생각한다는 말.

백일홍(百日紅)이 핀 후 백 일이 되는 날 서리가 오면 오곡이 잘 익는다 : 보통 백일홍이 핀 후 석 달이 되면 서리가 와서 곡식이 잘 여물게 되므로 백일홍은 될 수 있는 대로 일찍 피는 것이 좋다는 말.

백 자 대 끝에 서 있다〔百尺竿頭〕㉯ : 높이가 백 자나 되는 아슬아슬한 장대 끝에 서 있다는 뜻으로, 몹시 위태로운 처지에 있음을 비유하여 이르는 말.

백장도 올가미가 있어야지 : 장사에는 밑천이 있어야 한다는 말. *백장(백정)-소·돼지·개 같은 것을 잡거나, 고리를 겯는 일로 업을 삼는 사람(屠漢, 白丁, 宰人, 庖丁, 庖漢).

백장이 버들잎 물고 죽는다 : ① 고리백장은 죽을 때 제가 늘 쓰던 버들잎을 물고 죽는다는 뜻으로, 사람은 죽는 날까지 늘 하던 짓을 버리지 못한다는 말. ② 죽을 때를 당하여도 자기의 근본을 잊지 않음을 비유하여 이르는 말.

백장이 양반 행세를 하면 개가 짖는다 : 백정이 잘 입고 점잔을 부려 양반 행세를 하려 하나 고기 냄새가 나서 개가 짖는다는 뜻으로, 겉모양을 잘 꾸미어도 본색은 감추기 어려움을 이르는 말. 백정이 가마를 타면 동네 개가 짖는다㉯. 백정이 양반 행세를 해도 개가 짖는다.

백전로장도 보검을 들어야 승전한다㉯ : 수많은 싸움마다 이름을 떨친 노련한 장수라도 훌륭한 칼을 들어야 싸움에서 이긴다는 뜻으로, 아무리 능력과 경험이 많은 사람도 필요한 수단이 갖추어져야만 성과를 거둘 수 있음을 이르는 말.

백정네 송아지 제 죽을 날 모른다㉯ : ① 짐승을 잡는 백정네 집에서 키우는 송아지는 제가 언제 죽게 될지 그 날짜를 알지 못한다는 뜻으로, 해를 가할 당사자가 가까이 있어도 자기에게 언제 위험이 닥쳐올지 짐작할 수 없음을 이르는 말. ② 남보다 잘 알 수 있는 환경에 있으면서도 미리 알아내지 못하고 끝내 화를 입게 되는 경우를 비유하여 이르는 말.

백정 년 가마 타고 모퉁이 도는 격 : 실상은 흉악한 것이 그것을 잘 모르는 사람들 앞에서는 훌륭한 체하며 꾸민다는 말.

백정이 가마를 타면 동네 개가 짖는다㉯ : ⇒ 백장이 양반 행세를 하면 개가 짖는다.

백정이 양반 행세를 해도 개가 짖는다 : ⇒ 백장이 양반 행세를 하면 개가 짖는다.

백족지충은 지사불강이라〔百足之蟲 至死不畺〕 : 남의 도움이 많은 사람은 쉽사리 멸망하지 않음을 이르는 말. *조선 세조 때 유자광의 고사에서 나온 말.

백중날 비가 오면 백 가지에 해롭고, 처서날 비가 오면 천 가지에 해롭다 : 백중날 비가 오면 모든 곡식에 해롭고, 처서날 비가 오면 더욱 해롭다는 말.

백중에 물 없는 논은 가을할 것이 없다 : 백중은 벼이삭이 팰 무렵인데 이때 논에 물이 없어서 가물게 되면 쭉정벼가 생겨 농사를 망친다는 말.

백중에 바다 미역 하면 물귀신 된다 : 음력 7

월 15일 백중 때가 되면 수온이 급격히 내려가기 때문에 해수욕은 위험하다는 말.

백쥐(白-)가 나와 춤을 추고 초상 상제가 나와 웃을 노릇이다 : 밝은 데를 싫어하는 흰 쥐조차 기뻐서 뛰어나와 춤을 추고 슬픔에 잠겨 있는 초상집의 상제들이 나와서 웃지 않을 수 없는 노릇이라는 뜻으로, 하는 짓이 너무 우습고 망측스러워 웃음을 참으려야 참을 수 없음을 이르는 말.

백지장(白紙-)도 맞들면 낫다 : 쉬운 일이라도 서로 힘을 합쳐 하면 더 쉽게 할 수 있다는 말. 백지 한 장도 맞들면 낫다. 종이 한 장도 맞들면 가볍다(낫다) 북. 종잇장도 맞들면 낫다. 초지장도 맞들면 낫다.

백지장에 물 한 방울 떨어지듯 : 매우 사소하지만 흔적이 남을 때 이르는 말.

백지 한 장도 맞들면 낫다 : ⇒ 백지장도 맞들면 낫다.

백 톤의 말보다 한 그램의 실천 : 말보다 실천이 중요하다는 말.

백 호 짜리 넓다 : 행동이 겸손치 못하고 뻔뻔스러움을 일컫는 말. *호—물건의 크기를 가리키는 말.

밴댕이 소갈머리 : 아주 좁고 얕은 심지(心志를)를 이르는 말.

밴 아이 사내 아니면 계집이지 : 쓸데없는 걱정을 하는 경우를 핀잔하여 이르는 말. 배 안의 아이 아들 아니면 딸이다.

밴 지 두 달 안 돼지 새끼는 마마에 특효다 : 옛날에는 밴 지 2개월 이내의 새끼를 삶아 먹으면 마마를 잘 치렀다는 말.

뱀띠가 돼지를 기르면 죽기 쉽다 : 뱀과 돼지는 상극이므로 뱀띠인 사람은 양돈이 잘 안 된다는 말.

뱀 발을 덧붙인다 : ⇒ 뱀을 그리고 발까지 단다.

뱀 본 새 짖어 대듯 : 몹시 시끄럽게 떠드는 모양을 비유하여 이르는 말.

뱀 설죽이듯 북 **:** 크게 봉변을 당할 수 있게 잘못 건드려 놓음을 비유하여 이르는 말.

뱀을 그리고 발까지 단다〔畵蛇添足〕: 쓸데없는 것을 덧붙여서 오히려 못쓰게 만듦을 비유하여 이르는 말. 뱀 발을 덧붙인다.

뱀을 본 사람이 누에를 보면 누에가 병든다 : 징그러운 뱀을 보고 누에를 보면 누에가 부정을 타서 병에 걸리니 조심하라는 말.

뱀의 굴이 석 자인지 넉 자인지 어찌 알랴 북 **:** ⇒ 구멍에 든 뱀 (길이를 모른다).

뱀의 세상에 난 개구리 북 **:** 개구리를 잡아먹는 뱀이 우글거리는 곳에 태어난 개구리와 같은 신세라는 뜻으로, 늘 기를 못 펴고 살면서 불행만 당하게 되는 처지를 비유하여 이르는 말.

뱀이 산으로 올라가면 장마 진다 : 파충류, 조류 등 야생동물은 습도나 온도 등 기상 환경 변화에 대한 감지 기능이 발달하여 본능적으로 비를 예감하고 피신한다는 말. 뱀이 지붕 위를 타면 대홍수 진다. 쥐가 벼 끝에 집을 만들면 큰비 온다. 집에 개구리나 뱀이 보이면 장마 진다. 청개구리가 (요란스럽게) 울면 비가 온다. 청개구리가 집 안 나뭇가지에 붙어 있으면 비 온다. 황새가 북쪽으로 날아가면 비 온다.

뱀이 용 되어 큰소리 한다 : 천한 사람이 갑자기 귀해지면 유난히 아니꼽게 큰소리를 친다는 말.

뱀이 지붕 위를 타면 대홍수 진다 : ⇒ 뱀이 산으로 올라가면 장마 진다.

뱀장어 눈은 작아도 저 먹을 것은 다 본다 : ① 뱀장어의 눈이 작게 생겼어도 제가 보아야 할 것은 다 본다는 뜻으로, 먹을 것을 잘 찾아 먹음을 비유적으로 이르는 말. ② 북 비록 몸집이나 크기는 작아도 똑똑하게 제구실을 다함을 비유적으로 이르는 말.

뱁새가 수리를 낳는다 : 못난 어버이한테서 훌

륭한 아들이 난 경우를 비유하여 이르는 말.

뱁새가 황새를 따라가면 다리가 찢어진다 : 분수에 넘치는 짓을 하면 도리어 해만 입는다는 말. 촉새가 황새를 따라가다 가랑이 찢어진다.

뱁새는 작아도 알만 낳는다 : ⇒ 참새가 작아도 알만 잘 깐다(낳는다).

뱃가죽이 땅 두께 같다 : 염치가 없거나 배짱이 셈을 비유하여 이르는 말.

뱃놈 말 들으려면 티 서 말은 먹어야 한다 : 훌륭한 어부가 되려면 티 서 말 먹었다 할 정도로 일을 많이 해야 한다는 말.

뱃놈 배[船] 돌려 대듯 한다 : 뱃사람은 좁은 공간에서도 배를 용하게 잘 돌려 댄다는 뜻으로, ① 말을 잘 둘러침을 비유하여 이르는 말. ② 어떤 일에 매우 능숙함을 비유하여 이르는 말.

뱃놈은 오뉴월이 없다 : 바다는 언제나 육지에 비하여 기온이 낮으므로 사철을 두고 두꺼운 옷을 입고 어로 작업을 한다는 말.

뱃놈은 육칠월이 없다 : 뱃사람은 늘 바다에서 살기 때문에 6~7월 더위를 모르고 산다는 말.

뱃놈은 하루 천기는 봐야 한다 : 뱃사람은 출어 당일의 기상이 어떻게 변할 것인가는 알아야 위험을 면할 수 있게 된다는 말.

뱃놈의 개 : 배에서 기르는 개는 도둑을 지킬 필요가 없기 때문에 놀고먹듯이, 일도 하지 않으며 먹고 놀기만 하는 사람을 비유하여 이르는 말.

뱃놈의 계집은 씨 다른 자식이 셋이다 : 뱃사람의 아내는 남편이 출어하였다가 풍파로 목숨을 잃으면 개가를 하는데, 팔자가 사나우면 2~3차례나 개가를 하게 되듯이, 어로작업이 매우 위험한 작업이라는 말.

뱃놈의 계집 잘못하면 세 번 과부 된다 : 남편이 고기잡이 갔다가 목숨을 잃는 경우가 많기 때문에 뱃사람의 아내는 팔자가 사나우면 두 번 세 번 과부가 되기도 한다는 말.

뱃놈의 좆은 개좆이다 : 뱃사람은 아무 데서나 옷을 벗고도 부끄러워하지 않는다는 말. 뱃놈의 좆은 한 좆이다.

뱃놈의 좆은 한 좆이다 : ⇒ 뱃놈의 좆은 개좆이다.

뱃사공 닻줄 감듯 한다 : 뱃사공이 닻줄을 재빨리 감듯이 무엇을 휘휘 잘 감는다는 말.

뱃사공 뱃머리 돌려대듯 한다 : ⇒ 뱃놈 배 돌려 대듯 한다.

뱃사람 돛대 가리키는 격 : 어떤 일에 대하여 허황된 핑계나 허풍으로 책임을 모면하려는 짓을 비유하여 이르는 말.

뱃삯 없는 놈이 배에 먼저 오른다 : ⇒ 배값 없는 나그네가 배에 먼저 오른다.

버는 자랑 말고 쓰는 자랑하랬다 : 돈을 모으려면 저축을 잘 해야 됨을 비유하여 이르는 말.

버드나무 가지에 새 머리가 보일 듯 말 듯할 때 고기 떼가 올라온다 : 버드나무 가지에 새싹이 나기 시작하여 새 머리가 겨우 보일 듯 말 듯할 때가 되면 밀물고기들이 산란하기 위하여 떼 지어 올라오게 된다는 말.

버들가지가 바람에 꺾일까 : 부드러운 것이 억센 것보다 더 강한 경우도 있음을 비유하여 이르는 말.

버들치가 룡 될 수 없다북 : 하찮은 민물고기가 아무리 기를 쓴다고 해도 용이 되어 하늘을 오를 수 없다는 뜻으로, 본바탕이나 품성이 변변하지 못한 사람은 별의별 수를 다 해도 훌륭한 인물이 될 수 없음을 비유하여 이르는 말.

버릇 굳히기는 쉬워도 버릇 떼기는 힘들다 북 : 나쁜 버릇이 들면 고치기 힘들다는 말.

버릇 배우라니까 과부(寡婦) 집 문고리 빼어 들고 엿장수 부른다 : 좋은 버릇을 길러 품행을 단정히 하라고 이르니까 오히려 못된 짓만 하고 돌아다님을 비유하여 이르는 말. 행실을 배우라니까 포도청 문고리를 뺀다.

버릇 사나운 막내자식㊂ : 흔히 막냇자식은 부모들이 귀엽다고 받자를 해서 키우기 때문에 버릇이 나빠지기 쉽다는 말.

버린 님 못 잊어 한숨짓는 격㊂ : 사랑하던 사람을 제가 싫다고 갈라지고서는 후에 가서 그를 못 잊어 한숨짓는다는 뜻으로, 제가 스스로 저버리고 돌아보지 않던 것을 새삼스럽게 그리워하며 뉘우침을 비유하여 이르는 말.

버린 댁이 효자 노릇 한다㊂ : ⇒ 병신 자식이 효도한다.

버린 밥으로 잉어를 낚는다㊂ : 내버리는 밥을 미끼로 해서 귀한 잉어를 낚아 큰 횡재를 한다는 뜻으로, 전혀 밑천을 들이지 않거나 적은 밑천을 가지고 큰 이익을 봄을 비유하여 이르는 말.

버마재비가 수레를 버티는 셈㊂ **(螳螂拒轍)** : 버마재비와 같은 작은 벌레가 감히 수레에 맞서려고 한다는 뜻으로, 제힘에 부치는 엄청난 대상에 맞서려는 무모한 짓을 비유하여 이르는 말.

버마재비 매미 잡듯㊂ : 불시에 갑자기 습격함을 비유하여 이르는 말.

버선목에 서 말이 들겠느냐㊂ : ⇒ 버선목에 한 섬 들가㊂.

버선목에 이 잡을 때 보아야 알지 : 지금은 모르더라도 장차 거지가 되어 버선목에서 이를 잡는 처지가 되어 보아야 알 수 있다는 뜻으로, 지금 잘산다고 너무 자랑하고 뽐내지 말라는 말.

버선목에 한 섬 들가㊂ : 좁고 작은 버선목에 한 섬이나 되는 많은 분량이 들어갈 수 없다는 뜻으로, 워낙 능력이 작기 때문에 엄청나게 크거나 많은 것을 받아들일 수 없음을 비유적으로 이르는 말. 버선목에 서 말이 들겠느냐㊂.

버선목이라 뒤집어 보이나 : ⇒ 버선목이라 (오장을) 뒤집어 보지도 못하고.

버선목이라 (오장을) 뒤집어 보지도 못하고 : 남에게 혐의를 받았을 적에 어떻게 변명할 방책이 없음을 이르는 말. 버선목이라 뒤집어 보이나.

버선 신고 발바닥 긁기(隔靴搔癢) : ⇒ 신 신고 발바닥 긁기.

버선 신고 진창 걷기㊂ : 버선발로 진창을 걷는다는 뜻으로, 격에 맞지 않게 하는 행동을 비꼬아 이르는 말.

버스 떠난 뒤에 손 흔(쳐)든다 : 때가 지난 후에 헛수고함을 비유하여 이르는 말.

번개가 잦으면 벼농사가 풍년 든다 : 번개를 일으키는 공중 전기는 땅속의 비양분(肥養分)에 작용하여 분해를 촉진시켜 이것을 작물이 흡수하는 데 도움을 줄 뿐 아니라, 공중에서 질산 및 아질산가스를 생성하여 강수(降水)와 함께 떨어짐으로써 토양을 비옥하게 한다는 데서 유래된 말.

번개가 잦으면 벼락 늦이라 : ⇒ 번개가 잦으면 천둥을 한다. * 늦—앞으로 어떻게 될 것 같은 일의 징조. 또는 먼저 보이는 빌미.

번개가 잦으면 비가 온다 : ① 여름철의 번개는 고온다습한 북태평양 고기압 안에 들어 있을 때 가열됨으로써 일어나는 경우가 많아 비를 내리게 된다는 말. ② ⇒ 방귀가 잦으면 똥 싸기 쉽다[②].

번개가 잦으면 천둥을 한다 : ① 어떤 일의 징조가 잦으면 반드시 그 일이 생기게 마련임을 비유하여 이르는 말. ② 나쁜 일이 잦으면 결국에는 큰 봉변을 보게 됨을 비유하여 이르는 말. 번개가 잦으면 벼락 늦이라. 초시가 잦으면 급제가 난다.

번개에 장독 덮고 천둥에 빨래 걷는다 : 번개

가 번쩍이고 천둥 치면 비설거지를 하듯이 무슨 일을 미리 준비한다는 말.

번개 치면 멸구는 죽는다 : 번개는 폭풍우를 동반하기 때문에 논에 물이 많게 되면 멸구가 물에 떠내려갈 뿐 아니라 번식도 억제된다는 말.

번개 칠 적마다 벼락 칠까 : 번개 치고 천둥할 때 벼락도 치기는 하지만 번번이 치는 것은 아니듯이, 무슨 일이나 조짐이 있다고 번번이 발생하는 것도 아니라는 말.

번갯불에 꿩 구워 먹겠다 : ⇒ 번갯불에 콩 볶아 먹겠다.

번갯불에 담배 붙인다(붙이겠다) : ⇒ 번갯불에 콩 볶아 먹겠다.

번갯불에 솜 구워 먹겠다 : 번갯불에 솜을 다 구워서 먹겠다는 뜻으로, 거짓말을 쉽게 잘 함을 이르는 말.

번갯불에 콩 볶아 먹겠다 : ① 번쩍하는 번갯불에 콩을 볶아서 먹을 만하다는 뜻으로, 행동이 매우 민첩함을 이르는 말. ② 하는 짓이 번갯불에 콩을 볶아 먹을 만큼 급하게 군다는 뜻으로, 어떤 행동을 당장 해치우지 못하여 안달하는 조급한 성질을 이르는 말. 번갯불에 꿩 구워 먹겠다. 번갯불에 담배 붙이겠다(붙인다). 번갯불에 회 쳐 먹겠다.

번갯불에 회 쳐 먹겠다 : ⇒ 번갯불에 콩 볶아 먹겠다.

번연히 알면서 새바지에 똥 싼다 : ① 사리 판단을 할 줄 아는 사람이 실수를 저지르는 경우를 비유하여 이르는 말. ② 북 뻔히 알고 있으면서도 우둔한 척하고 심술궂은 못된 짓을 하는 사람을 비유하여 이르는 말.

벋어 가는 칡도 한(限)이 있다 : 사물은 무엇이든지 끝이 있다는 말. 부자도 한이 있다.

벌거벗고 전동 찰까 : ⇒ 벌거벗고 환도 차기.

벌거벗고 환도(環刀) 차기 : 군사가 복장을 다 갖추어 입은 다음에 겉에 환도를 차게 되어 있는데, 벌거벗은 알몸에 환도를 찬다는 것은 격에 전혀 어울리지 않아 매우 어색하게 보임을 이르는 말. 벌거벗고 전동 찰까. 중의 벗고 환도 차는 격.

벌거벗은 손님이 더 어렵다 : 어린아이나 가난한 자를 접대하기가 더 어렵다는 말.

벌거숭이 불알에 붙듯 : 잠자리가 불알에 앉는다 해도 그 시간이 짧을 것이니, 사물이 오래가지 못함을 비유하여 이르는 말.

벌거숭이 잠자리 북 **:** 이것저것 가리지 않고 함부로 행동하는 사람을 비유하여 이르는 말.

벌(罰)도 덤이 있다 : 벌을 받을 때도 덤으로 더 받게 되는 법이니, 하물며 물건을 받을 때에야 더 받지 않겠느냐는 말.

벌(蜂)도 듬이 있다 북 **:** ⇒ 벌도 법이 있지.

벌도 법이 있지 : 벌과 같은 곤충의 생활에도 일정한 질서가 있는데, 하물며 사람에게 제도와 질서가 없을 수 있겠느냐는 뜻으로, 인간 사회의 무법함을 나무라는 말. 벌도 듬이 있다 북.

벌들이 벌집 주위를 왱왱거리며 날면 폭풍우가 있다 : ⇒ 벌들이 벌집 주위만 맴돌면 폭풍이 분다.

벌들이 벌집 주위만 맴돌면 폭풍이 분다 : 벌은 기상 변화에 민감하기 때문에 폭풍이 다가오면 방풍 준비를 한다는 말. 벌들이 벌집 주위를 왱왱거리며 날면 폭풍우가 있다.

벌레는 배꼽 떨어지자 저 살아갈 줄 안다 북 **:** 벌레 같은 미물도 세상에 나자마자 스스로 살아갈 줄 안다는 뜻으로, 사람이 제구실을 똑똑히 하지 못하는 경우를 빗대어 이르는 말.

벌레도 밟으면 꿈틀한다 : 벌레 같은 미물도 밟으면 꿈틀거린다는 뜻으로, 아무리 순하거나 참을성이 있는 사람, 또는 하찮은 존재라 하더라도 지나치게 자극하면 반항하게 됨을 비유하여 이르는 말.

벌레들이 떼 지어 이동하면 비가 온다 : 날벌레들도 기압 변화에는 민감하기 때문에 저기압일 경우에는 비 피란을 한다는 말.

벌레 먹은 배추(삼) 잎 같다 : 사람의 얼굴이 벌레 먹은 잎 같이 검버섯이나 기미가 많이 낀 모양을 비유하여 이르는 말. 벌레 먹은 준저리콩 같다㊍.

벌레 먹은 준저리콩 같다㊍ : ⇒ 벌레 먹은 배추(삼) 잎 같다.

벌린 춤이라 : 이미 시작한 춤이라 중간에서 멈출 수 없다는 뜻이니, 곧 어떤 일을 하다가 중도에서 그만둘 수 없음을 뜻하는 말.

벌물 켜듯 한다 : 젖이나 술 같은 것을 세게 빨거나 들이켤 때 그것을 형용하는 말.

벌〔蜂〕 쐰 사람 같다 : 대답도 없이 오자마자 가버리는 사람을 비유하여 이르는 말. 벌에 쏘였나.

벌에 쏘였나 : ⇒ 벌 쐰 사람 같다.

벌은 쏘아도 꿀은 달다㊍ : 벌에 쏘이면 아프지만 벌이 만들어 놓은 꿀은 달다는 뜻으로, 성가신 장애물이 있기는 하지만 자기에게 이로운 것이 있음을 비유하여 이르는 말.

벌이 역사(役事)하듯 : 여럿이 손을 모아 일을 하는 모양을 비유하여 이르는 말.

벌집 보고 꿀돈 내여 쓴다㊍ : ⇒ 너구리 굴 보고 피물 돈 내어 쓴다.

벌집을 건드렸다 : 섣불리 건드려서 큰 골칫거리를 만났을 때 이르는 말.

벌초 자리는 좁아지고 배코자리는 넓어진다㊍ : 벌초를 마지못해 하는 탓으로 그 구역이 차차로 줄어들고, 작아도 될 배콧자리는 쓸데없이 자꾸 넓어지기만 한다는 뜻으로, 주객이 전도되어 주된 것은 밀려 나가고 부차적인 것이 판을 치게 됨을 비유하여 이르는 말.

범〔虎〕 가는 데 바람 간다 : ⇒ 용 가는 데 구름 가고, 범 가는 데 바람 간다.

범강장달이(范疆張達－) 같다 : 범강과 장달은 『삼국지(三國志)』에 나오는 인물로 그 대장 장비(張飛)를 죽인 사람인데, 그들처럼 키가 크고 흉악한 사람을 가리키는 말.

범 같은 시어미도 활등같이 휘어 살렜다㊍ : ① 아무리 엄하고 사나운 시어미라 할지라도 성이 나는 대로 꿋꿋이 지내지 말고 활등 휘어들듯이 성미를 죽이며 살아야 공대받으며 집안이 화목하게 잘 살 수 있음을 비유하여 이르는 말. ② 범같이 무서운 시어미도 싹싹하고 고분고분하면서 성의껏 받들고 잘 섬기면 집안의 화목을 도모하여 살아갈 수 있음을 비유하여 이르는 말.

범(-의) 굴에 들어가야 범을 잡는다 : ⇒ 호랑이 굴에 가야 호랑이 새끼를 잡는다.

범 나비 잡아먹듯 : ⇒ 쌍태 낳은 호랑이 하루살이 하나 먹은 셈.

범(-이) 나비 잡아먹은 것만 하다㊍ : ⇒ 쌍태 낳은 호랑이 하루살이 하나 먹은 셈.

범 대가리에 개고기〔龍頭蛇尾〕㊍ : ① 대가리는 범의 대가리같이 요란한데 몸뚱이는 시시하게 개고기에 불과하다는 뜻으로, 시작은 크고 굉장하게 벌여 놓고 끝은 볼품없이 흐지부지해 버리는 모양을 비꼬아 이르는 말. ② 격에 어울리지 않게 결합됨을 비유적으로 이르는 말.

범도 궁하면 가재를 잡아먹는다㊍ : ⇒ 범이 배고프면 가재도 뒤진다㊍.

범도 보기 전에 똥을 싼다 : 지레 겁을 냄을 비유하여 이르는 말.

범도 삼대 독자라면 잡아먹지 않는다 : 아무리 악한 사람이라도 남의 딱한 사정을 보면 동정심을 베푼다는 말.

범도 새끼 둔 골을 두남둔다 : ① 범과 같이 모진 짐승도 제 새끼를 두고 온 골은 힘써 도와주고 끔찍이 여긴다는 뜻으로, 비록 악인이라도 제 자식의 일은 늘 마음에 두고 생각하며 잘해 준다는 것을 비유하여 이르는 말. ＊두남두다－애착을 가지고 돌보다. 범도 새끼 둔 골을 센다. 범도 제 새끼 놔둔 곳을 센다㊍. 범도 제 새끼 사랑할 줄 안다㊍. 호랑이도 자식 난 골에는 두남둔다.

범도 새끼 둔 골을 센다 : ⇒ **범도 새끼 둔 골을 두남둔다①.**

범도 잡고 나면 불쌍하다 : 아무리 자신을 못살게 굴던 미운 사람도 죽으면 불쌍한 생각이 든다는 말.

범도 제 굴에 들어온 토끼는 안 잡아먹는다 : 아무리 미운 사람도 자기에게 굴복하면 너그럽게 대한다는 말.

범도 제 말(소리) 하면 온다 : ⇒ 호랑이도 제 말 하면 온다.

범도 제 새끼 놔둔 곳을 센다㊍ : ⇒ 범도 새끼 둔 골을 두남둔다①.

범도 제 새끼 사랑할 줄 안다㊍ : ⇒ 범도 새끼 둔 골을 두남둔다①.

범도 제 소리 하면 오고 사람도 제 말 하면 온다 : ⇒ 호랑이도 제 말 하면 온다②.

범도 죽을 때 제 굴에 가 죽는다 : 누구나 죽을 때는 자기가 태어난 고향을 그리워한다는 말.

범 되다가 만 스라소니㊍ : 범의 새끼들 가운데서 지지리 못난 것이 스라소니가 되었다는 전설에서 나온 말로, 훌륭하게 되려다가 자질이나 힘이 모자라서 그렇게 되지 못한 사람을 비유하여 이르는 말.

범 모르는 하룻강아지 : ⇒ 하룻강아지 범 무서운 줄 모른다.

범 무서운 줄 모르는 하룻강아지㊍ : ⇒ 하룻강아지 범 무서운 줄 모른다.

범 무서워 산에 못 가랴 : 아무리 범이 무섭다고 한들 산에 못 갈 것 없다는 뜻으로, 어떤 장애가 있더라도 그 어려움을 물리치고 해야 할 일은 반드시 해야 함을 비유하여 이르는 말.

범 무서워하는 놈 산에 못 간다㊍ : 범이라고 하면 벌벌 떠는 사람은 산에 들어가기도 전에 어려워한다는 뜻으로, 어떤 일을 하기도 전에 겁부터 먹으면 그 일을 해내지 못함을 비유하여 이르는 말.

범벅 덩이에 쉬파리 달라붙듯㊍ : 별것도 아닌 범벅 덩이에 더러운 쉬파리가 새까맣게 달라붙듯 한다는 뜻으로, 크게 잇속도 없는 일에 시끄러운 사람들이 지나치게 많이 모여듦을 비꼬아 이르는 말. 범벅 덩이에 파리㊍.

범벅 덩이에 파리㊍ : ⇒ 범벅 덩이에 쉬파리 달라붙듯㊍.

범벅 먹은 고양이 손 같다 : 질척질척한 음식을 퍼먹은 고양이의 손과 같다는 뜻으로, 질척질척한 것이 많이 묻어 몹시 더러워진 꼴을 비유하여 이르는 말.

범벅에 꽂은 저(箸)라 : 질척질척한 음식에다 꽂은 수저란 뜻으로, 일이 확고부동하지 못함을 비유하여 이르는 말.

범 보고 애 보라기㊍ : ⇒ 범에게 아이 보아 달란다㊍.

범 본 여편네(할미 · 놈) 창구멍 틀어막듯 : ① 급한 나머지 입시변통으로 어리석게 대응하는 모양을 비유하여 이르는 말 호랑이 보고 창구멍 막기. ② 허겁지겁 밥을 퍼먹는 모양을 비유하여 이르는 말.

범 사냥 갔다가 토끼만 잡는다 : 크게 계획했던 일은 이루지 못하고 곁들이로 조그만 것만을 얻는다는 말.

범 아가리에 날고기 넣는 셈 : 욕심 사나운 자에게 간 물건은 도로 찾지 못함을 비유하여 이르는 말. 범의 아가리에 개를 꿔인 셈㊍. 호랑이더러 날고기 봐 달란다. 호랑이에게 개 꾸어 준 셈.

범 없는 골에 삵이 범 노릇 한다(북) : ⇒ 호랑이 없는 골에 토끼가 왕 노릇 한다.

범 없는 골에 토끼가 스승이라(왕이다) : ⇒ 호랑이 없는 골에 토끼가 왕 노릇 한다.

범 없는 산에 오소리가 왕질한다(북) : ⇒ 호랑이 없는 골에 토끼가 왕 노릇 한다.

범에게 개를 빌려 준 셈 : ⇒ 호랑이더러 날고기 봐 달란다.

범에게 나래 돋쳤다(북) : ⇒ 범에게 날개.

범에게 날개 : 범은 민속(敏速)한 동물인데 거기에다 날개까지 돋치면 그 위력이 더하다는 뜻으로, 원래 위대한 힘을 가진 데다가 더 세찬 힘이 겸비되었음을 이르는 말. 범에게 나래 돋쳤다(북).

범에게 물려 가도 정신만 차리면 산다 : ⇒ 호랑이에게 물려 가도 정신만 차리면 산다.

범에게 아이 보아 달란다(북) : 당장에라도 잡아먹으려는 범에게 어린아이를 보아 달라고 맡긴다는 말이니, 믿지 못할 사람에게 중요한 일을 맡기거나, 위험성이 있는 어리석은 짓을 비유하여 이르는 말. 범 보고 애 보라기(북).

범에게 열두 번 물려 가도 정신을 놓지 말라 : ⇒ 호랑이에게 물려 가도 정신만 차리면 산다.

범은 그려도 뼈다귀는 못 그린다 : ① 비록 범은 그릴 수 있으나 가죽 속에 있는 뼈는 그릴 수 없다는 뜻으로, 겉모양이나 형식은 쉽게 파악할 수 있어도 그 속에 담긴 내용은 알기가 어려움을 비유하여 이르는 말. ② 사람의 겉만 보고 그 사람의 속마음을 알 수 없음을 비유하여 이르는 말. 범을 그리어 뼈를 그리기 어렵고 사람을 사귀어 그 마음을 알기 어렵다.

범은 죽어서 가죽을 남기고, 사람은 죽어서 이름을 남긴다〔虎死留皮 人死留名〕 : 범은 죽어서 품질 좋은 털가죽을 남기듯, 사람은 죽을 때 명예를 남기도록 해야 함을 이르는 말.

범을 그리려다 개를 그린다〔畵虎類狗〕 : ⇒ 호랑이를 그리려다가 강아지(고양이)를 그린다.

범을 그리어 뼈를 그리기 어렵고, 사람을 사귀어 그 마음을 알기 어렵다 : ⇒ 범은 그려도 뼈다귀는 못 그린다.

범을 길러 화(禍)를 받는다〔養虎遺患〕 : 화근을 스스로 길러서 피해를 입게 됨을 비유하여 이르는 말.

범을 보니 무섭고 범 가죽을 보니 탐난다 : 힘든 노력은 하기 싫고 그 이득에 대해서는 욕심이 난다는 말.

범을 보지도 못하고 무섭다 한다(북) : 똑똑히 알지도 못하면서 남의 말만 듣고 덩달아 행동하는 경솔하고 어리석음을 비꼬아 이르는 말.

범을 잡자면 범의 굴에 들어가야 한다(북) : ⇒ 호랑이 굴에 가야 호랑이 새끼를 잡는다.

범을 피하니 이리가 앞을 막는다(북) : 무서운 범을 겨우 피하니 이번에는 사나운 이리가 앞을 가로막아 섰다는 뜻으로, 한 가지 위험에서 벗어나니 또 새로운 위험이나 난관에 부닥치게 됨을 비유하여 이르는 말.

범을 피해서 사자 굴에 들어간다(북) : 범이 무서워 피하여 간 것이 그보다 더 무서운 짐승인 사자의 굴에 들어가게 되었다는 뜻으로, 어려운 경우를 벗어난다고 한 일이 오히려 그보다 더 어려운 경우에 부닥치게 됨을 비유하여 이르는 말.

범의 꼬리를 잡고(붙잡고) 놓지 못한다(북) : ⇒ 호랑이 꼬리를 잡은 셈(북).

범의 불알은 동지부터 얼었다가 입춘에 녹는다 : 우리나라 추위는 동지 무렵부터 시작되어 입춘 무렵에 가서야 풀린다는 말. 범이 불알을 동지에 얼구고 입춘에 녹인다.

범의 아가리에 개를 꿔인 셈(북) : ⇒ 범 아가리에 날고기 넣는 셈.

범의 애비에 개 새끼 : 아비는 용맹으로 이름을 떨치는 범인데 새끼는 보잘것없는 개 새끼에 지나지 않는다는 뜻으로, 부모들에 비하여 자식이 보잘것없음을 비유하여 이르는 말.

범의 입을 벗어나다 : 매우 위급한 상황을 벗어난다는 말. 호구를 벗어나다.

범의 차반 : 모을 생각은 안 하고 생기는 대로 다 써 버림을 비유하여 이르는 말.

범의 코를 쑤시다㊍ **:** 잘못 건드리면 큰 화나 봉변을 당할, 매우 무서운 대상을 건드리는 경우를 비유하여 이르는 말.

범이 날고기 먹을 줄 모르나(모르랴) : 당연히 범은 날고기를 먹을 줄 안다는 뜻으로, 뻔한 사실임을 비유하여 이르는 말.

범이 담배를 피우고 곰이 막걸리를 거르던 때 : ⇒ 호랑이 담배 먹을(피울) 적.

범이 미친개 물어 간 것 같다㊍ **:** ⇒ 미친개 범 물어 간 것 같다.

범이 배고프면 가재도 뒤진다㊍ **:** 범과 같은 맹수도 배가 고프면 하는 수 없이 가재라도 잡으려고 물 밑의 돌을 뒤진다는 뜻으로, 궁한 처지에 부닥치면 체면도 가리지 않게 됨을 비유적으로 이르는 말. 범도 궁하면 가재를 잡아먹는다㊍.

범이 불알을 동지에 얼구고 입춘에 녹인다 : ⇒ 범의 불알은 동지부터 얼었다가 입춘에 녹는다.

범이 사납다고 제 새끼 잡아먹으랴㊍ **:** 아무리 성질이 포악한 범이라고 해서 제 새끼를 잡아먹을 수 있겠느냐는 뜻으로, 제 새끼에 대한 어미의 사랑은 어떤 짐승이나 마찬가지임을 비유하여 이르는 말.

범이 사람 셋을 잡아먹으면 귀가 째진다㊍ **:** ① 악독한 짓을 하면 꼭 응당한 벌을 받음을 비유하여 이르는 말. 호랑이도 사람 셋을 잡아먹으면 귀가 째진다㊍. ② 악한 짓을 하면 겉으로도 그 대가가 반드시 나타나기 마련임을 비유하여 이르는 말.

범이 삼대독자를 알아본다더냐 : 몹시 사납고 악한 사람은 남의 사정을 돌보지 않는다는 말.

범이 새끼를 치게 되였다㊍ **:** ⇒ 밭에 풀이 무성하면 범이(호랑이가) 새끼 친다.

범이 입에 문 고기를 놓으랴㊍ **:** 고기를 먹고 사는 사나운 범이 입에 물어 넣은 고기를 먹지 않고 내놓을 리 없다는 뜻으로, 본성이 흉악하고 못된 자는 제가 차지한 것을 스스로 내놓고 물러서는 법이 없음을 비유하여 이르는 말.

범 잡는 개다 : 함경도 풍산개(豊山―)는 범을 잡을 정도로 사냥을 잘한다는 말.

범 잡는 포수가 따로 있다 : 포수라고 다 범을 잡을 수 있는 것이 아니듯, 사람도 큰일을 할 사람은 따로 있음을 이르는 말.

범 잡아 꼬리를 차지한다㊍ **:** 애써 범을 잡아서 남 좋은 일 시키고 저는 꼬리밖에 차지하지 못했다는 뜻으로, 뜻이나 포부는 크게 가졌으나 정작 자그마한 일밖에 이루지 못하였음을 비유하여 이르는 말.

범 잡아먹는 담비가 있다 : 산중의 왕이라고 하는 범을 잡아먹는 담비라는 작은 짐승이 있다는 뜻으로, 위에는 위가 있으니 잘난 체하지 말라고 비유하여 이르는 말.

범 잡으려다가 토끼도 못 잡는다 : 자기의 분수에 넘치는 큰일을 하려다가는 작은 일도 못 이룬다는 말.

범 잡은 포수 : 뜻한 바를 이루어 의기양양한 사람을 비유하여 이르는 말.

범 탄 장수 같다 : ① 장수가 날래고 용맹스러운 범을 탔다는 뜻으로, 위세(威勢)가 있는데 또 위력(威力)이 가해진 사람을 비유하여 이르는 말. ② 기세가 등등한 사람을

비유하여 이르는 말.

법당 뒤로 돈다 : 남이 보지 않는 곳이라고 옳지 못한 짓을 함을 비유하여 이르는 말.

법당은 호법당(好法堂)이나 불무영험(佛無靈驗) : 법당은 요란하게 잘 꾸몄으나 부처님은 영험이 없다는 뜻으로, 겉치레만 요란하고 실상은 아무짝에도 쓸모없음을 비유하여 이르는 말.

법 돌아가다가 외돌아가는 세상[북] **:** 법대로 가는 것 같다가도 그릇된 방향으로 가는 세상이라는 뜻으로, 옳은 것과 그른 것이 뒤죽박죽이 되어 갈피를 잡을 수 없는 경우를 비유하여 이르는 말.

법 모르는 관리가 볼기로 위세 부린다 : 실력도 없고 일에 자신도 없는 사람이 공연히 애매한 사람을 쳐서 우격다짐으로 일을 처리하는 경우를 비유하여 이르는 말.

법 밑에 법 모른다 : ① 법을 잘 지켜야 할 법률 기관이 도리어 법을 모르고 어기는 경우를 비유하여 이르는 말. ② 자기에게 가까워 가장 잘 알고 있을 법한 일을 모르고 있는 경우를 비유하여 이르는 말.

법보다 눈앞의 주먹이 무섭다[북] **:** 찬찬히 사리를 따져서 해명하는 것보다 당장 폭력의 화를 입는 것이 더 무섭다는 말.

법 없어도 살 사람 : 법이 없어도 나쁜 일을 하지 않을 착한 사람을 이르는 말.

법 없이 산다 : 성품이 선량하여 법의 규제 없이도 살 수 있음을 이르는 말.

법은 멀고 주먹은 가깝다〔法遠拳近〕 : ⇒ 주먹은 가깝고 법은 멀다.

벗 따라 강남(江南) 간다 : ⇒ 친구 따라(친해) 강남 간다.

벗 줄 것은 없어도 도적 줄 것은 있다 : ① 친한 벗에게 줄 것이 없어서 안타까워할 형편이지만 그래도 도적이 훔쳐 갈 물건은 있다는 뜻으로, 없다 없다 하는 사람도 무엇인가 쓸 만한 것은 다 가지고 있음을 비유하여 이르는 말. ② 제게 가까운 사람들에게는 매우 인색하나 억지로 빼앗아 가는 데는 못 이김을 비유하여 이르는 말.

벙거지 시울 만지는 소리 : 아주 모호하여 요령을 알 수 없이 하는 말을 비유하여 이르는 말. *시울—약간 굽거나 휜 부분의 가장자리.

벙거지 시울을 만진다 : 어색하고 무안할 때를 비유하여 이르는 말.

벙거지 조각에 콩가루 묻혀 먹을 놈 : 털로 만든 벙거지 조각에 아무리 콩가루를 묻혀도 먹을 것이 없는데 그것을 먹는다는 뜻이니, 못할 짓을 하여 재물을 남몰래 빼앗아 가는 자를 비유하여 이르는 말.

벙어리가 서방질을 해도 제 속이 있다 : 말은 하지 않더라도 제 딴에는 정당한 이유와 뜻이 있다는 말. 처녀가 한증을 해도 제 마련은 있다①.

벙어리가 증문(證文) 가지고 있는 격 : 말 못하는 벙어리가 어떤 사실을 증명하는 문서를 가지고 있으면서도 똑바로 증언할 수 없다는 뜻으로, 정당한 이유나 근거를 가지고도 내놓고 입증할 수 없는 경우를 비유하여 이르는 말.

벙어리 냉가슴 앓듯 : 답답한 사정이 있어도 남에게 말하지 못하고 혼자만 괴로워하며 걱정한다는 말. 우황 든 소 앓듯.

벙어리 두 몫 떠들어 댄다 : 말 주변이 없는 사람일수록 떠들석하게 말이 많음을 비유하여 이르는 말.

벙어리 마음은 벙어리도 모른다[북] **:** ⇒ 벙어리 속은 그 어미도 모른다.

벙어리 마주 앉은 셈 : ⇒ 벙어리 차접을 맡았다.

벙어리 발등 앓는 소리냐 : 발등을 다친 벙어리가 말도 못하면서 그저 끙끙 앓기만 하는 소리냐는 뜻으로, 책을 읽는 것인지 노래를 하는 것인지 분명치 못함을 비웃어 이르는 말.

벙어리 삼신 : 말이 없는 사람을 비유하여 이르는 말.

벙어리 서방 만난 듯북 **:** ⇒ 벙어리 예장 받은 듯 싱글벙글한다.

벙어리 소를 몰고 가듯 : 말 못 하는 벙어리가 아무 말도 없이 소를 몰면서 간다는 뜻으로, 아무 말 없이 앞서거니 뒤서거니 걷기만 하는 모양을 비유하여 이르는 말.

벙어리 소지(所持) 정하듯 : 벙어리가 결심을 내리듯 한다는 뜻으로, 아무 소리도 안 하고 저 혼자 마음속에 결정하는 경우를 비유하여 이르는 말.

벙어리 속은 그 어미도 모른다 : 말을 하지 않고 가만있는 벙어리의 속마음은 그 어머니조차도 알 길이 없다는 뜻으로, 무슨 말을 실지로 들어 보지 않고는 그 내용을 알 수 없음을 비유하여 이르는 말. 벙어리 마음은 벙어리도 모른다북.

벙어리 속은 벙어리가 안다 : 같은 처지에 있는 사람이라야 그 마음을 알 수 있음을 비유하여 이르는 말.

벙어리 예장(禮狀) 받은 듯 싱글벙글한다 : 좋은 일이 있어 기쁨을 감추지 못하고 싱글벙글 웃기만 함을 비유하여 이르는 말. 벙어리 서방 만난 듯북.

벙어리 웃는 뜻은 양반 욕하자는 뜻이다 : ① 도무지 뜻을 알기 어려운 경우에 짐짓 미루어 짐작하는 뜻임을 비유하여 이르는 말. ② 북 말 못하는 벙어리가 호령하며 못살게 구는 양반을 보고 웃는 것은 반가워서가 아니라 욕하자고 하여 쓴웃음을 웃는 것이라는 뜻으로, 착취하고 억압하는 자에 대하여, 비록 겉으로는 좋은 낯으로 대하나 그것은 다 벙어리 웃음처럼 속으로 끓고 있는 앙심의 표현 이외에 아무것도 아님을 비유하여 이르는 말.

벙어리 입에 깻묵 장 처넣듯 : 무턱대고 크게 한입씩 가득 퍼 넣는 모양을 비유하여 이르는 말.

벙어리 재판(裁判) : 옳고 그름을 판단하기 어렵거나 곤란한 경우를 비유하여 이르는 말.

벙어리 차접(差帖)을 맡았다 : 벙어리가 차접을 맡아 쥐고도 이러지도 저러지도 못하고 우물거리고 있다는 뜻으로, 마땅히 정당하게 담판할 일에 감히 입을 열어 말을 하지 못하고 끙끙거리는 경우를 비유하여 이르는 말. 벙어리 마주 앉은 셈. *차접–하급 관리의 임명장.

벙어리 호적(胡狄)을 만나다 : 가뜩이나 말이 통하지 않는 오랑캐를 벙어리가 만났다는 뜻으로, 입을 다물고 말을 하지 않는 경우를 비유하여 이르는 말.

벚꽃 싹이 일찍 바래지면 여름 날씨가 좋다 : 벚꽃 필 무렵의 날씨가 좋으면 꽃 수명이 짧아져 색깔도 일찍 바래고 일찍 지게 되는데, 이렇게 4월 기온이 높으면 8월 기온도 높은 경향이 있어서 여름작물의 작황도 좋아진다는 말.

벚꽃이 일찍 피면 풍년 : 북태평양 고기압이 일찍 발달하여 기온이 높아지면 계절 진행도 빨라져서 작물 성장을 촉진하므로 풍년이 든다는 말.

벚꽃 필 때 감나무 접을 붙이면 잘 산다 : 감나무에 물기(수액)가 생기기 시작하는 때가 벚꽃 피는 4월 중순이므로 이때 접을 붙이면 잘 산다는 말.

베감투 쓰고 잔치 집 드나든다북 **:** ① 사람이 죽었을 때에 쓰는 베감투를 쓰고 남의 경사스러운 잔칫집에 드나든다는 뜻으로, 격에 맞지 않게 행동하는 어리석음을 비유하여 이르는 말. ② 근신해야 할 사람이 행동을 삼가지 않고 술자리에 마구 드나드는 경우를 놀림조로 이르는 말.

베개를 높이 베다 : 세월을 태평스럽게 보냄

을 이르는 말.

베개를 높이 하고 자게 되었다북 **:** 큰 근심거리가 없어져서 마음 편안히 지내게 되었음을 비유하여 이르는 말.

베개밑송사가 옥합을 뚫는다북 **:** 잠자리에서 아내가 남편에게 소곤소곤하는 말이 야무진 옥돌로 만든 합조차도 뚫는다는 뜻으로, 남편이 아내의 말에 귀가 솔깃해서 정신없이 돌아가다가는 상상하기 어려운 큰일을 저지를 수 있다는 말.

베갯머리송사(-訟事) : 부부가 같이 밤을 지내는 동안 그 아내가 남편에게 여러 가지 말을 하여 남편의 마음을 제 뜻대로 움직이려 함을 뜻하는 말. 베갯밑공사.

베갯밑공사(-公事) : ⇒ 베갯머리송사.

베〔布〕 고의에 방귀 나가듯 : 무엇이 사방으로 잘 퍼져 나가는 모양을 비유하여 이르는 말.

베는 석 자라도 베틀은 차려야 한다 : ⇒ 베는 석 자라도 틀은 틀대로 해야 된다.

베는 석 자라도 틀은 틀대로 해야 된다 : 불과 석 자짜리 베를 짜려고 해도 베틀 차리기는 마찬가지라는 뜻으로, 사소하거나 급하다고 하여 기본 원칙을 무시할 수 없음을 비유하여 이르는 말. 베는 석 자라도 베틀은 차려야 한다.

베돌던 닭도 때가 되면 홰 안에 찾아든다 : ① 홰에 오르지 않고 베돌기만 하던 닭도 잘 때가 되면 절로 홰 안에 찾아오기 마련이라는 뜻으로, 서로 어울리지 않고 따로 놀던 사람도 때가 되면 언젠가는 다시 돌아올 때가 있음을 비유하여 이르는 말. ② 북 때가 되면 찾아올 사람은 다 찾아옴을 비유하여 이르는 말.

베어도 움돋이 : 아무리 없애려고 해도 없어지지 않고 자꾸 다시 생겨 나오는 것을 비유하여 이르는 말.

베옷도 안 입은 것보다 낫다 : ⇒ 겨울 베옷도 안 입은 것보다 낫다.

베옷 입고 옥 품었다 : ① 겉모양은 허술하나 속에는 보물을 가졌다는 말. ② 성인은 겉치장을 하지 않는다는 말.

베잠방이에 방귀 새듯 한다 : 삼베 잠방이를 입고 방귀를 뀌면 냄새가 잘 빠져나가듯이, 무슨 일이 쉽게 해결됨을 비유하여 이르는 말. 삼베 중의에 방귀 새 나가듯 한다.

베주머니로 바람 잡기 : 베주머니로 바람을 잡더라도 베올이 굵어 바람이 새어 나간다는 뜻으로, 헛수고함을 이르는 말.

베주머니에 의송(議送) 들었다 : 보기에는 허름한 베주머니에 기밀한 서류가 들었다는 뜻으로, 사람이나 물건이 외모를 보아서는 허름하고 못난 듯하나 실상은 비범한 가치와 훌륭한 재질을 지녔음을 비유하여 이르는 말. 떨어진 주머니에 어패 들었다. 허리띠 속에 상고장 들었다.

베 짜는 솜씨가 좋으면 목화는 적어도 베는 많이 짠다 : 베 짜는 기술이 좋으면 목화는 적어도 많이 짜듯이, 기술이 좋으면 원료를 절감할 수 있다는 말.

베틀 설거지하여 낸 듯하다 : 베틀을 들여 놓은 어수선한 방을 설거지하여 낸 것처럼 말끔하고 시원하다는 말.

벼꽃 필 때 방에 삼대를 때면 벼꽃이 많이 떨어지고, 짚을 때면 쭉정이가 많이 생긴다 : 벼꽃이 필 때는 땔감으로 삼대를 때거나 볏짚을 때면 흉작이 된다는 속설에서 유래된 말.

벼농사는 물농사다 : 벼농사를 잘하고 못하는 것은 물이 흔하고 귀한 데서 결정된다는 말.

벼는 남의 벼가 더 커 보이고, 자식은 제 자식이 더 커 보인다 : 물건은 남의 것이 더 좋아 보이고 자식은 제 자식이 더 잘 생겨 보인다는 말.

벼는 땀방울 먹고 자란다 : 벼농사는 농군의 땀을 많이 먹을수록 잘 자란다는 말.

벼는 북에서 베어 내려오고, 보리는 남에서 베어 올라온다 : ⇒ 나락은 윗녘에서 익어 내려오고, 보리는 아랫녘에서 익어 올라온다.

벼는 상강 전에 베야 한다 : 벼는 서리를 맞으면 이삭이 부러지므로 서리가 내리는 상강 이전에 베어야 손실이 없다는 말.

벼는 심어만 놓으면 먹는다 : ⇒ 모는 꽂아 놓으면 먹는다.

벼는 여름이 덥고 겨울이 추워야 풍년이 든다 : 여름에는 고온다습하고 겨울에는 병충해가 적어야 풍년이 든다는 말.

벼는 주인 발자국 소리 듣고 자란다 : 벼농사는 논에 자주 가서 손질을 잘해 주어야 잘 자라게 된다는 말.

벼는 찬 이슬 먹고 영근다 : 벼는 찬 이슬이 내리는 백로가 지나면서부터 영글기 시작한다는 말.

벼는 초복에 한 마디 중복에 한 마디 말복에 한 마디씩 생긴다 : 자라는 벼는 초복, 중복, 말복에 한 마디씩 생기고 나면 이삭이 패게 된다는 말. 복날 벼는 나이를 먹는다.

벼락 맞은 소(-고기) 뜯어 먹듯 : 여럿이 달려들어 제 실속을 채우는 모습을 비유하여 이르는 말.

벼락 맞을 소리 : 천벌 받을 소리라는 뜻으로, 당치도 않은 말을 비유적으로 이르는 말.

벼락에는 바가지라도 쓴다(뒤집어쓴다) : ⇒ 벼락에는 오히려 바가지를 쓴다.

벼락에는 오히려 바가지를 쓴다 : 액운(厄運)이나 재화(災禍)는 무슨 짓을 하더라도 면하기 어려움을 비유하여 이르는 말. 벼락에는 바가지라도 쓴다(뒤집어쓴다).

벼락에 소 뛰어들듯 : ⇒ 천둥에 개 뛰어들듯①.

벼락 치는 하늘도 속인다 : 악한 자에게 벼락을 내리는 하늘도 속인다는 뜻으로, 속이려면 못 속일 것이 없음을 비유하여 이르는 말.

벼락 치면 붙들어 가지고 전기 팔러 체신청으로 가겠다 : 행동이 재빠른 사람을 두고 이르는 말.

벼룩 꿇어앉을 땅도 없다 : ① ⇒ 입추의 여지가 없다. ② ⇒ 송곳 박을 땅도 없다.

벼룩도 낯짝이 있다 : 매우 작은 벼룩조차도 낯짝이 있는데 하물며 사람이 체면이 없어서야 되겠느냐는 말.

벼룩 많은 해에 조가 풍년 든다 : 벼룩은 건조한 기후에서 번식이 잘되고 조도 비교적 건조한 기상에서 잘되는 곡식이므로, 벼룩이 많은 해는 조도 풍년이 든다는 말.

벼룩의 간을(선지를) 내어 먹는다 : ① 하는 짓이 몹시 잘거나 인색함을 비유적으로 이르는 말. 개의 등겨를 털어 먹는다. 참새 앞정강이를 긁어먹는다. ② 어려운 처지에 있는 사람에게서 금품을 뜯어냄을 비유적으로 이르는 말. 모기 다리에서 피 뺀다.

벼룩의 등에 육간대청(六間大廳)을 짓겠다 : 벼룩의 좁은 등에 여섯 칸이나 되는 넓은 마루를 짓겠다는 뜻으로, 하는 일이 이치에 어그러지고 도량이 좁음을 비유하여 이르는 말.

벼룩의 뜸자리만도 못하다[북] : 작은 벼룩의 몸에 난 뜸자리보다도 작다는 뜻으로, 몹시 작음을 비유하여 이르는 말.

벼룩이 황소 뿔 꺾겠다는 소리 한다[북] : 보잘것없는 능력밖에 없는 주제에 터무니없는 큰소리를 치는 경우를 비유하여 이르는 말.

벼르던 아기 눈이 먼다 : ① 모처럼 태어난 아기가 눈이 멀었다는 뜻으로, 몹시 기대하던 일이 이루어졌으나 뜻밖에도 탈이 생겼음을 비유하여 이르는 말. ② 기대가 너무 크면 실망도 따를 수 있음을 이르는 말.

벼르던 제사 물도 못 떠 놓는다 : 제삿날이

닥쳤는데 한 사발의 물도 제대로 떠 놓지 못하고 지내게 되었다는 뜻으로, 잘하려고 벼르며 기다리던 일이 도리어 실수하기 쉽고 낭패되기 쉬움을 비유하여 이르는 말.

벼린 도끼가 이 빠진다 : 애써서 벼린 도끼의 날이 그만 이가 빠져서 꼴사납게 되었다는 뜻으로, 공을 들여 장만한 것이 오히려 빨리 못쓰게 되는 경우를 비유하여 이르는 말.

벼슬아치는 심부름꾼 : 나라 살림을 하는 벼슬아치는 백성을 위하여 일한다는 말.

벼슬은 높이고 뜻은 낮추어라 : ⇒ 지위가 높을수록 마음은 낮추어 먹어야①.

벼슬자리 높을수록 뜻은 낮추랬다㊍ **:** ⇒ 지위가 높을수록 마음은 낮추어 먹어야.

벼슬하기 전에 일산(日傘) 준비 : 과거에 급제하기 전에 높은 벼슬아치들만이 쓰는 일산을 마련한다는 뜻으로, 일이 장차 어떻게 될 것인지도 모르면서 다 된 것처럼 서둘러 준비하는 경우를 비유하여 이르는 말.

벼 심어 여물지 않는다면 차라리 피를 심어 수확하는 것만 못하다〔苟爲不熟 不如荑稗〕: 이루어질 수 없는 큰일을 하느니보다는 확실성이 있는 작은 일을 하는 편이 낫다는 말.

벼 심은 데 콩 나지 않는다〔種禾不生豆〕: 벼를 심으면 벼가 나지 콩이 날 리가 없듯이, 원인과 결과는 다를 수 없다는 말.

벼 안 패는 칠월 없다 : 벼는 음력 7월에는 반드시 이삭이 패게 된다는 말.

벼 여물 때 안개 끼면 풍년 든다 : ⇒ 가을 안개는 천 석을 보태 준다.

벼 이삭 보고는 죽어도 보리 이삭 보고는 안 죽는다 : 벼 이삭은 팬 지 40일이 되어야 먹을 수 있지만 보리 이삭은 팬 지 20일이면 먹을 수 있으므로 굶어 죽지 않는다는 말.

벼 이삭은 익을수록 고개를 숙인다 : 교양이 있고 수양을 많이 쌓은 사람일수록 겸손하고 남 앞에서 자기를 내세우려 하지 않는다는 것을 비유하여 이르는 말. 곡식은 익을(잘될)수록 고개를 숙인다. 곡식 이삭은 익을수록(잘될수록) 고개를 숙인다. 낟알은 익을수록 고개를 숙인다. 병에 찬 물은 저어도 소리가 나지 않는다. 잘 익은 벼 이삭일수록 더 깊이 내리 숙인다㊍. 조 이삭은 팰수록 고개를 숙인다.

벼 이삭 팰 때 바람이 불면 수확이 감소된다 : 벼이삭이 팰 때 바람이 불면 벼꽃이 떨어져 쭉정이가 될 수 있으므로 수확량이 감소된다는 말.

벽에도 귀가 있고 돌에도 입이 있다㊍ **:** ⇒ 벽에도 귀가 있다.

벽에도 귀가 있다〔耳屬于垣〕: 비밀은 없기 때문에 경솔히 말하지 말 것을 비유적으로 이르는 말. 담에도 귀가 달렸다. 벽에도 귀가 있고 돌에도 입이 있다㊍.

벽을 문이라고 내민다㊍ **:** 이치에 맞지 않는 사실임에도 불구하고 자기의 고집을 세우기 위하여 억지로 우기는 경우를 비유적으로 이르는 말. 벽이 문이라고 내우긴다㊍.

벽을 치면 대들보가 울린다㊍ **:** ① 암시만 주어도 곧 눈치를 채고 의사소통이 이루어짐을 비유하여 이르는 말. 변죽을 치면 복판이 운다. ② 서로 긴밀한 관계가 있음을 비유하여 이르는 말.

벽이 문이라고 내우긴다㊍ **:** ⇒ 벽을 문이라고 내민다.

변덕이 선주 마누라는 내일 아침이다 : 변덕이 많은 선주 마누라보다도 더 심한 변덕쟁이라는 말.

변덕이 죽 끓듯 한다 : 말이나 행동이 몹시 이랬다저랬다 함을 이르는 말.

변소나 하수구의 냄새가 심해지면 비 올 징조 : 저기압이 접근하면 습기가 많아지고 구름의 대류 작용도 약해지므로, 냄새 층이 발산되지 않아 더욱 심해진다는 말.

변소에 기와 올리고 살겠다 : 인색하게 굴어도 큰 부자가 못 된다고 비꼬아 이르는 말.

변죽을 치면 복판이 운다 : ⇒ 벽을 치면 대들보가 울린다㈜.

별대 마병 편구 치듯 : 훈련도감 마병들이 편을 갈라 타구(打毬)하듯 친다는 뜻으로, 날쌘 몸짓으로 내리치는 모양을 비유하여 이르는 말.

별들이 밝게 빛나면 날씨가 좋다 : 밤에 별들의 반짝거림이 잘 보이면 그 다음날 날씨가 좋다는 말.

별빛이 흔들리면 큰 바람이 분다 : 새벽 하늘에 별빛이 가물거리면 공기의 유동이 있는 것이므로, 점차 지상에 영향을 주어 큰 바람이 일어날 징조라는 말.

별성마마 배송(拜送) 내듯 : 마음에 매우 달갑지 아니하나 후환이 있을까 두려워서 조심조심 좋도록 하여 내보내는 모양을 비유하여 이르는 말. *별성마마—'호구별성(집집마다 찾아다니며 천연두를 앓게 한다는 여신)'을 높여 이르는 말.

별이 낮게 뜨면 비가 온다 : 별이 낮게 뜬다는 것은 별이 가까이 보인다는 말로서, 대기 중에 습도가 많은 저기압 상태에서는 물체가 가깝게 보이므로 비가 온다는 말.

별이 반짝거리고 달빛이 흐리면 비바람이 동반할 징조다 : 달빛이 흐린 것은 구름이 낀 것이며, 별들이 물 위에 뜬 것처럼 흔들린다는 것은 높은 공중에 있는 기류가 점차 아래로 내려오는 것을 의미하므로 이것이 지면에 도달하면 비바람이 된다는 말.

볍씨 파종은 무기자(戊己字) 든 날에 해야 모가 잘 자란다 : 볍씨를 파종하는 날 일진은 무자(戊字)와 기자(己字)가 든 날을 택해서 해야 벼농사가 잘된다는 말.

볍씨 파종은 인묘진자(寅卯辰字)가 든 날에는 하지 않는다 : 볍씨 파종은 일진에 인자(寅字), 묘자(卯字), 진자(辰字) 등이 든 날은 피해서 해야 풍작을 할 수 있다는 말.

볏모가 좋아야 벼이삭도 크다〔禾苗秀實〕: 볏모가 실하게 자란 데서는 이삭도 큰 이삭이 돋는다는 말.

병나발을 불다 : 나발을 불듯이 병을 거꾸로 들고 병 속에 든 액체를 들이킴을 비유적으로 이르는 말.

병(病) 늙으면 산으로 간다 : 병이 오래되면 결국은 죽게 됨을 이르는 말.

병든 까마귀 어물전 돌듯 : 탐나는 것의 주위에서 미련을 가지고 떠나지 못하고 맴도는 모양을 비유적으로 이르는 말.

병든 날 세지 않고 죽은 날 센다㈜ : ① 병이 들었을 때에는 전혀 안중에도 없다가 죽으니까 못 잊어 안타까워하며 제삿날을 따진다는 뜻으로, 사람이 죽은 다음에야 지성을 다하려 하는 경우를 이르는 말. ② 일이 다 틀어진 다음에 쓸데없는 짓을 하는 경우를 비꼬아 이르는 말.

병든 놈 두고 약 지으러 가면 약국(藥局)도 두건(頭巾)을 썼더란다 : 환자가 생겨 약 지으러 약국에 뛰어가니 약국은 자기보다 먼저 이미 상사(喪事)를 만나 두건을 쓰고 있었다는 뜻으로, 가도 소용이 없으니 갈 필요가 없음을 비유적으로 이르는 말.

병든 솔개같이 : 잠시도 쉬지 않고 여기저기 살펴보며 돌아다님을 비유하여 이르는 말.

병들어야 설움을 안다 : 제 몸에 병이 나야 병든 사람의 설움을 안다는 뜻으로, 직접 경험하지 않고는 그 설움을 모름을 비유하여 이르는 말.

병막(病幕) 구경이 장자(長者) : 다 죽어 가는 전염병 환자를 보고 나면 가난하고 불행한 사람도 자기 신세를 장자(長者)보다 낫게 생각하게 마련이라는 말.

병 만나기는 쉬워도 병 고치기는 힘들다㈜ :

병에 걸리기는 쉬워도 일단 걸린 병을 고쳐서 건강을 회복하기는 힘이 든다는 뜻으로, 일단 잘못된 길에 들어서면 거기에서 헤어나기가 어려움을 비유하여 이르는 말.

병(甁) 속의 얼음을 보니 천하가 추움을 알 수 있다〔目者甁中氷 知天下寒〕: 병에 얼음이 언 것을 보면 겨울이 온 것을 알 수 있듯이, 사소한 것을 보고도 전체를 짐작할 수 있다는 말.

병신 고운 데 없다: 몸이 완전하지 못한 사람은 마음까지도 바르지 못하다는 말. 병신 마음 좋은 사람 없다.

병신 달밤에 체조한다: 못난 자가 더욱 미운 짓만 함을 이르는 말.

병신도 병신이라면 좋다는 사람은 없다: 누구라도 자기의 결점을 맞대어 놓고 지적하면 좋아하지 않는다는 말.

병신도 제 재미에 산다㊍: 사람은 잘났건 못났건 누구나 다 자기만의 생활의 즐거움이 있음을 비유하여 이르는 말.

병신 마음 좋은 사람 없다: ⇒ 병신 고운 데 없다.

병신 육갑(六甲)한다: 못난 사람이 엉뚱한 짓을 할 때 조롱조로 이르는 말.

병신이 한 고집이 있다: 못난 인간이 고집을 부림을 비유하여 이르는 말.

병신이 호미 훔친다: 겉으로 병신 같지만 속으로는 제 실속만 차림을 비유하여 이르는 말.

병신 자식이 효도한다: 대수롭지 않은 것이 도리어 도움이 됨을 비유하여 이르는 말. 눈먼 자식이 효도한다. 버린 댁이 효자 노릇한다㊍.

병신 주인이 아흔아홉 몫 한다: 남의 손으로 하는 농사에는 일꾼보다 주인이 월등히 더 일을 많이 하게 됨을 비유하여 이르는 말.

병아리가 첫 울려면 날을 가린다㊍: 병아리가 다 자라서 처음으로 홰를 치며 울려고 할 때도 다 날을 가려 하는 법이라는 뜻으로, 어떤 일을 새로 벌일 때는 날을 잘 잡아야 함을 비유하여 이르는 말.

병아리는 가을에 가서 세여 보아야 한다㊍: 봄에 깐 병아리 중 몇 마리나 자라서 닭 구실을 할지는 가을에 가서 세어 보아야 정확하다는 뜻으로, 일의 결과를 보지 아니하고 타산만 앞세우다가는 실지와 맞지 아니할 수 있음을 비유하여 이르는 말.

병아리 똥은 똥이 아닌가㊍: 사물의 현상은 양적 측면에 있는 것이 아니라 질적 측면에 있음을 비유하여 이르는 말.

병아리 세기다: 어미 닭이 데리고 다니는 병아리를 세려고 해도 병아리가 왔다 갔다 하기 때문에 정확하게 세기가 어렵듯이, 어떤 물건을 정확하게 세기가 어려운 것을 비유하여 이르는 말.

병아리 우장(雨裝) 쓰다: 격에 맞지 아니한 경우를 비유하여 이르는 말.

병아리 텃세하듯㊍: ⇒ 개도 텃세한다.

병(病)에는 장사 없다: 아무리 장사라도 병에 걸리면 맥을 못 춤을 비유하여 이르는 말.

병(甁)에 담은 찰밥도 엎지르겠다㊍: 엎어 놓아도 쏟아지지 아니하게 병에다 담은 찰밥조차도 엎지르겠다는 뜻으로, 지지리 못나고 무능함을 비유하여 이르는 말.

병에 찬 물은 저어도 소리가 나지 않는다: ⇒ 벼 이삭은 익을수록 고개를 숙인다.

병(病)은 밥상머리에서 떨어진다㊍: 앓는 사람은 밥을 잘 먹어야 병이 빨리 나음을 이르는 말.

병은 사람을 못 잡아도 약은 사람을 잡는다: 병에 걸린다고 다 죽는 것은 아니나 약은 한번 잘못 쓰면 사람을 죽일 수도 있다는 뜻으로, 약을 병에 맞게 써야지 잘못 쓰면 돌이킬 수 없는 불행을 당할 수 있음을 이

르는 말.

병은 한 가지, 약은 천 가지 : 한 가지 병에 대하여 그 치료법이 매우 많음을 이르는 말.

병이 나으면 의사의 고마움을 잊는다 : 남에게서 받은 은혜를 쉽게 잊음을 비유하여 이르는 말.

병이 생기면 죽겠지 : 병이라고 다 죽는 것은 아닌데, 덮어놓고 병이 생기면 죽겠거니 하고 생각한다는 뜻으로, 사리에 맞지 않는 추측을 비유하여 이르는 말.

병이 양식이다 : 병들어 누워 있으면 오래 먹지 않아도 배고픈 줄을 몰라 먹지 않으므로 양식이 그만큼 남음을 비유하여 이르는 말.

병자년(丙子年) 건방축(乾防築)이다 : 조선 고종(高宗) 13년(1876) 병자년에 몹시 가물어서 방죽이 모두 말라붙어 '건방축'이 된 것을 발음이 비슷한 '건방지다'의 뜻으로 쓰다가 '건방지다'의 곁말로 '병자년 방죽이다'로 굳어지게 되었다. 병자년 방죽이다.

병자년 까마귀 빈 뒷간 들여다보듯 한다 : 병자년에 큰 흉년이 든 데서 나온 말로, 어떤 일에 한 가닥 희망을 걸고 구차스럽게 여기저기 기웃거리거나 돌아다니면서 기다리는 모양을 비유하여 이르는 말.

병자년 방죽이다 : ⇒ 병자년 건방축이다.

병(病) 자랑은 하여라 : 병이 들었을 때는 자기가 앓고 있는 병을 자꾸 이 사람 저 사람에게 말하여 고칠 길을 물어보아야 좋은 치료 방법을 찾을 수 있다는 말.

병조적간(兵曹摘奸)이냐 : 적간은 나쁜 일이 있고 없음을 조사함이니, 하자(瑕疵)에 대해 까다롭게 물음을 비유하여 이르는 말.

병조판서(兵曹判書) 집 활량 나그네 드나들듯 : 병조판서의 집에 취직 청탁을 하러 오는 활량이 드나들듯 한다는 뜻으로, 매우 자주 출입하는 경우를 비유하여 이르는 말.

병(病) 주고 약 준다 : 남을 해치고 나서 약을 주며 그를 구원하는 체한다는 뜻으로, 교활하고 음흉한 자의 행동을 비유하여 이르는 말. 등 치고 배 만진다(문지른다). 술 먹여 놓고 해장 가자 부른다.

병풍(屛風)도 꼬부려야 한다㊔ **:** 병풍도 장마다 꼬부려야 서지 꼿꼿이 다 펴면 넘어진다는 뜻으로, 무슨 일에서나 그에 맞는 묘술과 방도가 있어야 함을 비유하여 이르는 말.

병풍에 그려 놓은 닭이 꼬끼요 하고 운다㊔ **:** ⇒ 병풍에 그린 닭이 울가㊔.

병풍에 그린 꽃이 향기 나랴㊔ **:** ⇒ 병풍에 그린 닭이 울가㊔.

병풍에 그린 닭이 울가㊔ **:** 현실적으로 일어날 가능성이 전혀 없음을 비유하여 이르는 멀. 병풍에 그려 놓은 닭이 꼬끼요 하고 운다㊔. 병풍에 그린 꽃이 향기 나랴㊔.

병풍에 그린 닭이 홰를 치거든 : 도저히 불가능한 일이어서 기약할 수 없음을 비유하여 이르는 말. 곤달걀이 꼬끼오 울거든.

병풍에 그린 닭이 홰를 치고 우는 한이 있더라도㊔ **:** 비록 병풍에 그려 놓은 닭이 홰를 치며 우는 일과 같이 도저히 상상할 수 없는 일이 생길지라도 기어이 해내겠다는 강한 의지를 비유하여 이르는 말.

병풍에 모과 구르듯 한다 : 병풍에 그려진 모과가 아무렇게나 굴러 있어도 상관없듯이, 이리저리 굴러 다녀도 탈이 없는 사람을 비유하여 이르는 말.

병환(病患)에 까마귀 : 가뜩이나 걱정스러운 일에 더한 흉조가 생겼음을 비유하여 이르는 말.

보고도 못 먹는 것은 그림의 떡 : ⇒ 그림의 떡.

보고도 못 먹는 떡 : ⇒ 그림의 떡.

보고도 못 먹는 전라도 곡식㊔ **:** 필요한 것을 눈앞에 두고도 마음대로 쓰지 못함을 비유하여 이르는 말. 두고도 못 먹는 전라도 곡식㊔. 전라도 곡식이라㊔.

보고 죽재도 없다북 : 요구하는 물건이 조금도 없음을 비유하여 이르는 말.

보금자리 사랑할 줄 모르는 새는 없다북 : 새조차도 제 보금자리를 극진히 사랑한다는 뜻으로, 사람은 누구나 자신의 가족과 가정을 사랑하고 소중히 여겨야 함을 이르는 말.

보기 싫은 반찬이 끼마다 오른다 : 너무 잦아서 싫증난 것이 그대로 또 계속되어 눈에 띔을 비유하여 이르는 말.

보기 싫은 처도 빈방보다 낫다북 : 정이 들지 않는 처도 없는 것보다는 낫다는 뜻으로, 가정에는 살림하는 여자가 있어야 함을 비유하여 이르는 말.

보기 좋은 떡이 먹기도 좋다 : ① 겉모양이 반반하면 내용도 좋음을 비유하여 이르는 말. ② 겉모양새를 잘 꾸미는 것도 필요함을 비유하여 이르는 말.

보기 좋은 음식 별수 없다 : 겉모양은 좋으면서 그 내용이 별로 좋지 못함을 비유하여 이르는 말.

보는 바가 크면 이루는 바도 크다북 : 모든 것을 넓은 안목을 가지고 보고 뜻을 크게 가져야 함을 비유하여 이르는 말.

보따리 갖다 놓은 집이 주인이다북 : 제 보따리를 가져다 풀어 놓거나 맡겨 둔 집이 바로 주인집이 된다는 뜻으로, 자기 물건이 있는 데에 따라 인연이 맺어짐을 이르는 말.

보름달이 밝아 구황(救荒) 타러 가기 좋다 : 구황을 타러 가는데 달이 밝으니 어두운 것보다는 좋다는 뜻으로, 별로 내키지 않는 일을 하는데 약간의 좋은 조건이 갖추어졌음을 비유하여 이르는 말.

보름달이 밝은 줄 몰랐더냐북 : 누구에게나 이치가 명백한 사실을 왜 모르느냐고 이르는 말.

보름은 밝아야 한다 : 음력 1월 15일은 밝아야 논밭 두렁에 불을 질러 병해충을 예방하고, 밝은 보름달을 보면서 소원 성취를 빌게 된다는 말.

보리 가시랭이가 까다로우냐, 괭이 가시랭이가 까다로우냐 : 매우 성미가 까다로움을 비유하여 이르는 말.

보리 갈아 놓고 못 참는다 : 빨리 결과를 얻으려고 성급히 구는 사람을 비유하여 이르는 말.

보리 갈아 이태 만에 못 먹으랴 : 가을에 땅을 갈아 보리를 심으면 그 이듬해에 가서 거두어 먹는 것은 정해진 이치라는 뜻으로, 으레 정해져 있는 사실을 가지고 구태여 말할 필요가 없음을 비유하여 이르는 말.

보리개떡은 씁쓸한 맛으로 먹는다 : 보리개떡은 맛으로 먹는 것이 아니라 굶주림을 면하기 위하여 먹는다는 말.

보리까끄라기도 쓸모가 있다북 : 당장은 쓸모가 없어 보잘것없는 것이라도 두어 두면 소중하게 쓸 데가 있음을 비유하여 이르는 말.

보리농사가 반농사다 : 일반 농민들의 주곡은 보리이기 때문에 보리농사가 전체 농사의 절반을 차지하게 됨을 비유하여 이르는 말.

보리농사는 세간 밑천이다 : 보리농사를 많이 하여 보리로 식량을 하고, 비싼 쌀은 시장에 내다 팔아서 세간을 장만함을 비유하여 이르는 말.

보리누름 가뭄은 꿔다 해도 한다 : 보리가 익어 갈 때는 언제나 가뭄이 들게 된다는 말.
* 보리누름—보리가 누렇게 익는 철.

보리누름까지 세배한다 : 보리가 익을 무렵 즉 4~5월까지도 세배를 한다는 뜻으로, 형식적인 인사 차림이 너무 과함을 이르는 말.

보리누름에 설늙은이 얼어 죽는다 : 보리가 누렇게 익을 무렵에는 따뜻해야 하나 오히려 추워서 사람이 얼어 죽는다는 뜻으로, 더워야 하는 계절에 도리어 춥게 느껴지는 때를 비유하여 이르는 말.

보리누름에 세배 간다 : ① 처갓집 세배는 늦게 간다는 말. ② 정의(情誼)만 있으면 늦어도 한다는 말.

보리는 남쪽에서 베어 올라가고, 벼는 북쪽에서 베어 내려온다 : ⇒ 나락은 윗녘에서 익어 내려오고, 보리는 아랫녘에서 익어 올라온다.

보리는 망종이 환갑이다 : 보리는 망종이 지나면 늙어서 누렇게 익는다는 말.

보리는 아랫녘에서 익어 올라오고, 벼는 윗녘에서 익어 내려온다 : ⇒ 나락은 윗녘에서 익어 내려오고, 보리는 아랫녘에서 익어 올라온다.

보리떡도 떡은 떡이고 의붓아비도 아비는 아비다 : 진짜가 없을 때는 가짜도 진짜 노릇을 하게 된다는 말.

보리떡도 떡은 떡이다 : 아무리 나쁜 물건이라도 물건은 물건임을 비유하여 이르는 말.

보리떡을 떡이라 하며, 의붓아비를 아비라 하랴 : 보리떡과 의붓아비는 좋지 않다는 말.

보리로 담근 보리술 냄새는 안 빠진다 : ⇒ 보리로 담근 술 보리 냄새가 안 빠진다.

보리로 담근 술 보리 냄새가 안 빠진다 : ① 제 본성은 숨기지 못한다는 말. ② 못난 사람은 못난 짓을 하게 된다는 말. 보리로 담근 보리술 냄새는 안 빠진다. 보리술은 보리 내가 나게 마련이다. 보리술이 제맛 있다.

보리를 베면서 가라면 하루에 갈 길을 평지에서 걸어가라면 닷새도 더 걸린다㉿ **:** ① 보리를 거두어들이는 일은 힘들지만 신이 나는 일임을 비유하여 이르는 말. ② 숙련된 일은 시간 가는 줄도 모르고 힘든 줄도 모르게 빠르지만, 그렇지 못한 일은 매우 더딤을 비유하여 이르는 말. ③ 긴장해서 하는 일은 힘들어도 빠르고 많이 하지만, 건들거리며 하는 일은 쉬워도 얼마 하지 못함을 비유하여 이르는 말.

보리 못된 것이 일찍 팬다 : 재해로 발육도 제대로 못한 보리가 패기는 일찍 패듯이, 못난 놈이 일찍부터 난봉을 부린다는 말.

보리밥 먹고 가죽피리만 분다 : 보리밥을 먹으면 방귀가 잦다는 말.

보리 밥알로 잉어 낚는다 : 작은 것을 주고 큰 이익을 얻거나, 적은 자본으로 많은 이익을 본다는 말. 곤쟁이 주고 잉어 낚는다.

보리밥에 고추장이 제격이다 : 보리밥에는 고추장을 곁들여 먹어야 알맞다는 뜻으로, 무엇이나 격에 알맞도록 해야 좋음을 비유하여 이르는 말.

보리밥에는 상추쌈이 제격이다 : 여름철 보리밥은 상추쌈을 곁들여 먹으면 맛이 일미라는 말.

보리밥에는 풋고추 된장이 제격이다 : 보리밥은 풋고추와 된장을 곁들여 먹어야 제맛이 있다는 말.

보리밥이 제 티한다 : 보리밥이 제 티를 하듯이, 못난 사람이 못난 짓만 한다는 말.

보리밥 한 솥 짓기㉿ **:** 보리밥 한 솥을 지을 정도의 시간이라는 뜻으로, 상당한 시간 동안을 비유하여 이르는 말.

보리방아에 물 부어 놓으니 시어머니 생각난다 : 평소에 몹시 밉던 사람도 아쉬울 때가 있음을 비유하여 이르는 말. 보리방아 찧을 때면 시어머니 생각난다㉿.

보리방아 찧을 때면 시어머니 생각난다㉿ **:** ⇒ 보리방아에 물 부어 놓으니 시어머니 생각난다.

보리밭만 지나가도 주정한다 : ① ⇒ 밀밭만 지나가도 취한다. ② ⇒ 밀밭만 지나가도 주정한다.

보리밭에 가 숭늉 찾겠다 : ⇒ 우물에 가 숭늉 찾는다.

보리밭에 상여가 지나가면 보리가 잘된다 : 이른 봄 보리밭에 서릿발이 생겨서 보리가 들떠 있을 때 상여가 지나가며 밟으면 뿌리가 착근(着根)되므로 농사가 잘된다는 말.

보리밭에 서릿발이 많으면 보리농사 폐농한

다 : 늦겨울 보리밭에 서릿발이 생기면 지면이 4.5cm 뜨므로 보리가 뿌리째 떠 말라 죽는데, 이때 보리밭을 밟아 주지 않으면 보리농사를 망치는 지경에 이른다는 말.

보리 배동바지 때 비가 자주 오면 보리 흉년 든다 : 보리 배동바지 때 비가 오면 습해·병해 등으로 작황이 나쁘게 된다는 말.

* 배동바지–곡식의 이삭이 나오려고 대가 불룩해진 현상.

보리범벅 같다 : 보리범벅처럼 사람이 흐리멍덩하고 못났다는 말.

보리술은 농주(農酒)다 : 보리술은 여름에 들일할 때 먹는 술이라는 말.

보리술은 보리 내가 나게 마련이다 : ⇒ 보리로 담근 술 보리 냄새가 안 빠진다.

보리술은 보리술 맛 : 원 바탕이 나쁘면 그 결과도 좋지 못하다는 말로, 본래의 질은 변하지 않는다는 말.

보리술은 보리술 맛으로 먹는다 : 보리술은 시금털털한 맛으로 먹듯이, 아무리 나쁜 것이라도 그 나름대로의 장점을 지니고 있다는 말.

보리술은 시금털털한 것이 제맛이다 : 보리술은 시금털털한 것이 제맛이듯, 무슨 음식이나 그 고유의 맛이 있다는 말.

보리술은 오뉴월이라야 제맛이다 : 보리술은 5~6월에 제맛이 나듯이, 음식은 철에 따라 제맛을 낸다는 말.

보리술이 술이냐, 남의 계집이 계집이냐 : 보리술은 술이라 할 수 없듯, 남의 여자는 아무리 친해도 소용이 없다는 말.

보리술이 제맛 있다 : ⇒ 보리로 담근 술 보리 냄새가 안 빠진다.

보리숭늉에 살찐다 : 보리밥을 푼 다음 누룽지를 그대로 둔 채 물을 부어 끓인 숭늉은 구수하여 맛도 좋을 뿐 아니라 영양가도 있다는 말.

보리 심은 데 보리 나고 피 심은 데 피 난다 : ⇒ 콩 심은 데 콩 나고 팥 심은 데 팥 난다.

보리 안개는 죽 안개고, 나락 안개는 밥 안개다 : 보리 발육기에 끼는 봄 안개는 보리에 병해를 주어 수확량을 감소시키고, 가을 안개는 벼를 잘 영글게 하여 수확량을 증가시킨다는 말.

보리 안 패는 삼월 없고, 나락 안 패는 유월 없다 : ① 모든 일에는 때가 있다는 말. ② 계절은 어김없이 돌아온다는 말.

보리 안 패는 삼월 없다 : 음력 3월 하순경이면 보리가 패기 시작한다는 말.

보리 이삭 보고는 굶어 죽지 않는다 : 보리 이삭은 팬 지 20일만 되면 찐보리로 밥을 해 먹을 수도 있고, 갈아서 죽도 쑤어 먹을 수 있기 때문에 보리가 패면 굶어 죽지 않는다는 말.

보리 이삭이 나면 굶어 죽는 사람 잡아가는 염라대왕도 되돌아간다 : 보리 이삭만 패면 굶어서 죽는 사람이 없어지게 된다는 말.

보리 잎의 폭이 좁고 짧은 해는 큰 눈이 있다 : 보리 싹이 나온 후에 예년보다 추우면 보리 잎의 폭이 좁아지는데, 이러한 때 서해안 지방은 찬 대륙성 고기압의 발달로 큰 눈이 오는 경향이 있다는 말.

보리 주면 오이(외, 참외) 안 주랴 : 제 것은 아까워하면서 남만 인색하다고 여기는 사람에게, 주는 것이 있어야 받는 것이 있음을 비유하여 이르는 말.

보리죽에 물 탄 것 같다 : 사람이 아무 재미가 없고 싱거운 경우를 비유하여 이르는 말. 보리죽에 물 탄 맛이다.

보리죽에 물 탄 맛이다 : ⇒ 보리죽에 물 탄 것 같다.

보리철 안개는 죽 안개다 : 보리가 팰 무렵에 안개가 끼면 보리 피해가 크다는 말.

보리타작하고 모 심으면 수확이 떨어진다 : 모

내기는 보리 수확과 맞물려 있는 까닭에 보리는 베기만 하고 타작은 모심은 뒤에 하지 않으면 벼 수확이 감소된다는 말.

보리타작하듯이 맞는다 : 보리타작할 때 보릿단을 두드리듯이, 매를 몹시 맞음을 이르는 말.

보리 파종은 시월 입동에는 입동 후에 하고, 구월 입동에는 입동 전에 한다 : 보리 파종은 입동이 음력으로 10월에 있는 해에는 입동 후에 하고, 9월에 있을 때에는 이전에 윤달이 있어서 이른 것처럼 착각하기 쉬우므로 입동 전에 파종해야 한다는 말.

보리 파종은 일진에 자자(子字) 든 날에는 하지 않는다 : 보리씨는 '자(子)'자가 든 날을 피해서 파종해야 보리농사가 잘된다는 말.

보리 한 대에 이삭이 둘이다〔麥秀兩岐〕 : 보리가 한 대에서 이삭이 두 개씩 날 정도로 보리 풍년이 크게 들었다는 말.

보릿고개가 태산보다 높다 : 한 해 동안 농사지은 식량을 가지고 다음 해 보리가 날 때까지 견디어 나가기가 매우 힘듦을 비유하여 이르는 말.

보릿고개 때에는 딸네 집에도 가지 말랬다 : 보릿고개 때에는 부잣집을 제외하고는 모두가 굶고 사는 터라 딸네 집에도 식량이 떨어졌을 것이 뻔하니 가지 말라는 말.

보릿고개를 못 넘기고 죽는다 : 옛날 춘궁기인 보릿고개 때 식량이 없어서 굶어 죽었다는 말.

보릿고개를 못 넘어간다 : 옛날 햇보리가 나기 직전인 춘궁기를 못 넘기고 굶어 죽었다는 말.

보릿고개에 늙은이 죽는다 : 보릿고개 무렵에는 늙은이가 먼저 굶어 죽게 된다는 말.

보릿고개에 사람 죽는다 : 옛날 음력 3~4월이 되면 가난한 사람들은 식량이 떨어져 풀뿌리와 나무껍질까지 먹었는데, 그러다가 영양실조로 굶어 죽는 사람까지 있었음을 비유적으로 이르는 말.

보릿고개에 안 죽은 놈이 벼 고개에 죽는다 : 옛날 농촌에는 보릿고개인 춘궁(春窮 : 3~4월)과 벼 고개인 칠궁(七窮 : 음력 7월)이 있었는데, 보릿고개를 넘기보다 때로는 벼 고개를 넘기가 더 어려웠음을 이르는 말. 칠궁이 춘궁보다 더 무섭다.

보릿고개에 죽는다 : 보릿고개란 음력 4~5월을 뜻하니, 농촌 살림이 가장 곤궁한 상태를 이르는 말.

보릿대 풍년은 보리알 흉년이다 : 보리가 잎과 대만 무성하면 이삭은 쭉정이가 되므로 흉작이라는 말.

보석도 꿰여야 보배㈜ **:** ⇒ 구슬이 서 말이라도 꿰어야 보배(-라).

보석도 닦아야 빛이 난다㈜ **:** 귀한 보석도 닦아야만 그 빛이 휘황찬란하게 드러난다는 뜻으로, 사람도 끊임없이 수양하고 단련해야 훌륭한 재능을 나타낼 수 있음을 이르는 말.

보쌈에 들었다 : 남의 꾐에 걸려들었다는 말.

보쌈에 엉기는 송사리 떼 같다㈜ **:** 보쌈을 놓으면 먹이의 고소한 맛에 송사리 떼가 엉겨드는 것 같다는 뜻으로, 무엇이 오글오글 몰려드는 모양을 비유하여 이르는 말.

* 보쌈—물고기를 잡는 도구의 하나.

보약(補藥)도 쓰면 안 먹는다㈜ **:** 자신을 위하여 아무리 좋은 것이라도 당장 괴롭거나 필요하지 않으면 잘 받아들이려 하지 않음을 비유하여 이르는 말.

보약 먹고 무를 먹으면 머리가 하얘진다 : 보약 먹고 무를 먹으면 머리가 하얘지므로 보약을 먹을 때는 무를 먹지 말라는 말. 숙지황 든 약을 먹고 무를 먹으면 머리가 하얘진다.

보은(報恩) 아가씨 추석비에 운다 : ① 추석에 비가 오면 대추 흉년이 들어 혼수를 장만

하지 못하므로 겉으로는 말을 못 하고 속으로 눈물을 흘리며 운다는 말. ② 가을비는 농가로서 반갑지 않다는 말.

보자보자 하니까 얻어 온 장(醬) 한 번 더 뜬다 : 못되게 구는 것을 보고 참으니까 고치기는커녕 더욱더 밉살스럽게 행동함을 비유하여 이르는 말.

보지 못한 도적질은 못한다㊂ **:** ⇒ 본 놈이 도둑질한다.

보채는 아이 밥 한 술 더 준다 : 보채면서 자꾸 시끄럽게 구는 아이에게는 달래느라고 밥 한 술이라도 더 주게 된다는 뜻으로, 무슨 일에서든 적극적으로 나서는 사람이나 열심히 구하는 사람에게는 더 잘해 주게 됨을 비유하여 이르는 말. 보채는 아이 젖 준다. 젖은 보채는 아이한테 먼저 준다.

보채는 아이 젖 준다 : ⇒ 보채는 아이 밥 한 술 더 준다.

복날(伏-) 개 패듯 한다 : 개를 잡듯이 너무 심하게 때림을 비유하여 이르는 말. 누린내가 나도록 때린다. 복날에 개 잡듯.

복날 벼는 나이를 먹는다 : ⇒ 벼는 초복에 한 마디, 중복에 한 마디, 말복에 한 마디씩 생긴다.

복날 비가 오면 대추가 다 떨어진다 : 대추는 비에 약하기 때문에 삼복 무렵에 비가 많이 오면 다 떨어져 흉년이 든다는 말. 복날 비가 오면 대추가 흉년 든다.

복날 비가 오면 대추가 흉년 든다 : ⇒ 복날 비가 오면 대추가 다 떨어진다.

복날 비가 오면 청산(靑山)·보은(報恩) 처녀가 부엌문 잡고 운다 : ⇒ 삼복에 비가 오면 보은 처자가 울겠다.

복날 비는 농사비다 : ① 삼복에 비가 오면 풍년이 든다는 말. ② 삼복 무렵은 벼가 왕성하게 잘 자랄 시기이므로 논에 물을 흡족하게 대 주어야 풍작이 된다는 말. 복비는 복비다.

복날에 개 맞듯 : ⇒ 섣달 그믐날 흰떡 맞듯.

복날에 개 잡듯 : ⇒ 복날 개 패듯 한다.

복 달임 날씨에 벼 자라듯 한다 : 벼는 불볕 더위에 잘 자란다는 말. * 복달임－복날에 더위를 물리치는 뜻으로 고깃국을 끓여 먹는 일.

복달임에 죽은 개 끌 듯 : 사정없이 끌고 감을 이르는 말.

복덕방(福德房)에 들어앉았다㊂ **:** 복이 많이 생기는 방에 들어앉았다는 뜻으로, 먹을 일이 많고 행운이 배당되는 처지에 놓이게 되었음을 이르는 말.

복(福) 들어온 날 문 닫는다 : 좋은 기회가 왔을 때 도리어 방해하는 행동을 함을 이르는 말.

복불복(福不福)이라 : 각 사람의 운수를 일컫는 말로, 똑같은 경우와 똑같은 환경에서도 여러 사람의 운(運)이 각각 차이가 났을 때에 쓰는 말. 즉, 일이 잘되고 못되는 것은 타고난 운수에 달려 있기 때문에 억지로 안 된다는 말.

복비〔伏雨〕는 복비〔福雨〕다 : ⇒ 복날 비는 농사비다.

복 속에서 복을 모른다㊂ **:** 너무 행복에 겨워 그 속에 취하게 되면 불행하던 지난날의 처지를 잊어버리거나, 자신이 처한 현실의 행복을 모르는 지경에 이르게 됨을 비유하여 이르는 말.

복수는 불반분이라〔覆水不返盆〕 : ⇒ 엎지른(엎질러진) 물.

복수는 불수라〔覆水不收〕 : ⇒ 엎지른(엎질러진) 물.

복숭아꽃 피면 맑은 날 삼일도 못 간다 : 복숭아꽃이 피는 3~4월은 날씨 변화가 심해서 3일 이상 맑은 날이 계속되는 경우가 드물다는 말.

복숭아꽃 필 무렵에 나들이 말랬다 : 복숭아

꽃이 피는 4월 중순경부터는 농번기가 시작되고 춘궁기이므로 무분별한 나들이는 삼가라는 말.

복숭아나무와 오얏나무는 말을 안 해도 그 밑으로 길이 절로 난다 : 이익이 있는 곳에는 말을 하지 않아도 사람들이 길을 내어서 이익을 얻으려 한다는 말.

복숭아나무 심어 삼 년, 오얏나무 심어 사 년이라〔桃三李四〕: 복숭아나무는 심은 지 3년, 오얏나무는 4년이 되어야 열매를 맺는다는 말.

복숭아는 밤에 먹고 배는 낮에 먹으랬다 : 복숭아 벌레를 먹으면 피부가 고와진다지만 낮에 벌레가 있는 것을 보고 그것을 먹기는 어려우므로 밤에 안 보일 때 먹어야 하고, 배는 잘 썩기 때문에 낮에 썩은 것을 잘 도려내면서 먹으라는 말.

복숭아는 삼 년이고 감은 팔 년이다〔桃三柿八〕: 복숭아는 심은 지 3년이면 열매가 열리고, 감은 8년이 되어야 열매가 열린다는 말.

복숭아는 제물(祭物)에 안 쓴다 : 복숭아는 귀신이 싫어하는 과일이므로 제물에 쓰지 않는다는 말.

복숭아벌레를 먹으면 미인(美人)이 된다 : 옛날에는 농약이 없었기 때문에 복숭아벌레가 많았는데, 복숭아벌레는 피부를 곱게 한다고 하여 벌레째 먹은 데서 유래된 말.

복숭아의 벌레 : 집 안에 들어 있는 도둑이나 해를 끼치는 자를 이르는 말.

복어(-魚) 똥물 먹듯 한다 : 복어는 더러운 똥물도 잘 먹듯이, 음식을 가리지 않고 잘 먹는 사람을 비유하여 이르는 말.

복어 미끼 따 먹듯 한다 : 복어가 낚시 미끼를 간교하게 잘 따 먹는다는 뜻으로, 약삭빠른 사람은 자기 이익을 잘 챙긴다는 말. 복어 잇감 따 먹듯.

복어 알 먹고 놀란 사람은 청어 알도 안 먹는다 : 한 가지 물건에 놀란 사람은 그와 비슷한 것만 보아도 무서워한다는 말.

복어 이 갈듯 한다 : 원한 등으로 너무 분해서 이를 간다는 말. 복의 이 갈듯.

복어 잇감 따 먹듯 : ⇒ 복어 미끼 따 먹듯 한다. ＊잇감－미끼.

복어 헛배만 불렀다 : 복어가 적의 공격을 받게 되면 배 속에 물 또는 공기를 들이마셔서 배를 부풀게 만들어 방어하듯이, 실속 없이 허세만 부리는 사람을 조롱하여 이르는 말.

복(福) 없는 가시내가 봉놋방에 가 누워도 고자 곁에 가 눕는다 : 운수가 아주 좋지 않음을 이르는 말. ＊봉놋방－주막집 가까이 있는, 여러 사람이 합숙(合宿)하는 큰 방. 복 없는 놈이 가루 장사 하려니까 골목 바람이 내분다. 복 없는 봉사 괘문을 배워 놓으면 감기 앓는 놈도 없다.

복 없는 놈이 가루 장사 하려니까 골목 바람이 내분다 : ⇒ 복 없는 가시내가 봉놋방에 가 누워도 고자 곁에 가 눕는다.

복 없는 봉사 괘문을 배워 놓으면 감기 앓는 놈도 없다 : ⇒ 복 없는 가시내가 봉놋방에 가 누워도 고자 곁에 가 눕는다.

복 없는 정승은 계란에도 뼈가 있다 : ⇒ 복 없는 가시내가 봉놋방에 가 누워도 고자 곁에 가 눕는다.

복은 쌍으로 안 오고 화는 홀로 안 온다〔禍不單行〕: 기쁜 일은 겹쳐 오지 않고, 화는 연거푸 닥쳐온다는 말. 짝 없는 화가 없다.

복〔鰒〕의 이 갈듯 : ⇒ 복어 이 갈듯 한다.

복(福)이야 명(命)이야 한다 : 뜻밖에 좋은 수가 나서 어쩔 줄을 모르고 기뻐함을 이르는 말.

복 있는 과부는 앉아도 요강 꼭지에 앉는다 : 운수가 좋은 사람은 저절로 운 좋은 일만 생기게 된다는 말.

복장(服裝)이 따뜻하니까 생시가 꿈인 줄 안다 : 무사태평하여 눈앞에 닥치는 걱정을 모르고 지내는 사람을 나무라는 말.

복쟁이〔鮐〕 헛배 부르듯 : 실속은 없으면서 겉으로만 부푼 것을 이르는 말.

복(福) 중에는 건강 복이 제일이다 : 모든 부귀영화 중에서 건강이 제일 큰 복이라는 말.

복철을 밟지 말라〔前車之覆轍 後車之戒〕 : 앞 사람의 실패를 거울삼아 뒷사람은 조심하여 실패가 없도록 하라는 말. 성어로는 '覆車之戒'만으로도 쓰임. * 복철(覆轍)—엎어진 수레바퀴라는 뜻으로, 앞서 가던 사람이 실패한 자취를 이르는 말.

복〔鮐〕 치듯 하다 : 어부가 복어를 잡아 함부로 치듯이 어떤 대상을 되는대로 마구 침을 이르는 말.

볶은 콩과 여자는 곁에 두고 못 참는다 : ⇒ 닦은 콩과 기생첩은 곁에 두고 못 참는다.

볶은 콩 내먹듯 한다 : ⇒ 볶은 콩 먹기.

볶은 콩도 골라 먹는다 : 볶은 콩을 먹을 때 처음에는 골라 먹다가 나중에는 잘고 나쁜 것까지 다 먹는다는 뜻으로, 여러 물건을 다 쓸 바에는 골라 가며 쓸 필요가 없건만, 그래도 골라 가며 쓰는 사람의 본성을 가리키는 말.

볶은 콩 먹기 : 주머니에 넣은 콩을 자기 마음대로 내먹듯이, 무슨 일을 자기 마음대로 한다는 말. 닦은 콩 먹기. 볶은 콩 내먹듯 한다.

볶은 콩에 꽃이 피랴 : ⇒ 볶은 콩에 싹이 날까.

볶은 콩에 싹이 날까 : 아주 희망이 없음을 뜻하는 말. 볶은 콩이 꽃이 피랴.

볶은 콩을 까먹으면 헐벗는다 : 볶은 콩 껍질을 까먹으면 본인도 깐 콩처럼 알몸 되어 가난해진다는 말.

본가집이라면 늙은 할머니도 지팡이를 버리고 뛰여 간다㊊ **:** 시집간 여자라면 누구나 친정집에 다니러 가는 것을 몹시 반가워한다는 것을 비유하여 이르는 말.

본〔見〕 놈이 도둑질한다 : 미리 보지 않고서는 도둑질을 못 한다는 말. 보지 못한 도적질은 못한다㊊.

본전(本錢)도 못 찾는다 : 일한 보람은 고사하고 도리어 하지 않은 것만 못함을 이르는 말.

볼만이 장만(張晩)이라 : 예전에 장만(張晩)이란 자가 매사에 수수방관(袖手傍觀)했다는 데서 유래된 말로, 남의 일에 수수방관함을 이르는 말.

볼모로 앉았다 : 일은 하지 아니하고 가만히 있기만 함을 비유하여 이르는 말.

봄 가뭄은 꿔다 해도 한다 : 봄이 되면 주기적으로 가뭄이 온다는 말.

봄꽃도 한때 : ① 부귀영화(富貴榮華)란 일시적인 것이어서 그 한때가 지나면 그만임을 비유하여 이르는 말. 열흘 붉은 꽃이 없다. ② ㊊ 청춘은 누구에게나 한때임을 비유하여 이르는 말. 봄도 한철 꽃도 한철.

봄꽃이 가을에 피면 그해는 추위가 늦다 : 기온이 높으면 뿌리가 계속 활동하므로 가을에도 꽃이 피게 되는데, 이렇게 기온이 높다는 것은 역시 계절이 늦어져 겨울이 늦게 시작된다는 말.

봄 꿩이 제 바람에 놀란다 : 자기가 한 일에 자기가 놀람을 이르는 말. 제 방귀에 놀란다.

봄 꿩이 제 울음에 죽는다 : 꿩이 소리를 내어 자기가 있는 곳을 알려 죽게 된다는 뜻으로, 제 허물을 제가 드러냄으로써 화를 스스로 불러옴을 비유하여 이르는 말.

봄날의 하루가 가을날 열흘 맞잡이㊊ **:** 한 해 농사를 시작하는 때인 봄날은 다른 계절의 열흘과 맞먹을 정도로 중요한 시기라는 뜻으로, 봄철 농사가 매우 중요함을 비유적으로 이르는 말. 봄날의 하루가 일 년 농사를 결정한다 북.

봄날의 하루가 일 년 농사를 결정한다 북 : ⇒ 봄날의 하루가 가을날 열흘 맞잡이 북.

봄내 여름내 사등이뼈가 휜다 : 농사꾼은 봄에서 여름에 이르기까지 모심기·김매기·풀베기·보리수확 등을 하느라고 등뼈가 휠 정도로 고됨을 비유하여 이르는 말.

봄누에 깨는 날은 무진(戊辰)·임오(壬午)·갑오(甲午)·을사(乙巳)·정사(丁巳)·무오(戊午)가 길일(吉日)이다 : 봄누에의 알 깨는 날을 무진·임오·갑오·을사·정사·무오 중에서 택하면 잘 된다는 말.

봄누에를 칠 때 돈 거래를 하면 고치를 단단히 짓지 않는다 : 봄누에를 치는 동안에 고치 예매를 하면 누에가 고치를 단단하게 짓지 않고 함부로 짓는다는 말.

봄눈과 숙모 채찍은 무섭지 않다 : 봄눈은 아무리 심하게 와 봐야 곧 녹으므로 겁나지 않는다는 말.

봄눈 녹듯 한다 : ① 봄에 오는 눈은 쌓일 틈도 없이 바로 녹는다는 말. ② 서로 간에 쌓였던 감정이 원만하게 풀림을 이르는 말.

봄 닭띠는 자식이 흥왕한다 : 닭띠로 봄에 나면 자식이 많다하여 이르는 말.

봄도 한철 꽃도 한철 : ⇒ 봄꽃도 한때[2].

봄 돈 칠 푼은 하늘이 안다 : 농촌에서는 봄에 돈이 매우 귀하다는 말.

봄 떡은 들어앉은 샌님도 먹는다 : 해가 긴 봄에는 누구나 군것질을 좋아한다는 말.

봄 떡은 버짐에도 약이라 북 : 봄 떡은 버짐에 약으로 쓸 만큼 소중하다는 뜻으로, 봄철에는 식량이 귀하다는 말.

봄 망둥이는 개도 안 먹는다 : ⇒ 봄 문절이는 개도 안 먹는다.

봄 문절이는 개도 안 먹는다 : 봄철 산란 후의 문절이가 맛이 없어지듯이, 한 시기가 지나면 쓸모가 없어진다는 말. 봄 망둥이는 개도 안 먹는다. 삼월 넙치는 개도 안 먹는다.

봄물에 방게 기어 나오듯 : 봄물이 지자 때를 만난 방게가 사방으로 정신없이 기어 나오듯 한다는 뜻으로, 어떤 것이 여기저기서 많이 나오는 모양을 비유하여 이르는 말.

봄바람에 말똥 굴러가듯 한다 : 봄바람에 마른 말똥이 굴러가듯이, 무슨 물체가 잘 굴러감을 이르는 말.

봄바람에 말 씹도 터진다 : 봄바람을 쐬면 살갗이 잘 틈을 비유하여 이르는 말.

봄바람에 여우가 눈물 흘린다 북 : ⇒ 봄바람은 첩의 죽은 귀신 북.

봄바람에 죽은 노인 : 봄바람을 맞고 얼어 죽은 노인이란 뜻으로, 몹시 추위를 타는 사람을 비유하여 이르는 말.

봄바람은 기생첩이다 : 봄바람은 옷깃을 헤치고 품속으로 파고들어 매우 쌀쌀하다는 말. 봄바람은 첩 죽은 귀신이다. 봄바람은 품으로 기어든다.

봄바람은 아침에 차고, 가을바람은 저녁에 차다 : 오후의 일사(日射)가 봄에는 강하고 가을철에는 약해짐을 이르는 말.

봄바람은 처녀 바람이고, 가을바람은 총각 바람이다 : 봄철에는 처녀가 바람피우기 쉽고, 가을철에는 총각이 바람피우기 쉽다는 말.

봄바람은 첩의 죽은 귀신 북 : 봄바람이 매우 쌀쌀함을 비유하여 이르는 말. 봄바람에 여우가 눈물 흘린다 북.

봄바람은 첩 죽은 귀신이다 : ⇒ 봄바람은 기생첩이다.

봄바람은 품으로 기어든다 : ⇒ 봄바람은 기생첩이다.

봄 방 추우면 맏사위 달아난다 : 봄철에 방 추운 것은 견디기 힘듦을 비유하여 이르는 말.

봄배추는 도리깨 소리만 나면 못 먹는다 : 봄배추는 보리타작을 하는 6월 하순이 되면 종대와 벌레가 생겨서 못 먹게 된다는 뜻.

봄배추 밭에 나비가 날면 끝장이다.

봄배추밭에 나비가 날면 끝장이다 : ⇒ 봄배추는 도리깨 소리만 나면 못 먹는다.

봄 백양(白楊) 가을 내장(內藏) : 봄에는 백양산(白楊山) 비자나무 숲의 신록이, 가을에는 내장산(內藏山)의 단풍이 절경이라는 말.

봄볕에 그을리면 보던 임도 몰라본다 : 봄볕을 쬐면 살갗이 까맣게 그을림을 비유하여 이르는 말.

봄볕은 며느리를 쬐이고, 가을볕은 딸을 쬐인다 : ⇒ 가을볕에는 딸을 쬐이고, 봄볕에는 며느리를 쬐인다.

봄보리는 크거나 작거나 때만 되면 벤다 : 봄보리는 크게 자란 뒤에 이삭이 패는 것이 아니라 크거나 작거나 5월 하순이면 패므로 6월 하순에는 다 베야 한다는 말.

봄 보지가 쇠저를 녹이고, 가을 좆이 쇠판을 뚫는다 : 봄에는 여자가, 가을에는 남자가 춘정(春情)이 높아짐을 비유하여 이르는 말.

봄 불은 여우 불이라 : 봄에는 무엇이든 잘 탄다 하여 이르는 말.

봄비가 갑자일(甲子日)에 오면 천 리 들이 마른다 : 봄비가 일진이 갑자일이 되는 날 오면 큰 흉년이 든다는 말.

봄비가 많이 오면 아낙네 손이 커진다 : 봄에 비가 많이 오면 모심기가 잘 되어 풍년이 들게 되므로 씀씀이가 커지고, 특히 아낙네들도 곡식을 헤프게 쓴다는 말.

봄비가 잦으면 마을 집 지어미 손이 크다 : 봄비가 자주 오면 풍년이 들 것으로 생각하기 때문에 부인들의 인심이 후해진다는 뜻으로, 아무 소용없고 도리어 해롭기만 함을 비유하여 이르는 말. 봄비 잦은 것.

봄비가 잦으면 풍년 들어 인심이 좋아진다 : 봄에 비가 자주 와서 풍년이 들면 생활이 윤택해져서 인심도 좋아진다는 말.

봄비는 기름이다 : ① 봄비는 번질번질하면서 땅에 잘 스며듦을 비유하여 이르는 말. ② 봄비는 기름과 같이 값짐을 비유하여 이르는 말.

봄비는 따뜻해야 오고, 여름비는 무더워야 온다 : 봄비는 따뜻해지면서 오고, 여름비는 저기압으로 무더워야 온다는 말.

봄비는 따뜻해지면 갠다 : 봄에 저기압이 북쪽 지방을 통과하면서 남쪽으로부터 따뜻한 기류가 유입될 때 대기가 따뜻해지면 이윽고 이동성 고기압이 다가와 날씨가 갠다는 말.

봄비는 맞으며 걷는다 : 봄에 오는 비는 풍년이 들 징조이므로 농촌에서는 비를 맞으며 들일을 하게 된다는 말.

봄비는 벼농사 밑천이다 : 봄에 비가 와야 못자리도 하고 모심기도 하게 되므로 봄비는 벼농사의 생명이기도 하다는 말.

봄비는 쌀 비다 : 건조한 봄철에 비가 넉넉히 오면 그해 모내기에 도움이 되어 풍년이 든다는 말.

봄비는 올수록 따뜻해지고, 가을비는 올수록 추워진다 : 봄에는 비가 올수록 따뜻해지고, 가을에는 비가 올수록 추워진다는 말.

봄비는 일 비고, 여름비는 잠 비고, 가을비는 떡 비고, 겨울비는 술 비다 : 봄에는 비가 와도 들일을 해야 하고, 여름에는 농한기이므로 비가 오면 낮잠을 자게 되고, 가을비에는 햅쌀로 떡을 해 먹으며 쉬고, 겨울비에는 술을 먹고 즐긴다는 말. 가을비는 떡비다. 가을비는 떡 비요, 겨울비는 술 비다. 겨울비는 술 비다. 봄비는 일 비다. 봄비는 잠비요 가을비는 떡비라[북]. 여름비는 잠비고, 가을비는 떡비다. 여름비는 잠비다.

봄비는 일 비다 : ⇒ 봄비는 일 비고, 여름비는 잠 비고, 가을비는 떡 비고, 겨울비는 술 비다.

봄비는 잠비요 가을비는 떡비라[북] : ⇒ 봄비는 일 비고, 여름비는 잠 비고, 가을비는 떡 비고,

겨울비는 술 비다.

봄비는 한 번 내릴 때마다 따뜻해진다 : 저기압이 통과할 때마다 대륙에서 온난해진 이동성 고기압이 내습하여 일사(日射)가 강해진다는 말.

봄비 잦은 것 : ⇒ 봄비가 잦으면 마을 집 지어미 손이 크다.

봄 사돈은 꿈에도 보기 무섭다 : 대접하기 어려운 사돈을 춘궁기(春窮期)에 맞게 되는 것을 꺼림을 비유하여 이르는 말. 삼사월 손님에 반가운 손님 없다. 삼사월 손님은 꿈에 볼까 무섭다.

봄 소나기 삼형제㉥ **:** ⇒ 소나기 삼형제.

봄 안개가 끼면 보리농사 망친다 : 봄 안개는 기온의 일교차가 심한 경우 대기 중의 습도가 높을 때 일어나는 현상으로 습도가 높으면 각종 병해가 발생하여 보리농사를 망치게 된다는 말.

봄 안개는 보리 천 석을 감한다 : 보리 팰 무렵에 안개가 끼면 보리농사에 피해가 커서 수확량이 감소된다는 말.

봄 안개는 죽 안개 가을 안개는 밥 안개 : ⇒ 가을 안개는 쌀 안개 봄안개는 죽 안개.

봄 안개는 천 석을 깎고(감하고), 가을 안개는 천 석을 보태 준다 : ⇒ 가을 안개는 천 석을 올리고, 봄안개는 천 석을 내린다.

봄에 깐 병아리를 가을에 와서 세어 본다 : ① 봄에 깬 병아리를 중병아리가 되는 가을에 가서야 그 수를 세어 본다는 뜻으로, 이해타산(利害打算)에 어수룩함을 비유하여 이르는 말. ② ㉥ 벌여 놓은 일을 제때에 처리하지 못하고 게으름을 부리다가 뒤늦게 처리하느라고 바삐 돌아감을 비유하여 이르는 말.

봄에 꽃이 일찍 피면 풍년 든다 : 해동이 일찍 되면 농사일도 빨라지고, 곡식들은 일조일이 길어져서 풍작이 된다는 말.

봄에 논물이 저절로 괴면 풍년 든다 : 봄에 해동이 되어 농토에 물이 충분하면 풍년이 든다는 말.

봄에 눈이 급히 녹아 없어지면 풍년, 늦게 없어지면 흉작 : 봄이 되면서 기후가 점점 규칙적으로 따뜻해지면 쌓인 눈에 규칙적인 요철이 생기면서 녹으나, 기후가 불순하여 변덕이 심하면 눈 녹는 것도 불규칙적으로 되는데, 이렇게 천후(天候)가 순조롭지 않으면 곡물도 흉작이 된다는 말.

봄에는 굼벵이도 석 자씩 뛴다 : 봄 농사철에는 몹시 바빠서 게으른 사람도 저절로 부지런해짐을 비유하여 이르는 말.

봄에는 남방청제장군(南方青帝將軍)을, 가을에는 북방장군(北方將軍)을 제사지내면 풍년이 든다 : 봄가을로 농업신에게 제사를 드려야 신의 도움으로 풍년이 든다는 말.

봄에는 생말〔生馬〕 가죽이 마른다㉥ **:** 봄철에는 일반적으로 날씨가 건조하여 초목들이 가뭄을 탄다는 말.

봄에는 아기 봐 주고 차조 한 말 번다 : 3~4월 긴긴 해 농번기에는 아기만 돌보아 주어도 후한 품삯을 받게 된다는 말.

봄에 들거미가 많으면 목화 풍년이 든다 : 봄에 들거미가 밭에 많은 해는 목화가 풍년이 든다는 말.

봄에 씨를 뿌리지 않으면 가을이 돼도 거둘 것이 없다〔春若不耕 秋無所望〕 : 농사는 봄에 씨앗을 뿌리지 않으면 가을이 되어도 거둘 곡식이 없듯이, 사람도 소년 시절에 배우지 않으면 자라서 출세할 수가 없음을 비유하여 이르는 말.

봄에 씨를 뿌려야 가을에 거둔다 : ① 농사는 봄에 씨앗을 뿌리고 여름에 가꾸어야 가을에 수확하게 된다는 말. ② ㉥ 어떤 일이든지 제때에 대책을 세우고 공을 들여야 그만큼 성과를 거두게 됨을 비유하여 이르는 말.

봄에 씨앗을 갈지 않으면 가을에 가서 뉘우치게 된다〔春不耕 秋後悔〕: 봄에 씨를 뿌리지 않으면 가을에 수확할 것이 없어 후회하듯이, 어려서 배우지 않으면 나이 먹어 후회하게 됨을 비유하여 이르는 말.

봄에 얼음 녹듯 한다: ① 봄비가 오려면 날씨가 따뜻해지고 빗물에 얼음도 잘 녹음을 비유하여 이르는 말. ② 서로 간에 쌓였던 감정이 원만하게 풀림을 이르는 말.

봄에 의붓아비 제 지낼까: ⇒ 가을에 내 아비 제도 못 지내거든 봄에 의붓아비 제 지낼까.

봄에 잔고막이 일면 보리 풍년 든다: 날씨가 맑고 따뜻하면 바다에 잔고막이 잘 번식하게 되는데, 이런 봄 날씨가 계속되면 보리 풍년이 든다는 말.

봄에 하루 놀면 겨울에 열흘 굶는다㈜**:** 한 해 농사의 첫 시작인 봄철에 씨를 뿌리기를 게을리하면 그만큼 농사가 안되어 열흘을 굶는다는 뜻으로, 봄철 농사가 매우 중요함을 비유하여 이르는 말.

봄에 흰 꽃이 많이 피는 해는 흰 벼가 잘되고, 붉은 꽃이 많이 피는 해는 붉은 벼가 풍년 든다: 봄에 흰 꽃이 많이 피는 해는 벼농사에서도 흰 벼를 심어야 잘되고, 붉은 꽃이 많이 피는 해는 붉은 벼를 심어야 수확을 많이 하게 된다는 말.

봄엔 아이 데리고 좁쌀 한 말을 번다: 봄철 모내기 때에는 일손이 모자라므로 여자의 품삯도 올라서 하루에 좁쌀 한 말씩은 받음을 비유하여 이르는 말.

봄의 천둥은 추위를 가져온다: 봄 뇌우는 전선뇌우인 경우가 많고 한랭전선 통과 후 한기 유입으로 추워질 수 있다는 말.

봄이 되면 제비도 돌아온다: 날씨가 따뜻해지면 강남에서 제비가 돌아오게 된다는 말.

봄 제비는 옛집으로 돌아온다: 제비가 옛집을 찾아가듯이, 타향에 갔던 사람이 고향으로 돌아감을 이르는 말.

봄 조개 가을 낙지: ① 봄에는 조개, 가을에는 낙지가 제철이라는 뜻으로, 제때를 만나야 제구실을 하게 됨을 비유하여 이르는 말. 가을 낙지 봄 조개. ② ㈜ 적절한 시기의 적절한 물건을 비유하여 이르는 말.

봄 조기 가을 낙지: ⇒ 가을 낙지요 봄 조기다①.

봄철 서풍은 하루뿐: 봄에 저기압이 통과한 후 서풍이 불지만, 이 바람은 하루밖에는 불지 않는다는 뜻으로, 이동성 고기압의 빈번한 통과를 의미하는 말.

봄철에 해동이 빠르면 보리 흉년 든다: 보리는 오랫동안 눈에 덮인 채 보온과 수분 흡수가 잘 되어야 풍년이 드는데, 일찍 해동이 되면 가뭄으로 흉작이 될 수 있다는 말.

봄철이 늦고 가을철이 빠른 해는 늦벼가 좋고, 봄철이 빠르고 가을철이 늦은 해는 올벼가 잘된다: 봄 해동이 늦고 가을철이 빠른 해는 늦벼를 심어야 수확이 많고, 봄철이 빠르고 가을철이 늦은 해는 올벼를 심어야 수확이 많다는 말.

봄 첫 갑자일(甲子日)에 비가 오면 백 리 중(안)이 가문다: 입춘인 2월 3일경이 지난 첫 번째 일진이 갑자일인 날에 비가 오면 가물어 흉년이 든다는 말.

봄추위가 장독 깬다: 따뜻한 봄철에도 의외로 사나운 추위가 있다는 말.

봄추위와 늙은이 건강㈜**:** ⇒ 가을 날씨 좋은 것과 늙은이 근력 좋은 것은 못 믿는다.

봄추위와 늙은이 근력은 오래가지 못한다〔春寒老健〕: ⇒ 가을 날씨 좋은 것과 늙은이 근력 좋은 것은 못 믿는다.

봄 해에는 아기 봐 주고 차조 한 말 번다: 3~4월 긴긴 해 농번기에는 아기만 돌보아 주어도 후한 품삯을 받게 됨을 비유하여 이르는 말.

봇물 싸움에 살인난다: ⇒ 물싸움에 살인난다.

봇물 전쟁이다 : 날이 심하게 가물면 봇물을 가지고 흔히 싸움이 일어난다는 말.

봇짐 내어 주며 앉으라 한다 : 손님이 갈 것을 은근히 바라면서도 표면으로는 가는 것을 말리는 체함을 이르는 말. 봇짐 내어 주면서 하룻밤 더 묵으라 한다.

봇짐 내어 주면서 하룻밤 더 묵으라 한다 : ⇒ 봇짐 내어 주며 앉으라 한다.

봉(鳳) 가는 데 황(凰) 간다 : ⇒ 바늘 가는 데 실 간다.

봉당(封堂)을 빌려주니 안방을 달란다〔借廳入房, 借廳借閨〕: 처음에는 조심스레 삼가다가 점점 재미를 붙여 정도와 분수가 넘치는 짓을 뻔뻔스럽게 함을 이르는 말. *봉당－안방과 건넌방 사이의 마루를 놓을 자리에 마루를 놓지 않고 흙바닥 그대로 둔 곳. 청을 빌려 방에 들어간다. 행랑 빌리면 안방까지 든다.

봉사 개천 나무란다 : ⇒ 소경 개천 나무란다.

봉사 굿 보기 : ⇒ 봉사 단청 구경②.

봉사 기름 값 물어주기 : 봉사는 기름불을 밝힐 필요가 없으므로 기름 값을 물어줄 까닭이 없다는 데서 유래된 말로, 전혀 관계없는 일에 억울하게 배상하는 경우를 비유하여 이르는 말. 소경 기름값 내기.

봉사 기름값 물어주나, 중이 횟값(膾－) 물어주나 일반(一般) : 기름불을 밝힐 필요가 없는 봉사가 기름값을 물어주거나, 고기를 먹지 않는 중이 횟값을 물어주거나 마찬가지란 뜻으로, 이해관계가 없는 지출임은 마찬가지임을 비유하여 이르는 말.

봉사 눈 뜬 것 같다 : 어둡고 답답하다가 시원히 볼 수 있게 되거나, 막혔던 일이 시원스럽게 해결되는 경우를 비유하여 이르는 말.

봉사님 마누라는 하느님이 점지한다 : 사람의 결연은 우연히 되는 것이 아니라 인연이 있어야 이루어진다는 말.

봉사 단청 구경〔盲玩丹靑〕: ① 눈먼 봉사가 단청을 구경한다는 뜻으로, 사물의 참된 모습을 깨닫지 못함을 비유하여 이르는 말. ② 아무리 보아도 그 진미(眞味)를 알아볼 능력이 없는 경우를 비유하여 이르는 말. 봉사 굿 보기. 봉사 등불 쳐다보듯. 봉사 씨름 굿 보기. 소경 관등 가듯. 소경 단청 구경. 장님 등불 쳐다보듯. 장님 사또 구경㊍. 장님 은 빛 보기다.

봉사 등불 쳐다보듯 : ⇒ 봉사 단청 구경②.

봉사 문고리 잡기 : ① 눈먼 봉사가 요행히 문고리를 잡은 것과 같다는 뜻으로, 그럴 능력이 없는 사람이 어쩌다가 요행수로 어떤 일을 이룬 경우를 비유하여 이르는 말. ② 가까이 두고도 찾지 못하고 헤맴을 이르는 말. 소경 문 걸쇠㊍. 소경 문고리 잡듯(잡은 격). 소경이 문 바로 든다㊍. 장님 문고리 잡기.

봉사 씨름굿 보기 : ⇒ 봉사 단청 구경②.

봉사 씻나락 까먹듯 : 남이 알아듣지 못할 잔소리를 늘어놓음을 이르는 말.

봉사 아이 어르듯㊍ : 앞 못 보는 봉사가 제대로 잡지도 못하면서 아이를 둥개둥개 어르듯 한다는 뜻으로, 무엇을 똑똑히 알지도 못하면서 어림짐작으로 어설프게 행동하는 모양을 비유하여 이르는 말.

봉사 안경 쓰나마나 : ⇒ 소경 잠자나 마나.

봉사 앞정강이 : 무례하고 건방짐을 비유하는 말.

봉사 제 점 못 한다 : 남의 점을 쳐 주는 봉사가 자기의 앞일에 대해서는 점을 못 친다는 뜻으로, 남을 위해서는 할 수 있는 일도 자기가 직접 당하였을 때는 스스로 처리하지 못하는 경우를 비유하여 이르는 말.

봉사 청맹과니 만났다㊍ : 눈먼 봉사가 눈 뜬 맹인인 청맹과니를 만났다는 뜻으로, 같은 처지의 사람이 서로 만나서 매우 기뻐하는 경우를 비유하여 이르는 말.

봉산(鳳山) 수숫대 같다 : 황해도 봉산에서 나는 수숫대가 유달리 키가 큰 데서 유래된 말로, 키가 멀쑥하게 큰 사람을 비유하여 이르는 말. 음달의 싱아대 같다[북].

봉산 참배는 물이나 있지 : ⇒ 백미에는 뉘나 섞였지.

봉선화가 난다고 해야 풍년이 든다 : 옛날에 수리 시설이 발달하지 못하였기 때문에 천수답도 모심기를 할 수 있을 만큼 비가 와야 하는데, 이렇게 되자면 약간의 수해를 입게 된다는 말.

봉(鳳) 아니면 꿩이다 : ⇒ 꿩 대신 닭.

봉의 알 : 얻기 어려운 진귀하고 소중한 물건을 이르는 말.

봉이 나매 황(凰)이 난다 : 가장 좋은 짝이 생겨났음을 비유하여 이르는 말.

봉천답(奉天畓)이 소나기를 싫다 하랴 : 늘 물이 부족한 천둥지기 논이 소나기를 싫어할 리가 없다는 뜻으로, 틀림없이 좋아할 것임을 비유하여 이르는 말.

봉충다리의 울력걸음 : 한 다리가 짧은 사람도 여럿이 함께 기세 좋게 걷는 데 끼면 절뚝거리면서도 따라갈 수 있다는 뜻으로, 능력이 조금 모자라는 사람도 여럿이 어울려서 하는 일에는 한몫 낄 수 있음을 비유하여 이르는 말. * 봉충다리—사람이나 물건의 한쪽이 짧은 다리.

봉치〔封采〕에 포도군사(捕盜軍士) : 신랑 집에서 신부 집에 구혼하는 경사스러운 일에 포도군사가 나타남은 당치 아니하다는 뜻으로, 연회나 기타의 장소에 전연 관계없는 사람이 끼어드는 경우를 비유하여 이르는 말. * 납채(納采)·길사(吉事)에 포도군사가 나타남은 당치도 않다는 뜻에서 유래된 말. * 봉치(봉채)—혼인식을 하기 전에 신랑집에서 신부집으로 채단(采緞)과 예장(禮狀)을 보내는 일. 또는 그 물건. 사돈의 잔치에 중이 참여한다.

봉홧불(烽火-) 받듯 : 봉화대에서 연락을 받는 대로 지체 없이 봉홧불을 올리듯이, 무엇을 연속으로 주고받는 상태를 비유하여 이르는 말.

봉홧불에 김을 구워 먹는다 : ⇒ 봉홧불에 산적 굽기.

봉홧불에 떡 구워 먹기 : ⇒ 봉홧불에 산적 굽기.

봉홧불에 산적(散炙) 굽기 : 봉홧불에 산적을 굽는다는 뜻으로, 일을 무성의하게 닥치는 대로 하여 좋은 성과를 거두지 못하는 경우를 비유하여 이르는 말. 봉홧불에 김을 구워 먹는다. 봉홧불에 떡 구워 먹기.

봉황(鳳凰)에 닭을 비교한다 : 잘난 사람에다 못난 사람을 비교함을 비유하여 이르는 말.

부과(付科) 삼 년에 말라 죽는다 : 애를 태우고 고생하며 오래 지내기가 어려움을 비유하여 이르는 말. * 부과—초시(初試)에 급제한 사람이 응시하는 과거(科擧).

부귀빈천(富貴貧賤)이 물레바퀴 돌듯 한다 : ⇒ 음지가 양지 되고 양지가 음지 된다.

부끄러울 때는 두덜거려도 낫다[북] : 부끄러워 얼굴을 들지 못하게 될 때는 하다못해 못마땅한 듯이 두덜거리면 부끄러움을 좀 덜 수 있다는 뜻으로, 졸렬한 수로 얼마간 창피를 모면할 수 있음을 비유하여 이르는 말.

부등가리 안 옆 죄듯(조이듯) : 무슨 일을 저질러 놓고 마음이 놓이지 아니하여 안절부절못하는 모습을 비유하여 이르는 말.

부뚜막 농사를 잘해야 낟알이 흔해진다[북] : 부엌살림을 야무지게 하고 낟알을 절약하여야 식량이 여유 있음을 비유하여 이르는 말.

부뚜막 땜질 못 하는 며느리 이마의 털만 뽑는다 : ⇒ 동정 못 다는 며느리 맹물 발라 머리 빗는다.

부뚜막에 개를 올려놓은 듯[북] : 깨끗하고 단정하여야 할 부뚜막에 어지럽게 돌아다니는 개를 올려놓은 듯하다는 뜻으로, 어떤 자리에 나타난 인물이 염치없이 구는 모양을 비유하여 이르는 말.

부뚜막에 심는다고 부추다 : 옛날 어떤 여자가 자기 남편이 여름에는 양기가 좋았다가 겨울이 되면 약해지는 원인이 여름철에는 부추를 먹다가 겨울이 되면 못 먹는 데 있다는 것을 알고, 겨울에 부추를 부뚜막에 심어서 남편을 먹였기 때문에 부추라고 부르게 되었다는 속설에서 나온 말. * 경상도 방언에는 부엌을 정지라 하고 부추를 정지에 심었다는 데서 부추를 정구지라고 일컫는다고 한다.

부뚜막에 앉아 굶어 죽겠다(북) **:** ⇒ 밥함지 옆에서도 굶어 죽겠다.

부뚜막의 소금도 집어넣어야 짜다 : 가까운 부뚜막에 있는 소금도 넣지 않으면 음식이 짠 맛을 낼 수 없다는 뜻으로, 아무리 좋은 조건이 마련되었거나 손쉬운 일이라도 힘을 들여 이용하지 않으면 목적을 이룰 수 없음을 비유하여 이르는 말. 가마목의 소금도 집어넣어야(쳐야만) 짜다(북). 구막 갓에 (있는) 소금도 집어넣어야 짜다.

부뚜막의 약바리(북) **:** 밖에 나가서는 그렇지 못하면서 집 안에서만 약삭빠르게 구는 사람을 비유하여 이르는 말.

부뚜막이 떨어지면 흙 땜을 하지만 사람 못난 것은 고치기 힘들다(북) **:** 물건이 못 쓰게 된 것은 고치면 되지만 사람의 품성은 고치기가 어려움을 비유하여 이르는 말.

부러진 매 날개죽지(북) **:** 타격을 크게 받아 더는 추스를 수 없게 된 상태를 비유하여 이르는 말.

부러진 송곳(북) **:** ⇒ 끈 떨어진 뒤웅박(갓, 둥우리, 망석중이) (신세). 가장 요긴한 부분이 못 쓰게 되어 쓸모없게 된 것이라는 데서 유래된 말.

부러진 칼자루에 옻칠하기 : 부러져서 쓸모없이 된 칼자루에 옻칠을 한다는 뜻으로, 쓸데없는 일에 노력을 하는 경우를 비유하여 이르는 말.

부레풀로 일월(日月)을 붙인다 : 부레풀로 해와 달을 붙인다는 뜻으로, 가당치도 않은 못난 소리하는 사람을 조롱하여 이르는 말. * 부레풀－민어의 부레를 끓여서 만든 풀로, 교착력(膠着力)이 강한 까닭에 목기(木器)를 붙이는 데에 많이 씀.

부르기 좋은 개똥쇠(북) **:** 부르기 좋아서 자꾸 개똥쇠 개똥쇠 하고 부른다는 뜻으로, 반갑지도 아니한 사람이 시끄럽게 자기를 자주 찾는 경우를 비꼬아 이르는 말.

부르느니 말하지 : 서로 가까운 거리에 있을 때, 부르는 것보다 직접 전할 말을 하는 것이 빠르다는 말.

부른 배 고픈 건 더 답답하다 : ① 아이를 밴 여자는 남 보기에 배부른 것 같으므로 실지 배가 고파도 아무도 그 사정을 몰라주어 답답하다는 뜻으로, 속사정을 몰라주어 매우 답답한 경우를 비유하여 이르는 말. ② 임신 중에는 배고픈 것을 견디지 못함을 비유하여 이르는 말.

부름이 크면 대답도 크다 : 큰 소리로 부르면 자연히 대답도 큰 소리로 하게 된다는 뜻으로, 서로 상응함을 이르는 말.

부모가 반팔자(半－) : 어떤 부모 밑에서 태어났느냐 하는 것이 사람의 운명을 결정하는 중요한 요소임을 비유하여 이르는 말.

부모가 온효자가 되어야 자식이 반효자 : ⇒ 부모가 착해야 효자(-가) 난다.

부모가 자식을 겉 낳았지 속 낳았나 : 부모는 자식의 육체를 낳은 것이지 그 사상이나 속마음을 낳은 것은 아니라는 뜻으로, 자기의 자식이라도 그 속에 품은 생각은 알 수 없음을 비유하여 이르는 말. 자식은 겉 낳지 속은 못 낳는다①.

부모가 착해야 효자(-가) 난다 : ① 부모가 착하여야 자식도 부모를 따라 착한 사람이 된다는 뜻으로, 윗사람이 잘하여야 아랫사람도 잘함을 비유하여 이르는 말. ② 부모의 성행이 좋아야 자식도 착하다는 말. 부모가 온효자 되어야 자식이 반효자. 부모가 효자 되어야 자식이 효자 된다[북].

부모가 효자가 되여야 자식이 효자 된다[북] : ⇒ 부모가 착해야 효자(-가) 난다.

부모는 먹지 않고 자식에게 주고, 자식은 먹고 남아야 부모에게 준다 : 자식이 부모 생각하는 것보다, 부모의 자식 생각이 더 큼을 이르는 말.

부모는 문서 없는 종이다 : 부모는 자식을 위해 평생 희생함을 비유하여 이르는 말.

부모는 자식이 한 자만 하면 두 자로 보이고, 두 자만 하면 석 자로 보인다 : 부모 된 사람에게는 제 자식이 좋게만 보임을 비유하여 이르는 말.

부모는 차례 걸음이라 : 부모의 죽음을 슬퍼하는 자식에게, 나이 많은 부모가 으레 먼저 돌아가시는 법이라고 위로하는 말.

부모 말을 들으면 자다가도 떡이 생긴다 : 부모 말을 잘 듣고 순종하면 좋은 일이 생긴다는 말.

부모 명 잘 받드는 사람이 나라도 잘 받든다[북] : 부모를 위하고 가족과 고향을 사랑할 줄 아는 사람이라야 나라에도 충성을 할 수 있다는 말.

부모 배 속에는 부처가 들어 있고, 자식 배 속에는 범이 들어 있다[북] : ⇒ 부모 속에는 부처가 들어 있고, 자식 속에는 앙칼이 들어 있다.

부모 상고에는 먼 산이 안 보이더니, 자식이 죽으니 앞뒤가 다 안 보인다[북] : 부모가 돌아가셨을 때보다도 자식이 죽었을 때에 슬픔이 더 큼을 비유하여 이르는 말.

부모 속에는 부처가 들어 있고, 자식 속에는 앙칼이 들어 있다[북] : 부모는 누구나 다 제 자식을 무한히 사랑하나, 자식들 가운데는 부모의 은덕을 저버리는 경우가 없지 아니함을 비유하여 이르는 말. *앙칼—매우 모질고 날카로움. 부모 배 속에는 부처가 들어 있고, 자식 배 속에는 범이 들어 있다[북].

부모와 자식 간에도 일이 사랑이다[북] : ⇒ 삼대독자 외아들도 일해야 곱다[북].

부모의 은덕은 낳아서 기른 은덕이요, 스승의 은덕은 가르쳐 사람 만든 은덕이라[북] : 훌륭한 사람이 되라고 가르쳐 준 스승의 은덕도 친부모의 은덕에 못지아니하게 귀중하다는 말.

부부 싸움은 개도 안 말린다 : 부부 싸움은 섣불리 제삼자가 개입할 일이 아니라는 말.

부부 싸움은 칼로 물 베기 : 부부간의 싸움은 쉬 화합함, 또는 그래야 함을 이르는 말. 내외간 싸움은 개싸움. 내외간 싸움은 칼로 물 베기라. 양주 싸움은 칼로 물 베기.

부산 가시나 같다 : 억세고 체격이 딱 벌어진 여자를 이르는 말.

부서진 갓모자(-帽子)가 되었다 : 사람이 남에게 꾸지람을 듣고 무안을 당하였음을 비유하여 이르는 말.

부스럼이 살 될까 : ⇒ 고름이 살 되랴.

부시통에 연풍대(燕風臺) 하겠다 : 좁은 그릇 속에서 동작이 큰 춤을 춘다는 말로, 언행이 옹졸하여 일을 하면서 앞일을 헤아리지 못하는 경우를 조롱하여 이르는 말. *부시통—부시 치는 제구를 넣어 두는 작은 통. *연풍대—기생이 추는 칼춤의 하나.

부아 돋는 날 의붓아비 온다 : ① 가뜩이나 화가 나서 참지 못하고 있는데 미운 사람이 찾아와 더욱 화를 돋우는 경우를 비유하여 이르는 말. ② 한창 곤란한 일을 겪고 있을 때 반갑지 아니한 일이 겹쳐 찾아옴을 비유하여 이르는 말. 골난 날 의붓아비 온다.

부앗김에 서방질한다 : ⇒ 홧김에 서방질(화냥질)한다.

부엉이 곳간(庫間) : 부엉이는 둥지에 먹을 것을 많이 모아 두는 버릇이 있다는 데서 유래된 말로, 없는 것이 없이 무엇이나 다 갖추어져 있는 경우를 비유하여 이르는 말.

부엉이 방기(放氣) 같다 : 자기가 뀐 방귀에도 놀란다는 뜻으로, 사소한 일에 놀라는 사람을 비유하여 이르는 말.

부엉이 살림 : 자기도 모르는 사이에 부쩍부쩍 느는 살림을 비유하여 이르는 말.

부엉이 셈(-치기) : 부엉이가 수를 셀 때 반드시 짝으로 하므로 하나가 없어지는 것은 알아도 짝으로 없어지는 것은 모른다는 데서 나온 말로, 세상에 몹시 어두운 사람의 셈을 비유하여 이르는 말.

부엉이 소리도 제가 듣기에는 좋다고 : 세상에 듣기 싫은 부엉이 소리조차도 부엉이가 들으면 듣기에 좋다는 뜻으로, 자기의 약점을 모르고 제가 하는 일은 다 좋은 것으로만 생각하는 경우를 비유하여 이르는 말.

부엉이 집을 얻었다 : 부엉이는 닥치는 대로 제집에 갖다 두어서 거기에는 없는 것이 없다는 데서 나온 말로, 횡재(橫財)를 했음을 비유하여 이르는 말.

부엌 아낙네가 비 오는 것을 먼저 안다 : 저기압일 때는 아궁이에 불이 잘 안 붙으므로, 비 올 기미는 부엌에서 일하는 아낙네가 먼저 앎을 비유하여 이르는 말. 비 오는 것은 밥 짓는 부엌에서 먼저 안다. 비 오는 것은 밥하는 아낙네가 먼저 안다.

부엌에 가면 더 먹을까 방에 가면 더 먹을까 : ⇒ 방에 가면 더 먹을까 부엌에 가면 더 먹을까.

부엌에 불을 넣어야 구새에 연기가 난다㊕ **:** ⇒ 아니 땐 굴뚝에 연기 날까. * 구새-'굴뚝'의 함경 방언.

부엌에서 숟가락을 얻었다 : ⇒ 살강 밑에서 숟가락을 얻었다(주웠다).

부자가 더 무섭다 : 부자가 더 인색하게 굶을 비유하여 이르는 말.

부자가 될수록 욕심이 늘어난다㊕ **:** 탐욕에는 끝이 없음을 이르는 말.

부자가 삼대를 못 가고, 빈자가 삼대를 안 간다㊕ **:** 모든 것은 고정적인 것이 아니라 변하는 것임을 비유하여 이르는 말.

부자간에도 돈을 헤어 주고받는다㊕ **:** 돈거래를 할 때에는 상대가 누구든 정확히 해야 함을 비유하여 이르는 말.

부자네 곡식은 정한 게 없다㊕ **:** 남의 곡식을 마음대로 빼앗는 부자의 곡식이 얼마나 되는지 한도를 정할 수 없는 것처럼, 부자의 재산은 어느 것이나 다 착취와 사기, 협잡으로 긁어모은 것임을 비유하여 이르는 말.

부자 농부가 마른 고양이 기른다 : 구두쇠 농부는 땅만 사려 하고 먹을 것은 굶주려 가며 아끼기 때문에 고양이조차도 마른다는 말.

부자는 마을 사람 밥상이다 : 한 마을에 부자가 있으면 그 마을 사람들은 그 부자 덕에 먹고산다는 말.

부자는 많은 사람의 밥상 : ① 부자는 여러 사람에게 많건 적건 덕을 끼치게 됨을 비유하여 이르는 말. ② ㊕ 부자 하나가 먹는 밥상이면 수많은 사람의 밥상을 차리고도 남는다는 뜻으로, 다른 사람들의 재물을 긁어서 호의호식하는 부자의 생활을 비유하여 이르는 말.

부자는 망해도 삼 년 먹을 것이 있다 : 부자로 살던 사람은 망했다 해도 얼마 동안은 그럭저럭 살아갈 수 있다는 말. 부잣집이 망해도 삼 년을 간다. 큰집이 기울어도 삼 년 간다.

부자도 한이 있다 : ⇒ 벋어 가는 칡도 한이

있다.

부자 몸조심 : 유리한 처지에서는 모험을 피하고 되도록 안전을 꾀함을 비유하여 이르는 말.

부자 삼대 못 가고, 가난 삼대 안 간다 : ① 재산은 있다가도 없고 없다가도 생김으로 빈부(貧富)의 운명은 항상 돌고 돈다는 말. ② ⇒ 부자가 삼대를 못 가고, 빈자가 삼대를 안 간다.

부자의 천 냥보다 과부 두 푼의 정성이 더 크다 : 부자가 내는 많은 돈보다 어려운 사람이 내놓는 적은 돈이 더 정성이 담겨 있음을 비유하여 이르는 말.

부자일수록 근심은 더 많다[북] **:** 부자는 아무 근심도 없는 것 같지만 그 생활 속을 들여다보면 오히려 가난한 사람보다도 더 근심거리가 많다는 말.

부자집 밥벌레[북] **:** 일은 전혀 하지 아니하면서 먹는 데만 눈이 밝은 게으름뱅이를 비유하여 이르는 말.

부자 하나면 세 동네가 망한다 : 세 동네가 망해야 그 돈이 모여 부자 하나가 난다는 뜻으로, 무슨 큰일을 하나 이루려면 많은 희생이 있게 됨을 비유하여 이르는 말. 량반 하나면 세 동네가 망한다[북]. 한 부자에 열 가난[북].

부잣집 가운데 자식 : 부잣집 둘째 아들은 흔히 무위도식(無爲徒食)하며 방탕하다는 뜻에서, 일은 하지 않고 놀고먹는 사람을 비유하여 이르는 말.

부잣집 떡개는 작다 : 부자일수록 더 인색함을 이르는 말. ＊떡개－떡의 낱개.

부잣집 맏며느리감 같다 : ① 얼굴이 복스럽고 듬직하게 생긴 여자를 이르는 말. ② 의젓하기는 하나 마음이 교만한 여자를 비유하여 이르는 말.

부잣집 벼가 먼저 팬다 : ① 부잣집 농사는 남보다 일찍 심고 잘 가꾸기 때문에 이삭도 먼저 팬다는 말. ② 복 있는 사람은 하는 일마다 남보다 잘된다는 말.

부잣집 업 나가듯 한다 : 부잣집을 지키는 업이 나간다는 뜻으로, 까닭 없이 집안이 망해 감을 비유하여 이르는 말. ＊업－한 집안의 살림을 보호하거나 보살펴 준다고 하는 동물이나 사람. 이것이 나가면 집안이 망한다고 한다.

부잣집 외상보다 비렁뱅이 맞돈이 좋다 : 상인에게는 아무리 든든한 상대라도 외상보다는 맞돈이 더 좋음을 비유하여 이르는 말.

부잣집이 망해도 삼 년을 간다 : ⇒ 부자는 망해도 삼 년 먹을 것이 있다.

부잣집 자식 공물방(貢物房) 출입하듯 한다 : 자기가 맡은 일을 남의 일 하듯이 건성건성 성의 없이 함을 비유하여 이르는 말.

부잣집 잔치 떡 나누어 먹듯 한다 : 어떤 물건을 넉넉하게 나누어 씀을 비유하여 이르는 말.

부전조개 이 맞듯 : 부전조개의 두 짝이 빈틈없이 들어맞는 것과 같다는 뜻으로, 사물이 서로 꼭 들어맞거나 의가 좋은 모양을 비유하여 이르는 말. ＊부전조개－계집아이의 노리개로, 모시조개나 제비조개의 껍데기를 두 쪽으로 맞대고 온갖 빛깔의 헝겊으로 바르고 끈을 달아 허리띠 같은 데에 참. 조개부전 이 맞듯.

부절(符節)을 맞춘 듯하다 : 어떤 사물이 꼭 들어맞는 경우를 비유하여 이르는 말. ＊부절－옛날 사신들의 신표. 둘로 갈라서 하나는 조정에 보관하고 하나는 본인이 가지고 다니면서 신분의 증거로 사용하였다.

부조(扶助)는 않더라도 제상(祭床)이나 치지 말라 : 도와주지 않아도 좋으니 낭패(狼狽)를 끼치지나 말라는 말. 부조도 말고 제상 다리도 치지 말라.

부조도 말고 제상 다리도 치지 말라 : ⇒ 부조는 않더라도 제상이나 치지 말라.

부조 안 한 나그네 제상 친다 : 도와주지도 아니하는 사람이 오히려 방해를 놓아서 일을 그르치게 만드는 경우를 비유하여 이르는 말.

부지깽이가 곤두선다 : 부지깽이도 누워 있을 틈이 없이 곤두서서 돌아다닌다는 뜻으로, 어떤 일이 눈코 뜰 새 없이 바쁜 경우를 비유하여 이르는 말.

부지깽이가 뛰는 세월㊍ : ⇒ 부지깽이도 뛰는 바쁜 시절이다.

부지깽이도 뛰는 바쁜 시절이다 : 가을은 추수철로 일손이 모자라는 농번기임을 이르는 말. 부지깽이가 뛰는 세월㊍.

부지깽이로 맞던 며느리가 며느리를 맞아 오니 방치로 때린다㊍ : ⇒ 며느리 늙어 시어미 된다. * 방치—'다듬잇방망이'의 평안 방언.

부지런이 반복(半福)이다 : 부지런히 일하면 큰 부자는 못 되지만 먹고사는 데는 걱정이 없다는 말.

부지런한 것도 반복은 된다㊍ : 부지런한 것이 행복한 생활을 이루는 중요한 요인이라는 말.

부지런한 농민에게는 좋은 땅과 나쁜 땅이 따로 없다㊍ : ⇒ 부지런한 농사꾼에게는 나쁜 논밭이 따로 없다.

부지런한 농사군에게는 나쁜 땅이 없다㊍ : ⇒ 부지런한 농사꾼에게는 나쁜 논밭이 따로 없다.

부지런한 농사꾼에게는 나쁜 논밭이 따로 없다 : 나쁜 논밭이라도 주인이 부지런하면 거름도 많이 주고 객토도 하여 좋은 농토로 만들 수 있음을 이르는 말. 부지런한 농민에게는 좋은 땅과 나쁜 땅이 따로 없다㊍. 부지런한 농사군에게는 나쁜 땅이 없다㊍.

부지런한 물방아는 얼 새도 없다 : 물방아는 쉬지 않고 돌기 때문에 추워도 얼지 않는다는 뜻으로, 무슨 일이든 쉬지 않고 부지런히 하여야 실수가 없고 순조롭게 이루어짐을 비유하여 이르는 말.

부지런한 벌은 슬퍼하지 않는다 : 일에 충실한 사람은 비관하거나 불평하지 않음을 비유하여 이르는 말.

부지런한 범재(凡才)가 부지런하지 못한 천재(天才)보다 낫다㊍ : 부지런한 보통 사람이 부지런하지 못한 천재보다 낫다는 뜻으로, 꾸준히 노력하여 공부하면 인재가 될 수 있다는 말.

부지런한 부자는 하늘도 못 막는다 : 부지런하면 반드시 부자가 된다는 말.

부지런한 사람에게는 가난이 따르지 못한다 : 부지런한 사람은 가난하지 않다는 말.

부지런한 사람은 남는 것이 있어도, 게으른 사람은 먹을 것도 없다 : 부지런하면 잘살고 게으르면 못산다는 말.

부지런한 운전사에게는 나쁜 차가 없다㊍ : 부지런한 운전사는 차의 좋고 나쁨을 따지지 아니하고 언제나 깨끗이 손질하고 관리한다는 말.

부지런한 이는 앓을 틈도 없다 : 일에 열중하면 좀처럼 시간의 여유도 없다는 말.

부처님 가운데(허리) 토막 : 자비로운 부처의 가운데 부분과 같이 음흉하거나 요사스러운 마음이 전혀 없다는 뜻으로, 마음이 지나치게 어질고 순한 사람을 이르는 말.

부처님 공양(供養) 말고, 배고픈 사람 밥을 먹여라 : 부처 앞에서 재물을 바쳐 가며 보람도 없는 공양을 할 것이 아니라, 그 재물을 가지고 굶주린 사람들을 조금이라도 도와주는 것이 참된 길이라는 뜻으로, 남에게 어진 일을 하여 덕을 쌓으면 복이 저절로 온다는 말.

부처님 궐(闕)이 나면 대(代)를 서겠네 : 부처의 자리가 비면 대신 부처가 되겠다는 뜻으로, 겉으로는 자비로운 체하나 속은 음흉하고 탐욕스러운 경우를 반어적으로 이

르는 말.

부처님더러 생선 방어 토막을 도둑질하여 먹었다 한다 : ① 생선을 먹지도 아니하는 부처더러 생선 토막을 도둑질하여 먹었다고 한다는 뜻이니, 자기의 무죄를 내세우는 말. ② 북 너무나도 어처구니없는 일을 우격다짐으로 고집하는 경우를 비유하여 이르는 말.

부처님 마르고 살찌기는 석수에게 달렸다 : ⇒ 부처님 살찌고 파리하기는 석수에게 달렸다.

부처님 밑을 기울이면 삼거웃이 드러난다〔翹佛本麻滓出, 佛底刮麻手發〕: 점잖은 사람도 내면을 들추면 추저분한 점이 있다는 말. *삼거웃/-꺼-/—삼 껍질을 다듬을 때 긁히어 떨어진 검불. 소상(塑像)을 만드는 데 흙에 넣어 버무려 씀.

부처님 살찌고 파리하기는 석수(石手)에게 달렸다 : 일의 진행과 성과 여부는 당사자의 의지 여하에 달려 있음을 뜻하는 말. 부처님 마르고 살찌기는 석수에게 달렸다. 코가 크고 작은 것은 석수쟁이 손에 달렸다 북.

부처님 위하여 불공(佛供)하나 : ⇒ 부처를 위해 불공하나, 제 몸을 위해 불공하지.

부처를 위해 불공하나, 제 몸을 위해 불공하지 : 남을 위하여 하는 것 같지만 결국은 자기를 위하여 하는 것이라는 말. 부처님 위하여 불공(佛供)하나.

부처님한테 설법 : 다 잘 알고 잘못도 없는 이에게 주제넘게 가르치려 드는 어리석은 행동을 비유하여 이르는 말. 선생님 앞에서 책장 번진다 북.

북〔鼓〕과 아이는 칠수록 소리가 커진다 : 우는 아이를 때리면 더 크게 울 뿐이니 잘 달래야 함을 비유하여 이르는 말.

북단(北壇) 거둥에 보군진(步軍陣) 몰리듯 : 임금이 북단에 거둥할 때에 지형이 협소하여 보군이 급히 달려간다는 뜻으로, 무슨 일에 급히 덤비며 법석거림을 비유하여 이르는 말.

북데기 속에 벼알 있다 : ① 벼 타작을 하고 쓸어 버리는 북더기 속에도 쌀알이 있듯이, 버리는 물건 속에도 쓸 만한 것이 있으므로 다시 한 번 살펴보라는 말. ② 북 하찮은 북데기 속에 귀중한 쌀알이 섞여 있다는 뜻으로, 보통 대하게 되는 평범한 곳에 값진 물건이나 인재가 있음을 비유하여 이르는 말. 각담 밑에 구렝이 있고, 북데기 속에 알이 있다 북.

북동풍과 남동풍에는 비가 오고, 서풍에는 비가 갠다 : 북동풍에는 동해 쪽 저기압이, 남동풍에는 태평양 저기압이 몰려오기 때문에 비가 오고, 서풍에는 대륙성 고기압이 다가오므로 비가 갠다는 말.

북동풍 안개에 수숫잎 꼬이듯 한다 : 아침 안개가 끼는 건조한 날씨에 고온건조한 높새바람까지 불어 더욱 건조해진다는 말.

북동풍에도 여름에는 비가 온다 : 우리나라에서는 여름철 동남풍에 비가 오는 것이 보통이지만 장마철에는 북동풍에도 비가 온다는 말.

북동풍이 불면 비가 온다 : 동해안 지방에서는 북동풍이 불면 동해에서 발생된 저기압으로 비가 온다는 말.

북두칠성(北斗七星)이 앵돌아졌다 : 북두칠성이 제자리를 떠나서 획 돌아갔다는 뜻으로, 일이 그릇되거나 낭패가 되었음을 비유하여 이르는 말.

북바리 씹 죄듯 한다 : 한번 손 안에 들어가면 내놓을 줄 모르는 구두쇠를 비유하여 이르는 말. *북바리—'붉바리(바릿과의 바닷물고기)'의 제주도 방언.

북서풍에는 날씨가 개고, 남동풍에는 비가 온다 : ⇒ 남동풍에는 비가 오고, 북서풍에는 비가 갠다.

북서풍이 불면 서늘하다 : 가을철이 되면 대

륙 지방의 고기압이 북서풍에 의하여 이동되므로 날씨가 서늘해진다는 말.

북어 값 받으려고 왔나 : 함경도에서 북어를 싣고 와서 상인에게 넘겨준 사람이 그 대금을 다 받을 때까지 남의 집에서 하릴없이 낮잠만 잤다는 데서 유래된 말로, 남의 집에서 낮잠이나 자고 있는 사람을 이르는 말.

북어 껍질 오그라들듯 : ⇒ 불탄 개 가죽 같다.

북어는 눈이 와야 제맛이 난다 : 북어는 눈이 오는 겨울에 잡은 것이 맛이 좋다는 말.

북어 뜯고 손가락 빤다 : ① 크게 이득도 없는 일을 하고서 아쉬워하는 경우를 비유하여 이르는 말. ② 거짓으로 꾸미거나 과장되게 행동하는 것을 비꼬아 이르는 말.

북어 한 마리 주고 제상 엎는다 : ① 보잘것없는 것을 주고 큰 손해를 끼친다는 말. ② 보잘것없는 것을 주고 대단한 것이나 준 것처럼 큰소리친다는 말.

북은 칠수록 맛이 난다 : 무슨 일이든지 하면 할수록 신이 나고 잘 된다는 말.

북은 칠수록 소리가 난다 : 북은 힘을 주어 세게 칠수록 요란한 소리가 난다는 뜻으로, 다투면 다툴수록 그만큼 손해만 커짐을 비유하여 이르는 말.

북쪽이 막힌 해는 채소가 풍년 든다 : 육갑에 의한 방위가 북쪽이 막힌 해는 채소 농사가 풍년이 든다는 말.

북 치고 장구 치고 한다 : 혼자서 여러 가지 일을 바삐 함을 이르거나, 여러 사람이 어울려 흥을 돋움을 이르는 말.

분다 분다 하니 하루아침에 왕겨 석 섬 분다 : 잘한다고 추어주니까 우쭐해서 자꾸 한다는 말.

분대질을 친다 : 남을 괴롭게 하여 말썽을 일으킨다는 말.

분(盆)에 심어 놓으면 못된 풀도 화초라 한다 : 사물은 그 환경에 따라 귀하고 천해진다는 뜻으로, 못난 사람도 좋은 지위에 앉으면 잘난 듯이 보인다는 말.

불〔火〕 가져오라는데 물 가져온다 : 시키는 것과 다른 짓을 한다는 말.

불감청언정 고소원이라〔不敢請 固所願〕: 감히 청하지는 못하였지만 본래부터 바라던 바였다는 말. 고소원이나 불감청이라.

불고 쓴 듯하다 : 깨끗하여 아무것도 남은 것이 없음을 비유하여 이르는 말.

불나방이 불 무서운 줄 모른다 : 죽을 줄을 모르고 마구 덤벼든다는 말.

불난 강변에 덴 소 날뛰듯 한다 : 위험한 상황에 처하여 침착하지 못하고 황망히 구는 모양을 이르는 말.

불난 끝은 있어도 물 난 끝은 없다 : 불이 나면 타다 남은 물건이라도 있으나 수재(水災)를 당하여 물에 씻겨 내려가 버리면 아무것도 남지 않음을 비유하여 이르는 말. 물 난 끝은 없어도 불탄 끝은 있다.

불난 데 풀무질한다 : 남의 재앙을 점점 커지도록 만들거나, 성난 사람을 더욱 성나게 함을 비유하여 이르는 말. 기름을 치고 부채질 한다㈜. 끓는 국에 국자 휘젓는다. 불난 집에 부채질한다. 불난 집에 키 들고 간다. 불붙는 데 키질 하기. 타는 불에 부채질한다.

불난 데서 불이야 한다 : ① 잘못을 저지른 사람이 그것을 가리기 위하여 남보다 먼저 떠들어 대는 경우를 비유하여 이르는 말. ② 자신의 어려운 사정을 다른 사람에게 다급히 알린다는 말. ③ 자기의 나쁜 일을 자기가 알리는 경우를 비유하여 이르는 말. ④㈜ 불이 난 집에서 다급하게 먼저 불이야 하고 소리 내어 외친다는 뜻으로, 일을 당한 사람이 다급하여 본능적으로 소리 내어 외치는 경우를 비유하여 이르는 말.

불난 집 며느리 싸대듯 : 불이 난 집 주인의 며느리가 불을 끄지 못하여 안타까워하며 정신없이 돌아다닌다는 뜻으로, 어쩔 줄을 모르고 왔다 갔다 하는 모양을 비유하여 이르는 말.

불난 집에 부채질한다 : ⇒ 불난 데 풀무질한다.

불난 집에 키 들고 간다 : ⇒ 불난 데 풀무질한다.

불난 집에서 불이야 한다 : ⇒ 불난 데서 불이야 한다.

불낸 놈이 불이야 한다 : ⇒ 도둑이 포도청 간다.

불 달린 범 같다㊍ **:** 몹시 기승스럽게 달려드는 모양을 비유하여 이르는 말.

불뚝성이 살인낸다(살인한다) : 갑자기 불뚝하게 성을 내면 좋지 않은 큰일을 일으키게 됨을 비유하여 이르는 말. *불뚝성–불끈 내는 성.

불로초를 먹었나 : 보통 이상으로 장수하는 사람에게 하는 말.

불 맞은 노루(당나귀, 멧돼지, 짐승, 토끼)㊍ **:** 총에 맞은 노루라는 뜻으로, 무엇에 혼이 나서 어쩔 바를 모르고 날뛰는 처지를 비유하여 이르는 말.

불면 꺼질까 쥐면 터질까 : 어린 자녀를 아주 곱게 다루어 가며 기름을 이르는 말. 불면 날까 쥐면 꺼질까. 쥐면 꺼질까 불면 날까.

불면 날까 쥐면 꺼질까 : ⇒ 불면 꺼질까 쥐면 터질까.

불면 날아갈 듯 쥐면 꺼질 듯 : 몸이 마르고 매우 허약한 사람을 비유하여 이르는 말.

불붙는 데 키질하기 : ⇒ 불난 데 풀무질한다.

불 안 때도 절로 익는 솥 : ⇒ 술 샘 나는 주전자.

불 안 땐 굴뚝에 연기 날까 : ⇒ 아니 땐 굴뚝에 연기 날까.

불알 두 쪽만 대그락대그락한다 : ⇒ 불알 두 쪽밖에는 없다.

불알 두 쪽밖에는 없다 : 가진 것이 아무것도 없는 빈털터리임을 비유하여 이르는 말. 불알 두 쪽만 대그락대그락한다.

불알 밑이 근질근질하다 : 좀이 쑤셔서 가만히 앉아 있지 못한다는 말.

불알을 긁어 주다 : 남의 비위를 살살 맞추어 가며 아첨함을 이르는 말.

불알 차인 중놈 달아나듯 : 불알을 차이면 몹시 고통스럽다는 데서 유래된 말로, 어디가 아픈지도 모르고 덮어놓고 고통스러워 날뛰는 모양을 비유하여 이르는 말. 불 차인 중놈 달아나듯.

불 없는(꺼진) 화로, 딸 없는(죽은) 사위 : ⇒ 딸 없는 사위.

불에 놀란 놈 부지깽이(화젓가락)만 보아도 놀란다 : ⇒ 자라 보고 놀란 가슴 소댕(솥뚜껑) 보고 놀란다.

불에 덴 강아지 반디불에도 끙끙한다㊍ **:** ⇒ 자라 보고 놀란 가슴 소댕(솥뚜껑) 보고 놀란다.

불에 든 나비와 솥에 든 고기 : 이미 그 운명이 결정되어 당장 죽게 된 처지를 비유하여 이르는 말.

불을 즐기는 자는 불에 타 죽는다㊍ **:** 침략 전쟁을 좋아하는 자는 침략 전쟁에서 망한다는 것을 비유하여 이르는 말.

불이 물을 이기지 못한다 : 성질이 급한 사람은 성질이 느긋한 사람을 당해 내지 못함을 비유하여 이르는 말.

불이야 하니 불이야 한다㊍ **:** 남이 불이야 하고 외쳐 대니 덩달아 불이야 한다는 데서 유래된 말. 제 정신이 없이 남이 하는 행동을 그대로 따라함을 이르는 말.

불장난에 오줌 싼다 : 불은 인정사정이 없으니 불장난을 하지 말라는 말.

불집을 건드리다 : 위험을 자초한다는 말. 불집을 내다.

불집을 내다 : ⇒ 불집을 건드리다.

불 차인 중놈 달아나듯 : ⇒ 불알 차인 중놈 달아나듯. *불알을 차이면 어디가 아픈지 모르게 몹시 고통스럽다는 데서 유래된 말. *불-음낭(陰囊).

불탄 강아지 앓는 소리 : 기력이 다하여 소리도 제대로 못 내고 앓는 소리를 냄을 이르는 말.

불탄 개가죽 같다 : 일마다 이루어지지 아니하거나, 발전이 없고 점점 오그라들기만 하는 경우를 비유하여 이르는 말. 북어 껍질 오그라들듯. 불탄 쇠가죽 오그라들듯. 불탄 조기 껍질 같다.

불탄 쇠가죽 오그라들듯 : ⇒ 불탄 개가죽 같다.

불탄 조기 껍질 같다 : ⇒ 불탄 개가죽 같다.

불한당 치른 놈의 집구석 같다 : 집 안이 몹시 어수선함을 비유하여 이르는 말.

붉고 쓴 장(醬) : 빛이 좋아서 맛있을 듯한 간장이 쓰다는 뜻으로, 겉모양은 그럴듯하게 좋으나 실속은 흉악하여 안팎이 서로 다름을 비유하여 이르는 말.

붉으면 대추지, 달면 꿀이지, 뛰면 벼룩이지 : 과실 중에서 가장 붉은 것은 대추고, 식품 중에서 가장 맛이 단 것은 꿀이고, 작은 벌레 중에서 가장 잘 뛰는 것은 벼룩이듯이, 세상이 다 아는 것은 말할 것이 못됨을 비유하여 이르는 말.

붓을 꺾다 : ① 문필 활동을 그만둠을 이르는 말. 붓을 놓다. ② 글을 쓰는 문필 활동에 관한 희망을 버리고 다른 일을 함을 이르는 말.

붓을 놓다 : ⇒ 붓을 꺾다①.

붕어가 물 위로 올라오면 비가 온다 : ⇒ 물고기가 물 위에서 숨을 쉬면 비가 온다.

붕어 밥알 받아먹듯 : 돈이 들어오는 즉시 써 버려 도무지 재산이 모아지지 않음을 이르는 말.

붙들 언치 걸 언치 : 말을 탈 때 안장을 붙들어 앉히고 그 위에 걸터앉는다는 데서 나온 말로, 남의 덕을 보려면 우선 그를 중요한 자리에 추천하여 앉히는 것이 필요함을 이르는 말. *언치-말이나 소의 안장이나 길마 밑에 깔아 그 등을 덮어 주는 방석이나 담요.

비(雨)가 개면 우산을 잊는다 : ① 비가 올 때는 우산이 필요하지만, 비가 그친 뒤에는 불필요하기 때문에 우산을 잊기 쉽다는 말. ② 필요할 때는 소중히 여기고 불필요할 때는 소홀히 한다는 말.

비가 오면 모종하듯 조상의 무덤을 이장해라 : ⇒ 비 오거든 산소모종을 내어라(하랬다).

비가 오면 샘구멍이 막힌다 : 비가 많이 오면 토양의 모세관(毛細管)이 막혀서 조 농사가 잘 안 될 때 이르는 말.

비가 오면 연사를 온다 : 유둣날은 장마 기간에 속하므로 비가 오기 시작하면 계속 많은 비가 내린다는 말.

비가 지나가면 날씨는 갠다(雨過天晴) : 비가 그치면 구름이 벗어지면서 날씨가 맑아진다는 말.

비 끝에 별 나는 날은 죽은 어머니 만난 폭이나 된다 : 지루하게 오던 비가 개고 별이 나면 돌아가신 부모라도 만난 것처럼 반갑다는 말.

비는 놈한텐 져야 한다 : ⇒ 비는 데는 무쇠도 녹는다.

비는 데는 무쇠도 녹는다 : 지성(至誠)으로 잘못을 빌면 용서하지 않을 수 없다는 말. 비는 놈한텐 져야 한다. 비는 장수 목 벨 수 없다.

비는 올수록 좋고 손님은 갈수록 좋다 : 농사비는 올수록 농사가 잘되기 때문에 좋고 손님은 오래 묵지 말고 되도록이면 빨리 가는 것이 좋다는 말. 손은 갈수록 좋고 농삿비는 올수록 좋다. 손은 갈수록 좋고 비는 올수록 좋다.

비는 왔지만 어디 온지를 모른다 : 비가 농사에 필요한 양만큼 오지 않고 온 둥 만 둥하게 왔음을 이르는 말.

비는 장수 목 벨 수 없다 : ⇒ 비는 데는 무쇠도 녹는다.

비늘구름이 나타나면 비나 폭풍이 올 징조다 : 비늘구름(권적운)은 온난전선이나 저기압의 전면에 나타나므로 비나 폭풍우가 올 징조라는 말.

비단결 같다 : 마음이나 물건의 거죽이 매우 곱고 부드러운 상태를 이르는 말.

비단 대단 곱다 해도 말같이 고운 것 없다 : 말이라는 것은 사람의 마음씨에 따라서 얼마든지 남의 마음을 움직이게 하는 가장 효과적인 수단임을 비유하여 이르는 말.

비단보에 개똥(똥 싼다) : 겉모양은 그럴듯하게 번드르르하나 내용은 흉하거나 추잡함을 비유하여 이르는 말. 비단 보자기에 개똥. 청보에 개똥.

비단 보자기에 개똥 : ⇒ 비단보에 개똥(똥 싼다).

비단에 수결(手決)이라 : 광채가 있고 모양도 좋음을 비유하여 이르는 말. * 수결–예전에, 자기의 성명이나 직함 아래에 도장 대신에 자필로 글자를 직접 쓰던 일. 또는 그 글자.

비단 올이 춤을 추니 베 올도 춤을 춘다 : ⇒ 거문고 인 놈이 춤을 추면 칼 쓴 놈도 춤을 춘다.

비단옷 속에 눈물이 괸다 : 겉으로는 잘사는 것 같지만 이면에는 눈물겨운 괴로움이 있음을 이르는 말.

비단옷 입고 고향 간다북〔**錦衣還鄕**〕**:** 뜻을 품고 고향을 떠났던 사람이 크게 성공하여 의기양양하게 고향으로 돌아감을 비유하여 이르는 말.

비단옷 입고 밤길 걷기(가기)〔錦衣夜行〕: 비단옷을 입고 밤길을 걸으면 아무도 알아주지 않는다는 뜻으로, 생색이 나지 않는 일에 공연히 애를 써서 보람이 없는 경우를 비유하여 이르는 말.

비단 우에 꽃〔錦上添花〕북 **:** ⇒ 밥 위에 떡.

비단이 한 끼라 : ① 호화롭게 살다가도 구차하게 되면 아무리 귀중한 것도 밥 한 끼와 바꾸게 됨을 비유하여 이르는 말. 굶으면 아낄 것 없어 통비단도 한 끼라. ② 한번 몰락하기 시작하면 걷잡을 수 없음을 비유하여 이르는 말.

비단 한 필을 하루에 짜려 말고 한 식구를 줄여라 : 수입을 늘리려고 무리하게 일하는 것보다 꼭 필요한 사람 외에는 두지 않는 것이 오히려 낫다는 뜻으로, 지출을 줄이는 것이 경제적으로 더 현명한 것임을 비유하여 이르는 말. 열 식구 벌지(벌려) 말고 한 입 덜라.

비둘기가 저녁에 울면 다음날 날이 갠다 : 날짐승들은 기압 변화에 민감하여 날씨가 갤 것을 예측한다는 말.

비둘기는 몸은 밖에 있어도 마음은 콩밭에 가 있다 : 온전히 먹을 것에만 온 정신이 팔려 다른 볼일은 보지 못함을 비유하여 이르는 말. 비둘기는 콩밭에만 마음이 있다고.

비둘기는 콩밭에만 마음이 있다고 : ⇒ 비둘기는 몸은 밖에 있어도 마음은 콩밭에 가 있다.

비둘기는 하늘을 날아도 콩밭을 못 잊는다 북 **:** 비둘기가 콩밭에만 마음을 두듯이, 사람은 아무리 좋은 곳을 떠돌아다녀도 자기가 살던 고장을 잊지 못함을 비유하여 이르는 말.

비둘기 마음은 콩밭에 있다북 **:** 자기에게 이득이 있거나 자기가 흥미를 가지는 것에 대하여서만 관심을 갖고 정신을 파는 경우를 비유하여 이르는 말.

비렁뱅이가 하늘을 불쌍히 여긴다〔乞人憐天〕: 주제넘게 동정을 하거나 엉뚱한 일을 걱정함을 이르는 말. 거지가 하늘을 불쌍히 여긴다.

비렁뱅이 비단 얻은 것(격) : ⇒ 거지가 말 얻은 것②.

비렁뱅이 자루 찢기 : ① 서로 동정하여야 할 사람들끼리 오히려 아옹다옹 다투는 경우를 비유적으로 이르는 말. 거지끼리 동냥 바가지 깬다. ② 북 못사는 주제에 없는 살림마저 부수어 없애는 경우를 비유하여 이르는 말.

비루먹은 강아지 대호(大虎)를 건드린다 : ⇒ 하룻강아지 범 무서운 줄 모른다. * 비루먹다—개, 말, 나귀 따위의 피부가 헐어서 털이 빠지는 현상이 차차 온몸에 번지는 병에 걸리다.

비루 오른 강아지 범 복장거리 시킨다 : 못난 사람이 때로 유능한 사람에게 의외의 타격을 줌을 비유하여 이르는 말. * 복장거리—마음이 쓰리고 아프도록 걱정스럽거나 성가신 일.

비를 드니까 마당을 쓸라 한다 : 일을 하려고 하는 사람에게 쓸데없는 간섭을 해서 기분을 망쳐 놓는 경우를 비유하여 이르는 말.

비린내 맡은 강아지 매 맞아 허리가 부러져도 뜨물통 앞에 가서 죽는다 북 **:** 어떤 물건이나 지위 따위에 눈이 어두워지면 죽는 것도 아랑곳하지 않고 행동함을 비유적으로 이르는 말.

비린 죽에 똥 싼다 : 다 된 일을 그르칠 때를 비유하여 이르는 말.

비 많이 오는 해는 눈도 많이 온다 : 강우량이 많은 해는 비도 많이 오고 눈도 많이 온다는 말.

비 많이 오는 해는 흉년 든다 : 필요 이상으로 비가 오는 것은 곡식에 해롭기 때문에 흉년이 든다는 말.

비 많이 오는 해는 흉년 들고, 눈 많이 오는 해는 풍년 든다 : 여름에 비가 너무 많이 오면 수해로 벼 흉년이 들고, 겨울에 눈이 많이 오면 보리가 풍년이 든다는 말.

비 맞은 김에 머리 감는다 : 좋은 기회가 왔을 때에 바라던 일을 한다는 말.

비 맞은 닭 무리 북 **:** ⇒ 비 맞은 용대기 같다.

비 맞은 용대기(龍大旗) 같다 : ① 장대하고 화사한 용이 그려진 깃발이 비를 맞아 처져 늘어진 모양을 하고 있는 것과 같다는 뜻으로, 무엇이 추레하게 처져 늘어진 모양을 비유하여 이르는 말. ② 득의양양하던 사람이 맥없이 풀이 죽은 모양을 비유하여 이르는 말. 비 맞은 닭 무리 북. 비 맞은 장닭 같다. 석양에 비 맞은 룡대기처럼 북.

비 맞은 장닭 같다 : ⇒ 비 맞은 용대기 같다.

비 맞은 중놈 중얼거리듯 : ⇒ 비 맞은 중 담 모퉁이 돌아가는 소리.

비 맞은 중 담 모퉁이 돌아가는 소리 : 남이 알아듣지 못할 정도의 낮은 소리로 불평 섞인 말을 중얼거림을 비유하여 이르는 말. 비 맞은 중놈 중얼거리듯.

비바람이 순조롭다〔雨順風調〕 : 농사에 알맞게 비가 오고 바람 피해도 없다는 말.

비바리는 말똥만 보아도 웃는다 : ⇒ 처녀들은 말 방귀만 뀌어도 웃는다.

비 본 청어다 : 청어는 비가 와야 많이 잡히게 된다는 말.

비상(砒霜) 국으로 안다 : 한사코 기피함을 이르는 말.

비상 사 먹고 죽으려도 노랑전 한 푼 없다 북 **:** 독약인 비상을 사 먹고 죽으려고 해도 엽전 한 닢이 없다는 뜻으로, 지극히 어려운 생활 처지를 비유하여 이르는 말.

비 소금 섬 녹이듯 북 **:** ⇒ 쥐 소금 나르듯(녹이듯).

비싼 것이 싼 것이고 싼 것이 비싼 것이다 : 비싸게 산 물건이라도 품질이 좋아 오래 사용하면 싸게 산 것과 같고, 아무리 싸게 산 물건이라도 품질이 나빠 곧 못쓰게 되면 비싸게 산 것과 같다는 말.

비싼 놈의 떡은 안 사 먹으면 그만이다 : 제가 싫으면 하지 않으면 그만이라는 말.

비싼 밥 먹고 헐한 걱정한다 : 쓸데없는 걱정

을 함을 이르는 말.

비 오거든 산소 모종을 내어라(하랬다) : 조상의 산소를 비 오는 날 모종을 내듯 좋은 곳에 잘 옮기어 자손들이 번영하게 하라는 말. 비가 오면 모종하듯 조상의 무덤을 이장해라.

비 오기 전에 집이다 : 비 오기 전에 집에 와 있다는 뜻으로, 무엇을 미리 마련하거나 갖추었음을 비유하여 이르는 말.

비 오는 것은 밥 짓는 부엌에서 먼저 안다 : ⇒ 부엌 아낙네가 비 오는 것을 먼저 안다.

비 오는 것은 밥하는 아낙네가 먼저 안다 : ⇒ 부엌 아낙네가 비 오는 것을 먼저 안다.

비 오는 것은 소금 장수가 먼저 안다 : 저기압에서는 소금이 눅눅하게 되므로 소금 장수가 미리 비 올 것을 안다는 말.

비 오는 것은 십 리마다 다르고, 바람세는 백 리마다 다르다Ⓡ **:** 비는 가까운 거리에서도 내리는 정도가 같지 않으며, 바람은 비교적 먼 거리까지도 한 모양으로 분다는 말.

비 오는 것은 토산불알 앓는 놈이 먼저 안다 : 저기압이 되면 토산불알이 커지게 되므로, 비가 오는 것을 토산불알 앓는 사람이 먼저 알게 된다는 말. * 토산불알—산증으로 한쪽이 유별나게 큰 불알. 토산불알이 커지면 비가 온다.

비 오는 날 나막신 찾듯 : 보통 때는 관심도 없다가 몹시 아쉬울 때는 급히 찾음을 비유하여 이르는 말.

비 오는 날 낚시질하기Ⓡ **:** 많은 날을 두고 구태여 비 오는 날을 잡아 궁상스럽게 낚시질을 한다는 뜻으로, 때를 잘 선택하지 못하고 일을 벌여 놓는 경우를 비유하여 이르는 말.

비 오는 날 머리를 감으면 대사(大事) 때 비가 온다 : 비 올 때 머리를 감지 말라는 말.

비 오는 날 삽살개 헤매듯 : ① 몹시 귀찮게 구는 것을 비유하여 이르는 말. ② Ⓡ 쓸데없이 이리저리 돌아다니는 경우를 비유하여 이르는 말.

비 오는 날 소꼬리 같다 : 몹시 귀찮게 구는 것을 비유하여 이르는 말.

비 오는 날 수탉 같다Ⓡ **:** 비 맞은 수탉의 초라한 모양과 같다는 뜻으로, 기세가 도도하던 존재가 풀이 죽어 볼품이 없는 경우를 비유하여 이르는 말.

비 오는 날 어디에 비 왔느냐 한다 : 가뭄 끝에 비가 오기는 왔으나 강우량이 적어서 별로 흔적이 뚜렷하지 못함을 비유하여 이르는 말.

비 오는 날은 공치는 날이라 : 날품팔이하는 사람은 비가 오면 일을 못 하여 수입이 없다는 말.

비 오는 날 장독 덮었다 : ① 당연히 할 일을 하고 유세하는 자를 비꼬아 이르는 말. 비 오는 날 장독 덮은 자랑이다. ② Ⓡ 잘된 일은 다 자기의 공로로 돌리는 것을 비꼬아 이르는 말.

비 오는 날 장독 덮었다는 사람은 있어도 장독을 열어 놓았다는 사람은 없다 : ① 비가 올 때 장독 뚜껑을 덮어서 빗물이 들어가지 못하도록 한 사람은 있어도, 장독 뚜껑을 열어서 빗물이 들어가도록 하였다는 사람은 없다는 말. ② 잘한 일은 자기가 했다고 말하는 사람은 있어도, 잘못된 일을 자기가 했다고 말하는 사람은 없다는 말.

비 오는 날 장독 덮은 자랑이다 : ⇒ 비 오는 날 장독 덮었다①.

비 오는 날 장독 열기 : 당치 않은 짓을 함을 비유하여 이르는 말.

비오새(호반새)가 울면 비가 온다 : 비오새가 '비비비우 비비비우, 쭈욱 쭈르르 쭈욱 쭈르르' 하고 울기 때문에 가물 때 이 새가 울면 비가 온다는 말.

비 온 끝에 모종한다 : 모종하기에 알맞은 때

에 비가 오면 곡식이나 채소의 모종을 많이 하게 된다는 말.

비 온 끝에 오이 자라듯 한다 : ① 비가 오면 오이가 잘 자란다는 말. ② 어린아이가 건강하게 잘 자람을 비유하여 이르는 말.

비 온 끝에 죽순 돋듯 한다〔雨後竹筍〕: ① 비 온 뒤에는 죽순 싹이 여기저기서 수없이 많이 돋아난다는 말. ② 무슨 일이 한꺼번에 많이 일어남을 비유하여 이르는 말.

비 온 날 외상제(外喪制)라 : 날이 좋아도 외상제는 바쁜 것인데, 하물며 비 오는 날에 있어서야 더욱 바쁘지 않겠느냐는 말.

비 온 뒤에 땅이 굳어진다 : 비에 젖어 질척거리던 흙도 마르면서 단단하게 굳어진다는 뜻으로, 어떤 시련을 겪은 뒤에 더 강해짐을 비유하여 이르는 말.

비 올 때 갈바람으로 바뀌면 사공이 춤춘다 : 비 올 때 서풍으로 바뀌면 날씨가 좋아지므로 사공이 좋아한다는 말. * 갈바람-서풍.

비 올 때 마당 물에 큰 거품이 일면 비가 많이 온다 : 마당에 고인 수면에 큰 빗방울이 떨어져 물거품이 생기면 이런 때는 비가 많이 온다는 말.

비 올 때 머리를 감으면 불길하다 : 비 올 때 머리를 감지 말라는 말.

비 올 때 문지방에 앉으면 논두렁이 무너진다 : 비 올 때 문지방에 걸터앉지 말라는 말.

비 올 때 솥뚜껑으로 장독 덮으면 벼락 친다 : 비 올 때 금속제 솥뚜껑으로 장독을 덮으면 벼락을 맞을 위험성이 있으니 조심하라는 말.

비웃 두름 엮듯 : 비웃을 길게 엮어 내리듯 한 줄에 잇달아 묶음을 이르는 말. * 비웃-청어(青魚)를 식료품으로 이르는 말.

비위(脾胃)가 노래기 회(膾)해(회쳐) 먹겠다 : 매우 파렴치(破廉恥)한 사람을 비유하여 이르는 말. 비위살 좋기가 오뉴월 쉬파리를 찜 쪄 먹겠다[북].

비위가 떡판(떡함지)에 가 넘어지겠다 : 떡판에 넘어진 것같이 꾸며서 떡을 먹으려고 한다는 말로, 비위가 좋은 사람을 이르는 말.

비위가 사납다 : 남이 하는 짓이 비위에 거슬리고 언짢다는 말.

비위살 좋기가 오뉴월 쉬파리를 찜 쪄 먹겠다 [북] **:** ⇒ 비위가 노래기 회해(회쳐) 먹겠다.

비자루로는 개도 안 때린다[북] **:** 빗자루로는 개조차도 안 때리는 법인데 인격을 존중하여야 할 사람을 빗자루로 때릴 수 없다는 뜻으로, 빗자루로 사람을 때리는 것을 말리는 경우에 이르는 말.

비지 먹은 배는 연약과(軟藥果)도 싫다 한다 : ① 비지와 같은 하찮은 음식이라도 배불리 먹은 뒤에는 연약과와 같이 먹기 좋은 음식이라도 먹을 생각이 나지 않는다는 뜻으로, 하잘것없는 음식을 먹었더라도 배만 부르면 아무리 좋은 것도 더 먹을 수 없음을 비유하여 이르는 말. ② [북] 하찮은 것이기는 하나 먼저 간절한 소원이나 욕망을 충족시켜 주게 되면 그보다 썩 좋은 것이 생겨도 의미가 없음을 비유하여 이르는 말. * 연약과-연하고 맛좋은 약과. 비지에 부른 배가 연약과도 싫다 한다.

비지에 부른 배가 연약과도 싫다 한다[북] **:** ⇒ 비지 먹은 배는 연약과도 싫다 한다②.

비짓국 먹고 용트림 한다 : 아주 보잘것없는 음식을 먹고도 잘 먹은 체하느라고 거드름을 부린다는 뜻으로, 실속은 없으면서 겉모양만 그럴듯하게 꾸미는 행동을 비유하여 이르는 말. 진잎죽 먹고 잣죽 트림 한다.

비 틈으로 빠져나간다(빠져나가겠다) : 행동이 몹시 민첩함을 이르는 말.

비파 소리가 나도록 갈팡질팡한다 : 마음이 바쁘고 생각이 급한 사람의 다급한 행동을 이르는 말.

비행기를 태운다 : ① 남의 좋은 점이나 잘한 일은 추켜세움을 이르거나. ② 너무도 염치없는 사람을 핀잔조로 치켜세움을 이르는 말.

빈 깡통이 소리는 더 난다(요란하다) 북 **:** ⇒ 빈 수레(달구지)가 요란하다.

빈 낚시에 고기가 물릴 수 없다 : 힘을 안 들인 일에는 성과가 있을 수 없음을 비유하여 이르는 말.

빈대도 낯짝(콧등)이 있다 : 너무도 염치없고 체면을 차릴 줄 모르는 사람을 핀잔주는 말. 족제비도 낯짝이 있고, 미꾸라지도 백통이 있고, 빈대도 콧등이 있다. 족제비도 낯짝이 있다. 족제비도 낯짝이 있어 숨을 구멍을 가린다 북.

빈대 미워 집에 불 놓는다 : 손해를 크게 볼 것을 생각지 아니하고 자기에게 마땅치 아니한 것을 없애려고 무조건 덤비기만 하는 경우를 비유하여 이르는 말. 빈대 잡으려고 초가삼간 태운다.

빈대 잡으려고 초가삼간 태운다 : ⇒ 빈대 미워 집에 불 놓는다.

빈말이 랭수 한 그릇만 못하다 북 **:** 말만 번지르르하게 하는 것보다는 목마른 사람에게 냉수 한 그릇을 대접하는 것이 낫다는 뜻으로, 말로만 하는 것보다는 실질적으로 도와주는 것이 훨씬 나음을 비유하여 이르는 말.

빈 맷돌질하면 흉년 든다 : 맷돌은 곡식을 가는 기구이므로 빈 맷돌질을 하는 것은 흉년을 상징한다는 말.

빈 방아질하면 흉년 든다 : 곡식도 없는 빈 절구에 방아를 찧는 것은 흉년이 들었음을 이르는 말.

빈부귀천(貧富貴賤)이 물레바퀴 돌듯 : ⇒ 음지가 양지 되고 양지가 음지된다.

빈 수레(달구지)가 더 요란하다 : 잘 알지도 못하는 사람이 더 아는 체함을 이르는 말. 빈 깡통이 소리는 더 난다(요란하다) 북. 속이 빈 깡통이 소리만 요란하다.

빈 외양간에 소 들어간다 : ① 가난했던 집이 잘살게 됨을 이르거나. ② 빈 외양간에 소를 들여다 매면 어떤 빈자리가 적절하게 채워진다는 뜻으로, 일의 형편이나 외모가 좋아져 잘 어울리게 됨을 비유하여 이르는 말.

빈 절에 구렁이 모이듯 한다 : 먹을 것도 없는 빈 절에 쓸데없이 구렁이가 모여들어 와글거린다는 뜻으로, 언짢은 것들이 여기 저기서 소리 없이 모여 우글거리는 모양을 비유하여 이르는 말.

빈주먹만 가졌다 : 무슨 일을 자본 없이 시작함을 비유하여 이르는 말.

빈집에 소 매었다 : 없는 살림에 큰 횡재를 하였음을 비유하여 이르는 말. 빈 외양간에 소 들어간다①.

빈집의 빈대 북 **:** 먹지 못하고 굶주려서 바싹 여윈 모양을 비유하여 이르는 말.

빈천할 때 사귄 벗은 잊지 못한다〔貧賤之交不可忘〕: 어려운 조건이나 생활 속에서 맺어진 벗이 매우 소중함을 비유하여 이르는 말.

빈 총구에서 탄알이 나간다 북 **:** 무기를 함부로 다루면 뜻하지 않은 사고가 난다는 뜻으로, 언제나 규정대로 잘 다루어야 함을 비유하여 이르는 말.

빈틈에 바람이 나다 : 사이가 뜨면 그만큼 정의(情誼)가 멀어진다는 말.

빌려 온 고양이 같이 : 여러 사람이 모여 떠드는 데서 그들과 어울리지 않고 혼자 덤덤히 있는 경우를 이르는 말.

빌려 온 말이 삼경이 되었다 : 말을 잠깐 타고 돌려주겠다고 했는데 시간이 흘러 밤늦은 삼경(三更)이 되었다는 뜻으로, 잠깐 빌려 온 물건이 그럭저럭 오래되었음을 비유하여 이르는 말.

빌어는 먹어도 다리아랫소리 하기는 싫다 : ⇒ 빌어먹어도 절하고 싶지 않다.

빌어먹는 놈이 이밥 조밥 가리랴 : ⇒ 빌어먹는 놈이 콩밥을 마다할까.

빌어먹는 놈이 콩밥을 마다할까 : 자기가 아쉽거나 급히 필요한 일에는 좋고 나쁨을 가릴 겨를이 없다는 말. 빌어먹는 놈이 이밥 조밥 가리랴. 얻어먹는 놈이 이밥 조밥 가리랴. 없는 놈이 찬밥 더운밥을 가리랴.

빌어먹던 놈이 천지개벽을 해도 남의 집 울타리 밑을 엿본다 : 오래된 버릇은 갑자기 벗어나지 못함을 비유하여 이르는 말.

빌어먹어도 손발이 맞아야 한다㊙ **:** 남에게 얻어먹는 일조차도 손발이 서로 맞아야 쉽게 할 수 있다는 뜻으로, 무슨 일이나 다 의견이 맞고 조건이 맞아야 함을 비유하여 이르는 말.

빌어먹어도 절하고 싶지 않다 : ⇒ 빌어는 먹어도 다리아랫소리 하기는 싫다.

빌어온 놈한테서 얻어먹는다 : 어려운 처지에 있는 사람에게 염치없는 짓을 함을 비유하여 이르는 말.

빗물에 거품이 일면 풍년 든다 : 수면에 거품이 일 정도로 빗방울이 떨어지면 풍년이 든다는 말.

빗자루론 개도 안 때린다 : 빗자루로 사람을 때릴 때 말리면서 하는 말.

빗자루를 드니까 마당 쓸라 한다 : ⇒ 비를 드니까 마당을 쓸라 한다.

빚값에 계집 뺏기 : 빚을 갚지 못하는 값으로 빚진 사람의 아내를 빼앗아 간다는 뜻으로, 인정 없고 심술궂으며 무례한 짓을 비유하여 이르는 말. 늙은 영감 덜미 잡기. 무죄한 놈 뺨 치기. 우는 아이 똥 먹이기.

빚 물어 달라는 자식 낳지 말랬다 : 자식을 낳아서 기르는 것만도 큰일인데, 그 위에 빚까지 물어 달라는 것은 큰 불효일 뿐 아니라, 사람 노릇을 제대로 하지 못하는 것임을 비유하여 이르는 말. 빚 물이 꾸럭질할 자식은 낳지도 말랬다㊙.

빚 물이 꾸럭질할 자식은 낳지도 말랬다㊙ **:** ⇒ 빚 물어 달라는 자식은 낳지도 말랬다.

빚 보인(보증)하는 자식은 낳지도 말라 : 남의 빚에 보증(保證)을 선다는 것은 지극히 위험한 일이니 각별히 주의하라는 말.

빚 얻기는 근심 얻기다 : 빚을 얻으면 그 빚을 갚을 걱정이 뒤따름을 이르는 말.

빚 얻어 굿하니 맏며느리 춤춘다 : 없는 형편에 빚까지 내서 굿을 하니 맏며느리가 분수없이 굿판에 뛰어들어 춤을 춘다는 뜻으로, 어렵게 된 일을 잘하려고 노력하여야 할 사람이 도리어 엉뚱한 행동을 한다는 말. 논 팔아 굿하니 맏며느리 춤추더라.

빚은 값으로나 떡이라지 : 떡이 도무지 떡답지가 않고 빚어서 만들었다는 점만 떡 같다는 뜻으로, 제 기능을 잘 못하는 물건을 아쉬운 대로 써야 하는 경우를 이르는 말.

빚은 웃고 얻고 성나 갚는다 : 빚을 얻을 때는 상대방에게 잘 보이기 위해 웃으며 얻고, 갚을 때는 독촉에 시달려 성을 내며 갚는다는 말.

빚을 줄 때는 부처님이요, 받을 때는 염라대왕이다 : 빚을 줄 때는 고마워서 부처님처럼 보이고, 갚으라고 독촉할 때는 험하고 무섭게 보인다는 말.

빚이 종이라 : 빚을 진 사람은 빚 준 사람에게 종이나 다름없이 된다는 말.

빚 주고 뺨 맞는다 : 남을 위하여 빚을 주고는 도리어 인사는 고사하고 뺨을 얻어맞게 되었다는 뜻으로, 남을 위하여 노력하거나 후하게 대접하고는 오히려 봉변을 당하게 되는 경우를 비유하여 이르는 말.

빚 준 상전이요 빚 쓴 종이라 : 빚진 사람은 빚 준 사람의 종이나 다름이 없다는 말.

빚지고 거짓말 않는 놈 없다 : 빚진 사람은 약속 날짜에 못 갚으면 자연이 거짓말을 하게 된다는 말.

빚진 죄인(종)(-이라) : 빚진 사람은 빚 준 사람에게 죄인이나 종처럼 기를 펴지 못하고 구속받게 됨을 비유하여 이르는 말.

빛은 검어도 속은 희다 : 겉은 더러워도 속은 깨끗함을 이르는 말.

빛 좋은 개살구 : 겉보기에는 먹음직스러운 빛깔을 띠고 있지만 맛은 없는 개살구란 뜻으로, 겉만 그럴듯하고 실속이 없는 경우를 비유하여 이르는 말.

빠른 말이 뛰면 굼뜬 소도 간다(북) **:** 일 잘하는 사람이 있으면 굼뜬 사람도 자연히 그를 따라가기 마련이라는 말.

빠른 바람에 굳센 풀을 안다 : 드센 바람 속에 꿋꿋이 서 있는 굳센 풀을 알아낼 수 있다는 뜻으로, 굳은 의지와 절개는 시련을 겪고 나서 더 뚜렷하게 나타난다는 말.

빠진 괴머리 : 아무 짝에도 쓸모없는 사람을 비유하여 이르는 말.

빠진 도낏자루 : 언행이 횡폭하고 무도하여 껄렁껄렁한 사람을 비유하여 이르는 말.

빨간 상놈, 푸른 양반 : 모든 것을 드러내 놓고 마구 사는 상놈과 서슬이 푸르게 점잔을 빼고 있는 양반을 대조하여 이르는 말.

빨다린 체 말고 진솔로 있거라 : 옷을 빨아 다렸더라도 마구 드러내지 말고 진솔로 그대로 가지고 있으라는 뜻으로, 언제나 본래 모습을 잃지 말고 순수함을 지키라는 것을 비유하여 이르는 말.

빨래 이웃은 안 한다 : 빨래할 때 가까이 있으면 구정물이나 튀지 좋은 일은 없다는 말.

빨랫방망이 소리가 가까이 들리면 비가 온다 : 저기압이 다가오면 멀리서 들려오는 빨랫방망이 소리도 똑똑히 들린다는 말.

빨리 다는 화로가 빨리 식는다(북) **:** 빨리 흥분하는 사람은 또한 그 흥분을 쉽게 가라앉힘을 비유하여 이르는 말.

빨리 먹은 콩밥, 똥 눌 때 보자 한다 : 꼭꼭 씹지 아니하고 급하게 삼켜버린 콩은 삭지 아니한 채 그대로 나온다는 뜻으로, 무슨 일이든 급히 서두르면 탈이 생김을 비유하여 이르는 말.

빨리 알기는 칠월 귀뚜라미라 : 음력 7월만 되면 울기 시작하는 가을 귀뚜라미처럼, 영리하고 눈치 빠름을 비유하여 이르는 말.

빵따냄은 삼십 집 : 바둑에서 빵따냄의 위력이 30집의 위력에 상당하다는 말.

빼지도 박지도 못한다 : 더 이상 빠져나갈 구멍이 없거나 그 상황을 벗어날 여력이 없음을 이르는 말.

뺑대쑥 밭이 되었다 : 집터 따위가 폐허가 되어 빈터만 남았다는 말.

뺑덕어멈 세간살이하듯(북) **:** 정성 없이 세간을 함부로 탕진함을 비유하여 이르는 말.

뺑덕어멈 외상 빚 걸머지듯 : 빚을 잔뜩 걸머지고 헤어나지 못하는 모양을 비유하여 이르는 말.

뺨 맞는데 구레나룻이 한 부조(扶助) : 쓸모없어 보이던 구레나룻도 뺨을 맞을 경우에는 아픔을 덜어 준다는 뜻으로, 아무 소용 없는 듯한 물건이 뜻밖에 도움을 주게 됨을 비유하여 이르는 말.

뺨 맞을 놈이 여기 때려라 저기 때려라 한다 : 죄를 지어 마땅히 벌을 받아야 할 사람이 처분을 기다리지 않고 도리어 제 좋을 대로 요구함을 비웃는 말.

뺨을 맞아도 은가락지 낀 손에 맞는 것이 좋다 : 이왕 꾸지람을 듣거나 벌을 받을 바에는 덕망 있는 사람에게 당하는 것이 나음을 비유하여 이르는 말. 매를 맞을 바에는 은가락지 낀 손에 맞아라(북). 뺨을 맞아도 은가락지 낀 손에 맞아라.

뺨을 맞아도 은가락지 낀 손에 맞아라 : ⇒ 뺨을 맞아도 은가락지 낀 손에 맞는 것이 좋다.

뺨 잘 때리기는 나막신 신은 깍정이라 : ① 뺨 잘 때리기로는 나막신 신은 깍정이를 따라 잡을 사람이 없다는 뜻으로, 되지 못하고 비열한 자가 도리어 잘난 체하며 남을 몹시 학대한다는 말. ② 북 일제 강점기에 일본 사람이 툭하면 무고한 우리나라 사람을 때리고 업신여겼던 것을 증오하여 이르는 말.

뻐꾸기가 울면 비가 그친다 : 지루하게 비가 오다가도 뻐꾸기가 울면 비가 갠다는 말.

뻐꾸기도 유월이 한철이라 : 뻐꾸기도 음력 6월이 활동할 시기라는 뜻으로, 누구나 한창 활동할 수 있는 시기는 얼마 되지 아니하니 그때를 놓치지 말라는 말. 메뚜기도 유월이 한철이다.

뻐꾹새는 모내기를 부지런히 하라고 운다 : 6월 초순부터 울기 시작하는 뻐꾹새는 모내기가 늦어진다고 재촉하는 울음이라는 말.

뻐꾹새 울면 참깨 파종이 늦다 : 참깨 파종은 뻐꾹새가 울기 시작하는 6월 초순 이전, 즉 5월 중에 하라는 말.

뻔뻔하기가 양푼 밑구멍은 망치(마치) 자국이나 있지 : 안색의 변화도 없이 염치가 없는 사람을 이르는 말.

뻗어 가는 칡도 한(끝)이 있다 : 무엇이든지 일정한 한도가 있음을 비유하여 이르는 말.

뻗정다리 서나 마나 : ⇒ 소경 잠자나 마나.

뻗친 쇠 발 : 이미 착수한 일을 이르는 말.

뼈마디가 쑤시면 비가 올 징조다 : ⇒ 삭신이 쑤시면 비가 온다.

뽕내 맡은 누에 같다 : 누에가 뽕 먹을 시간이 되면 머리를 높이 들고 내두르듯이, 굶주린 사람이 몹시 배고파함을 비유하여 이르는 말.

뽕도 따고 임도 보고(본다)〔一石二鳥 · 一擧兩得〕: 뽕 따러 가서 누에 먹이를 장만할 뿐만 아니라 사랑하는 애인도 만나 정을 나눈다는 뜻으로, 두 가지 일을 동시에 이룸을 비유하여 이르는 말. 원님도 보고 환자도 탄다. 원도 보고 송사도 본다. 임도 보고 뽕도 딴다.

뽕잎 한 근이 누에고치 열 근이다 : 누에고치를 많이 수확하려면 먼저 뽕 농사를 잘 해야 한다는 말.

뿌리가 다르면 줄기가 다르고 줄기가 다르면 아지가 다르다 북 **:** 무엇이든지 근본이 기본이고 그에 따라 모든 현상과 결과가 좌우됨을 비유하여 이르는 말.

뿌리 깊은 나무 가뭄 안 탄다 : 땅속 깊이 뿌리 내린 나무는 가뭄을 타지 않아 말라 죽는 일이 없다는 뜻으로, 무엇이나 근원이 깊고 튼튼하면 어떤 시련도 견뎌 냄을 비유하여 이르는 말. 뿌리 깊은 나무는 가뭄을 타지 않는다.

뿌리 깊은 나무는 가뭄을 타지 않는다 : ⇒ 뿌리 깊은 나무 가뭄 안 탄다.

뿌리 없는 나무가 없다 : ① 모든 나무가 다 뿌리가 있듯이, 무엇이든 그 근본이 있음을 비유하여 이르는 말. ② 원인이 없이 결과만 있을 수 없음을 이르는 말.

뿌리 없는 나무에 잎이 필까 : ① ⇒ 아니 땐 뚝에 연기 날까. ② 북 근본이 있어야 결과도 기대할 수 있다는 뜻으로, 희망을 가질 아무런 근거도 없는데 기대를 가짐을 비웃는 말.

뿔 떨어지면 구워 먹지 : 든든히 붙어 있는 뿔이 떨어지면 구워 먹겠다고 기다린다는 뜻으로, 도저히 불가능한 일을 바라고 기다림을 비웃는 말.

뿔 빠진 암소 (같다) 북 **:** ⇒ 꽁지 빠진 새(수탉) 같다.

뿔 뺀 쇠 상(相)이라 : 지위는 있어도 세력을 잃은 처지를 이르는 말.

사공 배 둘러대듯

~

씻은 팥알 같다

사공 배(배전) 둘러대듯[북] **:** 사공이 배를 마음대로 둘러대듯 한다는 뜻으로, 말을 이리저리 잘 둘러침을 비유하여 이르는 말.

사공은 사자밥 지고 칠성판에 오른 목숨이다[북] **:** 배를 타고 파도를 가르며 물 위에서 일하는 사공들의 목숨은 죽은 목숨이나 다를 바 없다는 말.

사공이 많으면 배가 산으로 (올라)간다 : 여러 사람이 저마다 제 주장대로 배를 몰려고 하면 결국에는 배가 물로 못 가고 산으로 올라간다는 뜻으로, 주관하는 사람 없이 여러 사람이 자기주장만 내세우면 일이 제대로 되기 어려움을 비유하여 이르는 말.

사공이 배는 더 타게 마련이다 : 무슨 일이든 책임을 맡은 사람이 더 많이 하게 된다는 말.

사과가 되지 말고 도마도가 되라[북] **:** 사과처럼 겉만 붉고 속은 흰 사람이 되지 말고 토마토처럼 겉과 속이 같은 견실한 사람이 되라는 말.

사과나무에 배가 열렸나[북] **:** 사과나무에 배가 열린 것처럼 엉뚱하다는 뜻으로, 이치에 맞지 않는 전혀 뜻밖의 일이 생겼음을 비유하여 이르는 말.

사과족이 되지 말고 도마도족이 되라[북] **:** 사과처럼 안팎이 다른 사람이 되지 말고, 안팎이 같은 토마토처럼 진짜 사회주의가 되라는 말.

사귀어야 절교하지 : 서로 관계가 있어야 끊을 일도 있다는 뜻으로, 어떤 원인이 있어야 결과가 있음을 이르는 말.

사근내(沙近乃) 장승만 하다 : 보기 흉하게 키가 큰 사람을 비유하여 이르는 말.

사기전(沙器廛)에 종짓굽 맞추듯 : ⇒ 흰떡 집에 산병 맞추듯.

사기 접시를 죽으로 엎칠 것 같다 : 한 죽이나 되는 많은 사기 접시를 단번에 엎어서 깰 것같이 야단이라는 뜻으로, 당장 어떤 큰일을 치를 듯이 들볶음을 비유하여 이르는 말.

사나운 개도 먹여 주는 사람은 안다 : 아무리 사나운 개라도 저를 먹여 주는 사람만은 알아서 꼬리 치며 반갑게 대한다는 뜻으로, 자기에게 은혜를 베풀어 주는 고마운 사람을 알아보지 못하는 사람은 짐승만도 못함을 이르는 말.

사나운 개도 제 주인은 안다 : 사나운 개도 저를 기르는 주인의 은공은 알듯이, 아무리 사나운 사람이라도 자기를 도와준 은인의 은공은 잊어서는 안 된다는 말.

사나운 개 입 성할 날 없다 : ⇒ 사나운 개 콧등 아물 틈(날)이 없다.

사나운 개 콧등 아물 틈(날)이 없다〔可憎之犬 鼻不離癬〕: 난폭한 사람은 늘 싸움만 하여 상처가 미처 나을 사이가 없다는 말. 사나운 개 입 성할 날 없다.

사나운 말에는 무거운 길마 지운다 : 사람도 성격이 거칠고 행실이 사나우면 그에 맞는 특별한 제재를 받게 됨을 이르는 말.

사나운 말이 말뚝에 상한다 : 언제나 사납게 구는 사람은 피해를 입게 된다는 말.

사나운 새는 떼를 짓지 않는다 : 사나운 사람은 다른 사람과 사이좋게 어울리지 못함을 비유하여 이르는 말.

사나운 암캐같이 앙앙하지 마라 : 부녀자가 떠들썩하게 지껄이며 다투는 것을 경계하는 말.

사나운 새는 울지 않는다 : 사나운 사람은 인정이 메말라 냉정함을 비유하여 이르는 말.

사나운 팔자는 불에도 타지 않는다 : 타고난 운명이 좋지 않은 것은 피하려야 피할 길이 없음을 비유하여 이르는 말.

사내가 바가지로 물을 마시면 수염이 안 난

다 : 남자들이 부엌에 자주 드나들면 남자답게 되지 못한다는 말.

사내가 어디 가나 옹솥하고 계집은 있다 : 어떤 남자라도 밥할 만한 작은 솥과 같이 살 여자는 다 가지고 있다는 뜻으로, 못난 남자라도 아내와 밥벌이는 얻게 됨을 이르는 말. * 옹솥—옹달솥(작고 오목한 솥).

사내가 우비하고 거짓말은 가지고 다녀야 한다 : 남자가 처세하려면 거짓말도 필요하다는 말. 사내자식 길 나설 때, 갈모 하나 거짓말 하나는 가지고 나서야 한다.

사내는 도둑질 빼고 다 배워라 : 남자는 넓은 경험과 기술을 가져야 함을 이르는 말.

사내는 돈을 잘 써야 하고, 녀편네는 물을 잘 써야 한다[북] : 남자는 밖에 나가서 사회적 활동을 잘해야 하고 여자는 집 안에서 살림살이를 잘해야 함을 이르는 말.

사내는 변소 길을 가도 돈 열 냥은 넣고 간다[북] : 남자는 길을 떠나려면 급할 때 쓸 수 있도록 돈 밑천을 지니고 있어야 함을 비유하여 이르는 말.

사내는 죽을 때 계집과 돈을 머리맡에 놓고 죽어라 : 남자는 늙을수록 아내와 돈이 있어야 된다는 말.

사내 등골을 빼 먹는다 : 화류계 여성이 외도하는 남자의 재물을 훑어 먹음을 이르는 말.

사내를 한번 잘못 만나면 생전 원쑤라[북] : 남편을 잘못 맞으면 평생 동안 마음고생을 하면서 살게 됨을 비유하여 이르는 말.

사내 못난 건 북문(北門)에 가 호강받는다 : 조선 왕조 후기에는 못난 사내라도 서울의 숙정문(肅靖門)에만 가면 부녀자로부터 추파를 받고 환대를 받았음을 이르는 말.

사내 못난 것은 대가리만 크고, 계집 못난 것은 젖통만 크다 : 머리통이 큰 남자와 가슴이 큰 여자를 빈정대어 이르는 말.

사내 상처 세 번 하면 대감 한 것만 하다 : 남자로서 세 번이나 장가들게 되는 것은 대감 한 것만큼이나 대단한 호강이라는 말.

사내아이가 열다섯이면 호패를 찬다 : 남자의 나이 열다섯이 되면 어른으로 취급하는데, 이미 열다섯이니 제 몫을 할 때가 되었음을 강조하여 이르는 말.

사내자식 길 나설 때, 갈모 하나 거짓말 하나는 가지고 나서야 한다 : ⇒ 사내가 우비하고 거짓말은 가지고 다녀야 한다.

사내자식은 수리개 넋이다[북] : 남자들은 솔개처럼 잘 떠돌아다님을 비유하여 이르는 말.

사냥 가는 놈이 총도 안 가지고 간다 : ⇒ 사냥 가는 데 총을 안 가지고 가는 것 같다.

사냥 가는 데 총 놓고 간다 : ⇒ 사냥 가는 데 총을 안 가지고 가는 것 같다.

사냥 가는 데 총을 안 가지고 가는 것 같다 : 무슨 일을 하러 가면서 가장 긴요한 물건을 빠뜨리고 감을 비유하여 이르는 말. 사냥 가는 놈이 총도 안 가지고 간다. 사냥 가는 데 총 놓고 간다.

사냥개는 짐승을 잡아 놓고 짖는다 : 무슨 일이든 성사되기 전에는 비밀을 지켰다가 성사된 후에 발표하라는 말.

사냥개 언 똥 먹듯 한다 : 굶주린 사냥개는 언 똥도 잘 먹듯이, 음식을 가리지 않고 잘 먹음을 비유적으로 이르는 말.

사냥개 주둥이는 길고 뾰족해야 한다 : 사냥개 주둥이는 길고 뾰족해야 입을 크게 벌려서 물기를 잘하므로 사냥도 잘한다는 말.

사냥철이 돼야 개도 길들인다 : 사냥개는 사냥하는 시기에 길을 들이듯이, 무엇을 가르치는 것도 적당한 시기가 있다는 말.

사년(巳年)에는 풍년이 든다 : 태세(太歲)에 사자(巳字)가 든 해에는 농사가 풍년이 든다는 말.

사당(祠堂) 당직은 타도 빈대 당직 타서 시원하다 : 사당의 당직은 불타 버렸지만 그와 함께 빈대까지 탔으니 시원하다는 뜻으로, 제게 손해가 되더라도 시끄럽고 귀찮던 것이 없어져 시원함을 이르는 말.

사당치레하다가 신주 개 물려 보낸다 : 겉만 지나치게 치레하다가 정작 중요한 것을 잃어버림을 이르는 말. 치장 차리다가 신주 개 물려 보낸다.

사돈 남 나무란다 : 자기도 같은 잘못을 했으면서 제 잘못은 제쳐 두고 남의 잘못만 나무란다는 말. 사돈 남 말한다.

사돈 남 말한다 : ⇒ 사돈 남 나무란다.

사돈네 논 산대 : 사돈네가 논을 사거나 말거나 신경 쓰며 관계할 것이 못 된다는 데서 유래된 말로, 아무런 관계도 없는 일에 나서서 참견함을 핀잔조로 하는 말.

사돈네 쉰 떡 보듯북 : 사돈네 집에 있는 쉬어서 먹지 못할 떡을 쳐다보듯 한다는 뜻으로, 남의 일에 아무런 관심도 없이 대함을 비유하여 이르는 말.

사돈네 안방 같다 : 사돈네 안방처럼 감히 넘겨다보지 못할 만큼 어렵고 조심스러운 곳을 비유하여 이르는 말. 만만찮기는 사돈집 안방.

사돈네 음식은 저울로 단다 : 사돈집에서 보내온 음식은 그만큼 답례를 해야 하기 때문에 그 양을 확인한다는 말.

사돈네 제사에 가서 감 놓아라 배 놓아라 한다 : ⇒ 남의 잔치(제사)에 감 놓아라 배 놓아라 한다.

사돈도 이러할 사돈 있고 저러할 사돈 있다 : ⇒ 사돈도 이럴 사돈 저럴 사돈 있다.

사돈도 이럴 사돈 다르고 저럴 사돈 다르다 : ⇒ 사돈도 이럴 사돈 저럴 사돈 있다.

사돈도 이럴 사돈 저럴 사돈 있다 : 같은 경우라도 사람에 따라 달리 대해야 함을 비유하여 이르는 말. 사돈도 이러할 사돈 있고 저러할 사돈 있다. 사돈도 이럴 사돈 다르고 저럴 사돈 다르다. 사돈도 이럴 사돈 있고 저럴 사돈 있다.

사돈 모시듯 한다 : 온갖 정성을 다하여 손님을 접대함을 이르는 말.

사돈 밤 바래기 : 사돈끼리는 서로가 어려운 처지라는 말. *사돈을 전송하다 보니 밤이 깊어서, 이번에는 상대 사돈이 또 전송을 하다 보니 날이 밝았다는 데서 유래된 말.

사돈 사돈 하며 가다가 들리고 오다가 들리고 한다북 : 겉으로 친하고 다정한 체하면서 남을 이용하여 자기의 잇속만 채움을 비유적으로 이르는 말. 삼촌 삼촌 하면서 무엇 먹인다북.

사돈 영감 제상 바라보듯 : 직접적인 관계가 없는 사돈 영감의 제상을 덤덤히 바라보고 있듯 한다는 뜻으로, 별 관심 없이 멍청히 바라봄을 이르는 말.

사돈은 부처님 팔촌만도 못하다 : 사돈 간은 워낙 어려운 사이라서 먼 이웃만도 못하다는 말.

사돈을 하려면 근본을 봐라 : 사돈을 정하려거든 우선 상대방의 가문이 어떤가를 보고 나서 하라는 말.

사돈의 잔치에 중이 참여한다〔査頓宴會客〕 : ⇒ 봉치에 포도군사.

사돈의 팔촌〔査頓八寸〕 : 아주 먼 친척을 이르거나, 또는 자기와 아무 상관 없는 남을 이르는 말.

사돈이 말하는데 싸라기 엎지른 것까지 들춘다 : 싸라기 몇 알 엎지른 대수롭지 않은 실수를 사돈 앞에서 들추어내어 남의 망신을 시킨다는 뜻으로, 그래서는 안 될 사이에 남의 결함을 시시콜콜 다 들추어 내서 말함을 비난하여 이르는 말.

사돈이 물에 빠졌나, 웃기는 왜 웃어 : ⇒ 선

떡 먹고 체하였나, 웃기는 왜 웃나.

사돈이 소 어울러 탄 것 같다㈜ : 서로 자리를 양보하여야 할 두 사돈이 좁은 소 등에 함께 올라탄 것 같다는 뜻으로, 몸가짐을 바로 하기가 아주 부자연스럽고 어색함을 이르는 말.

사돈 지내는 것도 칠팔월에 논벼가 검거든 지내지 말고 누렇거든 지내라고 했다㈜ : 예전에, 서로 사돈을 맺는 것도 음력 칠팔월에 논벼가 아직 여물지 않았을 때는 하지 말고 누렇게 여물어 가면 하라는 뜻으로, 그해 농사가 되어 가는 것을 보아 가며 혼사를 정하라는 말.

사돈집(査頓-)과 뒷간은 멀수록 좋다 : 사돈집 사이에는 말이 나돌기 쉽고, 뒷간은 고약한 냄새가 나므로 둘 다 멀리 있을수록 좋다는 말. 뒷간과 사돈집은 멀어야 한다. 사돈집과 소마간은 멀리 하랬다㈜.

사돈집과 소마간은 멀리 하랬다㈜ : ⇒ 사돈집과 뒷간은 멀수록 좋다.

사돈집과 짐바리는 골라야 좋다 : 사돈끼리도 재산 정도나 지체가 서로 비등하여야 좋다는 말.

사돈집 외 먹기도 각각 : 집집마다 가풍이 다르다는 말.

사돈집 잔치에 감 놓아라 배 놓아라 한다 : ⇒ 남의 잔치(제사)에 감 놓아라 배 놓아라 한다.

사등이뼈 없는 사람㈜ : 척추뼈가 없어 몸을 똑바로 가눌 수 없는 사람이라는 뜻으로, 자기의 꿋꿋한 주관 없이 남이 하는 대로만 좇아 하는 사람을 이르는 말.

* 사등이뼈-'척추뼈'의 북한어.

사또 걸어 등영고(登營告) : 사또를 걸어 감영에 올라가 고한다는 뜻으로, 어림없고 승산이 전혀 없는 짓을 함을 이르는 말.

사또님 말씀이야 다(늘) 옳습지 : ① 아랫사람이 윗사람의 말을 빈정거리는 경우를 이르는 말. ② 제 의견만 옳다고 우기는 사람에게 귀찮아서 한 걸음 양보함을 이르는 말.

사또 덕분에 나팔 분다 : 남에게 붙어서 덕을 봄을 이르는 말. 사또 덕분에 비장이(비장 나리) 호강한다. 원님 덕에 나팔(나발) 분다.

사또 덕에 비장이(비장 나리) 호강한다 : ⇒ 사또 덕분에 나팔 분다.

사또 떠난 뒤에 나팔 분다 : 사또 행차가 다 지나간 뒤에야 악대를 불러다 나팔을 불리고 북을 치게 한다는 뜻으로, 제때 안 하다가 뒤늦게 대책을 새우며 서두름을 핀잔하여 이르는 말. 원님 행차 뒤에 주라 불기㈜. 행차 뒤에 나팔.

사또 밥상에 간장 종지 같다 : ① 간장 종지는 밥상의 한가운데 놓는다는 데서 유래된 말로, 변변치 아니한 것이 한가운데 중요한 자리를 차지하고 있음을 비유하여 이르는 말. ② 요직에 있음을 비유하여 이르는 말. 사또 상의 장 종지.

사또 방석에 기름 종지 나앉는다 : 여럿이 모인 자리에 누군가가 불쑥 끼어들어 옴을 비유하여 이르는 말.

사또 상 같다 : 떡 벌어지게 잘 차린 음식상을 이르는 말.

사또 상의 장 종지 : ⇒ 사또 밥상에 간장 종지 같다.

사또 행차엔 비장이 죽어난다 : 사또가 길을 떠나게 되니 비장은 그 준비를 갖추느라 눈코 뜰 사이 없이 바쁘다는 뜻으로, 윗사람이나 남의 일 때문에 고된 일을 하게 됨을 이르는 말. 감사가 행차하면 사또만 죽어난다.

사람과 곡식은 가꾸기에 달렸다 : ⇒ 곡식과 사람은 가꾸기에 달렸다.

사람과 그릇은 많을수록 좋다 : 사람의 노력

이나 그릇은 많으면 많을수록 그만큼 쓸모가 있음을 이르는 말.

사람과 그릇은 있으면 쓰고 없으면 못 쓴다 : 사람과 그릇은 없으면 못 쓰지만, 있기만 하면 있는 만큼 다 쓸모가 있음을 이르는 말.

사람과 산은 멀리서 보는 게 낫다 : 아무리 훌륭한 사람과도 가까이 대하다 보면 아무래도 결점이 드러나 실망하게 됨을 비유하여 이르는 말.

사람과 쪽박(그릇)은 있는 대로 쓴다(쓰인다) : 살림살이를 하는 데는 쪽박이 있는 대로 다 쓰이듯이 사람도 제각기 다 쓸모가 있다는 말. 개천에 내다 버릴 종 없다.

사람 나고 돈 났다 : 재물보다는 사람이 더 귀중하다는 말.

사람 나고 돈 났지, 돈 나고 사람 났나 : 아무리 돈이 귀중하다 하여도 사람보다 더 귀중할 수는 없다는 뜻으로, 돈밖에 모르는 사람을 비난하여 이르는 말.

사람도 늦바람이 무섭다 : ⇒ 늦바람이 용마름을 벗긴다.

사람마다 저 잘난 맛에 산다 : 남이야 어떻게 보든 사람은 다 자기가 잘났다는 긍지와 자존심을 가지고 살아감을 이르는 말.

사람마다 한 가지 버릇은 있다 : 사람은 누구나 한두 가지의 좋지 못한 버릇이 있음을 이르는 말.

사람 모르게 눈이 오면 풍년 든다 : 눈은 풍년의 길조이기 때문에 눈이 사람 모르게 오는 해는 풍년도 사람 모르게 든다는 말.

사람 밥 빌어먹는 구멍은 삼천 몇 가지 : 사람이 먹고살아 나가기 위한 생활 수단이 매우 다양함을 비유하여 이르는 말.

사람 번지는 것은 모른다[북] **:** 사람은 몰라보게 크게 발전할 수도 있고, 또한 반대로 크게 잘못될 수도 있기 때문에, 그것을 미리 헤아려 알기는 어려움을 비유하여 이르는 말.

사람 살 곳은 골골이 있다 : ① 아무리 어려운 환경에서도 도와주는 사람은 다 있다는 것을 비유하여 이르는 말. ② [북] 사람은 어디를 가든 다 정을 붙이고 살아 나갈 수 있기 마련이라는 것을 이르는 말.

사람 세워 놓고 입관하겠다 : 목숨이 살아 움직이는 사람을 관에 넣을 정도라는 뜻으로, 행동이나 말이 지나치게 혹독함을 비난하여 이르는 말.

사람 속은 소금 서 말을 같이 먹어 보아야 안다[북] **:** 사람을 알자면 오래 같이 생활하여 보아야 함을 이르는 말.

사람 속은 천 길 물속이라 : ⇒ 천 길 물속은 알아도 한 길 사람의 속은 모른다.

사람 안 죽은 아랫목 없다 : 사람 사는 집에서 사람 안 죽은 집이 거의 없다는 뜻으로, 알고 보면 어느 곳이나 험하고 궂은 일이 있었던 자리일 수 있음을 이르는 말.

사람에게는 세 가지 체병이 있다[북] **:** ⇒ 모자라는 사람에게는 세 가지 병이 있다[북].

사람에 버릴 사람이 없으면 물건에 버릴 물건 없다 : 무엇이나 두면 다 쓰일 때가 있다는 말.

사람 위에 사람 없고, 사람 밑에 사람 없다 : 사람은 본시 모두가 태어날 때부터 평등하여서 그 권리나 의무가 동일하다는 말.

사람으로 콩나물을 길렀다(길렀나) : 콩나물 시루에 콩나물이 촘촘히 들어선 것처럼 좁은 곳에 많은 사람이 빽빽이 들어찬 모양을 비유하여 이르는 말.

사람은 겪어 보아야 알고, 물은 건너 보아야 안다 : ⇒ 사람은 지내 봐야 안다.

사람은 구하면 앙분을 하고, 짐승은 구하면 은혜를 한다(안다) : 사람은 죽을 고비에서 구하여 주면 그 은혜를 쉽게 잊고 도리어 은인에게 앙갚음을 하지만, 짐승은 죽을 고비에서 구하여 주면 은인을 따른다는 뜻으로, 은혜를 쉽게 잊어버리는 사람을 짐승만도 못하다고 비난하는 말.

사람은 구하면 원(怨)을 품고, 짐승은 구하면 은혜를 안다 : ⇒ 사람은 구하면 앙분을 하고, 짐승은 구하면 은혜를 한다(안다).

사람은 남 어울림에 산다 : 사람은 사회생활을 하며 어울려 살게 마련이라는 말.

사람은 늙어 죽도록 배운다 : 사람은 일생 동안 끊임없이 배우고 수양을 쌓아야 함을 이르는 말.

사람은 늙어지고, 시집은 젊어진다 : 사람은 나이가 들어 늙어져도 시집살이의 어려움은 더해 가는 경우를 이르는 말.

사람은 백지 한 장의 앞을 못 본다 : 종이 한 장을 바른 방문에 불과하지만, 방 안에 있는 사람은 문밖의 일을 알지 못한다는 말.

사람은 속일 수 있어도 농사는 못 속인다 : 사람은 속여 넘길 수 있으나 농사는 품을 들인 만큼 결과가 나타나기 때문에 속일 수 없다는 뜻으로, 농사일이란 실속 있게 해야지 형식적으로 해서는 안 된다는 말. 사람의 눈은 속여도 땅은 못 속인다.

사람은 얼굴보다 마음이 고와야 한다 : 사람은 인물이 잘생긴 것보다 마음씨가 훌륭한 것이 더 중요함을 이르는 말.

사람은 열 번 다시 된다 : ① 사람은 자라면서, 또는 평생 동안 자꾸 변해 감을 이르는 말. ② 사람의 개성이나 신세는 고정된 것이 아니므로 얼마든지 고칠 수 있음을 이르는 말.

사람은 인정에 막히고 귀신은 경문에 막힌다 : ⇒ 귀신은 경문(경)에 막히고 사람은 인정에 막힌다.

사람은 일생을 속아서 산다 : 사람들은 온갖 곤란과 고통을 겪으면서도, 그래도 다음 번에는 좀 나아지겠거니 하는 막연한 기대 속에서 일생 동안 속으며 살아 나간다는 뜻으로, 기대와 희망과는 전혀 동떨어진 세상살이를 비유하여 이르는 말.

사람은 일을 해야 입맛이 난다 : 사람은 몸을 놀리며 활동을 해야 소화도 잘 되고 입맛도 나서 아무것이나 당기는 법이란 뜻으로, 일을 한 뒤에 밥맛이 당길 때나, 놀면서 밥맛이 없다고 하는 사람을 비꼬아 이르는 말.

사람은 입성이 날개라 : 옷을 잘 입으면 사람의 품격이 돋보인다는 뜻으로, 옷을 품위있게 잘 입어야 함을 비유하여 이르는 말.

사람은 작게 낳아서 크게 길러야 한다 : ① 사람은 교육을 잘 시켜 키워야 큰 사람이 된다는 뜻으로, 어려서부터 교육을 잘해야 함을 이르는 말. ② 아이는 작게 낳아도 잘 먹여 기르면 크게 자라는 법임을 이르는 말.

사람은 잡기(雜技)를 하여 보아야 마음을 안다 : 장기 · 바둑 · 노름 등을 함께 해 봐야 그 사람의 사람의 본성(本性)과 본심을 알 수 있음을 이르는 말.

사람은 저 잘난 맛에 산다 : ⇒ 사람마다 저 잘난 맛에 산다.

사람은 조석으로 변한다 : ⇒ 사람의 마음은 하루에도 열두 번.

사람은 죽으면 이름을 남기고, 범은 죽으면 가죽을 남긴다〔虎死留皮 人死留名〕: 호랑이가 죽은 다음에 귀한 가죽을 남기듯이, 사람은 죽은 다음에 생전에 쌓은 공적으로 명예를 남기게 된다는 뜻으로, 인생에서 가장 중요한 것은 생전에 보람 있는 일을 하여 후세에 명예를 떨치는 것임을 비유하여 이르는 말.

사람은 지내 봐야 안다 : 사람의 마음이란 겉으로 언뜻 보아서는 알 수 없으며 함께 오랫동안 지내 보아야 알 수 있음을 이르는 말. 사람은 겪어 보아야 알고, 물은 건너 보아야 안다. 사람을 알자면 하루 길을 같이 가 보라. 천 길 물속은 건너 보아야 알고, 한 길 사람 속은 지내 보아야 안다.

사람은 치켜보지 말고 내려다보고 살랬다 : 자기보다 훌륭하거나 잘난 사람을 보면 늘 불만스러우니, 자기보다 못한 사람을 보고 희망을 가지고 살라는 말.

사람은 키 큰 덕을 입어도 나무는 키 큰 덕을 못 입는다 : ① ⇒ 나무는 큰 나무의 덕을 못 보아도 사람은 큰사람의 덕을 본다. ② 북 나무는 키가 크면 먼저 잘리기 쉽지만 사람은 키가 크면 여러모로 뽑히기 마련이라는 뜻으로, 사람은 뭐니 뭐니 해도 키가 커야 함을 이르는 말.

사람은 하늘을 이긴다 : 사람은 하늘의 조화라고 하는 가뭄, 홍수 따위의 자연재해를 능히 이겨 낼 수 있다는 뜻으로, 사람의 힘(능력)이 큼을 비유하여 이르는 말.

사람은 헌(때 묻은) 사람이 좋고, 옷은 새 옷이 좋다 : ⇒ 옷은 새 옷이 좋고, 사람은 옛 사람이 좋다.

사람을 모르게 눈이 내리면 풍년 든다 : ⇒ 사람 모르게 눈이 오면 풍년 든다.

사람을 알자면 하루 길을 같이 가 보라 : ⇒ 사람은 지내 봐야 안다.

사람을 왜 옆으로 보나 : 사람을 왜 바로 보지 못하고 모로 보느냐는 뜻을 놀림조로 이르는 말.

사람의 눈은 속여도 땅은 못 속인다 : ⇒ 사람은 속일 수 있어도, 농사는 속일 수 없다.

사람의 마음은 하루에도 열두 번 : 사람의 마음은 감정에 치우쳐서 자주 변한다는 말. 사람은 조석으로 변한다.

사람의 새끼는 서울로 보내고, 마소 새끼는 시골(제주)로 보내라 : ⇒ 말은 나면 제주도로 보내고, 사람은 나면 서울로 보내라.

사람의 속은 눈을 보아야 안다 : 눈에는 사람의 마음이 그대로 반영되므로, 눈을 보면 그 사람의 속마음을 짐작할 수 있다는 말.

사람의 얼굴은 열(열두) 번 변한다 : 사람의 얼굴 모양은 한평생 사는 동안에 여러 번 변한다는 것을 비유하여 이르는 말.

사람의 입에 거미줄 쓰는 법은 없다 북 **:** ⇒ 산 (사람) 입에 거미줄 치랴.

사람의 입은 농군이 친다 북 **:** 농사를 지어 식량을 마련하여야 모든 사람들이 먹고산다는 뜻으로, 농군의 중요함을 비유하여 이르는 말.

사람의 혀는 뼈가 없어도 사람의 뼈를 부순다 : 말이 무서운 힘을 가지고 있음을 비유하여 이르는 말.

사람이 곱나 일이 곱지 : 사람에게서 진실로 아름다운 것은 얼굴에 있는 것이 아니라, 얼마나 일을 성실하게 하는가에 있다는 뜻으로, 일을 잘하는 사람을 칭찬하거나 일을 잘 못하는 사람을 비난할 때에 이르는 말.

사람이 굶어 죽으란 법은 없다 : ⇒ 산(사람) 입에 거미줄 치랴.

사람이 궁할 때는 대 끝에서도 삼 년을 산다 : 헤어날 수 없는 궁지에 빠지면 한 발 옮길 자리가 없는 대 끝에서조차도 3년을 견뎌 살아 나갈 수 있다는 뜻으로, 아무리 어려운 처지에 놓이더라도 사람은 스스로 살아 나갈 방도를 마련함을 비유하여 이르는 말.

사람이 돈이 없어서 못 사는 게 아니라, 명이 모자라서 못 산다 : 돈은 없다가도 생기기 마련이지만 목숨은 일정한 한도가 있다는 뜻으로, 사람에게는 돈이나 물질보다도 생명이 더 중요함을 이르는 말.

사람이 되고라야 글이 소용 있다 북 **:** 사상이 바로 서고 교양 있는 참된 사람이 된 다음에라야 지식이 소용 있다는 뜻으로, 아무리 지식이 많아도 행동이 사람답지 못하면 그 지식이 쓸모없음을 비유하여 이르는 말.

사람이 많으면 길이 열린다 : 사람의 지혜와 힘을 합치면 그 어떤 큰일도 할 수 있는 방도를 찾게 됨을 이르는 말.

사람이 망하려면 머리부터 망한다 : 사람이 망하려면 정신 상태부터 나빠짐을 비유하여 이르는 말.

사람이면 다 사람이냐 : ⇒ 사람이면 다 사람인가, 사람이라야 사람이지.

사람이면 다 사람인가, 사람이라야 사람이지 : 사람이라고 해서 다 사람인 것이 아니라 사람답게 행동하여야 진짜 사람이라고 할 수 있다는 뜻으로, 사람답지 않은 짓을 하는 사람은 짐승과 다를 바 없음을 이르는 말. 사람이면 다 사람이냐.

사람이 세상에 나면 저 먹을 것은 가지고 나온다 : 사람은 잘났든 못났든 누구나 다 살아 나갈 수 있는 방도를 가지고 있음을 비유하여 이르는 말.

사람이 오래면 지혜요, 물건이 오래면 귀신이다 : ① 사람은 오래 살면 살수록 경험을 많이 쌓아 사물의 이치를 깨닫고 지혜를 얻게 되지만, 물건은 오래되면 될수록 쓸데없게 되고 만다는 뜻으로, 경험 많은 늙은이의 지혜로움을 비유하여 이르는 말. ② 북 경험을 많이 쌓으면 쌓을수록 지혜가 필요한 법이기 때문에 경험을 많이 쌓는 것이 중요함을 비유하여 이르는 말.

사람이 오래 살면 보따리를 바꾸어 진다 북 **:** 사람이 오래 살면서 여러 가지 풍파와 고초를 겪어 나가노라면 생활 처지가 서로 달라지는 경우가 있음을 이르는 말.

사람이 자지, 돈이야 자나 : ① 자본이나 빚돈은 가만 두어도 끊임없이 이자가 붙어 새끼를 쳐 나감을 비유하여 이르는 말. ② 금융 자본은 잠시도 쉬는 일 없이 끊임없이 활용됨을 비유하여 이르는 말.

사람이 죽으란 법은 없다 : ⇒ 하늘이 무너져도 솟아날 구멍이 있다.

사람이 천 냥이면 눈이 팔백 냥이다 : 사람에게서 눈이 매우 중요함을 강조하여 이르는 말.

사람 죽여 놓고 초상 치러 준다 : 사람을 죽여 놓고 나서 뻔뻔스럽게 초상 치르는 데 돕겠다고 나선다는 뜻으로, 일은 제가 그르쳐 놓고 뒤늦게 도와준다고 나서는 짓을 비꼬아 이르는 말.

사람 죽은 줄 모르고 팥죽 생각만 한다 : 사람이 죽었는데 경우에 맞지 않게 팥죽 먹고 싶다는 생각만 한다는 뜻으로, 주어진 상황을 돌아보지 않고 먹을 궁리만 하는 경우를 비유하여 이르는 말.

사람 죽인 놈이 아홉 번 조상 간다 : 죄를 지은 사람은 자기의 죄를 감추기 위해 의도적으로 착한 체한다는 말.

사람처럼 간사한 건 없다 : 사람은 외부의 자극에 반응이 매우 예민하여, 춥고, 덥고, 기쁘고, 슬픈 것 등을 각종 감정을 즉시 나타낸다는 말.

사람 칠 줄 모르는 것이 코피만 낸다 : 서투른 일에 섣불리 나서다가는 큰코다치게 됨을 이르는 말.

사람 팔자 시간 문제 : 사람의 팔자는 몇 시간도 안 되는 짧은 사이에 싹 달라질 수도 있다는 말.

사람 한평생이 물레방아(물레바퀴) 돌듯 한다 : 사람의 일생이란 유전무상(流轉無常)하다는 말.

사랑은 내려가고 걱정은 올라간다 : 사랑은 언제나 윗사람이 아랫사람에게 베풀어 주게 되고, 걱정은 아랫사람이 윗사람에게 끼치는 것임을 이르는 말.

사랑은 내리사랑 : ⇒ 내리사랑은 있어도 치사랑은 없다.

사랑은 마음속에서 자란다 : 사랑은 생활을 같이하는 가운데 마음속에서 움트고 자라남을 이르는 말.

사랑하는 사람은 미움이 없고, 미워하는 사람은 사랑이 없다 : ⇒ 고운 사람 미운 데 없고, 미운 사람 고운 데 없다.

사랑하는 자식일수록 매로 다스리라 : ⇒ 귀한 자식 매로 키워라.

사령(使令) 파리다 : 말버릇이 험악하고 경망스러운 사람을 비유하여 이르는 말.

사릅 송아지는 이도 들어 보지 말랬다(북) : 세 살 먹은 송아지는 누구나 보면 안다는 뜻으로, 이〔齒〕를 보지 아니하고도 알 수 있음을 이르는 말. *사릅-소나 말 같은 동물의 세 살 나이를 이르는 말.

사막에 꽃씨를 뿌린다고 꽃을 피울가(북) : 전혀 가능성이 없는 것을 하려고 애씀을 비유하여 이르는 말.

사막에도 금강석이 있다(북) : 모래나 돌밖에 없어 보이는 사막에 귀중한 금강석이 있다는 뜻으로, 아주 보잘것없어 보이는 곳에도 귀중한 것이 있을 수 있으므로 어디나 하찮게 여겨서는 안 된다는 말.

사막에서 금강석을 찾는다(북) : 온통 모래로 뒤덮인 사막에서 귀중한 금강석을 찾는다는 뜻으로, 구하기가 매우 힘든 것을 앞이 막막하고 희망이 보이지 않는 곳에 가서 무모하게 찾음을 비유하여 이르는 말.

사면(四面)발이 : 털에 생기는 이(虱)를 말함이니, 남에게 아첨하여 살아가는 사람을 뜻하는 말.

사명당의 사첫방 같다 : ⇒ 춥기는 사명당 사첫방 같다.

사명당이 월참(越站)하겠다 : 추위에 잘 견디던 사명당조차 쉬어 가지 않고 지나쳐 버릴 것이라는 뜻으로, 방이 몹시 추움을 비유하여 이르는 말.

사모(紗帽) 바람에 거드럭거린다 : ⇒ 망나니짓을 하여도 금관자 서슬에 큰기침한다.

사모 쓴 도둑 놈 : 갖가지 세금과 뇌물 따위로 남의 재물을 탐하는 벼슬아치나 양반을 욕되게 이르는 말.

사모에 갓끈〔紗帽纓子〕 : 끈이 필요 없는 사모에 갓끈을 달았다는 뜻으로, 차림새가 제격에 어울리지 아니함을 비유하여 이르는 말. 방립에 쇄자질. 사모에 영자. 삿갓에 쇄자질.

사모에 영자(纓子) : ⇒사모에 갓끈.

사발농사다 : ① 변변치 못하게 조금 짓는 농사를 이르는 말. ② 농사를 짓지 않고 얻어먹는 신세를 비유하여 이르는 말.

사발(沙鉢) 안에 고기 놓아주겠다 : 사발 안에 든 고기는 이미 자기 차지인데 그것도 못 먹고 놓아준다는 뜻으로, 썩 복이 없는 사람을 비유하여 이르는 말.

사발에 든 고기나 잡겠다 : 사발에 담아 놓은 물고기나 잡을 만하다는 뜻으로, 무능하여 일을 처리하기는커녕 주는 밥이나 겨우 찾아 먹는 사람을 놀림조로 이르는 말.

사발 이 빠진 것 : 쓸모없이 되어 그대로 두기 불편한 물건을 비유하여 이르는 말.

사방에서 번개가 치면 비가 온다 : 번개가 공중 여러 곳에서 치면 비가 오게 된다는 말.

사복(司僕) 물어미냐 지절거리기도 한다 : 사복시〔司僕寺〕의 물 긷는 어미처럼 상말을 마구 지절거리는 경우를 비난조로 이르는 말. 사복 어미냐 지껄이기도 한다.

사복 어미냐 지껄이기도 한다 : ⇒ 사복 물어미냐 지절거리기도 한다.

사복(私腹)을 채우다 : 공적인 지위나 권리

를 이용하여 금품 따위를 부당하게 자기 것으로 챙김을 이르는 말.

사사건건(事事件件) 콩이야 팥이야 한다 : 무슨 일에나 다 참견함을 비유하여 이르는 말.

사생(死生)이 유명(有命)이요, 부귀재천(富貴在天)이라 : 사생과 부귀빈천은 모두 운명에 정해져 있어 억지로 할 수 없다는 말.

사서 고생한다 : 고생되는 일을 스스로 만들어 함을 이르는 말.

사서 매 맺는다 : 스스로 야단맞을 짓을 만들어 함을 이르는 말.

사서삼경(四書三經)을 다 읽어도 누울 와(臥) 자가 제일 : 게으른 자가 누워서 뒹굴 때 핑계로 하는 말.

사슴은 사향 때문에 죽고, 사람은 입 때문에 죽는다 : 사슴은 향기 좋은 사향 때문에 사냥꾼에게 죽고, 사람은 말조심을 하지 않으면 망하게 됨을 비유하여 이르는 말.

사시(巳時)에 낙종(落種)하면 볍씨가 몰린다 : 오전 10시경에는 볍씨가 건조해지고 수온이 높아짐에 따라 볍씨가 떠다니다가 한곳에 몰릴 수 있으므로 가급적 이 시간을 피해서 파종하라는 말.

사십(四十)에 첫 버선 : ⇒ 갓 마흔에 첫 버선(보살).

사양(辭讓)이 배 불러지지 않는다㊀ **:** 배고픈 사람이 예의를 지키기 위하여 사양한다고 해서 시장한 배가 불러지는 것이 아니라는 뜻으로, 지나치게 겸손하고 사양하는 것은 도리어 좋지 아니함을 이르는 말.

사월(四月) 눈은 흉년 든다 : 음력 4월에 때 아닌 눈이 오게 되면 농작물에 피해가 많으므로 흉년이 든다는 말.

사월 망종(芒種)에는 보리 풍년 지고, 오월 망종에는 보리 흉년 진다 : 망종이, 음력 4월에 있으면 기온이 낮아서 고온으로 뿌리 썩는 병이 안 생겨 보리가 풍년이 들지만, 5월에 들면 뿌리가 썩어 잎이 마르는 병이 생겨서 보리가 흉년이 든다는 말.

사월 무지개에 곡가(穀價) 오른다 : 음력 4월에 무지개가 서면 가물어서 흉년이 들어 곡식 값이 오르게 된다는 말.

사월 보름날 날씨가 좋으면 풍년 든다 : 음력 4월 15일인 보름날 날씨가 좋으면 농사가 풍년이 들 징조라는 말.

사월 없는 곳에 가서 살면 배는 안 곯는다 : ⇒ 사월 없는 곳에 가서 살면 좋겠다.

사월 없는 곳에 가서 살면 좋겠다 : 4월 춘궁기의 고달픔을 이르는 말. 사월 없는 곳에 가서 살면 배는 안 곯는다.

사월 일진에 묘자(卯字)가 세 번 들면 삼〔麻〕 농사가 풍작이다 : 음력 4월 중에 묘자가 든 일진이 세 번 있으면 삼 농사가 풍년이 든다는 말.

사월 일진에 묘자가 안 들면 보리 흉년 든다 : 음력 4월 일진에 묘자가 들어야 풍년이 들고, 묘자가 없으면 보리 흉년이 든다는 말.

사월 초닷샛날 가물면 봄누에가 잘 안 된다 : 음력 4월 5일에는 비가 와야 뽕잎이 잘 펴서 봄누에가 잘된다는 말.

사월 초파일날 조기 대가리 짓무르듯 한다 : 음력 4월 8일에는 일반 가정에서도 고기를 먹지 않으므로 조기가 무르게 되듯이, 시기를 못 만나면 천대를 받는다는 말.

사월 초파일 등 달리듯㊀ **:** 물건이 조롱조롱 많이 매달린 모양을 비유하여 이르는 말.

사월 초파일에 비가 오면 벼는 풍년 들고 과일은 흉년 든다 : 음력 4월 8일에 비가 오면 모심기 물로 사용되기 때문에 벼농사는 풍년이 들지만, 배 능금 같은 실과는 수정기(受精期)이므로 비 피해를 입어 흉작이 될 수 있다는 말.

사월 초파일에 비가 오면 풍년 든다 : 음력 4월 8일에 비가 오면 모심기 물로 사용되기 때문에 벼농사는 풍년이 든다는 말.

사월 초하룻날 남풍이 불면 조 농사가 풍년이 든다 : 음력 4월 1일 남풍이 불면 조 농사가 풍작이 된다는 말.

사월 초하룻날 동풍이 불면 콩팥 농사가 풍년이 든다 : 음력 4월 1일 동풍이 부는 것은 콩과 팥이 잘될 징조라는 말.

사월 초하룻날 동풍이 불면 콩팥 농사가 풍년이 들고, 남풍이 불면 조 농사가 풍년이 든다 : 음력 4월 1일 아침에 동풍이 불면 그해 콩과 팥이 풍년이 들고, 남풍이 불면 조가 풍년이 들 징조라는 말.

사월 초하룻날 아침부터 밤까지 남풍이 불면 풍년 든다 : 음력 4월 1일에 아침부터 밤까지 남풍이 불면 풍년이 들 징조라는 말.

사월 파일 등(燈)대 감듯 : 무엇을 휘휘 익숙하게 감아 매는 모양을 비유하여 이르는 말.

사월 파일 등(燈) 올라가듯 : 여럿이 조롱조롱 올라가는 모양을 이르는 말.

사위가 고우면 요강 분지를 쓴다 : 사위는 처가에서 극진한 대접을 받음을 비유하여 이르는 말.

사위가 무던하면 개 구유를 씻는다 : 처가에 가면 극진한 대우를 받는 사위지만, 개 밥통까지 씻을 만큼 무던한 사위라는 말.

사위는 고양이[북] **:** 고양이가 저를 먹여 주고 귀여워해 주는 주인에 대한 고마움을 전혀 알지 못하듯이, 사위는 아무리 위하여 주어도 그 보람도 없이 얄미운 짓을 많이 함을 비유하여 이르는 말. 사위 섬기기는 고양이 섬기기와 같다.

사위는 글방에서 얻고, 며느리는 부엌에서 얻으랬다 : 사위는 공부를 많이 한 사람을 얻고, 며느리는 살림을 잘하는 사람을 얻으라는 말.

사위는 백년손이라 : 사위는 언제나 소중한 손님처럼 접대해야 함을 이르는 말. 사위는 백년손이요, 며느리는 종신 식구라. 사위는 백년지객.

사위는 백년손이요, 며느리는 종신(終身) 식구라 : ⇒ 사위는 백년손이라.

사위는 백년지객(百年之客) : ⇒ 사위는 백년손이라.

사위도 반자식(-이라) : 장인, 장모에게 있어서 사위에 대한 정은 친자식 못지않음을 이르거나, 또는 사위도 때로는 친자식 노릇을 한다는 말.

사위 반찬은 장모 눈썹 밑에 있다 : 장모는 사위를 대접하려고 보는 대로 찾아서 해 주려 함을 비유하여 이르는 말.

사위 사랑은 장모 : 사위를 사랑하고 받드는 마음은 장인보다 장모가 더 극진하다는 말.

사위 사랑은 장모, 며느리 사랑은 시아버지 : ⇒ 며느리 사랑은 시아버지, 사위 사랑은 장모.

사위 섬기기는 고양이 섬기기와 같다 : ⇒ 사위는 고양이[북].

사위와 씨아는 먹어도 안 먹는다 : 목화씨 뽑는 씨아는 잘 먹어도 잘 안 먹는다고 하듯이, 사위가 먹을 만큼 먹어도 왜 안 먹느냐고 자꾸 권한다는 뜻으로, 사위에 대한 처가의 사랑을 비유하여 이르는 말.

사위 자식 개자식 : 사위는 결국 장인·장모에겐 효도하지 아니함을 이르는 말.

사윗집 더부살이 : 장인이나 장모가 출가한 딸네 집에서 더부살이하기란 떳떳하지 못하고 어려운 노릇이라는 말.

사일(巳日)에 오는 비는 오일(午日)에도 온다 : 일진(日辰)이 사일(巳日)인 날에 비가 오기 시작하면 다음달 오일(午日)까지 계속해서 온다는 말.

사자(使者)가 눈깔이 멀었다 : 죽은 사람을 데려간다는 저승사자가 눈이 멀어서 잡아가지 않는다는 뜻으로, 못되게 구는 사람을 욕하는 말.

사자(死者)는 물촉(勿觸) : 죽은 사람의 일은 들먹거리지 말라는 말.

사자(死者)는 불가부생(不可復生)이라 : 죽은 사람은 다시 살아날 수 없다는 뜻으로, 단념할 수밖에 없음을 비유하여 이르는 말.

사자밥(使者 -)을 지고 다닌다㊊ **:** ⇒ 사잣밥(-을) 싸 가지고 다닌다.

사자(獅子) 어금니 같다 : 사자에게 어금니가 없어서는 안 되듯, 꼭 필요한 사람을 가리키는 말. 호랑이 어금니 같다.

사자 어금니같이 아끼다 : 몹시 아끼고 귀중히 여긴다는 말. 호랑이 어금니 아끼듯.

사자 없는 산에 토끼가 왕(대장) 노릇 한다 : ⇒ 호랑이 없는 골에 토끼가 왕 노릇 한다.

사잣밥(-을) 싸 가지고 다닌다 : 언제 어디서 죽을지 모를 위험한 처지에 놓여 있음을 비유하여 이르는 말. *사잣밥(使者-)—초상난 집에서 죽은 사람의 넋을 부를 때 저승사자에게 대접하는 밥. 밥 세 그릇, 술 석 잔, 벽지 한 권, 명태 세 마리, 짚신 세 켤레, 동전 몇 닢 따위를 차려 담 옆이나 지붕 모퉁이에 놓았다가 발인할 때 치운다. 덜미에 사잣밥을 짊어졌다. 사자밥을 지고 다닌다㊊. 사잣밥을 목에 매달고 다닌다.

사잣밥을 목에 매달고 다닌다 : ⇒ 사잣밥을 싸 가지고 다닌다.

사잣밥인 줄 알고도 먹는다 : 언제 죽을지 모르는 위험한 일인 줄 알면서도 다른 방도가 없어서 할 수 없이 하게 됨을 비유하여 이르는 말.

사정(私情)이 많으면 한 동리에 지아비가 아홉 : ① 사사로운 정이 많아 정절을 지키지 못하다가는 망측스럽게도 한동네에 아홉 남편과 아홉 시아버지를 두게 된다는 뜻으로, 정조 관념(貞操觀念)이 희박한 여자를 비웃어 이르는 말. ② 일정한 주견(主見)이 없이 남을 덩달아 좇는 사람을 두고 이르는 말.

사정(事情)이 사촌(四寸)보다 낫다 : 사정만 잘 하면 웬만한 것은 통할 수 있다는 말.

사족(四足) 성한 병신 : 아무 일도 아니하고 놀고먹는 사람을 비유하여 이르는 말.

사주(四柱)에 없는 관(冠)을 쓰면, 이마가 벗어진다 : 제 분수에 넘치는 일을 하게 되면 도리어 괴롭다는 말.

사주팔자(四柱八字)는 날 때부터 타고난다 : 운명은 아무리 피하려 해도 피할 수 없는 것임을 이르는 말.

사지(四肢)가 흰 소를 먹이면 주인이 해롭다 : 네 발이 흰 소를 먹이면 주인을 해치게 된다는 말.

사천왕(四天王) 보고 앙증하다 한다㊊ **:** 사천왕이 슬기가 있고 앙증하다 하여 그를 보고 앙증하다고 하는 것은 쓸데없는 짓이라는 뜻으로, 당연한 사실을 놓고 쓸데없는 말을 하는 상황을 놀림조로 이르는 말.

사철 바다를 비우지 말랬다 : 어부는 1년 내내 바다를 비우지 말고 계속 어로작업을 하라는 말.

사촌(四寸)네 집도 부엌부터 들여다본다 : 남을 만날 때 얻어먹을 것만 바라는 경우를 비유하여 이르는 말.

사촌이 땅을 사면 배가 아프다 : 질투심(嫉妬心)과 시기심(猜忌心)이 많음을 이르는 말.

사침에도 용수 있다 : ⇒ 바쁘게 찧는 방아에도 손 놀 틈이 있다. *사침(사침대)—베틀의 비경이 옆에서 날의 사이를 띄어 주는 두 개의 나무 막대.

사타구니에 방울 소리가 나도록 : 아주 급하게 뛰어가는 모습을 비유하여 이르는 말.

사탕 붕어의 겅둥겅둥이라 : ⇒ 속 빈 강정(-의 잉어 등 같다).

사태(沙汰) 만난 공동묘지 같다 : 사태로 무너진 공동묘지처럼 정경(情景)이 삭막하고 황량한 모양을 비유하여 이르는 말.

사후(死後) 술 석 잔 말고 생전(生前)에 한 잔 술이 달다 : ① 죽은 다음에 제사상에 이것저것 차리지 말고 살아 있는 동안에 한 가지라도 더 대접하라는 말. 죽어서 석 잔 술이 살아 한 잔 술만 못하다. ② 눈앞에 부닥친 현실 문제를 해결하여 주는 것이 일이 다 틀어진 뒤에 쓸데없는 공을 들이며 애쓰는 것보다 중요함을 비유하여 이르는 말.

사후 약방문(청심환)〔死後藥方文〕 : 사람이 죽은 다음에야 약을 구한다는 뜻으로, 때가 지나서 일이 다 틀어진 후에야 뒤늦게 대책을 세움을 비유하여 이르는 말. 상여 뒤에 약방문. 성복날 아침의 약방문㊊. 성복 뒤에 약방문(약 공론). 성복제 지내는데 약 공론한다. 죽은 다음에 청심환. 죽은 뒤에 약방문.

사흘 굶어 담 아니 넘을 놈 없다 : ⇒ 사흘 굶어 도둑질 아니할 놈 없다.

사흘 굶어 도둑질 아니할 놈 없다 : 아무리 착한 사람이라도 몹시 궁하게 되면 못하는 짓이 없게 됨을 비유하여 이르는 말. 사흘 굶어 담 아니 넘을 놈 없다. 사흘 굶으면 못할 노릇이 없다. 사흘(-을) 굶으면 포도청의 담도 뛰어넘는다. 세 끼 굶으면 군자가 없다. 열흘 굶어 군자 없다.

사흘 굶어 아니 날 생각 없다 : 몹시 굶게 되면 여러 가지 옳지 못한 생각도 들고, 못할 일이 없게 됨을 이르는 말.

사흘 굶으면 못할 노릇이 없다 : ⇒ 사흘 굶어 도둑질 아니할 놈 없다.

사흘 굶으면 양식 지고 오는 놈 있다 : 사람이 양식이 떨어져 굶어 죽게 되면 도와주는 사람이 생기게 마련이라는 뜻으로, 사람이 아무리 어렵게 지내더라도 여간해서는 굶어 주지 않음을 비유하여 이르는 말. 세 끼 굶으면 쌀 가지고 오는 놈 있다. *사람이 양식이 떨어져 굶어 죽게 되면 도와주는 사람이 생기게 마련이라는 뜻에서 유래된 말.

사흘(-을) 굶으면 포도청의 담도 뛰어넘는다 : ⇒ 사흘 굶어 도둑질 아니할 놈 없다.

사흘 굶은 개가 몽둥이를 두려워할까 : 굶주려 악이 난 사람이 매를 무서워할 리가 없음을 비유하여 이르는 말. 사흘 굶은 개는 몽둥이를 맞아도 좋다고 한다.

사흘 굶은 개는 몽둥이를 맞아도 좋다고 한다 : ⇒ 사흘 굶은 개가 몽둥이를 두려워할까.

사흘 굶은 거지도 안 들어가겠다㊊ : 먹을 것이 없는 너절하고 시시한 물건을 비유하여 이르는 말.

사흘 굶은 범이 원님을 안다더냐 : ⇒ 새벽 호랑이(-가) 중이나 개를 헤아리지 않는다.

사흘 굶은 승냥이가 달 보고 으르렁댄다㊊ : 포악한 자가 궁지에 빠져서 함부로 날뜀을 비유하여 이르는 말.

사흘 굶은 승냥이 배가죽 같다㊊ : ⇒ 미친개 배때기 같다㊊.

사흘 길에 하루쯤 가서 열흘씩 눕는다 : ① 일을 처음부터 너무 급히 서두르면 도리어 더디게 됨을 비유하여 이르는 말. ② 성행이 몹시 게을러서 일을 도저히 이룰 성싶지 못함을 비유하여 이르는 말.

사흘 길 하루도 아니 가서 : ⇒ 열흘 길 하루도 아니 가서 돌아선다.

사흘 살고 나올 집이라도 백 년 앞을 보고 짓는다 : 무슨 일을 하든지 형식적으로 건성건성 할 것이 아니라 앞날을 생각하여 최선을 다하여야 함을 비유하여 이르는 말.

사흘에 피죽 한 그릇도 못 얻어먹은 듯하

다 : ⇒ 사흘에 한 끼도 못 먹은 듯하다.

사흘에 한 끼도 못 먹은 듯하다 : 사람이 풀이 죽고 기운이 없어 초췌하게 보임을 비유적으로 이르는 말. 사흘에 피죽 한 그릇도 못 얻어먹은 듯하다.

사흘에 한 끼 입에 풀칠하기도 어렵다 : 늘 굶고 살 정도로 살림이 매우 가난함을 비유하여 이르는 말.

사흘 책을 안 읽으면 머리에 곰팡이가 슨다 : 짧은 기간이라도 책을 안 읽으면 머리가 둔하게 됨을 비유하여 이르는 말.

삭다례(朔茶禮) 떡 맛보듯북 **:** ⇒ 삭단에 떡 맛보듯.

삭단(朔單)에 떡 맛보듯 : 음식을 조금만 먹게 될 때를 이르는 말. *삭단-매달 초하룻날 사당(祠堂)에서 지내는 다례(茶禮). 삭다례(朔茶禮). 삭다례 떡 맛보듯북.

삭신이 쑤시면 비가 온다 : 신경통 환자나 늙은이들은 저기압이 되면 뼈마디가 쑤시므로 비가 오리라는 것을 알 수 있다는 말. 뼈마디가 쑤시면 비가 올 징조다.

삭은 바자 구멍에 노란 개 주둥이 (내밀듯) : ⇒ 다 삭은 바자 틈에 누렁개 주둥이 같다.

삭은 주머니 : 형체는 있으나 원질(原質)은 이미 썩어 없어진 물건을 비유하여 이르는 말.

삯매 모으듯 : 삯을 받고 남의 매를 대신 맞는 자리를 이리저리 구하듯, 내키지 않는 일을 마지못해 함을 이르는 말.

삯일에 땀을 흘리면 죽은 할아버지도 무덤 속에서 돌아 눕는다북 **:** 남이 시키는 삯일에 땀을 흘리는 것을 보면 죽은 할아버지조차도 가슴 아파하며 보지 않으려고 돌아눕는다는 뜻으로, 삯일하는 사람들의 고된 처지를 비유하여 이르는 말.

산(生) 개 새끼가 죽은 정승보다 낫다(活狗子勝於死政丞) : 아무리 천하더라도 살아있는 것이 죽은 것보다는 낫다는 뜻으로, 세상을 비관하지 말고 살아가라는 말. 죽은 양반이 산 개만도 못하다. 죽은 정승이 산 개만 못하다①. 죽은 정승이 산 종만 못하다.

산골 나무장수가 소다리 꺾고 살랴북 **:** 산골의 나무장수는 소가 있어야 나무를 실어 나를 수 있는데 그가 소의 다리를 부러뜨리면 일을 하지 못한다는 뜻으로, 어떤 일을 할 때 꼭 갖추어져 있어야 하는 것을 강조하여 이르는 말.

산골 논은 배게 심고, 보리논은 드물게 심는다 : 산골 논은 수온도 낮고 거름기도 적으므로 모를 배게 심어야 하고, 보리를 심었던 논은 수온도 높고 거름기도 많으므로 드물게 심어야 수확이 많다는 말.

산골 놈은 도끼질, 야지 놈은 괭이질북 **:** ⇒ 산중 놈은 도끼질, 들녘 놈은 괭이질.

산골 부자가 해변 개만 못하다 : 산골에 사는 부자가 먹고 사는 수준이 바닷가에 사는 가난한 어민보다도 못하다는 말.

산골 중놈 같다 : 의뭉스러운 사람을 비유하여 이르는 말.

산 까마귀가 염불한다 : 산에 있는 까마귀가 산에 있는 절에서 염불하는 것을 하도 많이 보고 들어서 염불하는 흉내를 낸다는 뜻으로, 무엇을 전혀 모르던 사람도 오랫동안 보고 듣노라면 제법 따라 할 수 있게 됨을 비유하여 이르는 말.

산꼭대기에 구름이 모여들면 비가 올 징조다 : 산봉우리에 구름이 모이게 되면 그 구름으로 인하여 비가 오게 된다는 말. 산봉우리가 구름 관을 쓰면 비가 온다.

산나물이 출아(朮芽)만은 아닌데 출아를 산채(山菜)라고 한다 : 산나물에 여러 가지 종류가 있으나 그중에서 출아가 맛도 좋고 흔하기 때문에 산나물의 대명사가 되듯이, 여러 가지 중에서도 이러저러한 이유로 대명사가 되는 것이 있다는 말.

산 넘어 산이다 : ⇒ 갈수록 태산(수미산·심산)이라.

산놈의 계집은 범도 안 물어 간다 : 산속에 사는 여자는 버릇도 없고 만만치 않다는 말.

산(生) 눈깔 빼 먹을 놈 : 살아 있는 사람의 눈알을 빼 먹을 만큼 지독한 놈이라는 뜻으로, 남을 속이고 자기의 이익만 차리려는 악독하고 교활한 사람을 낮잡아 이르는 말.

산닭 길들이기는 사람마다 어렵다 : 제멋대로 행동하는 사람을 다잡아서 가르치기는 어렵다는 말. 생마 잡아 길들이기.

산닭 주고 죽은 닭 바꾸기도 어렵다 : ① 대수롭지 않은 것도 정작 필요로 하면 구하기 어려움을 비유하여 이르는 말. ② 자기가 구하려면 귀한 것도 천해짐을 비유하여 이르는 말.

산(山)도 허물고 바다도 메울 기세 : 그 어떤 어려운 일도 해내려는 왕성한 기세를 비유하여 이르는 말.

산돼지는 칡뿌리를 노나 먹고, 집돼지는 구정물을 노나 먹는다 북 **:** 돼지와 같이 욕심 많은 짐승도 먹을 것을 나누어 먹는다는 뜻으로, 욕심 사나운 사람을 비꼬아 이르는 말.

산돼지를 잡으려다가 집돼지까지 잃는다 : ① 산돼지를 잡겠다고 욕심을 부리던 나머지 집돼지를 잘못 간수한 탓으로 잃어버리게 되었다는 뜻으로, 지나치게 욕심을 부리다가 이미 차지한 것까지 잃어버리게 됨을 비유하여 이르는 말. 가는 토끼 잡으려다 오는 토끼 놓친다. 가는 토끼 잡으려다 잡은 토끼 놓친다. 멧돝 잡으러 갔다가 집돝 잃었다. 산토끼를 잡으려다가 집토끼를 놓친다. ② 새로운 일을 자꾸만 벌여 놓으면서 이미 있는 것을 챙기는 데에 소홀하면 도리어 손해를 봄을 비유하여 이르는 말.

산림도 청으로 하는 수가 있다 : 추천제로 오를 수 있는 자리에 자기가 스스로 청을 하며 돌아다녀서 강제로 추천을 받아 감을 비꼬아 이르는 말.

산모 입에는 석 자 가시도 걸리지 않는다 북 **:** 몸을 푼 산모는 배 속이 비고 입맛이 당기어서 음식을 많이 먹게 된다는 말.

산 목을 구름이 조르면 비가 온다 : 산 목을 자른다는 것은 산 중턱까지 저기압권에 있다는 뜻으로, 높은 산 중간 위치에 구름이 있으면 비 올 가능성이 높다는 말.

산 밑 집에 방앗공이가 논다(山底杵貴) : ① 산과 같이 나무가 많은 고장에 방앗공이가 없다는 뜻으로, 그 고장 산물이 오히려 산지(産地)에는 희귀하다는 말. ② 무엇이 마땅히 있어야 할 곳에 없음을 비유하여 이르는 말.

산바람과 골짜기바람이 뒤바뀌면 날씨가 나빠진다 : 산 위에서 골짜기로 불어 내리는 산바람과 골짜기에서 산 위로 불어 올라가는 골짜기바람이 뒤바뀌게 된다는 것은 이상 변화를 뜻하는 것이므로 날씨가 악화될 징조라는 말.

산 밖에 난 범이요, 물 밖에 난 고기라 : ① 근거로 삼을 기반을 잃어버려 맥을 못 추게 된 경우를 이르는 말. ② 제 능력을 발휘할 수 없는 처지로 몰려난 경우를 가리키는 말.

산방산 앞 바다가 울면 태풍이 분다 : 제주도 산방산 앞 바다에 열대성 저기압이 나타날 때 파도 소리가 크게 나면 동중국해에서 태풍이 오고 있는 현상이라는 말.

산(生) 범의 눈썹을 뽑는다 : ① 살아 있는 범의 눈썹을 뽑는다는 뜻으로, 감히 손댈 수 없는 위험한 짓을 목숨 걸고 함을 비유하여 이르는 말. ② 도저히 이룰 수 없는 헛된 망상을 함을 비유하여 이르는 말.

산(山)보다 골이 더 크다 : 주가 되는 산보다 부차적인 골이 더 크다는 뜻으로, 사리에 맞지 않음을 비유하여 이르는 말. 산보다 호랑이가 더 크다.

산보다 호랑이가 더 크다 : ⇒ 산보다 골이 더 크다.

산봉우리가 구름 관을 쓰면 비가 온다 : ⇒ 산꼭대기에 구름이 모여들면 비가 올 징조다.

산(生) 사람 눈 빼 먹겠다 : ① 살아 있는 사람의 눈까지도 빼 먹을 수 있을 만큼 인심이 몹시 야박하고 험악함을 비유하여 이르는 말. ② 북 남을 감쪽같이 속여 넘겼거나 잠깐 사이에 무엇이 없어졌음을 비유하여 이르는 말.

산 사람은 아무 때나 만난다 : 사람은 죽지 않고 살아 있으면 어느 때 어디선가 만나게 되어 있으니, 다시 안 볼 것처럼 야박하게 인연을 끊지 말라는 말.

산 사람의 목구멍에 거미줄 치지 않는다 : ⇒ 산 (사람) 입에 거미줄 치랴.

산살구나무에 배꽃이 피랴 북 : 산살구나무에 배꽃이 필 수 없다는 뜻으로, 근본이 나쁜 데에서 좋은 것이 나올 수 없음을 비유하여 이르는 말.

산살구 지레 터진다 북 : ① 맛도 없는 산살구가 참살구보다 먼저 익어서 터진다는 뜻으로, 능력이 없거나 수양이 부족한 사람이 잘난 듯이 경망스럽게 행동함을 비웃는 말. ② 아직 다 자라기도 전에 못된 짓부터 배움을 핀잔하는 말.

산(山) 설고 물 설다 : 타향이라서 모든 것이 낯설고 서먹서먹하다는 말.

산소 등에 꽃이 피었다 : 조상의 무덤 위에 꽃이 피었다는 뜻으로, 자손이 번성하고 부귀공명하게 되었음을 비유하여 이르는 말.

산(山) 속에 있는 열 놈의 도둑은 잡아도, 제 마음속에 있는 한 놈의 도둑은 못 잡는다 : 일단 제 마음속에 자리 잡은 좋지 못한 생각은 스스로 고치기가 매우 어렵다는 말.

산(生) 송장 살아 있어도 죽은 목숨 북 : 비록 살아 있기는 하나, 사람 구실을 못하는 것은 죽은 목숨이나 마찬가지라는 말.

산신(山神) 제물(祭物)에 메뚜기 뛰어 들듯 : 당치도 않은 일에 참례함을 이르는 말. 산젯밥에 청 메뚜기 뛰어들듯.

산(山)에 가야 범을 잡지 : ⇒ 산엘 가야 꿩을 잡고, 바다엘 가야 고기를 잡는다[①].

산에 들어가 호랑이를 (기)피하랴 : 이미 피할 수 없는 일이나, 피하여서는 안 되는 일을 피하려고 무모하게 행동함을 이르는 말.

산에 띠구름 걸리면 맑음 : 맑은 날씨에 산의 경사면이 가열되어 상승기류가 나타나면 띠 모양의 구름이 산에 나타나므로 맑은 날씨가 계속된다는 말.

산에서 물고기 잡기(緣木求魚) : 물에서 사는 물고기를 산에서 구한다는 뜻으로, 도저히 불가능한 일을 하려고 애쓰는 어리석음을 비유적으로 이르는 말. 나무에서 물고기를 찾는다. 바다에 가서 토끼 찾기. 솔밭에 가서 고기 낚기.

산에 초목이 무성하면 풍년이 든다 : 산에 초목이 무성하다는 것은 비가 흡족히 왔기 때문이므로 곡식들도 잘 자라서 풍년이 든다는 말.

산엘 가야 꿩을 잡고 바다엘 가야 고기를 잡는다 : ① 꿩은 산에 가야 잡을 수 있고 고기는 바다에 가야 잡을 수 있다는 뜻으로, 목적하는 방향을 제대로 잡고 노력하여야만 그 목적을 이룰 수 있음을 비유하여 이르는 말. 산에 가야 범을 잡지. ② 무슨 일이든지 가만히 앉아 있어서는 이루어지지 않고 발 벗고 나서서 힘을 들여야 이루어짐을 비유하여 이르는 말.

산열매가 많이 열리면 벼도 풍년 든다 : 비가 흡족하게 내려야 산에서 자라는 과실들이 풍년이 든다는 말.

산은 오를수록 높고 물은 건널수록 깊다 : ⇒ 갈수록 태산(수미산·심산)이라.

산을 낀 곳에서는 산을 뜯어먹고, 바다를 낀 곳에서는 바다를 뜯어먹으라[북] **:** 산이 가까운 곳에서는 산을 잘 이용하고, 바다가 가까운 고장에서는 바다를 잘 이용하라는 말. 바닷가에서는 바다를 뜯어먹고, 산에서는 산을 뜯어먹으라[북]. 바다를 낀 곳에서는 바다를 뜯어먹고, 산을 낀 곳에서는 산을 뜯어먹으라[북].

산이 깊어야 범(호랑이가)이 있다 : ⇒ 숲이 깊어야 도깨비가 나온다.

산이 높아야 골이 깊다 : 산이 높고 커야 골짜기가 깊다는 뜻으로, 품은 뜻이 높고 커야 생각도 크고 깊음을 비유하여 이르는 말. 산이 커야 골이 깊지. 산이 커야 그늘(굴)이 크다.

산이 높아야 비구름도 생긴다〔**山致其高雲雨起**〕**:** 산이 높아야 통과하는 비구름이 부딪쳐 비가 오게 된다는 말.

산이 높아야 옥이 난다[북] **:** ① 훌륭한 인물에게서 훌륭한 자손이 난다는 말. ② 규모가 크고 훌륭하여야 거기에서 생기는 보람도 크다는 말.

산이 들썩한 끝에 쥐 새끼 한 마리라 : 산이 들썩들썩하기에 큰 짐승이라도 나오는 줄 알았는데 겨우 쥐 새끼 한 마리만 뛰어나왔다는 뜻으로, 요란하게 일을 벌였으나 별로 신통한 결과를 얻지 못함을 비유하여 이르는 말. 산이 울어 쥐 한 마리.

산이 우니 돝이(산돼지가) 운다 : 산이 우니 돝(산돼지)도 운다는 뜻으로, 주관 없이 남이 하는 대로만 따라 행동함을 비유하여 이르는 말.

산이 울면 들이 웃고 들이 울면 산이 웃는다 : ① 비가 와서 물이 지면 산은 사태가 나 형편없는 모양이 되지만, 들은 오히려 농사가 잘되어 웃는 것 같고, 날이 가물어 들이 말라붙으면 오히려 산은 헐리지 아니하여 웃는 듯하다는 뜻으로, 어떤 일이든 좋아하는 사람이 있는가 하면 싫어하는 사람도 있음을 비유하여 이르는 말. ② [북] 한쪽에서 피해를 입으면 다른 한쪽에서는 이득을 보게 됨을 비유하여 이르는 말.

산이 울어 쥐 한 마리〔**泰山鳴動 鼠一匹**〕**:** ⇒ 산이 들썩한 끝에 쥐 새끼 한 마리라 .

산이 커야 골이 깊지 : ⇒ 산이 높아야 골이 깊다.

산이 커야 그늘(굴)이 크다 : ⇒ 산이 높아야 골이 깊다.

산이 크면 울림도 웅심깊다[북] **:** 품은 뜻이나 포부가 크면 그 행동이 미치는 영향력도 큼을 비유하여 이르는 말. * 웅심깊다-'웅숭깊다(생각이나 뜻이 크고 넓다)'의 북한어.

산〔**生**〕 **입에 거미줄 치겠다 :** 양식이 떨어져서 먹지를 못하고 굶고 있음을 이르는 말.

산 (사람) 입에 거미줄 치랴〔**生口不網, 活人之嗓 蛛不布網**〕**:** 살기가 어렵다고 쉽사리 죽기야 하겠느냐는 말. 사람의 입에 거미줄 쓰는 법은 없다[북]. 사람이 굶어 죽으란 법은 없다. 산 사람의 목구멍에 거미줄 치지 않는다.

산전(山田) 농사 고라니 좋은 일만 시킨다 : ① 산중 밭에 곡식을 심었더니 고라니가 다 뜯어 먹었다는 말. ② 애써 일을 한 것이 남 좋은 일만 시켰음을 비유하여 이르는 말.

산전수전(山戰水戰) 다 겪었다〔**百戰老將**〕**:** ① 세상의 모든 일을 골고루 겪어 봐서 세상 물정을 다 안다는 말. ② ⇒ 밤송이 우엉송이 다 끼어 보았다.

산젯밥에 청 메뚜기 뛰어들듯 : ⇒ 산신 제물에 메뚜기 뛰어들듯.

산 좋고 물 좋고 정자 좋은 데 없다 : 자연의 경개와 인공의 운치를 모두 갖춘 데는 없다는 말.

산중(山中) 놈은 도끼질, 들녘 놈은 괭이질 : 산속에 사는 나무꾼은 도끼질에 능숙하고 들에 사는 농사꾼은 괭이질에 능숙하듯이, 사람은 처한 환경에 따라 하는 일이 다 익숙하게 마련이라는 말. 산골 놈은 도끼질, 야지 놈은 괭이질㊍.

산중 놈(-의) 풋장사 : 두메 화전(火田)의 어설픈 농사를 뜻함. 즉 여름철에는 잘된 듯 보이나 산짐승도 와서 뜯어 먹고 하면 추수할 땐 별 수확이 없는 농사를 이르는 말.

산중 벌이하여(농사지어) 고라니 좋은 일 했다 : 애써서 산속에 농사를 지었더니 고라니가 내려와서 다 먹었다는 뜻으로, 고생하여 이룬 것이 남만 잘되게 해준 결과가 되었을 때 이르는 말.

산중에 거문고라 : 외딴 산속에 있는 거문고와 같이, 어떤 자리에 전혀 어울리지 않는 것을 비유하여 이르는 말.

산지기가 놀고 중이 추렴을 낸다 : ① 놀기는 산지기가 놀았는데 그 값은 중이 문다는 뜻으로, 아무런 관련도 없는 남의 일에 부당하게 대가를 치름을 비유하여 이르는 말. ② 산지기가 산을 안 지키고 민간에 내려가서 행음을 하고, 중이 불공은 안 드리고 술추렴을 한다는 뜻으로, 부당하거나 엉뚱한 짓을 함을 비유하여 이르는 말.

산지기 눈 봐라, 도끼 밥을 남 줄까 : 몹시 인색하여 그에게 무엇을 얻을까 바라지도 말라는 말.

산지기 눈치 보니 도끼 빼앗기겠다 : 상대방의 눈치를 보아 손해만 입게 될 것 같으면 일찌감치 정신을 차리고 하려던 일을 피해야 한다는 말.

산 진 거북이요, 돌 진 가재라 : 의지하고 있는 세력이 든든함을 비유하여 이르는 말.

산 짐에 고기 안 나고, 죽은 물에 고기 난다 : 바닷물의 흐름이 빠른 보름 물때에는 고기가 안 잡혀도, 흐름이 약한 조금 물때에는 고기가 많이 잡힌다는 말. * 산짐–보름 물때. * 죽은 물–조금 물때.

산천 도망은 해도 팔자 도망은 못한다 : 비록 자연에서는 도망칠 수 있어도, 타고난 팔자는 어찌할 수 없음을 이르는 말.

산천어 국은 둘이 먹다 셋이 죽어도 모른다 ㊍ **:** 산천어의 국이 매우 맛이 좋음을 비유하여 이르는 말.

산천어 굽는 냄새에 나갔던 며느리도 되돌아온다㊍ **:** 산천어가 매우 맛이 좋음을 비유하여 이르는 말.

산초꽃이 피면 장마도 간다 : 산초꽃이 피는 7월이면 장마도 그친다는 말.

산 탈 아니면 메 탈㊍ **:** '산'과 '메'는 뜻이 같으므로 산 탈이나 메 탈은 결국 같은 것이라는 뜻으로, 본질은 같음을 비유하여 이르는 말.

산토끼를 잡으려다가 집토끼를 놓친다 : ⇒ 산돼지를 잡으려다가 집돼지까지 잃는다.

산허리로 안개가 올라가면 날씨가 좋다 : 안개가 지면에서 산허리로 점점 올라가면 날씨가 좋아진다는 말.

산호(珊瑚) 기둥에 호박 주추다 : 매우 사치스럽고 호화롭게 꾸미고 삶을 비유적으로 이르는 말.

산(生) 호랑이 눈썹 찾는다 : 살아 있는 호랑이 눈썹을 찾는다는 뜻으로, 도저히 구할 수 없는 것을 구하려고 함을 비유하여

이르는 말.

산 호랑이 눈썹도 귀할(그리울) 것 없다 : 산 호랑이 눈썹도 갖추고 있다는 말이니, 물자가 풍부하여 부족함이 없음을 이르는 말.

산호 서 말 진주 서 말 싹이 나거든 : 싹이 틀 수 없는 산호나 진주에, 그것도 서 말씩이나 되는 것이 다 싹이 나는 경우를 가정한다는 말이니, 도저히 그 실현을 기약할 수 없음을 비유하여 이르는 말. 삶은 팥이 싹 나거든.

살갑기는 평양(平壤) 나막신 : ① 신기에 편안한 나막신처럼 붙임성이 있고 사근사근한 사람을 비유하여 이르는 말. ② 안쪽이 넓기는 평양산(平壤産) 나막신과 같다는 뜻으로, 몸은 작은데 음식은 남보다 더 많이 먹는 사람을 가리켜 비웃는 말.

살강 밑에서 숟가락 얻었다(주웠다) : ① 남이 빠뜨린 물건을 얻어서 횡재(橫財)했다고 좋아하나 살강 임자의 물건이 분명한 즉 헛 좋았다는 말. ② 아주 쉬운 일을 하고 자랑한다는 말. *살강—식기 또는 기구를 얹어 놓기 위하여 시골집 부엌의 벽 중턱에 드린 선반. 가시물그릇에서 숟가락 얻기[북]. 부엌에서 숟가락을 얻었다.

살강 밑에서 숟가락 주워 본들 : 횡재한 것 같으나 임자가 분명하여 보람이 없음을 이르는 말.

살결이 희면 열 허물 가린다 : 살결이 흰 사람은 대체로 아름다워 보인다는 말.

살림에는 눈이 보배라 : ① 살림을 잘하려면 눈썰미가 있어야 한다는 말. ② 살림에는 낱낱이 살펴 보살피는 것이 제일이라는 말.

살림은 오장 같다 : 배 속의 오장이 모두 제 기능을 다해야 사람이 살아갈 수 있는 것처럼, 아무리 많은 살림살이도 빠짐없이 모두 소용되기 마련이며, 또한 그 많은 살림살이가 모두 제 기능을 다하도록 서로 손이 맞아떨어져야 함을 비유하여 이르는 말.

살림이 거덜나게 되면 봄에 소 판다 : 폐가하는 농가는 소를 한창 써야 할 봄철에 내다 팔게 된다는 뜻으로, 생활이 쪼들려 막다른 처지에 이르게 되면 아무리 긴요한 물건이라도 꺼리지 않고 팔게 된다는 말.

살림이란 게 쓸 건 없어도 남 주워 갈 건 있다 : 하찮은 물건이라도 도둑이 집어 갈 것은 있게 마련이라는 말.

살림하는 녀편네가 손이 크다[북] : 살림하는 여자가 헤프게 살림하여 낭비를 많이 함을 이르는 말.

살 맞은 뱀 같다 : 갑자기 몸을 빼고 달아나는 모양을 비유하여 이르는 말.

살손을 붙이다 : 일을 다잡아 정성을 다함을 이르는 말.

살아가면 고손자한테도 배운다 : 배움에는 위아래가 없다는 말.

살아가면 고향 : 어느 곳이나 마음을 붙여 살아가노라면 고향처럼 정(情)이 든다는 말.

살아날 사람은 약을 만난다 : 일이 잘될 사람은 불행한 처지에 있다가도 그 불행을 면할 수 있는 길이 열리기 마련임을 비유하여 이르는 말.

살아 삼 배, 죽어 삼 배[북] : 사람은 죽은 다음에도 자손들이 제사를 지낼 때 술 석 잔은 부어 주는 법인데 살아 있을 때 석 잔 술도 못 마시겠느냐는 뜻으로, 술 마시는 자리에서 석 잔도 마시지 않고 사양하는 사람에게 술을 권하면서 하는 말.

살아 생이별(生離別)은 생초목에 불 붙는다 : 생이별은 차마 못할 일이라는 말.

살[矢]은 쏘고 주워도, 말은 하고 못 줍는다 : 한 번 실수한 말은 수습하기가 힘드니 항상 말을 조심해서 하라는 말. 쌀은 쏟고 주워도, 말은 하고 못 줍는다.

살을 에고 소금 치는 소리 : 신랄한 꾸지람

이나 비판을 이르는 말.

살을 째고 소금을 치는 사람이다㊊ : 남의 살을 째고 거기다가 소금을 칠 만큼 성질이 몹시 모질고 악랄한 사람을 비유하여 이르는 말.

살이 살을 먹고 쇠가 쇠를 먹는다 : 동포 형제끼리 서로 해침을 이르는 말. 소가 소를 먹고 살이 살을 먹는다㊊. 쇠가 쇠를 먹고 살이 살을 먹는다.

살찐 놈 따라 붓는다 : 살찐 사람처럼 되려고 붓는다는 뜻으로, 남이 하는 짓을 무리하게 흉내 냄을 비웃는 말.

삵이 호랑이를 낳는다㊊ : ① ㊊ 변변치 못한 부모나 평범한 집안에서 뛰어난 인물이 나옴을 비유하여 이르는 말. ② 자식이 부모보다 훨씬 잘났음을 놀림조로 이르는 말.

삶아 논 녹비 끈 : 삶아서 이겨 놓은 가죽 끈처럼 아무런 반항도 없이 남이 시키는 대로만 움직이는 사람을 비유하여 이르는 말.

삶은 개고기 뜯어 먹듯 : 여기저기서 아무나 덤벼들어 함부로 뜯어 먹으려 한다는 뜻으로, 사람을 여럿이 함부로 욕하고 모함함을 이르는 말.

삶은 개 눈 빼기㊊ : 삶은 개에게서 눈을 뺀다는 뜻으로, 하는 일이 매우 쉬움을 이르는 말.

삶은 개다리 뒤틀리듯 : 일이 아주 뒤틀린 모양을 비유하여 이르는 말.

삶은 개다리 버드러지듯 : 삶으면 빳빳하게 버드러지는 개다리처럼, 어떤 것이 빳빳한 모양을 비유하여 이르는 말.

삶은 게가 다 웃는다㊊ : ⇒ 삶은 소가 웃다가 꾸러미 째지겠다(터지겠다).

삶은 게도 다리를 묶어 놓고 먹으랬다㊊ : ⇒ 구운 게도 다리를 떼고(매 놓고) 먹는다.

삶은 닭알에서 병아리 나오기를 기다린다 ㊊ : 삶아 놓아 병아리가 나올 수 없는 달걀에서 병아리가 나오기를 기다린다는 뜻으로, 도저히 이루어질 가망이 없는 것을 부질없이 바람을 이르는 말.

삶은 닭이 울까 : 죽여서 끓는 물에 삶아 낸 닭이 되살아나서 울 리 없다는 뜻으로, 이미 다 틀어진 일은 아무리 그 전대로 돌이키려고 하여도 소용이 없다는 말.

삶은 무에 이도 안 들어갈 소리 : ⇒ 삶은 호박에 이(-도) 안 들 소리.

삶은 밤을 많이 먹으면 살찐다 : 삶은 밤은 영양분이 많아서 늘 먹게 되면 살이 찐다는 말.

삶은 소가 웃다가 꾸러미 째지겠다(터지겠다) : 하도 어처구니가 없고 우스워 못 견디겠다는 말. 삶은 게가 다 웃는다.

삶은 팥이 싹 나거든 : ⇒ 산호 서 말 진주 서 말 싹이 나거든.

삶은 호박에 이(-도) 안 들 소리 : 삶아 놓아서 물렁물렁한 호박에 이빨이 안 들어갈 리가 없다는 뜻으로, 전혀 사리에 맞지 않는 말을 함을 비유하여 이르는 말. 삶은 무에 이도 안 들어갈 소리. 썩은 호박에 이도 안 드는 소리㊊. 여드레 삶은 호박에 도래송곳 안 들어갈 말이다. 여드레 삶은 호박에 이도 안 들어갈 소리만 한다. 여드레 삶은 호박에 이(-도) 안 들 소리.

삶은 호박에 침 박기 : ① 삶아서 물렁물렁해진 호박에 침을 박는다는 뜻으로, 일이 아주 쉬움을 이르는 말. ② 어떤 자극을 주어도 아무런 반응이 없는 경우를 비유하여 이르는 말.

삼각산(三角山) 밑에서 짠물 먹는 놈 : 인심 사나운 서울에서 자란 사람이란 뜻으로, 앙큼스럽고 매정한 사람을 이르는 말.

삼각산 바람이 오르락내리락〔三角山風流或上或下〕 : 바람이 제멋대로 오르락내리락 한다는 뜻으로, 거들먹거리면서 하는 일

없이 놀아나거나 출입이 잦음을 비웃어 이르는 말.

삼각산에 돌도 많고 곰의 씹에 털도 많다 : 일하는 데 와서 잔소리를 많이 하고 간섭이 심한 사람을 비유하여 이르는 말.

삼각산 풍류 : 출입이나 왕래가 매우 잦음을 이르는 말.

삼간초가(三間草家) 다 타도 빈대 죽어서 좋다 : ⇒ 초가 삼간(-이) 다 타도 빈대 죽는 것만 시원하다.

삼경(三更)에 만난 액(厄)이라 : 깊은 밤중, 즉 하루를 무사히 지내고 편히 쉬는 시간에 맞이하는 액(厄)이란 뜻이니, 안심하고 있을 때 뜻밖에 사나운 운수가 닥쳤음을 이르는 말.

삼국(三國) 시절에 났나 말은 굵게 한다 : 공연히 허세를 부리고 큰소리를 침을 이르는 말.

삼남(三南)이 풍년이면 천하는 굶주리지 않는다 : ① 충청 · 전라 · 경상도 땅이 풍년이면 우리나라 사람들은 굶주리지 않는다는 말. ② 충청 · 전라 · 경상도 땅에서 곡식이 많이 난다는 말. 삼남이 풍년이면 굶어 죽는 놈 없다.

삼남이 풍년이면, 굶어 죽는 놈 없다 : ⇒ 삼남이 풍년이면 천하는 굶주리지 않는다.

삼 년 가는 흉 없고 석 달 가는 칭찬 없다 : 남의 흉이나 칭찬은 오래 전해지지 않음을 비유하여 이르는 말.

삼 년 가물어도 할 일 다 못 한다 : 일은 끝이 없는 것이기 때문에 날씨가 아무리 좋아도 끝을 낼 수가 없음을 비유하여 이르는 말.

삼 년 가뭄에는 반찬거리가 있으나, 삼 년 장마에는 아무것도 없다 : ⇒ 가뭄에는 씨가 서도, 장마에는 씨도 없다.

삼 년 가뭄에는 살아도 석 달 장마에는 못 산다 : 가뭄에는 날씨가 좋을 뿐 아니라 생활에 위험성이 없기 때문에 참고 살 수 있지만, 장마에는 집이 침수되거나 사태가 있어서 불안한 생활을 하게 된다는 말. 칠 년 가뭄에는 살아도 석 달 장마에는 못 산다.

삼 년 가뭄에 하루 쓸 날 없다 : 계속 날이 개어 있다가 무슨 일을 하려고 하는 날 공교롭게도 날씨가 궂어 일을 그르치는 경우를 비유하여 이르는 말. 칠 년 가뭄에 하루 쓸 날 없다.

삼 년 감옥살이에 감옥을 바늘로 깨뜨린다 북 **:** ⇒ 감옥에 십 년을 있으면 바늘로 파옥한다 북.

삼 년 간병에 효자 없다 : ⇒ 긴 병에 효자 없다.

삼 년 구병에 불효 난다 : ⇒ 긴 병에 효자 없다.

삼 년 굶은 놈이 제 떡 나무라지 않는다 북 **:** 오랫동안 굶어서 허기진 사람은 제사에 쓸 떡조차 가릴 형편이 못 된다는 뜻으로, 사람이 궁한 처지에 이르게 되면 좋고 나쁜 것을 가리지 않음을 비유하여 이르는 말.

삼 년 남의 집 살고 주인 성 묻는다 : 3년 동안이나 한집에서 살면서 주인 성을 몰라서 묻는다는 뜻으로, 주위 일에 전혀 무관심하던 사람이 어쩌다가 관심을 가지는 경우를 비유하여 이르는 말. 삼 년 친구 성 밖에 모른다 북.

삼 년 농사를 지으면 구 년 먹을 것이 남는다〔三年耕餘九年之食〕: 땅도 좋고 영농도 잘 하고 풍년도 들면 1년 농사로 3년 먹을 식량을 추수할 수가 있어서 넉넉한 생활을 할 수 있다는 뜻. 일 년 농사를 지으면 삼 년 먹을 것이 남는다.

삼 년 먹여 기른 개가 주인 발등을 문다 : ⇒ 기르던 개에게 다리를 물렸다.

삼 년 묵은 말가죽도 오롱조롱 소리난다 : 봄

이 되어 만물이 다시 활동하기 시작하는 모양을 비유하여 이르는 말.

삼 년 묵은 새댁이 고콜불에 속곳 밑 말려 입고 간다 : 어떤 일을 기다리기만 하고 준비는 전혀 되어 있지 않음을 비유하여 이르는 말.

삼 년 묵은 재터에서 불이 난다㉿ **:** 불날 만한 조건이 없을 것 같은 데에서도 뜻하지 않게 불이 날 수 있다는 뜻으로, 불안하던 걱정이나 풀리지 않던 마음이 시원하게 됨을 비유하여 이르는 말.

삼 년 벌던 논밭도 다시 돌아보고 산다 : ① 3년 동안이나 일구던 논밭도 제가 사게 되니 다시 이것저것 따져 보고서야 사게 된다는 뜻으로, 이미 잘 알고 있는 일이라도 정작 제가 책임을 맡게 되면 다시 한 번 이것저것 따져 보게 됨을 비유하여 이르는 말. ② 무슨 일이든 조심스럽게 하나하나 다 따져 보아 자신에게 손해가 없으면 그때 일을 진행하여야 함을 이르는 말.

삼 년 부조면 절교라 : 상기(喪期) 3년 동안에 한 번도 조상을 아니한 사람과는 절교한다는 말.

삼 년 부친 논밭도 다시 보고 사랬다 : 논밭을 살 때는 아무리 내용을 잘 아는 논밭이라도 다시 한 번 세밀히 살펴보고 사라는 말.

삼 년을 결은 노망태기 : ① 3년을 두고 결은 망태라는 말로, 여러 해 동안 공을 쌓아서 만든 것이라는 뜻. ② ㉿ 오랫동안 가지고 있으면서 돌아가며 주물럭거리는 것을 비웃는 말.

삼 년 장마에는 종자가 없다 : ⇒ 가뭄에는 씨가 서도 장마에는 씨도 없다.

삼 년 장마에 별 안 난 날 없다 : ① ⇒ 칠년대한에 비 안 오는 날이 없었고 구 년 장마에 볕 안 드는 날이 없었다. ② 인생은 설마하면서 속아가며 산다는 말.

삼 년 전에 먹은 오려 송편이 나온다㉿ **:** ⇒ 젖 먹은 밸까지 뒤집힌다.

삼 년 친구 성밖에 모른다㉿ **:** ⇒ 삼 년 남의 집 살고 주인 성 묻는다.

삼 년 학질에 벼랑 떼밀이 : 학질은 놀라게 하면 떨어져 낫는다는 속설을 따라 아이를 벼랑에서 떨어뜨린다는 뜻으로, 큰 손해를 보면서 걱정거리를 떨쳐 버린다는 말.

삼단 같은 머리 : 숱이 많고 길이가 긴 머리카락을 이르는 말. *삼단/-딴/ —삼의 묶음.

삼대(三代) 거지 없고 삼대 부자 없다 : 재산은 삼대를 안 간다는 말. 삼대 정승이 없고, 삼대 거지가 없다.

삼대독자 외아들도 일해야 곱다㉿ **:** 아무리 귀한 자식일지라도 일을 잘해야 곱게 보인다는 뜻으로, 일을 잘해야 사랑을 받는다는 것을 강조하여 이르는 말. 부모와 자식 간에도 일이 사람이다㉿.

삼대로 방에 불을 때면 벼꽃이 떨어진다 : 삼대로 불을 때면 곡식에 해로우니 아껴 두었다가 다른 용도에 사용하라는 말.

삼대 적선을 해야 동네 혼사를 한다 : 한 동네 이웃끼리는 서로 집안 내용을 샅샅이 알기 때문에 혼사(婚事)가 매우 어려움을 비유하여 이르는 말.

삼대 정승이 없고 삼대 거지가 없다 : ⇒ 삼대 거지 없고 삼대 부자 없다.

삼대 주린 걸신 : 오랫동안 굶주린 걸신 같다는 뜻으로, 먹을 것을 보면 무엇이나 남기지 않고 먹어 치우는 사람을 비유하여 이르는 말.

삼대 천치가 들면 사 대째 영웅이 난다 : 어떤 집안에서나 훌륭한 인물이 나올 수 있다는 말.

삼동서가 모이면 황소도 잡는다 : 동서가 많

으면 큰일도 거뜬히 치러낼 수 있다는 말.

삼동서 김 한 장 먹듯 : 김 한 장을 세 동서가 먹듯 한다는 뜻으로, 눈 깜박할 사이에 먹어 치움을 뜻하는 말.

삼〔麻〕밭 사자 이 빠진다 : 삼으로 무엇을 삼으려면 이가 있어야 하는데 시작하려고 보니 탈이 생겨 일이 틀려 버린 경우를 이르는 말.

삼밭에 난 쑥대다〔麻中之蓬, 蓬生麻中〕 : 좋은 환경에서 자라는 사람은 자신도 모르게 착한 사람이 됨을 이르는 말. 삼밭에 쑥대. 삼밭의 쑥대는 저절로 곧아진다. 쑥대도 삼밭에 나면 곧아진다[북].

삼밭에 쑥대 : ⇒ 삼밭에 난 쑥대다.

삼밭에 한 번 똥 눈(싼) 개는 늘 눈(싼) 줄 안다 : 한 번 죄를 지은 사람은 늘 의심을 받게 된다는 말. 상추밭에 똥 싼 개는 저 개 저 개 한다.

삼밭의 쑥대는 저절로 곧아진다 : ⇒ 삼밭에 난 쑥대다.

삼베 길쌈에 아가씨 허벅지 다 벗어진다 : 삼베를 짜는 삼실을 만들 때 삼실을 이어 맺은 다음 허벅지에 놓고 비비기 때문에 여자의 허벅지가 벗어진다는 말.

삼베 주머니에 성냥 들었다 : 허술한 겉모양과는 어울리지 않게 속에는 긴요한 것이 있다는 말.

삼베 중의에 방귀 새 나가듯 한다 : ⇒ 베잠방이에 방귀 새듯 한다.

삼복 기간에 개 판다[북] : 개의 값이 제일 비싼 삼복 기간에 개를 판다는 뜻으로, 일을 때맞추어 함을 비유하여 이르는 말.

삼복 기간에는 입술에 묻은 밥알도 무겁다 : 무더운 삼복에는 몸을 움직이기가 몹시 힘들어 밥알 하나의 무게조차도 힘겹다는 뜻으로, 삼복 기간에 더위를 이겨 내기가 힘겨움을 비유하여 이르는 말. 삼복지간에는 입술에 묻은 밥알도 무겁다.

삼복더위에 고기국 먹은 사람 같다[북] : 몹시 무더운 삼복에 더운 고깃국을 먹고 땀을 뻘뻘 흘리는 사람 같다는 뜻으로, 땀을 몹시 흘리는 사람을 놀림조로 이르는 말.

삼복더위에 소뿔도 꼬부라든다[북] : 삼복더위에는 굳은 소뿔조차도 녹아서 꼬부라진다는 뜻으로, 삼복 날씨가 몹시 더움을 비유하여 이르는 말. 소뿔도 꼬부라든다[북].

삼복 모두 가물면 왕 가뭄 : 삼복 기간은 작물에 있어서 생육이 가장 왕성한 시기로 물이 가장 많이 필요한 때인데 이때 가물면 작물이 최악의 피해를 받게 된다는 말.

삼복에 비가 오면 보은(報恩) 처자(處子)가 울겠다 : 삼복 무렵인 7월 중순경부터 8월 초순경에 장마가 들면, 대추의 명산지인 보은 지방에서 대추가 흉년이 들어 처녀들 시집갈 밑천이 없어져서 겉으로 말은 못 하고 속으로만 눈물을 흘림을 이르는 말. 복날 비가 오면 청산·보은 처녀가 부엌문 잡고 운다. 장마가 길면 종성 처녀들은 남모르게 눈물 흘린다. 장마가 길면 청산 보은 색시는 들창 열고 눈물 흘린다. 장마가 길어지면 청산 보은 종성 처녀들이 남모르게 눈물 흘린다. 청·보은 처녀는 장마 지면 부엌문에 기대어 눈물 흘린다. 칠월 장마에 청산 보은 처녀가 눈물 흘린다.

삼복지간에는 입술에 묻은 밥알도 무겁다 [북] : ⇒ 삼복 기간에는 입술에 묻은 밥알도 무겁다[북].

삼복 철 개털 모자[북] : 더운 삼복 철에 겨울에 쓰는 개털 모자라는 뜻으로, 아무런 쓸모가 없는 것을 비유하여 이르는 말.

삼붕어〔三鮒魚〕를 그린다 : 물건을 타인에게 팔지 못하도록 높은 가격을 불러 놓고 사지 않음을 이르는 말.

삼사월(-에) 낳은 아기 저녁에 인사한다 : 삼사월에는 아침에 낳은 아기가 저녁에 인사한다는 뜻으로, 음력 3~4월은 낮이 몹시 길을 비유하여 이르는 말.

삼사월 손님에 반가운 손님 없다 : ⇒ 봄 사돈은 꿈에도 보기 무섭다.

삼사월 손님은 꿈에 볼까 무섭다 : ⇒ 봄 사돈은 꿈에도 보기 무섭다.

삼수갑산(三水甲山)에 가는 한이 있어도 : 자신에게 닥쳐올 어떤 위험도 무릅쓰고라도 어떤 일을 단행할 때 하는 말. 삼수갑산을 가서 산전을 일궈 먹더라도.

삼수갑산을 가서 산전을 일궈 먹더라도 : ⇒ 삼수갑산에 가는 한이 있어도.

삼수갑산을 갈지언정 중강진은 못 간다㊕ **:** 삼수갑산에 귀양살이를 갈지언정 자기 마음에 맞지 않는 중강진에는 가지 않겠다는 뜻으로, 마음에 들지 않는 일은 어떤 피해가 있더라도 절대로 할 수 없음을 비유하여 이르는 말.

삼십 넘은 계집 : ⇒ 설 쇤 무.

삼십육계 줄행랑이 제일(으뜸)〔三十六計 走爲上策〕: 위험이 닥쳐 몸을 피해야 할 때에는 싸우거나 다른 계책을 세우기보다 우선 피하고 몸을 보존하는 것이 상책임이라는 말. 달아나면 이밥 준다.

삼월(三月) 곡일에 볍씨를 담그면 모가 잘 자란다 : 재래종은 신품종보다 약 20일 정도 늦기 때문에 3월 곡일(음력 3월 8일)에 못자리할 볍씨를 물에 담그면 모가 잘 자란다는 말.

삼월 넙치는 개도 안 먹는다 : ⇒ 봄 문절이는 개도 안 먹는다.

삼월달에 명주실 선돈 쓴다〔三月賣新絲〕: 봄 양식이 떨어진 어려운 농가에서는 6월에 생산되는 명주실 선금을 3월에 고리로 쓰게 된다는 말. * 선돈-선금(先金).

삼월 바람에 설늙은이 얼어 죽는다 : 춘삼월 꽃샘추위 때는 늙은이가 얼어 죽을 정도로 추움을 비유하여 이르는 말.

삼월 보름 무수기에 도둑질 생각나면 집에 든다 : 3월 15일 무수기에 고기가 안 잡혀 돈이 없을 때는 집에 와서 팔아먹을 것을 찾는다는 말.

삼월 보름 썰물 때에는 선비 부인도 책갑(冊匣) 지고 다닌다 : 음력 3월 15일 썰물에는 1년 중에 물이 가장 많이 빠지므로 선비 부인까지도 해산물을 잡으려고 책갑을 들고 나온다는 말.

삼월 비바람이 겨울 눈바람을 쫓는다 : 봄철 늦추위가 겨울철 추위보다 더 추운 것 같은 체감을 줌을 이르는 말.

삼월 삼짇날 첫째 사일(巳日)에 개구리 소리를 들으면 그해 가문다 : 음력 3월 3일 첫 번째 일진에 사자(巳字)가 들고, 그날 개구리 소리가 들리면 그해에는 가물어 흉년이 든다는 말.

삼월에는 땅에 부지깽이를 꽂아도 싹이 난다 : 음력 3월에 식목을 하면 잘 삶을 비유하여 이르는 말.

삼월에 장독 깬다(터진다) : 3월에도 이상기후로 늦추위가 있다는 말.

삼월 일진에 묘자(卯字)가 세 번 들면 콩팥이 풍년 들고 묘자가 없으면 보리와 삼농사가 풍년 든다 : 음력 3월 중에 묘자 든 일진이 세 번 있으면 콩과 팥이 풍년 들고, 묘자가 없으면 보리와 삼이 풍년 든다는 말.

삼월 천둥은 가을 서리를 늦게 오게 한다 : 음력 3월에 천둥을 치게 되면 가을에 서리가 늦게 내리게 된다는 말.

삼월 초사흗날 비가 오면 양잠이 잘된다 : 음력 3월 3일은 사자(絲字)가 든 날이라 이날 비가 오면 명주실〔蠶絲〕을 만들 잠업이 잘될 징조라는 말.

삼일 안 새색시도 웃을 일 : 결혼한 지 3일도 안 된 새색시마저도 웃을 일이라는 뜻으로, 웃지 않고서는 도저히 배길 수 없는 일을 비유하여 이르는 말.

삼정승(三政丞) 부러워 말고 내 한 몸 튼튼히 가지라 : 진정한 부자가 되려면 건강이나 바른 행실을 위해 힘쓰라는 말. 삼정승을 사귀지 말고 내 한 몸을 조심하라. 정승 판서 사귀지 말고 제 입이나 잘 닦아라.

삼정승을 사귀지 말고 내 한 몸을 조심하라 : ⇒ 삼정승 부러워 말고 내 한 몸 튼튼히 가지라.

삼천갑자 동방삭이도 저 죽을 날은 몰랐다 : 오래오래 살았다는 동방삭이도 저 죽을 날은 몰랐다는 뜻으로, 아무리 현명하다고 해도 사람은 누구나 자기에게 닥쳐올 운명에 대해서는 잘 알지 못함을 비유하여 이르는 말.

삼촌 못난이 조카 장물짐 진다 : 못난 삼촌이 조카가 훔친 물건을 지고 따라간다는 뜻으로, 덩치는 큰 사람이 못난 짓을 하는 경우를 비유하여 이르는 말.

삼촌 삼촌 하면서 무엇 먹인다[북] **:** ⇒ 사돈 사돈 하며 가다가 들리고 오다가 들리고 한다[북].

삼춘 고한(三春枯旱) 가문 날에 감우(甘雨) 오니 즐거운 일 : ⇒ 가뭄 끝에 오는 비다.

삼춘 고한 가문 날에 단비 내린다 : ⇒ 가뭄 끝에 오는 비다.

삼태기로 앞가리기 : 속이 빤히 들여다보이는 일을 속여 보려고 하는 어리석은 짓을 비유하여 이르는 말.

삼 파종은 임신(壬申) · 신사(辛巳) · 갑신(甲申) · 기해(己亥) · 무신(戊申) · 신해(辛亥) · 경신(庚申)에 하면 풍작 된다 : 삼 파종은 임신 · 신사 · 갑신 · 기해 · 무신 · 신해 · 경신이 든 날을 택하여 하면 풍년이 든다는 말.

삼현 육각(三絃六角) 잡히고 시집간 사람 잘 산 데 없다 : ① 호화롭게 시집간 사람이 도리어 불행하게 사는 수가 있다는 말. ② [북] 알력과 모순으로 가득 차 있는 집안에 시집가서 행복할 것이 없음을 풍자하여 이르는 말.

삽살개도 하늘 볼 날이 있다[북] **:** 땅만 내려다보고 다니는 삽살개에게도 하늘을 쳐다볼 날이 있다는 뜻으로, 어려운 생활 속에서도 형편이 필 날이 있음을 비유하여 이르는 말.

삽살개(-의) 뒷다리 : 삽살개 뒷다리처럼 앙상하고 볼품이 없는 모양을 비유하여 이르는 말.

삽살개 있는 집에는 귀신도 못 들어간다 : 삽살개는 억세고 사납기 때문에 집을 잘 지킴을 비유하여 이르는 말.

삿갓에 쇄자(刷子)질 : ⇒ 사모에 갓끈.

상감님도 제 마음에 들어야 한다[북] **:** ⇒ 평안 감사도 저 싫으면 그만이다.

상감님도 늙은이 대접은 한다 : 임금처럼 지위가 높은 사람도 노인은 잘 접대한다는 말.

상감님 망건 사러 가는 돈도 써야만 하겠다 : 나중에 어떤 벌을 받을지라도 우선 급박한 사정을 모면하고 본다는 말.

상감마마 어전 뜰에서 걷듯[북] **:** 상감마마가 뜰에서 거니는 걸음걸이와 같다는 뜻으로, 팔자걸음으로 흐느적흐느적 걷는 걸음걸이를 비유하여 이르는 말.

상갓집 개 (노릇) : 먹여 주고 돌봐 줄 주인을 잃은 상갓집 개와 같은 처지라는 뜻으로, 여기 가서도 천대를 받고 저기 가서도 천대를 받으면서도 비굴하게 얻어먹으러 기어드는 가련한 꼴을 비유하여 이르는 말.

상갓집 개만도 못하다 : 제대로 얻어먹지를 못하는 상갓집 개만도 못한 신세라는 뜻으로, 의지할 곳 없고 천대받고 압박받는 처지가 몹시 가련하고 불쌍함을 비유하여 이르는 말.

상강(霜降) 구십 일 두고 모심어도 잡곡보다는 낫다 : 상강에서 90일 전인 7월 20일경에 모내기를 해도 메밀이나 조 등과 같은 잡곡을 파종하는 것보다는 경제성이 낫다는 말.

상강 때는 발을 내려라 : 상강 전후에는 서리가 내리므로 밤에 김발 노출 수위를 낮추어 놓지 않으면 김 포자(胞子)의 생육이 나빠진다는 말.

상납 돈도 잘라먹는다 : ⇒ 나라 고금도 잘라먹는다.

상놈의 발 덕, 양반의 글 덕 : 양반은 학식으로 살아가고, 상놈은 발품과 노동으로 살아 간다는 말.

상놈의 살림이 양반의 양식이라 : 양반은 결국 상놈이 일한 것을 가지고 잘사는 셈이라는 말.

상농은 밭을 가꾸고, 중농은 곡식을 가꾸고, 하농은 풀을 가꾼다㈜ **:** 진짜 농사를 잘 짓는 농사꾼은 밭을 기름지게 가꾸는 반면, 농사를 못 짓는 사람일수록 쓸데없는 풀만 가꿈을 이르는 말.

상덕을 바라지 하덕을 바라랴㈜ **:** 사랑과 은덕은 으레 윗사람에게서 받기 마련이지 아랫사람에게서 받는 일은 없음을 이르는 말.

상두군이 지나간 무덤 앞 같다㈜ **:** 상두꾼이 다녀간 다음에 생긴 무덤 앞과 같다는 뜻으로, 몹시 음침하고 쓸쓸함을 비유하여 이르는 말.

상두꾼에도 순번이 있고, 초라니 탈에도 차례가 있다 : 모든 일에는 차례와 순서가 있음을 비유하여 이르는 말.

상두꾼은 연포(軟泡)국에 반한다 : 어떠한 천한 일에도 다 거기에 알맞은 취향이 있다는 말.

상두복색(喪頭服色) : 겉은 번듯하나 속이 보잘것없는 것을 비유하여 이르는 말.

상두쌀에 낯내기 : ⇒ 상둣술에 낯내기.

상둣술에 낯내기 : 남의 것을 가지고 제 체면을 세우려 하거나, 제 것인 양 생색내는 경우를 빈정대어 이르는 말. 상두쌀에 낯내기. 상둣술에 벗 사귄다.

상둣술에 벗 사귄다 : ⇒ 상둣술에 낯내기.

상머리에 뿔나기 전에 재산을 모아라 : 아이를 기르다 보면 재산을 모으기 힘드니 그전에 모아 두라는 것을 비유하여 이르는 말.

상사구렝이 감기듯㈜ **:** 상사구렁이가 친친 감기는 바람에 이러지도 저러지도 못하게 된다는 뜻으로, 어떤 일에 집요하게 달려듦을 비유하여 이르는 말.

상사람도 마흔다섯 살이면 명주옷을 입는다 : 옛날 상민들은 명주옷을 못 입었으나, 45세부터는 늙은이 대접을 받게 되면서 명주옷도 허용한 데서 유래된 말.

상시(常時)에 먹은 마음이 꿈에도 있다 : ① 꿈꾸는 내용은 평상시에 가진 생각이 다른 상황으로 나타나는 것이라는 말. ② ㈜ 굳게 먹은 마음이나 골똘히 생각하는 일은 언제나 머릿속에서 떠나지 않음을 이르는 말. 평시에 먹은 마음 취중에 나온다.

상시에 먹은 마음 취중(醉中)에 난다 : ① 평소 생각하던 것을 술에 취한 김에 한다는 뜻으로, 술에 취하게 되면 평소 가졌던 생각이 말이나 행동으로 나타남을 이르는 말. ② ㈜ 술 마시고 취중에 한 말이라도 실수라 하여 덮어 버리기 어려움을 이르는 말. 생시에 먹은 마음 취중에 나온다.

상여(喪輿) 나갈 때 귀청 내 달랜다 : 매우 바쁘고 수선스러울 때 그와 상관도 없는 일을 해 달라고 조른다는 말.

상여 뒤에 약방문 : ⇒ 사후 약방문(청심환).

상여 메고 가다가 귀청 후빈다 : 어떤 행동을 하다가 중간에 돌연 상관없는 다른 일에 손댐을 이르는 말.

상여 메는 사람이나 가마 메는 사람이나 : 조금의 차이는 있겠으나 비슷비슷한 사람이라는 말.

상여엣 장사 같다 : 상여꾼처럼 풍신이 보잘것없다는 말.

상원(上元) 달(-을) 보아 수한(水旱)을 안다 : 음력 1월 15일 달 모양과 달빛을 보고 그해에 가물 것인지 장마가 질 것인지를 안다는 말.

상원(上元)의 개와 같다 : 대보름날 개를 굶기는 풍습에 따라 굶은 개와 같다는 뜻으로, 배고픈 사람을 이르는 말.

상인(喪人)은 설워 아니하는데 복인이 더 설워한다 : ⇒ 상제보다 복재기가 더 설워한다. * 상인(喪人)—상제(喪制. 부모나 조부모가 세상을 떠나서 거상 중에 있는 사람). * 복인(服人)—일 년이 안 되게 상복(喪服)을 입는 사람.

상전(上典) 배부르면 종 배고픈 줄 모른다 : 권세 있고 잘사는 사람들이 제 배가 부르면 모두 저와 같은 줄 알고 저에게 매여 사는 사람들의 배고픔을 알지 못함을 비유하여 이르는 말. 제 배 부르니 종의 밥 짓지 말란다. 제 배 부르니 종의 배고픈 줄 모른다.

상전벽해(桑田碧海) 되어도 비켜 설 곳 있다 : 뽕나무 밭이 푸른 바다가 되더라도 피할 길이 있다는 뜻으로, 아무리 큰 재해 속에서도 살아날 가망이 있음을 이르는 말. 상전이 벽해가 되여도 헤어날 길 있고, 하늘이 무너져도 솟아날 구멍 있다[북]. 하늘이 무너져도 솟아날 구멍이 있다.

상전(床廛) 시정(市井) 연줄 감듯 : ⇒ 진사 시정 연줄 감듯. * 상전—잡화를 팔던 가게.

상전(上典) 앞의 종 : 절절매며 어쩔 줄 모르고 시키는 대로 하는 사람을 비유하여 이르는 말.

상전은 말은 믿고 살아도 종은 믿고 못 산다 : 상전은 제집에서 부리는 말과 같은 동물은 믿으나 종은 믿지 아니한다는 뜻으로, 사람은 동물만큼도 믿을 수 없음을 비유하여 이르는 말.

상전은 미고 살아도 종은 미고 못 산다 : 상전은 미워하고 괄시하여도 살 수 있으나 동류(同類)의 종끼리는 서로 미워하고 괄시하여서는 살 수 없다는 말.

상전의 빨래를 해도 발뒤축이 희다 : ⇒ 상전의 빨래에 종의 (발)뒤축이 희다.

상전의 빨래에 종의 (발)뒤축이 희다 : ① 남의 일을 하여 주면 그만한 소득이 있다는 말. ② 남에게 수고를 끼치고도 조금의 이익도 주지 않음을 뜻하는 말. 상전의 빨래를 해도 발뒤축이 희다.

상전(桑田)이 벽해가 되여도 헤여날 길 있고, 하늘이 무너져도 솟아날 구멍 있다 [북] **:** ⇒ 상전벽해 되어도 비켜설 곳 있다.

상제(喪制)가 울어도 제상에 가자미 물어 가는 것은 안다 : 자기의 손해에 대하여서는 언제 어디서나 민감함을 비유하여 이르는 말.

상제(喪制)보다 복재기가 더 설워한다 : 어떠한 사고가 있을 때, 당사자보다 제삼자가 더 염려함을 비유하여 이르는 말. * 복재기—'복인(服人. 일 년이 안 되게 상복을 입는 사람)'을 낮잡아 이르는 말. 상인은 설워 아니하는데 복인이 더 설워한다.

상제와 젯날 다툰다 : ⇒ 상주 보고 제삿날 다툰다.

상좌(上佐) 중의 법고(法鼓) 치듯 : 무엇을 아주 빨리 쾅쾅 치는 모양을 비유하여 이르는 말. 중의 법고 치듯.

상주(喪主) 보고 제삿날 다툰다 : 어떤 일에 관하여 확실히 아는 사람을 보고 잘 모르는 사람이 고집을 부린다는 말. 상제와 젯날 다툰다.

상처가 가려우면 비 올 징조다 : 저기압이 접근하게 되면 사람 몸에도 여러 가지 이상이 생기는데, 상처가 있으면 가려워지므로 비가 오리라는 것을 짐작할 수 있다는 말.

상처는 나아도 흉은 남는다 : 한 번 잘못된 일은 바로 잡아도 그 여파(피해)가 남음을 비유하여 이르는 말.

상추밭에 똥 싼 개는 저 개 저 개 한다 : ⇒ 삼밭에 한 번 똥 눈(싼) 개는 늘 눈(싼) 줄 안다.

상추쌈에 고추장이 빠질까 : 상추쌈에 고추장이 빠질 수 없다는 뜻으로, 사람이나 사물이 긴밀하게 관련되어 있어 언제나 따라다니고 붙어 다니는 경우를 비유하여 이르는 말.

상추쌈을 먹으면 잠이 잘 온다 : 상추에는 수면 유도 성분이 있기 때문에 먹으면 잠이 잘 온다는 말.

상추쌈을 좋아하면 입이 커진다 : 상추쌈을 먹자면 입을 크게 벌리는 데서 유래된 말.

상투가 국수버섯 솟듯 하다 : 되지 못하게 어른 행세를 하며 남을 함부로 부리는 이를 이르는 말.

상투를 잡아 휘두르다[북] **:** 어떤 사람을 제 마음대로 쥐었다 폈다 하는 것을 비유하여 이르는 말.

상투 위에 올라앉다 : 상대를 만만히 보고 기어오르는 행동을 이르는 말.

상판대기(相-)가 꽹과리 같다 : 얼굴이 꽹과리 같다 함이니, 파렴치한 사람을 두고 이르는 말.

상팔십(上八十)이 내 팔자(八字) : 강태공이 가난했던 80년 동안과 같다는 뜻으로, 가난이 내 팔자라는 말.

상하사불급이오 이름만 석숭이가 되었다 : 이 일 저 일 벌여 놓기만 하고 실속은 없어 알뜰하게 모은 제 재물이 없음을 비유하여 이르는 말. * 석숭(石崇, 249~300)–중국 서진(西晉)의 부호(富豪). 자는 계륜(季倫). 형주(荊州) 자사(刺史)를 지냈고, 항해와 무역으로 거부가 되었다.

상하층의 구름이 엇갈려 가면 비가 온다 : 상·하층 구름이 서로 역류하게 되면 비가 올 징조라는 말.

새(鳥)가 먼 바다 위를 날면 날씨가 고요해진다 : 새들은 저기압에서는 낮게 날지만 고기압에서는 높고 멀리 날게 되므로 날씨가 좋다는 말.

새가 보고 싶거든 나무를 심으랬다 : 어떤 일을 이루려면, 그 바탕부터 마련해야 한다는 말.

새가 오래 머물면 반드시 화살을 맞는다(鳥久止必帶矢) : 편하고 이로운 곳에 오래 머물며 안일함에 빠지면 반드시 화를 당한다는 말.

새 까먹은 소리(鳥啄聲) : 근거 없는 말. 또는, 사실과 다른 헛소문을 비유하여 이르는 말.

새꽤기(새꼭이)에 손 베었다 : 변변치 못한 사람이나 어줍잖은 일 때문에 뜻밖의 해를 입었다는 말. * 새꽤기–띠·갈대·억새·짚 등의 껍질을 벗긴 가는 줄기.

새끼그물로 범 잡는다[북] **:** ① 보잘것없는 것을 가지고 큰일을 하려는 어리석음을 비유하여 이르는 말. ② 허술한 계획으로 뜻밖에 큰일을 이루었을 경우를 비유하여 이르는 말.

새끼 낳은 암캐같이 앙앙 말라 : 새끼 낳은

암캐같이 그 누구도 가까이 오지 못하게 사납게 굴지 말라는 뜻으로, 너무 포악스럽고 사납게 구는 경우를 비유하여 이르는 말.

새끼는 보지로 나오고, 세상만사는 입으로 나온다 : 아이는 생식기로 낳게 되고, 세상 일은 모두 말에서 시작이 된다는 말.

새끼 돼지는 키워서 잡으랬다 : ① 돼지 새끼는 키워야 소득이 있다는 말. ② 바둑에서는 조그마한 것을 키워서 잡으라는 말.

새끼 많이(아홉) 둔 소가 길마 벗을 날이 없다 : ① 새끼 많은 소는 일에서 벗어나 편히 쉴 사이가 없다는 말. ② 자식을 많이 둔 사람은 고생을 면할 날이 없다는 말.

새끼 밴 돼지가 북데기를 우리 안에 쌓으면 새끼 낳을 징조다 : 새끼 밴 돼지가 북더기를 우리 안으로 물어다 놓는 것은 새끼 낳을 준비라는 말.

새끼〔繩〕에 맨 돌 : ① 새끼를 끄는 대로 돌도 끌려간다는 뜻으로, 서로 떨어질 수 없는 관계를 일컫는 말. ② 주견(主見)이 없이 남이 하자는 대로 끌려다니는 사람을 비꼬아 이르는 말.

새끼 짚신에 구슬 감기북 **:** ⇒ 석새짚신에 구슬 감기.

새남터를 나가도 먹어야 한다 : 곧 죽는 일이 있어도 먹어야 한다는 말. *새남터–조선시대에 사형을 집행하던 곳. 서울의 신용산의 철교와 인도교 사이에 있으며, 천주교의 순교지로도 유명하다.

새는 나는 대로 깃이 빠진다 : ⇒ 새도 앉는 데마다 깃이 든다(떨어진다).

새는 앉는 곳마다 깃이 빠진다 : ⇒ 새도 앉는 데마다 깃이 든다(떨어진다).

새는 앉았다 날 때마다 깃을 남긴다북 **:** ⇒ 새도 앉는 데마다 깃이 든다(떨어진다).

새는 앉을 때마다 깃이 떨어진다 : ⇒ 새도 앉는 데마다 깃이 든다(떨어진다).

새 다리의 피북 **:** ⇒ 새 발의 피.

새도 가지(나무)를 가려서 앉는다 : ① 친구를 사귀거나 직업을 취함에 있어서 잘 선택하여야 한다는 말. ② 주위 환경을 잘 살펴서 알맞게 처신하라는 말.

새도 날개가 생겨야 날아간다 : 새도 날개가 생겨나야 날 수 있다는 뜻으로, 무슨 일이든 필요한 조건이 갖추어져야 이루어질 수 있음을 비유하여 이르는 말.

새〔新〕 도랑 내지 말고, 옛 도랑 메우지 말라 : 새로운 법을 만들려고 하기보다 기존의 법을 잘 운영하는 편이 더 낫다는 말.

새〔鳥〕도 보금자리가 있고 다람쥐도 제 굴이 있다북 **:** 짐승도 다 제집이 있는데 하물며 사람으로서 어찌 집이 없을 수 있겠느냐는 말.

새도 앉는 데마다 깃이 든다(떨어진다)〔鳥之所止有羽其委〕 : ① 새가 앉았다 날 때마다 깃이 떨어지듯이, 사람의 살림도 이사를 자주 다닐수록 세간이 줄어듦을 비유하여 이르는 말. ② 여기저기 옮겨 다니는 것은 좋지 못함을 비유하여 이르는 말. 새는 앉는 곳마다 깃이 빠진다. 새는 앉았다 날 때마다 깃을 남긴다북. 새는 앉을 때마다 깃이 떨어진다. 새는 나는 대로 깃이 빠진다.

새도 염불(念佛)하고 쥐도 방귀를 뀐다 : 여러 사람 앞에서 수줍어서 노래나 춤을 하지 못하는 사람을 조롱하여 이르는 말.

새들이 물 위를 낮게 날면 비 올 징조다 : 날벌레들이 기압 변화에 민감하기 때문에 저기압에서는 낮게 날아다니므로, 새들도 이것을 잡기 위해서 낮게 날게 된다는 말.

새〔新〕 량반은 묵은 량반보다 돈에 들어서는 더 무섭다북 **:** 양반은 누구나 다 탐욕스럽기는 마찬가지이나, 특히 돈맛을 새로 들인 양반이 돈에 대해서는 더 인색하다는 뜻으로, 후에 나타난 놈이 오히려 더 인색하고 지독한 경우를 비유하여 이르는 말.

새로 집 지은 후 삼 년은 마음을 못 놓는다 : 새로 집을 짓고 살면 처음 3년은 무슨 사고가 있을까 하여 마음을 놓지 못한다는 말.

새〔鳥〕망에 기러기 걸린다 : ⇒ 참새 그물에 기러기 걸린다①.

새매도 오래면 꿩을 잡는다㉻ : 꿩을 잡아 보지 못한 새매도 오래면 꿩을 잡을 수 있다는 뜻으로, 어떤 분야에 대하여 지식과 경험이 전혀 없는 사람이라도 그 분야에 오래 있으면 얼마간의 지식과 경험을 갖게 됨을 이르는 말.

새〔新〕 며느리 친정 나들이 : 간다 간다 하면서 벼르기만 하고 떠나지 못함을 비유하여 이르는 말.

새 묘 써서 삼 년 : 새로 일을 경영한 경우에는 약 3년을 두고 봐서 탈이 없어야 안심이라는 말. 새 사람 들여 삼 년(-은 마음을 못 놓는다).

새 바지에 똥 싼다 : 미운 짓만 골라서 함을 이르는 말.

새 발의 피〔鳥足之血〕 : 분량이 아주 적음을 비유하여 이르는 말. 새 다리의 피㉻.

새벽길에 이슬이 발등을 적시면 날씨가 좋다 : 오솔길을 갈 때 풀잎의 이슬이 발등을 촉촉하게 적시는 날은 날씨가 좋다는 말.

새벽길을 걷는 사람이 첫 이슬을 턴다㉻ : ① 남보다 앞서 나가는 사람이 아무래도 수고를 더하게 됨을 비유하여 이르는 말. ② ⇒ 숫눈길을 걷는 사람만이 제 발자국을 남긴다.

새벽길을 걸어도 대문까지 못 나간다㉻ : 아무리 일찍부터 서둘러도 도무지 능률이 오르지 아니하는 경우를 비유하여 이르는 말.

새벽녘에 별빛이 흔들리면 큰 바람이 분다 : 새벽녘에 별빛이 흔들리면 높은 공기층에 심한 공기의 흐름이 있다는 뜻으로, 이 상층 기류가 점차 지상에 영향을 끼치게 되어 큰 바람이 일어날 징조라는 말.

새벽달 보고 보짐 싼다㉻ : ⇒ 새벽달 보자고 초저녁부터 기다린다. * 보짐—'봇짐(등에 지기 위하여 물건을 보자기에 싸서 꾸린 짐)'의 북한어.

새벽달 보려고 어스름부터 나선다㉻ : ⇒ 새벽달 보자고 초저녁부터 기다린다.

새벽달 보려고 으스름달 안 보랴 : 새벽달을 보겠다고 해질녘에 뜨는 달을 안 보겠느냐는 뜻으로, 아직 당하지도 아니한 미래의 일만 기대하다가 눈앞의 일을 소홀히 하지 말고 지금 눈앞에 닥친 일부터 힘써야 한다는 말.

새벽달 보자고 초저녁부터 기다린다 : 일을 너무 일찍부터 서두름을 비유하여 이르는 말. 새벽달 보고 보짐 싼다㉻. 새벽달 보려고 어스름부터 나선다㉻.

새벽바람 사초롱 : 새벽 바람에 꺼질까 봐 조심스럽게 들고 있는 비단 초롱불이란 뜻으로, 매우 사랑스럽고 소중한 것을 비유하여 이르는 말. 얼음굶에 잉어.

새벽 봉창 두들긴다 : ① 한참 단잠 자는 새벽에 남의 집 봉창을 두들겨 놀라 깨게 한다는 뜻으로, 뜻밖의 일이나 말을 갑자기 불쑥 내미는 행동을 비유하여 이르는 말. 자다가 봉창 두드린다. ② 너무나도 뜻밖의 일을 당한 경우를 비유하여 이르는 말.

새벽안개가 짙으면 맑다 : 봄과 가을에 고기압의 영향을 받아 바람이 잔잔하고 구름이 없는 날, 야간 복사냉각에 의해 생긴 새벽안개는 해가 떠올라 기온이 올라가면 곧 사라지고 날씨가 맑게 된다는 말.

새벽에 갔더니 초저녁에 온 사람 있더라 : 부지런히 하느라고 애썼는데 그보다 앞선 사람이 있을 경우에 이르는 말.

새벽 호랑이(-가) 중이나 개를 헤아리지 않는다 : 다급해지면 무엇이든지 가릴 여지가 없어짐을 비유하여 이르는 말. 사흘 굶은 범이 원님을 안다더냐. 새벽 호랑이 쥐나 개나 모기나 하루살이나 하는 판. 호랑이가 굶으면 환관도 먹는다.

새벽 호랑이(-다) : 활동할 때를 잃고 깊은 산에 들어가야 할 호랑이란 뜻으로, 대세(大勢)가 기울어져 물러서게 된 신세를 비유하여 이르는 말.

새벽 호랑이 쥐나 개나 모기나 하루살이나 하는 판 : ⇒ 새벽 호랑이(-가) 중이나 개를 헤아리지 않는다.

새 사람 들어와 삼 년이요, 새 집 지어 삼 년이라북 **:** 사람의 속을 깊이 알려면 몇 해 동안 함께 지내보아야 하고, 새로 지은 집은 몇 해 지나서야 자리가 잡힌다는 뜻으로 이르는 말.

새 사람 들여 삼 년(-은 마음을 못 놓는다) : ⇒ 새 묘 써서 삼 년.

새신만명(賽神萬明)하다 : 기도하는 무녀라는 말이니, 곧 행동이 경솔한 사람을 비유하여 이르는 말. *새신만명-굿하는 무당.

새알 꼽재기만 하다 : ⇒ 생쥐 발싸개만 하다.

새알 멜빵 하겠다 : 사람이 매우 약음을 이르는 말.

새알 볶아 먹을 놈 : 작은 새알을 꺼내서 볶아 먹을 만한 인간이라는 뜻으로, 이익만 생긴다면 무슨 일이든 상관없이 달려드는 극단적인 이기주의자를 비꼬아 이르는 말.

새(新) 오리 장가가면 헌 오리 나도 한다 : 남이 하는 대로 무턱대고 자기도 하겠다고 따라나서는 주책없는 행동을 비유하여 이르는 말. 학이 곡곡 하고 우니 황새도 곡곡 하고 운다.

새우 간을 빼 먹겠다북 **:** 몸집이 아주 작은 새우의 간까지도 빼 먹겠다는 뜻으로, 자신의 이익을 위해서는 아주 작은 것에 대해서도 탐욕을 부림을 비유하여 이르는 말.

새우 그물에 잉어가 걸렸다 : 뜻밖에 큰 재물을 얻었음을 이르는 말. ⇒ 참새 그물에 기러기 걸린다.

새우도 반찬북 **:** 작고 보잘것없는 새우도 반찬이 될 수 있다는 뜻으로, 보잘것없는 것도 그런대로 다 생활에 필요한 것임을 비유하여 이르는 말.

새우로 잉어를 낚는다(以蝦釣鯉) : 적은 밑천으로 큰 이득을 얻음을 이르는 말. 새우 미끼로 잉어 잡는다.

새우를 잡으려다 고래를 놓친다북 **:** 보잘것없는 것을 구하려다가 도리어 큰 것을 놓친다는 뜻으로, 큰 것을 내다보지 못하고 눈앞의 일에만 급급한 근시안적인 행동을 비유하여 이르는 말.

새우 미끼로 잉어 잡는다 : ⇒ 새우로 잉어를 낚는다.

새우 벼락 맞던 이야기를 한다 : ⇒ 생이 벼락 맞던 이야기를 한다.

새우 싸움에 고래 등 터진다 : ① 아랫사람이 저지른 일로 인하여 윗사람에게 해가 미치는 경우를 비유하여 이르는 말. ② 남의 싸움에 공연히 관계없는 사람이 해를 입는 경우를 비유하여 이르는 말.

새(新) 잎에 눈 다치랴북 **:** 새 잎에 귀한 눈을 다칠 리 없다는 뜻으로, 하찮은 것에 해를 입을 리 없음을 비유하여 이르는 말.

새 잎이 돋아나면 묵은 잎이 떨어진다북 **:** ⇒ 속잎이 자라나면 겉잎이 젖혀진다.

새 잡아 잔치할 것을 소 잡아 잔치한다 : ⇒ 닭 잡아 겪을 나그네 소 잡아 겪는다.

새장에 갇힌 메새북 **:** 갇혀서 오갈 데 없이 자유를 구속당하고 있는 신세를 비유하여 이르는 말.

새장에 갇힌 앵무새㈊ : ⇒ 새장에 갇힌 새.

새 정이 옛정만 못하다㈊ : 사람의 정은 오랜 것이 더 좋음을 비유하여 이르는 말.

새〔鳥〕 중에서 먹새가 가장 크다 : 뭐니뭐니 해도 먹는 일이 제일 중요하다는 말.

새침데기 골로 빠진다 : ① 언행이 조심스럽고 얌전한 척하는 여자가 못된 짓을 하는 경우에 이르는 말. 시시덕이는 재를 넘어도, 새침데기는 골로 빠진다. ② ㈊ 얌전하게 보이는 사람이 엉뚱하게 못된 짓을 하는 경우에 이르는 말.

새털구름은 비 올 징조다 : 권운(卷雲)·권적운(卷積雲) 등은 저기압권 내에서 나타나는 것이므로, 이 구름이 나타나게 되면 비 올 징조라는 말. 새털구름이 뜨면 비가 온다.

새털구름이 뜨면 비가 온다 : ⇒ 새털구름은 비 올 징조다.

새털구름이 뜨면 선주(船主) 마누라 본 것 같다 : 새털구름의 변화는 마치 수시로 변하는 선주 마누라 마음과 같이 잘 변하기 때문에 기상 예측이 어렵다는 말.

새〔鳥〕 편에 붙었다 쥐 편에 붙었다 한다 : 박쥐가 잇속에 따라 새 편에 붙었다 쥐 편에 붙었다 한다는 뜻으로, 자기 잇속만을 위해 수시로 이로운 편에 붙는 행동을 비유하여 이르는 말.

새 풀에 소 살찐다 : 겨울철에 건초만 먹을 때보다 봄철에 새 풀을 먹으면 비타민과 영양분이 많고 기능도 활발하여 소가 살이 찐다는 말.

새 한 마리도 백 놈이 갈라 먹는다 : 아무리 작은 것이라도 의가 좋으면 여러 사람이 같이 나누어 먹을 수 있다는 말.

새해 들어 처음에 송아지를 보면 누워서 먹고, 망아지를 보면 뛰면서 먹는다 : 새해에 맨 먼저 송아지를 보면 그해 일하지 않고 편히 지내고, 망아지를 보면 일을 많이 하게 된다는 말.

새해 들어 첫 소날〔丑日〕 연자방아를 찧으면 가축이 안된다 : 새해 첫 소날에는 소도 편히 지내도록 하라는 말.

새해 못 할 제사 있으랴 : 일을 그르쳐 놓고 다음부터 잘 하겠다는 사람을 두고 핀잔하여 이르는 말.

색시가 고우면 가시집 말장 끝까지 곱게 보인다㈊ : ① ⇒ 아내가 귀여우면 처갓집 말뚝 보고도 절한다. ② 마음에 드는 사람과 관계된 것이면 무엇이나 다 좋게만 보임을 비유하여 이르는 말.

색시가 고우면 처갓집 외양간 말뚝에도 절한다 : ⇒ 아내가 귀여우면 처갓집 말뚝 보고도 절한다.

색시가 시집살이하려면 벙어리 삼 년, 귀머거리 삼 년 해야 한다 : ⇒ 귀머거리 삼 년이요, 벙어리 삼 년이라.

색시 귀신에 붙들리면 발을 못 뺀다 : 시집도 못 가고 죽은 처녀 원혼(寃魂)의 빌미는 무서움을 비유하여 이르는 말.

색시 그루는 다홍치마 적에 앉혀야 한다 : ⇒ 아내 행실은 다홍치마 적부터 그루를 앉혀야 한다.

색시 짚신에 구슬 감기가 웬 일인고 : ① 색시가 신는 하찮은 짚신에 구슬을 감다니 이게 무슨 꼴이냐는 뜻으로, 격에 어울리지 아니하게 분에 넘치는 치장을 하면 도리어 보기에 어색해짐을 비유하여 이르는 말. ② 너무 과분하게 호사하게 된 경우를 비꼬아 이르는 말.

색시 짚신에 구슬 감기라니 : ⇒ 색시 짚신에 구슬 감기가 웬일인고.

색시 후행을 가면 서까래 세여 보고 온다 ㈊ : 신부의 후행으로 신랑 집에 가면 그 집의 살림이 어떤지를 살펴보고 돌아온다

는 말.

샘에 든 고기 : ⇒ 함정에 든 범.

샘은 천 길 물속에서도 솟는다 북 **:** 새롭고 정의로운 것은 어떠한 장애도 극복하고 반드시 빛을 나타내고야 맒을 비유하여 이르는 말.

샘을 보고 하늘을 본다 : 한없이 넓은 하늘에는 무관심하였다가 샘 속에 비친 하늘을 보고서야 비로소 하늘을 쳐다본다는 뜻으로, 늘 보고 겪는 것에 대하여 우연히 새롭게 인식하게 됨을 이르는 말.

샛강 물소리 멎을 때 북촌(北村) 마님 빈대떡 주무르듯 : 굉장히 바쁜 모양을 이르는 말.

샛바람에 게 눈 감(기)듯 : 게 눈이 샛바람에 얼른 감긴다는 뜻으로, 몹시 졸린 모양을 비유하여 이르는 말.

샛바람에 낚시질 가지 말랬다 : 샛바람(동남풍)에는 비가 오니 낚시질 가지 말라는 말.

샛바리 짚바리 나무란다 : 새가 짚보다 나을 것이 없는데도 새를 실은 바리가 짚을 실은 바리를 나무란다는 뜻으로, 남을 자기보다 못하다고 하지만 실은 둘 다 마찬가지임을 비유하여 이르는 말. *새-산과 들에서 자라는 띠나 억새 따위를 말함.

생가슴을 앓다(뜯다) : 공연한 근심걱정으로 속 태움을 이르는 말.

생가시아비 묶듯 : 살아 있는 장인을 죽은 사람 다루듯 묶는다는 뜻으로, 엄하여야 할 자리에 있는 사람은 너그럽게 대하는데 그 상대편이 버릇없이 굴어 도리에 어긋나게 됨을 비유하여 이르는 말.

생가죽을 벗기다 : 갖은 수단을 다하여 남의 재산 따위를 몽땅 빼앗음을 이르는 말.

생각이 꿀떡 같다 : 무엇에 대한 생각이 매우 간절함을 이르는 말.

생각하는 갈대다 : 파스칼이 한 말로, 인간은 마치 갈대처럼 약한 존재이나 생각(사고)하는 능력을 가진 위대한 존재임을 이르는 말.

생감 등때기 같다 북 **:** 생감의 두꺼운 껍데기 같다는 뜻으로, 낯가죽이 두껍고 지독하게 끈덕짐을 비유하여 이르는 말.

생나무 휘어잡기 : ① 휘어지지 아니하는 생나무를 억지로 휘어잡는다는 뜻으로, 되지 아니할 일을 억지로 하려고 무모하게 행동함을 비유하여 이르는 말. ② 북 휘어잡기가 매우 힘든 사람을 휘어잡으려 할 때 그 어려움을 두고 이르는 말.

생땅(生-) 고구마가 맛은 좋다 : 고구마는 연작을 하게 되면 미량 원소의 결핍으로 괴근(塊根) 형성이 불량할 뿐 아니라 감미도 감소되는데, 새로 개간한 땅에 심으면 질소질도 적고 미량 원소도 골고루 분포되어 있어서 맛이 좋다는 말. 고구마는 생땅 고구마가 맛이 있다.

생마(生馬) 갈기 외로 길(질)지 가로 길(질)지 : 말 새끼의 갈기가 좌우 어느 쪽으로 자랄지 알 수 없듯이, 사람이 착하게 되고 나쁘게 됨은 어렸을 때부터 예측할 수 없다는 말.

생마 잡아 길들이기 : ⇒ 산 닭 잡아 길들이기는 사람마다 어렵다.

생선과 나그네는 사흘만 되면 냄새가 난다 : 유대인 격언에서 나온 말로, 생선은 3일만 되면 썩어서 냄새가 나듯이, 반가운 손님도 3일만 지나면 반가운 마음보다도 귀찮아진다는 말. 손님과 생선은 사흘이면 냄새가 난다.

생선 망신은 꼴뚜기가 시킨다 : ⇒ 어물전 망신은 꼴뚜기가 시킨다.

생시에 먹은 마음 취중에 나온다 : ① ⇒ 상시에 먹은 마음 취중에 나온다.

생원님(生員-)이 종만 업신여긴다 : 무능(無能)한 사람이 자기 손아랫사람에게만 큰 소리치며 잘난 체함을 비난조로 이르는 말. 양반 못된 것이 장에 가 호령한다.

생이 벼락 맞던 이야기를 한다 : 생이가 벼락을 맞아 봉변을 당하던 이야기를 한다는 뜻으로, 까맣게 잊어버린 지난 일을 새삼스럽게 들추어내서 상기시키는 쓸데없는 행동을 비유하여 이르는 말. * 생이—새뱅잇과의 민물 새우. 새우 벼락 맞던 이야기를 한다.

생일날 잘 먹으려고 이레를 굶는다(-을까) : 어떤 일에 미리부터 지나치게 기대함을 일컫는 말. 또는, 잠깐의 영광을 위하여 길고 무리한 희생을 감수할 수 없다는 말.

생전 부귀(生前富貴)요, 사후 문장(死後文章)이라 : ① 부귀는 죽으면 그만이지만 문장(文章)은 죽은 후에도 영구(永久)히 빛난다는 말. ② 살아서는 잘 먹고 잘 사는 것이 으뜸이고, 죽은 다음에는 글로 자기를 남기는 것이 으뜸이라는 말.

생쥐 고양이한테 덤비는 격(셈) : 이겨 낼 가망이 없을 뿐만 아니라 죽을지도 모르는데 덤벼드는 경우를 비유적으로 이르는 말.

생쥐 발싸개만 하다 : 물건이 아주 작음을 비유하여 이르는 말. 새알 꼽재기만 하다.

생쥐 볼가심할 것도 없다 : ⇒ 고양이 죽 쑤어 줄 것 없고, 생쥐 볼가심할 것 없다.

생쥐 새끼 같다 : ① 생김새가 매우 작음을 비유하여 이르는 말. ② 사람됨이 몹시 반드러움을 비유하여 이르는 말.

생쥐 소금 먹듯 : 음식을 맛보듯이 조금씩 먹다가 그만두는 경우를 비유하여 이르는 말.

생쥐 풀 방구리 드나들듯북 **:** ⇒ 반찬단지에 고양이 발 드나들듯.

생초목(生草木)에 불붙는다 : 갑자기 뜻밖의 화를 당하거나, 어떤 사람이 요절(夭折)하였을 때 분통한 정상(情狀)을 비유하여 이르는 말.

생콩 씹은 상판북 **:** ⇒ 날콩 씹은 상판북.

생파리 같다 : 한곳에 점잖게 있지 못하고 이곳저곳으로 곧잘 나다니는 사람을 비유하여 이르는 말.

생파리 잡아떼듯 한다 : 무슨 요구나 묻는 말을 쌀쌀맞게 거절함을 일컫는 말.

서경에 경 가지러 가는 사람은 가고, 장가드는 사람은 장가든다북 **:** ⇒ 서천에 경 가지러 가는 사람은 가고, 장가들 사람은 장가든다.

서까래감인지 도릿감인지 모르고 길다 짧다 한다 : 일의 내용도 모르면서 이러쿵저러쿵 시비함을 이르는 말.

서까래감 아끼다가 용마루 썩인다북 **:** 서까랫감 많이 드는 것이 아까워 적게 썼다가 용마루가 썩게 된다는 뜻으로, 작은 것을 아끼다가 도리어 큰 것을 손해 보게 됨을 비유하여 이르는 말.

서낭[城隍]에 가(-서) 절만 한다 : 영문도 모르고 남이 하는 대로만 따라 함을 비유하여 이르는 말.

서낭에 난 물건이냐 : 서낭당에 걸어 놓았던 물건은 사람들이 꺼린다는 점에서, 물건값이 몹시 쌈을 비유하여 이르는 말.

서낭제 하고 벼락 맞는다북 **:** 서낭당에 제사를 지내고 벼락을 맞는다는 뜻으로, 잘되라고 한 일에 도리어 화를 입게 됨을 비유하여 이르는 말.

서당 개 삼 년에 풍월(-을) 한다(읊는다, 짓는다)[堂狗風月] : 아무리 무식한 사람이라도 유식한 사람과 오랜 동안 같이 있으면 저절로 견문이 생긴다는 말. 당구 삼년에 폐풍월. 독서당 개가 맹자 왈 한다.

서당 아이들은 초달(楚撻)에 매여 산다 : ① 글을 배우는 아이들은 선생의 벌을 가장 두려워한다는 말. ② 어떤 조직에 매여 있으면 어쩔 수 없이 그 조직의 생활에 따르게 된다는 말. * 초달—달초(撻楚). 어버이나 스승이 자식이나 제자의 잘못을 징계하기 위하여 회초리로 볼기나 종아리를 때림.

서른 과부는 넘겨도 마흔 과부는 못 넘긴다 : 30대의 과부는 혼자 살아도 40대의 과부는 혼자 못 산다는 말.

서른세 해 만에 꿈 이야기 한다 : 오래 묻어 두었던 일을 새삼스레 얘기한다는 말.

서리가 나뭇가지에 하얗게 내리면 목화 풍년 든다 : 서리가 많이 내리면 날씨가 좋아서 목화가 볕에 잘 피므로 풍년이 든다는 말.

서리가 내려야 국화의 절개를 안다 : ① ⇒ 겨울이 다 되어야 솔이 푸른 줄을 안다. ② 북 서리가 내린 다음에도 국화는 꿋꿋이 살아 꽃을 피우는 데서, 절개의 굳셈은 어렵고 힘든 때라야 알 수 있음을 비유하여 이르는 말.

서리가 많이 내리면 날씨가 좋다 : 가을철 날씨 좋은 날 밤에 복사로 인하여 지표면이 식으면 지표면 공기의 수증기가 승화되어 서리가 되는데, 이런 날은 날씨가 좋다는 말.

서리가 많이 내리면 따뜻하다 : 서리는 날씨가 따뜻해야 내리는 것이므로 서리가 오면 날씨가 따뜻하다는 말.

서리가 빠르면 눈도 빠르게 온다 : ⇒ 서리가 일찍 내리면 눈도 일찍 내린다.

서리가 일찍 내리면 고추 흉년 든다 : 서리가 일찍 오면 고추가 다 익기 전에 죽게 되므로 고추 흉년이 든다는 말.

서리가 일찍 내리면 눈도 일찍 내린다 : 추위가 일찍 오는 해는 서리도 예년보다 일찍 오고 눈도 일찍 온다는 말. 서리가 빠르면 눈도 빠르게 온다.

서리가 일찍 녹으면 비가 온다 : 저기압으로 온도가 높으면 서리가 빨리 녹게 되므로 비가 온다는 말.

서리가 하얗게 내리면 목화 풍년 든다 : 서리가 많이 오면 날씨가 따뜻하므로 목화송이가 잘 피어서 풍년이 든다는 말.

서리를 기다리는 가을 초목이다 : ⇒ 서리를 기다리는 마가을 초목.

서리를 기다리는 마가을 초목 북 **:** ① 서리를 맞으면 시들고 잎 지게 될 늦가을 초목의 신세라는 뜻으로, 운명의 마지막 시기를 살고 있는 존재를 비유하여 이르는 말. ② 죽기를 기다리는 가냘픈 존재를 비유하여 이르는 말. * 마가을–'늦가을'의 북한어. 서리를 기다리는 가을 초목이다.

서리 많고 짙은 해는 큰 눈 : 평년보다 찬 대륙성 고기압의 세력이 강하고 추위가 심하다는 뜻으로, 서해안 지역에 지형성 눈이 많이 오는 수가 있음을 이르는 말.

서리 많은 해 목화 풍년 든다 : 서리가 오면 날씨가 따뜻하고 쾌청하기 때문에 목화송이가 잘 여물고 펴서 풍년이 든다는 말.

서리 맞은 감은 곶감을 못 깎는다 : 서리 맞은 감은 곶감을 깎아도 분이 나오지 않으므로 곶감이 안된다는 말.

서리 맞은 감을 땡감이니 홍시니 한다 : 감이 서리를 맞게 되면 땡감에서 홍시로 점점 변하므로 초기에는 땡감이고 나중에는 홍시이듯이, 무슨 일이 모르는 동안에 점점 변함을 이르는 말.

서리 맞은 고명 호박 : 철 늦게까지 고명 격으로 달려 있다가 서리를 맞아서 시들시들하게 된 하나의 호박 열매를 가리키는 말.

서리맞은 구렁이(병아리) : ① 서리 맞은 구렁이처럼 겨우 몸을 움직인다는 말. ② 힘이 없어 보이며, 동작이 몹시 굼뜬 사람을 비유하여 이르는 말. ③ 세력이 다하여 모든 희망이 좌절된 사람을 비유하여 이르는 말.

서리 맞은 다람쥐 북 **:** ① ⇒ 서리 맞은 호박잎 같다. ② 몹시 떠는 모양을 비유하여 이르는 말.

서리 맞은 호박잎 같다㊇ : 갑자기 생기를 잃고 축 처진 모양을 비유적으로 이르는 말. 서리 맞은 다람쥐②.

서리 빠르면 눈 늦다 : 서리가 빠른 해는 계절 진행이 평시와는 다르므로 평년보다 눈이 늦게 오는 수도 있다는 말.

서릿발이 많으면 보리농사는 폐농한다 : 보리밭에 서릿발이 생기는 것은 날씨가 좋으면서 강추위 때 생기는 현상이므로, 이런 때는 보리가 얼어 죽어서 흉년이 든다는 말.

서무날 바람은 꾸어서라도 분다㊇ : 썰물과 밀물의 차이로, 서무날인 음력 12일과 27일경에는 어김없이 바람이 분다는 말.

서무셋날에는 눈 빠진 고기도 문다 : 조금으로부터 13일째 되는 서무셋날에는 썰물차〔潮汐差〕가 별로 없어서 낚시에 고기가 잘 물린다는 말. *서무셋날-무수기(조수간만의 차이)를 볼 때, 음력 열이틀과 스무이레를 이르는 '서무날'을 말함.

서무셋날 점심 바구니 들고 개에 간다 : 조석차(潮汐差)가 적은 물때에는 작업 시간이 단축되므로 작업에 곁들여 점심 먹을 여가도 없이 몹시 바쁘다는 말.

서물날은 물 아래에도 바람이 분다 : 서물날인 음력 매월 12일과 27일께의 무수기에는 바람이 세게 분다는 말.

서물사리 고기 안 문다 : 서물 사리인 음력 매월 12일과 27일께의 무수기에는 고기가 안 잡힌다는 말.

서 발 곱새 좌우(左右) 발 반씩 늘어진다 ㊇ : 곱새란 지붕 위를 덮는 것인데 그것이 서 발밖에 안 되면 아주 작은 것이다. 그런데 그것을 덮고도 발 반씩이나 남으니, 무척 작은 집을 비유하여 이르는 말.

서 발 막대(장대) 거칠 것 없다 : ① 서 발이나 되는 긴 막대기를 내저어도 닿을 것이 없다 함이니, 가난하여 아무런 세간이 없음을 이르는 말. 휑한 빈 집에서 서 발 막대 거칠 것 없다. ② 아무것도 거리낄 것 없고 조심스런 사람도 없다는 말.

서북풍에는 날씨가 갠다 : 서북풍에 의하여 대륙 지방에서 고기압이 이동하면 날씨가 갠다는 말.

서불가진신(書不可盡信)이라 : 책에 기록된 것이 모두 믿을 만한 것만이 아니라는 말.

서뿌른 둔갑술에 이마빡 터진다㊇ : 서투른 재간을 피우려다가 도리어 화를 입게 됨을 비유하여 이르는 말.

서뿌른 약국이 사람 잡는다㊇ : 약에 대하여 잘 모르면서 약국을 차려 약을 지어 주다가 사람을 죽이기까지 한다는 뜻으로, 능력이 없어서 제구실을 못하는 주제에 함부로 날뛰다가 큰일을 저지르게 됨을 비유하여 이르는 말.

서슬이 시퍼렇다 : 칼날 따위가 날카롭거나 기세가 등등함을 비유하여 이르는 말.

서울 가는 놈 감투 부탁 받은 격㊇ : ① 서울 가는 사람이 남에게서 감투를 구해다 달라는 부탁을 받고는 건성으로 구해다 주겠다고 대답하는 식이란 뜻으로, 남의 부탁을 받고서도 거기에는 관심이 전혀 없는 경우를 비유하여 이르는 말. ② 남의 귀찮은 부탁을 달갑지 않게 여기면서 마지못해 받는 경우를 비유하여 이르는 말.

서울 가는 놈이 눈썹을(-도) 빼고 간다 : ⇒ 길을 떠나려거든 눈썹도 빼어 놓고 가라.

서울 가 본 놈하고 안 가 본 놈하고 싸우면 가 본 놈이 못 이긴다 : 실제로 행하여 보지 못한 사람이 오히려 이론은 그럴듯하고 말이 많다는 말.

서울 갈 때는 눈썹도 빼고 간다 : ⇒ 길을 떠나려거든 눈썹도 빼어 놓고 가라.

서울 것에 시골내기라 : 서울 사람과 시골 사람을 조롱하는 말.

서울 길도 물어서 가라㊀ **:** 쉬운 일일지라도 신중을 기하여 실수가 없게 하여야 함을 비유하여 이르는 말.

서울 (가서) 김 서방 찾기(-는다) : 알지도 못하면서 무턱대고 막연하게 찾아가거나, 어떤 일을 추진함을 이르는 말.

서울 김 서방 집도 찾아간다 : 어디에 있는지를 잘 모르는 사람이나 물건도 찾으려고만 하면 어떻게든 찾아낼 수 있음을 비유하여 이르는 말.

서울 까투리 : 서로 낯익은 사람이라 부끄러움이 없음을 비유하여 이르는 말.

서울 놈 못난 것은 고창 놈 좆만도 못하다 : 조상은 아무리 훌륭해도 자손은 못난 것이 있다는 말.

서울 놈은 장마가 져도 풍년인 줄 안다 : ⇒ 서울 사람은 비만 오면 풍년 든다고 한다.

서울 사람은 비만 오면 풍년 든다고 한다 : ① 서울 사람이 농사일에 대하여 전혀 모름을 놀림조로 이르는 말. ② 무식하면 사리 판단을 옳게 못 한다는 말. 서울 놈은 장마가 져도 풍년인 줄 안다.

서울 놈의 글 꼭질 모른다고 말 꼭지야 모르랴 : 글을 모른다고 너무 무시하지 말라는 말.

서울 량반은 글 힘으로 살고, 시골 농군은 일 힘으로 산다㊀ **:** 서울 사람과 시골 사람은 살아가는 수단과 방법이 다르다는 뜻으로, 모든 사람은 자기의 격식대로 살아 나간다는 것을 비유하여 이르는 말. 서울 사람의 옷은 다듬이 힘으로 입고, 시골 사람의 옷은 풀 힘으로 입는다㊀.

서울 사람을 못 속이면 보름을 똥을 못 눈다 : 시골 사람이 서울 사람을 잘 속인다 하여 이르는 말. 시골 놈이 서울 놈 못 속이면 보름씩 배를 앓는다.

서울 사람의 옷은 다듬이 힘으로 입고, 시골 사람의 옷은 풀 힘으로 입는다㊀ **:** ⇒ 서울 량반은 글 힘으로 살고, 시골 농군은 일 힘으로 산다㊀.

서울서 매(뺨) 맞고 송도서(시골에서) 주먹질 한다 : ⇒ 종로에 가서 뺨 맞고, 한강에(빙고에서, 한강에 가서, 행랑 뒤에서) 눈 흘긴다.

서울 소식은 시골 가서 들어라〔燈下不明〕 : 가까운 주위의 소식이 오히려 먼 곳에 더 잘 알려져 있을 때 이르는 말.

서울 아침이다 : 옛날 서울 양반집 아침처럼 아침 식사가 매우 늦음을 비유하여 이르는 말.

서울 양반은 쌀 나무에서 쌀이 열린다고 한다 : 옛날 시골에 가 본 적이 없는 서울 양반이 쌀도 과일처럼 나무에서 열리는 줄로 알았다는 데서 생겨난 말로, 보고 듣지 못한 일은 올바르게 판단하기가 어렵다는 말.

서울에 가야 과거도 본다 : 서울에 가야 과거를 보든지 말든지 한다는 뜻으로, 우선 목적지에 가 봐야 어떤 일을 하든지 말든지 한다는 말.

서울에 감투 부탁㊀ **:** ① 감투를 구하기 어려운 서울에다가 감투를 부탁하여 놓고 구해다 주겠거니 하고 무턱대고 기다리고 있다는 뜻으로, 좋은 결과가 이루어질 수 없는 데에 기대를 걸고 기다리고 있는 어리석은 행동을 비유하여 이르는 말. ② 아무리 부탁하고 요구하여도 막연하여 이루어질 가망이 없는 경우를 비유하여 이르는 말. 서울에서 매 맞고 송도(시골)에서 주먹질한다.

서울에서 뺨 맞고, 안성 고개 가서 주먹질한다㊀ **:** ⇒ 종로에 가서 뺨 맞고, 한강에서(빙고에서, 한강에서, 행랑 뒤에서) 눈 흘긴다.

서울을 가야 과거에 급제하지 : ⇒ 하늘을 보아야 별을 따지①.

서울이 낭이라 : 서울은 낭떠러지와 같다는 뜻으로, 서울 인심이 야박함을 비유하여 이르는 말.

서울이 낭이라니까 과천(삼십 리)서부터 긴다 : 서울의 인심이 야박하여 낭떠러지와 같다는 말을 듣고 미리부터 겁을 먹는다는 뜻으로, 비굴하게 행동하는 짓을 비유하여 이르는 말. 서울이 무섭다니까 남태령(새재)부터 긴다.

서울이 무섭다니까 남태령(새재)부터 긴다 : ⇒ 서울이 낭이라니까 과천(삼십 리)부터 긴다.

서울 혼인에 깍쟁이 오듯㊊ **:** 서울 집 혼인에 지나가던 깍쟁이들이 얻어먹겠다고 모여든다는 뜻으로, 관계도 없는 사람이 많이 모여드는 경우를 두고 이르는 말.

서쪽 놀에는 날씨가 맑다 : 서쪽에 서는 저녁놀은 하늘이 건조 상태에 있음을 뜻하므로 날씨가 좋아진다는 말. 서쪽 하늘에 놀이 서면 그 이튿날 맑다.

서쪽 무지개에는 비가 온다 : 서쪽에 무지개가 뜬다는 말은 서쪽에 비가 오고 있음을 이르는 말.

서쪽에 무지개가 뜨면 강 건너 소 몰고 오랬다 : 서쪽에 무지개가 뜨면 큰비가 오게 되므로 홍수가 있기 전에 미리 방지하도록 하라는 말.

서쪽에 무지개가 뜨면 장마 진다 : 서쪽에 무지개가 서면 큰 비가 올 징조라는 말.

서쪽 하늘에 놀이 서면 그 이튿날 맑다 : ⇒ 서쪽 놀에는 날씨가 맑다.

서쪽 하늘에 비구름이 끼면 머지않아 비가 온다 : 서쪽 하늘의 비구름은 대륙성 기압이어서 동쪽으로 이동하게 되므로 비가 오게 된다는 말.

서천(西天)에 경 가지러 가는 사람은 가고, 장가들 사람은 장가든다 : 서로 같은 목적으로 동행하다가 갑자기 변하여 각자 자기 좋은 대로 행동하는 경우를 비유하여 이르는 말. 서경에 경 가지러 가는 사람은 가고, 장가드는 사람은 장가든다.

서천에서 해가 뜨겠다 : 해가 뜰 리 없는 서쪽 하늘에서 해가 뜨겠다는 뜻으로, 너무나도 뜻밖의 일임을 비유하여 이르는 말.

서캐 훑듯 한다 : 빠뜨림 없이 샅샅이 뒤지거나 조사한다는 말.

서투른 과방이 안반 타박한다 : ⇒ 서투른 무당이 장구만 나무란다.

서투른 도둑이 첫날밤에 들킨다 : 어쩌다 한 번 나쁜 일을 한 것이 공교롭게 들킨다는 말.

서투른 무당이 마당 기울다 한다 : ⇒ 서투른 무당이 장구만 나무란다.

서투른 무당이 장구만 나무란다 : 능력이나 기술이 부족한 사람이 자기의 무능력을 감추려고 도구만 나쁘다고 탓함을 이르는 말. 국수를 못 하는 년이 피나무 안반만 나무란다. 서투른 과방이 안반 타박한다. 서투른 무당이 마당 기울다 한다. 서투른 숙수가 (피나무) 안반만 나무란다. 선무당이 마당 기울다 한다. 선무당이 장구만 나무란다. 선무당이 장구 탓한다.

서투른 숙수(熟手)가 (피나무) 안반만 나무란다 : ⇒ 서투른 무당이 장구만 나무란다.

서투른 시객(詩客)이 평측을 가리랴 : 한시를 잘 못 짓는 사람이 한자음의 높낮이를 맞추어서 시를 지을 수 있겠는가라는 뜻으로, 일을 잘 못하는 주제에 까다로운 법칙까지 다 알아서 할 수 있을 리 없음을 비유하여 이르는 말.

서투른 어부가 용왕 탓만 한다 : 서투르고

개으른 어부가 고기 잡을 노력은 하지 않고 용왕 탓만 함을 이르는 말.

서투른 풍수 집안만 망쳐 놓는다 : 무슨 일을 잘 알지도 못하면서 아는 체하다가 아주 크게 그르치는 경우를 비유하여 이르는 말.

서푼짜리 낫 버리듯북 **:** 갈아야 별로 쓸모가 없는 서푼짜리 낫을 쓸데없이 공을 들여 갈고 있다는 뜻으로, 실천은 못 하면서 말로 벼르기만 하는 경우를 두고 비유적으로 이르는 말.

서푼짜리 소는 이빨도 들어보지 말랬다 : 너무 값이 싼 물건은 보지도 말라는 말.

서푼짜리 장사도 운이 좋아야 해 먹는다 북 **:** 무슨 일이든 기회를 잘 만나고 조건이 좋아야 잘됨을 비유하여 이르는 말.

서푼짜리 집에 천 냥짜리 문호 : 서푼짜리 초라한 집을 지어 놓고 대문은 천 냥짜리로 요란하게 만들어 달았다는 뜻으로, 크고 값지게 만들어야 할 것은 작게 하고 작아야 할 것은 요란하게 만들어 주객이 바뀐 경우를 비유하여 이르는 말.

서풍(西風)에도 비가 오고, 양반도 거짓말한다 : ① 서풍에는 비가 오는 것이 아니지만, 장마 때는 서풍에도 오는 경우가 있다는 말. ② 언행이 점잖은 양반 중에도 언행이 바르지 못한 사람이 있다는 말. ③ 무슨 일에나 예외가 있을 수 있다는 말.

서풍에도 비 올 날이 있다 : 서풍이 불면 오던 비도 대륙의 고기압이 이동되어 개는 것이 상례이지만, 여름철에는 중국 양쯔강에서 발생하는 저기압이 서풍에 의하여 이동되어 비가 내리는 경우가 있다는 말.

서풍에 비가 오면 많이 온다 : 양쯔강 저기압이 서풍에 의하여 우리나라를 통과하게 되면 비가 많이 온다는 말.

서풍은 맑음 : 저기압이 통과하고 고기압이 다가올 때 그 전면에서 서풍이 부는데 이때는 날씨가 맑아진다는 말.

서풍은 비를 쫓는다 : ⇒ 서풍이 불면 갠다.

서풍이 불면 갠다 : 비 올 때는 보통 남서풍 내지 남동풍이 불게 되는데, 풍향이 바뀌어 서풍이 불면 갠다는 말. 서풍은 비를 쫓는다.

서풍이 종일 불면 눈이 온다 : 겨울철 찬 대륙성 고기압이 확장시 대륙으로부터 강한 서풍이 불 때 서해안 지방에서는 눈이 많이 올 때가 많다는 말.

서 홉에도 참견, 닷 홉에도 참견 : 서 홉을 되는 데도 많다 적다 하고 다섯 홉을 되는 데도 이러쿵저러쿵 쓸데없이 참견한다는 뜻으로, 부질없이 아무 일에나 참견함을 비유하여 이르는 말.

석 달 가는 흉 없다북 **:** 남의 흉은 얼마 동안 가다가 결국에는 흐지부지되어 버리고 만다는 말.

석 달 가뭄 끝은 있어도, 한 달 장마 끝은 없다 : ⇒ 가물 끝은 있어도 장마 끝은 없다.

석 달 가뭄은 싫다 안 해도 하루 장마는 싫다 한다 : 가뭄에는 활동의 자유가 있지만 장마에는 활동의 자유가 없으므로 단 하루라도 참기가 어렵다는 말. 석 달 가뭄은 참아도 하루 장마는 못 참는다.

석 달 가뭄은 참아도 하루 장마는 못 참는다 : ⇒ 석 달 가뭄은 싫다 안 해도, 하루 장마는 싫다 한다.

석 달 장마 끝에 햇빛 본 것 같다 : 바라던 일이 모처럼 이루어져 몹시 기쁘다는 말. 구년지수 장마철에 볕을 보니 좋을시고. 장마에 해 나듯 한다.

석 달 장마에도 개부심이 제일이라고 : 지루한 장마 때에도 쉬었다가 한바탕 오는 비가 좋듯이, 어떤 지루한 일에도 변화가 있어야 기분이 풀린다는 말. *개부심–장마 끝에 잠시 쉬었다가 다시 한바탕 오는 비.

석돌에 불난다 : 연약한 푸석돌을 마찰시켜 불을 만든다는 말이니, 곧 불가능한 것 같은 일도 노력과 수단이 좋으면 소기의 목적을 달성할 수 있다는 말.

석류꽃이 많이 피는 해는 목화가 풍년 든다 : 석류꽃이 피는 날씨에는 목화씨의 발아도 잘 되므로 목화가 풍년이 든다는 말.

석류는 떨어져도 안 떨어지는 유자를 부러워하지 않는다 : 누구나 저 잘난 맛에 산다는 말.

석새베 것에 열 새 바느질 : 아무리 허름한 것이라도 정미(精美)한 기술을 가하면 훌륭해짐을 이르는 말. 또는, 나쁜 바탕에 정공(精工)을 가한다는 것이니, 부당 노력이나 행위를 이르는 말. * 석새베(석새 삼베)—굵은 베. 삼승포(三升布).

석새에서 한 새 빠진 소리 한다 : 석새에서 한 새가 빠졌으니 가운데가 비었다는 뜻으로, 실없는 소리를 하는 경우를 비꼬아 이르는 말.

석새짚신에 구슬 감기 : 거칠게 만든 하찮은 물건에 고급스러운 장식을 한다는 뜻으로, 격에 어울리지 않는 모양이나 차림새를 비유하여 이르는 말. * 석새 짚신—총이 굵은 짚신. 새끼 짚신에 구슬 감기. 짚신에 구슬 감기㊅. 짚신에 국화 그리기[①]. 짚신에 분칠하기㊅. 짚신에 정분 칠한다.

석수장이(石手匠－) 눈깜작이부터 배운다 : ① 돌을 쪼는 석수장이가 돌가루가 눈에 들어갈까 봐 눈을 깜작거리는 것부터 배운다는 뜻으로, 어떤 일의 내용보다도 형식부터 본뜨려 드는 것을 비꼬아 이르는 말. ② 처음에는 쉽고 낮은 기술부터 배우게 됨을 비유하여 이르는 말.

석숭(石崇)의 재물도 하루 아침 : 석숭의 재물과 같이 큰 재산도 쉽게 없어진다는 말.

석양에 물 찬 제비다 : 석양에는 모든 것이 아름답게 보인다는 말.

석양에 비 맞은 룡대기처럼㊅ : ⇒ 비 맞은 용대기 같다.

석 자 베를 짜도 베틀 벌이기는 일반 : 석 자 밖에 안 되는 베를 짜더라도 베틀은 설치해야 하듯, 대소사(大小事)를 막론하고 준비하기는 마찬가지라는 말.

선가(船價) 없는 놈이 배에(는) 먼저 오른다 : 능력이나 실력도 없는 사람이 실력 있는 사람보다 앞서서 실력이 있는 체하고 덤벙대거나 서두름을 놀림조로 이르는 말.

선 고기 보고 침 뱉고, 익은 고기 보고 침 삼킨다㊅ : ⇒ 날고기 보고 침 안 뱉을 이 없고, 익은 고기 보고 침 안 삼키는 이 없다.

선구름이 뜨면 배를 돌리랬다 : 겨울이나 봄철 비교적 더운 기가 있는 날에 선구름이 뜨면 뇌우, 돌풍, 소나기 등이 올 수 있으므로 조속히 대피하라는 말. * 선구름—소나기 구름. 또는 적란운(積亂雲).

선들바람이 불면 곡식은 혀를 빼물고 자란다 : 가을바람이 불게 되면 모든 곡식이 빨리 자라면서 여물게 된다는 말.

선떡 가지고 친정에 간다 : ① 선물할 물건이 변변치 않음을 두고 이르는 말. ② 스스럼없이 가까이 지내는 데에는 그리 좋지 못한 선물도 흉이 되지 않음을 이르는 말. * 선떡—잘 쪄지 아니한 떡.

선떡 먹고 체하였나 웃기는 왜 웃나 : 별로 우습지도 않은 일에 실없이 잘 웃는 사람을 핀잔하여 이르는 말. 사돈이 물에 빠졌나 웃기는 왜 웃어.

선떡 받듯이 : 마음에 흡족하지 않거나 못마땅하게 여기는 태도를 비유하여 이르는 말.

선떡이 부스러진다 : 떡이 채 익지 아니하면 푸슬푸슬 부스러진다는 뜻으로, 어설프게 한 일은 곧 나쁜 결과를 가져옴을 비유하

여 이르는 말.

선령(船靈)이 울면 여러 가지 징후가 일어난다 : 어부들은 자기 배를 수호해 주는 선령을 믿고 있는바, 어떤 재앙이 생길 때는 미리 선령이 구슬픈 소리로 알려 준다고 믿는다는 말.

선머슴이라(-같다) : 거칠고 사나우며 예의 바르지 못한 사내아이라는 뜻. 또는 계집애가 얌전하지 못하고 덜렁거릴 때 이르는 말.

선무당이 마당 기울다 한다 : ⇒ 서투른 무당이 장구만 나무란다.

선무당이 사람 속인다 : 능하지도, 잘 알지도 못하는 서투른 자가 사람을 속여 넘기는 경우를 이르는 말.

선무당이 사람 잡는다(죽인다)〔生巫殺人〕 : 의술에 서투른 사람이 치료해 준다고 하다가 사람을 죽이기까지 한다는 뜻으로, 능력이 없어서 제구실도 못하는 사람이 어떤 일을 함부로 하다가 큰일을 저지르게 됨을 비유하여 이르는 말. 어설픈 약국이 사람 죽인다.

선무당이 장구만 나무란다 : ⇒ 서투른 무당이 장구만 나무란다.

선무당이 장구 탓한다 : ⇒ 서투른 무당이 장구만 나무란다.

선반에서 떨어진 떡 : 굴러 들어온 행운, 또는 힘 안 들이고 운 좋게 얻은 이익을 비유하여 이르는 말.

선병자(先病者) 의(醫)라 : ① 먼저 앓은 사람이 그 병에 경험이 있어서 뒤에 앓는 이의 병을 고칠 수 있음을 이르는 말. ② 어떤 일에 먼저 경험을 쌓은 사람이 남을 가르칠 수 있다는 말.

선봉대장 투구 쓰듯 : 옛날 군대의 선봉대장이 굉장히 큰 투구를 뒤집어쓰고 완전무장을 했듯이, 무엇을 머리 위로부터 푹 내려 쓴 모양을 비유하여 이르는 말.

선불 맞은 노루(날짐승) 모양 : 선불을 맞아 혼이 난 노루나 날짐승처럼 당황하여 마구 날뛰는 모양을 비유하여 이르는 말.
* 선불–설맞은 총알. 선불 맞은 승냥이㊕①. 선불 맞은 호랑이 (뛰듯).

선불 맞은 승냥이㊕ : ① ⇒ 선불 맞은 노루(날짐승) 모양. ② ⇒ 선불 맞은 호랑이 뛰듯.

선불 맞은 호랑이 뛰듯 : 선불을 맞은 호랑이가 분에 못 이겨 매우 사납게 날뛰듯이, 마구 날뛰는 모양을 비유하여 이르는 말. 선불 맞은 노루(날짐승) 모양. 선불 맞은 승냥이㊕②.

선불을 맞히면 도리어 범을 놀래운다㊕ : 정통으로 맞히지 못하고 서투르게 맞히면 잡지도 못할 뿐만 아니라 놀란 범이 날뛰어서 해를 입게 된다는 뜻으로, 가만히 있는 것을 섣불리 건드려서 도리어 마구 날뛰게 만듦을 비유하여 이르는 말.

선비 논 데 용 나고, 학이 논 데 비늘이 쏟아진다 : 훌륭한 행적이나 착한 행실은 반드시 좋은 영향을 남긴다는 말.

선생님 앞에서 책장 번진다㊕ : ⇒ 부처님한테 설법.

선생의 똥은 개도 안 먹는다 : 선생 노릇 하기가 무척 어렵고 힘이 듦을 비유하여 이르는 말. 초학 훈장의 똥은 개도 안 먹는다.

선손질(先-) 후 방망이 : 먼저 손을 쓰면 뒤에 방망이를 맞는다는 뜻으로, 남을 해롭게 하면 뒤에 자신은 그보다 더 큰 해를 입게 됨을 비유하여 이르는 말.

선 수박의 꼭지를 도렸다㊕ : 그냥 놓아두어도 좋을 것을 손을 대서 못 쓰게 만들었을 경우를 비유하여 이르는 말.

선술에 배 구치고 소주(아래기)에 설사 난다 : 미숙한 술에 복통을 일으키고 소주에 설사한다 함이니, 술맛이 나쁠 때 이르는 말. * 구치다―'굳히다'의 경상 방언. * 아래기―'소주'의 경상 방언.

선앙(船仰) 모실라 말고 뱃사람 잘 모시랬다 : 어업을 미신에 의지하려는 것보다 선원을 잘 관리하는 것이 성과가 크다는 말. * 선앙―고깃배를 가호하는 신.

선영 덕은 못 입어도 인심 덕은 입는다㊕ **:** 사람이란 조상의 덕은 입지 못해도 이웃 사람들의 고마운 덕은 입는다는 뜻으로, 죽은 조상에게 바랄 것이 아니라, 이웃 간에 화목하고 서로 도와주는 의리를 지켜야 자신도 도움을 받는다는 말.

선영 명당(-에) 바람이 난다 : 조상의 무덤을 잘 쓴 덕에 자손이 훌륭하게 됨을 비유하여 이르는 말.

선왕재(善往齋)하고 벼락 맞았다 : 죽은 이를 위해 부처님께 공양했는데 도리어 화를 입었음을 뜻하는 말. 선왕재하고 지벌 입었다.

선왕재하고 지벌 입었다 : ⇒ 선왕재하고 벼락 맞았다. * 지벌―신이나 부처에게 거슬리는 일을 저질러 당하는 벌.

선 의원 사람 죽이고 선무당 사람 살린다 : ① 서투른 의사를 두고 미덥지 못하다는 뜻으로 이르는 말. ② 의사보다는 무당을 불러 굿을 하는 것이 낫다고 여기는 것을 비유하여 이르는 말.

선장이 둘이면 배가 산으로 올라간다 : 명령하는 선장이 둘이면 의견이 분분하여 항해와 조업이 잘될 수가 없다는 말.

선전(船廛) 시정(市井)의 비단 감듯 : ⇒ 진사 시정 연줄 감듯.

선짓국을 먹고 발등걸이를 하였다 : 선짓국을 먹고 발등걸이를 당한 것 같은 얼굴빛이란 뜻으로, 술을 먹고 얼굴이 불그레해진 사람을 비유하여 이르는 말. 원숭이 볼기짝인가.

섣달그믐께 흰 쌀떡 치는 소리㊕ **:** 관청에 잡혀가서 무참히 볼기를 맞는 소리를 떡 치는 소리에 비유하여 이르는 말.

섣달 그믐날 개밥 퍼 주듯 : 시집을 못 가고 해를 넘기게 된 처녀가 홧김에 개밥을 퍼 주듯 많이 푹푹 퍼 주는 모양을 이르는 말.

섣달 그믐날 시루 얻으러 가다니 : 되지도 않을 일을 안타깝게 애쓰는 미련한 짓을 이르는 말.

섣달 그믐날 흰떡 맞듯 : 섣달 그믐날에 흰떡이 떡메에 맞는다는 뜻으로, 몹시 두들겨 맞는 모습을 비유하여 이르는 말. 등줄기에서 노린내가 나게 두들긴다. 복날(-에) 개 맞듯.

섣달 그믐 눈 녹인 물로 다음 해 봄에 볍씨를 담그면 해충이 없다 : 섣달 그믐께 눈 녹인 물을 독에 얼지 않게 간수하였다가 이 물로 볍씨를 담그면 해충이 생기지 않는다는 말.

섣달 납일(臘日)에 잡은 돼지고기를 먹으면 병 예방이 된다 : 납일에 돼지고기를 먹으면 다음 해 병을 예방할 수 있다는 말. * 납일(臘日)―동지가 지난 셋째 술일(戌日).

섣달에 눈이 많이 오면 보리 풍년 든다 : ⇒ 눈이 많이 오는 것은 보리 풍년이 들 징조다.

섣달에도 밭 갈 날이 있다㊕ **:** 가장 추운 섣달에도 어쩌다가 날씨가 따스해지는 날이 있다는 말.

섣달에 들어온 머슴이 주인마누라 속곳 걱정한다 : 저와는 아무 상관도 없는 일을 지나치게 걱정하는 경우를 비꼬아 이르는 말.

섣달이 둘이라도 시원치 않다 : 시일을 아무리 늦추어도 일의 성공을 기약하기 어려운 경우를 비유하여 이르는 말.

설날에 옴 오르듯 : 몹시 재수가 없음을 비유하여 이르는 말.

설날 일진에 인묘오신유(寅卯午申酉)가 들

면 목화 풍년이 든다 : 음력 1월 1일 일진 가운데 인묘오신유가 있으면 목화 풍년이 든다는 말.

설 때 궂긴 아이가 날 때도 궂긴다 : 배 속에 처음 생길 때부터 힘든 아이는 태어날 때도 고생한다는 뜻으로, 처음 시작이 순조롭지 못하면 내내 순조롭지 못함을 이르는 말. 설 제 궂긴 아이가 날 제도 궂긴다.

설마가 사람 죽인다(잡는다) : 그럴 리가 없을 것이라고 마음을 놓거나, 요행을 바라는 데서 탈이 난다는 뜻으로, 매사에 요행을 바라지 말고 있을 수 있는 모든 것을 미리 예방하라는 말[북].

설 사돈 있고 누울 사돈 있다 : 같은 경우라도 사람에 따라 대하는 태도가 달라야 한다는 말.

설삶은 말(소) 대가리 : ① 고집이 세어 말을 알아듣지 못하는 사람을 비유하여 이르는 말. ② 격에 어울리지 아니하게 멋대가리 없는 모습을 비유하여 이르는 말. ③ [북] 얼굴빛이 몹시 붉음을 비유하여 이르는 말.

설 쇤 무 : 가을에 뽑아 둔 무가 해를 넘기면 속이 비고 맛이 없다는 뜻으로, 한창 때가 지나 볼 것 없이 된 것을 이르는 말. 삼십 넘은 계집.

설은 질어야 풍년이고, 보름은 맑아야 풍년이다 : 설에는 눈이 많이 내려야 풍년이 들고, 정월 대보름은 맑아서 보름달을 볼 수 있어야 그해 풍년이 든다는 말.

설을 거꾸로 쇘다 : 동지섣달보다 해동(解凍) 무렵이 더 춥게 느껴짐을 이르는 말.

설음에는 살찌고, 근심에는 여윈다[북] : ⇒ 근심에 마르고(여위고), 설음에는 살찐다[북].

설음 중에도 배고픈 설음이 크다[북] : 사람이 살아 나가는 데 먹을 것 없어 배곯는 것보다 더 서러운 일은 없다는 말.

설 자리 앉을 자리 모른다 : 자기가 서야 할 자리와 앉아야 할 자리도 분간하지 못한다는 뜻으로, 환경이나 조건에 맞게 처신하려면 어떻게 하여야 하는지 알아야 하는데, 그 기본적인 처신조차 제대로 분간하지 못함을 이르는 말.

설 제 궂긴 아이가 날 제도 궂긴다 : ⇒ 설 때 궂긴 아이가 날 때도 궂긴다.

섬게(성게)가 여물어야 시절도 좋다 : 바닷속 돌 틈에서 서식하는 섬게(성게)가 그 속이 누렇게 여무는 해라야 풍년이 든다는 말.

섬 속에서 소 잡아먹겠다 : 조그만 볏섬 속에서 큰 소를 잡는다 함이니, 언행이 옹졸하고 근시안적임을 조롱하는 말. 계란 속에서 소 잡을 공론을 한다[북].

섬(島)에 나무가 많으면 고기도 많다 : 섬이나 연안에 나무가 무성하면 고기가 서식하기 좋으므로 많이 모여든다는 말.

섬 진 놈, 멱 진 놈 : 섬거적을 진 사람과 멱둥구미를 진 사람이라는 뜻으로, 가지각색의 어중이떠중이를 비유하여 이르는 말. 멱 진 놈, 섬 진 놈.

섬짝을 지고 불 속으로 뛰여든다[북] : ⇒ 섶을 지고 불로 들어가려 한다.

섬 틈에 오쟁이 끼겠나 : 볏섬을 쌓고 그 사이사이에 또 오쟁이까지 끼워 둘 셈이냐는 뜻으로, 재산 있는 사람이 더 무섭게 재물을 아끼고 탐하는 경우를 비유하여 이르는 말.

섭산적(-散炙)이 되도록 맞았다 : 쇠고기를 잘게 다져 만든 섭산적과 같이 살이 갈가리 찢어지고 떨어졌다는 뜻으로, 매우 심하게 두들겨 맞음을 비유하여 이르는 말.

성균관 개구리 : 성균관의 선비들이 줄곧 앉아서 글을 외우는 것이 마치 개구리가 우는 것 같다는 뜻으로, 자나깨나 글만 읽

는 사람을 비유하여 이르는 말.

성급한 놈 술값 먼저 낸다 : 성미가 급한 사람은 손해를 보기 마련임을 비유하여 이르는 말.

성나면 보리방아 더 잘 찧는다㊍ **:** 성이 난 김에 하는 일이 더 잘되는 경우를 비유하여 이르는 말.

성나 바위 차기 : 성이 난다고 앞뒤를 가리지 않고 분별없이 화풀이를 하다가 자기에게 해가 될, 부질없는 행동을 하는 경우를 비꼬아 이르는 말. 성나서 바위 차면 제 발등만 아프다㊍. 성난 끝에 돌 차기. 성난 발부리 돌을 찬다㊍. 성내어 바위를 차니 발부리만 아프다.

성나서 바위 차면 제 발등만 아프다㊍ **:** ⇒ 성나 바위 차기.

성난 끝에 돌 차기 : ⇒ 성나 바위 차기.

성난 발부리 돌을 찬다㊍ **:** ⇒ 성나 바위 차기.

성난 승냥이 코침 잘못 주다 되물린다㊍ **:** 성이 난 사람에게 선불리 참견하였다가는 도리어 손해를 본다는 말.

성난 황소 영각하듯 : ① 성난 황소가 크게 울듯이, 무섭게 고함치는 모양을 비유하여 이르는 말. ② ㊍ 성이 나서 노발대발하는 모양을 비유하여 이르는 말. *영각하다－소가 길게 울다.

성내어 바위를 차니 발부리만 아프다 : ⇒ 성나 바위 차기.

성미(性味)가 닷 발이나 늘어지다㊍ **:** 성질이 매우 느리고 일손이 굼뜸을 비유하여 이르는 말.

성미가 콩밭에 서슬 치겠다㊍ **:** ⇒ 우물에 가 숭늉 찾는다.

성(姓) 바꿀 놈 : 성질이나 품행 따위가 좋지 아니한 사람을 속되게 이르는 말.

성복날(成服－) 아침의 약방문(藥方文)㊍ **:** ⇒ 사후 약방문(청심환).

성복 뒤에 약방문(약 공론) : ⇒ 사후 약방문(청심환).

성복 안의 죽동이㊍ **:** 초상도 나가기 전에 죽 동이를 가져간다는 뜻으로, 아직은 소용없는 것임을 비유하여 이르는 말.

성복제(成服祭) 지내는데 약 공론 한다 : ⇒ 사후 약방문(청심환).

성부동(姓不同) 남 : 성이 달라서 남이지, 친분으로는 일가나 마찬가지로 매우 가까운 사람을 이르는 말.

성(城) 쌓고 남은 돌 : ① 쓸 자리에 쓰이지 못하고 남아서 쓸모가 없게 된 물건을 이르는 말. ② 혼자 남아 외로운 신세를 비유하여 이르는 말.

성(-을) 쌓다 망한다 : ① 적의 침입을 막으려고 성을 쌓다가 적의 침입을 받아 망한다는 뜻으로, 어떤 일을 하다가 미처 완성하기도 전에 크게 손실을 보거나 일을 망쳐 버림을 비유하여 이르는 말. ② 성을 쌓느라고 백성을 들볶고 국고를 낭비하다가 망하고 말았다는 말.

성안(城－)에 떨어진 감투 성안에 있다㊍ **:** 어떤 물건을 잃은 것 같지만, 넓게 보면 범위가 좀 넓어졌을 뿐이므로 찾을 수가 있음을 비유하여 이르는 말.

성(姓)은 피가(皮哥)라도 옥관자(玉貫子) 맛에 다닌다 : 본바탕에 비하여 겉모양이 좀 나음을 자랑삼아 뽐냄을 이르는 말. *옥관자－옥으로 만든 망건(網巾) 관자.

성이 머리끝까지 났다 : 성이 극도에 달하도록 났음을 이르는 말.

성인군자(聖人君子) 같은 사람도 남의 첩 노릇을 하면 변한다 : 아무리 성인군자 같은 사람도 남의 첩 노릇을 하다 보면 어쩔 수 없이 첩살이를 하는 다른 계집들처럼 앙큼하고 요사스럽게 변하게 됨을 비유하여 이르는 말.

성인(聖人) 그늘이 팔십 리를 간다 : 성인의 덕이 널리 미친다는 말.

성인도 시속(時俗)을 따른다 : 상황에 따른 응변(應變)은 어쩔 수 없는 일이라는 말.

성인도 제 그름을 모른다 : 제 결점을 알기란 매우 어렵다는 말.

성인도 하루에 죽을 말을 세 번씩 한다 : 아무리 훌륭한 사람도 말실수를 하는 법이니, 실수했다고 너무 걱정하지 말라는 말.

성인 못 된 기린 : 성인이 되지 못한 기린의 신세와 같이 쓸모없고 보람없게 된 처지를 이르는 말.

성인 벼락 맞는다 : 세상 인심이 사나워서 착하고 어진 사람이 도리어 큰 환란을 입기 쉬움을 이르는 말.

성현(聖賢)이 나면 기린이 나고, 군자가 나면 봉이 난다 : 옛날에 성인(聖人)이 나서 왕도(王道)가 행해지면 이에 응해 기린이나 봉황이 나타난다고 믿었던 말.

섶을 지고 불로 들어가려 한다 : 당장에 불이 붙을 섶을 지고 이글거리는 불 속으로 뛰어든다는 뜻으로, 앞뒤 가리지 못하고 미련하게 행동함을 놀림조로 이르는 말. * 섶—'섶나무'의 준말로 잎나무, 풋나무, 물거리 등의 통칭임. 섬짝을 지고 불 속으로 뛰여든다㊌. 시한탄을 지고 불 속으로 뛰여든다㊌.

세 끼 굶으면 군자가 없다 : ⇒ 사흘 굶어 도둑질 아니할 놈 없다.

세 끼(-를) 굶으면 쌀 가지고 오는 놈(사람) 있다 : ⇒ 사흘 굶으면 양식 지고 오는 놈 있다.

세난 장사 말랬다 : ① 장사를 하되, 잘 팔린다고 하여 마구 팔면 이익은 없고 도리어 손해만 생기기 쉽다는 말. ② ㊌ 한창 재미를 보는 장사는 많은 사람이 하려고 하기 때문에 뒤늦게 그것을 모방하다가는 실패하기 쉽다는 말.

세 닢 주고 집 사고 천 냥 주고 이웃 산다 : ⇒ 팔백 금으로 집을 사고 천금으로 이웃을 산다.

세모시(細-) 키우는 사람하고 자식 키우는 놈은 막말을 못 한다 : 세모시를 키우는 일과 자식은 자기 뜻대로 할 수 없는 일이니 장담을 하여서는 안 된다는 말.

세물전 영감이다 : 아는 것이 매우 많은 사람을 비유하여 이르는 말.

세방살이군이 주인집 마누라 속곳 걱정한다 ㊌ **:** ⇒ 더부살이가 주인마누라 속곳 베 걱정한다.

세(三) 번만 참으면 살인도 면한다 : 아무리 화가 나더라도 참으면 나중에 후회가 없음을 이르는 말.

세벌쌀에 뉘 섞이듯㊌ **:** ⇒ 쌀에 뉘 (섞이듯).

세부측량(稅附測量)에 땅 날리듯 한다 : ① 일제가 우리나라를 침략한 뒤 세부 측량이라는 미명으로 농민들의 토지를 약탈했음을 뜻하는 말. ② 재물을 본인도 모르게 약탈당함을 이르는 말.

세 사람만 우겨대면 없는 호랑이도 만들어 낸다(三人成虎) : ① 여럿이 힘을 합치면 안 되는 일이 없다는 말. ② 여럿이 퍼뜨린 말이나 소문은 비록 거짓말이라 하더라도 참말로 믿게 된다는 말.

세 살 난 아이도 제 손엣 것 안 내놓는다 : 사람은 누구나 제 것을 내어놓기 싫어한다는 말. 세 살 먹은 아이도 제 손엣 것 안 내놓는다.

세 살 난 아이 물가에 놓은 것 같다 : 당장 무슨 일이라도 날 것같이 불안하거나 위태로워서 마음을 놓지 못함을 비유하여 이르는 말.

세 살 때의 젖밸까지 치밀어 오른다㊌ **:** 매우 속이 상하고 아니꼬움을 비유하여 이르는 말.

세 살 먹은 아이도 제 손엣 것 안 내놓는다 : ⇒ 세 살 난 아이도 제 손엣 것 안 내놓는다.

세 살 먹은 아이 말도 귀담아 들으랬다 : 어린아이가 하는 말이라도 일리가 있을 수 있으므로 소홀히 여기지 말고 귀담아 들어야 한다는 뜻으로, 남이 하는 말을 신중하게 잘 들어야 함을 비유하여 이르는 말. 늙은이도 세 살 먹은 아이 말을 귀담아 들으랬다. 아이 말도 귀여겨들으랬다. 어린아이 말도 귀담아 들어라. 업은 아기 말도 귀담아들으랬다. 업은 자식에게서 배운다. 팔십 노인도 세 살 먹은 아이한테 배울 것이 있다.

세 살에 도리질한다 : ① 도리질은 돌 전에 하는 것인데 세 살이 되어서야 겨우 도리질을 한다는 뜻으로, 나이에 비하여 사람이 성숙하지 못함을 비유하여 이르는 말. ② 학문의 진도나 사업의 경영이 남보다 늦음을 비유하여 이르는 말.

세 살적 버릇(마음)이 여든까지 간다〔三歲之習至于八十〕: 어릴 때부터 나쁜 버릇이 들지 않도록 잘 가르쳐야 함을 비유하여 이르는 말. 어릴 적 버릇은 늙어서까지 간다.

세 살 적부터 무당질을 해도 목두기 귀신은 못 보았다 : 오랫동안 여러 사람을 겪어 보았으나 그 같은 사람이나 일은 처음임을 비유하여 이르는 말. 무당질 십 년에 목두기란 귀신은 처음 보았다.

세상 모르고 약은 것은 세상이 넓은 줄 아는 못난이만 못하다 : 될 수 있는 대로 많이 보고 많이 듣고 널리 알아야 한다는 말. 즉, 견문이 넓어야 함을 이르는 말.

세상에 뜸부기가 한 마리뿐인가㊀ **:** ① 어떤 물건을 제 혼자만 가지고 있는 듯이 뽐내는 것을 비꼬아 이르는 말. ② 이번에는 놓쳤으나 앞으로 또 기회가 있음을 비유하여 이르는 말.

세상에서 원형이정(元亨利貞)이 제일이라 : 세상을 잘 살려면 무엇보다도 사물의 근본 이치에 따라 행하여야 한다는 말.

세상은 각박해도 인정은 후덥다 : 세상이 아무리 모질고 사나워도 사람들 사이의 인정은 두터움을 비유하여 이르는 말.

세상은 넓고도 좁다 : ① 처음에는 서로 모르는 사이지만 이리저리 따지고 보면 서로 알 만한 처지인 경우를 이르는 말. ② 서로 멀리 떨어져 있는 곳에서 우연히 아는 사람과 만나는 경우를 이르는 말.

세상이 야박하면 인심도 이지러진다㊀ **:** 살아 나가기가 힘들게 되면 자연히 사람들의 착한 마음도 이지러지기 쉽다는 말.

세상인심이 감기 고뿔도 남 주기 싫어한다 ㊀ **:** 인심이 나빠 무엇이든 남에게 주기를 싫어하다 보니, 자기에게 해로운 감기조차 남에게 주지 아니한다는 뜻으로, 세상의 인심이 몹시 박하고 인색하다는 말.

세세한 도장에 범이 든다 : 너무 세세하고 까다롭게 구는 집에 오히려 큰 잘못이 생기기 쉽다는 말.

세 어이딸 두부 앗듯 : 시끄럽기만 하고 일이 잘 안 됨을 비유하여 이르는 말.

* 어이딸—어머니와 딸.

세우 찧는 절구에도 손 들어갈 때 있다 : ⇒ 바쁘게 찧는 방아에도 손 놀 틈이 있다. * 세우—'몹시(더할 수 없이 심하게)'의 함경 방언.

세월에 속아 산다 : 사람이란 현재 살아가는 것이 변변하지 못하여도 앞으로는 나아지겠거니 하는 막연한 희망을 가지고 살아간다는 말.

세월은 사람을 기다려 주지 않는다〔歲月不待人〕: 무슨 일을 하든지 시간을 아껴서 부지런히 힘써야지 꾸물거리다가는 하여야 할 일을 못 하고 만다는 말.

세월이 가는지 오는지도 모른다 : ① 매우 무

사태평함을 비유하여 이르는 말. ② 어떤 일에 정신이 팔려 시간이 얼마나 흘렀는지도 모름을 비유하여 이르는 말.

세월(歲月)이 약(藥) : 아무리 괴로운 마음의 상처도 시간이 지나면 아물어 잊히게 된다는 말.

세월이 유수(流水) 같다〔歲月如流水〕: 세월의 경과함이 흐르는 물처럼 빠름을 비유하야 이르는 말.

세월이 있을 것 같지 않다㊌ **:** 언제 끝날지 짐작이 가지 아니할 정도로 일이 더디게 진행된다는 말.

세월이 좀먹나 : 세월은 줄어들지 않는다는 뜻으로, 시간적 여유가 많음을 이르는 말.

세전(歲前)에 대꽃이 피면 멸치가 많이 난다 : 겨울 날씨가 일찍부터 따뜻하면 강우량도 많고 수온이 높아지므로 난류성 어류인 멸치가 많이 잡힌다는 말.

세전(歲前)에 보리밭 밟아 주면 떡을 주고, 세후(歲後)에 밟아 주면 매를 때린다 : 보리밭은 얼었을 때 밟아 주는 것이 보리에 이롭고, 해동해서 진 보리밭을 밟는 것은 해롭다는 말.

세전(歲前) 토끼(-라) : 태어나서 첫 번째 설을 쇠기 전의 어린 토끼는 늘 같은 길로만 다닌다는 뜻으로, 융통성이 전혀 없음을 비유하여 이르는 말.

세(勢) 좋아 인심 얻으라 : 형편이 좋을 때에 좋은 일을 베풀어 인심을 얻어 두어야 한다는 말.

세〔三〕 치 혀가 사람 잡는다(죽인다) : 세 치밖에 안 되는 짧은 혀라도 잘못 놀리면 사람이 죽게 되는 수가 있다는 뜻으로, 말을 함부로 하여서는 안 됨을 비유하여 이르는 말. 짧은 세 치 혀가 사람 잡는다㊌.

세코짚신에는 제 날이 격이다 : 짚신의 씨가 짚이면 날도 짚이 좋다는 뜻으로, 무엇이든지 분수에 알맞은 것이 가장 좋다는 말. 또는, 분수에 맞는 배필을 구하는 것이 좋다는 뜻으로 쓰이기도 함. 짚신도 제 날이 좋다.

센 개 꼬리 시궁창에 삼 년 묻었다 보아도 센 개 꼬리다 : ⇒ 개 꼬리 삼 년 땅에 묵어도(묻어도, 두어도) 황모 되지 않는다.

센둥이가 검둥이고 검둥이가 센둥이다 : 색이 어떻든 간에 개는 개라는 말로, 그 본질은 어쩔 수 없다는 뜻. *센둥이–털빛이 흰 강아지.

센 말 볼기짝 같다 : ⇒ 씻은 배추 줄기 같다.

셈 센 아버지가 참는다 : 사물을 분별하는 슬기가 더 많은 아버지가 어리석은 자식의 말에 참는다는 뜻으로, 사리를 모르고 떠드는 사람에게 점잖은 이가 도리어 참는다는 말.

셋이 먹다가 둘이 죽어도 모른다 : ⇒ 둘이 먹다가 하나가 죽어도 모르겠다.

션찮은 국에 입가 덴다 : 평소 시쁘게 보던 사람으로부터 뜻밖의 봉변을 당했을 때 이르는 말.

소〔牛〕가 건너간 물이다 : 쇠고기 국에 고기는 한 점도 없고 멀건 국물만 그득함을 이르는 말.

소가 굽으로 흙을 뿌리면 비가 온다 : 소가 굽으로 흙을 파서 사람에게 뿌리는 것은 날구지를 하는 짓이라는 말.

소가 길마 무서워 드러누울까 : 소가 길마질 하는 것을 당연히 여겨 무서워하지 않듯이, 사람도 늘 하는 일은 무서워하지 않는다는 말.

소 가는데 말도 간다 : ⇒ 말 갈 데 소 간다.

소가 뒷걸음질하다 쥐 잡는다 : ⇒ 황소 뒷걸음치다가 쥐 잡는다.

소가 말은 못해도 열두 가지 덕은 있다 : ⇒ 소가 말이 없어도 열두 가지 덕이 있다.

소가 말이 없어도 열두 가지 덕이 있다㈜ : ① 말이 없어 입이 무거운 사람이 덕이 있다는 말. ② 덕(德) 있는 사람은 말이 없이 행동이 앞선다는 말.

소가 미치면 말도 미친다㈜ : ⇒ 말이 미치면 소도 미친다㈜.

소가 발굽으로 제 머리에 흙칠이나 똥칠을 하면 비가 온다 : 소가 제 발굽으로 흙이나 똥을 제 머리에 칠하면 비 올 징조라는 말.

소가 밟아도 꿈쩍없다 : ① 어떤 물건이 매우 튼튼함을 이르는 말. ② 매우 건실하고 믿음성 있는 사람을 이르는 말.

소가 밤에 울면 주인이 죽는다 : 소가 밤에 우는 것은 주인이 죽을 흉조라는 말.

소가 산에서 낮은 곳으로 내려오면 뇌우가 온다 : 소도 기압 변화에 예민하기 때문에 뇌우가 올 징조가 있으면 높은 산에서 낮은 지대로 내려온다는 말.

소가 새끼 낳은 지 사흘 안에는 외양간에 타인은 못 들어가게 한다 : 어미소와 송아지가 놀랄 수도 있고 부정을 탈 수도 있으므로 외부인의 출입을 금지해야 함을 이르는 말.

소가 새끼 낳은 지 이레 안에 간장을 남에게 주면 어미젖이 마른다 : 가축이 새끼를 낳은 지 1주일 이내에는 간장을 남에게 주면 어미젖이 마르므로 주지 말라는 말. 말이 새끼 낳은 지 이레 안에 간장을 남에게 주면 어미젖이 마른다.

소가 새끼를 낳으면 바로 그 태반을 썰어서 어미에게 먹인다 : 어미 소에게 태반을 먹여야 살이 찌고 젖이 많이 남을 이르는 말.

소가 새끼를 낳으면 바로 송아지 덧굽을 떼어 천에 싸서 어미소 왼 뿔에 걸어준다 : 갓 태어난 송아지 굽에 붙은 것을 떼어 어미소 왼 뿔에 걸어주면 송아지가 어미를 안 떨어진다는 데서 유래된 말.

소가 새끼를 낳으면 왼새끼를 외양간에 쳐서 부정을 막는다 : 소도 새끼를 낳으면 외양간에 금줄을 쳐서 부정을 막아 주어야 송아지가 잘 큰다는 말.

소가 새끼를 낳은 지 한 달 이내에는 송장을 본 이나 상주는 외양간 출입을 금지시킨다 : 소가 새끼를 낳은 지 1개월 이내에는 송장을 본 사람이나 상주는 외양간에 가지 말라는 말. 소 새끼 낳은 지 이레 안에는 송장 본 사람은 외양간에 가지 않는다.

소가 세도 왕 노릇 못한다㈜ : ⇒ 소가 크면(세면) 왕 노릇 하나.

소가 소를 먹고 살이 살을 먹는다㈜ : ⇒ 살이 살을 먹고 쇠가 쇠를 먹는다.

소가 웃다가 꾸러미 째지겠다 : 지나치게 웃음을 비유하여 이르는 말.

소가 웃을 일이다 : 소가 웃을 정도로 사람답지 못한 행동을 함을 이르는 말.

소(沼)가 좋아야 고기도 많이 모인다 : 고기도 살기 좋은 곳에 많이 모이듯이, 사람도 살기 좋은 곳으로 모이게 된다는 말. 소가 좋으면 고기가 모여들고, 집이 좋으면 사람이 모여든다.

소가 좋으면 고기가 모여들고, 집이 좋으면 사람이 모여든다 : ⇒ 소가 좋아야 고기도 많이 모인다.

소(牛)가 짖겠다 : 너무나 어처구니없는 일이나 경우를 이르는 말.

소가 크다고 왕 노릇 할까 : ⇒ 소가 크면(세면) 왕 노릇 하나.

소가 크면(세면) 왕 노릇 하나 : 소가 아무리 크고 힘이 세다 할지라도 왕 노릇 할 수 없다는 뜻으로, 힘만 가지고는 결코 지도자가 될 수 없으니 반드시 훌륭한 품성과 지략(智略)을 갖추어야 됨을 비유하여 이르는 말. 기운이 세면 소가 왕 노릇 할까. 기운이 세면 장수 노릇 하나. 소가 세도 왕 노릇 못한다㊔. 소가 크다고 왕 노릇 할까. 힘 많은 소가 왕 노릇 하나. 힘센 소가 왕 노릇 할까.

소가 푸줏간 들어가듯 한다 : 소가 푸주에 끌려가듯이 몹시 겁을 낸다는 뜻. 또는, 몹시 낙망한 사람을 비유하여 이르는 말.

소 갈 데 말 갈 데 가리지 않는다 : 어떤 목적을 위하여서는 그 어떤 궂은 데나 험한 데라도 가리지 않고 돌아다님을 비유하여 이르는 말.

소 갓 한 놈 같다 : 얼굴이 붉어진 것을 이르는 말.

소같이 일해서 벌고 쥐같이 먹어라 : 일은 열심히 하여서 돈을 많이 벌고 생활은 아껴서 검소(儉素)하게 하라는 말. 소같이 일하고 쥐같이 먹으랬다.

소같이 일하고 쥐같이 먹으랬다 : ⇒ 소같이 벌어서 일하고 쥐같이 먹어라.

소경 갓난아이 더듬듯 : ⇒ 소경이 아이 낳아 만지듯.

소경 개천 그르다 하여 무얼 해 : ⇒ 소경 개천 나무란다.

소경 개천 나무란다〔川何辜爲盲故〕 : 개천에 빠진 소경이 제 결함은 생각지 아니하고 개천만 나무란다는 뜻으로, 애꿎은 사람이나 조건만 탓하는 경우를 비유하여 이르는 말. 개천아 네 그르냐, 눈먼 봉사 내 그르냐. 눈먼 탓이나 하지 개천 나무래 무엇하나. 봉사 개천 나무란다. 소경 개천 그르다 하여 무얼 해. 소경 개천 나무랄 것 있나, 제 눈 탓이나 하지㊔. 소경이 그르냐 개천이 그르냐. 장님 개천 나무란다.

소경 개천 나무랄 것 있나, 제 눈 탓이나 하지㊔ : ⇒ 소경 개천 나무란다.

소경 경 읽듯㊔ : ⇒ 소경 팔양경 외듯.

소경 관등 가듯 : ⇒ 봉사 단청 구경.

소경 기름값 내기 : ⇒ 봉사 기름 값 물어주기.

소경 눈 감으나 마나 : 행한 일에 전혀 성과가 없음을 비유하여 이르는 말.

소경 눈치 보아 뭘 하나, 점 잘 치면 됐지 : 점쟁이 소경이야 점이나 잘 치면 됐지 보지도 못하는 눈으로 눈치는 봐서 뭘 하겠느냐는 뜻으로, 사람은 제 할 일을 잘해서 실속을 차려야지, 남의 눈치나 보아 가며 형세에 따라 살아서는 안 된다는 말.

소경 단청 구경〔盲者丹靑〕 : ⇒ 봉사 단청 구경.

소경더러 눈멀었다 하면 노여워한다 : 아무리 큰 결점이 있어도 그것을 지적하면 싫어함을 비유하여 이르는 말.

소경 맴돌이 시켜 놓은 것 같다 : 한꺼번에 너무 많은 일을 겪어 어리둥절한 모양을 비유하여 이르는 말.

소경 머루 먹듯 : 좋고 나쁜 것을 분별하지 못하고 이것저것 아무것이나 취하는 모양을 비유하여 이르는 말. 들녘 소경 머루 먹듯.

소경 문(門) 걸쇠㊔ : ⇒ 봉사 문고리 잡기.

소경 문고리 잡듯(잡은 격)〔盲人直門〕 : ⇒ 봉사 문고리 잡기.

소경 북자루 쥐듯 : 제대로 하지도 못하면서 어떤 일이나 물건 따위를 무턱대고 꼭 쥐고 놓지 아니하는 모양을 비유하여 이르는 말.

소경 시집 다녀오듯 : 내용도 잘 모른 채 그저 다녀오라니까 무턱대고 다녀오기만 하여 심부름을 제대로 하지 못하는 모양을 비유하여 이르는 말. 소경이 장 구경 다니듯㊔.

소경에게 횃불 주기㊔ : 소경에게 주어 봤자 아무 소용도 없는 횃불을 주는 것과 같다는 뜻으로, 좋은 수단이기는 하나 그것을 쓸 줄 모르는 사람에게 주어 준 보람이 없게 되는 경우를 비유하여 이르는 말.

소경은 애꾸눈을 부러워한다 : 사람마다 자신의 처지에 따라 부러워하는 것이 다름을 이르는 말.

소경의 속구구(구구) 북 **:** 소경이 앞으로 잘 살아 보겠다고 타산에 골몰하여 정신없이 걸어가다가 물웅덩이에 빠져 버렸다는 옛말에서 나온 말로, 현실성 없는 이해타산에만 골몰하다가 그 타산이 허무하게 깨진 경우를 비유하여 이르는 말.

소경의 안질 : 있으나 마나 아무 상관이 없는 것을 비유하여 이르는 말.

소경의 월수(月收)를 내어서라도 : ⇒ 똥 묻은 속옷을 팔아서라도.

소경의 초하룻날 : 초하룻날에는 많은 사람들이 점쟁이 소경에게 점을 보려고 모여들어 벌이가 좋다는 데서 유래된 말로, 운수가 좋아 수입이 많은 경우를 비유하여 이르는 말.

소경이 그르냐 개천이 그르냐 : ⇒ 소경 개천 나무란다.

소경이 넘어지면 막대(지팡이) 탓이다 : 제가 저지른 실수나 잘못의 원인을 자기한테서 찾지 아니하고 애꿎은 사람이나 조건만 탓하는 경우를 비유하여 이르는 말. 넘어지면 막대 타령이라. 넘어진 놈이 지팡이 탓만 한다.

소경이 매질하듯 : ① 앞을 보지 못하는 사람처럼 아무 데나 마구 치는 모양을 비유하여 이르는 말. ② 옳고 그름을 판단할 줄도 모르는 사람이 젠체하고 남을 비판하는 경우를 비유하여 이르는 말. ③ 일의 결과, 목표, 대상 따위를 따져 보지도 않고 일을 함부로 처리하거나 덤비는 모양을 비꼬아 이르는 말. 소경 팔매질 하듯.

소경이 문 바로 든다 북 **:** ⇒ 봉사 문고리 잡기.

소경이 셋이 모이면 못 보는 편지를 뜯어 본다 : 개개인으로 보면 어떤 일을 할 능력이 없지만 여럿이 모이면 그 일을 할 능력이 된다는 뜻으로, 여러 사람이 지혜를 합쳐 나가면 어떤 어렵고 힘든 일이라도 해낼 수 있다는 말. 장님이 셋이면 편지를 본다.

소경이 소경을 인도하면 둘 다 개천에 빠진다 : 자신도 모르는 사람이 남을 가르치면 모두 실수할 수 있음을 이르는 말.

소경이 아이 낳아 만지듯 : 무엇을 재대로 다루지 못하고서 어름어름 더듬기만 하는 모양을 비유하여 이르는 말. 소경 갓난아이 더듬듯. 여복이 아이 낳아 더듬듯.

소경이 장 구경 다니듯 북 **:** ⇒ 소경 시집 다녀오듯.

소경이 장 먹듯 : ① 일을 되어 가는 형편에 맡긴다는 말. ② 무슨 일을 그저 짐작으로 함을 이름. 소경 장 떠먹기.

소경이 저 죽을 날 모른다 : 남의 앞날을 열려주는 점쟁이 소경도 자기 죽을 날은 알지 못한다는 뜻으로, 남의 일에 대하여는 무엇이나 다 잘 아는 체하면서 자기 앞날의 일은 알지 못함을 비유하여 이르는 말. 소경이 제 점 못 친다 북.

소경이 제 점 못 친다 북 **:** ⇒ 소경이 저 죽을 날 모른다.

소경이 지팡막대 부리듯 북 **:** 사람을 자기 마음대로 마구 부리는 모양을 비유하여 이르는 말.

소경이 지팽이에 의지하듯 북 **:** 어떤 존재나 희망에 전적으로 의지하고 있음을 비유하여 이르는 말.

소경이 코끼리 만지고 말하듯〔盲人模象〕: 코끼리를 보지 못하는 소경이 큰 코끼리의 어느 한 부위를 만지고서 전체를 평하여 말한다는 뜻으로, 객관적 현실을 잘 모르면서 일면만 보고 해석하는 경우를 비유하여 이르는 말. 소경 코끼리 배 만진 격.

소경 잠자나 마나 : 일을 하나 하지 않으나 별로 차이가 없다는 말. 곱사등이 짐 지나 마나. 귀머거리 귀 있으나 마나. 귀머거리 들으나 마나. 봉사 안경 쓰나 마나. 뻗정다리 서나 마나. 앉은뱅이 앉으나 마나. 장님 잠자나 마나.

소경 장 떠먹기 : ⇒ 소경이 장 먹듯.

소경 제 닭 잡아먹기 : 소경이 횡재라고 좋아한 것이 알고 보니 제 것이었다는 뜻으로, 이익을 보는 줄 알고 한 일이 결국은 자기 자신에게 손해가 되거나 아무런 이익이 없는 경우를 비유하여 이르는 말. 소경 제 호박 따기. 장님 제 닭 잡아먹듯.

소경 제 호박 따기 : ⇒ 소경 제 닭 잡아먹기.

소경 죽이고 살인 빚을 갚는다〔殺盲償殺債〕 : 변변하지 못한 것을 상하게 한 대가로 변변한 것을 물어 주는 경우를 비유하여 이르는 말. 소경 죽이고 살인 춘다.

소경 죽이고 살인 춘다 : ⇒ 소경 죽이고 살인 빚을 갚는다.

소경 집 보다 : 할 수 없는 일을 하는 경우를 비유하여 이르는 말.

소경 코끼리 배 만진 격 : ⇒ 소경이 코끼리 만지고 말하듯.

소경 파밭 두드리듯(매듯) : ① 일을 어림짐작도 없이 함부로 하여 일을 도리어 어지럽게 만들어 놓는 경우를 비유하여 이르는 말. ② 분수없이 함부로 행동하는 경우를 비유하여 이르는 말.

소경 팔매질 하듯 : 일을 목표도 모르고, 그것이 어떤 결과를 가져올지도 생각하지 아니하고 마구 함을 이르는 말. ⇒ 소경이 매질하듯.

소경 팔양경 외듯 : 무슨 뜻인지도 모르고 혼자서 홍얼홍얼 외우는 모양을 이르는 말. 소경 경 읽듯[북]. 아동판수 육갑 외듯①. 중이 팔양경 읽듯.

소경 하늘 쳐다 보기 : 아무런 소용이 없는 짓을 함을 이르는 말.

소경 활 쏘기 : 격에 맞지 않는 일을 함을 이르는 말.

소고기는 시어머니와 며느리 싸움 붙이는 고기다[북] : 시어머니가 쇠고기를 삶으라고 내주었다가 삶아 놓은 것을 보고서는 며느리가 떼어 먹었다고 의심하여 싸움이 된다는 뜻으로, 쇠고기는 삶으면 그 부피가 본래보다 훨씬 줄어듦을 비유하여 이르는 말.

소 굿 소리 듣듯[북] : ① 소는 굿하는 소리를 들어도 그것이 무엇인지 전혀 알아듣지 못한다는 데서 늘 보고 듣는 것에 대하여 무관심하고 모름을 비유하여 이르는 말. ② 남이 애써 하는 말을 무심하게 듣고만 있는 경우를 비유하여 이르는 말.

소 궁둥이에 꼴 던지기다 : ⇒ 소 궁둥이에 꼴을 던진다.

소 궁둥이에 꼴을 던진다 : ① 아무리 힘쓰고 밑천을 들여도 보람이 없음을 비유하여 이르는 말. ② 몹시 둔하여 깨닫지 못할 사람에게는 아무리 교육을 시켜도 효능이 없음을 비유하여 이르는 말. 소 궁둥이에 꼴 던지기다.

소귀신보다 질기다[북] : 소가 고집이 세고 힘줄이 질기다는 데서 유래된 말로, 몹시 고집이 세고 질긴 사람의 성격을 비유적으로 이르는 말.

소금도 곰팡 난다 : 무슨 일이든 절대로 탈이 생기지 않는다고 단언할 수는 없다는 말. 소금도 쉴 때가 있다[북].

소금도 맛보고 사랬다 : 물건을 살 때는 반드시 잘 살펴야 한다는 말.

소금도 쉴 때가 있다[북] : ⇒ 소금도 곰팡 난다.

소금도 없이 간 내먹다 : ① 준비나 밑천도

없이 큰 이득을 보려 한다는 말. ② 매우 인색함을 비꼬아 이르는 말.

소금 먹던 게장을 먹으면 조갈병에 죽는다 : 장이 맛이 좋아 너무 먹다가 조갈병이 든다는 뜻으로, 없이 살던 자가 좀 돈이 생기면 사치에 빠지기 쉽다는 말.

소금 먹은 고양이 상 : 불쾌하여 얼굴을 찡그린 모습을 비유하여 이르는 말.

소금 먹은 놈이 물켠다 : 무슨 일이든 결과에는 반드시 그렇게 된 까닭이 있음을 비유하여 이르는 말. 먹는 놈이 똥을 눈다. 먹는 소가 똥을 누지. 소금 먹은 소가 물을 켜지. 소금 먹은 쥐 물로 간다[북].

소금 먹은 소가 물을 켜지 : ⇒ 소금 먹은 놈이 물켠다.

소금 먹은 소 굴우물 들여다보듯 : 목은 마르지만 우물이 깊어서 마실 수 없으므로 우물 속만 뚫어지게 들여다본다는 뜻으로, 무슨 일을 골똘하게 생각함을 이르는 말. 목마른 송아지 우물 들여다보듯.

소금 먹은 쥐 물로 간다[북] : ⇒ 소금 먹은 놈이 물켠다.

소금 먹은 푸성귀 : 기가 죽어 후줄근한 사람을 비유하여 이르는 말.

소금 섬을 물로 끌라고 해도 끈다 : 소금 섬을 물로 끌면 소금이 녹아 없어져서 애쓴 보람도 없이 일을 망치고 마는데도 아무 생각 없이 남이 시키니까 한다는 뜻으로, 무슨 일이든 시키는 대로 맹목적으로 하는 경우를 비유하여 이르는 말. 소금 섬 지고 물로 가겠다[북]. 여울로 소금 섬을 끌래도 끌지.

소금 섬을 물로 끓이라면 끓여라 : 무슨 일이든 시키는 대로 순종하라는 말.

소금 섬 지고 물로 가겠다[북] : ⇒ 소금 섬을 물로 끌라고 해도 끈다.

소금 실은 배만 하다 : 소금 실은 배가 조금은 짠 것같이, 촌수를 따질 때 남은 아니고 아주 먼 인척 관계가 됨을 이르는 말.

소금에 아니 전 놈이 장에 절까 : 큰일도 이겨낸 사람이 작은 일에 넘어갈 리 없다는 말. 또는 깊은 계책에 빠지지 않은 사람이 작은 꾀에 넘어갈 리가 없다는 말.

소금으로 장을 담근다 해도 곧이듣지 않는다 : ⇒ 콩으로 메주를 쑨다 하여도 곧이듣지 않는다.

소금을 팔러 나섰더니 비가 온다[북] : ⇒ 소금 타러(팔러) 가면 비가 오고, 가루 팔러 가면 바람 분다[북].

소금이 쉰다 : 틀림없다고 믿었던 일이 뜻밖에 어긋났을 경우를 비유하여 이르는 말.

소금이 쉴까 : 어떤 일에도 절대로 굽히거나 변하지 아니하고 틀림없이 미더움을 강조하여 이르는 말.

소금이 쉴 때까지 해 보자 : 시간이 오래 걸리더라도 어떤 일에 대하여 반드시 끝장을 내겠다는 말.

소금장수 쌈지가 누지면 비가 온다 : 소금장수의 쌈지는 소금기가 있기 때문에 저기압이 되면 누지게 되므로, 비가 올 것을 짐작할 수 있다는 말.

소금 타러(팔러) 가면 비가 오고, 가루 팔러 가면 바람 분다[북] : 매사에 장애가 생겨서 일이 맞아떨어지지 아니하고 잘 안 되는 경우를 비유하여 이르는 말. 소금을 팔러 나섰더니 비가 온다[북].

소꿈을 꾸면 길하다 : 소는 믿음직한 동물이기 때문에 꿈에 보면 길하다는 말. 소 꿈을 꾸면 재수가 좋다.

소꿈을 꾸면 재수가 좋다 : ⇒ 소꿈을 꾸면 길하다.

소나기가 지나가면 시원하다 : 무더운 여름 소나기가 지나간 뒤에는 비가 땅을 식혀서 시원해진다는 말.

소나기는 삼 형제다 : ⇒ 소나기 삼 형제.

소나기는 오고, 설사는 마렵고, 허리끈은 졸라매었고, 꼴짐은 넘어가고, 작대기는 없고, 소는 콩밭으로 들어가고, 주인은 야단을 친다 : 한꺼번에 급한 일이 너무 많이 생겨서 무엇부터 해야 할지 분간을 못 하고 당황하고만 있음을 이르는 말.

소나기는 잠깐 오지만 가랑비는 오래 온다 : ① 소나기는 잠시 왔다가 그치게 되지만 조금씩 오는 비는 오래 오게 된다는 말. ② 무슨 일이든 성급히 서두르는 사람은 중간에 중단하게 되지만, 꾸준히 하는 사람은 성공하게 된다는 말.

소나기는 하루 종일 오지 않는다〔驟雨不終日〕: ① 갑자기 세차게 몰아쳐 쏟아지는 비는 오래 오지 않고 이내 그친다는 말. ② 성급하게 서두르는 사람은 성공하기가 어렵다는 말. ③ 권세도 오래가지 않는다는 말. 종일 오는 소나기는 없다. 하루 종일 오는 소나기는 없다.

소나기 삼 형제 : 봄·여름에 오는 소나기는 반드시 내렸다 멎었다 하면서 세 차례 정도 쏟아지는 것이 보통이라는 말. 봄 소나기 삼형제㊍.

소나기 종일 오나㊍ : 한동안 내리쏟다가 멎는 것이 특징인 소나기가 종일 올 리는 없다는 뜻으로, 지금 한창 성한 것 같은 어떤 현상이 얼마 못 가서 곧 사그라지거나 멎어 버리게 됨을 비유하여 이르는 말.

소나무가 무성하면 잣나무도 기뻐한다 : 자기 동료나 친구, 또는 자기편 사람이 잘 되면 좋아한다는 말.

소나무 새순이 길게 자라면 풍년 든다 : 봄비가 많이 오면 소나무가 잘 자란다는 뜻으로, 소나무 새순이 자라는 정도를 보고 은근히 풍년을 기대함을 이르는 말.

소년고생은 사서 하랬다 : 젊었을 때 겪은 고생은 장래를 위하여 크게 도움이 된다는 말.

소(牛)는 검정소를 기르랬다 : 검정소는 성미가 순하여 기르기가 쉬울 뿐 아니라 고기 맛이 유별나게 좋다는 데서 유래된 말.

소는 길러 산으로 보내고 사람은 길러 도회지로 보내라㊍ : 사람은 많은 사람들과 어울려서 지내야 보고 듣는 것이 많고 좋은 경험도 많이 쌓을 수 있다는 말.

소는 내 눈으로 보았어도 양은 아직 못 보았다는 격㊍ : 눈앞에 부닥친 일만 눈가림으로 처리하여 버림을 비유하여 이르는 말.

소는 농가 밑천이다 : 농가에서 소는 땅 다음 가는 큰 밑천이라는 말. 소는 농가에서 땅 다음 가는 재산이다.

소는 농가에서 땅 다음 가는 재산이다 : ⇒ 소는 농가 밑천이다.

소는 농가의 조상이다 : 농가에서는 소가 매우 중요하므로 조상같이 위한다는 말.

소는 눕는 것을 좋아하고 말은 서는 것을 좋아한다〔寢牛起馬〕: 소의 습성은 누워 있는 것을 좋아하고, 반대로 말은 서 있는 것을 좋아한다는 말.

소는 닭을 보지 못한다 : 소는 닭이 이렇든 저렇든 아랑곳하지 않는다는 말.

소는 몰고, 말은 끈다㊍ : ⇒ 소는 몰아야 가고, 말은 끌어야 간다.

소는 몰아야 가고, 말은 끌어야 간다㊍ : 소는 뒤에서 몰면서 가야 잘 가고 말은 앞에서 끌어야 잘 간다는 뜻으로, 모든 일은 이치에 맞게 하여야 함을 비유하여 이르는 말. 소는 몰고, 말은 끈다.

소는 믿고 살아도, 종은 믿고 못 산다 : 소는 미련하여도 믿음성이 있고 종은 주인에게 아첨하기 때문에 믿음성이 없다는 뜻. 즉, 동물은 거짓이 없어 믿을 수 있지만, 사람은 거짓이 있어 믿을 수 없다는 말. 소는 믿어도 사람은 못 믿는다. 소 믿고는 살아도 종 믿고는 못 산다.

소는 믿어도 사람은 못 믿는다 : ⇒ 소는 믿고 살아도, 종은 믿고 못 산다.

소는 바깥주인을 따르고, 개는 안주인을 따른다 : 소 먹이는 바깥주인이 주기 때문에 소는 바깥주인을 따르게 마련이고, 개밥은 안주인이 주기 때문에 개는 안주인을 따르게 된다는 말. 개는 안주인을 따르고, 소는 바깥주인을 따른다.

소는 소 힘만큼, 새는 새 힘만큼북 **:** ⇒ 소 힘도 힘이요, 새 힘도 힘이다.

소는 입이 넓죽해야 살이 찐다 : 입이 넓죽하게 생긴 소가 먹성이 좋아서 살도 찌고 부리기도 좋다는 말.

소 닭 보듯 (닭 소 보듯) : 소와 닭은 아무런 관계가 없기 때문에 무관심하게 대하듯이, 서로 이해관계가 없으면 무관심하다는 말. 개 닭 보듯.

소 대가리에 말 궁둥이 갖다 붙인다북 **:** ⇒ 소 대가리에 말 꼬리를 달아 놓은 격북.

소 대가리에 말 꼬리를 달아 놓은 격북 **:** ① 차림새가 어울리지 아니하여 보기에 망측함을 비유적으로 이르는 말. ② 실정과는 전혀 맞지 아니하게 일의 차례나 체계를 뒤바꾸어 하는 경우를 비유하여 이르는 말. 소 대가리에 말 궁둥이 갖다 붙인다북.

소대성이 모양으로 잠만 자나 : 잠이 많은 사람을 놀림조로 이르는 말. 소대성이 이마빡 쳤나. 소대성이 점지를 했나북.

소대성이 이마빡 쳤나 : ⇒ 소대성이 모양으로 잠만 자나.

소대성이 점지를 했나북 **:** ⇒ 소대성이 모양으로 잠만 자나.

소·대한(小大寒)에 객사한 사람은 제사도 지내지 말랬다 : 소대한이 추운 줄 뻔히 알면서 집을 나가 객지에서 죽은 사람은 죽음을 자초한 것이므로 제사도 지내 주지 말아야 한다는 말.

소·대한에 얼어 죽지 않은 놈이 우수 경칩에 얼어 죽을까 : 연중 가장 추운 때도 얼어 죽지 않은 사람이 해동 때 얼어 죽을 리가 없음을 이르는 말.

소·대한에 집 나간 사람은 기다리지도 말랬다 : 옛날 헐벗고 굶주린 사람이 소한이나 대한 무렵에 집을 나가면 다 얼어 죽었을 정도로 소·대한에는 몹시 추웠음을 비유하여 이르는 말.

소·대한 지나면 얼어 죽을 잡놈 없다 : ① 소대한이 지나면 큰 추위는 다 지나갔다는 말. ② 결정적인 어려운 고비를 잘 넘기면 큰 어려움이 없다는 말.

소댕으로 자라 잡듯 : 그저 모양만 비슷한 전혀 다른 물건을 가지고 와서 딴소리를 하는 경우를 비유하여 이르는 말.

소(牛)더러 한 말은 안 나도 처(妻)더러 한 말은 난다 : 제아무리 다정한 사이라도 말을 조심하여서 가려 하라는 말. 소 앞에서 한 말은 안 나도, 어미(아버지) 귀에 한 말은 난다. 소에게 한 말은 안 나도 아내에게 한 말은 난다. 아내에게 한 말은 나도 소에게 한 말은 나지 않는다. 어미한테 한 말은 나고 소한테 한 말은 안 난다.

소도 대우(大牛)라면 좋아한다 : 소도 큰 소라고 부르면 좋아하듯이 사람도 존대해 주면 좋아함을 이르는 말.

소도 언덕이 있어야 비빈다 : 언덕이 있어야 소도 가려운 곳을 비빌 수 있다는 뜻으로, 누구나 의지할 곳이 있어야 무슨 일이든 시작하거나 이룰 수가 있음을 비유하여 이르는 말. 도깨비도 수풀이 있어야 모인다.

소도적놈같이 생겼다 : 생김새가 몹시 흉악하고 우악스럽게 생겼다는 말.

소도적놈 소 몰듯북 **:** ⇒ 도둑놈 소 몰듯.

소 뒷걸음질 치다 쥐잡기 : ⇒ 황소 뒷걸음치다가 쥐 잡는다.

소 등에 못 실은 짐 벼룩 등에 실을가㉾ : 엄청나게 큰 소 등에도 다 싣지 못한 짐을 조그만 벼룩의 등에 실을 수 있겠느냐는 뜻으로, 도저히 가능성이 없는 짓을 하려는 경우를 비꼬아 이르는 말.

소똥도 약에 쓸 때가 있다 : ⇒ 개똥도 약에 쓴다.

소똥에 미끄러져 개똥에 코방아 찧는다 : ⇒ 쇠똥에 미끄러져 개똥에 코 박은 셈이다.

소 뜨물 켜듯 한다 : 물 같은 것을 한꺼번에 들이켜는 모양을 이르는 말.

소띠는 일이 되다 : 소는 일을 많이 하는 동물이므로 소띠인 사람도 일을 많이 하게 된다는 말.

소라가 똥 누러 가니 소라게 기어들었다 : 잠시 빈틈을 타서 남의 자리를 빼앗아 차지하는 짓을 비유하여 이르는 말.

소라껍질 까먹어도 한 바구니 안 까먹어도 한 바구니 : ⇒ 소라는 까먹어도 한 바구니 안 까먹어도 한 바구니다.

소라는 까먹어도 한 바구니 안 까먹어도 한 바구니다 : ① 소라는 까먹은 부피나 안 까먹은 부피나 똑같다는 말. ② 겉보기는 같아도 내용은 달라졌다는 말.

소리가 크고 가까이 들리면 비가 온다 : ⇒ 기적 소리가 가까이 들리면 비가 온다.

소리개 까치집 뺏듯이 : 갑자기 남의 것을 강제로 빼앗음을 이르는 말. 솔개 까치집 뺏듯.

소리개는 매 편㉾ : ⇒ 가재는 게 편.

소리개 도련님 적이다㉾ : 털이 부스스하여 볼품없는 솔개의 새끼와 같다는 뜻으로, 보기 싫게 부스스한 모양을 비유하여 이르는 말.

소리개한테 채인 병아리㉾ : 힘이 약해서 꼼짝없이 잡히게 된 가련한 처지를 비유하여 이르는 말.

소리 난 방귀가 냄새 없다㉾ : 소문만 요란하고 실속은 없음을 비유하여 이르는 말.

소리 없는 고양이 쥐 잡듯 : 고양이가 소리 없이 날쌔게 쥐를 잡듯 한다는 뜻으로, 말없이 솜씨 있게 일을 해냄을 비유하여 이르는 말.

소리 없는 방귀가 더 구리다 : 평소에 말이 없는 사람이 더 무섭다는 말.

소리 없는 벌레가 벽을 뚫는다 : 아무 소리도 안 내고 꾸무럭거리는 벌레가 놀랍게도 벽에 구멍을 뚫는다는 뜻으로, 말없이 일을 하는 사람이 오히려 큰일을 이룸을 비유하여 이르는 말.

소리 없는 총이 있으면 좋겠다 : 상대편을 몹시 시기하고 미워한다는 말.

소만(小滿) 바람에 설늙은이 얼어 죽는다 ㉾ : 소만 무렵에 부는 바람이 몹시 차고 쌀쌀하다는 말.

소만이 지나면 보리가 익어 간다 : 소만(양력 5월 21~22일)이 지나면 보리는 더 자라지 않고 여물기 시작한다는 말.

소만 전 오십기다 : 옛날 재래종 벼는 신품종보다 늦게 심었기 때문에 소만인 5월 21일경 이전에 심으면 오십기로서 수확이 많았다는 말. * 오십기—일모작을 말함.

소만 추위에 소 대가리 터진다㉾ : 소만 무렵의 쌀쌀한 추위가 만만치 아니함을 이르는 말.

소매가 길면 춤을 잘 추고 돈이 많으면 장사를 잘 한다〔長袖善舞 多錢善賈〕 : 뒤가 든든하여야 성공하기 쉽다는 말. 장수선무요다전선고라.

소매 긴 김에 춤춘다 : ⇒ 떡 본 김에 제사 지낸다.

소매 속에서 놀다 : 어떤 일이 남의 눈에 띄

지 않게 몰래 이루어짐을 이르는 말.

소머리에는 방울을 달아 주랬다 : 소머리에 방울을 달아 주면 도둑맞을 염려가 없다는 말.

소 먹는 줄이다 : ⇒ 쇠 먹는 줄이다③.

소 먹이기 힘든데 괭이질을 어찌할까 : 풀밭에 끌어다 놓아 주기만 하면 되는 소도 먹이기 힘들다고 하는데 그보다 훨씬 더 힘든 괭이질을 어떻게 할 수 있겠느냐는 뜻으로, 일을 할 줄 모르거나 하기 싫어하는 선비를 비꼬아 이르는 말.

소 먹이기가 힘들어도 괭이질하기보다는 낫다 : 소를 기르기가 수고스럽기는 하지만 괭이로 논밭을 파는 것보다 소로 가는 것이 낫다는 말.

소 먹이기는 힘들지만 괭이질이야 어찌할까 : 선비가 궁핍하면 노역(勞役)은 하겠지만 천집사(賤執事) 노릇은 못 하겠다는 말.

소 못 본 사람은 송아지도 크다고 한다 : ① 식견이 없는 사람은 사물을 정확하게 판단하지 못한다는 말. ② 크고 작은 것은 상대적이라는 말.

소문난 물산(物產)이 더 안되었다 : ⇒ 소문난 잔치에 먹을 것 없다.

소문난 잔치 비지떡이 두레 반이라 : ⇒ 소문난 잔치에 먹을 것 없다.

소문난 잔치에 먹을 것 없다 : 평판과 실제와는 일치하지 아니한다는 말. 소문난 물산이 더 안되었다. 소문난 잔치 비지떡이 두레 반이라. 이름난 잔치 배고프다.

소문난 호랑이 잔등이 부러진다 : 세상에 떠들썩하게 소문이 나면 오히려 좋지 아니한 일이 끼어들기 쉽다는 말.

소문은 잘된 일보다 못된 것이 더 빠르다 : 나쁜 소문일수록 더 빨리 퍼진다는 말.

소(牛) 믿고는 살아도, 종 믿고는 못 산다 : ⇒ 소는 믿고 살아도, 종은 믿고 못 산다.

소반 가운데 구는 구슬북 **:** 별로 빛을 내지 못하고 소반 가운데서 쓸모없이 굴러다니는 구슬이란 뜻으로, 출셋길이 막혀 불우한 처지에 있는 사람을 비유하여 이르는 말.

소(牛) 밭에 쥐 잡기 : ⇒ 황소 뒷걸음치다가 쥐 잡는다.

소 병 예방에는 외양간에 여호여룡(如虎如龍)이라고 부적을 써 붙인다 : 소나 말에게 병이 유행할 때는 외양간에 범과 같고 용과 같다(如虎如龍)는 부적을 써 붙이면 병이 무서워서 침범하지 못한다는 말. 말 병 예방에는 마구간에 여호여룡이라는 부적을 써 붙인다. 말 병 예방에는 호랑이 뼈를 목에 걸어 준다. 소 병 예방에는 호랑이 뼈를 목에 걸어 준다.

소 병 예방에는 호랑이 뼈를 목에 걸어 준다 : ⇒ 소 병 예방에는 외양간에 여호여룡이라고 부적을 써 붙인다.

소불알 떨어지면 구워 먹겠다고 소금 가지고 따라다닌다북 **:** 노력은 안 하고 산 소의 불알이 저절로 떨어지기를 마냥 기다리기만 한다는 뜻으로, 노력 없이 요행만 바라는 헛된 짓을 비유하여 이르는 말. 쇠불알 떨어지면 구워 먹기. 쇠불알 떨어질까 하고 제 장작 지고 다닌다. 쇠불알 떨어질 때를 기다린다.

소뼈를 집 안에 매달아 놓으면 잡귀가 못 들어온다 : 집 안에 잔병이 떠나지 않고 어수선할 때는 소뼈를 매달아 잡귀를 쫓아내라는 말.

소뿔도 꼬부라든다북 **:** ⇒ 삼복더위에 소뿔도 꼬부라든다북.

소뿔도 손대였을 때 뽑아 버려라북 **:** ⇒ 쇠뿔도 단김에 빼랬다.

소뿔에 닭알 쌓는다북 **:** 뾰족한 쇠뿔 위에 둥글둥글한 달걀을 쌓으려 한다는 뜻으로, 도저히 할 수 없는 일을 해 보겠다고 어리석게 행동하는 것을 비꼬아 이르는 말. 소뿔 우에 닭알 쌓을 궁리를 한다㊈.

소뿔 우에 닭알 쌓을 궁리를 한다㊈ : ⇒ 소뿔에 닭알 쌓는다㊈.

소 새끼 낳는 데 상제가 보면 부정 탄다 : 경사스러운 일에 상제가 참견하면 부정 탄다는 말.

소 새끼 낳은 지 이레 안에는 송장 본 사람은 외양간에 가지 않는다 : ⇒ 소가 새끼를 낳은 지 한 달 이내에는 송장을 본 이나 상주는 외양간 출입을 금지시킨다.

소서(小暑)가 넘으면 새 각시도 모심는다 : 7월 7일경인 소서가 넘으면 모심기가 늦어져 바깥출입을 삼가는 새 각시까지도 동원된다는 말.

소서께 들판이 얼룩소가 되면 풍년이 든다 : 소서(小暑) 때는 앞서 심은 모는 아주 짙은 녹색이고 늦게 심은 모는 연두색이라 마치 들판이 얼룩소처럼 되는데, 이는 농사가 순조롭게 진행되어 풍년을 기약한다는 말.

소서 모는 지나가는 행인도 달려든다 : 소서 무렵에는 모심기가 너무 늦어져 지나가던 행인까지도 일손을 돕는다는 말.

소서 물보고 천봉지기에 모심는다 : 소서 무렵에는 장맛비로 천수답에 모를 심게 되는데, 이는 잡곡을 심는 것보다는 모를 심는 것이 낫기 때문이라는 말. * 천봉지기—수리의 혜택을 받지 못하고 빗물로 모를 심는 논.

소서 전 늦심기다 : 옛날 재래종 벼는 지금의 신품종보다 늦게 심었기 때문에 하지에서 소서 사이에 심는 모는 늦모심기라고 하였다는 말.

소싯적에 호랑이 안 잡아 본 놈 있나

소싯적에 호랑이 안 잡은 시어미 없다㊈ : ⇒ 젊어서 소 타 보지 않은 령감이 없다㊈.

소(牛) 앞에서 한 말은 안 나도 어미(아버지) 귀에 한 말은 난다 : ⇒ 소더러 한 말은 안 나도 처더러 한 말은 난다.

소약란(蘇若蘭)의 재주라도 하는 수 없다 : 유명한 사람의 재주로도 어쩔 수 없다는 뜻이니, 일이 대단히 복잡하여 처리할 수 없음을 이르는 말.

소에게 거문고 소리 들리기다 : ⇒ 쇠귀에 경 읽기.

소에게 한 말은 안 나도 아내에게 한 말은 난다 : ① 여자는 비밀을 지키기 어렵다는 말. ② 비밀을 못 지키는 사람은 소만도 못하다는 말. ⇒ 소더러 한 말은 안 나도 처더러 한 말은 난다.

소에 붙은 진드기는 잡아도 서캐는 못 잡는다 : 보이는 도둑은 잡아도 숨은 도둑은 못 잡는다는 말.

소여(小輿) 대여(大輿)에 죽어 가는 것이 헌옷 입고 볕에 앉았는 것만 못하다 : 죽어서 대접받는 것보다 대접을 못 받아도 살아 있는 것이 낫다는 말.

소와 돼지를 한 우리에서 기르면 소는 마르고 돼지는 살찐다 : 소와 돼지를 한 우리에서 함께 기르면 소는 마르고 돼지는 살이 찌게 되므로 소와 돼지는 우리를 각각 해서 길러야 된다는 말. 돼지와 소를 한 우리에서 기르면 돼지는 살이 찌고 소는 마른다.

소와 염소가 산에서 낮은 곳으로 내려오면 뇌우가 있다 : 소나 염소 같은 동물은 기압 변화에 예민하기 때문에 저기압이 되면 산에서 낮은 곳으로 피한다는 말.

소와 염소를 함께 기르면 소가 살찌지 않는다 : 소와 염소를 함께 기르면 염소의 노린내로 인하여 소가 마르게 된다는 말. 염소와 소를 한 외양간에서 기르면 소가 마른다.

소의 귀는 편편해야 성미가 순하고, 돼지의 귀는 아래로 처져야 성미가 순하다 : 소의 귀는 편편해야 성미가 순하며, 돼지의 귀는 아래로 처진 것이 성미가 순하여 기르기가 편하다는 말. 돼지 귀는 아래로 처져야 성미가 순하고, 소의 귀는 편편해야 성미가 순하다.

소의 귀는 편편해야 성미가 순하다 : 귀가 좁게 깔린 소는 성미가 순하지 못하고, 귀가 편편한 소가 순해서 기르기가 좋다는 말.

소 잃고 외양간 고친다(亡牛補牢) : 평소에는 관심을 두지 않다가 일을 그르친 뒤에 손을 쓰거나 관심을 두어야 소용이 없다는 말. 도둑맞고 빈지 고친다. 도둑맞고 사립 고친다. 도적놈 보고 새끼 꼰다㉥. 말 잃고 마구간 (문) 고친다. 말 잃고 마구간 문 잠근다.

소 잡아 대접할 손님 있고, 닭 잡아 대접할 손님 있다 : 손님도 손님에 따라서 대접도 각각 달리 한다는 말.

소 잡아먹겠다 : 소를 잡으려면 칼이 잘 들어야 하는데 칼이 몹시 무딘 것으로 일을 할 때 조롱하여 이르는 말.

소 잡아먹고 동네 인심 잃는다 : ① 인색한 행동을 하면 남에게 인심을 잃게 된다는 말. ② 음식은 혼자서 먹게 되면 인심을 잃는다는 말.

소 잡아먹은 물귀신㉥ : ⇒ 소 죽은 귀신 같다.

소 잡아먹은 흔적은 없어도, 게 잡아먹은 흔적은 있다

소 잡아먹은 흔적은 없어도, 밤 발라먹은 흔적은 있다

소 잡아먹은 자리는(흔적은) 없어도, 밤 벗긴 자리는 있다 : ⇒ 소 잡은 터전은 없어도, 밤 벗긴 자리는 있다.

소 잡아먹을 궁리만 한다 : 큰 소를 남들 몰래 잡아먹으려고 속으로 꿍꿍이셈만 한다는 말.

소 잡아먹을 궁리하듯 한다㉥ : 혼자 속으로 허황한 생각을 함을 비유적으로 이르는 말.

소 잡아 잔치할 데 닭 잡아 잔치한다 : 돈은 잘 생각해서 쓰면 절약할 수 있는 길이 있음을 비유하여 이르는 말.

소 잡아 제사 지내려 말고, 살아서 닭 잡아 봉양하랬다 : 부모가 죽은 뒤에 잘 하려하지 말고 살아서 불효 노릇이나 하지 말라는 뜻.

소 잡은 데같이 후더분하다㉥ : 보기만 하여도 풍성하고 후더분한 모양을 비유적으로 이르는 말.

소 잡은 터전은 없어도, 밤 벗긴 자리는 있다 : ① 큰 짐승인 소를 잡은 자리는 흔적이 없어도 하찮은 밤을 벗겨 먹고 남은 밤송이와 껍질은 남는다는 뜻으로, 나쁜 일은 조그마한 것일지라도 잘 드러나게 마련임을 비유하여 이르는 말. 게 잡아먹은 흔적은 있어도, 소 잡아먹은 흔적은 없다. 소 잡아먹은 자리는(흔적은) 없어도, 밤 벗긴 자리는 있다. 소 잡아먹은 흔적은 없어도, 게 잡아먹은 흔적은 있다. 소 잡아먹은 흔적은 없어도, 밤 발라먹은 흔적은 있다. ② ㉥ 크게 벌여 놓은 일은 별로 드러나지 않는데 오히려 대단치 아니한 일이 잘 드러나 말썽을 일으키는 경우를 비유하여 이르는 말.

소장(蘇張)의 혀 : ⇒ 말 잘하기는 소진 장의 로군.

소전(小錢) 뒷글자 같다 : ⇒ 쇠천 뒷글자 같다. * 소전—중국 청나라 때에 쓰던 동전. 우리나라에서는 '쇠천'이라 하여 비공식적으로 사용하였다.

소젖은 붉어야 새끼를 잘 낳는다 : 생식기관이 발달된 소는 유방도 발달되어 있으므로 이런 소는 새끼를 잘 낳는다는 말.

소 주둥이는 넓죽해야 먹성이 좋다 : 소 주둥이가 넓죽하면 먹성이 좋아서 살이 찐다는 말.

소 죽은 귀신같다 : 소가 고집이 세고 힘줄이 질기다는 데서 유래된 말로, 몹시 고집이 세고 질긴 사람의 성격을 비유하여 이르는 말. 소 잡아먹은 물귀신㊊. 쇠 멱미레 같다.

소 죽은 넋이다 : 말도 없고 미련스러운 사람을 비유하는 말.

소증(素症) 나면 병아리만 쫓아도 낫단다 : ① 생각이 간절하면 그와 비슷한 것만 보아도 얼마간 마음이 풀린다는 말. ② 채식만 하던 자가 육식(肉食)에 맛 들였음을 비유한 말.

소진(蘇秦)의 혀 : ⇒ 말 잘하기는 소진과 장의로군.

소진이도 말 잘 못할 때가 있다 : 소진과 같이 말을 잘하는 사람도 말실수할 때가 있다는 뜻으로, 말실수를 하는 경우에 위로로 이르는 말.

소쩍새가 솥 적다 솥 적다 울어야 풍년이 든다 : 민간에서는 소쩍새의 울음소리로 그 해의 풍흉을 점치기도 한다는 말. 소쩍새가 울면 풍년이 든다.

소쩍새가 울면 풍년이 든다 : ⇒ 소쩍새가 솥 적다 솥 적다 울어야 풍년이 든다.

소청하는 도승지가 여름 북창 밑에서 자는 사람만 못하다 : 대궐에 출입하는 사람보다 신분은 미천하지만 내 집에서 편히 쉬는 것이 낫다는 말. 소청하는 도승지가 여름에 나무 그늘에서 잠자는 농군만 못하다.

소청하는 도승지가 여름에 나무 그늘에서 잠자는 농군만 못하다 : ⇒ 소청하는 도승지가 여름 북창 밑에서 자는 사람만 못하다.

소코를 제 코라고 우긴다㊊ : 뻔히 틀린 것을 알면서도 자기주장을 굽히지 아니하려고 억지로 우겨 대는 것을 비꼬아 이르는 말.

소 탄 양반 끄덕끄덕, 말 탄 양반 끄덕끄덕 : ⇒ 소 탄 양반의 송사 결정이라①.

소 탄 양반(兩班)의 송사(訟事) 결정이라 : ① '소 탄 양반 끄덕'이란 말이 있으니, 소 탄 양반에게 무엇을 물으면, 이래도 끄덕끄덕 저래도 끄덕끄덕하여 도무지 대중할 수가 없다는 말. 소 탄 양반 끄덕끄덕, 말 탄 양반 끄덕끄덕. ② ㊊ 판결이 틀림없이 명철함을 비유하여 이르는 말.

소 털 뽑아 제 구멍에 꼽는다 : 식견이나 도량이 좁은 사람을 비유하여 이르는 말.

소 팔아 닭 산다㊊ : ⇒ 소 팔아 쇠고기 사 먹는다.

소 팔아 쇠고기 사 먹는다 : 큰 것을 잃고 적은 이익을 본다는 말. 소 팔아 닭 산다㊊. 소 팔아 점심㊊.

소 팔아 점심㊊ : ⇒ 소 팔아 쇠고기 사 먹는다.

소하고 남자는 집어 주어야 먹는다 : 남자의 식생활은 여자에게 달렸다는 말.

소 한 마리 잃어버리면 송아지 한 마리 웃짐 지워 보낸다㊊ : 어미 소를 잃어버리면 그에 딸린 송아지까지 함께 달아나 버린다는 뜻으로, 어떤 손해를 보았는데 그와 연관된 또 다른 손해까지 겹치는 경우를 비유하여 이르는 말.

소한(小寒)에 얼어 죽은 사람은 있어도, 대한(大寒)에 얼어 죽은 사람은 없다 : 소한이 대한보다 더 춥다는 말. 또는 어떤 현상이나 상황에만 기대어 엄살을 부리는 사람들을 경계하는 말. 대한에 얼어 죽은 사람은 없어도 소한에 얼어 죽은 사람은 있다.

소한의 얼음 대한에 녹는다 : ① ⇒ 대한이 소한의 집에 가서 얼어 죽는다. ② 일이 반드시 순서대로 되지 아니할 때도 있음을 비유하여 이르는 말. *더 추워야 할 대한이 소한만큼 춥지 않다는 데서 나온 말.

소한이 대한의 집에 몸 녹이러 간다㊊ : ⇒ 대한이 소한의 집에 가서 얼어 죽는다.

소한 추위는 꾸어다 해도 한다 : 소한 때는 추위를 꾸어서라도 반드시 춥다는 말.

소한 추위는 있어도 대한 추위는 없다 : 소한 추위는 언제나 빼놓지 않고 하지만, 대한 추위는 할 때가 별로 없다는 말.

소한치고 안 추운 소한 없고 대한치고 안 따순 대한 없다 : ⇒ 대한치고 안 따뜻한 대한 없고 소한치고 안 추운 소한 없다.

소한테 물렸다 : 순하고 잘 따르는 짐승인 소한테 물렸다는 뜻으로, 엉뚱한 것에서 뜻밖의 손해를 본 경우를 이르는 말.

소 힘도 힘이요, 새 힘도 힘이다 : 큰 것과 작은 것은 쓰임새가 다를 뿐 본질적으로는 매일반이라는 말. 소는 소 힘만큼, 새는 새 힘만큼[북].

속 각각 말 각각 : 하는 말과 생각이 다르다는 뜻. 또는 누구나 속마음에 가지고 있는 것을 그대로 다 말하지는 않는다는 말.

속 검은 놈일수록 흰 체하다[북] **:** 심보가 못되고 검은 속마음을 품은 사람일수록 겉으로는 깨끗하고 착한 것처럼 꾸민다는 말.

속 검은 사람일수록 비단 두루마기를 입는다[북] **:** 잘못이나 죄를 저질러 뒤가 켕기는 사람일수록 그것을 감추기 위하여 갖은 술책을 다 꾸밈을 비유하여 이르는 말.

속것 벗고 함지방에 들었다 : ① 속곳 벗고 알몸이 된 채 몸뚱이 하나 가릴 수 없는 함지박 속에 뛰어들었다는 뜻으로, 옴짝달싹 못하고 낭패를 보게 됨을 비유하여 이르는 말. ② [북] 여러 사람 앞에서 톡톡히 망신을 당하게 됨을 비유하여 이르는 말.

속곳 벗고 은가락지 낀다 : ⇒ 적삼 벗고 은가락지 낀다.

속병에 고약[북] **:** 속에 병이 들었는데 고약을 바른다는 뜻으로, 마땅하지 아니한 처사를 비유하여 이르는 말. 속통이 곪아 나는데 겉살에다 고약 바르기[북].

속 빈 강정(-의 잉어 등 같다) : 겉만 그럴듯하고 실속이 없음을 비유하여 이르는 말. 사탕 붕어의 겅둥겅둥이라.

속 상한데 서방질이나 하자는 격 : ⇒ 홧김에 서방질(화냥질)한다.

속에 구렝이가 들어앉다[북] **:** ① 주로 어린이나 어리숙하게 보이는 사람이 겉보기와는 다르게 아는 것이 많거나 속궁리가 큼을 비유적으로 이르는 말. ② 사람이 음흉스러워서 순진하고 소탈한 맛이 없음을 비유적으로 이르는 말. 속에 대감이 몇 개 들어앉았다. 속에 령감이 들었다(들어앉다)[북].

속에 대감이 몇 개 들어앉았다 : ⇒ 속에 구렝이가 들어앉다.

속에 령감이 들었다(들어앉다)[북] **:** ⇒ 속에 구렝이가 들어앉다[북].

속에 뼈 있는 소리〔言中有骨〕 : ① 말의 내용에 심각한 뜻이 담겨 있는 경우를 비유하여 이르는 말. ② 하는 말에 악의가 들어 있는 경우를 비유하여 이르는 말.

속에서 쪼르륵 소리가 난다 : ① 배 속이 비었다 함이니, 가난하여 끼니를 못 먹는다는 말. ② 배가 몹시 고플 때 이르는 말.

속옷까지 벗어 주다 : ① 지나치게 선심을 씀을 비유하여 이르는 말. ② 상대편의 요구에 응하지 아니하면 안 될 구차한 형편에 놓여 있음을 비유하여 이르는 말.

속으로 기역자(-를) 긋는다 : 결정을 짓고 마음먹음을 비유하여 이르는 말.

속으로 호박씨만 깐다 : 어리석은 듯하지만 의뭉한 데가 있어 제 실속은 다 차림을 비유하여 이르는 말.

속이 먹통 : ① 아무것도 아는 것이 없음을 비유하여 이르는 말. ② 속이 음흉함을 비유하여 이르는 말.

속이 빈 깡통이 소리만 요란하다 : ⇒ 빈 수레가(달구지가) 요란하다.

속잎이 자라나면 겉잎이 젖혀진다[북] **:** ⇒ 새 잎이 돋아나면 묵은 잎이 떨어진다[북].

속저고리 벗고 은반지 : 격에 맞지 아니하게 겉치레만 하여 보기 흉하고 웃음거리가 됨을 비유하여 이르는 말.

속통이 곪아 나는데 겉살에다 고약 바르기[북] **:** ⇒ 속병에 고약[북].

속환이 되 동냥 안 준다 : 사정을 알아 협조해 줄 만한 사람이 오히려 그렇지 못하다는 말. * 속환이—'중속환'이의 준말로, 중 생활을 그만두고 다시 속인(俗人)이 된 사람을 이르는 말.

손가락도 길고 짧다 : ⇒ 같은 손가락에도 길고 짧은 것이 있다.

손가락에 불을 지르고 하늘에 오른다 : ⇒ 손가락에 장을 지지겠다.

손가락에 장을 지지겠다 : ① 상대편이 어떤 일을 하는 것에 대하여 도저히 할 수가 없을 것이라고 장담할 때 하는 말. ② 자기가 주장하는 것이 틀림없다고 장담하는 말. 손가락에 불을 지르고 하늘에 오른다. 손바닥에 장을 지지겠다. 손톱에 장을 지지겠다.

손가락으로 하늘 찌르기 : ⇒ 장대로 하늘 재기

손끝에 물도 안 튀긴다 : ⇒ 손끝으로 물만 튀긴다.

손끝으로 물만 튀긴다 : 아무 일도 안 하고 뻔뻔하게 놀고만 있는 것을 놀림조로 이르는 말. 손끝에 물도 안 튀긴다. 열 손가락으로 물을 튀긴다.

손끝에 물이 오르다 : 구차하던 살림이 부유해짐을 이르는 말.

손끝이 거름 : 사람의 손이 많이 간 논밭은 좋은 거름을 친 것만큼 효과가 있다는 뜻으로, 손발을 움직여서 부지런히 일하는 것이 농사에서 가장 중요함을 비유하여 이르는 말.

손님과 생선은 사흘이면 냄새가 난다 : ⇒ 생선과 나그네는 사흘이면 냄새가 난다.

손님은 갈수록 좋고 눈은 올수록 좋다 : 집에 머무는 손님은 빨리 갈수록 좋지만, 눈은 올수록 보리가 풍년이 들어 좋다는 말.

손도 안 대고 코 풀려고 한다 : 조금도 힘쓰지 않고 쉽게 이익을 얻으려 함을 비유하여 이르는 말.

손돌이(孫乭-) 죽은 날이다 : 바람이 세차고 몹시 추운 날을 이르는 말.
* 손돌이—음력 시월 스무날께의 심한 추위. 손석풍. 손돌풍.

손돌이 추윈가 : 바람이 몹시 찬 것을 두고 이르는 말.

손목을 잡고 말리다 : 어떤 일을 기어코 못하게 말림을 이르는 말.

손바닥에서 자갈 소리 난다[북] **:** 손바닥이 굳어져서 비빌 때 나는 소리가 자갈 만지는 것 같다는 뜻으로, 노동으로 손바닥이 굳어짐을 비유하여 이르는 말.

손바닥에 장을 지지겠다 : ⇒ 손가락에 장을 지지겠다.

손바닥에 털이 나겠다 : 손을 쓰지 아니하여 손바닥에 털이 날 지경이라는 뜻으로, 게을러서 일을 하지 아니함을 놀림조로 이르는 말.

손바닥으로 하늘 가리기 : 가린다고 가렸으나 가려지지 아니함을 이르는 말.

손바닥을 뒤집는 것처럼 쉽다 : ⇒ 쉽기가 손바닥 뒤집기다.

손발이 따로 놀다 : 함께 일을 하는데 마음이나 의견, 행동 방식 따위가 서로 맞지 않음을 이르는 말.

손샅으로 밑 가리기 : ⇒ 손으로 샅 막듯.

손(手) 안 대고 코 풀기 : 손조차 사용하지 않고 코를 푼다는 뜻으로, 일을 힘 안 들이고 아주 쉽게 해치움을 비유하여 이르는 말.

손에 붙은 밥(밥풀) 아니 먹을까 : 절로 굴러 들어와 이미 자기 몫으로 된 것을 안 가질 사람은 없다는 말.

손에 쥐인 듯 들여다보인다 : 아주 가깝고 선명하게 잘 보인다는 말.

손으로 살〔矢〕 막듯 한다 : 날아오는 화살을 손으로 막는다는 말이니, 되지도 않을 어리석은 짓을 함을 이르는 말.

손으로 샅 막듯 : 애써 제 흔적을 숨기려 하나 다 가리지 못해 드러나 보임을 이르는 말. 즉, 하나 마나 한 행동을 이르는 말. 손샅으로 밑 가리기.

손〔客〕은 갈수록 좋고, 농삿비는 올수록 좋다 : ⇒ 비는 올수록 좋고 손님은 갈수록 좋다.

손은 갈수록 좋고 비는 올수록 좋다 : ⇒ 비는 올수록 좋고 손님은 갈수록 좋다.

손〔手〕이 들이굽지 내굽나 : ⇒ 팔이 들이굽지(안으로 굽지) 내굽나(밖으로 굽나).

손이 많으면 일도 쉽다 : 무슨 일이든지 여럿이 힘을 모아서 하면 쉽게 잘된다는 말.

손이 발이 되도록(되게) 빌다 : 허물이나 잘못을 용서해달라고 간절히 빎을 비유하여 이르는 말.

손이 비단이다㈹ **:** ① 손은 모든 아름다운 것을 만들어 내는 가장 귀중한 것임을 비유하여 이르는 말. ② 좋은 물건을 만들어 내는 것은 원료나 자재보다도 그것을 만드는 사람의 손에 달려 있음을 비유하여 이르는 말. ③ 손이 몹시 곱고 아름다움을 비유하여 이르는 말.

손이 차가운 사람은 심장이 뜨겁다 : 감정이 풍부하고 열정을 지닌 사람이 겉으로는 냉정한 태도를 취함을 비유하여 이르는 말.

손자 귀여워하면 할아버지 수염 꺼든다 : 자식을 너무 귀여워하면 버릇이 없어진다는 말.

손자(孫子)를 귀애하면 코 묻은 밥을 먹는다 : 손자를 너무 예뻐하면 손자의 코가 묻은 밥을 먹게 된다는 뜻으로, 어리석은 이와 친하면 이익은 없고 손해만 입게 됨을 이르는 말.

손자를 귀여워하면 할아비 수염이 안 남는다 : 손자를 지나치게 귀여워하면 할아버지 수염을 다 잡아 뽑을 정도로 버릇이 없어짐을 이르거나, 또는 철없는 사람을 가까이하면 손해를 본다는 말.

손자 밥 떠먹고 천장 쳐다본다 : 면목 없는 짓을 해 놓고 자기의 행동을 은폐하려 시치미 뗌을 두고 이르는 말.

손자(-가) 오망(-을) 하겠다㈹ **:** ⇒ 손자 턱에 흰 수염 나겠다.

손자 잃은 영감 : 중요한 것을 잃고 멍하니 있는 사람을 비유하여 이르는 말.

손자 턱에 흰 수염 나겠다 : 오랜 시일을 기다리기가 지루함을 비유하여 이르는 말. 손자(-가) 오망(-을) 하겠다㈹. 손자 환갑 닥치겠다. 없는 손자 환갑 닥치겠다.

손자 환갑 닥치겠다 : ⇒ 손자 턱에 흰 수염 나겠다.

손〔手〕 잰 승(중)의 비질하듯 : 동작이 재빠르고 무슨 일이나 제꺽제꺽 빨리 해냄을 이르는 모양.

손 큰 며느리가 시집살이했을까 : 물건을 파는 장수가 더 많이 주지 못하겠다는 뜻으로 하는 말.

손 큰 어미 장 도르듯 하다 : 물건을 헤프게 씀을 비유하여 이르는 말.

손톱 곪는 줄은 알아도 염통 곪는 줄은 모른다 : ⇒ 손톱 밑에 가시 드는 줄은 알아도 염통 밑에 쉬스는 줄은 모른다.

손톱도 안 들어간다 : 사람됨이 몹시 야무지거나 완고하고 인색함을 이르는 말.

손톱 밑에 가시 드는 줄은 알아도 염통 밑에 쉬스는 줄은 모른다 : 눈앞에 보이는 사소한 이해관계에는 밝아도 잘 드러나지 아니하는 큰 문제는 잘 깨닫지 못함을 비유하여 이르는 말. 발등에 떨어진 불만 보고 염통 곪는 것은 못 본다㊍. 손톱 곪는 줄은 알아도 염통 곪는 줄은 모른다.

손톱 밑의 가시 : 손톱 밑에 가시가 들면 매우 고통스럽고 성가시다는 뜻으로, 늘 마음에 꺼림칙하게 걸리는 일을 이르는 말.

손톱 밑의 가시가 생손으로 곪는다 : 손톱 밑에 박혔던 가시가 덧나서 생인손으로 악화되어 크게 고생한다는 뜻으로, 사소한 것 때문에 큰 해를 입게 됨을 이르는 말.

손톱 발톱이 젖혀지도록 벌어 먹인다 : ① 남을 위하여 몹시 수고함을 비유하여 이르는 말. ② 죽을힘을 다하여 가족을 부양함을 비유하여 이르는 말.

손톱에 장을 지지겠다 : ⇒ 손가락에 장을 지지겠다.

손톱 여물을 썬다 : ① 앞니로 여물을 씹는다는 뜻으로, 곤란한 일을 당하여 혼자서만 애를 태우는 모양을 이르는 말. ② 음식 같은 것을 나누어 줄 때 조금씩 아끼면서 주는 모양을 비유하여 이르는 말.

손톱은 슬플 때마다 돋고, 발톱은 기쁠 때마다 돋는다 : 발톱보다는 손톱이 더 잘 자란다는 데서 유래된 말로, 기쁨보다 슬픔이 더 많음을 비유하여 이르는 말.

손톱을 튀긴다 : 아무 일도 하지 않고 놀고 지냄을 이르는 말.

솔개가 높이 날면 날씨가 좋다 : ⇒ 노고지리가 높이 날면 날씨가 좋다.

솔개가 뜨자 병아리 간 곳 없다㊍ : 솔개가 뜨자 병아리가 모두 숨어 버린다는 뜻으로, 무섭고 힘센 존재가 나타나게 되면 약하고 힘없는 것은 기를 못 펴고 움츠러들거나 달아나 버림을 이르는 말.

솔개가 울면 바람이 분다〔鳶鳴則將風〕 : 기압 변화에 예민한 솔개가 우는 것은 바람이 불 징조라는 말.

솔개가 울면 비가 온다 : 기압 변화에 민감한 솔개도 저기압일 때 운다는 말.

솔개 까치집 뺏듯 : ⇒ 소리개 까치집 뺏듯이.

솔개는 매 편(-이라고) : ⇒ 가재는 게 편.

솔개도 오래면 꿩을 잡는다 : 무능한 사람도 교육을 받거나 오랫동안 일을 하다 보면 이루는 것이 있다는 뜻. 즉, 오랜 경력을 쌓으면 못하던 것을 할 수 있다는 말. 솔개도 천 년을 묵으면 꿩을 잡는다.

솔개도 천 년을 묵으면 꿩을 잡는다㊍ : ⇒ 솔개도 오래면 꿩을 잡는다.

솔개를 매로 보았다 : ① 기껏해야 남의 집 병아리나 채 가는 새를 꿩 사냥에 쓰는 매로 보았다는 뜻으로, 쓸모가 없는 것을 쓸 만한 것으로 잘못 보았을 경우를 이르는 말. ② 악인을 착한 사람으로 오인했다는 말.

솔개미 도련님 적이라 : 물건이 어지럽고 산만함을 이르는 말.

솔개 어물전 돌듯 : 어떤 장소나 물건에 애착을 두고 떠나지 못함을 이르는 말.

솔방울이 울거든 : 소나무에 달린 솔방울이 절대로 울 리 없는 것처럼, 도저히 이루어질 수 없는 일을 비유하여 이르는 말.

솔밭에 가서 고기 낚기 : ⇒ 산에서 물고기 잡기.

솔밭에서 바늘 찾기㊍ : ⇒ 잔디밭에서 바늘 찾기.

솔 심어 정자(亭子)라〔栽松望亭〕 : 앞날의 성공이 까마득함을 이르는 말. 또는 까마득한 세월이 지나야 그 결과를 알 수 있다는 말.

솔잎이 버썩하니 가랑잎이 할 말이 없다 : 정도가 덜한 사람이 먼저 야단스럽게 떠들고 나서니 큰 걱정거리가 있어도 어이가 없어 할 말이 없다는 뜻으로 이르는 말.

솔잎이 새파라니까 오뉴월(여름철)만 여긴다 : 근심이 쌓이고 겹쳤는데 어떤 작은 일 하나 되어 가는 것만 보고 속없이 좋아라고 날뜀을 이르는 말.

솜뭉치로 가슴(-을) 칠 일(-이다) : ① 몹시 원통함을 이르는 말. 담뱃대로 가슴을 찌를 노릇. ② 북 대수롭지 않은 일을 놓고 원통해하는 사람을 이르는 말. 솜방망이로 가슴을 칠 노릇.

솜뭉치로 사람 때린다 : ⇒ 솜방망이로 허구리를 찌른다.

솜방망이로 가슴을 칠 노릇북 : ⇒ 솜뭉치로 가슴(-을) 칠 일(-이다)[②].

솜방망이로 허구리를 찌른다 : 대수롭지 않은 듯 슬쩍 남을 골려 줌을 비유하여 이르는 말. * 허구리-허리 좌우의 갈비뼈 아래 잘쏙한 부분. 솜뭉치로 사람 때린다.

솜씨는 관(棺) 밖에 내놓아라 : ① 손재주가 없는 사람을 보고 놓으로 이르는 말. ② 북 죽은 다음에도 솜씨만은 땅에 묻지 말라는 뜻으로, 솜씨가 매우 훌륭함을 비유하여 이르는 말.

솜에 채어도 발가락이 깨진다 : 부드러운 솜에 차이고도 발가락이 깨진다는 뜻으로, 궂은 일이 생기려 하면 대수롭지 않은 일로도 생긴다는 말.

송곳 거꾸로 꽂고 발끝으로 차기 : 스스로 화를 부르는 어리석은 짓을 비유하여 이르는 말.

송곳 꽂을 땅때기도 없다북 : ⇒ 송곳 박을 땅도 없다.

송곳니가 방석니 된다 : 닳도록 이를 간다는 뜻으로, 몹시 원통해함을 비유하여 이르는 말.

송곳니를 가진 호랑이는 뿔이 없다 : 모든 것을 다 갖출 수는 없다는 말.

송곳도 끝부터 들어간다 : 무슨 일이든 순서가 있다는 말.

송곳 모로 박을 곳도 없다 : ⇒ 입추의 여지가 없다.

송곳 박을 땅도 없다 : ① 자기가 부쳐 먹을 땅이라고는 조금도 없음을 비유하여 이르는 말. 벼룩 꿇어앉을 땅도 없다[②]. 송곳 꽂을 땅때기도 없다북. ② 입추의 여지가 없다.

송곳 세울 틈(자리)도 없다 : ⇒ 입추의 여지가 없다.

송곳으로 매운 재 끌어내듯 : 송곳으로는 재를 끌어낼 수 없으니, 쓸데없는 헛수고만 함을 이르는 말.

송곳 항렬인가 : 꼬치꼬치 캐어묻거나 파고 묻는 사람을 놀림조로 이르는 말.

송도가 망하려니까 불가사리가 나왔다 : 어떤 좋지 못한 일이 생기기 전에 불길한 징조가 나타남을 비유적으로 이르는 말. * 고려가 망하게 되었을 때 송도에 불가사리가 나타나서 못된 장난질을 하였다는 전설에서 유래하였다.

송도가 터가 글러서 망하였느냐북 : 집터나 묏자리를 가지고 탓하는 사람을 핀잔하여 이르는 말.

송도(松都) 계원(契員) : 조그마한 지위나 세력을 믿고 남을 멸시하는 사람을 이르는 말. * 조선 시대 중신인 한명회가 송도에서 벼슬을 할 때 동료들이 친목계를 맺으면서 한명회는 미천하다고 계원으로 받아 주지 않았는데 그 뒤 한명회가 출세를 하여 높은 지위에 오르자 동료들이 크게 후회했다는 고사에서 유래한 말이다.

송도리째(松都里 -) 없어졌다 : 어떤 물건이 전부 없어졌음을 이르는 말.

송도 말년의 불가사리라 : 어떻게 손을 댈 수 없을 정도로 못된 행패를 부리는 사람을 비유하여 이르는 말.

송도 부담짝 : 남 모르는 물건이 불룩하게 많이 들어 있는 짐짝을 비유하여 이르는 말. * 부담짝-떠 맡은 궤짝.

송도 오이 장수 : 이익을 챙기려고 왔다 갔다 하다가 헛수고만 하고 일을 낭패당한 사람을 비유하여 이르는 말. * 송도의 오이 장수가 시세에 따라 서울과 의주를 돌았으나, 가는 곳마다 시세가 떨어져 개성에 돌아왔을 때에는 오이가 곯고 썩어 쓸모가 없어졌다는 고사에서 유래한 말.

송사(訟事)는 졌어도 재판은 잘 하더라 : 송사는 졌지만 판관의 공정한 판정에 여한이 없다는 말.

송사리 한 마리가 온 강물을 흐린다 : ⇒ 미꾸라지 한 마리가 온 웅덩이를 흐려 놓는다.

송아지 낳을 때 곡식 내가지 않는다 : 송아지를 낳을 때 곡식을 외부로 내가면 부정을 탄다는 말.

송아지는 이웃 황소 닮고, 자식은 아비를 닮는다 : 송아지는 이웃 황소가 아비이기 때문에 닮듯이, 자식은 아비를 닮게 마련이니 아버지 노릇을 잘 해야 한다는 말.

송아지 못된 것은 엉덩이에 뿔이 난다 : ⇒ 못된 송아지 엉덩이에 뿔난다.

송아지 어미 따라다니듯 한다 : 송아지가 어미를 떨어지지 않고 따라다니듯이 서로 떨어지지 않고 함께 다닌다는 말.

송아지 우는 소리가 크면 비 올 징조다 : 저기압일 때는 지면에서 대류와 난류가 발생되지 않으므로 소리가 크게 들린다는 말.

송아지 천자(千字) 가르치듯 : 미련하고 둔한 사람을 여러 가지로 애써 가르침을 비유하여 이르는 말.

송아지 팔러 가는 날 아침에 송아지 엉치에서 뿔이 난다囝 **:** ⇒ 무슨 일을 하려고 할 때에 공교롭게도 난데없이 장애가 생기는 경우를 비유하여 이르는 말.

송장 때리고 살인났다 : 이미 죽은 송장을 때리고 사람을 죽였다는 누명을 쓰게 된다는 뜻으로, 섣불리 관계하였다가 억울하게 화나 벌을 당하는 경우를 이르는 말. 송장 치고 살인난다. 영장 치고 살인난다. 중쳐 죽이고 살인한다.

송장 먹은 까마귀 소리囝 **:** ⇒ 매우 질이 나쁜 사람의 입에서 나오는 못된 소리를 비유적으로 이르는 말. 까마귀 송장 먹은 소리.

송장메뚜기 같다 : 미움 바치는 사람이 주제넘게 날뛸 때에 이르는 말.

송장 본 사람이 누에를 보면 누에가 죽는다 : 송장 본 사람이 누에를 보면 부정을 타서 누에가 죽는다는 말.

송장 빼놓고 장사 지낸다 : ⇒ 장사 지내러 가는 놈이 시체 두고 간다.

송장을 보고 파종하면 싹이 나지 않는다 : 농사를 시작하는 파종은 부정한 것을 피하고 정성스럽게 해야 잘된다는 말.

송장 치고 살인난다 : ⇒ 송장 때리고 살인난다.

송장하고 보리는 깊이 묻어야 한다 : 보리를 얕게 파종하면 강추위에 얼어 죽을 수 있으므로 송장 묻듯 깊이 갈고 약간 두껍게 덮으라는 말.

송죽의 절개는 엄동설한에야 안다囝 **:** 사람의 절개가 변함없이 깨끗하고 굳센가는 여느 때에는 잘 알 수 없고, 어렵고 힘든 때에라야 알 수 있음을 비유하여 이르는 말.

송진 덩이가 불붙듯 한다囝 **:** 성질이 매우 조급하여 어떤 일을 당할 때 급히 행동함을 비유하여 이르는 말.

송충이가 갈밭에 내려왔다 : 어떠한 사물이 제 분수에 어울리지 않는 행동을 하는 경우를 비꼬아 이르는 말.

송충이가 갈잎을 먹으면 죽는다(떨어진다) : 자기 맡은 직분을 아니하고 딴 생각을 먹거나, 또는 분수에 맞지 않는 일을 하면 낭패를 본다는 말.

송충이는 솔잎을 먹고 갈충이는 갈잎을 먹어야 한다 : ⇒ 송충이는 솔잎을 먹어야 한다.

송충이는 솔잎을 먹어야 한다 : 자기 분수에 맞게 처신하여야 함을 비유하여 이르는 말.

송파장(松坡場) 웃머리 : 우시장(牛市場)에서 나온 소 가운데에서 나이 먹은 늙은 소라는 뜻으로, 나이 적은 사람이 연장자인 체함을 놀림조로 이르는 말.

송편으로 목을 따 죽지 : 송편은 한쪽이 칼날같이 되어 있는데 그것으로 목을 베어 죽으란 뜻이니, 곧 하찮은 일로 같잖게 성을 내거나 분해하는 사람을 야유하여 이르는 말. 거미줄에 목을 맨다.

송편을 뒤집어 팥떡이라고 하랴북 **:** 이치에 맞지 않게 억지를 쓰는 경우를 비유적으로 이르는 말.

솥 떼어 놓고 삼 년(-이라) : 솥까지 떼어 놓고 이사(移徙) 갈 준비를 한 지 3년이 되었다는 뜻이니, 오랫동안 결정을 못 짓고 우물쭈물 망설임을 이르는 말.

솥뚜껑에 엿을 놓았나 : 집에 빨리 돌아가려고 몹시 서두르는 사람을 놀림조로 이르는 말. 화롯가에 엿을 붙이고 왔나.

솥뚜껑 운전수 : 밥솥을 다루는 사람이란 뜻으로, '가정주부'를 속되게 이르는 말.

솥 속의 콩도 쪄야 익지 : 솥 속에 넣은 콩도 불을 때서 찌거나 끓여야 익는다는 뜻으로, 아무리 유리한 조건에 있다 할지라도 그에 걸맞게 힘써 노력하지 않으면 아무것도 이루어지지 않음을 이르는 말.

솥 씻어 놓고 기다리기 : 준비를 완전히 하고 기다린다는 말.

솥 안에 든 고기북 **:** 이제 불만 때면 죽을 운명에 처한 솥 안의 고기와 같은 신세라는 뜻으로, 결과가 이미 뚜렷해진 경우를 이르는 말.

솥 안의 팥이 풀어져도 솥 안에 있다북 **:** ⇒ 팥이 풀어져도 솥 안에 있다.

솥에 개 누웠다 : 쌀이 들어갈 솥에 개가 누웠다는 말이니, 곧 여러 날 밥을 짓지 못하였음을 이르는 말.

솥에 넣은 팥이라도 익어야 먹지 : 일을 너무 급히 서두르면 안 된다는 말.

솥에 쪄 낸 무우북 **:** 살 따위가 얼거나 헐어서 탄력 없이 물컹물컹하고 진물이 나는 상태를 비유하여 이르는 말.

솥은 검어도 밥은 희다 : 겉모양은 흉해도 속은 훌륭하다는 말.

솥은 부엌에 걸고 절구는 헛간에 놓아라 한다 : ① 누구나 다 알고 있는 일을 특별히 자기만 아는 것인 양 똑똑한 체하며 남에게 가르치려 듦을 비난조로 이르는 말. ② 모든 것은 지위나 능력, 또는 쓰임에 따라 적재적소에 있어야 한다는 말.

솥이 검다고 밥도 검을가북 **:** 겉모양만 보고 속까지 그릇된 것으로 판단하지 말라는 말.

쇠〔鐵〕가 쇠를 먹고 살이 살을 먹는다 : ⇒ 살이 살을 먹고 쇠가 쇠를 먹는다.

쇠〔牛〕가죽(-을) 뒤집어쓰다(무릅쓰다) : 부끄러움을 생각하거나 체면을 돌아보지 않음을 이르는 말.

쇠고기 열 점보다 새 고기 한 점이 낫다 : 참새 고기가 맛있다는 말.

쇠고집과 닭고집이다 : 하고 싶은 대로 하고야 마는 소나 닭처럼 고집이 몹시 셈을 비유하여 이르는 말. 쇠고집이다.

쇠고집이다 : ⇒ 쇠고집과 닭고집이다.

쇠귀신 같다 : 씩씩거리기만 하고 말이 없는 사람을 이르는 말.

쇠귀에 경 읽기〔牛耳讀經, 牛耳誦經 何能諦聽〕 : 아무리 가르치고 일러 주어도 알아듣지 못함을 가리키는 말. 말 귀에 염불(-

하기다). 소에게 거문고 소리 들리기다. 쇠코에 경 읽기.

쇠꼬리보다 닭대가리가 낫다 : ⇒ 닭의 볏이 될지언정 소의 꼬리는 되지 마라. * 큰 짐승에게 붙어 꼬리 노릇 하는 것보다는 비록 작은 짐승일지라도 머리 노릇을 하는 것이 낫다는 뜻에서 유래된 말.

쇠(鐵)는 단김에 벼려야 한다㊊ **:** ⇒ 쇠뿔도 단김에 빼랬다(빼라).

쇠(牛)똥도 약에 쓰려면 없다 : ⇒ 개똥도 약에 쓰려면 없다.

쇠똥에 미끄러져 개똥에 코 박은 셈이다 : 연거푸 실수하여 어이가 없거나, 몹시 억울한 일을 당하여 못 견딜 노릇이라는 말. 소똥에 미끄러져 개똥에 코방아 찧는다. 쇠똥에 미끄러져 개똥에 코방아 찧는다. 쇠똥에 미끄러져 코 박을 일이다.

쇠똥에 미끄러져 개똥에 코방아 찧는다 : ⇒ 쇠똥에 미끄러져 개똥에 코 박은 셈이다.

쇠똥에 미끄러져 코 박을 일이다 : ⇒ 쇠똥에 미끄러져 개똥에 코 박은 셈이다.

쇠똥이 지짐떡 같다 : ⇒ 말똥이 지짐떡 같아 보인다.

쇠똥이 지짐 떡 같으냐 : ① 먹지 못할 것을 먹으려고 하는 경우를 비유하여 이르는 말. ② 가망 없는 일을 바라는 경우를 비유하여 이르는 말. 말똥이 밤알 같으냐.

쇠(鐵)라도 맞부딪쳐야 소리가 난다 : 한쪽이 가만히 있으면 싸움은 절대로 일어나지 않는다는 말.

쇠말뚝도 꾸미기 탓이라 : 못생긴 사람도 꾸미기에 따라 잘생겨 보일 수도 있음을 비유하여 이르는 말.

쇠 먹는 줄이다 : ① 줄칼이 쇠를 깎아 먹는다는 뜻으로, 돈을 함부로 쓰는 사람을 이르는 말. ② 돈이 많이 생기는 일을 비유하여 이르는 말. ③ ㊊ 돈이 한없이 많이 들어가는 경우를 비유하여 이르는 말. 소 먹는 줄이다.

쇠 먹은 똥은 삭지도 않는다 : 뇌물을 먹이면 반드시 효과가 있음을 비유하여 이르는 말.

쇠(牛) 멱미레 같다 : ⇒ 소 죽은 귀신 같다.
* 멱미레–소의 턱밑 고기.

쇠목에 방울 단다 : 격에 어울리지 않게 지나친 장식을 하는 경우를 비유하여 이르는 말.

쇠병이 유행할 때는 박하(薄荷)·장뇌(樟腦)·사향(麝香) 등을 천에 싸서 소머리에 달아 준다 : 소병 예방에는 박하·장뇌·사향 등을 천에 싸서 소의 머리에 달아 두면 소가 병에 걸리지 않는다는 말.

쇠불알 떨어지면 구워 먹기 : ⇒ 소불알 떨어지면 구워 먹겠다고 소금 가지고 따라다닌다.

쇠불알 떨어질까 하고 제 장작 지고 다닌다 : ⇒ 소불알 떨어지면 구워 먹겠다고 소금 가지고 따라다닌다.

쇠불알 떨어질 때를 기다린다 : ⇒ 소불알 떨어지면 구워 먹겠다고 소금 가지고 따라다닌다.

쇠붙이도 늘 닦지 않으면 빛을 잃는다 : 비록 능력 있고 훌륭한 사람이라고 할지라도 꾸준히 배우고 수양을 쌓지 않으면 뒤떨어지고 잘못될 수 있음을 비유하여 이르는 말.

쇠비름 나는 땅은 건땅이다 : 쇠비름이 많이 나는 땅은 토양이 비옥하다는 말.
* 쇠비름–쇠비름과의 한해살이풀.

쇠뼈다귀 우려먹듯 : 소의 뼈를 여러 번 우리면서 그 국물을 먹듯 한다는 뜻으로, 한 가지를 여러 번 이용하는 경우를 비유하여 이르는 말. 금방망이 우려먹듯.

쇠뿔 끝이 하얗게 되면 주인이 패가한다 : 흰색이 깨끗한 색이므로 쇠뿔이 하얗게 된다는 것은 주인 재산이 없어짐을 뜻한다는 말.

쇠뿔도 각각, 염주(念珠)도 몫몫 : 무엇이든 각각 제 맡은 몫이 따로 있다는 말. 염불도 몫몫이요, 쇠뿔도 각각이다. 염주도 몫몫이요, 쇠뿔도 각각이라.

쇠뿔도 단김에 빼랬다(빼라) : 든든히 박힌 소의 뿔을 뽑으려면 불로 달구어 놓은 김에 해치워야 한다는 뜻으로, 어떤 일이든지 하려고 생각했으면 망설이지 말고 곧 행동으로 옮겨야 함을 비유하여 이르는 말. 단김에 소뿔 빼듯. 단김에 쇠뿔 뺀다. 단 소뿔 뽑듯 북. 단 쇠뿔 뽑듯 한다. 소뿔도 손 대였을 때 뽑아 버려라 북. 쇠는 단김에 벼려야 한다.

쇠뿔 잡다가 소 죽인다〔矯角殺牛〕 : 하찮은 잘못을 고치려다 전체를 그르치게 됨을 이르는 말.

쇠 살에 말 뼈 : 전혀 격에 맞지 않는 경우를 비유하여 이르는 말.

쇠스랑 발은 세 개라도 입은 한 치다 : 쇠스랑 한 입에 세 발이 찍혀 들어가듯이, 남의 흠을 꼬집어 말하기를 즐기는 경우를 비유하여 이르는 말.

쇠씹 한 놈 같다 : 술을 먹어 얼굴이 붉은 사람을 놀리는 말.

쇠옹두리를 우리듯 : 소의 정강이뼈를 오래 삶듯, 두고두고 마냥 우려먹는 모양을 비유하여 이르는 말. * 옹두리-소의 정강이뼈.

쇠죽 가마에 달걀 삶아 먹을라 : ① 쇠죽 가마에 달걀을 삶아 먹지 말라고 타일러 준 것이 도리어 그것을 일깨워 준 꼴이 되었다는 뜻으로, 훈계한다는 것이 도리어 나쁜 방법을 가르쳐 주는 꼴이 된 경우를 비유하여 이르는 말. ② 일을 적합하게 하지 않고 거창하게 하는 경우를 비유하여 이르는 말.

쇠죽을 가는 나뭇가지로 저으면 소가 마른다 : 쇠죽을 끓일 때 가는 나뭇가지로 저으면 소가 가는 나뭇가지처럼 마른다는 말.

쇠천 뒷 글자 같다 : 소전(小錢)에 새겨진 글자가 닳아서 잘 보이지 않는 것같이 다른 사람의 내정(內情)을 잘 알 수 없음을 비유하여 이르는 말. * 소전(小錢) 뒤에 적힌 글자가 닳아서 잘 보이지 않는 것처럼, 남의 속마음은 짐작하기 힘들다는 데서 유래된 말. 소전 뒤 글자 같다.

쇠천 샐 닢도 없다 : ⇒ 피천 한 닢 없다.

쇠코에 경 읽기 : ⇒ 쇠귀에 경 읽기.

쇠털 같은 날 : ⇒ 쇠털같이 하고많은(허구한) 날.

쇠털같이 많다 : 소의 털과 같이 수효가 셀 수 없을 만큼 매우 많다는 말.

쇠털같이 하고많은(허구한) 날 : 헤아릴 수 없이 많은 나날을 비유하여 이르는 말. 쇠털 같은 날.

쇠털 뽑아 제 구멍에 박는다(꽂기다) : 융통성이 전혀 없고 고지식한 경우를 비유하여 이르는 말.

쇠파리 쇠꼬리에 붙듯 한다 : 쇠파리가 악착같이 쇠꼬리에 붙듯이, 죽을지도 모르고 달라붙는다는 말.

쇠 힘도 힘이요, 새 힘도 힘이다 : ⇒ 쇠 힘은 쇠 힘이요, 새 힘은 새 힘이라.

쇠 힘은 쇠 힘이요, 새 힘은 새 힘이라 : 각각 특수성이 있는 것이니, 힘의 대소(大小)만으로 가치를 평가해서는 안 됨을 이르는 말. 쇠 힘도 힘이요, 새 힘도 힘이다.

쇤네를 내붙이다 : 자기 스스로를 쇤네라 이르며 비굴하게 아첨하는 말을 함을 이르는 말.

수구문(水口門) 차례(次例) : ① 예전에 한양성 안에서 백성의 주검을 성밖으로 내보내던 수구문을 통하여 상여를 타고 나갈 차례가 되었다는 뜻으로, 여럿이 둘러앉아 술을 마실 때 술잔이 나이 많은 사람에게 먼저 돌아감을 우스갯소리로 이르는 말. ② 늙고 병들어 죽을 때가 가까워졌음을 우스갯소리로 이르는 말.

수라장(修羅場)이 되었다 : 어떤 일이 뒤범벅으로 엉망이 되었음을 뜻하는 말.

수레 위에서 이를 간다 : 떠나가는 수레 위에 실려서 원망하며 이를 간다는 뜻으로, 이미 때가 지난 뒤에 원망을 하고 있음을 비유하여 이르는 말.

수망질(水網-)하는 사람 똥은 개도 안 먹는다 : ⇒ 방그물 하는 사람 똥은 개도 안 먹는다.

수매 깊은 땅에는 목화 심고 수매 얕은 땅에는 메밀 심는다 : 목화는 뿌리가 깊이 들어가는 식물이므로 토심이 깊고 기름진 땅에 심어야 하고, 메밀은 뿌리가 얕게 번지고 습윤한 땅에서 잘 자란다는 말. * 수매－토심(土深).

수박 겉핥기〔西瓜皮舐〕: 사물의 속 내용은 모르고 겉만 건드림을 이르는 말. 꿀단지 겉핥기(-는다). 달걀 겉핥기다. 수박 껍질만 핥는다㈜.

수박 껍질만 핥는다㈜ : ⇒ 수박 겉핥기.

수박씨(-를) 깐다㈜ : ⇒ 밑구멍으로 호박씨 깐다.

수박은 살구꽃 필 때 심는다 : 수박은 늦서리의 피해가 없는 4월 중순 살구꽃이 필 무렵에 심는 것이 적기라는 말.

수박은 속을 봐야 알고, 사람은 지내 봐야 안다 : 수박은 쪼개서 속을 보아야 잘 익었는지 설익었는지 알 수 있고, 사람은 함께 지내 보아야 속마음이 어떠한지 알 수 있다는 말.

수박은 쪼개서 먹어 봐야 안다㈜ : 어떤 일을 겉치레로 하거나 형식적으로 하여서는 성과가 없음을 비유하여 이르는 말.

수박 흥정(-이다) : 속을 들여다보지 않은 채 하는 흥정, 또는 구체적인 내용을 확인하지 않은 채 하는 흥정을 이르는 말.

수수가 잘되면 그 집안도 잘된다 : 수수가 잘되는 집은 복을 받아 잘살게 된다는 말. 수수 농사가 잘되면 그 집안도 잘된다②.

수수깡도 아래위 마디가 있다 : 어떤 일에나 위아래가 있고 질서가 있음을 비유하여 이르는 말. 수숫대도 아래위 마디가 있다.

수수 농사가 잘되면 그 집안도 잘된다 : ① 수수 농사가 잘되면 다른 밭곡식도 잘되므로 식량이 풍족해진다는 말. ②⇒ 수수가 잘되면 그 집안도 잘된다.

수수대에 기름 발린 말〔語〕㈜ : 원래 미끈한 수숫대에 기름을 바른 것과 같은 반질반질한 말소리라는 뜻으로, 내용은 없고 번지르르하기만 한 말을 비유하여 이르는 말.

수수팥떡 안팎이 없다 : ⇒ 수수팥떡에 안팎이 있나. * 겉과 속이 모두 불그스레한 수수팥떡은 속과 겉을 가리기가 어렵다는 뜻에서 유래된 말.

수수팥떡에 안팎이 있나 : 수수팥떡은 안팎이 없이 다 같듯이, 어떤 사물이 서로 비슷비슷하여 분간할 수가 없다는 말. 수수팥떡 안팎이 없다.

수숫대도 아래위 마디가 있다 : ⇒ 수수깡도 아래위 마디가 있다.

수양딸로 며느리 삼는다 : ① 양녀(養女)를 며느리로 삼는다 함이니, 어떤 일을 경우를 따지지 않고 자기에게 유리하게만 꾀하는 경우를 비유하여 이르는 말. ② ㈜ 일을 처리하기가 아주 쉬운 일을 이르는 말.

수양산(首陽山) 그늘이 강동 팔십 리를 간다 : 수양산 그늘이 진 곳에 강동의 아름다운 땅이 이루어졌다 함이니, 영향력이 커서 먼 데까지 미침을 이르는 말. 즉 어떤 한 사람이 잘되면 친척이나 친구들이 그 덕을 본다는 말. 인왕산 그늘이 강동 팔십 리 간다.

수염(鬚髥)을 내리쓴다 : 남에게 마땅히 하여야 할 일도 하지 아니하고 모르는 체 시치미를 뚝 뗌을 비유하여 이르는 말.

수염의 불 끄듯 : 어떤 일을 조금도 지체하지 않고 허둥대며 후닥닥 서둘러 함을 이르는 말.

수염이 대 자라도 먹는 게 땅수㊖ : ⇒ 수염이 대 자라도 먹어야 양반이다.

수염이 대 자라도 먹어야 양반이다 : 배가 불러야 체면도 차릴 수 있다는 뜻으로, 먹는 것이 중요함을 비유하여 이르는 말. 나룻이 석 자라도 먹어야 샌님. 수염이 대 자라도 먹는 게 땅수㊖.

수제비 잘하는 사람이 국수도 잘한다 : 어떤 일에 능한 사람은 그와 비슷한 다른 일도 잘한다는 말. 국수 잘하는 솜씨가 수제비 못하랴.

수진상전(壽進床廛)에 지팡이를 짚기 쉽겠다 : 머지않아 죽게 될 것 같음을 비유하여 이르는 말.

수탉 알을 쌀독에 넣어 두면 부자가 된다 : 수탉이 낳은 알을 쌀독에 넣어 두면 재수가 있어서 부자가 된다는 말. 수탉이 알을 낳으면 부자가 된다.

수탉이 알을 낳으면 부자가 된다 : ⇒ 수탉 알을 쌀독에 넣어 두면 부자가 된다.

수탉이 울어야 날이 샌다 : 수탉이 새벽에 울어야 날이 새듯이, 남자가 할 일은 남자가 해야 성과가 있다는 말.

수탉이 한밤중에 울면 그 집에 화가 든다 : ⇒ 수탉이 해 진 뒤에 울면 집안이 불길하다.

수탉이 해 진 뒤에 울면 집안이 불길하다 : 닭이 정상적으로 울지 않는 것은 집안에 불길한 일이 있을 징조라는 말. 수탉이 한밤중에 울면 그 집에 화가 든다.

수퇘지 불알은 생후 3~4개월이면 까야 한다 : 옛날에는 종자용 수퇘지를 제외하고는 생후 3~4개월 이내에 불알을 까서 살찌게 하였다는 말.

수파련(水波蓮)에 밀 동자(童子) : 무당을 따라다니며 굿할 때 쓰는 종이꽃을 만드는 남자들이 대체로 밀로 만든 귀동자처럼 잘생겼다는 데서 유래된 말로, 기골이 약하고 얼굴이 곱게 생긴 남자를 비유하여 이르는 말. * 수파련–잔치 때에 장식으로 쓰이는 종이로 만든 연꽃.

수풀엣 꿩은 개가 내몰고 오장엣 말은 술이 내몬다 : 술이 들어가면 마음속에 있는 것을 모두 말해 버리게 된다는 말.

숙맥(菽麥)이 상팔자 : 콩인지 보리인지를 구별하지 못하는 사람이 팔자가 좋다는 뜻으로, 모르는 것이 마음 편함을 비유하여 이르는 말.

숙성이 된 곡식은 여물기도 일찍 된다 : 지식이나 경험 따위가 많을수록 일의 성과도 그만큼 빨리 이루어질 수 있음을 비유하여 이르는 말. 숙성하게 자란 곡식이 여물기도 일찍 여문다.

숙성하게 자란 곡식이 여물기도 일찍 여문다 : ⇒ 숙성이 된 곡식은 여물기도 일찍 된다.

숙인 머리는 베지 않는다 : 항복하는 사람의 머리는 베지 않는다는 뜻으로, 잘못을 진실로 뉘우치는 사람은 관대히 용서함을 비유하여 이르는 말.

숙지황(熟地黃) 든 약을 먹고 무를 먹으면 머리가 하얘진다 : ⇒ 보약 먹고 무를 먹으면 머리가 하얘진다.

숙향전(淑香傳)이 고담(古談)이라 : 「숙향전」이 옛이야기에 불과하다는 뜻으로, 여자의 운명이 평탄하지 못하여 끝내 좋은 때를 만나지 못함을 비유하여 이르는 말.

순냇골[巡邏洞] 까마종[黑蔦]이라 : ⇒ 고수관이 하문 속 알 듯한다.

순산(順産)이나 하였으니 다행이지요 : 딸을 낳아 서운해할 때 위로하는 말.

순임금이 독 장사를 했을까 : 일이 천해서 못 하겠다고 할 때에 참고 견디라고 격려하는 말.

순풍에 돛을 단 배 : ⇒ 순풍에 돛을 달다.

순풍에 돛을 달고 뱃놀이한다 : 아주 순탄한 환경 속에서 편안하고 안일하게 지냄을 비유하여 이르는 말.

순풍에 돛을 달다 : 어떤 일을 할 때 어려움이 따르지 않고 순조롭게 잘되어 감을 이르는 말. 순풍에 돛을 단 배.

숟가락 멀리 잡으면 시집을 멀리 간다 : 숟가락은 너무 멀리 잡는 것이 아니라고 타이르는 말.

숟갈 한 단 못 세는 사람이 살림은 잘 한다 : 숟갈 한 단도 못 셀 정도로 좀 미련해 보이는 여자가 오히려 다른 생각 없이 꾸준히 살림을 잘한다는 말.

술[酒]과 안주를 보면 맹세도 잊는다 : ① 술을 즐기는 사람은 술을 보면 안 먹고는 못 배긴다는 말. ② 뭇 다시는 안 하겠다고 맹세를 하고서도 조건이 되면 맹세를 저버리는 경우를 비유하여 이르는 말.

술 담배 참아 소 샀더니 호랑이가 물어 갔다 : 돈을 모으기만 할 것이 아니라 쓸 데에는 써야 한다는 말.

술덤벙물덤벙 : 술과 물을 가리지 않고 덤벙댄다는 뜻으로, 경거망동(輕擧妄動)하여 함부로 날뛰는 모양을 이르는 말.

술독에 치마 두르듯 : 볼품없이 자꾸 덧감아 동인 모양을 비유하여 이르는 말.

술 먹여 놓고 해장 가자 부른다 : ⇒ 병 주고 약 준다.

술 먹은 개 : 술에 취해 경거망동하는 사람은 상대할 필요가 없는 존재임을 이르는 말.

술 받아 주고 뺨 맞는다 : 술을 받아서 대접해 주고 오히려 뺨을 맞는다는 뜻으로, 남을 잘 대접하고 나서 오히려 그에게 해를 입는 경우를 비유하여 이르는 말. 술 사 주고 뺨 맞는다.

술 사 주고 뺨 맞는다 : ⇒ 술 받아 주고 뺨 맞는다.

술 샘 나는 주전자 : 술이 끊임없이 샘솟는 주전자라는 뜻으로, 전혀 현실 가능성이 없는 것을 비유하여 이르는 말. 불 안 때도 절로 익는 솥. 양을 보째 낳는 암소.

술에 물 탄 것 같다 : ⇒ 술에 물 탄 이.

술에 물 탄 이 : 술에 물을 타서 아무 맛도 없게 만든 맹물과 같은 사람이라는 뜻으로, 성격이나 품성 같은 것이 뜨뜻미지근하고 똑똑지 못한 사람을 비유적으로 이르는 말. 술에 물 탄 것 같다. 술에 술 탄 이.

술에 술 탄 듯, 물에 물 탄 듯 : ① 주견이나 주책이 없이 말이나 행동이 분명하지 않음을 비유하여 이르는 말. 물에 물 탄 듯, 술에 술 탄 듯. ② 아무리 가공을 하여도 본바탕은 조금도 변하지 않는 상태를 비유하여 이르는 말. 물에 물 탄 듯, 술에 술 탄 듯. 물에 물 탄 이, 술에 술 탄 이.

술에 술 탄이 : ⇒ 술에 물 탄 이.

술은 괼 때 걸러야 한다 : 술은 한창 괼 때 걸러야 맛이 있다는 뜻으로, 일을 할 때는 제때를 놓치지 말라는 말.

술은 백약의 장(長) : 술은 알맞게 마시면 어떤 약보다도 몸에 가장 좋은 것임을 비유하여 이르는 말.

술은 어른 앞에서 배워야 점잖게 배운다 : 술은 윗사람과 함께 마시기 시작해야 나쁜 술버릇이 생기지 않는다는 말.

술은 초물에 취하고 사람은 후물에 취한다 : 술은 처음 마실 때부터 취하지만 사람은 한참 사귀고 나서야 친해진다는 말. 또는, 전처(前妻)보다 후처(後妻)에게 더 현혹(眩惑)됨을 비유하여 이르는 말.

술은 해장에 망하고 투전은 본전 추다 망한다 : 술꾼은 해장술을 마신다며 자꾸 술을 마시다 몸을 버리고, 투전꾼은 본전이나 찾는다며 계속 노름을 하다가 재산을 탕진하게 된다는 말.

술을 먹으면 사촌한테 기와집도 사 준다 : ⇒ 술 취한 사람 사촌 집 사 준다.

술이 들어가면 지혜는 달아난다[북] **:** 술을 자꾸 마시면 그만큼 머리가 나빠진다는 말.

술이 아무리 독해도 먹지 않으면 취하지 않는다 : ① 실제로 어떤 일을 하지 않으면 아무 결과도 나타나지 않음을 비유하여 이르는 말. ② 아무리 해로운 것이라도 직접 건드리지 않으면 해가 될 것이 없음을 비유하여 이르는 말.

술 익자 체 장수(장사) 간다 : 술이 익어 체로 걸러야 할 때에 마침 체 장수가 지나간다는 뜻으로, 일이 공교롭게 잘 맞아 감을 비유하여 이르는 말.

술자(戌字) 든 날에는 개를 얻어오지 않는다 : 일진에 술자가 든 날 강아지를 얻어오면 불길하다는 말.

술장사 십 년에 깨진 주전자만 남는다[북] **:** 술장사를 십 년 동안 해도 남는 것이라고는 깨진 주전자밖에 없다는 뜻으로, 어떤 일을 오래 했어도 나중에 남는 것이 없는 경우를 비유하여 이르는 말.

술 취한 놈 달걀 팔듯 : 일하는 솜씨가 거칠고 어지러운 모양을 비유하여 이르는 말. 취한 놈 달걀 팔듯.

술 취한 사람과 아이는 거짓말을 안 한다 : 술 취한 사람이 속에 품은 생각을 거짓 없이 말함을 비유하여 이르는 말.

술 취한 사람 사촌 집 사 준다 : 술 취한 사람이 뒷감당도 못할 호언장담을 함을 비유적으로 이르는 말. 술을 먹으면 사촌한테 기와집도 사 준다.

술친구는 친구가 아니다 : 술 마실 때에 같이 어울리는 친구는 참된 친구가 아니라는 말.

숨다 보니 포도청 집이라 : ① 피하여 숨는다는 것이 잡히면 혼나게 되는 포도청으로 들어갔다는 뜻으로, 어떤 일이 뜻밖에 낭패를 보는 경우를 비유하여 이르는 말. ② [북] 자신이 일을 저질러서 스스로 큰 화를 입게 된 경우를 비유하여 이르는 말.

숨은 내쉬고 말은 내하지 말라 : 말은 입 밖에 내기를 조심하라는 말.

숨을 쉬어도 같은 숨을 쉬고 말을 하여도 같은 말을 한다〔異口同聲〕: 여러 사람이 한 사람처럼 같은 생각과 뜻을 가지고 행동함을 비유하여 이르는 말.

숫눈길을 걷는 사람만이 제 발자국을 남긴다 [북] **:** 남들이 하지 않은 일을 처음으로 개척하는 사람만이 자신이 한 일을 후세에 남길 수 있음을 비유적으로 이르는 말. 새벽길을 걷는 사람이 첫 이슬을 턴다[②].

숫돌이 저 닳는 줄 모른다 : 조금씩 줄어드는 것도 오래되면 많이 준다는 것을 비유하여 이르는 말.

숭늉에 물 탄 격 : ① 구수한 숭늉에 물을 타서 숭늉맛이 없어져 밍밍하게 되었다는 뜻으로, 음식이 매우 싱거운 경우를 비유하여 이르는 말. ② 사람이 매우 싱거움을 비유하여 이르는 말. ③ 아무런 재미도 없이 밍밍한 경우를 비유하여 이르는 말.

숭늉에 밥알이 뜨면 비가 온다 : 저기압일 경우는 숭늉에 밥알이 뜰 수 있으므로 이런 때는 비가 올 수 있다는 말.

숭어가 뛰니까 망둥이도 뛴다 : ① 남이 한다고 하니까 분별없이 덩달아 나섬을 비유하여 이르는 말. ② 제 분수나 처지는 생각하지 않고 잘난 사람을 덮어놓고 따름을 비유하여 이르는 말. 가물치가 뛰면 옹달치도 뛴다[북]. 가물치가 첨벙하니 메사구도 첨벙한다[북]. 낙동강 잉어가 뛰니 부엌에 있는 부지깽이도 뛴다. 낙동강 잉어가 뛰니까 사랑방 목침이 뛴다. 망둥이가 뛰니까 전라도 빗자루도 뛴다. 망둥이가 뛰면, 꼴뚜기도 뛴다. 잉어가 뛰니까 망둥이도 뛴다. 잉어 숭어가 오니 물고기라고 송사리도 온다. 칠산 바다에 조기가 뛰니 제주 바다엔 복어가 뛴다.

숭어와 손님은 사흘만 지나면 냄새난다[북] : 아무리 반가운 손님도 너무 오래 묵으면 부담이 되고 귀찮은 존재가 됨을 비유적으로 이르는 말.

숯불도 한 덩이는 쉬 꺼진다 : 활활 타던 숯불도 한 덩이만 꺼내놓으면 쉬 꺼지듯, 사람의 일도 여럿이 하던 일을 혼자 하려면 잘 안됨을 이르는 말.

숯은 달아서 피우고 쌀은 세어서 짓는다 : ① 숯은 저울에 달아서 불을 피우고 쌀은 한 알씩 세어서 밥을 짓는다는 뜻으로, 몹시 인색함을 비유하여 이르는 말. ② [북] 살림살이 기풍이 매우 깐깐하고 이익만 따짐을 비유하여 이르는 말.

숯이 검정 나무란다 : 숯이 제가 검으면서 검은 것을 나무란다는 뜻으로, 제 허물은 생각하지 않고 남의 허물을 들추어냄을 비유하여 이르는 말.

숯쟁이도 제집에 들면 주인이다[북] : 사람들이 천하게 여기는 숯쟁이도 자기 집에서는 당당한 주인이라는 뜻으로, 아무리 보잘것없는 존재라도 자신만의 개성과 주장을 가지고 살아감을 비유하여 이르는 말.

숲 속의 호박은 잘 자란다 : 늘 보는 것은 자라는 줄 모르나, 한창 자랄 때의 사람이나 생물은 오랜만에 보면 몰라볼 만큼 쑥쑥 자란다는 말.

숲에서는 꿩을 길들이지 못하며 못에서는 게를 기르지 못한다[북] : 통제하기 어려운 상황이나 조건에 있는 사람을 다스리고 가르치는 것이 어려움을 비유하여 이르는 말.

숲이 깊어야 도깨비가 나온다 : ① 자기에게 덕망이 있어야 사람이 따르게 됨을 비유하여 이르는 말. 덤불이 커야 도깨비가 난다. 물이 깊어야 고기가 모인다. 산이 깊어야 범이(호랑이가) 있다. ② 일정한 바탕이나 조건이 갖추어져야 그것에 합당한 결과가 이루어지게 됨을 비유하여 이르는 말. 덤불이 커야 도깨비가 난다. 물이 깊어야 고기가 모인다. 산이 깊어야 범이 있다. 숲이 커야 짐승이 나온다(든다)①.

숲이 우거져야 짐승도 모인다 : 살기 좋은 곳이나 훌륭한 사람에게는 사람들이 많이 모여듦을 이르는 말.

숲이 짙으면 범이 든다 : 으슥한 장소에는 반드시 무슨 위험이건 내포되어 있으니 주의하라는 말.

숲이 커야 짐승이 나온다(든다) : ① ⇒ 숲이 깊어야 도깨비가 나온다②. ② [북] 무엇이나 크면 그곳에 그만한 내용이 들어 있음을 비유하여 이르는 말. ③ [북] 체격이 큰 사람이 마음도 그만큼 넓음을 비유하여 이르는 말.

쉬는 김에 아이 업고 집이나 지키면서 보리방아 두서 말 찧어 놓으라고 한다[북] : 쉬운 일을 시키는 체하면서 살살 어르고 추슬러서 힘든 일을 시킴을 비유하여 이르는 말.

쉬 더운 방(구들)이 쉬 식는다 : 작은 노력으로 쉽게 이룬 것은 오래가지 않음을 비유하여 이르는 말. 급히 더운 방이 쉬 식는다. 쉽게 단 쇠가 쉽게 식는다.

쉬려던 차에 넘어진다 : 마침 쉬려고 하던 차에 넘어지게 되었다는 뜻으로, 마음속으로 바라던 일에 대하여 할 수 있는 조건이나 핑곗거리가 생김을 비유하여 이르는 말.

쉬파리 똥 깔기듯 한다 : 주책없이 무책임한 짓을 함을 비유하여 이르는 말.

쉬파리 무서워 장 안 만들(담글)까 : ⇒ 구더기 무서워 장 못 담글까.

쉬파리처럼 아는 것도 많다북 : 먹을 것만 생기면 몰려와서 윙윙거리는 쉬파리처럼, 자기만 잘 아는 듯이 떠들어 대는 사람을 비꼬는 말.

쉰 길 나무도 베면 끝이 있다 : 아무리 어렵거나 복잡해 보이는 일이라도 시작하여 해 나가면 끝마칠 때가 있다는 말.

쉰 떡 도르듯북 : 물건을 마구 나누어 줌을 비유하여 이르는 말.

쉰 뜨물 켜듯북 : 역겨운 일을 억지로 하게 되어 인상을 찌푸림을 비유하여 이르는 말.

쉰밥 고양이 주기 아깝다 : ⇒ 나 먹자니 싫고 개 주자니 아깝다.

쉽게 단 쇠가 쉽게 식는다 : ⇒ 쉬 더운 방(구들)이 쉬 식는다.

쉽기가 손바닥 뒤집기다〔如反掌〕 : 손바닥을 뒤집는 것처럼 매우 손쉬운 일을 비유하여 이르는 말. 손바닥을 뒤집는 것처럼 쉽다.

스님 눈물 같다 : 어두침침함을 비유하여 이르는 말.

스무날은 물 아래도 바람 분다 : 음력 20일에는 고기들이 돌틈에 숨어서 나오지 않아 잘 잡히지 않는다는 말.

스무이레에 오는 비는 다음 달 보름날까지 온다 : 음력 27일에 시작하는 비는 지루한 장맛비로 온다는 말.

슬인(瑟人) 춤에 지게 지고 엉덩춤 춘다 : 남이 한다고 무턱대고 좇아 하는 어리석은 경우를 비유하여 이르는 말.

승냥이가 양으로 될 수 없다북 : 승냥이가 아무리 변신을 하여도 양이 될 수 없다는 뜻으로, 나쁜 본성을 가진 사람은 본성을 바꿀 수 없음을 비유적으로 이르는 말. 이리가 양으로 될 수 없다.

승냥이 날고기 먹지 않는 종자 없다북 : ① 다른 짐승들을 잡아먹고 사는 승냥이 가운데 날고기를 싫어하는 종자가 있을 수가 없다는 뜻으로, 나쁜 본성은 어떤 조건 아래서도 변하지 않음을 비유하여 이르는 말. ② 새끼는 반드시 그 어미가 가지고 있는 본성을 그대로 따르기 마련임을 비유하여 이르는 말. 승냥이 밑에서 빠진 건 다 날고기를 먹는다. 승냥이 씹으로 빠진 것은 다 날고기 먹는다.

승냥이는 꿈속에서도 양 무리를 생각한다 : 남을 해치는 것에 익숙해진 사람은 늘 그런 생각만 함을 비유하여 이르는 말.

승냥이는 매로 다스려야 한다북 : 남을 해치거나 침략하는 자에게는 힘으로 맞서야 함을 비유하여 이르는 말.

승냥이 똥이라 : 어지럽고 더러운 것을 이르는 말. 거랭이 밥주머니.

승냥이를 쫓는다고 호랑이에게 문을 열어 준다북 : 승냥이를 내쫓는다고 문을 열었다가 더 무서운 호랑이를 들이게 된다는 뜻으로, 하나의 위험을 면하려고 하다가 더 큰 위험에 직면하는 경우를 비유하여 이르는 말. 이리 떼를 막자고 범을 불러 들인다북.

승냥이 밑에서 빠진 건 다 날고기를 먹는다북 : ⇒ 승냥이 날고기 먹지 않는 종자 없다북.

승냥이 씹으로 빠진 것은 다 날고기 먹는다 : ⇒ 승냥이 날고기 먹지 않는 종자 없다북.

승냥이 앞에 고기덩이를 내맡기는 격북 : ⇒ 승냥이에게 어린 양을 보아 달라고 내맡긴다북.

승냥이에게 어린 양을 보아 달라고 내맡긴

다㊗ : 위험한 것을 뻔히 알면서도 일을 행하는 어리석은 경우를 비유적으로 이르는 말. 승냥이 앞에 고기덩이를 내맡기는 격㊗.

승(勝)하면 충신, 패(敗)하면 역적 : ⇒ 이기면 충신(-이요), 지면 역적(-이라).

시거든 떫지나 말고 검거든 얽지나 말지 : 사람이 못났으면 착실하기나 하고 재주가 뛰어나지 못하면 소박하기나 했으면 좋겠다는 뜻으로, 말은 잘하고 활발한 듯하나 부박(浮薄)한 기미가 있는 사람, 또는 아무짝에도 쓸모가 없는 사람을 비유하여 이르는 말. 시거든 떫지나 말고 얽었거든 검지나 말지.

시거든 떫지나 말고, 얽었거든 검지나 말지 : ⇒ 시거든 떫지나 말고 검거든 얽지나 말지.

시골 가면 시골 살고 싶고 서울 가면 서울 살고 싶고 : 환경이 달라지면 마음도 달라짐을 이르거나, 또는 남이 가진 것이나 하는 일이 더 좋아 보임을 이르는 말.

시골 깍쟁이 서울 곰만 못하다 : 서울 사람이 시골 사람보다 몹시 인색하고 박정함을 비유하여 이르는 말.

시골 놈이 서울 놈 못 속이면 보름씩 배를 앓는다 : ⇒ 서울 사람을 못 속이면 보름을 똥을 못 눈다.

시골 놈 제 말 하면 온다 : ⇒ 호랑이도 제 말 하면 온다.

시골 당나귀 남대문 쳐다보듯㊗ : 시골 당나귀가 서울의 남대문을 보아도 그것이 무엇인지 모른다는 뜻으로, 아무런 내막을 전혀 모르고 그저 보고만 있음을 비유하여 이르는 말.

시골 사람은 굶어도 보리밥을 굶지만, 도시 사람은 굶어도 흰쌀밥을 굶는다㊗ : 도시 사람이 시골 사람을 무시하고 천시함을 비유하여 이르는 말.

시궁에서 용 난다 : ⇒ 개천에서 용 난다.

시궁창에서 용이 났다 : ⇒ 개천에서 용 난다.

시기는 모과 잔등이다 : 음식물이 몹시 시거나 또는 사람의 행동이 몹시 눈에 거슬려 증오심이 일어날 때 비유적으로 하는 말. 시기는 산 개미 똥구멍이다.

시기는 산 개미 똥구멍이다 : ⇒ 시기는 모과 잔등이다.

시꺼먼 도적놈(도둑놈) : 마음이 음흉한 자를 이르는 말.

시냇가 돌 닳듯 : 알게 모르게 시련을 받는 모양을 이르는 말.

시냇물도 퍼 쓰면 준다 : ⇒ 강물도 쓰면 준다.

시누이는 고추보다 맵다 : 시누이가 올케에게 심하게 대하는 경우를 비유적으로 이르는 말. 시누이 하나가 벼룩이 닷 되㊗. 시누 하나에 바늘이 네 쌈.

시누이 올케 춤추는데 가운데 올케 못 출까 : 시누이와 올케가 함께 춤추는 자리에서 가운데 올케라고 춤을 못 추겠느냐는 뜻으로, 자신도 마땅히 참여할 자격과 권리가 있음을 주장하며 이르는 말.

시누이 하나가 벼룩이 닷 되㊗ : ⇒ 시누이는 고추보다 맵다.

시누 하나에 바늘이 네 쌈 : ⇒ 시누이는 고추보다 맵다.

시다는데 초를 친다 : 가뜩이나 신 데다 초까지 또 친다는 뜻으로, 일이 엎친 데 덮친 경우를 비유하여 이르는 말.

시든 배추 속잎 같다 : 시들어서 흐늘흐늘해진 배춧속 같다는 뜻으로, 맥없이 축 늘어져 있는 것을 비유하여 이르는 말.

시든 호박잎 같은 소리 : 패기나 의욕이 없는 이야기를 비유하여 이르는 말.

시러베장단(-長短)에 호박국 끓여 먹는다 : 실없는 짓으로 엉뚱한 일을 저지른다는 말. *시러베장단-실없는 말이나 행동을 얕잡아 이르는 말.

시렁 눈 부채 손 : ⇒ 실없는 부채 손.

시렁에서 호박 떨어진다[북] **:** ⇒ 시렁 우에서 떨어진 호박.

시렁 우에서 떨어진 호박[북] **:** 뜻하지 않게 생긴 행운을 비유하여 이르는 말. 시렁에서 호박 떨어진다.

시루 안의 콩나물처럼[북] **:** 사람이나 어떤 물건이 빈틈없이 꽉 들어선 모양을 비유하여 이르는 말.

시루에 물 (퍼)붓기 : ⇒ 밑 빠진 독(가마·항아리)에 물 붓기.

시르죽은 이 : 몰골이 초췌하고 초라한 행색(行色)을 놀려 이르는 말.

시모에게 역정(逆情) 나서 개의 옆구리 찬다[북] **:** ⇒ 시어머니에게 역정 나서 개 배때기 찬다.

시부모에게 역정 나서 개의 옆구리 찬다[북] **:** ⇒ 시어머니에게 역정 나서 개 배때기 찬다.

시세도 모르고 값을 놓는다 : 물건의 귀천도 알지 못하면서 평가함을 이르는 말.

시시덕이는 재를 넘어도 새침덕이는 골로 빠진다 : ⇒ 새침데기 골로 빠진다①.

시시덕이 재를 넘는다[북] **:** 쾌활하게 시시덕거리는 사람이 생활에서는 어려운 고비를 겪게 됨을 비유하여 이르는 말.

시아버지 무릎에 앉은 것 같다 : 몹시 민망하고 불편한 상태를 비유하여 이르는 말.

시아버지 죽으라고 축수(祝手)했더니 동지섣달 맨발 벗고 물 길을 때 생각난다 : 시아버지가 미워서 죽기를 빌었으나 막상 동지섣달에 짚신 삼아 줄 사람이 없어서 맨발로 물을 긷고 보니 죽은 시아버지가 그리워진다는 뜻으로, 미워하고 싫어하던 물건이나 사물도 막상 없어지고 나면 아쉽고 생각날 때가 있음을 비유하여 이르는 말. 시어머니 죽으라고 축수했더니 보리방아 물 부어 놓고 생각난다.

시아주버니와 제수(弟嫂)는 백년손 : 시아주버니와 제수 사이는 친척 가운데 가장 거리가 멀고 서먹한 사이임을 비유하여 이르는 말. 일가 못된 건 계수.

시앗끼리는 하품도 옮지 않는다 : 시앗끼리는 시기하는 마음이 몹시 강하여 흔히 잘 옮는 하품도 옮지 않는다는 말.

시앗 싸움에 요강 장수 : 시앗들이 싸울 때 정을 떼기 위해 요강을 깨므로 딴 사람이 이익을 본다는 말. 또는 부당한 일에 제삼자가 개입함을 이르는 말.

시앗 싸움엔 돌부처도 돌아앉는다〔妻妾之戰石佛反面〕: ⇒ 돌부처도 꿈적인다.

시앗을 보면 길가의 돌부처도 돌아앉는다 : ⇒ 돌부처도 꿈적인다.

시앗이 시앗 꼴을 못 본다 : 시앗이 제 시앗을 더 못 본다는 말.

시앗 죽은 눈물만큼 : 평소에 시기하던 첩의 죽음에 대하여 흘리는 본처(本妻)의 눈물이라 함이니, 그 양이 극히 적음을 이르는 말. 시앗 죽은 눈물이 눈 가장자리 젖으랴.

시앗 죽은 눈물이 눈 가장자리 젖으랴 : ⇒ 시앗 죽은 눈물만큼.

시어(鰣漁)는 뼈가 많고, 자미(子美)는 문(文)에 능하지 못하고, 자고(子固)는 시(詩)가 변변치 못하였다 : 준치는 아름다운 물고기지만 뼈가 유달리 많은 것이 결점이고, 두보(杜甫)는 대시인(大詩人)이건마는 산문(散文)에는 능하지 못하였고, 증공(曾鞏)과 같은 문장이 운문(韻文)에는 변변치 못했음은 유감이 아닐 수 없다는 말.

* 시어-'준치'를 말함.

시어머니가 오래 살자니까 며느리가 방아 동티에 죽는 걸 본다 : 사람이 오래 살게 되면 망측한 꼴도 보게 됨을 비유하여 이르는 말.

시어머니에게 역정(逆情) 나서 개 배때기 찬다 : 엉뚱한 데 가서 노여움이나 분을 푸는 경우를 비유하여 이르는 말. 시모에게 역정 나서 개의 옆구리 찬다㉻. 시부모에게 역정 나서 개의 옆구리 찬다㉻. 시어미 미워서 개 옆구리 찬다. 시어미 역정에 개 옆구리(배때기, 밥그릇) 찬다.

시어머니 죽고 처음이다 : 오랜만에 속 시원하고 만족스러울 때 이르는 말. 영감 죽고 처음.

시어머니 죽으라고 축수했더니 보리방아 물 부어 놓고 생각난다 : ⇒ 시아버지 죽으라고 축수했더니 동지섣달 맨발 벗고 물 길을 때 생각난다.

시어머니한테 괄시를 받아 본 며느리라야 후에 며느리를 삼아도 괄시하지 않는다㉻ : 어떤 일을 직접 경험해 본 사람이 그 실정이나 사정을 잘 알게 됨을 비유하여 이르는 말.

시어미가 오래 살다가 며느리 환갑 날 국수 양푼에 빠져 죽는다 : ① 사람이 너무 오래 살게 되면 못할 일을 하게 된다는 말. ② 사람이 모질어서 남에게 못할 짓 하는 것을 비난조로 이르는 말.

시어미가 죽으면 안방은 내 차지 : 권리를 잡았던 사람이 없어지면 그다음 차례의 사람이 대신 권리를 잡게 됨을 이르는 말.

시어미 미워서 개 옆구리 찬다 : ⇒ 시어머니에게 역정 나서 개 배때기 찬다.

시어미 범 안 잡은 사람이 없다 : 시어머니 치고 젊었을 때에 고생 안 했다는 사람이 없다는 뜻으로, 일은 제대로 잘하지도 못하면서 자기 자랑만 늘어놓음을 이르는 말.

시어미 부를 노래 며느리가 먼저 부른다 : ⇒ 내가 할 말을 사돈이 한다.

시어미 속옷이나 며느리 속옷이나 : 모두 한 집안 식구의 것이라는 뜻으로, 구태여 내 것 네 것 가릴 필요가 없음을 비유하여 이르는 말.

시어미 역정에 개 옆구리(배때기, 밥그릇) 찬다 : ⇒ 시어미 미워서 개 옆구리 찬다.

시원찮은 국에 입가 덴다 : ① 대단하지 않은 일에 해를 당함을 비유하여 이르는 말. 십분냉기 볼탱기. ② ㉻ 대단하지 않은 사람에게 뜻밖의 봉변을 담함을 비유하여 이르는 말. 시원찮은 귀신이 사람 잡아간다②.

시원찮은 귀신이 사람 잡아간다 : ① 변변하지 못하고 미련하게 보이는 사람이 도리어 큰일을 저지름을 비유하여 이르는 말. ② ㉻ ⇒ 시원찮은 국에 입가 덴다②.

시월(十月) 보름사리 물이 정월 보름사리 물 보고 사돈하자 해도 마다한다 : 음력 10월 15일과 1월 15일은 다같이 조석차(潮汐差)가 심하여 바닷물의 유속이 빠르지만 전자보다 후자가 더 빠르다는 말.

시월 선 보름이 궂으면 후 보름은 좋다 : 음력 10월 상순에 날씨가 나쁘면 하순에는 좋아지게 된다는 말.

시월 시제(時祭) 때 치는 꿔다 해도 한다 : 10월 시제 때쯤 되면 날씨가 계절풍의 교대기로서 기상 변화가 심하므로 조업에 주의하라는 말. * 치—그 무렵의 나빠지는 날씨.

시월 초하룻날이 따뜻하면 서울 놈 휘양 팔아 버린다 : 음력 10월 1일이 따뜻하면 그해 겨울이 따뜻하여 서울 사람들은 휘양을 쓰지 않게 된다는 제주 속담. * 휘양—머리에 쓰는 방한구(防寒具).

시작(始作)이 반이다 : 무슨 일이든지 시작하기가 어렵지 일을 끝마치기는 그리 어렵지 아니함을 비유하여 이르는 말.

시작한 일은 끝을 보라 : 한번 시작한 일은 끝까지 하여야 한다는 말.

시장이 반찬 : 배가 고프면 반찬이 없어도 밥이 맛있음을 비유하여 이르는 말. 기갈

이 감식. 맛없는 음식도 배고프면 달게 먹는다. 시장이 팥죽.

시장이 팥죽 : ⇒ 시장이 반찬.

시장하면 밥그릇을 통째로 삼키나 : 아무리 시장하더라도 밥그릇을 통째로 삼킬 수 없다는 뜻으로, 아무리 사정이 급하여도 지켜야 할 도리는 지켜야 함을 비유하여 이르는 말.

시장한 사람더러 요기시키란다 : ⇒ 배고픈 놈더러 요기시키란다.

시조(時調)로 밤 새우다북 **:** 쓸데없이 시조를 외우며 밤을 꼬박 새운다는 뜻으로, 어떤 허망한 일에 얽매여 세월을 헛되이 보냄을 비유하여 이르는 말.

시조를 하느냐 양시조를 하느냐 : 쓸데없는 소리를 중얼거리는 사람에게 비난조로 이르는 말.

시조 하라 하면 발뒤축이 아프다 한다 : 무엇을 시키면 엉뚱한 핑계를 대면서 하지 아니함을 이르는 말.

시주(施主)님이 잡수셔야 잡수었나 하지 : 일이 성사(成事)가 되어야 비로소 되었는가보다 하지 미리 예측(豫測)할 수 없다는 말. 시형님이 잡숴야 잡순 듯하다.

시지도 않아서 군내부터 먼저 난다 : ⇒ 열무김치 맛도 안 들어서 군내부터 난다.

시집가는 날 눈이 오면 길하다 : 시집가는 날 눈이 와서 천지가 희고 깨끗하게 되는 것은 길조라는 말. 첫날밤에 눈이 오면 길하다. 첫날밤에 눈이 오면 잘 살고, 동짓날 눈이 오면 풍년 든다①. 혼례날 눈이 오면 길하다.

시집가는 데 강아지 따르는 것이 제격이다 : 조금도 어색하지 않고 서로 어울려 격에 맞는다는 말.

시집가(-서) 석 달, 장가가(-서) 석 달 같으면 살림 못 할 사람 없다 : 결혼 생활 초기처럼 애정이 지속되면 살림 못 하고 이혼할 사람은 하나도 없음을 비유하여 이르는 말. 장가가 석 달 같으면 살림 못할 사람 없다북.

시집갈 날(때) 등창이 난다 : ⇒ 혼인날 등창이 난다.

시집갈 때 비가 오면 장사 때도 비가 온다 : 결혼식 날 비가 오면 그 사람이 죽었을 때도 비가 온다는 속설에서 유래된 말.

시집 다른 데 없고 오뉴월 통시 다른 데 없다 : 시집살이란 으레 고되게 마련이라는 말. ＊통시－'뒷간('변소'를 완곡하게 이르는 말)'의 강원, 경남 방언.

시집도 가기 전에 기저귀(강아지, 포대기) 마련한다 : 일을 너무 일찍 서두름을 비유하여 이르는 말. 시집도 안(아니) 가서 포대기 장만한다. 아이도 낳기 전에 기저귀(포대기) 장만한다(누빈다).

시집도 안(아니) 가서 포대기 장만한다 : ⇒ 시집도 가기 전에 기저귀(강아지, 포대기) 마련한다.

시집 밥은 살이 찌고 친정 밥은 뼈 살이 찐다 : 시집살이보다 친정에서 살면 더 편하고 좋다는 말.

시집살이 못 하면 동네 개가 업신여긴다 : 여자로서 시집에서 쫓겨나 친정에 돌아오는 것은 부끄러운 일이라는 말.

시집살이 못 하면 본가집 살이 하지 : 어떤 일에 실패하면 다른 곳에 또 희망이 있다는 말.

시집살이 삼 년에 열두 폭 치맛자락이 다 썩는다 : 시집살이 초년에는 몹시 고되어 며느리가 눈물을 많이 흘림을 비유하여 이르는 말.

시집살이하려면 벙어리 삼 년 귀머거리 삼 년 해야 한다 : ⇒ 귀머거리 삼 년이요, 벙어리 삼 년이라.

시집 안 보내고 호박이라고 혼자 늙힐가

[북] : 여자는 시집갈 나이가 되면 제때에 보내야 한다는 말.

시집 울타리 귀신이 되어야 한다 : ⇒ 죽어도 시집 울타리 밑에서 죽어라.

시청(侍廳)하는 도승지(都承旨)가 여름 북창(北窓) 밑에서 자는 사람만 못하다 : 벼슬살이를 하느라고 대궐을 드나드는 것보다 제집에서 편히 지내는 것이 더 나음을 비유하여 이르는 말. 시청하는 도승지가 여름에 나무 그늘에서 잠자는 농군만 못하다.

시청하는 도승지가 여름에 나무 그늘에서 잠자는 농군만 못하다 : ⇒ 시청하는 도승지가 여름 북창 밑에서 자는 사람만 못하다.

시쿰한 게 지레 꿰어지다 : 맛이 들지 못하고 시기만 한 것이 물크러져서 지레 터진다는 뜻으로, 못난 주제에 남보다 성숙하여 잘난 체하는 것을 비유하여 이르는 말.

시키는 일 다 하고 죽은 무덤은 없다 : ⇒ 일 다 하고 죽은 무덤 없다.

시한탄을 지고 불 속으로 뛰여든다[북] **:** ⇒ 섶을 지고 불로 들어가려 한다.

시형님 잡숫고 조왕님 잡숫고 이제는 먹어 보랄 게 없다 : ① ⇒ 터주에 놓고 조왕에 놓고 나면 아무것도 없다. ② 예전에 시집살이하는 여자는 먹을 것도 제대로 못 먹고 배를 곯는 경우가 많았음을 비유하여 이르는 말.

시형님 잡숴야 잡순 듯하다 : ⇒ 시주님이 잡수셔야 잡수었나 하지.

식목은 갑술(甲戌)·병자(丙子)·정축(丁丑)·기묘(己卯)·계미(癸未)·임진(壬辰) 날 하면 잘 산다 : 식목은 청명 무렵에 하면 잘 살지만, 이 무렵에도 특히 일진이 갑술·병자·정축·기묘·계미·임진인 날에 식목을 하면 더욱 잘 자란다는 말.

식은 국도 맛보고 먹으랬다 : ⇒ 식은 죽도 불어(쉬어) 가며 먹어라.

식은 국도 불고 먹는다 : 뜨거운 국에 덴 경험이 있는 사람은 식은 국도 불면서 먹는다는 뜻으로, 한 번 놀란 후에는 조심을 하게 됨을 이르는 말.

식은 밥이 밥일가[북] **:** ⇒ 식은 밥이 밥일런가, 명태 반찬이 반찬일런가[북]②.

식은 밥이 밥일런가, 명태 반찬이 반찬일런가 : ① 음식 대접이 좋지 않음을 비난조로 이르는 말. ② [북] 자신에게 차례진 것이 좋지 않음을 비유하여 이르는 말. 식은 밥이 밥일가[북].

식은 죽도 불어(쉬어) 가며 먹어라 : 무슨 일이든 조심스럽게 하라는 말. 무른 감도 꼭지를 떼고 먹으랬다. 무른 감도 쉬어 가면서 먹어라. 식은 국도 맛보고 먹으랬다. 익은 감도 쉬여 가며 먹으랬다[북].

식은 죽 먹고 냉방에 앉았다 : 덜덜 떨고 있는 사람을 놀리는 말.

식은 죽 먹기 : 하기에 매우 쉬운 일을 이르는 말.

식자가 소눈깔(외눈깔)[북] **:** 아무것도 아는 것이 없는 무식한 사람을 비유하여 이르는 말.

식전(食前) 개가 똥을 참지 : 늘 하던 일을 다시는 하지 않겠다고 하는 사람에게 놀림조로 이르는 말.

식전 마수에 까마귀 우는 소리 : 매우 불길한 전조(前兆)가 보인다는 말.

식전 비는 많이 오지 않는다 : ⇒ 아침 비는 여인의 자비라.

식전 비에는 우산을 두고 간다 : ⇒ 아침 비는 여인의 자비라.

식전에는 개똥 줍고 달밤에는 김맨다 : ⇒ 달밤에 김맨다.

식전에 조양(朝陽)이라 : 날이 다 밝아서 양기가 동하였다는 뜻으로, 이미 아무짝에도 쓸모없게 된 경우를 이르는 말.

식전 일이 반나절 일이다 : 새벽에 일찍 일어나서 아침 식사 전까지 하는 일이, 아침 식사 하고 점심때까지 하는 일과 같을 정도로 일을 많이 하게 된다는 말. 아침 일이 반나절 일이다.

식전 팔십 리 : 아침을 먹기 전에 여기저기 돌아다녀서 허기진 경우를 비유하여 이르는 말.

식전 풀 한 짐이 벼 한 섬이다 : 여름 식전에 풀 한 짐을 베어 퇴비를 하게 되면 가을에 벼 한 섬을 더 수확할 수 있다는 말.

식지(食紙)에 붙은 밥풀 : ⇒ 초 판 쌀이라. *식지–음식이나 밥상을 덮는 데 쓰는 기름종이.

식초병보다 병마개가 더 시다 : 본래의 것보다 그것에 딸린 것이 오히려 그 속성을 더 잘 드러내는 경우를 비유하여 이르는 말.

식칼이 제 자루를 깎지 못한다 : ① 자신이 관계된 일을 자신이 하기가 더 어려움을 비유하여 이르는 말. ② 자신의 허물은 자기가 고치기 어려움을 비유하여 이르는 말. 의사가 제 병을 못 고친다. 제 팔꿈치는 물지 못한다. 칼날이 날카로워도 제 자루 못 깎는다. ③ 자기 일을 자기가 처리할 수 없음을 이르는 말. 자루 베는 칼 없다.

식혜(食醯) 먹은 고양이 상 (-같다) : ⇒ 고양이 낙태한 상.

식혜 먹은 고양이 속 : 죄를 짓고 그것이 드러날까 봐 근심하는 모양을 비유하여 이르는 말.

신계(新溪) 곡산(谷山) 밥이로구나[북] **:** 산이 많아 벼농사가 안되고 조를 많이 심었다는 황해도 신계와 곡산 지방의 밥이라는 뜻으로, 조밥을 비유하여 이르는 말.

신골 망태 쏟아 놓은 것 같다[북] **:** 발의 크기에 따라 여러 층의 신골을 담아 둔 망태를 쏟아 놓은 것 같다는 뜻으로, 작은 것부터 큰 것에 이르기까지의 여러 개가 차례로 놓여 있는 모양을 비유하여 이르는 말.

신랑(新郞) 마두(馬頭)에 발괄한다 : 신랑을 높은 벼슬아치로 착각하고 신랑이 탄 말 머리에 대고 하소연 한다는 뜻으로, 경우에 어그러진 망측한 행동을 함을 이르는 말. *발괄–귀신이나 사람 또는 관청에 억울한 사정을 호소하는 것.

신랑이 웃으면 보리가 얼어 죽는다 : 옛날 농촌에서는 추수가 끝난 후에 혼인을 하였으므로 신랑이 너무 기뻐서 안방에만 눌러있고 보리밭 월동 관리를 하지 않으면 보리가 얼어 죽게 된다는 말.

신발에 귀가 달렸다 : 쓸데없는 것이 덧붙어서 격에 맞지 아니함을 비유하여 이르는 말.

신〔酸〕 배도 맛 들일 탓 : ⇒ 개살구도 맛 들일 탓.

신〔鞋〕 벗고 따라도 못 따른다 : 어떤 사람의 능력이 뛰어나서 온 힘을 다해도 미치지 못하는 경우를 이르는 말.

신선놀음(神仙 -)에 도낏자루 썩는 줄 모른다 : 재미있는 일에 정신을 쏟다 보면 시간이 가는 줄 모른다는 말. *옛날에 중국 진나라 때 왕질이라는 사람이 산에 나무하러 갔다가 신선들이 바둑을 두는 것을 보다가 시간이 가는 줄 모르고 있는 사이에 도낏자루가 썩도록 세월이 흘렀다는 데서 유래된 말. 도낏자루 썩는 줄 모른다.

신선도 두루 박람(博覽)을 해야 한다 : 누구나 견식(見識)을 넓혀야 한다는 말.

신세(身世)도 신세같이 못 지면서 누이네 폐만 끼친다 : 별로 도움이나 대접도 못 받으면서 폐를 끼쳤다는 인사만 하게 된 경우를 비유하여 이르는 말.

신〔鞋〕 속에 똥을 담고 다니나 키도 잘 자란다 : 키가 큰 사람을 이르는 말.

신 신고 발바닥 긁기〔隔靴搔癢, 隔靴爬痒〕: 직접 요긴한 데에 미치지 못하여 시원하지 아니함을 이르는 말. 구두 신고 발등 긁기. 목화 신고 발등 긁기. 버선 신고 발바닥 긁기. 옷을 격해 가려운 데를 긁는다. 옷 입고 가려운 데 긁기.

신에 붙지 않다: 마음에 꼭 차지 않는다는 말.

신(腎)이 늘었다: 일〔事〕에 고생을 많이 하였다는 말.

신(神)이야 넋이야 한다: 잔뜩 벼르던 것을 신이 나서 한다는 말.

신이 일그러지다: 마음이 정당치 못하여 잘못이 많음을 이르는 말.

신작로(新作路) 닦아 놓으니까 문둥이(가) 먼저 지나간다: ① 애써 한 일을 당치 않은 자가 그르쳐 보람 없이 되었다는 말. ② 북 기다리는 사람은 오지 않고 엉뚱한 사람이 오는 경우를 비유하여 이르는 말.

신정(新情)도 좋지만 구정(舊情)을 잊지 말랬다: 전부터 사귀어 온 사람을 아주 저버려서는 안 된다는 것을 비유하여 이르는 말.

신정이 구정만 못하다: 새로 사귄 사이보다는 오래 사귀어 온 정이 더 두터움을 이르는 말.

신주(神主) 개 물려 보내겠다: 하는 짓이 칠칠치 않고 흐리터분한 경우를 비유하여 이르는 말.

신주 개 물어 갔다: 소중한 물건을 남에게 빼앗겼다는 말.

신주 밑구멍을 들먹인다: 조상들까지 들추어내어 떠들어 댐을 이르는 말.

신주 싸움에 팥죽을 놓지: ① 주린 신주끼리 다툴 때 팥죽을 쑤어 공헌(貢獻)하면 무사하다는 뜻으로, 다투고 떠드는 경우에 그것을 말리려고 농담조로 이르는 말. ② 사람이 싸울 때 먹을 것을 갖다 주면 싸움이 그침을 비유하여 이르는 말.

신주치레하다가 제(祭) 못 지낸다: 겉치레만 하다가 정작 해야 할 일을 못함을 비유하여 이르는 말.

신축년(辛丑年)에 남편 찾듯 (한다): 신축년에 가뭄으로 부부가 서로 헤어졌다 찾았다는 말로, 어떤 인물이나 물품을 찾거나 수색함을 비유하여 이르는 말.

신흥사(新興寺) 지푸래기: 절의 중을 조롱하는 말로, 드물다는 말. * 지푸래기-지푸라기의 잘못, 북한어.

실 가는 데 바늘도 간다: ⇒ 바늘 가는 데 실 간다.

실과(實果) 망신은 모과가 시킨다: ⇒ 어물전 망신은 꼴뚜기가 시킨다.

실낱같은 목숨: 가냘픈 목숨이란 말.

실도랑 모여 대동강 된다: ⇒ 티끌 모아 태산.

실뱀 한 마리가 온 바다를 흐리게 한다: ⇒ 미꾸라지 한 마리가 온 웅덩이를 흐려 놓는다.

실성한 영감 죽은 딸네 집 바라본다: ⇒ 정신없는 늙은이(노친네) 죽은 딸네 집에 간다.

실없는 말이 송사 간다(건다): 무심하게 한 말 때문에 큰 소동이 벌어진다는 말.

실없는 부채 손〔眼高手卑〕: 눈은 높아 좋은 것을 바라지만 손은 둔하여 이루지 못하는 경우, 즉 견식은 높은데 수완이 없음을 비유하여 이르는 말. 시렁 눈, 부채 손.

실〔絲〕 엉킨 것은 풀어도 노 엉킨 것은 못 푼다〔絲棼成解 繩亂弗解〕: ① 잔일은 간단히 해결되어도 큰일은 좀처럼 해결하기 어렵다는 말. ② 북 보기에 어려운 일은 의외로 쉽게 풀리고, 보기에 간단해 보이는 일은 오히려 잘 풀리지 아니함을 비유하여 이르는 말.

실에 꿴 바늘 따라오듯 북: 불가피하게 따라오기 마련인 것을 비유하여 이르는 말.

실이 와야 바늘이 가지 : ① 베푸는 것이 있어야 받는 것도 있다는 말. ② 조건이 성숙되어야 일이 성사된다는 말.

실컷 부려 먹고 생일날 잡아먹는다[북] **:** 논밭일로 소를 실컷 부리고 난 후에 생일이 돌아오면 잡아먹고 만다는 뜻으로, 이해관계에 따라 양심도 버리고 행동함을 이르는 말.

실컷 울고 나서 뉘 초상인가 물어본다 : ⇒ 밤새도록 통곡을 해도 어떤 마누라 초상인지 모른다.

실(實)한 과객 편에 중의(속옷) 부친다 : 믿을 수 없는 사람에게 어떤 일을 의뢰하는 어리석음을 이르는 말.

실〔絲〕 한 오리 안 걸치다 : 아무것도 입지 아니하고 발가벗은 것을 이르는 말.

싫은데 선 떡 : ① 마음이 도무지 내키지 않는 경우를 이르는 말. ② [북] 거절할 이유가 생겨서 당당하게 거절할 수 있는 경우를 이르는 말.

싫은 매는 맞아도 싫은 음식은 못 먹는다 : ① 무슨 짓을 하더라도 구미에 안 맞는 음식만은 먹을 수 없다는 말. ② 도저히 받아들일 수 없는 경우를 이르는 말. 맞기 싫은 매는 맞아도 먹기 싫은 음식은 못 먹는다.

싫은 밥은 있어도 싫은 술은 없다 : 술을 몹시 좋아하는 사람을 비유하여 이르는 말.

싫은 춤에 지게 지고 엉덩이춤 춘다[북] **:** 하기 싫은 일에 억지로 참여하는 경우를 비유하여 이르는 말.

심덕을 바로 가지면 하늘도 굽어본다[북] **:** 사람은 마음이 곱고 착해야 함을 비유하여 이르는 말.

심보가 고와야 첫아들 낳는다[북] **:** 다른 사람한테 마음을 곱게 써야 자신한테도 좋은 일이 생김을 비유하여 이르는 말.

심사가 꽁지벌레라 : 심사가 좋지 못하여 남의 물품을 해치기를 좋아하는 사람을 놀림조로 이르는 말.

심사가 놀부라 : 본성이 아름답지 못하고 탐욕을 일삼는 사람을 놀림조로 이르는 말. 심술궂은 만을보.

심사는 없어도 이웃집 불난 데 키 들고 나선다 : ⇒ 심사는 좋아도 이웃집 불붙는 것 보고 좋아한다.

심사는 좋아도 이웃집 불붙는 것 보고 좋아한다 : 인정이 남의 불행을 요행으로 여기는 야릇한 심리를 이르는 말. 또는, 어떤 일이든 남의 일을 못되게 방해함을 이르는 말. 심사는 없어도 이웃집 불난 데 키 들고 나선다.

심술궂은 만을보(萬乙甫) : ⇒ 심사가 놀부라.

심술(心術)만 하여도 삼 년 더 살겠다 : 심술을 잔뜩 가졌으니 그것만 먹고도 3년은 더 살겠다는 뜻으로, 몹시 심술궂은 사람을 놀림조로 이르는 말.

심술이 왕골(王骨) 장골(張骨) 떼라 : 몹시 심술궂고 행동거지가 고약함을 비유하여 이르는 말.

심술쟁이 복을 받지 못한다[북] **:** 심술이 사나우면 결코 복을 받지 못함을 이르는 말.

심심하면 좌수(座首) 볼기 때린다 : 공연히 아랫사람이나 죄 없는 사람을 가지고 괴롭히는 짓을 이르는 말.

심은 낡이 꺾어졌다 : 오래 공들여 기대한 일이 그릇되어 허사로 돌아간 경우를 비유하여 이르는 말.

심장을 찌른다 : 핵심을 알고 꿰뚫어 말함을 이르는 말.

심통이 놀부 같다 : 놀부와 같이 마음이 불량하고 욕심이 많다는 말.

심한 서리 내리면 비 : 이동성 고기압이 최성기에 달한 것을 의미하는 뜻으로, 곧 이어서 저기압이 닥쳐 비 오기 쉽다는 말.

십 년 가환에 잘사는 이 없고, 십 년 태평에 못사는 이 없다북 : 집안에 근심 걱정이 잦으면 살림살이가 펼 수가 없고 집안이 오랫동안 늘 편안하면 살림이 편다는 것을 비유하여 이르는 말.

십 년 공부 나무아미타불(十年工夫 南無阿彌陀佛) : 오래 공들인 일이 허사가 됨을 이르는 말. 십 년 공부 도로 아미타불.

십 년 공부 도루아미타불 : ⇒ 십 년 공부 나무아미타불.

십 년 과수로 앉았다가 고자 대감을 만났다 : 오래 공들인 일도 복이 없고 운수가 나쁘면 아무 짝에도 쓸 데 없는 것이 되고 만다는 말.

십 년 묵은 체증이 내리다 : 그동안 답답하고 찜찜했던 일이 어떤 일 때문에 더할 나위 없이 속이 후련하게 됨을 이르는 말.

십 년 묵은 환자(還子)라도 지고 들어가면 그만이다 : 오랜 빚이라도 갚아 주면 그만이라는 말.

십 년 세도(勢道) 없고 열흘 붉은 꽃 없다〔權不十年 花無十日紅〕 : 권세나 부귀영화는 오래 계속되지 못함을 비유하여 이르는 말.

십 년에 한 번 먹는 천수답이다 : 10년에 한 번 정도 농사를 지어 수확할 수 있는 봉답이라는 말.

십 년은 감수(減壽)했다 : 몹시 위험한 일을 겪었다는 말.

십 년을 같이 산 시어미 성도 모른다 : ⇒ 한 집에 있어도 시어미 성을 모른다.

십 년이면 강산(산천)도 변한다 : 십 년 정도의 세월이 흐르면 세상에 변하지 않는 것이 없다는 말.

십 년 적공이면 한 가지 성공을 한다북 : 무슨 일이든지 오랫동안 꾸준히 노력하면 마침내는 성공하게 됨을 이르는 말.

십 리가 모래 바닥이라도 눈 찌를 가시나무가 있다 : ① 친한 벗 가운데에도 원수가 있음을 비유하여 이르는 말. ② 북 아무리 좋은 조건이라도 방해물이 있을 수 있음을 비유하여 이르는 말.

십 리 강변에 빨래 길 갔느냐 : ① 십 리나 되는 강변까지 갔다 오느라고 얼굴이 탔느냐는 뜻으로, 얼굴이 까맣게 그은 사람을 보고 이르는 말. ② 북 기다리는 사람이 좀처럼 나타나지 않을 때 비유하여 이르는 말.

십 리 길에 점심 싸기 : ⇒ 가까운 데를 가도 점심밥을 싸 가지고 가거라.

십 리 눈치꾸러기 : 십 리 밖에서도 눈치를 챌 만큼 아주 눈치가 빠른 사람을 비유하여 이르는 말.

십 리도 못 가서 발병 난다 : 무슨 일이 얼마 가지 않아서 탈이 생긴다는 말.

십 리 반찬 : '오 리〔五里〕'가 '오리〔鴨〕'와 동음인 데서 유래된 말로, 오리 두 마리로 만든 좋은 반찬을 비유하여 이르는 말. 십 리 반찬을 한다.

십 리 반찬을 한다 : ⇒ 십 리 반찬.

십 리에 다리 놓았다 : 어떤 일에 방해나 곡절이 많음을 비유하여 이르는 말.

십 리에 장승 서듯 : ① 우두커니 서 있기만 함을 이르는 말. ② 드문드문 서 있는 모양을 이르는 말.

십 리에 한 걸음 오 리에 한 걸음북 : 걸음이 매우 더딘 모양을 비유하여 이르는 말.

십분 냉기 볼탱기 : ⇒ 시원찮은 국에 입가 덴다①.

십성(十成)이다 : 물품이 좋거나 일의 기회가 양호함을 이르는 말.

십인십색(十人十色) : 열 사람이면 열 사람의 성격이나 사람됨이 제각기 다르다는 말.

십자가를 진다 : 큰 죄나 고난 따위를 떠맡

음을 이르는 말.

십장(什長) 십 년 하면 호랑이도 안 먹는다 : 십장 일이 어렵고 고됨을 비유하여 이르는 말.

싱겁기는 고드름장아찌라 : 매우 멋쩍고 싱겁기만 하다는 말, 또는 그런 사람을 이르는 말. 싱겁기는 늑대 불알이다. 싱겁기는 홍동지네 세 벌 장물이라. 싱겁기는 황새 똥구멍이라.

싱겁기는 늑대 불알이라 : ⇒ 싱겁기는 고드름장아찌라.

싱겁기는 오뉴월 무다 : ① 여름 무는 싱거워 맛이 없다는 말. ② 싱거운 사람을 비유하여 이르는 말.

싱겁기는 홍동지네 세 벌 장물이라 : ⇒ 싱겁기는 고드름장아찌라.

싱겁기는 황새 똥구멍이라 : ⇒ 싱겁기는 고드름장아찌라.

싸고 싼 사향(麝香)도 냄새 난다 : ① 어떤 일을 아무리 노력하여 숨기려 하여도 결국에는 드러나고야 만다는 것을 비유하여 이르는 말. ② 재주와 덕망을 겸비한 사람은 알리지 않으려고 하여도 저절로 알려짐을 비유하여 이르는 말. 싸고 싼 향내도 난다.

싸고 싼 향내도 난다 : ⇒ 싸고 싼 사향도 냄새난다.

싸라기 반도막을 처먹었나 : ⇒ 싸라기밥을 먹었나.

싸라기밥을 먹었나 : 쌀이 부서져 반 토막이 된 싸라기로 지은 밥을 먹었느냐는 뜻으로, 상대편이 반말 투로 나올 때 빈정거리는 말. 싸라기 반도막을 처먹었나.

싸래기 쌀 한 말에 칠 푼 오리라도 오리 없어 못 먹더라 : 아무리 작은 돈이라도 우습게 여기지 말고 아껴 써야 함을 비유하여 이르는 말.

싸리밭에 개 팔자 : ⇒ 오뉴월 댑싸리 밑의 개 팔자.

싸리불 퍼 놓고 불 좋다 한다㊊ **:** 곧 꺼질 싸리불을 화로에 퍼 놓고 불이 좋다고 한다는 뜻으로, 보잘것없는 것을 가지고 자랑하는 경우를 비유하여 이르는 말.

싸우는 개는 주인 말도 안 듣는다 : 약이 올라 싸울 때는 제정신을 잃게 됨을 비유하여 이르는 말.

싸움 끝에 정든다 : 싸움을 통하여 서로의 오해나 감정을 풀면 더욱 사이가 좋아진다는 말. 싸움 끝에 정이 붙는다.

싸움 끝에 정이 붙는다 : ⇒ 싸움 끝에 정든다.

싸움은 말리고 불은 끄랬다 : 무릇, 어떠한 일에나 나쁜 일은 말리고 좋은 일은 권하라는 말. 싸움은 말리고 흥정은 붙이랬다.

싸움은 말리고 흥정은 붙이랬다 : ⇒ 싸움은 말리고, 불은 끄랬다.

싸움은 말릴 때 그만두랬다 : 좋지 못한 일은 기회가 좋을 때 마무리를 지으라는 말.

싸움 잘하는 놈 매 맞아 죽는다 : 나쁜 짓을 하는 사람은 결국 그 나쁜 짓으로 인하여 큰 화를 입게 됨을 비유하여 이르는 말.

싸움해 이(利)한 데 없고, 굿해 해(害)한 데 없다 : 액을 쫓는 굿은 해도 괜찮으나 싸움은 절대로 할 것이 아니라고 경계하는 말.

싸전에 가서 밥 달라고 한다 : ⇒ 우물에 가 숭늉 찾는다.

싹싹하기란 제철 참배 맛이다 : 사람이 매우 싹싹함을 비유하여 이르는 말.

싹수가 노랗다 : 잘될 가능성이나 희망이 애초부터 보이지 않음을 이르는 말. 싹이 노랗다.

싹이 노랗다 : ⇒ 싹수가 노랗다.

싼 것이(게) 비지떡(갈치자반) : ⇒ 값싼 비지떡.

싼 것 좋아하는 사람이 썩은 고기 산다 : 지

나치게 싼 것만을 좋아하다 보면 결국 나쁜 것을 고르게 된다는 말.

싼물에 놋좆 빠진다 : 항해 중에 위급한 일이 생기는 것은 대체로 순탄치 못한 항해 여건과 방심에서 오는 경우가 많으므로, 출어할 때에는 선체와 기관, 기타 장비에 대한 안전 점검을 철저히 하는 동시에 경각심을 가지고 임하라는 말. *싼물－급류. *놋좆－무동력선에서 노질하는 장치.

쌀고리에 닭이라 : 갑자기 먹을 것이 많아지고 복 받은 처지에 놓임을 비유하여 이르는 말.

쌀과 여자는 밤에 봐야 곱다 : 쌀과 여자는 밝은 낮에 보는 것보다 약간 어두운 밤에 보는 것이 더 아름답게 보인다는 말.

쌀광에 든 쥐 : 부족함이 없고 만족한 처지를 이르는 말. 쌀독에 앉은 쥐.

쌀광에서 인심 난다 : ⇒ 쌀독에서 인심 난다.

쌀광이 차면 감옥이 빈다 : 먹을 것이 넉넉하면 도둑질하는 사람이 없어서 감옥이 비게 된다는 말.

쌀광이 차야 예절도 안다 : 생활이 넉넉해야 예절도 차리게 된다는 말. 곳간이 차야 예절도 안다.

쌀광 쥐는 쌀 고마운 줄 모르고, 물고기는 물 고마운 줄 모른다 : 항상 받는 혜택은 고마운 줄 모름을 비유하여 이르는 말.

쌀농사는 여든여덟 번 땀을 흘려야 한다 : 쌀 미 자(米字)가 팔십팔(八十八)로 이루어지듯이, 쌀농사는 품이 많이 든다는 말. 쌀농사는 여든여덟 번 손질을 해야 한다.

쌀농사는 여든여덟 번 손질을 해야 한다 : ⇒ 쌀농사는 여든여덟 번 땀을 흘려야 한다.

쌀농사 짓는 놈 따로 있고, 쌀밥 먹는 놈 따로 있다 : 1960년대 이전까지만 해도 농촌의 빈농들은 벼농사를 지었다 하더라도 다 팔아 버린 탓에 보리밥만 먹고 쌀밥은 먹어 보지도 못하고 살았다는 데서 유래된 말.

쌀독 속과 마음속은 남에게 보이지 말랬다 : 자기 재산이나 마음속의 비밀은 남에게 알려서는 안 된다는 말.

쌀독에 거미줄 치겠다 : 식량이 떨어져 먹지 못하고 굶주린다는 말.

쌀독에서 인심 난다 : 자신이 부유한 다음에야 비로소 남을 도와줄 수 있다는 말. 즉, 살림에 여유가 있어야 남에게 인정도 베풀 수 있다는 말. 곳간에서 인심 난다. 광에서 인심 난다. 쌀광에서 인심 난다.

쌀독에 앉은 쥐 : ⇒ 쌀광에 든 쥐.

쌀독의 쥐 쌀 먹는다㊕ **:** 쌀독 안에 들어 있는 쥐가 쌀을 먹는 것은 당연하다는 뜻으로, 누가 무엇을 차지하거나 가지는 것이 이치상 당연함을 비유하여 이르는 말.

쌀독이 바닥나면 밥맛은 더 난다 : 양식이 떨어져 굶게 되면 밥이 먹고 싶은 생각에 밥맛이 더 난다는 말.

쌀독이 비면 걱정은 커진다 : 식량이 떨어져 굶주리게 될수록 걱정이 많아진다는 말.

쌀독이 비면 인심도 각박해진다 : 잘살던 사람이 패가하게 되면 과거에 친하던 사람들도 멀어진다는 말.

쌀 두 되만 있어도 처가살이할 놈 없다 : 아무리 가난해도 처가살이는 하지 말라는 말.

쌀뒤주가 차고 쌀독이 넘어나야 부자라고 한다㊕ **:** 개인이나 국가나 식량이 풍부해야 실제로 잘 산다고 할 수 있음을 비유하여 이르는 말.

쌀뒤주를 열어 두면 복이 나간다 : 재물은 남이 모르도록 감추어 두어야 한다는 말.

쌀뜨물로 불 끄면 눈먼 아이 낳는다 : 국에 쓰는 식료인 쌀뜨물을 함부로 버리면 죄를 받아 병신 자식을 두게 된다는 말.

쌀로 밥을 지었다고 해도 못 믿겠다 : 쌀로

밥을 짓는 것이 당연하지만 못 믿듯이, 사실을 사실대로 말해도 믿을 수 없다는 말.

쌀 먹은 개는 안 맞고 겨 먹은 개가 맞는다 : 죄지은 사람은 안 잡히고 애매한 사람만 벌을 받게 됨을 비유하여 이르는 말.

쌀 먹은 개 욱대기듯 : 쌀 먹은 개를 꾸짖듯이 몹시 엄하게 꾸짖어 말한다는 말.

쌀바가지가 햇빛을 보면 복이 나간다 : 쌀독에 든 쌀바가지는 외부로 돌아다니면 재수가 없다는 말.

쌀밥과 여자는 흴수록 좋다 : 쌀은 흴수록 밥맛이 있고, 여자는 흴수록 곱게 보인다는 말.

쌀밥의 콩이나 보리밥의 콩이나 콩은 마찬가지다 : 쌀밥에 든 콩이나 보리밥에 든 콩이나 마찬가지이듯이, 본성은 어디를 가나 변하지 않는다는 말.

쌀벌레다 : 쌀벌레처럼 식량만 소비하며 놀고먹는 사람을 비유하여 이르는 말.

쌀 서 말 먹고 시집가는 처녀 없다 : 옛날 두메산골에 사는 사람은 쌀밥을 명절 때와 제사 때 외에는 먹어보지 못했을 정도로 가난했음을 비유하여 이르는 말.

쌀알을 세어 밥을 짓는다[數米而炊] : 쌀알을 세어서 밥을 지을 정도로 몹시 인색함을 비유하여 이르는 말.

쌀에 뉘 (섞이듯) : 많은 가운데 아주 드물게 섞여 있음을 비유하여 이르는 말. 세벌쌀에 뉘 섞이듯㉥.

쌀에도 뉘가 있다 : ⇒ 옥에도 티가 있다.

쌀에서 뉘 고르듯 : 많은 것 가운데서 쓸모없는 것을 하나하나 골라냄을 비유하여 이르는 말.

쌀에서 좀 난다㉥ : ⇒ 갖에서 좀 난다.

쌀은 백곡 중에서 왕이다 : 우리나라 사람들의 주된 음식이 쌀이므로 쌀이 곡식 중에서 으뜸이라는 말. 쌀은 오곡의 왕이다.

쌀은 쏟고 주워도, 말은 하고 못 줍는다 : ⇒ 살은 쏘고 주워도, 말은 하고 못 줍는다.

쌀은 오곡의 왕이다 : ⇒ 쌀은 백곡 중에서 왕이다.

쌀을 너무 아끼다 바구미 농사짓는다 : 물자는 아끼기만 할 것이 아니라 관리도 잘해야 한다는 말.

쌀을 오래 두면 바구미가 생긴다 : 쌀을 오래 두면 바구미도 생기고 밥맛도 떨어지게 되므로 오래 저장하려면 벼나 현미로 저장하여야 한다는 말.

쌀이 지팡이다 : 밥을 잘 먹어야 허리에 힘이 생겨서 늙은이가 지팡이를 짚은 것처럼 힘이 난다는 말.

쌀자루를 베고 자면 귀먹는다 : 귀중한 식량을 소중히 다루지 않으면 벌을 받는다는 말.

쌀주머니를 들고(메고) 다닌다㉥ : 쌀자루를 들고 여기저기 동냥하러 다닌다는 뜻으로, 쌀을 꾸러 다니거나 빌어먹으러 다님을 비유하여 이르는 말.

쌀짐에 똥 싼다 : 쌀짐에 똥을 싸면 닦아 내기가 어렵다는 뜻으로, 그러지 않아도 미운데 거기에다 또 곤란한 일만 저지름을 이르는 말.

쌀 한 말에 땀이 한 섬이다 : ⇒ 곡식은 농부의 땀을 먹고 자란다.

쌀 한 알 건지려고 쌀뜨물 한 말을 다 마신다 : ① 한 알의 쌀이라도 피땀 흘려 지은 곡식이므로 소중히 여겨야 한다는 말. ② 조그마한 이익을 위하여 많은 고생을 한다는 말.

쌀 한 알이 땀 한 방울이다 : ⇒ 곡식은 농부의 땀을 먹고 자란다.

쌈짓돈이 주머닛돈(-이다) : ⇒ 쌈짓돈이 주머닛돈이고, 주머닛돈이 쌈짓돈이다.

쌈짓돈이 주머닛돈이고 주머닛돈이 쌈짓돈이

다 : 쌈지에 든 돈이나 주머니에 든 돈이 다 한가지라는 뜻에서 나온 말로, 그 돈이 그 돈이어서 결국 마찬가지라는 말. 쌈짓돈이 주머닛돈. 절 양식이 중 양식(-이다). 주머닛돈이 쌈짓돈(-이라). 중의 양식이 절의 양식.

쌍가마 속에도 설움(걱정)은 있다 : 사람은 누구나 저마다 설움이나 걱정이 있음을 비유하여 이르는 말.

쌍동중매냐 똑같이 다니니 : ⇒ 쌍둥이 중매냐 똑같이 다니니.

쌍둥이 중매냐 똑같이 다니니 : 늘 나란히 다니는 사람을 두고 이르는 말. 쌍동중매냐 똑같이 다니니.

쌍밤을 먹으면 쌍둥이 낳는다 : 두 쪽 밤을 먹으면 쌍둥이를 낳는다는 속설에서 유래된 말.

쌍밤을 먹으면 쪽니가 생긴다 : 쌍밤을 먹으면 이도 쌍밤처럼 두 쪽 이가 생긴다는 말.

쌍언청이가 외언청이 타령한다(-이다) : 입술이 두 군데나 갈라진 언청이가 한 군데 갈라진 언청이를 보고 흉본다는 뜻으로, 자기의 큰 허물은 모르고 남의 작은 허물을 잡아서 탓함을 비유하여 이르는 말.

쌍지팡이 짚고 나선다 : 기를 쓰고 못하게 말림을 비유하여 이르는 말.

쌍태 낳은 호랑이가 강아지 채 먹은 듯북 **:** ⇒ 쌍태 낳은 호랑이 하루살이 하나 먹은 셈.

쌍태(雙胎) 낳은 호랑이 하루살이 하나 먹은 셈 : 먹는 양은 큰데 먹은 것이 변변치 못하여 양에 차지 않음을 비유하여 이르는 말. 범 나비 잡아먹듯. 범(-이) 나비 잡아먹은 것만 하다북. 쌍태 낳은 호랑이가 강아지 채 먹은 듯북. 주린 범의 가재다.

쌓인 눈을 밟아서 뽀드득 소리가 크면 날씨가 추워진다 : 상층의 기온이 낮으면 함수량이 적은 건성 눈이 내려 쌓이고 이 눈은 뭉쳐지지 않기 때문에 눈 결정이 서로 마찰을 하여 소리 나게 된다는 말.

써레물은 형제간에도 안 나눈다 : 써레질한 논물에는 비료 함유량이 많을 뿐 아니라, 이 무렵에는 모심기로 물이 귀할 때라 아무리 친한 사람에게도 나누어 주지 않는다는 말.

썩돌에(-서) 불난다북 **:** 치거나 맞비비면 부스러지기 쉬운 푸석돌에서도 불이 일어난다는 뜻으로, 얼핏 보기에는 불가능한 일이라도 좋은 방법으로 꾸준히 노력하면 가능하게 됨을 비유하여 이르는 말.

썩어도 준치 : ⇒ 물러도 준치다.

썩은 감자 하나가 섬 감자를 썩힌다 : 감자는 한 개만 썩어도 바로 다른 감자까지 다 썩게 한다는 말. 또는, 나쁜 것은 빠르게 번짐을 이르는 말.

썩은 고기에 벌레 난다 : ① 좋지 못한 원인이 있으면 반드시 그에 따른 좋지 못한 결과가 있음을 비유하여 이르는 말. ② 북 바탕이 좋지 못하면 그로 인하여 좋지 않은 일이 생김을 비유하여 이르는 말.

썩은 고기 한 마리가 뱃간 온 고기를 망친다 : 힘들여 잡은 고기를 선별 잘못으로 썩은 고기 한 마리 때문에 제값을 못 받게 되었다는 말.

썩은 공물(貢物)이요 성한 간색(看色)이라 : 실물보다 견본이 더 좋을 때 쓰는 말.

썩은 기둥 골 두고 서까래 갈아 댄다고 새집 되랴북 **:** 어떤 사물이든 낡은 근본은 그대로 놓아두고 사소한 것만 고치면 결코 개선되지 아니함을 비유하여 이르는 말.

썩은 동아줄 같다 : 힘없이 뚝뚝 끊어지거나 맥없이 쓰러지는 모양을 비유하여 이르는 말.

썩은 새끼(바)도 다쳐야 끊어진다북 **:** ① 어떤 사물이 외부의 자극으로 무너지는 경우를 비유하여 이르는 말. ② 겉으로는 멀쩡하게 보여 만졌다가 큰 화를 입게 되는 경우를 비유하여 이르는 말.

썩은 새끼도 쓸 때가 있다 : 아무리 소용없는 폐물도 어느 땐가는 이용될 때가 있다는 말.

썩은 새끼로 범 잡기 : ① 어수룩한 계획으로 큰일을 꾀하려 함을 이르는 말로, 어리석은 일을 시도함을 비웃는 말. ② 허술한 계책으로 큰일에 성공한 경우를 비유하여 이르는 말.

썩은 새끼에 목을 맨다 : 이러지도 저러지도 못하는 처지에서 억지로 하는 일임을 비유하여 이르는 말.

썩은 생선에 쉬파리 끓듯 : 먹을 것이나 이익이 생기는 곳에 어중이떠중이가 자꾸 모여드는 모양을 비유하여 이르는 말.

썩은 숲에서 불난다북 **:** ① 별로 중요하지 아니하던 것이 큰 화를 불러오는 경우를 비유하여 이르는 말. ② 하찮은 것이 큰 힘을 발휘하는 경우를 비유하여 이르는 말.

썩은 콩을 씹은 것 같다북 **:** ⇒ 날콩 씹은 상판북.

썩은 호박에 이도 안 드는 소리북 **:** ⇒ 삶은 호박에 이(-도) 안 들 소리.

썰매는 여름에 장만하고 달구지는 겨울에 장만한다북 **:** 무엇이든 제철이 되기 전에 준비하여 두어야 낭패를 보지 아니하게 됨을 비유하여 이르는 말.

썰물 때 잠자고 밀물 때 고기 잡는다 : 고기는 썰물 때 잡아야 하는데 밀물 때 잡기 때문에 애는 썼어도 성과가 적다는 뜻으로, 좋은 기회를 놓치고 불리한 때에 무슨 일을 꾀한다는 말.

썰물에 게나 고둥이나 하다가 밀물에 뭉어나 숭어나 한다 : 썰물 때는 게나 고둥도 잡지 않고 망설거리다가 말더니, 밀물 때도 역시 뭉어를 잡을까 숭어를 잡을까 망설거리다가 고기 잡을 기회를 다 놓치고 말듯이, 좋은 기회가 닥쳐도 결단을 못 내리고 우물쭈물하다가 결국 다 놓치고 만다는 말.

썰물에는 나비잠 자고 밀물에는 조개 잡는다 : 썰물 때는 고기가 안 잡히므로 쉬고, 밀물 때는 조개를 부지런히 잡으라는 말.

쏘아 놓은 살이요, 엎지른(엎질러진) 물이다 : 한번 저지른 일은 어찌할 수 없다는 말. 쏟아진 물.

쏜 살 같고 총알 같다 : 매우 빠르게 내닫는 모양됨을 비유하여 이르는 말.

쏟아진 물 : ⇒ 쏘아 놓은 살이요, 엎지른(엎질러진) 물이다.

쑥구렝이 꿩 잡아먹는다북 **:** 지지리 못난 구렁이가 꿩을 잡아먹는다는 뜻으로, 어리석고 못난 사람이 놀랄 만한 일을 하는 경우를 비유하여 이르는 말.

쑥구렝이 담 넘어가듯북 **:** ⇒ 구렁이 담 넘어가듯.

쑥대도 삼밭에 나면 곧아진다북 **:** ⇒ 삼밭에 난 쑥대다.

쑥대밭이 되었다 : 영화롭던 곳이 폐허가 되었음을 이르는 말.

쑥떡 같은 소리를 해도 찰떡같이 알아들어라 : 잘 알아듣기 어려운 말도 곰곰이 생각하여 바르게 새겨들으라는 말.

쑥떡같이 말 알아라 : 말은 잘 못해도 알아듣기나 잘하라는 뜻으로 이르는 말.

쑥떡 먹고 쓴소리한다 : 듣기 싫은 말을 할 때 핀잔하는 말.

쑥바자도 바람 막는다북 **:** 쑥대를 엮어서 만든 바자일지언정 충분히 바람을 막는다는 뜻으로, 비록 보잘것없는 것이라도 자기의 몫을 제대로 해내는 경우를 비유하여 이르는 말.

쑨 죽이 밥될까 : 일이 이미 글렀기 때문에 후회해도 소용없음을 비유하여 이르는 말. 익은 밥 다시 설릴 수 없다㊍. 익은 밥이 날로 돌아갈 수 없다.

쓰니 시어머니 : 흔히 시어머니가 며느리를 못살게 굶을 이르는 말. 쓰니 시어멍이다. 쓰디쓴 시어머니㊍.

쓰니 시어멍이다 : ⇒ 쓰니 시어머니. *시어멍 –'시어머니'의 제주도 방언.

쓰다 달다 말이 없다 : 어떤 문제에 대하여 아무런 반응이나 의사표시가 없음을 비유하여 이르는 말. 달다 쓰다 말이 없다.

쓰디쓴 시어머니㊍ : ⇒ 쓰니 시어머니.

쓰러져 가는 나무는 아주 쓰러뜨려라 : 잘될 가능성이 없는 일은 빨리 치우고 새 일을 시작하라는 말.

쓰러져 가는 나무를 아주 쓰러뜨린다 : 곤란한 입장에 처한 사람을 더 곤란하게 만듦을 비유하여 이르는 말.

쓰면 뱉고 달면 삼킨다〔甘呑苦吐〕 : ⇒ 달면 삼키고 쓰면 뱉는다.

쓰지 못하면 두었다 쓰지㊍ : 당장 쓰지 못한다 해도 잘 간수하면 쓸 데가 있음을 이르는 말.

쓴 개고기㊍ : 체면도 양심도 없이 짓궂게 지분대는 사람을 비유하여 이르는 말.

쓴 것이 약 : ⇒ 쓴 약이 더 좋다.

쓴 도라지(오이) 보듯 : ⇒ 원두한이 쓴 외 보듯.

쓴 맛 단 맛 다 보았다 : 세상의 괴로움과 즐거움을 모두 겪었음을 비유하여 이르는 말. 단 맛 쓴 맛 다 보았다.

쓴 배(개살구, 외)도 맛들일 탓 : ① ⇒ 개살구도 맛들일 탓. ② 모든 일의 좋고 나쁨은 그 일을 하는 사람의 주관에 달려 있음을 비유하여 이르는 말.

쓴 약이 더 좋다 : 비판이나 꾸지람이 당장에 듣기에는 좋지 아니하지만 잘 받아들이면 본인에게 이로움을 이르는 말. 쓴 것이 약.

쓴 오이 한 개 안 준다㊍ : 사람이 몹시 인색하게 굶을 비유하여 이르는 말.

쓸개 빠진 놈 : 제 정신을 바로 차리지 못하는 사람을 비유하여 이르는 말.

쓸개에 가 붙고 간에 가 붙는다 : ⇒ 간에 가 붙었다 쓸개(염통)에 가 붙었다 한다.

쓸 줄 모르는 것이 책부터 나무란다㊍ : ① 기술과 능력이 부족한 사람이 객관적인 조건만 탓하는 경우를 비유하여 이르는 말. ② 할 줄 모르면서 재료만 탓함을 비유하여 이르는 말.

씨가 따로 있나 : ⇒ 왕후장상이 씨가 있나.

씨는 속일 수 없다 : 내림으로 이어받는 집안 내력은 숨기려 해도 숨길 수 없음을 이르는 말.

씨도둑(-질)은 못 한다 : ① 종자의 결과나 유전의 관계는 속일 수 없다는 뜻. ② 조상 대대로 지녀온 전통이나 내력은 없애지 못한다는 말. ③ 부모와 자식은 모습이나 성격이 비슷한 데가 많아서 속일 수 없다는 말. 씨도적은 못한다㊍①.

씨도적은 못한다㊍ : ① ⇒ 씨도둑(-질)은 못 한다. ② 농민에게 종자는 목숨처럼 귀한 것이므로 훔쳐서는 안 된다는 말.

씨도 안 뿌리고 추수하려고 한다 : 봄에 농사일도 하지 않고 가을에 가서 수확을 하려고 한다는 말이니, 곧 허망한 행동을 이르는 말.

씨를 뿌리면 거두게 마련이다 : 일한 보람이나 결과는 꼭 나타나게 된다는 말.

씨름에 진 놈이 말이 많다 : 일을 잘못하거나 잘못을 범했을 때에 자꾸 변명하거나 다른 사람에게 책임을 돌림을 비유하여 이르는 말.

씨름은 잘해도 등허리에 흙 떨어지는 날 없다 : 재간은 있지만 별수 없이 편히 살지 못하고 일만 하고 살아야 함을 비유하여 이르는 말.

씨름하기 전에 누울 자리부터 본다 : 힘을 겨눌 때 이기려고 하지 않고 미리부터 질 궁리를 함을 이르는 말.

씨름하는 데 터럭만 다쳐 주어도 쉽다㊚ **:** 서로 힘이 비슷할 때에는 조금만 도와주어도 큰 힘이 됨을 비유적으로 이르는 말.

씨 바른 고양이다 : 눈치 빠르고 잇속을 잘 차리는 사람을 비유적으로 이르는 말.

씨 보고 춤춘다 : 오동나무의 씨만 보고 나중에 그 나무로 가야금을 만들 것을 생각하여 미리 춤춘다는 뜻으로, 나중에 할 일을 성급하게 서두름을 비유하여 이르는 말.

씨 뿌린 자는 거두어야 한다 : 원인을 유발한 사람은 결과를 감수(甘受)해야 한다는 말.

씨아 등에 아이를 업힌다 : 일이 매우 바쁘고 급한 형편에 있음을 이르는 말.

씨아와 사위는 먹고도 안 먹는다 : 목화씨를 앗는 씨아가 목화를 먹어도 당연한 것처럼, 사위는 아무리 먹어도 아깝지 않다는 말로써, 흔히 사위를 극진하게 대접한다는 말.

씨아 틈에 불알을 놓고 견디지 : 씨아 틈에 불알을 놓고 견디는 것이 차라리 낫다는 뜻으로, 누군가 몹시 귀찮게 굶을 비유하여 이르는 말.

씨암탉 잡아 주겠다 : 한 마리밖에 없는 씨암탉을 잡아 대접할 정도로 다정한 사이를 이르는 말.

씨암탉 잡은 듯하다 : ① 단란하고 화목한 가정을 비유하여 이르는 말. ② ㊚ 소중히 키우던 씨암탉까지 잡은 듯하다는 뜻으로, 대접이 극진함을 비유하여 이르는 말.

씨앗은 오줌으로 선별하면 생육이 좋다 : 씨앗을 오줌에 띄워서 선별하여 심으면 오줌이 거름도 되고 씨도 불리게 되므로 생육이 잘 된다는 말.

씨앗을 여러 날 두고 심으면 새가 덤빈다 : 씨앗을 여러 날 심으면 참새에게 들키기 쉬워 참새의 피해를 받게 된다는 말.

씹구멍에서 나와 땅구멍으로 들어간다 : 사람은 누구나 어머니 배 속에서 나와서 살다가 죽게 되면 묘 속으로 들어가게 된다는 말.

씹 본 벙어리 : 말도 않고 공연히 혼자 웃는 자를 비유하여 이르는 말.

씹 본 벙어리요, 좆 본 과부다 : 평소에 몹시 그리워하던 것을 보고도 말을 차마 못하고 속으로만 좋아한다는 말.

씹에 가랑니 꾀듯 한다 : ⇒ 개 씹에 보리알 끼이듯.

씻나락 망태를 베고 죽는다 : 농부는 굶어 죽을망정 씻나락은 먹지 않고 못자리를 할 수 있도록 남겨 놓듯이, 농민은 씨앗을 생명보다 소중히 여긴다는 말.

씻어 놓은 흰 죽사발 같다 : ⇒ 씻은 배추 줄기 같다.

씻은 배추 줄기 같다 : 얼굴이 희고 키가 헌칠함을 비유하여 이르는 말. 센 말 볼기짝 같다. 씻어 놓은 흰 죽사발 같다.

씻은 팥알(쌀알) 같다 : 외양이 말쑥하고 똑똑함을 비유하여 이르는 말.

ㅇ

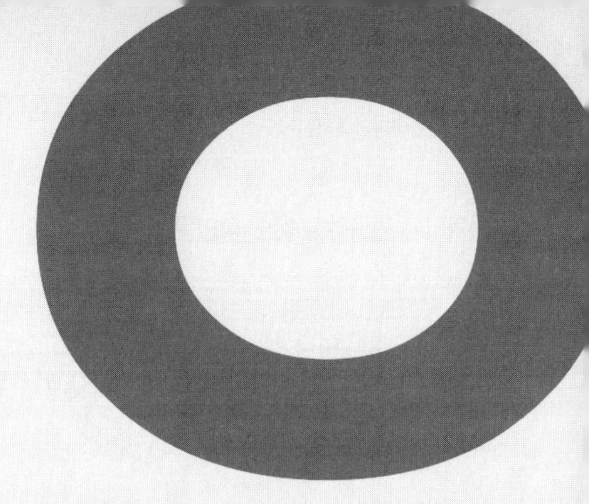

아가리가 광주리만 해도 막말은 못 한다

~

잎은 잎대로 가고 꽃은 꽃대로 간다

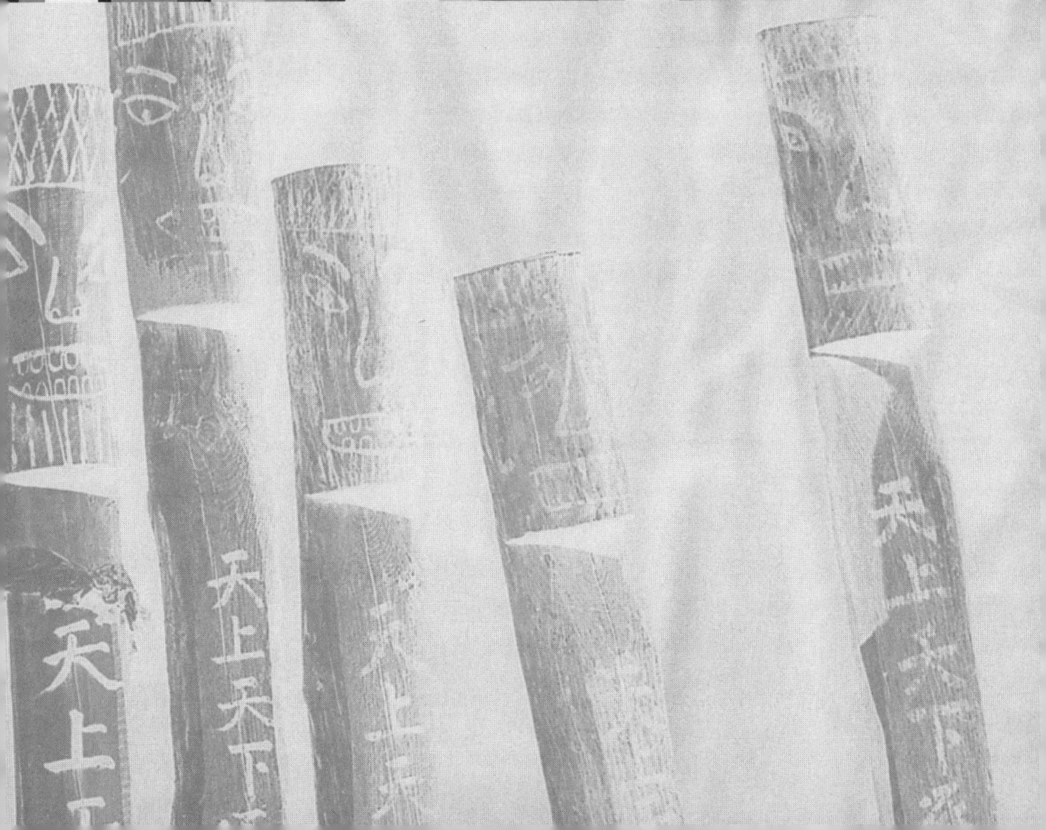

아가리가 광주리만 해도 막말은 못 한다 : 입이 아무리 커도 말을 함부로 할 수 없다는 뜻으로, 상대편이 어처구니없는 말을 함부로 함을 비난조로 이르는 말.

아가리 마구 난 창구멍인가㈱ **:** 말이 너무 많거나, 아무 말이나 막 하는 사람을 비유하여 이르는 말.

아가리에 자시오 할 땐 마다하다가, 아가리에 처먹으라 해야 먹는다 : 처음에 좋은 말로 할 때는 듣지 아니하다가 나중에 말이 거칠어져야 말을 듣는 경우를 비유하여 이르는 말.

아갈잡이를 시켰다 : 강제로 억압하여 행동을 자유롭지 못하게 함을 이르는 말.

아궁이가 쌀밥을 먹는다㈱ **:** 쌀을 팔아서 나무를 사 땐다는 뜻으로, 나뭇값이 비쌈을 비유하여 이르는 말.

아궁이의 불이 내면 비가 온다 : 부엌 아궁이의 불이 밖으로 나오고 안으로 잘 들어가지 않는 것은 저기압으로 인하여 굴뚝에서 연기가 잘 빠져나가지 않기 때문에 비가 올 징조라는 말.

아기 버릇 임의 버릇 : 부모가 아기를 돌보아 주듯이 아내가 남편을 돌보아 주어야 남편이 좋아함을 이르는 말.

아기 엄마 똥칠한다 : 아기와 함께 지내면 깨끗하게 있을 수 없다는 말.

아끼는 것이 찌로 간다 : 물건을 오랫동안 아끼고 쓰지 아니하면 무용지물(無用之物)이 되고 만다는 말. 아끼다 똥 된다. 아끼면 찌 된다. 아끼면 찌로 간다.

아끼는 넙적다리에 종처가 났다㈱ **:** 소중하게 아끼던 것에 뜻하지 않게 탈이 생겨서 난처하게 됨을 비유하여 이르는 말.

아끼다 똥 된다 : ⇒ 아끼는 것이 찌로 간다.

아끼면 찌 된다 : ⇒ 아끼는 것이 찌로 간다.

아끼면 찌로 간다 : ⇒ 아끼는 것이 찌로 간다.

아낙군수 : 늘 집 안에만 틀어박혀 있는 남자를 조롱하여 이르는 말.

아내가 귀여우면 처갓집 말뚝 보고도 절한다 : ① 아내가 좋으면 아내 주위의 보잘것없는 것까지 좋게 보인다는 말. ② 한 가지가 좋아 보이면 모든 것이 다 좋아 보임을 비유하여 이르는 말. ③ 어떤 사람을 너무 좋아하여 사리 판단이 어두워지면 실수를 하게 됨을 비유하여 이르는 말. 색시가 고우면 처갓집 외양간 말뚝에도 절한다. 아내가 귀여우면 처갓집 문설주도 귀엽다. 아내가 예쁘면 처갓집 울타리까지 예쁘다. 의가 좋으면 처갓집 말뚝에도 절한다. 장모 될 집 마당의 말뚝을 보고도 절한다㈱.

아내가 귀여우면 처갓집 문설주도 귀엽다 : ⇒ 아내가 귀여우면 처갓집 말뚝 보고도 절한다.

아내가 예쁘면 처갓집 울타리까지 예쁘다 : ⇒ 아내가 귀여우면 처갓집 말뚝 보고도 절한다.

아내 나쁜 것은 백 년 원수, 된장 신 것은 일 년 원수 : 아내를 잘못 얻으면 평생을 고생한다는 말.

아내 없는 처가집 가나마나 : 목적하는 것이 없는 데는 갈 필요가 없음을 비유하여 이르는 말.

아내에게 한 말은 나도 소에게 한 말은 나지 않는다 : ⇒ 소더러 한 말은 안 나도 처더러 한 말은 난다.

아내 행실은 다홍치마 적부터 그루를 앉혀야 한다〔紅裳敎妻〕 : 아내는 시집온 즉시에 규범(規範)을 익히도록 해야 한다는 말. 또는, 사람을 가르치거나 길들이기 위해서는 처음부터 엄하게 다잡아야 한다는 말. 색시 그루는 다홍치마 적에 앉혀야 한다.

아는 것을 보니 소강절의 똥구멍에 움막 짓고 살았겠다 : ⇒ 안다니 똥파리. * 소강절－중국 북송(北宋)의 유학자 소옹(邵雍)의 시호.

아는 것이 병〔識字憂患〕 ⇒ 모르면 약이요 아

는 게 병.

아는 것이 힘, 배워야 산다 : 세상을 살아가는 데에는 지식이 큰 힘이 되니 열심히 공부하라고 조언하는 말. 아는 것이 힘이다.

아는 것이 힘이다 : ⇒ 아는 것이 힘, 배워야 산다.

아는 길도 물어 가랬다 : ⇒ 돌다리도 두들겨 보고 건너라.

아는 놈 당하지 못한다 : 내막을 잘 알고 덤비는 상대는 이길 수 없음을 이르는 말.

아는 놈 붙들어 매듯 : 물건을 느슨하게 잡아맴을 비유하여 이르는 말. 아는 도둑놈 묶듯.

아는 놈이 도둑놈 : ① 도적질도 그 형편을 잘 아는 사람이 한다는 뜻으로, 잘 아는 사람이 속임수를 써서 이쪽 편을 해롭게 함을 비유하여 이르는 말. ② 잘 아는 사람이 물건 값을 더 비싸게 받거나 속임수를 잘 씀을 비유하여 이르는 말. ③ 북 많이 배운 사람이 더 나쁜 짓을 함을 이르는 말.

아는 데는 똥파리북 **:** 똥파리가 용케도 음식이 있는 곳을 알고 달려들듯이, 무슨 일을 재빠르게 알아 가지고 시끄럽게 구는 사람을 비꼬아 이르는 말.

아는 도끼에 발등 찍힌다 : ⇒ 믿는 도끼에 발등 찍힌다.

아는 도둑놈 묶듯 : ⇒ 아는 놈 붙들어 매듯.

아는 법이 모진 바람벽 뚫고 나온 중방 밑 귀뚜라미라 : 세상 일을 모르는 것 없이 알고 있는 사람을 두고 이르는 말.

아는 체하지 말고 모르는 체하지 말라북 **:** 사람은 언제나 겸손하고 솔직하여야 한다는 말.

아니 구린 통숫간이 있나 : 원래 그 본색이나 잘못은 감출 수가 없다는 말. * 통숫간-변소.

아니 되는 놈의 일은 자빠져도 코가 깨진다 : ⇒ 안되는 사람은 자빠져도(뒤로 넘어져도) 코가 깨진다.

아니 때린 장구 북소리 날까 : ⇒ 아니 땐 굴뚝에 연기 날까.

아니 땐 굴뚝에 연기 날까〔不燃之堗烟不生〕 : ① 원인이 없으면 결과가 있을 수 없음을 비유하여 이르는 말. ② 실제 어떤 일이 있기 때문에 말이 남을 비유하여 이르는 말. 부엌에 불을 넣어야 구새에 연기 난다북. 불 안 땐 굴뚝에 연기 날까. 뿌리 없는 나무에 잎이 필까①. 아니 때린 장구 북소리 날까.

아니 드는 칼로 목 베기 : 일을 저질러 놓고 짓뭉개며 질질 끌고만 있음을 이르는 말.

아니 먹는 씨아가 소리만 난다 : 쓸모없는 사람일수록 떠들썩하게 떠벌리며 돌아다니기만 함을 비유하여 이르는 말.

아니 먹은 최 보살북 **:** 무슨 일을 하거나 속으로 딴마음을 먹고 있으면서 시치미를 떼고 점잖은 척하는 사람을 비유하여 이르는 말.

아니 무너진 하늘에 작대기 받치자 한다 : 공연히 쓸데없는 짓을 하자고 함을 비유하여 이르는 말.

아니 밴 아이를 자꾸 낳으란다 : ⇒ 배지 아니한 아이를 낳으라 한다.

아닌 밤중에 남의 칼을(칼에) 맞다 : 천만뜻밖의 불행한 일을 당함을 비유하여 이르는 말.

아닌 밤중에 웬 떡이냐 : 뜻밖의 요행이나 횡재를 비유하여 이르는 말.

아닌 밤중에 찰시루떡 : ① ⇒ 아닌 밤중에 웬 떡이냐. ② ⇒ 호박이 넝쿨째로 굴러떨어졌다.

아닌 밤중에 홍두깨 (내밀듯) : 뜻하지 않은 말을 불쑥 꺼내거나, 별안간 무슨 짓을 함을 비유하여 이르는 말. 그믐밤에 홍두깨 내민다(내밀듯). 어두운 밤에 주먹질. 어두운 밤에 홍두깨 내밀 듯.

아동판수(兒童-) 육갑 외듯 : ① ⇒ 소경 팔양경 외듯. ② 악성(惡聲)을 거듭하거나 고함을 지름을 비유하여 이르는 말. *아동판수—어린 맹인 무당.

아들네 집 가 밥 먹고 딸네 집 가 물 마신다 : 흔히 딸의 살림살이를 더 아끼고 위하여 주는 부모의 심정을 비유하여 이르는 말.

아들도 말 태워 놓으면 사촌 된다㊊ **:** ⇒ 아들은 말 태워 놓으면 사촌 되고, 딸은 시집보내면 륙촌 된다㊊.

아들 많이 낳은 집 고추 값이다 : 아들만 많이 낳은 집 고추를 사다가 금줄에 꽂으면 아들을 많이 낳는다는 설 때문에 비싼 값으로 사 간다는 말.

아들 못난 건 제집만 망하고, 딸 못난 건 양사돈이 망한다 : 아들이 못나면 제집만 망치지만 여자가 못되면 시집에도 화를 미치고 친가에도 폐를 끼치게 됨을 이르는 말.

아들은 말 태워 놓으면 사촌 되고, 딸은 시집보내면 륙촌 된다㊊ **:** 딸과 아들을 혼인시키고 나면 관계가 멀어진다는 말. 딸자식 길러 시집보내면 륙촌이 된다. 아들도 말 태워 놓으면 사촌 된다㊊.

아들은 장가를 가면 반 남이 되고, 딸은 시집을 가면 온 남이 된다 : 아들은 결혼을 하면 부모보다 아내를 더 생각하고, 딸은 시집을 가면 친정보다 시집을 더 생각한다는 말.

아들을 잘 두면 한 집이 잘되고, 딸을 잘 두면 두 집이 잘된다 : 아들을 잘 두면 자기네 집 하나가 잘되고, 딸을 잘 두면 시집과 친정 모두가 잘된다는 말.

아들을 잘못 두면 한 집이 망하고, 딸을 잘못 두면 두 집이 망한다 : 아들이 잘못되면 자기네 집 하나가 망하고, 딸이 잘못되면 시집과 친정이 모두 망한다는 말.

아들이 더 잘났다면 아버지는 좋아하지만, 아우가 더 잘났다면 형은 싫어한다 : 형제간의 우애보다 부자간의 사랑이 더 돈독함을 이르는 말.

아들 자랑은 반 미친놈이 하고, 계집 자랑은 온 미친놈이 한다 : 자식이나 아내 자랑은 하지 말라는 말.

아라사(俄羅斯) 병정 같다 : 무뚝뚝하고 험상궂은 사람을 이르는 말. *아라사—러시아의 음역어.

아래 큰 년의 살림이라 : 주책없이 활수(滑手)함을 꼬집어 이르는 말.

아래턱이 위턱에 올라가 붙다(나) : 상하의 계급을 무시하여 아랫사람이 윗자리에 앉을 수 없다는 말.

아랫길도 못 가고 윗길도 못 가겠다 : 이것도 저것도 다 믿을 수 없고 어찌해야 할지 모르겠다는 말. 윗돌도 못 믿고, 아랫돌도 못 믿는다. 이 절도 못 믿고 저 잘도 못 믿겠다.

아랫돌 빼서 윗돌 괴고 윗돌 빼서 아랫돌 괴기〔彌縫策〕: 일이 몹시 급할 때 임시변통으로 이리저리 둘러맞추어 감을 비유하여 이르는 말. 윗돌 빼서 아랫돌 괴고 아랫돌 빼서 윗돌 괴기.

아랫돌 빼어 윗돌 괴기〔下石上臺〕: ⇒ 언 발에 오줌 누기. 아랫돌 빼서 윗돌 괴고 윗돌 빼서 아랫돌 괴기.

아랫사랑은 있어도 위엣 사랑은 없다 : ⇒ 내리사랑은 있어도 치사랑은 없다.

아망위에 턱을 걸었다(-나) : 배후(背後)의 위력을 믿고 하잘것없는 것이 교만함을 이르는 말. *아망위—외투·비옷 등의 깃에 덧붙여 머리에 뒤집어쓰는 물건.

아무것도 못하는 놈이 문벌만 높다 : ⇒ 못된 일가 항렬만 높다.

아무 때고 리가(李哥)의 먹을 밥이라㊊ **:** ⇒

아무 때 먹어도 김가가 먹을 것이다.

아무 때 먹어도 김가(金哥)가 먹을 것이다 : 자기가 취할 이익은 언제나 자기가 취하게 된다는 말. 아무 때고 리가의 먹을 밥이라[북].

아무렇지도 않은 다리에 침놓기 : ⇒ 긁어 부스럼.

아무리 궁해도 집 안에 날아든 꿩은 잡지 않는다 : ⇒ ① 아무리 자기에게 필요한 것이라도 사정을 하며 청하는 사람이 있으면 손을 대지 않음을 비유하여 이르는 말. ② 몹시 어려운 처지에 있는 사람을 동정하게 됨을 비유하여 이르는 말.

아무리 바빠도 바늘허리에 매어 쓰지 못한다 : 아무리 급하다 하여도 꼭 갖추어야 할 것은 갖추고 순리대로 하여야 함을 비유하여 이르는 말.

아무리 밝은 달빛도 해빛을 대신 못한다 [북] **:** ⇒ 달빛이 아무리 밝아도 햇빛보다 밝을 수는 없다는 말.

아무리 사당을 잘 지었기로 제사를 못 지내면 무엇 하나 : ⇒ 아무리 겉모양이 훌륭하고 격식을 잘 갖추었어도 제구실을 못하면 아무 쓸모가 없음을 비유하여 이르는 말.

아무리 없어도 딸 먹일 것과 쥐 먹일 것은 있다 : 시집간 딸에 대한 부모의 사랑이 매우 극진함을 이르는 말.

아무리 재주가 좋아도 남의 배 속의 글을 옮겨 넣지 못한다[북] **:** 재능이나 지식은 다른 사람의 것을 옮겨 놓을 수 없음을 이르는 말.

아무리 쫓겨도 신발 벗고 가랴 : 아무리 급한 경우라도 체면 차릴 것은 차려야 함을 비유하여 이르는 말.

아무 발에나 맞는 신은 없다 : 누구에게나 다 좋은 물건은 없다는 뜻으로, 모든 사람의 마음에 꼭 드는 사람은 없다는 말.

아버지는 똑똑한 자식을 더 사랑하고 어머니는 못난 자식을 더 사랑한다 : 아버지는 자식에 대한 욕망이 크고 어머니는 자식에 대한 자애가 큼을 이르는 말.

아버지는 아들이 잘났다고 하면 기뻐하고, 형은 아우가 더 낫다고 하면 노한다 : 형제간의 우애가 부모의 사랑을 따를 수 없음을 이르는 말.

아버지 뼈, 어머니 살[북] **:** 아버지 집안에서는 혈통과 가풍을 이어받고, 어머니 집안에서는 사랑과 영양을 공급받음을 비유하여 이르는 말.

아버지 없이는 농사를 지어도 소 없이는 농사 못 짓는다 : 농업이 기계화되기 이전에는 소로 논밭을 갈고 비료·곡식류·땔나무 등을 운반하였기 때문에 소가 없이는 농사를 지을 수가 없다는 말.

아버지 종도 내 종만 못하다 : ① 남의 것은 아무리 좋아도 내가 직접 사용할 수 있는 내 것만 못하다는 말. ② [북] ⇒ 아버지 주머니의 돈도 제(내) 주머니의 돈만 못하다.

아버지 주머니의 돈도 제(내) 주머니의 돈만 못하다[북] **:** 아무리 가까운 부자간에도 자식이 아버지 돈을 함부로 쓸 수 없다는 뜻으로, 가까운 사이에도 계산은 정확해야 함을 비유하여 이르는 말. 아버지 종도 내 종만 못하다②.

아병(俄兵)의 장화 속 같다 : 언행이나 물건이 몹시 천하고 더러움을 비유하여 이르는 말. * 아병-러시아 군인. 일진회의 맥고모자 같다. 평양 병정의 발싸개 같다.

아비가 고생하여 모으면 아들은 배불리 먹고 손자는 거지가 된다 : 부모가 아무리 재산을 많이 물려주어도 자식이 헤프게 쓰면 곧 가난해진다는 말.

아비만한 자식 없다 : ① 자식이 부모에게 아무리 잘해도 부모가 자식 생각하는 것만큼 못함을 이르는 말. ② 자식이 아무리 훌륭히 되더라도 부모만큼은 못함을 이르는 말.

아비 아들 범벅 금 그어 먹어라 : 아무리 친근한 사이라도 한계를 명확히 해야 한다는 말.

아비 죽은 지 나흘 후에 약을 구한다 : 매우 행동이 느리고 뜨다는 말.

아산(牙山)이 깨어지나, 평택(平澤)이 무너지나 : 결판이 날 때까지 끝까지 벼를 때 쓰는 말.

아쉬운 감 장수 유월부터 한다 : ① 돈이 아쉬워서 물건답지 아니한 것을 미리 판다는 말. ② 변변치 못한 일을 남보다 일찍 함을 비유하여 이르는 말.

아쉬워 엄나무 방석이라 : 아쉬운 대로 엄나무 방석에 앉았다는 뜻으로, 마음에 들지는 않지만 어쩔 수 없어서 하게 됨을 비유적으로 이르는 말.

아쉬워 잡아 엄나무 : 아쉬운 때는 가시 돋힌 엄나무라도 잡는다는 말.

아예 팔자 험하거든 두 번 팔자 보지 마라 : 여자가 첫 결혼에 실패하면 재가(再嫁)해 봤자 좋은 팔자 얻기가 어렵다는 말.

아욱으로 국을 끓여 삼 년을 먹으면 외짝 문으로는 못 들어간다 : 아욱으로 늘 국을 끓여 먹으면 몸이 불어서 외짝 문으로 못 들어간다는 뜻으로, 아욱이 몸에 매우 좋다는 말.

아욱 장아찌 : 매사에 담박(淡泊)하고 아름답지 못함을 이르거나, 싱거운 사람을 조롱하여 이르는 말.

아이가 때리는 매도 많이 맞으면 아프다 : ⇒ 어린애 매도 많이 맞으면 아프다.

아이가 셋이면 석 자 가시가 걸리지 않는다 북 **:** ① 가난하고 아이가 많은 집에서는 먹을 것이 없기 때문에 어머니는 가시조차 먹을 것이 없다는 말. ② 가난한 집에서 많은 아이를 키우다 보면 어머니는 무엇을 먹어도 목에 걸리지 않을 정도로 허기진다는 말.

아이 가진 떡 : 상대가 약하기 때문에 그가 지닌 물건을 쉽게 취할 수 있음을 이르는 말.

아이 가진 떡 없게 : 아무리 약한 사람의 것이라도 남의 물건을 함부로 해서는 안 된다는 뜻.

아이 곱다니까 종자닭을 잡는다 북 **:** ① ⇒ 아이 좋다니까 씨암탉을 잡는다. ② 부모는 자신의 아이를 칭찬하여 주는 것을 더없이 좋아한다는 말.

아이 낳는데 속옷 벗어 달란다 : 바쁘고 힘든 사람에게 부당한 청구를 하는 경우를 비유하여 이르는 말.

아이 놓고는 웃어도 돈 놓고는 못 웃는다 북 **:** 아이가 있는 집은 웃음이 늘 끊이지 않고 화목하지만, 돈이 많은 집은 걱정이 늘 끊이지 않는다는 말.

아이는 버리고 태만 키웠다 북 **:** 기본적인 것은 버리고 부차적인 것만 쥐고 있는 어리석음을 비꼬아 이르는 말. 아이를 사르고 태를 길렀나.

아이는 보지로 나오고, 세상만사는 입으로 나온다 : 아이는 어머니의 옥문으로 나오고 세상만사의 화근은 모두가 말에서 출발되기 때문에 늘 말을 조심하라는 말.

아이는 보지로 나오고, 화는 입으로 나온다 : ⇒ 아이는 보지로 나오고, 세상만사는 입으로 나온다.

아이는 작게 낳아서 크게 길러라 : ① 아이를 낳을 때는 크다 작다 따지지 말고 잘 길러서 큰 사람이 되게 하라는 말. ② 일을 손쉽게 하면서 큰 성과를 내게 하라는 말.

아이는 제 자식이 잘나 보이고, 곡식은 남의 곡식이 잘되어 보인다 : ⇒ 자식은 내 자식이 커 보이고, 벼는 남의 벼가 커 보인다.

아이는 칠수록 운다 : 아이는 때리는 것보다는 달래야 함을 이르는 말. 아이와 북은 칠수록 소리가 난다.

아이도 낳기 전에 기저귀(포대기) 장만한다(누빈다) : ⇒ 시집도 가기 전에 기저귀(강아지, 포대기) 마련한다.

아이도 사랑하는 데로 붙는다 : 사람은 누구나 정을 많이 주는 쪽을 따르는 법임을 비유하여 이르는 말.

아이들 고추장 퍼먹으며 울듯[북] **:** 어리석게 스스로 일을 저지르거나, 사서 고생하는 경우를 비유하여 이르는 말.

아이들 떠드는 소리가 시끄러우면 비가 온다 : 평소 날씨가 좋을 때는 지면이 많은 열을 받아서 대류와 난류가 일어나 소리를 소산시키지만, 저기압일 때는 대류와 난류가 발생하지 않아서 소리가 크게 들리므로 이럴 때는 비가 올 것이라는 말.

아이들 보는 데는 찬물도 못 마신다 : 아이들은 남의 흉내를 잘 내기 때문에 아이들 앞에서는 행동을 조심해야 함을 비유하여 이르는 말.

아이들은 많고 도래떡은 적다[북] **:** 써야 할 데는 많은데 예산은 부족한 경우를 비유하여 이르는 말.

아이들은 한 밥에 오르고 한 밥에 내린다 [북] **:** 한창 자라나는 아이들은 한두 끼만 못 먹어도 살이 빠지고, 한두 끼만 잘 먹어도 살이 오른다는 말.

아이들이 아니면 웃을 일이 없다 : 집에 아이들이 있으면 늘 웃을 일이 생김을 이르는 말.

아이를 기르려면 무당 반(半)에 어사(御使) 반이 되어야 한다 : ① 아이는 한편으로는 귀여워하면서도 또 한편으로 엄하게 키워야 함을 이르는 말. ② [북] 아이를 기르려면 부모가 여러 가지 것을 다 알아야 함을 비유하여 이르는 말.

아이를 사르고 태를 길렀나 : ⇒ 아이는 버리고 태만 키웠다.

아이를 예뻐하면 옷에 똥칠을 한다 : ⇒ 어린애 친하면 코 묻은 밥 먹는다.

아이 말도 귀여겨 들으랬다 : ⇒ 세 살 먹은 아이 말도 귀담아 들으랬다.

아이 말 듣고 배 딴다 : 철없는 어린아이의 말을 잘 곧이듣는 어리석은 사람을 비유하여 이르는 말.

아이 머저리는 돌 지나면 안다[북] **:** 아이가 똑똑하지 못한 것은 한 돌만 지나도 안다는 뜻으로, 사람이 제구실을 제대로 하지 못하는 경우를 농담조로 이르는 말.

아이 못 낳는 년이 밤마다 용꿈 꾼다 : 실제로 할 능력도 없는 주제에 허황된 생각만 하고 있는 경우를 비유하여 이르는 말.

아이 발이 첫발이라 : 비록 시작은 서투르더라도 결국 뒤에 뛰어난 경지에 이르는 시초가 된다는 말.

아이 밴 계집 배 차기 : 고약하고 심술 사나운 못된 행동을 비유하여 이르는 말.

아이 밴 나를 어찌할까 : 제게 믿는 구석이 있어 상대편이 감히 어떻게 하지 못할 것임을 비유하여 이르는 말.

아이 밴 녀자 열 달 후에 낳을 줄 누가 모르랴[북] **:** 누구나 다 아는 뻔한 일을 가지고 이야기하는 경우를 비꼬아 이르는 말. 애 밴 부인 열 달 후에 애 낳을 줄 누가 모르랴 [북]. 애 밴 녀자 열 달 후에 낳을 줄 누가 모르랴[북].

아이 밴 여자가 말고삐를 넘으면 아이를 열두 달 만에 낳는다 : 손에 잡고 다니는 말고삐를 여자가 발로 넘는 것은 삼가라는 말.

아이 밴 여자가 목화 꿈을 꾸면 아이의 수명이 길다 : 임신부가 목화를 태몽으로 꾸면 아이의 명(命)이 길다는 것은, 명(命)과 면(綿)의 음이 유사한 데서 유래된 말.

아이 버릴 덤불은 있어도 나 버릴 덤불은 없다 : 자식에 대한 애정이 크다고 하지만 자기 자신을 생각하는 마음이 한층 큼을 비유하여 이르는 말.

아이 보는 데는 찬물도 못 마신다(먹는다) : ① 아이들은 보는 대로 모방하므로 아이들이 볼 때는 함부로 행동하거나 말을 하여서는 안 됨을 비유하여 이르는 말. ② 남이 하는 것을 바로 그대로 따라 하는 경우를 비꼬아 이르는 말.

아이보다 배꼽이 더 크다 : ⇒ 발보다 발가락이 더 크다.

아이 보채듯 한다 : 몹시 졸라댐을 이르는 말.

아이 새끼도 아홉 껍질을 입는다 : 아이를 입히는 것이 매우 큰 문제임을 비유하여 이르는 말.

아이 손님이 더 어렵다 : 철없는 아이는 조금만 잘못하여도 섭섭해하므로 아이 손님 치르기가 더 어렵다는 말.

아이 싸움이 어른 싸움 된다 : 대수롭지 않은 일이 점점 커진다는 말. 또는 아이들 싸움엔 어른이 간섭하지 말라는 말.

아이와 늙은이는 괴는 데로 간다 : ⇒ 어린아이와 개는 괴는 대로 간다. *괴다-사랑하다.

아이와 북은 칠수록 소리 난다 : ⇒ 아이는 칠수록 운다.

아이와 장독은 얼지 않는다 : ⇒ 장독과 어린애는 얼지 않는다.

아이 자라 어른 된다 : ① 보잘것없는 일이 차차 발전하여 크게 되거나 큰일이 됨을 비유하여 이르는 말. ② 북 아이가 자라서 어른이 되는 것이므로 어리고 하찮은 아이라도 우습게 보지 말라는 말. ③ 불완전한 것이 점점 진보하여 완전한 것이 된다는 말. ④ 작은 것이 점점 자라 크게 된다는 말. ⑤ 어린애가 하는 일에도 어른과 공통되는 점이 있으니, 어린애라고 윽박지르지 말라는 말.

아이와 장독은 얼지 않는다 : ⇒ 장독과 어린애는 얼지 않는다.

아이 좋다니까 씨암탉을 잡는다 : 칭찬하여 주면 제 물건 아까운 줄 모르고 행동함을 비유하여 이르는 말. 아이 곱다니까 종자닭을 잡는다 북[①].

아이 치레 송장치레 : 아이들에게 호사스러운 옷을 입히는 것은 마치 송장에게 잘 입히는 것과 같이 아무 소용이 없다는 뜻으로, 자라는 아이는 아무렇게나 되는대로 입혀서 기르라는 말.

아이 핑계 대고 남의 감 딴다 : 교묘한 핑계로 나쁜 짓 함을 이르는 말.

아이하고 여자는 길들일 탓 : 아이와 여자는 가르치고 길들이는 데 따라 착하게도 되고 악하게도 된다는 말.

아재비 한 것만큼 따라한다 북 : 남이 하지 않은 일을 처음으로 하는 것이 어렵지 남이 이미 해 놓은 것을 따라 하는 것은 그리 어렵지 않음을 비유하여 이르는 말.

아저씨 못난 건 조카 길짐만 진다 : 자신이 못나면 남에게 대우를 받지 못함을 이르는 말. *길짐-길 가는 사람의 짐.

아저씨 못난 것 조카 장짐 지운다 : 되지 못한 자가 제가 조금이나마 윗자리에 있는 유세로 저보다 낮은 지위에 있는 사람들을 마구 부려먹는다는 말. *장짐-장에 가는 사람의 짐.

아저씨 아니어도 망건이 동난다 : ① 아저씨가 사지 않더라도 망건 사 갈 사람은 많다는 뜻으로, 특정한 사람이 아니라도 도와줄 사람은 얼마든지 있음을 비유하여 이르는 말. ② 남이 가지고 있는 물건이 탐난다는 말.

아저씨 아저씨하고 길짐(떡 짐)만 지운다 : 입으로는 상대방을 좋게 대접하는 척하면서 그 사람을 이용한다는 뜻으로, 상대방을 겉으로는 존경하는 체하면서 실제로는 부담되는 일만 시킴을 이르는 말. 행수 행수 하고 짐 지운다.

아전(衙前)은 시골 사대부 𦵔 **:** 지방의 아전이 중앙의 사대부처럼 행세하면서 백성들을 못살게 구는 것을 비유하여 이르는 말.

아전의 술 한 잔이 환자(還子)가 석 섬이라고 : ① 관리에게 조금이라도 신세를 지게 되면 그 몇 곱으로 갚아야 함을 이르는 말. ② 𦵔 적은 미끼에 걸려 많은 것을 바치게 되는 경우를 비유하여 이르는 말.

아주까릿대에 개똥참외 달리듯 : ① 가볍게 대롱대롱 매달린 모양을 비유하여 이르는 말. ② 생활 능력이 없는 자가 분에 넘치게 계집을 많이 데리고 산다는 말. ③ 연약한 과부에게 큰 자식이 여럿 있음을 이르는 말. 아주까릿대에 쥐참외 달리듯.

아주까릿대에 쥐참외 달리듯 : ⇒ 아주까릿대에 개똥참외 달리듯.

아주머니 떡(술)도 싸야 사 먹지 : 아무리 친근한 사이라도 이익이 있어야 관계하게 됨을 비유하여 이르는 말. 동성 아주머니 떡(술)도 싸야 사 먹지. 아주머니 떡도 커야 사 먹는다. 할아버지 떡도 커야 사 먹는다.

아주머니 떡도 커야 사 먹는다 : ⇒ 동성 아주머니 떡(술)도 싸야 사 먹지.

아주미 속곳은 덮어 줘도 공이 없다 : 아주머니 속곳이 벌어진 것을 덮어 주다가는 엉뚱한 오해를 받게 되므로 못 본 척하고 자리를 피하는 것이 상책이라는 말.

*아주미—'아주머니'의 낮춤말.

아주 뺑빠졌다 : 모든 일에 낭패(狼狽)를 보았음을 이르는 말.

아주 송화색(松花色)이라 : 아주 샛노랗다는 뜻으로, 인색하기 짝이 없는 경우를 이르는 말.

아직 신날도 안 꼬았다 : ⇒ 의주를 가려면서 신날도 아니 꼬았다. *신날—짚신이나 미투리 바닥에 세로 놓은 날.

아직 이도 나기 전에 갈비를 뜯는다 : ⇒이도 아니 나서 황밤을 먹는다.

아침 꼴에 소 살찌고 농사 잘된다 : 아침에 일찍 일어나 쇠먹이도 베고 논밭도 보살피면 소는 살찌고 농사도 잘된다는 말.

아침놀에는 강 건너지 말고 저녁놀에는 천 리 길 떠나랬다 : 아침에 동쪽 하늘이 벌겋게 보이면 비가 많이 오고, 저녁에 서쪽 하늘이 벌겋게 보이면 날씨가 좋다는 말.

아침놀에는 갯가에 가지 말랬다 : 아침놀에는 비가 와서 갯가로 가면 위험하니 가지 말라는 말.

아침놀에는 며느리를 김매러 보내고 저녁놀에는 딸을 김매러 보낸다 : 아침놀에는 비가 오기 때문에 미운 며느리를 김매러 보내고, 저녁놀에는 날씨가 좋으니까 귀여운 딸을 김매러 보낸다는 말.

아침놀에는 문밖에도 나가지 말고, 저녁놀에는 먼 길도 간다〔朝霞不出門 暮霞行千里〕 : 아침놀에는 비가 오게 되므로 아예 출입을 하지 말고, 저녁놀에는 날씨가 좋으므로 먼 길을 가도 좋다는 말.

아침놀에는 비가 오고 저녁놀에는 맑다 : 동쪽에 아침놀이 생기는 것은 저기압이 다가오고 있음을 뜻하므로 비가 오게 되고, 서쪽에 저녁놀이 생기는 것은 서쪽 하늘이 건조한 상태에 있음을 뜻하므로 다음 날 날씨가 좋다는 말. 저녁놀에는 맑고, 아침놀에는 비가 온다. 저녁놀은 맑아지고 아침놀은 소나기 온다.

아침놀에는 폭풍우가 있고 구름이 역류하면 폭풍우가 갠다 : 아침놀에는 폭풍우가 오지만, 구름이 서로 반대로 흐르면 폭풍우도 개게 된다는 말.

아침놀에는 폭풍우가 있다 : 아침놀은 수증기가 없고 먼지가 많은 공기가 이미 지나갔으므로 폭풍우가 오게 된다는 말.

아침놀 저녁 비요, 저녁놀 아침 비라 : 아침에 놀이 서면 저녁에 비가 오고, 저녁에 놀이 서면 다음날 아침에 비가 온다는 말.

아침 뇌성에는 강 건너 소를 매지 말랬다 : 아침에 천둥이 치게 되면 큰비가 오므로 강 건너에 소를 매지 말라는 말.

아침 무지개는 비 올 징조, 저녁 무지개는 맑을 징조 : 아침에 무지개가 생기는 것은 비가 올 징조이고, 반대로 저녁 무지개는 맑은 날씨가 예상된다는 말.

아침 무지개에는 강을 건너지 말랬다 : 아침 무지개가 서면 큰비가 오므로 조심하라는 말.

아침 무지개에는 내를 건너지 말고 저녁 무지개에는 가지고 가던 우산도 두고 가랬다 : 아침에 무지개가 서면 큰 비가 오고, 저녁에 무지개가 서면 날씨가 청명해진다는 말.

아침 무지개에는 며느리를 밭에 보내고 저녁 무지개에는 딸을 밭에 보낸다 : 아침에 무지개가 서면 미운 며느리를 밭에 보내어 비를 맞게 하고, 저녁 무지개가 서면 날씨가 좋기 때문에 딸을 밭에 보낸다는 말. 저녁 무지개에는 딸을 보내고, 아침 무지개에는 며느리를 밭에 보낸다.

아침 무지개에는 비가 오고 저녁 무지개에는 날이 갠다 : 무지개는 태양의 반대쪽에 나타나므로 아침 무지개는 서쪽에 뜨고 저녁 무지개는 동쪽에 뜨며, 우리나라 날씨의 변동은 서쪽에서 동쪽으로 이동하기 때문에 아침 무지개 때는 비가 서쪽에서 오기 시작하여 동쪽으로 이동하면서 자기가 있는 곳으로 접근하는 것이고, 저녁 무지개 때는 이미 자기가 있는 곳을 지나간 상태에 있으므로 날씨가 갠다는 말.

아침 무지개에는 소나기가 온다 : 아침 무지개가 서면 소나기가 많이 온다는 말.

아침 북풍 저녁 서풍은 맑음 : 여름 남쪽 해안 지방에서 고기압권 내에 있을 때 새벽은 북풍(육풍)이, 오후에는 남풍(해풍)이 일반적이며, 고기압권 내이므로 날씨도 맑다는 말.

아침 비는 여인의 자비(慈悲)라 : 아침부터 내리는 비는 여자의 자비로운 눈물처럼 많이 오지 않는다는 말. 식전 비는 많이 오지 않는다. 식전 비에는 우산을 두고 간다. 아침 비에는 가졌던 우산도 두고 간다.

아침 비에는 가졌던 우산도 두고 간다 : ⇒ 아침 비는 여인의 자비라.

아침 소나기는 반드시 갠다 : 아침에 내리는 소나기는 많이 오지 않고 이내 갠다는 말.

아침 아저씨 저녁 소 아들 : ① 농가에서 한창 바쁠 때는 머슴의 비위를 맞추려고 아침 대접을 잘 하지만 저녁에 일 끝나고 돌아오면 대접은커녕 함부로 대하는 것을 비유하여 이르는 말. ② 북 자신의 이해관계에 따라 일시 아첨하다가 일이 끝나면 짐승만큼도 여기지 않음을 비유하여 이르는 말. 아침에는 아저씨 저녁에는 쇠아들이다.

아침 안개가 끼면 그날은 청명하다 : 아침에 안개가 끼는 날은 날씨가 좋다는 말. 아침 안개에는 날씨가 좋다.

아침 안개가 끼면 이마가 벗어진다 : ⇒ 아침 안개에 대머리 벗어진다.

아침 안개가 중대가리 깬다 : ⇒ 아침 안개에 대머리 벗어진다.

아침 안개는 더울 징조 : 아침 안개는 고기압권 내에서 날씨가 좋을 때 생기므로 안개가 걷히면 맑은 날씨에 일사량이 많아

기온이 상승한다는 말.

아침 안개에는 날씨가 좋고 자녁 안개에는 비가 온다 : 아침 안개에는 날씨가 쾌청하고 저녁 안개에는 비가 오게 된다는 말.

아침 안개에는 날씨가 좋다 : ⇒ 아침 안개가 끼면 그날은 청명하다.

아침 안개에는 빨래가 잘 마른다 : 아침 안개가 낀 날은 날씨가 좋기 때문에 빨래가 잘 마른다는 말.

아침 안개에 대머리 벗어진다 : 아침에 안개가 끼면 볕이 쨍쨍 나서 대머리가 델 정도로 따갑다는 말. 아침 안개가 끼면 이마가 벗어진다. 아침 안개가 중 대가리 깬다. 아침 안개에 중 이마 벗어진다.

아침 안개에 중 이마 벗어진다 : ⇒ 아침 안개에 대머리 벗어진다.

아침에 까치가 울면 좋은 일이 있고, 밤에 까마귀가 울면 대변(大變)이 있다 : 아침에 까치가 울면 반가운 손이 오거나 기쁜 소식이 있고, 밤에 까마귀가 울면 좋지 못한 일이 생긴다 하여 이르는 말.

아침에 내리는 뇌우(雷雨)는 큰비가 올 징조다 : 아침에 번개 치고 천둥하며 오는 비는 많이 올 징조라는 말.

아침에 뇌우가 내리면 강 건너가지 말랬다 : 아침 뇌우에는 큰비가 오게 되므로 물 조심을 하라는 말.

아침에는 아저씨 저녁에는 쇠아들이다 : ⇒ 아침 아저씨 저녁 소 아들.

아침에 동쪽 놀이 서면 비가 온다 : 놀은 햇빛이 공기층의 먼지에 산란되어 일어나는 현상이므로, 서쪽에서 저기압이 다가와 비가 온다는 말.

아침에 매미가 울면 날씨가 좋다 : 여름 아침에 매미가 울면 날씨가 좋다는 말.

아침에 비둘기가 울면 비가 온다 : 날짐승들은 기압 변화에 예민하기 때문에 아침에 비둘기들이 울면 그날 비가 온다는 말.

아침에 서쪽 무지개가 서면 비가 온다 : 무지개는 언제나 해의 위치와 반대편에 생기는 것이므로 서쪽에 서는 아침 무지개는 머지않아서 비가 온다는 말.

아침에 심은 곡식은 먹어도 저녁에 심은 것은 못 먹는다Ⓟ **:** 아침에 심은 씨는 땅에 습기가 있어서 자랄 수가 있지만, 하루 종일 햇볕에 마른 저녁 땅에는 씨가 제대로 발아되지 아니함을 비유하여 이르는 말.

아침에 안개가 많이 끼면 날씨가 쾌청하다 : 아침 안개가 많이 낄수록 그날의 날씨는 좋다는 말.

아침에 천둥을 치면 고막이 웃는다 : 여름철 아침에 천둥이 치면 강수로 인하여 영양염류가 증가되어 조개류의 먹이가 흔해지므로 조개류들이 기뻐한다는 말. 아침 천둥이 치면 여름 고막이 웃는다.

아침에 흰말을 보면 그날 돈이 생긴다 : 귀한 흰말을 아침에 보는 것은 재복(財福)이 있을 징조라는 말.

아침의 짙은 안개는 맑을 징조이다 : 아침 안개는 주로 복사안개로, 대부분 이동성 고기압의 중심부에 들어 맑게 갠 날 밤과 아침 사이에 잘 발생하고, 해가 떠서 기층이 따뜻해지면 점차 맑아진다는 말.

아침 이슬이 많으면 날씨가 좋다 : 아침 이슬이 풀잎에 많이 맺혀 있으면 그날 날씨가 좋다는 말.

아침 일이 반나절 일이다 : ⇒ 식전 일이 반나절 일이다.

아침 천둥은 강을 건너지 말라 : 아침에 생기는 뇌우는 한랭전선이 발달하였을 때 생기고, 한랭전선은 소나기와 돌풍을 동반하므로 주의가 필요하다는 말. 아침 천둥은 소나기를 불러온다.

아침 천둥은 소나기를 불러온다 : ⇒ 아침 천

둥엔 강을 건너지 말라.

아침 천둥이 치면 여름 고막이 웃는다 : ⇒ 아침에 천둥을 치면 고막이 웃는다.

아침 해가 붉으면 비가 온다 : 아침에 해가 붉은 것은 공기에 있는 수증기에 햇빛이 비쳐서 붉게 보이는 것이므로 아침 해가 붉으면 비가 올 징조라는 말.

아편 침 두 대에 황소 떨어지듯 : 독한 기운에 취하여 금세 의식을 잃는 모양을 이르는 말.

아픈 아이 눈 들어가듯 한다 : 독의 쌀 따위가 쑥쑥 줄어 들어감을 이르는 말.

아 해 다르고 어 해 다르다 : 같은 내용의 말이라도 말하기 나름에 따라 그 느낌이 사뭇 달라진다는 말. 에 해 다르고 애 해 다르다.

아홉 가진 놈(이) 하나 가진 놈 부러워한다 : ① 욕심이 많음을 비유하여 이르는 말. ② 가지면 가질수록 더 욕심이 생김을 비유하여 이르는 말.

아홉 마리 소에 터럭 하나[九牛一毛] 뜻 : 매우 많은 것 가운데 아주 적은 양을 비유하여 이르는 말.

아홉 살 먹을 때까진 아홉 동네서 미움을 받는다 : ⇒ 아홉 살 일곱 살 때에는 아홉 동네에서 미움을 받는다.

아홉 살 일곱 살 때에는 아홉 동네에서 미움을 받는다 : 아홉 살 일곱 살 때에는 아이들의 장난이 몹시 심하고 말도 안 들어 미움을 받게 됨을 비유하여 이르는 말. 아홉 살 먹을 때까진 아홉 동네서 미움을 받는다.

아홉 섬 추수(秋收)한 자가 한 섬 추수한 자더러 그 한 섬을 채워 열 섬으로 달라 한다 : ① 남의 딱한 사정을 생각하지 않는, 도량이 좁고 염치가 없는 사람을 비유하여 이르는 말. ② 뜻 부자들이 더 많은 재산을 가지려고 모진 행동을 함을 비유하여 이르는 말. 아흔아홉 섬 하는 놈이 한 섬 하는 놈보고 나 백 섬으로 채우게 한 섬을 달라고 한다.

아흔아홉 섬 하는 놈이 한 섬 하는 놈보고 나 백 섬으로 채우게 한 섬을 달라고 한다 : ⇒ 아홉 섬 추수한 자가 한 섬 추수한 자더러 그 한 섬을 채워 열 섬으로 달라고 한다.

악담은 덕담이다 : 남을 저주하는 악담은 도리어 욕을 듣는 이에게 좋은 수를 끼친다는 말.

악독한 고승록(高承祿)이라 : 마음이 독한 사람을 비유하여 이르는 말.

악머구리 끓듯 한다 : 알아들을 수 없이 소란하게 떠듦을 비유하여 이르는 말. *악머구리—참개구리를 잘 우는 개구리라는 뜻으로 일컫는 말.

악바리 악돌이 악 쓴다 : 무슨 일에나 남에게 굴하지 않고 끈질기게 자신의 고집을 내세우는 경우에 이르는 말.

악박골 호랑이 선불 맞은 소리다 : 상종 못할 정도로 사납고 무섭게 내지르는 소리를 비유하여 이르는 말. *선불—급소에 바로 맞지 아니한 총알.

악(惡)으로 모은 살림 악으로 망한다 : 나쁜 짓을 하여 모은 재산은 오래가지도 못할 뿐 아니라 도리어 해롭게 된다는 말.

악인(惡人) 갖다 성인(聖人) 만들려면 만들고, 성인 갖다 악인 만들 수도 있다 : 사람은 가르치는 데 따라 잘도 되고 나쁘게도 된다는 말.

안개가 끼면 날씨가 좋다 : 아침에 안개가 끼는 날은 날씨가 좋다는 말.

안개가 높은 산에서 아래로 내려오면 비바람이 분다 : 안개가 고지대에서 아래로 내려온다는 것은 저기압골로 들어선다는 것이므로 비가 오고 바람도 분다는 말.

안개가 높은 산에서 움직이지 않고 있으면 비

가 온다 : 안개가 높은 산에 낀 채 이동하지 않고 있다는 것은 저기압 상태에 있다는 것을 의미하므로 비가 올 징조라는 말.

안개 걷히듯 한다 : 안개가 벗어지듯이 알게 모르게 슬그머니 사라짐을 이르는 말.

안개 끼면 바다 날씨 좋아진다 : 안개는 대개 고기압이 접근할 때 수분 응결 현상에서 비롯되는 것이므로, 안개가 걷히고 나면 바다 날씨가 좋아진다는 말.

안개 낀 날 소 찾기다 : 안개가 끼어 지척도 분간하기 어려운데 잃어버린 소를 찾는다는 것은 어리석은 짓이라는 말.

안개 낀 날 소 찾듯북 : 막연하게 헤매고 다니는 모습을 비유하여 이르는 말.

안개 늙으니 비 된다북 : 안개가 오래 끼어 있다가 비가 오는 경우를 이르는 말.

안개 속에서 꽃 보기다〔霧裏看花〕 : 눈이 어두워 사물을 똑똑히 보지 못함을 비유하는 말.

안개와 구름이 산에서 하늘로 올라가거나 흩어지면 날씨가 갠다 : 높은 산에 낀 안개나 구름이 공중으로 올라가는 것은 기압이 높기 때문이므로 날씨가 갠다는 말.

안광이 지배(紙背)를 뚫는다(철한다) : 눈빛이 종이를 뚫는다는 뜻으로, 글을 몹시 집중하여 정독하거나 이해력이 뛰어남을 이르는 말.

안는 암탉 잡아먹기 : ① 달걀을 품고 있는 암탉을 잡아먹는다는 뜻으로, 하는 짓이 염치가 없고 분별없는 경우를 비유하여 이르는 말. ② 매우 아깝고 애석하기는 하지만 어쩔 수 없이 손실을 입게 되는 경우를 비유하여 이르는 말.

안다니 똥파리 : 사물을 잘 알지도 못하면서 이것저것 아는 체하는 사람을 비꼬는 말. 아는 것을 보니 소강절의 똥구멍에 움막 짓고 살았겠다. 알기는 오뉴월 똥파리로군.

안동읍 장(場)은 삼(三) 껑이면 파한다 : 안동 사람들의 언어(인사)풍습을 이르는 말. *안동 말의 물음꼴 어미는 '－꺼, －껑으로 끝나는데, 장꾼들이 만나면 '왔니껑, 장 다 봤니껑, 이제 가니껑의 세 '껑'으로 인사를 한다는 말.

안되는 놈은 두부에도 뼈라 : ⇒ 계란에도 뼈가 있다.

안되는 사람은 자빠져도(뒤로 넘어져도) 코가 깨진다〔窮人之事 飜亦破鼻〕 : 운수가 나쁜 사람은 보통 사람에게는 생기지도 않는 나쁜 일까지 생김을 비유하여 이르는 말. 아니 되는 놈의 일은 자빠져도 코가 깨진다. 잘 안되는 사람은 이불 거죽을 다려도 주름이 간다북.

안되면 조상(산소) 탓 : ⇒ 잘되면 제 탓 못되면 조상 탓.

안뒷간에 똥 누고 안 아가씨더러 밑 씻겨 달라겠다 : 염치없고 체신 없음이 지나칠 정도로 심한 일을 두고 하는 말. *안뒷간/-뒷-/－안채에 딸린 부녀자용의 뒷간. 내측(內厠).

안 먹겠다 침 뱉은 물 돌아서서 다시 먹는다 : 두 번 다시 안 볼 것처럼 모질게 대한 사람에게 나중에 도움을 청할 일이 생긴다는 뜻으로, 누구에게나 좋게 대하여야 함을 비유하여 이르는 말.

안 먹고 사는 장사가 없다 : 누구나 먹어야 힘을 쓰고 일을 할 수 있음을 비유하여 이르는 말.

안반 이고 보 마르러 가겠다 : 네모난 안반을 이고 보자기를 재단하러 가겠다는 뜻으로, 바느질 솜씨나 일솜씨가 어지간히도 없는 경우를 놀림조로 이르는 말.

안방에 가면 시어미 말이 옳고, 부엌에 가면 며느리 말이 옳다 : 양편의 말이 모두 일리(一理)가 있어서 시비를 가리기가 어려운 경우를 비유하여 이르는 말. 방에서는 매부 말이 옳고, 부엌에 가면 누이 말이 옳다.

안방을 밝히면 못쓴다 : 남녀 관계는 절제하는 생활을 하여야 함을 이르는 말.

안벽 치고 밭벽 친다 : ① 겉으로는 도와주는 체하고 속으로는 방해함을 이르는 말. ② 이편에서는 이렇게 말하고 저편에서는 저렇게 말하여 둘 사이에 이간(離間)을 부린다는 말. * 밭벽/-뼉/ ―바깥쪽의 벽.

안 보면 보고 싶고 보면 이 갈린다[북] **:** 상대편을 몹시 사랑하고 그리워하나 상대편은 그렇지 못하기 때문에 앙심을 품게 됨을 이르는 말.

안 본 용은 그려도 본 뱀은 못 그린다 : ① 눈앞에 있는 사실을 실제 그대로 파악하기는 어려움을 비유하여 이르는 말. ② 어떤 일에 대하여 추상적으로 말하기는 쉬우나 실제로 하기는 어려움을 비유하여 이르는 말.

안 살이 내 살이면 천 리라도 찾아가고, 밭 살이 내 살이면 십 리라도 가지 마라 : 출가하여 사는 부인들이 친정 식구는 매우 반겨서 극진히 대접하나, 시댁 식구는 달갑지 않게 여기고 대접도 소홀히 함을 비유하여 이르는 말.

안성맞춤이라 : 주문한 대로 잘 만든 물건, 또는 물건이 견고하거나 어떤 일을 함에 주어진 기회가 확실함을 이르는 말.

안성 피나팔(皮喇叭) : 남자의 양물(陽物)을 익살스럽게 이르는 말.

안악 사는 과부 : 낮과 밤을 구별하지 못하고 사는 사람을 이르는 말.

안 올 장에 왔댔다[북] **:** 관계하지 않아야 할 곳에 쓸데없이 관계하여 후회하게 되는 경우를 비유하여 이르는 말.

안(內) 인심이 좋아야 바깥양반 출입이 넓다 : 오는 사람의 대접을 잘 하여야 다른 데 가서도 대접을 잘 받는다는 말.

안주 안 먹으면 사위 덕 못 본다 : 안주 없이 술만 마시면 더 취하게 됨을 경계하여 이르는 말.

안 주어서 못 받지 손 작아서 못 받으랴 : 주면 주는 대로 얼마든지 받을 수 있다는 말.

안중(眼中)에 사람이 없다〔眼下無人〕 : 남의 일에는 관심도 두지 아니하고 어려워하지도 아니하며 함부로 나댐을 비유하여 이르는 말.

안질(眼疾)에 고춧가루 : ① 눈병과 고춧가루는 상극이라는 뜻으로, 아주 상극이 되어 나쁜 영향을 끼치는 물건을 이르는 말. ② 성한 눈도 견디기 힘든 고춧가루를 앓는 눈에 뿌린다는 뜻으로, 엎친 데 덮친 격으로 아주 나쁜 결과를 가져올 대책을 이르는 말. 눈 앓는 놈 고춧가루 넣기.

안질에 노랑 수건 : ① 남에게 필요하거나 친밀한 것처럼 따라다니는 사람이나, 꼭 있어야 할 소중한 물건을 이르는 말. ② 눈병과 노랑 수건은 떨어질 수 없다는 데서 유래된 말로, 매우 친밀한 사람을 이르는 말.

안차고 다라지다 : 성질이 겁이 없이 깜찍하고 당돌함을 이르는 말.

안 추운 소한 없고 안 따순 대한 없다 : ⇒ 대한치고 안 따뜻한 대한 없고 소한치고 안 추운 소한 없다.

안친 물에 고기 잘 문다 : 바닷물이 들기 시작할 때 낚시질이 잘된다는 말. * 안친 물 ―들물〔入潮〕.

안팎곱사등이 굽도 젖도 못한다 : 진퇴양난(進退兩難)에 빠진 경우를 비유하여 이르는 말.

안팎 곱사등이다 : 모든 일의 기회가 옹색하여 곤란함을 이르는 말. 또는 하는 일마다 잘되지 않음을 비유하여 이르는 말.

앉아 똥 누기는 발허리나 시지 : 앉아 똥 눌 때는 하다못해 발허리라도 시지만 그런 어려움조차 없다는 뜻으로, 앉아 똥 누기 보다 일이 매우 쉬울 때를 비유하여 이르는 말.

앉아 삼천 리, 서서 구만 리 : 멀리 앞일을 꿰뚫어 앎을 비유하여 이르는 말.

앉아서 먹으면 태산도 못 당한다 : 일하지 않고 앉아서 까먹기만 하면 아무리 큰 재산이라도 못 당한다는 말.

앉아 주고 서서 받는다 : 남에게 빌려 주기는 쉬워도 돌려받기는 어렵다는 말. 앉아 준 돈 서서도 못 받는다.

앉아 준 돈 서서도 못 받는다 : ⇒ 앉아 주고 서서 받는다.

앉은 개 입에 똥 들어가나 : 활동을 하지 않으면 먹을 것이 안 생긴다는 말.

앉은 데가 본(本)이라 : 한번 한곳에 정착하게 되면 그곳에 정이 붙어 이주(移住)하기가 어렵게 된다는 말.

앉은 량반보다 빌어먹는 거지가 낫다 북 **:** 자기 손으로 일해서 벌어먹는 것이 가장 좋은 것임을 비유하여 이르는 말.

앉은뱅이가 서면 천 리를 가나 : 능력도 없고 수단도 없는 사람이 장차 큰일을 할 것처럼 떠들고 다닐 때 놀림조로 이르는 말.

앉은뱅이 강 건느듯 북 **:** 벼르기만 하였지 실제 하지는 못하고 우물쭈물하는 모양을 비유하여 이르는 말.

앉은뱅이 닭 쫓기(쫓듯) 북 **:** 일을 시원시원하게 진척시키지 못하는 경우를 이르는 말.

앉은뱅이 뒴뛰듯 하다 : 노력은 하나 능력이 모자라서 큰 결과를 못 얻는 경우를 이르는 말. 앉은뱅이 암만 뛰어도 그 자리에 있다.

앉은뱅이 무릎걸음(무릎밀이)하듯 북 **:** 앉아서 뭉개기만 할 뿐 일에 성과를 올리지 못하는 경우를 이르는 말.

앉은뱅이 무엇 자랑하듯 북 **:** 별로 자랑할 것이 없는 자가 호언장담(豪言壯談)함을 이르는 말.

앉은뱅이 앉으나 마나 : ⇒ 소경 잠자나 마나.

앉은뱅이 암만 뛰어도 그 자리에 있다 : ⇒ 앉은뱅이 뒴뛰듯 하다.

앉은뱅이 언제 서서 춤출 날 있을가 북 **:** 이루어질 가능성이 희박한 경우를 비유하여 이르는 말.

앉은뱅이 용쓴다 : 불가능한 일을 두고 힘만 쓰고 있는 경우를 비유하여 이르는 말.

앉은뱅이의 망건 뜨기 : 궁상스럽고 옹색한 일을 비유하여 이르는 말.

앉은뱅이 천리 대참 : 무능한 자가 힘에 겨운 일을 하려 함을 비유하여 이르는 말.

앉은 영웅보다 돌아다니는 머저리가 낫다 북 **:** 사람은 활동을 하고 돌아다녀야 함을 이르는 말.

앉은 영웅이 없다 북 **:** 아무리 뛰어난 인물이라도 노력하지 아니하고 활동하지 아니하면 성공할 수 없음을 비유하여 이르는 말.

앉은 자리에 풀도 안 나겠다 : 사람이 너무 깔끔하고 매서울 만큼 냉정함을 이르는 말.

앉은 장사 선 동무 : 견문이나 교제 범위가 좁아서 세상 물정에 어두워 자주 손해를 보는 것을 이르는 말.

앉은 장원이다 북 **:** 명색만 번드르르하고 실제 활동 능력은 없는 사람을 놀림조로 이르는 말.

앉을 자리 봐 가면서 앉으라 : 모든 행동을 분별 있고 눈치 있게 하라는 말.

앉을 자리 설 자리를 가리다(안다) : 사리에 맞고 눈치가 빠르게 자기가 해야 할 일을 잘 분간하는 경우를 비유하여 이르는 말.

알고도 죽는 해수병이라 : 결과가 좋지 않을 줄 뻔히 알면서도 어쩔 수 없이 그 일을 겪는다는 말.

알고 보니 수원 나그네 : 누군가 싶었는데 알고 보니 그전부터 잘 아는 수원 나그네였다는 뜻으로, 처음에는 누군지 몰랐으나 깨달아 알고 보니 알던 사람이라는 말. 다시 보니 수원 나그네. 이제(인제) 보니 수원 나그네.

알고 있는 일일수록 더욱 명치에 가둬야 한다 : 말과 행동에 신중을 기해야 함을 비유하여 이르는 말.

알고 한 번 모르고 한 번㊇ **:** 알고서 한 번 할 수 있고, 모르거나 속아서 한 번 할 수 있는 일이란 뜻으로, 절대로 다시는 할 수 없는 일임을 이르는 말.

알기는 오뉴월 똥파리로군 : ⇒ 안다니 똥파리.

알기는 체쟁이 송곳 끝 같다㊇ **:** 직업적으로 체를 매는 사람의 송곳 끝이 어김이 없다는 데서 비롯된 말로, 어떤 일이든지 잘 알아맞히는 사람을 비유하여 이르는 말.

알기는 칠월 귀뚜라미 : ① 온갖 것을 잘 아는 듯이 자랑하는 이를 두고 이르는 말. 알기는 태주 같다. ② ㊇ 가을이 온 것을 제일 먼저 알리는 것은 음력 칠월 귀뚜라미라는 뜻으로, 남보다 먼저 아는 체하는 사람을 비꼬는 말.

알기는 태주(胎主) 같다 : ⇒ 알기는 칠월 귀뚜라미①.

알까기 전에 병아리 세지 마라 : ⇒ 까기 전에 병아리부터 세지 마라.

알 낳아 둔 자리냐 : 어떤 자리를 염치없이 혼자 차지하려고 함을 비꼬아 이르는 말.

알다가도 모르겠다 : 도무지 이해할 수 없음을 이르는 말.

알던 정 모르던 정 없다 : ① 공적인 일을 할 때에는 사적인 정이 없이 냉정하게 처리하여야 함을 이르는 말. ② ㊇ 가깝던 사람이 돌변하여 냉정하여졌음을 이르는 말.

알뜰하고 덕 있는 며느리가 들어와야 집안이 흥한다 : 살림살이가 알뜰하고 덕이 있는 며느리가 들어와야 그 집안이 화목하고 흥하게 된다는 뜻으로, 집안이 화목하고 행복하게 되려면 안주인의 성품과 덕행이 중요하다는 말.

알로 깠느냐 : 알에서 깨어났느냐는 뜻으로 ① 사람이 변변치 못함을 이르는 말. ② 언행이 몹시 뺀질뺀질하고 약게 구는 것을 조롱조로 이르는 말.

알로 먹고 꿩으로 먹는다 : ⇒ 꿩 먹고 알 먹는다(먹기).

알 못 낳는 암탉이 먼저 죽는다 : 자기가 해야 할 일을 못하면 무용지물이라 남에게 대우를 받지 못한다는 말.

알아야 도둑질도 한다 : 무식하면 어떤 일도 못하니 지식을 쌓으라는 말.

알아야 면장을 하지 : 무슨 일을 하려면 그것에 관련된 학식이나 실력을 갖추고 있어야 함을 비유하여 이르는 말.

알을 두고 온 새의 마음 : 잠시도 마음을 놓지 못하고 불안해하는 경우를 비유하여 이르는 말.

알토란 캐는 밭은 남 안 준다 : 알토란은 비옥한 토지에서 잘되는 작물이므로, 이런 토지는 소작으로 주지 않고 자기가 직접 영농한다는 말.

알 품은 닭이 삵을 친다㊇ **:** ① 부모가 자식을 위하여 감히 대적할 수 없는 상대에게도 대듦을 비유하여 이르는 말. ② 제힘으로는 도저히 감당할 수 없는 일에 어리석게 손을 댐을 비유하여 이르는 말.

앓느니 죽지 : ① 수고를 조금 덜 하려고 남을 시켜서 시원치 않게 일을 하느니보다는 힘이 좀 들더라도 자기가 직접 해치우는 편이 낫겠다는 말. ② 이왕 곤란을 당할 바에는 큰 곤란을 겪어 버리는 것이 낫다는 말.

앓는 데는 장사 없다 : 아무리 힘이 센 장사라도 병에 걸려 앓게 되면 거꾸러진다는 뜻으로, 앓지 아니하도록 건강에 조심하여야 함을 비유하여 이르는 말.

앓는 병에는 죽지 않아도 꾀병에는 죽는다 북 : 병에 걸려 앓게 되면 의사에게 보이고 여러 가지 약을 써 고칠 수 있으나, 꾀병을 부리다가는 누구도 모르는 위험에 빠져 목숨을 잃을 수도 있다는 뜻으로, 사람은 언제나 솔직하여야지 쓸데없이 꾀병이나 속임수로 요령을 부리다가는 제 몸을 망칠 수 있다는 말.

앓던 이 빠진 것 같다 : 어떤 고통이나 걱정거리가 없어져서 후련함을 비유하여 이르는 말.

암고양이 자지 베어 먹을 놈 : 세상에 별 못할 짓을 다 함을 욕으로 이르는 말.

암까마귀인지 수까마귀인지 어찌 알랴 북 **:** 다 같이 새까만 까마귀를 보고 암놈, 수놈을 가려내기 어렵다는 뜻으로, 옳고 그름을 판단하기 어려움을 비유하여 이르는 말.

암소 고기가 맛있다 : 암소 고기가 황소 고기보다 연해서 맛이 좋다는 말.

암소 골 달음치듯 한다 : 변통성이 없고 고집만 세우는 태도를 이르는 말.

암소는 교미시킨 뒤 바로 냇물을 건너게 하면 수태(受胎)되지 않는다 : 암소를 교미시킨 후 냇물을 건너가게 하면 배가 냉각되므로 수태되지 않는다는 말.

암실기심(暗室欺心)이면 신목(神目)이 여전(如電)이라 : 남이 안 본다고 자기 마음을 속이면 신의 눈이 번쩍인다는 뜻이니, 나쁜 일은 누가 보든 안 보든 하지 말라는 말.

암치 뼈에 불개미 덤비듯 : 이익이 있을 만한 것에 이 사람 저 사람 덤비어 달라붙는 모양을 비유하여 이르는 말. * 암치-소금에 절이어 말린 민어의 암컷.

암캐 수캐 노는데 청삽살이 못놀까 : ⇒ 참깨 들깨 노는데 아주까리 못 놀까.

암탉의 무녀리냐 : 맨 처음 낳는 알은 매우 작다는 뜻으로, 몸집이 작은 사람을 비웃어 이르는 말.

암탉이 꼬꼬댁꼬꼬댁 하면 알을 낳고, 수탉이 꼬꼬댁꼬꼬댁 하면 일이 난다 : 암탉이 꼬꼬댁거리면 달걀을 낳지만, 장닭이 암탉 울음을 울면 불길한 일이 생긴다는 말.

암탉이 알 낳는 것을 보면 횡재를 얻는다 : 닭이 알을 낳는 것을 보면 그날 재수가 있다는 말.

암탉이 오리알을 낳고도 수탉에게 할 말이 있다고 : 여자가 서방질하는 것은 용납될 수 없는 일이지만, 그래도 남편에게 할 말이 있다는 말.

암탉이 운다 : 가정에서 여자가 남자를 제쳐 놓고 집안일을 좌지우지함을 비유하여 이르는 말.

암탉이 울면 수탉은 날개만 친다 : 암수탉이 서로 의좋게 지내듯이 부부간이 정답게 지냄을 이르는 말.

암탉이 울면 집안이 망한다〔陰不抗陽〕 : 날이 샜다고 울어야 할 수탉이 제구실을 못하고 대신 암탉이 울면 집안이 망한다는 뜻으로, 가정에서 남편을 제쳐 놓고 여자가 지나치게 큰 소리를 치고 좌지우지하면 집안일이 잘 안 된다는 말. 저녁에 암탉이 울면 집안이 망한다.

암탉이 울어 날 새는 일 없고, 장닭(수탉)이 울어서 날 안 새는 일 없다 : 남자가 할 일을 여자가 해서 되는 일 없고, 남자가 하는 일 남자가 해서 안 되는 일 없다는 말.

암탉이 울어 날 샌 일 없다 : 암탉이 울어서는 날이 새지 않는다는 뜻으로, 남자를 제쳐 놓고 여자가 모든 일을 좌지우지하면 일이 제대로 될 수 없다는 말. ⇒ 수탉이 울어야 날이 샌다.

암탉 잡아도 될 잔치에 황소 잡는다 : 암탉을

잡아서 접대할 수 있는 잔치에 소를 잡아 지나치게 낭비하듯이, 분수에 맞지 않게 과소비를 한다는 말.

암퇘지가 발정한 데(발정할 때) 메밀을 먹이면 발정이 사라진다 : ⇒ 암퇘지가 발정했을 때 콩을 먹이면 발정이 정지된다.

암퇘지가 발정했을 때 콩을 먹이면 발정이 정지된다 : 콩은 암퇘지의 발정을 정지시키므로 발정기에는 먹이지 말라는 말. 암퇘지가 발정한 데(발정할 때) 메밀을 먹이면 발정이 사라진다.

암퇘지를 교미시킬 때 도끼를 우리에 넣어 두면 수퇘지를 많이 낳는다 : 돼지를 교미시킬 때 암퇘지 우리에 도끼를 두면 수컷을 많이 낳으니 우리 안에 도끼를 두지 말라는 말.

암퇘지를 교미시킬 때 주먹밥을 주면 먹은 덩이 수대로 새끼를 낳는다 : 암퇘지를 교미시킬 때 주먹밥을 주면 그 주먹밥을 먹은 수대로 새끼를 많이 낳는다는 말.

암행어사 행차에 삼현육각 잡힌다 : 암행어사 행차는 본래 비밀리에 행하는 것인데 삼현육각을 연주한다 함이니, 격에 맞지 않는 행위를 이르는 말.

압록강이 팥죽이라도 굶어 죽겠다[북] **:** 압록강이 팥죽이라고 할 만큼 팥죽이 많아도 게을러서 움직이기를 싫어하면 굶어 죽는다는 뜻으로, 몹시 게으른 사람을 비꼬아 이르는 말.

앙얼(殃孽) 보살이 내릴 일 : 천벌(天罰)을 받을 일이라는 말. *앙얼-지은 죄의 앙갚음으로 받는 재앙. 앙화(殃禍).

앙칼맞은 개 짖듯 한다 : 앙칼스런 개가 악착같이 짖듯이, 앙칼진 사람이 악을 쓰면서 말함을 이르는 말.

앙큼하기는 영감의 상투 : 앙큼한 자를 두고 이르는 말.

앞길이 구만 리 같다 : 아직 나이가 젊어서 앞길이 창창하다는 말. 전정이 구만 리 같다.

앞 남산 호랑이는 뭘 먹고 산다더냐 : 호랑이에게라도 잡혀 먹혔으면 좋겠다는 뜻으로, 어리석고 못된 사람을 보고 미워서 죽어 없어지라는 말.

앞 달구지 넘어진 데서 뒤 달구지 넘어지지 않는다[북] **:** 앞서 간 달구지가 넘어진 자리에서는 뒤에 오는 달구지가 조심해서 몰기 때문에 여간해서는 넘어지지 않는다는 뜻으로, 다른 사람의 경험을 교훈으로 삼으면 앞서 저지른 잘못을 거듭 저지르지 않게 됨을 비유하여 이르는 말.

앞 못 보는 놈 뺨 치고 뒤보는 놈 골 친다[북] **:** 눈이 멀어 앞을 못 보는 사람은 앞에서 뺨을 치고, 뒤보느라고 쭈그리고 앉은 사람은 뒷골을 친다는 뜻으로, 대상의 특성을 고려하여 주어진 조건에 맞게 처리하거나 행동하여야 성과를 거둘 수 있음을 비유하여 이르는 말.

앞 못 보는 생쥐 : 정신이 몽롱하여 무엇을 잘 보지 못하는 사람을 이르는 말.

앞문으로 호랑이를 막고 뒷문으로 승냥이를 불러들인다 : 겉으로는 공명정대한 체하나 뒷구멍으로는 온갖 나쁜 짓을 다하는 경우를 비유하여 이르는 말.

앞서 가는 개가 토끼도 잡는다 : 남보다 부지런해야 재물도 얻을 수 있음을 비유하여 이르는 말.

앞에서 꼬리 치는 개가 뒤에서 발뒤꿈치 문다 : 눈앞에서 아첨 떨며 알랑거리는 사람은 보이지 않는 곳에서는 흉을 보거나 해치려 한다는 말.

앞에 할 말 뒤에 하고 뒤에 할 말 앞에 하고 : 일의 차례가 뒤바뀌었음을 비유하여 이르는 말.

앞으로 보나 뒤로 보나 정방산 : 앞으로 보

나 뒤로 보나 정방산은 정방산이지 다르게 될 수 없다는 뜻으로, 아무리 여러 가지 각도에서 보아도 결국은 같은 대상임을 비유하여 이르는 말.

앞이마에 별박이 소는 주인을 해친다 : 앞이마에 흰 점이 박힌 소는 주인을 해친다는 말.

앞이 빠진 홍살문㊑ **:** 원래 듬성듬성한 데다가 앞의 살까지 빠져 볼품없이 퀭한 홍살문같이, 몹시 휑뎅그렁한 모양을 비유하여 이르는 말.

앞집 떡 치는 소리 듣고 김칫국부터 마신다 : ⇒ 떡 줄 사람은 꿈도 안 꾸는데 김칫국부터 마신다.

앞집 처녀 믿다가 장가 못 간다 : 남은 생각지도 않는데 저 혼자 지레짐작으로 믿고 있다가 낭패를 보게 됨을 이르는 말. 동네 색시 믿고 장가 못 간다.

애그러지게 나가며 어그러지게 들어온다 ㊑ **:** 나가는 짓이나 들어오는 짓이나 다 틀려먹었다는 뜻으로, 미운 놈이 하는 짓마다 다 미운 경우를 비유하여 이르는 말.

애기 누에가 잠잘 때 빨래를 하면 애기 누에가 병든다 : 누에가 잠을 잘 때 빨래나 다듬이질 소리를 내서 소란스럽게 하면 누에가 잠을 제대로 못 자서 병이 생겨 누에 농사가 잘 안 된다는 말.

애기 누에 첫잠은 어둡게 재워야 한다 : 누에가 첫잠을 잘 때는 문을 가려서 어둡게 해 주어야 잘 자란다는 말.

애기 버릇 임의 버릇 : 엄마가 아기의 응석을 받아 주듯이, 아내는 그 남편의 비위를 잘 맞추어 주고 정성껏 시중을 들어야만 좋아한다는 의미의 말.

애꿎은 두꺼비 돌에 맞다 : 남의 분쟁이나 싸움에 관계없는 사람이 뜻밖의 피해를 봄을 비유하여 이르는 말.

애들 꼬대기 눈물 : 애들이 까불다 보면 끝내는 울게 된다고 꾸짖는 말. * 꼬대기–까불기의 사투리.

애들 꿈은 개꿈 : 애들이 꾼 꿈은 해몽할 거리가 못 된다는 말.

애들을 귀해하면 어른 머리에 상투를 푼다㊑ **:** 애들을 너무 귀여워하면 그만 버릇이 나빠져서 어른의 상투 튼 머리를 풀고 틀고 하며 버릇없이 군다는 뜻으로, 아이들을 버릇없이 키우면 욕을 보기 쉽다는 말. 또는 아이를 너무 귀엽게 키우지 말라는 말.

애매한 두꺼비(거북이) 돌에 치였다 : 아무런 죄도 없는 두꺼비가 돌 밑에 들어가 있다가 치여 죽게 되었다는 뜻으로, 애매하게 화를 당하거나 벌을 받게 되어 억울함을 비유하여 이르는 말. 두꺼비 돌에 치였다.

애 밴 부인 열 달 후에 애 낳을 줄 누가 모르랴㊑ **:** ⇒ 아이 밴 녀자 열 달 후에 낳을 줄 누가 모르랴㊑.

애 삼신은 같은 삼신이다 : 아이들은 다 같다는 말.

애어미 삼사월에 돌이라도 이 안 들어가 못 먹는다 : 젖을 먹이는 아이어머니는 식성이 좋아 닥치는 대로 잘 먹는데, 더군다나 해가 긴 음력 3~4월에는 이만 들어가면 돌이라도 먹을 형편이라는 뜻으로, 젖을 먹이는 어머니들이 무엇이나 가리지 아니하고 다 잘 먹음을 비유하여 이르는 말.

애정이 헛벌이한다 : 애정은 아무리 쏟아부어도 보수가 없으며 한이 없다는 말.

애호박에 말뚝 박기 : ⇒ 고추밭에 말 달리기.

앵두장수 : 약간의 허물이 있어 숨어사는 사람을 이르는 말.

앵두 풍년 드는 해는 벼도 풍년 든다 : 초여름에 앵두가 풍년 들면 가을에 벼농사도 풍년이 들게 된다는 말.

앵무새는 말 잘하여도 날아다니는 새다 : 앵

무새는 비록 사람의 흉내를 내서 말을 잘 할지라도 하늘을 나는 새에 불과하다는 뜻으로, 말만 잘하고 실천이 조금도 따르지 아니하는 사람을 비꼬아 이르는 말.

야단났다 야단났다 하면 정말 야단만 난다 북 : 공연히 자꾸 엄살만 부리거나 쓸데없이 죽는 소리를 하지 말라는 말.

야비다리(-를) 치다 : 교만한 사람이 애써 겸손한 체함을 이르는 말.

야생동물이 집 근처로 찾아들면 태풍이 분다 : 야생동물은 온도·습도·기온·소리 등 기상이변에 민감하여 자기를 보호하기 위한 본능으로 안전지대로 내려오기 때문에 이럴 때는 태풍이 올 것에 대비하라는 말.

야윈 말이 짐 탐한다 : 제 격에 어울리지 않게 욕심을 냄을 비유하여 이르는 말.

야장간에 식칼이 없다(놀다) 북 : ⇒ 대장의 집에 식칼이 논다.

약과(-를) 먹기(-라) : 하기에 쉽고도 즐거운 일임을 비유적으로 이르는 말. 개떡 먹기. 기름떡 먹기.

약과는 누가 먼저 먹을는지 : 제상에 오를 약과를 누가 먼저 먹겠느냐는 뜻으로, 누가 먼저 죽게 될지는 알 수 없다는 말.

약국에 감초 북 : ⇒ 약방에 감초.

약국 집 맷돌인가 : 어디에나 두루 쓰는 것을 비유하여 이르는 말.

약기는 묘구(墓寇) 같다 : 눈치 빠르고 영악한 사람을 이르는 말. * 묘구－무덤 도둑.

약기는 쥐 새끼냐 참새 굴레도 씌우겠다 : 몹시 약고 꾀가 많은 사람을 이를 때 쓰는 말. 꿩처럼 굴레를 벗고 쓴다. 참새 굴레 쌀 만하다. 참새 굴레 씌우겠다. 참새 얼려 잡겠다.

약(藥) 먹은 병아리 같다 : ⇒ 콧병 든 병아리 같다.

약바른 고양이 쌍 못 얻는다 북 : 약삭빠른 고양이가 앞질러 가려다가 제짝도 못 찾는다는 뜻으로, 영리한 듯하지만 누구나 다 가지는 것조차 가지지 못하는 사람을 비꼬아 이르는 말.

약방기생 볼 쥐지르게 잘생기다 : 여자의 용모가 빼어나게 잘생겼다는 말.

약방에 감초 : 한약에는 감초가 들어가는 것이 많듯, 어떤 일 등에 빠짐없이 참석하는 사람을 이르는 말. 건재 약국에 백복령. 약국에 감초 북. 초약에 감초 북.

약방에 전다리 모이듯 : 보기 흉한 못난 이들만 많이 모인다는 말.

약빠른 고양이 밤눈 어둡다 : 지나치게 약게 굴면 도리어 판단을 그르쳐 기회를 놓치는 수가 있음을 비유하여 이르는 말. 약삭빠른 강아지 밤눈이 어둡다. 약은 쥐가 밤눈 어둡다. 약은 참새 방앗간 지나친다 북[2]. 영리한 고양이가 밤눈 어둡다(못 본다).

약빠른 고양이는 앞을 못 본다 : 지나치게 영리한 사람이 도리어 판단을 잘못하여 기회를 놓치는 수가 있음을 비유하여 이르는 말.

약삭빠른 강아지 밤눈이 어둡다 : ⇒ 약빠른 고양이 밤눈 어둡다.

약삭빠른 개가 상 못 얻는다 : 너무 약삭빠른 짓을 하는 사람이 도리어 손해 보는 경우가 많다는 말.

약쑥에 봉통이 북 : ⇒ 약쑥에 봉퉁이. * 봉통이－'봉퉁이'의 북한어.

약쑥(藥-)에 봉퉁이 : 자기가 자기 병을 못 고친다는 말. * 봉퉁이－부러진 데에 상처가 나으면서 살이 고르지 않게 붙어 도톰해진 것. 약쑥에 봉통이 북.

약에 쓰려도 없다 : ⇒ 눈에 약 하려도 없다.

약은 나누어 먹지 않는다 : 약을 나누어 먹으면 약효가 덜함을 이르는 말.

약은 빚내어서도 먹어라 : 사람에게는 건강이 제일이니 약을 지어먹는 데 돈을 아깝게 여기지 말며 때를 놓치지 말고 먹으라는 말.

약(藥)은 사람을 죽여도, 병은 사람을 죽이지 않는다북: 약을 잘못 써서 때로 사람을 죽게 하는 경우가 있음을 이르는 말.

약은 쥐가 밤눈 어둡다: ⇒ 약빠른 고양이 밤눈 어둡다.

약은 참새 방아간 지나친다북: ① 약아서 좋은 먹이를 노린다는 것이 방앗간을 놓치고 그냥 지나쳐 버렸다는 뜻으로, 약게 굴다가 좋은 기회를 놓침을 비유하여 이르는 말. ② ⇒ 약빠른 고양이 밤눈 어둡다.

약(藥) 지으러 간 사람이 성복날에야 온다북: 약을 지으러 갔던 사람이 앓던 사람이 죽은 다음 삼일이 지나 상제가 상복을 벗고 평상복으로 갈아입는 날에야 돌아왔다는 뜻으로, 일이 늦어져서 쓸모없게 됨을 비유하여 이르는 말.

약질(弱質) 목통에 장골 셋 떨어진다: 몸이 약한 사람의 목구멍에 덩치 큰 사람 셋이 들어가 빠진다는 뜻으로, 빼빼 마르고 여윈 사람이 놀랍게도 음식을 엄청나게 많이 먹음을 이르는 말.

약질이 살인낸다: 약한 자가 뜻밖에 엄청난 큰 힘을 내어 사람을 놀라게 한다는 말.

얌전한 고양이(강아지, 개)가 부뚜막에 먼저 올라간다: 겉으로는 얌전하고 아무것도 못할 것처럼 보이는 사람이 딴짓을 하거나 자기 실속을 다 차리는 경우를 비유하여 이르는 말.

양(兩) 가문(家門) 한 집에는 까마귀도 앉지 않는다(말랬다): 처첩(妻妾) 살림을 하는 복잡한 집안과 사귀면 이로울 것이 없다는 말.

양가죽을 뒤집어쓴 승냥이북: 사납고 악독한 사람이 순하고 착한 사람처럼 가장하고 있는 모양을 비유하여 이르는 말.

양고(良賈)는 심장(深藏)한다: ① 장사를 잘하는 상인은 상품을 깊숙이 숨겨 두고 가게 앞에 치레하여 늘어놓지 않는다는 말. ② 어진 사람이 학덕이나 재능을 감추고 함부로 나타내지 않음을 비유하여 이르는 말.

양 대가리 걸어 놓고 개고기(말고기, 소고기)를 판다북: 겉으로는 그럴듯하게 거짓을 내세우고 실제로는 음흉하게 딴짓을 함을 비유하여 이르는 말.

양떼구름은 비를 몰고 온다: 양떼구름(고적운)이 나타나는 것은 대기 중에 불연속선이 있음을 뜻하므로 비가 내릴 징조라는 말. 양떼구름이 뜨면 비가 온다.

양떼구름이 뜨면 비가 온다: ⇒ 양떼구름은 비를 몰고 온다.

양맥(兩麥)은 재 한 바리 덜 내고 하루 먼저 갈랬다: 대맥(보리)과 소맥(밀)은 거름을 하고 늦게 심는 것보다는 거름을 덜 하더라도 빨리 파종하는 것이 낫다는 말.

양반 김칫국 떠먹듯: 아니꼽게 점잔을 빼는 사람을 보고 이르는 말.

양반도 어촌에 와 살면 어부 된다: 사람은 주어진 환경에 따라서 변하게 된다는 말.

양반 때리고 볼기 맞는다: 윗사람이나 권력자에게 실속 없이 덤벼서 화를 입지 말라고 경계하여 이르는 말.

양반 못된 것이 장에 가 호령한다: ⇒ 생원님이 종만 업신여긴다.

양반 양반 두 양반: 돈의 액수 '두 냥 반'과 '두 양반'의 음(音)이 같음을 이용해서 돈으로 양반 신분을 산 것을 꼬집어 이르는 말.

양반은 가는 데마다 상이요, 상놈은 가는 데마다 일이라: 편하게 지내는 사람은 어디를 가나 대접을 받고 고생스럽게 지내는 사람은 어디를 가나 일만 있어 괴롭다는 말.

양반은 물에 빠져도 개헤엄은 안 한다: 점잖

은 사람은 아무리 위급한 상황이라도 자기의 체면이 깎이는 일은 안 한다는 말.

양반은 세 끼만 굶으면 된장 맛 보잔다 : 평생에 잘 먹고 지내던 사람은 배고픈 것을 조금도 못 참아 주리면 아무것이나 고맙게 먹는다는 말.

양반은 안 먹어도 긴 트림 : 양반은 가난해서 식사를 못 했더라도 마치 배불리 먹은 듯이 길게 트림한다는 데서 나온 말로, 양반은 궁한 기색을 안 보인다는 말.

양반은 얼어 죽어도 짚(겻)불은 안 쬔다 : 양반은 아무리 궁하거나 다급한 경우라도 체면을 깎는 짓은 안 한다는 말.

양반은 죽어도 문자(文字) 쓴다 : ① 양반은 위신을 지극히 생각한다는 말. ② 한문에 중독된 양반을 비웃어 이르는 말.

양반은 죽을 먹어도 이를 쑤신다 : 양반은 체통을 차리느라고 없는 기색을 내지 않는다는 말.

양반은 하인이 양반 시킨다 : 아랫사람이 잘 하여야 윗사람이 칭찬을 받으며 그만한 대우도 받는다는 말.

양반의 새끼는 고양이 새끼요, 상놈의 새끼는 돼지 새끼라 : 양반의 자식은 좀 못생겼더라도 차차 그 모습이 말쑥해지나, 상놈의 자식은 점점 더 추악해진다는 뜻으로, 양반집 자녀를 추켜 이르는 말.

양반의 자식이 열둘이면 호패를 찬다 : 양반의 자식은 어려서부터 남과 달리 훌륭하게 자란다는 말.

양반의 집 못되려면 초라니 새끼 난다 : 집안이 안되려면 해괴한 일이 생긴다는 말.

양반이 대추 한 개가 해장국이라고 : 먹을 것이 많은 양반도 대추 한 개만 가지고 해장을 한다는 뜻으로, 음식을 많이 먹을 필요가 없이 조금씩만 먹어도 넉넉함을 비유하여 이르는 말.

양반인가 두 냥 반인가 : ⇒ 개 팔아 두 냥 반.

양반 지게 진 것 같다 : 지게와는 아무 인연이 없는 양반이 어떻게 지는지도 모르는 지게를 지고 있는 모양과 같다는 뜻으로, 모양이 어울리지 아니하고, 하는 짓이 서투른 모양을 놀림조로 이르는 말.

양반 파립 쓰고 한 번 대변 보긴 예사 : 돈이 있고 세력이 있는 사람이 염치없는 짓을 하는 것은 흔히 있는 일이라는 말.

양봉(養蜂)에는 메밀꽃 꿀이 막꿀이다 : 메밀꽃이 가장 늦게 피기 때문에 양봉에서는 마지막 꿀에 해당된다는 말.

양상(梁上)에다가 도회(塗灰)를 하였다 : 들보 위에 회칠을 한다는 뜻으로, 여자가 얼굴에 분(粉)을 너무 많이 발랐음을 비유하여 이르는 말.

양손의 떡 : ⇒ 두 손의 떡.

양식 없는 동자는 며느리 시키고, 나무 없는 동자는 딸 시킨다 : 양식 없이 밥 짓는 일은 며느리 시키고 나무 없이 밥 짓는 일은 딸을 시킨다 함이니, 흔히 시어머니가 며느리를 미워하고 제가 낳은 딸을 더 사랑하고 위하여 준다는 말. * 동자—밥 짓는 일.

양식은 머슴이 다 먹는다 : 집 안에서는 중노동을 하는 머슴이 양식을 가장 많이 먹는다는 말.

양 어깨에 동자보살(童子菩薩)이 있다 : 자신의 선악(善惡)을 스스로는 모르지만 명명중(冥冥中)에 천지신명이 이를 감시하고 있다는 말.

양은 쟁개비 끓듯북 **:** 양은 쟁개비가 불에 올려놓자마자 끓다가는 내려놓으면 곧 식고 만다는 뜻으로, 어떤 일을 할 때에 꾸준하지 못하고 처음에는 얼마간 부글부글 끓듯이 열성을 내다가 금방 식어 버림을 비유하여 이르는 말. * 쟁개비—무쇠나 양은 따위로 만든 작은 냄비.

양(羘)을 보째 낳는 암소 : ⇒ 술 샘 나는 주전자.

양주(楊州) 밥 먹고 고양(高陽) 구실 : 이쪽의 보수를 받고 아무 상관없는 저쪽의 일을 함을 비유하여 이르는 말.

양주 사는 홀아비 : 행색이 초라하고 고달파 보이는 사람을 비유하여 이르는 말.

양주(兩主) 싸움은 칼로 물 베기 : ⇒ 부부 싸움은 칼로 물 베기. *양주－부부(夫婦).

양지가 음지 되고 음지가 양지 된다〔陰地轉陽地〕: ⇒ 음지가 양지 되고 양지가 음지 된다.

양지 마당에 씨암탉 걸음 : ⇒ 백모래밭에 금자라 걸음.

양첩한 놈 때 굶는다 : 첩을 둔 사람은, 본집에서는 첩 집으로 첩 집에서는 본집으로 미루어 끼니를 굶는 일이 많다는 말.

양친 부모 있는 것은 쌀궤 안의 닭이요, 한쪽 부모 있는 것은 올콩밭의 비둘기요, 양친 부모 없는 것은 눈 진 산의 꿩이라 : 부모의 구존(俱存), 편친(偏親), 부모 없는 아이의 신세를 이르는 말.

양태 값도 못 버는 놈 : 제 밥벌이도 못 해 장가도 못 들 녀석이라는 말. *양태(갓양태)－갓모자의 밑 둘레 밖으로 둥글넓적하게 된 부분.

양푼 밑구멍은 마치 자국이나 있지 : 무슨 흔적조차 찾아볼 수 없을 만큼 뻔뻔스럽고 염치가 없는 사람을 비꼬는 말.

양화도(楊花渡) 색시 선유봉(仙遊峰)으로 돈다 : 아름답고 고운 여자를 이르는 말.

얕은 내도 깊게 건너라 : ⇒ 돌다리도 두들겨 보고 건너라.

어금니에 뭐 낀 듯하다 : 입안이 개운하지 않음을 이르는 말.

어긋나기는 깨 끌떼기라 : ⇒ 어긋나기는 깨단이다. *끌떼기－그루터기의 경북 방언.

어긋나기는 깻단이다 : 깻단은 베어서 어긋나게 묶듯이, 어긋나는 짓을 잘 하는 사람을 비유하여 이르는 말. 어긋나기는 깨 끌떼기라.

어깨가 귀틀 넘어까지 산다 : 허리가 구부러져 어깨가 귀보다 올라갈 때까지 오래 산다는 뜻으로, 한 일도 별로 없이 장수(長壽)함을 비유하여 이르는 말.

어깨춤 신명에 농사 다 버린다 : 농사일을 할 적에는 간식으로 농주(農酒)를 먹는데, 지나치게 먹고 놀다가는 일을 못 하게 됨을 이르는 말.

어느 구름에서 비가 올지 : ① 일의 결과는 미리 짐작할 수 없음을 비유하여 이르는 말. ② ⇒ 어느 구름에 눈이 들며 어느 구름에 비가 들었나.

어느 구름에 눈이 들며 어느 구름에 비가 들었나 : ⇒ 어느 구름에서 비가 올지②.

어느 귀신이 잡아갈는지 모른다 : 언제 어떻게 잘못될지 도무지 마음을 놓을 수 없음을 비유하여 이르는 말.

어느 동네 아이 이름인 줄 아나 : 적지 않은 돈을 쉽게 입에 올리는 사람에게, 그만한 돈을 동네 아이 이름 부르듯 그리 가볍게 보느냐고 핀잔하여 이르는 말.

어느 떡이 더 싼지 모르겠다북 **:** 어떤 일이 여러 가닥으로 벌어져서 어느 쪽에 가담해야 유리할지 몰라 망설이는 경우를 이르는 말.

어느 말이 물 마다하고 여물 마다하랴 : 물 싫다고 할 말이 어디 있으며 여물을 마다할 말이 어디 있겠냐는 뜻으로, 누구나 다 요구하는 것은 뻔함을 비유하여 이르는 말.

어느 바람에 넘어갈지 모른다북 **:** 제정신을 차리고 살지 아니하면 언제 어떤 화를 당할지 모른다는 말.

어느 바람이 들이불까 : 자기가 능히 억제할

수 있어 조금도 염려할 것이 없다고 호언장담(豪言壯談)함을 이르는 말. 어느 바람이 부느냐는 듯이[북].

어느 바람이 부느냐는 듯이[북] : ① ⇒ 어느 바람이 들이불까. ② 남의 말을 듣고도 들은 체 만 체 하거나 귓등으로 들어 넘기는 모양을 이르는 말.

어느 장단에 춤추랴 : ⇒ 그 장단 춤추기 어렵다.

어느 집 개가 짖느냐 한다 : ⇒ 어디 개가 짖느냐 한다.

어느 집 방앗간에 겨 한 줌 없겠는가[북] : 겨 한 줌이야 어느 방앗간에나 있다는 뜻으로, 설마 그만한 것이야 없겠느냐는 뜻으로 되묻는 말.

어느 코에 걸릴지 모른다[북] : 사방에 그물코가 널려 있어서 자칫 잘못하다가 어느 코에 걸려들지 모른다는 뜻으로, 일에 빈틈이 많아서 언제 무슨 화를 당할지 모를 정도로 매우 불안하다는 말.

어느 코에다 바르겠나[북] : 물건이 적어서 나누기가 심히 곤란하다는 말.

어두운 물에 큰 고기 놀듯 한다 : 깊은 물에서 큰 고기가 놀듯이, 제 격에 맞는 행위를 이르는 말.

어두운 밤에 눈 깜짝이기(꿈적이기) : ⇒ 동무 몰래 양식 내기.

어두운 밤에 손 내미는 격 : 느닷없이 불쑥 무엇을 요구하고 나섬을 비유하여 이르는 말.

어두운 밤에 주먹질 : ⇒ 아닌 밤중에 홍두깨 (내밀듯).

어두운 밤의 등불[暗衢明燭] : 아주 요긴한 것을 비유하여 이르는 말. 험한 나루에 배.

어두운 밤중에 홍두깨 내밀듯 : ⇒ 아닌 밤중에 홍두깨 (내밀듯).

어둑서니는 올려다볼수록 크다[북] : 밤중에 환각에 의하여 나타나는 어둑서니는 겁을 먹고 올려다보면 볼수록 더욱 커지기만 한다는 뜻으로, 무슨 일을 할 때 겁부터 먹고 하면 점점 더 용기를 잃고 겁을 먹게 됨을 비유하여 이르는 말. *어둑서니–어두운 밤에 아무것도 없는데, 있는 것처럼 보이는 허상을 말함.

어둑서니 커 가듯[북] : 어떤 것이 잠깐 사이에 눈을 의심하리만큼 커 보이는 경우를 비유하여 이르는 말.

어디 개가 짖느냐 한다 : 남이 하는 말을 무시하여 들은 체도 아니함을 비유하여 이르는 말. 동네 개 짖는 소리(-만 못하게 여긴다). 어느 집 개가 짖느냐 한다.

어디 소경은 본다던 : 소경은 어디 소경이나 볼 수 없다는 뜻으로, 이치에 어긋나는 말을 하는 경우를 비꼬아 이르는 말.

어떤 놈이 암까마귀인지 수까마귀인지 모르겠다 : 흑백, 선악을 분간하지 못하겠다는 말.

어려서 고생은 금 주고도 못 산다[북] : ⇒ 초년고생은 은 주고 산다.

어려서 굽은 나무는 후에 안장감이다 : ⇒ 굽은 나무는 길맛가지가 된다.

어로를 불변[魚魯不辨] : 고기 '어(魚)' 자와 나라 이름 '로(魯)' 자를 분별하지 못한다는 뜻으로, 무식(無識)함을 이르는 말.

어르고 등골 뺀다 : ⇒ 어르고 뺨 치기.

어르고 뺨 치기 : 그럴듯한 말로 꾀어서 은근히 남을 해롭게 함을 비유하여 이르는 말. 달래 놓고 눈알 뺀다. 어르고 등골 뺀다.

어른 괄시는 해도 애들 괄시는 하지 말랬다 : 나이 많은 늙은이는 괄시를 하여도 뒤탈이 크게 일어날 일이 없겠지만, 앞날이 창창한 아이들은 뒷날을 생각해서 괄시하지 말라는 말.

어른도 한 그릇 아이도 한 그릇 : 어른과 아이의 차별이 없이 분량이 같다는 말. 커도 한 그릇 작아도 한 그릇[2]. 흉년에 죽 어른도 한 그릇 아이도 한 그릇.

어른 말을 들으면 자다가도 떡 생긴다 : 어른이 시키는 대로 하면 실수도 없을 뿐만 아니라, 여러 가지로 이익이 된다는 말.

어른 없는 데서 자라났다 : 어떤 사람이 버릇없고 방탕함을 이르는 말.

어리석은 자가 농사일을 한다 : 농사일은 괴롭고 힘든 일이라 우직(愚直)한 사람이라야 능히 견뎌낼 수 있다는 말.

어리친 개 새끼 하나 없다 : 주변에 아무도 얼씬하지 않는다는 말.

어린 때 굽은 낡이 쇠 길맛가지 된다 : ⇒ 굽은 나무는 길맛가지가 된다.

어린 신랑, 콩싸라기 업신여기지 말라 : 일찍 결혼한 어린 신랑도 어른이 되고 콩싸라기도 물에 불으면 커지니, 지금 꼴만 보고 업신여기지 말라는 말.

어린 아들 굿에 간 어미 기다리듯 : ⇒ 굿에 간 어미 기다리듯.

어린아이 가진 떡도 뺏어 먹겠다 : ⇒ 코 묻은 떡(돈)이라도 빼앗아 먹겠다.

어린아이가 투레질하면 비가 온다 : ⇒ 갓난아이가 투레질하면 비가 온다.

어린아이 낳고 닭을 잡으면 부정 탄다 : 해산하여 경사스러운 때 닭을 잡으면 부정을 타서 아이가 해롭다는 말.

어린아이 말도 귀담아 들어라 : ⇒ 세 살 먹은 아이 말도 귀담아 들으랬다.

어린아이 병엔 에미만 한 의사 없다㊗ **:** 앓는 아이에 대한 어머니 정성은 아무리 이름난 의사의 의술도 당할 수 없을 만큼 극진하고 신통함을 이르는 말.

어린아이 보지에 밥알 뜯어 먹기 : ⇒ 코 묻은 떡(돈)이라도 빼앗아 먹겠다.

어린아이 예뻐 말고 겨드랑이 밑이나 잡아 주어라 : 아이를 진심으로 사랑한다면 귀여워만 할 것이 아니라 잘 가르쳐 주라는 말.

어린아이와 개는 괴는 대로 간다 : 어린아이와 개는 귀여워하는 사람을 따른다는 말. 아이와 늙은이는 괴는 데로 간다. 어린아이와 늙은이는 괴는 대로 간다.

어린아이와 늙은이는 괴는 대로 간다 : ⇒ 어린아이와 개는 괴는 대로 간다.

어린아이와 늙은이의 살은 한 밥에 오르고 한 밥에 내린다 : 어린아이와 늙은이는 한두 끼 잘 먹고 못 먹는 데 따라서 몸이 좋아지고 나빠진다는 말.

어린아이 자지가 크면 얼마나 클까 : 분량이 일정하니 많다 한들 얼마나 많겠느냐는 말.

어린아이 팔 꺾는 것 같다 : ① 심히 잔인한 행동을 비유하여 이르는 말. ② 썩 용이한 일을 비유하여 이르는 말.

어린애 매도 많이 맞으면 아프다 : 조그만 손해라도 여러 번 당하면 큰 손해가 된다는 말. 아이가 때리는 매도 많이 맞으면 아프다.

어린애 보는 데는 찬물도 마시기 어렵다 : 어린아이는 남이 하는 짓을 곧잘 본받으니 그 앞에서는 늘 언행을 조심하라고 경계하여 이르는 말.

어린애와 장독은 얼지 않는다 : ⇒ 장독과 어린애는 얼지 않는다.

어린애 울음은 장사도 못 당한다 : ⇒ 우는 아이는 장사도 못 당한다.

어린애 입 잰 것 : ⇒ 계집 입 싼 것.

어린애 젖 조르듯 한다 : 몹시 졸라대며 귀찮게 군다는 말.

어린애 친하면 코 묻은 밥 먹는다 : 못된 사람과 친하면 해로움을 비유하여 이르는 말. 개를 친하면 옷에 흙칠을 한다. 아이를 예뻐하면 옷에 똥칠을 한다.

어린 중 젓국 먹이듯 : 도리를 다 알면서도 남을 속여 나쁜 일을 권하는 것을 비유하여 이르는 말.

어릴 때 굽은 길맛가지 : 좋지 않은 버릇이

아주 어렸을 때부터 굳어 버려서 고치지 못하게 됨을 비유하여 이르는 말. * 길맛가지-① 길마에 세모로 선 'ㅅ'자 모양으로 구부러진 나무. ② 구부러진 나뭇가지 막대 가지 같은 것.

어릴 적 버릇은 늙어서까지 간다 : ⇒ 세 살 적 버릇(마음)이 여든까지 간다.

어림 닷(반)푼어치도 없는 소리 한다 : ⇒ 어림 반 닷곱 없는 소리 한다.

어림 반 닷곱 없는 소리 한다 : 어림잡아 반에 다섯 홉이 모자라는 소리를 한다는 뜻으로, 조금도 이치에 맞지 아니하는, 터무니없는 말을 한다는 말.

어릿광대질 한다 : 성난 사람의 마음을 풀려고 짐짓 아양을 떨며 어리광 피움을 이르는 말.

어머니가 반중매쟁이가 되어야 딸을 살린다 : 딸을 둔 어머니는 중매쟁이가 되다시피 하여야 딸을 시집보낼 수 있다는 뜻으로, 과년한 딸을 가진 어머니는 딸을 시집보내기 위해서 누구보다 애쓰고 뛰어야 한다는 말.

어머니가 의붓어머니면 친아버지도 의붓아버지가 된다 : 어머니가 계모이면 자연히 아버지는 자식보다 계모를 더 위하여 주기 때문에 아버지와 자식의 사이가 멀어진다는 말.

어머니 다음에 형수 : 형수는 그 집안 살림을 꾸려 나가는데 어머니 다음의 위치를 차지한다는 말.

어머니 배 속에서 배워 가지고 나오다 : 태어날 때부터 이미 알고 있다는 말.

어머니 손은 약손 : 어지간한 어린아이의 병은 어머니의 자애로운 간호만으로도 낫는다는 말.

어물전(魚物廛) 망신은 꼴뚜기가 시킨다 : 못난이가 동료들에게 폐를 끼침을 비유하여 이르는 말. 과물전 망신은 모과가 시킨다. 과실(과일) 망신은 모과가 (다) 시킨다. 생선 망신은 꼴뚜기가 시킨다. 실과 망신은 모과가 시킨다.

어물전 털어먹고(떠엎고) 꼴뚜기 장사한다 : 큰 사업에 실패하고 작은 사업을 시작함을 비유하여 이르는 말.

어미 돼지에게 돼지 태를 먹이면 새끼를 많이 낳는다 : 암돼지가 새끼를 낳은 뒤에 그 태를 먹이면 다음에 새끼를 많이 낳는다는 말.

어미 돼지 젖꼭지 수보다 새끼가 많으면 그 나머지 새끼는 죽는다 : 암돼지 젖꼭지 수보다 새끼 수가 많을 때는 사람이 교대로 젖을 먹여 주지 않으면 새끼 중에 약한 것은 죽게 된다는 말.

어미 모르는 병 열두 가지를 앓는다 : 자식의 속마음은 어머니도 다 알지 못한다는 말.

어미 본 아기, 물 본 기러기 : 언제 만나도 좋은 사람을 만나 기뻐하는 사람을 비유하여 이르는 말.

어미 속 알아주는 자식 없다 : 자식에 대한 어머니의 지극한 정성이나 고생을 자식들이 잘 알지 못함을 이르는 말.

어미 잃은 송아지 : 의지할 곳이 없어진 어린아이를 비유하여 이르는 말.

어미 팔아 동무 산다 : 부모도 소중하지만 친구 사귀기도 무척 소중하다는 말.

어미한테 한 말은 나고 소한테 한 말은 안 난다 : ⇒ 소더러 한 말은 안 나도 처더러 한 말은 난다.

어부가 사흘 쉬면 사타구니가 곪는다 : 어부는 여러 날을 편히 쉬지 못한다는 말.

어부가 살았다는 것은 배가 돌아와 봐야 안다 : ⇒ 어부는 배에서 내린 뒤에야 마음을 놓는다.

어부는 내릴 때 봐야 안다 : 어부가 고기를

많이 잡고 못 잡은 것은 어로 작업이 끝난 뒤 그 결과를 봐야 안다는 말.

어부는 배에서 내린 뒤에야 마음을 놓는다 : 어부가 고기잡이를 하고 무사히 돌아오고 못 돌아오는 것은 배가 돌아와 보아야 알 수 있듯이, 어부의 생명은 매우 위험스럽다는 말. 어부가 살았다는 것은 배가 돌아와 봐야 안다.

어부는 사흘 일기는 볼 줄 알아야 한다 : 고기잡이를 위하여 항해를 하려면 적어도 사흘 정도의 일기는 내다볼 수 있어야 한다는 말.

어부질 삼사 대를 하면 조상을 물에 눕힌다 : 어부 노릇을 여러 대에 걸쳐서 하게 되면 물에서 죽어 시체도 못 찾는 조상이 있게 된다는 말.

어사는 가어사(假御使)가 더 무섭다 : 진짜 권세를 가진 사람보다도 어떤 세력을 빙자하여 유세를 부리는 사람이 더 혹독한 짓을 한다는 말.

어사 덕분에 큰기침한다 : 남의 권세에 의지하여 큰소리침을 비유하여 이르는 말.

어설픈 약국이 사람 죽인다 : ⇒ 선무당이 사람 잡는다(죽인다).

어스렁토끼 재를 넘는다북 **:** 어슬렁어슬렁 굼뜨게 행동하는 것 같으면서도 실상은 재빠르게 행동함을 비유하여 이르는 말.

어이딸이 두부 앗듯 : 무슨 일을 할 때 의견이 잘 맞고 손발이 척척 맞아 쉽게 잘함을 비유하여 이르는 말. ＊어이딸–어머니와 딸. 어이딸이 쌍절구질하듯.

어이딸이 쌍절구질하듯 : ① ⇒ 어이딸이 두부 앗듯. ② 말다툼을 할 때 한 사람이 무어라고 하고 나면 곧 상대방이 이어 하기를 쉬지 않고 되풀이하는 모양을 비유하여 이르는 말.

어자기도 내릴 때 보아야 한다 : 일은 시작할 때의 상황이 아닌 결과를 보고 가부를 말해야 함을 이르는 말. ＊어자기–말 다루기.

어장(漁場)이 안되려니까 해파리만 들끓고, 집안이 망하려니까 생쥐가 춤을 춘다 : ⇒ 객주가 망하려니 짚단만 들어온다.

어장이 안되려면 해파리만 끓는다 : ① 어장에는 좋은 고기가 모여들어야 하는데, 먹지도 못하는 해파리만 모여들어서 어장을 망친다는 말. ② 집안이 안되려면 못된 자식만 생겨난다는 말.

어정뜨기는 칠팔월 개구리 : 태도가 엉성하고 덤벙대기가 마치 7~8월경의 개구리 같다는 말로, 행동이 몹시 어정뜸을 이르는 말.

어정섣달에 미끈정월이라북 **:** 음력 섣달은 이것저것 한가하게 어정어정 보내고, 음력 정월은 설을 맞고 정월 대보름을 겪으면서 들뜬 기분으로 한 달을 가는지 모르게 지내고 만다는 말.

어정칠월 동동팔월 : 농가에서 7월은 어정어정하는 사이에 가고, 8월은 추수 때문에 바빠 동동거리는 사이에 지나간다는 말.

어제가 다르고 오늘이 다르다 : 세상사의 변화하는 속도가 매우 빠름을 이르는 말.

어제가 옛날이다 : 변화가 매우 빨라서 짧은 순간의 변화가 아주 크다는 말.

어제 보던 손님 : 낯익은 사람, 또는 뜻이 맞아 금방 친해진 사람을 이르는 말.

어제 청춘이 오늘 백발이다 : 세월이 허무하게 빨리 흐름을 비유하여 이르는 말.

어중이떠중이 : 모습이나 이름이 다른, 많은 사람을 멸시해서 이르는 말.

어지간하여야 생원(生員)님하고 벗하지 : 도저히 함께 어울릴 수 없음을 이르는 말.

어질병이 지랄병 된다 : 작은 질병을 다스리지 않고 그냥 두면 큰 병이 된다는 말.

어항에 금붕어 놀듯 : 남녀간이 서로 잘 어

울려 노는 것을 비유하여 이르는 말.

어혈(瘀血)진 도깨비 개천 물 마시듯 : 맛도 모르고 물이나 술 따위를 벌컥벌컥 들이켜는 사람의 모습을 형용하여 이르는 말.

억새에 손가락(자지) 베었다 : 대수롭지 않게 생각하였던 상대에게 뜻밖의 손해를 보는 경우를 비유하여 이르는 말.

억지가 반벌충이다 : 실패나 손실에 굴하지 말고 초지일관(初志一貫)으로 세게 밀고 나가라는 말.

억지가 사촌보다 낫다 : 남에게 의지하기보다는 억지로라도 제힘으로 하는 것이 낫다는 말.

억지로 절 받기 : ⇒ 옆구리 찔러 절 받기.

억지 춘향이 : 사리에 맞지 않거나 하기 싫은 일을 억지로 한다는 말.

억척보두다 : ① 사람의 변절이 무쌍함을 이르는 말. ② 성질이 끈질기고 단단한 사람을 이르는 말.

언 다리에 빠진다 : 다리 밑 물이 얼면 빠지더라도 크게 위험할 것이 없는 것처럼, 어쩌다 실수를 하여도 과히 큰 손해를 보지 않게 됨을 이르는 말.

언덕 다랑이는 배게 심고, 들논은 드물게 심는다 : 찬물내기 산골 논에는 모를 배게 심어야 하고, 들판 논에는 드물게 심어야 수확이 많다는 말.

언덕에 둔덕 대듯 : ⇒ 도둑놈 허접 대듯. * 말을 이리저리 둘러대어 거짓말하는 데서 유래된 말.

언덕에 자빠진 돼지가 평지에 자빠진 돼지를 나무란다 : 같은 처지임에도 불구하고 부질없이 남을 나무라고 있다는 뜻으로, 제 흉은 모르고 남의 흉만 탓함을 비유하여 이르는 말.

언문풍월(諺文風月)에 염(簾)이 있으랴 : 한시(漢詩)를 지을 줄 모르니 평측법(平仄法)도 모르듯, 쉽사리 해낼 수 없는 일에 그 성과의 좋고 나쁨을 따질 수 없다는 말.

언 발에 오줌 누기〔凍足放溺(尿)〕: 언 발을 녹이려고 오줌을 발에 누어 봤자 효력이 별로 없다는 뜻으로, 임시변통은 될지 모르나 그 효력이 오래가지 못할 뿐만 아니라 결국에는 사태가 더 나빠짐을 비유하여 이르는 말. 아랫돌 빼어 윗돌 괴기.

언 볼기에 곤장 맞기㊛ **:** 언 볼기에 곤장을 맞으니 아픈 것을 느끼지 못한다는 뜻으로, 일을 감당하기 쉬움을 비유하여 이르는 말.

언 소반 받들듯 : ⇒ 깨어진 요강 단지 받들듯.

언 손 불기 : 부질없는 짓을 비유하여 이르는 말.

언 수탉 같다 : 기진한 듯 몰골이 초췌하여 쭈그리고 앉아 있는 모양을 비유하여 이르는 말.

언양(彦陽) 미나리는 임금님 수라상에 오른다 : 경상남도 울주군 언양 미나리는 물이 많고 향기가 있으며 연하여, 옛날에는 임금님 수라상에도 올랐을 정도로 맛이 좋은 미나리라는 말.

언제는 외조할미 콩죽으로 살았나 : 내가 너의 은덕을 바랄 리가 없다 하여 거절할 때 이르는 말.

언제 쓰자는 하눌타리냐 : 아무리 좋은 물건이라도 쓸 때에 쓰지 않으면 소용이 없다는 말. * 하눌타리는 담을 없애는 데 효능이 있는데 어떤 사람이 우연히 이것을 얻었으나 어디에 쓰는 건지를 몰라 벽에 걸어두기만 했다는 데서 유래된 말(洪萬宗의 『旬五志』).

언청이가 콩가루 먹듯㊛ **:** 언청이는 입술이 째져서 콩가루를 깨끗하게 먹을 수 없다는 뜻으로, 일을 차근차근 맵시 있게 하지 않고 건성건성 덤비면서 함을 비유하여 이르는 말.

언청이 굴회 굴리듯團 **:** 언청이가 굴회를 입에 넣고는 빠져나올까 하여 조심스럽게 입 안에서 굴리듯 한다는 뜻으로, 무엇을 매우 조심스럽게 다룸을 비유하여 이르는 말.

언청이 굴회 마시듯 : 빠져 떨어질까 하여 단숨에 후루룩 마시는 모양을 비유하여 이르는 말.

언청이도 저 잘난 맛에 산다 : ⇒ 저 잘난 멋에 산다.

언청이 아가리에 콩가루 : 잘못은 아무리 감추려고 하여도 저절로 드러난다는 말. 언청이 아가리에 토란 비어지듯.

언청이 아가리에 토란 비어지듯 : ① ⇒ 언청이 아가리에 콩가루. ② 남이 이야기하는 데에 불쑥불쑥 끼어듦을 비난조로 이르는 말.

언청이 아니면 일색 : 어떤 결점이 몹시 두드러진 경우에, 그 결점만 없으면 훌륭하고 완전하다고 비꼬아 이르는 말.

언청이 콩가루 쥐어 먹기 : 아주 쉬운 일을 비유하여 이르는 말.

언청이 퉁소 대듯 : 사람의 말씨가 이치에 닿지 않아 횡설수설함을 이르는 말.

언치 뜯는 말 : ⇒ 제 언치 뜯는 말이라.

얻기 쉬운 것은 잃기 쉽다 : 쉽게 얻는 것은 소중히 여기지 않기 때문에 쉽게 잃어버린다는 말.

얻기 쉬운 계집 버리기 쉽다 : 쉽게 얻은 것은 또한 버리기도 쉽다는 말.

얻어들은 풍월 : 정식으로 배워서 아는 것이 아니고, 어쩌다 남으로부터 들어서 알고 있는 지식을 이르는 말.

얻어맞으면서도 내가 이겼다 하는 격團 **:** 힘이 달리어 맞으면서도 입으로는 큰소리침을 이르는 말.

얻어먹는 놈이 이밥 조밥 가리랴 : ⇒ 빌어먹는 놈이 콩밥을 마다할까.

얻어먹은 데서 빌어먹는다 : 한 번 얻어 온 것을 또 다른 사람이 좀 달라고 청해서 받는다는 뜻으로, 몹시 궁핍함을 이르는 말.

얻어먹을 것도 사돈집 노랑 강아지 때문에 못 얻어먹는다 : 자기가 하는 일에 쫓아다니면서 방해를 놓는 사람이 있어 하고 싶은 대로 하지 못함을 비유하여 이르는 말.

얻어먹지 못하는 제사에 갓 망건 부순다 : 이득도 없이 손해만 보게 됨을 비유하여 이르는 말.

얻어 온 쐐기 : 남의 집에 가서 거드는 일도 없이 먹기만 하는 사람을 비유하여 이르는 말.

얻어 온 장 한 술 더 뜬다團 **:** 제게 없어서 겨우 얻어다 놓은 것을 눈치 없이 축냄을 비유하여 이르는 말.

얻은 가래로 식전 보 막기 : 몹시 급히 해야 할 일을 이르는 말.

얻은 것이 잠방이라 : 남에게 얻은 것이 그리 신통할 것이 없다는 말. 얻은 잠방이라.

얻은 도끼나 잃은 도끼나 (일반) : 얻고 잃음의 우열을 가릴 수 없음을 이르는 말. 즉, 손해도 이익도 없다는 말.

얻은 떡이 두레 반(半) : 자기가 조금도 수고하지 않고 얻은 것이 남이 애써 만든 것보다 많을 때 이르는 말.

얻은 이 타령이냐 : '얻은 이'는 '거지'의 엇먹는 말로, 서로 짝하여 다님을 조롱하여 이르는 말.

얻은 잠방이라 : ⇒ 얻은 것이 잠방이라.

얻은 장 한 번 더 떠먹는다 : 남의 집 음식이 더 맛있어 보인다는 말.

얻은 죽에 머리가 아프다 : 변변치 못한 것이나마 남의 것을 얻어 가지게 되면 마음에 짐이 된다는 말.

얼굴값도 못한다 : 얼굴이 잘생긴 사람이 못된 짓을 할 때 이르는 말.

얼굴값을 한다 : 얼굴이 잘생긴 만큼 그 품

위를 지킨다는 말. 또는 품위를 잃고 그와 정반대 행위를 할 때도 반어적으로 사용하는 말.

얼굴보다 코가 더 크다 : ⇒ 발보다 발가락이 더 크다.

얼굴 보아 가며 이름 짓는다 : 이름이란 사물의 생김새를 보아 가며 대상의 특성에 맞게 짓는 법이라는 뜻으로, 무슨 일이나 구체적인 조건과 특성에 알맞게 처리하여야 함을 비유하여 이르는 말.

얼굴에 노랑꽃이 피었다 : 얼굴이 노랗게 떠서 병색이 완연함을 이르는 말.

얼굴에 똥칠한다 : 남 앞에 얼굴을 들고 다닐 수 없을 정도로 창피한 짓을 할 때 이르는 말.

얼굴에 모닥불을 담아 붓듯 : 몹시 부끄러운 일을 당하여 얼굴이 화끈화끈함을 이르는 말.

얼굴에 철판을 깔다 : 몹시 뻔뻔스러워 전혀 부끄러운 기색이 없음을 이르는 말.

얼굴에 침을 뱉다 : 직접 대면하여 모욕이나 창피를 준다는 말.

얼굴이 두껍다 : ⇒ 낯가죽이 두껍다.

얼굴이 요패(腰牌)라 : 널리 알려진 얼굴은 숨길 수 없다는 말.

얼기설기 수양딸 맏며느리 삼는다 : 이리저리 우물쭈물 하다가 슬쩍 손쉽게 일을 해치운다는 말.

얼뜬 봉변이다 : 공연한 일에 걸려들어 고생함을 이르는 말.

얼러 키운 후레자식 : ⇒ 응석으로 자란 자식(-이라).

얼레빗 참빗 품에 품고 가도 제 복 있으면 잘 산다 : 친정이 가난해서 입은 옷과 빗만 가지고 시집을 가도 제 복만 있으면 잘 산다는 말. 이고 지고 가도 제 복 없으면 못 산다.

얼레실 풀었다 : 방탕한 자가 파산하는 시초에 이르게 됨을 이르는 말.

얼룩소를 기르면 화를 당한다 : 얼룩소는 주인을 해칠 위험성이 있다는 말.

얼어 죽고 데어 죽는다〔雪上加霜〕 : ⇒ 기침에 재채기①.

얼음굶에 잉어 : ⇒ 새벽 바람 사초롱.

얼음에 박 밀듯 : 말이나 글을 거침없이 줄줄 외우거나 읽는 모양을 이르는 말.

얼음에 소 탄 것 같다㊗ **:** 얼음판 위에서 소를 탔기 때문에 언제 자빠질지 몰라 걱정스러워서 잠시도 마음을 놓지 못한다는 뜻으로, 어쩔 줄 모르고 쩔쩔매는 모양을 이르는 말.

얼음에 자빠진 쇠눈깔 : 눈동자에 정기가 없는 자를 보고 조롱하여 이르는 말. 얼음판에 넘어진 황소 눈깔 같다.

얼음 우에 나막신 신고 다니기㊗ **:** 어느 순간에 무슨 변을 당할지 모를 만큼 아주 조심스럽고 위태로운 행동을 비유하여 이르는 말.

얼음판에 넘어진 황소 눈깔 같다 : ⇒ 얼음에 자빠진 쇠눈깔.

얽거든 검지나 말지 : 본래 가지고 있는 흠에다가 또 다른 결함이 겹쳐 있음을 핀잔하여 이르는 말.

얽어도 유자 : 가치 있는 것은 조금 흠이 있어도 본디 갖춘 제 값어치는 지니고 있다는 말.

얽어 매고 찍어 맨 곰보도 저 잘난 맛에 산다 : 남이야 어떻게 보건 사람은 누구나 자기만의 자존심을 가지고 만족하며 살아간다는 말.

얽은 구멍에 슬기 든다 : ① 외양만 보고 인물을 평가할 수 없다는 말. ② 얼굴이 얽은 곰보를 추어주고 낯을 세워 주는 말.

엄벙덤벙하다가 물에 빠졌다 : 아무 곡절도

모르고 덤비다가 낭패(狼狽)를 보고 화를 입게 된 경우를 비유하여 이르는 말.

엄지머리 총각 : 한평생을 총각으로 지내는 사람을 이르는 말.

엄지발가락이 두 뼘가웃(이라) 북 **:** 일 안 하고 놀고먹으니 엄지발가락이 자라서 두 뼘가웃이나 되었다는 뜻으로, 일 안 하고 놀고먹는 사람을 핀잔하여 이르는 말. *뼘가웃－한 뼘 반의 길이.

엄천득이(嚴千得－) 가게 벌이듯 : ① 장사꾼이 물품을 난잡하게 진열하듯, 무엇을 지저분하게 많이 늘어놓는 모양을 비유하여 이르는 말. ② 되지도 아니하는 말을 구구하게 늘어놓음을 비유하여 이르는 말.

엄청 못난 내 팔자야 : 자기 집의 가족 중 어리석은 자가 있을 때 어찌할 수 없음을 이르는 말.

업신여기는 나무에 상투(바지가랭이) 걸린다 북 **:** 아무리 보잘것없는 사람이라도 소홀히 여기지 말아야 함을 비유하여 이르는 말.

업신여기던 딸이 떡함지 이고 온다 : 평소에 깔보거나 업신여기던 사람에게서 뜻밖에 도움을 받게 되는 경우를 비유하여 이르는 말.

업신여긴 나무가 뿌리 박힌다 북 **:** 하찮게 보이던 사람이 뜻밖에 잘되는 경우를 비유하여 이르는 말.

업어다 난장 맞힌다 : 애써 한 일이 손해되는 결과를 가져옴을 이르는 말.

업어 온 중 : ① 이러지도 저러지도 못하는 진퇴양난(進退兩難)의 경우를 비유하여 이르는 말. ② 싫으나 괄시하기 어려운 사람을 비유하여 이르는 말.

업으나 지나 : 이러나저러나 마찬가지인 경우를 비유하여 이르는 말. 둘러치나 메어치나.

업은 아기 말도 귀담아 들으랬다 : ⇒ 세 살 먹은 아이 말도 귀담아 들으랬다.

업은 아기 삼린(三隣) 찾는다 : 몸에 지녔거나 가까운 곳에 있는 물건을 잊어버리고 다른 곳에 가서 찾는다는 말. 업은 아기 삼면 찾는다. 업은 아기 삼이웃 찾는다. 업은 아이 삼 년 찾는다.

업은 아기 삼면 찾는다 : ⇒ 업은 아기 삼린 찾는다.

업은 아기 삼이웃 찾는다 : ⇒ 업은 아기 삼린 찾는다. *삼이웃－이쪽저쪽의 이웃.

업은 아이 삼 년 찾는다 : ⇒ 업은 아기 삼린 찾는다.

업은 자식에게서 배운다 : ⇒ 세 살 먹은 아이 말도 귀담아 들으랬다.

업족제비가 비행기를 탔다 : 집안일이 뒤틀어질 경우를 이르는 말.

업혀 가는 돼지 눈 : 잠이 오거나 술에 취하여 거슴츠레한 눈을 두고 비꼬아 이르는 말.

없는 꼬리를 흔들까 : 아무리 뜻이 있어도 그것을 해낼 만한 물질적 뒷받침이 없으면 아니 된다는 말.

없는 놈은 못 먹어 병나고, 있는 놈은 너무 먹어 병난다 : 사람들이 살아가는 형편이 고르지 못함을 이르는 말.

없는 놈은 보리가 풍년 들어야 산다 : ⇒ 없는 놈은 보리가 풍년 져야 산다.

없는 놈은 보리가 풍년 져야 산다 : 빈농들은 벼농사 지어서 소작료 주고 빚 갚고 나면 남는 것이 없으므로 보리 풍년이 들어야 그것으로 식량을 한다는 말. 없는 놈은 보리가 풍년 들어야 산다. 없는 놈은 보리로 산다. 없는 놈은 보리 풍년이 들어야 산다.

없는 놈은 보리로 산다 : ⇒ 없는 놈은 보리가 풍년 져야 산다.

없는 놈은 보리 풍년이 들어야 산다 : ⇒ 없는 놈은 보리가 풍년 져야 산다.

없는 놈의 사정은 없는 놈이 안다〔同病相

憐〕: 처지가 같아야 서로의 사정을 잘 안다는 말.

없는 놈이 비단이 한때라 : 호화롭게 살던 사람이 가난해지면 비단을 가지고 한 끼밖에 못 잇는다는 말.

없는 놈이 우는소리 하면 있는 놈도 우는소리 한다북 : 남보다 많이 가진 사람들이 더 깍쟁이 노릇을 한다는 말. 없는 사람 울면 있는 사람도 운다북.

없는 놈이 있는 체, 못난 놈이 잘난 체 : 실속 없는 자가 유난히 허세를 부리는 경우를 비유하려 이르는 말.

없는 놈이 자 두 치 떡 즐겨 한다 : ⇒ 장 없는 놈이 국 즐긴다.

없는 놈이 잘살게 되면 거지 쪽박을 깬다 : 어렵게 살던 사람이 잘살게 되면 없는 사람의 사정을 더 몰라준다는 말.

없는 놈이 찬밥 더운밥을 가리랴 : ⇒ 빌어먹는 놈이 콩밥을 마다할까.

없는 사람 울면 있는 사람도 운다북 : ⇒ 없는 놈이 우는소리 하면 있는 놈도 우는소리 한다북.

없는 사람은 보리농사가 반농사다 : ⇒ 논농사는 남의 농사다.

없는 손자 환갑 닥치겠다 : ⇒ 손자 턱에 흰 수염 나겠다.

없는 집 딸은 있는 집에 가서도 살지만, 있는 집 딸은 없는 집에 가서 못 산다 : 가난한 집에서 고생하던 사람은 부자가 되어도 잘 살지만, 부잣집에서 호강하며 살던 사람은 고생을 모르고 살았기 때문에 가난해지면 살기가 힘들다는 말.

없는 집 제사 돌아오듯 한다 : 평상시에도 살아가기 어려운데 제사 같은 일이 자주 돌아와 더욱 어려워짐을 이르는 말.

없어 비단옷 : 여유가 있어 비단옷을 입은 것이 아니라, 입을 옷이 없어서 비단옷을 입었다는 뜻이니, 분수 밖의 사치를 한다는 말. 없어 비단이라. 없어서 비단 치마.

없어 비단이라 : ⇒ 없어 비단옷.

없어서 비단 치마 : ⇒ 없어 비단옷.

없어 일곱 버릇, 있어 마흔여덟 버릇 : 사람에게는 여러 가지 버릇이 있다는 말.

없으면 제 아비 제사도 못 지낸다 : 가난하면 아버지 제사도 못 지내는데, 하물며 다른 데 비용 드는 일을 어찌 할 수 있겠느냐는 말.

엇뛰기는 주막집 강아지북 : 점잖지 못하고 부산스럽게 설렁거리는 사람을 비유하여 이르는 말.

엉덩이가 구리다 : 방귀를 뀌어 구린내가 난다는 뜻으로, 부정이나 나쁜 짓을 한 사람을 비유하여 이르는 말.

엉덩이가 근질근질하다 : 한군데 가만히 앉아 있지 못하고 자꾸 일어나 움직이고 싶어 함을 이르는 말.

엉덩이가 무겁다 : 한번 자리를 잡고 앉으면 좀처럼 일어나지 않음을 비유하여 이르는 말. 궁둥이가 무겁다(질기다). 밑이 무겁다(질기다).

엉덩이로 밤송이를 까라면 깠지 : 시키면 시키는 대로 할 일이지 웬 군소리냐고 우격다짐으로 상대방을 제압할 경우를 비유하여 이르는 말.

엉덩이에 뿔이 났다 : ⇒ 못된 송아지 엉덩이에 뿔난다.

엎더져 가는 놈 꼭뒤 찬다 : ⇒ 엎어진 놈 꼭뒤차기.

엎더지며 곱더지며 : 연해 엎드러지면서 달아나는 모양을 이르는 말.

엎드러지면 코 닿을 데 : ⇒ 엎어지면 코 닿을 데.

엎드러진 김에 쉬어 간다 : ⇒ 엎어진 김에 쉬어 간다.

엎드려 절 받기 : ⇒ 옆구리 찔러 절 받기.

엎어져도 코가 깨지고 자빠져도 코가 깨진다 : ⇒ 자빠져도 코가 깨진다.

엎어지면 궁둥이요 자빠지면 불알뿐이다 : 알몸밖에는 아무것도 없는 신세라는 말.

엎어지면 코 닿을 데〔指呼之間 · 咫尺之間〕 : 거리가 아주 가까운 곳을 이르는 말. 넘어지면 코 닿을 데. 엎드러지면 코 닿을 데.

엎어진 김에 쉬어 간다 : ① 뜻하지 아니하던 기회를 만나 자기가 하려고 하던 일을 이룬다는 말. ② 잘못된 기회를 이용하여 적절한 행동을 취함을 비유하여 이르는 말. 넘어진 김에 쉬어 간다. 미끄러진 김에 쉬어 간다. 엎드러진 김에 쉬어 간다. 자빠진 김에 쉬어간다㊫.

엎어진 놈 꼭뒤 차기 : 불우한 처지를 당한 사람을 더욱 괴롭힌다는 말. 엎더져 가는 놈 꼭뒤 찬다. 자빠진 놈 꼭뒤 찬다.

엎어진 둥지에는 성한 알이 없다 : ① 나라가 망하면 백성이 불행해진다는 말. ② 전체나 근본이 잘못되면 지엽적인 것이 성할 리가 없음을 비유하여 이르는 말.

엎지른(엎질러진) 물 : 한번 저지른 잘못은 다시 수습할 수 없음을 이르는 말. 복수는 불반분이라. 복수는 불수라.

엎지른 물이요 깨진 독이다 : 다시 돌이킬 수 없는 일을 이르는 말.

엎친 데 덮친 격〔雪上加霜〕 : 어려운 처지에 또 어려운 일이 겹치어 생김을 이르는 말.

에너른 밭골이라 : 밭이나 집이 크고 너르면 구석구석 주워 모을 거리가 많다는 말.

'에' 해 다르고 '애' 해 다르다 : ⇒ 아 해 다르고 어 해 다르다.

엑 하면 떽 한다 : ⇒ 가는 말이 고와야 오는 말이 곱다.

여각(旅閣)이 망하려니 당나귀만 든다 : ⇒ 객주가 망하려니 짚단만 들어온다.

여덟 가랭이 대문어같이 멀끔하다㊫ : ① 무엇이 미끈미끈하고 번지르르함을 비유적으로 이르는 말. ② 생김생김이 환하고 멀끔함을 비유하여 이르는 말.

여드레 병풍 친다 : ⇒ 열흘날 잔치에 열하룻날 병풍 친다. *시일이 지나 허탕 친다는 데서 유래된 말.

여드레 삶은 호박에 도래송곳 안 들어갈 말이다 : ⇒ 삶은 호박에 이(-도) 안 들 소리.

여드레 삶은 호박에 이도 안들어갈 소리만 한다 : ⇒ 삶은 호박에 이(-도) 안 들 소리.

여드레 삶은 호박에 이 안 들 소리 : ⇒ 삶은 호박에 이(-도) 안 들 소리.

여드레 팔십 리 걸음한다 : 일을 매우 더디고 느리게 함을 비유하여 이르는 말.

여든 나도 방애 동티에 죽는다 : 타고 난 팔자는 어찌할 수 없어 운명에 맡긴다는 말. *방애—'방아'의 제주도 방언. *동티—땅 · 돌 · 나무 따위를 잘못 건드려서 지신(地神)을 화나게 하여 받는 재앙(災殃).

여든 살 난 큰아기가 시집가랬더니 차일이 없다 한다 : ⇒ 노처녀가 시집가려니 등창이 난다.

여든 살이라도 마음은 어린애라 : 사람은 아무리 나이를 먹어도 마음 한구석에는 언제나 어린애와 같은 심정이 숨어 있음을 비유하여 이르는 말.

여든에 낳은 아들인가 : 자기 아이를 지나치게 귀여워함을 보고 비꼬아 이르는 말.

여든에 능참봉을 하니 한 달에 거동이 스물아홉 번이라 : ⇒ 모처럼 능참봉을 하니까 한 달에 거둥이 스물아홉 번.

여든에 둥둥이 : 진취성이 없어 도무지 행동이 시원스럽지 못할 경우에 이르는 말.

여든에 이〔齒〕가 나나 : 도저히 있을 수 없다는 말.

여든에 이 앓는 소리다 : ① 무엇이라고 말

을 하기는 하나, 별로 신기할 것이 없는 의견인 경우를 비유하여 이르는 말. ② 무엇이라고 홍얼거리기는 하나, 무슨 말인지 똑똑지 않은 경우를 비유하여 이르는 말.

여든에 죽어도 구들〔溫突〕 동티에 죽었다지 : 당연한 일인데도 무언가 핑계와 원망이 붙음을 비유하여 이르는 말.

여든에 첫 아이 비치듯 : ① 일이 순조롭게 진행되지 않고 몹시 어려움을 이르는 말. ② 북 남이 하지 않은 큰일을 하는 듯이 거드름을 피우거나 뽐냄을 비꼬아 이르는 말.

여럿이 가는데 섞이면 병든 다리도 끌려간다 : 여러 사람이 권하면 어쩔 수 없이 따라 행하게 됨을 비유하여 이르는 말.

여름 난 잠뱅이 북 : 제철이 지나서 쓸모없이 된 물건을 이르는 말.

여름 난 중의(中衣)로군 : 여름내 입어 명색만 남은 중의처럼, 형편이 다 됐는데 장담을 하는 사람을 비유하여 이르는 말.

여름 돼지고기는 잘 먹어야 본전이다 : 여름 돼지고기는 변질되기 쉬워 잘못 먹으면 설사를 하게 되므로 조심해서 먹어야 한다는 말.

여름 떡은 꿈에만 봐도 살찐다 : 여름철에 가난한 사람은 보리 양식도 제대로 없는 터라 꿈에라도 떡을 보면 좋겠다는 말.

여름벌레가 얼음을 얘기한다 북 : 제 처지에 맞지 않는 엉뚱한 소리를 함을 비꼬아 이르는 말.

여름 불도 쬐다 나면 섭섭하다 : ① ⇒ 오뉴월 곁불도 쬐다 나면 서운하다. ② 오랫동안 해 오던 일을 그만두기는 퍽 어렵다는 말.

여름비가 갑자일(甲子日)에 오면 배 타고 시장에 간다〔夏雨甲子 乘船入市〕 : 입하(立夏) 뒤의 갑자일(甲子日)에 비가 오면 그해 여름에 큰 장마가 져서 배를 타고 시장에 가게 된다는 말. 여름비가 갑자일에 오면 큰 장마가 진다.

여름비가 갑자일에 오면 큰 장마가 진다 : ⇒ 여름비가 갑자일에 오면 배 타고 시장에 간다.

여름비는 무더워야 오고 가을비는 추워야 온다 : 여름에는 비가 오려면 무더워지고, 가을에는 추워지면서 비가 온다는 말.

여름비는 소등을 다투고 가을바람은 노새 귀를 뚫는다〔夏雨分牛脊 秋風貫驢耳〕 : ⇒ 여름 소나기는 말 등을 두고 다툰다.

여름비는 소등을 다툰다 : ⇒ 여름 소나기는 말 등을 두고 다툰다.

여름비는 잠비고 겨울비는 떡비다 북 : ⇒ 봄비는 일 비고 여름비는 잠 비고 가을비는 떡 비고 겨울비는 술 비다.

여름비는 잠비다 : ⇒ 봄비는 일 비고 여름비는 잠 비고 가을비는 떡 비고 겨울비는 술 비다.

여름 소나기는 말〔馬〕 등을 두고 다툰다 : 여름에 오는 소나기는 말 등의 한쪽에는 오고, 다른 한쪽은 아니 올 때도 있다는 뜻으로, 여름 소나기는 같은 시간에 아주 가까운 지역끼리도 내리는 곳과 그렇지 않은 곳이 있음을 이르는 말. 여름비는 소등을 다투고 가을바람은 노새 귀를 뚫는다. 여름비는 소등을 다툰다. 여름 소나기는 밭고랑을 두고 다툰다. 여름 소나기는 쇠등을 두고 다툰다. 여름 소나기는 콧등을 두고 다툰다. 오뉴월 소나기는 닫는 말 한쪽 귀는 젖고 한쪽 귀는 안 젖는다. 오뉴월 소나기는 달리는 노루 한쪽 귀만 젖는다. 오뉴월 소나기는 말 등을 두고 다툰다. 오뉴월 소나기는 발등을 두고 다툰다 북. 오뉴월 소나기는 쇠등을 두고 다툰다. 오뉴월 소나기는 지척이 천 리다.

여름 소나기는 밭고랑을 두고 다툰다 : ⇒ 여름 소나기는 말 등을 두고 다툰다.

여름 소나기는 쇠등을 두고 다툰다 : ⇒ 여름 소나기는 말 등을 두고 다툰다.

여름 소나기는 콧등을 두고 다툰다 : ⇒ 여름 소나기는 말 등을 두고 다툰다.

여름 소는 파는 사람이 이롭고, 겨울 소는 잡는 사람이 이롭다 : 여름 소는 값이 비싸기 때문에 파는 사람이 유리하고, 겨울 소는 값이 싸기 때문에 잡아서 고기로 파는 사람이 이롭다는 말.

여름 쇠고기 맛은 풋내 난다 : 여름에 풀만 먹은 소는 풋내가 나서 겨울 쇠고기 맛만 못하다는 말.

여름에는 무더워야 비가 온다 : 여름에 무더운 것은 저기압 상태에 있는 것이므로 이런 경우에는 소나기가 오게 된다는 말. 여름에 무더우면 비바람이 있을 징조이다.

여름에 먹자고 얼음 뜨기 : 앞으로 큰일에 쓰기 위하여 미리 준비함을 비유적으로 이르는 말.

여름에 무더우면 비바람이 있을 징조다 : ⇒ 여름에는 무더워야 비가 온다.

여름에 새벽 안개가 끼면 날씨가 좋다 : 여름철 새벽 무렵에 안개가 끼면 그날 날씨는 쾌청하다는 말.

여름에 하루 놀면 겨울에 열흘 굶는다〔有備無患〕 : 미리 준비가 없으면 나중에 곤란을 받는다는 뜻. 또는 일은 때를 놓치면 낭패를 당하니 제때에 열심히 일하라는 말.

여름은 무더워야 벼가 잘 자란다 : 벼는 고온다습해야 잘 자란다는 말.

여름 이밥은 보기만 해도 살찐다 : ⇒ 여름 이밥은 인삼이다.

여름 이밥은 인삼이다 : 옛날 빈농은, 벼는 추수하는 타작마당에서 소작료와 빚을 갚고 나면 남는 것이 없어서 보리와 잡곡으로 식량을 하기 때문에 쌀밥이 몹시 먹고 싶다는 말. 여름 이밥은 보기만 해도 살찐다.

여름 적란운은 다음날 맑음 : 고기압권 내에서 날씨가 맑을 때 지면이 심하게 가열되어 생기는 구름이므로 다음날에도 맑을 가능성이 크다는 말.

여름철에는 북동풍에도 비가 온다 : 우리나라 여름에는 동남풍이 불 때 비가 오는 것이 보통이지만, 여름 장마철에는 북동풍에 비가 오기도 한다는 말.

여름철에 번개가 잦으면 농사는 풍년 든다 : 여름에 번개가 잦으면 병충해가 적어져서 풍년이 든다는 말.

여름 하늘에 새털구름이 얇게 퍼지며 천천히 움직이면 폭우가 내린다 : 여름 하늘에 새털구름(권운)이 얇게 퍼지면 큰 장마가 들 징조라는 말.

여름 하늘에 소낙비 : 흔히 있을 만한 일이기 때문에 조금도 놀랄 것이 없음을 비유하여 이르는 말.

여름 하늘에 솜구름이 뭉게뭉게 뜨면 날씨가 맑다 : 여름에 솜구름(층운)이 사방에서 뭉게뭉게 떠다니면 날씨가 좋다는 말.

여름 하루 노는 것이 겨울 열흘 노는 것보다도 더 지루하다 : ① 5~6월 긴긴 해는 같은 하루라도 겨울보다 더 길다는 말. ② 늘 일하던 사람은 일을 하지 않고 하루 쉬기가 몹시 지루하다는 말.

여름 황소 불알 떨어지기만 바란다 : 곧 될 것 같으면서도 안 되는 일을 무턱대고 기다린다는 말. 오뉴월 쇠불알 떨어지기를 기다린다.

여물 많이 먹은 소 똥 눌 때 알아본다 : ① 남 모르게 감쪽같이 한 일이라도 저지른 죄는 반드시 드러나고야 만다는 말. ② 북 무슨 일이나 공을 많이 들여서 한 일은 반드시 그 성과가 나타나게 마련이라는 말.

여물 안 먹고 잘 걷는 말 : ① ⇒ 먹지 않는 종 투기 없는 아내. ② 북 밑천은 안 들이고 이득이 많은 것을 이르는 말.

여반장(如反掌)이라 : ⇒ 누워서 떡 먹기.

여복(女卜)이 바늘귀를 꿴다 : 눈먼 여자가 바늘에 실을 꿴다는 뜻으로, 할 수 없거나 알지도 못하면서 한 일이 우연히 잘 맞음을 비유하여 이르는 말. *여복—여자 판수(점치는 것을 업으로 삼는 소경).

여복이 아이 낳아 더듬듯 : ⇒ 소경이 아이 낳아 만지듯.

여북하여 눈이 머나 : ① 고초신산(苦楚辛酸)이 극심하여 사경에 이르렀다는 말. ② 북 심보가 몹시 고약한 사람에게 불행이 닥친 경우를 비꼬아 이르는 말.

여산 중놈 쓸 것 : 전연 관계없는 남이 쓸 것이라는 말.

여산 칠십 리나 들어갔다 : 눈이 움푹 들어간 사람을 놀림조로 이르는 말.

여산 풍경에 헌 쪽박이라 : 아름다운 풍경 속에 헌 쪽박처럼 도무지 어울리지 않음을 비유하여 이르는 말.

여섯 모 진 모래를 여덟 모 지게 밟았다 : 일에 끈기가 있다는 말.

여섯 치를 쓰려오, 다섯 치를 쓰려오 : 여섯 치나 다섯 치나 마음대로 하라는 뜻이니, 필요한 물품을 다 갖추었다는 말.

여수(與受)가 밑천이다 : 빚을 쓴 다음에는 돌려 갚아야 신용이 생긴다는 말. *여수—물품을 주고받음.

여식(女息)이 나거든 웅천(熊川)으로 보내라 : 충청남도 웅천은 부녀의 덕행이 정숙한 곳이었다고 하여 이르는 말.

여우가 굴을 막으면 비가 온다 : 짐승들은 기압 변화에 예민하기 때문에, 여우가 굴 문을 막는 것은 수해 방지를 위한 행동이므로 비가 올 징조라는 말.

여우가 소만 못하다 : 여우같이 간사스러운 여자는 소같이 무뚝뚝한 여자만 못하다는 말.

여우가 죽으니까 토끼가 슬퍼한다〔狐死兎悲·狐死兎泣〕 : ① 같은 부류의 슬픔이나 괴로움 따위에 동정함을 비유하여 이르는 말. 난초 불붙으니 혜초 탄식한다. 토끼 죽으니 여우 슬퍼한다. ② 북 도대체 있을 법도 하지 않은 엉뚱한 결과를 기대하는 모양을 비웃어 이르는 말.

여우도 눈물을 흘릴 날 북 : 추위를 잘 타지 않는 여우도 눈물을 흘릴 정도로 바람이 몹시 매운 날을 비유하여 이르는 말.

여우 뒤웅박 쓰고 삼밭에 든 것 : 잘 보지 못하여 방향을 잡을 수 없는 데다, 일이 막혀서 갈팡질팡하며 헤매고 다니는 경우를 비유하여 이르는 말.

여우를 피하니까 이리가 나온다 북 : ⇒ 여우를 피해서 호랑이를 만났다.

여우를 피해서 호랑이를 만났다 : 갈수록 더 욱더 힘든 일을 당함을 비유하여 이르는 말. 여우를 피하니까 이리가 나온다 북.

여우볕에 콩 볶아 먹는다 : 행동이 매우 민첩함을 비유하여 이르는 말.

여울로 소금 섬을 끌래도 끌지 : ⇒ 소금 섬을 물로 끌라고 해도 끈다.

여윈 강아지 똥 탐(貪)한다 : 곤궁해진 사람이 음식을 몹시 탐한다는 말.

여윈 개 겨섬 뒤지듯 북 : 무엇을 극성스럽게 뒤지는 모양을 비유하여 이르는 말.

여윈 당나귀 귀 베고 무엇 베면 남을 것이 없다 : 원래 넉넉하지 못한 데서 가장 두드러진 것을 한두 개 떼고 나면 남을 것이 없다는 말.

여윈 말이 짐 탐한다 북 : ① 몸이 약한 사람이 감당하지도 못하면서 남보다 오히려 많이 가지려고 하는 것을 비유하여 이르는 말. ② 여위고 마른 사람이 많이 먹으려고 탐함을 비유하여 이르는 말.

여윈 소 순대가 크다 북 : 여윈 짐승일수록 많이 먹는다는 말.

여의보주(如意寶珠)를 얻은 듯 : ⇒ 여의주를 얻은 듯.

여의주(如意珠)를 얻은 듯 : 일이 뜻대로 척척 되어 감을 비유하여 이르는 말. 여의보주를 얻은 듯.

여인네 셋 앉으면 하나는 저어 저어 하다 만다 : ⇒ 여인네 셋 앉으면 하나는 저 저 하다 만다.

여인네 셋 앉으면 하나는 저 저 하다 만다 : 여자들이 모이면 말이 많음을 비유하여 이르는 말. 여인네 셋 앉으면 저어 저어 하다 만다.

여인은 돌면 버리고, 기구는 빌리면 깨진다 : 여자가 너무 밖으로 나다니면 실수하기 쉽다는 말. 여자는 돌면 버리고, 기구는 빌리면 깨진다.

여자가 닭 날개를 먹으면 남편이 바람 피운다 : 닭이 날 때 바람이 나므로 여자가 닭 날개를 먹으면 남자가 바람을 피우게 된다는 속설에서 유래된 말.

여자가 닭을 밟으면 그릇을 깬다 : 여자가 닭을 밟으면 그릇을 깬다는 속설이 있으니, 닭을 밟지 말라는 말. 여자가 닭의 목이나 발을 먹으면 그릇 깬다.

여자가 닭의 목이나 발을 먹으면 그릇 깬다 : ⇒ 여자가 닭을 밟으면 그릇을 깬다.

여자가 독한 마음(앙심)을 먹(품)으면 오뉴월에도 서리가 내린다 : ⇒ 여자가 한을 품으면 오뉴월에도 서리가 내린다.

여자가 문지방에 앉으면 그해 보리꽃이 안 핀다 : 여자가 문지방에 걸터앉으면 보리 흉년이 들므로 삼가라는 말.

여자가 배추 뿌리를 먹으면 소박맞는다 : 배추 뿌리는 맛이 달기 때문에 누구나 다 잘 먹는데, 여자는 이것을 먹으면 소박맞는다고 하여 젊은 주부는 먹지 않는다는 말.

여자가 셋이면 나무 접시가 들논다 : 여자가 많이 모이면 말이 많고 떠들썩함을 이르는 말. 녀편네 셋만 모이면 접시 구멍을 뚫는다㈱. 여자 셋이 모이면 새 접시를 뒤집어 놓는다. 여자 열이 모이면 쇠도 녹인다.

* 들놓다–들썩거리며 이리저리 흔들리다.

여자가 한을 품으면 오뉴월에도 서리가 내린다 : 여자가 한번 마음이 틀어져 미워하거나 원한을 품으면 오뉴월에도 서릿발이 칠 만큼 매섭고 독하다는 말. 계집의 곡한(독한) 마음 오뉴월에 서리 친다. 녀자 셋이 원한을 품으면 오뉴월 하늘이 서리를 내린다㈱. 여자가 독한 마음(앙심) 먹으(품)면 오뉴월에도 서리가 내린다. 여자의 악담에는 오뉴월에도 서리가 온다.

여자는 높이 놀고 낮이 논다 : 여자는 시집가기에 따라서 귀해지기도 하고 천해지기도 한다는 말.

여자는 돌면 버리고, 기구(器具)는 빌리면 깨진다 : ⇒ 여인은 돌면 버리고, 기구는 빌리면 깨진다.

여자 셋이 모이면 새 접시를 뒤집어 놓는다 : ⇒ 여자가 셋이면 나무 접시가 들논다.

여자 열이 모이면 쇠도 녹인다 : ⇒ 여자가 셋이면 나무 접시가 들논다.

여자 유행(女子有行)에 원 부모형제(遠父母兄弟)라 : 여자는 시집을 가면 친가(親家)의 부모 형제와는 소원(疏遠)해진다는 말.

여자의 말을 잘 들어도 패가하고 안 들어도 망신한다 : 남자는 여자의 말이라도 올바른 말은 들어야 하고 간악한 말은 아무리 혹한 계집의 말이라도 물리쳐야 한다는 말.

여자의 악담에는 오뉴월에도 서리가 온다 : ⇒ 여자가 한을 품으면 오뉴월에도 서리가 내린다.

여자(여인네) 팔자는 뒤웅박팔자다 : 뒤웅박의 끈이 떨어지면 쓸모가 없듯이, 남편에게 매인 것이 여자의 팔자라는 말. 여편네 팔자는 귀웅박 팔자라.

여편네 아니 걸린 살인 없다 : 무슨 일에나 여자가 꼭 끼게 된다는 말.

여편네 팔자는 뒤웅박 팔자라 : ⇒ 여자 팔자는 뒤웅박팔자다.

여편네 활수하면 벌어들여도 시루에 물 붓기 : 아무리 벌어들여도 그 집안의 주부가 헤프면 저축할 수 없다는 말.

여포 창날 같다 : 매우 날카롭다는 말.

역기는 양지짝 까투리라[북] **:** 몹시 눈치가 빠르고 살살 빠지기 잘하는 사람을 비유하여 이르는 말.

역놈의 새끼같이 대답을 잘한다[북] **:** 조금도 제 뜻을 굽히지 않고 떳떳하게 맞서서 말대답하는 경우를 비유하여 이르는 말.

역마도 갈아타면 좋다 : ① ⇒ 역말도 갈아타면 낫다[①②]. ② [북] ⇒ 역말도 갈아타면 낫다[③].

역말(驛-)도 갈아타면 낫다(좋다) : ① 한 가지 일만 계속해서 하지 않고 가끔 가다가 다른 일도 하면 싫증이 없어진다는 말. ② 무엇이든지 적당하지 않으면 다른 것으로 바꾸어 보라는 말. ③ [북] 낡은 것도 나쁘지는 않으나 새것은 더욱 좋은 법이라는 말.

역적(逆賊) 대가리 같다 : 모양이 헙수룩하여 보기 흉함을 이르는 말.

역적의 기물(器物) : 가히 역적이 될 만한 그릇이라 함이니, 사람됨이 우악스럽고 고집이 세며 모략을 잘 꾸미는 사람을 이르는 말.

역질(疫疾) 흑함(黑陷)되듯 한다 : 불리한 징조가 나타남을 뜻하는 말.

연기가 곧게 올라가면 비가 갠다 : 연기가 공중으로 곧게 올라가기 시작하면 저기압에서 고기압으로 바뀌었음을 실증하는 것이므로 비가 갠다는 말.

연기가 땅에 깔리면 비가 온다 : ⇒ 연기가 옆으로 퍼지면 비가 온다.

연기가 서쪽으로 흐르면 비, 동쪽으로 흐르면 맑음 : 동풍은 서쪽으로부터 저기압의 접근을, 서풍은 서쪽으로부터 이동성 고기압의 접근을 의미한다는 말.

연기가 옆으로 퍼지면 비가 온다 : 저기압이 접근하게 되면 공기의 순환이 잘 이루어지지 않아 연기가 잘 빠지지 않고 집 안으로 역류하는 일이 발생하게 된다는 말. 굴뚝 연기가 얕게 퍼지면 비 올 징조다. 연기가 땅에 깔리면 비가 온다. 연기가 집 안으로 들어오면 큰비 온다.

연기가 집 안으로 들어오면 큰비 온다 : ⇒ 연기가 옆으로 퍼지면 비가 온다.

연기(煙氣) 마신 고양이 : ⇒ 고양이 낙태한 상.

연등(燃燈) 사리에 홍어(洪魚) 코 벗겨진다 : 음력 2월 사리 물살은 아주 강하여 뻘밭에 밀착하여 사는 홍어 콧등까지 벗겨질 정도라는 말. *연등－음력 2월을 달리 이르는 말. *사리－보름과 그믐날에 조수가 가장 많이 들어오는 때.

연못골(蓮-) 나막신을 신기다 : 사람을 면대하여 치켜 올림을 이르는 말. 또는, 남을 기쁘게 해 줌을 이르는 말.

연안 남대지(延安南大池 · 地)를 팔아먹을 놈 : 분수에 넘치는 욕심을 부려 나라 땅도 팔아먹는다는 말.

연자매를 가는 당나귀 : 일에 몰려 눈코 뜰 새 없이 바쁜 처지를 이르는 말. *연자매－연자방아.

연주창(連珠瘡) 앓는 놈의 갓끈을 핥는다 : 몹시 인색한 사람이나, 하는 짓이 몹시 더러운 사람을 두고 하는 말. *연주창－연주나력이 헐어서 생긴 부스럼.

연평으로 돈 주우러 간다 : 조기잡이 철에는 황해도 연평에 돈이 흔해서 돈을 줍듯이 번다는 말.

연희궁(延禧宮) 까마귀 골수박 파듯 : 한 가지 일에만 열중하여 여념이 없음을 이르는 말. * 연희궁은 지금의 연희동에 있었던 조선시대 이궁(離宮)으로 연산군이 이곳을 놀이터로 삼고 연회를 열었는데, 연회를 하고 난 자리에 수박 껍질이 산더미같이 버려져 까마귀가 몰려들었다는 데서 유래된 말. 해변 까마귀 골수박 파먹듯.

열 계원에 아홉 좌상畧 **:** 계원은 열인데 좌상이 아홉이나 된다는 뜻으로, 많지 아니한 사람 가운데 받들어 섬겨야 할 윗사람이 여럿 있는 경우를 비유하여 이르는 말.

열고 보나 닫고 보나 : 이러나저러나 마찬가지인 경우를 비유하여 이르는 말.

열 고을(골) 화냥년이 한 고을 지어미 된다 : 행위가 방정하지 못하던 여자가 하루아침에 마음을 고쳐먹고 정렬(貞烈)한 여자가 됨을 이르는 말.

열 골 물이 한 골로 모인다 : 여럿이 지은 죗값으로 받게 되는 벌이 한 사람에게만 주어지는 경우를 비유하여 이르는 말.

열 길 물 속은 알아도, 한 길 사람의 속은 모른다〔水深可知 人心難知〕: ⇒ 천 길 물 속은 알아도, 한 길 사람의 속은 모른다.

열 냥 부조는 못할망정 백 냥 제상은 치지 말라 : 도와주지는 못하더라도 손해는 끼치지 말아야 한다는 말.

열녀전(烈女傳) 끼고 서방질하기 : 겉으로는 순결한 체하나 속으로는 깨끗하지 못함을 비꼬아 이르는 말.

열 놈이(놈에) 죽 한 사발 : 서로 나눈 분량이 극히 약소함을 비유하여 이르는 말.

열 달 만에 아이 날 줄 몰랐던가 : ① 일이 그렇게 되리라는 것은 당연한 사실인데 그것도 모르고 있었느냐는 말. ② 아무래도 당할 일을 미리미리 준비하여 두지 않고 있었음을 꾸짖는 말.

열 도깨비 날치듯 : 여러 사람이 어수선하게 떠들며 날치는 모양을 이르는 말.

열두 가지 설움 중에서 배고픈 설움이 제일 크다 : 이러저러한 설움이 많지만, 그중에서 제일 큰 설움은 굶주림과 싸우는 일이라는 말.

열두 가지 재주 가진 놈이 저녁거리가 없다 : 재주가 여러 방면으로 너무 많은 사람은 한 가지 재주만 가진 사람보다 성공하기 힘들다는 말. 열두 가지 재주에 저녁거리가 없다.

열두 가지 재주에 저녁거리가 없다〔十二技之匠人 多供去無處〕: ⇒ 열두 가지 재주 가진 놈이 저녁거리가 없다.

열두 폭 말기를 달아 입었나 : ⇒ 치마가 열두 폭인가. * 아무 관계도 없는 일에 자꾸 끼어드는 사람의 주책없는 행동을 이르는 데서 유래된 말.

열두 폭 치마를 둘렀나 : ⇒ 치마가 열두 폭인가.

열두 폭 치마를 좁게 싼다 : 소문난 일을 쓸어 덮어 버린다는 말.

열매 될 꽃은 첫 삼월부터 안다 : ⇒ 잘 자랄 나무는 첫 삼월부터 안다.

열무김치 맛도 안 들어서 군내부터 난다 : 익지도 않은 열무김치에서 군내가 난다는 뜻으로, 사람이 장성하기도 전에 못된 버릇부터 배워 바람을 피우는 경우를 비꼬아 이르는 말. 시지도 않아서 군내부터 먼저 난다.

열물 넘은 중선배다 : 중선배는 조류를 이용하여 조업하므로 열 물이 넘게 되면 조수가 약해져서 고기가 잘 안 잡히기 때문에 제 물때에 맞추어 조업을 해야 한다는 말. * 열물—조금이 다가오는 물. * 중선배—안강망 어선.

열 발 성한 방게 같다 : 어린아이가 조금도

가만히 누워 있지 못하고 바스락대며 돌아다니는 모양을 비유하여 이르는 말.

열 번 갈아서 안 드는 도끼가 없다[북] **:** ① 무슨 일이나 꾸준히 공을 들이면 소기의 성과를 거두게 됨을 이르는 말. ② ⇒ 열 번 찍어 아니 넘어가는 나무 없다.

열 번 듣는 것이 한 번 보는 것만 못하다 : ⇒ 백 번 듣는 것이 한 번 보는 것만 못하다.

열 번 쓰러지면 열 번 (다시) 일어난다 : 백절불굴(百折不屈)의 강인한 정신과 기상을 비유하여 이르는 말.

열 번 잘하고 한 번 실수를 하지 말아야 한다 : 한 번 잘못하면 열 번 잘한 것도 아무 소용이 없으니 언제나 조심하라는 말.

열 번 재고 가위질은 한 번 하라[북] **:** 이모저모로 깊이 생각하고 세심하게 따져 본 다음에 행동에 옮기라는 말. 열 번 재고 가위질하라[북].

열 번 재고 가위질하라[북] **:** ⇒ 열 번 재고 가위질은 한 번 하라[북].

열 번 찍어 아니 넘어가는 나무가 없다〔十伐之木, 十斫木無不顚〕: ① 아무리 뜻이 굳은 사람이라도 여러 번 권하거나 꾀고 달래면 결국은 마음이 변한다는 말. ② 노력하면 안 되는 일이 없다는 말. 열 번 갈아서 안 드는 도끼가 없다[북]②.

열 벙어리가 말을 해도 가만있어라 : 어떤 일에도 상관하지 말고 수수방관(袖手傍觀)하라는 말.

열 사람의 작은어머니보다 한 사람의 어머니가 더 크다[북] **:** 작은어머니보다 친어머니에 대한 자식의 정이 더 크고 각별하다는 말.

열 사람의 한 사발[북] **:** ⇒ 열의 한 술 밥이 한 그릇 푼푼하다.

열 사람이 밥 한 사발[북] **:** ⇒ 열의 한 술 밥이 한 그릇 푼푼하다.

열 사람이 백말을 하여도 들을 이 짐작 : ⇒ 들을 이 짐작.

열 사람이 지켜도 한 도둑놈을 못 막는다 : 여러 사람이 함께 살피어도 한 사람의 나쁜 짓을 못 막는다는 말.

열 사람 죽으러 가는 데는 가도 한 사람 살러 가는 데는 가지 말라[북] **:** 여러 사람을 희생시키더라도 제 한 목숨만 살겠다고 너절하게 행동하는 사람과는 절대로 상종하지 말라는 말.

열 사람 형리(刑吏)를 사귀지 말고 한 가지 죄(罪)를 범하지 말라 : 남의 힘에 의뢰하지 말고 자신의 몸가짐을 바르게 하라는 말. 열 형방 사귀지 말고 죄짓지 마라.

열 사위는 밉지 아니하여도 한 며느리가 밉다 : 사위는 모두 밉지 아니한데 며느리는 모두 미워 보인다는 말. 열 사위 미운 데 없고, 외며느리 고운 데 없다.

열 사위 미운 데 없고, 외며느리 고운 데 없다 : ⇒ 열 사위는 밉지 아니하여도 한 며느리가 밉다.

열사흘 부스럼을 앓느냐 : 망령된 말을 많이 하는 사람을 놀림조로 이르는 말.

열 살 미만 아이 생일에는 수수떡을 해 주어야 수명이 길다 : 10세가 될 때까지는 수수떡을 해 주어야 수명이 길어진다는 말.

열 새끼 낳은 소 멍에 벗는 날이 없다 : 소는 숱한 새끼를 낳았어도 일거리는 끊어지지 아니하여 어느 하루도 멍에를 벗지 못한다는 뜻으로, 자식을 많이 둔 사람이 편안할 날이 없고 고생만 하게 됨을 비유하여 이르는 말.

열 서방 사귀지 말고 한 서방을 사귀라[북] **:** ① 여성으로서의 정절을 잘 지켜 이 남자 저 남자와 부도덕한 관계를 맺지 말라는 말. ② 어렴풋하게 여러 사람을 사귀는 것보다 단 한 사람이라도 속내를 잘 알고 정이 두텁게 깊이 사귀는 것이 중요하다는 말. 열 서방 친할라 말고 한 몸을 삼가라㈜.

열 서방 친할라 말고 한 몸을 삼가라㈜ **:** ⇒ 열 서방 사귀지 말고 한 서방을 사귀라㈜.

열 성방(姓房) 사귀지 말고 한 성방 사귀어라 : 여러 사람을 담담하게 사귀는 것보다 한 사람을 친밀하게 사귀는 것이 낫다는 말.

열 소경에 한 막대〔十瞽一杖〕: 여러 곳에 긴요하게 쓰이는 소중하고 보배로운 물건을 비유하여 이르는 말. 열 소경에 한 막대요, 팔 대군에 일 옹주라㈜.

열 소경에 한 막대요, 팔 대군(八大君)에 일 옹주(一翁主)라㈜ **:** ⇒ 열 소경에 한 막대.

열 소경이 풀어도 아니 듣는다〔固執不通〕: 열 장님이 독경(讀經)을 해도 안 듣는다는 뜻이니, 곧 고집불통(固執不通)을 이르는 말.

열 손가락 깨물어 다 아픈 중, 새끼손가락이 제일 더 아프다 : 막내자식에 대한 부모의 사랑이 각별함을 비유하여 이르는 말.

열 손가락 깨물어 안 아픈 손가락이 없다 : 혈육은 다 귀하고 소중함을 비유하여 이르는 말. 다섯 손가락 깨물어서 아프지 않은 손가락이 없다. 열 손가락에 어느 손가락 깨물어 아프지 않을까.

열 손가락에 어느 손가락 깨물어 아프지 않을까 : ⇒ 열 손가락을 깨물어 안 아픈 손가락 없다.

열 손가락으로 물을 튀긴다 : ⇒ 손끝으로 물만 튀긴다.

열 손 재배한다 : 일손을 놓고 놀고 지내는 경우를 비유하여 이르는 말.

열 손 한 지레 : ① 여러 사람이 할 일을 능력 있는 한 사람이 해냄을 비유하여 이르는 말. ② 여러 사람의 힘보다 기계 한 대를 이용함이 좋다는 말.

열 숟가락 모아 한 밥㈜ **:** ⇒ 열의 한 술 밥이 한 그릇 푼푼하다.

열 시앗이 밉지 않고 한 시누이가 밉다 : 대개 시누이와 올케 사이의 의가 좋지 않음을 비유하여 이르는 말.

열 식구 벌지(벌려) 말고 한 입 덜라 : ⇒ 비단 한 필을 하루에 짜려 말고, 한 식구를 줄여라.

열없는 색시 달밤에 삿갓 쓴다 : 정신이 흐려져 망령된 행동을 함을 이르는 말.

열에 한 맛도 없다 : 음식이 도무지 맛이 없는 경우를 비유하여 이르는 말.

열은 하나를 꾸리지 못해도 하나는 열을 꾸린다㈜ **:** 평범한 사람은 아무리 머릿수가 많아도 큰일을 해내기 어렵지만, 뛰어난 인물은 많은 사람의 몫을 묶어서 큰일을 어렵지 않게 해낸다는 말.

열을 듣고 하나도 모른다 : 아무리 들어도 깨우치지 못하는 어리석고 우둔함을 이르는 말.

열의 한 술 밥 : ⇒ 열의 한 술 밥이 한 그릇 푼푼하다.

열의 한 술 밥이 한 그릇 푼푼하다〔十匙一飯〕: 열 사람이 한 술씩 보태서 밥 한 그릇을 만든다는 뜻으로, 여럿이 각각 조금씩 도와주어 큰 보탬이 됨을 비유하여 이르는 말, 열 사람이 밥 한 사발㈜. 열 숟가락 모아 한 밥㈜. 열의 한술 밥. 열이 어울러 밥 찬 한 그릇.

열(熱)이 상투 끝까지 올랐다 : 분이 극도에 달했음을 이르는 말.

열〔十〕이 어울러 밥 찬 한 그릇 : ⇒ 열에 한 술 밥이 한 그릇 푼푼하다.

열 일 제치다 : 한 가지 긴요한 일 때문에 다른 모든 일을 그만둔다는 말.

열 자식이 한 처만 못하다㈜ **:** 아내가 아주 중요함을 이르는 말.

열 집 사위 열 집 며느리 안 되어 본 사람

없다 : 혼삿말은 흔히 여기저기서 많이 나온다는 말.

열 형방(刑房) 사귀지 말고 죄짓지 마라〔莫交三公愼吾身〕 : ⇒ 열 사람 형리를 사귀지 말고 한 가지 죄를 범하지 말라.

열흘 굶어 군자(君子) 없다 : ⇒ 사흘 굶어 도둑질 아니할 놈 없다.

열흘 길 하루도 아니 가서 돌아선다 : 오래 두고 할 일을 처음부터 싫어하거나 포기하는 경우를 비유하여 이르는 말. 사흘길 하루도 아니 가서.

열흘 나그네 하루 길 바빠한다 : ① 오래 걸릴 일은 처음에는 그리 바쁘지 않은 듯해도 급히 서둘러 하지 않으면 안 된다는 말. ② 무슨 일이든 너무 급히 서두르지 말라는 말.

열흘날 잔치에 열하룻날 병풍 친다 : 어떤 일을 때를 놓치고 일이 다 끝난 다음에야 하려는 것을 비꼬아 이르는 말. 여드레 병풍 친다. 혼인 뒤에 병풍 친다.

열흘 붉은 꽃이 없다〔花無十日紅〕 : ⇒ 봄꽃도 한때①.

염라대왕(閻羅大王)도 돈 쓰기에 달렸다 : 지옥을 다스리는 염라대왕도 돈을 주면 선처해 준다는 뜻이니, 이 세상에서도 돈만 있으면 못 하는 일이 없이 다 뜻대로 할 수 있다는 말. 염라대왕도 돈 앞에는 한쪽 눈을 감는다.

염라대왕도 돈 앞에는 한쪽 눈을 감는다 : ⇒ 염라대왕도 돈 쓰기에 달렸다.

염라대왕이 문밖에서 기다린다 : 죽을 때가 되었다는 말.

염라대왕이 제 할아비라도 : 큰죄를 짓거나 중병(重病)에 걸려서 살아날 도리가 아주 없음을 이르는 말.

염병(染病)에 까마귀 소리 : ⇒ 돌림병에 까마귀 울음.

염병에 땀도 못 낼 놈 : 열병에 땀도 못 내고 죽을 놈이라는 뜻으로, 남을 욕하여 이르는 말.

염병에 보리죽을 먹어야 오히려 낫겠다 : 난치병에 보리죽을 먹어 병을 돋우게 될지언정 그 사람의 말은 듣지 않겠다 함이니, 한 푼의 가치도 없는 말을 지껄인다는 말.

염병 치른 놈의 대가리 같다 : 아무것도 남지 않고 다 없어짐을 이르는 말.

염불(念佛)도 몫몫이요, 쇠뿔도 각각이다 : ⇒ 쇠뿔도 각각, 염주도 몫몫.

염불 못하는 중이 아궁이에 불 땐다 : 능력이 없는 사람은 늘 천대받음을 이르는 말.

염불 법사 염주 매듯 : 치렁치렁 넌지시 매어 단다는 말.

염불에는 맘이 없고 잿밥에만 맘이 있다 : 맡은 일에는 정성을 들이지 않고 엉뚱하게 다른 것에만 마음을 쓴다는 말. 재에는 정신이 없고, 재밥에만 정신이 있다㈜. 제사보다 젯밥에 정신이 있다.

염불해야 극락 가나, 마음이 착해야 극락 가지 : 형식보다는 내용이 중요함을 비유하여 이르는 말.

염소가 개울 건너가듯 한다 : 물을 싫어하는 염소가 개울을 억지로 건너가듯이, 하기 싫은 일을 억지로 한다는 말.

염소가 산에서 낮은 곳으로 내려오면 뇌우가 온다 : 염소는 기압 변화에 예민하기 때문에 산에 방목한 염소가 낮은 지대로 모이면 뇌성이 치며 비가 온다는 말.

염소가 지붕에 오르면 집안에 변이 생긴다 : 염소가 사람 사는 지붕에 오르는 것은 비정상적인 짓이므로 집안에 어떤 변이 있을 징조라는 말.

염소 나물밭 빠댄다 : ⇒ 염소 나물밭 빠대듯 한다.

염소 나물밭 빠대듯 한다 : ① 채소만 먹던

사람이 모처럼 고기를 먹게 되었다는 말. ② 염소가 나물밭에 들어가 나물을 뜯어 먹고 빠대고 하여 망쳐 놓듯이 채소 농사를 망쳐 놓았다는 말. 염소 나물밭 빠댄다.

염소날에는 바다에 나가지 않는다 : 염소날에는 바다에 나가 배 타는 일을 삼가라는 말. *염소날－음력 정월의 첫 미일(未日). '첫 양알'이라고도 함. *전남 지방의 민속으로, 이 날 출항하면 해난(海難)을 만난다고 믿고 있음.

염소는 물도 안 먹고 물똥도 안 싼다 : 애초부터 나쁜 짓을 하지 않으면 나쁜 결과도 발생하지 않음을 비유하여 이르는 말.

염소는 물똥 싸면 병이다 : 염소는 된똥을 누어야 정상적이지 물똥을 싸면 병이 든 것이라는 말.

염소는 소금 먹으면 죽는다 : 염소를 잡을 때 소금을 입에 털어 넣고 뱉지 못하도록 입을 쥐고 있으면 죽듯이, 염소에게는 소금이 극약이라는 말.

염소 물똥 누는 것 보았나 : 염소는 절대로 물똥을 싸지 않으므로, 있을 수 없는 일을 말할 때 쓰는 말.

염소 새끼 나이를 먹어 수염이 났다더냐 : ① 수염을 자랑하면서 나이 먹은 척하는 사람에게 하는 말. ② 선천적인 것이지 후천적인 것이 아니라는 뜻으로 쓰이는 말.

염소 새끼 어미 따라다니듯 한다 : 염소 새끼가 어미만 따라다니듯이, 어디를 가든지 떨어지지 않고 따라다님을 비유하여 이르는 말.

염소에 소지장(所知障) 쓴다 : 엉뚱한 데 청을 한다는 말.

염소와 소를 한 외양간에서 기르면 소가 마른다 : ⇒ 소와 염소를 함께 기르면 소가 살찌지 않는다.

염주(念珠)도 몫몫이요, 쇠뿔도 각각이라 : 극히 친한 사이라도 그 명분(名分)은 모두 다르다는 말. 염불도 몫몫이요, 쇠뿔도 각각이다.

염천교 밑에서 돼지 흘레를 붙이는 것이 낫겠다 : 아주 어리석은 사람에게 천박한 짓을 강제로 시키는 것을 불만스럽게 여김을 뜻하는 말.

염초청(焰硝廳) 굴뚝 같다 : 마음보가 검고 음흉함을 비유하여 이르는 말. *염초청－조선시대 훈련도감(訓練都監)의 한 분장(分掌)으로 화약(火藥) 만드는 일을 맡아보는 곳. 호두각 대청 같다.

염충강(廉忠强)이 무장 먹듯 하다 : 모든 일에 두서를 모르고 아무 때나 엄벙덤벙함을 비유하여 이르는 말. *염충강－전설(傳說)에 전하는 바보의 이름. 맛을 분간하지 못하기 때문에 무장을 마구 퍼 먹고도 그 맛을 몰랐다고 한다. *무장－뜬 메주에 물을 붓고 2, 3일 후에 물이 우러나면 소금으로 간을 맞추어 3, 4일간 익힌 것. 다 익으면 동치미 무, 배, 편육 따위를 납작하게 썰어 섞는다. 담수장.

염치(廉恥)없는 조 발막이다 : '조'씨 성을 가진 사람이 궁궐에 들어가면서 신발이 없어 아내의 발막신을 신고도 부끄러운 줄을 몰랐다는 데서 유래된 말로, 체면과 부끄러움을 전혀 모르는 파렴치한 사람을 비유하여 이르는 말. *발막－발막신(옛날 잘사는 집의 노인이 흔히 신었던 마른신).

염치와는 담을 쌓은 놈 : 염치가 조금도 없는 사람을 낮잡아 이르는 말.

염통에 고름 든 줄은 몰라도, 손톱눈에 가시 든 줄은 안다 : 눈에 보이는 사소한 것은 잘 알면서도 눈에 보이지 않는 크고 중대한 일은 알지 못한다는 말. 염통이 곪는 줄은 몰라도, 손톱 곪는 줄은 안다.

염통이 곪는 줄은 몰라도, 손톱 곪는 줄은 안다 : ⇒ 염통에 고름 든 줄은 몰라도, 손톱눈에 가시 든 줄은 안다.

엽자금(葉子金) 동자삼(童子蔘)이라 : 사물이 지극히 고귀함을 비유하여 이르는 말.

엿기름을 넣는다(감춘다) : 남의 것을 제 것처럼 감춘다는 말.

엿을 물고 개잘량에 엎드러졌나 : 입에 엿을 물고 개털가죽에 엎어졌냐는 뜻으로, 수염이 많은 사람을 두고 조롱하여 이르는 말. *개잘량—깔고 앉기 위하여 털이 붙어 있는 채로 방석처럼 만든 개가죽.

엿장사네 아이 꿀 단 줄 모른다북**:** 어떤 것을 늘 보거나 겪으면 그보다 더 훌륭한 것을 만나도 그 진가를 느끼지 못한다는 말.

엿장사 놋쇠 사러 다니듯북**:** 이리저리 쏘다니는 모양을 비유적으로 이르는 말.

엿장수 마음대로 : 어떤 일의 결정은 그 일의 결정권자가 마음대로 한다는 말.

엿 치[寸]를 쓰라오 닷 치[寸]를 쓰라오 : 여섯 치를 쓰겠는지 다섯 치를 쓰겠는지 묻는다는 뜻으로, 어떤 것이나 갖추어져 있으니 마음대로 고르라는 말.

영감님 주머니돈은 내 돈이요, 아들 주머니 돈은 사돈네 돈이다 : 남편이 벌어다 주는 돈은 아내가 마음대로 할 수 있으나, 아들이 버는 돈은 며느리의 조종으로 마음대로 할 수 없다는 말.

영감 밥은 누워 먹고, 아들 밥은 앉아 먹고, 딸 밥은 서서 먹는다 : 남편의 재산으로 먹고사는 것이 가장 마음 편하며 아들의 부양을 받고 살아가는 것도 그런대로 견딜 만하나, 딸네 집에서 붙어사는 것은 차마 못할 일이라는 말.

영감의 상투 : 물건이 하찮음을 비유하여 이르는 말.

영감의 상투가 커야 맛이냐 : ⇒ 영감의 상투 굵어서는 무엇을 하나, 당줄만 동이면 그만이지.

영감의 상투 굵어서는 무엇을 하나, 당줄만 동이면 그만이지 : 쓸데없이 크기만 하다고 소용되는 것이 아니고, 오직 필요한 요구에 적응만 되면 그만이라는 말. *당줄—망건에 달아 상투에 동여매는 줄. 영감의 상투가 커야 맛이냐.

영감 죽고 처음 : ⇒ 시어머니 죽고 처음이다.

영고탑(寧古塔)을 모았다 : 남 모르게 저축을 하였다는 말. *영고탑—만주 동북쪽에 있는 지명으로 청조(淸朝) 때 유사시를 대비하기 위해 이곳에다 재화(財貨)를 저축하였다 함.

영광(靈光) 법성(法聖)으로 돈 실러 간다 : 옛날 전라도 영광 법성포 조기잡이 때는 경기가 매우 좋았다는 말.

영등(靈登)날 감자 심으면 굼벵이 먹는다 : 감자는 4월 초파일을 피해서 심고 영등날(음력 2월 초하룻날) 하루는 쉬라는 말.

영등할머니 올 때 밭을 갈면 구더기가 많다 : 해빙기인 영등날영등할머니가 내려오게 되는데, 이때 밭을 갈면 땅속에서 구더기가 많이 나온다는 말.

영리한 고양이가 밤눈 어둡다(못 본다) : ⇒ 약빠른 고양이 밤눈 어둡다.

영산야 지산야 하다 : 몹시 신바람이 나는 경우를 이르는 말.

영(營)에서 뺨 맞고 집에 와서 계집 찬다 : ⇒ 종로에서 뺨 맞고 한강에서(빙고에서, 한강에 가서, 행랑 뒤에서) 눈 흘긴다.

영위계구언정 무위우후라[寧爲鷄口 無爲牛後] : ⇒ 닭의 볏이 될지언정 소의 꼬리는 되지 마라.

영인부아(寧人負我)라도 무아부인(無我負人)이라 : 다른 사람은 나의 은혜를 잊어버리더라도 나는 다른 사람의 은혜를 잊어서는 안 된다는 말.

영장 치고 살인난다 : ⇒ 송장 때리고 살인난다.

옆구리에 섶 찼나 : 옆구리에 섶을 차고 있

어서 그렇게 많이 들어가느냐는 뜻으로, 많이 먹는 사람을 놀림조로 이르는 말.
*섶-웃깃 아래에 달린 긴 조각.

옆구리 찔러 절 받기 : 상대방은 생각하지도 않는데 자신이 이런저런 방법을 써서 상대방으로부터 인사 또는 대접을 받거나, 자기에게 유리한 행동을 하도록 한다는 말. 억지로 절 받기. 엎드려 절 받기. 옆찔러 절 받기.

옆집 개가 짖어서 도적 면했다 : 우연히 남의 덕을 입게 됨을 비유하여 이르는 말. 이웃집 개가 짖어서 도적을 면했다.

옆집 처녀 믿고 장가 안 간다 : 옆집 처녀는 생각지도 아니하는데 그와의 결혼을 혼자 속으로 생각하여 장가를 안 간다는 뜻으로, 상대편의 의사는 알지도 못하면서 제 나름대로 생각하여 행동함을 이르는 말.

옆집 처녀 믿다가 장가 못 간다 : 상대편의 의사는 알지도 못하면서 제 나름대로 생각하여 행동하다가 일을 망치는 경우를 비유하여 이르는 말. 이웃집 색시 믿고 장가 못 든다.

옆찔러 절 받기 : ⇒ 옆구리 찔러 절 받기.

예쁘지 않은 며느리가 삿갓 쓰고 으스름달밤에 나선다 : ⇒ 달밤에 삿갓 쓰고 나온다.

예쁜 세 살, 미운 일곱 살 : 아이들은 대개 세 살 적에는 가장 귀염을 떨고, 일곱 살 적에는 가장 말썽꾸러기 짓을 한다는 말.

예쁜 자식 매로 키운다 : 귀여운 자식일수록 엄하게 키우라는 말. 고운 자식 매로 키운다.

예술(藝術)은 길고, 인생은 짧다 : 그리스의 의학자 히포크라테스의 「양생훈(養生訓)」 첫머리에 실린 말로, 인생은 백 년을 넘지 못하나, 한 번 남긴 예술은 영구히 그 가치를 빛낸다는 말. 인생은 짧고, 예술은 길다.

예조(禮曹) 담 모퉁이로 : 예를 갖추어 사양하는 버릇이 심한 사람을 조롱하여 이르는 말.

예조(枘鑿)의 서어(齟齬, 鉏鋙) : 둥근 구멍과 네모진 자루는 어긋난다는 뜻으로, 서로 용납되지 아니함을 비유하여 이르는 말. *예조-방예원조(方枘圓鑿. 모난 자루와 둥근 구멍이라는 뜻으로, 사물이 서로 맞지 않음을 이르는 말). *서어-틀어져 어긋남.

예(禮) 짐 동이듯 한다 : 짐을 조심스레 동임을 이르는 말.

예〔舊〕 황제 부럽지 않다 : 부귀영화를 누리던 옛날의 황제가 부럽지 않을 정도로 생활이 매우 안락함을 이르는 말.

옛날 갑인 날 콩 볶아 먹은 날 : 아주 오래된 옛날이라는 말.

옛날은 걷어 들이기 바쁘고, 지금은 받기에 바쁘다 : 예전에는 백성의 재물을 거두어 들이기에 바빴고 지금은 세도를 이용하여 뇌물을 받기에 바쁘다는 뜻으로, 백성을 억압하여 약탈하는 부패한 관료들을 비꼬아 이르는 말.

옛말 그른 데 없다 : 옛날부터 전해오는 명언은 삶의 철학이 들어 있어 모두 옳고 이롭다는 말.

오곡(五穀)은 기다리지 않아도 때가 되면 먹게 된다〔不待五穀而食〕 : 농사는 씨를 뿌리고 김매고 거름 주고 나면 기다리지 않아도 어김없이 철따라 익게 된다는 말.

오곡이 풍성하면 집안에 곡식이 가득하다〔五穀蕃熟 穰積滿家〕 : 풍년이 들면 집집마다 곡식 가리가 가득하여 흐뭇함을 이르는 말.

오그라진 개꼬리 대봉통에 삼 년 두어도 아니 펴진다 : ⇒ 개꼬리 삼 년 땅에 묵어도(묻어도, 두어도) 황모 되지 않는다.

오그랑장사 : 자신에게 손해되는 홍정이나 장사를 하였음을 이르는 말.

오금아 날 살려라 : ⇒ 다리야 날 살려라.

오기(傲氣)에 쥐 잡는다 : 쓸데없는 오기를 부리다가 낭패를 본다는 뜻으로, 쓸데없이 오기부리는 것을 업신여겨 이르는 말.

오농어, 육숭어, 사철 준치다 : ⇒ 오농 육숭이요, 오륙서에 사철 준치라.

오농 육숭이요, 오륙서에 사철 준치라 : 5월에는 농어 맛이 좋고, 6월에는 숭어 맛이 좋고, 5~6월에는 서대가 맛이 좋으며, 준치는 사철 내내 맛이 좋다는 말. 오농어, 육숭어, 사철 준치다.

오뉴월(五六月) 감기는 개도 아니 걸린다(앓는다) : 여름에 감기 앓는 사람을 조롱하여 이르는 말.

오뉴월 감주 맛 변하듯 : 매우 빨리 변하여 못 쓰게 됨을 비유하여 이르는 말.

오뉴월 감투도 팔아먹는다 : ① 먹을 것이 궁한 때인 오뉴월에는 팔 수 없는 감투까지 판다는 뜻으로, 물품을 가리지 아니하고 모든 것을 다 팖을 비유하여 이르는 말. ② 집안 살림이 궁하여 도무지 무엇 하나 팔아먹을 만한 것이 없다는 말. 오뉴월 자리감투도 팔아먹는다.

오뉴월 개가죽 문인가 : ⇒ 오뉴월 거적문인가.

오뉴월 개 팔자 : ⇒ 오뉴월 댑싸리 밑의 개 팔자.

오뉴월 거적문인가 : 추울 때 문을 열어 놓고 다니는 사람을 탓하여 이르는 말. 오뉴월 개가죽 문인가.

오뉴월 겻불도 쬐다 나면 서운하다 : 당장에는 쓸데없는 것처럼 생각되던 것도 있다가 없어지면 섭섭히 느껴짐을 비유하여 이르는 말. 여름 불도 쬐다 나면 섭섭하다. 오뉴월 불도 쬐다가 물러나면 섭섭하다.

오뉴월 녹두 껍데기 같다 : 매우 신경질적이어서 툭 건드리기만 하면 쏘아 버림을 이르는 말.

오뉴월 논물은 따뜻해야 풍년이 든다 : 벼는 고온다습 지대에서 자라기 때문에 논물이 따뜻해야 벼가 잘 자란다는 말.

오뉴월 놀에는 장마 진다 : 음력 5월이면 우기에 접어들게 되므로 이 무렵에 놀이 서면 장마가 진다는 말.

오뉴월 닭이 여북해서 지붕을 허비랴 : 여름에는 곡식이 흔하지 않아 닭이 초가집 지붕을 허비러 올라간다는 말로, 무엇이 아쉬울 때는 행여나 하고 이곳저곳을 가리지 않고 구함을 비유하여 이르는 말. 오뉴월 닭이 오죽해야 지붕을 후비랴. 오뉴월 닭이 오죽하여 지붕에 올라갈까.

오뉴월 닭이 오죽해야 지붕을 후비랴 : ⇒ 오뉴월 닭이 여북해서 지붕을 허비랴

오뉴월 닭이 오죽하여 지붕에 올라갈까 : ⇒ 오뉴월 닭이 여북해서 지붕을 허비랴

오뉴월 댑싸리 밑에 누운 개팔자 : ⇒ 오뉴월 댑싸리 밑의 개팔자.

오뉴월 댑싸리 밑의 개 팔자 : 하는 일 없이 놀고먹는 편한 팔자를 비유하여 이르는 말. 댑싸리 밑의 개 팔자. 싸리밭에 개 팔자. 오뉴월 개 팔자. 오뉴월 댑싸리 밑에 누운 개 팔자. 오뉴월 음달 아래 개 팔자[북]. 음달 아래 개 팔자[북]. 음지의 개 팔자. 풍년 개 팔자.

오뉴월 더부살이 환자 걱정한다[북] : ⇒ 더부살이가 주인마누라 속곳 베 걱정한다.

오뉴월 더위에는 염소(암소) 뿔이 물러 빠진다 : 음력 5~6월 더위가 어찌나 심한지 단단한 염소(암소) 뿔이 물렁물렁하여져 빠질 지경이라는 뜻으로, 오뉴월이 가장 더움을 비유하여 이르는 말.

오뉴월 두룽다리 : ⇒ 한더위에 털감투. * 두룽다리—털가죽으로 둥글고 갸름하게 만든 방한 모자. * 여름에 모피로 만든 두건을 쓴다는 말에서 유래된 말.

오뉴월 땡볕에는 솔개만 지나가도 낫다 : 가난한 사람은 조금만 도움을 받아도 낫다

는 말. 오뉴월 볕은 솔개만 지나도 낫다.

오뉴월 땡볕의 바지락 풍년이다 : 5~6월에 수온이나 기온이 급상승하면 바지락의 생육이 왕성해지므로 많이 잡힌다는 말.

오뉴월 똥파리(쉬파리) 꾀듯 : ① 멀리서도 먹을 것을 잘 알고 달려드는 사람을 조롱하여 이르는 말. ② 떨어지지 않고 몹시 귀찮게 구는 사람을 비유하여 이르는 말.

오뉴월 마파람에 돼지 꼬리 놀듯북 **:** 5~6월에 남풍이 불면 돼지 꼬리가 흔들리듯이, 뚜렷한 주견 없이 건들거리는 사람을 비유하여 이르는 말.

오뉴월 맹꽁이도 울다가 그친다 : 끝없이 계속될 것 같은 일도 결국은 끝날 때가 있음을 비유하여 이르는 말.

오뉴월 무 맛이다 : 5~6월 여름 무는 싱거워 맛이 없듯이, 음식 맛이 싱겁다는 말.

오뉴월 바람도 불면 차갑다 : 아무리 미약한 것이라도 계속되면 무시할 수 없는 결과를 가져온다는 말.

오뉴월 방어는 개도 안 먹는다 : 5~6월에는 방어가 잘 썩기 때문에 먹지 않는다는 말.

오뉴월 뱃놈의 좆이다 : ① 여름에 뱃사람들은 벗기를 잘 한다는 말. ② 부끄러운 짓을 태연하게 함을 이르는 말. ③ 흔히 있을 수 있는 일이라는 말.

오뉴월 뱃양반이요 동지섣달엔 뱃놈 : 뱃사람이 여름철에는 물 위에서 더운 줄 모르고 지내는 데 비하여, 겨울에는 물 위에서 무척 고생스럽게 지낸다는 말. 오뉴월에는 뱃양반이고, 동지섣달에는 뱃놈이다

오뉴월 병아리는 하룻볕이 새롭다 : 짧은 동안이라도 자라는 정도의 차이가 현격함을 이르는 말. 주로 연장자(年長者)를 다툴 때 조금이라도 연장인 사람이 인유(引喩)함. 오뉴월 병아리 하룻볕 쬐기가 무섭다. 오뉴월 볕 하루만 더 쬐도 낫다. 오뉴월 볕이 하루가 무섭다북. 오뉴월 하룻볕도 무섭다.

오뉴월 병아리 하룻볕 쬐기가 무섭다 : ⇒ 오뉴월 병아리는 하룻볕이 새롭다.

오뉴월 볕은 솔개만 지나도 낫다 : 오뉴월 볕이 내리쬘 때에는 솔개가 지나면서 만드는 그늘만 있어도 낫다는 뜻으로, 오뉴월 볕에는 조그만 그늘도 귀함을 비유하여 이르는 말. 오뉴월 땡볕에는 솔개만 지나가도 낫다.

오뉴월 볕이 하루가 무섭다북 **:** ⇒ 오뉴월 병아리는 하룻볕이 새롭다.

오뉴월 볕 하루만 더 쬐도 낫다 : ⇒ 오뉴월 병아리는 하룻볕이 새롭다.

오뉴월 불도 쬐다가 물러나면 섭섭하다 : ⇒ 오뉴월 겻불도 쬐다 나면 서운하다.

오뉴월 비가 많이 오면 동지섣달에 눈도 많이 온다 : ⇒ 오동지 육섣달이라.

오뉴월 상한 고기에 구더기 끓듯 : 사람들이 우글우글 많이 끓는 모양을 비유하여 이르는 말.

오뉴월 소나기는 닫는 말 한쪽 귀는 젖고 한쪽 귀는 안 젖는다북 **:** ⇒ 여름 소나기는 말 등을 두고 다툰다.

오뉴월 소나기는 달리는 노루 한쪽 귀만 젖는다 : ⇒ 여름 소나기는 말 등을 두고 다툰다.

오뉴월 소나기는 말 등을 두고 다툰다 : ⇒ 여름 소나기는 말 등을 두고 다툰다.

오뉴월 소나기는 발등을 두고 다툰다북 **:** ⇒ 여름 소나기는 말 등을 두고 다툰다.

오뉴월 소나기는 쇠등을 두고 다툰다 : ⇒ 여름 소나기는 말 등을 두고 다툰다.

오뉴월 소나기는 지척이 천 리다 : ⇒ 여름 소나기는 말 등을 두고 다툰다.

오뉴월 손님은 호랑이보다 무섭다 : 더운 오뉴월에는 손님 대접하기가 매우 힘들다는 말.

오뉴월 송장이라 : 대우하기 귀찮은 존장(尊

長)을 비꼬아 이르는 말.

오뉴월 쇠불알 : 당장 떨어질 것 같으면서도 안 떨어지는 횡재수를 이르는 말.

오뉴월 쇠불알 늘어지듯 : ① 사물이나 행동이 축 늘어짐을 조롱하는 말. ② 축 늘어지게 행동하는 사람이나 그런 성질을 지닌 사람을 비유하여 이르는 말.

오뉴월 쇠불알 떨어지기를 기다린다 : ⇒ 여름 황소 불알 떨어지기만 기다린다.

오뉴월 쇠파리 : 몹시 귀찮고 성가신 존재를 이르는 말.

오뉴월 써렛발 : 사물이 촘촘하지 못하고 드문드문함을 이르는 말.

오뉴월에 감주 맛 변하듯 : 쉽게 변하여 못 쓰게 됨을 이르는 말.

오뉴월에 뇌성이 심하면 흉년이 든다 : 5~6월에 뇌성이 심하면 비가 많이 와서 수해로 인한 흉년이 든다는 말.

오뉴월에는 밀 서리, 육칠월에는 외 서리 : 음력 5~6월이 되면 남의 밀밭에서 밀을 베어 서리를 하고, 6~7월에는 남의 참외밭에서 외를 따 서리를 한다는 뜻.

오뉴월에는 밀 서리, 육칠월에는 외 서리, 칠팔월에는 콩 서리, 팔구월에는 대추 서리, 구시월에는 감 서리, 동지섣달에는 닭 서리 : 옛날 농촌에서는 여름에서 겨울 사이에 각종 서리가 있었는데, 이는 주인에게 큰 피해를 주지 않는 범위 내에서 각종 곡물·과실·닭 등의 서리를 하는 즐거움이 있었다는 말.

오뉴월에는 발등에 오줌 싸기도 바쁘다 : 5~6월에는 모심기와 보리타작 등으로 농촌이 몹시 바쁨을 이르는 말.

오뉴월에는 뱃양반이고, 동지섣달에는 뱃놈이다 : ⇒ 오뉴월 뱃양반이요 동지섣달엔 뱃놈

오뉴월에도 남의 일은 손이 시리다 : ① 남의 일은 힘들지 아니한 일도 싫고 고되다는 말. ② 남의 일을 하기 싫어서 건들건들하는 모양을 비난조로 이르는 말.

오뉴월에 돼지 꼬리 내두르듯㊓ **:** 한창 자라는 오뉴월의 돼지가 먹이를 찾아 돌아다니며 볼품없는 꼬리를 내두르듯 한다는 뜻으로, 볼품없게 까불며 노는 모양을 비유하여 이르는 말.

오뉴월에 비가 많이 오면 동지섣달에 눈도 많이 온다 : ⇒ 오동지 육섣달이라.

오뉴월에 쇠불알 떨어지기를 기다린다 : ⇒ 여름 황소 불알 떨어지기만 바란다.

오뉴월에 얼어 죽는다 : ① 추위를 못 참는 사람을 조롱조로 이르는 말. ② 여름철에도 비가 올 때는 시원하다는 말.

오뉴월 외꼭지 씹은 상이다 : 쓰디쓴 여름 외꼭지를 씹은 사람처럼 얼굴상이 흉함을 이르는 말.

오뉴월 음달 아래 개 팔자㊓ **:** ⇒ 오뉴월 댑싸리 밑의 개 팔자.

오뉴월 자리감투도 팔아먹는다 : ⇒ 오뉴월 감투도 팔아먹는다.

오뉴월 장마는 개똥장마다 : 오뉴월 장마는 수해(水害)도 있지만 약간의 도움도 있다는 말. *개똥장마–거름이 되는 개똥처럼 좋은 장마라는 뜻으로, 오뉴월 장마를 이르는 말.

오뉴월 장마에는 돌도 큰다㊓ **:** ⇒ 장마 뒤에 외 자라듯.

오뉴월 장마에 오이 크듯 한다 : ⇒ 장마 뒤에 외 자라듯.

오뉴월 장마에 토담 무너지듯 : 힘없이 내려앉음을 비유하여 이르는 말.

오뉴월 장마에 호박꽃 떨어지듯㊓ **:** 맥없이 떨어짐을 비유하여 이르는 말.

오뉴월 존장이라 : 더운 여름날 어른 모시기가 매우 어렵고 고생스러움을 두고 이르는 말.

오뉴월 품앗이는 논둑(논두렁) 밑에 있다 :

여름에 산 품을 가을에 곡식을 거둔 후에 갚게 된다는 뜻으로, 빚 갚을 날짜가 멀었음을 이르는 말.

오뉴월 품앗이는 당일로 갚으랬다 : ⇒오뉴월 품앗이도 먼저(진작) 갚으랬다.

오뉴월 품앗이도 먼저(진작) 갚으랬다 : 시 일이 많다고 하여 질질 끌 것이 아니고 갚을 것은 미리미리 갚아야 한다는 말. 오뉴월 품앗이는 당일로 갚으랬다. 오뉴월 품앗이 이틀 못 넘긴다. 오뉴월 품은 제자리서 갚으랬다.

오뉴월 품앗이도 순서가 있다 : 5~6월 늦모심기는 누구나 다 바쁜 때이므로 남이 약속한 품앗이를 빼앗아 순서를 뒤섞으면 안 된다는 말.

오뉴월 품앗이 이틀 못 넘긴다 : ⇒ 오뉴월 품앗이도 먼저 갚으랬다.

오뉴월 품은 제자리서 갚으랬다 : ⇒ 오뉴월 품앗이도 먼저 갚으랬다.

오뉴월 하룻볕도 무섭다 : ⇒ 오뉴월 병아리는 하룻볕이 새롭다.

오뉴월 하룻볕은 아침저녁 풋나무가 두 짐이다 : 5~6월 긴긴 날에는 풋나무를 오전에 한 번 오후에 한 번씩 두 짐을 건조시킬 수 있다는 말.

오뉴월 호박 자라듯 한다 : ⇒ 장마 뒤에 외 자라듯.

오는 날이 장날 : ⇒ 가는(가던) 날이 장날.

오는 떡이 두터워야 가는 떡이 두텁다 : ⇒ 오는 정이 있어야 가는 정이 있다.

오는 말이 고와야 가는 말이 곱다〔來語不美去語何美〕 : ① 상대편이 자기에게 말이나 행동을 좋게 하여야 자기도 상대편에게 좋게 한다는 말. 오는 떡이 두터워야(커야) 가는 떡이 두텁다(크다). 오는 정이 있어야, 가는 정이 있다. ② 말은 누구에게나 점잖고 부드럽게 하여야 한다는 말. 네 떡이 한 개면 내 떡이 한 개라. 오는 떡이 두터워야(커야) 가는 떡이 두텁다(크다). 오는 정이 있어야 가는 정이 있다.

오는 배가 순풍이면 가는 배는 역풍이다 : ⇒ 가는 배가 순풍이면, 오는 배는 역풍이다.

오는 복은 기어오고 가는 복은 날아간다 : 부자가 되기는 어렵지만 망하기는 쉬움을 이르는 말.

오는 정이 있어야, 가는 정이 있다 : ⇒ 오는 말이 고와야, 가는 말이 곱다.

오늘내일한다 : ① 죽을 때, 또는 해산할 때가 가까이 다가왔음을 이르는 말. ② 기다리는 날이 오기를 매우 고대한다는 말.

오다가다 옷깃만 스쳐도 전세의 인연이다 : 인간이 살면서 부딪치는 사소한 만남이라도 불가에서 말하는 전생의 인연에서 비롯된다는 뜻으로, 살면서 겪게 되는 사람들과의 만남을 소중하게 여겨야 한다는 말.

오달지기는 사돈네 가을 닭이다 : ① 사돈네 가을 닭이 아무리 살지고 좋아도 제게는 소용없음이니, 보기만 좋았지 도무지 실속이 없다는 말. ② 사람이 지나치게 야무지고 실속 차리기에 급급하여, 사돈집 가을마당의 씨암탉 넘보듯이 예사로 보아 넘김을 이르는 말. * 오달지다–허술한 데가 없이 야무지고 알차다.

오동나무만 보아도 춤을 춘다 : ⇒ 오동나무 보고 춤춘다.

오동나무 보고 춤춘다 : 오동나무 씨를 보고 곧 오동나무를 연상하는 동시에 오동나무로 만든 거문고나 가얏고를 생각하고 춤을 춘다는 뜻으로, 조그만 동기나, 또는 몇 계단을 거쳐야 연상될 만한 어떤 사물을 보고 곧 목전의 사물을 본 것처럼 미리 좋아함을 비유하여 이르는 말. 즉 성미가 급하여 미리 서둔다는 말. 오동나무만 보아도 춤을 춘다. 오동씨만 보아도 춤을 춘다.

오동(烏銅) 숟가락에 가물치국을 먹었나 : ⇒ 자주꿀뚜기를 진장 발라 구운 듯하다. * 오동－검은빛이 나는 적동(赤銅).

오동(梧桐)씨만 보아도 춤을 춘다 : ⇒ 오동나무 보고 춤춘다.

오동지(五冬至) 육섣달이라 : 5~6월에 비가 많이 오면 동지섣달에 눈도 많이 온다는 말. 동지섣달에 눈이 많이 오는 해는 오뉴월에 비도 많이 온다. 오뉴월에 비가 많이 오면 동지섣달에 눈도 많이 온다.

오라는 네가 지고 도적질은 내가 하마Ⓑ**:** 좋은 결과는 자기에게 돌리고 나쁜 결과는 남에게 돌리겠다는 말. * 오라－도둑이나 죄인을 묶을 때에 쓰던, 붉고 굵은 줄.

오라는 데는 없어도 갈 데는 많다 : 자기를 알아주거나 청하여 주는 데는 없어도 자기로서는 가야 할 데나 하여야 할 일이 많음을 이르는 말.

오라는 딸은 안 오고, 온통(보기 싫은) 며느리만 온다 : 기다리는 사람은 안 오고 올까 봐 꺼리는 사람만 온다는 말.

오래 살면 도랑 새우 무엇 하는 것을 보겠다 : 너무 도리에 어긋나는 일이라 어이없다는 말.

오래 살면 맏며느리 얼굴에 수염 나는 것 본다Ⓑ**:** ⇒ 오래 살면 손자 늙어 죽는 꼴을 본다.

오래 살면 손자 늙어 죽는 꼴을 본다 : 오래 살다 보면 생각지도 않던 갖가지 경우를 다 당하게 된다는 말. 오래 살면 맏며느리 얼굴에 수염 나는 것 본다Ⓑ.

오래 살면 욕이 많다 : 사람이 오래 살게 되면 이러저러한 치욕스러운 일을 많이 당한다는 말. 늙으면 욕이 많다.

오래 앉으면 새도 살을 맞는다 : ⇒ 재미난 골에 범 난다①.

오래 해 먹은 면주인(面主人) : 여기저기, 이 사람 저 사람에게 왔다 갔다 하면서 살살 좋은 소리로 비위 맞추기를 잘 하는 사람을 두고 비꼬아 이르는 말.

오랜 가뭄 끝에 단비 온다 : ① 오랜 가뭄 끝에 비가 와서 곡식들이 소생하여 매우 기쁘다는 뜻. ② 오랫동안 기다렸던 일이 성사되어 기쁘다는 뜻.

오랜 원수를 갚으려다가 새 원수 만든다〔欲報舊讐新讐出〕: 무슨 일에나 보복은 보복을 낳으니 될 수 있으면 보복을 하지 말라는 말.

오려논에 물 터놓기 : 물이 한창 필요한 시기에 오려논의 물꼬를 터놓는 다는 뜻으로, 매우 심술이 사나움을 이르는 말. * 오려논－올벼를 심은 논.

오르막이 있으면 내리막이 있다 : 매사가 잘 되는 때도 있지만, 못되는 때도 있음을 비유하여 이르는 말.

오르지 못할 나무는 쳐다보지도 말아라〔難上之木不仰〕: 이룰 수 없는 일은 처음부터 바라지도 말라는 말. 오를 수 없는 나무는 쳐다보지도 말랬다.

오른 고동 먼저 잡는다 : 고동을 잡을 때는 수면 가까운 곳에 붙은, 잡기 쉬운 것을 먼저 잡아야 하는데, 수면 깊은 곳에 붙은 것을 먼저 잡다가는 둘 다 놓치고 만다는 말.

오른손이 한 일은(일도) 왼손이 몰라야 한다 : 비밀은 잘 지켜야 함을 비유하여 이르는 말.

오른쪽 궁둥이나 왼쪽 볼기짝이나 : ⇒ 도토리 키 재기.

오를 수 없는 나무는 쳐다보지도 말랬다 : ⇒ 오르지 못할 나무는 쳐다보지도 말아라.

오 리(五里)를 보고 십 리(-를) 간다 : ① 사소한 일도 유익하기만 하면 수고를 아끼지 않는다는 말. ② 장사꾼의 돈에 대한

집착을 조롱조로 이르는 말.

오리발을 내민다 : 자기의 잘못을 숨기려고 딴전을 부림을 이르는 말.

오리 새끼는 길러 놓으면 물로 가고, 꿩 새끼는 산으로 간다 : ① 자식은 다 크면 저마다 갈 길을 택해 부모 곁을 떠난다는 말. ② 저마다 타고난 바탕대로 행동함을 비유하여 이르는 말.

오리알에 제 똥 묻은 격 : 제 본색에 어울리어 과히 흉볼 것이 없음을 비유하여 이르는 말. 달걀에 제 똥 묻은 격.

오리 알에 제 똥 묻은 줄 모른다 : 사람이 자기 결함에 어둡다는 말.

오리 제 물로 찾아간다북 **:** 자기의 정든 곳을 항상 그리워하며 찾아가게 마련이라는 말.

오리 홰 탄 것 같다 : ① 제가 있을 곳이 아닌 높은 데에 있어 위태로운 모양을 비유하여 이르는 말. ② 자리와 거기 있는 사람이 서로 어울리지 않는 경우를 비유하여 이르는 말. ③ 엉뚱한 일을 하는 경우를 비유하여 이르는 말.

오목장이 암만 분주해도 제 볼 장만 본다 북 **:** ① 크게 선 장이 아무리 분주하고 복잡하여도 장에 온 사람들은 다 제가 목적하고 온 볼일을 보며 돌아간다는 뜻으로, 아무리 어수선하고 복잡한 환경 속에서도 저마다 제 할 일은 틀림없이 찾아서 하는 침착한 행동을 이르는 말. ② 아무리 복잡한 속에서라도 언제나 제 이익만을 생각하고 행동하는 사람을 비유하여 이르는 말. * 오목장-'대목장(큰 명절을 바로 앞두고 서는 장)'의 북한어.

오목장 총감투 다 꿰져도 사람질하긴 글렀다 북 **:** 크게 선 장에 있는 감투를 다 써서 꿰지도록 오래 살아도 사람 노릇 하기는 글렀다는 뜻으로, 하는 짓이 못되어서 아무리 나이를 많이 먹어도 나잇값을 할 줄 모르는 사람이나 그런 행위를 이르는 말.

오미잣국(五味子-)에 달걀 : 달걀을 오미자국에 넣으면 그 흔적을 찾아볼 수 없다는 뜻으로, 처음 모양은 남지 않고 완전히 녹아 버린 경우를 비유하여 이르는 말.

오사리잡놈이다 : 이른 철의 사리 가운데 잡힌 새우 가운데는 밴댕이·꼴뚜기·게 새끼 등 잡것이 섞여서 새우젓의 질을 떨어뜨리듯이, 무슨 일을 방해하는 사람을 비유하여 이르는 말. * 오사리-이른 철에 잡힌 새우.

오소리감투가 둘이다 : 주관하는 자가 둘이라 서로 다툼이 갱긴 경우를 비유하여 이르는 말.

오수부동격(五獸不動格)이라 : 서로 제 세력 범위에서 분수를 지킴을 비유하여 이르는 말. * 오수-코끼리〔象〕, 범〔虎〕, 개〔犬〕, 고양이〔猫〕, 말〔馬〕.

오얏나무 밑에서 갓끈을 고쳐 매지 말아라〔李下不整冠〕 : 남에게 의심받을 행동을 하지 말라는 말.

오월 가뭄에는 풍년이 든다 : 모심기가 끝난 음력 5월에 드는 가뭄은 도리어 벼를 잘 자라게 하여 풍년이 든다는 말.

오월 놀에는 장마 진다 : 음력 5월에 놀이 서면 장마가 진다는 말.

오월 농부, 팔월 신선(神仙) : 여름내 농사 지으면 8월엔 편한 신세가 된다는 말.

오월 단옷날 명아주 나물을 먹으면 더위를 안 먹는다 : 여름에 더위 먹는 것을 예방하려면 단옷날 명아주를 먹으라는 말.

오월 단오에 비가 오면 풍년 든다 : 음력 5월 5일 단오 무렵에는 모심기가 한창이므로 비가 오면 풍년이 든다는 말.

오월 도미는 나무껍질을 씹지 못 씹는다 : 가을철에 잡은 도미는 맛이 좋지만 음력 5~6월 산란기에 잡은 도미는 맛이 없다

는 말.

오월 밤은 추워야 보리가 풍년 든다 : 음력 5월은 보리가 영그는 시기로서, 밤 날씨가 약간 추워야 동화 물질의 소모가 적어 잘 영글게 된다는 말.

오월에 햇곡식 선돈 쓴다 : 음력 5월에 겨우 모심기를 해 놓고 볏값 선돈을 받아 쓰듯이, 몹시 가난하여 빚으로 생활함을 이르는 말.

오월 장마는 꾸어다 해도 한다 : 음력 5월은 양력 6월에 해당하므로 6월 하순은 장마기에 해당된다는 말.

오이는 씨가 있어도 도둑은 씨가 없다 : 도둑질은 내림으로 하는 것이 아니라는 말.

오이 덩굴에서 가지 열리는 법은 없다 : 그 아버지에 그 아들밖에 날 수 없음을 비유하여 이르는 말.

오이 덩굴에 오이 열리고, 가지 나무에 가지 연다 : ⇒ 콩 심은 데 콩 나고 팥 심은 데 팥 난다.

오이를 거꾸로 먹어도 제멋(소청) : ⇒ 지게를 지고 제사를 지내도 상관 말라.

오이씨에서 오이 나오고, 콩에서 콩 나온다 : ⇒ 콩 심은 데 콩 나고, 팥 심은 데 팥 난다.

오입쟁이(誤入-)가 얼굴 보고 하나 씹 보고 하지 : 오입질하는 사람은 얼굴이 예쁘고 미운 것을 가리지 않고 그저 보기만 하면 성교를 한다는 말.

오입쟁이 제 욕심 채우듯 : 다른 사람의 처지는 조금도 생각하지 아니하고 저 하고 싶은 것만 하는 경우를 비유적으로 이르는 말.

오입쟁이 헌 갓 쓰고 똥 누기는 예사다 : 방탕한 사람이 예를 지키지 아니하고 실행(失行)을 해도 이상할 것이 아니라는 말.

오장까지 뒤집어 보인다 : 마음 속속들이 털어 보인다는 말.

오장이 뒤집힌다 : 분이 치밀어 견딜 수 없음을 이르는 말.

오재기 안에서 소를 잡는다 : 좁은 오재기 안에서 소를 잡는 것처럼 소란이 보통이 아니라는 말. * 오재기—'오쟁이(짚으로 엮어서 만든 작은 섬)'의 경원 방언.

오쟁이 지다 : 남편이 있는 여자가 다른 남자와 사통(私通)함을 이르는 말.

오전에 앉은 백로가 오후에는 안 보인다 : 5~6월에는 벼가 한창 자랄 때로서 아침에 논에 앉은 백로가 오후에는 안 보일 정도로 벼가 빨리 자란다는 말.

오조 먹은 돼지 벼르듯 한다 : 혼내어 주려고 잔뜩 벼르고 있다는 말. * 오조—일찍 익는 조.

오종은 섬을 더 맨다 : 모심기를 일찍 한 것은 수확이 많아지므로 타작해서 담을 섬도 더 많이 준비해야 한다는 말. * 오종—'이른 모(제철보다 일찍 내는 모)'의 잘못.

오죽하여 호랑이가 개미를 핥아 먹겠는가 북 **:** 상황이 극도로 어려워 별로 도움이 되지 못할, 하찮은 것을 붙들고 늘어지는 경우를 비유하여 이르는 말.

오죽한 도깨비 낮에 날까 : 하는 짓이 망측하여 가히 상대할 수 없지만, 오죽 못나서 그러겠는가, 그러니 그냥 내버려두라는 말.

오줌 누는 새에 십 리 간다 : ① 잠시 동안이라도 쉬는 것과 쉬지 않고 하는 것과는 상당한 차이가 있다는 말. ② 무슨 일이나 매우 빨리 지나간다는 말.

오줌 누다 개미에게 보지 물린다 : ① 여자는 산이나 들에서 오줌을 눌 때는 개미나 벌레를 조심하라는 말. ② 재수가 없으면 하찮은 것에 망신을 당하게 된다는 말.

오줌에도 데겠다(덴다) : 오줌처럼 미지근한

것에도 델 정도로 몸이 몹시 허약함을 비유하여 이르는 말.

오줌에 뒷나무 : 밑씻개가 필요 없는 오줌에 밑씻개로 사용하는 뒷나무라는 뜻으로, 당치 아니한 사물을 이르는 말. * 뒷나무 —밑씻개로 쓰는 가늘고 짧은 나뭇가지나 나뭇잎. 분목(糞木).

오지랖이 넓다 : ① 쓸데없이 지나치게 아무 일에나 참견함을 이르는 말. ② 염치없이 행동함을 이르는 말.

오징어 까마귀 잡아먹듯 한다 : 오징어가 해면에 죽은 척하고 떠 있다가, 까마귀가 쪼려고 하는 순간 열 다리로 까마귀를 옭아 물속으로 들어가 잡아먹듯이, 꾀를 써서 힘 안 들이고 목적을 달성함을 이르는 말.

오초(吳楚)의 흥망이 내 알 바 아니다 : ① 주변에서 무슨 일이 일어나도 자기는 상관하지 않겠다는 말. ② 세상에 무슨 일이 있더라도 자기는 자기가 맡은 일이나 충실히 하겠다는 말.

오후(午後) 한량(閑良) 쓴 것이 없다 : 무릇 사람이 가난하고 궁핍하면 의복이나 음식의 쓴 것 단 것을 가리지 않는다는 말.

옥(玉)도 갈아야 빛이 난다 : ① 아무리 재주와 소질이 좋아도 이것을 잘 닦고 기르지 아니하면 훌륭한 것이 되지 못한다는 말. ② 고생을 겪으며 노력을 기울여야 뜻한 바를 이룰 수 있다는 말. 옥석도 닦아야 빛이 난다.

옥문(玉門)이 열렸네 닫혔네 한다 : 남의 일이라면 공연히 있는 말 없는 말 지껄임을 이르는 말. * 옥문—여자의 음부. 옥문이 좁으니 넓으니 한다.

옥문이 좁으니 넓으니 한다 : ⇒ 옥문이 열렸네 닫혔네 한다.

옥반(玉盤)에 진주 구르듯 : 목소리가 맑고 아름다움을 비유하여 이르는 말.

옥불탁이면 불성기라〔玉不琢不成器〕: 아무리 본질이나 재주가 좋더라도 잘 닦고 기르지 않으면 훌륭한 것이 못 된다는 말.

옥석도 닦아야 빛이 난다 : ⇒ 옥도 갈아야 빛이 난다.

옥수수는 밭곡식의 왕이다 : 옥수수는 밭곡식 중에서 수확량이 가장 많은 곡식이라는 말.

옥수수는 풋옥수수로 먹어야 제맛이 난다 : 옥수수는 다 영근 것보다 약간 덜 영근 풋옥수수를 쪄 먹어야 맛이 좋다는 말.

옥(玉)에나 티가 있지 : ⇒ 옥에는 티나 있지.

옥에는 티나 있지 : 물건의 바탕이나 사람의 마음이 매우 깨끗하여 흠이 없다는 말. 옥에나 티가 있지.

옥에도 티가 있다 : 아무리 훌륭한 사람이나 물건이라도 한 가지 결점은 있다는 말. 쌀에도 뉘가 있다.

옥에 티다 : 본바탕은 썩 좋으나 아깝게도 흠이 있다는 말.

옥은 흙에 묻혀도 옥이다Ⓑ **:** 좋은 바탕을 가진 훌륭한 것은 아무리 나쁘고 험한 곳에 놓여도 자기의 본바탕을 잃지 아니함을 비유하여 이르는 말.

온면(溫麵) 먹을 제부터 그르다 : 국수를 먹는 혼인날부터 벌써 글렀다는 뜻으로, 일이 시작될 때부터 틀렸다는 말.

온몸에 입이 돌라붙었더라도 할 말이 없겠다 Ⓑ **:** ⇒ 입이 열둘이라도 말 못한다.

온몸의 힘줄이 용대기 뒤 줄이 되었다 : 온몸의 힘줄이 임금이 거둥할 때 들고 나가는 용대기의 뒤 벌이줄처럼 팽팽하다는 뜻으로, 사람이 극도로 흥분한 경우를 비유하여 이르는 말. * 용대기—교룡기(임금이 거둥할 때에 행렬의 앞에 세우던 기).

온몸이 입이라도 말 못 하겠다 : ⇒ 입이 열둘이라도 말 못한다.

온 바닷물을 다 먹어야 짜냐 : ⇒ 온 바닷물을 다 켜야 맛이냐①.

온 바닷물을 다 켜야 맛이냐 : ① 무슨 일이나 끝장을 보지 않으면 손을 놓지 않는 욕심이 많은 사람에게 하는 말. 온 바닷물을 다 먹어야 짜냐. ② 北 한 부분으로 전체를 짐작할 수 있음을 비유하여 이르는 말.

온양(溫陽) 온천(溫泉)에 전 다리 모여들듯 : 추한 사람들이 많이 모여드는 것을 비유하여 이르는 말. 온양 온천에 절름발이 모여들듯. 온천에 헌 다리 모여들듯.

온양 온천에 절름발이 모여들듯 : ⇒ 온양 온천에 전 다리 모여들듯

온전한 기와가 부서진 옥보다 낫다 : 아무리 귀한 물건이라도 깨어지면 제구실을 하지 못하므로 하찮고 온전한 것보다 못하다는 말.

온천에 헌 다리 모여들듯 : ⇒ 온양 온천에 전 다리 모여들듯.

온통으로 생긴 놈 계집 자랑, 반편으로 생긴 놈 자식 자랑 : 아주 멍텅구리는 자기 아내를, 조금 어리석은 사람은 자기 자식을 자랑한다 함이니, 계집과 자식자랑은 하지 말라는 말. 자식 추기 반 미친 놈, 계집 추기 온 미친 놈.

올가미 없는 개장사 : 자본 없이 하는 장사를 낮잡아 이르는 말.

올꾼이 룡강 가다(갔다 오다) 北 : 시키는 심부름은 잊어 먹고 그냥 가는 경우를 비유하여 이르는 말.

올 농사 못 지은 건 내년에 잘 지으면 된다 : 한 번 실패한 것은 그다음 기회에 보충하면 된다는 말.

올라가는 놈이 떨어지기도 한다 : 무슨 일이든 하는 사람이 실패도 하지, 아무 일도 하지 않는 사람은 성공도 실패도 없다는 말.

올챙이 개구리 된 지 몇 해나 되나 : 어떤 일에 좀 익숙해진 사람이나, 가난하다가 형세가 좀 나아진 사람이 교만해짐을 핀잔하여 이르는 말.

올챙이 물로도 못 다니게 되었다 北 : 유리한 생활 조건이 없어져서 형편이 아주 딱하게 됨을 비유하여 이르는 말.

올챙이 적 생각은 못 하고 개구리 된 생각만 한다 : ⇒ 개구리 올챙이 적 생각 못 한다.

옳은 일을 하면 죽어도 옳은 귀신이 된다 : ⇒ 마음을 잘 가지면 죽어도 옳은 귀신이 된다.

옴 덕에 보지 긁는다 : 남이 꺼리는 일을 할 핑계를 얻었음을 비유하여 이르는 말.

옴딱지 떼고 비상(砒霜) 칠한다 : 일을 빨리 처리하려고 무리한 방법을 써서 일을 더 어렵게 만듦을 비유하여 이르는 말.

옴딱지 떼듯 한다 : 무엇이나 인정사정없이 내어버리는 모습을 비유하여 이르는 말.

옴쟁이를 업고 다니다 北 : 화가 미칠 수 있는 꺼림칙한 대상을 가까이하면서 받든다는 말. *옴쟁이-옴이 오른 사람을 낮잡아 이르는 말.

옷 말리는 건장(乾場)이다 : 김을 말리는 건조장이 김 흉년이 들어 옷 말리는 건조장이 되었다는 말. *건장-건조장. 건조시키는 곳.

옷 안 입은 인왕산 호랑이도 산다 北 : 인왕산의 호랑이는 벌거벗어도 살아간다는 뜻으로, 입을 옷이 없거나 맞지 아니한다고 투정부리는 사람을 핀잔하여 이르는 말.

옷은 나이로 입는다 : ① 옷차림은 나이에 어울리게 하여야만 한다는 말. ② 몸집은 좀 작더라도 나이 든 사람은 옷을 더 크게 입는다는 말.

옷은 새 옷이 좋고, 사람은 옛 사람이 좋다〔衣不厭新 人不厭舊〕 : 물건은 새것이 좋고 사람은 오래 사귀어 서로를 잘 알고 정분이 두터워진 사람이 좋다는 말. 사람은 헌(때 묻은) 사람이 좋고, 옷은 새 옷이

좋다. 옷은 새 옷이 좋고, 임은 옛 임이 좋다.

옷은 새 옷이 좋고, 임은 옛 임이 좋다 : ⇒ 옷은 새 옷이 좋고, 사람은 옛 사람이 좋다.

옷은 시집올 때처럼, 음식은 한가위처럼 : 옷은 시집올 때처럼 아름답게 입고 싶고 음식은 한가윗날처럼 좋은 음식을 먹고 싶다는 말.

옷을 격해 가려운 데를 긁는다 : ⇒ 신 신고 발바닥 긁기.

옷이 날개고 밥이 분이다 : 옷을 잘 입어야 풍채가 좋아지고, 밥을 잘 먹어야 신수가 좋아진다는 말.

옷이 날개라 : 옷이 좋으면 인물이 한층 더 훌륭하게 보인다는 말. 입성이 날개라.

옷 입고 가려운 데 긁기 : ⇒ 신 신고 발바닥 긁기.

옹이에 마디 : ⇒ 기침에 재채기.

옹지기는 사돈네 밥상이다㉯ **:** 받아먹기에 옹색한 것은 사돈집의 밥상이라는 뜻으로, 사돈집에서는 몹시 조심스럽고 거북함을 비유하여 이르는 말. * 옹지다—'옹색하다'의 북한어.

옻돌 놈 징 치듯 한다 : 고싸움놀이를 응원하는 농악 대원이 흥분하여 징을 마구 쳐 대듯, 지지 않으려고 악착같이 오기(傲氣)로 덤벼듦을 이르는 말. * 옻돌—전남 광산군 대촌면 칠석리의 속칭.

와우각상의 싸움〔蝸牛角上之爭〕 : ① 하찮은 일로 싸우는 것을 비유하여 이르는 말. ② 작은 나라끼리의 싸움을 비유하여 이르는 말.

왁새 여울목 넘어다보듯㉯ **:** ⇒ 왜가리 새 여울목 넘어다보듯. * 왁새—'왜가리'의 북한어.

왕개미 정자나무 흔드는 격 : 아무리 건드려도 까딱도 하지 않음을 비유하여 이르는 말.

왕공(王公)도 망국(亡國)하고 학사(學士)도 망신(亡身)한다 : 사람은 아무리 귀하게 잘 살다가도 천해질 수 있으며, 아무리 훌륭한 사람도 큰 실수를 하여 낭패를 보는 수가 있음을 비유하여 이르는 말.

왕대 밭에 왕대 난다 : ① ⇒ 콩 심은 데 콩 나고 팥 심은 데 팥 난다. ② 어버이와 아주 딴판인 자식은 있을 수 없음을 이르는 말.

왕방울 껍데기 같다㉯ **:** 실속은 없고 겉만 요란함을 비유하여 이르는 말.

왕방울로 솥(가마) 가시듯㉯ **:** 쇠로 만든 솥을 왕방울로 가실 때처럼 왁자지껄하게 떠드는 소리를 비유하여 이르는 말. 왕방울로 퉁노구 가시는 소리.

왕방울로 퉁노구 가시는 소리 : ⇒ 왕방울로 솥(가마) 가시듯.

왕지네 마당에 씨암탉 걸음 : 왕지네가 가득한 마당에 씨암탉이 걷는 걸음걸이라는 뜻으로, 살이 쪄서 어기적어기적 걷는 모양을 비유하여 이르는 말.

왕지네 회 쳐 먹을 비위㉯ **:** 끔찍하게 생긴 왕지네를 회를 쳐서 먹을 만큼 비위가 좋다는 뜻으로, 자기의 잘못에 조금도 양심의 가책을 느끼지 못하는 철면피한 심보를 비유하여 이르는 말.

왕후장상이 씨가 있나〔王侯將相寧有種乎〕 : 높은 자리에 오르는 것은 가문이나 혈통 따위에 따른 것이 아니라 자신의 능력에 따른 것임을 이르는 말. 씨가 따로 있나.

왜가리 새 여울목 넘어다보듯 : 먹을 것이 있나 하고 넘겨다보는 모양, 또는 남에게 숨어 가면서 제 이익만을 취하는 모양을 이르는 말. 왁새 여울목 넘어다보듯.

왜 감중련(坎中連)을 하였나 : 교제하는 사이에 다정히 지내는 기색이 없고 위엄(威嚴)만 차리는 경우를 이르는 말. * 감중련—팔괘(八卦)의 하나인 감괘(坎卦)의 상형(象形)을 일컬음.

왜 알 적에 안 곯았나 : 태어나기 전에 죽었더라면 좋았을 것이라는 뜻으로, 사람의 용모가 추잡하고 하는 짓이 못됐을 때 비꼬아 이르는 말.

왜장녀(倭將女) 같다 : 여자의 옷매무새가 흐트러져 더러움을 이르는 말. 왜장녀 제명월이냐 똥 덮개냐.

왜장녀 제명월(霽明月)이냐 똥 덮개냐 : ⇒ 왜장녀 같다.

외갓집 들어가듯 : 예의도 차릴 필요 없이 자기 집 들어가는 것처럼 거리낌없이 쉽게 들어감을 비유하여 이르는 말.

외갓집 콩죽에 잔뼈가 굵었겠나 : 남에게 신세를 지고 살아온 것이 아니니 남의 도움을 받지 않겠다고 거절할 때 이르는 말.

외(瓜) 거꾸로 먹어도 제 재미다 : 자기만 좋으면 어떻게 하든지 상관없음을 이르는 말.

외나무다리에서 만날 날이 있다 : ⇒ 원수는 외나무다리에서 만난다①.

외나무다리에서 발 맞추라고 한다㈜ **:** 몸을 가누기도 힘든 외나무다리에서 발을 맞추며 걸으라고 한다는 뜻으로, 가능성이 없는 일을 무리하게 강요함을 비유하여 이르는 말.

외 넝쿨에 가지 열린다 : 부모를 전혀 닮지 않은 아이가 생겼을 때, 또는 어떤 일에 전연 다른 결과가 나타났을 때를 이르는 말.

외눈박이가 두눈박이 나무란다 : 큰 허물을 가진 자가 저보다 나은 자를 흉본다는 말.

외눈이 바로 맞히는 때도 있다 : 우연과 요행이 있을 수 있다는 말.

외눈퉁이 쇠뿔에 받혔다 : 상대방을 사랑하고 소중히 여겨 대우함을 반대말로 비유하여 이르는 말.

외(瓜) 덩굴에 가지 열릴까 : ⇒ 외 심은 데 콩 나랴.

외로운 군사에 약한 병졸㈜ **:** ⇒ 외로운 병아리에 쥐 달리듯.

외로운 병아리에 쥐 달리듯 : 가뜩이나 혼자 있어 외로운 병아리에게 쥐까지 달려든다는 뜻으로, 아주 어려운 상황에 놓임을 비유하여 이르는 말. 외로운 군사에 약한 병졸.

외로운 뿌리 잘 살지 못한다㈜ **:** 식물도 곁에서 함께 자라는 것이 있으면 잘 자라지만 따로 기를 때에는 잘 자라지 못한다는 뜻으로, 외아들은 잘못되기 쉬움을 비유하여 이르는 말.

외로 지나 바로 지나 : 이렇게 하나 저렇게 하나 마찬가지라는 말.

외며느리 고운 데 없다 : 며느리가 여럿이면 비교하여서 좋은 점을 찾을 수 있겠으나 외며느리라 그럴 수도 없고, 또 본디 며느리란 밉게 보이기 마련이라는 말.

외모(外貌)는 거울로 보고 마음은 술로 본다 : 술이 들어가면 본심을 털어놓고 이야기함을 이르는 말.

외바늘 귀 터지기 쉽다㈜ **:** 하나밖에 없는 외바늘의 바늘귀가 터져서 못 쓰게 되기 쉽다는 뜻으로, 소중히 여기는 것이 도리어 상하기 쉬움을 비유하여 이르는 말.

외(瓜)밭에서 손가락질하면 외가 떨어진다 : 외밭에서 외를 크니 작으니 하며 손가락질을 하면 그 외가 떨어진다는 말.

외밭 원수는 고슴도치고, 너하고 나하고의 원수는 중매쟁이라 : 중매결혼을 하고 불화 속에 지내는 부부가 중매쟁이를 원망하여 이르는 말.

외삼촌 물에 빠졌는가 웃기는 왜 웃나 : ① 남이 크게 웃을 때에 이르는 말. ② 남의 작은 실수를 보고도 잘 웃는 사람을 보고 이르는 말.

외삼촌 사는 골에 가지도 말랬다 : 외삼촌과 조카 사이란 매우 소원한 관계임을 비유하여 이르는 말.

외삼촌 산소에 벌초하듯 : ⇒ 처삼촌 뫼에 벌초하듯.

외상이면 꺼멍 소 잡아먹는다[북] **:** ⇒ 외상이면 소(당나귀)도 잡아먹는다.

외상이면 사돈집 소도 잡아먹는다[북] **:** ⇒ 외상이면 소(당나귀)도 잡아먹는다.

외상이면 소(당나귀)도 잡아먹는다 : 뒷일은 어떻게 되든지 생각하지 않고 우선 당장 좋으면 그만인 것처럼 무턱대고 행동함을 비유하여 이르는 말. 외상이면 꺼멍 소 잡아먹는다[북]. 외상이면 사돈집 소도 잡아먹는다.

외손뼉이 못 울고 한 다리로 가지 못한다 : ⇒ 외손뼉이 소리날까.

외손뼉이 소리날까〔孤掌難鳴〕 : ① 두 손뼉이 마주 쳐야 소리가 나지 외손뼉만으로는 소리가 나지 않는다는 뜻으로, 일은 상대가 같이 응하여야지 혼자서만 해서는 잘되는 것이 아님을 비유하여 이르는 말. ② 상대 없는 분쟁이 없음을 비유하여 이르는 말. 외손뼉이 못 울고, 한 다리로 가지 못한다. 외손뼉이 울랴. 외손뼉이 울지 못한다. 외짝손으로 소리내지 못한다.

외손뼉이 울랴 : ⇒ 외손뼉이 소리날까.

외손뼉이 울지 못한다 : ⇒ 외손뼉이 소리 날까.

외손(外孫)의 방축(防築)이라 : 외손자네 둑이라는 뜻으로, 무슨 일이든지 대수롭지 않게 여기고 그냥 지나쳐 버림을 이르는 말.

외손자(外孫子)는 업고 친손자는 걸리면서 업은 아이 발 시리다 빨리 가자 한다 : ⇒ 친손자는 걸리고 외손자는 업고 간다.

외손자를 귀애하느니 방앗공이를 안지 : 외손자는 아무리 귀여워해도 성장한 후에는 그 정을 모르니 귀여워할 필요가 없다는 말. 외손자를 보아 주느니 파밭을 매지.

외손자를 보아 주느니 파밭을 매지 : ⇒ 외손자를 귀애하느니 방앗공이를 안지.

외〔瓜〕 심은 데 콩 나랴 : ① 모든 일이 원인이 있으면 그에 따른 결과가 있음을 이르는 말. ② 어버이와 아주 딴판인 자식은 있을 수 없음을 이르는 말. 외 덩굴에 가지 열릴까.

외아들 잡아먹은 할미 상(相) : 더없이 궁상맞고 처참한 표정을 이르는 말.

외(椳) 얽고 벽 친다 : ① 담벼락을 쌓은 것 같다는 뜻으로, 사물을 이해하지 못함을 이르는 말. ② [북] 외를 얽은 다음 벽에 흙을 바르는 것이 순서라는 뜻으로, 너무나 분명한 것을 우기는 고집이 센 사람의 행동을 비유하여 이르는 말. *외-흙을 바르기 위하여 벽 속에 엮은 가는 나뭇가지. 여기에 흙을 바르면 벽이 됨.

외주둥이 굶는다 : 혼자 살면 자연히 끼니를 굶는 경우가 많다는 말.

외짝손으로 소리 내지 못한다[북] **:** ⇒ 외손뼉이 소리날까.

외톨밤이 벌레가 먹었다 : ① 단 하나뿐인 소중한 물건에 흠집이 생김을 이르는 말. ② 똑똑하고 분명하여야 할 것이 그렇지 못하고 부실(不實)한 때에 이르는 말. 특히 외아들이 쓸모없이 되어 버린 경우를 이른다.

외할미 떡도 커야(싸야) 사 먹는다[북] **:** 비록 외할머니가 떡을 팔아도 다른 사람이 파는 떡보다 크거나 싸야 사 먹게 된다는 뜻으로, 아무리 가까운 친척이라도 자기 잇속과 관련지어 생각함을 비유하여 이르는 말.

왼눈도 깜짝 아니한다 : 조금도 놀라지 않음을 비유하여 이르는 말.

왼발 구르고 침 뱉는다 : 무슨 일에나 처음에는 앞장서서 나서지만, 곧 꽁무니를 뺌을 비유하여 이르는 말.

왼새끼 내던졌다 : 다시는 돌아볼 생각을 아

니하고 아주 내버린다는 말.

왼새끼를 꼰다 : 비비 틀려 나가는 일이 어떻게 되어 갈지 궁금하다는 말. 또는 몹시 우려하거나 조심성 있는 언행을 비유하기도 함.

왼팔도 쓸 때 있다 : 평상시에는 안 쓰이는 것도 소용될 적이 있다는 말.

요강 뚜껑으로 물 떠 먹은 셈 : 별일은 없으리라고 생각하면서도 꺼림칙함을 비유하여 이르는 말.

요람(搖籃)에서 무덤까지 : 제2차 세계대전 후 영국의 노동당이 사회보장제도의 완벽한 실시를 주장하며 내세운 슬로건으로, '태어나서부터 죽을 때까지'라는 뜻으로 이르는 말.

요령(搖鈴) 도둑놈 : 생김새가 흉악스럽고 눈알이 커서 늘 눈을 부라리고 있는 사람을 비유하여 이르는 말.

요지경(瑤池鏡) 속이다 : 속 내용이 알쏭달쏭하고 복잡하여 뭐가 뭔지 이해할 수 없음을 이르는 말.

욕가식내강죽이라〔欲加食乃糠粥〕 : 늘 좋은 음식을 배불리 먹으면 나중에는 빈곤해져서 조식(粗食)인 죽을 먹게 된다는 말.

욕심이 부엉이 같다 : ⇒ 욕심이 놀부 빰쳐 먹겠다.

욕심이 놀부 빰쳐 먹겠다(북) **:** 놀부를 능가할 욕심꾸러기라는 뜻으로, 욕심이 매우 많은 사람을 비유하여 이르는 말. 욕심이 땅보다 두텁다. 욕심이 부엉이 같다.

욕심이 눈을 가리다 : 욕심 때문에 사리분별이 어두움을 이르는 말.

욕심이 땅보다 두텁다(북) **:** ⇒ 욕심이 놀부 빰쳐 먹겠다.

욕심이 사람 죽인다 : 욕심이 너무 지나치면 사리를 분별하지 못하고 위태로운 일까지 거리낌 없이 하게 됨을 비유하여 이르는 말. 허욕이 패가라.

욕심쟁이 메주 빚어 놓듯(북) **:** 욕심꾸러기가 앞으로 다루기 힘들 것은 생각하지 아니하고 메주를 크게만 만든다는 뜻으로, 일의 전망은 생각지도 아니하고 덮어놓고 일을 크게 벌이는 경우를 비유하여 이르는 말.

욕은 욕으로 갚고, 은혜는 은혜로 갚는다 : ⇒ 돌로 치면 돌로 치고, 떡으로 치면 떡으로 친다.

욕을 들어도 당감투 쓴 놈한테 들어라(북) **:** 이왕 욕을 먹고 꾸지람을 들을 바에는 점잖고 덕망이 있는 사람에게서 듣는 것이 낫다는 말.

욕을 먹고 살아야 오래 산다(북) **:** 남에게 욕을 먹었을 때 위로하거나 스스로 참고 웃어넘길 때 하는 말.

욕이 금인 줄 알아라 : 자기의 잘못에 대한 꾸지람을 고깝게만 생각하지 말고 자기의 발전과 수양을 위해서 소중히 받아들이라는 말.

욕이 사랑(북) **:** 아끼는 사람을 욕하는 것은 훌륭한 사람이 되라는 뜻이 있으므로 사랑의 표시라는 말.

용(龍) 가는 데 구름 가고, 범 가는 데 바람 간다 : 반드시 같이 다녀서 둘이 서로 떨어지지 아니할 경우를 비유하여 이르는 말. 범 가는 데 바람 간다. 용 가는 데 구름 간다. 용이 가면 구름도 간다. 호랑이는 바람을 일으키고, 룡은 안개를 일으킨다(북).

용 가는 데 구름 간다 : ⇒ 용 가는 데 구름 가고, 범 가는 데 바람 간다.

용검(龍劍)도 써야 칼이지 : 아무리 훌륭한 물건이라도 실제로 쓰지 않는다면 쓸모없음을 비유하여 이르는 말.

용꼬리 되는 것보다 닭대가리 되는 것이 낫다 : ⇒ 닭의 볏이 될망정 소의 꼬리는 되지 마라.

용대기(龍大旗) 내세우듯 (-한다) : 용대기는 임금이 행차할 때 세우는 주기(主旗)로 백성의 이목(耳目)을 끌었으니, 예사롭고 능히 할 수 있는 일을 과장함을 이르는 말.

용 될 고기는 모이 철부터 안다 : ⇒ 잘 자랄 나무는 떡잎부터 안다(알아본다).

용마(龍馬) 갈기 사이에 뿔 나거든 : ⇒ 군밤에서 싹 나거든.

용 머리에 뱀 꼬리다〔龍頭蛇尾〕 : 시작은 잘 하다가 나중에는 흐지부지함을 이르는 말.

용 못 된 이무기 : 의리나 인정은 도무지 없고 심술만 남아 있어 남에게 손해만 입히는 사람을 비유하여 이르는 말.

용 못 된 이무기 방천 낸다 : 못된 사람은 못된 짓만 한다는 말.

용문산(龍門山) 안개 두르듯 : 누더기 옷을 지저분하게 치렁치렁 걸침을 비유하여 이르는 말.

용문산에 안개 모이듯 : ⇒ 청천에 구름 모이듯.

용미(龍尾)에 범 앉은 것 같다 : 위엄이 있어 타인을 억압하는 듯한 인상(人相)을 지닌 사람을 비유하여 이르는 말.

용바위(龍-)를 회(膾)쳐 먹을 놈 : 마음에 거리낌 없음이 너무 지나친 사람을 두고 이르는 말.

용수가 채반이 되도록 우긴다 : ⇒ 채반이 용수가 되게 우긴다.

용수에 담은 찰밥도 엎지르겠네 : 복이 없는 자는 좋은 운수를 만나도 그것을 능히 오래 보전하지 못하거나 놓친다는 것을 비유하여 이르는 말.

용오름이 생기면 폭풍우가 일어난다 : 용오름이 생기면 천둥 번개를 동반한 폭풍우가 일어나므로 농가에서는 여기에 대비하라는 말.

용의 꼬리보다 닭의 머리가 낫다 : ⇒ 닭의 볏이 될지언정 소의 꼬리는 되지 마라.

용의 알을 얻은 것 같다 : 아주 귀중한 보배를 얻은 것처럼 좋아하고 아끼는 경우를 비유하여 이르는 말.

용의 수염을 만지고 범의 꼬리를 밟는다 : 자기 죽을 줄 모르고 겁없이 위태로운 짓을 함을 이르는 말.

용이 가면 구름도 간다 : ⇒ 용 가는 데 구름 가고, 범 가는 데 바람 간다.

용이 개천에 빠지면 모기붙이 새끼가 엉겨 붙는다 : ⇒ 용이 물 밖에 나면 개미가 침노를 한다.

용이 물 밖에 나면 개미가 침노를 한다 : 한 단체에서 득세하던 자가 다른 단체에 들어가서 세력을 잃고 천시당함을 비유하여 이르는 말. 룡이 개천에 떨어지면 미꾸라지가 되는 법(북). 용이 개천에 빠지면 모기붙이 새끼가 엉겨 붙는다.

용이 물 잃은 듯 : 처지가 매우 궁박(窮迫)하여 살 길이 끊어진 모양을 이르는 말.

용이 승천하면 비바람이 거세다 : 용오름이 일어날 때는 폭풍우가 동반하게 된다는 말.

용이 여의주를 얻고 범이 바람을 탐과 같다 : 무슨 일이나 뜻한 바를 다 이루어 두려운 것이 없는 경우를 비유하여 이르는 말.

용이 여의주를 얻으면 하늘로 올라가고야 만다 : 무엇이나 어떤 단계에 이르면 최종적인 결과가 나타나게 됨을 비유하여 이르는 말. 호랑이 새끼는 자라면 사람을 물고야 만다.

용천검(龍泉劍)도 쓸 줄 알아야 한다 : 아무리 훌륭한 사람이라도 좋은 지위에 앉혀 놓고 그 능력을 발휘하도록 하지 않으면 필요가 없다는 말.

우는 가슴에 말뚝 박듯 : 그렇지 않아도 마음이 아픈데 더욱 큰 상처를 입힌다는 말.

우는 꿩이 먼저 채운다(북) : 꿩이 가만히 있으면 누구도 모를 것을 소리 내어 울었기 때문에 자신을 드러내어 그만 매에 채이게 되었다는 뜻으로, 스스로 자기를 나타내어 걱정을 사거나 화를 입게 됨을 비유하여 이르는 말.

우는 모퉁인 줄만 알고 운다㊍ : 잘 알아보지도 않고 맹목적으로 따라 함을 비유하여 이르는 말. *왜 우는지 영문도 모르면서 남이 우니까 울어야 할 때인 줄 알고 따라 운다는 뜻에서 유래된 말.

우는 아이는 장사도 못 당한다㊍ : 어떤 일을 차근차근 달래서 해야지 우격다짐으로 할 수 없음을 비유적으로 이르는 말. 어린애 울음은 장사도 못 당한다.

우는 아이 똥 먹이기 : ⇒ 빚값에 계집 뺏기.

우는 아이 젖 준다 : 무슨 일이든 자기가 요구하여야 쉽게 구할 수 있음을 이르는 말. 울지 않는 아이 젖 주랴.

우는 애도 속이 있어 운다 : 아무런 이유 없이 우는 아이가 없다는 뜻으로, 겉으로 나타난 행동은 속에 품은 뜻을 표현하는 것임을 이르는 말.

우둔한 것이 범 잡는다 : 앞뒤를 살피지 아니하고 덥석 대드는 사람이 뜻밖에 큰일을 하는 수가 있다는 말. 우악한 놈이 범 잡는다 .

우러러 하늘에도 부끄럽지 않고, 굽어 땅에도 부끄럽지 않다 : 양심에 거리끼는 것이 조금도 없고 아주 떳떳함을 비유하여 이르는 말.

우렁이도 두렁 넘을 꾀가 있다 : 미련하고 못난 사람도 제 요량과 한 가지 재주는 있다는 말.

우렁이도 집이 있다 : ⇒ 까막까치도 집이 있다.

우렁이 속 같다 : 도무지 그 속마음을 헤아려 알기 힘든 것을 비유하여 이르는 말.

우렁이 속에도 생각이 들었다 : 아무리 어리석고 못난 사람이라도 다 나름대로의 생각을 갖고 있음을 이르는 말.

우레가 날 때는 우산을 쓰지 않는다 : 우레가 나면서 비가 올 때 평지에서 홀로 우산을 쓰게 되면 벼락을 맞을 위험성이 있으므로 우산을 쓰지 말라는 말.

우뢰처럼 만났다가 번개처럼 헤여진다㊍ : 뜻하지 아니하게 반가운 상봉을 하였다가 갑자기 다시 헤어지게 된 경우를 비유하여 이르는 말. *우뢰-'우레'의 북한어.

우립(雨笠) 만드는 동안에 날이 갠다〔有備無患〕 : 비가 온 다음에 우립을 만들면 이미 늦다는 뜻으로, 미리미리 준비를 해야 한다는 말.

우마(牛馬)가 기린 되랴 : 본시 제가 타고난 본질은 바꿀 수 없음을 이르는 말. 까마귀 학이 되랴. 나무 뚝배기 쇠 양푼 될까. 나무 접시 놋접시 될까. 닭의 새끼 봉 되랴.

우멍한 보지가 파리 잡는다 : 생기기는 못생겼어도 동작은 재빠르다는 말. *우멍하다-물건의 바닥이나 면 따위가 납작하고 우묵하다.

우물가에 애 보낸 것 같다 : 어린아이를 우물가에 내놓으면 아직 어려서 생사(生死)를 가리지 못하여 언제 우물에 빠질지 몰라 마음이 불안하다는 뜻이니, 곧, 익숙하지 못한 사람에게 무슨 일을 시켜 놓고 마음이 불안함을 비유하여 이르는 말. 우물 둔덕에 애 내놓은 것 같다.

우물고누 첫 수 : ① 상대편이 처음부터 꼼짝 못하도록 결정적인 수를 먼저 사용하는 것을 비유하여 이르는 말. ② 다른 변통은 할 재주가 없는 사람이 쓰는 유일한 수단을 비유하여 이르는 말. *우물고누-장기와 비슷한 놀이 기구. 우물꼬니에 첫 구멍을 막는다.

우물귀신 잡아넣듯 한다 : 자신의 난처한 입장에서 벗어나기 위해 다른 사람을 끌어들이거나 뒤집어씌움을 이르는 말.

우물길에서 반살기 받는다 : 우연히 뜻밖의 음식이 생겨 잘 먹음을 이르는 말. * 반살기–신랑이나 신부를 근친(近親) 되는 사람이 초대하는 일.

우물꼬니에 첫 구멍을 막는다㊒ **:** ⇒ 우물고누 첫 수. * 우물꼬니–'우물고누'의 북한어.

우물둔덕에 애 내놓은 것 같다 : ⇒ 우물가에 애 보낸 것 같다.

우물 들고 마시겠다 : 성미가 몹시 급함을 비꼬아 이르는 말.

우물물은 퍼내야 고인다 : 무엇이나 자꾸 써야 새것이 생긴다는 말.

우물 밑에 똥 누기 : 심술 사납고 고약한 짓을 비유하여 이르는 말.

우물 안 개구리(고기)〔井中之蛙, 井底之蛙〕 : ① 넓은 세상의 형편을 알지 못하는 사람을 비유하여 이르는 말. ② 견식이 좁아 저만 잘난 줄로 아는 사람을 비꼬아 이르는 말.

우물 안에 고기가 생기면 부자 된다 : 우물 안에 저절로 고기가 생기는 것은 부자가 될 징조라는 말.

우물 안의 개구리는 바다를 모르고, 여름 벌레는 얼음을 모른다〔井蛙不知海 夏蟲不知氷〕 : 처지가 다르면 남을 이해하지 못한다는 말.

우물에 가 숭늉 찾는다 : 모든 일에는 질서와 차례가 있는 법인데 일의 순서도 모르고 성급하게 덤빔을 비유하여 이르는 말. 메밀밭에 가서 국수를 달라겠다㊒. 보리밭에 가 숭늉 찾는다. 성미가 콩밭에 서슬 치겠다㊒. 싸전에 가서 밥 달라고 한다. 타작마당에 가서 숭늉 찾겠다㊒.

우물에도 샘구멍이 따로 있다㊒ **:** 늘 물이 차 있는 우물에도 물이 샘솟는 구멍은 따로 있다는 뜻으로, 무슨 일에서나 핵심이 되어 중요한 역할을 맡아 하는 대상은 따로 있는 것임을 비유하여 이르는 말.

우물에 든 고기 : ⇒ 함정에 든 범.

우물 옆에서 목말라 죽는다 : 사람이 무슨 일에나 도무지 융통성이 없고 처신할 줄 모름을 비유하여 이르는 말.

우물을 파도 한 우물을 파라〔鑿井鑿一井〕 : 무슨 일이든 한 가지 일을 끝까지 꾸준히 해야 성공할 수 있다는 말.

우물 좋고 정자 좋고 다 좋은 집 있나㊒ **:** 모든 조건이 다 갖추어진 완전무결한 것은 거의 없으니 얼마간의 부족한 점은 참아야 한다는 말.

우박(雨雹) 맞은 잿더미 같고 활량의 사포 같다 : 얼굴이 박박 얽은 사람을 조롱하여 이르는 말. * 활량–한량(閑良). 우박 맞은 잿더미(소똥) 같다. 콩마당에 넘어졌나(자빠졌나).

우박 맞은 잿더미(소똥) 같다 : ⇒ 우박 맞은 잿더미 같고 활량의 사포 같다.

우선(于先) 먹기는 곶감이 달다 : 앞뒤 생각지도 않고 당장에 좋은 것만 취하는 경우를 비유하여 이르는 말.

우수 경칩에 대동강(-물)이 풀린다 : 우수와 경칩을 지나면 아무리 춥던 날씨도 누그러짐을 이르는 말.

우수 경칩에 장독 터진다 : 우수가 지나고 경칩이 되면 해동기라 날씨가 따뜻할 때지만 때로는 혹한도 있다는 말.

우수 경칩이 되면 봄이 문턱에 온다 : 우수가 지나고 경칩이 되면 봄의 기운이 일기 시작한다는 말.

우수에는 비가 와야 풍년이 든다 : 음력 2월 18일경에는 해동 비가 많이 와서 토양에 수분을 흡족히 공급하여 식물의 생장을 촉진시키도록 해야 한다는 말.

우수에 대동강 풀리고 경칩에 배 떠나간다 :

우수에 평양 대동강 얼음이 녹기 시작하면 경칩에는 대동강에 배가 떠다니게 된다는 말.

우수에 풀렸던 대동강이 경칩에 다시 붙는다 북 : 우수를 지나 좀 따뜻해졌던 날씨가 경칩 무렵에 다시 추워짐을 이르는 말.

우악한 놈이 범 잡는다 북 : ⇒ 우둔한 것이 범 잡는다.

우이(牛耳)를 잡다 : 어떤 일을 주관하게 되거나 단체의 우두머리가 되었음을 이르는 말.

우장(雨裝)을 입고 제사를 지내도 제 정성 : 몸에 걸칠 것이 없어서 볏짚으로 엮은 우장을 입고 제사를 지내도 정성만 지극하면 된다는 뜻으로, 중요한 것은 형식이 아니라 정성스러운 마음임을 이르는 말.

우황(牛黃) 든 황소 같다 : 가슴속의 분을 못 이겨 어쩔 줄을 모르고 괴로워함을 이르는 말.

우황 든 소 앓듯 : ⇒ 벙어리 냉가슴 앓듯.

운수(運數)가 사나우면 짖던 개도 안 짖는다 : ⇒ 도둑을 맞으려면 개도 안 짖는다.

울고 먹는 씨아라 : 씨아가 울음소리 같은 소리를 내면서 솜을 먹으며 목화씨를 골라낸다는 뜻으로, 징징거리면서도 하라는 일을 어쩔 수 없이 다함을 비유하여 이르는 말.

울고 싶자 때린다 : 무슨 일을 하고 싶으나 마땅한 구실이 없어서 하지 못하고 있는데, 때마침 좋은 핑곗거리가 생겼음을 비유하여 이르는 말.

울려는 아이 뺨 치기 : 아이가 울려고 할 때 달래지는 않고 뺨을 치면 울음은 크게 터진다는 뜻으로, 일이 좀 틀어져 가려 할 때 오히려 더 충동하여 더욱 큰 분란을 일으키게 됨을 비유하여 이르는 말.

울려서 아이 뺨 치기 : ⇒ 긁어 부스럼.

울력걸음에 봉충다리 : 여러 사람이 함께 걷는 경우에 절름발이도 덩달아 걸을 수 있다는 뜻으로, 여럿이 함께 하는 바람에 자기 일도 부지불식중에 이루어짐을 뜻하는 말. * 봉충다리-수종(水腫) 다리.

울며 겨자 먹기 : 맵다고 울면서도 겨자를 먹는다는 뜻으로, 싫은 일을 억지로 마지못하여 함을 비유하여 이르는 말. 눈물 흘리면서 겨자 먹기.

울바자가 헐어지니 이웃집 개가 드나든다 : ⇒ 울타리가 허니까 이웃집 개가 드나든다.

울 수 없으니까 웃는다 : 울어야 하는 상황에서 너무나 어이가 없어 울 수 없으니까 마지못하여 웃는다는 뜻으로, 너무나 놀랍게 낭패를 보아서 어이없어함을 이르는 말.

울 안 복숭아나무가 담 넘어가면 그 집 처녀가 바람난다 : 담 안 복숭아 나뭇가지가 담 밖으로 넘어가면 그 집 처녀가 바람이 날 수 있으므로 이런 가지는 베어 없애라는 말.

울음 큰 새라 : 울음만 컸지 볼품없는 새라는 뜻으로, 명성은 자자하나 실제로는 보잘것없음을 비유하여 이르는 말.

울지 않는 아이 젖 주랴 : ⇒ 우는 아이 젖 준다.

울타리가 허니까 이웃집 개가 드나든다 : 제가 약점이 있으니까 남이 업신여긴다는 말. 울바자가 헐어지니 이웃집 개가 드나든다.

울타리가 헐게 이웃집 개가 드나든다 : 자기에게 약점이 있기 때문에 남에게 능멸 당함을 비유하여 이르는 말.

울타리 밖을 모르다 : 정한 범위 안에만 머물러 세상 물정을 전혀 모름을 비유하여 이르는 말.

움도 싹도 없다 : ① 장래성이라고는 전혀 없음을 이르는 말. ② 사람이나 물건이 감쪽같이 없어져서 아주 간 곳을 모르겠

다는 말.

움 안에 간장 : 외양은 좋지 않으나 내용은 훌륭함을 일컫는 말. 움집에 간장 있다㊍.

움 안에서 떡 받는다 : 자기가 구하지도 않았는데 뜻밖에 좋은 물건이 자기 손에 들어옴을 이르는 말.

움집에 간장 있다㊍ : ⇒ 움 안에 간장.

웃고 사람 친다〔口蜜腹劍〕: 겉으로는 친한 체하고 속으로는 해롭게 한다는 말. 웃는 웃음에도 낚시가 있다㊍. 웃으며 빰 친다. 웃음 속에 칼이 있다.

웃기는 선떡을 먹고 취했나 : 선떡을 먹고 취해서 자주 웃느냐는 뜻으로, 싱겁게 웃기 잘하는 사람을 놀림조로 이르는 말.

웃느라 한 말에 초상(初喪) 난다 : 농담으로 한 말이 사람을 죽일 수도 있다 함이니, 말을 지극히 조심하라는 말.

웃는 낯에 침 못 뱉는다 : ⇒ 웃는 낯에 침 뱉으랴.

웃는 낯에 침 뱉으랴 : 좋은 낯으로 대하는 사람에게는 나쁘게 대할 수 없다는 말. 웃는 낯에 침 못 뱉는다.

웃는 웃음에도 낚시가 있다㊍ : ⇒ 웃고 사람(빰) 친다.

웃는 집에 복이 있다〔笑門萬福來〕: 집안이 화목하여 늘 웃음꽃이 피는 집에는 행복이 찾아들게 된다는 말.

웃어른 모시고 술을 배워야 점잖은 술을 배운다 : 술은 윗사람 앞에서 배워야 예절 바르게 마시는 좋은 술버릇을 갖추게 됨을 이르는 말.

웃으며 빰 친다 : ⇒ 웃고 사람 친다.

웃음 끝에 눈물 : 처음에는 재미있게 지내다가도 나중에는 슬프고 괴로운 일이 생김을 이르는 말.

웃음 속에 칼날을 품다〔笑裏藏刀〕: 고대 중국의 삼십육계 가운데 열 번째 계책으로, 적으로 하여금 믿게 안심시킨 후 비밀리에 일을 도모한다는 말.

웃음 속에 칼이 있다〔口蜜腹劍〕: ⇒ 웃고 사람(빰) 친다.

웅뎅이에 송사리 모이듯㊍ : ⇒ 주염나무에 도깨비 꼬이듯㊍.

원 내고 좌수(-님) 내고 : ① 한집안에서 인물이 많이 났을 때 이르는 말. ② ㊍ 끼리끼리 추켜 주고 내세워서 권력을 잡는 경우에 이르는 말.

원님과 급창(及唱)이가 흥정을 해도 에누리가 있다 : 아무리 계급적으로는 그렇지 못할 만한 관계가 있어도 모든 흥정에는 에누리가 있다는 말. *급창–조선 시대에, 군아에 속하여 원의 명령을 간접으로 받아 큰 소리로 전달하는 일을 맡아보던 사내종. 원님에게 물건을 팔아도 에누리가 있다.

원님과 급창이 흥정을 해도 에누리가 없다 : 대하기 어려운 사람과 흥정을 할 때도 에누리가 없다는 뜻으로, 흥정은 상하의 구별이나 친분과 관계없음을 비유하여 이르는 말.

원님 덕에 나팔(나발) 분다 : ⇒ 사또 덕분에 나팔 분다.

원님도 보고 환자(還子)도 탄다 : ⇒ 뽕도 따고 임도 보고(본다).

원님보다 아전이 더 무섭다 : 윗사람보다 아랫사람이 더 세도를 부리며 땅땅거림을 비유하여 이르는 말.

원님에게 물건을 팔아도 에누리가 있다 : ⇒ 원님과 급창이가 흥정을 해도 에누리가 있다.

원님은 책방(冊房)에서 춘다 : 원님의 비서(祕書) 사무(事務)에 종사하는 책방에서 그 원님이 훌륭하다고 추어올린다는 뜻으로, 사람의 진가(眞價)를 드러내는 일은 그를 잘 아는 사람이어야 한다는 말.

원님이 심심하면 좌수 볼기를 친다 : 심심풀

이로 만만한 사람을 건드리는 경우를 비유하여 이르는 말.

원님 행차 뒤에 주라 불기북 : ⇒ 사또 떠난 뒤에 나팔 분다.

원도 보고 송사도 본다 : ⇒ 뽕도 따고 임도 보고(본다).

원두막 삼 년 놓으면 조상군이 없어진다북 : 원두막을 지키는 일을 계속하면 인심을 잃게 되며 죽은 뒤에 조상하러 오는 사람도 없어진다는 뜻으로, 직업상 특성으로 사람들에게 인심을 잃게 됨을 비유하여 이르는 말. 원두밭 삼 년 놓으면 외삼촌도 몰라본다북.

원두밭 삼 년 놓으면 외삼촌도 몰라본다북 : ⇒ 원두막 삼 년 놓으면 조상군이 없어진다북.

원두장이 쓴 외 보듯 : ⇒ 원두한이 쓴 외 보듯.

원두한이 사촌을 모른다 : 농사하던 사람이 장사를 하게 되면 몹시 인색해진다는 말.

원두한이 쓴 외 보듯 : 원두한이 팔 수 없는 쓴 오이를 본다는 뜻으로, 남을 멸시하거나 무시함을 이르는 말. 쓴 도라지(오이) 보듯. 원두장이 쓴 외 보듯.

원두한이 외씨 줍듯 한다 : 원두한은 손님이 먹다가 흘린 외씨 중에서도 좋은 씨를 보면 하나하나 주워 모으듯이, 하찮은 것도 소중히 모아 둔다는 말.

원살이 고공(雇工)살이 : 벼슬살이하는 사람이 자신의 지위에 대한 불만감을 고용살이 신세에 비유하여 이르는 말.

원수(怨讐)는 순(順)으로 풀라 : 원수를 원수로 갚으면 다시 원한을 사게 되어 한이 없으니 순리대로 풀어야 후환이 없다는 말.

원수는 외나무다리에서 만난다 : ① 꺼리고 싫어하는 대상을 피할 수 없는 곳에서 공교롭게 만나게 됨을 비유하여 이르는 말. 외나무다리에서 만날 날이 있다. ② 남에게 악한 일을 하면 그 죄값을 받을 때가 반드시 온다는 말.

원수는 은덕으로 갚아라 : 아무리 원한이 맺힌 사람이라도 그에게 은혜를 베푸는 것이 좋다는 말.

원숭이도 나무에서 떨어진다 : 아무리 능숙하게 잘 하는 사람도 때로는 실수하는 수가 있음을 비유하여 이르는 말. 나무 잘 타는 잔나비 나무에서 떨어진다. 닭도 홰에서 떨어지는 날이 있다. 잔나비도 나무에서 떨어진다북.

원숭이 똥구멍같이 말갛다 : 취할 것이 하나도 없거나, 몹시 보잘것없음을 이르는 말.

원숭이 볼기짝인가 : ⇒ 선짓국을 먹고 발등걸이를 하였다.

원숭이의 고기 재판하듯 : 고깃점을 똑같이 나누어 준다면서 야금야금 제가 베어 먹어 마침내 다 먹어 버린 이솝 우화에서 나온 말로, 명분은 공정(公正)을 내세우되 실제로는 교활하게 남을 속이고 제 잇속을 차림을 이르는 말.

원숭이 이 잡아먹듯 : ① 무엇을 샅샅이 뒤지는 행위를 이르는 말. ② 원숭이가 늘 이를 잡는 시늉을 하나 실제로는 이를 잡는 것이 아닌 것과 같이, 사람이 무슨 일을 하는 체하면서 실제로는 아무것도 하지 않음을 비유하여 이르는 말.

원숭이 흉내(입내) 내듯 : ① 생각 없이 남 하는 대로 덩달아 따라 함을 비유하여 이르는 말. ② 북 남의 흉내를 잘 내는 경우를 비유하여 이르는 말. 잔나비 흉내 내듯.

원앙오리(鴛鴦-) 한 쌍이라북 : ⇒ 원앙이 녹수를 만났다.

원앙이 녹수를 만났다 : 적합한 배필, 즉 천생연분을 만났음을 이르는 말. 원앙오리 한 쌍이라북. 의좋은 원앙오리 같다북.

원을 만나거나 시주를 받거나 : 무슨 기적적

인 도움이 있어야만 일이 해결될 것이라 할 때 이르는 말.

원의 부인이 죽으면 조객(弔客)이 많아도 원이 죽으면 조객이 없다 : 세상 인심이 제게 이로운 쪽으로 움직임을 비유하여 이르는 말.

원추리꽃이 피면 장마가 오고 꽃이 지면 장마도 간다 : 원추리꽃은 6월 하순에 피었다가 7월 하순에 지게 되므로 우리나라 장마기와 같다는 말.

월나라 잔나비 사모관대 한다뭑 **:** 전혀 격에 맞지 않는 차림을 한 경우를 비유하여 이르는 말.

월복(越伏)하는 해 풍년 든다 : 중복에서 말복까지는 10일이 보통인데, 때로 월복을 하여 20일 안에 말복이 되는 해는 늦더위가 10일이 연장되기 때문에 풍년이 든다는 말.

월천꾼에 난쟁이 빠지듯 : 어떤 무리 속에 못 들고 빠짐을 비유하여 이르는 말.

월천꾼처럼 다리부터 걷는다 : 어떤 일을 하려는데 미리 서둘러 댐을 조롱하여 이르는 말.

웬 불똥이 튀어 박혔나 : 어떤 액(厄)이 파급되어 우울한 표정을 짓고 있는 사람을 이르는 말.

위〔上〕로 진 물이 발등에 진다 : ① 머리 위에 떨어진 물이 발등에 떨어진다는 뜻으로, 좋지 못한 짓을 하는 사람은 그 조상도 그렇기 때문이라는 말. ② 윗사람이 하는 일이 아랫사람에게 영향을 준다는 말.

위에는 위가 있다 : 위에는 또 위가 있기 때문에 최상(最上)이라는 말을 좀처럼 말할 수 없다는 말.

위 조금 아래 골고루 : 무슨 대접을 하는 경우에 윗사람과 아랫사람을 골고루 하라는 뜻.

윗논 물을 대 주고 제 논에 물도 댄다 : 남의 논에서 물을 댈 때는 그 논에 물을 먼저 댄 연후에 자기 논에 물을 대는 것이 도리라는 말.

윗논에 물이 있으면 아랫논도 물 걱정 않는다 : ① 윗논에 물이 있으면 저절로 아랫논으로 흐르게 되므로 물 걱정을 할 필요가 없다는 말. ② 윗사람이 잘살게 되면 아랫사람들도 그 덕을 보게 된다는 말.

윗돌도 못 믿고 아랫돌도 못 믿는다 : ⇒ 아랫길도 못 가고 윗길도 못 가겠다.

윗돌 빼서 아랫돌 괴고 아랫돌 빼서 윗돌 괴기〔彌縫策〕 : ⇒ 아랫돌 빼서 윗돌 괴고 윗돌 빼서 아랫돌 괴기.

윗물이 맑아야 아랫물이 맑다〔上濁下不淨〕 : 윗사람이 잘하면 아랫사람도 따라서 잘하게 된다는 말.

윗사람이 돛대를 구하면 아랫사람은 배를 만들어 바친다 : 아랫사람이 윗사람에게 지나치게 아첨 떠는 것을 비유하여 이르는 말.

유두날 비가 오면 연 사흘 온다 : 음력 6월 15일에 비가 오기 시작하면 많이 온다는 말.

유두 안에 들판이 얼룩소가 돼야 풍년이 든다 : 유월 유두 이전에 들녘이 오심기 한 것과 늦심기 한 벼로 얼룩져 보이면 모심기가 잘 되었기 때문에 풍년이 든다는 말.

유두에 소 타지 말고 추석에 소 타랬다 : 옛날 농사가 잘된 집은 명절에 머슴을 소에 태워 부락 사람들이 축하하는 민속놀이가 있었는데, 유두 명절의 벼농사를 보고 소를 태우는 것보다는 추석 때 수확기를 앞둔 농사 작황을 보고 소를 태우는 것이 바람직하다는 말.

유리와 처녀는 깨어지기(깨기) 쉽다 : 잘못하면 깨지기 쉬운 유리처럼, 처녀는 몸가짐에 조심하여야 한다는 말.

**유복(有福)한 과수(과부)는 앉아도 요강 꼭

지에 앉는다 : 복이 많은 사람은 하는 일마다 운이 있다는 말.

유비(劉備)가 한중(漢中) 믿듯 : 모든 일을 굳게 믿어 의심하지 않음을 비유하여 이르는 말. 맹상군의 호백구 믿듯.

유비냐 울기도 잘 운다 : 잘 우는 사람을 비유하여 이르는 말.

유세가 돛대 같다 : 유난히 유세를 피움을 비유하여 이르는 말. 유세가 등다락 같다.

유세가 등다락 같다 : ⇒ 유세가 돛대 같다.

유세통 졌나 : 세력을 믿고 남에게 못되게 구는 것을 이르는 말.

유월 농부가 팔월 신선 된다 : ⇒ 유월 저승을 지나면 팔월 신선이 된다.

유월 늦모는 원님도 말에서 내려 심어 주고 간다 : ⇒ 늦모 심기에는 지나가던 원님도 심어 주고 간다.

유월달이 작은 해는 과일이 흉년 든다 : 음력 6월이 작은 해는 모든 과일이 흉작이라는 말.

유월 발바닥이 사흘만 뜨거우면 가만히 누워서 먹는다 : 발바닥에서 불이 나도록 6월에 농사일을 하면 한 해 식량은 걱정이 없다는 말.

유월 뱃사공은 신선이고, 섣달 뱃사공은 저승이다 : 여름에 뱃일을 하게 되면 시원하게 지내지만 겨울 뱃사공은 추워서 죽을 지경이라는 말.

유월 서리다 : 여름에 때 아닌 서리가 와서 초목을 다 죽이듯이, 별안간 큰 변이 일어나서 죽게 되었음을 이르는 말.

유월 스무날 해 질 때(무렵에) 구름이 없이 맑아야 풍년 든다 : 음력 6월은 장마철인데 20일 저녁 무렵에 구름 없이 맑으면 그해 풍년이 든다는 말.

유월에 태풍이 불면 세 번 분다 : 태풍은 보통 음력 7월에 부는데 일찍이 6월에 불게 되면 태풍 횟수가 증가된다는 말.

유월 엿샛날 새벽 천둥에는 풍년이 든다 : ⇒ 유월 엿샛날 새벽 천둥은 풍년이고 저녁 천둥은 흉년이다.

유월 엿샛날 새벽 천둥은 풍년이고 저녁 천둥은 흉년이다 : 음력 6월 6일의 새벽 천둥은 풍년을 부르고, 저녁 천둥은 흉년을 부른다는 말.

유월 엿샛날 저녁에 천둥을 치면 흉년 든다 : 음력 6월 6일 저녁에 천둥이 있으면 흉년이 들 징조라는 말.

유월 유두날 새벽에 천둥소리가 들리면 그해 서리가 일찍 내리고, 천둥소리가 없으면 늦서리가 내린다 : ⇒ 유월 유두날 새벽에 천둥이 있으면 서리가 일찍 내리고, 천둥이 없으면 늦서리가 내린다.

유월 유두날 새벽에 천둥이 있으면 서리가 일찍 내리고, 천둥이 없으면 늦서리가 내린다 : 음력 6월 15일인 유두날 새벽에 천둥이 있으면 그해 서리가 일찍 내리고, 천둥이 없으면 서리가 늦게 내린다는 말. 유월 유두날 새벽에 천둥소리가 들리면 그해 서리가 일찍 내리고, 천둥소리가 없으면 늦서리가 내린다.

유월 윤달이 있으면 그해 여름이 덥다 : 음력 6월은 가장 더운 달인데, 더구나 윤달 한 달이 더 끼게 되면 여름철이 길어져서 더욱 덥다는 말.

유월이 공(空)달이면 열매 농사가 잘된다 : 음력 6월에 윤달이 들면 벼·콩·조 등의 열매 농사는 일조 기간이 연장되어 결실이 잘 된다는 말.

유월이 작은 해는 오이와 참외가 흉년 든다 : 음력 6월 한 달이 29일이면 오이, 참외 등 청과류가 흉년이 든다는 말.

유월 장마는 쌀 창고고, 칠월 장마는 죽 창고다 : 음력 6월에 지는 장마는 늦모심기,

또는 모심은 논에 물을 대기 위하여 필요하지만, 음력 7월에 지는 장마는 벼이삭이 필 무렵이라 크게 해롭다는 말.

유월 장마는 쌀 창고다 : 음력 6월에 지는 장마는 벼가 한창 자라는 시기라 논에 물이 흡족하면 벼농사가 잘된다는 말.

유월 장마에는 돌도 큰다(자란다) : ⇒ 장마 뒤에 외 자라듯.

유월 저승을 지나면 팔월 신선이 된다 : 한창 더운 유월에 죽을 고생을 하며 농사지은 농부들이 팔월 추수기에 누리는 큰 기쁨을 이르는 말. 유월 농부가 팔월 신선 된다.

유월 초엿샛날 여자가 논밭을 돌아보면 감수된다 : 음력 6월 6일 여자가 논밭을 보면 부정을 타서 수확이 줄어들므로 여자는 이날 들에 나가지 말라는 말.

유월 타작은 애기 젖 먹이면서 한다 : 6월에 모심기를 끝내고 하는 보리타작은 다소 여유 있게 할 수가 있다는 말.

유전이면 사귀신이라〔有錢使鬼神〕: ⇒ 돈만 있으면 귀신도 부릴 수 있다.

육모얼레에 연줄 감듯 : ⇒ 각전 시전 통비단 감듯. * 육모얼레–모서리가 여섯인 얼레.

육모진 모래를 팔모지게 밟았다 : 오랫동안 이곳저곳을 두루 돌아다님을 뜻하는 말.

육섣달에는 앉은 방석도 아니 돌아 놓는다 : 음력 유월과 섣달에는 이사나 여행, 또는 혼인 등 무슨 행사든지 하지 않음이 좋다는 데서 나온 말.

육장(六場) 줄로 친 듯하다 : 한 번도 빼지 않고 늘 변함없음을 비유하여 이르는 말. * 육장–한 달에 여섯 번을 서는 장.

육초 먹은 강아지㊟ **:** 육초를 얻어먹은 강아지가 더 얻을 수 있을까 하여 졸졸 따라다니듯이, 남의 꾀에 넘어가 그가 하는 대로 따라가는 사람을 비유적으로 이르는 말. * 육초–'육촉(肉燭, 쇠기름으로 만든 초)'.

육칠월 늦장마에 물 퍼내어 버리듯 : 끝이 없고 한이 없는 상황을 이르는 말.

육칠월 더위에 암소 뿔이 빠진다 : 음력 6~7월에는 몹시 더워서 쇠뿔도 녹아 빠질 정도라는 말. 칠월 더위에 황소 뿔이 녹는다. 칠월 저녁 해에 황소 뿔이 녹는다.

육칠월 손님은 범보다도 무섭다 : ⇒ 칠월 사돈은 꿈에 볼까 무섭다.

육칠월에는 외 서리, 칠팔월에는 콩 서리 : 음력 6~7월에는 남의 참외밭에서 외를 따 서리를 하고, 7~8월에는 남의 콩밭에서 콩을 뽑아다가 서리를 한다는 말.

육칠월에 들판을 들어가면 얼굴이 후끈거려야 벼가 잘 자란다 : 음력 6~7월에 논을 들어가면 숨이 막힐 정도로 후끈거려야 벼가 잘 자란다는 말.

육칠월 장마에 호박 덩이 구르듯 한다 : 장마 때에는 호박이 잘 자라기 때문에 밭에 구르듯이, 씨름에서 한 사람이 힘없이 굴러 넘어지는 것을 이르는 말.

육통(六通)이 터지다 : 옛날 강과(講科)의 칠서(七書) 중 육서(六書)만 통과하고 하나는 실패했다는 말이니, 어떤 일을 완성하려다 갑자기 수포로 돌아감을 뜻하는 말. * 칠서–사서삼경을 아울러 이르는 말.

윤달(閏-) 든 해는 노란 곡식이 풍년 든다 : 일조 기간이 연장되어 벼 풍년이 든다는 말.

윤달 든 해는 목화가 풍년 든다 : 윤달이 들게 되면 일조일이 길어지므로 목화가 풍년이 든다는 말.

윤달 만난 회양목(황양목) : ① 회양목이 윤달이 되면 그 키가 한 치씩 줄어든다는 전설에서, 키가 작은 사람을 놀림조로 이르는 말. ② 일이 진행되는 정도가 더딤을 이르는 말.

윤동지달 초하루날㊟ **:** 윤달은 동짓달에는 좀처럼 들지 아니하므로, 도저히 있을 수 없는 일을 이르는 말.

윤동짓달 스무하룻날 주겠다 : 동짓달이 윤달이 되는 일은 거의 없으므로, 갚아야 할 돈을 떼어먹겠다는 말.

윤섣달엔 앉은 방석도 안 돌려놓는다 : 윤섣달에는 무슨 일이든 하지 아니하는 것이 좋다는 말.

윤이월 제사냐 : 자주 돌아오지 아니하는 윤이월 제사처럼, 자꾸 빼먹고 거르는 것을 나무라는 말.

윤척(倫脊)이 없다 : 언어에 질서가 없음을 뜻하는 말. *윤척—말이나 글에서의 순서와 논리, 또는 합당한 도리를 지칭하는 말.

으르렁대는 소는 받지 않는다㊍ **:** 받을 것처럼 으르렁대는 소는 실제로는 받지 않는다는 뜻으로, 능력이 없는 사람이 공연히 큰소리를 치거나 허세를 부림을 비유하여 이르는 말.

으슥한 데 꿩 알 낳는다 : ① 뜻밖의 장소에서 좋은 것이 발견되었음을 이르는 말. ② 평소에 조용한 듯한 사람이 남 보지 않는 데서 이상한 행동을 하는 경우를 비유하여 이르는 말.

은(銀) 나라(나오라) 뚝딱, 금(金) 나라(나오라) 뚝딱 : 도깨비들이 이런 말을 하면서 방망이를 치며 떠들썩한다 함이니, 시끄러운 것을 이르는 말.

은에서 은 못 고른다 : 많은 것 중에서 제가 원하는 것을 찾기가 어렵다는 말.

은진(恩津)은 강경(江景)으로 꾸려 간다 : 은진은 강경 때문에 버티어 나갈 수 있다는 뜻으로, 남의 덕택으로 겨우 버티며 꾸려 나가는 경우를 이르는 말.

은행나무 격이다 : 두 사람이 서로 마음이 있어 상대함을 이르는 말.

은행나무도 마주 서야 연다 : ① 은행나무는 암나무와 수나무가 따로 있으므로 마주 서 있어야 열매가 열린다는 뜻으로, 사람도 마주 보고 대하여야 인연이 더 깊어짐을 이르는 말. ② 남녀가 결합하여야 집안이 번영한다는 말.

은행나무 잎이 떨어지면 눈이 쌓인다 : 은행나무는 상당히 추워진 다음에 낙엽이 지는 경향이 있는데, 이때쯤 내린 눈은 녹지 않고 쌓이게 된다는 말.

은행나무 잎이 아래서부터 고루 피면 풍년 든다 : 은행나무 잎이 고루 피었다는 것은 환경 조건이 좋았음을 실증하는 것이기 때문에 이런 해는 곡식도 따라서 풍년이 들 수 있다는 말.

은혜를 모르는 건 당나귀㊍ **:** 은혜에 보답하지 아니하는 사람은 사람으로 칠 가치도 없다는 말.

은혜를 원수로 갚는다 : 은혜를 배신함을 이르는 말. 공을 원수로 갚는다. 덕을 원쑤로 갚는다㊍.

음달 아래 개 팔자㊍ **:** ⇒ 오뉴월 댑싸리 밑의 개 팔자. *음달—'응달'의 북한어.

음달에서 자라난 풀대 같다㊍ **:** 몹시 연약함을 비유적으로 이르는 말.

음달의 싱아대 같다㊍ **:** ⇒ 봉산 수숫대 같다.

음력 칠월 기우는 해에 검정 소 뿔이 빠진다 : 음력 칠월에는 저무는 해에도 검정 소의 뿔이 익어서 빠진다는 뜻으로, 음력 7월의 햇볕이 무척 따가움을 이르는 말.

음식 같잖은 개떡수제비에 입천장 덴다 : 우습게 알고 대한 일에 뜻밖의 해를 입었을 때에 이르는 말.

음식도 적어야 맛이 있다㊍ **:** 무엇이든 알맞게 있거나 조금 적은 듯하여야 효과 있게 쓰거나 귀하게 여김을 이르는 말.

음식 싫은 건 개나 주지 사람 싫은 건 할 수 없다 : 싫은 음식은 안 먹으면 되지만 사람 싫은 건 어찌할 수가 없다는 말.

음식은 갈수록 줄고 말은 갈수록 는다 : 먹을 것은 먹을수록 줄지만, 말은 할수록 보태져 걷잡을 수 없게 되니, 말을 삼가고 조심하여야 함을 이르는 말.

음식은 한데 먹고 잠은 따로 자라 : 먹는 일엔 차별을 하지 말고 잠자리는 구별하라는 말.

음지(陰地)가 양지(陽地) 되고 양지가 음지 된다 : 운이 나쁜 사람도 좋은 수를 만날 수 있고 운이 좋은 사람도 늘 좋기만 한 것이 아니라 어려운 시기가 있다는 말로, 세상사는 늘 돌고 돈다는 말. 귀천궁달이 수레바퀴다. 부귀빈천이 물레바퀴 돌듯. 빈부귀천이 물레바퀴 돌듯. 양지가 음지 되고 음지가 양지 된다. 음지가 있으면 양지가 있다[북]. 흥망성쇠와 부귀빈천이 물레바퀴 돌듯 한다.

음지가 있으면 양지가 있다[북] : ⇒ 음지가 양지 되고 양지가 음지 된다.

음지도 양지 된다〔陰地轉陽地〕: ⇒ 응달에도 햇빛 드는 날이 있다.

음지도 양지 될 때가 있다 : ⇒ 응달에도 햇빛 드는 날이 있다.

음지의 개 팔자 : ⇒ 오뉴월 댑싸리 밑의 개 팔자.

읍(邑)에서 매맞고 장거리에서 눈 흘긴다 : ⇒ 종로에 가서 뺨 맞고 한강에서(빙고에서, 한강에 가서, 행랑 뒤에서) 눈 흘긴다.

응달에도 햇빛 드는 날이 있다 : 햇빛이 들지 아니하여 그늘진 곳도 해가 들어 양지가 될 수 있다는 뜻으로, ① 아무리 어려운 처지에 놓여 있더라도 끝까지 노력하면 성과를 거둘 수 있음을 비유하여 이르는 말. ② 운이 없는 사람도 좋은 운을 만날 적이 있다는 말. 음지도 양지 된다. 음지도 양지 될 때가 있다.

응석으로 자란 자식(-이라) : 부모가 응석을 받아 주기만 하면서 키운 자식이라는 뜻으로, 버릇없이 제 욕심만 내세워 아무데도 쓸모없는 사람을 비유하여 이르는 말. 얼러 키운 후레자식.

의(義)가 맞으면 소도 잡아먹는다[북] : 여러 사람의 뜻이 합쳐지고 마음이 맞으면 무슨 일이라도 해낼 수 있다는 말.

의(義)가 없는 부부는 맞지 않는 신발과 같다[북] : 사이가 좋지 않은 부부는 발에 맞지 않는 신발처럼 늘 마음에 고통을 주게 된다는 말.

의가 좋으면 금(金)바위도 나누어 가진다 : 사이가 좋으면 아무리 귀중한 것이라도 서로 나누어 가진다는 말.

의(義)가 좋으면 세 어미 딸이 도토리 한 알을 먹어도 시장 멈춤은 한다 : ⇒ 마음이 맞으면 삶은 도토리 한 알을 가지고도 시장 멈춤을 한다.

의(義)가 좋으면 처갓집 말뚝에도 절한다 : ⇒ 아내가 귀여우면 처갓집 말뚝보고도 절을 한다①.

의가 좋으면 콩 반쪽도 나누어 먹는다 : 사이가 좋으면 아무리 작은 것이라도 서로 나눈다는 말.

의(義)가 좋으면 천하도 반분한다 : 사이가 좋으면 무엇이나 나누어 가진다는 말.

의논이 맞으면 부처도 앙군다 : 여럿이 뜻을 합치면 무슨 일이라도 해낼 수 있다는 말.

의리(義理)는 산 같고 죽음은 홍모(鴻毛) 같다[북] : 의리는 산같이 무겁고 죽음은 기러기의 털과 같이 가볍다는 뜻으로, 의리를 위하여 죽음을 가볍게 여기는 경우를 이르는 말.

의뭉하기는 노전 대사라 : 겉으로는 어리석은 체하면서도 실속은 깐깐한 사람을 비유하여 이르는 말. 의뭉하기는 음창 벌레다.
* 노전 대사—'노전승'을 높여 이르는 말. 노선

승은 법당에서 아침저녁으로 향불 피우는 일을 맡아보는 승려를 뜻하는데, 겉으로는 어리석은 것처럼 보이면서 속으로는 엉큼한 사람을 비유적으로 이르는 말.

의뭉하기는 음창(陰瘡) 벌레다 : ⇒ 의뭉하기는 노전대사라. ＊음창－여자의 음부에 나는 부스럼.

의뭉한 두꺼비 옛말한다 : 의뭉한 사람이 남의 말이나 옛말을 끌어다가 제 속에 품고 있는 말을 한다는 말.

의복이 날개(-라) : 옷을 잘 입으면 누구나 돋보인다는 말.

의붓아비 돼지고기 써는 데는 가도 친아비 나무 패는 데는 가지 마라 : ⇒ 의붓아비 떡 치는 데는 가도 친아비 도끼질하는 데는 안 간다.

의붓아비 떡 치는 데는 가도 친아비 도끼질하는 데는 안 간다 : 의붓아비가 아무리 저를 미워하더라도 떡을 치는 데 가면 혹 떡 하나 줄지 모르지만, 친아비가 아무리 사랑하더라도 도끼질하는 데서는 잘못하여 다칠 수도 있으니, 자신에게 조금이라도 해가 미칠 듯한 곳에는 가지 말라는 말. 다심애비 떡 치는 데는 가도 친아비(친애비) 도끼질하는 데는 안 간다. 의붓아비 돼지고기 써는 데는 가도 친아비 나무 패는 데는 가지 마라.

의붓아비 묘의 벌초 : ⇒ 처삼촌 뫼에 벌초하듯.

의붓아비 소 팔러 보낸 것 같다 : 심부름하러 가서 오래도록 돌아오지 않음을 비유하여 이르는 말. 다심애비 소 팔러 보낸 것 같다[북].

의붓아비 아비라 하랴 : 아무리 궁색해도 의(義)롭지 않은 일은 할 수 없다는 말.

의붓아비 제삿날 물리듯 : 이 핑계 저 핑계로 자꾸 미룸을 비유하여 이르는 말.

의붓어미가 티를 내는 것이 아니라, 의붓자식이 티를 낸다 : 계모가 계모 티를 내며 의붓자식을 멀리하고 학대하는 것이 아니라 의붓자식이 계모를 멀리함을 이르는 말.

의붓어미 눈치 보듯 : 어려운 사람이나 무서운 사람의 눈치를 살핌을 이르는 말.

의붓자식 다루듯 : 남의 것을 하찮게 다루거나 차별 대우함을 이르는 말.

의붓자식 소 팔러 보낸 것 같다 : 도무지 믿음성이 없어 마음이 안 놓인다는 말.

의붓자식 옷 해 준 셈 : 해 주어서 별 보람이 없고 보답도 받지 못할 일을 남을 위하여 함을 비유하여 이르는 말.

의사가 제 병을 못 고친다 : ⇒ 식칼이 제 자루를 깎지 못한다.

의사와 변호사는 나라에서 내놓은 도둑놈이다 : 국가의 허가를 얻어 개업하는 의사와 변호사가 항상 엄청난 보수를 요구한다 해서 비꼬아 이르는 말.

의식이 풍족한 다음에야 예절을 차리게 된다〔衣食足 知禮節〕: 살림이 넉넉하여야 예절을 차릴 수 있다는 뜻으로, 먹고 입는 문제가 그만큼 중요하다는 말.

의심(疑心)이 병 : 쓸데없이 지나친 의심을 하면서 속을 태움을 이르는 말. 의질이 병.

의젓잖은 며느리가 사흘 만에 고추장 세 바탱이 먹는다 : 못난 자가 미운 짓만 하여 사람을 놀라게 하는 경우를 비유하여 이르는 말.

의젓하기는 시아버지 뺨 치겠다 : 못난 자가 공연히 교만하거나 거만함을 이르는 말.

의(義) 좋은 원앙오리 같다[북] : ⇒ 원앙(鴛鴦)이 녹수를 만났다. ＊사이가 좋기로 이름난 원앙이라는 뜻에서 유래된 말.

의주(義州) 룩섬 강냉이 가렴 보고 큰다[북] : 의주 육섬의 옥수수가 저를 사갈 가렴의 소금 굽는 사람들을 바라면서 자란다는 뜻으로, 무슨 일이든지 희망을 걸고 하게 됨을 비유하여 이르는 말.

의주를 가려면서 신날도 아니 꼬았다 : 큰일을 하려고 하면서 조금도 준비가 되어 있지 않음을 비유하여 이르는 말. 아직 신날도 안 꼬았다.

의주 파발(把發)도 똥 눌 때가 있다 : ⇒ 의주 파천에도 곱똥은 누고 간다. * 파발-옛날에 공문을 급히 보내기 위해 설치했던 역참.

의주 파천(播遷)에도 곱똥은 누고 간다 : ① 임금이 난을 피하여 의주로 피난을 가는 다급한 정황에도 이질(痢疾)이 걸리면 곱똥은 누고 가지 않을 수 없다는 뜻으로, 아무리 급한 일이 있어도 그보다 먼저 할 일은 해야 함을 비유하여 이르는 말. ② 아무리 급한 일이 있어도 잠시 틈을 낼 수 있음을 비유하여 이르는 말. * 곱똥-곱이 섞여 나오는 똥. 대장염이나 적리(赤痢) 따위의 병에 걸렸을 때 나온다. 의주파발도 똥 눌 때가 있다.

의지(意志) 없는 외삼촌 보름 썰물에 죽어서 게와 고둥도 못 잡아먹게 한다 : 못난 외삼촌은 죽어도 하필이면 썰물 때 빠져 죽어 게와 고둥도 못 잡아먹게 하듯이, 못난 사람은 하는 짓마다 남에게 피해만 준다는 말.

의질(疑疾)이 병 북 **:** ⇒ 의심이 병.

이〔齒〕가 없으면 잇몸으로 살지〔齒亡脣亦支〕 : 가장 요긴한 것이 없으면 큰일날 것 같지만, 다른 것이 그 구실을 대신해 주어 부자유스럽더라도 그럭저럭 참고 살아갈 수 있다는 말.

이가 자식보다 낫다 : 이가 있으면 먹고 살아갈 수 있으며, 때로는 맛있는 음식도 먹게 된다는 뜻으로, 이의 중요성을 이르는 말. 이발이 맏아들(자식)보다 낫다 북.

이〔虱〕가 칼을 쓰겠다 : 이가 기어 다니다가 모가지가 끼어 마치 옛날 죄인이 칼을 쓴 모양이 될 정도로 옷감의 결이 매우 성기다는 말.

이(李) 감사 풍화(風化) : 이 감사가 가는 곳마다 풍화가 잘 되었다는 고사로, 풍화는 제도보다 인덕(人德)에 의해서 더 잘 이루어짐을 비유하여 이르는 말. * 풍화(風化)-교육 • 정치 • 인덕에 의해 풍습을 바로 잡음.

이것은 다방골〔茶洞〕 잠이냐 : 옛날 다동의 부잣집 늙은이들이 해가 높이 뜰 때까지 일어나지 않았음에서 나온 말로, 늦잠 자는 것을 비유하여 이르는 말.

이것은 재관(齋官) 풍류(風流)냐〔掌樂院風流〕 : 사람이 빈번하게 여러 번 왕래함을 비유하여 이르는 말. 재관 풍류냐.

이것은 형조(刑曹) 패두(牌頭)의 버릇이냐 : 대개 경거망동한 행동으로 사람을 구타함을 꾸짖는 말.

이 고개가 높으니 저 고개가 높으니 해도 보릿고개가 제일 높다 : ⇒ 고개 중에서 넘기 어려운 고개가 보릿고개다.

이고 지고 가도 제 복 없으면 못산다 : ⇒ 얼레빗 참빗 품에 품고 가도 제 복 있으면 잘 산다.

이 골 원을 하다가 저 골에 가서 좌수 노릇도 한다 : 낯선 고장에 가면 낮은 지위도 감수해야 할 경우가 있다는 말.

이괄(李适)이 꽹과리 : 운수가 막혀 버리면 어찌할 수 없다는 말. * 조선 왕조 인조 때 이괄이 왕조에 반기를 들고 길마재에서 결전을 할 즈음, 세가 불리함을 알고 진세(陣勢)를 바꾸려고 꽹과리를 울리어 지휘할 때 이를 본 관군이 일제히 '이괄이 패하였다'고 외치는 바람에 이괄의 군심(軍心)이 크게 동요하여 패주(敗走)한 고사에서 나온 말.

이 굿에는 춤추기가 어렵다 : ⇒ 그 장단 춤추기 어렵다.

이기는 것이 지는 것 : 싸움을 끝없이 계속

하는 것보다 빨리 지는 체하고 그만두는 것이 상책이라는 말.

이기면 충신(-이요), 지면(패하면) 역적(-이라) : 강한 것이 정의(正義)가 된다는 말. 승하면 충신, 패하면 역적. 잘되면 충신, 못되면 역적이라.

이 꽃 저 꽃 좋다 해도 목화꽃이 제일이라고 : 꽃에는 아름다운 꽃도 많지만, 목화를 많이 심어 꽃도 보고 옷도 해 입는 것이 가장 좋다는 말.

이날 저 날 한다 : 일의 결정을 자꾸 미룸을 비유하여 이르는 말.

이날 춤추기 어렵다 : ⇒ 그 장단 춤추기 어렵다.

이 덕(德) 저 덕 다 하늘 덕 : 사람이 살아가는 모든 것은 하늘의 덕택이란 말.

이도 아니 나서 콩밥을 씹는다 : ⇒ 이도 아니 나서 황밤을 먹는다.

이도 아니 나서 황밤을 먹는다 : 아직 준비가 안 되고 능력도 없으면서 절차를 넘어선 어려운 일을 하려고 달려듦을 비유하여 이르는 말. 아직 이도 나기 전에 갈비를 뜯는다. 이도 아니 나서 콩밥을 씹는다. 이도 안 난 것이 뼈다귀 추렴하겠단다(추렴한다). 이 빠진 강아지 언 똥에 덤빈다.

이도 안 난 것이 뼈다귀 추렴하겠단다(추렴한다) : ⇒ 이도 아니 나서 황밤을 먹는다.

이 떡 먹고 말 말아라 : 비밀이 탄로될 것이 두려워 남에게 뇌물을 주고서 발설하지 말라는 말.

이랑이 고랑이 되고 고랑이 이랑 된다 : ① 잘살던 사람이 못살게도 되고 못살던 사람이 잘살게도 됨을 비유하여 이르는 말. ② 무엇이나 고정불변하지 않고 변하게 됨을 비유하여 이르는 말.

이래도 일생 저래도 일생 : ⇒ 이래도 한 세상 저래도 한 세상.

이래도 한세상 저래도 한세상 : ① 사람이 잘살거나 못살거나 한평생 사는 것은 마찬가지라는 말. ② 어떻게 살든 한평생 사는 것은 마찬가지니 둥글둥글 원만하게 살자는 말. 이래도 일생 저래도 일생.

이렇게 대접할 손님 있고 저렇게 대접할 손님이 따로 있다 : 남을 대접할 때 손님을 가려서 대한다는 말.

이레 안에 경풍(驚風)에 죽으나 여든에 상한병(傷寒病)에 죽으나 죽기는 일반이라 : ① 어떻게 죽든 그 사실과 결과에는 다름이 없다는 말. ② 이유야 어떻든 결과가 같으니 같은 취급을 해야 한다는 말.

이레 안에 백구친다 : 놀랍게 조숙함을 이르는 말.

이른 봄에는 새 움이 홍역을 한다북 : 이른 봄에 새 움이 홍역을 앓듯이 불긋불긋하다는 뜻으로, 봄의 꽃샘추위를 이르는 말.

이른 봄에 상여가 보리밭을 지나가면 보리가 잘된다 : 이른 봄에는 보리밭에 서릿발이 생겨 뿌리가 떠서 말라 죽으므로, 이런 때 상여가 지나가면 뿌리가 착근되어 잘 자라게 된다는 말.

이른 새끼가 살 안 찐다 : ① 알에서 일찍 깬 새끼가 살이 안 찌고 크게 자라지 못한다는 뜻으로, 사람이 어려서 나이 든 체하며 너무 일되면 도리어 훌륭하게 되지 못함을 이르는 말. ② 무슨 일이 처음에 쉽게 잘되면 도리어 좋지 아니함을 이르는 말. ③ 북 무슨 일이든지 급하게 서둘면 결과가 좋지 못함을 이르는 말.

이름난 잔치 배고프다 : ⇒ 소문난 잔치에 먹을 것 없다.

이름도 성도 모른다 : 전혀 모르는 사람임을 강조하여 이르는 말.

이름이 고와야 듣기도 좋다 : 이왕이면 사물의 이름도 고와야 좋다는 말.

이름이 좋아 불로초라 : ① 이름만 좋고 실속은 없음을 비유하여 이르는 말. ② 북 불로초는 이름도 좋지만 약효도 좋아 불로초라 이른다는 뜻으로, 내용에 걸맞게 이름을 지은 경우를 비유하여 이르는 말.

이름 좋은 하눌타리 : ⇒ 허울 좋은 과부.

이리가 양으로 될 수 없다북 **:** ⇒ 승냥이가 양으로 될 수 없다북.

이리가 짖으니 개가 꼬리(-를) 흔든다 : ⇒ 가재는 게 편.

이리 떼 달려들듯북 **:** 못된 것들이 그 본성을 감추지 아니하고 사방에서 달려듦을 이르는 말.

이리 떼를 막자고 범을 불러들인다북 **:** ⇒ 승냥이를 쫓는다고 호랑이에게 문을 열어 준다북.

이리 떼 틈고 앉았던 수세미 자리 같다 : 어수선한 자리를 비유하여 이르는 말.

이리를 피하니 범이 앞을 막는다북 **:** 어려운 상황을 가까스로 피하니 그보다 더 어렵고 힘든 상황이 닥침을 비유하여 이르는 말.

이리 앞의 양 : ⇒ 고양이 앞에 쥐(쥐걸음).

이리 죽은 데 토끼 눈물만큼북 **:** 없는 것이나 다름없는 적은 분량을 이르는 말.

이리 해라 저리 해라 하여 이 자리에(-서) 춤추기 어렵다 : 일을 시키는 것이 명확하지 아니하고 자주 변하여 가늠할 수 없음을 비유적으로 이르는 말.

이마는 하나같아도 속은 하나같지 않다북 **:** 사람들의 생각은 다양하고 서로 다름을 비유하여 이르는 말.

이마를 뚫어도 진물도 아니 나겠다 : 매우 인색(吝嗇)한 사람을 가리키는 말. 찔러도 피 한 방울 안 나겠다.

이마를 뚫어도 진물이 아니 난다 : ⇒ 찔러도 피 한 방울 안 나겠다.

이마를 찔러도 피 한 방울 안 나겠다 : ⇒ 찔러도 피 한 방울 안 나겠다.

이마빡에 피도 안 말랐다 : ⇒ 입에서 젖내가 난다.

이마빡이 벗어지도록 덥다 : 햇볕이 매우 뜨겁고 덥다는 말.

이마에 내 천(川) 자를 쓴다 : 마음이 언짢거나 근심이 있어 얼굴을 잔뜩 찌푸림을 이르는 말.

이마에 땀을 내고 먹어라북 **:** 공짜를 바라거나 수고도 없이 먹으려 하지 말 것을 이르는 말.

이마에 부은 물이 발뒤꿈치로 흐른다(내린다) : ⇒ 꼭뒤에 부은 물이 발뒤꿈치로 내린다.

이마에 사자밥 붙이고 다닌다북 **:** 저승사자에게 대접할 사잣밥을 이마에 붙이고 다닌다는 뜻으로, 언제 죽을지 모르는 위험한 처지에서 생활하고 있는 경우를 비유하여 이르는 말.

이마에 송곳을 박아도 진물 한 점 안 난다 : ⇒ 찔러도 피 한 방울 안 나겠다.

이 말(소리) 저 말(소리) 하다북 **:** ① 뜻이 닿지 않는 말을 이것저것 많이 함을 비유하여 이르는 말. ② 이것저것 여러 말을 뜻 없이 함을 비유하여 이르는 말.

이면(裏面) 경계도 모른다 : 무슨 일의 내용이 어떻다는 것을 모른다는 말.

이모는 품속 아주머니북 **:** 이모가 어머니 다음가는 가까운 사이임을 이르는 말.

이미 벌린 춤북 **:** ① 이미 시작한 일을 중간에서 막을 수 없는 경우를 이르는 말. ② 어떤 일이 현실적으로 벌어지고 있어 그 책임을 회피할 수 없게 된 사태를 이르는 말.

이미 씌워 놓은 망건이라 : 남이 한 대로 내버려 두고 다시 고치려고 하지 아니하는 경우를 비유하여 이르는 말.

이발〔齒〕이 맏아들(자식)보다 낫다북 **:** ⇒ 이가 맏아들(자식)보다 낫다.

이밥이면 다 젯밥(祭-)인가 : 같은 물건이라도 경우에 따라 저마다 다르게 쓰이며, 또 그 효과도 각각 다르다는 말.

이 방 저 방 좋아도 내 서방이 제일 좋고, 이 집 저 집 좋아도 내 계집이 제일 좋다 : 뭐니뭐니 해도 자기 남편과 자기 아내가 제일 좋다는 말.

이부자리 보고 발을 펴라 : ⇒ 누울 자리 봐 가며 발을 뻗어라. 구멍 보아 가며 말뚝(쐐기) 깎는다.

이불 깃 봐 가며 발 편다 : ⇒ 구멍 보아 가며 말뚝(쐐기) 깎는다.

이불 밑에 엿 묻었나 : ⇒ 노구 전에 엿을 붙였나.

이불 보아서 발 뻗는다[북] **:** ⇒ 구멍 보아 가며 말뚝(쐐기) 깎는다.

이불 속에서 하는 일도 안다 : 세상에 비밀은 없는 것이니, 남이 안 보는 데서도 언동을 조심해야 된다는 말.

이불 속(안)에서 활개치다 : 남이 보지 않는 데서 젠체하고 호기를 부린다는 뜻. 다리 부러진 장수 성안에서 호령한다. 다리 부러진 장수 소리치는 격[북]. 다리 부러진 장수 집 안에서 큰 소리친다[북]. 이불 안 활개.

이불 안 활개 : 이불 속(안)에서 활개치다.

이 빠진 강아지 언 똥에 덤빈다 : ⇒ 이도 아니 나서 황밤을 먹는다.

이 빠진 사발[북] **:** 사발에 이가 빠지면 아무 쓸모가 없다는 뜻으로, 쓸모없게 된 물건을 비유하여 이르는 말.

이사(移徙) 간 날 팥죽을 쑤어 먹어야 길하다 : ⇒ 갓 이사 와서 팥죽을 쑤어 먹으면 부자 된다.

이사할 때 강아지 따라다니듯 : ⇒ 거둥에 망아지 (-새끼) 따라다니듯.

이사해 간 첫 해에 열리는 박은 남과 노나 쓰지 않는다[북] **:** 이사한 첫해에 열리는 박은 복박이라 해서 남에게 주기를 아까워한다는 말.

이삭 감자 줍듯 한다 : 감자는 땅속에서 캐기 때문에 남아 있는 이삭이 많다는 말.

이삭 밥에도 가난이 든다 : ① 양식이 궁하여 가을에 추수가 끝날 때까지 기다리지 못하고 벼 이삭, 수수 이삭 따위를 베어다 먹을 때부터 이미 오는 해에도 가난하게 살 징조가 보임을 이르는 말. ② [북] 먹을 것이 없어서 벼 이삭, 수수 이삭 따위를 먹을 때조차 넉넉하지 못함을 이르는 말.

이삭 팰 때 비 한 방울은 눈물 한 방울이다 : 벼이삭이 팰 때는 벼꽃이 피어 수정(受精)되는 시기이므로 비바람이 몹시 해롭다는 말.

이삼(二三)에는 내리고, 칠팔(七八)에는 오른다 : 음력 매월 2, 3, 12, 13, 22, 23일에는 비가 내리기 쉽고 7, 8, 17, 18, 27, 28일에는 오던 비가 갠다는 말.

이 샘물 안 먹는다고 똥 누고 가더니, 그 물이 맑기도 전에 다시 와서 먹는다 : 두 번 다시 안 볼 것같이 하여도 나중에 다시 만나 사정하게 됨을 비유하여 이르는 말. 다시 긷지 아니한다고 이 우물에 똥을 눌까[1]. 똥 누고 간 우물도 다시 먹을 날이 있다. 발(-을) 씻고 달아난 박우물에 다시 찾아온다[북]. 이 우물에 똥을 누어도 다시 그 우물을 먹는다. 침 뱉고 돌아선 우물에 다시 찾아온다[북]. 침 뱉은 우물 다시 먹는다.

이생 양주(兩主)가 저생 동생이라 : 양주(부부)는 언제 어디서나 뜻이 같다는 말.

이 설움 저 설움 해도, 배고픈 설움이 제일 : 굶주리는 고통이 제일 견디기 힘들다는 말.

이 세 저 세 해도 먹세가 제일[북] **:** 뭐니 뭐니 해도 잘 먹는 것이 가장 중요하다는 말.

이슬이 오후가 되어도 마르지 않으면 비가 온다 : 이슬이 마르지 않는다는 것은 공기 중에 습도가 많기 때문이므로, 이런 경우는 저기압 상태라 비가 오게 된다는 말.

이십(二十) 석 가난뱅이는 천 석을 만들지만, 백 석으로 줄어든 천석꾼은 이십 석도 못 지킨다 : 재산을 늘려 나가는 사람은 점점 많이 늘려서 부자가 될 수 있지만, 패가하는 부자는 재산을 유지하기가 어렵다는 말.

이십 안 자식, 삼십 안 천냥 : 자식은 20세 전에 낳고, 재산은 30세 전에 벌어야 한다는 말.

이〔齒〕 아픈 날 콩밥 한다〔雪上加霜〕 : 곤란한 처지에 있는데 더욱 곤란한 일을 당하게 됨을 비유하여 이르는 말. 계집 때린 날 장모 온다. 이 앓는 놈 뺨 치기.

이알이 곤두서다 : 가난하던 사람이 조금 잘살게 되었다고 큰 소리를 치는 것을 아니꼽게 여겨 이르는 말. * 이알-쌀알.

이 앓는 놈 뺨 치기 : ⇒ 이 아픈 날 콩법 한다.

이야기 장단에 도낏자루 썩는다 : 이야기에 정신이 팔려 시간 가는 줄을 깨닫지 못함을 비유하여 이르는 말.

이야기 좋아하면 가난하게 산다 : 아이들이 지나치게 옛날이야기를 해 달라고 조를 때 경계하여 하는 말.

이 없으면 잇몸으로 살지(산다) : 요긴한 것이 없으면 안 될 것 같지만 없으면 없는 대로 그럭저럭 살아 나갈 수 있음을 이르는 말.

이에 신물이 난다(돈다) : ⇒ 입에서 신물이 난다.

이왕이면 창덕궁(昌德宮) : 이왕 택할 바에는 나은 쪽을 택한다는 말.

이왕지사 온 김에 발치잠이나 자고 가겠다 북 **:** 이왕 한 일이니까 별로 만족스럽지 않아도 상황이나 형편이 허락하는 한에서 일을 해치우는 수밖에 없음을 비유하여 이르는 말.

이 우물에 똥을 누어도 다시 그 우물을 먹는다 : ⇒ 이 샘물 안 먹는다고 똥 누고 가더니, 그 물이 맑기도 전에 다시 와서 먹는다.

이웃사촌 : 서로 이웃하여 살다 보면 친사촌보다 정분이 더 가까워짐을 이르는 말.

이웃이 사촌보다 낫다 : 가까이 사는 이웃이 먼 곳에 사는 친족보다 좋다는 뜻으로, 자주 보는 사람이 정도 많이 들고 따라서 도움을 주고받기도 쉬움을 이르는 말.

이웃집 개가 짖어서 도적을 면했다 : ⇒ 옆집 개가 짖어서 도적 면했다.

이웃집 개도 부르면 온다 : 불러도 못 들은 체 대답도 하지 않는 사람을 두고 핀잔조로 이르는 말.

이웃집 나그네도 손볼 날이 있다 : 아무리 친근한 이웃 사람이라도 대접할 때가 따로 있다는 말.

이웃집 며느리 흉도 많다 : 서로 잘 아는 사이에는 상대의 결점이나 단점이 눈에 잘 띈다는 말. 가까운 집 며느리일수록 흉이 많다.

이웃집 무당 영(靈)하지 않다 : 가까이 살아 그 단점을 많이 알고 있어 훌륭하다고 생각하지 않음을 이르는 말. 동네 무당 영하지 않다. 동네 의원 용한 줄 모른다.

이웃집 새 처녀도 내 정지에 들여세워 보아야 안다 : 사람을 평가하거나 고르기란 어렵다는 말.

이웃집 색시 믿고 장가 못 든다 : ⇒ 옆집 처녀 믿다가 장가 못 간다.

이웃집이 멀다 북 **:** 이웃하고 살면서 관계가 오히려 소원함을 이르는 말.

이웃집 장단에 덩달아 춤춘다 : 남의 것을 이용하여 자기의 이익을 도모함을 이르는 말.

이웃집 처녀는 처녀가 아니냐 북 **:** 자신이 필요로 하는 물건이나 사람이 가까이 있음에도 괜히 먼 데서 구하는 경우를 비유하여 이르는 말.

이월(二月) 눈이 지게를 덮는다 : 음력 2월에 오는 늦은 눈이 지게를 덮을 정도로 많이 온다는 말.

이월 늦추위에 중 발 터진다 : 늦추위가 물그릇이 터질 정도로 매우 춥다는 말.

이월 달 일진에 묘자(卯字)가 한 번도 안 들면 가문다 : 음력 2월 일진에 묘자(卯字)가 단 한 번이라도 들어야지, 만일 안 들게 되면 가물어서 농해가 심하다는 말.

이월 바람에 검은 쇠뿔이 오그라진다 : 2월에 부는 바람이 세참을 비유하여 이르는 말.

이월 바람이 눈바람보다 차다 : 해동(解凍)할 무렵에 부는 바람은 몹시 찰 뿐 아니라 많이 분다는 말.

이월 밤은 추워야 보리 풍년 든다 : 음력 2월 날씨는 낮에는 따뜻하고 밤에는 약간 추워야 보리가 잘 자라게 된다는 말.

이월 스무날 마파람 불고 비 오면 풍년 든다 : 음력 2월 20일, 즉 3월 하순경에 봄비가 오게 되면 해동과 더불어 각종 씨앗 파종도 하고, 못자리 준비를 앞두고 물 사정이 좋아져 풍년이 들 징조라는 말.

이월에 김칫독 터진다 : 음력 2월 추위가 만만치 않음을 비유하여 이르는 말.

이월에 묘일(卯日)이 세 번 들면 목화가 풍년 든다 : 음력 2월에 묘일(토끼날)이 세 번 드는 해는 목화가 풍년이 든다는 말.

이월에 물독 터진다 : 음력 2월이면 해동기라 따뜻한 철이 정상적이지만, 예외로 물독이 터질 정도로 추울 때도 있다는 말.

이월에 물사발이 얼어 깨진다 : 봄에 해동하다가도 때로 늦추위가 있다는 말.

이월에 보리 환상(還上) 갔다가 얼어 죽는다 : 음력 2월에 관에서 꾸어 주는 곡식을 얻으러 갔다가 얼어 죽듯이 늦추위가 몹시 심하다는 말.

이월에서 삼월로 바뀔 때의 비바람은 겨울같이 춥다 : 음력 2월에서 3월로 바뀔 때는 꽃샘추위와 잎샘추위가 있어서 춥다는 말.

이월에 천둥을 치면 가을에 서리가 일찍 온다 : ⇒ 이월에 천둥이 있으면 가을에 서리가 일찍 내린다.

이월에 천둥이 있으면 가을에 서리가 일찍 내린다 : 음력 2월에 천둥이 있는 해는 가을에 서리가 일찍 내린다는 말. 이월에 천둥을 치면 가을에 서리가 일찍 온다.

이월 육일 밤 별들이 달 주위에 가까이 있으면 흉년이 들고, 멀리 떨어져 있으면 풍년이 든다 : 별의 먹이인 달을 중앙에 놓고 흉년이 들어 배가 고프면 가까이 와서 뜯어 먹고, 풍년이 들어 배가 부르면 멀리 떨어져 있다는 데서 유래된 말.

이월이 되면 머슴은 호미 쥐고 울고 아낙네는 부엌문 잡고 운다 : 음력 2월이 되면 농촌에서는 농번기에 접어들므로 남자나 여자나 다 고된 일을 할 생각에 걱정이 앞선다는 말.

이월 이십일 날씨가 맑으면 흉년 든다 : 음력 2월 20일에는 흐리거나 비가 와야 풍년이 든다는 말.

이월 이십일에는 구름만 껴도 풍년 든다 : ⇒ 이월 이십일에는 솔개만 한 구름만 있어도 풍년 든다.

이월 이십일에는 솔개만 한 구름만 있어도 풍년 든다 : 음력 2월 20일에는 구름이 끼거나 비가 오면 풍년이 든다는 말. 이월 이십일에는 구름만 껴도 풍년 든다.

이월 이십일에 비가 오면 대풍(大豊)이고, 구름이 끼면 중풍(中豊)이며, 날씨가 개면 흉년이 든다 : 옛날에는 음력 2월 20일 날씨에 따라 흉풍(凶豊)을 점친 데서 나온 말임.

이월 이십일에 비가 오면 태풍이 동반한다 : 음력 2월 20일에 비가 올 때는 태풍을 동반하는 경우가 많다는 말.

이월 일진에 묘자(卯字)가 세 번 들면 콩팥이 풍년 든다 : 음력 2월 일진에 묘자가 세 번 든 해에는 콩팥이 풍년이 든다는 말.

이월 천둥은 조기를 몰아온다 : 음력 2월에 천둥이 치면 조기들이 많이 나타난다는 말.

이월 초하룻날 목화씨를 솥에 볶으면 그 집 목화밭에는 병충해가 없다 : 예전에는 목화의 병충해를 예방하는 방법의 하나로서 음력 2월 1일 아침에 목화씨를 솥에 볶은 다음 밭에 뿌린 데서 유래된 말.

이월 초하룻날 바람이 불면 흉년 든다 : 음력 2월 1일은 대개 3월 초순인데, 이날 바람이 불면 불길하고 비가 오는 것은 길하다는 말.

이월 초하룻날 비가 오면 보리가 잘된다 : 음력 2월 초순에 해동 비가 오면 보리의 발육이 촉진된다는 말.

이월 초하룻날 비가 오면 풍년이 든다 : 음력 2월 초하룻날에 오는 비는 해동을 재촉하는 비이므로 풍년이 들 징조라는 말.

이월 초하룻날 아침에 찹쌀로 두더지 꼴 떡을 만들어 해 뜨는 쪽에 매달아 두면 밭에 두더지 피해를 막을 수 있다 : 두더지는 햇빛을 보면 죽는 동물이므로, 2월 1일 아침 해가 뜰 무렵에 두더지 모양으로 떡을 만들어 매달아 두면 두더지의 피해를 막을 수 있다는 말. 이월 초하룻날 콩을 삶아 먹으면 밭에 두더지 피해가 적다.

이월 초하룻날 여자 손님이 오면 닭 생육이 나쁘다 : 음력 2월 1일에 여자가 남의 집에 가면 그 집 닭이 잘 안 된다는 말.

이월 초하룻날 장닭 꼬리만 날려도 곡식이 준다 : 음력 2월 1일에 바람이 불면 흉년이 든다는 말.

이월 초하룻날 콩을 삶아 먹으면 밭에 두더지 피해가 적다 : ⇒ 이월 초하룻날 아침에 찹쌀로 두더지 꼴 떡을 만들어 해 뜨는 쪽에 매달아 두면 밭에 두더지 피해를 막을 수 있다.

이월 춘사일(春社日)에 비가 오면 과일이 흉년 든다 : 음력 2월 춘사일에 비가 오면 과일류가 흉년이 든다는 말. * 춘사일 – 입춘이 지난 뒤 다섯 번째 무일(戊日).

이월 · 팔월 출선(出船)에는 날씨 궂은 날이 많다 : 음력 2월과 8월에는 계절풍이 심할 때라 궂은 날이 많아서 어로하는 날이 적다는 말.

이 잡듯이 한다 : 샅샅이 뒤지어 찾는 모양을 비유하여 이르는 말. 참빗으로 훑듯.

이 장떡이 큰가 저 장떡이 큰가 : ⇒ 방에 가면 더 먹을까 부엌에 가면 더 먹을까.

이 절도 못 믿고 저 절도 못 믿는다 : ⇒ 아랫길도 못 가고 윗길도 못 가겠다.

이제(인제) 보니 수원 나그네 : ⇒ 알고 보니 수원 나그네.

이천(利川) 구만리 들 자채쌀(紫彩-) 하면 옛부터 임금님 진상미(進上米)다 : 경기도 이천군 구만리 들판에서 생산되는 쌀은 밥맛이 좋아서 옛날에는 임금님 진상미로 쓰일 정도로 품질이 좋은 쌀이라는 말.

이태백도 술병 날 때 있다 : 술을 잘 먹는 사람이 과음(過飮)으로 앓고 눕는다는 말.

이태백이가 돈 가지고 술 먹었다던 : 술 때문에 돈의 낭비가 심하다고 할 때 반발하는 말.

이 판이 새 판이다북 **:** 이 판이 새로 시작하는 첫판이라는 뜻으로, 지금까지 있었던 것을 다 무효로 하고 모든 것이 다 새로 시작되는 것임을 비유하여 이르는 말.

이팝나무 꽃이 피면 못자리를 한다 : 재래종 못자리는 4월 하순 이팝나무 꽃이 필 무렵이 적기라는 말.

이팝나무 꽃이 필 때 낙종(落種)을 하면 섬 뒤주가 모자란다 : 음력 4월 20일경 이팝나무 꽃이 필 때 재래종 못자리를 하면 수확이 많다는 말.

이팝나무 꽃이 활짝 피면 풍년 든다 : 이팝나무 꽃이 많이 피면 이밥이 흔하다는 데서 유래된 말로, 이팝나무 꽃이 만발하려면 수분이 충족되어야 하므로 봄에 물이 많았음을 의미하니 풍년이 들 수 있다는 말.

이 팽이가 돌면 저 팽이도 돈다 : ⇒ 저 팽이가 돌면 이 팽이도 돈다.

익은 감도 떨어지고 선 감도 떨어진다 : 늙어서 죽는 이도 있고 젊어서 일찍 죽는 이도 있다는 뜻으로, 사람은 제 명에 따라 죽기 마련이라는 말.

익은 감도 쉬어 가며 먹으랬다북 **:** ⇒ 식은 죽도 불어(쉬어) 가며 먹어라.

익은 게도 실에 매여 먹는다북 **:** ① 모든 일에 항상 조심해야 함을 비유하여 이르는 말. ② 지나치게 소심한 태도를 비유하여 이르는 말.

익은 밥 다시 설릴 수 없다북 **:** ⇒ 쑨 죽이 밥 될까.

익은 밥 먹고 선소리 한다 : 사리(事理)에 맞지 않는 말을 할 때 쓰는 말.

익은 밥이 날로 돌아갈 수 없다 : ⇒ 쑨 죽이 밥 될까.

인간 구제(救濟)는 지옥(地獄) 밑(늪)이라 : 대개 사람을 구제하면 그 은혜에 대한 보답을 받기는커녕, 반대로 그 피해 입음이 지옥에서의 고통과 같다는 말.

인간도처유청산〔人間到處有靑山〕 : 사람은 어디서 죽는다 해도 뼈를 묻을 만한 곳은 있다는 뜻으로, 대망(大望)을 달성하기 위하여 향리(鄕里)를 떠나 크게 활동하여야 한다는 말.

인간 만사는 새옹지마(塞翁之馬)라 : 인생의 길흉화복(吉凶禍福)은 예측할 수 없음을 비유하여 이르는 말.

인간은 고해(苦海)라 : 괴롭고 힘든 인생살이를 비유하여 이르는 말.

인간은 만물의 척도 : 그리스 철학자 프로타고라스가 『진리』 혹은 『타도론』이라 불리는 그의 저작 첫머리에 쓴 말로, 존재(存在), 비존재(非存在)의 인식은 오로지 인간의 감각에 의하고, 판단은 각자의 주관에 의하므로 동일한 개념은 어느 곳에도 있을 수 없다. 따라서 인간 자체가 판단의 기준이 된다는 말.

인걸(人傑)은 지령(地靈)이라 : 산수(山水)가 좋아야 훌륭한 인물이 난다는 말.

인경〔人定〕 꼭지가 말랑말랑하거든 인경 꼭지나 만져 보아라 : ⇒ 인경 꼭지나 만져 보아라.

인경 꼭지나 만져 보아라 : 인경 꼭지가 말랑말랑해지는지 만져 보라는 뜻으로, 영영 될 수 없거나 도저히 가능하지 않은 상황을 비유하여 이르는 말. 인경 꼭지가 말랑말랑하거든 인경 꼭지나 만져 보아라.

인두겁을 썼다 : 겉으로만 사람의 형상을 하였다는 뜻으로, 사람의 행실이나 바탕이 사람답지 못함을 욕으로 이르는 말.

인물 좋으면 천하일색 양귀비 : 얼굴이 기껏 잘생겼다 해도 양귀비만큼이나 하겠느냐고 반문하여 이르는 말.

인사는 관 뚜껑을 덮고 나서 결정된다〔蓋棺事定〕 : 사람의 시비(是非), 선악은 죽은 뒤에야 알 수 있다는 말.

인사 알고 똥 싼다 : 사리를 아는 사람이 당치 않은 행동을 하는 경우를 비난조로 이르는 말.

인색한 부자가 손쓰는 가난뱅이보다 낫다 : 가난한 사람은 마음씨가 곱고 동정심이 많아도 남을 도와주기란 쉽지 않음에 비하여, 부자는 인색하여도 남는 것이 있어 없는 사람이 물질적 도움을 입을 수 있음을 이르는 말. 다라운 부자가 활수한 빈자보다 낫다.

인생(人生) 백 년에 고락(苦樂)이 상반(相半)이라 : 인생살이는 괴로운 일과 좋은 일이 반이라는 말.

인생은 뿌리 없는 평초(萍草) : 사람이 살아간다고 하는 것은 마치 물 위에 떠도는 개구리밥과 같다는 뜻으로, 인생이란 허무하고 믿을 수 없는 것임을 비유하여 이르는 말.

인생은 짧고 예술은 길다 : ⇒ 예술은 길고 인생은 짧다.

인생칠십고래희라〔人生七十古來稀〕 : 예로부터 사람이 일흔 살까지 살기가 드물었다는 말.

인심은 아침저녁 변한다북 **:** 힘든 세상살이에 사람들의 인심이 수시로 변함을 이르는 말.

인심은 천심 : ⇒ 민심은 천심.

인심이 뚝집에서 난다북 **:** 겉보기에 무뚝뚝해 보이는 사람이 오히려 마음이 너그럽고 인심이 후한 경우가 많음을 이르는 말. *뚝집-성격이 무뚝뚝한 사람을 놀림조로 이르는 북한어.

인심이 한강수북 **:** 인심이 매우 후한 경우를 비유하여 이르는 말.

인심 좋은 녀편네 풋나물 팔듯북 **:** 인심 좋은 아낙네가 자기 이익은 별로 생각지 아니하고 듬뿍듬뿍 얹어 판다는 뜻으로, 쓸데없이 인심이 헤픈 경우를 비유하여 이르는 말.

인(人)에서 인(人)을 못 고른다 : 사람들 중에서 난사람을 찾아내기가 어렵다는 말.

인왕산(仁王山) 그늘이 강동(江東) 팔십 리 간다 : ⇒ 수양산 그늘이 강동 팔십 리를 간다.

인왕산 모르는 호랑이가 있나 : ① 한국의 호랑이는 반드시 인왕산에 와 본다는 옛말에서 나온 말로, 자기를 모르는 사람이 있을 수 없다고 이르는 말. ② 그 방면에 속하는 사람들이라면 누구나 잘 알고 있는 사람이라는 말.

인왕산 중허리 같다 : 배가 부른 모양을 비유하여 이르는 말.

인왕산 차돌을 먹고살기로 사돈의 밥을 먹으랴 : 아무리 어렵고 고생스럽더라도 사돈의 도움으로 살아가기는 싫다는 말.

인(人)은 노(老)를 써라 : 늙으면 아는 것이 많으므로 사람을 쓸 때는 나이 많은 자를 쓰라는 말.

인절미에 조청 찍은 맛 : 구미에 맞고 마음에 드는 경우를 비유하여 이르는 말.

인절미 팥고물 묻히듯이 : 온통 더버기로 뒤집어쓰거나 씌우는 모양을 비유하여 이르는 말.

인정(人情)도 품앗이라 : 남도 나를 생각해 줘야 나도 그를 생각하게 된다는 말.

인정에 겨워 동네 시아비가 아홉이라 : 여자가 정절(貞節)이 없고 부정함을 이르는 말. 마음 좋은 녀편네 동네에 시아버지가 열이다북.

인정은 바리로 싣고 진상(進上)은 꼬치로 꿴다 : ① 임금에게 바치는 물건은 꼬치에 꿸 정도로 적으나 관원에게 보내는 뇌물은 많다는 뜻으로, 자신과 이해관계에 있는 일에 더 마음을 쓰게 됨을 비유하여 이르는 말. ② 뇌물을 받는 아래 벼슬아치들의 권세가 더 큼을 비유하여 이르는 말. 진상은 꼬챙이에 꿰고 인정은 바리로 싣는다.

인중이 길다 : 수명이 길다는 말.

인품이 좋으면 한 마당귀에 시아비가 아홉 : 여자가 품성이 좋으면 욕심 내는 사람이 많아서 시아비 될 사람이 마당에 가득하다는 뜻으로, 사람이 잘나서 따르는 사람이 많음을 비유하여 이르는 말.

일가(一家) 못된 건 계수(季嫂) : ⇒ 시아주버니와 제수는 백년손.

일가 못된 것이 항렬(行列)만 높다 : 못된 일가가 친족 관계의 항렬만 높다는 뜻으로, 변변치 아니한 사람이나 일이 잘되는 경우를 비유하여 이르는 말.

일가 싸움은 개싸움 : ① 일가끼리 싸우는 것은 짐승과도 같은 일임을 이르는 말. ② 일가끼리의 싸움은 싸우는 그때뿐이고 원한을 품지 않음을 이르는 말.

일가에서(일가끼리) 방자한다 : 친척간에 비방하고 허물을 들춰내어 화근(禍根)을 만들어 냄을 이르는 말. *방자-남의 일이 안 되게 비는 일.

일각이 삼추 같다 : ⇒ 일각이 여삼추라.

일각이 여삼추라〔一刻如三秋〕 : 기다리는 마음이 매우 간절함을 이르는 말. 일각이 삼추 같다.

일곱 번 재고 천을 째라 : 무슨 일이든 낭패를 보지 아니하기 위해서는 신중하게 생각하여 행동해야 함을 이르는 말.

일군을 박대하면 당일로 망한다㉿ : ⇒ 조상 박대하면 삼 년에 망하고, 일군을 박대하면 당일로 망한다㉿.

일군을 부리려면 주인이 먼저 일군 노릇을 해야 한다㉿ : 남을 부리기 위해서는 먼저 솔선수범해야 일이 잘된다는 말.

일군이 나갈 제는 주인집 흉을 내고 며느리 나갈 제는 시집의 흉을 낸다㉿ : 쫓겨나는 사람이 쫓는 사람에 대하여 좋은 감정을 가질 수 없다는 말.

일기(日氣)가 좋아 대사(大事)는 잘 지냈소 : 결혼을 치하할 때도 쓰고, 그에 대답할 때에도 사용하는 말.

일 년(一年) 내내 일하고 섣달 그믐에 버선목 하나 가지고 나오는 것이 머슴이다 : 1년 동안 뼈가 부서지도록 일하고 받은 새경 돈은 노름해서 다 잃고 빈손으로 그믐날 주인집에서 나오는 것이 머슴살이라는 말.

일 년 농사는 머슴 손에 달렸다 : 1년 농사를 잘 짓고 못 짓는 것은 머슴이 일을 잘해 주느냐 아니냐에 달려 있다는 말.

일 년 농사를 지으면 삼 년 먹을 것이 남는다〔一年耕餘三年之食〕 : ⇒ 삼 년 농사를 지으면 구 년 먹을 것이 남는다.

일 년 시집살이 못 하는 사람 없고 벼 한 섬 못 메는 사람 없다 : 시집살이는 고되고 어려운 것이라 하나 지내는 시일이 짧으면 그다지 힘들 것도 아니라는 말.

일 년에 누에를 두 번 치면 잘 안 된다 : 양잠에는 춘잠과 추잠이 있는데, 춘잠을 하게 되면 추잠은 잘 안 된다는 말.

일 년을 잘 살려면 농사를 잘 해야 한다 : 농촌 생활을 하는 사람은 농사를 잘 지어야 잘 살게 된다는 말.

일년지계는 봄에 있고, 일일지계는 아침에 있다 : 1년을 잘 지내기 위한 계획은 봄에 하고, 하루를 잘 지내기 위한 계획은 아침에 하라는 뜻으로, 일을 할 때에 시작이 중요함을 이르는 말.

일〔事〕 다 하고 죽은 무덤 없다 : 일은 하려고 하면 끝이 없음을 이르는 말. 시키는 일 다 하고 죽은 무덤은 없다.

일도 못 하고 불알에 똥칠만 한다 : 일은 성사시키지 못하고 창피만 당한다는 말.

일 못하는 놈이 쟁기를 나무란다㉿ : 자신의 능력이 부족한 줄은 모르고 공연히 다른 핑계를 댐을 비유하여 이르는 말.

일 못하는 늙은이와 쥐 못 잡는 고양이도 있으면 낫다 : 불필요한 것처럼 보이던 것이 나름대로 쓸 데가 있음을 비유하여 이르

는 말.

일색(一色) 소박은 있어도 박색(薄色) 소박은 없다 : ① 아름다운 여자는 남편에게 박대를 받게 되나 못생긴 여자는 그렇지 않으니, 아무리 아름다운 여자라도 그 사람됨이 좋지 않으면 남편에게 버림받게 됨을 이르는 말. ② 사람됨이 얼굴 생김에 의하여 평가되는 것은 아니라는 말.

일생에 한 번은 좋은 날이 있다북 **:** 기구하게 살아가던 사람에게도 일생에 한 번은 좋은 일이 생긴다는 뜻으로, 뜻밖의 행운은 누구에게나 있을 수 있음을 비유하여 이르는 말.

일생 화근(禍根)은 성품 고약한 아내 : 악처는 평생의 애물단지라는 말.

일승일패는 병가상사(兵家常事)라 : 전쟁에서 이기고 지는 일은 흔히 있을 수 있는 일이라는 뜻으로, 실패한 사람을 위로하거나, 실패한 사람이 스스로를 변명할 때 쓰는 말.

일 안 하는 가장 : ⇒ 쥐 안 잡는 고양이라①.

일에는 굼벵이요, 먹는 데는 돼지다 : 일에는 게으름을 피우면서 먹는 것은 많이 먹음을 비유하여 이르는 말.

일에는 베돌이 먹을 덴 감돌이 : 일할 때는 멀리 가 있으려고 살살 빼다가 먹을 것이 있으면 조금이라도 더 많이 먹으려고 살금살금 다가오는 사람을 비웃어 이르는 말.

일월은 크고 이월은 작다 : ⇒ 한 달이 크면 한 달이 작다.

일은 내 몫이 더 많아 보이고 먹을 것은 남의 것이 커 보인다북 **:** 사람의 욕심이 끝없음을 비유하여 이르는 말.

일은 만들어 할 탓북 **:** 일에 적극적으로 대하는가, 아니면 소극적으로 대하는가에 따라 일한 결과에 큰 차이가 생긴다는 말.

일은 송곳으로 매운 재 긁어내듯 하고 먹기는 도짓소 먹듯 한다 : 일은 제대로 해내지도 못하면서 먹기는 많이 먹음을 비유하여 이르는 말.

일은 할 탓이고 도지개는 맬 탓이라 : 일의 능률은 하기에 달렸다는 말. * 도지개－틈이 가거나 뒤틀린 활을 바로잡는 틀.

일을 하려면 어처구니 독 바르듯 하고, 삼동서 김 한 장 쳐부수듯, 메로 새알 부수듯 하라 : 일을 하려면 우물쭈물하지 말고 신속하게 해치워야 한다는 말.

일이 곱지 얼굴이 곱나북 **:** 사람은 얼굴보다 일을 잘해야 더 곱게 보인다는 말.

일이 년장(年長) 노릇을 한다북 **:** 일을 잘하면 남의 존경과 대접을 받게 된다는 말.

일이 되면 입도 되다 : 일이 많으면 먹을 것도 많이 생기게 된다는 말.

일이 잘될 땐 넘어져도 떡함지에 엎어진다북 **:** ⇒ 잘되는 놈은 엎어져도 떡함지라북.

일일신우일신〔日日新又日新〕이라 : 중국 탕왕(湯王)의 반명(盤銘)에 새겨 있는 말로, 날마다 잘못을 고쳐 그 덕을 닦음에 게으르지 않음을 이르는 말.

일 잘하는 사람에게는 못 쓸 땅이 없다북 **:** 자신의 능력이 있으면 나쁜 조건이나 여건도 문제가 되지 아니한다는 말.

일 잘하는 아들 낳지 말고, 말 잘하는 아들 낳아라 : 사람이 말을 잘하면 처세(處世)하기에 유리하다는 뜻으로 이르는 말.

일 전 오 리 밥 먹고 한 푼 모자라 치사를 백 번이나 한다 : 별로 크게 면목이 없거나 대단하지도 아니한 일에도 불구하고 필요 이상으로 굽실거려야 함을 비유하여 이르는 말.

일진(日辰)에 묘자(卯字)와 진자(辰字)가 든 날에 비가 시작되면 장마 진다 : 일진에 묘자(卯字)와 진자(辰字)가 든 날에 비가 오기 시작하면 장마가 진다는 말.

일진에 무자(戊字) 든 날에는 논밭을 사지 않는다 : 농토를 사는 데 있어 일진에 무자가 들면 불길한 날이므로 그날엔 사지 말라는 말.

일진에 을자(乙字) 든 날은 파종하지 않는다 : 벼 파종하는 날 일진에 을자(乙字)가 들면 불길하니 피해서 하라는 말.

일진에 해자(亥字)가 든 날 구름 한 점 없이 개면 삼 일 후에 큰비가 온다 : 일진에 해자(亥字)가 든 날 구름 없이 맑게 개면 3일 후에는 많은 비가 온다는 말.

일진회(一進會)의 맥고모자 같다 : ⇒ 아병의 장화 속 같다.

일찍 뿌려야 일찍 거둔다 : 농작물은 씨앗을 일찍 뿌려야 일조일이 길어서 수확도 많고 빠르다는 말.

일천 관 불붙이고 쌀알 줍는다 : ⇒ 일천 석에 불붙이고 쌀알 줍는다.

일천 관 불붙이고 동관에서 쌀알 줍는다 : ⇒ 일천 석에 불붙이고 쌀알 줍는다.

일천 석에 불붙이고 쌀알 줍는다 : 큰 이익을 잃고 대신 보잘것없는 작은 이(利)를 구한다는 말. 또는, 많은 재산을 탕진하고 곤궁해지니까 비로소 한 푼 두 푼 아낌을 이르는 말. 일천 관 불붙이고 동관에서 쌀알 줍는다. 일천 석에 불붙이고 쌀알 줍는다.

일촌간장(一寸肝腸)이 봄눈 슬듯 한다 : 근심과 걱정이 극도에 달함을 비유하여 이르는 말.

일출 후 불꽃 같은 구름이 피어오르면 가뭄이 든다 : 햇빛에 비친 적운(積雲)이 아침부터 나타나는 것은 북태평양 기단이 아주 강하다는 뜻이므로 가물기 쉽다는 말.

일포식(一飽食)도 재수(財數)이다 : 음식을 한 번 실컷 먹을 수 있음도 운이 좋아야 한다는 말.

일하다 죽은 무덤 없다 : 일하기 싫어하는 자를 이르는 말.

잃은 도끼나 얻은 도끼나 일반 : 잃은 헌 물건이나 새것이나 별로 다를 바가 없다는 말.

잃은 도끼는 쇠나 좋거니 : 지금의 새로운 물건이나 사람이 먼저의 물건이나 사람보다 못한 아쉬움을 비유하여 이르는 말.

잃은 사람이 죄가 많다 : 물건을 잃은 자가 애매한 여러 사람을 의심하게 되니 오히려 죄가 많다는 말.

임도 보고 뽕도 딴다〔一石二鳥〕 : ⇒ 뽕도 따고 임도 보고(본다).

임신(姙娠) 중에 게를 먹으면 아이가 옆걸음질 한다 : 임산부가 게를 먹으면 아이가 게걸음처럼 옆걸음질을 하게 되므로 임신 중에는 게를 먹지 말라는 말.

임신 중에 닭을 잡아먹으면 닭살 아이를 낳는다 : 임신 중인 여자가 닭고기를 먹으면 어린아이 살이 닭살처럼 된다는 말.

임 없는 밥은 돌도 반 뉘도 반 : 남편 없이 혼자 지낼 때는 밥맛이 없어 잘 먹지 아니하고 산다는 말.

임연선어는 불여퇴이결망이라〔臨淵羨魚不如退而結網〕 : 헛된 꿈을 품는 것보다는 실행(實行)에 힘씀이 더 낫다는 말.

임은 품에 들어(안아)야 맛 : 나긋나긋하게 품에 안겨야 좋은 임이라는 말.

임을 보아야 아이를 낳지 : ⇒ 하늘을 보아야 별을 따지.

임자 없는 논밭에 돌피 나듯 한다 : 농사를 짓지 않고 버려둔 논에 돌피가 나듯이, 밭에 풀이 무성하다는 말. 임자 없는 논밭에 돌피 성하듯.

임자 없는 용마 : ⇒ 날개 없는 봉황.

임자 잃은 논밭에 돌피 성하듯 : ⇒ 임자 없는 논밭에 돌피 나듯 한다.

임진년(壬辰年) 원수다 : 임진왜란을 일으킨 왜놈처럼 영구히 잊을 수 없는 원수라는 말.

입 가리고 고양이 흉내 : 얕은꾀로 남을 속이려는 어리석음을 비유하여 이르는 말.

입 건너 두 집북 **:** ⇒ 한 입 건너고 두 입 건넌다.

입길에 오르내리다 : 남으로부터 비방하는 말을 듣는다는 말. 입질에 오르내리다. 입초시에 오르내린다.

입도 염치 믿고 산다 : 염치없이 게걸스럽게 먹는 사람을 비유하여 이르는 말.

입동(立冬) 날이 더우면 물고기가 많고, 동짓날이 추우면 호랑이가 많다 : 입동(음력 11월 7~8일경) 날이 따뜻한 해는 겨울에 고기가 많이 잡히고, 동짓날이 추운 해는 다음 해 범이 새끼를 많이 친다는 말. 동짓날이 추우면 호랑이가 많고, 입동날이 더우면 물고기가 많다.

입동 날이 따뜻하면 겨울도 따뜻하다 : 겨울철이 시작되는 입동 날이 따뜻하면 그해 겨울도 따뜻하다는 말.

입동 날이 따뜻하면 물고기가 많다 : 입동날이 따뜻하면 겨울에 고기가 많이 잡힌다는 말.

입동이 지나면 김장도 해야 한다 : 입동이 지나면 김장철이 된다는 말.

입동 전 가위보리다〔立冬前鋏麥〕 : 충청도 이북 지방에서는 입동 전에 보리 싹이 가위처럼 두 잎이 나야 보리가 잘된다는 말.

입동 전 송곳 보리다〔立冬前錐麥〕 : 영호남 지방에서는 입동 전에 보리 싹이 송곳 길이로 자라야 다수확을 할 수 있다는 말.

입동 전에 보리는 묻어라 : 보리 파종은 늦어도 입동 전에는 해야 한다는 말.

입동 지나 닷새면 물이 얼고 열흘 지나면 땅도 언다 : 평년인 경우 서울 지방에서는 입동 지나 5~6일이면 물이 얼고 10여 일 후에는 땅도 어는 겨울철이 된다는 말.

입만 가지면(있으면) 서울 이 서방 집도 찾아간다 : 말만 잘하면 아무리 힘든 일이라도 할 수 있음을 이르는 말.

입만 뾰족했으면 새소리도 하겠다북 **:** 못하는 말이 없이 매우 수다스러운 사람을 비유하여 이르는 말.

입만 살았다 : 실천은 하지 않으면서 말만 그럴듯하게 하거나, 격에 맞지 않게 음식을 까탈스럽게 먹음을 이르는 말.

입맛 나자 노수 떨어진다 : 입맛이 없어 먹지 못하던 사람이 입맛이 나게 되자 여비가 떨어져서 사 먹을 수 없게 되었다는 뜻으로, 일이 공교롭게도 서로 어긋나며 틀어지는 경우를 비유하여 이르는 말.

입맛 없는 데 병아리 궁둥이만 따라다녀도 낫다북 **:** 입맛이 없을 때는 병아리를 따라다니며 달걀 생각만 하여도 좀 낫다는 뜻으로, 별로 도움이 안 될 것에까지 헛된 기대를 걸게 되는, 매우 어렵고 궁한 처지를 비유하여 이르는 말.

입맛이 반찬 : 입맛이 좋으면 반찬이 없는 밥도 맛있게 먹는다는 말.

입 빠진 개 벌통시 만났다 : 자기에게 대단히 편리하고 다행한 일을 만났음을 비유하여 이르는 말.

입성이 날개라 : ⇒ 옷이 날개라. * 입성—'옷'을 속되게 이르는 말.

입술에 침도 마르기 전에 돌아앉는다 : 서로 약속이나 다짐 따위를 하고 나서 금방 태도를 바꾸어 행동하는 경우를 비유하여 이르는 말.

입술에 침이나 바르지 : ⇒ 혓바닥에 침이나 묻혀라.

입술이 없으면 이가 시리다〔脣亡齒寒〕 : 서로 밀접한 사이에서 한쪽이 망하면 나머지 한쪽도 그 영향을 받는다는 말.

입싸움이 주먹싸움 된다 : 처음에는 말로 싸

우다가 나중엔 주먹싸움이 됨을 이르는 말.

입 아래 코 : 일의 순서가 뒤바뀌었음을 비유하여 이르는 말.

입에 들어가는 밥술도 제가 떠 넣어야 한다 : 쉬운 일이라도 자기의 노력을 들이지 아니하면 이룰 수 없음을 비유하여 이르는 말.

입에 떨어지는 사과를 기다리는 식[북] **:** 노력은 하지 아니하면서도 좋은 결과를 기대하는 잘못된 태도를 이르는 말.

입에 맞는 떡〔適口之餠〕: 자기 마음에 꼭 드는 일이나 사물을 가리키는 말.

입에 맞는 떡은 구하기 어렵다 : 자신의 마음에 꼭 들어맞는 것을 구하기란 매우 어려움을 이르는 말.

입에 문 혀도 깨문다 : 사람인 이상 실수가 없을 수 없음을 이르는 말.

입에 발린 소리다 : 마음에는 없이 상대방이 듣기 좋으라고 하는 말.

입에 붙은 밥풀 : 아무래도 자신의 입에 넣어야 하거나, 혹은 자신이 가져야 할 물건을 비유하여 이르는 말.

입에서 구렝이 나가는지 뱀이 나가는지 모른다[북] **:** 아무 말이나 가리지 아니하고 하면서도 깨닫지 못하는 사람을 비꼬아 이르는 말.

입에서 신물이 난다 : 어떤 것이 극도의 싫증을 느낄 정도로 지긋지긋함을 비유하여 이르는 말. 이에 신물이 돈다(난다).

입에서 젖내가 난다〔口尙乳臭〕: 아직 나이가 어리거나, 하는 일이 매우 유치하고 철이 없음을 이르는 말. 이마빡에 피도 안 말랐다.

입에 쓴 약이 병에는 좋다〔良藥苦於口利於病〕: 자기에게 이로운 충고나 교훈은 듣기는 싫으나 자신의 수양을 위해서는 좋으니 받아들여야 한다는 말. 입에 쓴 약이 병을 고친다.

입에 쓴 약이 병을 고친다 : ⇒ 입에 쓴 약이 병에는 좋다.

입에 재갈을 물리다 : 함부로 입을 놀리지 못하게 함을 비유하여 이르는 말.

입에 풀칠한다 : ⇒ 목구멍에 풀칠한다.

입으로 하는 맹세가 마음으로 하는 맹세만 못하다[북] **:** 실천 없는 말보다 마음으로 다지며 행동하는 것이 더 중요함을 이르는 말.

입은 가죽이 모자라서 냈나 : 말하기 위해서 입을 냈지 살가죽이 모자라서 입을 내놓은 것이 아니라는 뜻으로, 말을 해야 할 때 말을 하지 않는 사람을 핀잔하여 이르는 말.

입은 거지는 얻어먹어도 벗은 거지는 못 얻어먹는다 : 거지도 입은 옷이 너무 더러우면 얻어먹지 못한다는 뜻으로, 사람은 옷차림이 깨끗해야 남으로부터 대우를 받는다는 말. 즉, 옷의 소중함을 이르는 말. 잘 입은 거지는 얻어먹어도, 못 입은 거지는 얻어먹지도 못한다.

입은 다물고 눈은 크게 떠야 한다 : 말은 적게 하고 눈은 크게 떠서 널리 보고 견문을 넓히라는 말.

입은 비뚤어져도 말은 바로 해라 : 언제든지 말을 정직하게 해야 한다는 말. 입은 비뚤어져도 주라는 바로 불어라.

입은 비뚤어져도 주라(朱喇)는 바로 불어라 : ⇒ 입은 비뚤어져도 말은 바로 해라.

입은 여럿인데 한소리〔異口同聲〕[북] **:** 서로 마음이 맞아 이견이 없음을 이르는 말.

입의 말 다 듣자면 고래등 같은 기와집도 하루아침에 넘어간다 : 먹고 싶은 대로 해 먹다간 큰 재산도 쉬 거덜이 나게 된다는 말.

입의 혀 같다 : 뜻대로 잘 움직여 주어 매우 편리함을 이르는 말.

입이 개차반이다 : 입이 똥개가 먹은 차반과

같이 너절하다는 뜻으로, 아무 말이나 가리지 않고 되는대로 상스럽게 마구 하는 경우를 비유하여 이르는 말.

입이 걸기가 사복(司僕) 개천 같다 : 말을 삼가지 않고 함부로 막 함을 이르는 말.
*사복-사복시(조선 시대에, 궁중의 가마나 말에 관한 일을 맡아보던 관아).

입이 광주리만 하다 : ① 음식을 많이 먹는 모양을 이르는 말. ② 잔뜩 화가 남 모양을 비유하여 이르는 말.

입이 광주리만 해도 말 못 한다 : ⇒ 입이 열둘이라도 말 못 한다.

입이 밥 빌리러 오지 밥이 입 빌리러 올까 : 자신에게 필요한 것을 자신이 가지러 가지 아니하고 남이 가져다주기를 바라는 경우를 비유하여 이르는 말.

입이 보배 : ① 입으로는 먹고 못 할 말 없이 다 할 수 있음을 이르는 말. ② 북 말을 잘 하면 해결 안 될 어려움이 없다는 데서 입의 귀중함을 이르는 말.

입이 서울(-이라) : ① 먹는 것이 제일이라는 말. ② 북 모든 문제를 해결하는 지름길은 뇌물을 먹이는 것임을 비유하여 이르는 말.

입이 여럿이면 금도 녹인다(衆口鑠金) : ⇒ 천인이 찢으면 천금이 녹고, 만인이 찢으면 만금이 녹는다.

입이 열 개라도 할 말이 없다 : ⇒ 입이 열둘이라도 말 못한다.

입이 열둘이라도 말 못한다(有口無言) : 변명할 여지가 없다는 말. 온몸에 입이 돌라붙었더라도 할 말이 없겠다북. 온몸이 입이라도 말 못하겠다. 입이 광주리만 해도 말 못한다. 입이 열 개라도 할 말이 없다. 입이 채 구멍만큼 많아도 말할 구멍은 하나도 없다북.

입이 원수 : ① 벌어먹고 살기 위하여 괴로운 일이나 아니꼬운 일이라도 참아야 하는 경우를 이르는 말. ② 말을 잘못하여 화를 당하게 된 경우를 이르는 말.

입이 채 구멍만큼 많아도 말할 구멍은 하나도 없다북 : ⇒ 입이 열둘이라도 말 못한다.

입이 커서 상추쌈은 잘 먹겠다 : 상추쌈은 크게 싸서 한입에 넣고 우물우물 씹어 먹기 때문에 입 큰 사람을 조롱하여 이르는 말.

입이 터진 창 구멍이다북 : 입이 쩍 벌어진 모양을 비유하여 이르는 말.

입이 터진 팥 자루 같다북 : 기분이 너무 좋아 입을 헤벌리고 있는 모양을 비유하여 이르는 말. 입이 항아리 통만 하다.

입이 포도청 : ⇒ 목구멍이 포도청.

입이 풍년을 만나다북 : 먹을 것이 푸짐함을 이르는 말.

입이 함박만 하다 : 입이 함지박만큼 커질 정도로 매우 기뻐하고 만족해하는 경우를 비유하여 이르는 말.

입이 항아리 통만 하다북 : ⇒ 입이 터진 팥 자루 같다.

입질에 오르내리다 : ⇒ 입질에 오르내리다.

입찬말은 묘 앞에 가서 하여라 : 자기를 자랑하며 장담하는 것은 죽고 나서야 하라는 뜻으로, 쓸데없는 장담은 하지 말라는 말. 입찬소리는 무덤 앞에 가서 하라. 찬 소리는 무덤 앞에 가 하여라.

입찬소리는 무덤 앞에 가서 하라 : ⇒ 입찬말은 묘 앞에 가서 하여라. *입찬소리-자기의 지위나 능력을 믿고 지나치게 장담함. 또는 그 말. 입찬말.

입초시에 오르내리다 : ⇒ 입길에 오르내리다.

입추(立秋)가 되면 벼가 패기 시작한다 : 입추인 양력 8월 7일경이 되면 벼이삭이 패기 시작한다는 말.

입추가 지나면 선들바람이 분다 : 입추가 지나면 서늘한 가을바람이 불기 시작한다

는 말.

입추 날 바람이 건방(乾方)에서 불면 큰 풍수해가 있다 : 양력 8월 7일경에 바람이 서북쪽에서 불면 늦장마로 큰 수해가 있다는 속설에서 유래된 말. 입추에 바람이 건방에서 불면 큰 풍수해가 있다.

입추 날 바람이 태방(兌方)에서 불면 비가 온다 : 입추인 양력 8월 7일경에 바람이 서남쪽에서 불면 비가 온다는 말. 입추에 바람이 태방에서 불면 비가 온다.

입추 때는 벼 자라는 소리에 개가 짖는다 : 입추인 양력 8월 7일경에는 벼가 한창 자랄 때라 그 자라는 소리가 들릴 정도라는 데서 나온 말.

입추 때 비가 오면 채소가 풍년 든다 : 가을 채소의 파종은 토양 수분 상태가 좋아야 발아가 잘 되기 때문에 파종기인 입추 전에 비가 와야 한다는 말.

입추 때 비가 와야 채소가 풍작 된다 : ⇒ 입추 때 비가 오면 채소가 풍년 든다.

입추에 동풍이 불면 풍년 든다 : 입추(양력 8월 7일경) 무렵은 벼가 한창 자라나는 시기이므로 풍해의 위험성이 커지는데, 이때 폭풍이 아닌 동풍이 불면 피해가 없어서 벼농사가 풍년이 든다는 말.

입추에 바람이 건방(乾方)에서 불면 큰 풍수해가 있다 : ⇒ 입추 날 바람이 건방에서 불면 큰 풍수해가 있다.

입추에 바람이 유방(酉方)에서 불면 크게 가문다 : 입추인 8월 7일경에 바람이 서쪽에서 불게 되면 가물어서 흉년이 들게 된다는 말.

입추에 바람이 태방(兌方)에서 불면 비가 온다 : ⇒ 입추 날 바람이 태방에서 불면 큰 풍수해가 있다. *태방－정서(正西)를 중심으로 한 45°의 각 거리.

입추에 비가 조금 오면 풍년 든다 : ⇒ 입추에 비가 조금 오면 풍년 들고 많이 오면 벼를 상운다.

입추에 비가 조금 오면 풍년 들고 많이 오면 벼를 상운다 : 입추에는 벼가 한창 자랄 때이므로 비가 많이 오게 되면 해롭고, 조금 오면 이롭다는 말. *상운다－상하게 한다. 입추에 비가 조금 오면 풍년 든다.

입추(立錐)의 여지(餘地)가 없다〔立錐之地, 置錐之地〕 : 송곳 끝도 세울 수 없을 정도라는 뜻으로, 발 들여 놓을 데가 없을 만큼 많은 사람들이 꽉 들어찬 경우를 비유하여 이르는 말. 벼룩 꿇어앉을 땅도 없다①. 송곳 모로 박을 곳도 없다. 송곳 세울 틈(자리)도 없다.

입춘(立春) 날 일진에 계자(癸字)가 들면 큰 장마가 진다 : 입춘(양력 2월 4~5일) 일진에 계자(癸字)가 들면 그해 여름에 큰 장마로 농산물의 피해가 커서 흉년이 든다는 말. 입춘 일진에 병자가 들면 크게 가문다.

입춘 날 일진에 병자(丙字)가 들면 크게 가문다 : 입춘인 양력 2월 4~5일날 일진에 병자(丙字)가 들면 그해 크게 가물어 흉년이 들게 된다는 말.

입춘 날 일진에 임자(壬字)가 들면 큰 홍수가 있다 : 입춘(立春) 날 일진에 임자(壬字)가 든 해는 큰 수해로 인하여 농산물의 피해가 크다는 말.

입춘날 일진에 정자(丁字)가 들면 가문다 : 입춘날 일진에 정자(丁字) 든 해는 가뭄으로 인하여 흉년이 들게 된다는 말.

입춘에 동풍이 불면 곡식이 천하다 : 입춘에 동풍이 불면 날씨가 따뜻해져 해동이 일찍 되므로 영농 준비도 빨라져서 풍년이 든다는 말.

입춘에 보리 뿌리가 셋만 되면 풍년 든다 : 입춘인 2월 3일경에 보리 뿌리가 세 개만 되면 다수확을 할 수 있다는 말.

입춘에 오줌독 깬다 : 입춘인 2월 3일경에 늦추위가 호되게 추울 때가 있다는 말.

입춘에 장독 깨진다 : 겨울 추위에도 견딘 장독이 입춘 무렵에 깨지듯이 늦추위가 더 추울 때도 있다는 말.

입춘에 하늘이 맑아야 백 가지 생물이 성한다 : 입춘은 이른 봄이므로 이때부터 하늘도 맑고 날씨도 따뜻해지기 시작해야 만물이 생기를 띠게 된다는 말.

입춘을 거꾸로 붙였나 : 입춘 뒤 날씨가 몹시 추운 경우에 이르는 말. 입춘을 거꾸로 쇤 것 같다.

입춘을 거꾸로 쇤 것 같다 : ⇒ 입춘을 거꾸로 붙였나.

입춘이 지나 눈이 오면 흉년 든다 : 입춘이 지나면 해동기라 비가 오는 것이 정상인데 눈이 오는 것은 이상 기후 현상이므로 흉년이 들 징조라는 말.

입춘 일진에 갑자(甲字)나 을자(乙字)가 들면 풍년진다 : 입춘날 일진에 갑자 또는 을자가 들면 풍년이 든다는 말.

입춘 일진에 병자(丙字)가 들면 크게 가문다 : 입춘 날 일진에 병자가 들면 크게 가문다.

입춘 지나 첫 갑자일에 비가 오면 흉년이 든다 : ⇒ 입춘 지난 첫 갑자일에 비가 오면 백 리 안이 가문다.

입춘 지난 첫 갑자일에 비가 오면 백 리 안이 가문다 : 입춘 지나서 첫 번째 갑자일에 비가 오는 것은 흉년이 들 징조라는 말. 입춘 지나 첫 갑자일에 비가 오면 흉년이 든다.

입춘 추위는 꿔다 해도 한다 : 입춘 무렵의 늦추위는 빠짐없이 꼭 한다는 말.

입춘 추위에 김칫독 얼어 터진다 : 입춘 무렵의 늦추위가 오히려 겨울 추위보다도 더 심할 때가 있다는 말.

입하(立夏) 바람에 씻나락 몰린다 : 옛날 재래종 벼로 이모작을 하던 시절에는 입하 무렵이 못자리를 할 때인데, 이때 바람이 불면 씨나락이 몰리게 되니 이런 때는 못자리 물을 빼서 피해를 방지하라는 말.

입하 일진이 털 있는 짐승 날이면 그해 목화가 풍년 든다 : 입하(5월 6일경) 일진이 털 있는 짐승에 속하는 쥐 · 소 · 호랑이 · 토끼 · 말 · 양 · 원숭이 · 닭 · 개 · 돼지에 해당하는 날이면 그해 목화가 풍년이 든다는 말.

입하 물에 써레 싣고 나온다 : 입하가 다가오면 모심기가 시작되므로 농가에서는 들로 써레를 싣고 나간다는 말.

입하에 물 잡으면 보습에 개똥을 발라 갈아도 안 된다 : 재래종을 심던 시절에는 입하 무렵에 물을 잡으면 근 한 달 동안을 가두어 두기 때문에 비료분의 손실이 많아 농사가 잘 안 된다는 뜻.

잇대어서 자면 사람이 죽는다 : 여럿이 잘 때 한 사람의 발밑에 머리를 두고 일직선상으로 자지 말라는 말.

잇새도 어우르지 않는다 : 어떤 자리에서 말 한마디도 없음을 이르는 말.

있는 것은 모두고 없는 것은 헤프다 : 많이 있으면 오래 견디어 나가는 듯하나 없고 보면 한없이 궁하다는 말.

있을 때 아껴야지 없으면 아낄 것도 없다 : 사람은 흔히 경제적으로 넉넉해지면 낭비하게 되므로 이를 경계하여 이르는 말.

잉어가 뛰니까 망둥이도 뛴다 : ⇒ 숭어가 뛰니까 망둥이도 뛴다.

잉어가 물 위로 뜨면 비가 온다 : ⇒ 물고기가 물 위에서 숨을 쉬면 비가 온다.

잉어국 먹고 용트림 한다 : ⇒ 미꾸라짓국 먹고 용트림한다①.

잉어 낚시에 속절없는 송사리 걸린 셈 북 **:**

① 큰 결과를 바라고 한 일에 보잘것없는 성과밖에 얻지 못한 것을 비유하여 이르는 말. ② 자기와 상관없는 일에 끼어들어 애매하게 화를 입게 된 경우를 비유하여 이르는 말.

잉어 숭어가 오니 물고기라고 송사리도 온다 : ⇒ 숭어가 뛰니까 망둥이도 뛴다.

잎거미도 줄을 쳐야 벌레를 잡는다 : ⇒ 거미도 줄을 쳐야 벌레를 잡는다.

잎은 잎대로 가고 꽃은 꽃대로 간다㈜ **:** 모든 것은 처지나 특성이 비슷한 것끼리 모이게 마련임을 비유하여 이르는 말.

ㅈ

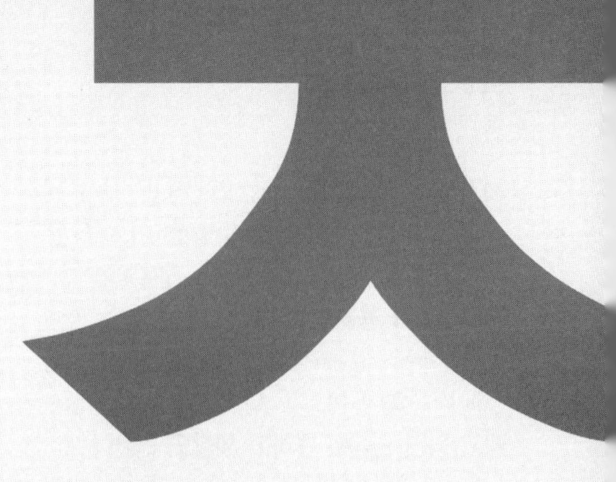

자가사리 끓듯 한다

~

찧는 방아도 손이 나들어야 한다

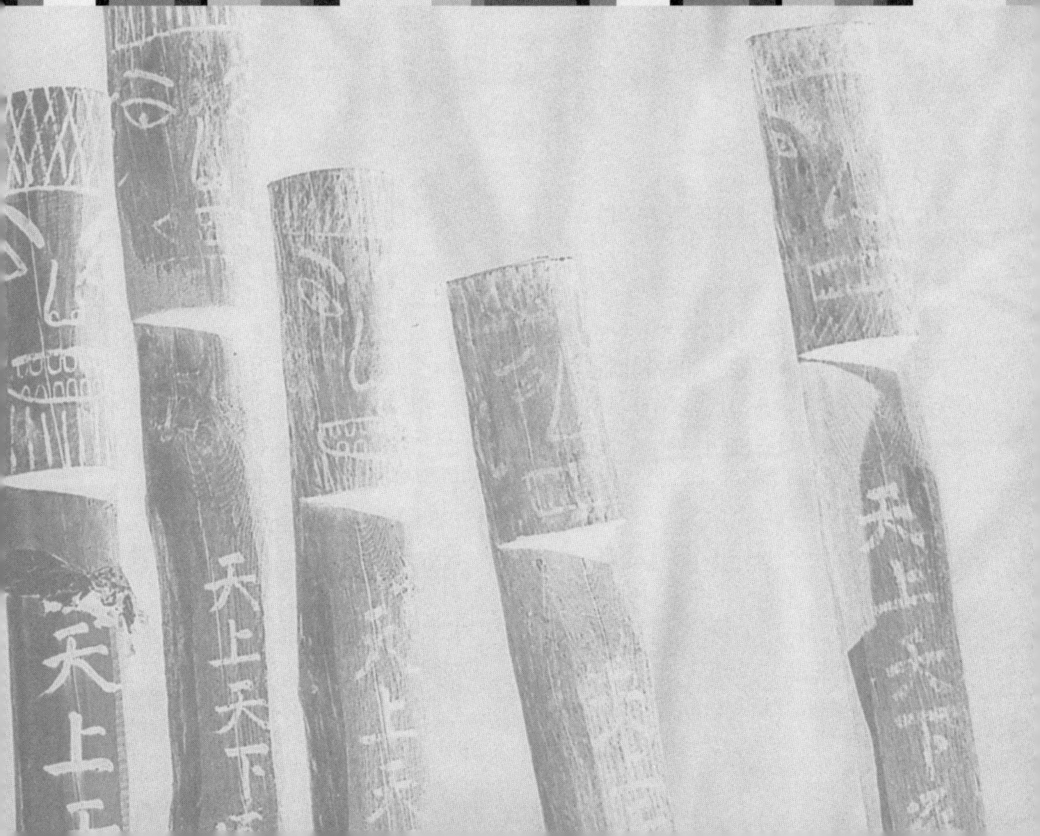

자가사리 끓듯 한다 : 크지도 않은 것이 많이 모여 분주히 떠돌아다님을 이르는 말. *자가사리–동자갯과에 속하는 민물고기.

자가사리가 용을 건드린다 : 힘이 약한 것이 상대할 수 없는 강한 것을 함부로 건드림을 비유하여 이르는 말.

자고 나면 인심도 변하고 세상도 변한다㊀ **:** 이해관계에 따라 사람들의 인심이나 태도가 매우 심하게 바뀜을 이르는 말.

자기가 기쁘면 남들도 기쁜 줄 안다㊀ **:** 남의 사정을 아랑곳하지 아니하고 모든 것을 자기중심적으로만 생각함을 이르는 말.

자기 곡식 큰 것은 모른다〔莫知其苗之碩〕: 곡식은 남의 곡식이 더 잘된 것처럼 보이기 때문에 제 곡식이 남의 곡식보다 잘된 것을 모른다는 말.

자기 늙은 것은 몰라도 남 자라는 것은 안다 : ① 자기 자신은 세월이 지나도 나이를 먹은 것 같지 아니하나, 남이 자라고 늙는 것을 보면 세월이 흐름을 새삼스럽게 단다는 말. ② 자기 결함은 잘 깨닫지 못하면서 남의 흠에는 밝은 경우를 비유하여 이르는 말.

자기 배부르면 남의 배고픈 줄 모른다 : 자기와 환경이나 조건이 다른 사람의 사정을 이해하기가 어려움을 이르는 말.

자기 얼굴(낯)에 침 뱉기 : ⇒ 누워서 침 뱉기.

자기 자식에겐 팥죽 주고 의붓자식에겐 콩죽 준다 : ① 친자식은 사랑하고 의붓자식은 미워함을 콩쥐팥쥐 이야기에 비유하여 이르는 말. ② 자기와의 관계가 멀고 가까움에 따라 차별한다는 말.

자기 집 개가 우연히 나가면 길하다 : 자기 집에서 기른 개가 슬그머니 나간 것은 길조이니 서운하게 여기지 말라는 말.

자는 벌집 건드린다 : 그대로 가만히 두면 아무 탈이 없을 것을 공연히 건드려 문제를 일으킴을 비유하여 이르는 말. 긁어 부스럼. 자는 범(호랑이) 코 찌르기. 자는 범(호랑이) 코침 주기. 자는 범 건드려서 화를 입는다㊀. 자는 범의 코등을 밟다㊀. 자는 호랑이 불침 놓기. 잠자는 범에게 코침 주기㊀. 잠자는 범의 수염을 다친다㊀.

자는 범(호랑이) 코 찌르기 : ⇒ 자는 벌집 건드린다.

자는 범(호랑이) 코침 주기〔宿虎衝鼻〕: ⇒ 자는 벌집 건드린다.

자는 범 건드려서 화를 입는다㊀ **:** ⇒ 자는 벌집 건드린다.

자는 범의 코등을 밟다㊀ **:** ⇒ 자는 벌집 건드린다.

자는 애 몫은 있어도 나간 사람 몫은 없다㊀ **:** 나간 어른에 대해서는 잊기 쉬워도 제 품에서 키우는 아이에 대한 사랑은 지극하여 언제나 마음을 쓰기 마련임을 비유하여 이르는 말.

자는 입에 콩가루 떨어 넣기 : ① 남에게 좋은 일을 하는 듯하나, 실제로는 곤란한 지경에 빠뜨리는 행위를 비유하여 이르는 말. ② 옳지 못한 처사를 두고 이르는 말.

자는 짐승(-을) 잡으면 죄로 간다㊀ **:** ⇒ 자는 짐승은 포수도 쏘아 잡지 않는다㊀.

자는 짐승은 포수도 쏘아 잡지 않는다㊀ **:** 손쉽게 얻을 수 있지만 사람의 인정으로는 차마 그럴 수 없는 경우를 비유하여 이르는 말. 자는 짐승(-을) 잡으면 죄로 간다.

자는 호랑이 불침 놓기 : ⇒ 자는 벌집 건드린다.

자다가 나는 새가 더 멀리 간다㊀ **:** 갑자기 당한 위험에 놀라서 정신없이 하는 행동이 상상할 수 없는 큰 힘을 낸다는 말.

자다가 벼락을 맞는다 : 급작스럽게 뜻하지 아니한 큰 봉변을 당함을 비유하여 이르는 말. 눈 속에서 벼락이 떨어지듯㊀. 자다가 생병 얻는(잃는) 것 같다. 자다가 얻은 병.

자다가 봉창 두드린다 : ⇒ 새벽 봉창 두들긴다①.

자다가 생병 얻는(잃는) 것 같다 : ⇒ 자다가 벼락을 맞는다.

자다가 얻은 병 : ⇒ 자다가 벼락을 맞는다.

자다가 얻은 병이 이각(離却)을 못 한다 : 갑자기 얻은 병이나 화가 쉽게 떨어지지 아니함을 이르는 말. *이각-병이 떨어짐.

자다가 얻은 병인가 졸다가 얻은 병인가 북 **:** 너무나 갑자기 닥친 일이라 무엇이 무엇인지 갈피를 잡지 못함을 비유하여 이르는 말.

자던 아이 가지 따러 갔다 : 아이를 재우려고 아이와 같이 누운 어머니가 잠든 사이에 아이는 잠들지 아니하고 밭에 나가 가지를 땄다는 뜻으로, 아이를 재우려다 어머니가 먼저 잠든 경우를 이르는 말.

자던 아이 깨겠다 : 터무니없는 말은 시끄러우니 그만두라는 말.

자던 입에 콩가루 떨어 넣기 : 적합하지 못한 처사를 두고 이르는 말.

자던 중도 떡 다섯 개 : 일은 아니하고 이익을 나누는 데는 참여함을 이르는 말.

자도 걱정 먹어도 걱정 : 걱정이 많거나 커서 어느 때나 걱정이 끊이지 않음을 비유하여 이르는 말.

자라가 육지로 올라오면 홍수가 진다 : 자라는 큰물이 날 때 육지로 올라오는 습성이 있으므로, 자라가 육지로 올라오는 것은 큰 장마가 들 징조라는 말.

자라나는 초목은 꺾지 않는다 북 **:** 젊은이들의 희망찬 포부를 꺾거나, 전진을 제재하지 말아야 함을 이르는 말.

자라나는 호박에 말뚝 박는다 : 한창 잘되어 가는 것을 훼방을 놓거나 방해하는, 심술 사나운 마음이나 행동을 비유하여 이르는 말. 자라는 호박에 말뚝 박기 북.

자라는 조 홰기 뽑기 북 **:** ⇒ 패는 곡식 이삭 뽑기(빼기). *홰기-벼·갈대·수수 따위의 이삭이 달린 줄기.

자라는 호박에 말뚝 박기 북 **:** ⇒ 자라나는 호박에 말뚝 박는다.

자라목 오므라들듯 : 면구스럽거나 멋쩍어서 목을 움츠림을 형용하여 이르는 말.

자라목이 되었다 : 물건 따위가 수축(收縮)되었음을 이르는 말.

자라 보고 놀란 가슴 소댕(솥뚜껑) 보고 놀란다〔傷弓之鳥, 風聲鶴唳〕: 어떤 사물에 한 번 놀란 사람은 그와 비슷한 사물만 보아도 겁을 낸다는 말. 더위 먹은 소가 달을 보고 피한다 북. 더위 먹은 소 달만 보아도 헐떡인다. 뜨거운 물에 덴 놈 숭늉 보고도 놀란다. 불에 놀란 놈 부지깽이(화젓가락)만 보아도 놀란다. 불에 덴 강아지 반디불에도 끙끙한다 북.

자라 알 바라듯(들여다보듯 · 바라보듯) : 자식이나 재물 따위를 다른 곳에 두고 잊지 못하여 늘 생각하는 경우를 비유하여 이르는 말.

자랑 끝에 불붙는다 : 자랑이 지나치면 그 끝에 무슨 말썽이 생기기 쉽다는 말. 자랑 끝에 쉬슨다.

자랑 끝에 쉬슨다 : ⇒ 자랑 끝에 불붙는다.

자랑쟁이에게 흉(흠)이 더 많다 북 **:** 보통 자기 수양이 부족한 사람이 자기 자랑을 많이 한다는 뜻으로, 자기의 허물도 모르고 자기를 자랑하는 사람을 비꼬아 이르는 말.

자룡(子龍)이 헌 창(槍) 쓰듯 한다 : 물건을 조금도 아끼지 않고 소비함을 이르는 말.

자루를 찢는다 : 하찮은 자루를 두고 다투다가 자루를 찢었다는 뜻으로, 대수롭지 아니한 일을 가지고 서로 다툼을 비유하여 이르는 말. 동냥자루를 찢는다.

자루 베는 칼 없다 : 아무리 잘 드는 칼이라도 제 자루를 베지 못한다는 뜻으로, 자기 일을 자기가 처리할 수 없음을 이르는 말. 식칼이 제 자루를 깎지 못한다.

자루 속에 든 쥐㊀ **:** ① 옴짝달싹 못하고 잡히게 된 처지를 비유하여 이르는 말. ② 남의 손아귀에 완전히 쥐이게 된 처지를 비유하여 이르는 말.

자루 속의 송곳 : 송곳은 자루에 있어도 밖으로 삐져나와 송곳의 위치를 알 수 있다는 뜻으로, 아무리 숨기려 하여도 숨길 수 없고 그 정체가 드러나는 경우를 비유하여 이르는 말.

자막(子莫)의 집중(執中) : 형편에 따라 처치하는 수단을 모름을 비유하여 이르는 말. *자막—춘추전국 시대에 지나치게 중용의 자세만을 지킨 사람.

자발(自發) 없는 귀신은 무랍도 못 얻어먹는다 : 너무 경솔하게 굴면 푸대접을 받아 마땅히 얻어먹을 것도 못 얻어먹음을 이르는 말. *무랍—물밥.

자볼기 맞겠다 : 남편이 잘못한 일이 있어서 자기 아내에게 꾸지람을 듣게 되는 경우를 이르는 말. *자볼기—자로 때리는 볼기.

자비(慈悲)가 짚 벙거지 : 겉으로는 자비로운 체하나 사실은 그렇지 못함을 이르는 말.

자빠져도 코가 깨진다 : 일이 안되려면 하는 모든 일이 잘 안 풀리고 뜻밖의 큰 불행도 생긴다는 말. 공교하기는 마디에 옹이라. 엎어져도 코가 깨지고 자빠져도 코가 깨진다. 재수가 없는 포수는 곰을 잡아도 웅담이 없고 복 없는 봉사는 괘문을 배워 놓으면 개좆부리하는 놈도 없다. 재수 없는 놈은 넘어져도 똥밭에 넘어진다. 재수 없는 놈은 뒤로 자빠져도 코가 깨진다. 재수 없는 포수는 곰을 잡아도 웅담이 없다.

자빠지는 기둥 썩은 새끼로 매기㊀ **:** 아무짝에도 쓸모없고 보람 없는 일을 비유하여 이르는 말.

자빠지면 보지요, 엎어지면 엉덩이다 : 누구나 동일한 처지에 있게 되면 동일하게 된다는 말.

자빠진 김에 쉬어간다㊀ **:** ⇒ 엎어진 김에 쉬어 간다.

자빠진 놈 꼭뒤 찬다 : ⇒ 엎어진 놈 꼭뒤 차기.

자시오 할 땐 마다더니 아가리에 박으라 해야 먹는다 : 좋은 말로 할 때는 듣지 않다가 나중에 말이 거칠어져야 듣는다는 말.

자식 겉 낳지 속은 못 낳는다 : ① ⇒ 부모가 자식을 겉 낳았지 속 낳았나. ② 자식이 좋지 못한 생각을 품어도 그것은 부모의 책임이 아니라는 말.

자식과 그릇은 있으면 쓰고 없으면 못 쓴다㊀ **:** 자식과 그릇은 있으면 있는 대로 쓰고 없으면 없는 대로 지내기 마련이라는 뜻으로, 둘러맞춰 가며 씀을 비유하여 이르는 말.

자식 과년하면 부모가 반중매쟁이 된다 : 혼인할 시기를 놓친 자식을 둔 부모는 자식의 혼인을 위하여 이리저리 분주히 뛰어다니며 직접 짝을 찾게 된다는 말.

자식 기르는 것 배우고 시집가는 계집은 없다 : 무슨 일이나 닥쳐서 해 나가는 동안 그 일을 배우게 된다는 말.

자식 낳아서 장모 준다 : 장가간 자식이 친어머니보다 장모에게 더 잘함을 이르는 말.

자식도 농사와 같다㊀ **:** 농사짓는 일처럼 자식을 키우는 일도 제때에 자식을 낳고, 낳은 후에는 각 시기에 알맞게 돌보는 정성이 필요함을 비유하여 이르는 말.

자식도 많으면 천하다 : 무엇이나 흔하면 귀하게 여기지 않고 관심이 소홀하게 됨을 이르는 말.

자식도 어려서 제 자식이다 : ⇒ 품 안의 자식.

자식도 크면 상전이다 : 자식도 다 성장하면 부모의 잘잘못을 따지기 때문에 부모 노릇을 하기가 힘듦을 이르는 말.

자식도 품 안에 들 때 내 자식이지 : ⇒ 품 안의 자식.

자식 둔 골은 호랑이(범)도 돌아본다 : 짐승도 새끼를 사랑하는 정이 이와 같으니, 사람은 더 말할 나위도 없다는 말. 자식 둔 골에는 호랑이도 두남둔다.

자식 둔 골에는 호랑이도 두남둔다 : ⇒ 자식 둔 골은 호랑이(범)도 돌아본다.

자식 둔 부모 근심 놓을 날 없다 : 자식에 대한 부모의 사랑과 걱정은 끝이 없음을 이르는 말. 자식 둔 부모는 알 둔 새 같다.

자식 둔 부모는 알 둔 새 같다 : ⇒ 자식 둔 부모 근심 놓을 날 없다.

자식 둔 사람은 입찬소리를 못 한다 : 자식을 둔 사람은 자기 자식의 장래를 예측할 수 없기 때문에 남의 자식에 대한 흉을 보아서는 안 된다는 말.

자식들은 평생 부모 앞에 죄짓고 산다 : 자식에 대한 부모의 사랑은 끝이 없고 지극하여 자식들이 그 은혜를 다 갚을 수 없음을 이르는 말.

자식 떼고 돌아서는 어미는 발자국마다 피가 고인다 : 자식을 떼어 버리고 돌아서는 어머니는 걸음마다 피를 쏟으며 걷는다는 뜻으로, 어머니가 자식을 떼어 놓는 일이 매우 괴롭고 고통스러운 일임을 비유적으로 이르는 말.

자식 물려줄 것은 고양이밖에 없다 : 자기 땅 없이 남의 땅만 부치는 영세 농민은 자식에게 물려줄 것이 고양이밖에 없다는 말.

자식 살리는 게 부모 구실에서 제일 큰 구실이다㊊ **:** 아들딸 잘 키워 시집·장가보내는 것이 부모의 가장 중요한 일임을 이르는 말.

자식 수치가 부모 수치다 : 자식이 잘못을 하면 곧 부모에게 그 영향이 오기 때문에 몸가짐을 잘 하라는 말.

자식 없는 것이 상팔자 : ⇒ 무자식이 상팔자.

자식 없는 과부㊊ **:** 마음 붙이고 의지할 곳이 없어 매우 외로운 신세임을 이르는 말.

자식은 겉 낳지 속은 못 낳는다 : ⇒ 부모가 자식을 겉 낳았지 속 낳았나.

자식은 낳기보다 키우기가 더 어렵다 : 부모가 자식을 낳는 일보다 자식을 키우고 훌륭한 사람이 되도록 하는 것이 더 힘들고 어렵다는 말.

자식은 낳은 자랑 말고 키운 자랑 해라 : 자식을 키울 때는 잘 가르치며 길러야 함을 이르는 말.

자식은 내 자식이 커 보이고 벼는 남의 벼가 커 보인다 : 자식은 제 자식이 좋게 보이지만 재물은 남이 가진 것이 더 탐난다는 말. 곡식은 남의 것이 잘되어 보이고 자식은 제 자식이 잘나 보인다. 아이는 제 자식이 잘나 보이고 곡식은 남의 곡식이 잘되어 보인다. 자식은 제 자식이 좋고 곡식은 남의 곡식이 좋다.

자식은 두엄 우에 버섯과 한가지다㊊ **:** 두엄 위에 난 버섯은 많기는 하지만 볼품없고 쓸모없다는 뜻으로, 단지 자식이 많은 것이 자랑은 아님을 이르는 말.

자식은 생물 장사 : ① 마치 과일 장수나 생선 장수가 물건이 썩어서 팔지 못하고 버리게 되는 경우가 있는 것처럼, 자식 중에는 일찍 죽는 아이도 있고 제대로 못 자라는 아이도 있음을 비유하여 이르는 말. ② 생선 장수나 과일 장수가 물건이 썩어 팔지 못하고 버리게 되는 것이 있을까 걱정하는 것처럼 자식으로 인하여 부모가 심하게 속을 썩는 경우를 이르는 말.

자식은 수염이 허얘도 첫걸음마 떼던 어린애

같다㊔ : 부모에게는 자식이 아무리 나이를 많이 먹어도 늘 어린아이처럼 여겨진다는 뜻으로, 자식에 대하여 늘 마음을 놓지 못하고 걱정하는 부모의 심정을 이르는 말. 자식이 여든 살이라도 세 살 적 버릇만 생각난다.

자식은 시집 장가 보내 봐야 안다㊔ : 자식의 부모에 대한 효성은 자식이 출가한 연후에야 비로소 알게 됨을 이르는 말.

자식은 애물이라 : 자식은 언제나 부모에게 걱정만을 끼치는 존재라는 말.

자식은 어머니가 키운다㊔ : 자식을 키우는 데는 아버지보다 어머니의 공이 더 많이 들어감을 이르는 말.

자식은 오복(五福)이 아니라도 이[齒]는 오복에 든다 : 이가 좋은 것이 큰 복이라는 말.

자식은 잘 두면 보배요, 잘못 두면 원수다 : 훌륭한 자식은 부모에게 큰 기쁨이 되지만, 못된 자식은 부모에게 큰 걱정거리가 됨을 이르는 말.

자식은 제 자식이 좋고 곡식은 남의 곡식이 좋다 : ⇒ 자식은 내 자식이 커 보이고 벼는 남의 벼가 커 보인다.

자식은 쪽박에 밤 주워 담 듯하다 : 빈한(貧寒)한 가정에 자식이 많아 좁은 방에 들어앉은 모습이 마치 쪽박에 밤을 담아 둔 것과 같다는 말.

자식을 길러 봐야 부모 은공(사랑·은덕)을 안다 : 부모의 입장이 되어 봐야 비로소 부모님의 사랑을 헤아릴 수 있다는 말.

자식을 낳기보다 부모 되기가 더 어렵다 ㊔ : 자식을 잘 기르고 돌보는 것이 매우 어려운 일임을 비유하여 이르는 말.

자식을 보기에 아버지만 한 눈 없고, 제자를 보기에 선생만 한 눈 없다 : 자식에 관한 것은 부모가, 제자에 관한 것은 선생이 제일 잘 안다는 말.

자식을 보기 전에 어머니를 보랬다 : 자식은 일반적으로 어머니 품에서 자라기 때문에 어머니의 품성을 닮으니, 어머니를 보고 자식을 평가할 수 있음을 이르는 말.

자식을 키우는 데 오만 자루의 품이 든다 ㊔ : 자식을 키우는 데는 부모의 공력이 헤아릴 수 없이 많이 든다는 말.

자식이 부모 사랑 절반만 해도 효자다㊔ : ⇒ 자식이 부모의 맘 반이면 효자 된다㊔.

자식이 부모의 맘 반이면 효자 된다㊔ : 부모에 대한 자식의 사랑보다 자식에 대한 부모의 사랑이 비할 수 없을 정도로 크다는 말. 자식이 부모 사랑 절반만 해도 효자다㊔.

자식이 여든 살이라도 세 살 적 버릇만 생각난다 : ⇒ 자식은 수염이 허얘도 첫걸음마 떼던 어린애 같다.

자식이 자라면 상전 된다 : ① 제 자식이라도 다 자란 다음에는 어거(馭車)하기 힘들다는 말. ② 여자가 늙어서 과부가 되면 자식에게 매여 살게 마련이라는 말.

자식 있는 사람은 울어도 자식 없는 사람은 울지 않는다 : 자식이 있는 사람은 그 자식 걱정 때문에 우는 일이 생기지만, 자식이 없는 사람은 자식으로 인하여 울 일이 없다는 말이니, 무자식이 상팔자일 수 있음을 이르는 말.

자식 자랑은 말아도 농사 잘된 자랑은 하랬다 : 자식 자랑하는 것은 수치스러운 일이지만, 농사 잘된 것은 얼마든지 자랑해도 된다는 말.

자식 잘못 기르면 호랑이만 못하다㊔ : 자식을 올바르게 기르지 못하면 큰 후환을 입게 됨을 이르는 말.

자식 적은 사람은 근심도 적다㊔ : 자식이 많을수록 걱정도 많음을 이르는 말.

자식 죽는 건 봐도 곡식 타는 건 못 본다 : 농부들이 농사일에 온 정성을 다함을 이

르는 말.

자식 추기 반 미친 놈, 계집 추기 온 미친 놈 : ⇒ 온통으로 생긴 놈 계집 자랑, 반편으로 생긴 놈 자식 자랑.

자(尺)에도 모자랄 적이 있고 치(寸)에도 넉넉할 적이 있다 : ① 양의 과부족(過不足)은 다소간에 있을 수 있다는 말. ② 일에 따라서 잘난 사람도 못할 수가 있고 못난 사람도 잘할 수가 있음을 비유하여 이르는 말.

자웅(雌雄)을 겨룬다 : 승부를 가린다는 말. 자웅을 결한다.

자웅을 결(決)한다 : ⇒ 자웅을 겨룬다.

자인장(場) 바소쿠리 : 자인(慈仁) 장터에서 파는 소쿠리가 몹시 큰 데서 유래된 말로, ① 입이 큰 사람을 놀리는 말. ② 크기가 큰 물건을 일컫는 말. *자인—지명.

자주꼴뚜기를 진장(-醬) 발라 구운 듯하다 : 피부가 검은 사람을 놀림조로 이르는 말. *자주꼴뚜기—살빛이 검붉은 사람을 놀림조로 이르는 말. 오동 숟가락에 가물칫국을 먹었나.

작게 먹고 가는 똥 누어라(싸지) : ⇒ 작작 먹고 가는 똥 누어라.

작년에 고인 눈물 금년에 떨어진다 : ⇒ 단술 먹은 여드레 만에 취한다.

작년에 왔던 각설이 또 찾아왔다 : 반갑지 아니한 사람이 다시 찾아왔음을 비유하여 이르는 말.

작년이 옛날이다[북] **:** 세상이 변하고 발전하는 속도가 무척 빠름을 비유하여 이르는 말.

작년 추석에 먹었던 오려(오례) 송편이 나온다 : 다른 사람의 아니꼬운 행동에 속이 뒤집힐 것처럼 비위가 상함을 비유하여 이르는 말. *오려—'올벼(제철보다 일찍 여무는 벼)'의 옛말. 전년 추석에 먹은 오려 송편이 되올라온다[북].

작두날에 올라서겠다[북] **:** 올라섰다가는 당장 발을 베일 작두날에조차도 당장 올라설 것 같다는 뜻으로, 성미가 날카롭고 결단성이 있음을 비유하여 이르는 말.

작두로 이마를 밀어 달라는 격[북] **:** 너무나 격에 맞지 아니하고 어처구니없는 요구를 하는 경우를 비유하여 이르는 말.

작두 밑에 목을 들이미는 격[북] **:** 매우 어리석고 위험한 행동을 하는 경우를 비유하여 이르는 말.

작사도방(作舍道傍)에 삼년불성(三年不成) : 길가에 집을 지을 때 왕래하는 사람들의 의견이 많아서 결정이 내려지지 않는 것과 같이, 어떤 이론(異論)이 많아서 얼른 결정하지 못함을 이르는 말.

작아도 대추, 커도 소반 : 작아도 큰 대(大)자의 대추라 부르고, 커도 작을 소(小) 자의 소반이라 부른다는 언어유희(言語遊戱)로 하는 말.

작아도 콩 싸라기, 커도 콩 싸라기 : 별 차이 없이 거의 비슷함을 이르는 말.

작아도 큰아주머니[북] **:** ① 몸집은 작으나 항렬이 위인 아주머니를 이르는 말. ② 몸집은 작아도 통이 크고 너그러운 아주머니를 이르는 말.

작아도 하동(河東) 애기 : 아무리 키는 작아도 하동 사람은 쓸모가 있다는 말.

작아도 후추알(고추알) : ⇒ 작은 고추가 더 맵다.

작은 것부터 큰 것이 이루어진다 : 아무리 큰 일이라도 시작은 작은 것임을 이르는 말.

작은 고추가 더 맵다 : 작은 사람이 큰 사람보다 더 뛰어나거나 야멸참을 두고 이르는 말. 고추는 작아도 맵다. 고추보다 후추가 더 맵다①. 대국 고추는 작아도 맵다. 작아도 후추알(고추알). 작은 새 울음이 크다[북]. 작은 탕관이 이내 뜨거워진다. 후추는 작아도 맵다. 후추는 작아도 진상에만 간다.

작은 나무는 큰 나무 덕을 못 입어도 사람은 큰집 덕을 입는다 : ① 작은 나무는 큰 나무의 그늘에 가려 잘 자라지 못하지만 사람은 형제간에 아랫사람이 윗사람의 돌봄을 받으며 살아갈 수 있음을 비유하여 이르는 말. ② 권세나 재물이 있는 사람과 관계를 맺으면 그로 인한 혜택이 있을 수 있음을 비유하여 이르는 말.

작은댁네 하품은 큰댁네한테는 옮지 않는다 : 하품은 본디 쉽게 옮겨지는 법인데도 옮겨지지 아니한다는 뜻으로, 본처와 첩 사이의 관계가 매우 좋지 않음을 이르는 말.

작은 도끼도 연달아 치면 큰 나무를 눕힌다 : 작은 힘으로도 열심히 노력하면 큰일을 이룰 수 있음을 비유하여 이르는 말. 작은 도끼로 아름드리나무를 찍어 눕힌다[북].

작은 도끼로 아름드리나무를 찍어 눕힌다 [북] : ⇒ 작은 도끼도 연달아 치면 큰 나무를 눕힌다.

작은며느리 보고 나서 큰며느리 무던한 줄 안다 : 먼저 있던 사람의 좋은 점은 나중에 온 사람을 겪어 보아야 비로소 알게 됨을 이르는 말. 둘째 며느리 삼아 보아야 맏며느리 착한 줄 안다.

작은 부스럼 고치다가 생사람 잡는다[북] : 작고 하찮다고 일을 서투르게 다루다가 큰 화를 입게 되는 경우를 비유하여 이르는 말.

작은 부자는 노력이 만들고 큰 부자는 하늘이 만든다 : 돈을 버는 데에는 노력이 필요하지만 인간의 노력에는 한계가 있다는 말.

작은 불이 온 산을 태운다[북] : 작고 하찮게 여겼던 것이 크고 무서운 결과를 가져옴을 비유하여 이르는 말.

작은 산이 큰 산을 가리운다[북] : ① 작고 미약한 힘이라도 조건이 갖추어지면 능히 큰 힘을 능가할 수 있음을 비유적으로 이르는 말. ② 작고 하찮은 존재가 주제넘게 크고 중요한 존재를 압도하려는 경우를 비유하여 이르는 말.

작은 새 울음이 크다[북] : ⇒ 작은 고추가 더 맵다.

작은아비 제삿날 지내듯 : ⇒ 처삼촌 뫼에 벌초하듯.

작은 일이 끝 못 맺는다 : 일이 작아서 시시하게 여겨 힘써 하지 않아 결국 흐지부지되어 버림을 이르는 말.

작은 절에 고양이(괴)가 두 마리 : ① 격에 맞지 아니하게 쓸모없는 것이 많은 경우를 비유하여 이르는 말. ② 가난하고 궁한데다가 식구 수가 많아 누구 하나 마음껏 먹거나 가지지 못함을 비유하여 이르는 말.

작은집 다니듯 한다[북] : 몹시 출입이 잦음을 비유적으로 이르는 말.

작은 탕관(湯罐)이 이내 뜨거워진다 : ⇒ 작은 고추가 더 맵다.

작작 먹고 가는 똥 누어라 : 자기 분수에 알맞게 편안하게 생활하라는 말. 몽글게 먹고 가늘게 싼다. 작게 먹고 가는 똥 누어라(싸지). 작작 먹고 가늘게 싸라.

작작 먹고 가늘게 싸라 : ⇒ 작작 먹고 가는 똥 누어라.

잔 고기 가시가 세다 : 고기는 작은데 가시는 세서 먹기가 여간 성가시지 않다는 뜻으로, 몸집은 작으나 속은 야무지고 단단함을 이르는 말.

잔나비 궁둥짝(상판) 같다[북] : 얼굴이 보기 흉하게 울긋불긋한 모양을 비유하여 이르는 말.

잔나비 담배 먹듯[북] : ⇒ 잔나비 밥 짓듯[북]②.

잔나비도 나무에서 떨어진다[북] : ⇒ 원숭이도 나무에서 떨어진다.

잔나비 밥 짓듯 : ① 조심성 없이 경솔하게

행동하는 경우를 비유하여 이르는 말. ② 북 실상도 모르면서 남의 흉내만 내는 경우를 비유하여 이르는 말. 잔나비 담배 먹듯.

잔나비 잔치다 : 모방하여 한 일이 모양을 갖추지 못함을 이르는 말.

잔나비 흉내 내듯 : ⇒ 원숭이 흉내(입내) 내듯 북.

잔디가 푸르기 전에 비가 많이 와야 생수가 터진다 : 이른 봄에 해동 비가 많이 와야 수근(水根)이 터진다는 말.

잔디밭에서 바늘 찾기 : ① 아무리 애쓰며 수고해도 찾을 수 없는 경우를 비유하여 이르는 말. ② 성과 없는 헛수고를 이르는 말. 검불밭에서 수은 찾기. 검불 속에서 바늘 찾기. 솔밭에서 바늘 찾기 북.

잔 바늘 쑤시듯 : 무엇이나 착살맞게 들쑤시기를 잘 함을 비유하여 이르는 말.

잔병에 효자 없다 : 늘 잔병을 앓고 있는 사람의 자식은 효도하기가 쉽지 않음을 이르는 말.

잔생이 보배라 : 지지리 못난 체하는 것이 오히려 해를 덜 입게 되어 처세에 이롭다는 말.

잔솔밭에서 바늘 찾기다 : ⇒ 잔디밭에서 바늘 찾기.

잔인한 범도 제 새끼는 잡아먹지 않는다 : 아무리 권세나 지위가 높아도 아랫사람을 해롭게 해서는 안 됨을 비유하여 이르는 말.

잔잔한 물에 고기가 모인다 : 평안한 환경이라야 살기가 좋다는 말.

잔(盞) 잡은 팔 밖으로 펴지 못한다 : ⇒ 팔이 들이굽지(안으로 굽지) 내굽나(밖으로 굽나).

잔 잡은 팔이 안으로 굽는다 : ⇒ 팔이 들이굽지(안으로 굽지) 내굽나(밖으로 굽나).

잔치날 다가오듯 북 : 어떤 일을 해야 할 시각이 빠르고 급하게 다가옴을 비유하여 이르는 말.

잔치날 맏며느리 앓아 눕는다 북 : ⇒ 제사날 맏며느리 앓아 눕는다 북.

잔치날 신랑의 길은 임금님 행차도 막지 못한다 북 : 혼인날은 누구에게도 방해받아서는 안 될 경사스러운 날임을 이르는 말.

잔치날 신부를 가마에 태워 놓고 버선이 없다 한다 북 : 큰일을 치르면서도 그에 걸맞은 준비나 마련이 부족함을 비난조로 이르는 말.

잔치날에 큰상 받는 기분 북 : 대단히 기쁘고 흡족함을 비유하여 이르는 말.

잔치는 잘 먹은 놈 잘 차렸다 하고 못 먹은 놈 못 차렸다 한다 북 : 어떤 일이나 사물에 대한 평가는 자기의 경험을 바탕으로 하게 됨을 이르는 말.

잔치 보러 왔다가 초상 본다 북 : 기쁜 일 뒤에 뜻밖의 안 좋은 일을 만나게 됨을 이르는 말.

잔치엔 먹으러 가고 장사엔 보러 간다 : 축하하여야 할 혼인 잔칫집에는 먹는 데만 신경을 쓰고, 위로하며 일을 도와주어야 할 초상집에서는 구경만 하는 야박한 인심을 한탄하는 말.

잔칫집에는 같이 가지 못하겠다 : 남의 결점을 잘 들추어내는 사람을 두고 이르는 말.

잘 걷던 놈도 말만 보면 타고 가련다 북 : 자기 힘만으로 할 수 있는 일도 어떤 유리한 조건이 만들어지면 그것에 의지하고 자신의 힘을 쓰지 아니하려 함을 이르는 말.

잘 나가다(가다가) 삼천포(三千浦)로 빠진다 : 진주로 가야 하는데 길을 잘못 들어 삼천포로 가게 되었다는 데서 유래된 말로, 어떤 일이나 이야기 따위가 도중에 엉뚱한 방향으로 진행됨을 비유하여 이르는 말.

잘난 사람이 있어야 못난 사람이 있다 : 선과 악, 좋은 점과 나쁜 점 따위는 비교가 되어야 뚜렷하게 나타난다는 말.

잘되는 놈은 엎어져도 떡함지라북 : 일이 잘 풀리는 사람은 어떤 경우에도 잘된다는 말. 일이 잘될 땐 넘어져도 떡함지에 엎어진다북.

잘되는 밥 가마에 재를 넣는다 : ⇒ 다 된 죽에 코 풀기②.

잘되는 집은 가지나무에 수박이 달(열)린다 : 잘되어 가는 집안은 뜻하지 않은 모든 일까지 다 잘 이루어진다는 말. 잘되는 집은 나무에 수박이 달린다.

잘되는 집은 나무에 수박이 달린다북 : ⇒ 잘되는 집은 가지나무에 수박이 달린다.

잘되면 제 탓(복), 못되면 조상(남) 탓 : 무엇이든 잘되면 제 공으로 돌리고 잘못되면 남의 탓으로 돌리는 인정세태를 이르는 말. 못되면 조상 탓 잘되면 제 탓. 못살면 터 탓. 안되면 조상(산소) 탓.

잘되면 충신, 못되면 역적이라 : ⇒ 이기면 충신(-이요), 지면(패하면) 역적(-이라).

잘 먹고 못 먹는 건 사람 나름북 : 똑같은 조건에서도 조직 생활을 어떻게 하느냐에 따라 생활수준이 달라질 수 있음을 비유하여 이르는 말.

잘 먹고 잘 입어 못난 놈 없다 : 사람이 아무리 못났더라도 잘 입고 잘 먹으면 덩달아 좋아 보이기 마련이란 뜻으로, 생활 형편이나 차림새를 가지고 사람을 평가하는 것은 옳지 못함을 이르는 말.

잘 먹은 놈 껄껄하고 못 먹은 놈 툴툴한다북 : 사람이 이해관계에 따라 다른 반응을 보임을 이르는 말.

잘 먹자던 떡이 구정물로 간다북 : ① 잘 하여 이익을 얻고자 하였던 일이 잘못되어 망쳐진 것을 비유하여 이르는 말. ② 잘 활용하려고 아끼던 것이 나중에 못 쓰게 됨을 이르는 말.

잘못한 것 없이도 사과나무북 : 사과나무의 '사과'를 '사과(謝過)'에 빗대어 이르는 말로, 잘못 없이 애매하게 사죄하는 경우를 이르는 말.

잘살고 못사는 것은 다 제 탓이다 : 모든 삶은 자기 스스로가 할 나름임을 이르는 말.

잘 싸우는 장수에게는 내버릴 병사가 없고, 글 잘 쓰는 사람에게는 내버릴 글자가 없다북 : ① 재주가 있고 잘 다룰 줄 아는 사람은 무엇이든지 유용하게 쓴다는 말. ② 무엇이든지 이용할 수 있는 방도를 모색하면 유효적절하게 쓸 수 있다는 말.

잘 안되는 사람은 이불 거죽을 다려도 주름이 간다북 : ⇒ 안되는 놈은 뒤로 자빠져도(넘어져도) 코가 깨진다.

잘 익은 벼 이삭일수록 더 깊이 내리 숙인다북 : ⇒ 벼 이삭은 익을수록 고개를 숙인다.

잘 입은 거지는 얻어먹어도 못 입은 거지는 얻어먹지도 못한다북 : ⇒ 입은 거지는 얻어먹어도 벗은 거지는 못 얻어먹는다.

잘 자랄 나무는 떡잎부터 안다(알아본다) : 잘될 사람은 어려서부터 남달리 장래성이 엿보인다는 말. 곡식 될 것은 떡잎부터 알아본다. 나무 될 것은 떡잎 때부터 알아본다. 대부등 감은 자랄 때부터 다르다북. 될성부른 나무는 떡잎부터 알아본다. 열매 될 꽃은 첫 삼월부터 안다. 용 될 고기는 모이 철부터 안다. 푸성귀는 떡잎부터 알고 사람은 어렸을 때부터 안다.

잘 짖는다고 좋은 개가 아니고, 말 잘한다고 현인이 아니다북 : 개에 대한 평가가 짖는 것에 달린 것이 아니듯, 사람에 대한 평가도 말에 의해서만 할 수 없음을 이르는 말.

잘피가 무성한 해는 해태(海苔)도 잘된다 : 김과 잘피는 똑같이 영양염(營養鹽)이 많으면 잘되고 적으면 잘 안되므로, 한 가지만 보아도 다 알 수 있다는 말. * 잘피-열대성 해양식물.

잘한다 잘한다 하니까 지게 지고 방으로 들

어간다 : 어떤 일을 잘한다고 하니까 너무 우쭐해서 아무 곳에서나 무작정 계속함을 이르는 말.

잘해도 한 꾸중 못해도 한 꾸중 : ① 일을 잘하고 못하고를 떠나 결점을 캐내려고 하면 언제든지 찾아낼 수 있음을 이르는 말. ② 일을 잘하고 못하고와 관계없이 덮어놓고 꾸중하는 경우를 비유하여 이르는 말.

잘 헤는 놈 빠져 죽고 잘 오르는 놈 떨어져 죽는다〔善游者溺 善騎者墮〕 : ⇒ 나무에 잘 오르는 놈이 떨어져 죽고, 헤엄 잘 치는 놈이 빠져 죽는다.

잠결에 남의 다리 긁는다 : ⇒ 남의 다리 긁는다.

잠꾸러기 집은 잠꾸러기만 모인다〔類類相從〕 : 어떤 집단이든 비슷한 유형의 사람이 모이게 마련임을 이르는 말.

잠도 자야 꿈을 꾸고 꿈을 꿔야 임을 만난다 [북] : ⇒ 하늘을 보아야 별을 따지①.

잠방이에 대님 치듯 한다 : 군색한 일을 당하여 몹시 켕긴다는 말.

잠은 같이 자도 꿈은 다른 꿈을 꾼다 : ⇒ 같은 자리에서 서로 딴 꿈을 꾼다.

잠을 자야 꿈을 꾸지 : ⇒ 하늘을 보아야 별을 따지①.

잠이 보약이다 : 건강을 지키는 데 있어서 잠이 그만큼 중요함을 비유하여 이르는 말.

잠자고 나서 문안하기 [북] : ① 남의 집에 들면 마땅히 인사를 먼저 해야 도리인데 하룻밤 자고 나서야 문안을 드린다는 뜻이니, 순서에 맞지 않은 일 처리를 이르는 말. ② 영문도 모른 채 일을 하고 나서야 영문을 물어보는 어리석음을 이르는 말.

잠자고 난 누에 같다 [북] : 먹성이 좋아 잘 먹는 것을 비유하여 이르는 말.

잠자는 범에게 코침 주기 [북] : ⇒ 자는 벌집 건드린다.

잠자는 범의 수염을 다친다 [북] : ⇒ 자는 벌집 건드린다.

잠자리가 떼 지어 날면 바람이 분다 : 잠자리는 기압 변화에 예민하기 때문에 떼 지어 날아다니게 되면 바람이 불 징조라는 말.

잠자리 날개 같다 : 천 따위가 속이 비칠 만큼 매우 얇고 고움을 비유하여 이르는 말.

잠자리(-의) 눈곱 [북] : 극히 적은 분량을 비유하여 이르는 말.

잠자리는 칠성판(-이다) [북] : 잠자리에 드는 것이 칠성판을 지고 관 속에 드는 것과 같다는 뜻으로, 늘 죽음의 위협을 받아 언제 죽을지 모르는 상황 속에서 사는 비참한 신세를 비유하여 이르는 말.

잠자리 부접대듯(附接-) 한다 : ① 일을 할 때 오래 지속하지 못함을 비유하여 이르는 말. ② 붙었다가 금방 떨어짐을 비유하여 이르는 말. * 부접대다 – 여기저기 옮겨 붙다.

잠자리 불알 대기〔蜻蜓接囊〕 : ⇒ 고려공사는 사흘(삼일).

잠자코 있는 것이 무식을 면한다 : 아무 말도 하지 않고 가만히 있으면 자기의 무식이 드러날 리 없으므로 어떤 일에 함부로 나서지 말고 가만히 있는 것이 상책이라는 말.

잡목에 과일나무 접을 붙인다 : 신분을 초월한 결혼을 이르는 말.

잡으라는 쥐는 안 잡고 씨암탉만 문다 [북] : 해야 할 일은 하지 않고 도리어 큰 손해만 입힘을 비유하여 이르는 말.

잡으라는 처녀는 놓치고 옆집 색시만 넘본다 [북] : 자신의 처지에 걸맞지 않는 행동을 함을 비유하여 이르는 말.

잡은 꿩 놓아주고 나는 꿩 잡자 한다 : 객쩍게 어리석은 행동을 하여 헛수고만 하고 손해를 보았음을 비유하여 이르는 말.

잡은 날 다가오듯㊀ : 어떤 일을 해야 할 시각이 실제보다 아주 빠르고 급하게 다가오는 느낌을 비유하여 이르는 말.

잣〔尺〕눈도 모르고 조복(朝服)을 마른다 : ⇒ 맥도 모르고 침통 흔든다.

장가가 석 달 같으면 살림 못 할 사람 없다 ㊀ : ⇒ 시집가(-서)석 달, 장가가(-서) 석 달 같으면 살림 못할 사람 없다.

장가는 얕이 들고 시집은 높이 가렸다 : 아내는 가난하나 가르침이 있는 집 여자를 택함이 좋고, 남편감은 가문 있는 배운 집 자식이 좋다는 말.

장가들러 가는 놈이 불알 떼어 놓고 간다 : 어떤 일을 할 때 가장 요긴한 것을 잊거나 빠뜨렸음을 이르는 말. 혼인집에서 신랑 잃어버렸다.

장가를 들어야 아이를 낳는다㊀ : ① 일정한 결과를 얻으려면 그에 맞는 순서를 밟아야 한다는 말. ② 원인 없이 결과를 바랄 수 없다는 말.

장가를 세 번 가면 불 끄는 걸 잊어버린다 : 장가를 몇 번 들면 좋아서 첫날 밤 불 끄는 것조차 잊어버린다는 말.

장(場) 가운데 중〔僧〕 찾기 : 아주 찾기 쉬운 경우를 이르는 말.

장거리에서 수염 난 건 모두 네 할아비냐 : 무엇이든 비슷하면 덮어놓고 제 것이라고 하는 사람을 비꼬아 이르는 말. 감장강아지라면 다 제집 강아지인가. 장마당에 수염 난 령감은 다 너의 할아버지더냐㊀.

장구 깨진 무당 같다 : 흥이 식어 기운 없이 우울해 있는 사람을 두고 이르는 말.

장구를 쳐야 춤을 추지 : ① 곁에서 북돋우며 거들어야 일을 더 잘하게 된다는 말. ② ㊀ 어떤 일을 하는 데는 그 일에 필요한 환경이나 조건이 갖추어져야 한다는 말.

장구 치고 북 치고 모내기한 집 가을 할 것 없다 : 모내기할 때 흥청망청 함부로 심은 논은 수확이 크게 감소되므로 모심기는 정성을 들여 하라는 말.

장구 치는 사람 따로 있고 고개 까닥이는 사람 따로 있나 : 자기 혼자 할 수 있는 일을 아무 상관 없는 사람에게 나누어 하자고 할 때에 이를 반박하여 이르는 말.

장군 멍군 : ⇒ 멍군 장군

장군하면 멍군한다㊀ : ① 상대편의 공격을 적절한 시기에 잘 막는 경우를 비유적으로 이르는 말. ② 양편이 화답을 잘하는 경우를 비유하여 이르는 말.

장기짝 맞듯 : 영락없이 꼭 들어맞는 경우를 비유하여 이르는 말.

장기쪽 옮기듯㊀ : 무엇을 자기 마음대로 이리저리 옮기는 경우를 비유하여 이르는 말.

장꾼보다 풍각쟁이(엿장수)가 많다 : ⇒ 장꾼은 하나인데 풍각쟁이는 열둘이라.

장꾼은 하나인데 풍각쟁이는 열둘이라 : ① 여러 사람이 모여들어서 저마다 적당한 구실을 붙여 한 사람으로부터 돈이나 물건을 받아갈 때 쓰는 말. ② 정작 중요한 사람보다도 곁다리나 구경꾼이 더 많다는 말. 장꾼보다 풍각쟁이(엿장수)가 더 많다.

장나무에 낫걸이 : ⇒ 참나무에 곁낫걸이.

장난 끝에 살인난다 : 장난삼아 한 일이 큰 사고를 일으키기도 함을 이르는 말.

장난을 하는 것은 과부 집 수코양이 : 과부 집 수코양이가 장난하는 소리에 과부가 공연히 의심받는다는 뜻으로, 아무 근거도 없는 일을 떠들어 말썽거리가 되게 한다는 말.

장난이 아이 된다 : 대수롭지 않게 시작한 일이 결말을 짓게 됨을 이르는 말.

장날이 맏아들보다 낫다㊀ : 많은 것을 구할 수 있는 장날이 아들의 손을 빌려 무언가를 얻는 것보다 나음을 이르는 말.

장(醬) 내고 소금 낸다 : ⇒ 감 내고 배 낸다.

장님 개천 나무란다 : ⇒ 소경 개천 나무란다.

장님 덧막대기 젓듯북 : ⇒ 장님 막대질하듯.

장님 등불 쳐다보듯 : ⇒ 봉사 단청 구경②.

장님 떡자루부터 잡고 있듯북 : 어리숙한 사람이 잇속에는 밝아 자기에게 이익이 되는 것을 놓지 아니함을 이르는 말.

장님 막대질하듯 : 정확히 알지 못하면서 어림짐작으로 일을 함을 비유하여 이르는 말. 장님 덧막대기 젓듯북. 장님 칼부림하듯북.

장님 문고리 잡기 : ⇒ 봉사 문고리 잡기.

장님 북자루 쥐듯북 : 장님이 한번 놓치면 쉽게 찾을 수 없기에 북자루를 힘껏 쥔다는 뜻으로, 꼭 쥐고 놓지 아니함을 비유하여 이르는 말.

장님 사또 구경북 : ⇒ 봉사 단청 구경②.

장님 손 보듯 한다북 : 아무 친절미가 없음을 가리키는 말.

장님에게 눈으로 가리키고 벙어리에게 속삭인다 : 각각의 일에 합당한 방도를 찾지 못하고 어리석게 행동하여 번번이 실패함을 이르는 말.

장님 은빛 보기다 : ⇒ 봉사 단청 구경②.

장님이 귀머거리 나무란다북 : 자신과 비슷한 처지의 상대편이 하는 일을 불만스럽게 여김을 비꼬아 이르는 말.

장님이 넘어지면 막대 치탈한다북 : ⇒ 장님이 넘어지면 지팡이 나쁘다 한다.

장님이 넘어지면 지팡이 나쁘다 한다 : 자기 잘못으로 그르친 일을 공연히 남의 탓으로 돌리는 경우를 비유하여 이르는 말. 장님이 넘어지면 막대 치탈한다북.

장님이 눈먼 말을 타고 밤중에 물에 들어선다북 : ① 점점 헤어나기 어려운 불리한 상황으로 뛰어드는 경우를 비유하여 이르는 말. ② 능력도 없고 아무런 준비도 없이 마구 위험 속으로 뛰어드는 경우를 비유하여 이르는 말.

장님이 더듬어 봐도 알 노릇 : 너무나 뻔하고 분명하여 누구나 쉽게 짐작으로도 알 수 있다는 말.

장님이 문(門) 바로 들어갔다 : 재주나 학식이 없는 사람이 어떤 일을 우연히 성취하는 경우를 비유하여 이르는 말.

장님이 사람 친다 : 뜻밖의 사람이 뜻밖의 짓을 할 때 이르는 말.

장님이 셋이면 편지를 본다 : ⇒ 소경이 셋이 모이면 못 보는 편지를 뜯어본다북.

장님이 외나무다리 건너듯 : ① 언제 어떻게 될지 예상할 수 없는 상태를 이르는 말. ② 북 해내기 어렵다고 생각한 난관을 잘 헤쳐 나감을 비유하여 이르는 말.

장님이 잔치 구경 간 격북 : ① 보기는 하였지만 내용은 도무지 알지 못하여, 결국 하나 마나 하게 됨을 비유하여 이르는 말. ② 모처럼 마련된 자리에 참가하여서도 능력이 없는 탓으로 함께 어울리지 못하고 이리저리 밀리면서 외따로 겉돎을 비유하여 이르는 말.

장님이 장님을 인도한다 : 자기 앞가림도 못하는 주제에 분에 넘치게 남의 일까지 하여 주려고 나섬을 비유하여 이르는 말.

장님이 집골목을 틀리지 않는다 : 무슨 일이든지 익숙해지면 실수 없이 해낸다는 말.

장님 잠자나 마나 : ⇒ 소경 잠자나 마나.

장님 제 닭 잡아먹듯 : ⇒ 소경 제 닭 잡아먹기.

장님 징검다리 건느듯북 : 분명히 알지 못하여 겨우겨우 더듬어 나아가는 경우를 비유하여 이르는 말.

장님 칼부림하듯북 : ⇒ 장님 막대질하듯.

장님 코끼리 만지는 격 : ⇒ 장님 코끼리 말하듯 한다.

장님 코끼리 말하듯 한다〔盲人模象〕 : ① 어

리석은 사람이 큰일에 관하여 말함을 비웃어 이르는 말. ② 일부분만을 보고 곧 그것이 전체인 것처럼 말하는 인식 부족을 두고 이르는 말. ③ 사람들이 자기가 아는 지식이나 생각만을 주장함을 이르는 말. 장님 코끼리 만지는 격.

장님 파밭 들어가듯(매듯) : ① 무엇인지도 모르고 한 일이 그만 일을 망쳐 버리는 경우를 비유하여 이르는 말. ② 어림으로 대강 짐작하는 것도 없이 마구 찾아 헤매는 경우를 비유하여 이르는 말.

장다리가 잘되면 농사도 잘된다 : 봄철 채소 장다리가 잘되는 것은 비가 와서 수분도 넉넉하고 날씨도 따뜻해서이므로, 이런 환경에서는 일반 곡식도 발육이 좋다는 말.

장(醬) 단 집에는 가도 말 단 집에는 가지 말라 : 실속 없이 말로만 친절한 체하는 집안과는 상종을 하지 말라는 말.

장닭이 울어야 날이 새지 : 집안에서 일을 처리하는 데는 남편이 주장이 되어야 해결이 된다는 말.

장대로 별 따기 : ⇒ 장대로 하늘 재기.

장대로 하늘 재기 : 끝없이 높은 하늘의 높이를 장대를 가지고 재려 한다는 뜻으로, 가능성이 전혀 없는 미련한 짓을 함을 이르는 말. 손가락으로 하늘 찌르기. 장대로 별 따기.

장독과 어린애는 얼지 않는다 : 아이와 장독은 어지간한 추위에는 잘 견딤을 이르는 말. 아이와 장독은 얼지 않는다. 어린애와 장독은 얼지 않는다.

장독보다 장맛이 좋다 : ⇒ 뚝배기보다 장맛이 좋다.

장돌뱅이 사촌(북) **:** 입을 잠시도 다물지 못하고 줄곧 지껄이는 사람을 이르는 말.

장마가 길면 고추는 금고추 된다 : 고추는 건초(乾草)이기 때문에 장마가 지면 흉작이 되므로 장마가 든 해는 고추 값이 폭등한다는 말.

장마가 길면 목화 흉년 든다 : 목화는 건조한 토양에서 잘되는 식물이므로 장마가 길어지면 흉년이 든다는 말.

장마가 길면 삼〔麻〕 농사는 풍년 든다 : 삼은 수분을 많이 흡수하는 식물이므로 장마가 져야 풍년이 든다는 말.

장마가 길면 종성(鐘城) 처녀들은 남모르게 눈물 흘린다 : ⇒ 삼복에 비가 오면 보은 처자가 울겠다.

장마가 길면 청산(靑山) 보은(報恩) 색시는 들창 열고 눈물 흘린다 : ⇒ 삼복에 비가 오면 보은 처자가 울겠다.

장마가 길어지면 청산 보은 종성 처녀들이 남모르게 눈물 흘린다 : ⇒ 삼복에 비가 오면 보은 처자가 울겠다.

장마가 무서워 호박을 못 심겠다 : ⇒ 구더기 무서워 장 못 담글까.

장마가 지나간 끝은 있어도 멸구가 지나간 끝은 없다 : 벼농사에 대한 피해는 장마보다도 오히려 멸구로 인한 것이 더 크다는 말.

장마가 지면 대추는 흉년 든다 : 대추는 건성(乾性) 식물이기 때문에 열매가 맺힌 뒤에 장마가 지게 되면 낙과(落果)로 흉년이 든다는 말.

장마가 지면 목화는 흉년 든다 : 목화는 건성 식물이기 때문에 열매가 맺힌 뒤에 장마가 지게 되면 열매가 떨어지거나 썩어서 흉년이 든다는 말.

장마가 짧으면 삼수(三水) 갑산(甲山) 색시는 삼대 들고 눈물 흘린다 : 장마가 짧으면 삼이 흉년 들기 때문에 삼베 고장인 함경도 삼수·갑산 처녀들은 시집갈 밑천이 없어져 운다는 말.

장마 개구리 호박잎에 뛰어오르듯 : 귀엽지도 아니한 것이 깡똥하니 올라앉는 경우를 비유하여 이르는 말.

장마 끝물의 참외는 거저 줘도 안 먹는다 : 장마 뒤에는 비가 많이 왔기 때문에 과일 맛이 떨어진다는 말.

장마 끝에 먹을 물 없다 : 장마가 핥고 난 다음에는 온전한 채소나 곡식이 없다는 말.

장마 끝에 오이 자라듯 한다 : ⇒ 장마 뒤에 외 자라듯.

장마 끝에 호박 자라듯 한다 : ⇒ 장마 뒤에 외 자라듯.

장마 끝은 없어도 가물 끝은 있다 : ⇒ 가물 끝은 있어도 장마 끝은 없다.

장마는 늦장마가 더 무섭다 : ⇒ 장마는 늦장마가 무섭고, 사람은 늦바람이 더 무섭다.

장마는 늦장마가 무섭고, 사람은 늦바람이 더 무섭다 : ① 장마는 8~9월 늦장마가 곡식 피해를 많이 주기 때문에 무섭다는 말. ② 사람은 40대 이후에 피우는 바람이 집안을 망칠 수도 있으므로 더 무섭다는 말. 늦장마가 더 무섭다. 바람도 늦바람이 무섭다. 장마는 늦장마가 더 무섭다.

장마다 꼴뚜기(망둥이) 날까 : ① 자기에게 좋은 기회만 늘 있는 것은 아니라는 말. ② 자주 바뀌는 세상 물정을 모르는 어리석음을 비웃는 말. 천둥 칠 때마다 비가 올까[2]. 호드기가 장마다 날가[북].

장마당 돼지 복숭아 싫달 적 있을가[북] : 탐욕스러운 사람은 자기 손에 굴러 들어온 이익이나 뇌물 따위를 거절하지 아니함을 비유하여 이르는 말.

장마당에 수염 난 령감은 다 너의 할아버지더냐[북] : ⇒ 장거리에서 수염 난 건 모두 네 할아비냐.

장마당에 쌀자루는 있어도 글 자루는 없다[북] : ① 장사와 공부는 서로 관계가 없으므로 공부를 하려면 장 같은 곳은 드나들지 말아야 한다는 말. ② 당장 먹고살 수 있는 벌이를 하는 것이 공부를 하는 것보다 낫다는 말. 장에 쌀자루 나지 글 자루 나나[북].

장마당의 조약돌 닳듯 : ⇒ 장바닥의 조약돌 닳듯.

장마 도깨비 여울 건너가는 소리를 한다 : ⇒ 귀신 씻나락 까먹는 소리[1].

장마 뒤에 외 자라듯 : 비 온 뒤에는 농작물이 매우 빠르게 자란다는 말. 오뉴월 장마에는 돌도 큰다[북]. 오뉴월 장마에 오이 크듯 한다. 오뉴월 호박 자라듯 한다. 유월 장마에는 돌도 큰다(자란다). 장마 끝에 오이 자라듯 한다. 장마 끝에 호박 자라듯 한다. 장마에는 돌도 자란다. 장마에 오이 굵듯(크듯). 장마에 외 붓듯. 장마에 호박 자라듯 한다.

장마 때는 구름만 뜨면 비가 온다 : 장마철에는 구름만 나타나면 비가 흔하게 온다는 말.

장마 때 맹꽁이가 울면 장마가 걷힌다 : 장마 때 맹꽁이들이 요란하게 울면 날씨가 갠다는 말.

장마 때 지붕에서 버섯이 나면 장마가 그친다 : 장마가 지면 초가집 지붕이 썩으면서 물기가 적당히 빠지면 버섯이 나게 되는데 이는 장마가 갤 징조라는 말.

장마 때 홍수 밀려오듯[북] : 무엇이 갑자기 불어나 밀려오는 경우를 비유하여 이르는 말.

장마 만난 미장쟁이[북] : 때를 잘못 만나 자신의 능력을 발휘할 수 없는 사람을 이르는 말.

장마에 논둑 터지듯 한다 : 장마 때 논에 물꼬를 트지 않아 물이 흘러 내려가는 것을 막게 되면 물이 차고 넘치면서 논둑이 터지듯이, 무슨 일이 터져서 낭패됨을 비유하여 이르는 말.

장마에 논뫼〔論山〕 강경이(江景－) 같다 :

예전에 금강 제방이 잘 되지 못하였을 때 장마가 지게 되면 논산과 강경 들판이 침수되어 물바다가 되었음을 이르는 말.

장마에는 돌도 자란다 : ⇒ 장마 뒤에 외 자라듯.

장마에 떠내려가면서도 가물 징조라고 한다 북 **:** 장마에 떠내려가면서도 가문다고 우겨 대듯이, 아무것도 모르는 주제에 고집만 부림을 이르는 말.

장마에 오이 굵듯(크듯) : ⇒ 장마 뒤에 외 자라듯.

장마에 외 붓듯 : ⇒ 장마 뒤에 외 자라듯.

장마에 해 나듯 한다 : ⇒ 석 달 장마 끝에 햇빛 본 것 같다.

장마에 호박값 떨어지듯 뚝 떨어진다 : 장마 때 호박이 많이 열려서 값이 뚝 떨어지듯, 물건 값이 뚝 떨어짐을 이르는 말.

장마에 호박 자라듯 한다 : ⇒ 장마 뒤에 외 자라듯.

장마 진 하늘 북 **:** 장마 진 하늘은 구름이 잔뜩 끼어 있듯이, 얼굴을 찌푸리고 있는 사람을 비유하여 이르는 말.

장마철에 구름 모여들듯 한다 : ⇒ 청천에 구름 모이듯.

장마철에는 동풍에도 비가 오고 서풍에도 온다 : 장마철에는 바람 방향과 관계없이 아무 바람이나 불어도 장마가 계속된다는 말.

장마철에 비구름 모여들듯 : ⇒ 청천에 구름 모이듯.

장마철에 햇빛 보기다 : 장마 때는 구름 틈으로 잠깐 햇빛이 나타났다가 바로 구름 속으로 사라지듯이, 무엇이 잠깐 나타났다가 바로 사라짐을 이르는 말. 장마철의 여우볕.

장마철 여름밤에 부나비 덤비듯 북 **:** 매우 성가시게 달려들며 성화를 부리는 모양을 비유하여 이르는 말.

장마철의 여우볕 : ⇒ 장마철에 햇빛 보기다.

장마철 하늘같다 북 **:** ⇒ 장맛비는 미친년 오줌 싸듯 한다.

장마 토끼 날씨 개기 기다리듯 한다 : ⇒ 구년 홍수에 볕 기다리듯.

장마통에 맹꽁이 울음소리다 : 장마 때 맹꽁이 울음소리처럼 분위기가 요란스럽다는 말.

장맛비는 미친년 오줌 싸듯 한다 : 장마 때 오는 비는 그쳤다 왔다 하며 변덕스럽다는 말. 장마철 하늘 같다북.

장맛은 혀에 한번 묻혀 보면 안다 북 **:** 무엇을 이해하는데 그 일부만 가지고도 능히 전체를 알 수 있다는 말.

장맛이 단(있는) 집에 복이 많다 북 **:** 살림이 알뜰하고 음식 솜씨가 있는 집에 행복한 생활이 있다는 말.

장맛이 좋아야 집안이 잘된다 : 주부가 살림을 잘해야 집안이 잘된다는 말.

장모는 사위가 곰보라도 예뻐하고, 시아버지는 며느리가 빼드렁니에 애꾸라도 예뻐한다 : ⇒ 며느리 사랑은 시아버지, 사위 사랑은 장모.

장모 될 집 마당의 말뚝을 보고도 절한다 북 **:** ⇒ 아내가 귀여우면 처갓집 말뚝 보고도 절한다.

장미꽃에는 가시가 있다 : 사람이 겉으로는 좋고 훌륭하여 보여도 남을 해롭게 할 수 있는 요소를 가지고 있어 상대편이 해를 입을 수 있음을 비유하여 이르는 말.

장미꽃이 곱다고 함부로 다치지 말라 북 **:** 아름다운 얼굴에 반하여 지각 없이 행동하다가는 낭패를 볼 수 있으니 조심하라는 말.

장바닥의 조약돌 닳듯 : 사람의 성미가 뺀질뺀질하고 바라진 경우를 비유적으로 이르는 말. 장마당의 조약돌 닳듯.

장발에 치인 빈대 같다 : ① 물건이 몹시 납

작하여 볼품이 없음을 이르는 말. ② 봉변을 당하여 낯을 들 수 없게 체면이 깎임을 이르는 말. *장발-장롱 밑에 괴는 물건.

장변(場邊) 새끼 치듯㊕**:** 무엇이 부쩍부쩍 불어나는 경우를 비유하여 이르는 말. *장변/-뼌/-장에서 꾸는 돈의 이자. 한 장도막, 곧 닷새 동안의 이자를 얼마로 셈한다.

장병(長病)에 효자 없다 : ⇒ 긴 병에 효자 없다.

장부(丈夫)가 칼을 빼었다가 도로 꽂나 : ① 큰 결심을 하고 무슨 일을 하려다가 방해가 생겼다고 해서 그만둘 수는 없다는 말. ② 무엇을 주려고 하다가 받지 않는다고 해서 도로 집어넣을 수는 없다는 말.

장부의 한 말이 천금같이 무겁다〔丈夫一言重千金〕: 장부의 말 한마디는 천금보다 무겁다는 뜻으로, 한번 한 약속은 꼭 지키라고 이르는 말. 장부 일언은 중천금

장부일언(丈夫一言)은 중천금(重千金) : ⇒ 장부의 한 말이 천금같이 무겁다.

장비(張飛)가 싸움을 마다? : 자기가 즐기는 것을 남이 권하였을 때 흔쾌히 받아들이며 하는 말.

장비 군령(軍令)이라 : ① 성미 급한 장비의 군령이란 뜻으로, 별안간 일을 당함을 이르는 말. ② 몹시 급하게 서두르는 일을 이르는 말.

장비는 만나면 싸움 : ① 만나기만 하면 시비를 걸고 싸우려고 대드는 사람을 이르는 말. ② 취미나 기호가 비슷한 사람끼리는 이내 그 일로 함께 어울림을 이르는 말.

장비더러 풀벌레를 그리라 한다 : 큰일을 하는 사람에게 자질구레한 일을 청할 때 이르는 말.

장비야 내 배 다칠라 : 아니꼽게 잘난 체하며 거드름을 피우는 사람을 비꼬아 이르는 말.

장비 포도청에 갇힌 것 같다 : 자기 몸을 자기 마음대로 움직이지 못하게 된 처지를 이르는 말.

장비하고 쌈 안 하면 그만이지 : 상대편이 아무리 싸움을 잘해도 이쪽에서 상대하지 아니하면 싸움은 일어나지 아니함을 이르는 말.

장비 호통이라 : 큰 소리로 꾸짖음을 비꼬아 이르는 말.

장사(壯士)가 나면 용마(龍馬)가 난다 : ⇒ 장수가 나면 용마가 난다.

장사〔商〕 끝에 살인난다㊕**:** 장사를 하며 서로 더 많은 이익을 얻으려 하다 보니 사람을 죽이는 일까지도 하게 되었다는 뜻으로, 돈이 모든 것을 결정하는 사회상을 풍자적으로 이르는 말.

장사(壯士) 나면 용마(龍馬) 나고, 문장(文章) 나면 명필(名筆) 난다 : ⇒ 장수가 나면 용마가 난다.

장사(葬事)말 가운데 혼사(婚事)말㊕**:** ① 이야기되고 있는 것과 전혀 맥이 닿지 않는 엉뚱한 소리를 하는 경우에 이르는 말. 장사말 하는 데 혼사 말한다㊕. ② 남의 사정을 고려하지 않고 엉뚱하게 행동하는 경우를 비유하여 이르는 말.

장사말 하는 데 혼사말 한다㊕**:** ⇒ 장사말 가운데 혼사말①.

장사〔商〕에 첫 마수걸이㊕**:** ① 장사하는 사람은 장사의 시작이 좋아야 이후의 장사가 계속 잘된다고 생각한다는 뜻으로, 시작을 무척 중요하게 여김을 이르는 말. ② 무슨 일의 시작에 참여하게 됨을 이르는 말.

장사 웃덮기 : 겉으로만 허울 좋게 꾸미는 일을 이르는 말. 장사하는 사람이 손님을 끌기 위하여 인심 좋은 체하며 더 주는 시늉을 하는 데서 나온 말.

장사(葬事) 지내러 가는 놈이 시체(屍體) 두고 간다 : 사람이 어리석어 가장 중요한 것을 잊거나 잃어버리고 어떤 일에 임하는 경우를 비유하여 이르는 말. 송장 빼놓고 장사 지낸다.

장사치의 손님 : 장사하는 사람은 찾아오는 손님 누구에게나 잘 대하여야 한다는 뜻으로, 비록 마음에는 없어도 겉으로는 누구에게나 잘 대하여야 한다는 말.

장설간(帳說間)이 비었다 : 배가 고프다는 말. ＊장설간—잔칫집 같은 데서 음식을 차리는 곳.

장수(將帥)가 나면 용마가 난다 : 무슨 일이든 잘되려면 좋은 기회가 저절로 생김을 이르는 말. 장사가 나면 용마가 난다. 장사 나면 용마 나고, 문장 나면 명필 난다.

장수 나자 용마 난다 : 일이 잘되느라 좋은 여건이 잇달아 생김을 이르는 말.

장수를 잡으려면 말부터 쏘아야 한다 : 말 탄 장수를 잡기 위해서는 먼저 그가 타고 있는 말을 쏘아 넘어지게 해야 한다는 뜻으로, 모든 싸움에서 이기려면 상대편이 가장 의존하고 있는 대상을 공격하는 것이 좋음을 이르는 말.

장수선무요 다전선고라〔長袖善舞 多錢善賈〕 : ⇒ 소매가 길면 춤을 잘 추고 돈이 많으면 장사를 잘 한다.

장승박이로 끌고 가겠다 : 사람이 미련하여 아무 데도 쓸데가 없고 도리어 해만 끼치게 될 경우에 이르는 말.

장승이라도 걸리겠다 : 장승조차도 걷게 할 수 있다는 뜻으로, 세도가 아주 당당함을 이르는 말.

장승하고 말하는 것이 낫겠다 : 상대방 사람이 말귀를 못 알아들어 답답한 경우에 이르는 말.

장 없는 놈이 국 즐긴다 : 실속 없고 힘없는 자가 분에 넘치는 사치를 좋아한다는 말. 없는 놈이 자 두 치 떡 즐겨한다.

장(場)에 가면 수수떡 (사) 먹을 사람, 도토리묵 (사) 먹을 사람 따로 있다[북] : 사람마다 능력이나 처지, 취미나 요구 따위가 다른 만큼 여러 사람이 모이게 되면 자연히 이런저런 부류로 나누어지게 된다는 말.

장에 쌀자루 나지 글 자루 나나[북] : ⇒ 장마당에 쌀자루는 있어도 글 자루는 없다[북].

장에 왔던 해라[북] : 지나간 시절을 말하면서도 그날이 언제인지 정확하게 짚어 내지 못함을 비꼬아 이르는 말.

장옷 쓰고 엿 먹기 : 겉으로는 점잖고 얌전한 체하면서, 남이 보지 않는 곳에서는 몰래 숨어서 못된 짓을 함을 이르는 말. 포선 뒤에서 엿 먹는 것 같다.

장(醬)은 묵은 장맛이 좋다[북] : 장과 친구는 오래될수록 좋다는 말.

장이 단 집에 복이 많다 : 한번 담그면 오래 두고 먹게 되는 장은 맛있게 담그는 것이 중요하다는 말.

장이 달아야 국이 달다[북] : 무엇이든지 기초가 되는 것이 좋아야 그 결과도 좋음을 비유하여 이르는 말.

장이야 멍이야 : ⇒ 멍군 장군.

장인(丈人) 돈 떼먹듯[북] : 장인의 사랑을 받는 사위가 처갓집 돈을 어렵지 않게 얻어 쓰고 갚지 않듯이, 남의 돈을 염치없이 떼어먹으려는 경우에 비유하여 이르는 말.

장작불과 계집은 쑤석거리면(들쑤시면) 탈난다 : 잘 타고 있는 장작불을 들쑤셔 놓으면 잘 타지 않듯이, 가만히 있는 여자를 옆에서 들쑤시고 꾀면 바람이 나게 됨을 이르는 말.

장작불에 이밥 먹는 고장이다 : 옛날에는 땔감도 흔하고 쌀도 많이 생산되는 곳이라야 살기가 좋은 곳이라는 말.

장지네 회 쳐 먹겠다 : ⇒ 노래기 회도 먹겠다.

장판방(壯版房)에서 자빠진다 : ⇒ 방바닥에 서 낙상한다.

잦힌 밥에 흙(재) 뿌리기(퍼붓기) : ⇒ 패는 곡식 이삭 뽑기(빼기).

잦힌 밥이 멀랴, 말 탄 서방이 멀랴 : 잦혀 놓았으니 곧 밥이 될 것이며 서방이 말을 타고 오니 곧 당도할 것이지만 그때까지 애타게 기다려진다는 뜻으로, 다 되어 가는 일은 조바심을 내며 애타게 기다리지 말라는 말.

재간도 써야 재간이다[북] **:** 아무리 재주가 있어도 쓰지 않으면 쓸모없음을 이르는 말.

재간을 배 속에서 타고난 사람 없다[북] **:** ⇒ 재간을 배 안에서부터 배우겠나.

재간을 배 안에서부터 배우겠나 : 재간은 선천적으로 타고나는 것이 아니라는 뜻으로, 무엇이든 노력을 하면 다 할 수 있음을 비유적으로 이르는 말. 재간을 배 속에서 타고난 사람 없다[북].

재갈 먹인 말 같다 : 말문이 막혀 아무 소리도 못함을 이르는 말.

재〔灰〕 강아지 눈 감은 듯하다 : ① 어떤 일이 요행히 발각되지 않고 감쪽같이 지나감을 비유하여 이르는 말. ② [북] 어떤 동물이나 사물의 진상을 알아내기 어려움을 비유하여 이르는 말.

재관(齋官) 풍류(風流)냐 : ⇒ 이것은 재관 풍류냐.

재〔嶺〕는 넘을수록 높고(험하고) 물은 건널수록 깊다 : ⇒ 갈수록 태산(수미산 · 심산)이라

재(齋) 들은 중 : 자기가 평소에 바라던 일이 이루어짐을 이르는 말.

재떨이와 부자는 모일수록 더럽다 : 재물이 많이 모이면 모일수록 마음씨는 더 인색하여짐을 이르는 말.

재롱받이 아들 손자쯤으로 보듯[북] **:** 대상을 몹시 사랑하고 귀여워함을 이르는 말.

재를 털어야 숯불이 빛난다[북] **:** 스스로 반성하고 자기의 약점과 허물을 없애 버려야 자신을 더 빛낼 수 있다는 말.

재물을 잃은 것은 작은 것을 잃은 것이고, 벗을 잃은 것은 큰 것을 잃은 것이다[북] **:** 훌륭한 벗은 그 어떤 재물과도 비길 수 없는 존재임을 비유하여 이르는 말.

재물 있고 세력 있으면 밑구멍으로 나팔을 분다 : 돈이 있고 세력이 있으면 못하는 짓이 없음을 비유하여 이르는 말.

재미 끝에 쉬쓴다[북] **:** 일이 잘되어 간다고 너무 좋아하며 자만하다가는 낭패를 봄을 이르는 말.

재미난 골에 범 난다 : ① 편하고 재미있다고 위험한 일이나 나쁜 일을 계속하면 나중에는 큰 화를 당하게 됨을 이르는 말. 오래 앉으면 새도 살을 맞는다. ② 지나치게 재미있으면 그 끝에 가서는 좋지 않은 일이 생김을 이르는 말.

재미는 누가 보고 성은 누구한테 내느냐 : 좋은 일은 저 혼자 하면서 일이 잘 안되었을 때는 남에게 성냄을 이르는 말.

재민지 중의 양식인지 : '재미가 좋은가' 하는 질문에, 별로 재미있지 아니함을 나타내기 위하여 '재미'를 '재미(齋米)'로 풀어 말장난하여 이르는 말.

재산(財産)을 잃고 쌀알을 줍는다 : ⇒ 기름을 버리고 깨를 줍는다.

재산이 늘수록 욕심도 는다[북] **:** 재물에 대한 욕심은 재물이 많아질수록 더함을 이르는 말.

재수(財數)가 물밀 듯한다 : 재수가 썩 좋아서 일이 뜻대로 잘되어 감을 이르는 말. 재수가 불붙었다. 재수가 불 일 듯한다.

재수가 불붙었다 : ⇒ 재수가 물밀 듯한다.

재수가 불 일 듯한다 : ⇒ 재수가 물밀 듯한다.

재수가 없는 포수는 곰을 잡아도 웅담(熊膽)이 없고, 복 없는 봉사는 괘문(卦文)을 배워 놓으면 개좆부리하는 놈도 없다 : ⇒ 자빠져도 코가 깨진다.

재수 없는 놈은 넘어져도 똥밭에 넘어진다 : ⇒ 자빠져도 코가 깨진다.

재수 없는 놈은 뒤로 자빠져도 코가 깨진다 : ⇒ 자빠져도 코가 깨진다.

재수 없는 놈은 두부에도 뼈라 : ⇒ 계란에도 뼈가 있다.

재수 없는 포수는 곰을 잡아도 웅담이 없다 : ⇒ 자빠져도 코가 깨진다.

재수가 옴 붙듯 하다 : ⇒ 재수가 옴 붙었다.

재수가 옴 붙었다 : 재수가 도무지 없음을 이르는 말. 재수가 옴 붙듯 하다.

재앙(災殃)은 눈섭에서 떨어진다북 **:** 재앙은 피할 수 없게 갑자기 다급하게 닥친다는 말.

재앙을 물리치면 무값이요, 물러서면 천 냥이라북 **:** 재앙은 물리치겠다고 억지로 맞서서 희생을 하는 것보다 슬그머니 피하여 물러서는 것이 더 나음을 이르는 말.

재(齋)에는 정신이 없고 잿밥에만 정신이 있다북 **:** ⇒ 염불에는 맘이 없고 잿밥에만 맘이 있다.

재(齋)에 호(胡) 춤 : 재(齋)를 올리며 호나라 춤을 춘다는 뜻으로, 격에 맞지 않는 행동을 하거나 호사를 부려 보기 흉한 경우를 비유하여 이르는 말.

재주가 메주다 : 메주의 모양이 볼품없듯, 재주가 전혀 없음을 비유하여 이르는 말.

재주는 곰이 넘고, 돈은 되놈이 번다 : 정작 수고한 사람은 대가를 못 받고 엉뚱한 사람이 가로챈다는 말. 개가 쥐 잡고 먹기는 고양이가 먹는다.

재주는 장에 가도 못 산다 : 재주는 돈으로 살 수 있는 것이 아니고 배우고 익혀서 능력을 키워야 하는 것임을 이르는 말.

재주는 홍길동이다 : 재주가 변화무쌍함을 이르는 말.

재주를 다 배우니 눈이 어둡다 : 오랫동안 배운 재주나 공부가 수포로 돌아감을 이르는 말.

재터(齋-) 방축에 줄남생이 늘어앉듯북 **:** ⇒ 제터 방죽에 줄남생이 늘어앉듯.

재하자(在下者)는 유구무언(-이라) : 아랫사람이 웃어른에 대하여 할 말도 제대로 못하고 지냄을 이르는 말.

잰 놈 뜬 놈만 못하다 : 일은 빨리 마구 하는 것보다 천천히 성실하게 하는 것이 더 낫다는 말.

잿골에 말뚝 박기 : ⇒ 잿독에 말뚝 박기.

잿독에 말뚝 박기 : ① 힘이 없는 사람을 만만히 보아 함부로 부리고 학대함을 이르는 말. ② 힘 안 들이고 할 수 있는 쉬운 일을 이르는 말. 잿골에 말뚝 박기.

잿불 화로의 불씨가 끊어져서는 집안이 망한다 : 불씨를 꺼뜨리는 소홀한 살림살이로는 한 집안을 꾸려 나갈 수 없다는 말.

쟁기질 못 하는 놈이 소 탓만 한다 : 제 잘못을 도구나 남 탓으로 돌린다는 말.

쟁반 안의 녹두알북 **:** 전체에 비하여 보잘것없는 존재를 비유하여 이르는 말.

쟁반이 광주리같이 길고 깊다고 우긴다북 **:** 사실이 뚜렷한데도 불구하고 그렇지 아니하다고 우기는 경우를 비유하여 이르는 말.

쟁(錚) 북〔鼓〕이 맞아야 한다 : 일을 같이 하려면 손발이 맞아야 한다는 말.

저 건너 빈터에서 잘살던 자랑 하면 무슨 소용 있나 : 지금은 빈터밖에 남지 아니한데서 과거에 잘살았다고 자랑하여 보아야 현재의 생활에는 아무 도움도 되지 아니한다는 뜻으로, 누구도 알아주지 아니하는 자랑은 하여 보아야 남의 웃음거리밖에 되지 아니한다는 말.

저 걷던 놈도 나만 보면 타고 가려네 : ① 사람이 궁한 처지에 놓여 있으면 천한 사람까지 자기를 멸시한다는 말. ② 북 없으면 없는 대로 잘 지내다가 눈에 보이기만 하면 시끄럽게 못살게 구는 경우를 비유하여 이르는 말.

저 긷지 않는다고 우물에 똥 눌까 : 자기 이익과 관계가 없는 남의 경우라도 살펴 주고 남에게 해가 되는 일을 하지 말아야 함을 이르는 말.

저녁 굶은 년이 떡 두레 되겠군 : 자기 자신이 배고플 때 마침 다른 사람들이 먹을 공론(公論)을 함에 자기도 그 속에 의외로 끼어 자기 욕심을 이루게 되는 경우를 비유하려 이르는 말. 저녁 굶은 년이 떡두레에 끼우다북.

저녁 굶은 년이 떡두레에 끼우다북 : ⇒저녁 굶은 년이 떡 두레 되겠군.

저녁 굶은 시어미 상 : ① 아주 못마땅하여 얼굴을 잔뜩 찌푸리고 있는 모양을 비유하여 이르는 말. ② 날씨가 흐려서 음산함을 비유하여 이르는 말.

저녁 굶은 초(草)라 : 저녁을 굶게 한 초서 글씨라는 뜻으로, 매우 흘려 쓴 글씨를 비유하여 이르는 말. 옛날에 어느 가난한 선비가 저녁거리가 없어서 쌀가게 주인에게 외상으로 쌀을 달라고 글을 보냈으나 그 글이 너무도 흘려 쓴 글씨여서 주인이 읽지 못하여 쌀을 주지 않자 저녁을 굶었다는 이야기에서 유래한다.

저녁 까치는 근심 까치북 : 아침에 우는 까치는 좋은 소식을 듣게 될 징조이나 저녁에 우는 까치는 근심을 얻게 될 징조라는 말.

저녁나절 번갯불에는 날씨가 좋다 : 저녁 때 번개가 치는 것은 다음날 날씨가 좋을 징조라는 말.

저녁놀과 아침 안개에는 날씨가 좋다 : 저녁놀이 서거나 아침에 안개가 끼는 날은 날씨가 좋다는 말.

저녁놀 다르고 아침놀 다르다 : 저녁놀에는 날씨가 좋고 아침놀에는 비가 온다는 뜻에서 나온 말로, 외모로는 같지만 질적으로 다르다는 말.

저녁놀에는 날씨가 맑다 : 노을은 공기 중의 먼지에 빛이 산란되어 생기는 현상이고 먼지가 많은 공기는 건조하다. 저녁놀이 지는 것은 서쪽이 건조하다는 것이고 그 건조한 공기가 동쪽으로 이동해 올 것이므로 날씨가 맑아진다는 말. 저녁놀이 서면 날씨가 갠다.

저녁놀에는 맑고 아침놀에는 비가 온다 : ⇒ 아침놀에는 비가 오고 저녁놀에는 맑다.

저녁놀에는 외아들 배에 보낸다 : ① 저녁놀이 서면 대체로 날씨가 좋아서 외아들을 어장에 보내도 지장이 없다는 말. ② 외아들을 끔찍이 아끼고 사랑한다는 말.

저녁놀은 맑아지고, 아침놀은 소나기 온다 : ⇒ 아침놀에는 비가 오고, 저녁놀에는 맑다.

저녁놀이 서면 날씨가 갠다 : ⇒ 저녁놀에는 날씨가 맑다.

저녁놀이 서쪽 하늘에 끼면 가문다 : 저녁 때 서쪽 하늘이 붉으면 날씨가 계속 가문다는 말.

저녁노을이 심하게 계속되면 한발(旱魃) : 저녁노을은 맑은 날씨의 징조이고, 이 노을이 며칠간 계속된다는 것은 강력하고 규모가 큰 고기압 세력 아래 놓여 있다는 뜻으로, 비가 오지 않게 되어 가뭄이 있게 된다는 말.

저녁 뇌우(雷雨)는 맑아질 징조다 : 오후에 번개 치고 천둥하면 오던 비도 그치고 날씨가 갤 징조라는 말.

저녁 두 번 먹었다 : ⇒ 밤밥 먹었다.

저녁 때 하루살이가 날면 비가 온다 : 하루살이나 멸구 등은 저기압을 타고 날아다니므로 비바람이 온다는 말.

저녁 먹을 것은 없어도 도둑맞을 것은 있다 : ⇒ 구제할 것은 없어도 도둑 줄 것은 있다.

저녁 무지개에는 가문다 : 저녁 때 무지개가 서면 날씨가 가물 징조라는 말.

저녁 무지개에는 가지고 가던 우산도 두고 간다 : 저녁 때 동쪽에 무지개가 서면 날씨가 좋아질 것이므로 우산을 준비할 필요가 없다는 말.

저녁 무지개에는 날씨가 좋고 아침 무지개에는 비가 온다 : 저녁 때 동쪽에 무지개가 서면 날씨가 쾌청하고, 아침에 서쪽에 무지개가 서면 비가 온다는 말.

저녁 무지개에는 딸 보내고 아침 무지개에는 며느리 보낸다 : ⇒ 아침 무지개에는 며느리를 밭에 보내고 저녁 무지개에는 딸을 밭에 보낸다.

저녁 무지개에는 백 날(일)이 가문다 : 저녁 때 무지개가 서면 오랫동안 가물 징조라는 말.

저녁 바람에 곱새가 싸다닌다㊇ **:** ⇒ 늦바람이 용마름을 벗긴다. * 곱새—'곱사등이('척추장애인'을 낮잡아 이르는 말)'의 경기・강원・경상 방언.

저녁 번개에는 날씨가 좋다 : 저녁 때 번개가 치면 비가 오지 않고 날씨가 좋다는 말.

저녁 안개에는 비가 온다 : 저녁에 안개가 끼는 것은 저기압의 영향을 받은 것이므로 비가 오게 된다는 말.

저녁에 곡식을 밖으로 퍼 내가면 나쁘다 : 곡식은 대낮에 거래를 해야지 도둑질하듯이 밤에는 거래하지 말라는 말.

저녁에 골짜기로 바람이 불어 내리면 날씨가 좋다 : 바람이 잔잔하고 낮에 수용량이 많으면 밤에 복사냉각이 일어나기 때문에 날씨가 맑아진다는 말.

저녁에 동쪽 무지개가 서면 가문다 : 저녁 때 무지개가 동쪽 하늘에 서면 가물 징조라는 말.

저녁에 비둘기가 울면 비가 갠다 : 비둘기가 아침에 울면 비가 오고 저녁 때 울면 비가 갠다는 말.

저녁에 서쪽 하늘이 흑록색이면 비바람이 분다 : 저녁에 서쪽 하늘이 흑록색인 것은 저기압이 다가오고 있다는 것을 의미하므로, 이런 경우는 다음날 비바람이 있을 징조라는 말.

저녁에 암탉이 울면 집안이 망한다 : ⇒ 암탉이 울면 집안이 망한다.

저녁 햇빛이 붉으면 날씨가 좋다 : 저녁 때 지는 햇빛이 붉으면 날씨가 청명해진다는 말.

저는 잘난 백정으로 알고 남은 헌 정승으로 안다 : 대단치도 않은 자가 거만하게 사람을 만만히 보거나, 저보다 나은 이를 업신여기는 경우를 비유하여 이르는 말.

저 늙는 것은 몰라도 아이 크는 것은 안다 : 자기 늙는 것은 깨닫지 못하여도 아이들이 자라는 것은 하루가 다르게 그 차이를 알아차릴 수 있다는 말.

저런 걸 낳지 말고 호박이나 낳았더라면 국이나 끓여 먹지 : ⇒ 나올 적에 봤더라면 짚신짝으로 틀어막을걸.

저렇게 급하면 외할미 속을 왜 아니 나와 : 성미가 몹시 조급한 사람을 이르는 말. 저렇게 급하면 할미 속으로 왜 아니 나와.

저렇게 급하면 할미 속으로 왜 아니 나와 : ⇒ 저렇게 급하면 외할미 속을 왜 아니 나와.

저 먹자니 싫고 남 주자니 아깝다 : ⇒ 나 먹자니 싫고 개 주자니 아깝다.

저모립(猪毛笠) 쓰고 물구나무를 서도 제멋(-이다) : ⇒ **갓 쓰고 박치기해도 제멋(-이다)**. * 저모립—돼지털로 싸개를 한 갓. 당상관(堂上官)이 썼음.

저물도록 아이 보아 주고 욕 먹는다㈜ : 남의 일을 실컷 해 주고도 칭찬은 고사하고 욕을 먹게 되는 경우를 비유하여 이르는 말.

저승길과 변소 길은 대(代)로 못 간다 : ⇒ 저승길과 변소 길은 대신 못 간다.

저승길과 변소 길은 대신(代身) 못 간다 : 죽음과 용변(用便)은 남이 대신해 줄 수 없다는 말. 저승길과 변소 길은 대로 못 간다.

저승길도 벗이 있어야 좋다㈜ : 어떤 역경 속에서도 함께 가는 사람이 있으면 마음이 든든하고 힘든 줄 모른다는 말.

저승길이 구만 리 : 저승이 아득히 멀다는 뜻으로, 아직 살날이 많이 남아 있음을 이르는 말.

저승 길이 대문 밖이다 : ① ⇒ 대문 밖이 저승이라[①]. ② 집을 나서면 언제 죽을지 모르는 험악한 세상임을 비유하여 이르는 말.

저승사자와 말을 어울려 할 것 같다㈜ : 저승사자와 이야기를 주고받을 것 같다는 뜻으로, 죽었다가 다시 살아나거나 죽을 뻔할 만큼 몹시 어려운 곤경을 겪음을 비유하여 이르는 말.

저승에 가야만 곱사등이 고친다㈜ : 고칠 수 없는 곱사등이를 죽은 뒤에야 쭉 펴서 반듯이 눕힌다는 데서 유래된 말로, 한번 틀어진 일이 고쳐질 가망이 전혀 없는 경우를 비유하여 이르는 말.

저승에(-에서) 부처님 기다리듯㈜ : 부처가 저승에 올 리가 없는데도 기다린다는 뜻으로, 오지도 아니할 사람을 혹시나 하고 무작정 기다리는 모양을 비유하여 이르는 말.

저울눈에 파리㈜ : ① 보잘것없는 파리라도 저울눈에 앉으면 금 사이가 왔다 갔다 하게 된다는 뜻으로, 비록 사소한 것이라도 무엇을 가늠하고 헤아리는 데 큰 영향을 미칠 수 있음을 비유하여 이르는 말. ② 큰 저울에 파리가 앉으나마나 별 영향을 미치지 아니한다는 뜻으로, 무슨 일에서 별로 큰 영향을 미치지 못하는 보잘것없는 것을 비유하여 이르는 말.

저 잘난 맛에 산다 : 사람은 누구나 자기에 대한 애착심을 갖고 살아감을 이르는 말. 언청이도 저 잘난 맛에 산다.

저 중 잘 달아난다 하니까 고깔 벗어 들고 달아난다 : 거짓으로 칭찬한 말을 곧이듣고 신이 나서 쓸데없는 용기를 내는 모양을 비유적으로 이르는 말. 저 중 잘 뛴다니까 장삼 벗어 걸머지고 뛴다.

저 중 잘 뛴다니까 장삼 벗어 걸머쥐고 뛴다 : ⇒ 저 중 잘 달아난다 하니까 고깔 벗어 들고 달아난다.

저 팽이가 돌면 이 팽이도 돈다 : 저쪽 사정이 변하면 이쪽 사정도 달라진다는 말. 이 팽이가 돌면 저 팽이도 돈다.

저 하고 싶어서 하는 일은 힘든 줄 모른다 : 자기가 하고 싶어서 하는 일은 흥이 나서 한다는 말. 제가 하고 싶어 하는 일은 흥이 난다.

저 혼자서 원님을 내고 좌수를 낸다 : ① 혼자 도맡아서 이 일 저 일을 처리함을 이르는 말. ② 모든 일을 제 주장대로만 함을 이르는 말.

적게 먹으면 부처님이라㈜ : 음식을 많이 먹으라고 권할 때 이르는 말.

적게 먹으면 약주(藥酒)요, 많이 먹으면 망주(亡酒)다 : ① 술을 적당히 마셔야지 지나치게 마시면 실수한다는 말. ② 모든 일은 정도에 맞게 하여야 함을 비유하여 이르는 말.

적덕(積德)은 백 년이요, 앙해(殃害)는 금년이라 : 좋은 일을 하며 덕을 쌓으면 오래도록 그 공이 남지만, 재앙과 손해는 얼마 가지 아니한다는 뜻으로, 불행하다고 하여 낙심하지 말고 덕을 쌓고 좋은 일을 하라는 말.

적도 모르고 가지 딴다 : 적도 딸 줄 모르면서 가지를 따려 든다는 뜻으로, 기초적인 것도 모르면서 어려운 것을 하려 드는 것을 이르는 말. *적―굴의 껍데기를 떠 냈을 때, 굴이 붙어 있는 쪽의 껍데기.

적란운(積亂雲)이 뜨면 뇌우(雷雨)가 온다 : 여름철에 급격한 상승기류로 인하여 생기는 적란운에는 번개와 우레를 동반하는 비가 내리게 된다는 말.

적삼 벗고 은가락지 낀다 : 격에 맞지 아니한 짓을 하는 경우를 비유하여 이르는 말. 속곳 벗고 은가락지 낀다.

적운(積雲)이 저녁에 사라지면 날씨가 좋다 : 비를 동반한 적운이 저녁 무렵에 사라지면 날씨가 갠다는 말.

적은〔少〕 것은 똥 아닌가 : ⇒ 강아지 똥은 똥이 아닌가②.

적은 물이 새어 큰 배 가라앉는다 : 작은 구멍으로 새어 들기 시작한 물로 큰 배가 가라앉는다는 뜻으로, 자그마한 실수나 잘못으로 큰일을 그르칠 수도 있음을 이르는 말.

적은 밥이 남는다[북] **:** ① 밥이 적어 서로 양보하다가 남게 된다는 뜻으로, 오히려 적은 것이 이러저러한 이유로 남게 되는 경우를 이르는 말. ② 적은 것을 가지고 서로 양보하는 경우를 비유하여 이르는 말.

적은 밥이 쉰다[북] **:** 밥이 적다 보니 별로 관심을 두지 아니하고 잘 간수하지도 아니하여 결국 쉬게 만든다는 뜻으로, 대단한 것이 아니라고 하여 아무렇게나 다루다가 탈이 되는 경우를 비유하여 이르는 말.

적은 복(福)은 부지런해서 얻지만, 대명(大命)은 도저히 막기 어렵다 : 작은 일은 사람의 힘으로 이룰 수 있지만 큰일은 사람의 힘으로 감당하기가 힘들다는 말.

적(敵)을 얕보면 반드시 패한다[북] **:** 적의 역량을 함부로 얕잡아 보았다가는 싸움에서 진다는 뜻으로, 언제나 적을 깔보지 말고 만반의 준비를 갖추어야 한다는 말.

적을 잘 알고 자신을 잘 아는 자는 백 번 싸워 백 번 이긴다〔知彼知己 百戰不殆 百戰百勝〕 : 적에 대하여 구체적으로 알고 자신의 능력과 힘을 잘 알면 싸움에서 언제나 이길 수 있음을 이르는 말.

적을 치려면 적을 알아야 한다[북] **:** 적을 이기려면 적의 실태를 구체적으로 파악한 후에 그에 맞는 전술을 짜고 싸워야 한다는 말.

적의 눈과 귀는 멀게 하고 내 눈과 귀는 밝아야 한다[북] **:** 적이 아군의 전술과 역량, 움직임에 대하여서는 잘 알지 못하도록 하면서 적에 대하여서는 훤히 알고 있어야 싸움에서 승리할 수 있음을 이르는 말.

적의 두목도 도적이요, 그 졸개도 도적이다[북] **:** 도적의 우두머리나 졸개나 다 도적이기는 마찬가지라는 뜻으로, 나쁜 짓을 시키는 자나 그것을 받들어 밑에서 하는 자나 나쁘기는 매한가지임을 이르는 말.

적적(寂寂)할 때는 내 볼기짝 친다 : ⇒ 할 일이 없거든 오금이나 긁어라.

전년(前年) 추석(秋夕)에 먹은 오려 송편이 되올라온다[북] **:** ⇒ 작년 추석에 먹었던 오려 송편이 나온다.

전답신(田畓神)에는 오월에 풍양제(豊穰祭)를 지내고, 팔월에는 추석제(秋夕祭)를 지내고, 시월에는 추양제(秋穰祭)를 지내면 풍년이 든다 : 농사짓는 농토에는 5월 모심기 때 풍양제를 지내고, 추수 때인 추석에 추석제를 지내고, 추수를 다 한 다음에는 추양제를 감사한 마음으로 지내야 다음 해에도 풍년이 든다는 말.

전답을 사도 물소리 들리는 골에 것은 안 산다북 : 논밭을 살 때 물의 피해를 받을 위험이 있는 곳은 사지 말아야 한다는 말.

전당(典當) 잡은 촛대 같고 꾸어 온 보릿자루 같다 : ⇒ 꾸어다 놓은 보릿자루(빗자루).

전당잡힌 촛대 : ⇒ 꾸어다 놓은 보릿자루(빗자루).

전라도(全羅道) 감사가 홰대 찌를 쌌겠느냐북 : 전라도 감사가 얼마나 급했으면 닭이 횃대에 물똥 갈기듯 물똥을 다 쌌겠느냐는 뜻으로, 어떤 부정적인 인물이 몹시 급한 지경을 당하여 심히 혼나는 경우를 비유하여 이르는 말.

전라도 곡식이라북 : ⇒ 보고도 못 먹는 전라도 곡식북.

전라도 사람은 벗겨 놓으면 삼십 리 간다 : 표리부동(表裏不同)할 때를 이르는 말.

전루북(傳漏-)에 춤춘다 : 어리석은 사람이 아무 곡절도 모르고 홀로 즐거워함을 비유하여 이르는 말. *전루북(전루고)—옛 도성 안에서 경점 군사들이 시각을 알리려고 치던 북. 전송북에 춤춘다북.

전방구 치고 모심으면 수확이 떨어진다 : 이모작을 하는 지방에서는 보리 베기·보리 타작·모내기가 함께 겹쳐 일손이 모자라므로 모내기부터 하고 보리타작은 나중에 해야 한다는 말. *전방구—보리 베기·보리 타작·모내기 등이 겹친 일.

전선대(全線-)에 낫걸이북 : ⇒ 참나무에 결낫걸이.

전송북(傳送-)에 춤춘다북 : ⇒ 전루북에 춤춘다. *전송북—예전에, 군대에서 구령을 알리기 위하여 치던 북.

전신(全身)이 검은 돼지는 주인에게 덕을 준다 : 돼지는 검은 돼지를 길러야 주인이 길하다는 말.

전어(錢魚) 굽는 냄새에 나가던 며느리가 다시 들어온다 : 전어는 굽는 냄새만 맡아도 집을 나가던 며느리가 되돌아올 정도로 맛이 좋다는 말.

전염병(傳染病) 앓는 집에서 동지 팥죽을 쑤어 먹으면 환자(患者)가 또 생긴다 : 전염병을 앓는 집에서 동짓날 팥죽을 쑤어 먹으면 해롭다는 말.

전염병이 유행할 때 목화씨를 태우면 병이 나간다 : 전염병이 마을에 퍼져 있을 때는 마을 앞에서 목화씨를 태우면 방역이 되어 병이 없어진다는 말.

전정(前程)이 구만 리 같다 : ⇒ 앞길이 구만 리 같다.

전체(傳遞) 송장이냐 : 무릇 찾아온 손님을 박대하여 다른 곳으로 보내거나, 당할 일을 꺼려서 다른 동네로 양도(讓渡)함을 이르는 말. *전체—차례로 전하여 보냄.

절간에 가서도 눈치가 있어야 백하(白蝦) 젓국 얻어먹는다북 : 새우젓 같은 것은 먹지 못하도록 금하고 있는 절간에 가서도 눈치만 빠르면 그 젓국을 얻어먹을 수 있다는 뜻으로, 눈치가 빠르고 세상 물정에 밝으면 구하지 못하는 것이 없음을 비유하여 이르는 말.

절간에 가서 참빗 찾기 : ⇒ 과부 집에 가서 바깥양반 찾기.

절간에 간 색시북 : ⇒ 절에 간 색시.

절간에 간 색시 재에는 마음이 없고 재밥에만 눈이 간다북 : 자기가 마땅히 하여야 할 일에는 마음을 쓰지 아니하고 잇속을 채울 일에만 관심을 기울임을 비유하여 이르는 말. 절에 간 색시 재에는 뜻(마음)이 없고 재밥에만 눈이 간다북.

절간의 부처님북 : 아무 일도 하지 아니하고 우두커니 앉아 있는 사람을 비유하여 이르는 말.

절간이 망하려면 백하젓 장사가 성한다북 :

⇒ 절이 망하려니까 새우젓 장수가 들어온다.

절구 천중만 하다 : 돌절구와 같이 무게가 아주 많이 나간다는 뜻으로, 몸집이 뚱뚱하고 커서 무거워 보임을 비유하여 이르는 말.

절굿공이가 순경(巡警) 돌면 집안이 망한다 : 여편네가 집안 살림은 않고 설치고 쏘다니기만 하면 그 집안 꼴이 안된다는 말.

절로 죽은 고목에 꽃 피거든 : ⇒ 배꼽에 노송나무 나거든.

절(寺) 모르고 시주(施主)하기 : ① ⇒ 동무 몰래 양식 내기. ② 애써 한 일이지만 잘 알아보지도 않고 똑똑히 처리하지 못하여 아무 보람도 없이 되는 경우를 비유하여 이르는 말.

절 양식이 중 양식(-이다) : ⇒ 쌈짓돈이 주머닛돈이고, 주머닛돈이 쌈짓돈이다.

절에 가 젓국 찾는다 : ⇒ 과부 집에 가서 바깥양반 찾기.

절에 가면 중노릇하고 싶다 : 일정한 주견이 없이 남이 하는 일을 보면 덮어놓고 따르려고 하는 경우를 비유하여 이르는 말. 절에 가면 중 되고 싶고, 마을에 가면 속인 되고 싶다.

절에 가면 중 되고 싶고, 마을에 가면 속인 되고 싶다 : ⇒ 절에 가면 중노릇하고 싶다.

절에 가면 중이 되라 : 환경에 적응하라는 말.

절에 가면 중 이야기, 촌에 가면 속인 이야기 : ① 일정한 주견이 없이 환경과 장소에 따라 생각과 태도가 잘 변한다는 말. ② 북 주어진 환경과 조건에 따라 반드시 그와 관계되는 일을 벌이게 된다는 말.

절에 가면 중인 체, 촌에 가면 속인인 체 : 행색이 일정치 않고 처소에 따라 지조와 태도가 변함을 이르는 말.

절에 가서 빗 장사한다 : 세상 물정도 모르면서 어떤 일을 하려 함을 비유하여 이르는 말.

절에 가서 젓국 달라 한다 : ⇒ 과부 집에 가서 바깥양반 찾기.

절에 가선 중 하라는 대로 해야 한다 북 **:** 절에 가서는 절의 규칙에 따라야 하므로 중이 이르는 대로 행동하여야 한다는 뜻으로, 남의 집에 가거나 어떤 집단을 가서는 그 곳의 방식에 따라 그곳 주인이 이끄는 대로 행동하여야 함을 비유하여 이르는 말.

절에 간 색시 : 남의 명령대로만 따라 하는 사람을 가리키는 말. 절간에 간 색시 북.

절에 간 색시 재에는 뜻(마음)이 없고 재밥에만 눈이 간다 북 **:** ⇒ 절간에 간 색시 재에는 마음이 없고 재밥에만 눈이 간다 북.

절에는 신중단(神衆壇)이 제일이라 : 신중단은 절의 복화(福禍)를 주관하는 지위로, 어느 때나 벌(罰)을 줄 수도 있고 복(福)을 내릴 수도 있으므로, 가장 높고 어려운 곳을 이르는 말.

절에 쇠 건 것 같다 북 **:** ① 아주 한적한 산속의 절에 자물쇠까지 걸어 놓았으니 쓸쓸하기 그지없다는 뜻으로, 몹시 조용하고 적막함을 비유하여 이르는 말. ② 사방이 다 트여 있는 절간에 쇠를 잠가야 아무 소용이 없다는 데서 유래된 말로, 든든히 한다고 하였지만 그것이 별 소용이 없음을 비유하여 이르는 말.

절은 타도 빈대 죽는 게 시원하다 : ⇒ 초가삼간(-이) 다 타도 빈대 죽는 것만 시원하다.

절이 망하려니까 새우젓 장수가 들어온다 : 일이 안되려니까 뜻밖의 괴상한 일이 생긴다는 말. 절간이 망하려면 백하젓 장사가 성한다 북.

절이 싫으면 중이 떠나야 한다 : 중이 싫어한다고 절이 떠날 수 없는 것처럼 직장이 싫으면 싫은 사람 자신이 직장을 떠나라는 말.

절(拜)하고 뺨 맞는 일 없다 : 남에게 겸손하게 대하면 봉변당하는 일은 없다는 말. 존대하고 뺨 맞지 않는다.

젊어 게으름은 늙어 고생이다 : 젊었을 때 열심히 노력하지 않으면 늙어서 고생하게 된다는 말. 곧, 매사 젊을 때 열심히 노력하라는 말.

젊어 고생은 돈 주고도 못 산다 : 젊었을 때 열심히 노력하면 고생은 되지만 훗날에 큰 보람이 되니, 젊을 때의 고생은 소중히 여기고 참으라는 말.

젊어서(젊었을 때) 고생은 금(논밭전지를) 주고도 못 산다㈜ **:** ⇒ 초년고생은 은 주고 산다.

젊어서 고생은 사서도 한다 : 몸이 건강하고 젊었을 때 고생스럽더라도 열심히 일하면 늙어서는 낙이 있으므로, 젊어서 고생을 달게 하라는 말. 초년고생은 은 주고 산다.

젊어서는 내외간밖에 없고, 늙어서는 자식밖에 없다㈜ **:** ① 젊었을 때는 부부간의 사랑과 정이 지극하여 그 이상의 것이 없는 것 같지만 늙으면 자식이 더욱 귀히 여겨진다는 말. ② 늙어 갈수록 배우자보다 자식에게 의지하려는 마음이 커진다는 말.

젊어서는 색으로 살고, 늙어서는 정으로 산다㈜ **:** 부부가 젊었을 때에는 불 같은 사랑으로 살지만, 늙은 다음에는 서로 믿고 아끼는 따뜻한 정으로 살아간다는 말.

젊어서 소 타 보지 않은 령감이 없다㈜ **:** 젊었을 때엔 무슨 큰일이나 치른 것처럼 희떱게 제 자랑을 늘어놓음을 핀잔하여 이르는 말. 소싯적에 호랑이 안 잡아 본 놈 있나. 소싯적에 호랑이 안 잡은 시어미 없다㈜. 젊어서 팥 한 섬 못 지고 다녔다는 시어머니 없다㈜.

젊어서 팥 한 섬 못 지고 다녔다는 시어머니 없다㈜ **:** ⇒ 젊어서 소 타 보지 않은 령감이 없다㈜.

젊은 과부 한숨 쉬듯 : 시름이 가득하여 한숨을 많이 쉴 때 이르는 말.

젊은 놈의 망녕은 몽둥이로 다스리랬다㈜ **:** ⇒ 노인네 망령은 고기로 고치고, 젊은이 망령은 몽둥이로 고친다.

젊은이 망령은 홍두깨로 고치고 늙은이 망령은 곰국으로 고친다 : ⇒ 노인네 망령은 고기로 고치고 젊은이 망령은 몽둥이로 고친다.

젊은이 망령은 몽둥이(홍두깨)로 고친다 : ⇒ 노인네 망령은 고기로 고치고 젊은이 망령은 몽둥이로 고친다.

점잖은 강아지 부뚜막에 먼저 오른다 : ① 점잖다고 믿은 사람이 엉뚱한 짓을 한다는 말. ② 겉으로만 점잖은 체하는 사람을 조롱하여 이르는 말. 점잖은 개가 똥을 먹는다. 점잖은 개가 부뚜막에 오른다.

점잖은 개가 똥을 먹는다 : 겉으로 점잔을 피우면서 못된 짓을 한다는 말.

점잖은 개가 부뚜막에 오른다 : ⇒ 점잖은 강아지 부뚜막에 먼저 오른다.

접시굽에도 담을 탓㈜ **:** ⇒ 접시 밥도 담을 탓이다.

접시굽에 한 섬을 담을까㈜ **:** 접시굽에 담는 것도 한도가 있는 것이지 한 섬을 담을 수는 없다는 뜻으로, 주어진 조건이 일을 성사시킬 가능성이 전혀 없거나 능력이 턱없이 모자라는 경우를 비유하여 이르는 말.

접시 물에 빠져 죽지 : 처지가 매우 궁박하여 어쩔 줄을 모르고 답답해함을 이르는 말.

접시 물에 코를 박게 되다㈜ **:** 접시 물에 코를 박고 죽게 될 정도로 기막힌 처지를 비유하여 이르는 말.

접시 밥도 담을 탓이다 : 수단이나 성의를 다하면 어려운 일이라도 좋은 결과를 얻을 수 있다는 말. 접시굽에도 담을 탓㈜.

젓가락으로 김칫국을 집어 먹을 놈 : 어림없

는 짓을 하려고 드는 사람을 가리켜 이르는 말.

젓갈 가게에 중 : 당찮은 일에 눈뜨는 경우를 비유하여 이르는 말.

정 각각 흉 각각 : 어떤 대상에게 정은 정대로 있고 흉은 흉대로 있음을 이르는 말.

정강이가 맏아들보다 낫다 : ⇒ 발이 의붓자식(맏아들·효도 자식)보다 낫다.

정담도 길면 잔말이 생긴다 : ① 정겨운 말도 말이 많고 길어지면 군말과 잔말이 나오게 마련이라는 말. ② 좋은 일도 길어지면 안 좋은 결과가 생긴다는 말.

정들면 그만이다(다다) 북 : ⇒ 정들면 미운 사람도 고와 보인다.

정들면 미운 사람도 고와 보인다 북 : 사람이 밉게, 또는 예쁘게 보이는 것은 외모에 따른 것이 아니라, 사귀어 온 정에 의한다는 말. 정들면 그만이다(다다) 북.

정들었다고 정(情) 말〔言〕 말라 : 아무리 절친한 사이라도 상대방에게 경솔하게 자신의 진실을 말했다가는 후환이 있을지 모르니 삼가라는 말.

정들자 이별(離別) : 만났다가 얼마 되지 아니하여 헤어짐을 이르는 말.

정방산도 돌려 꾸민다 북 : 정방산도 돌려놓을 만큼 이야기를 그럴듯하게 잘 꾸며 댄다는 뜻으로, 누구나 속아 넘어갈 만큼 이야기를 잘 꾸며 대거나 허풍을 잘 떠는 경우를 비유하여 이르는 말.

정배(定配)도 가려다 못 가면 섭섭하다 : 고생스러운 귀양살이를 하러 가는 길이라도 간다고 하다가 안 가면 섭섭하다는 뜻으로, 어디를 간다고 하다가 못 가거나, 무슨 일을 하려 하다가 안 하면 섭섭하다는 말.

정선골(旌善-) 물레방아 물레바퀴 돌듯 : 세상의 일이란 일정불변(一定不變)한 것이 아니라 돌고 돈다는 말.

정성(精誠)을 들였다고 마음을 놓지 말라 : 아무리 정성들여 한 일이라도 끝까지 긴장하고 조심하라는 말.

정성이 있으면 한식(寒食)에도 세배(歲拜) 간다 : 아무리 때가 늦어도 정성만 있으면 하려던 일을 이룰 수 있다는 말.

정성이 지극하면 돌 위에도 풀이 난다 : ⇒ 정성이 지극하면 하늘도 감동한다.

정성이 지극하면 동지섣달에도 꽃이 핀다 : ⇒ 정성이 지극하면 하늘도 감동한다.

정성이 지극하면 바위에도 꽃이 핀다 북 : ⇒ 정성이 지극하면 하늘도 감동한다.

정성이 지극하면 하늘도 움직인다 북 : ⇒ 정성이 지극하면 하늘도 감동한다.

정성이 지극하면 하늘도 감동한다〔至誠感天〕 : 어떤 일에 정성을 다하면 신도 감동하여 도와줌으로 일이 잘된다는 말. 정성이 지극하면 돌 위에(-에도) 풀이 난다 북. 정성이 지극하면 동지섣달에도 꽃이 핀다. 정성이 지극하면 바위에도 꽃이 핀다 북. 정성이 지극하면 하늘도 움직인다 북. 진정에는 바위돌도 녹는다 북.

정수리에 부은 물이 발뒤꿈치까지 흐른다〔灌頂之水 必流足底〕 : ⇒ 꼭뒤에 부은 물이 발뒤꿈치로 내린다.

정승(政丞) 날 때 강아지 난다 : 존비 귀천(尊卑貴賤)이 크게 다르지 않음을 뜻하는 말.

정승도 저 싫으면 안 한다 : 아무리 좋은 것이라도 제 마음에 내키지 않으면 하지 않음을 비유하여 이르는 말.

정승 되라 했더니 장승 된다 : 훌륭한 사람이 되기를 바랐는데 못난 사람이 되었음을 이르는 말.

정승 될 아이는 고뿔도 안 한다 북 : 장차 훌륭한 인재가 될 아이는 어려서부터 남다른 데가 있음을 비유하여 이르는 말.

정승 말(개, 당나귀) 죽은 데는 (문상을) 가

도 정승 죽은 데는 (문상을) 안 간다 : ⇒ 대감 죽은 데는 안 가도 대감 말 죽은 데는 간다.

정승 집 개도 삼 년이면 륙갑을 한다 북 **:** 정승 집의 개까지도 삼 년의 세월이면 육십갑자를 다 꼽게 된다는 뜻으로, 유리한 환경에서 이것저것 많이 얻어들으면 일정한 지식을 쌓게 될 경우를 비유하여 이르는 말.

정승 판서 사귀지 말고 제 입이나 잘 닦아라 : ⇒ 삼정승 부러워 말고 내 한 몸 튼튼히 가지라.

정신(精神) 쑥 빠진 소리 한다 북 **:** 전혀 이치에 닿지 아니하는 얼토당토아니한 소리를 하는 경우를 비유하여 이르는 말.

정신없는 늙은이(노친네) 죽은 딸네 집에 간다 : 딴 생각을 하고 다니다가 정신을 차리지 못하고 엉뚱한 곳에 가는 경우를 놀림조로 이르는 말. 실성한 영감 죽은 딸네 집 바라본다.

정신은 꽁무니에 차고 다닌다 : ⇒ 정신은 빼어서 꽁무니에 차고 있다.

정신은 다 빠지고 등신만 남다 북 **:** ① 정신은 나가고 겉모양만 남았다는 뜻으로, 어떤 사람이 얼떨떨해하고 모자라는 행동을 하는 경우를 비유하여 이르는 말. ② 너무 혼이 나서 미처 정신을 차리지 못하고 있는 경우를 비유하여 이르는 말.

정신은 문둥 아비라 : 흐리멍덩하고 못난 짓을 하는 경우를 놀림조로 이르는 말.

정신은 빼어서 개 주었나 : 정신이 없어 무엇이든지 잊어버리기를 잘하는 사람을 놀림조로 이르는 말.

정신은 빼어서 꽁무니에 차고 있다 : ① 경우가 밝지 못하고 어리석으며 실수가 많은 경우를 이르는 말. ② ⇒ 정신은 꽁무니에 차고 다닌다.

정신은 처가(妻家)에 간다 하고 외가(外家)에를 가겠다 : 처가에 간다고 하고서는 처가에 가는 것을 잊고 외가로 간다는 뜻으로, 정신이 좋지 못하여 잘 잊어버리는 경우를 비유하여 이르는 말.

정신은 침 뱉고 뒤지 하겠다 : 정신이 흐려서 침을 뱉고는 밑을 닦는다는 뜻으로, 정신이 없어 앞뒤가 맞지 않는 엉뚱한 행동을 하는 경우를 놀림조로 이르는 말. 침 뱉고 밑 씻겠다.

정신을 가다듬으면 바위라도 뚫는다〔精神一到何事不成〕 북 **:** 정신을 집중하여 하겠다고 결심하면 못 할 일이 없음을 비유하여 이르는 말.

정신을 차려야 염불을 하지 : 일을 그르치는 사람을 핀잔하여 이르는 말.

정신이 보리동냥 갔다 북 **:** 먹을 것이 귀한 보릿고개에 보리를 동냥하러 갔다는 뜻으로, 정신없이 허둥지둥 돌아다니는 경우를 놀림조로 이르는 말.

정(情)에서 노염이 난다 : 정다울수록 언행을 삼가야 한다는 뜻.

정월(正月) 곡일(穀日)에 머리를 감고 빗질을 하면 밭에 풀이 많이 나지 않는다 : 곡일(음력 1월 8일)에 머리를 감고 빗질을 하여 두발을 단정히 하면 밭에 풀이 무성하게 자라지 않는다는 말.

정월 대보름날 귀머리 장군 연 떠나가듯 : 멀리 가서 떨어지는 모양을 비유하여 이르는 말.

정월 대보름날 달무리가 끼면 풍년 든다 : 음력 1월 15일 달무리가 서는 것은 풍년이 들 길조라는 말.

정월 대보름날 달빛이 붉으면 그해 가문다 : 음력 1월 15일 달빛이 붉으면 그해 가뭄으로 흉년이 든다는 말.

정월 대보름날 달빛이 희면 비가 많이 오고

붉으면 가문다 : 농촌에서 음력 1월 15일 달이 뜰 때 달빛이 희면 비가 많이 와서 풍년이 들고, 붉으면 가물어서 흉년이 든다는 말.

정월 대보름날 달빛이 희면 그해 비가 많이 온다 : 음력 1월 15일 달빛이 흰 것은 수증기에 의한 것이므로, 이런 경우에는 그해 비가 많이 올 징조라는 말.

정월 대보름날 별이 찬란하게 빛나면 목화가 풍년 든다 : 음력 1월 15일 밤에 별이 찬란하게 반짝이면 그해 목화 풍년이 든다는 말.

정월 대보름날 여러 가지 볍씨를 같은 무게로 달아 종이에 싸서 중방에 매달았다가 다음날 저울로 달아 가장 무거운 볍씨로 못자리를 하면 풍년 든다 : 음력 1월 15일 아침에 씻나락할 볍씨들을 일정한 중량으로 달아서 종이에 싸 매달았다가 다음날 아침에 계근(計斤)하여 가장 무거운 볍씨, 즉 흡습성이 많은 볍씨로 못자리를 하면 풍년이 든다는 말.

정월 대보름 달빛이 연하면 그해 수해가 있고 붉으면 가뭄이 든다 : 정월 대보름달 빛깔이 물에 씻겨 바랜 것처럼 연하면 비가 많이 오고, 불빛같이 붉으면 가문다는 말.

정월 대보름 달빛이 희면 흰 벼를 심고 붉으면 붉은 벼를 심어야 풍년 든다 : 음력 1월 15일 달빛이 희면 벼이삭이 흰 벼를 심고, 달빛이 붉으면 벼이삭이 붉은 것을 심어야 벼가 잘된다는 말.

정월 대보름달 윤곽이 두껍게 보이는 쪽 지방은 풍년이 들고 엷게 보이는 쪽 지방은 흉년이 든다 : 음력 1월 15일 달을 보고 풍흉을 점치는 방법의 하나로서, 달 윤곽이 두꺼운 쪽 지방은 풍년이 들고 얇게 보이는 쪽 지방은 흉년이 든다는 말.

정월 대보름달이 남쪽으로 기울면 해안 지방이 풍년 든다 : 황해도 지방에서 음력 1월 15일 달이 남쪽으로 기울게 되면 해안 지방에 풍년이 든다는 속설에서 유래된 말.

정월 대보름달이 남쪽으로 뜨면 가물고 북쪽으로 뜨면 비가 많이 온다 : 정월 보름달이 뜨는 위치를 보고 그해의 풍흉을 점치는 방법의 하나로서, 달 뜨는 위치가 남쪽일수록 가뭄이 심하고 북쪽일수록 비가 많이 온다는 말.

정월 대보름달이 남쪽으로 뜨면 그해 가문다 : 황해도 지방에서는 정월 대보름달이 예년보다 남쪽으로 당겨서 뜨면 그해 가문다는 속설에 따른 말. 정월 대보름달이 남쪽으로 뜨면 흉년 든다.

정월 대보름달이 남쪽으로 뜨면 흉년 든다 : ⇒ 정월 대보름달이 남쪽으로 뜨면 그해 가문다.

정월 대보름달이 남쪽으로 뜨면 흉년 들고, 북쪽으로 뜨면 풍년 든다 : 음력 1월 15일 달 뜨는 위치가 평소보다 남쪽으로 기울게 뜨면 흉년이 들고, 북쪽으로 기울게 뜨면 풍년이 든다는 말.

정월 대보름달이 누르면 대풍이 든다 : 음력 1월 15일 달빛이 누른색이 나면 그해 큰 풍년이 든다는 말.

정월 대보름달이 맑으면 풍년이 들고 흐리면 흉년 든다 : 음력 1월 15일 달이 맑게 뜨면 그해 풍년이 들지만 흐리게 뜨면 흉년이 든다는 말.

정월 대보름달이 북쪽으로 기울면 산골 지방에 풍년이 든다 : 황해도 지방에서 음력 1월 15일 달이 북쪽에서 기울게 되면 내륙 쪽의 산골 지대가 풍년이 든다는 속설에서 유래된 말.

정월 대보름달이 북쪽으로 뜨면 그해 비가 많이 오고 남으로 뜨면 가문다 : 옛날 황해도 지방에서 음력 1월 15일 달이 뜨는 위치를 보고 그해 풍흉을 점친 데서 유래된 말.

정월 대보름달이 북쪽으로 뜨면 그해 비가 많이 온다 : 황해도 지방에서는 음력 1월 15일 달이 평년보다 북쪽으로 뜨게 되면 그해 비가 많이 온다고 하는 속설에서 유래된 말.

정월 대보름달이 붉으면 흉년이 들고 희면 풍년이 든다 : 음력 1월 15일 달빛이 붉은 것은 흉년이 들 징조이고, 달빛이 흰 것은 풍년이 들 징조라는 말.

정월 대보름달이 인방(寅方)에서 뜨면 평안도 황해도가 풍년이 든다 : 음력 1월 15일 달이 인방에서 뜨면 평안도와 황해도가 풍년이 든다는 말. *인방-동동북(東東北).

정월 대보름달이 진방(辰方)에서 뜨면 강원도 함경도가 풍년 든다 : 음력 1월 15일 달이 진방에서 뜨면 그해 강원도와 함경도 지방이 풍년이 든다는 말. *진방-동동남(東東南).

정월 대보름달이 희면 풍년 든다 : 음력 1월 15일 달빛이 희면 그때 비가 많이 오게 되므로 풍년이 든다는 말.

정월 보름날 각종 씨앗을 소에게 주어 맨 먼저 먹는 씨앗을 심으면 풍년 든다 : 음력 1월 15일 아침에 여러 가지 씨앗을 소에게 주어 맨 먼저 먹는 씨앗을 심으면 풍년이 든다는 말.

정월 보름날 개고기를 먹으면 그해 유행병에 걸리지 않는다 : 음력 1월 15일에 개고기를 먹으면 1년 동안 유행병을 예방할 수 있다는 말.

정월 보름날 구름이 뭉게뭉게 뜨면 보리 풍년이 든다 : 음력 1월 15일 뭉게구름이 뜨면서 날씨가 포근하면 보리 풍년이 들 징조라는 말. 정월 보름날 뭉게구름이 뜨면 보리가 풍년 든다.

정월 보름날 구수(구유)에 목화씨와 잡곡을 따로따로 넣어서 소가 목화씨를 먼저 먹으면 목화가 풍년 든다 : 음력 1월 15일 아침에 소구유에 목화와 잡곡을 따로따로 넣어서 소가 목화씨를 먼저 먹으면 목화가 풍년 들고, 잡곡을 먼저 먹으면 잡곡이 풍년 든다는 말.

정월 보름날 김치를 먹으면 논밭에 풀이 무성하다 : 음력 1월 15일에 김치를 먹으면 논밭에 풀이 많이 나게 되므로 이날에는 김치를 삼가라는 말.

정월 보름날 뭉게구름이 뜨면 보리가 풍년 든다 : ⇒ 정월 보름날 구름이 뭉게뭉게 뜨면 보리 풍년이 든다.

정월 보름날 밤 다리〔橋〕 위에 목화씨를 뿌려 밟으면 다리〔脚〕가 무병하다 : 다리를 건강하게 유지하려면 1월 15일 밤 다리 위에 목화씨를 뿌리고 발로 밟고 다니면 다리가 건강해진다는 말.

정월 보름날 방아를 찧으면 밭에 두더지 피해가 많다 : 음력 1월 15일은 조용히 보내야 하는데 요란스럽게 방아를 찧으면 그해 밭에 두더지 피해가 많다는 말.

정월 보름날 보리 뿌리가 희면 풍년 든다 : 음력 1월 15일 보리를 캐서 흰 뿌리가 생겼으면 풍년이 든다는 말.

정월 보름날 아침 소가 밥을 먼저 먹으면 풍년 들고, 나물을 먼저 먹으면 흉년 든다 : 음력 1월 15일 아침 소에게 밥과 나물을 주어 밥을 먼저 먹으면 풍년이 들고, 나물을 먼저 먹으면 흉년이 든다는 말.

정월 보름날 아침에 각종 곡식으로 밥을 지어 한 숟가락씩 소 구유에 놓아서 소가 맨 먼저 먹는 곡식이 풍년 든다 : 음력 1월 15일 아침에 각종 곡식으로 각각 밥을 지어 소구유에 한 숟가락씩 따로따로 놓아서 소가 맨 먼저 먹는 곡식을 심으면 그해 풍년이 든다는 말.

정월 보름날 아침에 소에게 밥과 나물을 주어 밥을 먼저 먹으면 풍년 든다 : 음력 1월 15일 아침에 밥과 나물을 소구유에 놓아서 소가 밥을 먼저 먹으면 그해 풍년이 든다는 말.

정월 보름날 아침에 소에게 찰밥과 아홉 가지 채소를 먹이고 외양간 밖을 끌고 다니면 그해 소가 무병하다 : 음력 1월 15일 아침에 소에게 찰밥과 각종 채소 아홉 가지를 먹이고 외양간 밖으로 끌고 다니면 그해 쇠병을 예방하게 된다는 말.

정월 보름날 아침에 오곡밥을 안 먹으면 나쁘다 : 음력 1월 15일 아침에는 오곡밥을 먹어야 길하다는 말.

정월 보름날 우는 닭이 많으면 풍년 든다 : 음력 1월 15일 새벽에 닭 우는 소리가 많이 들리면 풍년이 든다는 말.

정월 보름날 일진이 무자일(戊子日)이면 흉년 든다 : 음력 1월 15일 일진이 무자일이면 불길한 일진이라 흉년이 든다는 말.

정월 보름달을 먼저 보는 사람은 복을 많이 받는다 : 음력 정월 대보름날 저녁에 남보다 먼저 보름달이 떠오르는 것을 보는 사람은 그해에 복을 많이 받는다는 말. *서로 달맞이를 먼저 하려고 하던 옛 풍속과 함께 전하여 오는 말이다.

정월 보름에 보리 뿌리를 보면 그해 보리농사를 안다 : 음력 1월 15일 보리를 캐서 새 뿌리가 생겼으면 풍년이 들고 안 생겼으면 흉년이 든다는 말.

정월 보름은 맑아야 풍년이 든다 : 음력 1월 15일은 구름 없이 맑아야 달이 온 세상을 밝게 비칠 수 있으므로 풍년이 든다는 말.

정월 보름 전 일진(日辰)에 임자(壬字)가 들면 그해 비가 많이 온다 : 음력 1월 15일 전 일진에 임자(壬字)가 들게 되면 그해 비가 많이 온다는 말.

정월 상순 일진에 갑자일(甲子日)이 있으면 풍년 든다 : 육갑에서 갑자일이 첫 번째이기 때문에 갑자일이 정월 초에 들면 길하므로 풍년이 든다는 말.

정월 상순 일진에 병자(丙字)가 들면 가뭄으로 흉년이 든다 : 음력 1월 상순에 병자가 든 일진이 있으면 그해 가뭄으로 흉년이 든다는 말.

정월에 남의 집 개가 들어오면 좋다 : 음력 1월에 남의 개가 들어오면 그해 재수가 있다는 말.

정월에 묘일(卯日)이 셋이면 보리 풍년 든다 : 토끼가 보리 잎을 좋아하기 때문에 정월 일진에 토끼날이 셋이면 보리 풍년이 든다는 말.

정월에 오일(午日)이 셋이면 큰 가뭄이 든다 : 음력 1월의 일진에 오자(午字)가 든 날이 3일이나 되면 크게 가문다는 말.

정월에 해일(亥日)이 셋이면 큰 장마가 진다 : 음력 1월에 해자(亥字)가 든 날이 셋이면 비가 많이 온다는 말.

정월 열나흗날 까치가 울면 수수가 풍년이 든다 : 음력 1월 14일에 까치가 울면 수수가 풍년이 든다는 말.

정월 열나흗날 밤에 잠을 자면 눈썹이 센다 : 음력 정월 대보름날을 맞는 열나흗날 밤에 아이들을 일찍부터 자지 못하게 하느라고 어른들이 장난삼아 하는 말.

정월 열나흗날 보리밥을 해서 밥맛이 나쁘면 보리 흉년 든다 : 음력 1월 14일 아침에 보리밥을 해서 밥맛이 나쁘면 흉년이 든다는 말.

정월 열나흗날 보리밥을 해서 밥맛이 좋으면 보리 풍년 든다 : 음력 1월 14일 아침 보리밥을 해서 밥맛이 평소보다 더 좋으면 그해 보리가 풍년이 든다는 말.

정월 열나흗날 보리밥을 해서 밥맛이 좋으면

보리 풍년 들고, 밥맛이 나쁘면 보리 흉년 든다 : 음력 1월 14일 아침 보리의 풍흉을 보리밥 맛으로 점치는 방법으로서, 보리밥 맛이 좋으면 풍년이 들고 맛이 나쁘면 흉년이 든다는 말.

정월 열나흗날 아침 개에게 솔씨를 먹이면 번식이 잘 된다 : 음력 1월 14일 아침에 개밥에 솔씨를 섞어서 먹이면 그해 암캐가 새끼를 많이 낳는다는 말.

정월 열나흗날 아침에 오곡밥을 안 먹으면 농사철에 일꾼이 안 생긴다 : 음력 1월 14일 아침에는 오곡밥을 먹어야 농사일이 잘되지, 안 먹게 되면 농사철에 일꾼을 못 얻게 된다는 말.

정월 열나흗날 저녁 식사는 일찍 해야 농사철이 빠르다 : 음력 1월 14일 저녁 식사를 일찍이 하여야 그해 농사철이 빨라져서 농사가 잘된다는 말.

정월 열나흗날 해 뜨기 전에 동쪽으로 뻗은 복숭아나무 가지로 둥근 고리를 만들어 소의 머리에 걸어 주면 물것이 덤비지 않는다 : 음력 1월 14일 해가 뜨기 전에 동쪽으로 뻗은 복숭아나무 가지로 둥글게 고리를 만들어 쇠뿔에 걸어 주면, 그해 소에게 물것이 생기는 것을 예방할 수 있다는 말.

정월 일진에 자자(子字) 든 날 쥐불을 놓아야 한다 : 정월 쥐날에 쥐불을 논둑이나 밭둑에 놓아야 들쥐의 피해도 예방할 수 있고, 병충해도 방지할 수 있다는 말.

정월 일진에 축자(丑字) 든 날 쇠뿔에 붉은 물감을 칠해 주면 무병하다 : 음력 1월 일진에 축자가 든 날 쇠뿔에 붉은 물감을 칠해 주면 그해 소의 병을 예방하게 된다는 말.

정월 지난 무에 삼십 넘은 여자 : 철이 지나 시세가 없게 된 사물을 이르는 말.

정월 초닷샛날 비가 오면 그해 흉년이 든다 : 음력 1월 5일이면 아직 추워서 눈이 올 계절인데, 너무 일찍이 해동 비가 왔다가 다시 춥게 되면 보리가 동사(凍死)하게 되므로 보리 흉년이 든다는 말.

정월 초사흗날 동남쪽에 검은 구름이 뜨면 큰비가 온다 : 음력 1월 3일 아침 동남쪽 하늘에 검은 구름이 뜨면 그해 여름에 큰비가 올 징조라는 말.

정월 초사흗날 동남쪽에 붉은 구름이 뜨면 큰 가뭄이 있다 : 음력 1월 3일 아침에 동남쪽 하늘에 붉은 구름이 뜨면 그해 여름 가뭄으로 인하여 흉년이 든다는 말.

정월 초사흗날이나 초나흗날 일진에 신자(辛字)가 들면 벼농사가 풍년 든다 : 음력 1월 3일이나 4일에 신자가 들면 그해 농사가 풍년 든다는 말.

정월 초사흗날 일진에 갑일(甲日)이 있으면 대풍이 든다 : 십간(十干)에서 갑자(甲子)가 처음이므로 이 갑자가 일찍이 들면 대길하여 풍년이 든다는 말.

정월 초순에 비가 많이 오면 목화는 흉년 든다 : 음력 1월 초순이면 눈이 올 계절인데 비가 많이 오는 것은 이상 기후이므로 부정을 잘 타는 목화 농사가 흉년이 든다는 말.

정월 초여드레 곡일(穀日)날 날씨가 좋으면 풍년 든다 : 음력 1월 8일 곡일에 날씨가 맑아야 풍년이 든다는 말.

정월 초열흘 안에 고기 꿈을 꾸면 그해 농사가 잘된다 : 음력 1월 10일 이내에 고기 꿈을 꾸면 그해 농사를 잘 하게 된다는 말.

정월 초열흘 안 일진에 술자(戌字)가 들면, 그해 충해가 많다 : ⇒ 겨울이 춥지 않으면 병충해가 심하다.

정월 초열흘 안 일진에 유자(酉字) 든 날 날씨가 좋으면 목화 풍년이 든다 : 음력 1월 10일 이전 유자가 든 날 날씨가 좋으면 그해 목화가 풍년이 든다는 말.

정월 초이튿날 꿈에 고기를 보면 농사가 풍작든다 : 꿈에 고기를 본다는 것은 길몽(吉夢)이므로, 새해 첫 꿈에 고기를 보면 농사가 풍년이 든다는 말.

정월 초이튿날 동남풍이 불면 흉년 든다 : 음력 1월 2일 동남풍이 부는 것은 흉년이 들 불길한 징조라는 말.

정월 초이튿날 서남풍이 불면 곡식도 잘 영근다 : 음력 1월 2일 서남풍이 불게 되면 곡식들의 결실이 좋아 풍년이 든다는 말.

정월 초이튿날 서북풍이 불면 가축이 잘된다 : 음력 1월 2일 서북풍이 불면 가축이 병 없이 잘 자란다는 말.

정월 초이틀 안에 서남풍이 불면 풍년 든다 : 음력 1월 2일 안에 바람이 서남쪽에서 불어오면 그해 풍년이 든다는 말.

정월 초하루부터 계산해서 첫 번째 축일(丑日)이 짝수가 되면 소 값이 떨어지고 홀수가 되면 소 값이 올라간다 : 음력 1월 1일부터 계산해서 첫 번째 든 축일이 짝수일 경우에는 그해 소 값이 헐하고 홀수일 경우에는 소 값이 비싸다는 말.

정월 초하루부터 보름까지 날씨가 좋으면, 그해 병충해가 없다 : ⇒ 겨울이 추워야 병충해가 적다.

정월 초하루에서 초여드레 사이 일진에 신자(辛字)가 들면 비가 알맞게 와서 풍년이 든다 : 음력 1월 1일부터 8일 사이 일진에 신자(辛字)가 들면 그해 수해도 없이 적당한 비가 와서 풍년이 든다는 말.

정월 초하룻날 구름이 끼면 풍년 든다 : 음력 1월 1일은 눈이 오거나 비가 오면 풍년이 드는데, 구름만 끼어도 풍년이 들 징조라는 말.

정월 초하룻날 날씨가 좋으면 과일이 풍년 든다 : 음력 1월 1일 날씨가 쾌청하면 그해 과실들이 풍년이라는 말.

정월 초하룻날 날씨가 좋으면 그해 새싹이 잘 핀다 : 음력 1월 1일 날씨가 좋으면 그해 봄에 곡식이나 초목의 싹이 잘 핀다는 말.

정월 초하룻날 날씨가 좋으면 일 년 내내 날씨가 좋다 : 음력 1월 1일 날씨가 좋으면 1년 동안 좋은 날씨가 계속된다는 말.

정월 초하룻날 남풍이 불면 풍년 든다 : 음력 1월 1일 남풍이 불면 그해 비가 적당히 와서 풍년이 든다는 말.

정월 초하룻날 남풍이 불면 풍년 들고 동풍이 불면 흉년 든다 : 음력 1월 1일 비를 동반한 남풍이 불면 그해 비가 알맞게 올 징조이고, 곡식에 해로운 동풍이 불면 흉년이 들 징조라는 말.

정월 초하룻날 눈이 오면 풍년 든다 : 음력 1월 1일 서설(瑞雪)이 오는 것은 풍년이 들 길조라는 말.

정월 초하룻날 동쪽 하늘에 오색구름이 있으면 보리 풍년 든다 : 음력 1월 1일 동쪽 하늘에 오색구름이 곱게 떠 있는 것은 그해 보리 풍년이 들 징조라는 말.

정월 초하룻날 동풍이 불면 흉년 든다 : 음력 1월 1일 곡식에 해로운 동풍이 불게 되는 것은 그해 흉년이 들 징조라는 말.

정월 초하룻날 먹어 보면 이월 초하룻날 또 먹으려 한다 : ⇒ 초하룻날 먹어 보면 열하룻날 또 간다.

정월 초하룻날 보리싹이 드물면 풍작 된다 : 한겨울에 보리 발육 상태는 밴 것보다 드문 것이 해동이 되면 새끼도 잘 치고 충실하게 잘 자라서 풍작이 된다는 말.

정월 초하룻날 보리싹이 없어야 보리 풍년 든다 : 음력 1월 1일 만일 새싹이 나 있게 되면 남은 추위에 얼어 죽어 흉년이 되므로 새싹이 없어야 풍년이 든다는 말.

정월 초하룻날부터 초여드렛날 사이 일진에

신자(辛字)가 들면 비가 알맞게 와서 백곡이 풍년 든다 : 음력 1월 1일에서 8일 사이 일진에 신자가 들면 비가 적당히 와서 모든 곡식이 다 풍년이 든다는 말.

정월 초하룻날 새벽에 누른 구름이 오방(五方)에서 뜨면 풍년이 든다 : 음력 1월 1일 새벽하늘에 누른 서운(瑞雲)이 오방에서 일어나면 전국이 다 풍년이 들 길조라는 말.

정월 초하룻날 소에게 밥과 나물을 주어 나물을 먼저 먹으면 흉년이 든다 : 음력 1월 1일 아침에 소에게 밥과 나물을 주어 나물을 먼저 먹으면 그해 흉년이 든다는 말.

정월 초하룻날 식전에 까치가 울면 목화 풍년이 든다 : 음력 1월 1일 기쁜 명절날 아침 일찍 길조(吉鳥)인 까치가 우는 것은 목화 풍년이 들 징조라는 말.

정월 초하룻날 아침에 까치가 울면 풍년 든다 : 까치는 길조(吉鳥)이기 때문에 음력 1월 1일 아침부터 까치가 울면 풍년이 든다는 말.

정월 초하룻날 아침에 부잣집 뒷간에 가서 재 한 삽을 가져다가 자기 집 뒷간에 두면 그해 농사가 잘된다 : 음력 1월 1일 아침에 부잣집 뒷간에 가서 재 한 삽을 가져다가 자기 집 뒷간에 두면 부잣집 복을 나누어 가지게 되므로 그해 농사가 잘된다는 말.

정월 초하룻날은 눈이 와야 풍년이 들고 정월 보름날은 맑아야 풍년이 든다 : 설날에 오는 눈은 서설(瑞雪)이고, 보름날 오는 눈은 달맞이를 하게 되므로 풍년이 든다는 말.

정월 초하룻날은 흐려야 풍년이 든다 : 음력 1월 1일은 눈이나 비가 오면 대풍이 들고, 흐리기만 해도 준풍년은 든다는 말.

정월 초하룻날 일진에 계자(癸字)가 들면 찬비(冷雨)가 많이 온다 : 음력 1월 1일 일진에 계자가 들면 그해 찬비가 많이 와서 농작물에 피해를 많이 주게 된다는 말.

정월 초하룻날 일진에 묘자(卯字)가 들면 풍년 든다 : 음력 1월 1일 일진에 묘자(卯字)가 든 해는 곡식이 풍년 든다는 말.

정월 초하룻날 일진에 병자(丙字)가 들면 가뭄이 심하다 : 음력 1월 1일 일진에 병자(丙字)가 든 해는 여름 가뭄이 심하여 농산물의 피해가 있게 된다는 말.

정월 초하룻날 일진에 병자(丙字)가 들면 봄누에는 잘 안 된다 : 음력 1월 1일 일진에 병자가 들면 누에가 병이 들어 잘 안 된다는 말.

정월 초하룻날 일진에 사자(巳字)가 들면 크게 가문다 : 음력 1월 1일 일진에 사자(巳字)가 들면 그해 심한 가뭄으로 인하여 농산물의 피해가 많다는 말.

정월 초하룻날 일진에 술자(戌字)가 들면 곡식은 풍작이지만 질병이 많다 : 음력 1월 1일 일진에 술자(戌字)가 든 해는 풍년은 들지만 질병이 있어서 인명 피해가 있다는 말.

정월 초하룻날 일진에 술자(戌字)가 들면 병충해가 많다 : 술자(戌字)를 풀어보면 '성할 무(戊) 안에 점(·), 즉 벌레'가 있으므로 음력 1월 1일에 술자가 들면 병충해가 있게 된다는 말.

정월 초하룻날 일진에 자자(子字)가 들면 그해 큰비가 온다 : 음력 1월 1일 일진에 자자(子字)가 든 해는 장마로 인하여 농작물 피해가 많을 것이라는 말.

정월 초하룻날 일진에 자자(子字)가 들면 수해로 흉년 든다 : 음력 1월 1일 일진에 자자(子字)가 든 해는 수해로 흉년이 든다는 말.

정월 초하룻날 일진에 진자(辰字)가 들면 가뭄 끝에 수해가 있다 : 음력 1월 1일 일진에 진자(辰字)가 들면 그해 심한 가뭄으로 한재(旱災)가 있고, 장마로 인한 수해(水害)

도 있어서 흉년이 든다는 말.

정월 초하룻날 일진에 축자(丑字)가 들면 바람이 많다 : 음력 1월 1일 일진에 축자(丑字)가 든 해는 폭풍이 여러 차례 있어서 풍수해를 입을 징조라는 말.

정월 초하룻날 일진이 갑자(甲子)이면 풍해가 있다 : 음력 1월 1일 일진이 갑자일(甲子日)인 해는 바람이 심하여 농작물의 피해가 많다는 말.

정월 초하룻날 털 있는 짐승의 일진이 들면 목화가 풍년 든다 : 음력 1월 1일 일진에 털 있는 짐승의 날이 들면 털과 목화는 연관이 있기 때문에 목화 풍년이 든다는 말.

정은 옛정이 좋고 집은 새집이 좋다團 **:** 사람은 오래 사귄 사람일수록 정이 깊고 다정하다는 말.

정이월 높바람(北風)에는 바위 끝에 눈물난다 : 정이월 높새바람에는 바위 끝에 고드름이 맺히도록 날씨가 몹시 추워진다는 말.

정이월에 대독 터진다 : 음력 1~2월쯤이 되면 으레 날씨가 풀릴 것으로 생각하기 쉬우나 이따금씩 더 심한 추위가 닥치는 날이 있음을 이르는 말.

정이월 바람에 검은 암소 뿔이 오그라진다 : 음력 1월에서 2월 사이에 부는 바람은 암소의 뿔이 오그라질 정도로 몹시 춥다는 말.

정이월에 밭에서 고양이가 교미를 하면 그해 목화가 풍년 든다 : 음력 1~2월에 고양이가 밭에서 교미를 하게 되면 그해 목화 농사가 풍년이 든다는 말.

정(情) 정 해도 늘그막의 정이 제일이다團 **:** 내외간의 정은 늙어 갈수록 더욱 두터워진다는 말.

정직(正直)은 일생(一生)의 보배 : ① 정직하면 평생 실패가 없다는 말. ② 정직은 평생 지켜야 할 보배라는 말.

젖[乳] 떨어진 강아지 같다 : 몹시 보챔을 비유하여 이르는 말.

젖 먹는 강아지 발뒤축 문다 : 나이 어린 사람이 윗사람을 어려워하지 않고 버릇없이 행동함을 비유하여 이르는 말.

젖 먹던 힘이 다 든다 : 무슨 일이 몹시 힘듦을 이르는 말. 젖 먹은 힘까지 다 낸다.

젖 먹은 것까지 다 기여 올라온다團 **:** ⇒ 젖 먹은 밸까지 뒤집힌다.

젖 먹은 밸까지 뒤집힌다 : 매우 속이 상하고 아니꼬움을 비유하여 이르는 말. 삼 년 전에 먹은 오려 송편이 나온다團. 젖 먹은 것까지 다 기여 올라온다團.

젖 먹은 힘까지 다 낸다 : ⇒ 젖 먹던 힘이 다 든다.

젖먹이가 거품을 물면 비 온다 : ⇒ 갓난아이가 투레질하면 비가 온다.

젖먹이 두고 가는 년은 자국마다 피가 맺힌다 : 어린 자식을 떼어 두고 가는 어머니의 심정은 걸음걸음에 피가 맺힐 것같이 침통하다는 말.

젖 안 나는 여자는 돼지 발굽을 먹으면 잘 난다 : 여자가 산후에 젖이 안 날 때는 돼지 족발을 먹으면 많이 난다는 말.

젖은 보채는 아이한테 먼저 준다 : ⇒ 보채는 아이 밥 한 술 더 준다.

젖 잘 먹은 아이 같다團 **:** 매우 포동포동하고 튼실한 모습을 이르는 말.

제가 갈 길은 제가 걸어야 한다團 **:** 제가 해야 할 일을 남에게 밀거나 남의 신세를 지려고 할 것이 아니라, 자신의 힘으로 해 나가야 함을 비유하여 이르는 말.

제가 기른 개에게 발뒤꿈치 물린다 : 자기가 은혜를 베푼 자에게 도리어 해를 받게 됨을 이름. 제집 개에게 발뒤꿈치를 물리었다.

제가 기른 자식도 장가보내면 사촌 된다團 **:** 자식도 장가를 보내어 살림을 꾸려 주면 자연히 사이가 벌어지게 된다는 말.

제가 놓은 덫에 제가 먼저 걸려든다〔自繩自縛〕 북 : 제가 놓은 올가미에 제가 먼저 걸려 해를 입게 됨을 비유하여 이르는 말. 제가 놓은 덫에 치이다.

제가 놓은 덫에 치이다 북 : ⇒ 제가 놓은 덫에 제가 먼저 걸려든다 북.

제가 눈 똥에 주저앉는다 : ⇒ 제 꾀에 제가 넘어간다.

제가 제 눈을 찌른다 : ⇒ 제가 제 뺨을 친다.

제가 제 무덤을 판다 : 스스로 자신을 망치는 어리석은 짓을 함을 비유하여 이르는 말.

제가 제 뺨을 친다 : 자기가 잘못하여 자신에게 해가 돌아오게 함을 비유하여 이르는 말. 제가 제 눈을 찌른다. 제 손으로 제 눈 찌르기. 제 손으로 제 뺨을 친다.

제가 춤추고 싶어서 동서를 권한다 : ⇒ 동서 춤추게.

제가 하고 싶어 하는 일은 흥이 난다 : ⇒ 저 하고 싶어서 하는 일은 힘든 줄 모른다.

제갈공명 칠성단에 동남풍 기다리듯 : 무엇을 잔뜩 기다리는 모양을 비유하여 이르는 말. 제갈량이 칠성단에서 동남풍 기다리듯.

제갈량이 왔다가 울고 가겠다 : 지략으로 유명한 제갈량이 상대의 지략에 놀라 자신의 무능을 한탄하며 울고 돌아가겠다는 뜻으로, 지혜와 지략이 매우 뛰어난 사람을 비유하여 이르는 말.

제갈량이 칠성단에서 동남풍 기다리듯 : ⇒ 제갈공명 칠성단에 동남풍 기다리듯.

제 갗에 좀 난다 : 가죽에 좀이 나면 마침내는 좀도 못 살고 가죽도 못 쓰게 된다는 뜻으로, 동류끼리 또는 같은 친족끼리 서로 다투는 것은 쌍방에 다 해로울 뿐임을 이르는 말.

제 갗에 침 뱉기 : ⇒ 누워서 침 뱉기.

제 것 주고 뺨 맞는다 : 남에게 잘해 주고도 도리어 해로움을 당하는 경우를 이르는 말. 내 것 주고 매 맞는다.

제게서 나온 말이 다시 제게 돌아간다 : ① 소문이 빨리 퍼짐을 비유하여 이르는 말. ② 말이란 한번 하고 나면 금방 자신에게로 돌아올 만큼 빨리 퍼지는 것이므로 그만큼 조심해야 함을 이르는 말.

제 계집 잃고 제 애비를 의심하다 북 : 자기 아내를 잃고 자기 아버지가 어쩌지 아니하였나 의심한다는 뜻으로, 아버지조차도 믿지 못할 만큼 너무나도 의심이 많은 사람을 비꼬아 이르는 말.

제 골 명창 없다 북 : 자기 가까이에서 늘 사귀는 사람의 좋은 점이나 장기에 대하여 늘 무관심함을 이르는 말.

제 그른 줄 모르고 남만 그르다 한다 북 : 자신의 잘못은 깨닫지 못하고 남에게만 잘못이 있다고 생각하거나, 자신이 저지른 잘못의 원인을 남에게서 찾는 그릇된 태도를 이르는 말.

제 꾀에 제가 넘어간다〔自繩自縛〕 : 남을 속이려다가 도리어 자기가 속게 됨을 이름. 또는 지나치게 꾀를 부리면 손해를 보게 된다는 말. 제가 눈 똥에 주저앉는다. 제 딴죽에 제가 넘어졌다.

제 나락 주고 제 떡 사 먹기 : 남의 덕을 보려다가 뜻대로 안 되어 결국 제 돈을 쓰게 되었다는 말.

제 낯 그른 줄 모르고 거울 탓한다 북 : ⇒ 제 얼굴 더러운 줄 모르고 거울만 나무란다.

제 낯에 침 뱉기 : ⇒ 누워서 침 뱉기.

제 녀편네가 해 주는 범벅이 제 에미가 해 주는 이밥보다 맛있다 북 : 자기 아내가 해 주는 음식은 맛이 없더라도 맛있게 먹는다는 뜻으로, 부부 사이의 정이 각별함을 비유하여 이르는 말.

제 논 모가 크는 줄은 모른다 : 무엇이든 남의 물건이나 재물은 좋아 보이고 탐이 남을 비유하여 이르는 말.

제 논에 물대기〔我田引水〕 : 자기에게만 이롭게 되도록 생각하거나 행동함을 이르는 말. 내 논에 물 대기.

제 논에 물 먼저 대게 마련이다 : 논에 물이 부족할 때는 누구나 다 제 논에 물을 먼저 대려고 하는 것이 당연하다는 말.

제 놈이 제갈량이면 용납이 있나 : 아무리 제갈량만큼 꾀가 있고 재주가 있더라도 어찌할 도리가 없음을 비유하여 이르는 말.

제 눈 똥에 주저앉는다 : 남을 해치려고 한 일에 도리어 자기가 걸려들어 해를 보게 됨을 비유하여 이르는 말. 제 똥 밟고 주저앉는 격㈔.

제 눈섭은 보지 못한다㈔ : ⇒ 등잔 밑이 어둡다.

제 눈에 안경이다 : 보잘것없는 물건이라도 제 마음에 들면 좋아 보인다는 말. 눈에 안경.

제 눈을 제 손으로 우비는 멍청이 신세가 되겠다 : 스스로 자신의 신세를 망쳐 버릴 어리석은 행동을 함을 비유하여 이르는 말.

제 다 아는 상한다㈔ : 제가 다 아는 듯이 거만하게 우쭐대는 모양을 비꼬아 이르는 말.

제대로 되기는 제사가 글렀다㈔ : 일이 제대로 되어 가기는 아예 글렀음을 비유하여 이르는 말.

제 덕에 이밥이라 : ⇒ 제사 덕에 이밥이라.

제 도끼에 제 발등 찍힌다〔自繩自縛〕 : 자기가 한 일이 도리어 자기에게 해가 됨을 비유하여 이르는 말. 제 발등을 제가 찍는다. 제 오라를 제가 졌다.

제 돈 칠푼(七分)만 알고 남의 돈 열네 잎은 모른다 : 자기 것만 소중하게 여김을 비유하여 이르는 말.

제 등이 가려워야 긁는다㈔ : 자기 앞에 어려운 일이 닥쳐야 비로소 그것을 처리하려고 행동한다는 말.

제 딴죽에 제가 넘어졌다 : ⇒ 제 꾀에 제가 넘어간다.

제 딸이 고와야 사위를 고른다㈔ : 자기의 처지나 조건이 유리해야 자기 의사대로 그 뜻을 관철해 나갈 수 있음을 비유하여 이르는 말.

제 땅이라고는 메밀씨 모로 박을 땅도 없다 : 자기 땅이라고는 작고 뾰족한 메밀씨를 박을 땅조차 없다는 뜻으로, 땅이 전혀 없음을 비유하여 이르는 말.

제 떡 먹기라 : 횡재를 한 줄 알고 신이 나서 먹었는데 결국은 자기가 먹을 떡을 먹은 데에 지나지 않았다는 뜻으로, 이득을 본 줄 알았는데 결과적으로는 자기 것을 축낸 데에 불과함을 비유하여 이르는 말.

제 떡보다 남의 떡이 더 커 보인다㈔ : ⇒ 남의 손에 떡이 더 커 보이고, 남이 잡은 일감이 더 헐어 보인다.

제 똥 구린 줄은 모른다 : 자기의 허물을 모르거나 반성할 줄 모름을 비유하여 이르는 말.

제 똥 밟고 주저앉는 격㈔ : ⇒ 제 눈 똥에 주저앉는다.

제를 제라고 하니 생원님보고 벗하잔다 : 되지 못한 자를 조금 대접해 주니 우쭐대면서 건방지게 굴 때를 이르는 말.

제 마음에 괴어야 궁합 : 제 마음에 들면 좋아 보인다는 말.

제 먹기는 싫고, 개 주기는 아깝다㈔ : ⇒ 나 먹자니 싫고, 개 주자니 아깝다.

제 먹기 싫은 떡 남 주기는 아깝다㈔ : ⇒ 나 먹자니 싫고, 개 주자니 아깝다.

제 몸 구린 줄은 모른다 : 자기의 허물을 모른다는 말.

제 몸이 중이면 중의 행세를 하라고 : 제 신

분을 지켜 분수에 넘치는 행동을 삼가라는 말.

제 못 쓰는 것 남 주기 싫어한다㉾**:** 자기는 못 쓸 것이라도 남 주기는 싫어한다는 뜻으로, 구두쇠같이 옹졸하고 몹시 인색한 사람의 행동을 비유하여 이르는 말.

제물에 녹장이 난다㉾**:** 자기 스스로 맥을 잃거나 지쳐서 다시는 회복할 수 없게 됨을 이르는 말. *녹장—'녹초'의 북한어. 제물에 물러 떨어진다㉾.

제물에 물러 떨어진다㉾**:** ⇒ 제물에 녹장이 난다㉾.

제물(祭物)에 배를 잃어버렸다 : 무엇이 되어 가는 서슬에 휩쓸리어 가장 긴요한 것을 빠뜨렸음을 이르는 말.

제 밑 구린 줄은 모르고 남의 탓은 되우 한다㉾**:** 자기에게 있는 결점은 모르고 공연히 남만 탓하는 어리석은 행동을 비유하여 이르는 말. *되우—되게(아주, 몹시).

제 밑 들어 남 보이기 : ⇒ 제 발등에 오줌 누기.

제 밑 핥는 개 : 자기가 한 짓이 더럽고 추잡한 줄 모르는 사람을 비유하여 이르는 말.

제 발등에 오줌 누기 : 자기가 한 짓이 자기를 모욕하는 결과가 됨을 비유하여 이르는 말. 내 밑 들어 남 보이기. 제 밑 들어 남 보이기. 제 얼굴에 똥칠한다.

제 발등을 제가 찍는다 : ⇒ 제 도끼에 제 발등 찍힌다.

제 발등의 불을 먼저 끄고 아비 발등의 불을 끈다 : 매우 위급한 경우에는 비록 골육(骨肉)의 관계라도 자기를 먼저 구함이 인지상정이라는 말. 제 발등의 불을 끄고서야 남의 사정도 본다㉾.

제 발등의 불을 끄고서야 남의 사정도 본다㉾**:** ⇒ 제 발등의 불을 먼저 끄고 아비 발등의 불을 끈다.

제 발등의 불을 끄지 않는 놈이 남의 발등의 불을 끄랴 : 자기 앞의 급한 일도 미처 처리하지 못하는 사람이 남의 일까지 해결해 줄 수 있겠느냐는 말.

제 발등의 불을 먼저 끄랬다 : 남의 일을 간섭하기 전에 자기의 급한 일을 먼저 살피라는 말.

제 발등의 불이 제일 뜨겁다㉾**:** 자기가 직접 겪는 고통이나 불행이 가장 심한 것같이 느껴진다는 말.

제 밥그릇 높은 줄만 안다㉾**:** 자기 밥그릇에 밥이 많이 담긴 것만 만족해서 우쭐해 있다는 뜻으로, 자기만 제일인 듯이 어리석게 생각함을 비유하여 이르는 말.

제 밥 덜어줄 샌님은 물 건너서부터 안다 : 인정이 있고 어진 사람은 멀리 떨어진 데에서 보기만 하여도 알 수 있을 만큼 어딘가 다른 데가 있다는 말.

제 밥 먹고 큰집(상전) 일 한다 : ① 자기 물건을 써 가며 공짜로 큰집 일을 해 주고 있다는 뜻으로, 자기 할 일은 똑똑히 못하면서 주책없이 행동함을 비유하여 이르는 말. ② 자기 할 일을 못 하면서 마지못해 남의 일을 하게 됨을 비유하여 이르는 말.

제 밥 먹은 개가 제 발등 문다 : ⇒ 내 밥 먹은 개가 발뒤축을 문다.

제 방귀에 놀란다 : ⇒ 봄 꿩이 제 바람에 놀란다.

제 배 부르니 종의 밥 짓지 말란다 : ⇒ 상전 배부르면 종 배고픈 줄 모른다.

제 배 부르니 종의 배고픈 줄 모른다 : ⇒ 상전 배부르면 종 배고픈 줄 모른다.

제 배 부르니 평양 감사가 녹두알(조카)같이 보인다㉾**:** 먹는 것이 걱정 없게 되니 더 이상 아무것도 부러울 것이 없음을 비유하여 이르는 말.

제 버릇 개 못 준다 : ⇒ 제 버릇 개 줄까.

제 버릇 개 줄까 : 한번 젖어 버린 나쁜 버릇은 쉽게 고치기가 어렵다는 말. 낙숫물은 떨어진 데 또 떨어진다. 제 버릇 개 못 준다.

제 보금자리 사랑할 줄 모르는 새 없다 : 누구나 다 자기 고향을 사랑하고 아낀다는 말.

제 복은 귀신도 못 물어 간다㊀ **:** ① 자기가 당할 일은 반드시 자기가 당하고야 만다는 운명론적인 생각을 비유하여 이르는 말. ② 자신에게 정하여진 행운은 그 누구도 빼앗을 수 없음을 비유하여 이르는 말.

제 부모 나쁘다고 내버리고 남의 부모 좋다고 내 부모라 할까 : 좋건 나쁘건 자기 부모가 남이 될 수 없고, 남의 부모가 자기 부모가 될 수 없다는 말.

제 부모 위하려면 남의 부모를 위해야 한다 : 자기 부모를 잘 섬기고 위하려면 부모가 남의 공대를 받을 수 있도록 저도 남의 부모를 잘 섬겨야 한다는 말.

제비가 기러기의 뜻을 모른다㊀ **〔燕雀安知鴻鵠之志哉〕 :** 평범한 사람은 덕망이 높고 깊은 사람의 뜻을 짐작할 수 없다는 말. 참새가 황새의 뜻을 모른다.

제비가 땅을 스치며 낮게 날면 비가 온다 : 비가 오기 전에는 습도가 높아지므로 곤충류가 날개가 무거워져서 풀밭이나 숲속으로 찾아들고, 제비는 이들을 잡아먹기 위해 땅바닥 가까이 날아다닌다는 말. 제비가 많이 날면 비가 온다. 제비가 목욕을 하면 비가 온다. 제비가 물을 차면 비가 온다. 제비가 분주하게 먹이를 찾으면 비가 온다. 제비가 사람을 어르면 비가 온다. 제비집에 물이 차면 비가 온다.

제비가 많이 날면 비가 온다 : ⇒ 제비가 땅을 스치며 낮게 날면 비가 온다.

제비가 목욕을 하면 비가 온다 : ⇒ 제비가 땅을 스치게 낮게 날면 비가 온다.

제비가 물을 차면 비가 온다 : ⇒ 제비가 땅을 스치게 낮게 날면 비가 온다.

제비가 분주하게 먹이를 찾으면 비가 온다 : ⇒ 제비가 땅을 스치게 낮게 날면 비가 온다.

제비가 사람을 어르면 비가 온다 : ⇒ 제비가 땅을 스치게 낮게 날면 비가 온다.

제비가 새끼를 많이 치는 해는 농사가 잘된다 : 새들은 일기에 민감하게 알을 낳기 때문에 그해 새끼를 많이 치면 일기가 좋은 해가 되어 농사가 잘된다고 하여 나온 말.

제비가 오면 기러기는 가고 기러기가 오면 제비는 간다 : 제비와 기러기는 계절이 서로 다른 철새라 함께 살수 없다는 말.

제비가 지면 가까이 날면 비가 올 것이다 : 제비가 일기를 예감하는 것이 아니라 제비의 먹이가 되는 곤충이 습기가 많아지면 비가 곧 내릴 것임을 예감하고 피하기 위하여 숨을 장소를 찾아다닌다. 이때, 제비는 그 먹이를 구하기 위해 지면 가까이 날게 된다는 말.

제비가 집 안에서 죽으면 망한다 : 제비를 잘 보호하라는 말.

제비가 집을 거칠게 지으면 그해 바람이 많다 : 제비가 바람에 잘 견딜 수 있도록 집을 거칠게 짓는 것은 바람이 올 징조라는 말.

제비가 집을 거칠게 지으면 풍년 든다 : 제비집이 거친 것은 흙에 수분이 많아 그것에 짚북데기를 버무려서 지었기 때문이므로, 이런 해는 물이 흔해서 못자리를 순조롭게 하여 풍년이 든다는 말.

제비가 집을 안으로 들여 지으면 장마가 크게 진다 : 제비가 집을 안으로 깊이 들여 짓는 것은 큰비로부터 둥지를 보호하고 종족 보존을 하기 위함이니 그해 큰비가 올 것을 예견할 수 있다는 말.

제비가 집을 지으면 길하다 : 집 안에 제비가 집을 짓는 것은 길조라는 말.

제비가 처마 안쪽을 향하여 집을 지으면 흉

년 든다 : 제비집은 안에서 밖을 향하여 짓는데, 반대로 안을 향하여 짓는 것은 그해 폭풍우 피해를 막기 위한 것이므로 풍수해를 입어 흉년이 든다는 말.

제비는 기러기의 마음을 모른다 : 제비와 기러기는 만날 수가 없으므로 서로의 마음을 모르듯이, 사람도 접촉을 하지 않으면 마음을 모른다는 말.

제비는 봉을 낳지 못한다 : 작은 짐승이 큰 짐승이 될 수 없듯이, 욕심만으로는 일이 이루어지지 않는다는 말.

제비는 작아도 강남 가고, 참새는 작아도 알을 낳는다 : 체격은 작아도 할 일은 다 한다는 말.

제비는 작아도 강남 간다 : 몸집은 비록 작아도 저 할 일은 다 한다는 말. 거미는 작아도 줄만 잘 친다. 제비는 작아도 알만 낳는다.

제비는 작아도 알만 낳는다 : ⇒ 제비는 작아도 강남을 간다.

제비도 낯짝이 있고 빈대도 콧잔등이 있는 법 : 사람이 무슨 일을 하든지 체면과 얼굴이 있지 어떻게 그런 행동을 할 수 있느냐는 말.

제비도 은혜를 갚는다㊍ **:** 고전 소설 『흥부전』에서 보면 제비도 은혜를 아는데 하물며 사람이 은혜를 몰라서야 되겠느냐는 뜻으로 이르는 말.

제비를 먼저 보면 기쁜 일이 생긴다 : 봄이 되어 제비를 남보다 먼저 보면 기쁜 일이 생긴다는 말.

제비를 잡으니까 꽁지를 달라 한다㊍ **:** 남이 애써 얻은 것 중에서 가장 소중한 것을 염치없이 달라고 하는 경우를 비유하여 이르는 말.

제비를 죽이면 학질을 앓는다 : 익조(益鳥)인 제비를 죽이지 말고 잘 보호해 주라는 말.

제비와 기러기가 서로 엇갈려 날아온다 : 좀처럼 만나기가 어려운 관계를 이르는 말.

제비와 기러기의 탄식이다 : 서로 만나야 할 사람이 만나지 못해서 탄식함을 비유하여 이르는 말.

제비집에 물이 차면 비가 온다 : ⇒ **제비가 땅을 스치며 낮게 날면 비가 온다.**

제비집에서 제비가 떨어지면 장마 진다 : 제비가 제집에서 떨어지면 장마 들 징조라는 말.

제비집이 허술하면 큰 바람이 없다 : 기후에 민감한 제비가 집을 허술하게 짓는 것은 태풍이 없을 징조라는 말.

제비 한 마리가 왔다고 여름을 몰고 오지는 않는다 : 무슨 일이든 속단은 금물이라는 말.

제 뼈가 공신㊍ **:** 사지가 튼튼해서 어렵고 힘든 일을 마다하지 아니하고 해 주니 그것이야말로 공신과 같다는 뜻으로, 몸이 튼튼한 것이 제일임을 비유하여 이르는 말.

제삿날 맏며느리 앓아 눕는다㊍ **:** ① 가장 중요한 때에 일을 주관하여야 할 핵심적인 사람이 탈이 나서 눕게 되는 경우를 비유하여 이르는 말. ② 결정적인 대목에 가서 중요한 대상이나 일이 틀어지는 경우를 비유하여 이르는 말. 잔치칫날 맏며느리 앓아 눕는다㊍.

제삿날 중만큼이나 구변이 좋다㊍ **:** 제사 집에 와서 염불을 외우는 중만큼이나 말솜씨가 좋다는 뜻으로, 말재간이 좋아서 이야기를 술술 엮어 대는 사람을 비유하여 이르는 말.

제사(祭祀) 덕에 이밥이라 : ① 무슨 일을 빙자하여 이익을 얻는다는 말. ② 어떤 기회에 좋은 소득이 있는 경우를 이르는 말. 제 덕에 이밥이라. 조상 덕에 이밥을 먹는다.

제사떡에는 붉은 팥고물을 쓰지 않는다 : 제사떡에 붉은 팥고물을 쓰면 귀신이 피로 알고 되돌아간다는 속설에서 유래된 말.

제 사람 되면 다 고와 보인다 : 남이라도 자기 집 식구나 자기 집단의 성원이 되면 정이 가고 고와 보이게 됨을 이르는 말.

제 사랑 제가 끼고 있다 : ⇒ 제 사랑 제가 진다.

제 사랑 제가 진다 : 저 하기에 따라서 사랑을 받을 수도 있고 미움을 받을 수도 있다는 말. 제 사랑 제가 끼고 있다.

제사를 지내려니 식혜부터 쉰다 : 공교롭게 일이 틀어짐을 일컫는 말.

제사보다 젯밥(祭-)에 정신이 있다 : ⇒ 염불에는 맘이 없고 잿밥에만 맘이 있다.

제 살 궁리는 다 한다 : 어려운 경우를 당하여도 누구나 자기가 살아갈 궁리는 다 하함을 이르는 말.

제 살 깎아 먹기 : 자기가 한 일의 결과가 자신에게 해가 됨을 이르는 말.

제 살림 제가 꾸려야 한다㉿ **:** 자기 살림은 자기가 꾸려야지 남이 대신 해 줄 수 없음을 이르는 말.

제 살이 아프면 남의 살도 아픈 줄 알아라 : 자기 경우에 견주어서 남의 사정도 참작할 줄 알아야 한다는 말.

제삿술 가지고 친구 사귄다 : ⇒ 곁집 잔치에 낯을 낸다.

제상(祭床) 다리를 친다 : 제사 지내려고 차려놓은 상의 다리를 친다 함이니, 공 들여 이루어 놓은 일을 심술부려 망쳐 놓음을 이르는 말.

제상도 산 사람 먹자고 차린다 : 모든 것이 다 살아 있는 사람에 맞게 이루어짐을 비유하여 이르는 말.

제상 앞에 개가 꼬리를 쳐야 그 집안이 잘된다 : 아이들이 많고 자손이 매우 왕성하여야 집안이 잘된다는 말.

제상에 놓은 떡이 커야 귀신도 좋아한다 ㉿ **:** 무엇이든 후하게 대접하여 주어야 상대편이 좋아함을 비유하여 이르는 말.

제 새끼 밉다는 사람 없다 : 자기 자식을 사랑하는 것은 인지상정(人之常情)임을 이르는 말.

제 새끼 잡아먹는 범은 없다 : 아무리 무서운 자라도 제 자식에게는 인정스럽다는 말.

제석(帝釋) 아저씨도 먹지 않으면 안 된다 : ⇒ 제석(-의) 아저씨도 벌지 않으면 안 된다.

제석(-의) 아저씨도 벌지 않으면 안 된다 : 어떠한 사람이든지 힘써 벌어야만 살아갈 수 있다는 말. 제석 아저씨도 먹지 않으면 안 된다.

제석이가 아저씨라도 농사를 지어야 산다 : 아무리 배경이 좋은 사람이라도 직장을 가지고 있어야 먹고 살지, 유산도 없이 빈둥거리다가는 먹고 살 수가 없다는 말.

제 속은 줄 모르고 남 속이려 든다 : 자기가 남에게 속은 줄도 모르고 제 딴에는 남을 속인다고 생각하는 어리석음을 이르는 말.

제 속 짚어 남의 말 한다㉿ **:** ① 자기 짐작으로 남의 사정을 이렇다 저렇다 평가하는 경우를 비유하여 이르는 말. ② 자기가 생각하고 있는 것을 남이 말하듯이 하면서 털어놓는 경우를 비유하여 이르는 말.

제 속 흐린 게 남보고 집 봐 달라고 말 못 한다 : 양심이 흐린 사람은 남도 자기와 같은 줄 알고 믿지 못한다는 말.

제 손가락이 안으로 곱힌다㉿ **:** ⇒ 팔이 들이굽지(안으로 굽지) 내굽나(밖으로 굽나).

제 손금 보듯 한다 : 무엇을 환히 꿰뚫어 봄을 비유하여 이르는 말.

제 손도 안팎이 다르다 : 자기 손의 앞뒤가 다르듯, 남의 마음이 서로 다른 것은 당연하다는 말.

제 손으로 제 눈 찌르기 : ⇒ 제가 제 뺨을 친다.

제 손으로 제 뺨을 친다 : ⇒ 제가 제 뺨을

친다.

제 수염에 불 끄듯북 : 자기 수염에 붙은 불을 끄듯이 다급해서 허둥지둥하는 꼴을 이르는 말.

제수(祭需) 흥정에 삼색실과(三色實果) : 어떤 일에 반드시 있어야 할 물건을 비유하여 이르는 말.

제 아재비 제 따라간다 : 자기 아저씨를 따라가는 것이 조금도 이상할 것이 없다는 뜻으로, 누구의 뒤를 따라나서는 것이 조금도 어색하지 아니함을 비유하여 이르는 말.

제 앞에 큰 감 놓는다 : 여럿이 하는 일에서 자기 욕심만 채우려고 하는 이기적인 행동을 비유하여 이르는 말.

제 어미 시집오는 것 보았다는 놈과 같다 : 자기가 태어나기 전에 일어난 일을 자기 눈으로 직접 보았다고 장담하는 사람과 같다는 뜻으로, 너무도 허황한 이야기를 장담함을 비유하여 이르는 말.

제 언치 뜯는 말이라 : 말이 제 언치를 뜯으면 장차 자기 등이 시리게 되는 것이니, 친척이나 동기(同氣)를 해치는 것은 결국 자기를 해치는 것과 같음을 이르는 말. 언치 뜯는 말.

제 얼굴 가죽을 제가 벗긴다 : 자기에게 불명예스러운 일을 스스로 저지름을 비유하여 이르는 말.

제 얼굴 더러운 줄 모르고 거울만 나무란다 : 자기 잘못은 모르고 남만 탓함을 비유하여 이르는 말. 제 낯 그른 줄 모르고 거울 탓한다북.

제 얼굴 못나서 거울만 깬다 : 자기 얼굴 못생긴 것은 생각지 못하고 못나 보이는 것이 거울 탓인 것처럼 여기면서 거울만 깨뜨린다는 뜻으로, 자기가 잘못한 것에 대한 화풀이를 엉뚱한 데 하면서 아까운 물건만 버리는 어리석은 행동을 비유하여 이르는 말.

제 얼굴에 똥칠한다 : ⇒ 제 발등에 오줌 누기.

제 얼굴엔 분 바르고 남의 얼굴엔 똥 바른다 : ① 저만 위할 줄 앎을 이르는 말. ② 잘된 일은 제 낯만 세우고 못된 일은 다 남이 한 것처럼 말함을 이르는 말.

제 얼굴은 제가 못 본다 : 자기의 허물을 자기가 잘 모름을 비유하여 이르는 말. 제 흉 제가 모른다.

제 오라를 제가 졌다〔自繩自縛〕: ⇒ 제 도끼에 제 발등 찍힌다.

제 옷감을 제가 찢는다 : 자기 일을 스스로 그르치는 어리석음을 비유하여 이르는 말.

제 옷 벗어 남의 발에 감발 쳐 준다 : 자기에게 꼭 필요한 것을 남을 위하여 내주거나, 남이 별로 필요로 하지도 않는 일에 신경을 쓰는 경우를 비웃어 이르는 말.

제웅으로 만들었다 : 사람의 우매(愚昧)함을 때려서 꾸짖음을 이르는 말.

제 인심 좋으면 초(楚)나라 가달(賈達)도 사귄다 : 저만 착하고 인심 좋으면 몹시 험상궂고 심보가 사납기로 이름난 초나라의 가달조차도 잘 사귈 수 있다는 뜻으로, 마음씨만 고우면 누구라도 잘 사귈 수 있음을 비유하여 이르는 말.

제 일 바쁘지 않다는 사람 없다 : 자기 일이 바쁘다고 엄살을 떪을 비꼬아 이르는 말.

제 일 자랑 삼 년에 수염도 돋지 않는다 : 자기 자랑을 3년씩이나 하고 다니니 너무도 뻔뻔스러워서 수염조차 나지 않는다는 뜻으로, 자기 자랑을 아주 많이 하는 사람을 비꼬아 이르는 말.

제 자루 떡메 : 공교롭게 일이 잘 맞아 들어가 쉽게 됨을 비유하여 이르는 말.

제 자식 가려 보는 부모 없다북 **:** 부모는 자식을 차별하지 않고 똑같이 사랑한다는 뜻으로, 무엇에 차별을 두지 않고 똑같이 대함을 이르는 말.

제 자식의 흉은 모른다㊂ : 부모는 자식과 관련된 일은 무엇이나 다 좋게 보려 함을 비유하여 이르는 말.

제 자식 잘못은 모른다 : 제 자식의 결점은 눈에 잘 띄지 않는다는 말.

제 재주에 제가 넘어진다〔自繩自縛〕 : 제 잘못으로 제 일을 망침을 이르는 말.

제 절 부처는 제가 위하랬다(-고) : ⇒ 내 절 부처는 내가 위해야 한다①.

제정신 어데로 가고 개혼이 씌운다㊂ : 정신없이 돌아감을 비꼬아 이르는 말.

제 좋아서 곤장(棍杖) 지고 다니면서 매를 맞는다㊂ : 자기가 좋아서 하는 일은 아무리 힘이 들고 고통스러워도 스스로 찾아서 하게 됨을 이르는 말.

제 죄 남 안 준다 : ① 자기가 지은 죄에 대한 대가는 반드시 제가 벌을 받게 된다는 말. ② 자기에게 속한 것은 죄조차 남 주기 싫어할 만큼 몹시 인색함을 비유하여 이르는 말.

제주(濟州) 말갈기 서로 뜯어 먹기 : 남의 물건에 손을 대도 누구의 물건인지 민감하게 따질 수 없어 별로 말썽이 없는 경우를 비유하여 이르는 말.

제주 말갈기 외로 질지 바로 질는지 : 말이 어릴 때는 그 갈기가 좌우 어느 쪽으로 넘어갈지 예측하기가 어렵다는 말이니, 어떤 일의 전도나 결과를 처음에는 예측할 수 없다는 말.

제주 말 제 갈기 뜯어 먹기 : ① 남에게 의지하지 않고 제힘으로 살아간다는 말. ② ㊂ 무슨 소득이나 얻은 것처럼 기뻐한 것이 결국 자기의 것을 축낸 데에 지나지 아니하게 된 경우를 비유하여 이르는 말.

제주 미역 머리 감듯 : ⇒ 진사 시정 연줄 감듯.

제주에 말 사 놓은 듯 : 멀리 사 두어서 아무 소용이 없는 상황을 비유하여 이르는 말.

제집 개도 밟으면 문다 : 손아랫사람도 지나치게 꾸짖으면 반항한다는 말.

제집 개에게 발뒤꿈치를 물리었다 : ⇒ 제가 기른 개에게 발뒤꿈치 물린다.

제집부터 꾸리고야 나라일도 본다㊂ : ① 나랏일은 어떻게 되든 자기 집 일부터 먼저 보는 이기적인 관점이나 행동을 이르는 말. ② 제 집안부터 잘 꾸려야 마음 놓고 제게 맡겨진 나랏일도 훌륭히 수행할 수 있다는 말.

제 집 식개는 모르면서 남의 집 식개 알기㊂ : 제가 잘 알 수 있는 저의 집 식기 뚜껑도 모르면서 남의 집의 식기 뚜껑은 어떻게 알 수 있겠느냐는 뜻으로, 자기가 맡은 일도 잘 몰라 바빠하는 형편에 남의 일을 모르는 것은 당연하다는 말.

제집 어른 섬기면 남의 어른도 섬긴다 : 제집에서 잘하는 자가 밖에 나가서도 잘한다는 말.

제집 연기는 남의 집 연기보다 낫다 : 대수롭지 않은 것이라도 정든 것은 좋다는 말.

제집 이밥보다 이웃집 보리밥 맛이 낫다 : 음식은 자기 집에서 늘 먹는 것보다 남의 집에서 모처럼 먹는 것이 맛있다는 말.

제집 제사는 모르면서 남의 집 제사는 알까 : 자기네 집의 일을 모르면서 남의 집의 일을 잘 알 까닭이 없다는 말.

제 처 말 안 듣는 사람 없다 : 흔히 아내의 말이나 청을 딱 자르지 못하고 들어주거나, 그대로 믿다가 일을 그르치는 수가 많다는 뜻으로, 아내의 말을 조심하여 들으라는 말.

제 처 흉은 모른다㊂ : 자기 아내의 흠은 잘 모르고 있는 경우가 많다는 말.

제 침 발라 꼰 새끼가 제일이다 : 손바닥에 침을 발라 가며 자기가 직접 꼰 새끼가 제 마음에 제일 든다는 뜻으로, 자기가 직접 힘을 들여 한 일이 제일 믿음직함을 비유하여 이르는 말.

제 칼도 남의 칼집에 들면 찾기 어렵다 : ⇒ 내 칼도 남의 칼집에 들면 찾기 어렵다.

제 코가 석 자 : ⇒ 내 코가 석 자.

제 코가 석 자 가웃이나 빠졌다㊊ **:** ⇒ 내 코가 석 자.

제 코도 못 닦는 것이 남의 코 닦으려고 한다 : 제 일도 감당 못 하는 주제에 남의 일에 참견함을 비꼬아 이르는 말. 제 코도 못 씻는 게 남의 부뚜막 걱정한다.

제 코도 못 씻는 게 남의 부뚜막 걱정한다 : ⇒ 제 코도 못 닦는 것이 남의 코 닦으려고 한다.

제 코도 못 씻는다㊊ **:** 자기 앞에 닥친 일도 미처 처리하지 못함을 비유하여 이르는 말.

제 코도 못 씻는 주제에 남의 코를 씻어 주겠다 한다㊊ **:** 자기 앞에 닥친 일도 처리하지 못하면서 남의 일을 걱정하며 도와주겠다고 나섬을 비유하여 이르는 말.

제터(祭-) 방죽에 줄남생이 늘어앉듯 : 많은 사람이 열을 지어 늘어앉음을 조롱하여 이르는 말. 재터 방축에 줄남생이 늘어앉듯㊊. 팽기 다리에 물 들어서듯. 합덕 방죽에 줄남생이 늘어앉듯.

제 털 뽑아 제 구멍에 박기 : 융통성이 전혀 없고 고지식하기만 함을 비유하여 이르는 말. 털 뽑아 제 구멍 메우기.

제 팔꿈치는 물지 못한다㊊ **:** ① ⇒ 식칼이 제 자루를 깎지 못한다. ② 뻔히 보면서도 제힘으로는 이러지도 못하고 저러지도 못함을 비유하여 이르는 말.

제 팔자 개 못 준다 : 타고난 운명은 버릴 수 없다는 말.

제 피리에 제가 춤춘다㊊ **:** 자기 혼자 흥이 나서 공연히 들썩들썩하는 어리석은 행동을 비꼬아 이르는 말.

제 흉 열 가진 놈이 남의 흉 한 가지를 본다 : 많은 결점을 가진 사람이 다른 사람의 조그만 결점을 들어 나쁘게 말함을 비꼬아 이르는 말.

제 흉 제가 모른다 : ⇒ 제 얼굴은 제가 못 본다.

제힘 모르고 강(江)가 씨름 갈까 : 자기의 능력을 스스로 헤아려 짐작하고 어떤 일을 해야 한다는 말.

젬병(煎餠)이라 : 모든 일이 불미스럽고 낭패된 상황이나 모습을 비유하여 이르는 말.

조강지처는 불하당(糟糠之妻不下堂) : 온갖 어려움을 같이해 온 아내는 소중히 대우해야 한다는 말.

조개 껍데기는 녹슬지 않는다 : 천성이 어진 사람은 다른 사람의 나쁜 습관에 물들지 않는다는 말. 조개껍질은 녹슬지 않는다.

조개껍질은 녹슬지 않는다 : ⇒ 조개껍데기는 녹슬지 않는다.

조개부전 이 맞듯 : ⇒ 부전조개 이 맞듯.

조개 속의 게 : 조개껍데기 속에 사는 게라는 뜻으로, 아주 연약하고 활동력이 없는 사람을 비유하여 이르는 말.

조개와 황새의 싸움㊊ **(蚌鷸之爭) :** 남에게만 이익을 주는 어리석은 싸움을 비유하여 이르는 말. * 황새는 조개의 살을 물고 조개는 황새의 부리를 물어 서로 어쩌지 못하고 있을 때에 지나가는 어부가 조개와 황새를 다 얻어 가졌다는 고사(漁父之利)에서 유래된 말.

조개젓 단지에 괭이 발 드나들듯 : ⇒ 반찬단지에 고양이 발 드나들듯.

조그마한 실뱀이 온 강물을 다 휘젓는다 : ⇒ 조그만 실뱀이 온 바닷물을 흐린다.

조그만 실뱀이 온 바닷물을 흐린다 : 못된 사람 하나가 온 집안이나 사회 전체를 망친다는 말. 조그만 실뱀이 온 강물을 다 휘젓는다.

조금 다섯물에 용왕님 불알 보인다 : 조금 후 5일이 되면 평소에 드러나지 않는 깊은 곳까지 바닷물이 퇴조(退潮)하여 용왕이 보일 정도로 조수가 준다는 말. *조금(潮—)—조수가 가장 낮은 때(음력 매월 8, 23일)를 이르는 말.

조금 때는 날씨가 기울기 쉽다 : 조금에는 대기 중의 수증기가 증가되므로 날씨가 궂을 확률이 높다는 말.

조금에 비가 안 오면 서무날까지 기다린다 : 조금에 비가 안 오면 서무날까지 기다려야 한다는 제주 속담. *서무날—음력 매월 12, 27일.

조금이 들면 비가 많이 온다 : 조금 무렵에는 비가 많이 온다는 말.

조깃배에는 못 가리라 : 배에 탄 사람 중에 떠드는 사람이 있으면 조기가 놀라 도망간다는 뜻으로, 쓸데없는 말을 많이 하는 자를 꾸짖어 이르는 말.

조는 집에 자는 며느리 온다 : 잠꾸러기 집에는 잠꾸러기만 모이게 됨을 비유하여 이르는 말.

조는 집은 대문턱부터 존다 : ① 주인이 게을러 졸고 있으면 집안 전체가 다 그렇게 된다는 말. ② 대문짝을 보면 그 집 주인들의 생활 기풍을 알 수 있다는 말.

조락(釣落)을 내려봐야 안다 : 고기는 다 잡은 뒤에 낚시 바구니를 봐야 알듯이, 무슨 일이든 그 결과를 봐야 한다는 말. *조락—낚시 바구니.

조례(條例)만 있으면 사또질 하겠다 : 자기는 손도 까딱 않고 남만 시켜 먹으려는 자를 비꼬아 이르는 말.

조로 배 사 먹는다 : 밥도 제대로 못 해 먹는 처지에 과일을 사 먹듯이 분수없는 짓만 함을 이르는 말.

조록싸리 피거든 남의 집에 가지 말랬다 : 조록싸리 꽃이 피는 초여름은 궁한 때라 남의 집을 찾아가면 폐가 되니 가지 말라는 말.

조롱복(鳥籠福)이야 : 주어진 복이나 이익을 오래 누리지 못하는 자를 이르는 말.

조롱 속(안)의 새 : 자유를 속박당한 몸을 비유하여 이르는 말. 조롱에 갇힌 새.

조롱에 갇힌 새 : ⇒ 조롱 속(안)의 새.

조를 세어 밥을 짓겠다 : 좁쌀을 한 알씩 세어서 밥을 짓듯이, 몹시 인색하고 좀스러움을 비유하여 이르는 말.

조리로 물 푸기 북 **:** 물을 퍼 담을 수 없는 조리로 물을 푼다는 뜻으로, 아무리 하여도 보람이 없는 헛된 일을 어리석게 함을 비유하여 이르는 말.

조리에 옻칠한다 : ① 쓸데없는 일에 괜히 재물을 써 없앰을 비꼬아 이르는 말. ② 격에 맞지 아니하게 꾸며 도리어 흉함을 비유하여 이르는 말.

조리 장수 매끼돈을 내어서라도 : ⇒ 똥 묻은 속옷을 팔아서라도. *매끼돈—매끼(곡식 섬을 묶을 때 쓰는 새끼나 끈)로 묶을 수 있을 만큼의 돈이라는 뜻으로 많은 액수의 돈을 이르는 말.

조마거둥〔調馬擧動〕에 격쟁(擊爭)을 한다 : 조마거둥을 진짜 임금의 행차인 줄 알고 징이나 꽹과리를 친다는 뜻으로, 경우를 모르고 어리석은 짓을 함을 지적하여 탓하는 말. *조마거둥—거둥의 절차에 따라 임금이 타는 말을 한 달에 몇 차례씩 미리 훈련시키던 일.

조막돌을 피하니까 수마석(水磨石)을 만난다 북 **:** ⇒ 노루 피하니 범이 온다. *수마석—물결에 씻겨 닳아서 반들반들한 돌.

조막손이 달걀 놓치듯 : 물건이나 기회를 잡지 못하고 놓치는 경우나 모양을 이르는 말.

조막손이 달걀 도둑질한다 : ① 자기 능력

이상의 일을 이루었음을 비유하여 이르는 말. ② 조막손이는 달걀 같은 것을 쥘 수가 없으니 달걀을 어찌 도둑질할 수 있느냐는 말.

조막손이 달걀 떨어뜨린 셈 : 낭패를 보고 어쩔 줄 모름을 비유하여 이르는 말.

조막손이 달걀 만지듯 : ① 사물을 자꾸 주무르기만 하고 꽉 잡지 못함을 비유하여 이르는 말. ② [북] 무슨 일을 성사시키지 못하면서 오랫동안 우물쭈물하고 있음을 비유적으로 이르는 말. 조막손이 닭알 굴리듯[북].

조막손이 닭알 굴리듯[북] : ⇒ 조막손이 달걀 만지듯[2].

조막손이 엿 주무르듯[북] : 제대로 처리하지도 못하면서 우물쭈물하기만 하는 서투른 일솜씨를 비유하여 이르는 말.

조모숨 열두 번 치고도 남 주기 아까와 딸네를 준다[북] : 남은 것이 거의 없는데도 남 주기 아까워한다는 뜻으로, 무엇이든 남 주기 싫어하고 몹시 인색한 사람의 행동을 비유하여 이르는 말. * 조모숨–조 이삭을 잘라 한 줌 될 만하게 묶은 것.

조밥도 많이 먹으면 배부르다 : 보잘것없는 것이라도 수량이 많으면 한몫 본다는 말.

조밥도 먹고 이밥도 먹었다 : 고생도 해 보았고 부유하게도 살아 보았기 때문에 세상 물정을 다 안다는 말.

조밥에도 큰 덩이 작은 덩이가 있다 : 어디에나 크고 작은 구별이 있다는 말.

조밭 세 벌 김을 맬 때는 개미가 락상하도록 북을 준다[북] : 조밭의 세 벌 김은 북을 잔뜩 높여 주어야 조가 잘된다는 말. * 북을 주다–흙으로 식물의 뿌리를 덮어주다.

조밭에 강아지풀이다 : 조나 강아지풀이 비슷하듯이, 서로 비슷한 것끼리 섞여서 찾기가 어렵다는 말.

조 비비듯 한다 : 근심 걱정으로 초조해하는 모양을 비유하여 이르는 말.

조북데기를 치면 저녁먹이 나와도, 안해(녀편네)를 치면 끼니를 굶는다[북] : 조 마당질하고 난 북데기를 다시 털면 저녁 먹을 만한 낟알이 나오지만 아내를 때리면 끼니를 굶는다는 뜻으로, 아내를 구박하고 때리면 남편에게는 손해밖에 돌아오지 아니한다는 말.

조상(祖上)같이 안다 : 무슨 물건을 끔찍하게 귀히 여김을 이르는 말.

조상 덕에 이밥을 먹는다 : ⇒ 제사 덕에 이밥이라[2].

조상 덕은 못 입어도 주둥아리 덕은 입는다 [북] : ① 말주변이 좋으면 처세를 잘해 나갈 수 있음을 이르는 말. ② 입을 함부로 잘못 놀리다가는 큰 화를 입을 수 있음을 경계하는 말.

조상 떡 바라듯[북] : 조상의 제상에 올려놓은 떡이 차례 되기를 바라듯 한다는 뜻으로, 무엇이 차례 되기를 간절히 바라는 모양을 이르는 말.

조상 박대하면 삼 년에 망하고, 일군을 박대하면 당일로 망한다[북] : 밑에 두고 부리는 아랫사람을 박대하지 말고 잘 돌봐 주어야 자신의 모든 일이 잘되어 나감을 비유하여 이르는 말. 일군을 박대하면 당일로 망한다[북].

조상(弔喪)보다 팥죽에 마음이 있다 : ⇒ 조상에는 정신(마음) 없고 팥죽에만 정신이 간다.

조상(祖上) 신주 모시듯 : 몹시 받들어 우대하는 경우를 이르는 말.

조상(弔喪)에는 정신없고 팥죽에만 정신이 간다 : 마땅히 예를 차려 자기가 하여야 할 일은 안 하고, 잇속을 차릴 수 있는 일에만 눈을 밝히는 경우를 비꼬아 이르는 말. 조상보다 팥죽에 마음이 있다.

조석거리(朝夕-)도 없는 주제에 천하를 걱정한다북 : 제구실도 똑똑히 못하면서 주제넘게 큰일에 관여하는 어리석음을 비꼬아 이르는 말.

조석 싸 가지고 말리러 다닌다 : 기를 쓰고 하지 못하게 말리는 경우를 비유하여 이르는 말.

조석은 굶고도 이는 쑤신다북 : 굶고도 먹은 체하거나, 없으면서도 있는 체하며 허세를 부리는 꼴을 비꼬아 이르는 말.

조선(朝鮮) 망하고 대국(大國) 망한다 : 엄청나게 말썽을 부림을 이르는 말.

조선 바늘에 되놈 실 꿰듯 : 섬세한 조선 바늘에 무딘 호인(胡人)의 손으로 실을 꿰려고 애쓴다는 뜻으로, 되지도 않을 일을 애써 하는 경우를 비꼬아 이르는 말.

조선 사람은 낯 먹고 산다 : 우리나라 사람은 너무 체면을 차린다는 말.

조선의 뜸부기는 다 네 뜸부기냐북 : 제 것과 비슷하다고 하여 덮어놓고 다 제 것인 것처럼 우기는 사람을 비꼬아 이르는 말.

조수(潮水)에 물보라가 많으면 비바람 징조 : 태풍이 접근하면 파도가 심하게 일어 흰 거품이 많이 생김을 이르는 말.

조 심은 데 조 나고 콩 심은 데 콩 난다북 : ⇒ 콩 심은 데 콩 나고 팥 심은 데 팥 난다.

조약돌을 피하니 수마석(水磨石)을 만난다 : ⇒ 노루 피하니 범이 온다.

조약돌이 바위로 될 수 없다북 : 본래 바탕이 작은 것은 아무리 애써도 큰 것이 될 수 없음을 비유하여 이르는 말.

조 이삭은 팰수록 고개를 숙인다 : ⇒ 벼 이삭은 익을수록 고개를 숙인다.

조 이삭 패듯 한다 : 조 이삭이 탐스럽게 패듯이, 무엇이 소담스러움을 이르는 말.

조자룡이 헌 창(칼) 쓰듯 : 돈이나 물건을 헤프게 쓰는 경우를 비유하여 이르는 말.

조잘거리는 아침 까치로구나 : 말을 유난히 큰 소리로 하는 사람을 이르는 말.

조정 공론 사흘 못 간다 : ⇒ 고려공사는 사흘(삼 일).

조정(朝廷)엔 막여작(莫如爵)이요, 향당(鄕黨)엔 막여치(莫如齒)라 : 조정에서는 벼슬의 등급을 중히 여기고, 향당에서는 나이의 차례를 중히 여긴다는 말.

조조(曹操)는 웃다 망한다 : 자신만 하며 웃기만 하면 언제 망신을 당할지 모른다는 말.

조조와 장비(張飛)는 만나면 싸움북 : 힘이나 수가 엇비슷한 사람끼리 만나기만 하면 승부를 겨룸을 비유하여 이르는 말.

조조의 살이 조조를 쏜다 : 지나치게 재주를 피우면 결국 그 재주로 말미암아 자멸함을 비유하여 이르는 말.

조카 생각하는 것만큼 아재비(숙부) 생각도 한다 : 남을 생각하여 주어야 남도 나를 생각하여 준다는 말.

조팥밥은 이밥하고 안 바꾼다 : 조에다 팥을 섞어서 지은 밥은 이밥보다 맛이 더 좋다는 말.

조 한 섬 가진 놈이 시게 금 올린다북 : 조 한 섬 가진 놈이 농간을 부려 곡식 값을 올려놓고 말았다는 뜻으로, 대단치도 않은 인물이 부정적인 영향을 미치게 됨을 비난조로 이르는 말. *시게 금-'시겟금(시장에서 파는 곡식의 시세)'의 북한어.

조 한 섬 가진 놈이 흉년 들기만 기다린다 : ① 남의 사정은 생각지도 않고 사소한 제 욕심만 낸다는 말. ② 변변치 못한 것으로 큰 허욕을 낸다는 말.

족제비 난장 맞고 홍문재(虹門峴) 넘어가듯 : 엉겁결에 매를 맞아 정신을 잃고 죽을지 살지 몰라 허겁지겁 달아나는 모양을 비유하여 이르는 말.

족제비는 꼬리 보고 잡는다 : ① 족제비는 긴요하게 쓸 부분인 꼬리가 있으므로 잡는다는 뜻으로, 모든 일은 까닭이 있어 행한다는 말. ② 무슨 일이나 다 쓸모를 보고 적합한 사람을 쓴다는 말.

족제비도 낯짝이 있고, 미꾸라지도 백통(陰部)이 있고, 빈대도 콧등이 있다 : ⇒ 빈대도 낯짝(콧등)이 있다.

족제비도 낯짝이 있다 : ⇒ 빈대도 낯짝(콧등)이 있다.

족제비도 낯짝이 있어 숨을 구멍을 가린다 북 **:** ⇒ 빈대도 낯짝(콧등)이 있다.

족제비 똥 누듯 한다 : 눈물을 조금씩 흘리는 모양을 비유하여 이르는 말.

족제비 밥(밤) 탐하다 치어 죽는다 : ① 이겨 내지도 못하면서 너무 많이 먹으려다 망신한다는 말. ② 북 욕심 사납게 사욕을 채우다가 망함을 비유하여 이르는 말.

족제비 잡아 꼬리(꽁지)는 남 주었다 : 가장 필요하고 중요한 것을 남에게 주었다는 말.

족제비 잡으니까 꼬리를 달란다 : 애써 얻은 것의 가장 긴요한 부분을 염치없이 빼앗으려는 언동을 비꼬아 이르는 말. 족제비 잡은 데 꼬리 달라는 격.

족제비 잡은 데 꼬리 달라는 격 : ⇒ 족제비 잡으니까 꼬리를 달란다.

족제비 지나간 곳에 노린내 풍긴다 북 **:** ① 어떤 특별한 현상에는 반드시 그 원인이 있음을 비유하여 이르는 말. ② 어떤 부정적인 행동을 하고 간 곳에는 반드시 그 흔적이 남음을 비유하여 이르는 말.

존대(尊待)하고 뺨 맞지 않는다 : ⇒ 절하고 뺨 맞는 일 없다.

좀꾀에 매꾸러기 : 좀스러운 꾀를 부리다가는 매만 맞게 된다는 말.

좀벌레 퇴기둥을 넘어뜨린다 북 **:** 하찮은 것이 큰일을 망쳐 놓는 경우를 비유하여 이르는 말.

좁쌀로 뒤웅박 파겠다 : 소견이 좁고 답답한 위인을 비꼬아 이르는 말.

좁쌀만큼 아끼다가 담돌만큼 해(害) 본다 : ⇒ 기와 한 장 아끼다가 대들보 썩힌다.

좁쌀 썰어 먹을 놈 : 성질이 아주 좀스러운 사람을 비꼬아 이르는 말.

좁쌀 알을 대패질해 먹겠다 북 **:** 몹시 잘고 좀스러운 사람의 행동을 비유하여 이르는 말.

좁쌀에 뒤웅 판다 : ① 좁쌀을 파서 뒤웅박을 만든다는 뜻으로, 가망이 없는 일을 하는 경우를 비유하여 이르는 말. ② 잔소리가 심하다는 말.

좁쌀여우 : 사람 됨됨이가 간사하고 교활함을 이르는 말.

좁쌀영감 : 꼬장꼬장하게 간섭이나 잔소리를 몹시 하는 사람을 이르는 말.

좁쌀 한 섬 두고 흉년 들기를 기다린다 : ① 변변치 못한 것을 가지고 남이 아쉬운 때를 기회로 삼아 큰 효과를 보려고 하는 경우를 비유하여 이르는 말. ② 북 남의 불행은 생각하지 아니하고 제 욕심만 채우려고 하는 못된 심보를 비유하여 이르는 말.

좁은 데 장모 낀다 : ① 차마 가라고는 할 수 없으나 가 주었으면 하는 사람이 가지 않고 있음을 이르는 말. ② 북 괄시하기 어려운 나그네가 끼어들어 생활이 부자연스러워짐을 비유하여 이르는 말.

좁은 입으로 말하고 넓은 치맛자락으로 못 막는다 : 말은 하기 전에 미리 조심해서 하라는 말.

좁은 틈에 장목 낀다 : 어울리지 않는 곳에 어색하고 거추장스럽게 있음을 비유하여 이르는 말. *장목—물건을 받치거나 버티는 데 쓰는 굵고 긴 나무.

**종가(宗家)는 망해도 신주보(神主褓)와 향로

(香爐) 향합(香盒)은 남는다 : 종가는 망하여도 제사 지낼 때 쓰는 신주보와 향로, 향합은 남는다는 뜻으로, 문벌 있는 집안은 아무리 망하더라도 집안의 규율과 품격과 지조는 남음을 비유하여 이르는 말. 논밭은 다 팔아먹어도 향로 촛대는 지닌다.

종갓집 며느리 틀이 있다 : 사람이 덕성스럽고 인복이 있어 보인다는 말.

종개 한 마리가 온 강물(대동강 물)을 흐린다㉻ **:** ⇒ 미꾸라지 한 마리가 온 웅덩이를 흐려 놓는다.

종과 상전은 한 솥의 밥이나 먹지 : 너무 차등(差等)이 커서 같이 어울릴 수 없음을 이르는 말.

종기(腫氣)가 커야 고름이 많다 : ① 물건이 커야 그 속에 든 것도 많다는 말. ② 바탕이나 기본이 든든하지 않으면 생기는 것도 적다는 말.

종〔婢〕년 간통은 소 타기 : 종년을 간통하는 것은 누운 소 타기와 같이 쉽다는 뜻으로, 지위나 권세로써 일을 하기는 매우 쉽다는 말.

종달새 깨 그루에 앉아 통천하를 보는 체한다㉻ **:** 하찮은 자리에 올라선 자가 하늘 높은 줄 모르고 우쭐댐을 비유하여 이르는 말.

종달새 둥지 알을 꺼내면 보리밭을 해친다 : 보리밭에 있는 종달새 둥지에서 알을 꺼내면 종달새가 보리밭을 해치므로 삼가라는 말.

종달새 삼씨 까먹듯 한다 : ① 종달새가 삼씨를 까먹듯이, 무엇을 정신없이 마구 먹음을 이르는 말. ② 침착하지 못하고 말을 빨리 지껄임을 이르는 말.

종로(鍾路) 깍쟁이 각 집집 앞으로 다니면서 밥술이나 빌어먹듯 : 이 집 저 집 돌아다니며 문전걸식하는 모양을 비유하여 이르는 말.

종로에 가서 뺨 맞고 한강에서(빙고에서, 한강에 가서, 행랑 뒤에서) 눈 흘긴다〔怒甲移乙〕 : ① 욕을 당한 자리에서는 아무 말도 못 하고 다른 곳에 가서 화풀이를 한다는 말. ② 노여움을 애매한 다른 데로 옮김을 비유하여 이르는 말. 서울서 매 맞고 송도서(시골에서) 주먹질한다. 서울에서 뺨 맞고 안성 고개 가서 주먹질한다㉻. 영에서 뺨 맞고 집에 와서 계집 친다. 읍에서 매 맞고 장거리에서 눈 흘긴다.

종(鐘) 소리가 똑똑히 들리면 비 올 징조다 : ⇒ 기적 소리가 가까이 들리면 비가 온다.

종알거리는 아침 까치로구나 : 말소리가 유난히 큰 사람을 조롱하여 이르는 말. 종잘거리는 아침 까치로구나.

종야(終夜) 통곡(痛哭)에 부지(不知) 하(何) 마누라 상사(喪事) : ⇒ 밤새도록 통곡을 해도 어떤 마누라 초상인지 모른다.

종〔奴〕을 부릴려면 주인이 먼저 종노릇해야 한다㉻ **:** 남을 부리려면 부리는 사람이 미리 일의 속사정을 알기 위하여 힘을 들여야 한다는 말.

종의 자식 귀애하니까(귀애하면) 생원(生員)님 나룻에 꼬꼬마를 단다 : ① 너무 귀여워하면 도리어 조롱을 사게 됨을 비유하여 이르는 말. ② 버릇없는 사람을 지나치게 귀애하면 방자하여져서 함부로 굴게 됨을 비유하여 이르는 말. *꼬꼬마–아이들 장난감의 하나. 실 끝에 새의 털이나 종이 오리 따위를 매어 바람에 날리며 논다.

종이〔紙〕도 네 귀를 들어야 바르다 : 종이도 네 귀를 함께 들어야 어느 한 귀도 처짐이 없이 판판해진다는 뜻으로, 무슨 일이든 하나도 빠짐없이 모두 힘을 합쳐야 올바르게 되어 감을 비유하여 이르는 말. 종잇장도 네 귀를 들어야 바르다.

종〔奴〕이 종을 부리면 식칼로 형문(刑問)을 친다 : 남에게 눌려 지내던 사람이 신분이 귀해지면 지난 일은 생각하지 않고 아랫사람을 더 모질게 대함을 이르는 말.

종이〔紙〕 한 장도 들 탓북 : 무슨 일이든 어떻게 하는가에 따라 일의 성과가 좌우됨을 강조하여 이르는 말.

종이 한 장도 맞들면 가볍다(낫다)북 : ⇒ 백지장도 맞들면 낫다.

종일(終日) 가는 길에 중도 보고 속(俗)도 본다 : 온종일 가는 길에는 중도 만나고 속인도 만난다는 뜻으로, 먼 길을 가다 보면 여러 부류의 사람을 겪게 된다는 말.

종일 오는 소나기는 없다〔驟雨不終日〕 : ⇒ 소나기는 하루 종일 오지 않는다.

종잇장도 네 귀를 들어야 바르다 : ⇒ 종이도 네 귀를 들어야 바르다.

종잇장도 맞들면 낫다 : ⇒ 백지장도 맞들면 낫다.

종자(種子)는 못 속인다북 : ① 유전적인 특징은 잘 숨길 수 없다는 말. ② 본연의 속성은 감추려고 해도 감출 수 없는 것임을 비유하여 이르는 말.

종자는 새 각시 고르듯 해야 한다북 : ⇒ 종자(種子)는 신랑색시 고르듯 해야 한다.

종자는 신랑 색시 고르듯 해야 한다 : 종자가 좋아야 작물도 잘되므로, 종자를 선택할 때는 배우자를 고르는 심정으로 하라는 말. 종자는 새 각시 고르듯 해야 한다북.

종자를 속이면 황천 죄를 받는다 : 씨앗을 속여 농사를 폐농시킨 죄는 살아서만 받는 것이 아니라 죽어서도 받는다는 말.

종잘거리는 아침 까치로구나 : ⇒ 종알거리는 아침 까치로구나.

종조리새 열씨 까듯 한다 : 아주 작고 자질구레한 사람을 이르는 말. *열씨—대마(삼마) 씨.

종짓굽 떨어지다 : 젖먹이가 종짓굽이 놀아 처음 걷게 됨을 이르는 말. *종짓굽—무릎뼈가 있는 언저리.

종짓굽아 날 살려라 : ⇒ 걸음아 날 살려라.

좆 빠진 강아지 모래밭 싸대듯 한다 : 일이 낭패되어 허둥지둥 동분서주(東奔西走)하는 자를 이르는 말.

좋은 노래도 세 번 들으면 귀가 싫어한다 : 아무리 좋은 말도 여러 번 거듭 들으면 듣기 싫어진다는 말. 좋은 노래도 장 들으면 싫다. 좋은 말(소리)도 세 번 하면 듣기 싫다북.

좋은 노래도 장 들으면 싫다 : ⇒ 좋은 노래도 세 번 들으면 귀가 싫어한다.

좋은 농사꾼에게(-는) 나쁜 땅이 없다 : ① 열심히 농사를 짓는 사람은 아무리 나쁜 땅을 만나도 탓함이 없이 정성껏 가꾸어 소출이 많다는 뜻으로, 모든 일은 제가 하기에 달렸음을 비유하여 이르는 말. ② 북 부지런하고 착실한 사람은 조건을 탓하지 않음을 비유하여 이르는 말.

좋은 말(소리)도 세 번 하면 듣기 싫다북 : ⇒ 좋은 노래도 세 번 들으면 귀가 싫어한다.

좋은 밭에서 좋은 곡식 난다 : 밭이 좋아야 좋은 곡식을 많이 수확할 수 있다는 말.

좋은 싹도 북을 돋워 주어야 좋은 열매가 연다 : ① 잘 자라는 곡식도 손질을 잘 해 주어야 좋은 곡식을 얻을 수 있다는 말. ② 재주 있고 공부 잘 하는 아이도 뒷바라지를 잘 해 주어야 더 잘 할 수 있다는 말.

좋은 약은 입에 쓰다〔良藥苦於口利於病〕 : 좋은 약은 입에 쓰지만 몸에는 좋듯이, 충고의 말은 듣기 싫으나 유익함을 비유하여 이르는 말.

좋은 일에는 남이요 궂은일에는 일가라 : ① 좋은 일이 있을 때에는 모르는 체하다가 궂은일을 당하게 되면 일가친척을 찾아다닌다는 말. ② 먹을 일이 생겼을 때에는 남을 먼저 찾고, 궂은일이 생겼을 때에는 일가친척을 찾게 된다는 말. ③ 먹을 일이 생겼을 때에는 남들이 먼저 찾아오고, 궂은일이 생겼을 때에는 일가친척이 먼저 찾아온다는 말.

좋은 일에 마(魔)가 든다〔好事多魔〕 : ① 좋은 일에 훼방꾼이 나타나는 경우를 이르는 말. ② 좋은 일 끝에 나쁜 일이 생김을 이르는 말.

좋은 일은 맞지 않아도 나쁜 일은 잘 맞는다 : 점을 칠 때 좋은 일은 맞지 아니하는데 나쁜 일은 꼭 들어맞는 것같이 느껴짐을 이르는 말.

좋은 종자를 아끼면 나쁜 종자도 아껴진다 : 독농가는 좋은 종자도 아끼지만 나쁜 종자라고 해서 함부로 취급하지도 않는다는 말.

좋은 짓은 저희들끼리 하고 죽은 아이 장사는 나더러 하란다 : ⇒ 도둑질은 내가 하고 오라는 네가 져라.

좋은 친구가 없는 사람은 뿌리 깊지 못한 나무와 같다㊀ **:** 사람에게 좋은 친구가 없으면 위급한 때에 도움을 받지 못하고 잘못될 수 있으므로 좋은 친구를 많이 사귀는 것이 중요함을 이르는 말.

좋을 땐 외삼촌 하고, 나쁠 땐 돌아선다 : 제게 이로울 때는 아주 다정스러운 체하다가도 제게 불리할 때에는 싹 돌아서서 모르는 체한다는 뜻으로, 인간의 도리를 떠나 이해관계에 따라 태도를 달리하는 경우를 비유하여 이르는 말.

좋지 않은 책은 없는 것만 못하다 : 내용이 좋지 않은 책은 이로움보다 오히려 해가 됨을 이르는 말.

좌수(座首) 볼기 치다(치기) : 심심풀이로 공연히 어떤 것을 건드려 본다는 말.

좌수의 상사(喪事)라 : 좌수네 집안에 상사가 났다고 하면 숱한 조객이 찾아오고 재물을 부조하다가도 좌수 자신이 죽었을 때에는 돌아보지도 아니한다는 뜻으로, 남에게 잘 보여 이득을 볼 가망이 있을 때에는 가깝게 지내다가도 이익을 볼 일이 없다고 생각할 때는 발을 끊음을 비유하여 이르는 말.

좌제자는 맛보고, 좌투자는 상한다〔佐祭者嘗佐鬪者傷〕 : 좋은 일을 도우면 복을 받고 나쁜 일을 거들면 해를 입는다는 말.

죄기떡 반쪽 보고 종달리(終達里) 따라간다 : 보리떡 한 쪽 얻어먹으려고 북제주군 구좌면 종달리까지 먼 길을 간다는 뜻으로, 조그만 이익을 얻기 위하여 먼 길을 간다는 말.

죄(罪)는 막동이가 짓고 벼락은 샌님이 맞는다 : 나쁜 짓을 해서 이익을 차지하는 사람과 그것에 대한 벌을 받는 사람이 따로 있는 경우를 비유하여 이르는 말. 죄는 샌님이 짓고 벼락은 막둥이가 맞는다. 죄는 천 도깨비가 짓고 벼락은 막둥이가 맞는다.

죄는 샌님이 짓고 벼락은 막둥이가 맞는다 : ⇒ 죄는 막둥이가 짓고 벼락은 샌님이 맞는다.

죄는 지은 대로 가고 도(道)는 닦은 데로 간다 : ⇒ 죄는 지은 대로 가고, 덕은 닦은 데로 간다.

죄는 지은 데로 가고 덕(德)은 닦은 데로 간다〔因果應報〕 : 죄지은 사람은 벌을 받고 덕 닦은 사람은 복을 받는다는 말. 죄는 지은 데로 가고 도는 닦은 데로 간다. 죄는 지은 데로 가고 물은 골로 흐른다. 죄는 지은 데로 가고 물은 트는 데로 간다.

죄는 지은 데로 가고 물은 골로 흐른다 : ⇒ 죄는 지은 대로 가고, 덕은 닦은 데로 간다.

죄는 지은 데로 가고 물은 트는 데로 간다 : ⇒ 죄는 지은 대로 가고, 덕은 닦은 데로 간다.

죄는 천 도깨비가 짓고 벼락은 고목이 맞는

다 : ⇒ 죄는 막둥이가 짓고 벼락은 샌님이 맞는다.

죄악(罪惡)은 전생(前生) 것이 더 무섭다 : 전생에 지은 죄의 업보(業報)는 이승에서 몇 배 더 심하게 받는다는 말로, 이승에서 겪는 괴로움은 숙명적임을 이르는 말.

죄에는 벌이 오고 노력하면 보수가 온다 圖 **:** 무슨 일에나 죄를 짓지 말고 성실하게 일하여야 함을 이르는 말.

죄 있는 놈 겁부터 먹는다 : 지은 죄가 있으면 언제나 마음이 조마조마하여서 아무렇지도 아니한 일에 겁을 먹고 떨게 됨을 비유하여 이르는 말.

죄지은 놈 옆에 오면 방귀도 못 뀐다 : 아무 잘못도 없지만 괜히 의심을 받게 될까 봐 조심한다는 말.

죄지은 놈 옆에 있다가 벼락 맞는다〔惡傍逢雷〕 : 나쁜 일을 한 사람과 함께 있다 보면 죄 없는 사람까지 벌을 받거나 누명을 쓰게 된다는 말.

죄지은 놈 원님 돗자리에다 큰절을 한다 : 죄를 지은 자는 굽실거리게 마련이라는 말.

죄지은 놈이 서 발을 못 간다 : 죄를 지으면 반드시 벌을 받게 된다는 말.

죄짓고 못 산다 : 죄를 지으면 불안과 가책으로 고통을 당하게 되므로 죄를 짓지 말며, 이미 지은 죄는 털어놓고 용서를 받아야 한다는 말.

주객(酒客)이 청탁(淸濁)을 가리랴 : ① 술을 잘 마시는 사람은 무슨 술이나 가리지 않고 즐긴다는 말. ② 늘 즐기는 것이라면 굳이 종류를 가리지 아니하여도 좋다는 말.

주걱이 삽 구실까지 하겠단다 圖 **:** 사람이 자기 직분에 맞지 아니하는 엉뚱한 짓을 하려 함을 비꼬아 이르는 말.

주금(酒禁)에 누룩 장사 : 술을 빚거나 파는 것을 금하고 있을 때에 누룩 장사를 한다는 뜻으로, 세상 물정에 어둡고 소견 없는 엉뚱한 짓을 함을 비유하여 이르는 말. 금주에 누룩 흥정(장사).

주는 떡도 못 받아먹는다 : 제가 받을 수 있는 복도 멍청하게 놓친다는 말.

주는 떡이니 받아먹고 보자 圖 **:** 나중에 어떻게 되든 당장 눈앞에 닥친 이익을 우선 제 것으로 만들어 놓고 보자는 분별없는 행동을 비유하여 이르는 말.

주러 와도 미운 놈 있고, 받으러 와도 고운 사람 있다 : 사람을 좋아하고 미워하는 감정은 이치로 따져서는 알 수 없다는 말.

주름을 잡는다 : 뭇사람을 자기 손아귀에 넣고 농락하거나 매사를 제멋대로 좌우함을 이르는 말.

주리 참듯 : 모진 고통을 억지로 참음을 비유하여 이르는 말.

주린 개가 뒷간을 바라보고 기뻐한다 : 누구나 배가 고프면 무엇이고 먹을 수 있는 것만 보아도 기뻐한다는 말.

주린 고양이가 쥐를 만났다 : 놓칠 수 없는 좋은 기회를 만났다는 말.

주린 귀신 듣는 데 떡 이야기하기 : ⇒ 귀신 듣는 데 떡 소리 한다.

주린 범의 가재다 : ⇒ 쌍태 낳은 호랑이 하루살이 하나 먹은 셈.

주린 자 달게 먹고 목마른 자 쉬이 마신다 圖 **:** 어떤 물건이 절실하게 요구되는 사람에게는 아주 요긴하게 쓰임을 비유하여 이르는 말.

주막(酒幕) 강아지 튀어나오듯 한다 : 주막 강아지가 불쑥 나오듯이, 남의 일에 불쑥 나서서 참견함을 비유하여 이르는 말.

주막 년네 오줌 종작 : 무엇에 빗대어서 짐작 잡음을 이르는 말.

주머니가 화수분이라도 모자라겠다 圖 **:** 주머니 속에서 돈이 샘솟아도 모자라겠다는 뜻으로, 재물을 함부로 낭비하지 말라는 말.

주머니 구구(九九)에 박 터진다 : ⇒ 주먹구구에 박 터진다.

주머니를 둘씩 차다 뭄 **:** 숨은 잇속을 따로 챙김을 비유하여 이르는 말.

주머니 속에서 물건 쥐어 내듯 : ① 어떤 물건을 손쉽게 찾아서 꺼내 놓는 모양을 비유하여 이르는 말. ② 손쉽게 일을 처리하는 경우를 비유하여 이르는 말.

주머니에 들어간 송곳이라〔囊中之錐〕 : 선하거나 악한 일은 숨겨지지 아니하고 자연히 드러남을 이르는 말.

주머니 털어 먼지 안 나오는 사람 없다 : 아무리 깨끗하고 선한 사람이라 하더라도 숨겨진 허물이 있다는 말.

주머닛돈이 쌈짓돈(-이라) : ⇒ 쌈짓돈이 주머닛돈이고 주머닛돈이 쌈짓돈이다.

주먹구구에 박 터진다 : 계획성 없이 그저 대강 맞추어 하다가는 나중에 큰 봉변을 당하게 됨을 비유하여 이르는 말. 주머니 구구에 박 터진다. 지레짐작 매꾸러기.

주먹 맞은 감투(-라) : ① 아주 쭈그러져서 형편없는 모양을 이르는 말. ② 잘난 체하다가 핀잔을 듣고 무안하여 아무 말 없이 있는 사람을 비유하여 이르는 말.

주먹에는 주먹으로 해 대야 한다 뭄 **:** 적이 공격할 때는 그와 맞먹는 공격 수단으로 맞서 대항하여야 한다는 말.

주먹으로 물 찧기 : ① ⇒ 땅 짚고 헤엄치기①. ② 뭄 ⇒ 칼로 물 베기.

주먹은 가깝고 법은 멀다〔法遠拳近〕 : ① 나중에야 어떻게 되든 당장에는 완력으로 해치운다는 말. ② 법보다는 폭력이 우세하다는 말. 법은 멀고 주먹은 가깝다.

주먹을 믿고 법을 업수이 여긴다 뭄 **:** 보잘것없는 자기 힘을 지나치게 믿고 우쭐대는 꼴을 비유하여 이르는 말.

주먹이 운다 : 분한 일이 있어서 치거나 때리고 싶지만 참는다는 말.

주먹 쥐자 눈 빠진다 : 이편에서 덤비려는데 날쌘 상대방의 공격을 먼저 받았음을 이르는 말.

주먹 큰 놈이 어른이다 : 힘센 자가 윗자리를 차지한다는 말.

주모(酒母) 보면 염소 똥 보고 설사한다 : 술을 조금도 못한다는 말.

주사위는 던져졌다 : 일이 되돌릴 수 없는 지경에 이르렀으니 단행하는 수밖에 없음을 이르는 말.

주색잡기(酒色雜技)에 패가망신(敗家亡身) 안 하는 놈 없다 : 술과 계집질과 노름에 빠지면 누구나 집안을 망치고 신세도 망치게 된다는 뜻으로, 그런 좋지 못한 행실을 삼가라고 경고하는 말.

주엽나무에 도깨비 꼬이듯 뭄 **:** 부정적인 대상들이 한데 모여 와글거리는 모양을 비유하여 이르는 말. * 주엽나무-'쥐엄나무(콩과의 낙엽 활엽 교목)'의 북한어. 웅뎅이에 송사리 모이듯 뭄.

주워 모아 졸가리 나무라 : 힘을 들였는데도 오히려 완전하지 못함을 이르는 말. * 졸가리-잎이 다 떨어진 나뭇가지.

주인(主人) 기다리는 개가 지리산만 바라본다 : 공연히 무엇을 바라보기만 하는 것을 조롱하여 이르는 말. 턱 떨어진 개 지리산 쳐다보듯. 턱 짧은 개 겨섬 넘겨다보듯 뭄.

주인 많은 나그네 밥 굶는다 : 이 주인이나 저 주인이 밥을 줄까 하고 기대하다가 밥을 굶는다는 뜻이니, 어떤 일이든 희망이나 기대를 한곳에만 정할 필요가 있음을 이르는 말. 주인 많은 나그네 조석(朝夕)이 간 데 없다.

주인 많은 나그네 조석(朝夕)이 간 데 없다 : ⇒ 주인 많은 나그네 밥 굶는다.

주인 모를(모르는) 공사 없다 : 무슨 일이든지 주장하는 사람이 알지 못하면 되지 않는다는 말.

주인 배 아픈데 머슴이 설사한다 : 남의 일로 인하여 공연히 벌을 받거나 손해 입음을 이르는 말.

주인보다 객(客)이 많다 : 응당 적어야 할 것이 도리어 많다는 말.

주인 보탤 나그네 없다 : 손님은 언제나 주인에게 신세만 지게 마련이라는 말.

주인 없는 묵논에 돌피 자라듯 한다 : 주인 없는 묵논에 피가 자라듯이, 통제하는 사람이 없으면 부정적인 현상이 성하게 된다는 말.

주인 없는 물건 찾기[북] **:** 임자 없는 물건은 찾아내면 제 것이 되는 만큼 저마다 열을 내어 찾으려 한다는 뜻으로, 먼저 차지하려고 욕심스럽게 달려드는 모양을 비유하여 이르는 말.

주인의 자리는 빼앗지 않는다[북] **:** 손님이 아무리 지체가 높거나 윗사람이라 하여도 주인이 앉을 자리에는 앉지 아니하는 것이 예절에 맞는 도리라는 말.

주인 장(醬) 떨어지자 나그네 국 맛없다 한다 : ⇒ 주인집 장 떨어지자 나그네 국 마단다.

주인 장 없자 손 국 싫다 한다 : ⇒ 주인집 장 떨어지자 나그네 국 마단다.

주인집 장 떨어지자 나그네 국 마단다〔主人無漿 客不嗜羹〕: 일이 공교롭게 잘 맞아 들어감을 이르는 말. 주인 장 떨어지자 나그네 국 맛없다 한다. 주인 장 없자 손 국 싫다 한다. 주인집 장 없자 손 국 싫다 한다.

주인집 장 없자 손 국 싫다 한다 : ⇒ 주인집 장 떨어지자 나그네 국 마단다.

주정뱅이는 상감님 망건 살 돈도 술 사 먹는다[북] **:** 술에 미친 자는 감히 건드릴 수 없는 돈조차도 빼내어 술을 사 먹음을 비유하여 이르는 말.

주제에 수캐라고 다리 들고 오줌 눈다 : 못난 자가 제구실을 한다고 아니꼬운 짓을 할 때를 이르는 말.

주춧돌이 눅눅해지면 비가 온다 : 고온 습윤한 공기가 상대적으로 차가운 주춧돌에 접하여 눅눅해지면 큰비가 내릴 가능성이 높다는 말.

주토(朱土) 광대를 그렸다 : 술을 마셔서 얼굴이 붉어진 사람을 놀림조로 이르는 말.

주홍뎅이(朱紅-) 떼다 : 앞서 분명히 했던 말을 나중에 시치미를 떼고 부인(否認)할 때를 비유하여 이르는 말.

죽게 되면 원님의 상투라도 잡는다[북] **:** 매우 위태롭고 급한 고비를 당하면 닥치는 대로 쥐고 늘어짐을 비유하여 이르는 말.

죽겠다 죽겠다 하면서 정작 죽으라면 싫어한다 : 살아가는 것이 지겹고 고통스러워 죽겠다고 말을 하면서도 삶에 대한 애착이 큼을 이르는 말.

죽고 못 살다 : 한쪽이 죽으면 못 살 정도로 서로 몹시 사랑함을 이르는 말.

죽(粥)과 병(病)은 되어야 한다 : 죽을 쑬 때 되게 만들어야 좋듯이, 병도 시름시름 오래 앓는 것보다 되게 한 번 앓는 것이 낫다는 말.

죽 그릇에 그림자가 얼른거린다[북] **:** 죽이 매우 묽음을 비유하여 이르는 말.

죽기가 싫은 것이 아니라 아픈 것이 싫다 : ① 망하는 것보다 망하여 가는 과정의 고통이 견디기 어렵다는 말. ② 아픈 것이 죽는 것보다 더 고통스럽다는 말.

죽기는 그릇(잘못) 죽어도 발인(發靷)이야 택일(擇日) 아니할까 : 근본은 잘못되었어도 뒤처리는 잘하여야 한다는 말.

죽기는 쉽지 않으나 늙기가 섧다 : ① 죽는 것보다 늙는 것이 더 가슴 아프고 안타깝다는 말. ② 북 눈앞에 닥쳐 직접 겪는 고통이 더욱 괴로움을 비유하여 이르는 말.

죽기는 정승하기보다 어렵다 : 죽는 일이 매우 어렵다는 말.

죽기 살기는 시왕전[十王殿]에 매였다 : 죽고 살기란 염라대왕을 비롯한 저승의 시왕한테 달렸다는 뜻으로, 죽고 사는 것은 사람이 마음대로 하지 못함을 이르는 말.

죽(粥) 끓듯 한다 : 변덕이 심하거나 몹시 화가 남을 이르는 말.

죽는 것보다 까무라치는 것이 낫다 북 **:** 비록 사정이 어렵기는 하나 일을 완전히 망쳐 놓은 것보다는 나음을 비유하여 이르는 말.

죽는 년이 밑 감추랴 : 갑자기 당한 위급한 일에 예의나 염치를 살필 겨를이 없음을 비유하여 이르는 말. 죽는 년이 보지 감출까. 죽은 년이 밑 감추랴.

죽는 년이 보지 감출까 : ⇒ 죽는 년이 밑 감추랴.

죽는 놈이 탈 없으랴 : 무슨 일에나 다 까닭이 있음을 비유하여 이르는 말.

죽(粥)도 밥도 아니다 : 사물이 되다가 말아서 아무짝에도 쓸모가 없음을 비유하여 이르는 말. 죽도 밥도 안 된다.

죽도 밥도 안 된다 : ⇒ 죽도 밥도 아니다.

죽 떠먹듯 : 무엇을 자꾸 되풀이함을 비유하여 이르는 말.

죽 떠먹은 자리 : 조금 덜어 내어도 흔적이 나지 않는 경우를 비유하여 이르는 말.

죽마고우(竹馬故友)도 말 한마디에 갈라진다 북 **:** 아무리 가까운 사이라도 말을 함부로 하면 서로의 사이가 벌어지게 된다는 뜻으로, 비록 한마디의 말일지라도 조심하여야 한다는 말.

죽(粥) 먹는다는 소리 하면 죽 먹게 되고, 못산다는 소리 하면 못살게 된다 북 **:** 쓸데없이 궁한 소리를 자꾸 하지 말라는 말.

죽 먹은 설거지는 딸 시키고 비빔 그릇 설거지는 며느리 시킨다 : 쉽게 할 수 있는 설거지는 딸을 시키고 어렵게 해야 하는 설거지는 며느리를 시킨다는 뜻으로, 시어머니는 며느리보다 제 딸을 더 아낌을 비유하여 이르는 말.

죽사발이 웃음이요 밥사발이 눈물이라 : ① 먹을 것이 있어도 근심과 걱정 속에 지내는 것보다 가난하게 살더라도 걱정 없이 사는 편이 낫다는 말. ② 북 죽을 먹으며 가난하게 사는 집안은 화기애애하나 돈 많은 집안은 불화가 그치지 아니함을 비유하여 이르는 말.

죽순(竹筍) 가지에 새가 앉게 되면 만모다 : 죽순이 자라서 가지가 나고 잎이 피게 되면 모심기가 늦어졌다는 말. * 만모–늦모.

죽 쑤어 개 바라지 한다 : ⇒ 죽 쑤어 개 좋은 일 하였다.

죽 쑤어 개 좋은 일 하였다 : 애써 한 일이 허사로 돌아가고 엉뚱한 사람에게 이로운 일을 한 결과가 되었음을 이르는 말. 죽 쑤어 개 바라지한다. 죽 쑤어 개 준다. 풀 쑤어 개 좋은 일 하다.

죽 쑤어 개 준다 : ⇒ 죽 쑤어 개 좋은 일 하였다.

죽 쑤어 식힐 동안이 급하다 : 어떤 일을 이루는 데 눈앞에 다다른 마지막 시기가 사람을 초조하게 만든다는 말.

죽어 가는 이붓자식 돌봐 주는 이 아무도 없다 북 **:** 흔히 의붓자식에 대한 정이 깊지 못한 탓으로 그가 위급한 경우를 당하거나 몹시 어려운 일을 치를 때에 잘 돌보아 주지 아니하는 경우를 비유하여 이르는 말. * 이붓자식–'의붓자식'의 북한어.

죽어 대령이라 : ① 죽은 체하고 조금도 대항하지 아니한다는 말. ② 북 위험이나 어려운 처지에 빠졌을 때 아무런 대항도 하

지 아니하고 닥쳐올 일만 기다리고 있는 모양을 비유하여 이르는 말.

죽어도 눈을 감겠다㈜ : 죽어도 여한이 없다는 말.

죽어도 석 잔이다㈜ : 관습상 죽은 사람 앞에 술 석 잔은 따른다는 뜻으로, 술자리에서 술을 자꾸 권할 때 하는 말.

죽어도 시집 울타리 밑에서 죽어라 : 여자는 한번 시집을 가면 무슨 일이 있어도 시집에서 끝까지 살아가야 한다는 말. 시집 울타리 귀신이 되어야 한다. 죽어도 시집의 귀신.

죽어도 시집의 귀신 : ⇒ 죽어도 시집 울타리 밑에서 죽어라.

죽어도 씨오쟁이는 베고 죽는다㈜ : ⇒ 죽어도 씨오쟁이는 베고 죽으랬다. *씨오쟁이–씨앗을 담아 두는 짚으로 엮은 물건.

죽어도 씨오쟁이는 베고 죽으랬다 : 농사꾼은 씻나락을 자기 생명보다도 더 소중히 여긴다는 말. 죽어도 씨 오쟁이는 베고 죽는다㈜.

죽어도 죄만은 남는다㈜ : 죽어도 씻을 수 없는 것이 죄악이니 살아서 죄를 짓지 말라는 말.

죽어도 큰 칼에 맞아 죽어라(죽으랬다)㈜ : 사람으로 태어나서 한 번 죽을 바에는 큰 일을 하다가 죽어야 마땅하다는 말.

죽어보아야 저승을 안다(알지) : 직접 당하여 보아야 그 실상을 알 수 있다는 말. 굴에 들어가야 범을 잡는다.

죽어서 넋두리도 하는데 : 할 말은 살아 있을 때에 다하는 것이 좋다는 말.

죽어서도 넋두리를 한다 : 죽은 사람조차도 무당의 입을 빌려 못다 한 말을 넋두리하는데 산 사람이 못 할 말이 있겠느냐는 말. 죽어서도 무당 빌려 말하는데 살아서 말 못 할까.

죽어서도 무당 빌려 말하는데 살아서 말 못 할까 : ⇒ 죽어서도 넋두리를 한다.

죽어서 상여 뒤에 따라와야 자식이라 : 아무리 친자식이라도 부모의 임종을 못 보고 장례를 치르지 않으면 자식이라 할 수 없다는 말.

죽어서 석 잔 술이 살아 한 잔 술만 못하다 : ⇒ 사후 술 석잔 말고 생전에 한잔 술이 달다①.

죽었다는 헛소문이 돈 사람은 오래 산다 : 버젓이 살아 있는데도 죽었다고 헛소문이 돈 사람은 두 몫의 삶을 누리는 것과 같기 때문에 오래 살게 된다는 말.

죽으라는 말보다 가라는 말이 더 섧다㈜ : ① 시집살이하는 여자에게 시집에서 나가라는 말이 죽으라는 말 이상으로 마음에 거슬린다는 말. ② 집단의 한 성원으로서의 자격을 잃게 되거나 모두의 믿음을 잃고 따돌림 당하게 되는 것이 아주 고통스럽다는 말.

죽으러 가는 양의 걸음 : ⇒ 푸줏간에 들어가는 소 걸음.

죽은 게도 동여매고 먹으라 : 무슨 일이든지 앞뒤를 잘 살펴서 안전하게 행동하라는 말.

죽은 게도 발을 맨다㈜ : 죽은 게도 발을 움직여 물을까 하여 발을 맨다는 뜻으로, 지나칠 정도로 조심성이 많음을 비유하여 이르는 말.

죽은 게 발 놀리듯 한다 : 죽은 게는 남이 움직이는 대로 발을 놀린다는 데서 유래된 말로, 아무런 주견이나 목적이 없이 남이 시키는 대로 움직이는 경우를 비유하여 이르는 말.

죽은 고기 안문(案問)하기 : ① 공연히 허세를 부리고 힘없는 사람을 못살게 들볶는 경우를 이르는 말. ② 아무리 윽박지르거나 못살게 들볶아도 전혀 반응이 없는 경우를 비유하여 이르는 말. *안문–잘 생각하여 물음.

죽은 고양이가 산 고양이를 보고 야웅한다 : ① 아무 힘도 없는 자가 힘 있는 자에게 맞서 덤벼드는 경우를 비유하여 이르는 말. ② [북] 전혀 사리에 맞지 않고 있을 수도 없는 소리를 하는 경우를 비꼬아 이르는 말.

죽은 나무 밑에 살 나무 난다 : ① 죽을 고생 가운데에서도 행운이 찾아오는 경우를 이르는 말. ② [북] 죽어 시드는 것이 있는 반면에 새로 나서 자라는 것도 있기 마련임을 이르는 말.

죽은 나무에 꽃이 핀다〔枯木生花〕: ① 보잘것없던 집안에 영화로운 일이 생기게 된 경우를 비유하여 이르는 말. 고목에 꽃이 핀다. 죽은 덤불에 산 열매 난다. ② 아버지를 일찍 여읜 고아가 잘되어 집안이 번성하게 된 경우를 비유하여 이르는 말. ③ 다 망하여 버렸던 것이 다시 소생하여 활기를 띠게 되는 경우를 비유하여 이르는 말. ④ 불행에 빠졌던 사람이 기회를 만나 온갖 영예를 누리게 된 경우를 비유하여 이르는 말.

죽은 년이 밑 감추랴 : ⇒ 죽는 년이 밑 감추랴.

죽은 놈(중)의 발바닥 같다 : ① 뻣뻣하고 써늘함을 비유하여 이르는 말. ② [북] 바닥이 싸늘함을 비유하여 이르는 말.

죽은 놈의(아이) 콧김만도 못하다 : ① 불이 사그라져서 따뜻한 기운이 없음을 비유하여 이르는 말. ② 썰렁하여 도무지 따뜻한 기운이 없음을 비난조로 이르는 말.

죽은 놈의 입은 벌리지 않는다[북] **:** 비밀이 절대적으로 보장된다는 말.

죽은 다음날에 청심환 : ⇒ 사후 약방문(청심환).

죽은 닭에도 호세를 붙인다 : 몹시 각박하게 구는 경우를 비유하여 이르는 말. * 호세—호별세(예전에, 살림살이를 하는 집을 표준으로 하여 집집마다 징수하던 지방세).

죽은 덤불에 산 열매 난다 : ⇒ 죽은 나무에 꽃이 핀다[①].

죽은 뒤에 약방문(藥方文) : ⇒ 사후 약방문(청심환).

죽은 뒤 초혼의 제 지낸다[북] **:** 죽은 뒤에 아무리 영혼을 불러 제를 지낸다 하여도 소용이 없다는 뜻으로, 일이 일단 틀어진 다음에는 별의별 짓을 다한다 할지라도 아무 소용이 없음을 비유하여 이르는 말.

죽은 량반이 산 개만도 못하다[북] **:** ① ⇒ 산 개새끼가 죽은 정승보다 낫다. ② 살아서 아무리 권세를 부려도 죽으면 산 개의 신세만도 못하게 된다는 말. 죽은 정승이 산 종만 못하다.

죽은 말 지키듯 한다[북] **:** 소용없는 짓인 줄 알면서도 다 틀어진 일을 놓고 안타까워하는 경우를 비유하여 이르는 말.

죽은 말 한 마리에 산 말 한 마리[북] **:** ① 비교도 안 될 쓸모없는 것을 내놓고 흥정하는 경우를 비유하여 이르는 말. ② 쓸모없는 것과 가치 있는 것을 맞바꾸는 어리석음을 비난조로 이르는 말.

죽은 사람 손에서 떡 빼앗아 먹겠다[북] **:** 몹시 욕심이 사나움을 낮잡아 이르는 말.

죽은 사람의 원도 푼다 : 죽은 사람의 원도 풀어 주는데 하물며 산 사람의 정을 어찌 풀어 줄 수 없겠느냐는 말. 죽은 사람 원도 풀어 주는데 산 사람 소원이야.

죽은 사람 원도 풀어 주는데 산 사람 소원이야 : ⇒ 죽은 사람 원도 푼다.

죽은 석숭(石崇)보다도 산 돼지가 더 낫다 : 석숭이 중국 진(晋)나라 때의 큰 부자였던 데서 유래된 말로, 죽으면 부귀영화가 다 소용없게 되니 아무리 고생스러워도 죽는 것보다는 사는 것이 낫다는 말.

죽은 송장도 입을 벌리게 한다[북] **:** 사람을 무섭게 다루거나 지독하게 고문하는 무지막지한 자들의 횡포를 비유하여 이르는 말.

죽은 시어미도 보리방아 찧을 때는 생각난다 : 미운 사람도 저에게 아쉬운 일이 생겼을 때는 생각난다는 말.

죽은 아이 코김 쐬듯 한다㊅ **:** 죽은 아이를 놓고 행여나 콧김이 나오는가 하여 쐬어 본다는 뜻으로, 전혀 소용이 없는 행동을 부질없이 하는 경우를 비유하여 이르는 말.

죽은 이만 불쌍하지 산 사람은 제살이한다㊅ **:** 죽은 사람은 더 이상 한세상을 누릴 수 없으므로 불쌍하지만, 산 사람은 어떻게든 제 살 궁리를 다하기 마련이니, 아무리 고생스럽다고 하여도 죽은 사람에게 비할 바가 아니라는 말.

죽은 자식 나이 세기〔亡子計齒〕 : 이왕 그릇된 일은 자꾸 생각하여 보아야 소용없다는 말. 죽은 자식 눈 열어 보기. 죽은 자식 자지 만져 보기.

죽은 자식 눈 열어 보기 : ⇒ 죽은 자식 나이 세기.

죽은 자식의 귀 모양 좋다 하지 말라 : 이미 잃어버렸거나 다 틀어진 일을 놓고 자랑하여 보았자 아무런 소용이 없는 것임을 비유하여 이르는 말.

죽은 자식이야 다 잘났지㊅ **:** ① 죽은 자식은 하나같이 잘난 것같이 여겨 섭섭해하는 부모의 심정을 비유하여 이르는 말. ② 오래전에 없어져 볼 수 없는 사물에 대하여, 좋은 것이건 나쁜 것이건 덮어놓고 훌륭한 것이었다고 말하는 경우를 비난조로 이르는 말.

죽은 자식 자지 만져 보기 : ⇒ 죽은 자식 나이 세기.

죽은 정이 하루에 천 리 간다(달아난다)㊅ **:** 죽은 사람에 대하여 가진 정이 하루에 천 리씩 멀리 간다는 뜻으로, 사람이 일단 죽게 되면 정이 빨리 식음을 비유하여 이르는 말.

죽은 정승이 산 개만 못하다 : ⇒ 산 개새끼가 죽은 정승보다 낫다.

죽은 정승이 산 종만 못하다 : ⇒ 죽은 량반이 산 개만도 못하다㊅②.

죽은 죽어도 못 먹고 밥은 바빠서 못 먹고 : 오로지 술 생각만 난다는 말.

죽은 중 매질하기 : 공연히 심한 짓을 하는 경우를 비유하여 이르는 말.

죽은 중의 곤장(棍杖) 익히기 : 죽은 중을 만나서 곤장치기를 익힌다는 뜻이니, 몹시 고약한 자를 능멸하여 이르는 말.

죽은 최가(崔哥) 하나가 산 김가(金哥) 셋을 당한다 : 최씨 성을 가진 사람이 아주 독하다는 말.

죽을 건 환갑집 돼지라㊅ **:** 환갑상에 오르게 되어 죽을 운명에 처한 돼지 신세와 같이 꼼짝없이 화를 당하게 된 경우를 비유하여 이르는 말.

죽을 고비에 빠진 사람은 살 구멍을 찾아낸다㊅ **:** 사람은 누구나 죽을 수밖에 없는 극단적인 상황을 만나게 되면 탈출구를 기어이 찾아내고야 만다는 말.

죽을 놈은 한 배에 오른다 : ⇒ 죽을 놈이 한 배에 탔다.

죽을 놈이 한 배에 탔다 : 다 같이 죽을 운명에 있는 사람이 같은 배를 탔다는 뜻으로, 같은 처지에 있는 사람끼리 같이 행동하게 된 경우를 비유하여 이르는 말. 죽을 놈은 한 배에 오른다.

죽을 때까지 배워도 다 배우지 못한다㊅ **:** 지식에는 끝이 없는 만큼 일생 동안 중단함이 없이 배움을 계속하여야 한다는 말.

죽을 변(變)을 만나면 살길도 있다㊅ **:** ⇒ 하늘이 무너져도 솟아날 구멍이 있다.

죽을 병에도 살(쓸) 약이 있다 : ① 어떠한

곤경에서도 희망은 있는 것이니 낙심하지 말라는 말. ② 북 앓는 사람에게 낙심하지 말라고 하는 말. 죽을 약 곁에 살 약이 있다.

죽을 뻔 댁 : 잘못하면 죽을 뻔한 곤란을 겪은 사람을 이르는 말.

죽을 수가 닥치면 살 수가 생긴다 : ⇒ 하늘이 무너져도 솟아날 구멍이 있다.

죽을 쑤다 : 손해를 크게 봄을 이르는 말.

죽을 약 곁에 살 약이 있다 : ⇒ 죽을병에도 살(쓸) 약이 있다.

죽을죄에도 할 말이 있다 북 **:** 제 잘못을 인정하지 아니하고 구실과 변명을 늘어놓는 경우를 비유하여 이르는 말.

죽을 짬이(-도) 없다 : 정신 차리기 어렵도록 매우 바쁜 경우를 비유적으로 이르는 말. 죽재도 죽을 겨를이 없다.

죽음에는 편작(扁鵲)도 할 수 없다 : 천하의 명의라도 죽는 사람은 어찌할 수 없다는 뜻으로, 죽음에 대하여 사람이 무력함을 이르는 말.

죽음에 들어 노소(老少)가 없다 : 늙은이나 젊은이나 죽는 것은 매한가지라는 말.

죽음은 급살(急殺)이 제일이라 : 죽음을 당할 바에는 질질 끄는 것보다 빨리 죽는 것이 고통이 적어 좋다는 말.

죽이 끓는지 밥이 끓는지 모른다 : 무엇이 어떻게 되는지 도무지 모른다는 말. 죽이 되든 밥이 되든.

죽이 되든 밥이 되든 : ⇒ 죽이 끓는지 밥이 끓는지 모른다.

죽이 코인지 물구진지 닭의 똥인지 : 두 물건이 비슷하여 구별하기가 어려움을 이르는 말.

죽이 풀려도 솥 안에 있다 : ① ⇒ 팥이 풀어져도 솥 안에 있다. ② 북 본래의 상태를 보존하고 있지는 못하나 근본 구성 요소들이 사방으로 흩어져 달아난 것은 아님을 비유하여 이르는 말.

죽일 놈도 먹이고 죽인다 : 사람을 굶기는 것은 인간의 기본적 도리가 아니라는 말.

죽일 놈이 한배에 탔다 북 **:** 원수로 여기는 사람과 한자리에 있게 된 경우를 비유하여 이르는 말.

죽재도 죽을 겨를이 없다 : ⇒ 죽을 짬이(-도) 없다.

죽 젓개질을 한다 : 죽을 쑬 때 넘치지 않도록 젓는다는 말이니, 사업을 방해한다는 말.

죽지도 살지도 못한다 : 이러지도 저러지도 못하여 난처하다는 말.

죽지 부러진 까마귀 : ① ⇒ 죽지 부러진 새(독수리)①. ② 북 부정적인 대상이 치명상을 입어 더는 활동할 수 없게 된 경우를 비유하여 이르는 말.

죽지 부러진 새(독수리) : ① 제구실을 하지 못하게 되어 아무 짝에도 쓸모없이 된 신세를 비유하여 이르는 말. ② ⇒ 죽지 부러진 까마귀②.

죽지 않으면 산다 북 **:** 성공이냐 실패냐, 이것이냐 저것이냐 하는 두 극단 가운데 어느 한쪽으로 정하여지는 경우를 비유하여 이르는 말.

죽지 않으면 살 소리 북 **:** 들어 봤자 죽을 소리 아니면 살 소리라는 뜻으로, 들으나 마나한 말을 비유하여 이르는 말.

준 떡이나 받아먹어라 북 **:** 차려준 것이나 받고 가만히 있을 것이지 무슨 잔말이 그렇게도 많으냐고 비꼬아 이르는 말.

줄(-이) 끊어진 연 쳐다보는 격 북 **:** 줄이 끊어진 연을 멍청히 바라보듯, 돌이킬 수 없는 일을 저질러 놓고 아쉬워하면서 속수무책으로 있는 경우를 비유하여 이르는 말.

줄 듯 줄 듯 하면서 안 준다 : 말로만 준다 준다 하고 도무지 실행은 하지 않는다는 말.

줄 따르는 거미〔隨絲蜘蛛〕 : 서로 헤어질 수

없는 관계를 맺고 따라다니는 사람을 이르는 말.

줄 맞은 병정이라 : 대오(隊伍)에 들어가서 줄을 맞추어 구령에 따라 하라는 대로 하는 병정이라는 뜻으로, 조금도 어긋남이 없이 하라는 대로 고분고분 움직이는 대상을 비유하여 이르는 말.

줄밥에 매로구나 : 재물을 탐하다가 남에게 이용됨을 비유하여 이르는 말. *줄밥-매를 유인하는 물건.

줄세 짐작이라 : ⇒ 줄수록 양양.

줄수록 양양 : 주면 줄수록 더 요구한다는 뜻이니, 사람의 욕심이 한없음을 이르는 말. 줄세 짐작이라.

줄 없는 거문고 : ⇒ 날개 없는 봉황.

중년 상처(喪妻)는 대들보가 휜다 : 어린 자녀를 많이 남겨 놓고 아내가 죽게 되면 집안 살림이 엉망이 된다는 말.

중놈 돝고깃값 치른다 : ⇒ 중이 횟값 문다.

중놈은 장(長)이라도 죽으니 무덤이 있나 사르니 상투가 있나 : 중은 우두머리라도 누구나 다 가질 수 있는 것조차 가지지 못함에 중을 업신여겨 이르는 말.

중놈 장에 가서 성내기 : ① 아무 반응도 없는 데 가서 호령하고 꾸짖음을 이르는 말. ② 상대방 앞에서는 꼼짝도 못하면서 안 보는 데서는 기를 올리거나 뒷말을 함을 이르는 말. 중놈 장에가 화내는 격.

중놈 장에 가 화내는 격 : ⇒ 중놈 장에 가서 성내기.

중다버지는 댕기치레나 하지 : ① 자신의 부족한 점을 다른 것으로 억지로 보충하려 함을 이르는 말. ② 북 중다버지라면 댕기라도 할 수 있겠는데, 그러지 못할 만큼 머리가 짧아서 이러지도 못하고 저러지도 못할 정도로 형편이 매우 난처한 경우를 비유하여 이르는 말. *중다버지-길게 자라 더펄더펄한 머리.

중(僧)도 개(소)도 아니다 : ⇒ 중도 아니고 속환이도 아니다.

중 도망은 절에나 가 찾지 : 행방이 감감하여 찾기 어려운 경우를 비유하여 이르는 말.

중도 아니고 속환이도 아니다 : 이것도 저것도 아니라는 말. 중도 개(소)도 아니다.

중도 씹은 알아본다 : 실제 보지는 못했어도 들어서 알고 있다는 말.

중매(中媒)는 잘하면 술이 석 잔이고 못하면 뺨이 세 대라 : ① 혼인은 억지로 권할 일이 못 된다는 말. ② 중매는 함부로 할 일이 못 되어 신중히 잘해야 함을 이르는 말.

중매보고 기저귀 장만한다 : 준비가 너무 빠르거나 일을 너무 일찍 서두르는 경우를 비유하여 이르는 말.

중(僧) 먹을 국수는 고기를(생선을) 속에 넣고 담는다 : 남의 사정을 잘 봐주는 경우를 이르는 말.

중 무 상직(常職)하듯 : 중이 무를 지켜보고 있어도 소용없다는 뜻으로, 행여나 하는 기대를 가지고 지켜보고 있으나 헛일임을 이르는 말.

중방(重房) 밑 귀뚜라미 : 무엇이고 잘 아는 체하는 사람을 비유하여 이르는 말.

중복(中伏)물이 안 내리면 말복(末伏)물이 진다 북 **:** 중복에 장마가 지지 아니하면 말복에 가서라도 틀림없이 장마가 진다는 말.

중복에 모내기를 해도 잡곡보다는 낫다 : 양력 7월 중순 중복 무렵에 모내기를 해도 다른 잡곡을 파종하는 것보다는 낫다는 말.

중복 전에 심은 모는 먹는다 : 양력 7월 중순 중복 이전에 심은 늦모는 수확은 적어도 먹을 수는 있다는 말.

중복 전 참외요 말복 전 수박이다 : 참외는 중복 이전의 것이 맛이 좋고 생산량도 가장 많으며, 수박은 이보다 늦은 말복 이

전의 것이 맛도 좋고 생산량도 많다는 말.

중상(重賞) 아래 반드시 날랜 사람 있다 : ① 상을 준다 하면 힘을 다하여 일을 한다는 말. ② 크게 상을 걸면 재간이 뛰어난 사람이 나선다는 말.

중신아비 노전귀 뜯는다㈜ **:** 중매인이 상대편을 설복하려고 찾아다니면서 성가시게 눌어붙는다는 말. *노전귀–노전(갈잎이나 조짚, 수숫대 또는 귀룽나무 껍질 따위를 엮어서 만든 깔개)의 모서리를 이루는 귀.

중〔僧〕 양식이 절 양식(-이다) : 이러나저러나 결국 마찬가지라는 말.

중양(重陽) 전 밀이요, 입동(立冬) 전 보리라 : 밀 파종은 음력 9월 9일 이전에 해야 하고, 보리 파종은 입동(양력 11월 7일) 이전에 하는 것이 적기라는 말.

중〔僧〕은 절로 가면 설치(雪恥)한다 : 제 활동의 본거지로 가야 기운을 쓰며 활동할 수 있다는 말.

중은 중이라도 절 모르는 중이다 : ① 제 본분을 모르는 정신없는 사람을 비유하여 이르는 말. ② 꼭 알고 있어야 할 처지에 있으면서 모르고 있는 경우를 비유하여 이르는 말.

중을 보고 칼을 뽑는다 : ⇒ 모기 보고 칼(환도) 빼기(뽑기)①.

중을 잡아먹었나 : 알아듣지 못할 말을 입안에서 중얼거림을 이르는 말.

중의 공사가 삼일 : ⇒ 고려공사는 사흘(삼 일).

중의 관자 구멍이다 : 중에게는 망건에 다는 관자 구멍이 필요 없다는 뜻으로, 소용없게 된 물건이나 쓸데없는 물건을 비유하여 이르는 말. 중의 빗(망건).

중의 나라에 가서 상투 찾아라〔緣木求漁〕 : 있을 성싶지 않은 곳에서 무엇을 구하려 함을 이르는 말.

중의 망건 값 안 모인다 : 객비(客費)를 줄여 절약하면 돈이 모일 것 같으나 그렇지도 않다는 말.

중의 망건 사러 가는 돈이라도 : ⇒ 똥 묻은 속옷을 팔아서라도.

중의 법고 치듯 : ⇒ 상좌 중의 법고 치듯.

중의(中衣) 벗고 환도 차는 격 : ⇒ 벌거벗고 환도 차기.

중의 벗은 아이 마구 풀 끌어넣듯 : 음식을 마구 먹는 모양을 비유하여 이르는 말.

중의 벗은 자식 있나 더벅머리 계집이 있나 : 처자 권속(妻子眷屬)이 없는 신세를 이르는 말.

중〔僧〕의 빗(망건) : ⇒ 중의 관자 구멍이다.

중의 상투 : ① 몹시 구하기 어려운 물건을 비유하여 이르는 말. 중의 빗(망건). 처녀 불알. ② ㈜ 쓸데없는 물건을 비유하여 이르는 말.

중의 양식이 절의 양식 : ⇒ 쌈짓돈이 주머닛돈이고 주머닛돈이 쌈짓돈이다.

중의 얼개 값 : 쓸모없는 것을 이르는 말.

중의 이마 씻은 물 : 덤덤하고 미지근한 국물을 비유하여 이르는 말.

중이 개고기 사 먹듯 : ① 돈을 조금씩 전부 써 버림을 비유하여 이르는 말. ② 남이 모르도록 돈을 씀을 비유하여 이르는 말.

중이 고기 맛을 보더니 절에 빈대 껍질이 안 남는다 : ⇒ 중이 고기 맛을 알면 절에 빈대가 안 남는다.

중이 고기 맛을 알면 법당에를 오른다 : ⇒ 중이 고기 맛을 알면 절에 빈대가 안 남는다.

중이 고기 맛을 알면 절에 빈대(파리)가 안 남는다 : 무슨 좋은 일을 한번 맛보면 앞뒤를 가리지 못하고 미쳐 날뜀을 이르는 말. 중이 고기 맛을 보더니 절에 빈대 껍질이 안 남는다. 중이 고기 맛을 알면 법당에를 오른다.

중이 미우면 가사(袈裟)도 밉다 : ⇒ 며느리

가 미우면 손자까지 밉다.

중이 밉기로 가사(袈裟)야 미우랴 : 사람에 대한 미움은 그 사람으로 끝나야지, 그와 연관된 사람까지 미워해서는 안 된다는 말.

중이 절 보기 싫으면 떠나야지 : 어떤 곳에 있으면서 그곳이 싫어지면 싫은 사람이 떠나야 한다는 말.

중이 제 머리를 못 깎는다 : ⇒ 식칼이 제 자루를 깎지 못한다.

중이 팔양경(八陽經) 읽듯 : ⇒ 소경 팔양경 외듯.

중이 횟값 문다 : 중은 육식을 하지 않는데 횟값을 치른다 함이니, 억울한 일을 당함을 이르는 말. 중놈 돝고깃값 치른다.

중 쳐 죽이고 살인한다 : ⇒ 송장 때리고 살인났다.

쥐가 고양이를 만난 격 : ⇒ 고양이 앞에 쥐(쥐걸음).

쥐가 고양이를 무는 식 북 **:** ⇒ 궁지에 빠진 쥐가 고양이를 문다.

쥐가 고양이를 불쌍해한다 북 **:** 자기에게 해를 주는 존재를 오히려 동정하는 모양을 비유하여 이르는 말.

쥐가 배에서 내려오면 폭풍우가 있다 : 배에 서식하는 쥐는 폭풍우가 있을 조짐이 보이면 배에서 내려 피신하는데, 이런 경우에는 미리 대피하라는 말.

쥐가 벼 끝에 집을 만들면 큰비 온다 : ⇒ 뱀이 산으로 올라가면 장마 진다.

쥐가 부산하게 옮기면 홍수 진다 : 쥐들도 기압 변화에 예민하기 때문에 큰 비가 오려 할 때에는 미리 피난을 간다는 말.

쥐가 쥐꼬리를 물고 : 여러 사람이 연달아 나오는 모양을 이르는 말.

쥐가 하룻밤에 소금 한 섬을 나른다 북 **:** ① 쥐가 물건을 나를 때 그 양은 작은 것 같지만 하룻밤에 소금 한 섬을 다 나른다는 뜻으로, 보기에는 하찮은 것 같지만 입는 피해가 매우 큰 경우를 비유하여 이르는 말. ② 미약한 힘이라도 꾸준히 하면 일을 크게 해낼 수 있음을 비유하여 이르는 말.

쥐고 펼 줄을 모른다 : ① 돈을 모으기만 하고 쓸 줄을 모른다는 말. ② 옹졸하여 풀쳐서 생각할 줄을 모른다는 말.

쥐구멍에 눈 들어가면 보리농사 흉년 된다 : 바람이 불어서 눈이 날려 쥐구멍으로 들어가면 월동 작물에 동해(凍害)가 생기게 된다는 말.

쥐구멍에도 눈이 든다 : 어떤 사람도 불행을 면할 수는 없다는 말.

쥐구멍에도 볕 들 날 있다 : 몹시 고생을 하는 사람도 좋은 운수가 터질 날이 있다는 말. 개똥밭에도 이슬 내릴 날(때가) 있다. 고랑도 이랑 될 날 있다.

쥐구멍에도 부어 넣으면 들어간다 북 **:** 대상과 환경에 따라 알맞은 방법을 쓰면 할 수 없던 일도 이루어질 수 있음을 비유하여 이르는 말.

쥐구멍에도 홍살문 세우겠다 : ① 가당치 않은 일을 주책없이 함을 비유하여 이르는 말. ② 북 쓸데없는 겉치레를 요란하게 함을 비꼬아 이르는 말.

쥐구멍에서 다람쥐가 나온다 북 **:** 전혀 생각지 아니하였던 뜻밖의 일을 비유하여 이르는 말.

쥐구멍으로 소 몰려 한다 : 도저히 되지 아니할 일을 억지로 하려고 함을 비꼬아 이르는 말.

쥐구멍으로 통영갓을 굴려 낼 놈 : 남을 속이는 데 놀랄 만큼 교묘한 사람을 비유하여 이르는 말. 개구멍으로 통량갓 굴려 낼 놈.

쥐구멍이 소구멍 된다 : 작은 화를 막지 아니하고 그대로 두면 큰 화가 된다는 말.

쥐구멍 틀어막으려고 대들보 들여민다 북 **:**

작은 물건이나 적은 역량으로도 충분히 처리할 수 있는 것에 엄청나게 큰 것을 들이미는 우둔하고 어리석은 짓을 비유하여 이르는 말.

쥐 굴레 쓴 것 같다 : 격에 어울리지 않게 엄청나게 큰 것을 뒤집어쓴 차림새를 비꼬아 이르는 말.

쥐꼬리는 송곳집으로나 쓰지 : 아무짝에도 쓸모가 없음을 비유하여 이르는 말.

쥐나 개나 : 몹시 궁할 때는 아무것이나 닥치는 대로 가진다는 말.

쥐도 도망갈 구멍을 보고 쫓는다 : 도망갈 곳이 없으면 쥐가 거세게 반항하며 피해를 주기 쉬우므로 도망갈 구멍을 내주고 쫓으라는 뜻으로, 궁지에 빠진 사람을 너무 막다른 지경에 몰아넣지 말라는 말. 도적놈 도망칠 구멍을 내주고 쫓는다㊕.

쥐도 들 구멍 날 구멍이 있다 : 무슨 일을 하든지 질서와 절차가 있어야 하며 나중 일을 생각하고 해야 함을 비유하여 이르는 말. 너구리도 들 굶 날 굶을 판다.

쥐도 한 구멍을 파야 수가 난다㊕ : ⇒ 쥐도 한몫 보면 락이 있다㊕.

쥐도 한 모를 긁으면 끝장 본다㊕ : ⇒ 쥐도 한몫 보면 락이 있다㊕.

쥐도 한몫 보면 락이 있다㊕ : 한길로 전심전력하면 성공할 때가 있음을 비유적으로 이르는 말. 쥐도 한 구멍을 파야 수가 난다㊕. 쥐도 한 모를 긁으면 끝장 본다㊕.

쥐 뜯어 먹은 것 같다 : ⇒ 강아지 깎아(갉아) 먹던 송곳 자루 같다.

쥐띠는 밤에 나면 잘 산다 : 쥐는 밤에 먹이를 찾으므로 자생(子生)으로서 밤에 태어난 사람은 잘 산다는 말.

쥐를 때리려 해도 접시가 아깝다 : 무엇을 처리하여 없애 버려야 하나 그렇게 하다가 오히려 자기에게 더 큰 손해가 생길까 두려워서 이러지도 저러지도 못하고 내버려 두는 경우를 이르는 말. 독을 보아 쥐를 못 친다.

쥐 먹을 것은 없어도 도둑맞을 것은 있다 : ① ⇒ 구제할 것은 없어도 도둑 줄 것은 있다. ② ㊕ 아무리 가난하다고 해도 남이 욕심낼 만한 것이 있다는 뜻으로, 물건 건사를 잘 하라는 말.

쥐면 꺼질까 불면 날까 : ⇒ 불면 꺼질까 쥐면 터질까.

쥐 면내듯 : 무엇을 남모르게 조금씩 날라다 쌓아 놓는 모양을 비유하여 이르는 말.
* 면내다—쥐나 개미, 게 따위가 구멍을 뚫느라고 보드라운 가루 흙을 파내어 놓다.

쥐 밑도 모르고 은서피(銀鼠皮) 값을 친다 : 사리에 어두운 사람이 굳이 아는 체하며 상관하려 함을 비꼬아 이르는 말.

쥐 밑살 같다 : 매우 작고 보잘것없음을 비유하여 이르는 말.

쥐 발 그리듯㊕ : 쥐가 마구 밟아 어지러운 발자국을 내 놓듯이, 글씨 같은 것을 바로 쓰지 못하고 흉하게 마구 그려 놓은 것을 비유하여 이르는 말.

쥐 본 고양이 (같다) : ① 무엇이나 보기만 하면 결딴을 내고야 마는 사람을 이르는 말. ② ㊕ 당장에 덮칠 것 같은 무서운 기세와 살기 어린 모양을 비유하여 이르는 말.

쥐뿔같다 : 아주 작거나 보잘것없다는 말. 쥐좆같다.

쥐 새끼가 소 대가리를 깨무는 격㊕ : 상대가 되지 아니하는 것이 비할 수 없는 큰 대상에게 덤벼드는 경우를 비유하여 이르는 말.

쥐 새끼가 열두 해 나면 방귀를 뀐다 : 무슨 일이나 오래오래 하고 있으면 좋은 수가 생긴다는 말.

쥐 새끼도 급하면 고양이에게 접어든다㊕ : 비록 힘없고 약한 존재라도 최악의 경우에 이르게 되면 강한 대상에게도 필사적으로 대들게 됨을 비유하여 이르는 말.

쥐 새끼도 밟으면 짹 한다㊍ **:** 모든 사물은 작용을 가하면 반응이 있기 마련임을 비유하여 이르는 말.

쥐 새끼가 쇠새끼보고 작다 한다 : 저보다 엄청나게 큰 것을 보고 작다고 함을 비꼬아 이르는 말.

쥐 세 치 보기㊍ **:** 사물의 현상을 판단하는 것이 몹시 근시안적임을 비꼬아 이르는 말.

쥐 소금 나르듯(녹이듯) : 조금씩 조금씩 시나브로 없어짐을 이르는 말. 비 소금 섬 녹이듯㊍. 쥐 소금 먹듯[2]. 쥐 소금 섬 녹이듯.

쥐 소금 먹듯〔潛水陷石〕: ① 조금씩 먹는 것을 비유하여 이르는 말. ② ⇒ 쥐 소금 나르듯(녹이듯).

쥐 소금 섬 녹이듯 : ⇒ 쥐 소금 나르듯(녹이듯).

쥐 씹에 말 좆이다 : ① 상대가 안 되는 일을 한다는 말. ② 소견이 없고 미련한 짓을 한다는 말.

쥐 안 잡는 고양이이라 : ① 있어도 제구실을 하지 못하고 소용없게 된 사물이나 사람을 이르는 말. 일 안 하는 가장. ② 소용없는 듯한 것도 없어지고 난 후에는 필요한 것임을 깨닫게 됨을 이르는 말.

쥐 안 잡는 고양이는 둬두어도 일 안 하는 사내 둬서 뭘 하나㊍ **:** 쥐 안 잡는 고양이는 그래도 쥐를 쫓기라도 하지만 일 안 하는 사내는 그냥 두어서 뭘 하겠느냐고 비꼬아 이르는 말.

쥐 안 잡는 고양이와 일 안 하는 남편도 써 먹을 때가 있다㊍ **:** 여느 때에는 있으나 마나 하고 쓸모없는 것 같아도 요긴하게 쓰일 때가 있음을 비유하여 이르는 말.

쥐 알 볶아 먹게 생겼다(약다) : 다랍게 영악스럽다는 말.

쥐엄나무 도깨비 꼬이듯 : 인색한 사람이 너무 심하게 아끼고 다랍게 굴 때 하는 말.

쥐었다 놓은 개떡 같다 : 얼굴이 무척 못생겼다는 말.

쥐었다 폈다 한다 : 사물이나 상대방을 자기 마음대로 다룸을 이르는 말.

쥐 잡아먹은 고양이 : 입술을 지나치게 빨갛게 바른 모습을 핀잔조로 하는 말.

쥐 잡아먹은 고양이 상판 같다㊍ **:** 쥐 잡아먹은 고양이같이 얼굴이 얼룩덜룩한 모양을 비유하여 이르는 말.

쥐 잡으려다가 쌀독 깬다 : 적은 이익이나마 얻으려고 한 일이 도리어 큰 손실을 입게 되었음을 비유하여 이르는 말.

쥐좆같다 : ⇒ 쥐뿔같다.

쥐 죽은 나락㊍ **:** 몹시 조용하고 음산한 지옥 같은 곳을 비유하여 이르는 말.

쥐 죽은 날 고양이 눈물 : ⇒ 고양이 죽는 데 쥐 눈물만큼.

쥐 줄 것은 없어도 도둑 줄 것은 있다 : ⇒ 구제할 것은 없어도 도둑 줄 것은 있다.

쥐 초 먹은 것 같다 : ① 얼굴을 잔뜩 찌푸린 꼴을 비유하여 이르는 말. ② ㊍ 나부라져서 옴짝도 못하는 꼴을 비유하여 이르는 말.

쥐 코 조림 같다 : 몹시 보잘것없고 불미한 사물을 비유하여 이르는 말.

쥐 포수(捕手) : 사소한 사물을 얻으려고 애쓰는 사람을 일컫는 말.

쥐 포육(脯肉) 장사라 : 부끄러운 줄도 모르고 아주 좀스러운 짓을 하는 사람을 비꼬아 이르는 말.

증(憎)한 에미네(녀편네, 일군) 밭고랑 세듯㊍ **:** ⇒ 게으른 년이 삼가래 세고 게으른 놈이 책장 센다.

증한 에미네 아이 핑계 하듯㊍ **:** ⇒ 게으른 여편네 아이 핑계한다.

지각(知覺)이 나자 망령 : ⇒ 철나자 망령 난다①.

지각하고(-는) 담쌓았다 : ① 지각없이 못난 짓만 함을 비꼬아 이르는 말. ② 도무지 철이 나지 않았다는 말.

지게를 지고 제사를 지내도 상관 말라 : 자기 일은 스스로 알아서 할 것이니 남은 간섭하지 말라는 말. 오이를 거꾸로 먹어도 제멋(소청). 지게를 지고 제사를 지내도 제멋(-이다).

지게를 지고 제사를 지내도 제멋(-이다) : ⇒ 지게를 지고 제사를 지내도 상관 말라.

지고 다니는 것은 칠성판이요 먹는 것은 사자밥이라[북] **:** 죽음의 위협을 항상 받으며 고된 일을 하고 있는 처지를 비유하여 이르는 말.

지궐련 마는 당지로 인경을 싸려 한다 : ① 되지 않을 무리한 짓을 한다는 말. ② 애써서 흠집을 감추려 하나 아무리 해도 가리지 못한다는 말. 궐련 마는 당지로 인경을 싸려 한다.

지나가는 달팽이도 밟으면 꿈틀한다 : ⇒ 지렁이도 밟으면(다치면, 디디면) 꿈틀한다.

지나(가)는 불에 밥 익히기 : ① 일부러 어떤 사람을 위하여 한 것은 아니지만, 결과적으로 그 사람에게 은혜가 됨을 비유하여 이르는 말. ② 우연한 기회를 잘 잡아 이용함을 비유하여 이르는 말.

지난해 고인 눈물 올해에 떨어진다[북] **:** 어떤 좋지 못한 일의 여파가 뒤늦게 나타남을 비유하여 이르는 말.

지남석(指南石)에 날바늘 (끌리듯) : 틀림없이 제자리를 찾아와 멎거나 또는 한쪽만을 가리킴을 비유하여 이르는 말. * 지남석-자석(쇠를 끌어당기는 자기를 띤 물체).

지네도 굴 때가 있다[북] **:** 발이 많은 지네도 구를 때가 있다는 뜻으로, 조건이 다 갖추어졌거나 충분한 능력을 갖추고 있는 사람이 예기치 않은 사고를 냄을 비유하여 이르는 말.

지네 발에 신 신긴다 : ① 발 많은 지네에게 신을 신기려면 힘이 드는 것처럼, 자식을 많이 둔 사람이 애를 많이 씀을 이르는 말. ② [북] 많은 일을 일일이 다 해결하느라고 애씀을 비유하여 이르는 말.

지는〔敗〕 게 이기는 거다 : 맞설 형편이 못 되는 아주 수준이 어린 상대한테 옥신각신 시비를 가리기보다 아량 있고 너그럽게 대하면서 양보하는 것이 도덕적으로 승리하는 것임을 이르는 말.

지는 송사(訟事) 어데 가서 못하랴[북] **:** 송사는 남을 이기려고 하는 것인데 지려고 하는 송사야 어려울 것이 있느냐는 뜻으로, 아무 데서나 손쉽게 할 수 있는 아주 쉬운 일을 비유하여 이르는 말.

지는〔負〕 힘보다 놓는 힘이 더 든다[북] **:** 다 끝낸 일의 매듭을 짓는 일이 더 어렵고 중요한 것임을 비유하여 이르는 말.

지랄만 빼놓고 세상의 온갖 재간 다 배워 두랬다[북] **:** 못된 지랄만 빼놓고는 세상에서 배울 수 있는 모든 재간을 다 배워 두면 어느 때인가는 쓸모가 있다는 말.

지랄 발광 네굽질 : 미친 듯이 몹시 야단 떠는 일을 비유하여 이르는 말. * 네굽질-팔다리를 내저으며 몸부림치는 짓을 속되게 이르는 말.

지랄병에 목침이 약[북] **:** 못된 짓을 하는 자에게는 엄격한 징벌을 가하는 것이 가장 효과적임을 비유하여 이르는 말.

지랄쟁이 녹두밭 버릇듯 하다[북] **:** 무엇을 마구잡이로 뒤범벅이 되게 헤집어 놓는 모양을 비유하여 이르는 말.

지렁이가 많은 땅은 건 땅이다 : 지렁이는 토양의 질을 좋게 하는 것이므로, 지렁이가 많으면 농작물의 생육이 잘 되는 좋은 땅이라는 말.

지렁이가 지면으로 나타나면 비가 올 징조이다 : 저기압으로 지면이 눅눅해지면 지렁이가 밖으로 나오게 되는데, 이런 경우에는 비가 온다는 말.

지렁이 갈비다 : ⇒ 지렁이 갈빗대 (같다)①.

지렁이 갈빗대 (같다) : ① 전혀 터무니없는 것을 이르는 말. 지렁이 갈비다. ② 몹시 유연한 물건을 가리키는 말.

지렁이도 밟으면 꿈틀한다 : 아무리 보잘것없이 지내는 미천(微賤)한 사람이나 순하고 착한 사람이라도 누가 건드리거나 너무 업신여기면 반항한다는 말. 굼벵이도 건드리면(다치면, 디디면) 꿈틀한다. 지나가는 달팽이도 밟으면 꿈틀한다.

지렁이 룡 되는 시늉한다북 **:** 도저히 이룰 수 없는 허황한 망상을 하는 경우를 비꼬아 이르는 말.

지렁이 무리에 까막까치 못 섞이겠는가북 **:** 전혀 무관한 듯한 두 사람이 서로 가까이 어울리게 되는 경우를 비유하여 이르는 말.

지렁이 어금니 부러질 노릇북 **:** 지렁이에게는 어금니가 없기 때문에, 아주 터무니없는 짓을 비유하여 이르는 말.

지레 약은 참새(-가) 방아간 지나간다(지나친다)북 **:** 제 딴에는 똑똑한 체하면서도 실상은 요긴한 것을 빼놓고 행동하는 경우를 비꼬아 이르는 말.

지레 짐작 매꾸러기 : ⇒ 주먹구구에 박 터진다.

지레 터진 개살구 : ⇒ 개살구 지레 터진다.

지름길이 종종길이다북 **:** 지름길은 가까운 길이기는 하나 결국 종종걸음으로 바삐 서둘러 가는 경우가 많은 길임을 이르는 말.

지리산 포수(捕手) : ⇒ 강원도 (간) 포수.

지린 것은 똥 아닌가 : ⇒ 강아지 똥은 똥이 아닌가②.

지붕 꼭대기로 소 끌어 올리는 격북 **:** 되지도 아니할 일을 무리하게 억지로 하려고 함을 비유하여 이르는 말.

지붕의 호박도 못 따면서 하늘의 천도(天桃) 따겠단다 : 쉬운 일도 못 하는 주제에 당치 않은 어려운 일을 하려 함을 비유하여 이르는 말.

지성(至誠)이면 감천(-이다) : 무슨 일이든 정성이 지극하면 다 이룰 수 있다는 말. 지성이 지극하면 돌에도 꽃이 핀다북.

지성이 지극하면 돌에도 꽃이 핀다북 **:** ⇒ 지성이면 감천(-이다).

지어 놓은 밥도 먹으라는 것 다르고 잡수라는 것 다르다북 **:** 같은 밥도 먹으라고 낮추어 말하는 것과 잡수라고 공대하여 말하는 것이 다르듯이, 같은 것을 대접하여도 예절을 지켜 공손하게 대하는 것과 그렇지 못한 것이 상대편에게 주는 영향은 큰 차이가 있음을 비유하여 이르는 말.

지어먹은 마음이 사흘을 못 간다〔作心三日〕: 일시적인 자극을 받고 한 결심은 오래가지 못함을 이르는 말.

지어미 손 큰 것 : 아무 데도 소용이 없고 도리어 해로운 것을 이르는 말. 맏며느리 손 큰 것.

지옥(地獄)에도 부처가 있다 : 몹시 위태롭거나 고생스러울 때 뜻밖에 도와주는 사람을 비유하여 이르는 말.

지위(地位)가 높을수록 뜻을 낮추랬다북 **:** ⇒ 지위가 높을수록 마음은 낮추어 먹어야.

지위가 높을수록 마음은 낮추어 먹어야 : ① 높은 자리에 앉게 될수록 겸손해야 한다는 말. 벼슬은 높이고 뜻은 낮추어라. 벼슬자리 높을수록 뜻은 낮추랬다. ② 북 높은 지위에 오를수록 욕심을 부리거나 야심을 가지지 말아야 한다는 말. 지위가 높을수록 뜻을 낮추랬다북.

지저분하기는 오간수(五間水) 다리 밑이다 : 오간수는 동대문 쪽을 말하니, 서울 시민이 버리는 폐수가 유출되는 곳이다. 따라서 사람의 언행이 거칠고 더럽고 잡됨을 이르는 말.

지전(紙廛) 시정(市井)에 나비 쫓아가듯 한다 : 종이 장수가 나비를 보고 종이인 줄 알고 쫓아간다는 뜻으로, 재산이 많으면서도 작은 것에 인색함을 놀림조로 이르는 말.

지절거리기는 똥 본 오리라 : 이러쿵저러쿵 수다스럽게 떠들며 쓸데없는 말을 많이 하는 사람을 놀림조로 이르는 말.

지진(地震)이 있으면 청어가 많이 잡힌다 : 지진이 일어난 끝에는 청어가 많이 잡힌다는 말.

지척(咫尺)의 원수(怨讐)가 천 리의 벗보다 낫다 : ⇒ 가까운 남이 먼 일가보다 낫다.

지척의 원쑤나 천 리의 벗이나[북] **:** 가까이 있는 원수나 멀리 있는 벗이나 거래가 없기는 마찬가지라는 뜻으로, 아주 가까운 처지에 있는 사람이면서도 너무 멀리 떨어져 사는 탓으로 왕래가 없이 지내는 경우를 비유하여 이르는 말.

지척이 천 리라 : 서로 매우 가까운 곳에 살면서도 오랫동안 만나지 못하여 멀리 떨어져 사는 것과 같다는 말.

지키는 냄비가 더디 끓는다 : 결과를 기다리고 있노라면 시간이 더 걸리는 것같이 느껴짐을 이르는 말.

지키는 사람 열이 도둑 하나를 못 당한다 : ① 아무리 조심하여 감시하거나 예방하여도 불시에 생기는 불행은 막기 어려움을 비유하여 이르는 말. 도둑 한 놈을 지키는 사람 열이 못 당한다. ② [북] 나쁜 짓을 절대 하지 못하도록 제도와 질서를 세우지 아니하고, 감시하는 사람의 머릿수만 늘려서는 나쁜 짓 하는 사람을 잡기 어렵다는 것을 비유하여 이르는 말. ③ [북] 아무리 여럿이 지키고 있어도 빠져나갈 구멍은 있기 마련임을 비유하여 이르는 말.

지팡이를 짚었지 : 앞으로 발전할 기반을 얻었다는 말.

지팽이가 있어야 일어선다[북] **:** 남의 도움이 있어야 어떠한 일을 할 수 있는 경우를 비유하여 이르는 말.

지팽이를 내다 주며 묵어 가란다[북] **:** 겉으로는 남을 위하는 체하나 속마음은 그렇지 못함을 조롱조로 이르는 말.

진국은 나 먹고 훗국은 너 먹어라 : 물을 타지 아니한 진한 국은 내가 먹을 테니 물을 탄 멀건 국은 너나 먹으라는 뜻으로, 제 배나 불리려는 욕심스러운 행동을 하는 경우를 이르는 말. * 훗국(後－)－진국을 우려낸 건더기로 다시 끓인 국.

진 꽃은 또 피지만 꺾인 꽃은 다시 피지 못한다 : 아무리 형편이 어렵더라도 뜻을 굳게 가지고 굽히지 아니하여야 끝내 성공할 수 있음을 비유하여 이르는 말.

진날 개 사귀기 : ① 귀찮은 일을 당함을 이르는 말. ② 달갑지 않은 사람이 자꾸 따라다님을 이르는 말. 진 날 개 사귄 이 같다. 진날 삽살개 친한 격[북].

진날 개 사귄 이 같다 : ⇒ 진날 개 사귀기.

진날 개 사타구니[북] **:** 비가 내려 진날에 진흙탕에 나뒹굴어 범벅이 된 개의 사타구니처럼 몹시 더러운 모양을 비유하여 이르는 말.

진날 개 싸대듯 : 까닭 없이 더러운 차림으로 비를 맞고 다니는 사람을 이르는 말.

진날 나막신 : ① 아주 요긴한 사람이나 사물을 비유적으로 이르는 말. ② [북] 필요한 때에만 찾는 대상을 비유하여 이르는 말. ③ [북] 모든 것이 격에 어울리게 들어맞는

경우를 비유하여 이르는 말.

진 날 나막신 찾듯 : 평소에는 돌아보지도 않다가 아쉬운 일이 생기면 찾는다는 말.

진날 삽살개 친한 격 북 **:** ⇒ 진날 개 사귀기.

진 눈 가지면 파리 못 사귈까 : 눈병이 나면 파리가 모여든다는 말로, 재력이나 재물이 있으면 자신의 요구가 저절로 이루어지고 손님도 자연스럽게 초빙할 수 있다는 말.

진달래꽃이 두 번 피면 가을날이 따뜻하다 : 진달래꽃은 봄철에 한 번 피는 것이지만, 이상 기후로 가을철에 또 피는 것은 가을 날씨가 봄같이 따뜻하기 때문이라는 말.

진달래 꽃잎이 여덟이면 풍년 든다 : 진달래 꽃잎은 보통 다섯 장인데 여덟 장으로 피는 해는 반드시 풍년이 든다는 말.

진달래꽃 피면 청어 배에 돛 단다 : 진달래꽃이 피기 시작하는 4월 초순부터는 청어잡이가 시작된다는 말.

진드기가 아주까리 흉보듯 북 **:** 진드기가 저와 모양이 비슷한 아주까리를 흉본다는 뜻으로, 보잘것없는 주제에 남을 흉보는 경우를 비꼬아 이르는 말.

진드기가 황소 불알을 잘라 먹듯 북 **:** 진드기가 붙어서 황소의 불알을 해치듯이, 보잘것없는 존재가 저보다 엄청나게 큰 존재의 급소를 쳐서 이긴 경우를 비유하여 이르는 말.

진드기와 아주까리 맞부딪친 격 북 **:** 서로 엇비슷한 것끼리 맞붙어 옥신각신하는 경우를 비유하여 이르는 말.

진 밭과 장가처는 써 먹을 때가 있다 : 장가들어 맞은 처는 아무리 못나고 마음에 맞지 아니하더라도 소박하거나 천대하면 안 된다는 말.

진사(進士) 노새 보듯 : 무엇을 유심히 들여다봄을 이르는 말.

진사 시정(市井) 연줄 감듯 : 명주실이나 끈목 같은 것을 파는 가겟집 주인이 연줄 감듯 한다는 뜻으로, 무엇이나 긴 것을 솜씨 있게 잘 감고 사리는 모습을 비유하여 이르는 말. 상전 시정 연줄 감듯. 선전 시정의 비단 감듯. 제주 미역 머리 감듯.

진상(進上) 가는 꿀병 동이듯 : 물건을 소중하게 동여맴을 가리키는 말. 진상 가는 꿀병(봉물짐) 얽듯.

진상(進上) 가는 꿀병(봉물짐) 얽듯 : ① ⇒ 진상 가는 꿀병 동이듯. ② 북 '얽다'라는 말이 동음어인 데서, 얼굴이 몹시 얽은 경우를 놀림조로 이르는 말.

진상 가는 송아지 배때기를 찼다 : 공연한 짓으로 큰일을 저질러 봉변당함을 비유하여 이르는 말.

진상은 꼬챙이에 꿰고 인정(人情)은 바리로 싣는다 : ⇒ 인정은 바리로 싣고 진상은 꼬치로 꿴다.

진상 퇴물림 없다 : 갖다 바치면 싫어하는 사람이 없음을 비유하여 이르는 말.

진상할 배도 먹는다 북 **:** ① 음식을 앞에 놓고 나중에 어찌 되든 우선 먹고 보자고 부추기는 말. ② 먹고 싶은 욕망을 막기가 매우 어려움을 비유하여 이르는 말.

진속은 오얏밭에 있다 북 **:** 속으로는 전혀 딴 생각을 하고 있음을 비유하여 이르는 말.
*진속(眞―)―진짜 속내나 참된 속마음.

진손으로 조알 쥐기 북 **:** 진손으로 조알을 쥐면 온통 달라붙고 만다는 데서 유래된 말로, 누군가를 사귀거나 어떤 물건을 다루기가 무서울 정도로 그 사람이나 사물이 성가시게 달라붙는 경우를 비유하여 이르는 말.

진시황(秦始皇)이 만리장성(萬里長城) 쌓는 줄 아느냐 : 진나라 시황제가 만리장성을 쌓을 때에 넘어가는 해를 붙들어 두고 어둡기 전에 일을 마쳤다는 이야기에서 나온 말로, 어떤 일을 해가 지기 전에 마치자고 재촉할 때에 그것이 불가능함을 이르는 말.

진잎죽(-粥) 먹고 잣죽 트림한다 : ⇒ 비짓국 먹고 용트림한다.

진정도 품앗이라 북 **:** ⇒ 가는 말이 고와야 오는 말이 곱다.

진정에는 바위돌도 녹는다 북 **:** ⇒ 정성이 지극하면 하늘도 감동한다.

진주가 열 그릇이나 꿰어야 구슬 : ⇒구슬이 서 말이라도 꿰어야 보배(라).

진주를 돼지에게 던진다 북 **:** 아무런 보람도 바랄 수 없는, 쓸모없는 일을 하는 경우를 비유하여 이르는 말.

진주를 찾으려면 물속에 들어가야 한다 북 **:** ⇒ 호랑이 굴에 가야 호랑이 새끼를 잡는다.

진창길에 흘린 좁쌀 줏기 북 **:** 찾아내거나 얻어내기가 몹시 힘든 경우를 비유하여 이르는 말.

질그릇(窒-) 깨고 놋그릇 장만하다 북 **:** ⇒ 질동이 깨뜨리고(깨고) 놋동이 얻었다①.

질기(窒氣) 난 정(正) 거지라 : ① 숨도 제대로 쉬지 못할 정도로 헐벗고 굶주린 진짜 거지라는 뜻으로, 차마 눈 뜨고 볼 수 없을 정도로 기막힌 형편에 놓인 사람을 비유하여 이르는 말. ② 살림이 아주 형편없이 가난하게 된 경우를 비유하여 이르는 말. * 질기—숨이 통하지 못하여 기운이 막힘.

질동이(窒-) 깨뜨리고 놋동이 얻었다 : ① 대단찮은 것을 잃고 그보다 더 나은 것을 가지게 되었다는 말. 질그릇 깨고 놋그릇 장만하다 북. ② 상처(喪妻)한 뒤에 후처(後妻)를 잘 얻었음을 이르는 말.

질병(窒甁)에도 감홍로(甘紅露) : 외형은 보잘것없는 듯이 보이나 내심은 착하고 아름다운 자가 있음을 이르는 말. * 질병—도자기로 만든 병.

질탕관(窒湯罐)에 두부장 끓듯 : 마음이 초조하고 근심됨이 몹시 심함을 비유하여 이르는 말.

짐승도 은혜를 안다 북 **:** 짐승도 은혜를 아는데 하물며 사람으로서 은혜를 모르고 저버릴 수 있겠느냐는 말.

짐승도 제 새끼는 사랑한다 북 **:** 짐승도 제 새끼를 사랑하는데 하물며 사람이야 오죽하겠느냐는 말.

짐작(-이) 팔십 리 : ① 눈치로 하는 짐작을 이르는 말. ② 북 예견한 것이 대충 맞아떨어짐을 이르는 말.

집개는 주둥이가 뭉툭해야 집을 잘 지킨다 : 집 지키는 개는 주둥이가 뭉툭해야 소리도 크고 무서워 보이기 때문에 집을 잘 지킬 수 있다는 말.

집과 계집은 가꾸기 탓 : 집은 손질하기에 달렸고, 아내는 가르치기에 달렸다는 말.

집구석이 되려면 들부터 잘된다 : 집안이 잘 되려면 농사부터 잘되어야 잘 살게 된다는 말.

집도 절도 없다 : 가진 집이나 재산이 없어 여기저기로 떠돌아다니는 신세를 이르는 말.

집 떠나면 고생이다 : ① 이러니저러니 해도 제집이 제일 좋다는 말. ② 집을 떠나 돌아다니게 되면 아무리 대접을 받는다 해도 고생스럽고 불편한 점이 있기 마련이라는 말.

집안 가풍(家風)을 알려거든 그 집 종에게 물어보아라 북 **:** 어떤 집의 가풍이 좋은가 나쁜가 하는 것은 집안 사정을 속속들이 알고 있는 그 집의 종만이 객관적으로 평가할 수 있다는 말.

집안 귀신(鬼神)이 사람 잡아간다 : 가까운 사람으로부터 해를 입었을 경우를 비유하여 이르는 말.

집안 귀염둥이는 밖에 가면 미움동이가 된다 : 집에서 너무 귀엽게 키운 아이는 버릇이 없어서 밖에 나가면 남으로부터 미움을 받는다는 말.

집안 망신은 며느리가(막냇자식이) 시킨다 : ① 제 집안 식구나 함께 생활하는 사람이 분수없이 처신하여 집단의 흠을 드러내게 된 경우를 비유하여 이르는 말. ② 못난 것이 늘 말썽만 부리고 폐만 끼친다는 말.

집안 망하려면 울타리부터 망하고 사람이 망하려면 머리부터 망한다 : 사람이 나이가 들어 힘이 빠지고 죽을 날이 가까워 오면 먼저 머리부터 희어짐을 한탄하는 말.

집안 식구가 모두 호밋자루 잡을 줄을 알아야 그 집 살림이 편하다 : 농가에서는 온 식구가 농사에 나서야 잘 살게 된다는 말.

집 안에 날아든 꿩은 잡지 않는다㉠ **:** 위급한 나머지 살아 보겠다고 집 안으로 날아든 꿩은 잡지 아니하는 것이 사람의 인정이라는 말.

집 안에 연기(煙氣)가 차면 비 올 징조다 : 궂은 날에는 아궁이의 불길이 역류(逆流)하는 현상이 일어나는데, 이때는 비가 올 징조라는 말.

집 안에 파리가 많으면 어장(魚場) 난다 : 옛날 어촌에서는 고기를 많이 잡아도 단번에 처분할 수가 없어 집 주위에서 건조시키기 때문에 집 안에 파리가 많이 끓었다는 말.

집안에 흉조(凶兆)가 들면 장맛(醬-)부터 달라진다 : 집안에 재앙이 있으려면 먼저 어떤 변고가 생긴다는 말.

집 안의 용마루㉠ **:** 집에서 용마루가 가장 중심적인 역할을 한다는 데에서 유래된 말로, 집 안의 중심 위치에서 중요한 역할을 하고 있는 사람을 비유하여 이르는 말.

집안이 가난하면 어진 안해가 그립다㉠ **:** 어려운 때일수록 도움을 받을 만한 능력 있는 사람이 생각남을 비유하여 이르는 말.

집안이 결딴나면 생쥐가 춤을 춘다 : ① ⇒ 집안이 망하려면 맏며느리가 수염이 난다. ② ㉠ 집안이나 집단이 망하게 되면 뒤에서 놀던 못된 것들이 살 때를 만났다고 활기를 띠고 돌아다닌다는 말.

집안이 망하려면 개가 절구를 쓰고 지붕으로 올라간다 : ⇒ 집안이 망하려면 맏며느리가 수염이 난다.

집안이 망하려면 맏며느리가 수염이 난다 : 집안의 운수가 나쁘면 뜻밖에 괴상한 일이 다 생긴다는 말. 집안이 결딴나면 생쥐가 춤을 춘다. 집안이 망하려면 개가 절구를 쓰고 지붕으로 올라간다. 집안이 망하려면 제석 항아리에 대평수가 들어간다. 집안이 안되려면 구정물통의 호박 꼭지가 춤을 춘다.

집안이 망하려면 제석(祭釋)항아리에 대평수가 들어간다 : ⇒ 집안이 망하려면 맏며느리가 수염이 난다.

집안이 망하면 지관(地官) 탓만 한다 : 무슨 일이 잘못되면 남의 탓만 한다는 말. 집이 망하면 지관 탓만 한다.

집안이 안되려면 구정물 통의 호박 꼭지가 춤을 춘다 : ⇒ 집안이 망하려면 맏며느리가 수염이 난다.

집안이 화합(화목)하려면 베개밑송사는 듣지 않는다 : 베개밑송사란 부인의 잔소리를 말함이니, 집안 어른이 부녀자의 잔소리를 듣고 그것을 믿어 그대로 행하면 집안에 불화가 있게 된다는 말.

집 안 좁은 건 살아도 마음 좁은 건 못 산다 : 집이 좁은 건 참으면서 살 수 있으나 속이 좁아서 쩨쩨하게 구는 사람하고는 같이 생활하기 힘들다는 뜻으로, 집안이나 집단이 화목해야 함을 비유하여 이르는 말.

집어삼킬 듯이 본다 : 몹시 미워서 노려본다는 말.

집에 개구리나 뱀이 보이면 장마 진다 : ⇒ 뱀이 산으로 올라가면 장마 진다.

집에 금송아지를 매었으면 내 알 게 무엇이냐 : 아무리 귀중하고 훌륭한 물건을 가졌다고 해도 그것을 볼 수도 없고 쓰지도 못한다면 무슨 소용이 있느냐는 말.

집에 꿀단지를 파묻었나 : 집에 빨리 가고 싶어 안달하는 사람을 놀림조로 이르는 말.

집에서는 아이들 때문에 웃는다 : 귀엽게 노는 아이들의 모습이 가정에 웃음과 기쁨을 가져다준다는 말.

집에서 새는 바가지 들에 가도 샌다 : 본성이 좋지 않은 자는 어디를 가든지 마찬가지라는 말.

집에서 큰소리치는 놈 나가서 어쩌지 못한다 : 집안의 만만한 식구들한테 큰소리치며 못살게 구는 사람이 밖에 나가 남들 앞에서는 꼼짝도 못함을 비유하여 이르는 말.

집오리 떼 속에 섞인 물오리[북] : 자기 집단에서 떨어져 나와 홀로 딴 무리 속에 섞여 있는 처지를 비유하여 이르는 말.

집을 사면 이웃을 본다 : ① ⇒ 팔백금으로 집을 사고 천금으로 이웃을 산다. ② [북] 집을 정하면 이웃이 생기기 마련이라는 말.

집을 지어 놓고 삼 년[북] : ① 일을 빨리 마무리 짓지 못하고 질질 끄는 모양을 비유하여 이르는 말. ② 집을 지은 후에도 할 일이 많듯이, 어떤 일이든 대충 얼개가 되었다 해도 앞으로 할 일이 적지 아니함을 비유하여 이르는 말.

집을 지으려면 물자리부터 보라[북] : 집을 새로 지을 때에는 물을 길어다 먹기 편한가 어떠한가 하는 것부터 따져 보아야 한다는 뜻으로, 사람이 살아가는 데에는 물이 매우 중요함을 비유하여 이르는 말.

집을 짓재도 터전이 있어야 한다[북] : 어떤 일에나 그것을 이룩해 나갈 수 있는 기초나 바탕이 있어야 함을 비유하여 이르는 말.

집의 개 주인 믿고 짖는다[북] : 하인이 상전의 힘을 믿고 우쭐대며 일을 벌임을 비유하여 이르는 말.

집이 가난하면 효자가 나고, 나라가 어지러우면 충신이 난다〔家貧思良妻 國亂思忠臣〕 : 가난한 집에는 부모를 공대하는 효자가 나오고, 나라가 어지러워 반역의 무리가 날뛸 때에는 그를 반대하여 싸우는 충신이 나오게 된다는 말. 나라가 어지러우면 충신이 난다.

집이 망하면 지관(地官) 탓만 한다 : ⇒ 집안이 망하면 집터 잡은 사람만 탓한다.

집이 타도 빈대 죽으니 좋다 : ⇒ 초가삼간(-이) 다 타도 빈대 죽는 것만 시원하다.

집 잘 지으려고 하지 말고 좋은 농토 먼저 장만하랬다 : 집을 먼저 장만하려 말고 좋은 농토를 먼저 장만하여 생활 기반을 구축하라는 말. 집치레 말고 밭치레 하랬다.

집장(執杖) 십 년이면 호랑이도 안 먹는다 : 하는 일이 너무 모짐을 비유하여 이르는 말. *집장-죄인에게 곤장을 치는 사람.

집치레 말고 밭치레하랬다 : ⇒ 집 잘 지으려고 하지 말고 농토 먼저 장만하랬다.

집 태우고 못 줍기 : ⇒ 집 태우고 바늘 줍는다.

집 태우고 바늘 줍는다 : 큰 것을 잃은 후에 작은 것을 아끼려고 함을 비유하여 이르는 말. 집 태우고 못 줍기.

짓속은 괭매기 속이다[북] : 하는 짓의 속내가 괭과리 속과 같다는 뜻으로, 어떤 행동이 요란하나 속은 비어 있는 경우를 이르는 말.

징검다리도 두들겨 보고 건너라[북] : ⇒ 돌다리도 두들겨 보고 건너라.

징따버지〔鞋針〕를 주으러 다니나 허리도 끔

찍이 굽었다㈜ **:** 허리가 몹시 굽었거나, 무엇을 줍는 아이들이 등을 몹시 굽힘을 놀림조로 이르는 말. * 징떠버지—예전에, 갖신에 박던 징의 대가리.

짖는 개는 물지 않는다 : 겉으로 떠들어 대는 사람은 도리어 실속이 없다는 말.

짖는 개는 여위고 먹는 개는 살찐다 : 사람도 늘 울상을 하고 불평이 많으면 살이 내리고 이로울 것이 없다는 말.

짖는 개는 있어도 잡아먹을 개는 없다 : 눈에는 많이 보이나 요긴하게 꼭 쓸 만한 것이나 가질 만한 것이 없는 경우를 비유하여 이르는 말.

짙은 안개가 끼면 사흘 안에 비가 온다 : 짙은 안개가 낀다는 것은 저기압으로 변할 것을 예고하는 것이므로 이런 경우에는 비가 올 확률이 높다는 말.

짚그물로 고기를 잡을까 : 격에 맞지 않는 것으로는 어떤 일을 이룰 수 없다는 말.

짚깨어리 단장 들었다㈜ **:** 짚으로 만든 뚜껑을 씌운 독에 맛 좋은 장이 들어 있다는 뜻으로, 겉모양은 대수롭지 아니하여도 내용은 충실한 경우를 비유하여 이르는 말. * 짚깨어리—독을 덮는 짚방석을 의미하는 말.

짚독에 바람이 든다 : 지나친 환락(歡樂)은 반드시 재앙을 초래한다는 말.

짚불 꺼지듯 하다 : ① 운명(殞命)을 아주 곱게 함을 형용하는 말. ② 잡았던 권세나 호강이 갑자기 몰락함을 이르는 말. 짚불 사그라지듯 한다.

짚불도 쬐다 나면 서운하다 : 하찮아서 쓸모가 없을 듯한 물건도 없어지면 서운하다는 말.

짚불 사그라지듯 한다 : ⇒ 짚불 꺼지듯 하다.

짚불에 무쇠가 녹는다 : 약한 것이라도 큰일을 해낼 수 있다는 말.

짚 속에 묻힌 바늘㈜ **:** 종적을 찾기가 매우 어려운 물건을 비유하여 이르는 말.

짚신감발에 사립짝 쓰고 간다 : 어울리지 아니하고 어색하여 보기가 흉한 경우를 이르는 말.

짚신도 제 날이 좋다 : ⇒ 세코짚신에는 제 날이 격이다.

짚신도 제 짝이 있다 : 보잘것없는 사람도 배필은 있다는 말. 헌 고리(짚신)도 짝이 있다.

짚신 벗어 꽁무니에 찼다㈜ **:** ① 몹시 바쁘게 꽁무니를 뺄 준비를 갖추는 경우를 비꼬아 이르는 말. ② 단단히 잡도리를 하고 달라붙는 경우를 비유하여 이르는 말.

짚신에 구슬 감기㈜ **:** ⇒ 석새짚신에 구슬 감기.

짚신에 국화 그리기 : ① ⇒ 석새짚신에 구슬 감기. ② 밑바탕이 천한 것을 화려하게 꾸밈은 당치 아니하다는 말.

짚신에 분칠하기 : ⇒ 석새짚신에 구슬 감기.

짚신에 정분(丁粉) 칠한다〔藁履丁粉〕 : ⇒ 석새짚신에 구슬 감기.

짚신을 거꾸로 끌다 : 반가운 사람을 맞으려고 허둥지둥 정신없이 뛰어나가는 경우를 비유하여 이르는 말.

짚신을 뒤집어 신는다 : 짚신을 오래 신기 위하여 골고루 뒤집어서 신는다는 뜻으로, 몹시 인색한 사람을 비유하여 이르는 말.

짚신장이 헌 신 신는다 : ⇒ 대장의 집에 식칼이 논다.

짜도 흩어진다 : 아무리 맞추어 짜도 자꾸 흩어지기만 한다는 뜻으로, 자꾸 없어져 달아나기만 하는 경우를 비유하여 이르는 말.

짜지 않은 놈 짜게 먹고, 맵지 않은 놈 맵게 먹는다 : 야무지지 못한 이가 짜게 먹고 싱거운 이가 맵게 먹는다는 뜻으로, 아이들이 너무 짜고 맵게 먹는 것을 경계하여 이르는 말.

짝사랑에 외기러기 : 짝사랑의 보람 없음을

이르는 말.

짝 없는 화(禍)가 없다 : ⇒ 복은 쌍으로 안 오고 화는 홀로 안 온다.

짝 잃은 기러기 : 몹시 외로운 사람을 형용하여 이르는 말. 짝 잃은 원앙.

짝 잃은 원앙 : ⇒ 짝 잃은 기러기.

짧은 밤에 긴 노래 부르랴[북] **:** 바쁜 시간에 질질 끌 수 없다는 뜻으로, 일을 빨리 끝내야 함을 재촉하여 이르는 말. 짧은 밤에 만경타령 부를가[북].

짧은 밤에 만경타령 부를가[북] **:** ⇒ 짧은 밤에 긴 노래 부르랴.

짧은 세 치 혀가 사람 잡는다[북] **:** ⇒ 세 치 혀가 사람 잡는다(죽인다).

쩝쩔하면 먹어 둔다[북] **:** 아주 원만하게 잘 되지는 못했지만 그런대로 쓸 만하면 더 탓하지 말고 받아들여야 한다는 말.

쪽나무 잎이 피기 전에 낙종(落種)하면 이화명충이 성하다 : 모내기 시기를 잘못 잡으면 이화명나방의 피해를 받을 수 있다는 말.

쪽박 속의 주먹밥[북] **:** 가진 것이라고는 쪽박밖에 없는데 그것조차도 채우지 못하고 겨우 주먹밥 한 덩이를 얻어 넣었다는 뜻으로, 빌어먹는 신세에 있는 사람의 가련한 처지를 비유하여 이르는 말.

쪽박 쓰고 비 피하기 : ⇒ 쪽박을 쓰고 벼락을 피해(피하랴).

쪽박에 밤 담아 놓은 듯 : 올망졸망한 모양을 비유하여 이르는 말.

쪽박을 쓰고 벼락을 피해(피하랴) : 아무리 잘 피하는 사람이라도 이것만은 못 피한다는 말. 또는 어림도 없는 방법으로 눈앞에 닥친 위험을 피하려 함을 비유하여 이르는 말. 쪽박 쓰고 비 피하기.

쪽박을 찬다(찼다) : 동냥질하는 신세를 비유하여 이르는 말.

쪽박이 제 재주를 모르고 한강을 건너려 한다 : 제 분수도 모르고 힘에 겨운 일을 하려는 경우를 비난조로 이르는 말.

쪽박 차고 바람 잡는다[북] **:** 되지도 아니할 일인 줄 알면서 헛되이 하는 경우를 비난조로 이르는 말.

쫓겨 가는 놈이 경치 보랴 : 몹시 절박할 때는 이런저런 생각을 할 겨를이 없다는 말. 쫓겨 가다가 경치 보랴.

쫓겨 가는 며느리 대답질하듯[북] **:** 남의 말을 받아 대꾸질을 잘하는 경우를 비꼬아 이르는 말.

쫓겨 가는 며느리 말이 많다[북] **:** 몰리거나 패한 처지에서 장황하게 변명을 늘어놓는 경우를 비꼬는 말.

쫓겨 가다가 경치(景致) 보랴 : ⇒ 쫓겨 가는 놈이 경치 보랴.

쫓기는 개가 요란히 짖는다[북] **:** 힘이 약하여 쫓기는 자가 오히려 더 요란스레 떠들어댐을 비꼬아 이르는 말.

쬔 병아리 같다 : 남에게 항상 눌려 지내는 사람을 비유하여 이르는 말.

쭈그렁 밤송이 삼 년 간다 : ① 약하게 보이는 것이 생각보다 오래 견딤을 비유하여 이르는 말. ② 부족해 보이는 것이 여간해서 다치지 아니하기 때문에 피해를 입지 아니하고 오래가는 경우를 비유하여 이르는 말. 곤(곯은) 대추 삼 년 간다.

쭈그리고 앉은 손님 사흘 만에 간다 : 생각보다 오래 견디는 경우를 비유하여 이르는 말.

쭉정이가 머리 드는 법이고 어사는 가어사(假御使)가 더 무섭다[북] **:** 실속이 없는 사람이나 가짜인 사람이 자기가 제일이거나 진짜처럼 거들먹거리는 경우를 비유하여 이르는 말.

쭉정이는 불 놓고 알맹이는 거둬들인다 : 버

릴 것은 버리고 쓸 것은 들여 놓는다는 말.

찌개 쏟고 보지 덴다 : ⇒ 엎친 데 덮친 격.

찍자 찍자 하여도 차마 못 찍는다 : 무슨 일을 할 듯이 벼르면서도 막상 맞닥뜨리면 하지 못함을 이르는 말.

찐 붕어가 되었다 : 기세가 꺾여 형편없이 되었음을 비유하여 이르는 말.

찔게타발과 사람 타발은 하지 말랬다㊍ **:** 가정생활에서는 공연한 음식 타박을 하지 말아야 하며 사회생활에서는 함부로 사람들을 배척하지 말아야 한다는 말. * 찔게타발㊍─반찬이 나쁘니 좋으니 하며 투덜거림.

찔러도 피 한방울 안 나겠다 : ① 도무지 빈틈이 없고 야무짐을 비유하여 이르는 말. ② 냉혹하기 짝이 없어 인정이라고는 없음을 비유하여 이르는 말. 이마를 찔러도 진물도 아니 나겠다. 이마를 뚫어도 진물이 아니 난다. 이마를 찔러도 피 한 방울 안 나겠다. 이마에 송곳을 박아도 진물 한 점 안 난다.

찔레꽃 가뭄은 꾸어다 해도 한다 : 양력 5월에는 주기적으로 거의 가뭄이 듦을 이르는 말.

찔레꽃 만발하면 모내기가 한창이다 : 예전 재래종은 찔레꽃이 만발하는 5월 하순에서 6월 초순이면 모내기가 한창이라는 말. 치자꽃이 만발하면 모내기가 한창이다.

찔레꽃 이리에 비가 오면 개 턱에도 밥알이 붙게 된다㊍ **:** 가뭄을 많이 타는 늦봄에 알맞게 비가 자주 오면 농사가 잘되어 풍년이 든다는 말.

찔레꽃철 비는 풍년비다 : ⇒ 찔레꽃 필 때 모심으면 풍년 든다.

찔레꽃 필 때 모심으면 풍년 든다 : 찔레꽃 피는 5월 하순경에 물을 잡으면 제때 모내기를 할 수 있어 풍년이 든다는 말. 찔레꽃철 비는 풍년비다. 찔레꽃 필 무렵에 오는 비는 풍년비다.

찔레꽃 필 무렵에 오는 비는 풍년비다 : ⇒ 찔레꽃 필 때 모심으면 풍년 든다.

찜통 같은 날씨다 : 찌는 듯 삶는 듯한 무더운 여름 날씨를 이르는 말.

찢어졌으니 언청이 : 어떤 명백한 결점이 있어서 어떻게 해도 좋게 볼 수가 없다는 말.

찢어진 잠뱅이㊍ **:** 살을 가리지 못하고 그대로 드러내 놓은 찢어진 잠방이처럼, 제 구실을 하지 못하는 존재를 비유하여 이르는 말.

찧고 까불다 : 되지도 않은 소리(말)로 사람을 치켜 올렸다 깎아 내렸다 조롱하며 경망스럽게 행동함을 이르는 말.

찧는 방아도 손이 나들어야 한다 : 무슨 일에나 공을 들여야 그 일이 잘된다는 말.

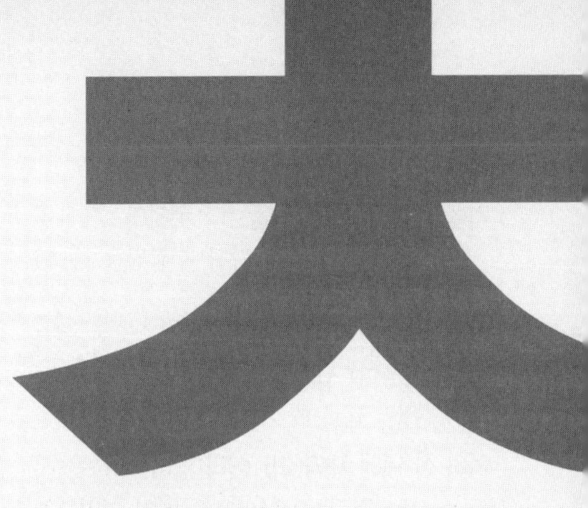

차돌에 바람 들면 석돌보다 못하다

~

침 뱉은 우물 다시 먹는다

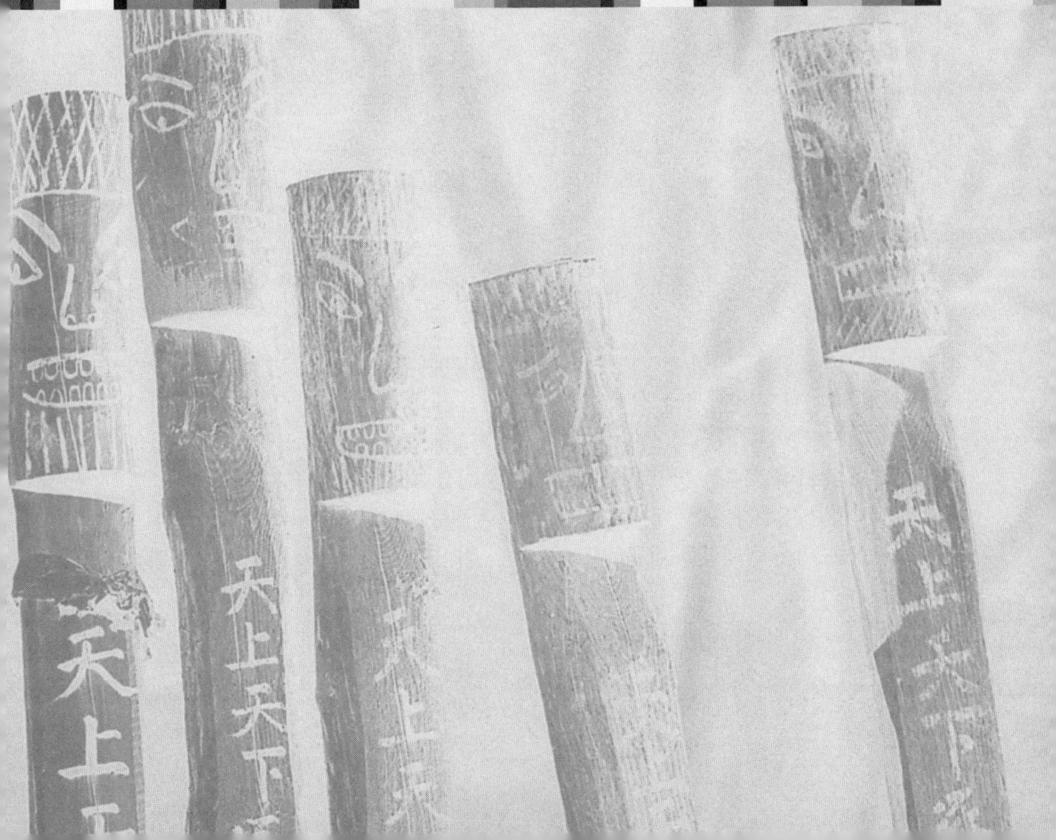

차돌에 바람 들면 석돌보다 못하다 : 야무진 사람일수록 한 번 타락하면 걷잡을 수 없게 된다는 말. * 석돌-푸석돌.

차면 넘친다(기운다) : ① 너무 정도에 지나치면 도리어 불완전하게 된다는 말. ② ⇒ 달도 차면 기운다①.

차비 삼 년에 제떡(이) 쉰다囹 : 준비하는 시간이 3년 걸려서 제사에 쓸 떡이 쉬었다는 뜻으로, 준비하는 데 너무 느리고 굼떠서 오히려 결과가 좋지 아니하게 되는 경우를 비유하여 이르는 말.

차오르게 되면 넘쳐 난다囹 : ⇒ 달도 차면 기운다.

차(車) 우에 차가 있다囹 : ⇒ 뛰는 놈 위에 나는 놈 있다.

차조 심으나 마나囹 : 차조를 심은 것은 차조떡이나 차조밥 또는 색다른 음식을 하여 먹자는 것인데 그런 음식은 구경조차 할 수 없게 되었다는 뜻으로, 애써 한 일이 아무런 보람도 없게 됨을 비유하여 이르는 말.

차(車) 치고 포(包) 치고 룡의 알 뽑아서 볶아 먹는다囹 : 장기에서 차를 치고 잇따라 포를 쳐서 잡듯이, 이리 치고 저리 치고 하면서 용의 알을 뽑아 볶아 먹을 만큼 몹시 재빠르고 약은 모양을 비유하여 이르는 말.

차 치고 포 치다 : ① 무슨 일에나 당당하게 덤비어 잘 해결함을 비유하여 이르는 말. ② 지나치게 제 마음대로 이리저리 마구 휘두름을 비유하여 이르는 말. ③ 囹 장기에서 차를 치고 잇따라 포를 쳐서 잡듯이, 연속적으로 드세게 공격함을 비유하여 이르는 말.

차포잡이라囹 : 장기에서 상대의 차도 잡고 포도 잡을 수 있는 수라는 뜻으로, 상대편에게 연속적으로 들이대어 치명타를 가하게 된 판국임을 비유하여 이르는 말.

착 달라붙은 엿 판대기 같다囹 : 끈덕지게 붙어 다니는 모양을 비유하여 이르는 말.

착한 며느리도 악처만 못하다 : 차라리 악처가 남보다 낫다는 말.

찬 날에 랭수 마시고 더운 날에 개장 먹는다囹 : 냉(冷)은 냉으로 다스리고 열(熱)은 열로 다스린다는 말.

찬물도 상(賞)이라면 좋다 : 상 받는 것이면 무엇이나 다 좋아한다는 말.

찬물도 위아래가 있다 : ① 무엇에나 순서가 있으니, 그 차례를 따라 하여야 한다는 말. 냉수도 차례가 있다. 초라니탈에도 차례가 있다. ② 囹 모든 사물은 겉만 보지 말고 깊이 있게 여러모로 분석하여 보아야 한다는 말.

찬물 맞은 불티囹 : 찬물을 맞아 꺼지고 만 불티처럼 다시 회복할 수 없게 된 경우를 비유하여 이르는 말.

찬물 먹고 냉돌(冷堗) 방에서 땀 낸다 : 도무지 이치에 닿지 않는 말이니 하지도 말라는 뜻으로 이르는 말.

찬물에 게 한 마리가 어데냐囹 : 보잘것없는 이득이나 성과가 생겼을 때 그것이나마 다행으로 여기라는 말.

찬물에 기름 돌듯 : 서로 화합하지 못하고 따로 도는 경우를 비유하여 이르는 말.

찬물에 돌 (같다) : 지조가 맑고 굳셈을 비유하여 이르는 말.

찬물에 좆 줄듯 : 무엇이 조금씩 오그라드는 것을 비유하여 이르는 말.

찬물을 끼얹다 : 모처럼 잘되어 가는 일에 뛰어들어 분위기를 흐리거나 공연히 트집을 잡아 헤살 놓음을 이르는 말.

찬밥 더운밥 가리게 됐나 : 좋고 나쁜 대우를 가리고 따질 형편이 아님을 이르는 말.

찬밥 두고 잠 아니 온다 : ① 대수롭지 아니

한 것에 미련을 두고 단념하지 못함을 비유하여 이르는 말. ② 자기가 좋아하는 일은 좀처럼 잊어버리지 못한다는 말. ③ 북 무엇을 다 먹어 치우거나, 또는 다 써 버리지 않고서는 견디지 못함을 비유하여 이르는 말.

찬밥(-을) 먹기라북 **:** ⇒ 찬밥으로 점심 하기라.

찬밥에 국 적은 줄만 안다 : 가난한 살림에는 없는 것이 당연한 것인 줄 모르고 무엇이 부족하다고 마음을 씀을 이르는 말.

찬밥에 국 적은 줄 모른다 : 살림이 가난하면 이것저것 없는 것이 많기 때문에 오히려 별로 불편하지 아니하다는 말.

찬밥으로 점심 하기라북 **:** 있는 찬밥으로 점심을 차린다는 뜻으로, 일이 매우 쉽게 됨을 비유하여 이르는 말. 찬밥(-을) 먹기라.

찬 소리는 무덤 앞에 가 하여라 : ⇒ 입찬말은 묘 앞에 가서 하여라.

찬이슬(-을) 맞는 놈 : ⇒ 밤이슬 맞는 놈.

찰거머리와 안타깨비라 : 어떤 일이 있을 때 그 일에 매달려 떨어지지 않음을 비유하여 이르는 말. * 안타깨비—안달이 나서 귀찮게 조르거나 검질기게 달라붙는 사람을 비난조로 이르는 말.

찰떡 가진 놈이 바꿔 먹자면 조떡 가진 놈이 세 쓴다북 **:** 맛있는 찰떡을 가진 사람이 좁쌀떡이 먹고 싶어 먼저 바꿔 먹자고 하면 하찮은 좁쌀떡을 가진 사람이 고자세로 버틴다는 뜻으로, 무슨 일이든 급한 편에서 먼저 청하면 그 청을 받는 측에서 쉽게 응하여 주지 아니함을 비유하여 이르는 말.

찰떡도 한두 끼북 **:** 좋은 것도 한두 번이지 여러 번 반복되면 싫어짐을 비유하여 이르는 말.

찰떡이 먹고 싶다고 생쌀로야 먹으랴북 **:** 아무리 급하더라도 거쳐야 할 공정을 제대로 밟지 아니하고서는 일이 될 수 없음을 비유하여 이르는 말.

찰시루 쪄 놓고 밤낮 보름을 빌어도 이가 아니 든다북 **:** 남의 간청을 여간해서 들어주려 하지 아니함을 비유하여 이르는 말.

찰찰이 불찰(不察)이다 : 살핌이 지나쳐 오히려 큰 것을 생각하지 못하고 실수함을 이르는 말.

참깨가 기니 짧으니 한다 : ① 거의 비슷한 것들을 가지고 굳이 크고 작음, 또는 옳고 그름을 가리려 함을 비유하여 이르는 말. ② 자질구레한 말을 하기 좋아하는 사람을 비꼬아 이르는 말. 참새가 기니 짧으니 한다.

참깨 들깨 노는데 아주까리 못 놀까 : 별 어중이떠중이들이 다 활동하거나 참여하는 일에 내가 어찌 못 끼겠는가 하고 나설 때 이르는 말. 암캐 수캐 노는데 청삽살이 못 놀까.

참나무에 곁낫걸이 : 제 능력은 생각지도 않고 엄청나게 큰 세력에 부질없이 덤빔을 이르는 말. 장나무에 낫걸이. 전선대에 낫걸이북. 토막나무에 낫걸이.

참나무에서 떨어지는 도토리, 메돼지가 먹으면 메돼지 것이고 다람쥐가 먹으면 다람쥐 것이다북 **:** 임자 없는 물건은 먼저 차지하는 사람이 임자가 됨을 비유하여 이르는 말.

참는 게 아재비다북 **:** 비위에 거슬리거나 꼴사나운 일을 당하여도 참고 분별 있게 행동하여 일을 능숙히 처리함이 좋다는 말.

참는 자에게 복이 있다 : 억울하고 분한 일이 있더라도 필요에 따라서는 꾹 참고 견디는 것이 상책임을 이르는 말.

참대밭에 쑥이 나도 참대같이 곧아진다북 **:** 나쁜 사람도 좋은 사람들 속에 있으면 좋은 사람으로 변하게 됨을 비유하여 이르는 말.

참빗으로 훑듯 : ⇒ 이 잡듯이.

참빗이 뭔지도 모르는 참빗 장사㈜ **:** 맡은 일에 대하여 아무것도 모르는 주제에 그 일을 맡아보는 사람을 비꼬아 이르는 말.

참새가 기니 짧으니 한다 : ⇒ 참깨가 기니 짧으니 한다.

참새가 방앗간에 치어 죽어도 짹 하고 죽는다 : ① 아무리 약한 것이라도 너무 괴롭히면 대항한다는 말. ② ㈜ 아무리 치명적인 타격을 받아도 자기의 본성은 변하지 않는다는 말.

참새가 방아간을 거저 찾아오랴㈜ **:** 어떤 행동이든지 다 추구하는 목적이 있음을 비유하여 이르는 말.

참새가 방앗간(올조밭)을 거저 지나랴 : ① 욕심 많은 사람이 잇속 있는 일을 보면 가만있지 못한다는 말. ② 자기가 좋아하는 곳은 그대로 지나칠 수 없다는 말.

참새가 아무리 떠들어도 구렁이는 움직이지 않는다 : 실력이 없고 변변치 못한 사람들이 아무리 떠들어도 실력 있는 사람은 맞붙어 같이 다투지 않음을 이르는 말.

참새가 왕거미줄에 걸린 것 같다㈜ **:** 똑똑한 체하던 사람이 뜻하지 않은 수에 걸려들어서 헤어나지 못하게 됨을 비유하여 이르는 말.

참새가 작아도 알만 잘 깐다(낳는다) : 몸은 비록 작아도 능히 큰일을 감당함을 비유하여 이르는 말. 거미는 작아도 줄만 잘 친다. 뱁새는 작아도 알만 잘 낳는다. 제비는 작아도 강남을 간다.

참새가 죽어도 짹 한다 : ⇒ 참새가 방앗간에 치어 죽어도 짹 하고 죽는다①.

참새가 황새걸음을 하면 다리가 찢어진다 ㈜ **:** 자신의 처지나 능력을 생각하지 않고 분수에 넘치는 일을 하다가는 낭패를 보거나 해를 입게 됨을 비유하여 이르는 말.

참새가 황새걸음 한다㈜ **:** 되지도 아니할 일을 주제넘게 흉내 내어 행동함을 비유하여 이르는 말.

참새가 황새의 뜻을 모른다㈜ **:** ⇒ 제비가 기러기의 뜻을 모른다㈜.

참새고기를 먹었나㈜ **:** ⇒ 참새를 볶아 먹었나.

참새고기를 먹으면 까불고 닭의 발목을 먹으면 버르집는다㈜ **:** 참새고기를 먹으면 참새같이 까불게 되고 닭의 발목을 먹으면 닭과 같이 헤집는 버릇이 생긴다고 놀림조로 이르는 말.

참새 굴레 쌀 만하다 : ⇒ 약기는 쥐 새끼냐 참새 굴레도 씌우겠다.

참새 굴레 씌우겠다 : ⇒ 약기는 쥐 새끼냐 참새 굴레도 씌우겠다.

참새는 굴레 씌울 수 없지만 호랑이는 길들일 수 있다㈜ **:** 뚝심으로 지혜를 이길 수는 없지만 지혜로는 뚝심을 이길 수 있음을 이르는 말.

참새 그물에 기러기 걸린다 : ① 정작 하려고 노력하는 일은 되지 않고 다른 일이 된 경우를 이르는 말. ② 뜻밖의 행운이나 의외의 수확을 얻음을 이르는 말. 새망에 기러기 걸린다. 새우 그물에 잉어가 걸렸다.

참새도 땅이 없으면 못 산다㈜ **:** 사람에게 땅은 없어서는 안 될 중요한 것임을 비유하여 이르는 말.

참새 떼 덤비듯 한다 : 한꺼번에 우루루 덤벼드는 모양을 비유하여 이르는 말.

참새를 까먹었다 : ⇒ 참새를 볶아 먹었다(-나).

참새를 볶아 먹었나 : 몹시 지껄이는 사람을 두고 이르는 말. 참새고기를 먹었나㈜. 참새를 까먹었다. 참새 알을 까먹었나.

참새를 숲으로 쫓는다 : 해치려고 한 것이 도리어 이롭게 한 결과가 된 것을 이르는 말.

참새 무리가 어찌 대붕의 뜻을 알랴 : ⇒ 군작이 어찌 대붕의 뜻을 알랴.

참새 무리 조잘대듯[북] **:** 여럿이 모여 몹시 시끄럽게 조잘대는 모양을 비유하여 이르는 말.

참새 백 마리면 호랑이 눈깔도 빼 간다[북] **:** 보잘것없는 존재라도 힘과 지혜를 합치면 못할 일이 없음을 이르는 말.

참새 씹하듯 하다 : 어떤 일을 잠깐 사이에 끝냄을 이르는 말.

참새 알을 까먹었나 : ⇒ 참새를 볶아 먹었나.

참새 앞정강이를 긁어먹는다 : ⇒ 벼룩의 간을 내어 먹는다.

참새 얼려 잡겠다 : ⇒ 약기는 쥐 새끼냐 참새 굴레도 씌우겠다.

참새에 방앗간[북] **:** 늘 바라던 것을 만났음을 비유하여 이르는 말.

참새 잡으려다 꿩 놓친다〔小貪大失〕 : 작은 것을 탐내다가 큰 것을 잃고 만다는 말.

참외도 까마귀 파먹은 것이 다르다[북] **:** 까마귀가 잘 익은 참외만 골라서 파먹는다는 뜻으로, 남이 좋다고 욕심을 내는 것은 역시 좋은 것이 틀림없음을 비유하여 이르는 말.

참외를 버리고 호박을 먹는다 : ① 알뜰한 아내를 버리고 둔하고 못생긴 첩을 취함을 비유하여 이르는 말. ② 좋은 것을 버리고 나쁜 것을 취함을 비유하여 이르는 말.

참외 많이 먹으면 병이 나고 무 많이 먹으면 약이 된다 : 참외는 많이 먹으면 병이 나지만 무는 많이 먹으면 약이 된다는 말.

참외밭에 든 녀석[북] **:** 몰래 남의 참외밭에 들어가 익은 참외를 따겠다고 이리 뛰고 저리 뛰는 녀석이라는 뜻으로, 몹시 날뛰고 덤비는 사람을 비유하여 이르는 말.

참외밭에 들어선 장님[북] **:** 필요한 것을 앞에 놓고도 무엇이 무엇인지를 가리지 못하는 사람을 비유하여 이르는 말.

참외밭에 여자가 들어가면 참외가 곯아빠진다 : 참외밭에 여자가 들어가면 부정을 타서 곯아빠지게 되므로 들어가지 말라는 말.

참을 인(忍) 자를 붙이고 다니랬다 : ⇒ 참을 인 자 셋이면 살인도 피(면)한다.

참을 인(忍)자 셋이면 살인도 피(면)한다 : 어떤 어려운 일이 있어도 꾹 참는 것이 가장 좋은 방법이라는 말. 참을 인 자를 붙이고 다니랬다.

찹쌀로 찰떡을 친대도 곧이듣지 않는다[북] **:** ⇒ 콩으로 메주를 쑨다 하여도 곧이듣지 않는다.

찻집 출입 삼 년에 남의 얼굴 볼 줄만 안다 : 사람들이 모여 한담(閑談)하는 찻집 같은 곳에 다니는 것은 아무리 공력을 들였다 하더라도 남의 눈치 살피는 것밖에는 배우는 것이 없다는 말.

창공(蒼空)에 뜬 백구(白鷗) : 손에 잡히지 아니하여서 실속 없고 소용없는 것을 비유하여 이르는 말.

창씨고씨(倉氏庫氏)라 : 사물이 영원히 변치 않음을 이르는 말. ＊중국 고대에 창씨와 고씨가 세습적으로 곳집을 맡아온 일에서 유래된 말.

창애에 치인 쥐눈 : 툭 불거져 보기에 흉칙하게 생긴 눈을 비유하여 이르는 말. ＊창애—짐승을 꾀어서 잡는 틀의 하나.

창호지(窓戶紙) 한 날은 덥고 이불 꾸민 날은 춥다[북] **:** 창호지를 새로 바르면 바람구멍이 막혀 방이 즉시 더워지지만, 새로 꾸민 이불은 자리가 잡힌 이불보다 따뜻하지 못함을 이르는 말.

채반이 용수가 되게 우긴다 : 가당치도 않은 제 의견만 고집함을 이르는 말. 용수가 채반이 되도록 우긴다.

채비〔差備〕 사흘에 용천관(龍川關) 다 지나

가겠다 : 준비만 하다가 정작 해야 할 일을 못하는 경우를 비유하여 이르는 말.

책개비 열두 개북 : 갈래가 많고 변덕이 심하여 매우 복잡한 것을 비유하여 이르는 말. *책개비-'쳐녑'을 달리 이르는 말.

책력(冊曆) 보아가며 밥 먹는다 : 살림이 넉넉지 못하여 길일(吉日)을 택하여 밥을 먹는다는 뜻으로, 너무 가난하여 끼니를 자주 거른다는 말.

책망(責望)은 몰래 하고 칭찬은 알게 하랬다 : 남을 꾸짖을 때는 몰래 하고 칭찬을 할 때는 여러 사람이 알게 하는 것이 좋다는 말.

책을 떠난 식자(識者)란 있을 수 없다북 : 지식을 넓혀 나가는 데에는 책이 매우 중요함을 강조하여 이르는 말.

챈 발에 곱(되)챈다[雪上加霜] : 어려움에 빠진 사람이 더욱 어렵게 됨을 이르는 말.

처가살이 십 년이면 아이들도 외탁한다 : 처가살이를 오래 하면 아이들도 처가의 풍습을 닮게 된다는 말.

처가(妻家) 재물(財物), 양가(養家) 재물은 쓸데없다 : 제 손으로 번 것이라야 제 재산이 된다는 말.

처갓집 말뚝에도 절하겠네 : 지나친 애처가를 빈정대어 이르는 말.

처갓집 세배(歲拜)는 살구꽃 피어서 간다 : 처갓집에 대한 인사는 자꾸 미루게 된다는 말.

처갓집에 송곳 차고 간다 : 처가에 가면 밥을 꼭꼭 눌러 담아 주기 때문에 송곳으로 파먹어야 할 정도라는 말로, 처가에서 사위를 극진히 대접함을 뜻하는 말.

처남(妻男)의 댁네 병(病) 보듯 : 처남의 아내가 앓는 병에 대하여 가슴 아파하지 않고 대수롭지 않게 여긴다는 뜻으로, 일을 진심으로 하지 않고 건성으로 함을 비유하여 이르는 말.

처녀(處女)가 늙어 가면 산으로 맷돌짝 지고 오른다 : ① 처녀가 혼기를 놓치고 늙으면 여러 가지 이상한 행동을 한다는 말. ② 처녀가 무슨 일을 잘못했을 때 비웃는 말.

처녀가 아이를 낳아도 할 말이 있다 : 아무리 큰 잘못을 저지른 사람도 그것을 변명하고 이유를 붙일 수 있다는 말. 남의 밭 콩을 따도 할 말은 있다고. 도둑질을 하다 들켜도 변명을 한다. 똥 싼 년이 핑계 없을까. 처녀가 아이를 배도 할 말이 있다. 핑계 없는 무덤이 없다.

처녀가 아이를 낳았나 : 조그만 실수를 하고 크게 책망을 받을 때, 뭘 그리 심하게 하느냐고 반발하는 말.

처녀가 아이를 배도 할 말이 있다 : ⇒ 처녀가 아이를 낳아도 할 말이 있다.

처녀가 인정이 헤프면 실수한다북 : 처녀 때에는 남의 꼬임에 넘어가지 말고 야무지게 행동하여야 함을 비유하여 이르는 말.

처녀가 한증(汗蒸)을 해도 제 마련은 있다 : ① ⇒ 벙어리가 서방질을 해도 제 속이 있다. ② 북 전혀 당찮은 행동을 하면서 이러저러한 구실을 대는 경우를 비꼬아 이르는 말.

처녀들은 말 방귀만 뀌어도 웃는다 : 계집애들은 잘 웃는다는 말. 비바리는 말똥만 보아도 웃는다. 처녀 때는 가랑잎 굴러가는 것만 보아도 웃는다북. 처녀 한창 때는 말똥 굴러가는 것보고도 웃는다.

처녀 때 고생은 금을 주고도 못 산다북 : ⇒ 초년고생은 은 주고 산다.

처녀 때 나물 캐듯북 : 일을 쉽게 함을 비유하여 이르는 말.

처녀 때는 가랑잎 굴러가는 것만 보아도 웃는다 : ⇒ 처녀들은 말 방귀만 뀌어도 웃는다.

처녀면 다 확실한가 : ⇒ 경주 돌이면 다 옥석인가.

처녀 불알 : ⇒ 중의 상투[1].

처녀 성복전(成服奠)도 먹어야 된다 : 처녀가 죽은 뒤에는 성복전을 지내지 아니하는 것이지만 그것이라도 먹겠다는 뜻으로, 무엇이나 억지로 만들어서라도 해야 되겠다는 말. *성복전-초상이 나서 처음으로 상복을 입을 때에 차리는 전(奠).

처녀 오장(五臟)은 깊어야 좋고 총각 오장은 얕아야 좋다 : 처녀의 마음은 깊어야 좋고 총각의 성격은 시원시원해야 좋음을 비유하여 이르는 말.

처녀 장딴지를 보고 씹 봤다 한다 : 지레짐작으로 짚어 허풍이 몹시 심함을 이르는 말.

처녀 한창 때는 말똥 굴러가는 것보고도 웃는다 : ⇒ 처녀들은 말 방귀만 뀌어도 웃는다.

처녑에 똥 쌓였다 : 해야 할 일이 쌓이고 쌓였음을 비유하여 이르는 말. *처녑-소나 양 따위의 반추 동물의 겹주름위.

처마 끝에 고드름이 많이 달리면 풍년 든다 : 처마에 고드름이 많이 달렸다는 것은 눈이 많이 왔음을 의미하므로, 눈이 많이 오면 보리를 덮어 동해를 방지하면서 수분도 제대로 공급하여 주기 때문에 풍년이 든다는 말.

처삼촌(妻三寸) 뫼(산소)에 벌초하듯 : 일에 정성을 들이지 아니하고 마지못하여 건성으로 함을 비유하여 이르는 말. 외삼촌 산소에 벌초하듯. 의붓아비 묘의 벌초. 작은 아비 제삿날 지내듯.

처서(處暑)가 지나면 모기도 입이 비뚤어진다 : 처서가 지나면 더위가 꺾여 파리나 모기의 성화가 사라진다는 말.

처서가 지나면 풀도 울며 돌아간다 : 처서가 지나가면 모든 식물은 생육이 정지되어 시들기 시작한다는 뜻.

처서 물은 오전 오후가 다르다 : 처서인 8월 하순에는 주야의 기온차에 따라 물의 온도차가 심하므로 논에 찬물을 대는 일이 없도록 주의하라는 말.

처서 밑에는 까마귀 대가리가 벗어진다(북) : 처서 무렵의 마지막 더위는 까마귀의 대가리가 타서 벗겨질 만큼 매우 심함을 비유하여 이르는 말.

처서에 난 풀이 발등을 덮는다 : 늦게 난 풀이 더 빨리 자라서 발등을 덮을 정도로 무성해졌다는 말.

처서에 비가 오면 독 안의 곡식도 준다 : 여름내 정성을 들여 가꾼 곡식이 비가 내리게 되면 제대로 여물지 않아 1년 농사의 마무리가 제대로 되지 않는다는 말. 처서에 비가 오면 독 안 쌀도 준다. 처서에 비가 오면 항아리 쌀도 준다.

처서에 비가 오면 독 안 쌀도 준다 : ⇒ 처서에 비가 오면 독 안의 곡식도 준다.

처서에 비가 오면 십 리 들에 천 석을 감한다 : ⇒ 처서에 비가 오면 흉년이 든다.

처서에 비가 오면 십 리 들에 천 석이 감수된다 : ⇒ 처서에 비가 오면 흉년이 든다.

처서에 비가 오면 십 리 안 곡식 천 석을 감한다 : ⇒ 처서에 비가 오면 흉년이 든다.

처서에 비가 오면 십 리에 천 석을 감하고 백로에 비가 오면 백 석을 감한다 : 처서와 백로에 비가 오면 농작물에 해를 끼쳐 흉년이 든다는 말.

처서에 비가 오면 천 가지가 해롭다 : 처서 날 비가 오면 모든 농작물에 해롭다는 말.

처서에 비가 오면 항아리 쌀도 준다 : ⇒ 처서에 비가 오면 독 안의 곡식도 준다.

처서에 비가 오면 흉년이 든다 : 처서 때 오는 비는 폭풍우를 겸하기 때문에 농작물에 주는 피해가 매우 크다는 말. 처서에 비가 오면 십 리 들에 천 석을 감한다. 처서에 비가 오면 십 리 들에 천 석이 감수된다. 처서에 비가 오면 십 리 안 곡식 천 석을 감

한다. 처서에 비바람 치면 폐농한다.

처서에 비바람치면 폐농(廢農)한다 : ⇒ 처서에 비가 오면 흉년이 든다.

처서에 장벼 패듯㊍ : 무엇이 한꺼번에 성하거나 사방에서 요란히 나타남을 비유하여 이르는 말.

처서 전 복숭아다 : 복숭아는 처서(양력 8월 22일경) 전에 먹게 된다는 말.

처음에는 사람이 술을 마시다가 술이 술을 마시게 되고 나중에는 술이 사람을 마신다 : 술을 몸에 맞게 먹으라는 말.

처음 온 머슴은 일을 잘한다 : 새 직장에 들어온 사람은 누구나 다 일을 잘한다는 말.

처음이 나쁘면 끝도 나쁘다㊍ : 무슨 일이든지 처음부터 시작이 좋아야 결과도 좋다는 말.

척 그러면 울 너머 호박 떨어지는 줄 알아라 : 눈치와 짐작이 빨라야 한다는 말.

척수 보아 옷 짓는다 : ⇒ 치수 맞춰 옷 마른다(짓는다).

척하면 무른 감 떨어지는 소리라㊍ : ① 걸핏하면 다 익은 무른 감이 떨어져서 횡재를 한 이야기를 한다는 뜻으로, 아무런 대가도 없이 횡재를 한 이야기를 꺼내는 경우를 비꼬아 이르는 말. ② 한창 무르익은 감이 감나무에서 연속해서 떨어지는 소리가 나듯이, 좋은 기별이 끊이지 않고 들려오는 경우를 비유하여 이르는 말.

천금사랑은 없어도 일사랑은 있다㊍ : 천금으로 남의 사랑을 억지로 살 수는 없지만 일을 잘하면 남의 사랑을 받게 되는 것임을 비유적으로 이르는 말.

천 길 땅속에서 하늘을 본다㊍ : 먼 데서 일어난 일을 용케 알아맞히는 경우를 비유하여 이르는 말.

천 길 물속은 건너 보아야 알고 한 길 사람 속은 지내 봐야 안다 : ⇒ 사람은 지내 봐야 안다.

천 길 물속은 알아도 계집 마음속은 모른다 : ⇒ 천 길 물속은 알아도 한 길 사람의 속은 모른다.

천 길 물속은 알아도 한 길 사람의 속은 모른다〔水深可知 人心難知〕 : 사람의 속마음을 알기란 매우 힘듦을 비유하여 이르는 말. 사람 속은 천 길 물속이라. 열 길 물속은 알아도 한 길 사람의 속은 모른다. 천 길 물속은 알아도 계집 마음속은 모른다.

천 날 가뭄은 싫지 않으나 하루 장마는 싫다〔千日晴不厭 一日雨落便厭〕 : 가뭄에는 날씨가 쾌청하여 일하기가 좋지만, 비가 올 때는 일하는 데 지장을 주기 때문에 싫증이 난다는 말.

천 날 날씨 좋은 건 싫지 않고 하루 비 오는 것은 싫다 : 날씨가 맑으면 기분도 좋고 일하는 데도 좋지만, 비가 오게 되면 기분도 침울하고 밖에서 일도 할 수가 없어서 불쾌하다는 말.

천 날 좋은 사람 없고 백 날 고운 꽃이 없다 : 무엇이든 항상 좋을 수는 없음을 비유하여 이르는 말.

천 냥 만 냥 판 : ① 놀음놀이판을 비유하여 이르는 말. ② ㊍ 돈이 무더기로 생기는 아주 호화로운 판을 이르는 말.

천 냥 부담에 갓모 못 칠까 : 부담금(負擔金)은 천 냥이나 갚으면서 갓모를 치지 못할 리가 없다는 뜻으로, 가히 있을 법한 일거나 논(論)할 수 있음을 이르는 말.

천 냥 빚도 말로 갚는다 : ⇒ 말 한마디에 천 냥 빚도 갚는다.

천 냥 시주 말고 애매한 소리 말라 : 천 냥이나 되는 많은 돈을 내어놓는 것보다 애매한 소리를 하지 않는 편이 낫다는 뜻으로, 쓸데없이 공연한 말로 남을 모함하지 말라는 말.

천 냥에 활인(活人) 있고 한 푼에 살인(殺人)이 있다 : 금전 관계란 적은 액수로도 사람들의 사이가 나빠질 수 있음을 비유하여 이르는 말.

천 냥 잃고 조리 겯기 : ① 이것저것 하다가는 마지막에 다 잃고 조리 장사밖에 할 수 없게 된다는 뜻으로, 하던 직업을 버리지 말고 끝까지 해 나가라는 말. ② 뭐 한때 흥성거리다가 재물을 다 팔아먹고 가련한 처지가 된 경우를 비유하여 이르는 말. ③ 뭐 많은 자금을 들여 보잘것없는 기술을 배우게 된 경우를 이르는 말.

천 냥 지나 천한 냥 지나 먹고나 보자 : 이왕 크게 빚을 진 형세이니 뒷일이야 어찌 되든 먹고 보자는 말.

천 냥짜리 서 푼도 본다 : ① 물건값은 보기에 달렸다는 말. ② 뭐 어떤 가치가 너무나 낮게 평가되는 경우를 비유하여 이르는 말.

천 년 가는 소(沼) 없고 만 년 가는 여울이 없다뭐 : 모든 사물과 현상은 변함을 비유하여 이르는 말.

천둥 번개가 심한 해는 풍년 든다 : 비가 내릴 때 천둥 번개가 심하면 공기 중에 있는 질산 등이 떨어져 토양을 비옥하게 하므로, 농작물이 잘 자라 풍년이 든다는 말. 뇌우 많은 해는 풍년.

천둥 번개 칠 땐 천하 사람들이 한마음 된다 : ⇒ 천둥 번개 할 때는 천한 사람이 한맘 한뜻.

천둥 번개 할 때는 천하 사람이 한맘 한뜻 : ① 모든 사람이 같이 겪는 천재지변이나 위험 속에서는 그들의 마음이 하나가 된다는 말. ② 천둥 번개가 치면, 죄지은 사람들은 벼락이 떨어질까 봐 공포를 느끼며 모두 자기반성을 하게 된다는 뜻. 천둥 번개 칠 땐 천하 사람들이 한마음 된다.

천둥벌거숭이라 : 이것저것 분별하지 않고 함부로 행동하는 사람을 이르는 말.

천둥에 개 뛰어들듯 : ① 놀라서 어쩔 줄을 몰라 허둥거림을 이르는 말. ② 갑자기 천둥을 치면 개가 놀라서 주인 곁으로 온다는 말. 벼락에 소 뛰어들듯. ③ 남들이 말하는데 아무 상관도 없으면서 옆에서 말참견하는 경우를 비유하여 이르는 말.

천둥에 떨어진 잠충(蠶蟲)이 같다 : 천둥에 놀라서 일어나 떠는 잠꾸러기처럼 기운이 쇠약하여 어릿어릿하는 사람을 비유하여 이르는 말.

천둥 우는 날에 낳은 아들이냐뭐 : 몹시 부산하게 구는 사람을 놀림조로 이르는 말.

천둥이 잦으면 비가 온다 : ① 천둥은 비가 올 징조라는 말. ② ⇒ 방귀가 잦으면 똥 싸기 쉽다.

천둥인지 지둥인지 모르겠다 : 무엇이 무엇인지 분간할 수가 없음을 비유하여 이르는 말.

천둥 치고 번개 치고 벼락 친다 : 하늘이 크게 노한 나머지 천둥, 번개, 벼락 등을 다 동원하여 죄지은 사람에게 벌을 준다는 말.

천둥 칠 때마다 비가 올까 : ① 천둥이 치면 대개의 경우 비가 오지만, 때로는 마른천둥만 치고 비가 오지 않을 경우도 있다는 말. ② ⇒ 장마다 꼴뚜기(망둥이) 날까.

천득봉(千得鳳)이냐 물색(物色)도 좋아한다 : 천득봉이란 자가 염색 옷을 좋아했다는 데서 유래한 말로, 물색 고운 옷을 좋아함을 이르는 말. *천득봉–조선 후기 소설 「소대성전(蘇大成傳)」에 나오는 인물로, 장안에서 제일가는 염색 기술자임.

천 리(千里) 강산(江山)이다 : 시간이나 거리가 아주 멀었다는 말.

천 리 길도 십 리 : 그리운 사람을 만나러 갈 때는 먼 거리도 아주 가까이 느껴진다

는 말.

천 리 길도 한 걸음부터 : 무슨 일이든 그 시작이 중요함을 이르는 말. 만 리 길도 한 걸음부터. 천 리 길도 첫 걸음으로 시작된다㊕. 천 리 길도 한 걸음씩 걸어서 가 닿는다.

천 리 길도 한 걸음씩 걸어서 가 닿는다㊕ : ① 아무리 큰일도 처음에는 작은 일부터 시작되며 그것이 쌓여서 큰 성과를 이루게 되는 것임을 비유하여 이르는 말. ② 천 리 길도 한 걸음부터.

천 리 길도 첫 걸음으로 시작된다㊕ : ① 모든 일에는 다 시작이 있음을 비유적으로 이르는 말. ② ㊕ ⇒ 천 리 길도 한 걸음부터.

천 리 길에는 눈썹도 짐이 된다㊕ : 먼 길을 갈 때는 될수록 간편하게 차려야 좋음을 비유하여 이르는 말.

천 리 길에 신들메를 맨 격㊕ : 어렵고 힘든 일이나 원대한 일을 하게 될 때, 그 첫출발을 비유하여 이르는 말. *신들메–'들메끈(신이 벗어지지 않도록 신을 발에다 동여매는 끈)'의 북한어.

천 리 길을 찾아와서 문턱 넘어 죽는다 : 오랫동안 고생하며 추진하여 오던 일이 성공을 눈앞에 두고 덜컥 잘못되는 경우를 비유하여 이르는 말.

천 리도 지척(咫尺)이라 : 멀리 떨어져 있어도 정이 깊으면 가깝게 느껴져 사귀게 됨을 비유하여 이르는 말.

천리마(千里馬)가 소금 짐을 끌면서 늙어간다 : 훌륭한 사람은 어떤 어려운 일도 끝까지 책임을 다한다는 말.

천리마 꼬리에 쉬파리 따라가듯 : ⇒ 말 꼬리에 파리가 천 리 간다.

천리마를 탄 기세로 달리다㊕ : 온갖 소극성과 보수주의, 낡고 침체한 것을 불살라 버리고 천리마의 기세로 계속 혁신·전진하여 나아간다는 말.

천리마의 고삐를 튼튼히 틀어쥐다㊕ : 조금도 긴장을 늦추지 아니하고 천리마의 기세로 계속 힘차게 줄달음쳐 나간다는 말.

천리준마(千里駿馬)도 쥐를 잡는 데는 고양이만 못하다㊕ : 하루에 천 리를 달릴 수 있는 준마도 쥐를 잡는 데는 고양이를 능가할 수 없다는 뜻으로, 아무리 훌륭한 사람이라도 모든 일에 다 능할 수는 없으며, 사람마다 다 각기 다른 재주가 있음을 비유하여 이르는 말.

천 리 타향(他鄕) 고인(故人) 만나 반가워서 즐거운 일 : ⇒ 칠십 노인 구 대 독자 생남을 한 듯.

천 리 타향에 고인 만난 듯 : ⇒ 칠십 노인 구 대 독자 생남을 한 듯.

천 마리 참새가 한 마리 봉(鳳)만 못하다 : ⇒ 고욤 일흔이 감 하나만 못하다.

천방지방(天方地方)한다 : 어떤 급한 일을 당하여 두서(頭序)를 차리지 못하고 당혹해 함을 이르는 말. 천방지축한다.

천방지축(天方地軸)한다 : ⇒ 천방지방한다.

천봉답(天奉畓) 소나기 기다리듯 한다 : 천수답을 가진 사람은 수리 시설이 없기 때문에 소나기 오기만 고대하듯, 무엇을 간곡하게 기다린다는 말.

천산갑이 지은 죄를 구목(-낡)이 벼락 맞는다 : 죄지은 사람이 아닌 다른 사람이 억울하게 그 대가를 받게 되는 경우를 비유하여 이르는 말. *구목–무덤가에 심은 나무.

천상갑(天上甲)에 비가 오면 보리 흉년 든다 : ⇒ 천상갑에 비 오면 보리농사가 폐농된다.

천상갑에 비 오면 보리농사가 폐농 된다 : 천상갑에 비가 오면 땅이 녹았다가 강추위에 얼어붙어 보리 흉년이 들 수 있다는 말. *천상갑–설날이 지난 첫 갑일(甲日)로, 양력 2월 상순경. 천상갑에 비가 오면 보리 흉녀 든다.

천상(天上) 바라기 : 항상 얼굴을 위로 치켜들고 다니는 사람을 이르는 말.

천생(天生) 버릇은 임을 봐도 못 고친다 : 타고 난 버릇은 고치기 어렵다는 말.

천생연분(天生緣分)에 보리개떡 : 아무리 천한 사람도 다 제 짝이 있어 보리개떡을 먹을망정 부부가 되어 의좋게 산다는 말.

천생 팔자(八字)가 누룽지라 : 고작 좋아한다는 것이 누룽지니, 가난을 면치 못할 것이라고 비꼬아 이르는 말. 천생 팔자가 눌은밥이라.

천생 팔자가 눌은밥이라 : ⇒ 천생 팔자가 누룽지라.

천석꾼(千石－)에 천 가지 걱정 만석꾼에 만 가지 걱정 : 재산이 많으면 그만큼 걱정도 많음을 비유하여 이르는 말.

천왕(天王) 지팡이라 : 사천왕의 지팡이란 뜻으로, 키가 큰 사람을 비꼬아 이르는 말.

천(千)이 천 소리 하고 만(萬)이 만 소리 하여도 소용이 없다㊍ **:** 남들이 아무리 말하여도 전혀 받아들이지 아니하여서 아무 소용이 없음을 비유하여 이르는 말.

천인이 찢으면 천금(千金)이 녹고, 만인이 찢으면 만금(萬金)이 녹는다 : ① 수많은 사람이 달라붙어 뜯어먹으면 아무리 많은 밑천이라도 바닥이 나고 만다는 뜻으로, 쓰는 사람이 많으면 그만큼 비용도 많이 듦을 비유하여 이르는 말. ② 여러 사람이 힘을 모으면 무슨 일이든 이룰 수 있다는 말. 입이 여럿이면 금도 녹인다.

천자문(千字文)도 못 읽고 인(印)을 위조한다 : 어리석고 무식한 주제에 남을 속이려 함을 이르는 말.

천정(天井)에 침 뱉기㊍ **:** 천장에 침을 뱉으면 도로 제 얼굴에 떨어지니, 결국 자기 스스로가 자기를 욕보이는 행위를 비유하여 이르는 말.

천총(千總) 내고 파총(把摠) 낸다 : 한 입으로 이리 말했다 저리 말했다 하는 경우를 비유하여 이르는 말. *천총－정3품 무관 벼슬. *파총－종4품 무관 벼슬.

천하(天下)를 얻은 듯하다 : 매우 기쁘고 흡족함을 비유하여 이르는 말.

천하에 유명(有名)한 준마(駿馬)도 장수(將帥)를 만나야 하늘을 난다㊍ **:** 아무리 훌륭한 조건이 마련되어 있다 하더라도 그것을 처리하고 운영할 사람이 없으면 쓸모가 없음을 비유하여 이르는 말.

천하 영웅(英雄)도 때를 만나야 영웅이다㊍ **:** 천하에 이름난 영웅도 다 시대를 잘 만나서 영웅이 된 것이지 때를 잘못 만나면 이름을 날릴 수 없다는 말.

천하 장군(將軍)도 먹어야 맥을 춘다㊍ **:** ① 천하에 이름날 만큼 용맹하고 뛰어난 장수라도 먹지 아니하고는 힘을 쓸 수 없다는 뜻으로, 먹는 것이 생활의 기본적인 조건임을 강조하여 이르는 말. ② 입맛을 잃어 잘 먹지 못하는 사람은 억지로라도 먹어야 한다는 말.

철겨운 부채질 하다 봉변 안 당하는 놈 없다 : 경우에 어긋난 짓을 하면 으레 망신을 당한다는 말.

철 그른 동남풍(東南風) : ① 필요한 때에는 없다가 이미 아무 소용도 없게 된 다음에 생겨나는 경우를 이르는 말. ② 얼토당토않은 흰소리를 할 경우에 이르는 말.

철나자 망령(妄靈) 난다 : ① 철이 들만 하자 망령이 들었다는 뜻으로, 지각없이 굴던 사람이 정신을 차려 일을 잘 할 만하니까 이번에는 망령이 들어 일을 그르치게 되는 경우를 비난조로 이르는 말. ② 무슨 일이든 때를 놓치지 말고 제때에 힘쓰라는 말. ③ 나이 먹은 사람이 몰상식한 짓을 하는 경우를 비난조로 이르는 말. 지각이 나자 망령. 철들자 망령이라.

철들자 망령이라 : ⇒ 철나자 망령 난다.

철록(哲祿) 어미냐 용귀돌(龍貴乭)이냐 담배도 잘 먹는다 : 늘 담배만 피우고 있는 사람을 놀림조로 이르는 말.

철 맞게 비가 온다 : 농사에 알맞게 비가 내려 풍년이 들 징조라는 말.

철모르는 자에게 삼강오륜북 **:** 철도 나지 않은 어린 사람에게 삼강오륜을 요구하여 무엇하겠느냐는 뜻으로, 받아들일 준비가 되어 있지 않은 사람에게 힘들여 어떤 일을 해 보았자 보람이 없음을 비유하여 이르는 말.

철 묵은 색시 : 혼인만 해 놓고 오래도록 신랑 집에 가지 않고 있는 색시를 이르는 말.

철 묵은 색시 가마(승교) 안에서 장옷 고름 단다 : 충분한 시간이 있었음에도 미리미리 준비하지 않고 있다가 정작 일이 다쳐서야 당황하여 다급히 서두르는 경우를 비꼬아 이르는 말.

철산(鐵山) 기왓장은 조기가 다 물어간다 : ① 평안북도 철산은 조기와 기와의 산지로서 조깃배가 들어왔다가 갈 때에는 기와를 사 간다는 말. ② 철산은 국내 조기어장의 하나인데, 조기가 안 잡히면 어장 주민들이 망해서 기와집을 다 팔아먹게 된다는 말.

철옹산성(鐵甕山城) 같다 : 무엇이 둘러싸여 있는 모양이 매우 굳고 튼튼함을 이르는 말.

철옹성으로 믿는다 : 굳게 믿는다는 말.

철이 가면 일이 절로 끝난다북 **:** 모든 일은 다 시간적으로 제약을 받으며, 어떤 것은 일정한 시간이 흘러야 스스로 끝을 본다는 말.

첩의 살림은 밑 빠진 독에 물 길어 붓기 : 첩의 살림에는 돈이 한없이 든다는 말.

첩 정(情)은 삼 년, 본처(本妻) 정은 백 년 : 아무리 첩에 혹한 사람이라도 그것은 잠시 동안이고 그 본처는 끝내 버리지 않는다는 말.

첫가을에는 손톱 발톱도 먹는다 : 가을에는 모든 것이 무르익어 먹는 것은 무엇이든 많이 먹게 된다는 말.

첫나들이를 하다 : 갓난아이가 첫나들이를 할 때에 코끝에 숯칠을 하여 잡귀의 침범을 막는 풍속에서 온 말로, 얼굴이 검정이나 다른 빛깔로 더러워진 사람을 놀리는 말.

첫날밤에 내소박을 맞다북 **:** 사람이 지지리도 못나서 첫날밤에 아내의 구박을 받는다는 뜻으로, 철없고 부실하게 행동함을 이르는 말.

첫날밤에 눈이 오면 길하다 : ⇒ 시집가는 날 눈이 오면 길하다.

첫날밤에 눈이 오면 잘 살고 동짓날 눈이 오면 풍년 든다 : ① ⇒ 시집가는 날 눈이 오면 길하다. ② 추워야 해충이 얼어 죽기 때문에 풍년이 든다는 말.

첫날밤에 속곳 벗어 메고 신방(新房)에 들어간다 : 모든 일에 순서를 밟지 아니하고 염치없는 행동을 함을 이르는 말.

첫날밤에 신랑 주머니에 목화씨를 넣어 주면 아들을 많이 둔다 : 첫날밤에 신랑 주머니에 목화씨를 넣어 주면 목화다래처럼 불알 달린 아들을 많이 둔다는 말.

첫날 온 새각시 같다북 **:** 몹시 얌전하거나 수줍어하는 모양을 비유하여 이르는 말.

첫닭이 운다 : 날이 밝아 옴을 비유하여 이르는 말.

첫도는 세간 밑천이라 : 윷놀이 때 첫도 친 것을 섭섭히 여기지 아니하고 기세를 돋우는 말.

첫딸은 금을 주고도 못 산다북 **:** ⇒ 첫딸은 세간(살림) 밑천이다.

첫딸은 세간(살림) 밑천이다 : 첫딸은 집안 살림을 맡아 하게 되므로 큰 밑천이나 다름없다는 말. 첫딸은 금을 주고도 못 산다북.

첫맛에 가오릿국 : 못마땅하게 여기거나 부족한 사물을 비유하여 이르는 말. 초미에 가오리탕.

첫모 방정에 새 까먹는다 : 윷놀이에서 맨 처음에 모가 나오면 그 판은 실속이 없다는 뜻으로, 상대편의 첫모쯤은 문제도 아니라고 비꼬아 이르는 말.

첫사랑에 할퀴는 격북 **:** 첫사랑을 하다가 배반을 당하고 봉변을 당하는 격이라는 뜻으로, 누구와 함께 처음으로 어떤 일을 재미있게 하다가 잘못되어 망신까지 당하게 됨을 비유하여 이르는 말.

첫 사위가 오면 장모(丈母)가 신을 거꾸로 신고 나간다 : ① 처가에서 첫 사위를 대단히 반갑게 맞이함을 이르는 말. ② 장모는 첫 사위를 매우 귀하게 여긴다는 말.

첫새벽에 문(門)을 열면 오복(五福)이 들어온다북 **:** 아침 일찍 일어나 문을 열면 온갖 복이 들어온다는 뜻으로, 게으름을 피우지 말고 일찍 일어나 부지런히 일하라는 말.

첫 서울 갔던 녀편네 지절대듯북 **:** 처음으로 서울 올라갔던 여편네가 정신없이 주절대듯이, 무엇이 무엇인지 분간하지도 못하면서 중얼대고 있는 모양을 비유하여 이르는 말.

첫술〔-匙〕에 배부르랴 : 어떤 일이든지 단번에 만족할 수는 없다는 말. 단술에 배부를까북. 한술 밥에 배부르랴.

첫아기에 단산(斷産) : 어떤 일이 일생에 한 번밖에 없어서 처음이자 마지막이 됨을 비유하여 이르는 말.

첫아들 낳기는 정승(政丞) 하기보다 어렵다 : 첫아들 낳기가 어렵다는 말.

첫애 낳고 나면 평안(平安) 감사(監司)도 뒤돌아본다 : 첫아이를 낳고 나면 여인으로서의 태도나 행동이 떳떳해지며 아름다움도 돋보이고 예뻐진다는 말.

첫 천둥이 있은 지 백팔십 일이면 서리가 내린다 : 첫 번째 천둥을 친 지 180일 만에 첫서리가 내리게 되는데, 우리나라 중부 지방에서는 10월 20일경에 첫서리가 오기 때문에 천둥은 4월 20일경부터 치기 시작한다는 말.

첫해 권농(勸農) : 시골 사람이 갑자기 권농이 되어 사무 처리가 서툴렀다는 고사에서 나온 말로, 어떤 일을 처음으로 할 때는 서투르다는 말. *권농-조선 시대에, 지방의 방(坊)이나 면(面)에 속하여 농사를 장려하던 직책. 또는 그 사람.

청개구리가 (요란스럽게) 울면 비가 온다 : 기압 변화에 예민한 개구리가 운다는 것은 비가 올 징조라는 말. 청개구리가 울면 낚시질 가지 말랬다.

청개구리가 울면 낚시질 가지 말랬다 : ⇒ 청개구리가 (요란스럽게) 울면 비가 온다.

청개구리가 집 안 나뭇가지에 붙어 있으면 비 온다 : ⇒ 뱀이 산으로 올라가면 장마 진다.

청국(淸國)인지 쥐똥인지 모르고 덤빈다 : 형세를 살피지 않고 경망되게 행동함을 이르는 말.

청국장이 장(醬)이냐, 거적문이 문(門)이냐 : 못된 사람은 사람이라 할 수가 없고, 좋지 아니한 물건은 물건이라 할 수 없다는 말.

청기와 장수 : 옛날에 청기와 굽는 사람이 그 기술을 자기만 알고 남에게 가르쳐 주지 않았다는 데서 유래된 말로, 어떤 기술을 자기만 알고 남에게는 가르쳐 주지

않는 사람을 이르거나, 또는 어떤 비법을 자기만 알고 남에게는 알리지 않아 그 이익을 독차지하려는 사람을 비유하여 이르는 말.

청대(靑黛)독 같다 : 청대를 바른 항아리처럼 빛이 몹시 검푸른 물건 따위를 이르는 말. *청대—쪽으로 만든 검푸른 물감.

청명(淸明) 무렵에는 비가 잦다 : 음력 4월 5일 전후에는 봄비가 자주 온다는 말.

청명에 남풍이 불면 풍년 든다 : 청명에 남풍이 불면 비가 오게 되므로 못자리 물이 흔하여 풍년이 든다는 말.

청명에는 부지깽이를 꽂아도 싹이 난다 : 청명 무렵에는 아무 나무나 심어도 잘 자란다는 말. 청명·한식에는 아무 데나 아무 나무를 심어도 산다.

청명하면 대마도(對馬島)를 건너다보겠네 : 날이 맑으면 대마도를 볼 수 있을 만큼 눈이 밝다는 뜻으로, 실제로는 시력이 좋지 아니하여서 사물을 분명하게 볼 수 없음을 비꼬아 이르는 말.

청명 한식(寒食)에는 아무 데나 아무 나무를 심어도 산다 : ⇒ 청명에는 부지깽이를 꽂아도 싹이 난다.

청백리(淸白吏) 똥구멍은 송곳부리 같다 : 청백하기 때문에 재물을 모으지 못하여 지극히 가난함을 비유하여 이르는 말.

청보(靑褓)에 개똥 : ⇒ 비단보에 개똥(똥 싼다).

청보은(靑報恩) 사람 대추 자랑하듯 한다 : 충청도 청산(靑山)·보은(報恩) 사람들은 자기 고장의 자랑거리로 대추를 내세운다는 말.

청보은 처녀는 장마 지면 부엌문에 기대어 눈물 흘린다 : ⇒ 삼복에 비가 오면 보은 처자가 울겠다.

청산(靑山) 보은(報恩) 색시는 입이 뾰족하다 : 충청도 청산·보은 처녀들은 어려서부터 늘 대추를 먹었기 때문에 대추씨를 발라내느라고 입을 뾰족하게 한 것이 아예 뾰족한 입이 되어 버렸다는 말.

청산 속에 묻힌 옥(玉)도 갈아야 빛이 난다 북 : ⇒ 구슬이 서 말이라도 꿰어야 보배(-라).

청산에 매 띄워 놓기다 : ① 청산에 매를 풀어 놓으면 도로 찾기가 어렵다는 뜻으로, 한번 떠나면 다시 돌아오기 어려움을 비유하여 이르는 말. ② 청산에 매를 풀어 놓고 무엇이든 걸려들기를 기다린다는 뜻으로, 허황한 일을 하고 요행만 기다림을 비유하여 이르는 말.

청산이 늙겠다 북 : 하는 일이 더디고 굼뜬 사람이나, 하는 일 없이 놀고 지내는 건달의 행동을 핀잔하여 이르는 말.

청승은 늘어 가고 팔자는 오그라진다 : 나이 들어 살림이 구차하여지면 궁상을 떨게 되며, 그렇게 되면 좋은 날은 다 산 셈이라는 말.

청어 굽는 데 된장 칠하듯 : 살짝 보기 좋게 바르지 않고 더덕더덕 더께가 앉도록 지나치게 발라서 몹시 보기 흉함을 비유하여 이르는 말.

청올치로 그물 시작이라 : 어떤 일의 첫 시작을 이르는 말. *청올치—칡덩굴의 속껍질.

청(廳)을 빌려 방에 들어간다[借廳入房] : ⇒ 봉당을 빌려주니 안방을 달란다.

청천백일(靑天白日)은 소경이라도 밝게 안다 : 아무리 장님일지라도 맑게 갠 하늘은 알 수 있다는 뜻으로, 분명한 사실은 누구라도 알 수 있다는 말. 뇌성벽력은 귀머거리라도 듣는다.

청천에 구름 모이듯 : 푸른 하늘에 구름이 모여들듯이, 여기저기서 한곳으로 많이 모여드는 모양을 비유하여 이르는 말. 만수산에 구름 모이듯. 용문산에 안개 모이듯.

장마철에 구름 모여들듯 한다. 장마철에 비구름 모여들듯.

청천 하늘에 날벼락 : ⇒ 대낮에 마른벼락.

청춘과부(青春寡婦)가 지질치 않은 딸 하나 때문에 거저 늙겠는가 : 젊어서 홀로 된 과부가 변변치 못한 딸 하나를 믿고 일생을 헛되이 보낼 수 없지 않느냐는 뜻으로, 적당한 대상을 찾아 재가하는 것이 홀로 사는 것보다 낫다는 말.

청(請)하니까 매 한 개(대) 더 때린다 : 어떤 일을 간청했다가 오히려 봉변만 당함을 이르는 말.

청하지 않은 잔치에 묻지 않은 대답 : 상관없는 일에 끼어들거나, 아무 말에나 아는 체하고 나서는 사람을 이르는 말.

체곗돈(遞計-) 내서 장가들여 놓으니 동네 머슴 좋은 일 시킨다 : 자기를 위해 애써 한 일이 결국엔 남에게 좋은 일이 되었다는 말. 치기돈 내서 장개들이 놓으니 동네 머슴 좋은 일 시킨다.

체면(體面)도 가죽 속에 있다(북) **:** 체면도 모르고 염치없이 구는 사람을 비꼬아 이르는 말.

체면이 사람 죽인다 : 지나치게 체면만 차리다가 결국 할 일도 못하고 먹을 것도 못 먹고 손해만 보게 되는 경우를 비유하여 이르는 말. 체면 차리다 굶어 죽는다.

체면 차리다 굶어 죽는다 : ⇒ 체면이 사람 죽인다.

체(體) 보고 옷 짓고 꼴 보고 이름짓는다 : 몸의 치수에 맞게 옷을 짓고 모양에 맞게 이름을 붙인다는 뜻으로, 모든 것은 저마다 격에 맞게 계획하고 처리해야 함을 비유하여 이르는 말. 체수 맞춰 옷 마르고 꼴 보고 이름 짓는다(북). 체수 맞춰 옷 마른다. 체수 보아 옷 짓는다.

체수(體-) 맞춰 옷 마르고 꼴 보고 이름짓는다(북) **:** ⇒ 체 보고 옷 짓고 꼴 보고 이름 짓는다.

체수 맞춰 옷 마른다 : ⇒ 체 보고 옷 짓고 꼴 보고 이름 짓는다.

체수 보아 옷 짓는다 : ⇒ 체 보고 옷 짓고 꼴 보고 이름 짓는다.

쳇불관 쓰고 몽둥이 맞다 : 점잖은 사람이 망신을 당하는 경우를 비유하여 이르는 말. *쳇불관–예전에 선비들이 머리에 쓰던 관의 하나. 말총으로 쳇불(쳇바퀴에 메워 액체나 가루 따위를 거르는 그물 모양의 물건)처럼 거칠게 짜서 만든다.

쳐다보이는 집의 애꾸눈은 보여도 내려다보이는 집의 양귀비는 못 본다(북) **:** 자기보다 낮은 자리에 있는 사람이 아무리 훌륭한 재주를 가졌을지라도 병신인 윗사람보다 못하여 보인다는 뜻으로, 아첨으로 출세를 탐내는 사람들이 어둡고 식견이 좁아 사물을 똑똑히 가려보지 못함을 비유하여 이르는 말.

초가삼간(-이) 다 타도 빈대 죽는 것만 시원하다 : 비록 자기에게 큰 손해가 있더라도 제 마음에 들지 않는 것이 없어지는 것만은 상쾌하다는 말. 삼간초가 다 타도 빈대 죽어(타 죽는 것만)서 좋다. 절은 타도 빈대 죽는 게 시원하다. 집이 타도 빈대 죽으니 좋다. 초당 삼간이 다 타도 빈대 죽는 것만 시원하다.

초가집 대교(待教)가 없고 물 건너 대교가 없고 얽은 대교가 없다 : 옛날 규장각(奎章閣) 대교 벼슬의 인선이 매우 까다로웠다 하여 나온 말로서, 가난한 집에서 대교 벼슬이 나올 수 없고 물 건너 사는 세력 없는 집에서도 대교가 나올 수 없으며 낯이 얽어 못생긴 사람 가운데서도 대교가 나올 수 없다는 뜻으로, 돈 많고 세력 있고 외모가 번듯해야 함을 자격 요건으로 내세울 때 이르는 말.

초고리는 작아도 꿩만 잡는다 : 작은 매라도 꿩만 잘 잡는다는 뜻으로, 몸집이 작은 사람이 제 할 일을 시원스럽게 잘 해냄을 이르는 말. *초고리–작은 매.

초남태(初男胎) 같다 : 첫아들의 태반 같다는 말로, 치한(癡漢)을 조롱하여 이르는 말.

초낮이 밤중이다北 **:** 초낮이 되었음에도 불구하고 밤중으로 안다는 뜻으로, 때가 어떻게 되었는지, 일이 어떻게 되어 가고 있는지 도무지 모르고 있음을 비유하여 이르는 말.

초년고생(初年苦生)은 만년(晩年) 복이라 : 젊어서 고생을 하면 후에 낙이 오는 수가 많으므로 그 고생을 달게 여기라는 말.

초년고생은 사서라도 한다 : ⇒ 초년고생은 은 주고 산다.

초년고생은 양식 지고 다니며 한다 : ⇒ 초년고생은 은 주고 산다.

초년고생은 은(銀)을 주어도 안 바꾼다 : ⇒ 초년고생은 은 주고 산다.

초년고생은 은 주고 산다 : 젊은 시절의 고생은 장래 발전을 위하여 중요한 경험이 되므로 그 고생을 달게 여기라는 말. 어려서 고생은 금 주고도 못 산다北. 젊어서(젊었을 때) 고생은 금(논밭전지를) 주고도 못 산다北. 처녀 때 고생은 금을 주고도 못 산다北. 초년고생은 사서라도 한다. 초년고생은 양식 지고 다니며 한다. 초년 고생은 은을 주어도 안 바꾼다.

초달(楚撻)에 매워 살다北 **:** 매질이 무서워 마지못해 행동하는 경우를 이르는 말.

초당(草堂) 삼간(三間)이 다 타도 빈대 죽는 것만 시원하다 : ⇒ 초가삼간(-이) 다 타도, 빈대 죽는 것만 시원하다.

초라니 대상 물리듯 : 언제건 해야 할 일을 미루고 또 미루는 경우를 비유하여 이르는 말. *초라니–하회 별신굿 탈놀이에 등장하는 인물의 하나. 양반의 하인으로 행동거지가 가볍고 방정맞다.

초라니 소구 채 메듯 : ⇒ 초라니 수고채 메듯. *소구–농악기의 일종.

초라니 수고(手鼓) 채 메듯 : 하는 짓이 경솔하고 방정맞게 까부는 모양을 비유적으로 이르는 말. *수고(手鼓)–소고(小鼓). 초라니 소구 채 메듯

초라니 열은 보아도 능구렁이 하나는 못 본다 : 까불까불하고 경박한 사람보다 속이 의뭉한 사람과 같이 지내기가 더 어려움을 비유하여 이르는 말.

초라니탈에도 차례가 있다 : ⇒ 찬물도 위아래가 있다①.

초례청(醮禮廳)에서 웃으면 첫딸을 낳는다 : 결혼식을 하는 날에 신부를 보고 쓸데없이 웃지 말라고 이르는 말.

초록(草綠)은 동색(同色) : 풀색과 녹색은 같은 색이라는 뜻으로, ① 처지가 같은 사람들끼리 한패가 되는 경우를 비유하여 이르는 말. ② 명칭은 다르나 따져 보면 한가지임을 비유하여 이르는 말. 그 속옷이 그 속옷이다.

초록은 제 빛이 좋다 : 처지가 같고 수준이 비슷한 사람끼리 어울려야 좋음을 비유하여 이르는 말.

초립둥이 장님을 보았다 : 길에서 장님을 만나면 재수가 없다고 이르는데, 어린 장님은 더욱 그렇다는 데서 유래된 말로, 매우 불길한 경우를 이르는 말.

초미(初味)에 가오리탕 : ⇒ 첫맛에 가오릿국.

초병(醋瓶)을 흔들어 빼었나北 **:** ① 초병을 흔들어 빼다 보니 온통 식초 냄새가 풍긴다는 뜻으로, 하는 짓이 몹시 덜렁댐을 비유하여 이르는 말. ② 몹시 방탕하여 하는 짓이 아주 음란함을 이르는 말.

초복날(初伏－) 비가 오면 중말복(中末伏)에도 비가 온다 : 초복날 비가 오면 중복, 말복 날에도 비가 온다는 말.

초복날 소나기는 한 고방(庫房)의 구슬보다 낫다 : 초복날 비가 많이 오는 것은 불길하지만 소나기로 오는 것은 길조라는 말.

* 고방－'광(세간 따위를 넣어 두는 곳)'의 원말.

초복날에서 상강(霜降)까지 백 일이 못 되면 흉년 든다 : 벼마디가 생기는 초복에서 벼를 영글게 하는 서리가 올 때까지 100일이 안 되면 일조일이 짧아서 흉년이 든다는 말.

초복날에서 상강날까지 백 일이 넘으면 풍년이 든다 : 벼가 항창 자라는 초복 무렵에서 서리가 오는 상강(양력 10월 24일경)까지 100일이 넘어 일조일이 길수록 수확이 많아서 풍년이 든다는 말.

초복에 비가 오면 삼복(三伏)에 모두 온다 : 초복에 비가 오면 많은 경우 중복, 말복에도 비가 온다는 말. 초복에 비가 오면 중·말복에도 비가 온다.

초복에 비가 오면 중말복에도 비가 온다 : ⇒ 초복에 비가 오면 삼복에 모두 온다.

초복에서 상강까지 백 날이 안 되면 흉년이 들고 백 날이 넘으면 풍년이 든다 : 초복(7월 중순경)에서 상강(10월 24일경)까지 100일이 안 되면 서리가 일찍 오기 때문에 흉년이 들고, 100일이 넘으면 서리가 늦어서 풍년이 든다는 말.

초봄에 비가 많이 오면 풍년이 든다 : 이른 봄 해동 비가 많이 오면 이 물로 못자리를 일찍이 하게 되므로 풍년이 들게 된다는 말.

초봄에 비가 자주 와야 풍년이 든다 : 초봄에 비가 넉넉하게 와야 못자리도 하고 모심기 물도 준비하게 되므로 풍년이 든다는 말.

초봄에 흰나비 잡으면 상제가 된다 : 이른봄에 하얀 나비를 잡으면 부모의 상(喪)을 입게 된다는 말.

초사흘 달은 잰 며느리가(며느리라야) 본다 : 음력 초사흗날에 뜨는 달은 떴다가 곧 지기 때문에 부지런한 며느리만이 볼 수 있다는 뜻으로, 슬기롭고 민첩한 사람만이 미세한 것을 살필 수 있음을 비유하여 이르는 말. 초승달은 잰 며느리가 본다.

초상(初喪)난 데 춤추기 : ⇒ 초상술에 권주가 부른다.

초상난 집 개 : ⇒ 초상집 개 같다.

초상난 집에서 송장은 안 치고 팥죽 들어오는 것만 친다 : 초상난 집에서 남이 쑤어다 주는 팥죽에만 정신이 팔려 죽은 사람 치울 생각을 못 한다는 뜻으로, 맡은 직분에는 등한하고 욕심부터 채우는 경우를 비유하여 이르는 말.

초상술에 권주가 부른다 : 때와 장소를 분별하지 못하고 경망스럽게 행동하는 경우를 비유적으로 이르는 말. 초상난 데 춤추기. 초상집에 가서 장타령[북].

초상 안에 신주 마르듯 : 초상 안에는 제사를 지내지 않으므로 신주가 마른다는 뜻으로, 무엇을 도무지 못 얻어먹는 경우를 비유하여 이르는 말.

초상집 개 같다[喪家之狗] : 의지할 데가 없어 굶주리며 이리저리 헤매 다녀 몹시 초췌해짐을 비유하여 이르는 말. 초상난 집 개. 초상집의 주인 없는 개.

초상집에 가서 장타령[북] : ⇒ 초상술에 권주가 부른다.

초상집의 주인 없는 개 : ⇒ 초상집 개 같다.

초상집 혼백[북] : 울고불고하는 까닭에 떠들썩하여 도무지 정신을 차릴 수 없는 경우를 비유하여 이르는 말.

초생달을 볼 사람이 야밤에 나와 기다린다[북] : 일이 다 지나간 후에서야 뒤늦게 서두르는 경우를 비유하여 이르는 말.

초생에 안된 것이 그믐에 된다㊒ : 처음에 안되던 일이 후에 가서 잘되는 경우를 비유하여 이르는 말.

초순(初旬)에 달 굵듯, 이슬 참외에 오이 굵듯 : 언제 자라는지 모르게 잘 자람을 이르는 말.

초승달은 잰 며느리가 본다 : ⇒ 초사흘 달은 잰 며느리가 본다.

초시(初試)가 잦으면 급제가 난다 : ⇒ 번개가 잦으면 천둥을 한다①.

초약에 감초㊒ : ⇒ 약방에 감초.

초장(初場) 술에 파장(罷場) 매 : ⇒ 초장에 까부는 게 파장에 매 맞는다.

초장에 까부는 게 파장에 매 맞는다 : 첫판에 까불고 덤비다가는 끝판에 가서 낭패를 본다는 말. 초장 술에 파장 매.

초저녁 구들이 따뜻해야 새벽 구들이 따뜻하다 : 먼저 일이 잘되어야 나중 일도 잘 이루어진다는 말. 초저녁이 더워야 새벽도 덥다㊒.

초저녁 닭들이 울면 세상이 어지럽다 : 닭이 새벽에 울지 않고 초저녁에 우는 것은 세상이 혼란스러울 징조라는 말.

초저녁 닭이 울다㊒ : 새벽에 울어야 할 수탉이 초저녁에 운다는 뜻으로, 일의 앞뒤와 이치도 모르고 마구 행동하는 경우를 비유하여 이르는 말.

초저녁 닭이 울면 구설이 생긴다 : ⇒ 닭이 초저녁에 울면 집안이 망한다.

초저녁에 닭이 울면 불길하다㊒ : 닭이 초저녁에 우는 것은 불길한 징조이니 이런 닭은 기르지 말라는 말.

초저녁이 더워야 새벽도 덥다㊒ : ⇒ 초저녁 구들이 따뜻해야 새벽 구들이 따뜻하다.

초정월(初正月) 바람결에 검은 암소 뿔이 휜다 : 음력 1월 초순에 부는 바람은 쇠뿔이 굽을 정도로 몹시 춥다는 말.

초정월에 비가 오면 어부가 운다 : 혹한기인 음력 1월 초순에 날이 풀리면서 비가 오면, 이상기후로 인하여 고기가 잡히지 않으므로 어부가 슬퍼한다는 말.

초중장(初中章)에도 빼어 놓겠다 : 초장 · 중장 · 종장이 갖추어져야 시조가 되는 법인데 중요한 초장과 중장에도 빼놓을 것 같다는 뜻으로, 사람을 매우 싫어하고 꺼림을 비유하여 이르는 말.

초지장(草紙-)도 맞들면 낫다 : ⇒ 백지장도 맞들면 낫다.

초지 한 장이 바람을 막는다 : 보잘것없는 것도 적절하게 사용하면 요긴한 일을 할 수 있다는 말.

초파일에 날씨가 맑으면 참깨 농사가 잘된다 : 음력 4월 8일 날씨가 고기압일 경우에는 참깨 농사가 잘될 징조라는 말.

초파일에 물 잡으면 농사 파농한다 : 이모작을 하던 시절, 초파일에 모심기 물을 미리 잡으면 너무 빨라서 비료분이 유실되어 농사에 피해가 크다는 말.

초(醋) 판 쌀이라 : 초를 팔아서 얻은 적은 양의 쌀이란 뜻으로, 적은 물건은 여러 번 생겨도 흐지부지 없어져 모을 수가 없음을 비유하여 이르는 말. 식지에 붙은 밥풀.

초하룻날 먹어 보면 열하룻날 또 간다 : 한 번 재미 보면 자꾸 하려고 함을 비유하여 이르는 말. 정월 초하룻날 먹어 보면 이월 초하룻날 또 먹으려 한다.

초학(初學) 훈장의 똥은 개도 안 먹는다 : ⇒ 선생의 똥은 개도 안 먹는다.

초헌(軺軒)에 채찍질 : 격에 맞지 않아 우습다는 뜻으로 이르는 말. *초헌-종이품(從二品) 이상의 벼슬아치가 타던 외바퀴 수레.

촉새가 황새를 따라가다 가랑이 찢어진다 : ⇒ 뱁새가 황새를 따라가면 다리가 찢어진다.

촌년이 늦바람 나면 속곳 밑에 단추 단다 : 어수룩한 사람이 어떤 일에 한번 혹하게 되면 도리어 정도를 지나치게 됨을 비유하여 이르는 말.

촌년이 아전(衙前) 서방을 하더니 초장에 길청 문밖에 와서 갓신 사 달라 한다 : ⇒ 촌년이 아전 서방을 하면 날 샌 줄을 모른다. * 길청–군아(郡衙)에서 구실아치가 일을 보던 곳.

촌년이 아전 서방을 하면 갈지자걸음을 걷고 육개장이 아니면 밥을 안 먹는다 : ⇒ 촌년이 아전 서방을 하면 날 샌 줄을 모른다.

촌년이 아전 서방을 하면 날 샌 줄을 모른다 : 변변치 못한 사람이 조그만 권력이라도 잡으면 세상이 어떻게 돌아가는지도 모르고 잘난 체하며 몹시 아니꼽게 굶을 비유하여 이르는 말. 촌년이 아전 서방을 하더니 초장에 길청 문밖에 와서 갓신 사 달라 한다. 촌년이 아전 서방을 하면 갈지자걸음을 걷고 육개장이 아니면 밥을 안 먹는다. 촌년이 아전 서방을 하면 중의 고리에 단추를 붙인다.

촌년이 아전 서방을 하면 중의(中衣) 고리에 단추를 붙인다 : ⇒ 촌년이 아전 서방을 하면 날 샌 줄을 모른다. * 중의–고의(袴衣, 남자의 여름 홑바지).

촌놈 관청(官廳)에 끌려온 것 같다 : ⇒ 촌닭 관청에 잡아다 놓은 것 같다.

촌놈 성이 김가(金哥) 아니면 이가(李哥)라 : 김씨와 이씨가 흔하다는 말.

촌놈에 관장(官長) 들었다 : 촌사람 가운데에서도 훌륭한 사람이 나올 수 있음을 이르는 말.

촌놈 엿가락 빼듯 : 어떤 일을 빨리 승낙하지 아니하고 미루는 모양을 비유하여 이르는 말.

촌놈은 똥배 부른 것만 친다 : 촌사람은 어떻든지 배불리 실컷 먹어야 좋아한다는 데서 유래된 말로, 질(質)보다 양(量)만 많으면 만족하는 자를 놀려 이르는 말. 촌놈은 밥그릇 높은 것만 친다.

촌놈은 밥그릇 높은 것만 친다 : ⇒ 촌놈은 똥배 부른 것만 친다.

촌닭 관청에 간 것 같다 : ⇒ 촌닭 관청에 잡아다 놓은 것 같다.

촌닭 관청에 잡아다 놓은 것 같다〔村鷄官廳〕 : 번화한 곳에 가거나 경험이 없는 일을 당하여 당황하고 어리둥절해서 어쩔 줄 몰라 하는 모양을 비유하여 이르는 말. 촌놈 관청에 끌려온 것 같다. 촌닭 관청에 간 것 같다.

촌닭이 관청 닭 눈 빼 먹는다 : 겉으로는 어수룩해 보이는 사람이 실제로는 약삭빠르고 수완이 있는 경우를 비유하여 이르는 말.

촌령감은 망건만 쓰면 어디 가느냐고 묻는다 북 **:** 어지간해서 옷을 차려입지 아니하는 촌사람이 망건만 써도 어디 나들이 가는 줄로 알고 묻는다는 말.

촌부자(村富者)는 밭 부자다 : 들녘이 아닌 촌에는 밭이 많으므로 밭 많은 사람이 부자라는 말.

촌부자는 일부자 북 **:** 시골에서 부자라고 하는 것은 제힘으로 일해서 남보다 좀 넉넉히 먹고 사는 사람이라는 말.

촌처녀 자란 것은 모른다 : 촌처녀는 아주 어리다가도 곧 자라서 나이도 들기 전에 출가해 버린다는 말.

총명(聰明)이 과인(過人)하여 하나를 배우면 열을 통한다 : 몹시 똑똑하고 총명함을 이르는 말.

총명이 둔필만 못하다〔聰明不如鈍筆〕 : 무엇이나 틀림없이 하려면 낱낱이 적어 두는 것이 중요함을 비유하여 이르는 말.

총 쏠 줄 모르는 사람에게는 총이 몽둥이만 못하다㉺ **:** 아무리 훌륭한 물건이라도 그것을 다룰 줄 모르면 하찮고 거추장스러운 물건밖에 안 됨을 비유하여 이르는 말.

총 쏠 줄 모르는 사람은 총타발만 한다㉺ **:** 일할 줄 모르는 사람이 객관적인 조건만 탓함을 비유하여 이르는 말.

총총들이 반병(半甁)이라 : ① 워낙 병이 작아서 가득 들어도 큰 병의 반밖에 되지 않는다는 뜻으로, 도량이 적은 사람을 이르는 말. ② 병에 무엇을 부을 때 급히 하면 반밖에 채우지 못한다는 뜻으로, 바삐 서두르면 손해를 본다는 말.

최동학(崔東學)의 기별(寄別) 보듯 : 예전에, 최동학이라는 사람이 지체는 높았지만 무식하였는데 관가에서 보낸 글을 받고 읽는 체하면서 그 글을 가져온 사람에게 "오늘 관가에서 무슨 일이 있었던가?"라고 물었다는 데서, 뜻도 모르면서 글을 읽는 체하는 사람을 놀림조로 이르는 말. * 기별-고대 관보(官報)을 이르는 말.

최 생원의 신주 마르듯 : 최가 성을 가졌던 사람이 매우 인색하여 제사를 잘 지내지 않았다는 데서 유래된 말로, ① 인색한 사람을 만나 아무것도 얻어먹지 못하게 된 경우를 비유하여 이르는 말. ② 모든 일은 결국 법칙대로 되어간다는 말.

추녀 물은 항상 제자리에 떨어진다 : 추녀 물이 항상 제자리에 떨어지듯이, 늘 정하여진 자리에 오게 됨을 비유하여 이르는 말.

추분(秋分)이 지나면 땅 위에 물기가 마른다 : 추분이 지나면 날씨가 좋아서 지면이 건조하게 된다는 말.

추분이 지나면 백곡이 익는다 : 추분이 지나면 곡식들이 여물게 된다는 말.

추분이 지나면 우렛소리가 멈추고 벌레가 숨는다 : 추분이 지나면 천둥소리도 없어지고 벌레들도 월동할 곳으로 숨는다는 말.

추사일에 비가 오면 풍년 든다 : 추사일에 비가 오면 풍년이 든다는 속설에서 유래된 말. * 추사일-입추(立秋)가 지난 다섯 번째 무일(戊日).

추상갑(秋上甲)에 비가 오면 백곡(百穀)에 뿔이 난다 : 추상갑에 비가 오면 벼 수확이 늦어지고, 벼 수확이 늦어지면 논 보리 파종도 늦어지므로 보리 흉년이 든다는 말. * 추상갑-입추가 지난 첫 갑자일인 8월 중순.

추석(秋夕)날 마당 물이 고이면 보리 흉년 든다 : ⇒ 추석날 마당에 물이 고이면 보리농사 폐농한다.

추석날 마당에 물이 고이면 보리농사 폐농한다 : 추수를 앞두고 장마가 지면 벼 수확이 늦어지고, 따라서 보리 파종도 늦어지므로 보리 흉년이 든다는 말. 추석날 마당 물이 고이면 보리 흉년 든다.

추석 무렵에 비가 오면 흉년이 든다 : 추석 무렵에 장마가 지면 가을 추수가 늦어지고 보리 파종도 늦어져서 보리 흉년이 든다는 말. 추석에 비가 오면 보리 흉년 든다.

추석에 비가 오면 보리 흉년 든다 : ⇒ 추석 무렵에 비가 오면 흉년이 든다.

추석은 맑아야 좋고 설은 질어야 좋다 : 추석날은 맑게 개어야 보름달을 즐길 수 있고 설에는 눈이 와야 풍년이 든다는 말.

추수 때는 돌부처도 꿈적인다 : ⇒ 가을 메는 부지깽이도 덤빈다.

추어주면 엉뎅이 나가는 줄 모른다㉺ **:** 잘한다고 추어주니 남부끄러운 일인지 어떤지도 모르고 흥이 나서 미친 듯이 돌아다니는 모습을 비꼬아 이르는 말.

추우면 다가들고, 더우면 물러선다 : ⇒ 달면 삼키고 쓰면 뱉는다.

추운 대한 없고 안 추운 소한 없다 : ⇒ 대한

치고 안 따뜻한 대한 없고, 소한치고 안 추운 소한 없다.

추운 소한은 있어도 추운 대한은 없다 : ⇒ 대한이 소한의 집에 가서 얼어 죽는다.

축신년(丑申年)에는 흉년 든다 : 태세(太歲)가 소해와 원숭이해면 흉년이 든다는 말.

축신년에는 흉년 들고 사년(巳年)에는 풍년 든다 : 소해와 원숭이해에는 흉년이 들고, 뱀해에는 풍년이 든다는 말.

축은 축대로 붙는다〔類類相從〕: 학식이나 인격이 서로 비슷한 사람끼리 모인다는 말.

축이 아니면 나갈수록 이득 : 바둑에서 나온 속담으로, 축일 경우 이외에는 뻗어 나갈수록 이롭다는 말.

춘분(春分)에 서풍이 불면 보리가 귀하다 : 3월 21일경인 춘분 무렵은 보리의 생육기이므로 토양에 수분이 필요한 때인데, 반대로 서풍이 불어 날씨가 가물게 되면 보리 흉년이 든다는 말. 춘분에 서풍이 불면 보리 흉년 든다.

춘분에 서풍이 불면 보리 흉년 든다 : ⇒ 춘분에 서풍이 불면 보리가 귀하다.

춘사일(春社日)에 비가 오면 풍년 든다 : 춘사일, 즉 3월 하순경에 비가 오면 그해 풍년이 들 길조라는 말.

춘삼월(春三月) 늦서리가 심한 해는 목화가 풍년 든다 : 봄 늦서리가 많이 오는 해는 가을 늦날씨가 좋아서 목화가 잘 펴 풍년이 든다는 말.

춘상갑(春上甲)에 비가 오면 천 리 들이 가문다 : 입춘인 2월 3일경이 지난 첫 번째 갑자일인 춘상갑에 비가 오면 그해에는 가물어져 흉년이 든다는 말.

춘상갑자일(春上甲子日)에 비가 오면 혹한(酷寒)으로 소 돼지가 얼어 죽는다 : 입춘 뒤 첫 갑자일에 비가 오면 기온이 급강하하여 소, 돼지 등의 가축이 동사한다는 말.

춘소일각은 치천금이라〔春宵一刻値千金〕: 봄날 저녁 한때는 천금에 값한다는 뜻으로, 봄날의 경치를 상찬(賞讚)하는 말.

춘포(春布) 창옷 단벌 호사(豪奢) : 춘포로 지은 옷 한 벌밖에 없어 입고 나가면 늘 호사한 것같이 보이나, 실상은 그것 하나밖에 없는 경우를 비유하여 이르는 말.
* 춘포－봄철 옷감으로 쓰는 모시로 된 천.

춘풍으로 남을 대하고 추풍(秋風)으로 나를 대하라〔薄己厚人〕: 남에게는 부드럽게, 자신에게는 엄격하게 대하라는 말.

춘향이가 인도환생을 했나 : 춘향이가 인간세상에 다시 태어났느냐는 뜻으로, 마음씨 아름답고 정조가 굳은 여자를 이르는 말.

춘향이네 집 가는 길 같다 : 이 도령이 남의 눈을 피해서 골목길로 춘향이네를 찾아가는 길과 같다는 뜻으로, 길이 꼬불꼬불하고 매우 복잡한 경우를 비유하여 이르는 말.

춘향이 집 가리키기 : 집이 어디냐고 묻는 이 도령의 질문에 춘향이 대답하는 사설이 까다롭고 복잡했다는 데서 유래된 말로, 길이 복잡한 경우를 이르는 말.

춤추고 싶은 둘째 동서 맏동서보고 춤추라 한다 : ⇒ 동서 춤추게.

춥기는 사명당(四溟堂) 사첫방 (같다) : 사명당이 일본에 건너갔을 때 몹시 추운 방에서 거처하였다는 전설에서 유래된 말로, 대단히 추운 방을 비유하여 이르는 말. 사명당의 사첫방 같다. 사명당이 월참하겠다. 춥기는 삼청냉돌이라.

춥기는 삼청냉돌(三廳冷堗)이라 : ⇒ 춥기는 사명당 사첫방이다(같다).

춥지 않은 소한 없고 추운 대한 없다 : ⇒ 대한이 소한의 집에 가서 얼어 죽는다.

충신(忠臣)의 편도 천명(天命), 역신(逆臣)의 편도 천명 : 세상 일은 무엇이나 사람의 뜻대로 이루어지는 것이 아니라 운명에 정해진 대로 되어 가는 것이라는 말.

충신이 죽으면 대나무가 난다 : 충신이 죽은 자리에서 그 절개를 상징하는 대나무가 돋는다는 말.

충주(忠州) 결은 고비(考妣) : 옛날 충주에 사는 부자가 부모 제사 때 사용한 지방(紙榜)을 태워 버리기가 아까워 기름을 먹인 후 매년 다시 사용했다는 데서 유래된 말로, 매우 인색한 사람을 비유하여 이르는 말. *고비—돌아가신 아버지와 어머니. 충주 자린고비.

충주 달래 꼽재기 같다 : 아니꼬울 만큼 잘고 인색한 사람을 비유하여 이르는 말.

충주 자린고비(玼吝考妣) : ⇒ 충주 결은 고비.

충충하기는 노송(老松)나무 밑일세 : 어떤 인물이나 일을 함이 매우 음흉함을 이르는 말.

취객(醉客)이 외나무다리 잘 건넌다 : 보기에는 위태로우나 잘 버티어 나감을 이르는 말.

취담(醉談) 중에 진담(眞談) 있다 : ⇒ 취중에 진담이 나온다.

취중에 무천자라〔醉中無天子〕: 술에 취하면 천자도 없다는 뜻으로, 누구나 술에 취하게 되면 어려운 사람이 따로 없음을 비유하여 이르는 말.

취중(醉中)에 진담(眞談)이 나온다 : 술이 취하여 함부로 하는 말 속에 솔직하고 진실한 말이 있음을 이르는 말. 취담 중에 진담 있다.

취한 놈 달걀 팔듯 : ⇒ 술 취한 놈 달걀 팔듯.

층암 상에 묵은 팥 심어 싹이 날까 : ⇒ 군밤에서 싹나거든.

층운(層雲)이 많으면 비바람이 동반된다 : 층운이 몰리게 되면 비바람이 있게 된다는 말. *층운—지면에서 가까운 공중에 여러 겹으로 이루어진 구름.

치고 보니 삼촌(三寸)이라 : 어떤 과오를 범하고 보니 대단히 실례되는 짓이었음을 비유하여 이르는 말.

치기돈 내서 장개들이 놓으니 동네 머슴 좋은 일 시킨다 : ⇒ 체곗돈 내서 장가들여 놓으니 동네 머슴 좋은 일 시킨다.

치는 꽹과리 줄 아나(북) **:** 별안간 덤벼들어 함부로 치는 경우에 왜 치느냐고 하는 말.

치도(治道)하여 놓으니까 거지가 먼저 지나간다 : ⇒ 길 닦아 놓으니까 꺽정이가(거지가, 미친년이) 먼저 지나간다.

치러 갔다가 맞기도(맞기는) 예사(例事) : 남에게 요구하러 갔다가 도리어 요구를 당하게 되는 일이 흔히 있다는 말.

치마가 열두 폭인가 : 남의 일에 쓸데없이 간섭하고 참견함을 비꼬아 이르는 말. 열두 폭 말기를 달아 입었나. 열두 폭 치마를 둘렀나. 치마폭이 넓다. 치마폭이 스물 네 폭이다. 치마폭이 열두 폭인가.

치마 밑에 키운 자식 : 과부의 자식을 이르는 말.

치마에서 비파 소리가 난다 : ⇒ 궁둥이에서 비파 소리가 난다.

치마폭이 넓다 : ⇒ 치마가 열두 폭인가.

치마폭이 스물네 폭이다 : ⇒ 치마가 열두 폭인가.

치마폭이 열두 폭인가 : ⇒ 치마가 열두 폭인가.

치산치수(治山治水)는 농사의 대본이다 : 산에 나무를 심고 수리 시설을 하는 것은 농사를 하는 근본이라는 말.

치수 맞춰 옷 마른다(짓는다) : 무슨 일이든 앞뒤를 잘 살펴보고 빈틈없게 계획을 세운 다음에 처리하여야 함을 비유하여 이르는 말. 척수 보아 옷 짓는다.

치〔寸〕 위에 치가 있다 : ⇒ 뛰는 놈 위에 나는 놈 있다.

치자꽃이 만발하면 모내기가 한창이다 : ⇒

찔레꽃이 만발하면 모내기가 한창이다.

치자꽃 필 때 놓치면 모내기는 늦다 : 재래종 모는 치자꽃이 피는 6월 초순이 지나면 모내기가 늦는 말.

치자(-字) 돌림 생선은 다 맛있다 : 고기 이름에 '치'자가 든 삼치·병치·준치·멸치·갈치·가물치·꽁치·넙치·쥐치 등은 다 맛이 좋다는 말.

치장(治粧) 차리다가 신주(神主) 개 물려 보낸다 : ⇒ 사당치레하다가 신주 개 물려 보낸다.

치질(痔疾) 앓는 고양이 모양 같다 : ⇒ 치통하는 모상이라.

치통(齒痛) 하는 모상이라㉡ **:** 모습이 매우 초라하거나 보기에 매우 거북하고 곤란하게 보임을 비유하여 이르는 말. 치질 앓는 고양이 모양 같다.

친구는 옛 친구가 좋고 옷은 새 옷이 좋다〔衣不厭新 人不厭舊〕: 물건은 새것이 좋지만 친구는 오래 사귄 친구일수록 정의(情誼)가 두텁다는 말.

친구 따라(친해) 강남(江南) 간다〔隨絲蜘蛛, 追友江南〕: 자기는 하고 싶지 아니하나 남에게 끌려서 덩달아 하게 됨을 이르는 말. 동무 따라 강남 간다. 벗 따라 강남 간다.

친구의 망신은 곱사등이 시킨다 : 곱사등이를 친구로 삼았다가 함께 망신을 당한다는 뜻으로, 못된 것과 함께 있다가 부정적 평가를 받음을 이르는 말.

친 사람은 다리를 오그리고 자고 맞은 사람은 다리를 펴고 잔다 : ⇒ 때린 놈은 다릴 못 뻗고 자고 맞은 놈은 다릴 뻗고 잔다.

친손자(親孫子)는 걸리고 외손자(外孫子)는 업고 가면서 업힌 아이 갑갑해한다 빨리 걸으라 한다 : ⇒ 친손자는 걸리고 외손자는 업고 간다.

친손자는 걸리고 외손자는 업고 간다 : ① 딸에 대한 극진한 사랑 때문에 친손자가 더 소중하면서도 외손자를 더 귀여워함을 이르는 말. ② 사랑의 대상에 대한 경중(輕重)이 바뀌었거나, 행동에서 주객이 바뀌었음을 이르는 말. 외손자는 업고 친손자는 걸리면서 업은 아이 발 시리다 빨리 가자 한다. 친손자는 걸리고 외손자는 업고 가면서 업힌 아이 갑갑해한다 빨리 걸으라 한다.

친아비 장작 패는 데는 안 가고 의붓아비 떡 치는 데는 간다㉡ **:** 자기의 노력을 들여 도와주어야 할 자리는 피하면서 공짜로 얻어먹을 것이 있는 데는 잘 가는 사람을 비유하여 이르는 말.

친절(親切)한 동정은 철문으로도 들어간다 : 친절한 동정은 아무리 무뚝뚝한 사람에게도 통한다는 말.

친정(親庭) 가면 자루 아홉 가지고 온다 : 시집간 딸이 친정에서 되도록 많은 것을 가져가려 함을 이르는 말.

친정 일가 같다 : 남이지만 흉허물이 없이 가까이 지냄을 이르는 말.

친정집에서 가져온 씨앗으로는 풍년이 들지 않는다 : 친정에서 가져온 씨앗은 아까워서 넉넉히 뿌리지 않으므로 풍작이 될 수 없다는 말.

친정하고 명밭에 가면 쥐고 온다 : 목화밭(명밭)에 가면 솜 꼬투리라도 주워 오게 되고 친정에 가면 가져올 것이 있다는 말.

칠궁(七窮)의 기아가 뒤덜미를 치고 대든다 ㉡ **:** 가난한 사람들의 생활은 식량난이 심한 음력 7월에 몹시 위협받는다는 말.

칠궁이 춘궁(春窮)보다 더 무섭다 : ⇒ 보릿고개에 안 죽은 놈이 벼 고개에 죽는다.

칠 년 가뭄에는 살아도 석 달 장마에는 못 산다 : ⇒ 삼 년 가뭄에는 살아도 석 달 장마에는 못 산다.

칠 년 가뭄에는 종자가 있지만, 삼 년 장마

에는 종자가 없다 : ⇒ 가뭄에는 씨가 서도 장마에는 씨도 없다.

칠 년 가뭄에 비 바라듯 한다 : ⇒ 대한 칠 년 비 바라듯.

칠 년 가뭄에 비 아니 오는 날 없고, 구 년 장마에 볕 안 나는 날 없다 : ① 7년 가뭄에도 비는 조금씩 오면서 가물었고 9년 장마에도 매일 갤 것처럼 볕이 나면서 장마가 계속되었다는 말. ② 인생은 설마설마 하면서 속아 가며 산다는 말.

칠 년 가뭄에 비 아니 오는 날 없다 : ① 옛날 7년간 가물 때 비가 올 듯 올 듯하면서 7년을 가물었다는 데서 나온 말로, 불행한 일이 멈출 듯 멈출 듯하면서 오래 계속됨을 비유하여 이르는 말.

칠 년 가뭄에 하루 볕든 날 없다 : 7년을 두고 가물 때에도 하루 온종일 볕이 난 날은 드물고 매일 조금씩이라도 비가 왔다는 말.

칠 년 가뭄에 하루 쓸 날 없다 : ⇒ 삼 년 가뭄에 하루 쓸 날 없다.

칠 년 간병에 삼 년 묵은 쑥을 찾는다 : 오랫동안 앓고 있는 이를 간병하다 보면 별 어려운 일도 다 겪게 됨을 비유하여 이르는 말.

칠년대한(七年大旱) 단비 온다 : 오랫동안 애타게 기다리던 것이 이루어진다는 말. 구년지수 해 돋는다.

칠년대한에 대우 기다리듯(바라듯) : ⇒ 대한 칠 년 비 바라듯.

칠년대한에 비 바라듯 : ⇒ 대한 칠 년 비 바라듯.

칠년대한에 비 안 오는 날이 없었고 구 년 장마에 볕 안 드는 날이 없었다 : 옛날 중국 은(殷)나라 탕왕(湯王) 때의 큰 가뭄에도 더러는 비가 왔고, 요(堯) 임금 때의 오랜 장마에도 볕 드는 날이 있었듯이, 세상만사는 궂은 일만 계속되는 것이 아니라는 말. 구년지수에 볕 안 드는 날 없었고, 칠년대한에 비 안 오는 날 없었다. 삼 년 장마에 볕 안 난 날 없다.

칠년대한에 비 안 오는 날 없었다 : ⇒ 칠년대한에 비 안 오는 날이 없었고 구 년 장마에 볕 안 드는 날이 없었다.

칠 년 대흉에도 무당은 안 굶는다 : ⇒ 칠 년 대흉이 들어도 무당만은 안 굶어 죽는다.

칠 년 대흉이 들어도 무당만은 안 굶어 죽는다 : 사람은 궁할수록 미신을 찾는다는 말. 칠 년 대흉에도 무당은 안 굶는다.

칠산 바다에 조기가 뛰니 제주 바다엔 복어가 뛴다 : ⇒ 숭어가 뛰니까 망둥이도 뛴다.

칠색 팔색을 한다 : 전혀 믿지 않음을 이르는 말.

칠석날 까치 대가리 같다 : 칠월 칠석날 까마귀와 까치가 머리를 맞대어 오작교를 놓아서 견우와 직녀를 만나게 하다가 머리털이 다 빠졌다는 이야기에서 나온 말로, 머리털이 빠져 성긴 모양을 비유하여 이르는 말.

칠석별이 비 훔친다 : 음력 7월에 들면서 7일까지 비가 잘 오지 않음을 이르는 말.

칠성판에서 뛰어났다 : 죽을 처지에 놓여 있다가 살아났음을 비유하여 이르는 말.

칠십(七十) 노인 구 대 독자 생남(生男)을 한 듯 : 이를 데 없이 몹시 기뻐함을 비유하여 이르는 말. 동방화촉 노도령이 숙녀 만나 즐거운 일. 천 리 타향 고인 만나 반가워서 즐거운 일. 천 리 타향에 고인 만난 듯.

칠십에 능참봉을 하니 하루에 거둥이 열아홉 번씩이라 : ⇒ 모처럼 능참봉을 하니까 거둥이 한 달에 스물아홉 번.

칠십에 자식을 낳아서도 효도를 본다㈑ **:** ① 늘그막에 자식을 보고서도 그 덕을 입게 됨을 이르는 말. ② 뒤늦게 된 것에 큰 효과를 보게 됨을 비유하여 이르는 말.

칠월(七月) 높새바람에 볏잎 마르듯 한다 : ⇒ 동북풍에 곡식 병난다.

칠월 더부살이가 주인마누라 속곳 걱정한다 : ⇒ 더부살이가 주인마누라 속곳 베 걱정한다.

칠월 더위에 황소뿔이 녹는다 : ⇒ 육칠월 더위에 암소 뿔이 빠진다. * 늦더위가 더 지독하게 덥다는 데서 나온 말.

칠월받이한 논은 폐농한다 : 음력 7월에 늦게 질소 비료를 시비하면 농사를 망친다는 말. * 받이-거름 또는 거름기.

칠월 백중사리에 오리 다리 부러진다 : 7월 백중날 조수가 밀려오는 시각이 되면 오리 다리가 부러질 정도로 바닷물의 유속(流速)이 빨라진다는 말.

칠월 백중에 바람이 세면 흉년 든다 : ⇒ 동북풍에 곡식 병난다.

칠월 사돈은 꿈에 볼까 무섭다 : 음력 7월은 보리 양식이 떨어지고 햇곡식이 영글지 않아 집안 식구들이 굶주리는 시기라 손님 오는 것이 겁난다는 말. 육칠월 손님은 범보다도 무섭다.

칠월 송아지 : 7월이 되어 힘든 농사일도 끝나고 여름내 푸른 풀을 뜯어 먹어 번지르르해진 송아지라는 뜻으로, 팔자가 늘어진 사람을 비유하여 이르는 말.

칠월 송장 : 정신이 흐리멍덩하고 행동이 반편이(半偏-) 같은 자를 이르는 말.

칠월 신선에 구시월 배 놈 북 **:** 농촌에서 농한기인 7월에는 한가하게 지내다가 추수하는 9~10월에는 뱃사람처럼 눈코 뜰 사이 없이 바쁘다는 말.

칠월 신선에 팔월 도깨비라 북 **:** 원두막에서 지내기 때문에 7월의 삼복더위는 시원하게 지내고 8월의 장마는 도깨비처럼 피하여 걱정 없이 편안히 지냄을 비유하여 이르는 말.

칠월에 나락 검은 집에는 손 노릇 가지 말랬다 : 음력 7월 벼이삭이 팰 무렵 질소 비료를 많이 하여 잎과 줄기가 검고 무성한 벼는 쓰러지거나 병충해로 흉작을 면할 수 없으므로 이런 집에는 아예 가지도 말라는 말.

칠월에 잘된 벼는 가을에 가 봐야 안다 : 음력 7월에 질소 비료를 많이 준 벼는 줄기와 잎이 무성하여 잘될 것 같지만, 이런 벼는 가을에 가서 병충해로 인하여 쭉정이도 많고 비바람에 쓸려서 폐농하게 되므로, 뒤늦게 질소 비료(옛날에는 똥 비료)를 많이 주면 안 된다는 말.

칠월 장마는 꾸어서 해도 한다 : 우리나라의 음력 7월에는 꼭 장마가 진다는 말.

칠월 장마에 청산 보은 처녀가 눈물 흘린다 : ⇒ 삼복에 비가 오면 보은 처자가 울겠다.

칠월 저녁 해에 황소 뿔이 녹는다 : ⇒ 육칠월 더위에 암소 뿔이 빠진다. * 늦더위가 더 지독하게 덥다는 데서 나온 말.

칠월절 들어 상갑날(上甲 -) 비가 오면 곡식 머리에 뿔이 난다 : 음력 7월 상갑날 비가 오면 벼꽃이 필 때라 피해가 크다는 말.

칠월 초나흗날 비가 오면 벼쭉정이가 많이 생긴다 : 음력 7월 4일 무렵이면 벼꽃이 한창 필 때이므로 이때 비가 오면 벼꽃이 떨어져 벼쭉정이가 생길 수 있다는 데서 유래된 말.

칠월 칠석날 식전에 논밭에 나가면 수확이 감소된다 : 칠석날 이른 아침에 천곡신(天穀神)이 백곡(百穀)의 작황을 보고 논밭의 수확을 정하는데, 이때 사람이 지나간 흔적이 있으면 그냥 지나가므로 수확이 감소된다는 전설에서 유래된 말. 칠월 칠석날 아침 일찍 들에 나가면 안 된다.

**칠월 칠석날 아침 일찍 들에 나가면 안 된

다 : ⇒ 칠월 칠석날 식전에 논밭에 나가면 수확이 감소된다.

칠월 흉년에 팔월 도깨비북 : 음력 7월에는 가뭄이 들어 곡식이 말라 죽은 데다가 8월에는 도깨비 장마가 져서 농사를 망치게 되는 자연재해를 비유하여 이르는 말.

칠팔월 건들바람이다 : 음력 7~8월이면 건들건들 초가을 바람이 불기 시작한다는 말.

칠팔월 선들바람에 수숫잎 틀리듯 한다 : 가을에 선들바람이 불게 되면 수숫잎이 말라서 틀리듯이, 무슨 일이 잘 풀리지 않고 꼬인다는 말.

칠팔월 수숫잎 : 성품이 약하여 마음을 잡지 못하고 번복하기를 잘하는 사람을 비유하여 이르는 말. 칠팔월 수숫잎 꼬이듯북②. 칠팔월 수숫잎 마르듯 한다.

칠팔월 수숫잎 꼬이듯북 : ① 음력 7~8월이 되면 수숫잎이 햇볕에 빠빠 말라 꼬이듯이 마음이 비비꼬인 모양을 비유하여 이르는 말. ② ⇒ 칠팔월 수숫잎.

칠팔월 수숫잎 마르듯 한다 : ⇒ 칠팔월 수숫잎.

칠팔월 안개는 쌀 안개다 : 늦여름에서 초가을에 걸쳐 끼는 안개는 벼의 결실에 좋은 영향을 준다는 말.

칠팔월에는 콩서리 구시월에는 감서리 : 음력 7~8월에는 남의 콩밭에 콩을 서리하고, 9~10월에는 남의 감나무에서 감을 서리한다는 말.

칠팔월 은어(銀魚) 곯듯 한다 : 음력 7~8월에는 알을 낳은 은어가 홀쭉해진다는 데서 유래된 말로, 갑자기 수입이 줄어서 살아가기가 곤란함을 비유하여 이르는 말.

칠팔월 은어 뛰듯 한다 : 7~8월에 몰려다니는 은어와 같이 동작이 매우 날쌔다는 말.

칠 푼짜리 돼지 꼬리 같다 : 아무 짝에도 쓸모없음을 비유하여 이르는 말.

칠 홉 송장 : 정신이 흐리멍덩하고 행동이 반편 같은 사람을 비난조로 이르는 말.

칠흑 같은 하늘에 별빛이 희미하고 푸른색을 띠면 큰비가 온다 : 층운이 점점 몰려 와 별빛이 본색으로 보이지 않게 되면 큰비가 몰려온다는 말.

칡덩굴 뻗을 적 같아서는 강계(江界) 위연(魏延) 초산(楚山)을 다 덮겠다북 : 한여름 칡덩굴이 뻗을 때에는 여러 지역을 다 덮을 것처럼 기세가 대단하다는 뜻으로, 한창 기세가 오를 때에는 굉장한 것 같지만 결과는 그다지 시원찮거나 보잘것없는 경우를 비유하여 이르는 말.

침 먹은 지네 : ⇒ 꿀 먹은 벙어리요, 침 먹은 지네라.

침 발린 말 : 겉으로만 꾸며서 듣기 좋게 하는 말을 비유하여 이르는 말.

침 뱉고 돌아선 우물에 다시 찾아온다북 : ⇒ 이 샘물 안 먹는다고 똥 누고 가더니 그 물이 맑기도 전에 다시 와서 먹는다.

침 뱉고 밑 씻겠다 : ⇒ 정신은 침 뱉고 뒤지하겠다.

침 뱉은 우물 다시 먹는다 : ⇒ 이 샘물 안 먹는다고 똥 누고 가더니 그 물이 맑기도 전에 다시 와서 먹는다.

ㅋ

칼 가지고 오면 칼로 대하고,
떡 가지고 오면 떡으로 대한다
~
키 큰 암소 똥 누듯 한다

칼 가지고 오면 칼로 대하고, 떡 가지고 오면 떡으로 대한다북 : 상대편이 하기에 따라 그 대우도 달라진다는 말.

칼끝의 원쑤북 : 칼을 들고 겨루어야 할 원수라는 뜻으로, 목숨을 걸고 싸워야 할 피맺힌 원수라는 말.

칼날 우에 선 목숨북 : 목숨이 언제 끊어질지 모를 매우 위태로운 처지에 놓여 있음을 비유하여 이르는 말.

칼날이 날카로워도 제 자루 못 깎는다 : ⇒ 식칼이 제 자루를 못 깎는다.

칼 날 쥔 놈이 자루 쥔 놈을 당할까 : ⇒ 날 잡은 놈이 자루 잡은 놈을 당하랴.

칼도 날이 서야 쓴다 : 무엇이나 제 기능을 할 수 있게 조건이 갖추어져야 그 존재 가치가 있음을 비유하여 이르는 말. 칼은 날이 서야 칼이다북.

칼 든 놈은 칼로 망한다 : 남을 해치고자 하는 사람은 반드시 남의 해침을 당함을 이르는 말.

칼 든 놈이 먼저 죽는다 : 남을 해치려고 하면 자기가 먼저 해를 입게 됨을 이르는 말.

칼로 두부모를 자르듯 하다북 : 무슨 일을 하는 데 있어 맺고 끊는 것이 명확한 경우를 비유하여 이르는 말.

칼로 물 베기 : 서로 불화(不和)하였다가도 다시 곧잘 화합함을 일컫는 말. 주먹으로 물 찧기[②] 북. 칼로 물 치기.

칼로 물 치기 : ⇒ 칼로 물 베기.

칼(-을) 물고 뒈질 녀석 : 입에 칼을 꽂고 죽을 놈이란 뜻으로, 못된 짓을 한 사람을 욕되게 이르는 말.

칼 물고(놓고, 짚고) 뜀뛰기 : 몹시 위태로운 일을 모험적으로 행하는 경우를 비유하여 이르는 말. 칼 박고(물고) 삼간 뛰기북.

칼 박고(물고) 삼간 뛰기북 : ⇒ 칼 물고(놓고, 짚고) 뜀뛰기.

칼부림을 즐기는 자는 칼(-부림)에 죽는다북 : 무력을 휘두르기 좋아하는 사람은 그 행동에 해당하는 보복을 받게 된다는 말.

칼은 날이 서야 칼이다북 : ⇒ 칼도 날이 서야 쓴다북.

칼을 물고 토할 노릇이다 : 기가 막히도록 분하고 억울하다는 말.

칼을 뽑고는 그대로 집에 꽂지 않는다 : 무슨 일이든 한번 결심하고 나면 끝장을 보고야 맒을 비유하여 이르는 말.

칼치가 제 꼬리 베 먹는다북 : ⇒ 문어 제 다리 뜯어 먹는 것(격).

커도 한 그릇 작아도 한 그릇 : ① 양에 관계없이 명목상으로는 같다는 말. ② ⇒ 어른도 한 그릇 아이도 한 그릇.

컴컴하고 욕심 많기는 회덕(懷德) 선생 : 회덕에서 살았던 송시열이 욕심이 많았다는 데서 유래된 말로, 겉으로는 점잖은 체하나 속마음은 엉큼하고 욕심 많은 사람을 이르는 말. * 송시열을 중상하려는 자들이 만들어 낸 말.

코(-를) 꿰운(꿰인) 송아지북 : 남에게 약점을 잡혀서 하라는 대로 할 수밖에 없게 된 처지를 비유하여 이르는 말.

코가 높다 : 남 앞에서 젠체하며 거만하게 구는 기세가 있음을 비유하여 이르는 말. 코가 우뚝하다.

코가 납작해지다 : 무안을 당하거나 위신이 크게 떨어져 기가 꺾임을 비유하여 이르는 말.

코가 댓발북 : ⇒ 코가 쉰댓(석) 자나 빠졌다.

코가 댓 자나 빠졌다 : ⇒ 코가 쉰댓(석) 자나 빠졌다.

코가 쉰댓(석) 자나 빠졌다 : 근심이 쌓이고 고통스러운 일이 있어 맥이 빠진 경우를 비유하여 이르는 말. 코가 댓발북. 코가 댓 자나 빠졌다.

코가 어디 붙은지 모른다 : 그 사람이 어떻게 생겼는지도 모른다 함이니, 도무지 모르는 사람이라는 말.

코가 우뚝하다 : ⇒ 코가 높다.

코가 크고 작은 것은 석수쟁이 손에 달렸다 北 : ⇒ 부처님 살찌고 파리하기는 석수에게 달렸다.

코끼리는 생쥐가 제일 무섭다 北 : 보잘것없는 자그마한 존재를 두려워함을 비유하여 이르는 말.

코끝도 볼 수 없다 : 사람이나 어떤 모습을 전연 볼 수 없거나, 소식을 알 수 없음을 비유하여 이르는 말.

코등에 파리가 앉아도 혀바닥으로 쫓는다 北 : 손발을 까딱하기 싫어하는, 아주 게으른 사람을 비꼬아 이르는 말.

코딱지 두면 살이 되랴 : ⇒ 고름이 살 되랴.

코 떼어 주머니에 넣다 : 잘못을 저질러 매우 무안을 당한 경우를 비유하여 이르는 말.

코를 잘라도 모를 캄캄절벽 北 : ⇒ 코를 잡아도 모르겠다.

코를 잡아도 모르겠다 : 눈앞에서 벌어지는 일도 알 수 없을 정도로 몹시 캄캄하다는 말. 코를 잘라도 모를 캄캄절벽 北.

코 막고 답답하다(숨 막힌다)고 한다 : 제힘으로 쉽게 할 수 있는 일을 어렵게 생각하여 다른 곳에서 해결책을 찾으려 함을 비유하여 이르는 말.

코 맞은 개 싸쥐듯 : 몹시 아프거나 속이 상하여 어쩔 줄 모르고 쩔쩔매며 돌아가는 모습을 비유하여 이르는 말.

코 멘 강아지 쥐구멍 파듯 北 : 어떤 일에 대하여 잘 알지도 못하면서 무턱대고 이것저것 집적댐을 비꼬아 이르는 말.

코 묻은 떡(돈)이라도 빼앗아 먹겠다 : 하는 행동이 너무나 치사하고 마음에 거슬리는 경우를 비꼬아 이르는 말. 어린아이 가진 떡도 뺏어 먹겠다. 아린아이 보지에 밥알 뜯어 먹기.

코 아니 흘리고 유복(有福)하다 : 고생하지 아니하고 이익을 얻는다는 말.

코 아래 구멍이 제일 무섭다 北 : 입을 마구 놀리다가는 큰 화를 입게 된다는 뜻으로, 말을 조심하라는 말.

코 아래 입 : 매우 가까운 것을 비유하여 이르는 말.

코 아래 제상(祭床)도 먹는 것이 제일 : 제 앞에 아무리 좋은 것이 많이 있다고 해도 실제로 제가 갖게 되어야 가치가 있다는 말.

코 아래 진상(進上)이 제일이라 : 남의 환심을 사려면 먹이는 것이 제일 효과적이라는 말. 코앞에 진상.

코앞에 진상 : ⇒ 코 아래 진상이 제일이라

코에 걸면 코걸이 귀에 걸면 귀걸이〔耳懸鈴鼻懸鈴〕 : ① 정당한 근거와 원인을 밝히지 아니하고 제게 이로운 대로 이유를 붙이는 경우를 비유하여 이르는 말. ② 보는 입장에 따라 이렇게도 설명할 수 있고 저렇게도 설명할 수 있는 경우를 비유하여 이르는 말. 녹비에 가로 왈(-자라). 귀에 걸면 귀걸이 코에 걸면 코걸이.

코에서 단내가 난다 : 일에 시달리고 고단하여 심신이 몹시 피로하다는 말.

코털이 센다 : 일이 뜻대로 되지 않아 몹시 곤란함을 이르는 말.

코허리가 저리고 시다 : 몹시 슬프거나 감격하였을 때의 심경을 비유하여 이르는 말.

콧구멍 같은 집에 밑구멍 같은 나그네 온다 : 가난하여 몹시 좁은 집에 반갑지 않은 손님이 찾아옴을 비유하여 이르는 말.

콧구멍 둘 마련하기가 다행이라 : 다행히도 콧구멍이 둘이 있어 호흡이 막히지 아니하고 숨을 쉴 수 있다는 뜻으로, 몹시 답답하거나 기가 참을 해학적으로 이르는 말. 콧구멍이 둘이니 숨을 쉬지.

콧구멍에 낀 대추씨 : 매우 작고 보잘것없는 물건을 이르는 말.

콧구멍이 둘이니 숨을 쉬지 : ⇒ 콧구멍 둘 마련하기가 다행이다.

콧대(등)이 세다 : 남의 말은 안 듣고 제 고집대로만 하는 성미를 이르는 말.

콧대에 바늘 세울 만큼 골이 진다 : 눈살을 잔뜩 찌푸리는 모양을 비유하여 이르는 말.

콧등(-이) 부었다 : 일이 마음대로 되지 아니하여 자노자발(自怒自發)하나 겉으로 나타내지 못하고 내심으로 심히 노함을 두고 이르는 말.

콧방귀만 뀌다 : 남의 말을 들은 체 만 체 말대꾸가 없음을 이르는 말.

콧병 든 병아리 같다 : 꾸벅꾸벅 조는 모양을 비유하여 이르는 말. 약 먹은 병아리 같다.

콩 가르듯 한다 : 무엇을 정확하게 분배함을 이르는 말.

콩 가지고 두부 만든대도 곧이 안 듣는다 : ⇒ 콩으로 메주를 쑨다 하여도 곧이듣지 않는다.

콩과 보리도 분간하지 못한다〔菽麥不辨〕: 누구나 알 수 있는 것도 분간하지 못할 만큼 어리석고 못남을 비유하여 이르는 말. 콩과 보리를 분별 못 한다.

콩과 보리를 분멸 못 한다 : ⇒ 콩과 보리도 분간하지 못한다.

콩꽃에 물방울이 달려야 콩 풍년 든다 : 콩꽃이 필 무렵에 비가 와서 토양에 수분량이 흡족해야 수정이 잘되어 풍년이 든다는 말.

콩꽃 필 때 가물면 콩 농사는 반농사다 : 콩은 가뭄에 약한 식물이라 특히 꽃이 필 무렵에 비가 오지 않으면 흉년이 들게 된다는 말.

콩나물도 물을 먹어야 큰다 : 콩나물도 물을 먹어야 크듯이 사람도 음식을 먹어야 산다는 말.

콩나물 시루다 : 협소한 장소에 사람이 빽빽이 들어섰음을 비유하여 이르는 말.

콩나물에 낫걸이 북 **:** 콩나물을 낫으로 친다는 뜻으로, 작은 일에 요란스럽게 대책을 세우는, 격에 맞지 않는 일을 비유하여 이르는 말.

콩나물이 잘되면 집안이 길하다 : 콩나물이 잘되면 콩나물죽을 많이 쑤어 먹어 식량이 쌓여서 부자가 된다는 말.

콩나물죽 십 년을 먹으면 부자가 된다 : 콩나물죽을 쑤어 먹으면 식량이 밥의 4분의 1밖에 들지 않으므로 부자가 된다는 말.

콩나물죽 일 년을 먹으면 일 년 양식이 밀린다 : 식량을 절약하는 데는 콩나물죽을 쑤어 먹는 것이 가장 좋은 방법이라는 말.

콩 날 데 콩 나고 팥 날 데 팥 난다 : ⇒ 콩 심은 데 콩 나고 팥 심은 데 팥 난다.

콩 났네 팥 났네 한다 : 콩의 싹이나 팥의 싹이나 거의 비슷한데도 그것을 구별하느라 언쟁한다는 뜻으로, 대수롭지 않은 일을 가지고 서로 시비를 다투는 경우를 비유하여 이르는 말. 콩이야 팥이야 한다.

콩 농사는 손 큰 여자가 잘 짓는다 : 콩 농사는 비교적 잔손질이 없기 때문에 손 큰 여자처럼 일을 거칠게 해도 무방하다는 말.

콩도 닷 말 팥도 닷 말 : 어느 쪽으로도 기울지 아니하고 공평함을 이르거나, 또는 어느 것이나 마찬가지라는 말.

콩 마당에 넘어졌나(자빠졌나) : ⇒ 우박 맞은 잿더미 같고 활량의 사포 같다.

콩마당에 서슬 치겠다 북 **:** ⇒ 콩밭에 가서 두부 찾는다.

콩 멍석이 되었다 : 피부에 부스럼이 많음을 비유하여 이르는 말.

콩 반(半) 알도 남의 몫을 지어 있다 : ① 아무리 작고 사소한 물건이라도 다 각기 주인이 있다는 말. ② 비록 하찮은 물건이라도 남의 것은 가지거나 탐내지 말라는 말.

콩 반쪽에 정 붙는다 : 사소한 것이라도 나누어 먹게 되면 정이 든다는 말.

콩 반쪽이라도 남의 것은 손대지 않는다 : 사소한 것이라도 남의 것은 탐내지 않는다는 말.

콩 반쪽이라도 남의 것이라면 손 내민다 : 무엇이나 남의 것은 욕심을 내고 덤빈다는 말.

콩밥 급히 먹은 놈은 뒷간에 가 봐야 안다 : 콩밥을 급히 먹으면 소화를 잘 못 시키듯이, 급히 하는 일에는 흠이 있다는 말.

콩밥 먹으러 갔다 : 왜정 시대에 감옥에서 콩밥을 준 데서 유래된 말로, 감옥살이를 한다는 말.

콩밭에 가서 두부 찾는다 : 몹시 성급하게 행동함을 비유하여 이르는 말. 콩마당에 서슬 치겠다㊍. 콩밭에 간수 치겠다. 콩밭에 서슬 치겠다㊍.

콩밭에 간수 치겠다 : ⇒ 콩밭에 가서 두부 찾는다.

콩밭에 든 꿩이다 : 콩밭에 든 꿩처럼 먹을 복이 많은 사람을 비유하여 이르는 말.

콩밭에 서슬 치겠다㊍ : ⇒ 콩밭에 가서 두부 찾는다.

콩밭에 소 풀어 놓고도 할 말이 있다 : 남의 콩밭에 소를 풀어 놓아 온통 못쓰게 만들어 놓고도 변명을 한다는 뜻으로, 잘못을 저지르고도 잘못이 없다고 구실을 늘어놓는 경우를 비유하여 이르는 말.

콩 볶듯 (한다) : ① 총소리가 요란한 모양을 비유하여 이르는 말. ② 사람을 달달 볶아서 괴롭히는 모양을 비유하여 이르는 말.

콩 볶아 먹다가 가마솥 깨뜨린다 : 작은 일을 실없이 하다가 큰 탈이 남을 비유하여 이르는 말.

콩 볶아 재미 낸다 : 무슨 일을 하여 아기자기하게 재미를 봄을 비유하여 이르는 말.

콩 본 당나귀같이 흥흥한다 : 자기가 좋아하는 것을 눈앞에 두고 기뻐함을 비유하여 이르는 말.

콩 본 비둘기다 : 콩 본 비둘기 덤비듯이 먹을 것을 보면 못 참는 것을 이르는 말.

콩 세 알도 못 세는 부모도 부모는 부모다 : 부모가 아무리 무식하여도 자식은 그 부모를 공경해야 한다는 말.

콩 실은 당나귀가 우쭐대면 껍질 실은 당나귀도 우쭐댄다㊍ : 남은 자랑거리가 있어서 우쭐대는데 자기는 아무런 자랑거리도 없으면서 덩달아 우쭐댐을 비유하여 이르는 말.

콩 심고 팥 거두지 못한다 : ⇒ 콩 심은 데 콩 나고 팥 심은 데 팥 난다.

콩 심어라 팥 심어라 한다 : 대수롭지 아니한 일을 가지고 지나칠 정도로 세세한 구별을 짓거나 시비를 가려 간섭함을 비유하여 이르는 말.

콩 심은 데서 팥 나올 리 없다㊍ : ⇒ 콩 심은 데 콩 나고 팥 심은 데 팥 난다.

콩 심은 데 콩 나고 팥 심은 데 팥 난다〔種豆得豆〕 : 콩밭에서는 콩이 나고 팥밭에서는 팥이 나듯이, 무엇이든 원인에 따라 결과가 나타남을 이르는 말. 가시나무에 가시 난다. 대 끝에서 대가 나고, 싸리 끝에서 싸리가 난다. 대나무 그루에선 대나무가 난다. 대나무에서 대 난다. 대 뿌리에서 대가 난다. 배나무에 배 열리지 감 안 열린다. 보리 심은 데 보리 나고 피 심은 데 피 난다. 오이 덩굴에 오이 열리고, 가지 나무에 가지 열린다. 오이씨에서 오이 나오고, 콩에서 콩 나온다. 왕대밭에 왕대 난다①. 조 심은 데 조 나고 콩 심은 데 콩 난다㊍. 콩 날 데 콩 나고 팥 날 데 팥 난다. 콩 심고 팥 거두지 못한다. 콩 심은 데서 팥 나올 리 없다㊍. 콩에서 콩 나고 팥에서 팥 난다. 팥을 심으면 팥이 나오고 콩을 심으면 콩이 나온다.

콩알로 귀를 막아도 천둥소리를 못 듣는다 : 콩과 같이 작은 것이 큰 천둥소리를 막듯이, 작은 것도 잘 활용하면 큰일에 도움이 된다는 말.

콩알 세 개도 못 센다 : 콩 세 개도 못 셀 정도로 무식하다는 말.

콩에서 콩 나고 팥에서 팥 난다 : ⇒ 콩 심은 데 콩 나고 팥 심은 데 팥 난다.

콩으로 두부를 만든다고 해도 못 믿는다 : ⇒ 콩으로 메주를 쑨다 하여도 곧이듣지 않는다.

콩으로 메주를 쑨다 하여도 곧이듣지 않는다 : 상대방이 거짓말을 잘 하여 신용할 수 없다는 말. 소금으로 장을 담근다 해도 곧이듣지 않는다. 찹쌀로 찰떡을 친대도 곧이 듣지 않는다㊌. 콩 가지고 두부를 만든대도 곧이 안 듣는다. 콩으로 두부를 만든다고 해도 못 믿는다.

콩은 눈에만이라도 재 칠해 주기를 바란다 : 콩을 심을 때는 밑거름을 하지 않는 경우가 많은데, 콩 밑거름에는 재거름을 하면 풍작을 이루게 된다는 말.

콩은 덤불콩이 되면 폐농한다 : 콩씨를 드문드문 심지 않고 총총히 심게 되면 줄기가 덩굴져 잎만 무성하고 콩이 열리지 않으므로 흉작이 된다는 말.

콩은 밭고기다 : 밭곡식 중 콩은 고기처럼 영양가가 많은 곡식이라는 말.

콩을 팥이라고 우긴다 : 사실과 다른 주장을 막무가내로 내세운다는 뜻으로, 억지스럽게 고집 부림을 비유하여 이르는 말.

콩을 팥이라 해도 곧이 듣는다 : 남의 말을 곧잘 믿음을 비유하거나, 또는 평소에 신용이 있는 사람의 말은 무슨 말이든 믿게 됨을 이르는 말.

콩이야 팥이야 한다 : ⇒ 콩 났네 팥 났네 한다.

콩죽 먹은 놈 따로 있고 똥 싸는 놈 따로 있다 : ⇒ 콩죽은 주인이 먹고 배는 머슴이 앓는다.

콩죽은 내가 먹고 배는 남이 앓는다 : 좋지 못한 짓은 제가 하였으나 그에 대한 벌이나 비난은 남이 당하게 됨을 비유하여 이르는 말. 김 씨가 먹고 이 씨가 취한다.

콩죽은 내가 먹었는데 배는 왜 네가 앓느냐 : 일은 내가 저질렀는데 그 걱정은 왜 네가 하느냐는 말로, 아무런 관계가 없는 사람이 공연히 걱정함을 이르는 말.

콩죽은 주인이 먹고 배는 머슴이 앓는다 : 죄지은 사람은 따로 있는데 애매하게 벌은 다른 사람이 받는다는 말. 콩죽 먹은 놈 따로 있고 똥 싸는 놈 따로 있다.

콩쪽 맞듯 한다 : 콩쪽이 딱 들어맞듯이 무엇이 서로 꼭 들어맞는다는 말.

콩쪽처럼 닮았다 : 콩쪽처럼 서로가 똑같이 닮았다는 말.

콩 칠팔(七八) 새 삼륙(三六) 한다 : 노름판에서 어쩔 줄을 모르고 있듯이, 두서를 잡을 수 없이 혼동이 되었을 때를 이르는 말.

콩 튀듯 팥 튀듯 한다 : 몹시 흥분하거나 화가 나서 팔팔 뛰는 모습을 이르는 말.

콩 튀듯 한다 : 마른 콩단에서 콩이 튀듯이 총소리가 요란스럽게 들린다는 말.

콩 팔러 갔다 : 콩을 팔러 저승으로 갔다는 뜻으로, 죽은 사람을 비유하여 이르는 말.

콩팔 칠팔 한다 : 무슨 말인지 알지도 못하는 말을 지껄임을 이르는 말.

콩 팥이 꽃 필 때 비가 오면 감수한다 : 콩이나 팥은 꽃이 필 때 비가 오면 결실에 지장을 주므로 감수된다는 말.

쿵그렁하면 굿만 여기고 선산 무당이 춤춘다 ㊌ **:** 쿵그렁 소리만 나도 굿소리인가 하여 선산 무당이 춤을 춘다는 뜻으로, 얼씬만 하면 무슨 좋은 수나 생긴 듯이 떠들썩하게 수선거리고 공연히 날뜀을 비유하여 이르는 말.

크고 단 참외 : 겉보기도 좋고 실속도 있어 마음에 드는 물건을 비유하여 이르는 말.

크고 단 참외 없다㈜ **:** 모든 조건이 완벽하게 다 갖추어지기란 어렵다는 것을 비유하여 이르는 말.

큰 가뭄에는 구름장만 쳐다본다〔大旱望雲霓〕 : 가뭄이 계속될 때에는 모두가 하늘이 온통 구름으로 뒤덮이기를 바란다는 말.

큰 감나무에서는 감 백 접을 넘게 딴다 : 연륜이 오래된 큰 나무에서는 수확도 많다는 말.

큰 고기는 깊은 물속에 있다 : 훌륭한 인물은 잘 드러나지 않는다는 말.

큰 고기는 잡아 제 망태기에 넣는다㈜ **:** 제 욕심부터 채움을 비유하여 이르는 말.

큰 고기는 중간 고기를 먹고 중간 고기는 작은 고기를 먹는다〔弱肉强食〕 : 좀 더 강한 자가 약한 자를 억누르거나 희생시킨다는 말.

큰 고기를 낚기 위하여 작은 미끼를 아끼지 말라㈜ **:** 큰일을 이루기 위하여서는 작은 이익 정도는 희생하며 대담하게 행동하여야 함을 이르는 말.

큰 구멍에 큰 게가 있다㈜ **:** 무슨 일이든 통을 크게 벌여야 큰 성과를 바랄 수 있음을 비유하여 이르는 말.

큰 나무 밑에 작은 나무 큰지 모른다㈜ **:** 크거나 뛰어나게 우수한 것과 나란히 있게 되면 그 우월성이 드러나기 힘듦을 비유하여 이르는 말.

큰 내에 물이 마르지 않는다㈜ **:** 원천이 풍부하거나 근원이 깊은 사물은 쉽게 없어지지 아니함을 비유하여 이르는 말.

큰 냇물가에 있는 논밭은 사지 말랬다 : ⇒ 강가 전답은 사지도 말랬다.

큰 도적이 좀도적 잡는 시늉한다 : 큰 권력을 가진 사람이 자기는 닥치는 대로 부정을 저지르면서 밑의 사람들의 부정행위는 엄격히 다스림을 비유하여 이르는 말.

큰 동뚝도 개미구멍으로 무너진다㈜ **:** ⇒ 개미구멍이 둑을 무너뜨린다.

큰 둑도 개미구멍으로 무너진다 : ⇒ 개미구멍이 둑을 무너뜨린다.

큰 말이 나가면 작은 말이 큰 말 노릇 한다 : 윗사람이 없으면 아랫사람이 그 일을 대신할 수 있음을 비유하여 이르는 말. 큰 소가 나가면 작은 소가 큰 소 노릇 한다.

큰 며느리 춤추는 꼴 보기 싫어 굿 못한다 : 무슨 일을 하려고 하니 자기 마음에 들지 않는 미운 사람이 따라 나서서 기뻐하는 것이 보기 싫어하기를 꺼린다는 말.

큰 무당이 있으면 작은 무당은 춤을 못 춘다 : 자기보다 뛰어난 사람이 있으면 그 앞에서는 일하기를 꺼림을 비유하여 이르는 말.

큰 물에 고기 논다 : 활동 무대가 커야 통이 큰 사람도 보이고 클 수 있음을 비유하여 이르는 말.

큰 바람 뒤에는 고요하다 : 큰 바람이 지나간 다음에는 조용하듯이, 큰일을 치르고 난 뒤에는 조용하다는 말.

큰 방죽도 개미구멍으로 무너진다 : ⇒ 개미구멍이 둑을 무너뜨린다.

큰 배도 작은 구멍에서 물이 새어들면 가라앉는다 : ⇒ 개미구멍이 둑을 무너뜨린다.

큰 벙거지 귀 짐작 : 짐작으로 한 어떤 일이 비슷하게 맞아 들어가거나, 어떤 일을 짐작으로 대충 처리함을 비유하여 이르는 말.

큰 북에서 큰 소리 난다 : 크고 훌륭한 데서라야 무엇이나 좋은 일이 생길 수 있음을 비유하여 이르는 말.

큰 산 넘어 평지 본다〔苦盡甘來〕㈜ **:** 고생을 이겨 내면 즐거운 날이 옴을 비유하여 이르는 말.

큰 산이 평지 된다북 : ① 자연이나 사회의 변화가 몹시 심함을 비유하여 이르는 말. ② 세상의 모든 것이 덧없이 변천함을 이르는 말.

큰상 받은 새서방북 : 갑자기 좋은 일이 생겨서 어찌할 바를 모르는 사람을 비유하여 이르는 말.

큰 소가 나가면, 작은 소가 큰 소 노릇 한다 : ⇒ 큰 말이 나가면, 작은 말이 큰 말 노릇 한다.

큰 소 잃고 송아지도 잃다(-고) : 크고 작게 이중(二重)으로 손해를 입었다는 말.

큰 소 큰 소 하며 꼴 아니 준다 : 말로는 큰 소가 중하다고 하면서 꼴은 작은 소만 준다는 뜻으로, 먹을 것을 아이들에게만 주고 어른들은 잘 돌보지 아니한다는 말.

큰 쌀독 열어 놓고 손님 대접한다북 : 인심을 아주 후하게 씀을 비유하여 이르는 말.

큰어미 날 지내는데 작은 어미 떡 먹듯 : 본처의 제사를 지내는 데 후처는 좋아라고 떡을 먹는다는 뜻으로, 남이 불행한 일을 당하였는데 그 기회를 타서 자기의 이익만을 도모함을 비유하여 이르는 말.

큰일이면 작은 일로 두 번 치러라 : 어렵고 힘든 일은 한 번에 하는 것보다 조금씩 나누어서 하는 것이 낫다는 것을 비유하여 이르는 말.

큰일 치른 집에 저녁거리 있고 큰굿 한 집에 저녁거리 없다 : ① 굿을 하는 데는 재물이 많이 들 뿐 아니라 무당이 모조리 가져간다는 것을 비유하여 이르는 말. ② 북 잔치를 하는 집은 여유가 있으나 굿을 하는 집은 살림이 쪼들린다는 말.

큰 전쟁 끝에는 반드시 흉년 든다〔大軍之後必有凶年〕 : 큰 전쟁이 있으면 젊은 사람들이 군대에 다 동원되기 때문에 농사를 재대로 짓지 못하여 흉년이 든다는 말.

큰집 드나들듯 : 자기 큰집 드나들듯 매우 익숙하게 드나듦을 비유하여 이르는 말.

큰 집을 지으면 제비와 참새가 좋아한다 : 큰 집을 짓게 되면 제비와 참새도 제집이 생기므로 즐거워하듯이, 이해가 같으면 함께 즐거워하게 된다는 말.

큰 집이 기울어도 삼 년 간다 : ⇒ 부자는 망해도 삼 년 먹을 것이 있다.

큰 집 무너지는데 기둥 하나도 버티지 못한다 : 큰 것이 망하거나 무너질 때에는 작은 힘으로 막기 어려움을 비유하여 이르는 말.

큰집 잔치에 작은집 돼지 잡는다 : 남에게 매어 지내는 탓으로 아무 이해관계도 없는 일에 억울하게 희생당함을 비유하여 이르는 말.

큰 호박은 얻어먹고 작은 후추알은 사 먹는다 북 : 물건의 가치는 크고 작은 것으로 정할 수 없음을 비유하여 이르는 말.

키가 작다고 세 살 난 애기보다 더 작을가 북 : 무엇을 아무리 작거나 보잘것없다고 비난하여도 일정한 한도는 갖추고 있는 법임을 비유하여 이르는 말.

키가 크다고 하늘의 별 딸가북 : 너무도 자신을 과신하여 허황된 꿈을 꾸거나, 남을 지나치게 추켜올리는 경우를 비난조로 이르는 말.

키는 작아도 담(膽)은 크다 : 키 작고 용감한 사람을 추켜올리거나 칭찬하여 이르는 말.

키 작으면 앙큼하고 담대하다 : 키 작은 사람을 조롱하여 이르는 말.

키 장수 집에 헌 키 : 마땅히 있음직한 곳에는 오히려 귀하다는 말.

키질하다가 싸라기 한 알이 떨어져도 주워 담는다 : 옛날 농촌 부인들은 쌀을 키질하다가 한 알의 싸라기라도 땅에 떨어지면 반드시 주워 담을 정도로 곡식을 소중히 여겼음을 비유하여 이르는 말.

키 크고 묽지 않은 놈 없다 : ⇒ 키 크고 싱겁지 않은 사람 없다.

키 크고 속없다 : 허우대는 큰데 내용이 없거나, 하는 짓이 실속 없다는 뜻으로, 키가 큰 데 비하여 생각이나 행동이 허술함을 이르는 말.

키 크고 싱겁지 않은 사람 없다 : 키 큰 사람의 행동은 어딘지 모르게 멋없이 싱거워 보임을 이르는 말. 키 크고 묽지 않은 놈 없다.

키 크면 속없고 키 작으면 자발없다 : 키 큰 사람은 실없고 싱거우며, 키 작은 사람은 참을성이 없고 행동이 가볍다는 말.

키 큰 놈의 집에 내려 먹을 것 없다 : 남과 달리 유리한 특징을 가지고 있음에도 불구하고 그것을 써먹을 형편이 되지 못함을 비유하여 이르는 말.

키 큰 암소 똥 누듯 한다 : ① 일을 쉽게 함을 비유하여 이르는 말. ② 하는 짓이 어설프게 보임을 비꼬아 이르는 말.

타고난 복은 남 못 준다

~

티끌 모아 태산

타고난 복은 남 못 준다북 : 모든 일이 뜻대로 척척 잘되어 가는 경우를 비유하여 이르는 말.

타고난 재주 사람마다 하나씩은 있다 : 사람은 누구나 한 가지 재주는 갖추고 있어서 그것으로 먹고 살아가게 마련이라는 말.

타고난 팔자 : 날 때부터 지니고 있어서 평생 동안 작용하는 좋거나 나쁜 운수를 이르는 말.

타고난 팔자는 죽는 날까지 떼여 놓지 못한다북 : 누구나 자신에게 정해진 운명은 벗어날 수 없다는 말.

타관 양반이 누가 허 좌수인 줄 아나 : 어떤 일에 상관없는 사람이 그 일에 대하여 알 까닭이 있겠느냐고 반문하는 투로 이르는 말. 타관양반 수허좌수.

타관양반 수허좌수〔他官兩班 誰許座首〕 : ⇒ 타관 양반이 누가 허 좌수인 줄 아나.

타관에 섰어도 고향나무 : 고향나무는 타관에 서 있어도 고향나무라 한다는 언어유희(言語遊戲)로 이르는 말. * 고향나무－회양목.

타는 닭이 꼬꼬 하고 그슬린 돝이 달음질한다 : 무슨 일이든 뜻밖의 사고가 생겨 일을 그르칠 수 있으므로 항상 마음 놓지 말고 조심해야 함을 비유하여 이르는 말.

타는 불에 부채질한다 : ⇒ 불난 데 풀무질한다.

타작마당에 가서 숭늉 찾겠다북 : ⇒ 우물에 가 숭늉 찾는다.

탈이 자배기만큼 났다 : 일이 크게 벌어졌음을 이르는 말.

탐관(貪官)의 밑은 안반 같고 염관(廉官)의 밑은 송곳 같다 : 탐관은 재산을 모으고 청렴한 벼슬아치는 가난하게 지낸다는 말.

탕건(宕巾) 쓰고 세수한다 : ⇒ **망건 쓰고 세수한다.**

탕약(湯藥)에 감초(甘草) 빠질까 : 여기저기 아무 데나 끼어들어 빠지는 일이 없는 사람을 놀림조로 이르는 말.

태(胎)를 길렀다(길렀나) : 아이를 사르고 태만 길렀다는 뜻으로, 사람이 둔하고 어리석음을 이르는 말. 아이는 버리고 태만 키웠다북①. 아이를 사르고 태를 길렀나.

태산 명동에 서일필〔泰山鳴動鼠一匹〕 : 태산이 울고 진동하게 하더니 겨우 쥐 한 마리를 잡았다는 뜻으로, 무엇을 크게 떠벌리기만 하고 실제의 결과는 보잘것없음을 비유하여 이르는 말.

태산보다 높은 것이 보릿고개다 : ⇒ 고개 중에서 넘기 어려운 고개가 보릿고개다.

태산을 넘으면 평지를 본다 : ⇒ 고생 끝에 낙이 온다(있다).

태산이 높다 한들 보릿고개만 하랴 : ⇒ 고개 중에서 넘기 어려운 고개가 보릿고개다.

태산이 평지 된다 : ① 자연이나 사회의 변화가 몹시 심함을 비유하여 이르는 말. ② 세상의 모든 것이 덧없이 변함을 이르는 말.

태양 흑점의 극대기엔 가뭄이 온다 : 태양의 흑점이 증가되면 복사가 강해져 우리나라에는 북태평양에 자리 잡고 있는 고온다습한 고기압이 북상하게 되므로 가뭄의 피해를 받기 쉽다는 말.

태장(笞杖)에 바늘 바가지 : ⇒ 곤장에 대갈 바가지.

태화탕(太和湯)이다 : 태화탕은 독이 없는 약이니, 곧 사람이 담담하고 무미함을 이르는 말.

탯줄(胎－) 잡듯 한다 : 무엇을 잔뜩 붙잡음을 이르는 말.

터를 닦아야 집을 짓는다(짓지) : 기초를 닦고 나야 그 위에 일을 벌일 수 있다는 말. 즉, 무슨 일이든 기초 작업부터 해야 함을 이르는 말.

터서구니가 사나운 집은 까마귀도 앉지 않는

다[북]: 집안이 화목하지 못하고 말썽 많은 집에는 아무도 찾아오지 아니함을 비유적으로 이르는 말. *터서구니-'터'를 속되게 이르는 말.

터주(-主)에 놓고 조왕(竈王)에 놓고 나면 아무것도 없다: 얼마 되지 않는 분량의 재물을 이것저것 다 제하면 남는 것이 없다는 말. 시형님 잡숫고 조왕님 잡숫고 이제는 먹어 보랄 게 없다①.

터주에 붙이고 조왕에 붙인다: 무엇을 찢어서 사방에 갈라 붙이는 것을 비유하여 이르는 말.

터진 꽈리 보듯 한다: 사람이나 물건을 아주 쓸데없는 것으로 여겨 중요시하지 아니함을 비유하여 이르는 말.

터진 방앗공이에 보리알 끼듯 하였다: ① 버리자니 아깝고 파내자니 품이 들어 할 수 없이 내버려 둘 수밖에 없음을 비유하여 이르는 말. ② 어떤 성가신 방해물이 끼어든 경우를 비유하여 이르는 말.

터진 팥 자루 같다[북]: 기분이 좋아 입을 다물지 못하고 있는 모양을 비유하여 이르는 말.

턱 떨어지는 줄 모른다: 어떤 일에 몹시 열중하여 정신이 없음을 비유하여 이르는 말.

턱 떨어진 개 지리산(智異山) 쳐다보듯: ⇒ 주인 기다리는 개가 지리산만 바라본다.

턱 떨어진 광대: ⇒ 광대 끈 떨어졌다①.

턱 밑에 붙어 살아가다[북]: 남에게 아부하고 굴종하며 그가 시키는 대로 움직이며 살아간다는 말.

턱 짧은 개 겨섬 넘겨다보듯[북]: ⇒ 주인 기다리는 개가 지리산만 바라본다.

턱턱사랑 영이별이요 실뚱머룩 장래수(將來壽)라: 처음에 너무 두터운 남녀의 정은 오히려 이별이 되기 쉽고 처음에 실뚱머룩한 사이가 오히려 뒤에는 끝까지 살게 된다는 말. *실뚱머룩하다-마음에 내키지 아니하여 덤덤하다.

털끝도 못 건드리게 한다: 조금도 손을 대지 못하게 한다는 말.

털도 내리쓸어야 빛이 난다[북]: 모든 물건은 순리대로 가꾸고 다루어야 함을 비유하여 이르는 말.

털도 아니 난 것이 날기부터 하려 한다: ⇒ 걷기도 전에 뛰려고 한다.

털도 안 뜯고 먹으려 한다: ① 너무 성급히 행동함을 비유하여 이르는 말. ② 사리를 돌보지 아니하고 남의 것을 통으로 챙기려 함을 비유하여 이르는 말.

털도 없이 부얼부얼한 체한다: 귀염성도 없으면서 귀여움을 받으려고 아양 부림을 비유하여 이르는 말.

털 뜯은 꿩: ⇒ 털 벗은 솔개.

털만 보고는 말 좋은 줄 모른다: 겉모양은 쉽게 알 수 있어도 속마음은 알기 어렵다는 말.

털 벗은 솔개: 앙상하여 볼품 없는 것을 비유하여 이르는 말. 털 뜯은 꿩.

털 뽑아 제 구멍 메우기: ⇒ 제 털 뽑아 제 구멍에 박기.

털어서 먼지 안 나오는 사람 없다: 아무리 깨끗하고 선한 사람이라고 하더라도 숨겨진 허점은 있다는 말.

털을 뽑아 신을 삼겠다: 큰 은혜를 꼭 갚겠다는 강한 의지를 이르는 말.

털토시를 끼고 게 구멍을 쑤셔도 제 재미라: 좋은 털토시를 끼고 게 구멍을 쑤시는 궂은일을 하더라도 제가 하고 싶어서 하는 것이면 그만이라는 뜻으로, 제 뜻대로 하는 일은 남이 참견할 것이 아님을 비유하여 이르는 말.

텁석부리 사람 된 데 없다: 수염이 많은 사람을 두고 조롱하여 이르는 말.

토끼가 제 방귀에 놀란다 : ① 남몰래 저지른 일이 염려되어 스스로 겁을 먹고 대수롭지 아니한 것에도 놀람을 비유하여 이르는 말. 노루가 제 방귀에 놀라듯. ② 행동이나 말이 가볍고 방정맞음을 비유하여 이르는 말.

토끼도 세 굴을 판다[북] **:** 무슨 일이든 안전을 위하여 여러 가지 방도를 세워 두어야 한다는 말.

토끼 둘을 잡으려다가 하나도 못 잡는다 : 욕심을 부려서 한꺼번에 여러 가지 일을 하면, 그 가운데서 한 가지도 뜻을 이루지 못한다는 말.

토끼를 다 잡으면 사냥개를 삶(잡)는다〔狡兎死良狗烹, 得魚忘筌〕 : 필요한 때에는 소중하게 여기다가 불필요하면 버리는 것을 비유하여 이르는 말. 토끼를 잡고 나면 덫을 잊고 간다.

토끼를 잡고 나면 덫을 잊고 간다 : ⇒ 토끼를 다 잡으면 사냥개를 삶(잡)는다.

토끼 북한산(北漢山)에 다녀온 셈[북] **:** 급히 지나치면서 본 탓으로 본 것이 무엇인지 잘 모르는 경우를 비유하여 이르는 말.

토끼 입에 콩가루 먹은 것 같다 : 무엇을 먹은 흔적을 입가에 남기고 있음을 이르는 말.

토끼 죽으니 여우 슬퍼한다〔兎死狐悲 · 兎死狐泣〕 : ⇒여우가 죽으니까 토끼가 슬퍼한다①.

토막나무 끈 자국과 같다 : 토막나무를 끌고 간 자리와 같이 사물의 형상과 자취가 뚜렷하여 숨길 수 없다는 말. 토막나무 끈 자국 지우지 못한다[북].

토막나무 끈 자국 지우지 못한다[북] **:** ⇒ 토막나무 끈 자국과 같다.

토막나무에 낫걸이 : ⇒ 참나무에 곁낫걸이.

토산불알이 커지면 비가 온다 : ⇒ 비 오는 것은 토산불알 앓는 놈이 먼저 안다.

토우(土雨)가 내리면 소나무가 무성해진다 : 토우가 오면 송충이와 솔잎혹파리 등이 죽게 되므로 소나무가 무성해진다는 말. ＊토우－몽고 또는 중국 북부의 황토 지대에서 날아오는 흙먼지를 동반한 비.

토지는 밭갈이하는 사람에게 주어야 한다 : ⇒ 논밭은 밭갈이하는 농민에게 주어야 한다.

통 너머 것 바라다가 염주거리 벗겨진다 : 소가 구유통의 것을 놓아두고 그 너머엣 것을 넘겨보다가는 목이 벗겨진다는 뜻으로, 제 것 두고 남의 것에 허욕을 부리지 말라는 말.

통 노구 밥은 설수록 좋다 : ⇒ 퉁노구의 밥은 설수록 좋다.

통로 막힌 밭 시세 없다 : ⇒ 길 막힌 밭 사는 사람은 없다.

통로 없는 논밭은 사지 말랬다 : ⇒ 길 막힌 밭 사는 사람은 없다.

통지기년 서방질하듯 : 이 남자 저 남자 가리지 아니하고 외간 남자와 함부로 놀아나는 모양을 비유하여 이르는 말. ＊통지기－서방질을 잘하는 계집종.

통지기 오입이 제일이다 : 한량패들이 장 보러 나오는 통지기들을 따라다니며 수작을 걸면 쉽게 오입을 할 수 있다는 말.

통채로 삼켜도 비린내가(비린내도) 안 나겠다[북] **:** 몹시 탐이 나도록 예쁘고 사랑스러움을 비유하여 이르는 말.

퉁노구의 밥은 설수록 좋다 : 퉁노구 솥은 밥이 잘 눋는다는 말. ＊퉁노구－품질이 낮은 놋쇠로 만든 작은 솥. 통 노구 밥은 설수록 좋다.

튀어났던 돼지는 또 튀어난다 : 한 번 잘못을 저지른 사람은 또다시 잘못을 저지를 수 있다는 말.

틈난 돌이 터지고 태 먹은 독이 깨진다 : 앞서 무슨 조짐이 보인 일은 반드시 후에 그대로 나타나고야 만다는 뜻으로, 어떤 탈이 있는 것은 반드시 결과적으로 실패를 가져온다는 말.

티끌 모아 태산(積小成大) : 작은 것도 모으면 커짐을 이르는 말. 먼지도 쌓이면 큰 산이 된다. 모래알도 모으면 산이 된다. 실도랑 모여 대동강 된다.

파고 세운 장나무

~

핑계 핑계 도라지 캐러 간다

파고 세운 장나무 : 사람이나 일이 든든하여 믿음직스러운 경우를 비유하여 이르는 말.

파김치가 되었다 : 피로에 지쳐 기력이 없는 형상을 이르는 말.

파도가 커지면 다음날 날씨가 심하게 거칠어진다 : 파도가 커지는 것은 태풍이 가까이 접근할 징조라는 말.

파도 소리가 가깝게 들리면 비가 온다 : 저기압일 경우에는 지면에서 대류와 난류가 일어나지 않으므로 소리가 가깝게 들린다는 말.

파도 소리가 나면 태풍이 분다 : 제주도에서는 파도 소리가 나면 동중국해에서 제주도를 향해 태풍이 오고 있다는 말.

파랑새 보고 며늘아기 곡식 됫박 기운다 : 남도(南道) 산간 지방에서 파랑새를 가뭄과 기근(饑饉) 등 불행의 상징으로 여기므로, 이 새를 보고 며느리가 양식을 아끼느라 담던 됫박을 기울여서 곡식을 덜어 놓는다는 말.

파리가 많은 해는 홍수 : 여름 파리는 비가 많을 때 많이 발생하므로 자연히 홍수질 우려가 있다는 말.

파리 경주인(京主人) : 옛날 시골 아전이 서울에 오면 그 고을의 경주인의 집으로 모여들었듯이, 짓무른 눈에 파리가 꾀는 것을 비유하여 이르는 말.

파리똥도 똥이다 : ⇒ 강아지 똥은 똥이 아닌가①.

파리똥은 똥이 아니랴 : ⇒ 강아지 똥은 똥이 아닌가①.

파리 목숨 같다 : ⇒ 풀끝의 이슬.

파리 본 두꺼비 북 **:** 마음에 드는 물건을 보고 몹시 좋아하면서 가지고 싶어 널름거리는 모양을 비유하여 이르는 말.

파리 수보다 기생이 셋 많다 : 기생 수가 매우 많음을 이르는 말.

파리한 강아지 꽁지 치레하듯 : 빼빼 마른 강아지가 앙상한 몰골은 생각하지 아니하고 꽁지만 치장한다는 뜻으로, 본바탕이 좋지 아니한 것은 헤아리지 아니하고 지엽적인 것만을 요란스럽게 꾸미는 어리석은 행동을 하는 경우를 비꼬아 이르는 말.

파리한 돼지 두부 앗는 날 : ① 좋아하는 음식이라고 염치없이 덤벼 배를 채우는 사람을 비꼬아 이르는 말. ② 무엇을 게걸스럽게 먹으며 좋아하는 경우를 비꼬아 이르는 말. 패린 돼지 두부 앗은 날 북.

파리한 말이 털은 길다 : 살찐 말은 털이 몸에 붙어서 짧게 보이지만 파리한 말은 털이 엉성하기 때문에 길어 보이듯이, 사람도 살찐 사람은 키가 작아 보이지만 마른 사람은 키가 커 보인다는 말.

파리 한 섬을 다 먹었다 해도 실제로 먹지 않았으면 그만 : 모함을 들더라도 실제로 제게 그런 일이 없다면 신경 쓸 필요가 없다는 말.

파리한 소에게 파리 끓는다 : 소가 병이 들어 파리해지면 파리 떼가 몰려들듯이, 사람도 병들어 누워 있으면 물것이 덤빈다는 말.

파방(罷榜)에 수수엿 장수 : 기회를 놓쳐서 이제는 별 볼 일 없게 된 사람이나 그런 경우를 비유하여 이르는 말. 파장에 수수엿 장수.

파장에 강원도 옥수수엿 팔듯 한다 : 파장이 되면 무슨 물건이나 다 싸게 팔지만, 특히 옥수수엿 장수는 엿을 더 싸게 판다는 말.

파장(罷場)에 수수엿 장수 : ⇒ 파방에 수수엿 장수.

파종(播種)하는 날 머리를 깎으면 씻나락이 몰린다 : 벼 파종하는 날 머리를 깎으면 머리털이 날아다니듯이 볍씨가 한곳으로 몰릴 수 있다는 말.

파주(坡州) 미륵(彌勒) : 몸이 비대한 사람을 비유하여 이르는 말.

파총(把摠) 벼슬에 감투 걱정한다 : 하찮은 파총 주제에 감투 걱정을 한다는 뜻으로, 별로 대단치 않은 일을 맡고도 시끄럽게 자랑하고 다니면서 하지 않아도 될 걱정을 하는 경우를 비유하여 이르는 말.

판돈 일곱 닢에 노름꾼은 아홉 : 보잘것없는 일에 터무니없이 많은 사람이 모이는 경우를 비유하여 이르는 말.

판에 박은 것 같다 : 모습이나 모양이 신통스럽게 꼭 같음을 이르는 말.

판장(販場)에 물 떨어지면 돈 떨어진다 : 위판장(委販場)에 어획물을 상장시켜 경락되면 어민은 어물 값을 목돈으로 받게 되는데, 흔히 이것을 헛되게 낭비하여 바로 돈이 떨어진다는 말.

팔 고쳐 주니 다리 부러졌다 한다 : ① 체면없이 무리하게 계속 요구하는 경우를 이르는 말. ② 사고가 잇달아 일어남을 비유하여 이르는 말.

팔난봉에 뫼 썼다 : 팔난봉에게 부탁해서 묘를 썼다 함이니, 우둔한 자식이 났을 때 이르는 말. *팔난봉–언행이 아주 허랑방탕하여 여러 방면으로 난봉을 부리는 사람. 파락호(破落戶).

팔대 독자 외아들이라도 울음소리는 듣기 싫다 : 아무리 귀여운 아이라도 그 울음소리는 듣기 싫다는 말.

팔도(八道)를 무른 메주 밟듯 하였다 : 전국 방방곡곡을 두루 다녔다는 말.

팔도에 솥 걸어 놓았군 : 어디를 가나 얻어먹을 데가 많음을 비유하여 이르는 말.

팔밀이를 한다 : 손을 들어 전한다는 뜻이니, 알려진 일을 남에게 전함을 이르는 말.

팔백금(八百金)으로 집을 사고 천금(千金)으로 이웃을 산다 : 집을 정할 때는 집 자체보다도 주위의 이웃을 더 신중히 가려 정해야 함을 비유하여 이르는 말. 세 닢 주고 집 사고 천 냥 주고 이웃 산다. 집을 사면 이웃을 본다①.

팔선녀를 꾸민다 : 김만중의 『구운몽』에 나오는 팔선녀처럼 꾸민다는 뜻으로, 옷차림이 우습거나 요란함을 이르는 말.

팔십 노인도 세 살 먹은 아이한테 배울 것이 있다 : ⇒ 세 살 먹은 아이 말도 귀담아 들으랬다.

팔십팔야(八十八夜)면 봄 서리가 그친다 : 입춘으로부터 88일이 지나면 봄 서리가 그쳐 경작기가 된다는 말.

팔월에 추석날에는 구름이 끼어야 가을 날씨가 좋다 : 음력 8월 15일에 비가 오는 것은 나쁘지만, 구름이 약간 끼면 그해 가을 날씨가 좋다는 말.

팔월(八月) 초순이면 영양(英陽) 산천이 붉다 : 경상도 영양은 고추 산지라 음력 8월 초순만 되어도 산천이 붉을 정도로 고추가 많이 생산된다는 말.

팔은 안으로 굽는다 : ⇒ 팔이 들이굽지(안으로 굽지) 내굽나(밖으로 굽나).

팔이 들이굽지(안으로 굽지) 내굽나(밖으로 굽나)〔臂不外曲〕 : 자기 혹은 자기와 가까운 사람에게 정이 더 쏠리거나 유리하게 일을 처리함은 인지상정(人之常情)이라는 말. 손이 들이굽지 내굽나. 잔 잡은 팔 밖으로 펴지 못한다. 잔 잡은 팔이 안으로 굽는다. 제 손가락이 안으로 곱힌다북. 팔은 안으로 굽는다.

팔자(八字)가 사나우니까 의붓아들이 삼 년 맏이라 : 닥친 일이 마땅하지 못함을 탄식하여 이르는 말.

팔자가 사나우면 시아비(총각 시아비)가 삼간 마루로 하나 : ① 여자의 처지가 매우 어렵고 기막힘을 한탄하여 이르는 말. ② 도저히 있을 수 없는 망측한 꼴을 이르는 말.

팔자가 좋으면 동이 장수 맏며느리가 됐으랴 : 팔자가 사나워 동이 장수의 맏며느리가 되어 줄곧 머리에 동이를 이고 다니게 되었다는 뜻으로, 팔자가 좋다는 말을 들었을 때에 무엇이 좋으냐고 반문하는 말.

팔자 고치다 : ① 여자가 재가(再嫁)함을 이르는 말. ② 갑작스레 부자가 되거나 지위를 얻어 딴 사람처럼 됨을 비유하여 이르는 말.

팔자는 길들이기로 간다 : 습관이 마침내 천성(天性)이 되어 사람의 일생을 좌우한다는 말.

팔자는 독에 들어가서도 못 피한다 : 매사는 자기가 타고난 운명에 따라야지 억지로 되는 것이 아니라는 말. 또는 일이 뜻과 어긋남을 체념하는 뜻으로 탄식하는 말. 팔자 도망은 독 안에 들어도 못 한다. 팔자 도망은 못 한다.

팔자 도망은 독 안에 들어도 못 한다 : ⇒ 팔자는 독에 들어가서도 못 피한다.

팔자 도망은 못 한다 : ⇒ 팔자는 독에 들어가서도 못 피한다.

팔준마라도 주인을 못 만나면 삯마로 늙는다 북 : 힘이나 재능, 기술 따위가 있을지라도 그것을 발휘할 수 있게 이끌어 주는 사람을 만나지 못하면 아무런 쓸모도 없게 됨을 비유하여 이르는 말.

팥 심은 데 콩 나랴 : ⇒ 콩 심은 데 콩 나고 팥 심은 데 팥 난다.

팥으로 메주를 쑤겠다 : 팥으로 메주를 만들 수 없듯이, 되지도 않는 짓을 한다는 말.

팥으로 메주를 쑨대도 곧이듣는다 : 지나치게 남을 믿는 사람을 조롱하여 이르는 말. 팥을 콩이라 해도 곧이듣는다.

팥은 두들겨서 껍질을 벗기고, 촌놈은 때려서 길을 들인다 : 팥 타작은 두들겨서 하고, 말을 듣지 않는 촌놈은 때려야 말을 잘 듣는다는 말.

팥을 심으면 팥이 나오고 콩을 심으면 콩이 나온다 : ⇒ 콩 심은 데 콩 나고, 팥 심은 데 팥 난다.

팥을 콩이라 해도 곧이듣는다 : ⇒ 팥으로 메주를 쑨대도 곧이듣는다.

팥이 떨어져도 솥 안에 떨어진다 : 팥이 떨어져도 솥 안에 떨어지듯이, 조금도 손해 볼 것이 없다는 말.

팥이 풀어져도 솥 안에 있다 : 손해를 본 듯하나 기실 손해 본 게 없다는 말. 가마 안의 팥이 풀어져도 그 안에 있다. 솥 안의 팥이 풀어져도 솥 안에 있다 북. 죽이 풀려도 솥 안에 있다[①].

팥잎 고기국은 샛서방 주고 콩잎 고기국은 본서방 준다 : 팥잎 국에 넣은 고기는 팥잎이 싸서 고기가 보이지 않으므로 샛서방을 주어도 남들이 수상히 여기지 않으며, 콩잎 국에 넣은 고기는 콩잎에 싸지지 않으므로 고기가 많아 보여서 남들이 본남편 대접을 잘 하는 것으로 여기기 때문에 자신의 간통 행위가 묻히게 된다는 말.

팥죽 내가 난다 : 늙어서 죽을 날이 가까워진다는 말.

팥죽 단지에 새앙쥐 들랑거리듯 : ⇒ 반찬단지에 고양이 발 드나들듯.

팥죽에 새알 수제비다 : 찹쌀로 만든 새알 크기의 수제비를 넣고 끓인 팥죽은 맛이 일미라는 말.

패군(敗軍)의 장수는 용맹(勇猛)을 말하지 않는다〔敗軍之將不言兵〕 : 무슨 일에 실패하면 구구히 변명을 할 필요가 없음을 이르는 말. 패군지장은 병법을 말하지 않는다.

패군지장은 병법을 말하지 않는다 : ⇒ 패군의 장수는 용맹을 말하지 않는다.

패는 곡식 이삭 뽑기(빼기) : 잘되어 가는

일을 심술궂은 행동으로 망치는 경우를 비유하여 이르는 말. 자라는 조 홰기 뽑기 북. 잦힌 밥에 흙(재) 뿌리기(퍼붓기).

패독산(敗毒散)에 승검초 : 패독산에는 승검초가 꼭 들어간다는 데서, 언제나 같이 따라다니는 물건이나 사람들의 관계를 비유하여 이르는 말. *패독산–감기와 몸살을 다스리는 한약의 한 가지.

패랭이에 숟가락 꽂고 산다 : 떠돌아다니는 불안한 생활을 비유하여 이르는 말.

패린 돼지 두부 앗은 날 북 **:** ⇒ 파리한 돼지 두부 앗는 날. *패리다–'여위어 가거나 여위어지다'의 북한어.

패(霸)에 떨어졌다 : 남의 비밀스러운 꾀에 빠졌다는 뜻.

팽기(蟛蜞) 다리에 물 들어서듯 : ⇒ 제터 방죽에 줄남생이 늘어앉듯. *팽기–방게(바위겟과의 하나).

편보다 떡이 낫다 : 같은 종류의 물건이지만 이것보다 저것이 낫게 보인다는 말. *편–'떡'을 점잖게 이르는 말.

편사(便射) 놈이 널 머리 들먹거리듯 : 활쏘기를 겨루는 사람이 전혀 상관없는 널에 대하여 이러쿵저러쿵한다는 뜻으로, 당치 않은 것을 들춰내어 말썽부림을 비유하여 이르는 말.

편지에 문안(問安) : 편지에는 반드시 문안이 있다는 뜻으로, 항상 빠지지 않고 끼어드는 것이나, 빠뜨리지 않고 하는 일을 비유하여 이르는 말.

평반에 물 담은 듯 : ① 안정되고 고요한 상태를 비유하여 이르는 말. ② 북 자칫하면 잘못되기 쉬운 것을 조심스럽게 다룸을 비유하여 이르는 말.

평생 소원이 누룽지 : 기껏 요구하는 것이 너무 하찮은 것임을 이르는 말. 평생 소원이 보리 개떡 북.

평생 소원이 보리 개떡 북 **:** ⇒ 평생소원이 누룽지.

평생을 살아도 님의 속은 모른다 : 함께 사는 부부간이라도 상대방의 속을 짐작하기 어렵다는 말.

평생의 지팽이 북 **:** 평생 동안 의지해야 할 대상이라는 뜻으로, 일생을 같이 살아야 할 부부를 비유하여 이르는 말.

평시(平時)에 먹은 마음 취중(醉中)에 나온다 : ⇒ 상시에 먹은 마음 취중에 난다.

평안(平安) 감사(監司)도 저 싫으면 그만 : 아무리 좋은 일이라도 당사자의 마음이 내키지 않으면 억지로 시킬 수 없음을 비유하여 이르는 말. 경상 감사도 나 싫으면 만다. 금강산도 제 가기 싫으면 그만이다. 돈피에 잣죽도 저 싫으면 그만이다. 상감님도 제 마음에 들어야 한다 북. 평양 감사도 저 싫으면 그만.

평안도(平安道) 수심가(愁心歌)처럼 간다 간다만 부른다 북 **:** 어디에 간다고 말하여 놓고 계속 미루기만 한다는 말.

평안도 참빗 장사 북 **:** ① 속이 넓지 못하고 옹졸한 사람을 비유하여 이르는 말. ② 무슨 일이든 매우 끈덕지고 깐깐하게 하는 사람을 비유하여 이르는 말.

평양(平壤) 감사(監司)도 저 싫으면 그만 : ⇒ 평안 감사도 저 싫으면 그만.

평양 돌팔매 들어가듯 : ① 사정없이 들이닥치는 모양을 비유하여 이르는 말. ② 겨냥한 것이 어김없이 이루어지는 상태를 이르는 말.

평양 병정(兵丁)의 발싸개 같다 : ⇒ 아병의 장화 속 같다.

평양삽시(平壤揷匙) : 행세하던 집안의 자손이 망한 신세가 되면 어디를 가든지 그 신세가 편치 못하다는 말.

평양 황(黃)고집 : 옛날 평양의 황씨네가 대

단히 고집이 세고 융통성이 없었다 하여, 완고하게 고집이 센 사람을 비유하여 이르는 말.

평지(平地)에서 낙상(落傷)한다 : 위험이 전혀 없는 안전한 곳에서 뜻밖의 사고가 남을 비유하여 이르는 말. 또는 안전한 일을 실패함을 비유하여 이르는 말.

평택(平澤)이 무너지나 아산(牙山)이 깨어지나 : ① 양쪽의 힘과 기세가 서로 비슷함을 비유하여 이르는 말. ② 서로 싸울 때 끝까지 겨루어 보자고 벼르며 이르는 말. 백두산이 무너지나 동해수가 메어지나. 평택이 깨어지나 아산이 무너지나 하여 보자.

평택이 깨어지나 아산이 무너지나 하여 보자 : ⇒ 평택이 무너지나 아산이 깨어지나.

포도군사(捕盜軍士) 은동곳(銀同串) 물어 뽑는다 : ① 도둑이 포졸에게 잡혀가면서도 포졸의 상투에 꽂힌 은동곳을 뽑는다는 뜻으로, 도둑질하는 습관을 쉽게 버리지 못함을 비유하여 이르는 말. ② 도둑질하는 솜씨가 매우 날램을 비유하여 이르는 말.

포도청(捕盜廳) 뒷문에도 그렇게 싸지 않겠다 : 장물도 그렇게 싸지 않겠다는 뜻으로, 물건 값이 비싸다고 하면서 깎으려 할 때, 그렇게 싼 데가 어디 있겠느냐고 비꼬아 하는 말.

포도청 변쓰듯 : 남이 알아듣지 못할 말을 툭툭 내뱉는 모양을 비유하여 이르는 말.

포도청의 문고리 빼겠다 : 대담하고 겁이 없는 사람의 행동을 비유하여 이르는 말.

포선(布扇) 뒤에서 엿 먹는 것 같다 : ⇒ 장옷 쓰고 엿 먹기.

포수(捕手) 집 강아지 범 무서운 줄 모른다 : 큰 세력을 등에 업고 주제넘게 행동함을 비꼬아 이르는 말.

포수 집 개는 호랑이가 물어가야 말이 없다 : 자신이 저지른 일로 화를 당하여야 남에게 트집을 잡지 못한다는 말.

포천(抱川) 소(疏) 까닭이다 : 남의 물음에 어물어물 얼버무리며 슬쩍 넘어가는 경우를 이르는 말. *조선 고종 때 포천 출신 최익현이 빈번히 상소를 올려 정사(政事)가 변경되는 일이 많았는데 사람들이 어떠한 까닭에 변경되었는가를 물으면 포천에서 올린 상소(上疏) 때문이라고 답하였다는 데서 유래한 말임.

폭풍 전야의 바다는 고요하다북 **:** ⇒ 폭풍 전의 고요.

폭풍 전의 고요 : 무슨 변이 터지기 전에 잠깐 동안 고요함을 비유하여 이르는 말. 폭풍 전야의 바다는 고요하다.

푸둥지도 안 난 것이 날려 한다 : ⇒ 걷기도 전에 뛰려고 한다. *푸둥지-아직 깃이 나지 아니한 어린 새의 날갯죽지.

푸른 소(沼)에 돌 던지듯북 **:** 깊어서 푸르게 보이는 소(沼)에 돌을 던져 봐야 아무 흔적도 남지 않는다는 뜻으로, 아무런 이익도 없이 쓸데없는 행동으로 공연한 짓을 함을 비유하여 이르는 말.

푸른 하늘에 별 박히듯북 **:** 어떤 물건이 빼곡히 박히거나 쫙 깔린 모양을 비유하여 이르는 말.

푸석돌에 불난다 : 잘 부서지는 푸석돌에 불이 날 리가 없으나, 노력과 수단이 뛰어나면 무엇이든지 꼭 이룰 수 있음을 비유하여 이르는 말.

푸성귀는 떡잎부터 알고 사람은 어렸을 때부터 안다 : ⇒ 잘 자랄 나무는 떡잎부터 안다(알아본다).

푸줏간에 수캐 꿇이듯북 **:** 무엇을 얻어먹으려고 모여들어 군침을 흘리거나 으르렁대는 모양을 비유하여 이르는 말.

푸줏간 앞에서 고기 먹는 시늉만 해도 낫다 : 좋아하는 것을 꼭 이루지는 못해도 그 시늉만이라도 하면 즐겁다는 말.

푸줏간에 들어가는 소걸음 : 벌벌 떨며 무서워하거나 마음에 내키지 않는 것을 억지로 하는 모양을 비유하여 이르는 말. 관에 들어가는 소(-의) 걸음. 죽으러 가는 양의 걸음.

풀끝에 앉은 새 몸이라 : 매우 불안한 처지에 있음을 비유하여 이르는 말.

풀끝의 이슬〔草露人生〕: 인생이 풀끝의 이슬처럼 덧없고 허무함을 비유하여 이르는 말. 파리목숨 같다.

풀 먹은 개 나무라듯 : 혹독하게 나무라고 탓함을 비유하여 이르는 말.

풀 방구리에 쥐 드나들듯 : ⇒ 반찬단지에 고양이 발 드나들듯. ＊풀방구리-풀을 쑤어 담아놓은 그릇.

풀베기 싫어하는 놈이 단수만 센다 : 일하기는 싫어하면서 그 성과만 바람을 비꼬아 이르는 말.

풀솜에 싸 길렀다(길렀나) : 몸이 몹시 허약하거나 기력이 없는 사람을 비유하여 이르는 말. ＊풀솜/-쏨/-고치를 늘여 만든 솜. 설면자(雪綿子).

풀 쑤어 개 좋은 일 하다 : ⇒ 죽 쑤어 개 좋은 일 하였다.

풀 없는 밭 없다 : 어느 곳에나 좋지 못한 사람은 꼭 있다는 말.

풀은 베지 말고 뽑아야 한다 : ① 풀은 베면 다시 돋아나기 때문에 뿌리째 뽑아내야 한다는 말. ② ⇒ 풀을 없애려면 뿌리까지 뽑아야 한다.

풀을 베면 뿌리를 없이하라 : ① 무슨 일이든 하려면 철저히 하여야 한다는 말. ② ⇒ 풀을 없애려면 뿌리까지 뽑아야 한다.

풀을 없애려면 뿌리까지 뽑아야 한다〔拔本塞源〕: 나쁜 일은 다시 일어나지 못하게 그 근본을 없애야 한다는 말. 풀은 베지 말고 뽑아야 한다②. 풀을 베면 뿌리를 없이하라②. 피사리는 뿌리째 뽑아야 한다.

풀 이슬이 맺히면 날씨가 좋고, 오후가 되어도 마르지 않으면 다음날 비가 온다 : 밤에 기온이 하강하면 지면 부근의 수증기가 응결되어 이슬이 맺히는데 이런 때는 날씨가 좋아지며, 이슬이 오후까지 마르지 않는 것은 공기 중에 습도가 많기 때문이므로 이런 때는 저기압이라 온다는 말.

풀이 우거지고 굽이 긴 밭은 노래로 우기며 간다 : 하기 힘든 농사일은 농악을 울리며 일을 시켜야 능률이 오른다는 말.

풀자루가 주저앉듯㈜ **:** 아무런 맥을 추지 못하고 소르르 주저앉거나 고꾸라지는 모양을 비유하여 이르는 말.

품마다 사랑이 있다 : 새 애인을 만나면 또 다른 새 사랑이 생긴다는 말.

품속에 들어온 새는 잡지 않는다 : 자기에게 굴복해 온 사람은 아무리 미워도 해치지 않아야 한다는 말.

품 안에 있어야 자식이라 : ⇒ 품 안의 자식.

품 안의 자식 : 자식이 어렸을 때는 부모의 뜻을 따르지만 자라서는 제 뜻대로 행동하려 함을 비유적으로 이르는 말. 자식도 어려서 제 자식이다. 자식도 품 안에 들 때 내 자식이지. 품 안에 있어야 자식이라.

풋고추 절이김치〔埋頭沒身〕: 절이김치에는 풋고추가 가장 적당하다는 말로, 사이가 매우 친하여 언제나 잘 어울려 다니는 사람을 놀리는 말. 또는 어떤 일에 파묻혀 헤어나지 못하는 사람을 이르는 말.

풋나물 먹듯 한다 : 무엇이나 아까운 줄 모르고 엄청나게 먹는다는 말.

풍경(風磬)이 있으면 맑은 소리 울려나고 궁노루가 있으면 향냄새가 풍기는 법 : 곱고 젊은 과부가 있으면 소문이 안 날 리가 없음을 비유하여 이르는 말.

풍년(豊年) 개팔자 : ⇒ 오뉴월 댑싸리 밑의 개 팔자.

풍년거지 : 모든 사람이 이익을 보는데 혼자만 빠져 어렵게 지내는 사람을 이르는 말.

풍년거지가 더 섧다 : 남은 다 잘사는데 자기만 어렵게 지냄이 더 서럽다는 뜻으로, 남들은 다 흔하게 하는 일에 자기만 빠지게 될 때 이르는 말.

풍년거지 쪽박 깨뜨린 형상 : 서러운 가운데 다시 서러운 일이 겹친 상태를 비유하여 이르는 말.

풍년거지 팔자라 : 모두 넉넉하게 지내는데 자기만 어려운 처지에 있음이 서럽다는 뜻으로 이르는 말.

풍년 곡식은 모자라고 흉년 곡식은 남아돈다 : ① 풍년이 들면 곡식을 아끼지 않고 낭비하므로 부족하고, 흉년이 들면 지독하게 절약하므로 오히려 남는다는 말. ② 부자도 낭비하면 패가하고 가난한 사람도 절약하면 넉넉해진다는 말. 흉년 곡식은 남아돌고 풍년 곡식은 모자란다.

풍년 드는 겨울에는 눈이 많이 쌓인다〔豊年之冬 必有積雪〕 : 겨울에 눈이 많이 오는 해는 보리가 얼어 죽지 않고 포근히 월동하므로 풍년이 든다는 말.

풍년에 곳간이 비고, 흉년에 곳간이 찬다 : 풍년이 들었다고 함부로 먹고 쓰는 사람의 곳간은 비게 되고, 흉년이라도 아껴서 먹고 쓰는 사람의 곳간은 차게 된다는 말.

풍년에 농민 즐기듯 한다〔年豊民樂〕 : 풍년이 들게 되면 농민들이 모두 즐거워한다는 말.

풍년에 못 지낸 제사 흉년에 지내랴 : 유리한 조건에서도 하지 아니하던 일을 불리한 조건에서 굳이 할 필요가 없다는 말.

풍년에 팔 것 없고 흉년에 살 것 없다 : 없는 사람은 풍년이 들어도 팔 만한 곡식이 없고, 흉년이 들어서 식량이 없어도 살 돈이 없어서 못 산다는 말.

풍년은 해마다 들지 않는다 : 풍년이 들려면 먼저 비가 알맞게 와야 하는데, 비가 매년 알맞게 온다는 것은 매우 드문 일이기 때문에 풍년은 매년 들 수가 없음을 이르는 말.

풍년이 들면 나라에 걱정할 일이 없다 : 봉건사회에서는 풍년이 들면 국민들이 다 편안하게 살 수 있음을 이르는 말.

풍년이 들면 인심이 좋아지고 흉년이 들면 인심이 야박해진다 : 풍년에는 생활이 넉넉해져서 인심이 좋아지지만, 흉년에 굶주리면 인심도 사나워진다는 말.

풍년이 들어야 인심도 좋아진다 : 풍년이 들면 생활이 넉넉해져서 인심도 좋아진다는 말.

풍년이 흉년이고 흉년이 풍년이다 : 풍년이라고 함부로 쓰게 되면 고생하게 되고, 흉년이라도 절약하면 먹고는 살 수 있음을 이르는 말.

풍년화(豊年花)가 많이 피면 풍년 든다 : 풍년화라는 이름에서 알 수 있듯이 이 꽃이 피면 풍년이 든다는 속설에서 나온 말.

풍물을 잦추어도 춤이 짐작 : 남이 재촉하더라도 자기가 짐작해서 알아서 하라는 말.

풍을 떤다〔虛張聲勢〕 : 없는 것을 있는 듯이, 많은 듯이 허풍을 떤다는 말.

풍향(風向)이 바뀌면 날씨도 변한다 : 바람의 방향이 바뀌면 비 올 때는 개게 되고 날씨가 좋았을 때는 흐리거나 비가 오게 된다는 말.

풍흉을 모른다〔豊凶不知〕 : ① 수리 시설이 좋아서 매년 풍년만 든다는 말. ② 밭이 많은 지방에서는 흉년을 모르고 산다는 말.

피〔血〕가 끓는다 : 혈기나 감정 따위가 북받쳐 오름을 비유하여 이르는 말.

피가 마르다 : 몹시 애가 탐을 비유하여 이르는 말.

피(稗)가 벼를 이긴다 : ① 벼보다 피의 번식력이 강하므로 피사리를 해야 한다는 말. ② 법과 도덕이 없으면 악이 선을 이기게 됨을 비유하여 이르는 말.

피겨죽에 강도(雪上加霜) 북 : 핏겨죽을 쑤어 먹을 정도로 가난한 집에 강도까지 들었다는 뜻으로, 곤란에 곤란이 겹침을 비유하여 이르는 말.

피나무 껍질 벗기듯 : ⇒ 물 오른 송기 때 벗기듯.

피나무 떡구유 같다 북 : 몸이 뚱뚱하고 무거운 사람을 놀림조로 이르는 말.

피나무 안반만 찾는다 북 : 자기에게 좋고 편리한 것만 바람을 비유하여 이르는 말.

피는(開花) 꽃도 한때다 북 : 한창 성한 것도 금방 쇠하게 됨을 비유하여 이르는 말.

피(血)는 물보다 진하다 : 혈통은 속일 수 없어 남보다는 집안 간의 연결이 강하다는 말.

피(稗) 다 뽑은 논 없고 도둑 다 잡은 나라 없다 : 논의 피는 뽑아 버려도 한없이 나오듯이 도둑도 아무리 잡아도 한없이 생겨난다는 말.

피 다 뽑은 논 없다 : 피는 자생력이 강한 식물이라 아무리 뽑아도 근절시킬 수 없다는 말.

피(血)도 눈물도 없다 : 사람이 지나치게 쌀쌀맞고 냉정함을 이르는 말.

피로 피를 씻다 : ① 혈족(血族)끼리 서로 죽이며 다툰다는 말. ② 살상(殺傷)을 살상으로 보복함을 이르는 말. 피를 피로 씻다.

피를 피로 씻다 : ⇒ 피로 피를 씻다.

피말(牝馬) 궁둥이 둘러대듯 북 : 성장한 암말이 궁둥이를 좌우로 내두름과 같다는 뜻으로, 무슨 일을 추궁당하였을 때 임기응변(臨機應變)으로 말을 잘 둘러댐을 비유하여 이르는 말.

피(皮) 벗고 한 잎 찬다 북 : 고의를 벗고 돈 한 닢을 차서 앞을 가렸다는 뜻으로, 망측스러운 차림이나 격에 어울리지 아니하는 치장을 함을 비유하여 이르는 말.

피(稗)사리는 뿌리째 뽑아야 한다 : ⇒ 풀을 없애려면 뿌리까지 뽑아야 한다.

피새(-가) 여물다 : 피새를 잘 부리는 성질이 있다는 말. * 피새－급하고 날카로워 화를 잘 내는 성질.

피장이 내일 모레 : ⇒ 갖바치 내일 모레.

피장파장이다 : 서로 낫고 못함이 없이 매일반이라는 말.

피죽(稗粥) 쑤어줄 것 없고 생쥐 볼가심할 것 없다 : ⇒ 고양이 죽 쑤어 줄 것 없고 생쥐 볼가심할 것 없다.

피짚(稗-)에도 밸이 있고 깨묵에도 씨가 있다 북 : 모든 물건에 다 속이 있는 것처럼 잠자코 있는 사람에게도 다 속마음이 있다는 뜻으로, 사람을 함부로 업신여기거나 허술히 대하지 말라는 말.

피천 대(반) 푼(-도) 없다 : ⇒ 피천 한 닢 없다.

피천 샐 닢 없다 : ⇒ 피천 한 닢 없다.

피천 한 닢 없다 : 가진 돈이 하나도 없다는 말. 땡전 한 푼(닢) 없다. 물에 빠져도 주머니밖에 뜰 것이 없다. 쇠천 샐 닢도 없다. 피천 대(반) 푼(-도) 없다. 피천 샐 닢 없다.

핏대(-를) 세우다(내다, 돋우다, 올리다) : 목의 핏대에 피가 몰려 붉어지도록 화를 내거나 흥분하는 경우를 이르는 말.

핑계가 좋아서 사돈네 집에 간다 : 속으로는 어떤 일을 좋아하면서 겉으로는 다른 것이 좋은 듯이 둘러댐을 비유하여 이르는 말.

핑계 없는 무덤이 없다 : ⇒ 처녀가 아이를 낳아도 할 말이 있다.

핑계 핑계 도라지 캐러 간다 : 적당한 핑계를 달아서 놀러간다는 뜻.

ㅎ

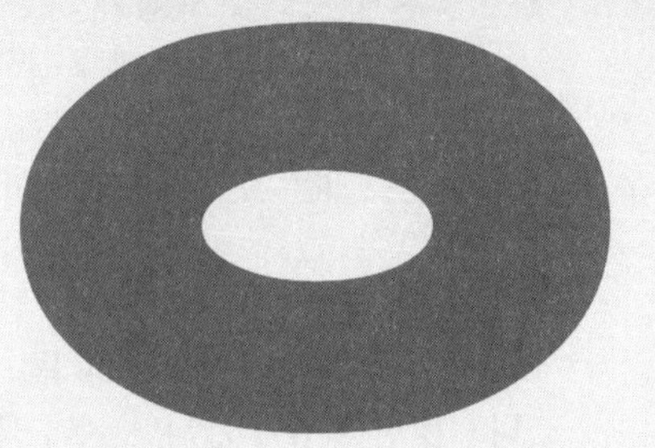

하고 싶은 말은 내일 하랬다

~

힘쓰기보다 꾀쓰기가 낫다

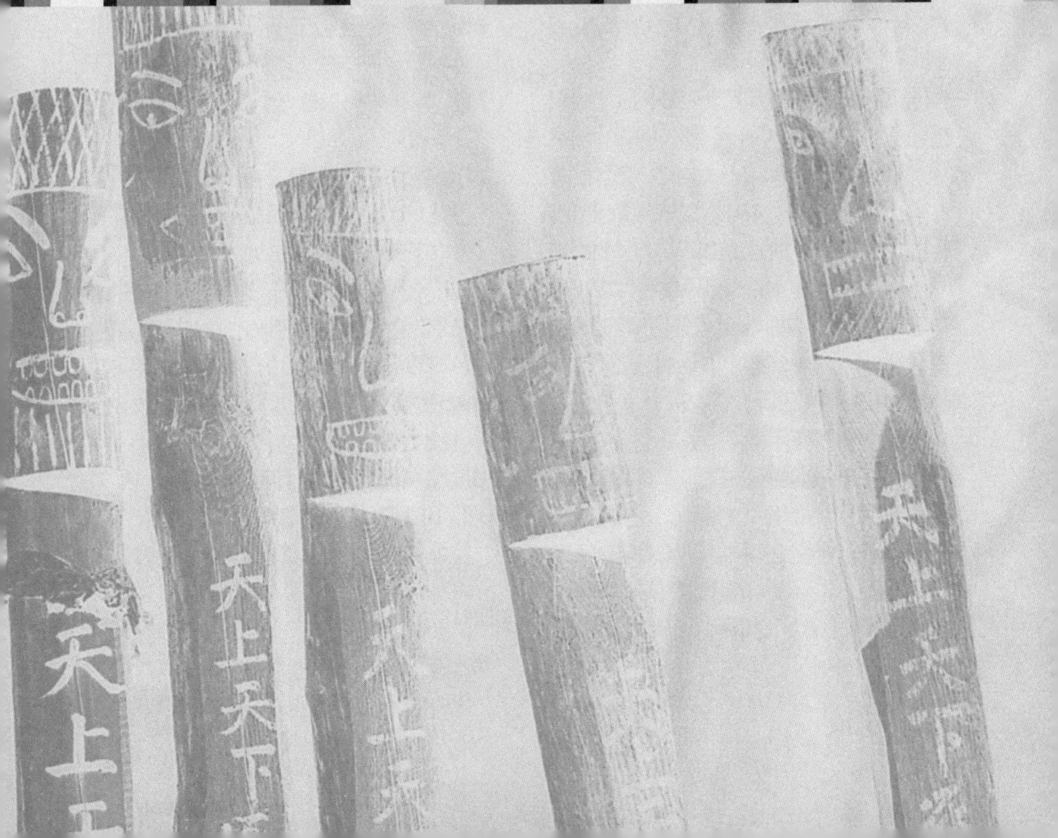

하고 싶은 말은 내일 하랬다 : 하고 싶은 말은 충분히 생각한 후에 해야 실수가 없음을 이르는 말.

하기 싫은 일은 오뉴월에도 손이 시리다 북 : 의욕이 없는 일에는 열성이 나오지 않는다는 말.

하나는 열을 꾸려도 열은 하나를 못 꾸린다 : ① 한 사람이 잘되면 여러 사람을 돌보아 줄 수 있으나, 여러 사람이 힘을 합하여 한 사람을 돌보아 주기는 힘들다는 말. 한 사람은 열 사람을 꾸리어도 열 사람은 한 사람을 꾸리지 못한다 북. ② ⇒ 한 부모는 열 자식을 거느려도 열 자식들은 한 부모를 못 거느린다.

하나를 가르치면 열을 안다 : 조금만 가르쳐도 미루어 많이 안다는 말로, 사람이 영리함을 이르는 말.

하나를 가르치자면 열 백을 알아야 한다 북 : 남을 가르치기 위하여서는 남보다 훨씬 더 많이 알아야 한다는 말.

하나를 듣고 열을 안다〔聞一知十〕 : 한마디 말을 듣고도 여러 가지 사실을 미루어 알아낼 정도로 매우 총기가 있다는 말. 하나를 부르면 열을 짚는다. 하나를 알면 백을 안다[2].

하나를 보고도 열 백을 헤아리다 북 : 하나의 개별적인 사실이나 현상을 보고도 그와 관련된 전반적인 실태나 본질을 환히 꿰뚫어 볼 만큼 통찰력이 뛰어남을 이르는 말.

하나를 보고 열을 안다 : 일부만 보고 전체를 미루어 안다는 말. 하나를 들고 열을 안다[1].

하나를 부르면 열을 짚는다 : ⇒ 하나를 듣고 열을 안다.

하나를 알면 백을 안다 : ① ⇒ 하나를 보고 열을 안다. ② ⇒ 하나를 듣고 열을 안다.

하나를 알아야 열을 안다 북 : 풍부한 지식을 가지기 위하여서는 하나하나를 똑똑히 알아 나가야 한다는 말.

하나를 통하여 백을 보여 주다 북 : 적은 것을 통하여 많은 것을 보여 주거나 알게 한다는 말.

하나만 알고 둘은 모른다〔知其一未知其二〕 : 사물을 한 측면만 보고 두루 보지 못한다는 뜻으로, 생각이 밝지 못하여 도무지 융통성이 없고 미련하다는 말. 감출 줄은 모르고 훔칠 줄만 안다.

하나부터 열까지 : 하나로부터 열에 이르기까지 모두, 또는 어떤 것의 모두를 이르는 말.

하나 하면 둘 한다 북 : 남의 의도를 정확히 파악하고 앞질러 처신하거나 처리함을 비유하여 이르는 말.

하늘과 땅이다〔天壤之差, 天壤之判〕 : 서로 비교가 안 될 만큼 차이가 큼을 이르는 말.

하늘과 씨름하기 북 : ⇒ 하늘 보고 손가락질한다(주먹질한다)[1].

하늘 높은 줄만 알고 땅 넓은 줄은 모른다 : 야위고 키만 큰 사람을 농담조로 이르는 말. 하늘 높은 줄은 알아도 땅(세상) 넓은 줄은 모른다.

하늘 높은 줄은 모르고 땅(세상) 넓은 줄만 안다 : 키가 작고 옆으로만 뚱뚱한 사람을 농담조로 이르는 말.

하늘 높은 줄은 알아도 땅(세상) 넓은 줄은 모른다 : ⇒ 하늘 높은 줄만 알고 땅 넓은 줄은 모른다.

하늘도 끝 갈 날이 있다 : 무엇이나 끝이 있다는 말.

하늘도 사람 하자는 대로 하려면 칠 년 가물에 비 내려 줄 날 없다 북 : 이 사람 저 사람의 각각 다른 의견을 모두 받아들이다가는 아무 일도 할 수 없음을 비유하여 이르는 말.

하늘도 알고 땅도 안다 : 아무리 혼자 한 일이라도 비밀은 있을 수 없다는 말. 즉, 모든 사람이 다 알고 있다는 말.

하늘도 한 귀퉁이부터 개인다[북] : 울적한 마음은 일시에 풀리지는 아니하고 시간이 지나야 점차 풀림을 비유하여 이르는 말.

하늘로 올라갔나 땅으로 들어갔나 : 갑자기 아무도 모르게 사라져 버림을 비유하여 이르는 말.

하늘로 호랑이 잡기 : 하늘의 힘을 빌려 호랑이를 잡는다는 뜻으로, 온갖 권력을 다 가지고 있어 못하는 일이 없음을 비유하여 이르는 말.

하늘만 보고 다니는 사람은 개천에 빠진다 : 너무 큰일에만 욕심을 내고 작은 일을 소홀히 하면 실패함을 비유하여 이르는 말.

하늘 무서운 말 : 사람의 도리에 어긋나 천벌(天罰)을 받을 만한 일을 이르는 말.

하늘 밑의 벌레 : 사람은 대자연 앞에서는 힘없고 나약한 존재임을 비유하여 이르는 말.

하늘 보고 손가락질한다(주먹질한다) : ① 상대도 되지 않는 보잘것없는 사람이 건드려도 꿈쩍도 아니할 상대에게 무모하게 시비를 걸며 욕함을 비유하여 이르는 말. 하늘과 씨름하기[북]. 하늘에 돌 던지는 격②. 하늘에 막대 겨루기. ② 어떤 일을 이루려고 노력을 하나 그럴 만한 능력이 없으므로 공연한 짓을 함을 이르는 말.

하늘 보고 침 뱉기 : 하늘을 향하여 침을 뱉어 보아야 자기 얼굴에 떨어진다는 뜻으로, 자기에게 해가 돌아올 짓을 함을 비유하여 이르는 말. 누워서 침 뱉기②. 하늘에 돌 던지는 격①.

하늘 아래 첫 고개 : 아주 높은 고개를 비유하여 이르는 말.

하늘 아래 첫 동네(동리) : 매우 높은 지대에 있는 동네를 비유하여 이르는 말.

하늘에 개 눈이 생기면 바람이 분다 : 대기 상층이 불안정하면 개 눈과 같은 구멍이 구름에 뚫리는 이상 변화가 생기면서 비를 동반하는 바람이 불게 된다는 말.

하늘에 돌 던지는 격 : ① ⇒ 하늘 보고 침 뱉기. ② ⇒ 하늘 보고 손가락질한다(주먹질한다)①.

하늘에 두 해가 없다〔天無二日 土無二王〕 : 한 나라에 임금이 둘이 있을 수 없음을 비유하여 이르는 말.

하늘에 막대 겨루기 : ⇒ 하늘 보고 손가락질한다(주먹질한다)①.

하늘에 방망이를 달겠다 : 도저히 실현할 수 없는 일을 하겠다고 함을 비꼬아 이르는 말.

하늘에 방망이를 달고 도리질을 하다가 큰코 다치다[북] : 분수를 모르고 우쭐대다 혼이 나는 경우를 비유하여 이르는 말.

하늘에서 떨어졌나 땅에서 솟았나 : 생각지도 않은 것이 갑자기 나타남을 이르는 말.

하늘에서 떨어진 복[북] : 뜻밖에 얻은 횡재나 행운을 이르는 말.

하늘 울 때마다 벼락 칠까 : 어떤 결과를 가져올 수 있는 요소가 있더라도 모든 경우에 다 같은 결과가 나타나는 것은 아님을 비유하여 이르는 말.

하늘 울어서 날씨 좋은 날은 있어도 바람 불어서 물결 잔잔한 날은 없다 : 천둥이 치면 대개의 경우 비가 오지만 더러는 좋은 날도 있으나, 바람이 불면 물결이 잔잔한 날은 없다는 말.

하늘은 부지런히 농사하는 사람은 굶어 죽게 하지 않는다 : ① 농사를 부지런히 하는 사람은 식량 걱정을 하지 않는다는 말. ② 무슨 일이나 근면하게 하면 생활은 한다는 말.

하늘은 사흘을 계속 맑지 않다〔天無三日晴〕 : ① 날씨가 아무리 좋아도 구름 없이 3일간 계속해서 쾌청할 수는 없음을 비유하여 이르는 말. ② 인생살이에는 늘 즐거운 일만 있는 것이 아니라 궂은일도 있게 마련임을 비유하여 이르는 말.

하늘은 스스로 돕는 자를 돕는다 : 하늘은 스스로 노력하는 사람을 성공하게 만든다는 뜻으로, 어떤 일을 이루기 위해서는 자신의 노력이 중요함을 비유하여 이르는 말.

하늘을 도리질 치다 : ⇒ 하늘을 쓰고 도리질한다[②].

하늘을 두고 맹세한다 : 절대로 약속을 어기지 않겠다는 말.

하늘을 보아야 별을 따지 : ① 어떤 성과를 거두려면 그에 상당하는 노력과 준비가 있어야 한다는 말. ② 무슨 일이 이루어질 기회나 조건이 전혀 없음을 이르는 말. 눈을 떠야 별을 보지. 서울을 가야 과거에 급제하지. 임을 보아야 아이를 낳지. 잠도 자야 꿈을 꾸고 꿈을 꿔야 님을 만난다㈜. 잠을 자야 꿈을 꾸지.

하늘을 쓰고 도리질한다 : ① 세력을 믿고 기세등등하며 아무 거리낌도 없이 제 세상인 듯 교만하고 방자하게 거들먹거림을 비꼬아 이르는 말. ② 터무니없는 것을 믿는 어리석음을 조롱하여 이르는 말. 하늘을 도리질 치다.

하늘을 좇는 자는 살고, 하늘을 거스르는 자는 망한다〔順天者存 逆天者亡〕: 천리(天理)에 따르는 자는 존속하고 이에 반하는 자는 멸망한다는 말.

하늘을 지붕 삼다 : ① 한데서 자는 경우를 비유하여 이르는 말. ② 정처 없이 떠도는 생활을 비유하여 이르는 말.

하늘의 별 따기 : 성취하기가 매우 어려운 경우를 비유하여 이르는 말.

하늘이 낮다고(낮다 하고) 펄펄(펄쩍) 뛰다 ㈜ **:** 몹시 성이 나서 어찌할 바를 모르고 길길이 날뜀을 이르는 말.

하늘이 노랗다 : 지나친 과로나 기력이 몹시 쇠함을 이르는 말. 하늘이 캄캄하다.

하늘이 돈짝(돈닢, 콩짝)만 하다 : ① 술에 몹시 취하거나 어떤 충격으로 정신이 얼떨떨하여 사물이 제대로 보이지 아니함을 비유하여 이르는 말. ② 의기양양하여 세상에 아무것도 두렵지 아니하게 여김을 비유하여 이르는 말.

하늘이 만든 화는 피할 수 있으나 제가 만든 화는 피할 수 없다 : 자신이 저지른 잘못에 대한 대가는 피할 수 없다는 말. 하늘이 주는 얼은 피할 도리 있어도 제가 지은 얼은 피할 도리 없다.

하늘이 무너져도 눈도 깜짝 않는다 : 아무리 큰일이 닥쳐도 겁을 내지 않음을 비유하여 이르는 말.

하늘이 무너져도 솟아날 구멍이 있다 : 아무리 어려운 경우에 처하더라도 살아나갈 방도가 생긴다는 말. 사람이 죽으란 법은 없다. 상전벽해 되어도 비켜설 곳 있다. 죽을 변을 만나면 살 길도 있다㈜. 죽을 수가 닥치면 살 수가 생긴다.

하늘이 주는 얼은 피할 도리 있어도 제가 지은 얼은 피할 도리 없다 : ⇒ 하늘이 만든 화는 피할 수 있으나 제가 만든 화는 피할 수 없다.

하늘이 캄캄하다 : ⇒ 하늘이 노랗다.

하늘 천 따 지 하는 식으로 외우다㈜ **:** 천자문을 외우듯이 사물의 이치를 모르고 무턱대고 기계적으로 외우는 경우를 비유하여 이르는 말.

하늘 천 하면 검을 현 한다 : ① 하나를 가르치면 둘, 셋을 앞질러 가며 깨달음을 비유하여 이르는 말. ② 상대나 윗사람의 의도를 미리 알아 그에 맞게 일을 처리해 나감을 비유하여 이르는 말.

하늘 천 하면 넘을 천 한다㈜ **:** 알지도 못하면서 주제넘게 지레짐작함을 이르는 말.

하늬바람에 곡식이 모지라진다 : 가을에 하늬바람〔西風〕이 불면 곡식이 여물고 대가 세진다는 말.

하늬바람에 엿장수 골내듯 : 하늬바람이 부는 겨울에는 엿이 녹지 아니하므로 값이 더 나가는데도 엿장수가 공연히 성을 낸다는 뜻으로, 자기에게 유리한 조건이 이루어지는데도 도리어 못마땅하게 여기고 성을 내는 경우를 비유하여 이르는 말.

하늬바람이 불면 고기가 모인다 : 서북풍이 불면 저기압 또는 불연속선이 서방에 나타나므로 바다에 난상태(亂狀態)가 조성됨에 따라 고기 떼가 연안으로 몰린다는 말.

하늬바람이 불면 날씨가 좋다 : 서풍은 중국 쪽에서 발달한 고기압 때문에 생기므로 날씨가 맑아질 징조라는 말.

하늬바람이 불면 돛 달아라 : 비 오는 날 풍향이 바뀌어 서풍이 불면 고기압이 접근하게 되니 날씨가 좋아지면 출어(出漁)하라는 말.

하늬바람이 불면 멸구가 인다 : 서풍이 불면 중국 양쯔강 하류에서 발생한 저기압이 우리나라로 이동하게 되므로 이 바람결에 벼멸구도 함께 날아와서 우리나라 서남해 지방에 멸구가 생기게 된다는 말.

하늬바람이 사흘 불면 통천하를 다 불다 북 **:** ① 하늬바람은 부는 기세가 매우 세참을 비유하여 이르는 말. ② 위로부터 실시되는 정치적 조치나 시책이 매우 빨리 온 나라의 하부까지 전달되어 집행됨을 비유하여 이르는 말. ③ 어떤 유행이 매우 빨리 퍼짐을 비유하여 이르는 말.

하던 짓(지랄)도 멍석 펴 놓으면 안 한다 : 평소에는 시키지 않아도 곧잘 하던 일을 정작 남이 하라고 권하면 아니한다는 말.

하라는 파총(把摠)에 감투 걱정한다 : 보잘것없는 일을 하려는데 공연히 지나친 걱정을 자랑삼아 한다는 말.

하루 가다 보면 소도 보고 말도 본다 : 사람이 살다 보면 이런 일 저런 일을 다 겪게 됨을 비유하여 이르는 말.

하루가 십 년 맞잡이 북 **:** ① ⇒ 하루가 열흘 맞잡이. 하루 동안에도 많은 일을 할 수 있다는 뜻으로, 하루의 시간도 매우 중요함을 이르는 말. ② 하루가 여삼추라.

하루가 여삼추(라)〔一日如三秋〕 : 하루가 삼 년과 같다는 뜻으로, 짧은 시간이 매우 길게 느껴짐을 비유하여 이르는 말. 하루가 십 년 맞잡이 북 ①. 하루가 열흘 맞잡이. 하루가 천 년 같다.

하루가 열흘 맞잡이 : ① ⇒ 하루가 십 년 맞잡이. ② 하루가 여삼추(-라).

하루가 천 년 같다〔一日千秋〕 : ⇒ 하루가 여삼추(-라).

하루 굶은 것은 몰라도 헐벗은 것은 안다 : 가난하더라도 옷차림은 남에게 궁하게 보이지 말라는 말.

하루 물림이 열흘 간다 : 무슨 일이든 한 번 미루게 되면 계속 미루게 되니, 만사를 뒤로 미루지 말 것을 경계하는 말.

하루살이 떼가 날면 바람이 분다 : 여름철에 하루살이가 떼를 지어 날면 바람이 세게 불 징조라는 말.

하루살이 떼가 집 안으로 들어오면 비가 온다 : 여름철에 저기압이 되면 하루살이 떼가 처마 안으로 들어온다는 말.

하루살이 불 보고 덤비듯 한다 : 자기가 죽을 줄 모르고 미련하게 함부로 덤벼듦을 이르는 말.

하루 세 끼 밥 먹듯 : 아주 예사로운 일로 생각함을 이르는 말.

하루 은혜 백 날에 갚지 못한다 북 **:** ① 은혜를 입기는 쉬워도 갚기는 어려움을 이르는 말. ② 좀처럼 갚기 힘든 큰 은혜를 이르는 말.

하루 종일 오는 소나기는 없다 : ⇒ 소나기는 하루 종일 오지 않는다.

하루 죽을 줄은 모르고 열흘 살 줄만 안다 : 언제 죽을지 모르는 덧없는 세상에서 자기만은 얼마든지 오래 살 것처럼 행동하는 사람을 보고 이르는 말.

하루 화근은 식전 취한 술 : 이른 아침부터 술을 마시지 말라고 경계하여 이르는 말. 하루 화근은 식전 취한 술이요, 일년 화근은 발에 끼는 갖신이요, 일생 화근은 고약한 안해라[북].

하루 화근은 식전 취한 술이요, 일년 화근은 발에 끼는 갖신이요, 일생 화근은 고약한 안해라[북] : ⇒ 하루 화근은 식전 술.

하룻강아지가 재 못 넘는다 : 지식이나 경험이 부족한 사람은 큰일을 할 수 없다는 말.

하룻강아지 범 무서운 줄 모른다〔一日之狗不知畏虎〕 : 멋도 모르고 자기보다 강한 자에게 철없이 덤빔을 가리키는 말. *하룻강아지–태어난 지 얼마 안 되는 강아지. 범 모르는 하룻강아지. 범 무서운 줄 모르는 하룻강아지[북]. 비루먹은 강아지 대호를 건드린다. 해변 개 범 무서운 줄 모른다[북].

하룻망아지 서울 다녀오듯 : 무엇이 어떻게 되는 것인지 알지도 못하는 주제에 무엇을 보거나 행함을 이르는 말. 까투리 북한 다녀 온 셈이다.

하룻밤을 자도 만리장성을 쌓는다〔一夜築萬里城〕 : ① 잠깐 사귀어도 정을 깊이 둔다는 말. ② 일시적 은혜라도 반드시 갚아야 함을 이르는 말.

하룻밤을 자도 헌 각시 : ① 물건은 일단 사용하면 헌 것으로 간주된다는 말. ② 한 번의 실수라도 있으면 지조(志操)를 지킨 사람으로 볼 수 없다는 말.

하룻비둘기 재를 못 넘는다 : ① 나이가 어린 자는 능히 큰일을 할 수 없다는 말. ② 경험과 재능이 없이 자만심(自慢心)만으로는 일을 이룰 수가 없음을 비유하여 이르는 말.

하룻저녁에 단속곳 셋 하는 여편네 속곳 벗고 산다 : 부지런하고 일 잘하는 사람이 가난하게 지내는 수가 많다는 말.

하상갑일에 비가 오면 동대문에 배를 띄운다 : ⇒ 하상갑일에 비가 오면 홍수가 져서 배 타고 집에 들어간다.

하상갑일에 비가 오면 홍수가 져서 배 타고 집에 들어간다 : 입하(立夏)가 지난 첫 갑자일(甲子日)에 비가 오면 큰 장마가 들 징조라는 말. 하상갑일에 비가 오면 동대문에 배를 띄운다.

하선동력(夏扇冬曆)으로 시골에서 생색낸다 : 별로 값지지도 아니한 물건을 선사하면서 생색을 내는 경우를 비유하여 이르는 말.

하 심심하여 길군악(–軍樂)이나 하지 : 하는 일 없이 몹시 무료함을 이르는 말.

하인을 잘 두어야 양반 노릇도 잘한다 : 아랫사람들이 똑똑하게 잘 해야 윗사람도 모든 일 처리를 잘할 수 있음을 이르는 말.

하자고 결심하면 못 해낼 일이 없다[북] : 결심과 각오만 단단하다면 무슨 일이든 성사할 수 있다는 말.

하지(夏至)가 지나면 구름장마다 비가 내린다 : ⇒ 하지를 지나면 발을 물꼬에 담그고 산(잔)다.

하지가 지나면 발을 물에 담그고 산(잔)다 : 하지가 되면 논에 물을 계속해서 대 주어야 하기 때문에 발을 벗고 살아야 한다는 말.

하지가 지나면 오전에 심은 모와 오후에 심은 모가 다르다 : 하지가 지나면 모심기가 늦어졌기 때문에 서둘러 모내기를 해야 한다는 말.

하지도 못할 놈이 잠방이 벗는다 : 어떤 일을 할 실력이나 자신도 없는 사람이 그 일을 하려고 덤비는 경우를 비꼬아 이르는 말.

하지(夏至)를 지나면 발을 물꼬에 담그고 잔다 : 벼농사를 잘 짓기 위해서는 하지 후에 논에 물을 잘 대는 것이 중요하기 때문에 논에 붙어살다시피 하여야 함을 비유하여 이르는 말. 하지가 지나면 구름장마다 비가 내린다. 하지가 지나면 발을 물에 담그고 산다.

하지 쇤 보리 없다[북] **:** ① 하지가 지나서도 밭에 있는 보리는 없다는 뜻으로, 모든 것에는 다 제철이 있음을 비유하여 이르는 말. ② 보릿고개를 넘기기 어려운 농민들이 하지 전에 이미 보리 추수를 다 끝냄을 이르는 말.

하지에 비가 오면 풍년이 든다 : 예전 재래종 벼는 하지 무렵에 한창 모심기를 하게 되므로 이때 비가 오면 모심기가 끝나서 풍년이 들 수 있다는 말.

하지 전 뜸부기[북] **:** 뜸부기는 하지 전에 잡은 것이 약효가 높다는 데서 유래된 말로, 힘이 왕성한 한창때의 사람을 비유하여 이르는 말.

하지 전 중심기다 : 예전 재래종 벼는 지금보다 늦게 심었으므로 하지 이전에 심는 벼는 오심기도 아니고 늦심기도 아닌 중심기라는 말.

하지 지나 열흘이면 구름장마다 비다[북] **:** 하지가 지난 다음에는 장마가 들기 때문에 비가 자주 내린다는 말.

하지 지낸 뜸부기 : 힘이 왕성한 한창때가 지나 버린 사람을 비유하여 이르는 말.

하품에 딸꾹질 : ⇒ 기침에 재채기.

하품에 폐기(閉氣) : ⇒ 기침에 재채기.

학(鶴) 다리 구멍을 들여다보듯 한다 : 어떤 사물을 매우 조심스레 들여다봄을 두고 하는 말.

학도 아니고 봉도 아니고 : 아무것도 아니라는 뜻으로, 행동이 분명하지 않거나 사람이 뚜렷하지 못한 경우를 비난조로 이르는 말.

학이 곡곡하고 우니 황새도 곡곡하고 운다 : ⇒ 새 오리 장가가면 헌 오리 나도 한다.

한 가랑이에 두 다리 넣는다 : 정신 없이 매우 서두르는 모양을 이르는 말.

한가마밥도 되고 질고 한다[북] **:** ① 같은 조건에서 이루어진 것들이라 하더라도 구체적인 실정이 다름에 따라 서로 달라질 수 있다는 말. ② 일이란 같은 조건에서도 때에 따라 달라질 수 있다는 말. 한가마밥도 타고 설고 한다[북]. 한솥밥도 되고 질고 한다[북].

한가마밥도 타고 설고 한다[북] **:** ⇒ 한가마밥도 되고 질고 한다.

한가마밥 먹은 사람이 한울음 운다[북] **:** 처지가 같고 같은 환경의 영향을 받은 사람은 뜻이나 행동이 서로 통한다는 말. 한솥밥 먹은 사람이 한울음 운다[북].

한가마밥을 먹고 한자리에서 자다 : 한 가정이나 한 집단 속에서 차별이 없이 똑같이 지내는 경우를 비유하여 이르는 말. 한솥밥 먹고 한자리에서 자다[북].

한가을에는 작대기만 들고 와도 한몫이다 : 한가을 농번기에는 타작하는 데 작대기만 들고 있어도 한몫을 줄 정도로 일손이 부족하다는 말.

한 가지로 열 가지를 안다 : 한 가지 행동을 보면 그 사람의 모든 행동을 알 수 있다는 말.

한강(漢江) 가서 목욕한다 : 어떤 일을 일부러 먼 곳에 가서 하여 보아야 별로 신통할 것이 없다는 말. 한강에서 목욕한다.

한강 물 다 먹어야 짜냐 : 무슨 일이든 처음에 조금만 실험해 보면 짐작이 갈 것 아니겠느냐는 말.

한강 물도 제 골로 흐른다 : 모든 일은 반드시 본래의 위치대로 되고 만다는 말.

한강에 그물 놓기 : ① 이미 준비는 되었으니 기다리면 언젠가는 이루어지는 날이 있다는 말. ② 막연한 일을 어느 세월에 기다리고 있겠느냐는 말.

한강에 돌 던지기〔漢江投石〕: ① 어떤 사물이 지나치게 미미하여 일을 하는 데에 효과나 영향이 전혀 없다는 말. ② 아무리 투자를 하거나 애를 써도 보람이 전혀 없다는 말.

한강에 배 지나간 자리 있나 : 어떤 행동의 흔적이 남지 아니한다는 말.

한강에서 목욕한다 : ⇒ 한강에 가서 목욕한다.

한강이 녹두죽이라도 쪽박이 없어 못 먹겠다 : 아무리 좋은 것이 쌓였다 해도 게으르고 관심이 없으면 얻을 수 없음을 비유하여 이르는 말. 두만강이 녹두죽이라도 곰방술이 없어서 못 먹겠다㊊.

한 갯물이 열 갯물을 흐린다 : ⇒ 미꾸라지 한 마리가 온 웅덩이를 흐려 놓는다.

한 계단씩 밟아 올라가다 : 낮은 데서부터 높은 데로 순차적으로 올라간다는 말.

한 귀로 듣고 한 귀로 흘린다〔馬耳東風〕: 남의 말을 귀담아 듣지 아니한다는 말.

한 끼 얻어먹은 은덕도 갚는다 : 남에게서 받은 은덕은 작은 것이라도 갚아야 함을 이르는 말.

한나산이 금덩어리라도 쓸 놈 없으면 못 쓴다㊊ : 귀중한 인재나 재물이 아무리 많다고 하여도 그것을 쓸 사람이 있어야 참된 빛을 나타낼 수 있다는 말.

한 날 한 시에 난 손가락도 길고 짧다 : ① 같은 사람이라도 그 성질과 능력이 늘 똑같지가 않다는 말. ② 한 부모에게서 태어난 형제자매라도 그 성정이나 재주가 다르듯, 세상의 모든 만물은 제각기 다르거나 차이가 있음을 뜻하는 말.

한 냥〔兩〕 장설(帳設)에 고추장이 아홉 돈어치다 : 값이 한 냥인 음식상에 아홉 돈어치의 고추장이 올랐다는 뜻으로, 전체 비용에 비하여 부분 비용이 너무 많이 든 경우를 이르는 말.

한 냥 짜리 굿 하다가 백 냥 짜리 징 깬다 : 쓸데없이 공연한 일을 벌여 놓았다가 굉장히 큰 손해를 보게 됨을 이르는 말.

한 냥 추렴에 닷 돈 냈다 : 한 냥을 내야 할 추렴에 절반밖에 내지 않았다는 뜻으로, 자기가 치러야 할 몫을 제대로 치르지 않고 여럿이 하는 일에 염치없이 참가하여 좀스럽게 이득을 얻는 경우에 이르는 말.

한 노래로 긴 밤 새울까 : ① 한 가지 일로만 허송세월하는 것을 나무라는 말. ② 어떤 일을 그만둘 때가 되면 깨끗이 그만두고 새 일을 시작하여야 한다는 말.

한 놈의 계집은 한 덩굴에 열린다 : 한 남자의 처첩이 비록 여럿이라도 집안의 규율과 남편의 성질에 따라 모두 비슷해진다는 말.

한 닢도 없는 놈이 두 돈 오 푼 바란다 : 없는 사람이 바라기는 크게 바란다는 말. 한 치도 없는 놈이 두 치 닷 푼 바란다.

한 닢 주고 보라 하면 두 닢 주고 막겠다 : 아주 보기 흉하거나 볼 필요가 없음을 비유하여 이르는 말.

한 다리가 천 리 : ⇒ 한 치 걸러 두 치.

한 달 봐도 보름 보기 : 똑같이 달을 봐도 반밖에 볼 수 없을 것이라는 뜻으로, 애꾸눈을 가진 사람을 놀림조로 이르는 말.

한 달 싸우기 위해 팔 년 양병한다㊊ : 무슨

일이든 확실한 성공을 거두기 위하여서는 준비에 많은 공을 들여야 한다는 말.

한 달에 보리 미숫가루 세 번 수제비 세 번 하는 집은 망한다 : 옛날 가난한 집 살림에서 보리 미숫가루나 수제비를 자주 해 먹으면 망하듯이, 식생활을 분수 넘치게 하면 패가한다는 말.

한 달에 보숭이 세 번 떡국 세 번 하는 집 망한다북 **:** 한 달에 잔치를 세 번씩이나 하면서 재물을 낭비하면 집안이 망한다는 뜻으로, 낭비하지 말고 살림살이를 알뜰히 하여야 한다는 말.

한 달이 크면 한 달이 작다 : 한 번 좋은 일이 있으면 다음에는 궂은일도 있는 것처럼. 세상사는 좋고 나쁜 일이 돌고 돈다는 말. 일월은 크고 이월은 작다.

한 달 잡고 보름은 못 본다 : 큰 것만 알고 작은 것은 모른다는 말.

한 달 장마 끝은 없어도 석 달 가뭄 끝은 있다 : 석 달 동안 가무는 것보다 한 달 장마 지는 피해가 더 크다는 말.

한 더위에 털감투 : ⇒ 오뉴월 두룽다리.

한데 방앗간의 피나무 쌀개 : 볕에 쬐고 비바람 맞으며 삐걱거리는 한데 방앗간의 쌀개처럼, 피근피근하고 고단한 사람을 비유하여 이르는 말.

한데 앉아서 음지 걱정한다 : 자기 일도 못 꾸려 가면서 남의 걱정을 하는 경우를 비유하여 이르는 말.

한 돈 추렴에 돈반 낸 놈 같다 : 한 돈씩 내는 추렴에 한 돈 반이나 낸 것 같다는 뜻으로, 여럿이 모인 자리에서 남이 얘기할 사이도 없이 혼자 떠들어 대는 경우에 이르는 말.

한 되 떡에도 고물은 든다 : 작은 일이든 큰 일이든 갖출 것은 모두 갖추어야 뜻을 이룰 수 있음을 이르는 말.

한 되 주고 한 섬 받는다 : ⇒ 되로 주고 말로 받는다.

한라산에 감투구름이 끼면 서풍이 세게 분다 : 한라산에 감투를 씌운 것처럼 구름이 끼게 되면 동중국해에서 서풍이 세차게 불어온다는 말.

한라산이 금덩어리라도 쓸 놈 없으면 못 쓴다 : 아무리 귀중한 재물일지라도 그것을 쓸 줄 아는 사람이 있어야 제 진가를 발휘한다는 말.

한량이 죽어도 기생집 울타리 밑에서 죽는다 : 사람이 평소에 가지고 있던 본색이나 행실을 죽을 때까지 버리지 못함을 이르는 말.

한로(寒露)가 지나면 제비도 강남으로 간다 : 한로가 되면 날씨가 선선해지므로 제비가 강남으로 간다는 말.

한마루공사 : ⇒ 한마을공사북.

한 마리 고기가 온 강물을 흐리게 한다〔一魚濁水〕 : ⇒ 미꾸라지 한 마리가 온 웅덩이를 흐려 놓는다.

한 마리 고기 다 먹고 말 냄새 난다 한다북 **:** ① 실컷 먹고 나서 잘 먹었다는 말은커녕 도리어 말 냄새가 난다고 흉만 본다는 뜻으로, 남의 신세나 덕을 많이 지고도 비방하거나 모략하는 경우에 이르는 말. ② ⇒ 말고기를 다 먹고 무슨 냄새 난다 한다.

한마을공사북 **:** 같은 관청의 일이라는 뜻으로, 하는 일마다 한결같음을 이르는 말. 한마루공사.

한 말(소) 등에 두 길마를(안장을) 지울까 : 한 사람이 동시에 두 가지 일을 할 수 없다는 말. 한 몸에 두 지게 질 수 없다북. 한 어깨에 두 지게를 질까.

한 말에 두 안장이 없다 : 한 남편에게는 한 아내만 있어야 한다는 말. 한 밥그릇에 두

술이 없다.

한 말 주고 한 되 받는다 : 손해 보는 짓만 하는 경우를 비유하여 이르는 말.

한 말(마디) 했다가 본전도 못 찾는다 : 말을 했다가 아무런 소득도 없이 핀잔만 받게 되는 경우를 비유하여 이르는 말.

한 몸에 두 지게 질 수 없다북 : ⇒ 한 말(소) 등에 두 길마를(안장을) 지울까.

한문성(韓文成)의 엮음 하듯 : 한문성의 엮음은 서도가요의 일종으로 비슷한 말들을 나열하여 길게 뽑는다는 뜻으로, 같은 말을 중언부언(重言復言)하는 자를 비웃어 이르는 말.

한 바리에 실어도 짝 지지 않다북 : 부정적인 인물 두 사람의 하는 짓이나 마음보가 누가 낫고 못한지를 가릴 수 없을 만큼 엇비슷한 모양을 이르는 말. 한 바리에 실었으면 꼭 맞겠다.

한 바리에 실었으면 꼭 맞겠다 : ⇒ 한 바리에 실어도 짝 지지 않겠다.

한 바리에 실으면 바가 터지겠다북 : ① 하는 말이나 행동이 분수없이 지나침을 비유하여 이르는 말. ② 서로 의가 맞지 아니하여 티격태격함을 비유하여 이르는 말.

한 바리에 실을 짝이 없다북 : 부정적인 측면에서 상대가 될 만한 대상이 없음을 이르는 말.

한발자국 헛디디여 벼랑에 굴러떨어지다북 : 한 번의 실수로 돌이킬 수 없는 결과를 빚은 경우를 비유하여 이르는 말.

한 밥그릇에 두 술이 없다 : ⇒ 한 말에 두 안장이 없다.

한 밥에 오르고 한 밥에 내린다 : 잘 먹고 못 먹는 데 따라 살이 오르고 내리고 한다는 말.

한밭머리에 태를 묻었다북 : 한 동네에서 태어나고 자라서 매우 친한 사이임을 비유하여 이르는 말.

한배 강아지도 흰둥이 검둥이가 있다 : 한 어미가 낳은 강아지도 흰 강아지가 있고 검정 강아지가 있듯이, 한 부모 자식에도 잘난 자식이 있고 못난 자식이 있다는 말.

한배를 타게 되면 마음도 한마음이 된다북 : 같은 환경이나 처지에 놓이게 되면 사람들이 같은 생각을 하고 서로 동정하게 된다는 말.

한 번 가도 화냥년, 두 번 가도 화냥년 : 한 번 잘못하나 두 번 잘못하나 욕 얻어먹기는 마찬가지라는 말.

한 번 걷어챈 돌에 두 번 다시 채지 않는다 : 같은 실수를 두 번 거듭하지 아니한다는 말.

한번 검으면 흴 줄 모른다 : 한번 나쁜 버릇이 들면 고치기 어렵다는 말.

한 번 똥 눈 개가 일생 눈다고 한다 : ① 어쩌다 한 번 똥 눈 개를 보고 늘 똥 눈 개라고 한다는 뜻으로, 한 번 실수하여 오점을 남기게 되면 그것이 평생 감을 교훈으로 이르는 말. ② 한 번 나쁘게 보면 계속 나쁘게 봄을 부정적으로 이르는 말.

한 번 벼르지 말고 열 번 치라북 : 말로만 벼르지 말고 실제 행동으로 옮기라는 말.

한 번 보면 초면(初面)이요 두 번 보면 구면(舊面)이라북 : 붙임성이 아주 좋아서 사람을 잘 사귀는 경우를 비유하여 이르는 말.

한 번 본 개도 꼬리 친다 : 한 번만 봐도 서로 간에 인정이 있게 됨을 비유하여 이르는 말.

한 번 속지 두 번 안 속는다 : 처음에는 모르고 속을 수 있으나 두 번째는 그렇지 아니하다는 말.

한 번 실수는 병가(兵家)의 상사(常事) : 실수는 누구에게나 다 있다는 말.

한번 엎지른 물은 다시 주워 담지 못한다〔覆

水不收, 覆水不返盆〕: 일단 저지른 잘못은 회복하기 어렵다는 말.

한번 쥐면 펼 줄 모른다: 무엇이든 한번 손에 들어오면 놓지 아니한다는 말.

한 번 채인 돌에 다시 채이지 않는다: 한 번 실수한 일은 다시 실수하지 않으려 조심한다는 말.

한 부모는 열 자식을 거느려도 열 자식은 한 부모를 못 거느린다: 자식이 많아도 부모는 잘 거느리고 살아가나 자식들은 한 부모를 그렇게 하지 못한다는 말. 하나는 열을 꾸려도 열은 하나를 못 꾸린다②.

한 부자에 열 가난북: ⇒ 부자 하나면 세 동네가 망한다.

한 불당(佛堂)에서 내 사당(祠堂) 네 사당 하느냐: 한집안에서 내 것 네 것을 가리며 제 이익을 챙기려 하는 경우를 비유하여 이르는 말.

한 사람 가는 길로 가지 말고 열 사람 가는 길로 가라북: 여러 사람의 의견에 따라 일을 처리하는 것이 낭패가 없음을 이르는 말.

한 사람은 열 사람을 꾸리어도 열 사람은 한 사람을 꾸리지 못한다북: ⇒ 하나는 열을 꾸려도 열은 하나를 못 꾸린다①.

한 사람의 덕을 열이 본다북: 한 사람이 잘되면 그 덕을 여러 명이 입게 된다는 말.

한 사람의 떡을 열이 본다북: 한 사람이 가지고 있는 떡을 열 사람이 본다는 뜻으로, 한 가지 이익을 놓고 여러 사람이 노리고 있음을 비유하여 이르는 말.

한 살 더 먹고 똥 싼다: 나이를 더 먹어 가면서 철없는 짓을 하는 경우를 비꼬아 이르는 말.

한상국(韓相國)의 농사짓기다: 옛날 한상국이란 사람이 농사일을 엉망으로 하였다는 데서 유래된 말로, 농사를 잘 못하는 사람을 비유하여 이르는 말.

한설날(寒雪-) 개똥 줍는다: 옛날 농촌에서는 추운 겨울날에 개똥을 비료로 쓰기 위하여 주워 모았음을 이르는 말.

한 섬 빼앗아 백 섬 채운다: 부자가 욕심이 더 많음을 이르는 말.

한성부(漢城府)에 대가리 터진 놈 달겨들듯 한다: 여러 사람이 숨가쁘게 급히 달려드는 경우를 비유하여 이르는 말.

한 손뼉이 울지 못한다〔孤掌難鳴〕: 상대가 없이 혼자서는 싸움이 되지 아니한다는 말. 한 손으로는 손뼉을 못 친다.

한 손으로는 손뼉을 못 친다: ⇒ 한 손뼉이 울지 못한다.

한솥밥도 되고 질고 한다북: ⇒ 한가마밥도 되고 질고 한다북.

한솥밥(한솥에 밥) 먹고 송사한다: 한집안 또는 아주 가까운 사이에 다투는 경우를 이르는 말. 한 자루에 양식 넣어도 송사한다.

한솥밥 먹고 한자리에서 자다북: ⇒ 한가마밥을 먹고 한자리에서 자다북.

한솥밥 먹은 사람이 한울음 운다북: ⇒ 한가마밥 먹은 사람이 한울음 운다북.

한 수렁에 두 바퀴 끼듯: 좁은 데서 서로 밀치며 다투는 경우를 비유하여 이르는 말.

한수북산(漢水北山)에 썩은 양초(糧草) 쌓이듯 한다: 어떤 물건을 산같이 쌓아 둠을 비유하여 이르는 말. * 양초—군사가 먹을 양식과 말을 먹일 꼴을 통틀어 이르는 말.

한 술 더 뜨다: 어떤 말이나 행동을 엉뚱하게 더 심히 하며 비뚜로 나감을 이르는 말.

한 술 밥에 배부르랴: ⇒ 첫술에 배부르랴.

한숨이 구만 구천 두(斗)북: 한숨이 구만구천 말이나 된다는 뜻으로, 설움이 겹겹이 쌓임을 이르는 말.

한 시(時)를 참으면 백 날이 편하다: 살아가는 데는 참을성이 매우 중요함을 이르

는 말.

한식(寒食)날 바람이 불면 풍어(豊魚)가 된다 : 한식날이 드는 4월 상순이면 돌풍철로서 대체로 고기가 많이 잡히는 시기라는 말.

한식날 비가 오면 대한(大旱)으로 흉년 든다 : ⇒ 한식날 비가 오면 땅속 석 자까지 마른다.

한식날 비가 오면 땅속 석 자까지 마른다 : 한식날 비가 오면 큰 가뭄으로 흉년이 든다는 말. 한식날 비가 오면 대한으로 흉년 든다.

한식날 솔개 뜨면 닭농사 망친다 : 한식 무렵부터 솔개가 설치면 햇병아리를 일찍부터 해치므로 닭농사가 잘 안 된다는 말.

한식 물은 비상보다 독하다 : 한식에 논물을 대면 물을 가두어 두는 기간이 길어서 벼의 생육에 좋지 않다는 말.

한식에 멸치가 많이 들면 사람 많이 죽는다 : 한식 무렵 멸치잡이가 한창일 때는 불상사가 흔히 발생된다는 제주풍속에서 유래된 말.

한식에 죽으나 청명(淸明)에 죽으나 : 한식과 청명은 하루 사이니, 곧 하루 먼저 죽으나 뒤에 죽으나 같다는 말.

한 아들에 열 며느리 : ① 부모들이 흔히 아들이 여러 첩을 거느리는 것을 말리지 않을 때 쓰는 말. ② 아들이 여러 첩을 얻어도 그 며느리들이 밉지 않다는 말.

한 알 까먹은 새도 날린다 : 하나의 낟알을 까먹은 새도 쫓아 버린다는 뜻으로, 사소한 재물을 침범하는 것도 용서하지 말고 단호히 대처하라고 이르는 말.

한 알을 심어 만 알을 얻는다〔一粒萬倍〕 : ① 낟알 하나를 심어 만 알이 되도록 큰 풍년이 들었다는 말. ② 작은 것을 주고 큰 것을 얻었다는 말.

한 알 한 알이 다 농민들의 피땀으로 이루어진 것이다〔粒粒皆辛苦〕 : ⇒ 곡식은 농부의 땀을 먹고 자란다.

한 어깨에 두 지게를 질까 : ⇒ 한 말(소) 등에 두 길마를(안장을) 지울까.

한 어미가 열 자식은 길러도 열 자식이 한 어미는 못 모신다 : 자식의 부모에 대한 정이 부모의 자식에 대한 정보다 못함을 이르는 말.

한 어미 자식도 아롱이다롱이 : 한 어미에게서 난 자식도 각각 다르다는 뜻으로, 세상일은 무엇이나 똑같은 것이 없다는 말.

한여름 소나기 지나가듯 한다 : 기세를 부리고 오래갈 것 같더니 바로 끝남을 비유하여 이르는 말.

한 외양간에 암소만 두 마리 : 같은 것끼리만 있어서는 서로 도움이 될 수 없다는 말. 한 외양간에 암소만 둘이다㊒.

한 외양간에 암소만 둘이다㊒ : ⇒ 한 외양간에 암소만 두 마리.

한(漢)의 조자룡(趙子龍)이 창을 들고 선 듯 : 누가 감히 가까이 가지 못할 정도로 딱 버티고 서 있어 한편 무섭고 한편으로는 든든함을 비유하여 이르는 말.

한 이삭에 두 이삭이 달린다 : 한 개씩 나는 이삭에 두 개씩 날 정도로 큰 풍년이 들었음을 비유하여 이르는 말.

한 일을 보면 열 일을 안다 : 한 가지만 보고도 다른 일을 미루어 알 수 있다는 말.

한 입 건너 두 입 : ⇒ 한 입 건너고 두 입 건넌다.

한 입 건너고 두 입 건넌다 : 소문이 차차 널리 퍼짐을 이르는 말. 입 건너 두 집㊒. 한 입 건너 두 입.

한 입으로 두 말 하기〔一口二言〕 : 한 번 한 말을 뒤집어 이랬다 저랬다 함을 이르는 말.

한 입으로 묻지 말고 두 눈으로 보아라㊒ : ① 남에게 묻지 말고 스스로 잘 살펴보라는 말. ② 일이 벌어지고 있는 현장에서 쓸데없이 입을 놀리지 말고 가만히 보고 있으라고 경계하여 이르는 말.

한 입으로 온 까마귀질 한다 : 말이 이랬다 저랬다 하는 사람을 두고 이르는 말.

한 자 땅 밑이 저승이다 : 죽음이나 저승이 먼 데 있는 것이 아니라는 말.

한 자루에 양식 넣어도 송사한다 : ⇒ 한솥밥(한솥에 밥) 먹고도 송사한다.

한 자를 배워주자면 천 자를 알아야 한다 북 **:** 남을 가르치려면 깊고 넓은 지식이 필요하다는 말.

한 자리에 누워서 서로 딴 꿈을 꾼다〔同床異夢〕: ⇒ 같은 자리에서 서로 딴 꿈을 꾼다.

한 자리에 앉아 뭉개다 북 **:** 사업을 번창시키지 못하고 제자리걸음만 함을 이르는 말.

한 잔 술에 눈물 나고 반 잔 술에 웃음 난다 : 사람을 사귐에 있어서 서로 대하는 태도나 방법에 따라 섭섭하여지기도 하고 기분이 좋아지기도 한다는 말.

한 잔 술에 눈물난다 : 사람의 감정은 사소한 일에 차별을 두는 데서도 섭섭한 생각이 생길 수 있다는 말.

한 점 고기 맛으로 솥 안의 국맛을 안다 : 일부만 가지고도 전체를 알 수 있다는 말.

한조깃날 벤 보리 장만하면 바구미 인다 : 간만(干滿)의 차가 가장 작은 한조깃날 벤 보리에서는 바구미가 많이 생기므로 이날을 피해서 보리를 추수하라는 말. *한조깃날－남제주에서는 음력 8일과 23일, 북제주에서는 음력 9일과 24일.

한지에 방아를 걸다(놓다) 북 **:** 성공할 아무런 담보도 기약도 없는 허무한 일을 하는 경우를 비유하여 이르는 말.

한 집 살아 보고 한 배 타 보아야 속 안다 : 사람의 마음은 오래 같이 지내면서 역경(逆境)을 겪어 보아야 알 수 있다는 말.

한집안에 김 별감(金別監) 성을 모른다〔家有名士三十年不知〕: ⇒ 한집에 있어도 시어미 성을 모른다.

한집에 감투쟁이 셋이 변(變) : 무슨 일에 나서서 주장하는 사람이 많으면 도리어 일이 잘 안 된다는 말.

한집에 늙은이가 둘이면 서로 죽으라고 민다 : 일할 사람이 여러 명이면 서로 미루기 때문에 일이 잘 안된다는 말.

한집에 살아도 시어미 성(姓)을 모른다 : ⇒ 한집에 있어도 시어미 성을 모른다.

한집에 있어도 시어미 성을 모른다 : 같이 생활하는 친숙한 사이에서 응당 알고 있어야 할 것을 모르는 경우를 비유하여 이르는 말. 머슴살이 삼 년에 주인 성 묻는다. 십 년을 같이 산 시어미 성도 모른다. 한집안에 김 별감 성을 모른다. 한집에 살아도 시어미 성을 모른다. 한청에 있으면서 김수항의 성을 모른다.

한 청(廳)에 있으면서 김수항의 성을 모른다 : ⇒ 한집에 있어도 시어미 성을 모른다.

한 치 갈면 한 섬 먹고, 두 치 갈면 두 섬 먹는다 : 논밭은 깊이 갈아야 거름도 널리 분포되고 곡식 뿌리도 널리 퍼져서 잘되므로 깊게 갈아서 수확을 늘리라는 말.

한 치 걸러 두 치 : 친분 관계의 거리감을 이르는 말로, 촌수나 친분은 조금만 멀어도 크게 다르다는 말. 한 다리가 천 리.

한 치도 없는 놈이 두 치 닷 푼 바란다 : ⇒ 한 닢도 없는 놈이 두 돈 오 푼 바란다.

한 치를 못 본다 : 시력이 몹시 나쁘거나 식견이 얕음을 비유하여 이르는 말.

한 치 벌레에도 오 푼 결기가 있다 : 보잘것없고 천한 사람도 너무 심한 멸시를 당하면 대항한다는 말. *결기－못마땅한 것을 참지 못하고 성을 내거나 왈칵하는 성미.

한 치 앞이 어둡다 : 어떤 일이나 사람의 앞일을 전혀 짐작할 수 없음을 이르는 말.

한 판에 찍어 낸 것 같다 : 조금도 다른 데가 없이 똑같은 경우를 이르는 말.

한편 말만 듣고 송사 못 한다 : 한쪽 말만 들어서는 잘잘못을 가리기가 어렵다는 말.

한평생 머슴 노릇 해봤자 더벅머리 총각 못 면한다 : 옛날에 머슴살이하는 사람은 젊어서 죽을 때까지 머슴살이를 해도 장가가서 가정을 꾸릴 수 있는 경제력을 가지기가 어려웠다는 말.

한평생 할경(割耕)을 해도 자기 죽을 자리만치도 못 된다㊌ : 한평생 이웃한 남의 논밭을 침범하여 갈아 부친다 하여도 그것이 제가 죽어서 묻힐 자리만큼도 안 된다는 뜻으로, 검은 마음을 먹고 욕심을 부리기는 하나 크게 이익이 되지 못함을 비유하여 이르는 말. *할경—이웃한 남의 논밭을 침범하여 경작함.

한 푼 돈에 살인 난다 : 많지도 아니한 돈으로 인하여 시비 끝에 큰일이 날 수도 있다는 말.

한 푼 돈을 우습게 여기면 한 푼 돈에 울게 된다 : 아무리 적은 돈이라도 하찮게 여기지 말라고 경계하여 이르는 말.

한 푼 모아 두 푼 된다 : 작은 돈이라도 꾸준히 모으면 큰돈이 된다는 말.

한 푼 아끼려다 백 냥 잃는다 : ⇒ 기와 한 장 아끼다가 대들보 썩힌다.

한 푼을 아끼면 한 푼이 모인다 : 재물은 아끼는 대로 모인다는 말.

한 푼을 쪼개 쓰겠다 : 돈을 몹시 아껴 씀을 이르는 말.

한 푼 장사에 두 푼 밑져도 팔아야 장사 : ⇒ 한 푼 장사에 두 푼을 밑져도 팔아야 한다.

한 푼 장사에 두 푼을 밑져도 팔아야 한다 : 장사는 아무튼 팔고 보아야 한다는 말. 한 푼 장사에 두 푼 밑져도 팔아야 장사.

한 푼짜리 푸닥거리에 두부가 오 푼 : ⇒ 돼지 값은 칠 푼이요 나무 값은 서 돈이다.

한 하늘을 이고 살 수 없는 원수〔不俱戴天之讎〕 : 같은 하늘 아래에서 같이 살 수 없는 원수라는 뜻으로, 매우 원한이 사무친 원수를 이르는 말.

한 해 농사를 초련으로 다 먹는다 : 한 해 농사를 추수 때까지 대어 먹지를 못하고 풋바심으로 다 먹게 된다는 말로서, 빈농은 농사를 지어도 1년 양식거리가 모자란다는 말. *초련—풋바심한(일찍 익은 곡식이나 여물기 전에 훑은) 곡식으로 가을걷이 때까지 양식을 대어 먹는 일.

한 홰 닭이 한꺼번에 운다 : 같은 운명에 처한 사람끼리 같은 행동을 한다는 말.

할 말은 해야 하고 참을 말은 참아야 한다 : 때와 장소에 따라 말을 분별해야 함을 이르는 말.

할머니 뱃가죽 같다 : 시들시들하고 쭈글쭈글한 것을 비유하여 이르는 말.

할복할 놈은 계란에도 뼈가 있다㊌ : ⇒ 계란에도 뼈가 있다. *할복하다—'헐복하다(어지간히 복이 없다)'의 북한어.

할아버지 감투를 손자가 쓴 것 같다 : 의복 따위가 너무 커서 보기에 우스운 경우를 비유하여 이르는 말.

할아버지 떡도 커야 사 먹는다 : ⇒ 아주머니 떡(술)도 싸야 사 먹지.

할아버지 진지상은 속여도 가을 밭고랑은 못 속인다 : 할아버지 밥상은 요란스럽게 차려서 없으면서도 있는 듯이 속일 수는 있으나, 그해 작황을 보여 주는 가을 밭고랑은 속일 수 없다는 뜻으로, 농사를 잘 지었는가 못 지었는가 하는 것은 가을에 가서 드러난다는 말.

할애비 모시듯 하다㊌ : 권력이나 재력이 있는 사람에게 빌붙어서 그 사람을 떠받

드는 모양을 비유하여 이르는 말.

할 일이 없으면 낮잠이나 자라 : 자신과 상관없는 일에 쓸데없이 참견하는 경우를 비꼬아 이르는 말.

할 일이 없거든 오금이나 긁어라 : 오금을 긁는 것은 보기 싫은 짓이긴 하나, 하는 일 없이 가만히 있는 것보다는 낫다는 뜻으로, 일 없이 그저 노는 것보다 되든 안 되든 무엇이든 하는 것이 낫다는 말. 노는 입에 염불하기. 적적할 때는 내 볼기짝 친다.

함박눈은 오래 오지 않는다 : 함박눈의 송이처럼 굵게 오는 눈은 많이 올 것 같아도 그렇지 않다는 말.

함박눈이 내리면 날씨는 포근하다 : 함박눈은 습성(濕性)이므로 공중에서 내려올 때 지표면 가까이가 0℃ 정도로 포근하게 되면 결정들이 부딪쳐 큰 눈송이의 함박눈이 되므로 기온이 포근해진다는 말.

함박눈이 많이 내리면(오면) 풍년 든다 : 겨울에는 눈이 많이 와야 보리 풍년이 든다는 말.

함박 시키면 바가지 시키고 바가지 시키면 쪽박 시킨다 : 윗사람이 아랫사람에게 무엇을 시키면 그는 또 자기 아랫사람에게 그 일을 시킨다는 말.

함부로 나는 새가 그물에 걸린다 : 무슨 일이든 함부로 경솔하게 하면 해를 입게 된다는 말.

함정(陷穽)에 든 범 : 빠져나올 수 없는 곤경에 처하여 마지막 운명만을 기다리고 있는 처지를 비유하여 이르는 말. 샘에 든 고기. 우물에 든 고기. 함정에 빠진 토끼[북].

함정에 빠진 토끼[북] : ⇒ 함정에 든 범.

함정에 빠진 호랑이는 토끼도 깔본다 : 사람이 권력에서 밀려나거나 궁지에 빠지면 하찮은 것들한테도 괄시를 받는다는 말.

함정에서 뛰어 난 범 : 거의 죽게 된 위험한 고비에서 빠져나와 다시 살게 되어 좋아서 날뛰는 모습을 비유하여 이르는 말.

함정을 보고도 빠진다 : 위험을 알면서도 조심하지 않다가 위험에 처하게 됨을 이르는 말.

함지 밥 보고 마누라 내쫓는다 : 큰 함지에 밥을 퍼서 먹는 부인을 보고 밥 많이 먹는 마누라와 살 수 없다 하여 쫓아낸다는 뜻으로, 여자가 살림을 헤프게 하면 쫓겨난다는 말.

함흥냉면(咸興冷麪)은 목구멍으로 자른다 : 함흥냉면은 감자녹말로 만든 국수라 입에 들어가서 미처 이로 자르지 못한 것은 목구멍으로 넘어가 버려 목구멍에서 자르게 되듯이, 매끄럽고 차지다는 말.

함흥냉면은 한 가닥은 그릇에 있고 한 가닥은 배 속에 있다 : 함흥냉면은 감자녹말로 만든 국수라 차지고 매끄러워서 입에 들어간 국수가닥을 미처 이로 자르지 못하고 목구멍으로 넘어가 버려 국수 가닥이 그릇에서 배 속까지 연결되어 있다는 말.

함흥차사(咸興差使)다 : 심부름을 간 사람이 돌아오지 않거나 소식이 없음을 이르는 말. * 차사－중요한 임무를 띤 사신.

합덕(合德) 방죽에 줄남생이 늘어앉듯 : ⇒ 제터 방죽에 줄남생이 늘어앉듯. * 합덕－충남 당진군의 지명(교통의 요충지이며 농산물 집산지).

합천(陜川) 해인사(海印寺) 밥인가 : 밥이 끼니때보다 늦어진 경우를 비꼬아 이르는 말.

핫바지에 똥 싼 비위 : 비위가 매우 좋은 사람을 비유하여 이르는 말.

항우(項羽)는 고집으로 망하고 조조(曹操)는 꾀로 망한다 : 고집만 세우는 사람과 꾀부리는 사람을 경계하여 이르는 말. * 항우－옛날 중국 진나라의 장수.

**항우도 낙상할 적이 있고 소진(蘇秦)도 망발

할 적이 있다 : 아무리 능력이 있는 사람이라도 간혹 실수를 할 수 있다는 말.

항우도 댕댕이 덩굴에 넘어진다 : 비록 힘이 세더라도 방심하여 조심하지 않으면 실수를 할 수 있으므로 작고 보잘것없다 하여 깔보아서는 안 된다는 말.

항우도 먹어야 장수지 : 사람은 누구나 배를 든든히 채워야 힘을 쓸 수 있다는 말.

항우 보고 앙증하다고 한다 : 힘은 산을 뽑고 기(氣)는 온 세상을 덮을 만한 영웅 항우를 보고 앙증하다고 함이니, 크고 튼튼한 것을 잘못 알고 작고 깜찍한 것으로 취급함을 이르는 말.

해가 서쪽에서 뜨겠다 : 나쁜 일을 하던 사람이 뜻밖에 좋은 일을 했을 때 이르는 말.

해가 지릅뜨면 비가 온다 : 농가에서 해 뜨는 모양을 보고 비 올 것을 짐작하는 말. *저기압에서는 시야가 가깝게 보이는 데서 나온 말.

해가 집을 짓고 넘으면 비가 온다 : 저기압 상태에서는 시야가 가깝게 보이므로 해가 가깝게 넘어가는 것처럼 보이는데 이런 때는 비가 올 징조라는 말.

해남(海南) 원님 참게 자랑하듯 한다 : 예전에 전라남도 해남 원님이 손님에게 해남산 참게 맛 자랑하듯이, 무엇을 매우 좋다고 자랑함을 이르는 말.

해 넘어갈 때 서쪽 하늘이 붉으면 날씨가 좋고 흑록색이면 비바람이 분다 : 편서풍 지대인 우리나라에서 나타나는 특징으로, 저녁노을이 붉은색이면 고기압이고 흑록색이면 저기압임을 나타내는 말.

해녀(海女)는 물 아래 삼 년 물 위에 삼 년 : 해녀가 되려면 3년 동안을 두고 물속에서 절반, 물 밖에서 절반을 지내며 고된 훈련을 쌓아야 한다는 말.

해녀는 아기 낳고 사흘이면 바다에 든다 : 해녀는 산후에도 편히 쉬지 못하고 물질을 해야 하는 가난한 생활을 한다는 말.

해녀 아기는 사흘이면 깨문 밥 먹인다 : 해녀는 물질을 해야 하기 때문에 아기를 낳아도 모유를 먹일 수가 없으므로 밥을 으깨어 먹이고 작업을 나간다는 말.

해녀 아기는 사흘이면 삼태기에 뉘어 두고 잠수질한다 : 해녀는 매일 아침부터 저녁까지 물질을 하기 때문에 어린아이를 방에 뉘어서 편히 키우지 못하고, 삼태기에 담아서 작업장에 두고 키우는 안타까운 생활을 한다는 말.

해녀 아기는 이레 만에 밥 먹인다 : 해녀는 젖먹이 아이를 두고 바다에 가서 일을 하게 되므로 젖을 제대로 줄 수가 없어서 아이들을 고생스럽게 키운다는 말.

해동(解凍)이 빠르면 보리 흉년 든다 : 보리는 눈 속에서 늦게까지 자라야 하는데, 해동이 일찍 되면 가뭄으로 작황이 좋지 않게 된다는 말.

해 뜰 때 부는 바람은 바로 그치고 해 질 때 부는 바람은 오래 분다 : 아침해가 뜰 무렵에 불기 시작하는 바람은 바로 그치고 해가 넘어갈 무렵에 시작하는 바람은 오랫동안 분다는 말.

해 뜰 무렵에 동쪽 하늘이 회색이면 날씨가 좋다 : 해가 뜰 때 동쪽 하늘이 회색이면 그날 날씨가 좋다는 말.

해륙풍(海陸風)이 방향을 바꾸면 날씨가 급변한다 : 낮에는 육지의 공기가 가열되어 상승하면서 바다의 찬 공기가 그 뒤를 메우게 되므로 해풍이 불며, 밤에는 이와 반대로 육지가 바다보다 냉각되므로 육풍이 바다로 불게 되면 날씨가 급변하면서 비가 온다는 말.

해마다 풍년이 든다[歲歲豊穰] : 농민들이 소원하는 대로 해마다 풍년이 들어 모두

다 즐거워한다는 말.

해변(海邊) 개가 산골 부자보다 낫다 : 해변은 물산(物産)이 풍부하여 산골보다는 살기가 좋다는 말.

해변 개 범 무서운 줄 모른다[북] **:** ⇒ 하룻강아지 범 무서운 줄 모른다.

해변 까마귀 골수박 파먹듯 : ⇒ 연희궁 까마귀 골수박 파먹듯.

해산 구멍에 바람 들라 : 산모가 바람을 잘못 쐬면 몸에 탈이 나므로 바람을 쐬지 아니하도록 조심하라는 말.

해산 미역 같다 : 허리가 굽은 사람을 조롱하여 이르는 말.

해산 어미 같다 : 몸이 부석부석 부은 사람을 가리키는 말.

해산한 데 개 잡기 : 타인을 배려하지 않는, 인정 없고 몹시 심술궂은 사람을 이르는 말.

해충(害蟲)에는 불 지르는 것이 상책이다 : 옛날 농약이 없었던 시절에는 해충이 생겼을 때 불로 태워 죽이는 것이 가장 좋은 방법이었다는 말.

해태(海苔) 고장 딸 시집보낸 심정이다 : 김을 생산하는, 일 많은 집안으로 시집을 보낸 부모가 딸이 고생을 많이 할까 봐 걱정하는 심정을 이르는 말.

해태 발 배면 김 흉작 든다 : 김발을 밀식(密植)하면 바닷물의 소통이 나빠서 김 작황이 나빠진다는 말.

해태 철에는 개도 백 원짜리를 물고 다닌다 : 김 생산기인 11월부터 이듬해 2월까지는 김 산지의 경기가 매우 좋다는 말.

해파리가 갯가에 몰리면 닻 내려라 : 해파리가 갯가에 몰려오면 폭풍이 불어올 징조이니 출어해서는 안 된다는 말.

해파리가 많으면 김 흉년 든다 : 김과 해파리는 생식 조건이 서로 다르기 때문에 겨울철 수온이 높아지면 해파리는 풍작이 되지만 김은 흉작이 된다는 말.

햇곡식 먹을 때는 산신령(山神靈)에게 고사하고 먹는다 : 추수를 하고 햇곡식을 먹을 때는 산신령에게 먼저 감사의 고사를 지내고 먹으라는 말.

햇무리가 있으면 비가 온다 : ⇒ 햇무리 달무리가 생기면 비가 온다.

햇무리 달무리가 생기면 비가 온다 : 햇무리나 달무리는 권층운이 생길 때 햇빛이나 달빛이 수증기에 굴절하여 생기는 현상이므로 이때는 저기압이 접근하여 비가 올 징조라는 말. 햇무리가 있으면 비가 온다. 햇무리 달무리가 생기면 갯일 걷어라.

햇무리 달무리가 서면 갯일 걷어라 : ⇒ 햇무리 달무리가 생기면 비가 온다.

햇비둘기 재를 넘을까 : 경험이나 실력이 없이는 큰일을 하기 어렵다는 말.

햇새가 더 무섭다 : 젊은 사람들이 더 살림을 무섭게 한다는 말.

행담(行擔) 짜는 놈은 죽을 때도 버들잎을 물고 죽는다 : 버들가지로 행담을 짜는 사람은 죽을 때도 버들 껍질을 입으로 물어 벗기다가 죽는다는 뜻으로, 사람은 어떤 경우에도 자기 본색을 감추지 못한다는 말.

행랑(行廊) 빌리면 안방까지 든다 : ⇒ 봉당을 빌려주니 안방을 달란다.

행랑이 몸채 노릇 한다 : ① 손님이 주인 노릇 함을 비유하여 이르는 말. ② 아랫사람이 윗사람을 제치고 일을 주관함을 비유하여 이르는 말.

행랑이 몸채 된다 : 신분이나 지위가 반대 입장이 됨을 이르는 말.

행사(行事)가 개차반 같다 : 몸가짐과 하는 짓이 단정하지 못하고 추잡하다는 말.

행사하는 것은 엿보아도 편지(便紙) 쓰는 것은 엿보지 않는다 : 편지는 비밀을 유지해야 하는 것이기 때문에 남의 편지는 절대로 엿보아서는 안 된다는 말.

행사 후에 비녀 빼어 갈 놈 : 불량하고 의리가 없는 사람을 비유하여 이르는 말.

행수(行首) 행수 하고 짐 지운다 : ⇒ 아저씨 아저씨 하고 길짐(떡 짐)만 지운다.

행실(行實)을 배우라 하니까 포도청(捕盜廳) 문고리를 뺀다 : ⇒ 버릇 배우라니까 과부 집 문고리 빼어 들고 엿장수 부른다.

행차 뒤에 나팔 : ⇒ 사또 떠난 뒤에 나팔 분다.

향기가 있는 꽃은 가시 돋친 나무에 핀다 북 **:** ① 실속 있고 가치 있는 것이 겉보기에는 초라하거나 나빠 보임을 비유하여 이르는 말. ② 속이 훌륭한 것은 자신을 보호할 수단을 가지고 있다는 말. ③ 여자의 교태 속에 음흉한 계교가 숨어 있음을 경계하는 말.

향기(香氣) 나는 미끼 아래 반드시 죽는 고기 있다 : 누구나 좋은 물건을 내보이면 그것을 얻기 위하여 애쓰는 노력을 아끼지 않는다는 말.

향당(鄕黨)에 막여치(莫如齒) : 향당에서는 나이만 한 것이 없다는 뜻으로, 향당에서는 나이를 가장 중히 여긴다는 말.

향랑각시 속거천리(速去千里) : 음력 2월 초하룻날에 백지에 먹으로 써서 기둥, 벽, 서까래 따위에 붙이는 말로, 이것을 거꾸로 붙이면 집 안에 노래기가 없어진다고 한다.

향불(香-) 없는 제상(祭床) : ① ⇒ 향불 없는 젯밥. ② 북 제사를 지내려면 향불을 피워야 하는데 향불이 없는 제사상이란 뜻으로, 없어서는 안 될 가장 중요한 것이 빠진 경우를 비유하여 이르는 말.

향불(香-) 없는 젯밥(祭-) : 향불이 없으니 제사를 지내지 못하고, 제사를 지내지 않았으니 먹을 수 없는 제삿밥이라는 뜻으로, 먹을 것을 가져다 두고 오랫동안 먹지 않고 있을 때를 비유적으로 이르는 말. 향불 없는 제상①.

향청(鄕廳)에서 개폐문(開閉門) 한다(하겠다) : 개폐문하는 것은 그 고을의 원이 있는 관가에서 하는 것인데, 그 하부 기관인 향청에서 한다는 뜻으로, 주제넘게 권한 밖의 일을 함을 비유하여 이르는 말.

향초쌈에 고추장 : 으레 따르는 물건을 비유하여 이르는 말.

허구 많은 생선(生鮮)에 복〔鮐〕 생선이 맛이냐 : 복어는 잘못 먹으면 중독되어 죽는 위험까지 있는데 하필이면 딴 생선은 제쳐 놓고 구태여 그 위험한 것을 고집스럽게 먹으려 하느냐는 말.

허기진 강아지 물찌똥에 덤빈다 : 굶주린 사람은 음식을 가리지 않는다는 말.

허리띠 속에 상고장(上告狀) 들었다 : ⇒ 베주머니에 의송 들었다.

허리 부러진 장수(호랑이) : ⇒ 날개 부러진 매(독수리).

허리에 돈 차고 학(鶴) 타고 양주(楊州)에 올라갈까 : 언제 많은 돈을 마련하여 학을 타고 양주 구경을 갈 수 있겠느냐는 뜻으로, 평생소원을 언제 풀어 보겠냐는 말.

허리춤에 빗 넣고 시집온 색시 잘산다 북 **:** 가난하여 허리춤에 빗이나 하나 넣고 시집온 여자가 살림을 알뜰히 하여 잘살게 된다는 말.

허리춤에서 뱀 집어 던지듯 : 끔찍스럽게 여겨 다시는 보지 않을 듯이 내어 버리는 경우를 비유하여 이르는 말.

허물 모르는 게 내외 : 부부 사이에는 숨기는 것이 없어서 피차 허물이 없다는 말.

허물(-을) 벗다 : ① 죄명이나 누명 등에서 벗어남을 이르는 말. ② 북 잘못을 뉘우치고 개심하여 새 출발을 하여 이전의 잘못이 백지화됨을 이르는 말.

허물이 커야 고름이 많다 : 물건이 커야 속에 든 것이 많다는 말.

허수아비도 제구실을 한다㈜ **:** 아무리 무능한 사람일지라도 나름대로 역할을 한다는 말.

허영청(虛影廳)에 단자(單子) 걸기 : 어떤 일에 대한 뚜렷한 계획이나 목적도 없이 덮어놓고 일을 벌이는 어리석음을 이르는 말.

허욕(虛慾)에 들뜨면 눈앞이 어둡다㈜ **:** 헛된 욕심에 들뜨게 되면 사리를 제대로 판단할 수 없게 된다는 말. 허욕에 들뜨면 한 치 앞도 못 본다㈜.

허욕에 들뜨면 한 치 앞도 못 본다㈜ **:** ⇒ 허욕에 들뜨면 눈앞이 어둡다㈜.

허욕이 패가(敗家)라 : ⇒ 욕심이 사람 죽인다.

허울 좋은 과부 : 보기만 좋았지 아무 실속이 없는 사람이나 사물을 비유하여 이르는 말. 이름 좋은 하눌타리. 허울 좋은 하눌타리(수박).

허울 좋은 도둑놈 : 겉으로는 멀쩡하여 보이나 하는 짓이 몹시 흉악한 사람을 비유하여 이르는 말.

허울 좋은 하눌타리 : ⇒ 허울 좋은 과부. * 하눌타리-박과에 딸린 여러해살이 덩굴 풀.

허적(許積)이 산적(散炙)이라 : 역모(逆謀)에 참살당함을 이르는 말. * 숙종 때 문신 허적이 역모에 연루되어 참수형을 당한 일을 두고 만들어진 말.

허지(虛地)에 소리(-를) 하다㈜ **:** 아무도 없는 데다 대고 말한다는 뜻으로, 남들에 대한 고려 없이 자기 말만 함을 비유하여 이르는 말.

허청(虛廳) 기둥이 측간 기둥 흉본다 : ⇒ 똥 묻은 개가 겨 묻은 개 나무란다.

허파에 바람 들었다 : 지나치게 웃으며 실없이 행동하거나, 마음이 들떠 엉뚱한 짓을 하는 사람을 두고 이르는 말.

허파에 쉬 슨 놈 : 썩어 빠진 놈이란 뜻으로, 생각이 없고 주견(主見)이 서지 못한 자를 비꼬아 이르는 말.

허파 줄이 끊어졌나 : 실없이 잘 웃고 지껄이는 사람을 비꼬아 이르는 말.

허풍에 넘어간다 : 남의 거짓말에 속아넘어감을 이르는 말.

허허 해도 빚이 열닷 냥(兩) : 겉으로는 쾌활하고 태연한 것처럼 보이는 사람도 말 못할 딱한 사정이 있다는 말.

헌 갓 쓰고 똥 누기 : 체면을 세우기는 이미 글렀으니 좀 염치없는 짓을 해도 상관이 없다는 말.

헌 고리(짚신)도 짝이 있다 : ⇒ 짚신도 제짝이 있다.

헌 누더기 속에 쌍동자 섰다 : 겉보기에는 초라하고 허술하나 속은 엉큼하고 의뭉스럽다는 말.

헌머리에 이 모이듯 : 이익이 있는 곳에 많은 사람이 떼를 지어 몰림을 비유하여 이르는 말.

헌머리에 이 박이듯 : ⇒ 개 씹에 보리알 끼이듯.

헌머리에 이 잡듯 : 일이 어지럽게 헝클어진 것을 꼼꼼하게 처리하는 모양을 비유하여 이르는 말.

헌 바자〔笆子〕 개 대가리 나오듯 : 물건이 돌출(突出)함을 이르는 말. 헌 바지에 좆 나오듯.

헌 바지에 좆 나오듯 : ⇒ 헌 바자 개 대가리 나오듯.

헌 바지 올려 춰야 허벅살밖에 보이지 않는다㈜ **:** 시원치 아니한 사람이 자기를 자꾸 나타내 보이려다가 결국 결점만 드러내게 됨을 비유하여 이르는 말.

헌 배에 물 푸기 : 어떤 상황(일)에 근본적인

대책은 세우지 않고 임기응변식으로만 처리함을 이르는 말.

헌 분지 깨고 새 요강 물어준다 : 손해를 끼친 것은 얼마 되지 않는데 크게 변상을 하게 됨을 비유하여 이르는 말. * 분지—흙으로 만든 요강.

헌 섬이 곡식이 더 든다 : 늙은 사람이 밥을 더 많이 먹음을 이르는 말.

헌신짝같이 버린다 : 요긴하게 쓰고 나서는 미련(아낌) 없이 버린다는 말. 헌신짝 버리듯 한다.

헌신짝 버리듯 한다 : ⇒ 헌신짝같이 버린다.

헌 옷이 있어야 새 옷이 있다 : 헌 것이 있어야 새것 좋은 줄을 알 수 있다는 말.

헌 정승만치도 안 여긴다 : 사람을 지나치게 무시하고 깔봄을 이르는 말.

헌 집 고치기 : 헌 집은 한 군데를 고치고 나면 또 고칠 곳이 생기듯, 경비만 많이 들고 실속 없는 일거리가 계속됨을 이르는 말.

헌 짚신도 짝이 있다 : 아무리 가난하고 못난 사람에게도 배필은 있다는 말.

헌 체로 술 거르듯 : 말을 막힘없이 술술 하는 모양을 비유하여 이르는 말.

헐어도 비단옷북 : ① 본래 좋은 바탕을 가지고 있었기 때문에 볼품없이 된 다음에도 계속 좋은 이름을 가지고 있음을 비유하여 이르는 말. ② 실속이 없이 이름만 번지르르함을 비유하여 이르는 말.

험한 나루에 배〔迷津寶筏〕 : ⇒ 어두운 밤의 등불.

헛배 불리고 게트림한다북 : 없으면서도 있는 체하고 거드름을 피우는 것을 비꼬는 뜻으로 이르는 말.

헛소문이 빨리 난다 : 거짓 소문은 호기심 때문에 빨리 퍼진다는 말.

헤엄 잘 치는 놈 물에 빠져 죽고 나무에 잘 오르는 놈 나무에서 떨어져 죽는다 : ⇒ 나무에 잘 오르는 놈이 떨어져 죽고 헤엄 잘 치는 놈이 빠져 죽는다.

혀가 깊어도 마음속까지는 닿지 않는다 : 아무리 언변이 좋아도 마음속에 있는 것을 그대로 다 나타내지 못함을 이르는 말.

혀가 짧아도 침은 길게 뱉는다 : ⇒ 혀가 짧은 놈이 침은 길게 뱉는다.

혀가 짧은 놈이 침은 길게 뱉는다 : 제 분수에 비하여 지나치게 있는 체함을 비유하여 이르는 말. 혀가 짧아도 침은 길게 뱉는다.

혀 끝에 자개바람 들었느냐북 : 혀끝에 쥐가 나서 혀가 굳었느냐는 뜻으로, 말을 전혀 하지 않음을 놀림조로 이르는 말. * 자개바람—쥐가 나서 근육이 곧아지는 증세.

혀를 빼 물었다 : 일이 몹시 힘들다는 말.

혀 밑에 죽을 말 있다 : ⇒ 혀 아래 도끼 들었다.

혀뿌리를 함부로 내두르지 말라북 : 말을 함부로 하지 말라는 말.

혀 아래 도끼 들었다 : 자기가 한 말 때문에 자기가 죽을 수도 있으니, 항상 말조심하라는 말. 혀 밑에 죽을 말 있다.

현감(縣監)이라고 다 과천(果川) 현감이라더냐 : 직위가 같은 벼슬이라도 서울에서 가까운 좋은 자리가 있고 먼 시골의 나쁜 자리가 있듯, 겉보기는 똑같지만 내용이 다른 것이 있음을 이르는 말. * 과천—서울 남쪽의 지명.

현왕재(現王齋) 지내고 지벌 입는다 : 세력 있는 사람에게 뇌물을 바치거나, 또는 타인에게 선공(善功)을 하고서도 도리어 그 사람의 손에 해독을 입음을 일컫는 말. * 현왕재—죽은 사람의 왕생극락을 기원하는 기도. * 지벌—신이나 부처에게 거슬리는 일을 저질러 당하는 벌.

현인(賢人)은 복(福)을 내리고 악인(惡人)은

재앙(災殃)을 만난다 : 어질게 행동하고 악한 짓을 하지 말라는 말.

혓바닥에 침이나 묻혀라 : 속이 빤히 들여다 보이게 거짓말을 하는 사람에게 그런 얕은 수작은 그만두라고 핀잔하는 말. 입술에 침이나 바르지.

혓바닥째 넘어간다 : 먹고 있는 음식이 아주 맛있다는 말.

형(兄)만 한 아우 없다 : 아우가 형만 못하다는 말.

형 미칠 아우 없고 아비 미칠 아들 없다 : 아우가 아무리 잘났어도 형만 못하고 아들이 아무리 잘났어도 아비만 못하다는 말.

형방서리(刑房胥吏) 집이라 : 두려워 피할 집을 잘못 찾아감을 이르는 말.

형 보니 아우 : 형을 보면 그 아우도 짐작할 수 있다는 말.

형은 내놓고 형수는 감춘다 : 형은 동생에게 잘해 주고 형수는 형만큼 잘해 주지 않는다는 말.

형제간에도 담이 있다 : 아무리 가까운 사이에도 할 말 못할 말이 있음을 이르는 말.

형제간에도 주머니는 다르다 : 형제간에도 금전 거래는 분명해야 함을 이르는 말.

형제간에도 큰 고기는 제 망태에 담는다 : 형제간에도 이익은 서로 먼저 챙김을 이르는 말.

형제는 잘 두면 보배요 못 두면 원수다 : 형제간에 우애가 돈독하면 서로 돕고 잘 지내지만, 그렇지 못하면 서로가 괴로운 입장이 됨을 이르는 말.

형제 없이는 살아도 이웃 없이는 못 산다 : 살아가는 데는 이웃이 소중함을 이르는 말.

형제 없이는 살아도 친구 없이는 못 산다 : 친구가 몹시 소중함을 이르는 말.

형틀을 지고 와서 볼기(매) 맞는다 : 가만히 있으면 탈이 없을 것을 저 스스로 화를 부르거나 고생을 사서 하게 됨을 비유하여 이르는 말.

형틀 지고 다니며 매 맞으랴북 **:** 하지 않아도 될 일을 굳이 하면서 봉변을 당할 필요가 있겠느냐는 말.

호구(虎口)를 벗어나다 : ⇒ 범의 입을 벗어나다.

호구조사(戶口調査)하는 칼치 장사북 **:** 예전에 칼을 차고 호구조사를 다니던 일본 순사들을 비꼬아 이르던 말.

호기(豪氣)가 오패부장(五牌部長)이다 : 행동이 거친 사람을 배척하여 이르는 말.

호두각(虎頭閣) 대청 같다북 **:** ⇒ 염초청 굴뚝 같다. * 호두각－조선 시대에, 의금부에서 죄인을 신문(訊問)하던 곳.

호두 속 같다 : 단단한 껍질을 벗기면 속이 복잡하다는 뜻으로, 복잡한 세상을 이르는 말.

호드기가 장마다 날가북 **:** ⇒ 장마다 꼴뚜기(망둥이) 날까. * 호드기－'참오징어(오징엇과의 연체동물)'의 북한어.

호떡집에 불난 것 같다 : 질서 없이 마구 떠들어 대는 모양을 이르는 말.

호랑이가 고슴도치를 놓고 하품만 한다 : 만만하기는 하지만 가시에 찔릴까 봐 잡아먹지도 못하고 망설임을 이르는 말.

호랑이가 굶으면 환관(宦官)도 먹는다 : ⇒ 새벽 호랑이(-가) 중이나 개를 헤아리지 않는다.

호랑이가 새끼 치겠다 : 김을 매지 않아 논밭에 풀이 무성함을 꾸짖거나 비꼬아 이르는 말.

호랑이가 시장하면 코에 묻은 밥풀도 핥는다북 **:** 위신과 체면을 차리던 사람이 배가 고프면 아무것이나 마구 먹는다는 말.

호랑이가 호랑이를 낳고 개가 개를 낳는다 : 근본에 따라 거기에 합당한 결과가 이루어짐을 비유하여 이르는 말.

호랑이 개 물어간 것만 하다 : 밉던 개를 호랑이가 물어간 것만큼 시원하다는 뜻으로, 걸리고 꺼림칙하던 것이 없어져서 마음이 시원함을 비유하여 이르는 말.

호랑이 개 어르듯 : ① 속으로 해칠 생각만 하면서 겉으로는 슬슬 달래서 환심을 사려고 함을 비유하여 이르는 말. ② 상대편으로 하여금 넋을 잃게 만들어 놓고 마음대로 놀리는 모양을 비유하여 이르는 말.

호랑이 굴에 가야 호랑이(-새끼)를 잡는다〔不入虎穴 不得虎子〕: 뜻하는 성과를 얻으려면 그에 마땅한 일을 하여야 함을 비유하여 이르는 말. 범(-의) 굴에 들어가야 범을 잡는다. 범을 잡자면 범의 굴에 들어가야 한다[북]. 진주를 찾으려면 물속에 들어가야 한다[북]. 호혈에 들어가지 않고서 호자를 얻지 못한다[북].

호랑이 꼬리를 잡은 셈[북] : 호랑이 꼬리를 잡고 그냥 있자니 힘이 달리고 놓자니 호랑이에게 물릴 것 같다는 뜻으로, 이러지도 못하고 저러지도 못하는 딱한 처지에 놓임을 비유하여 이르는 말. 범의 꼬리를 잡고(붙잡고) 놓지 못한다[북].

호랑이 날고기 먹는 줄은 다 안다 : 누구나 다 아는 짓을 굳이 숨기고 안하는 체할 필요가 없다는 말.

호랑이는 뒷걸음질을 하지 않는다 : 용감한 사람은 싸움에서 물러나지 않는다는 말.

호랑이는 바람을 일으키고 룡은 안개를 일으킨다[북] : ⇒ 용 가는 데 구름 가고 범 가는 데 바람 간다.

호랑이는 세 살 먹은 어린애가 봐도 호랑인 줄 안다[북] : ① 용맹하고 위엄 있는 존재는 누구나 알아본다는 말. ② 모질고 악독한 사람은 그 본성이 누구에게나 드러난다는 말.

호랑이는 제 새끼를 벼랑에서 떨어뜨려 본다(보고 기른다) : 자식을 훌륭하게 기르려면 어려서부터 엄하게 하여야 한다는 말.

호랑이 담배 먹던 시절 이야기다 : 지금과는 상황이 아주 달랐던 오랜 옛날의 이야기라서 현실에 맞지 않는다는 말.

호랑이 담배 먹을(피울) 적 : 지금과는 상황이 다른 아주 까마득한 옛날이라는 말. 범이 담배를 피우고 곰이 막걸리를 거르던 때.

호랑이더러 날고기 봐 달란다 : 염치와 예의도 모르는 사람에게 그 사람이 좋아하는 물건을 맡겨 놓으면 영락없이 그 물건을 잃게 됨을 비유하여 이르는 말. 범 아가리에 날고기 넣는 셈. 범에게 개를 빌려 준 셈. 범의 아가리에 개를 꿔인 셈[북]. 호랑이보고 아이 보아 달란다[북]. 호랑이에게 개 꾸어 준 셈.

호랑이도 고슴도치는 못 잡아먹는다 : 약자도 사전에 무장을 잘하면 강자가 함부로 공격하지 못한다는 말.

호랑이도 곤하면 잔다 : ① 누구나 피곤할 때는 쉬어야 한다는 말. ② 일이 잘 안되고 실패만 거듭할 때는 쉬면서 다음 기회를 기다리는 것이 좋다는 말.

호랑이도 먹이 뒤를 따라다닌다 : 권력을 가진 사람도 재물을 좋아한다는 말.

호랑이도 사람 셋을 잡아먹으면 귀가 째진다[북] : ⇒ 범이 사람 셋을 잡아먹으면 귀가 째진다[북]①.

호랑이도 새끼가 열이면 스라소니를 낳는다 : 자식을 많이 낳으면 그중에 사람 구실을 제대로 못 하는 자식도 낳게 된다는 말.

호랑이도 쏘아 놓고 나면 불쌍하다 : 아무리 밉던 사람도 그가 죽게 되었을 때는 측은하게 여겨진다는 말.

호랑이도 자식 난 골에는 두남둔다 : ⇒ 범도 새끼 둔 골을 두남둔다①.

호랑이도 제 말 하면 온다〔談虎虎至〕: ① 깊은 산에 있는 호랑이조차도 그에 대하여 이야기하면 찾아온다는 뜻으로, 어느 곳에서나 그 자리에 당사자가 없다고 남을 흉보아서는 안 된다는 말. ② 다른 사람에 관한 이야기를 하는데 공교롭게 그 사람이 나타나는 경우를 이르는 말. 까마귀도 제 소리 하면 온다. 범도 제 말(소리) 하면 온다. 범도 제 소리 하면 오고 사람도 제 말 하면 온다. 시골 놈 제 말 하면 온다.

호랑이도 제 새끼를 곱다고 하면 물지 않는다북 **:** 사람은 제 자식을 예쁘다고 하는 사람을 나쁘게 대하지 아니한다는 말. 호랑이도 제 새끼를 사랑하면 좋아한다북.

호랑이도 제 새끼를 사랑하면 좋아한다북 **:** ⇒ 호랑이도 제 새끼를 곱다고 하면 물지 않는다북.

호랑이도 제 숲만 떠나면 두리번거린다북 **:** 아무리 유능한 사람도 환경과 조건이 바뀌면 생소하여 조심하게 된다는 말.

호랑이를 그리려다가 강아지(고양이)를 그린다〔畵虎類狗〕: 시작할 때는 크게 마음먹고 훌륭한 것을 만들려고 하였으나 생각과는 다르게 초라하고 엉뚱한 것을 만들게 됨을 비유하여 이르는 말. 범을 그리려다 개(고양이)를 그린다. 호랑이를 잡으려다가 토끼를 잡는다.

호랑이를 잡으려다가 토끼를 잡는다 : ⇒ 호랑이를 그리려다 강아지(고양이)를 그린다.

호랑이 만날 줄 알면 산에 갈가북 **:** ⇒ 호랑이에게 물려 갈 줄 알면 누가 산에 갈까.

호랑이 말 타고 산천 유람한단다북 **:** 호랑이가 말을 타고서 산수 구경을 다닌다는 뜻으로, 도저히 이루어질 수 없는 허황된 일을 하려 함을 비꼬아 이르는 말.

호랑이보고 아이 보아 달란다북 **:** ⇒ 호랑이더러 날고기 봐 달란다.

호랑이 보고 창구멍 막기 : ⇒ 범 본 여편네(할미, 놈) 창구멍 틀어막듯①.

호랑이 새끼는 자라면 사람을 물고야 만다 : ⇒ 용이 여의주를 얻으면 하늘로 올라가고야 만다.

호랑이 어금니 같다 : ⇒ 사자 어금니 같다.

호랑이 어금니 아끼듯 : ⇒ 사자 어금니같이 아끼다.

호랑이 없는 골에 토끼가 왕 노릇 한다 : 뛰어난 사람이 없는 곳에서 보잘것없는 사람이 득세함을 비유적으로 이르는 말. 룡이 없는 바다에는 메기가 꼬리를 치고, 호랑이 없는 산골에는 여우가 선생질을 한다북. 범 없는 골에 토끼가 스승이라. 범 없는 골에 삵이 범 노릇 한다북. 범 없는 산에 오소리가 왕질한다북. 사자 없는 산에 토끼가 왕(대장) 노릇 한다. 호랑이 없는 동산에 토끼가 선생 노릇 한다. 혼자 사는 동네 면장이 구장①.

호랑이 없는 동산에 토끼가 선생 노릇 한다 : ⇒ 호랑이 없는 골에 토끼가 왕 노릇 한다.

호랑이에게 개 꾸어 준 셈 : ⇒ 범 아가리에 날고기 넣는 셈.

호랑이에게 개를 꾸어 준다 : 도저히 되찾을 가망이 없는 일을 이르는 말.

호랑이에게 고기 달란다 : ⇒ 고양이에게 반찬 달란다.

호랑이에게 물려 가도 정신만 차리면 산다 : 아무리 위급한 상황에서도 신중을 기해서 대처하면 헤어날 방법이 생긴다는 말. 범에게 물려 가도 정신만 차리면 산다. 범에게 열두 번 물려 가도 정신을 놓지 말라.

호랑이에게 물려 갈 줄 알면 누가 산에 갈까 : ① 처음부터 위험할 줄 알면 아무도 모험을 하지 않을 것이라는 말. ② 누구나 처음에는 실패하리라는 생각을 하지 않는다는 말. 호랑이 만날 줄 알면 산에 갈가북. 호환을 미리 알면 산에 갈 이 뉘 있으리.

호랑이 잡고 볼기 맞는다 : 좋은 일을 하고도 비난을 받거나 죄를 입게 된 경우를 비유하여 이르는 말.

호랑이 잡을 칼로 개를 잡는 것 같다 : 칼이 잘 들지 않음을 이르는 말.

호랑이 장가간다 : 해가 나 있으면서 비가 내리는 날씨를 이르는 말.

호랑이 제 새끼 안 잡아먹는다 : 사람이 제 자식을 사랑하는 것은 당연하다는 말.

호랑이 코빼기에 붙은 것도 떼어 먹는다 : ① 위험을 무릅쓰고 이익을 추구하는 경우를 이르는 말. ② 눈앞에 당한 일이 당장에 급하게 되어 위험을 무릅쓰고라도 하지 않으면 안 되는 경우를 비유하여 이르는 말.

호랑이 탄 량반 도적북 : 호랑이 가죽으로 만든 방석을 깔고 앉아 권세를 부리는 양반들이 백성들을 착취하는 도적임을 비유하여 이르는 말.

호랑이한테 쫓기우는 토끼북 : 몹시 위험한 처지를 비유하여 이르는 말.

호미 끝이 거름이다 : 곡식은 호미로 자주 김을 매 주면 거름한 것처럼 잘 자란다는 말.

호미로 막을 것을 가래로 막는다 : ① 적은 힘으로 충분히 처리할 수 있는 일에 쓸데없이 많은 힘을 들이는 경우를 비유하여 이르는 말. ② 커지기 전에 처리하였으면 쉽게 해결되었을 일을 방치하여 두었다가 나중에 큰 힘을 들이게 된 경우를 비유하여 이르는 말.

호미 씻으면 김이 무성하다 : 호미는 깨끗이 씻어 두지 말고 항상 김을 맬 수 있도록 건사하라는 말.

호박꽃도 꽃이냐 : 여자는 모름지기 예뻐야 한다는 말.

호박꽃을 꽃이라니까 오는 나비 괄시한다 : 곱지도 않은 호박꽃을 곱게 대접해 주면 우쭐하여 오는 나비를 박대하듯이, 못난 여자를 잘 대접하여 주면 도리어 사람을 박대한다는 말.

호박꽃이다 : 얼굴이 예쁘지 못한 여자를 비유하여 이르는 말.

호박 나물에 이빨 자랑하기다 : 자랑할 만한 것도 아닌 것을 가지고 자랑함을 비유하여 이르는 말.

호박 나물에 힘쓴다 : ① 쓸데없는 일에 공연히 혼자 기를 쓰는 경우를 비유하여 이르는 말. ② 기골이 약한 사람이 가벼운 것을 들고도 쩔쩔맨다는 말.

호박 넝쿨과 딸은 옮겨 놓는 데로 간다북 : ① 호박 넝쿨은 가지를 옮겨 놓은 데로 뻗기 마련이고 딸은 시집가면 남편을 따라가기 마련이라는 뜻으로, 딸을 시집보낼 때는 사윗감을 잘 골라야 한다는 말. ② 딸이 바른 길로 들어서도록 교육을 잘 시켜야 한다는 말.

호박 넝쿨 뻗을 적 같아서는 강계(江界) · 위원(渭原) · 초산(楚山)을 뒤엎을 것 같다 : ⇒ 호박 덩굴이 뻗을 적 같아서야.

호박 덩굴이 뻗을 적 같아서야 : 한창 기세가 오를 때는 무엇이나 다 될 것 같으나 결과는 두고 보아야 안다는 말. 호박 넝쿨 뻗을 적 같아서는 강계·위원·초산을 뒤엎을 것 같다. 호박 덩굴이 뻗을 적에는 강계·위원·초산이라도 덮을 것 같다.

호박 덩굴이 뻗을 적에는 강계 · 위원 · 초산이라도 덮을 것 같다 : ⇒ 호박 덩굴이 뻗을 적 같아서야.

호박벌이다 : 호박벌처럼 얼굴이 검고 뚱보인 여자를 비유하여 이르는 말.

호박 쓰고 돼지우리로 들어가는 격이다 : 호박은 돼지가 좋아하는 사료이므로 호박을 쓰고 우리로 들어가면 돼지에게 물리듯이, 스스로 망신당할 짓을 어리석게도 자초함을 이르는 말.

호박씨 까서 한입에 털어 넣기(넣는다) : 애써 조금씩 모았다가 한꺼번에 털어 없애는 경우를 비유하여 이르는 말.

호박씨를 까먹으면 외운 글도 잊는다 : 호박씨 까먹는 데 맛을 들이면 공부에 방해된다는 말.

호박에 말뚝 박기 : ① 심술궂고 잔혹한 짓을 비유하여 이르는 말. ② ⇒ 호박에 침 주기②.

호박에 침 주기 : ① 자극을 주어도 아무 반응이 없음을 이르는 말. ② 아주 하기 쉬운 일을 이르는 말. 호박에 말뚝 박기①.

호박엿은 졸일수록 맛이 좋다 : 호박엿은 졸일수록 품질도 좋아지고 맛도 달다는 말.

호박은 떡잎부터 좋아야 한다[북] **:** 호박이라도 잘될 것은 떡잎 때부터 잘 자라듯이, 장래성이 있는 사람은 어린 시절부터 착하게 자란다는 말.

호박을 땄다 : ⇒ 호박이 넝쿨째로 굴러떨어졌다.

호박을 쓰고 도토굴로 들어간다 : 아무런 방비 없이 무모하게 위험에 뛰어든다는 말.
* 도토굴—'돼지우리'의 함북 방언.

호박이 굴렀다(떨어졌다) : ⇒ 호박이 넝쿨째로 굴러떨어졌다.

호박이나 놓았으면 국이나 끓여 먹지 : 너같이 못난 놈 낳지 말고 차라리 호박이나 낳았더라면 국이나 끓여 먹을 텐데, 너를 낳아서 여러 사람에게 피해를 입히게 되었다는 말.

호박이 넝쿨째로 굴러떨어졌다 : 뜻밖에 좋은 물건을 얻거나 행운을 얻었다는 말. 굴러 온 호박. 아닌 밤중에 찰시루떡. 호박을 땄다. 호박이 굴렀다(떨어졌다).

호박이 떨어져서 장독으로 바로 들어간다[북] **:** 뜻밖에 이익이 되는 일이 생겨서 그것이 제 주머니 안으로 절로 들어옴을 비유하여 이르는 말.

호박이 많이 열리면 딸이 많고 박이 많이 열리면 아들이 많다 : 여자가 호박과 박을 심었을 때 호박이 많이 열리면 딸이 많고, 박이 많이 열리면 아들이 많다는 말.

호박이 열리지 않으면 매를 때린다 : 재래종 호박은 원줄기에서 암꽃이 맺히지 않고 가지에서 열리게 되므로, 매로 순을 쳐서 잘라 주어야 가지가 생겨서 호박이 많이 열리게 된다는 말.

호박잎에 고인 물에 빠져 죽을 팔자[북] **:** 매우 기구하고 가련한 팔자를 비유하여 이르는 말.

호박잎에 청개구리 뛰어 오르듯 : 연소자가 버릇없이 연장자에게 함부로 희롱함을 비유하여 이르는 말.

호반새가 울면 비가 온다 : ⇒ 먼 산이 가까이 보이면 비가 온다.

호장(戶長) 댁네 죽은 데는 가도 호장 죽은 데는 가지 않는다 : ⇒ 대감 죽은 데는 안 가도 대감 말 죽은 데는 간다.

호조(戶曹) 담을 뚫겠다 : 재물에 대한 욕심이 많아 이익이 있는 일이라면 형벌도 두려워하지 않는다는 말.

호혈에 들어가지 않고서 호자를 얻지 못한다〔不入虎穴 不得虎子〕: ⇒ 호랑이 굴에 가야 호랑이 새끼를 잡는다.

호환(虎患)을 미리 알면 산에 갈 이 뉘 있으랴 : ⇒ 호랑이에게 물려 갈 줄 알면 누가 산에 갈까.

혹 떼러 갔다가 혹 붙여 온다〔小貪大失〕: 자기의 부담을 덜려고 하다가 다른 일까지도 맡게 된 경우를 비유하여 이르는 말.
* 혹부리 영감이 도깨비를 속여 혹을 떼었다는 소문을 들은 다른 혹부리 영감이 도깨비를 만나 혹을 떼려 했지만 오히려 혹을 하나 더 붙여 왔다는 이야기에서 유래된 말.

혹시가 사람 잡는다 : 행여나 하면서 응당 취하여야 할 대책을 세우지 아니하고 있다가 돌이킬 수 없는 결과를 가져올 수 있음을 경계하여 이르는 말.

혼례날(婚禮-) 눈이 오면 길하다 : ⇒ 시집가는 날 눈이 오면 길하다.

혼백(魂魄)이 상처했다 : 혼백이 아내를 잃었다는 뜻으로, 넋을 잃고 정신을 차리지 못하는 사람을 비유하여 이르는 말.

혼사(婚事) 말하는 데 장사(葬事) 말한다 : 핵심 화제(話題)와는 아무 관련이 없는 엉뚱한 이야기를 함을 비유하여 이르는 말.

혼인(婚姻)과 물길은 끌어 대기에 달렸다 : 혼인은 중매하기에 따라 이루어진다는 말.

혼인날 등창이 난다 : 일이 임박하여 공교롭게 뜻밖의 장애가 생김을 비유하여 이르는 말. 시집갈 날(때) 등창이 난다.

혼인날 똥 쌌다 : 일이 공교롭게 되어 처신이 사납게 됨을 비유하여 이르는 말.

혼인날 색시 장롱에 목화씨를 넣어 가면 금슬이 좋다 : 목화는 따뜻하게 하는 것이므로 색시가 장롱에 목화씨를 넣어 가면 부부간에 금슬이 좋다는 말. 혼인날 색시집 문 앞에 목화씨를 뿌리면 길하다.

혼인날 색시집 문 앞에 목화씨를 뿌리면 길하다 : ⇒ 혼인날 색시 장롱에 목화씨를 넣어 가면 금슬이 좋다.

혼인날 신랑 신부가 목화씨를 가지고 가면 명이 길다 : 혼인날 신랑 신부가 목화씨를 가지고 가면 명이 길어진다는 것은 '면(綿)'과 '명(命)'의 음이 유사한 데서 유래된 말.

혼인 뒤에 병풍 친다 : ⇒ 열흘날 잔치에 열하룻날 병풍 친다.

혼인에 가난이 든다 : 혼인 잔치에 너무 많은 재물을 써서 가난하게 된다는 뜻으로, 잔치를 크게 벌여 낭비하지 말라는 말.

혼인에 반간(反間) 노는 놈은 만장 가운데 총을 놓아 죽여라 : 혼인에 훼방을 놓는 사람은 여러 사람이 보는 앞에서 총으로 쏘아 죽이라는 뜻으로, 인륜대사의 하나인 혼인을 절대로 방해하지 말라는 말. * 반간-이간(離間). 두 사람이나 나라 따위의 사이를 헐뜯어 서로 멀어지게 함).

혼인에 트레바리 : 혼인을 반대하는 트레바리를 부린다는 뜻으로, 좋은 일까지도 덮어놓고 반대만 함을 비유하여 이르는 말. * 트레바리-이유 없이 남의 말에 반대하기를 좋아함. 또는 그런 성격을 지닌 사람.

혼인집에서 신랑 잃어버렸다 : ⇒ 장가들러 가는 놈이 불알 떼어 놓고 간다.

혼인치레 말고 팔자치레 하랬다 : 혼인 잔치는 잘 하지 못하더라도 잘 살기만 하면 된다고 위로하는 말.

혼자 꿈꾸고 해몽한다[북] : 누구도 모르게 저 혼자서 결심하고 일을 처리함을 비유하여 이르는 말.

혼자 사는 동네 면장(面長)이 구장(區長) : ① ⇒ 호랑이 없는 골에 토끼가 왕 노릇 한다. ② [북] 혼자서 모든 일을 도맡아 해야 하는 처지를 비유하여 이르는 말.

혼자서는 용빼는 재간이 없다[북] : 아무리 재주가 있어도 혼자서는 어찌할 도리가 없다는 말.

혼자 안고 방아 찧는다[북] : 감당하기 어려운 일을 혼자 맡아서 처리함을 이르는 말.

혼쭐난 령감 딸 집 다니듯[북] : 어디를 주책없이 허둥지둥 드나드는 모양을 비유하여 이르는 말.

혼쭐났다 : 공포의 분위기에 놀라 입을 딱 벌리고 말을 못함을 이르는 말.

혼취에 재물을 말함은 오랑캐 짓 : 인륜대사인 혼인에는 예(禮)를 위주로 할 것이지 재물을 개입시켜서는 안 된다는 말.

홀시어머니 거느리기가 벽에 오르기보다도 어렵다 : 홀시어머니는 모시기가 매우 어렵다는 말.

홀아비 굿날 물려 가듯 : 홀아비가 온갖 음

식을 장만하여 굿하는 것이 거추장스러워서 굿날을 자꾸 미루듯이, 무슨 일을 예정하였다가 자꾸 뒤로 미루는 경우를 비유적으로 이르는 말. 홀아비 법사 끌듯.

홀아비는 이가 서 말 과부(홀어미)는 은이 서 말 : 과부는 알뜰해서 살림을 잘하지만 홀아비는 헤퍼서 가난하다는 말이니, 여자는 혼자 살아갈 수 있어도 남자는 혼자 살기가 어려움을 비유하여 이르는 말.

홀아비 법사(法事) 끌듯 : ⇒ 홀아비 굿날 물려 가듯.

홀아비 자식 동네마다 있다 : 버릇없이 자란 못된 놈은 어디에나 있다는 말.

홀아비 집 앞은 길이 보얗고 홀어미 집 앞은 큰길이 난다 : 홀아비는 찾는 사람이 적지만 홀어미에게는 사람이 많이 찾아든다는 말.

홀알에서 병아리 나랴 북 **:** 어떤 일이 이루어질 수 있는 조건이나 기회가 전혀 없는 데서는 그 결과를 기대할 수 없다는 말.
* 홀알—홑알

홀어미 아이 낳듯 : 몹시 부끄러운 일을 당하였다는 말.

홀어미 유복자 위하듯 : 무엇을 매우 소중히 여기며 위하는 경우를 비유하여 이르는 말.

홀짝술이 사발술(말술) 된다 : 술을 조금밖에 못 마시던 사람이 점점 많이 마시게 되는 경우를 비유하여 이르는 말.

홈통은 썩지 않는다 : ① 창문이나 미닫이문이 계속 왕복하는 홈통은 썩지 않는다는 뜻으로, 무슨 일이든 쉬지 않고 부지런히 하여야 실수나 탈이 안 생긴다는 말. ② 물건이나 재능 따위를 쓰지 않고 놓아두면 못 쓰게 되므로 항상 잘 활용하라는 말. 돌쩌귀에 녹이 슬지 않는다.

홍 감사네 뫼 근방이라 : 어떤 근방에 어리대지도 못하게 함을 이르는 말.

홍길동(洪吉童)이 합천 해인사(海印寺) 떨어 먹듯 : 무엇을 아무것도 남기지 않고 싹싹 쓸어 가거나, 음식을 조금도 남기지 않고 다 먹는 모양을 비유하여 이르는 말.

홍두깨 같은 자랑 : 크게 내놓고 말할 만한 자랑을 비유하여 이르는 말.

홍두깨로 소를 몬다 : 적합한 것이 없거나 몹시 급해서 무리한 일을 억지로 함을 비유하여 이르는 말.

홍두깨로 소를 몰면 하루에 천 리를 가나 북 **:** 모든 일은 무리하지 말고 능력에 맞게 해야 한다는 말.

홍두깨로 주고 바늘로 받는다 : 많이 주고 적게 받는다는 뜻으로, 손해 보는 경우를 이르는 말.

홍두깨 세 번 맞아 담 안 뛰어넘는 소가 없다 : 아무리 진중하고 참을성이 많은 사람도 혹심한 처우에는 저항을 하고 뛰쳐나가게 마련이라는 말.

홍두깨에 꽃이 핀다〔枯木生花〕: 가난하고 궁하던 사람이 좋은 운을 만났을 때 이르는 말.

홍 생원네 흙질하듯 : 일을 성의 없이 함부로 하는 모양을 비유하여 이르는 말.

홍시는 안 떨어지고 땡감이 떨어진다 : 떨어질 때가 된 홍시는 안 떨어지고 아직 덜 익은 땡감이 떨어지듯이, 집안에서 죽어야 할 늙은이는 죽지 않고 역으로 젊은 자녀가 죽는다는 말.

홍시 떨어지면 먹으려고 감나무 밑에서 입 벌리고 누웠다 : ⇒ 감나무 밑에 누워서 홍시(연시) (입 안에) 떨어지기를 기다린다(바란다).

홍시 먹다가 이 빠진다 : ① 전혀 그렇게 될 리가 없음에도 일이 안되거나 꼬이는 경우를 비유하여 이르는 말. ② 쉽게 생각했던 일이 뜻밖에 어려워 힘이 많이 들거나 실패한 경우를 이르는 말. ③ 마음을 놓으면 생각지 아니하던 실수가 생길 수 있으니 항상 조심하라는 말. 두부 먹다 이 빠진다.

홍시 빨아 먹듯 한다 : 물렁물렁한 홍시를 한입에 쭉 빨아 먹듯이, 남의 재산 중에서 가장 중요한 것만 독차지한다는 말.

홍역은 평생에 안 걸리면 무덤에서라도 앓는다 : 홍역은 누구나 한 번은 꼭 치러야 하는 병이라는 말.

홍제원 나무 장사 잔디 뿌리 뜯듯 : 무엇을 바드득바드득 쥐어뜯는 모양을 이르는 말.

홍제원 인절미 : 성질이 몹시 차진 사람을 비유하여 이르는 말.

홑벌로 죽일 놈이 아니다북 **:** 한 가지 벌만 주어 죽일 놈이 아니라는 뜻으로, 지은 죄가 매우 크다는 말.

홑중의에 겹말 : 홑겹으로 만든 중의에 겹으로 된 말기를 단다는 뜻으로, 격에 맞지 않게 너무 지나친 것을 비유하여 이르는 말. *겹말—바지, 치마 따위에서 겹으로 된 옷의 말기.

화(禍)가 복(福)이 된다〔轉禍爲福〕: 처음에는 재앙으로 여겼던 것이 원인이 되어 뒤에 다행스러운 결과를 가져옴을 이르는 말.

화(火)가 홀아비 동심(動心)하듯 : 화가 불끈 일어나는 모양을 비유하여 이르는 말.

화난 김에 돌부리 찬다 : 아무 관계도 없는 대상에게 화풀이를 마구 하다가 도리어 크게 손해를 봄을 이르는 말.

화냥년 시집 다니듯 : 상황과 조건에 따라 절개 없이 이리저리 붙음을 비유하여 이르는 말.

화(禍)는 입기 쉬워도 벗기 힘들다북 **:** 화는 일단 당하면 그 영향이 오래간다는 말.

화는 홀로 다니지 않는다〔禍不單行〕: 한 가지 불행에 뒤이어 다른 불행을 만나게 됨을 이르는 말.

화덕 그을음에 불붙으면 출어하지 마라 : 화덕 그을음에 불붙는 현상은 저기압에 기인한 것이므로 그런 날에는 출어해서는 안 된다는 말.

화렴(-이) 들다 : 땅에 묻은 시체의 빛깔이 까맣게 변했다는 말.

화롯가에 엿을 붙이고 왔나 : ⇒ 솥뚜껑에 엿을 놓았나.

화수분(貨水盆)을 얻었나 : 재물을 물 쓰듯 함을 경계하여 이르는 말.

화약(火藥)을 지고 불로 들어간다〔抱薪救火〕: 자기가 스스로 위험한 곳을 찾아 들어가거나 화를 자초함을 이르는 말.

화재(火災)가 나면 제비집과 참새집도 탄다 : 집이 타면 집 안에 있던 제비집과 참새집도 함께 타듯이, 국가가 망하면 국민들도 편하지 못하게 된다는 말.

화재 난 데 도둑질 : 남의 불행을 도와주지는 못할망정 도리어 그것을 악용하여 자기의 이익만 챙기려 함을 이르는 말.

화적 봇짐 털어 먹는다 : 도둑질한 물건을 다시 빼앗는다는 뜻으로, 나쁜 짓을 한 술 더 떠서 하는 경우에 이르는 말.

화초(花草) 밭의 괴석(怪石) : 변변치 못한 것도 놓일 자리에 따라 그 가치가 드러남을 비유하여 이르는 말.

확 깊은 집에 주둥이 긴 개가 들어온다 : ⇒ 문턱 높은 집에 무종아리 긴 며느리 생긴다.

활〔弓〕과 과녁이 서로 맞는다〔弓的相適〕: 하려는 일과 닥친 기회가 서로 부합함을 이르는 말.

활 당기는 김에 콧물 씻는다 : ⇒ 떡 본 김에 제사 지낸다.

활대구름이 일면 사흘 안에 날이 궂는다 : 활대구름이 나타나면 대개 3일 이내에 비가 온다는 말. *활대구름—햇무리구름.

활이 나간다 총이 나간다북 **:** 이것저것 가리지 아니하고 큰 소리로 야단침을 비유하여 이르는 말.

활(弓)이야 살(矢)이야 : 활쏘기 연습에서 잘못하여 타인을 다칠까 염려되어 하는 말로, 남을 큰 소리로 오래 꾸짖어 야단침을 비유하여 이르는 말.

활이 있으면 살이 생긴다㊀ **:** 무엇을 할 수 있는 바탕이나 조건이 있으면 거기에 기초하여 일을 이루어 나갈 수 있음을 비유하여 이르는 말.

활인(活人)들이 골마다 난다㊀ **:** 어려운 사람을 구해 주고 도와주는 사람은 어느 곳에나 있다는 말.

활줌통 내밀듯 : 무엇을 받으라고 팔을 뻗쳐 내미는 모양을 비유하여 이르는 말. *활줌통/-쭘-/ ―줌통(활의 한가운데 손으로 쥐는 부분).

홧김에 서방질(화냥질)한다 : ① 울분을 이기지 못하여 차마 못할 짓을 한다는 말. ② 일이 뜻과 같지 않아 않을 짓을 저지른다는 말. 부앗김에 서방질한다. 속상한데 서방질이나 하자는 격.

황금비가 내린다 : ⇒ 가뭄 끝에 오는 비다.

황금 천 냥이 자식 교육만 못하다 : ⇒ 돈 모아 줄 생각 말고 자식 글 가르쳐라.

황새가 북쪽으로 날아가면 비 온다 : ⇒ 뱀이 산으로 올라가면 장마 진다.

황새 논두렁(여울목) 넘겨 보듯 : 목을 길게 빼서 무엇을 은근히 엿보는 모양을 비유하여 이르는 말. 황새 우렝이 구멍 들여다보듯㊀.

황새 올미 주워 먹듯 한다 : 음식을 잘 주워 먹음을 비유하여 이르는 말.

황새 우렝이 구멍 들여다보듯㊀ **:** ⇒ 황새 논두렁(여울목) 넘겨 보듯.

황새 조알 까먹은 것 같다 : 너무 적어서 양에 차지 않거나, 명색만 그럴싸하지 실속이 없는 경우를 비유하여 이르는 말.

황소가 심히 울면 폭풍이 분다 : 황소가 심하게 울면 폭풍이 불 징조라는 말.

황소 뒷걸음에 잡힌 개구리 : ⇒ 황소 뒷걸음치다가 쥐 잡는다.

황소 뒷걸음치다가 쥐 잡는다 : 어떠한 일이 우연히 이루어지거나, 또는 어떤 것을 우연히 알아맞힌다는 말. 소가 뒷걸음질하다 쥐 잡는다. 소 뒷걸음질 치다 쥐잡기. 소 밭에 쥐잡기. 황소 뒷걸음에 잡힌 개구리.

황소 얼음판 걷듯㊀ **:** ① 넘어질까 봐 매우 조심스럽게 걷는 모양을 비유하여 이르는 말. ② 일에 진척이 없이 일을 너무 조심스럽게 하거나 어물어물하는 모양을 비유하여 이르는 말.

황소 제 이불 뜯어 먹기 : 우선 둘러대어 한 일이 결과적으로 자기의 손해가 됨을 이르는 말.

황아장사 강아지처럼㊀ **:** 남의 뒤를 따라다니기 좋아하는 사람을 비유하여 이르는 말.

황아장사 돈고리 같다㊀ **:** 빤질빤질하면서도 아주 매끄러운 사람을 비유하여 이르는 말.

황아장수 망신은 고불통이 시킨다 : 한 사람이나 부분의 결함이 전체에게 나쁜 영향을 줌을 이르는 말. *고불통―흙을 구워서 만든 담배통.

황아장수 잠자리 옮기듯 : 한곳에 오래 머물지 않고 떠돌아다니며 이사를 자주 하거나 직업을 자주 바꾸는 경우를 비유하여 이르는 말.

황제(皇帝) 무덤에 신하 도깨비 모여들듯 : 사람이나 벌레가 한곳으로 어수선하게 많이 모여드는 모양을 비유하여 이르는 말.

황충(黃蟲)이 가는 곳에는 가을도 봄이다 : 풀무치 떼가 지나가면 농작물이 크게 해를 입어 가을 추수 때가 되어도 거둘 것이 없어 봄같이 궁하다는 뜻으로, 악한 방해꾼이 나타나거나 불운이 겹쳐서 다 되어 가던 일을 망치는 경우를 이르는 말. * 황충－풀무치(메뚜깃과의 곤충).

황토밭 고구마가 맛이 달다 : 고구마는 비옥한 검은 땅에 심은 것보다 황토밭에서 자란 것이 작기는 하지만 맛은 달다는 뜻.

황해도(黃海道) 처녀 (밤낮을 모른다) : 구월산이 높아 그 그림자 때문에 밤과 낮을 가리지 못한다는 뜻으로, 밤낮없이 부지런히 일하는 사람을 이르는 말.

황희(黃喜) 정승네 치마 하나 가지고 세 어이딸이 입듯 : 청빈한 황희 정승의 아내와 두 딸이 치마가 없어 치마 하나를 번갈아 입고 손님 앞에 인사하였다는 데서 유래된 말로, 옷 하나를 여럿이 서로 번갈아 입음을 이르는 말.

홰대 밑에 더벅머리 셋 되기 전에 벌어라 북 **:** 자식이 많아지기 전에 부지런히 벌어서 생활 밑천을 마련하라는 말. * 홰대－'횃대(옷을 걸 수 있게 만든 막대)'의 북한어.

홰대 밑에 중머리 셋 앉으면 돈 안 모인다 북 **:** 집에 일 못 하는 노인이 많으면 경제적으로 여유가 없게 된다는 말.

횃대 밑 사내 : ① 바깥나들이에서는 용렬하면서도 집 안에서는 큰소리를 치는 사내. ② 나들이가 없이 늘 방구석에만 박혀 있는 역력찮은 남자를 이르는 말.

횃대 밑에 더벅머리 셋이면 날고뛰는 놈도 별수가 없다 : 자식이 셋이나 딸리면 그 치다꺼리에만 얽매여 꼼짝도 할 수 없다는 말.

횃대 밑에서 호랑이 잡고 나가서 쥐구멍 찾는다 : 집 안에서는 큰소리치면서 밖에 나가서는 사람들에게 꼼짝 못하고 당하기만 하는 사람을 비유하여 이르는 말.

횃대에 동저고리 넘어가듯 : 거침새 없이 후딱 넘어감을 비유하여 이르는 말.

회오리바람은 아침 내내 불지 않는다〔飄風不終朝〕: 회오리바람이 오랫동안 불지 않듯이, 사람이 하는 일에도 오래가지 않는 일이 있다는 말.

회오리밤 벗듯 : 알밤이 떨어져 나오듯, 남이 시비할 여지가 없이 사람됨이 원만함을 이르는 말.

효과(效果)가 주사침 같다 북 **:** 무슨 효과가 즉시 나타남을 비유하여 이르는 말.

효령대군(孝寧大君)의 북 껍질이다 : 몹시 질긴 물건을 이르는 말.

효부(孝婦) 없는 효자(孝子) 없다 : 며느리가 착하고 시부모께 효성스러워야 아들도 효도하게 된다는 말.

효성(孝誠)이 지극하면 돌 위에 꽃이 핀다 : ⇒ 효성이 지극하면 돌 위에 풀이 난다.

효성이 지극하면 돌 위에 풀이 난다 : 효성이 극진하면 어떤 조건에서도 자식 된 도리를 다할 수 있다는 말. 효성이 지극하면 돌 위에 꽃이 핀다.

효자가 불여악처〔孝子不如惡妻〕: ⇒ 효자가 악처만 못하다.

효자가 악처만 못하다 : 아무리 못된 아내라도 효자보다 낫다는 뜻으로, 세상을 살아감에 있어 남자에게는 자식보다 아내가 더 중요하다는 말. 효자가 불여악처.

효자가 있어야 효부도 있다 : 아들이 효자노릇을 해야 며느리도 효부가 된다는 말.

효자 끝에 불효(不孝) 나고 불효 끝에 효자 난다 : 세상의 모든 일에는 흥망성쇠가 있다는 말.

효자 노릇을 할래도 부모가 받아 줘야 한다 북 **:** 아무리 성의와 정성을 다하여도 그것을 받아 주지 않으면 그 행동이 빛날 수 없다는 말.

효자는 앓지도 않는다 북 **:** 효성이 지극한 사람에게는 부모에게 걱정을 끼칠 일이 생기지 아니한다는 말.

효자의 집엔 방바닥에 대가 나온다[북] : 효성이 지극하면 하늘도 돕는다는 말.

효자 집에 효자 난다 : 부모가 효자면 자녀들도 효자가 된다는 말.

후생각이 우뚝하다〔後生角高〕 : ⇒ 나중(에) 난 뿔이 우뚝하다.

후생이 가외라〔後生可畏〕 : 후배는 나이 젊고 기력이 좋으므로 학문을 쌓으면 어떠한 역량을 나타낼지 모르므로 자기의 앞날이 두렵다는 말.

후장(後場) 떡이 클지 작을지 누가 아나 : 미래의 일은 누구도 짐작하기가 어렵다는 말.

후장에 소 다리를 먹으려고 이 장에 개 다리를 안 먹을까 : 장래의 큰 희망을 바라고 당장 눈앞에 있는 작은 이익을 안 받을 수 없다는 말.

후처(後妻)에 감투 벗어지는 줄 모른다 : 후처에게 홀딱 빠져 체면도 돌보지 아니함을 비꼬아 이르는 말.

후추는 작아도 맵다 : ⇒ 작은 고추가 더 맵다.

후추는 작아도 진상(進上)에만 간다 : ⇒ 작은 고추가 더 맵다.

후추를 온(왼) 거(채)로 삼킨다 : ⇒ 후추를 통째로 삼킨다.

후추를 통째로 삼킨다 : ① 속 내용은 모르고 겉 형식만 취하는 어리석은 행동을 비꼬아 이르는 말. ② 속을 파헤쳐 보지 못하고서는 속내를 알 수 없다는 말. 후추를 온(왼) 거(채)로 삼킨다.

훈장(訓長)네 마당 같다[북] : 집안을 꾸려 나가는 데는 무능하였던 훈장의 집 마당과 같다는 뜻으로, 재산이 없어 휑뎅그렁한 모양이나, 있던 것이 다 없어진 상태를 비유하여 이르는 말.

훈장 똥은 개도 안 먹는다 : 애탄 사람의 똥은 매우 쓰다는 데에서 유래된 말로, 선생 노릇이 매우 힘들다는 말.

훈장 앞에서 문서질[북] : 저보다 나은 사람 앞에서 아는 체하는 경우를 비유하여 이르는 말.

휑한 빈 집에서 서 발 막대 거칠 것 없다 : ⇒ 서 발 막대(장대) 거칠 것 없다①.

흉가(凶家)도 지닐 탓 : 아무리 볼썽사나운 것이라도 다루고 손질하기에 따라 다를 수 있다는 말.

흉 각각 정(情) 각각 : ① 결점이 있을 때는 흉보고, 좋은 점이 있을 때는 칭찬함. 곧 상벌(賞罰)이 분명함을 이르는 말. ② 사적인 정으로 말미암아 상대방의 잘잘못을 분간 못 해서는 안 된다는 말.

흉년(凶年) 거지가 더 섧다[북] : 가뜩이나 고달픈 거지가 흉년에는 더욱 힘들다는 말.

흉년 곡식은 남아돌고 풍년 곡식은 모자란다 : ⇒ 풍년 곡식은 모자라고 흉년 곡식은 남아돈다.

흉년 곡식이다 : 흉년에는 곡식이 귀하므로 매우 소중하게 취급해야 함을 비유하여 이르는 말.

흉년 농사는 메밀도 한몫이다 : ① 흉년에는 메밀 종자가 비싸서 한몫 본다는 뜻. ② 소서(小署)가 지나도록 모심기를 못한 논에는 메밀밖에 심을 곡식이 없다는 말.

흉년 떡도 많으면 싸다 : 아무리 귀중한 물건이라도 많으면 값이 헐해진다는 말. 흉년에 보리개떡도 많으면 싸다.

흉년 떡은 보기만 해도 살찐다 : 흉년에는 죽도 먹기가 어려운데, 떡은 부자가 아니고서는 맛볼 수 없는 것이니 보기만 해도 마음이 흐뭇하다는 말.

흉년 메뚜기다 : 흉년에는 벼를 심지 못하여 메뚜기까지도 죽게 된다는 말.

흉년 밥은 어른도 한 그릇 아이도 한 그릇이

다 : ① 흉년에는 굶주려서 아이들도 어른 몫을 먹게 된다는 말. ② 궁핍할 때는 한 그릇이 새롭다는 말. 흉년에는 아이도 한 그릇 어른도 한 그릇. 흉년 죽은 아이도 한 그릇 어른도 한 그릇이다.

흉년 손님은 뒤꼭지가 예쁘다 : 식량이 없어서 어려운 터에 손님이 오면 반갑기보다 걱정이 앞서 손님이 왔다가 바로 가는 것이 도리어 반갑게 느껴진다는 말.

흉년 손님은 범보다도 무섭다 : 흉년이 들어 식량이 없을 때 손님이 오게 되면 반가운 마음은 사라지고 오히려 대접할 걱정이 더 크다는 말.

흉년에 남자는 굶어 죽어도 여자는 굶어 죽지 않는다 : 남자는 대문 밖에서 밥을 구걸하기 때문에 거절을 당하지만, 여자는 부엌문 앞에서 구걸하므로 거절당하는 일이 적어 얻어먹을 기회가 있다는 말.

흉년에 논밭 늘리려 말고 한 입을 덜랬다 : 식량이 부족할 때는 없는 양식을 구하려 할 것이 아니라, 식구를 줄이거나 식량을 절약하도록 하라는 말. 흉년에 밭 팔려 말고 입 하나 덜어라.

흉년에는 고기도 송사리밖에 없다 : 흉년이 들어 굶주리게 되면 송사리밖에 남지 않는다는 말.

흉년에는 뱀도 조 이삭을 먹는다 : 흉년이 들면 뱀까지도 먹지 않던 조 이삭을 먹듯이, 이렇다 할 식량이 없으면 풀잎이나 풀뿌리까지도 가리지 않고 다 먹게 된다는 말.

흉년에는 소금이 양식이다 : 평년에는 소금이 음식의 맛을 내는 데 사용되지만, 흉년에는 각종 풀과 풀뿌리에 소금을 쳐서 식량으로 먹는다는 말.

흉년에는 쑥도 양식이다 : 흉년에는 쑥을 삶아서 식량 대신으로 먹는다는 말.

흉년에는 아이도 한 그릇 어른도 한 그릇 : ⇒ 흉년 밥은 어른도 한 그릇 아이도 한 그릇이다.

흉년에는 육친도 없다〔荒年無肉親〕 : 흉년이 들어 굶주리게 되면 부모·처자보다도 저 먹을 궁리를 먼저 한다는 말.

흉년에는 조반은 굶고 점심은 거르고 저녁은 그냥 자고 한다 북 : 흉년이 들면 가난한 사람은 거의 굶다시피 하며 살아간다는 말.

흉년에는 찬물도 양식이다 : 흉년이 들어 양식이 없을 때는 물로써 배를 채우기도 한다는 말.

흉년에는 피죽이 인삼죽이다 : 흉년에는 피를 껍질째 볶아 갈아서 쑨 피죽을 먹고도 견딜 수 있다는 말.

흉년에도 한 가지 곡식은 먹는다 북 : 아무리 흉년이 들어도 모든 곡식이 다 안되는 경우는 드물고 한 가지라도 먹을 수 있는 곡식이 있다는 말.

흉년에 떡 맛 보기다 : ① 흉년에는 밥도 못 먹을 판인데 떡 맛을 보기는 더더욱 어렵다는 말. ② 되지도 않을 일은 생각지도 말라는 말.

흉년에 밥 빌어먹겠다 : 일을 하는데 몹시 굼뜨고 수완이 없는 사람이나 그런 처사를 비난조로 이르는 말.

흉년에 밭 팔려 말고 입 하나 덜어라 : ⇒ 흉년에 논밭 늘리려 말고 한 입을 덜랬다.

흉년에 배운 장기(將棋) : 장기를 둘 때 자꾸 남의 말을 먹으려고만 드는 경우를 이르는 말.

흉년에 뱀이 조 이삭을 먹는다 북 : ① 곡식이 귀하다고 하니 별별 것이 다 달라붙어 곡식을 축내고 훔쳐 간다는 말. ② 굶어 죽게 되니 이치상 도저히 생각할 수 없는 일조차 예사로 하게 된다는 말.

흉년에 보리개떡도 많으면 싸다 : ⇒ 흉년 떡

도 많으면 싸다.

흉년에 어미는 굶어 죽고 아이는 배 터져 죽는다 : ① 흉년이 들어 식량이 모자라게 되면 울며 보채는 아이들만 먹이게 되므로 아이들은 배부르게 먹어도 어른들은 굶음을 비유하여 이르는 말. ② 먹을 것이 넉넉하지 못할 때 보채는 사람은 많이 먹고 그렇지 아니한 사람은 잘 얻어먹지 못함을 비유하여 이르는 말.

흉년에 윤달〔雪上加霜〕: 빨리 지나가야 할 흉년에 윤달이 들어 어려움이 그만큼 계속된다는 뜻으로, 불행한 일을 당하고 있는데 그 위에 또 좋지 못한 일이 겹친다는 말.

흉년에 죽 어른도 한 그릇 아이도 한 그릇 : ⇒ 어른도 한 그릇 아이도 한 그릇.

흉년에 한 농토 벌지 말고 한 입 덜라 : 흉년에는 하나라도 군식구를 덜어 적게 쓰는 것이 많이 벌려고 애쓰는 것보다 낫다는 말.

흉년 음식은 메밀 풀떼기다 : 흉년에는 대개 벼를 심지 못해 메밀을 심는 수가 많은데, 그나마 메밀가루를 풀처럼 쑤어서 끼니를 때운다는 말.

흉년의 곡식이다 : ① 물건이 적을 때에는 다른 때보다 귀하게 여기게 된다는 말. ② 북 물건이 적을 때 비로소 그 진가를 알게 된다는 말. ③ 북 비로소 소중한 것인 줄 알게 되었지만 구하기가 어렵다는 말. ④ 북 귀한 것은 값을 높이 불러도 작자는 있기 마련이라는 말.

흉년의 떡도 많이 나면 싸다 : 무엇이든지 많으면 천해진다는 말.

흉년이 들면 센 놈은 도둑 되고 약한 놈은 거지 된다 : 흉년이 들어 세상이 혼란해지면 힘센 놈은 도둑질을 하게 되고 약한 놈은 거지 노릇을 하게 된다는 말.

흉년이 들면 소 값이 내린다 : 흉년이 들면 먹거리도 귀할 뿐 아니라, 다음 해 영농 의욕도 상실되므로 소 값이 떨어진다는 말.

흉년이 들면 씨앗각시 품삯도 안 된다 : 흉년이 들면 소출이 줄어들어서 영농비는 고사하고 씨 뿌린 품삯도 안 나온다는 말.

* 씨앗각시—아기 낳으려고 하는 아낙네가 뿌린 씨앗이 잘 핀다는 속설에 따라 품삯을 받고 씨앗을 뿌려 주는 여자.

흉년이 들면 인심이 사나워진다 : 사람들이 오랫동안 굶주리게 되면 성미가 사나워지므로 인심도 나빠진다는 말.

흉년이 들면 젊은이들이 사나워지게 된다〔凶歲子弟多暴〕: 흉년이 들어 세상이 어지러우면 젊은 사람들이 폭동을 일으키게 된다는 말.

흉년이라고 뱀이 조 이삭을 먹을가 북 **:** ① 아무리 먹을 것이 없어도 먹지 못하는 것을 먹을 수는 없다는 말. ② 서로 연관이 없고 도저히 대용하여 쓸 수 없는 것을 대용하여 쓰려는 경우에 가당치 아니하다고 이르는 말.

흉년 이밥은 꿈에만 봐도 살찐다 : 흉년이 들어 보리밥도 제대로 못 먹는 터에 이밥은 생각지도 못한다는 말.

흉년 죽 담듯 한다 : 흉년에는 적은 양의 죽을 여러 몫으로 나누어 담을 때 되도록 적게 담듯이, 음식을 인색하게 담아 주는 사람을 비유하여 이르는 말.

흉년 죽은 아이도 한 그릇 어른도 한 그릇이다 : ⇒ 흉년 밥은 어른도 한 그릇 아이도 한 그릇이다.

흉 없는 사람 없다 : 결함이 없는 사람은 없으니 어떤 결함을 너무 과장하거나 나무라지 말라는 말.

흉이 어시난 며느리 다리도 히영하다 : 제주 방언에서 나온 말로, 남의 흉잡기를 많이 하는 사람을 이르는 말.

흉이 없으면 며느리 다리가 희단다 : 시어머니가 며느리에게 공연히 생트집을 잡는다는 뜻으로, 말도 되지 않는 생트집을 잡아서 남을 흉보는 경우를 비유하여 이르는 말.

흉충(凶蟲)이 반흉(反凶) : 보기 싫은 사람이 더 미운 짓을 하고 못되게 구는 경우를 비유하여 이르는 말.

흉한 벌레 모로 긴다 : ⇒ 미운 중놈이 고깔 모로 쓰고 이래도 밉소 한다.

흐르는 물은 썩지 않는다 : 고인 물이 썩지 흐르는 물은 썩지 아니한다는 뜻으로, 사람은 언제나 일하고 공부하며 단련하여야 시대에 뒤떨어지지 아니하고 변질되지 아니함을 비유적으로 이르는 말. 물은 흘러야 썩지 않는다.

흐리멍덩하다 : 하는 일의 형편이나 결과가 분명하지 않거나, 또는 기억이 잘 나지 않음을 이르는 말.

흑각(黑角) 가로보기라 : 어느 쪽이 이로울까 이리저리 따져 보는 경우를 비유하여 이르는 말. * 흑각-빛깔이 검은 물소의 뿔.

흑백(黑白)을 가린다 : 시비곡직(是非曲直)을 분명히 가린다는 말.

흘러가는 물도 떠 주면 공이 된다〔流水酌給亦爲德〕: 쉬운 일이라도 도와주면 은혜가 된다는 말.

흘러가는 물 퍼 주기 : 아쉬울 것 없이 마음대로 인심을 씀을 비유하여 이르는 말.

흙내가 고소하다 : ⇒ 땅내가 고소하다(구수하다).

흙에서 나서 흙으로 돌아간다〔生於土 歸於土〕: 농민들은 농촌에서 출생하여 일생을 땅 파먹고 살다가 죽을 때에는 땅에 묻힌다는 말.

흙으로 만든 부처가 내를 건느랴(북) **:** 되지도 않을 무모한 행동을 함을 놀림조로 이르는 말.

흥망성쇠(興亡盛衰)와 부귀빈천(富貴貧賤)이 물레바퀴 돌듯 한다 : ⇒ 음지가 양지 되고 양지가 음지 된다.

흥부 집 제비만도 못하다 : 흥부 집 제비는 은덕을 갚았는데, 하물며 사람이 남의 은덕을 갚지 않으면 짐승만도 못하다는 말.

흥정도 부조다 : 흥정도 잘 해 주면 부조해 주는 셈이 된다는 말.

흥정은 붙이고 싸움은 말리랬다 : 좋은 일은 도와주고 궂은일은 말리라는 말.

희고 곰팡 슨 소리 : 희떱고 고리타분한 말을 이르는 말.

희고 곰팡 슬다 : 언행이 몹시 건방지고 희떱다는 말.

희고도 곰 같은 놈 : ⇒ 희고도 곰팡 슨 놈.

희고도 곰팡 슨 놈 : 외모는 버젓하게 보이나 마음은 빈약한 자를 이르는 말. 희고도 곰 같은 놈.

희기는 까치 뱃바닥 같다 : 잔소리를 잘하는 사람을 두고 이르는 말.

흰 개 꼬리 굴뚝에 삼 년 두어도 흰 개 꼬리다 : ⇒ 개 꼬리 삼 년 땅에 묵어도(묻어도, 두어도) 황모 되지 않는다.

흰 개 꼬리 삼 년을 시궁창에 묻었다 봐도 흰 개 꼬리다 : ⇒ 개 꼬리 삼 년 땅에 묵어도(묻어도, 두어도) 황모 되지 않는다.

흰 것은 종이요 검은 것은 글씨라 : 무식하여 글을 알아볼 수 없음을 농으로 이르는 말.

흰나비를 먼저 보면 상제가 된다 : 꿈에 흰 나비를 꾸면 상제가 된다는 속설에서 나온 말.

흰떡에 소가 든다 : 매우 중요한 구실을 하는 것은 아니나 빠뜨릴 수 없는 것이라는 말. * 흰떡-'흰무리'의 안동 사투리.

흰떡 집에 산병(散餠) 맞추듯 : 틀림없고 영락없는 모양을 비유하여 이르는 말. 사기 전에 종짓굽 맞추듯.

흰 말 불알 같다 : 얼굴이 희고 기름기가 있는 사람을 이르는 말.

흰머리에 이 박이듯 : 많은 사람이나 물건의 이 틈 저 틈에 무엇이 많이 끼어 있음을 이르는 말.

흰머리에 이 잡듯 : 이리저리 한없이 뒤지는 것을 이르는 말.

흰 산새가 나타나면 큰 풍년이 든다 : 흰 산새가 나타나면 그해 풍년이 든다는 말.

흰 술은 사람의 얼굴을 붉게(누르게) 하고 황금은 사람의 마음을 검게 한다 : 술과 돈은 사람에게 해가 될 수 있으니 경계하여야 한다는 말.

흰 이슬이 서리 된다 : 날씨가 차츰차츰 추워지면 이슬이 서리로 변한다는 말.

흰죽 먹다 사발 깬다 : 한 가지 일에 재미를 붙이다가 다른 일에 손해를 보게 되는 경우를 이르는 말.

흰죽에 고춧가루 : 격에 맞지 아니함을 비유적으로 이르는 말.

흰죽의 코 : 죽과 코는 빛깔이 비슷하여 분간하기 어렵다는 뜻으로, 좋은 일과 나쁜 일을 구별하기 힘든 경우를 비유하여 이르는 말.

힘과 마음을 합치면 하늘을 이긴다 : 여러 사람이 힘을 모으면 못 할 일이 없다는 말.

힘 많은 소가 왕 노릇 하나 : ⇒ 소가 크면(세면) 왕 노릇 하나.

힘 모르고 강가 씨름할까 : 자기 힘을 스스로 알아야 한다는 말.

힘센 소가 왕 노릇 할까 : ⇒ 소가 크면(세면) 왕 노릇 하나.

힘센 아이 낳지 말고 말 잘하는 아이 낳아라 : ⇒ 글 잘하는 자식 낳지 말고 말 잘하는 자식 낳으랬다.

힘쓰기보다 꾀쓰기가 낫다 : 힘으로 달려들기보다 꾀를 잘 쓰는 것이 더 효과가 있다는 말.

참고문헌

『俗談大辭典』, 金思燁·方鍾鉉 共編, 朝光社, 昭和15年8月5日.

『증보 표준국어사전』, 申琦澈 외 編著, 乙酉文化史, 1964.2.15.

『世界文章大百科事典』, 李御寧 編著, 三中堂, 1976.1.30.

『재미있는 속담풀이』, 윤경희 엮음, 가나출판사, 1986.10.30.

『동아 새국어사전』, 동아국어사전연구회, 동아출판사, 1989.1.10.

『우리말 속담사전』, 李鍾昊 편저, 도서출판 대로교육, 1994.2.21.

『農漁俗談辭典』, 宋在璇 엮음, 東文選, 1995.1.5.

『표준국어대사전』(개정판), 국립국어연구원, 국립국어원, 2008.10.9.

박영원 朴暎遠

고려대학교 교육대학원을 졸업하고 서울 성만여상, 서라벌고, 영훈고 교사를 역임했다. 퇴직 후 중국 산동성 위해대광화국제학교 부교장 겸 중국산동대학교에서 한국문학을 강의했다. 서울중등국어교과연구회 부회장, 한·중인문학회 부회장(현, 고문), 우리어문학회 회장을 역임했다(현, 고문). 저서로 『한국속담·성어백과사전』(공편저)과 시집 『위대한 바보, 그 이름 어머니!』 등이 있다.

양재찬 梁在燦

서강대학교 국어국문학과를 졸업하고 춘천 성수중 및 영훈중·고 교사를 역임했다. 저서로 『알기 쉬운 속담·성어사전』(공편저) 『한국속담·성어백과사전』(공편저) 『국어학습사전』 등이 있다.

한국속담대사전

인쇄 • 2015년 8월 25일
발행 • 2015년 8월 31일

엮은이 • 박영원 · 양재찬
펴낸이 • 한봉숙
펴낸곳 • 푸른사상사

편집/교정 • 지순이 · 김선도 · 김수란
등록 • 제2－2876호
주소 • 서울시 중구 충무로 29(초동) 아시아미디어타워 502호
대표전화 • 02) 2268－8706(7) 팩시밀리 • 02) 2268－8708
이메일 • prun21c@hanmail.net / prunsasang@naver.com
홈페이지 • www.prun21c.com

ISBN 979－11－308－0543－6 03800
값 49,000원

☞ 이 도서의 국립중앙도서관 출판예정도서목록(CIP)은 서지정보유통지원시스템 홈페이지(http://seoji.nl.go.kr)와 국가자료공동목록시스템(http://www.nl.go.kr/kolisnet)에서 이용하실 수 있습니다.(CIP제어번호 : CIP2015022688)